16	3	2	13
5	10	11	8
9	6	7	12
4	15	14	1

Geoffrey Chaucer

OS CONTOS DE CANTERBURY

Edição bilíngue
Tradução do inglês médio, apresentação e notas de **Paulo Vizioli**
Posfácio e notas adicionais de **José Roberto O'Shea**
Xilogravuras da edição de William Caxton de 1483

editora■34

EDITORA 34

Editora 34 Ltda.
Rua Hungria, 592 Jardim Europa CEP 01455-000
São Paulo - SP Brasil Tel/Fax (11) 3811-6777 www.editora34.com.br

Copyright © Editora 34 Ltda., 2014
Tradução, apresentação e notas © Herdeiros de Paulo Vizioli, 2014
Posfácio e notas adicionais © José Roberto O'Shea, 2014

A FOTOCÓPIA DE QUALQUER FOLHA DESTE LIVRO É ILEGAL E CONFIGURA UMA
APROPRIAÇÃO INDEVIDA DOS DIREITOS INTELECTUAIS E PATRIMONIAIS DO AUTOR.

A tradução de Paulo Vizioli foi publicada originalmente
pela editora T. A. Queiroz, de São Paulo, em 1988.

Ilustrações:
*Xilogravuras de autoria anônima extraídas da segunda edição
de* The Canterbury Tales, *de Geoffrey Chaucer,
impressa por William Caxton em Londres em 1483.*

Capa, projeto gráfico e editoração eletrônica:
Bracher & Malta Produção Gráfica / Julia Mota

Revisão:
*Fabrício Corsaletti
Alberto Martins
Beatriz de Freitas Moreira*

1ª Edição - 2014 (2ª Reimpressão - 2020)

CIP - Brasil. Catalogação-na-Fonte
(Sindicato Nacional dos Editores de Livros, RJ, Brasil)

Chaucer, Geoffrey, *c.* 1342-1400
C437c   Os Contos de Canterbury / Geoffrey Chaucer;
edição bilíngue; tradução do inglês médio, apresentação
e notas de Paulo Vizioli; posfácio e notas adicionais de
José Roberto O'Shea; xilogravuras da edição de
William Caxton de 1483 — São Paulo: Editora 34, 2014
(1ª Edição).
784 p.

ISBN 978-85-7326-562-0

1. Literatura inglesa - Séc. XIV. I. Vizioli, Paulo,
1934-1999. II. O'Shea, José Roberto. III. Caxton,
William, *c.* 1420-1492. IV. Título.

CDD - 820

Sumário

Apresentação, *Paulo Vizioli* 7

Os Contos de Canterbury

[GRUPO A]
Prólogo 35
O Conto do Cavaleiro.. 75
O Conto do Moleiro... 153
O Conto do Feitor.. 185
O Conto do Cozinheiro.. 205

[GRUPO B1]
O Conto do Magistrado.. 211

[GRUPO B2]
O Conto do Homem do Mar 257
O Conto da Prioresa 277
O Conto de Chaucer sobre Sir Topázio 291
O Conto de Chaucer sobre Melibeu [excertos].................... 309
O Conto do Monge.. 323
O Conto do Padre da Freira... 359

[GRUPO D]
O Conto da Mulher de Bath... 387
O Conto do Frade... 439
O Conto do Beleguim... 457

[GRUPO E]
O Conto do Estudante 483
O Conto do Mercador 529

[GRUPO F]
O Conto do Escudeiro 575
O Conto do Proprietário de Terras 603

[GRUPO C]
O Conto do Médico 637
O Conto do Vendedor de Indulgências 651

[GRUPO G]
O Conto da Outra Freira 677
O Conto do Criado do Cônego 701

[GRUPO H]
O Conto do Provedor 739

[GRUPO I]
O Conto do Pároco [excertos] 755
Retratação de Chaucer 769

Posfácio, *José Roberto O'Shea* 773

Sobre Paulo Vizioli 782
Sobre as ilustrações 783

Apresentação

Paulo Vizioli

A ÉPOCA

Geoffrey Chaucer começou a compor *Os Contos de Canterbury* no ano de 1386, ou seja, há mais de seis séculos atrás. Naquela época, a Inglaterra era um país misto, meio insular e meio continental, e seus reis tinham, às vezes, interesses até maiores no solo francês do que no próprio solo britânico. Tal situação, advinda da conquista normanda levada a efeito por Guilherme, o Conquistador em 1066, prolongou-se por todo o período Angevino e Plantageneta, e terminou apenas em 1453, quando a Guerra dos Cem Anos chegou ao fim.

Nem todas as preocupações dos soberanos ingleses, porém, se prendiam aos seus territórios continentais e à ambição de preservá-los ou ampliá-los. Outros problemas solicitavam igualmente a sua atenção, tanto no conjunto do universo europeu — como as disputas com a Igreja de Roma — quanto na parte exclusivamente insular do reino — como os duros conflitos com o País de Gales e a Escócia, e os atritos com os "barões", os nobres que pretendiam delimitar o poder da Coroa a fim de aumentarem o seu próprio. À medida que a nação rompia esses elos com o mundo exterior (perdendo as possessões francesas e amenizando a sujeição a Roma) e equacionava as suas questões internas, ia adquirindo consciência de sua insularidade e de sua identidade, e preparando-se para os esplendores da era Tudor, que marcaria o início da Inglaterra moderna.

Foi no século XIV, o século de Chaucer, que esse processo evolutivo se acelerou, sobretudo nos aspectos referentes à luta do trono com a aristocracia e ao confronto com a França. A luta dos reis com os "barões", por exemplo, alcançou então seus momentos mais dramáticos, quando não trágicos, pois acarretou a deposição e a morte de dois monarcas, Eduardo II e Ricardo II. E, entre um e outro, reinou Eduardo III

(1327-1377), o qual, para granjear a simpatia dos nobres, não só lhes concedeu vários dos privilégios que reivindicavam, não só estimulou seu gosto pela pompa e pelos antigos ideais cavaleirescos, mas também insuflou sua imaginação e seu nacionalismo ao dar início à Guerra dos Cem Anos, que inaugurou com as estrondosas vitórias de Crécy (1346) e de Poitiers (1356).

É claro que esse conflito com a França teve diversas outras causas, sendo uma das mais importantes a defesa dos interesses econômicos da Inglaterra no comércio com a Flandres. Graças a isso, e também a outras medidas que tomou, Eduardo III pôde contar igualmente com o apoio da burguesia. E não era para menos, visto que, em seu tempo, cresceram os intercâmbios, aumentaram as exportações (notadamente a da lã, a principal riqueza do país) e desenvolveram-se as cidades (a população de Londres chegou a quase 50 mil habitantes). Foi, portanto, uma fase de otimismo e de confiança. Mas, infelizmente, muitos desses avanços eram ilusórios.

Assim, se o comércio prosperava, as estradas (se bem que melhores que nos dois séculos seguintes) continuavam precárias e perigosas, obrigando as pessoas — a exemplo dos peregrinos de Chaucer — a viajarem em grupos para se protegerem dos salteadores. Se as cidades se tornavam mais populosas, também ficavam cada vez mais apertadas dentro de suas velhas muralhas, com ruas estreitas e fétidas, propícias à propagação dos incêndios e das epidemias. A pior dessas epidemias, aliás, verificou-se em 1348, quando a Peste Negra, depois de assolar o continente, aniquilou um terço da população do país, provocando a escassez de braços para o trabalho nos campos e a queda da produção agrícola. A crise econômica, que se originou daí, por um lado acirrou o descontentamento social, e, por outro, levou à falta de recursos para o prosseguimento da guerra com a França.

Esses problemas todos recaíram sobre Ricardo II (1377-1399), neto e sucessor de Eduardo III. Foi no seu reinado que, em 1381, sob a chefia de Wat Tyler, eclodiu a violenta Revolta dos Camponeses, os quais, descontentes com os abusos que lhes eram impostos para que compensassem a falta de mão de obra, por pouco não subverteram completamente a ordem estabelecida. E foi no seu reinado que, pela primeira vez, os ingleses tiveram que recuar na França, perdendo para Bertrand Du Guesclin (*c.* 1320-1380) quase todas as conquistas iniciais. No final do século, portanto, o otimismo cedeu lugar ao desânimo e ao temor. A peste, a

miséria, a rebeldia, a derrota, as injustiças — tudo parecia sugerir um mundo em desagregação. E, para piorar as coisas, a própria Igreja, o grande sustentáculo dos valores tradicionais, estava em franco declínio, desmoralizada pela transferência da sede do Papado para Avignon (1307) e, mais tarde, pelo Grande Cisma (1378-1417). O clero, tanto o secular (com os seus párocos absenteístas, sempre à cata de postos mais lucrativos nos grandes centros), quanto o regular (com os seus monges mundanos e frades sem escrúpulos), estava minado pela corrupção. O sentimento anticlerical crescia, levando muitos a ver com bons olhos o movimento reformista de John Wyclif (c. 1320-1384), cujos adeptos, os fanáticos *lollards*, chegaram a ameaçar a ordem pública. E todas essas dificuldades, acrescidas de outras (como o recrudescimento dos atritos com os galeses e os escoceses), iriam continuar por muito tempo ainda, até que, finalmente, a Inglaterra encontrasse o seu caminho. A época de Chaucer, portanto, se encerra com uma nota de pessimismo.

Naturalmente, todos esses fatos deixaram reflexos na vida cultural, na literatura e na arte do período. Mas nenhum deles teve tanto peso nesses setores quanto o íntimo relacionamento com a França. De fato, a própria língua inglesa se formou sob o influxo do país vizinho, pois, tendo perdido o prestígio de que gozara na era anglo-saxônica ("o inglês antigo") e tendo sido abandonada pela corte e pelos letrados em favor do francês normando e do latim, respectivamente, ela ressurgiu no tempo dos reis Angevinos com sua sintaxe germânica extremamente simplificada e com um vocabulário predominantemente latino, tornando-se o assim chamado "inglês médio", que iria transformar-se, a partir do século XVI, no "inglês moderno". Graças aos contatos com a França, também a métrica inglesa passou por profundas alterações, substituindo gradativamente o sistema aliterativo herdado dos anglo-saxões pela contagem silábica e pela rima.

Finalmente, foram os modelos franceses que determinaram os gêneros e boa parte da temática da literatura em inglês médio. É o que se pode constatar, por exemplo, na poesia lírica, com suas "canções" de derivação provençal (como as "reverdies" e as "vilanelles"), seus instrutivos "debates" entre animais (como o debate entre *A Coruja e o Rouxinol*, que contrapõe o pragmatismo racional ao esteticismo emocional), suas encantadoras "visões" (que vieram na esteira do *Roman de la Rose*, traduzido por Chaucer) e suas "baladas" aristocráticas, fiéis aos moldes da corte de Paris. A presença francesa, na verdade, se faz notar em pra-

ticamente todas as obras, desde aquelas de caráter popular, como os "fabliaux", maliciosos e às vezes indecentes, até os "romances de cavalaria", com seus dois ciclos principais, o Arturiano (sobre o Rei Artur e os Cavaleiros da Távola Redonda) e o Antigo (sobre figuras da Antiguidade clássica). E nos trabalhos em prosa, quase sempre, não se pode sequer falar em imitação ou adaptação, mas em tradução direta, como se verifica em inúmeros sermões, tratados morais e relatos de viagens (a começar pelo célebre livro das *Viagens de Sir John Mandeville*, publicado entre 1357 e 1371).

Entretanto, os trágicos acontecimentos, as convulsões sociais e as inquietações que perturbaram a segunda metade do século XIV logo tornaram essa literatura, formalista e artificial, largamente inadequada. É verdade que foi nessa época que a Inglaterra produziu o seu maior "romance de cavalaria", que foi *Sir Gawain e o Cavaleiro Verde*, atribuído a um autor anônimo conhecido como "o Poeta de *Pérola*". Mas, com o rápido desaparecimento dos ideais cavaleirescos, tais "romances" já estavam mais voltados para o passado que para o presente. E o que o presente exigia era que as velhas formas fossem retrabalhadas com um enfoque mais realista e com firmes tomadas de posição. E foi exatamente isso o que fizeram os maiores escritores do período, como William Langland (*c.* 1330-1387), com sua indignada condenação dos vícios da sociedade em *A Visão de Pedro o Camponês* (*The Vision of Piers Plowman*), e John Gower (*c.* 1330-1408), que, embora sem a mesma simpatia de Langland pelas classes menos favorecidas, também era ferrenho moralista.

Se, porém, esses escritores lograram encarnar melhor a sua época, não tiveram talento suficiente para transcendê-la. O único que conseguiu isso, produzindo uma obra que tinha algo a dizer não apenas aos homens de seu tempo mas também às gerações futuras, foi Geoffrey Chaucer, o primeiro nome da literatura inglesa de grandeza universal.

O Autor

Pouco se conhece da vida e da personalidade de Chaucer, embora, como já se ressaltou, haja mais dados a seu respeito do que a respeito de Shakespeare, por exemplo, que viveu duzentos anos mais tarde. A parte mais nebulosa de sua biografia é a inicial. Sabe-se que nasceu em Lon-

dres, por volta de 1342, e que era filho de John Chaucer, comerciante de vinhos. Seu pai deve ter sido pessoa de certa influência, pois conseguiu colocá-lo como pajem junto ao Príncipe Lionel, terceiro filho do rei Eduardo III, dando-lhe assim a oportunidade de familiarizar-se com o manejo das armas e a etiqueta da corte, de ampliar os seus conhecimentos de latim e francês, e de completar a sua formação com a leitura de autores antigos e contemporâneos. Segundo alguns, Chaucer também teria frequentado uma das duas escolas de Direito então existentes em Londres. Em 1359, esteve lutando na França. Feito prisioneiro, foi resgatado por Eduardo III, que, mais tarde, faria dele um de seus valetes.

Por seis anos, de 1360 a 1366, Chaucer desaparece de cena. A primeira informação que temos após esse período é a de seu casamento com certa Philippa de Roet, uma dama a serviço da rainha. Tem-se igualmente notícia de que pelo menos dois filhos nasceram desse matrimônio: Thomas, que ainda viria a ocupar importantes cargos públicos, e Lewis, a quem o escritor dedicaria seu *Tratado do Astrolábio* (1391-92). É provável também a existência de uma filha. Essa união certamente estreitou as ligações do poeta com a corte, visto que a irmã de Philippa, Katherine, convidada para preceptora dos filhos de John of Gaunt (1340-1399) — quarto filho de Eduardo III e pai do futuro rei Henrique IV —, acabou se tornando amante e, depois, esposa do patrão.

Essa longa associação com a realeza, além de estimular a atividade literária de Chaucer — tanto assim que todas as suas obras foram obras de ocasião, destinadas à leitura perante a corte —, dava-lhe a oportunidade de aprofundar os seus contatos com os grandes centros culturais e artísticos do continente europeu. E isso porque o rei frequentemente o incumbia de missões diplomáticas no exterior, enviando-o ora para Navarra, ora para a Flandres e a França, ora para a Itália. Particularmente profícuas foram as suas duas visitas (1372 e 1378) à península italiana, onde não só se encontrou com figuras políticas de relevo, como Bernabò Visconti (1319-1385), o temível tirano de Milão, mas também descobriu uma literatura rica e inovadora nas obras de Dante (1265-1321), Boccaccio (1313-1375) e Petrarca (1304-1374), o último dos quais talvez tenha conhecido pessoalmente.

De 1374 a 1386 Chaucer exerceu as funções de Inspetor Alfandegário junto aos mercadores de lã. Foi essa a fase financeiramente mais próspera de sua vida, uma vez que, além de contar com renda anual apreciável e com várias outras vantagens, foi autorizado a residir nos aposentos

superiores de Aldgate, uma das portas de Londres, com vista para a cidade e para os campos.

Por coincidência ou não, os tempos difíceis começaram para ele quando o Duque de Gloucester (1355-1397) e seus sequazes delimitaram os poderes de Ricardo II, de quem Chaucer era partidário, condenando vários seguidores do rei à morte. Nessa época, o escritor já havia deixado a casa em Aldgate e se mudara para Kent, onde fora nomeado Juiz de Paz e eleito, mais tarde, Cavaleiro Representante do Condado no Parlamento. Mas, perdido o posto de Inspetor Alfandegário, sua situação econômica se complicou. E, como se isso não bastasse, em 1387 faleceu-lhe a mulher. Apesar de tantos contratempos, foi nesse período que, aproveitando a tranquilidade de seu confinamento em Greenwich, onde se instalara, começou ele a compor sua obra mais ambiciosa, *Os Contos de Canterbury*.

O livro, contudo, teve que ser levado avante sem o esperado sossego, pois novos afazeres reclamaram sua atenção, e novas atribuições o aguardavam. Tão logo Ricardo II retomou as rédeas do governo em 1389, designou o poeta Fiscal de Obras do Rei, cargo que conservou até o ano seguinte e que lhe custou muito trabalho e esforço, dado que, entre os seus deveres, constavam até a compra de materiais de construção e a contratação de artesãos e operários. Além disso, era também sua responsabilidade a guarda do dinheiro para as obras, o que lhe trouxe algumas dores de cabeça. De fato, ao transportar tais valores em setembro de 1390, Chaucer foi assaltado duas vezes num mesmo dia, e pelo mesmo bando, tendo que esperar cinco angustiantes meses para ser oficialmente dispensado da obrigação de ressarcir os prejuízos. Depois disso, provavelmente não exerceu outras funções públicas, visto que a sua suposta indicação para o cargo de Couteiro Auxiliar da Floresta de Petherton, no condado de Somerset, não pôde ser comprovada. Envelhecido, e com poucos recursos, o poeta chegou a sofrer vários processos por dívidas. Até mesmo o estipêndio anual que recebia da Coroa ele perdeu, quando Ricardo II foi destronado em 1399. Foi nesse momento crítico que, sem perder o bom humor, enviou ao novo soberano a famosa balada "O Lamento de Chaucer para a sua Bolsa Vazia"; e Henrique IV, filho de seu amigo John of Gaunt, o atendeu prontamente, renovando-lhe a pensão. As coisas pareciam melhorar. Chaucer alugou então uma casa junto à Abadia de Westminster, e para lá se mudou. Mas a morte inesperadamente o colheu poucos meses mais tarde, no dia 25 de outubro de 1400. Seu

corpo foi sepultado na célebre Abadia, não longe dos monumentos tumulares dos reis de seu país, o primeiro literato a merecer tal honra.

Foram esses, em resumo, os principais acontecimentos que marcaram a vida do homem Chaucer. Quanto a Chaucer, o poeta — a respeito do qual, até agora, pouco se falou —, sua carreira costuma ser dividida em três grandes períodos. O primeiro deles foi o Período Francês, durante o qual, além de traduzir o *Roman de la Rose*, que tanto o influenciou, produziu: *O Livro da Duquesa* (1369-70), uma "visão" sobre a morte de Blanche, a primeira mulher de John of Gaunt; *O Parlamento das Aves* (1379-82?), em que o autor retrata um debate das aves sobre o tema do amor cortês; e *A Casa da Fama* (*c.* 1379), em que o poeta narra como foi transportado nas garras de uma águia tagarela para as Casas da Fama e do Boato. Esta última obra, inacabada, denuncia a transição para a fase seguinte, o Período Italiano. Com efeito, a importância atribuída a Virgílio e a viagem guiada de nosso poeta a estranhos reinos sugerem a influência de Dante, que iria acentuar-se nas próximas obras, ajudando-o a moldar seus ritmos e a enriquecer sua temática. Muito significativas nessa etapa foram também as contribuições de Petrarca e de Boccaccio. Neste, por exemplo, Chaucer encontrou os modelos para "O Conto do Cavaleiro" e para o grande poema *Troilo e Criseida* (*c.* 1385), baseados respectivamente na *Teseida* e no *Filóstrato*. Mas, ao contrário do que muitos supõem, Boccaccio não exerceu qualquer influência direta na elaboração de *Os Contos de Canterbury*. Ao que tudo indica, o autor inglês não chegou a conhecer o *Decameron*, e o único conto deste livro a figurar em sua coletânea — a história de Griselda, narrada pelo Estudante de Oxford — foi adaptado de uma versão latina feita por Petrarca. De qualquer forma, a fase propriamente italiana se encerra com *A Legenda das Mulheres Exemplares* (*c.* 1386), uma sequência de relatos sobre as fiéis mártires do amor ("as santas de Cupido"), que o poeta escreveu, a pedido da rainha Anne, como uma espécie de penitência por haver retratado a falsidade feminina em *Troilo e Criseida*. Não chegou, porém, a concluir essa obra, porque outro projeto, muito mais interessante e absorvente, veio ocupar suas atenções: *Os Contos de Canterbury*, a cuja composição se dedicou de 1386 a 1400, o ano de sua morte. E foi esse o seu terceiro e último período, o assim chamado Período Inglês, de plena maturidade.

Durante essa trajetória, não era hábito de Chaucer abandonar as conquistas de uma fase ao entrar em outra; ele simplesmente somava

novos ingredientes aos elementos antigos, tratados, porém, com maior senso crítico. Por isso mesmo, até o fim da vida, as formas básicas de sua poesia sempre foram as que recebera do Período Francês; mas ele as ampliou com o passar do tempo e, em algumas ocasiões, as inovou, desenvolvendo a estrofe de sete versos ("rhyme royal"), o pentâmetro jâmbico, de tão brilhante futuro, e o poema heroico-cômico. Também o emprego dos métodos retóricos, típicos da literatura medieval, permaneceu constante, tanto assim que praticamente todas as suas histórias foram reelaborações de textos existentes, com os cortes, os acréscimos e os embelezamentos de praxe — como a hipérbole, a invocação, a prosopopeia, a "occupatio" (ou recusa a narrar), o "exemplum" (ou história ilustrativa), a preterição (dizer algo enquanto afirma que não vai dizê-lo) etc.; mas, na última fase, esses recursos foram perdendo o seu caráter artificial para se inserirem cada vez mais no contexto dramático da narração. É o que notamos, por exemplo, em Os Contos de Canterbury: se ali, por um lado, as invocações retóricas de Dórigen, no final do "Conto do Proprietário de Terras", quase chegam a arruinar uma bela história, por outro lado, a incontinência oratória da bruxa velha no "Conto da Mulher de Bath", ou as amargas diatribes que retardam o "Conto do Mercador", encontram justificativa nos temperamentos e nos estados de alma dos respectivos narradores, reforçando o efeito dramático do todo.

Quanto aos aspectos novos que Chaucer adquiriu em sua maturidade, poderíamos lembrar, entre outros (já que se tornaram características suas inconfundíveis), a flexibilidade métrica, a frequente precisão e adequação das imagens, o uso de trocadilhos, a sutil ironia verbal, a eficiente ironia dramática, e, principalmente, a atitude objetiva (que permite vida própria às suas personagens, boas ou ruins), a profundidade da observação psicológica (que lhe consente retratar um indivíduo com apenas alguns traços essenciais), a variedade e o enfoque realista. Se ele deveu as primeiras qualidades ao trato com outros autores, sobretudo os italianos, deveu as últimas exclusivamente à sua genialidade, que o levou a tirar o máximo proveito de tudo o que aprendeu em seu convívio com homens de todas as classes sociais, reis, fidalgos, mercadores e artesãos. Mas falar dessas coisas já é falar de Os Contos de Canterbury.

O livro

Os *Contos de Canterbury* têm, como ponto de partida, uma romaria que vinte e nove peregrinos, aos quais se associa o próprio Chaucer, fazem juntos à cidade de Canterbury, para uma visita piedosa ao túmulo de São Tomás Beckett. O Albergueiro do "Tabardo", a estalagem ao sul de Londres onde pernoitam, sugere-lhes que, para se distraírem na viagem, cada qual conte duas histórias na ida e duas na volta, prometendo ao melhor narrador um jantar como prêmio. São essas histórias, juntamente com os elos de ligação entre uma e outra, mais o "Prólogo" em que os romeiros são apresentados um a um, que constituem o livro em sua essência.

Se Chaucer tivesse sido fiel a seu plano, a obra deveria conter nada menos que cento e vinte histórias. O plano, contudo, não era rígido (tanto assim que o Cônego e seu Criado se agregaram à comitiva em plena estrada). Além disso, o próprio autor logo se deu conta de sua impraticabilidade, havendo no texto claros indícios de que ele alterou o ambicioso projeto original a meio caminho, substituindo-o por uma concepção mais modesta, onde a cada peregrino caberia o encargo de apenas um ou dois contos. Mesmo com essa redução, a coletânea ficou incompleta, limitando-se a vinte e quatro histórias, duas das quais inacabadas ("O Conto do Cozinheiro" e "O Conto do Escudeiro"). Ademais, o nível artístico desses contos é bastante desigual, visto que o poeta enxertou na obra vários de seus escritos anteriores, como "O Conto do Cavaleiro", "O Conto da Prioresa", "O Conto de Chaucer sobre Melibeu", "O Conto da Outra Freira" etc., que, com exceção dos dois primeiros, são geralmente imaturos, inadequados, e, portanto, de qualidade inferior. Finalmente, há diversas incongruências, lacunas e repetições, mostrando que o autor não teve tempo de fazer a necessária revisão e disfarçar os remendos.

Entretanto, mesmo incompleto e cheio de defeitos, o texto, graças ao encadeamento lógico e psicológico das partes e ao cuidado de Chaucer em imprimir caráter conclusivo a um dos fragmentos (que culmina com "O Conto do Pároco"), não só apresenta inegável senso de unidade, mas também gratifica o leitor como poucos monumentos literários polidos e acabados conseguem fazê-lo.

O primeiro e mais óbvio mérito do livro é o de expor a nossos olhos um vasto e animado panorama da vida medieval, a começar pelo "Pró-

logo", com sua incomparável galeria de tipos representativos das diferentes camadas da sociedade. Alguns críticos, para os quais a grandeza de um escritor parece ser diretamente proporcional a seu grau de engajamento político, gostam de frisar, a esse respeito, que, de fato, toda a sociedade medieval está presente em Chaucer, menos as classes mais altas e as mais humildes. O que querem sugerir com isso é que, como bom burguês, o autor, por um lado, temia ofender a aristocracia, e, por outro, não tinha simpatia pelos pobres. Gardiner Stillwell (cf. Schoeck e Taylor, *Chaucer Criticism*, p. 84) chega mesmo a insinuar que, se o Lavrador é uma das quatro únicas figuras idealizadas no "Prólogo" (ao lado do Cavaleiro, do Estudante de Oxford e do Pároco), é só porque o poeta pretende dá-lo como exemplo para as massas camponesas sublevadas por Wat Tyler (?!). Essas colocações reclamam, sem dúvida, uma análise mais cuidadosa. Evidentemente, Chaucer não era um reformador social, e o próprio fato de ele haver iniciado *Os Contos de Canterbury* com o Cavaleiro, símbolo dos ideais cavaleirescos, e concluído com o Pároco, símbolo do ideal cristão, mostra claramente os seus parâmetros. É preciso, porém, que se levem em consideração outros fatores, tais como: 1º) a inclusão de fidalgos e mendigos na romaria iria ferir os princípios do realismo, porque, como os primeiros dispunham de séquitos próprios e os segundos não dispunham dos mínimos recursos para o custeio da viagem, nenhum representante desses dois grupos extremos jamais se incorporaria à comitiva descrita; 2º) embora ausentes do "Prólogo", os aristocratas e os pobres são abordados no corpo de vários contos, completando assim o quadro social da época; e 3º) a aceitação das bases ideológicas da sociedade em que vivia e a preferência por uma atitude estética objetiva (em lugar de panfletária) não significam que o escritor fechasse os olhos à realidade de seu tempo. Pelo contrário, somente um leitor obtuso, obcecado por ideias preconcebidas, deixaria de perceber o quanto Chaucer, em seu livro, é sensível aos problemas e às mazelas sociais de então. Nada escapava à sua observação e à sua sátira. Assim, no "Conto de Chaucer sobre Sir Topázio", por exemplo, o escritor aponta para a decadência dos ideais cavaleirescos, ridicularizando, na figura do efeminado e pusilânime protagonista, a usurpação das prerrogativas da nobreza pela burguesia mercantil. Como se vê por aí, ele nem defende nem se identifica plenamente com sua própria classe. E, de fato, no "Prólogo", esboça um Mercador que esconde seus fracassos e falcatruas atrás de uma máscara de dignidade pomposa, um Proprietário de Terras Alo-

Prologue

A Good wyf ther was of beside bathe
And she was somdeel deef & that was scathe
Of cloth makynge had she suche an haunt
She passyd them of ypre and of gaunt
In al the parisshe wyf was ther non
That to the offrynge before her sholde goon
And yf ther dyd certayn wroth was she
Than was she oute of al charyte
Her kercheups ful fyn were of grounde
I durste swere they weyed thre pounde
That on a sonday were on her hed
Hyr hosyn were of fyne scarlet reed
Ful streyte j tyed and shoos ful moyst and newe
Bolde was her face fayr and rede of hewe
She was a worthy woman al hyr lyue
Husbondys at the chyrche dore had she fyue
Wythoute other companye in youthe
But her of nedyth not to speke as nowthe

Página do "Prólogo" com a apresentação da personagem
"Mulher de Bath", na segunda edição de *Os Contos de Canterbury*
impressa por William Caxton em Londres em 1483.

diais fascinado pela "fidalguia" da nobreza a que deseja ascender, um Magistrado que vive comprando terras para satisfazer idêntica ambição, e um Médico mancomunado com os boticários na exploração dos pacientes. Se ele é duro com a burguesia, também não poupa a aristocracia bem-nascida, duvidando, no "Conto da Mulher de Bath" e em vários outros, da validade de suas pretensões à superioridade (ainda que repetindo objeções de Boécio). Por outro lado, recusa-se a idealizar as classes baixas, revelando abertamente as trapaças de figuras como o Moleiro, o Feitor e o Provedor. Mas é na exposição dos males da Igreja que o poeta mais se esmera, deixando entrever assim um pouco de sua simpatia pelos *lollards* (confirmada, aliás, por fontes extraliterárias). É o que verificamos no retrato da Prioresa, típica filha de família nobre sem recursos, que, não dispondo de dote para o matrimônio, é destinada ao convento, onde leva vida de dama requintada, compadecendo-se mais dos cachorrinhos que dos pobres; ou nos retratos do Monge amante do luxo e da caça, do Frade libidinoso e corrupto, ou daqueles verdadeiros rebotalhos humanos que são o Beleguim (ou seja, o Oficial de Justiça Eclesiástica) e o Vendedor de Indulgências.

Além da sociedade, também estão presentes no livro a cultura e a literatura medievais, visto que, a exemplo do *Ulysses* de James Joyce, onde cada capítulo tem uma "arte" e um "estilo", cada história de *Os Contos de Canterbury* ilustra um gênero literário diferente (em geral adequado ao narrador), e focaliza com certa minúcia uma ciência ou atividade humana. Dessa forma, podemos dizer que "O Conto do Cavaleiro", como era de se esperar, é um "romance de cavalaria", pertencente ao Ciclo Antigo; "O Conto de Chaucer sobre Sir Topázio", que parodia um "romance" independente, é um "poema heroico-cômico"; e "O Conto do Proprietário de Terras" é um "lai de Bretagne", um gênero desenvolvido por Marie de France, não claramente definido, cuja ação se passa obrigatoriamente na região da Bretanha. Ainda no âmbito da literatura profana, "O Conto do Padre da Freira" constitui uma "fábula", mais ou menos no estilo dos "debates" entre animais; "O Conto do Magistrado" se enquadra na tradição das então populares "histórias de esposas caluniadas"; "O Conto do Escudeiro" lembra os relatos das *Mil e Uma Noites*; e os contos do Estudante e do Mercador podem ser classificados como "novelle", uma forma narrativa que Chaucer trouxe da Itália. Por sua vez, as histórias daquelas personagens desbocadas — o Moleiro, o Feitor, o Cozinheiro, o Homem do Mar, o Frade e o Bele-

guim — são típicos "fabliaux". Como amostras da literatura religiosa, temos "O Conto da Prioresa", uma narrativa dentro da tradição dos "milagres de Nossa Senhora"; "O Conto da Outra Freira", uma "legenda" ou vida de santo; "O Conto do Vendedor de Indulgências", que não passa de um "exemplum" dentro de um sermão religioso (assim como "O Conto da Mulher de Bath" se caracteriza como "exemplum" profano); "O Conto de Chaucer sobre Melibeu", que nada mais é que um "tratado moral"; e "O Conto do Pároco", que exemplifica o "sermão". Finalmente, há narrativas de difícil classificação, ou porque devem ter sido criadas pelo próprio Chaucer ("O Conto do Criado do Cônego"), ou porque são meras adaptações de Tito Lívio ("O Conto do Médico") ou de Ovídio ("O Conto do Provedor") — enquanto "O Conto do Monge", ao oferecer uma sequência de historietas, reproduz, em ponto menor, as coletâneas medievais, no estilo de *A Legenda das Mulheres Exemplares* ou do próprio livro em que se insere. Nem mesmo a poesia lírica é esquecida, comparecendo aqui e ali sob a forma de "invocações", "baladas" etc. Convém recordar, a propósito, que os célebres versos iniciais da obra constituem uma "reverdie", anunciando o renascer da natureza e o renascer espiritual da humanidade na primavera (e mostrando que, para Chaucer, ao contrário de T. S. Eliot, abril não era "o mês mais cruel"):

> *Whan that Aprille with his shoures sote*
> *The droghte of Marche hath perced to the rote,*
> *And bathed every veyne in swich licour,*
> *Of which vertu engendred is the flour* [...]
> *Than longen folk to goon on pilgrimages.*

Mas, como já foi dito, cada conto não só ilustra gêneros literários diferentes, mas também parece focalizar propositadamente uma ciência ou mais, dando-nos assim uma ampla visão da cultura da época. Consequentemente, encontramos extensas referências à medicina ("O Conto do Cavaleiro"), à alquimia ("O Conto do Criado do Cônego"), à teologia ("O Conto do Frade"), à magia ("O Conto do Proprietário de Terras"), ao comércio e às finanças ("O Conto do Homem do Mar"), à filosofia, à retórica e assim por diante, para não se falar da astrologia, de que o poeta era estudioso apaixonado e à qual faz alusões em quase todas as narrativas.

Naturalmente, todo esse conteúdo social e cultural não tem apenas valor histórico. Quando rimos das limitações e da carga de superstição da ciência daquele tempo, ou quando nos espantamos diante dos casos de opressão, de espoliação e de corrupção descritos, somos levados a imaginar como hão de ver nossa ciência daqui a seis séculos, ou a indagar-nos se há realmente diferenças sensíveis, para melhor ou para pior, entre as injustiças e os abusos que então se praticavam e os que se praticam agora. Os contos de Chaucer oferecem-nos, portanto, um precioso referencial para a avaliação de nosso progresso e para a compreensão de nossa própria sociedade. Mesmo porque a época retratada pode ser a medieval, mas a humanidade é a de sempre.

Isso acontece devido ao fato de que, ao lado desse primeiro mérito, de interesse essencialmente sociológico, o livro ostenta um outro, não menos importante, de interesse basicamente psicológico, que decorre de sua exploração do ser humano como indivíduo e, num segundo momento, como que a fechar o círculo, de sua análise do relacionamento do indivíduo com a sociedade. Vejamos, inicialmente, o método empregado por Chaucer na caracterização do indivíduo.

Para compreendermos seu método, devemos sempre cotejar a descrição dos peregrinos no "Prólogo" com o seu desempenho na narração dos contos. Quando assim fazemos, logo notamos que as criações do poeta são mais que meros tipos representativos de uma classe ou grupo, pois parecem pessoas de verdade, feitas de carne e osso. Em outras palavras, não são personagens planas, mas esféricas — às vezes, até bastante complexas, quando não contraditórias e intrigantes. Tomemos, por exemplo, a gentil Prioresa. A ironia sutil de sua apresentação no "Prólogo", como se disse há pouco, a descreve como uma dama vaidosa e delicada, compelida pelas circunstâncias da vida a tomar o hábito sem ter vocação religiosa; por conseguinte, seu conto a respeito do menino assassinado denuncia (como bem insinua o excesso de diminutivos) uma piedade apenas convencional. Contrastando, porém, com toda a sua aparente suavidade, ela revela, ao mesmo tempo, um ódio antissemita tão intenso que chega a surpreender-nos — se bem que não a seus ouvintes, pois (como constatou R. J. Schoeck em *Chaucer Criticism*, pp. 245-58), quando ela termina a história, paradoxalmente pedindo ao Senhor a piedade que recusa aos "malditos judeus", sua plateia fica igualmente comovida, sem se dar conta de suas contradições. Essa reação é muito sugestiva, dado que não só completa a imagem da freira, inserindo-a em

seu meio, como também nos informa sobre a natureza de seu contexto social. Trata-se, portanto, de um retrato de corpo inteiro, composto, como num jogo de espelhos, pela superposição da atitude da narradora em relação à sua história, da atitude dos romeiros em relação à história e à narradora, e da atitude do peregrino Chaucer em relação à narradora e aos romeiros.

Mais intrigante ainda é o retrato do Vendedor de Indulgências, que o próprio autor não define se se trata de um homossexual, de um bissexual ou de um eunuco. De qualquer modo, estamos diante de um pervertido, que, ao chegar sua vez de narrar, talvez estimulado pela bebida, se atira sem acanhamento a uma confissão pública, em que — tal como o Ricardo III de Shakespeare — parece vangloriar-se de seus vícios e sua desonestidade; depois, faz uma demonstração de sua técnica de ludibriar os incautos com sermões insinceros, ilustrados por um "exemplum" ironicamente moralista (que é o seu conto), chegando finalmente, ou por excesso de empolgação ou por simples troça, ao atrevimento de tentar impingir suas "relíquias" aos próprios companheiros de viagem, como se a realidade e a ficção se misturassem. Também aqui temos o hábil jogo de espelhos, com o ominoso conto a refletir o sermão, o sermão a iluminar a confissão, e a confissão a desnudar a personagem, em meio à usual superposição de impressões do autor, do narrador e da plateia.

Foi com esse processo básico, fundamentado no princípio da união indissolúvel do narrador com a narrativa — que Chaucer foi o primeiro a aplicar na literatura inglesa (e quiçá europeia) —, que ele pôde criar uma caracterização não apenas complexa e convincente, mas também de inigualável variedade.

Se a análise dos contos individuais nos fornece a psicologia dos protagonistas, dando-nos uma visão bastante realista da natureza humana, o estudo comparativo de certas histórias, reunidas em grupos, nos permite descobrir a existência de grandes linhas temáticas que, além de garantirem a unidade da obra, nos esclarecem sobre o pensamento de Chaucer a respeito, sobretudo, de questões atinentes ao relacionamento do indivíduo com outros indivíduos e com a sociedade em geral. E é bom que se acentue que essas linhas, que formam às vezes verdadeiras tramas, não dependem apenas dos encadeamentos mais óbvios, como os determinados pelas rixas entre o Moleiro e o Feitor, ou entre o Frade e o Beleguim. Além desses elos fortemente dramáticos, há também elos mais sutis e profundos, frequentemente psicológicos e de fundo irônico. É

através destes que o autor trata de alguns problemas que até hoje são palpitantes, como a natureza do amor, a mulher perante o sexo, e a vida conjugal.

O primeiro tema citado, por exemplo, é amplamente discutido em "O Conto do Cavaleiro", com seu tom dignificado e sua colorida e pomposa parada medieval de rigorosa simetria. Ali, o narrador, por força de sua condição, deve admitir a viabilidade do amor como sentimento platônico e como incondicional devoção à mulher idealizada. Reconhece, entretanto, que, no mundo real, essa sublimidade dificilmente subsiste, ora descambando para a brutalidade das paixões carnais (como quando, por causa de Emília, Palamon e Arcite se esquecem do próprio código de honra da cavalaria), ora se expondo ao ridículo (como no momento em que Teseu lembra que Emília sabia do ardor dos dois rivais "tanto quanto os cucos e as lebres"). Foi só a muito custo, após sacrifícios e tragédias, que a dignidade cavaleiresca, no final, foi reconquistada, e o "amor cortês" reafirmado. Logo em seguida, porém, vem "O Conto do Moleiro", que, ironicamente, também discorre sobre dois rivais, Absalon e Nicholas, em luta pelo "amor" de Alisson, a bela camponesa. Essa história, das mais divertidas e obscenas da literatura inglesa, sendo narrada pelo Moleiro bêbado expressamente com o intuito de "pagar" o conto do Cavaleiro, lança nova luz sobre este, envolvendo-o numa atmosfera de irrealidade. E o que o contraste de ambos sugere é que, pelo menos na vida real, o sexo pode dispensar o amor, mas o amor raramente pode se dissociar do sexo.

Se as coisas são assim, por que a sociedade reprime a vida sexual da mulher e estimula a do homem? É exatamente essa questão da posição da mulher perante o sexo que dá vida a uma outra linha temática do livro. Alguns contos, como o do Moleiro, o do Feitor e o do Homem do Mar, nos apresentam mulheres que aceitam ou espontaneamente procuram a atividade sexual, mas, de uma forma ou de outra, deixam implícito que elas não merecem muito respeito; outros, como os contos do Cavaleiro, do Magistrado e do Médico — para não se falar da história de Zenóbia, em "O Conto do Monge" —, procuram inculcar-nos a velha ideia de que a única mulher digna do nome é a virgem. Em todos eles, portanto, parece que à mulher só cabe optar por esses dois polos extremos, e ou se torna prostituta, ou santa. A reconciliação de tais opostos, a síntese dessa tese e dessa antítese, finalmente é alcançada no prólogo de "O Conto da Mulher de Bath", onde a narradora, uma das maiores figuras femini-

nas de toda a literatura universal, mesmo sem contestar abertamente os conceitos morais predominantes, demonstra, com abundância de argumentos, que os prazeres do sexo não devem ser prerrogativa exclusiva dos homens.

Ao mesmo tempo em que atinge tal síntese, entretanto, "O Conto da Mulher de Bath" inaugura nova linha temática, visto que os pontos de vista daquela personagem sobre o casamento provocam a reação dos demais peregrinos, surgindo daí os contos que George L. Kittredge chamou de "grupo conjugal". A tese da Mulher de Bath, muito bem ilustrada por sua história, é que o matrimônio só pode ser feliz quando quem manda é a mulher. A antítese vem desenvolvida em "O Conto do Estudante", que descreve a dócil submissão de Griselda — a "esposa ideal" — aos mais absurdos caprichos do marido. O Estudante, no entanto, sentindo que sua história é falha como contra-argumento, por se afastar demais da realidade, timidamente invoca como justificativa o seu caráter simbólico (a submissão de Griselda ao marido é como deve ser a submissão do cristão a Deus); e então, num "envoi" irônico, finge apoiar a Mulher de Bath e defende o direito que tem a esposa de tornar o homem miserável. Suas palavras tocam fundo na ferida de outro romeiro, que, lembrando-se de quanto era infeliz na vida conjugal, resolve desabafar o seu rancor contando a história mais impiedosamente cínica de toda a coletânea. Com efeito, em "O Conto do Mercador" não é só a mulher, a jovem Maio, com seu espírito mercenário, que é condenada; mais que ela merece desprezo o marido egoísta, o velho Janeiro, que mais cego se torna ainda depois que recupera a visão. Para o Mercador, portanto, as mulheres são inescrupulosas e os homens são tolos; e o matrimônio é ilusão. Finalmente, "O Conto do Proprietário de Terras" retoma o debate e oferece a síntese, demonstrando que o casamento feliz é possível, mas somente quando há confiança mútua entre os cônjuges e nenhum manda no outro: "Quando surge a imposição, o deus do Amor bate asas, e então, adeus! vai-se embora".

Finalizando estes comentários a respeito de *Os Contos de Canterbury*, lembramos que, ao lado desse nível naturalista, onde a temática prevalecente concerne à sociedade, ao indivíduo e ao relacionamento do indivíduo com outros e com a sociedade, o livro encerra também um nível simbólico, geralmente de fundo religioso. Esse nível pode ser detectado não apenas nos contos individuais, mas também na própria estrutura da obra como um todo. No primeiro caso, infelizmente, a exegese

ainda tem se mostrado incerta e vaga. "O Conto do Padre da Freira", por exemplo, que é a deliciosa fábula do galo Chantecler, da galinha Pertelote e de Dona Russela, a raposa — narrada por um dos Padres que acompanham a Prioresa —, tem sido, quanto às suas implicações simbólicas, interpretado das mais diversas maneiras: para alguns, a história ilustra a necessidade que tem o cristão (o galo) de se manter em guarda contra o demônio (a raposa); para outros, que compararam as cores dos animais do enredo com as cores heráldicas do rei e dos "barões", trata-se de uma sátira política; para outros, enfim, a obra contém uma crítica às dissensões internas do clero (abertamente mencionadas por Chaucer no início de "O Conto do Beleguim"), de modo que a viúva, dona de Chantecler, representaria a Igreja; o galo, os padres seculares; e a raposa, os frades. E não falta quem veja na narrativa um relato simbólico da Queda do Homem. Entretanto, suposições como essas — ou como aquela que insiste em descobrir no autor a intenção de dramatizar nos diferentes contos as quatro virtudes profanas, as três virtudes teologais e os sete pecados capitais — na verdade não ajudam muito, pois são genéricas e, em parte, subjetivas. Melhor fundamentada, porque corroborada pelo próprio Pároco no prólogo de sua "história", é a visão da romaria para a cidade de Canterbury como uma alegoria da peregrinação da humanidade rumo à Jerusalém Celestial. Nesse ponto, o nível simbólico se funde com o nível naturalista e o justifica, visto que, em última análise, o que a obra retrata é toda a humanidade, com seus esplendores e misérias, suas desilusões e seus temores, sempre impelida avante pela esperança, e pelo sonho supremo da perfeição espiritual e da vida eterna. E de tal sonho não se exclui o autor, que, à semelhança do que ocorre na conclusão de vários de seus outros poemas, significativamente, termina o livro com uma "Retratação", curioso ato de contrição pelas obscenidades descritas.

    Mas isso não é tudo. Outros aspectos de Chaucer, talvez menos explícitos que os já focalizados, mas não menos relevantes, estão a reclamar nossa atenção. Um deles, pelo menos, merece ser aqui sublinhado: sua atitude sempre equilibrada perante a arte e a vida, sem a qual jamais teria criado tão vivo e pujante quadro da "comédia humana". De fato, vivendo, como vimos, numa época atormentada por pestes e guerras, convulsões sociais e dissensões religiosas, superstições e fanatismos, espoliações e injustiças, soube ele preservar o bom humor e a tolerância, aceitando indulgentemente a sociedade enquanto condenava o arbítrio e

Página de abertura do "Conto de Chaucer sobre Melibeu",
na segunda edição de *Os Contos de Canterbury*, de 1483,
com texto em prosa e xilogravura retratando o autor.

a corrupção, rejeitando o pecado e o vício enquanto acolhia como irmão o pecador. Por trás de tudo, naturalmente, estava o seu interesse pelo ser humano, e, principalmente, o seu amor à vida, um amor tão intenso que até mesmo a sua obscenidade, que para alguns talvez pareça bestial ou grotesca, não passa de manifestação da alegria de viver e a expressão de salutar vitalidade. Para nós, em nosso mundo de ansiedade e neurose, de incompreensões e extremismos, é provável que a mais rica dádiva do bonachão Geoffrey Chaucer seja, exatamente, esse recado de sanidade.

A TRADUÇÃO

Esta edição inclui a tradução do texto integral de *Os Contos de Canterbury*, exceto pelos cortes nos dois únicos trechos que, no original, se acham escritos em prosa, ou seja, "O Conto de Chaucer sobre Melibeu" e "O Conto do Pároco". Esses escritos, de inferior qualidade ("a pior poesia de Chaucer é melhor que sua melhor prosa") e de pouquíssimo interesse para a grande maioria dos leitores modernos, fogem completamente ao conceito vigente de "literatura de ficção". De fato, não são "contos", mas "tratados morais". Por esses motivos, são geralmente suprimidos nas versões da obra para o inglês moderno e, às vezes, até em suas edições no inglês medieval (como ocorre, por exemplo, em *Chaucer's Major Poetry*, de Albert C. Baugh). Esta tradução, portanto, oferece mais que muitos trabalhos congêneres publicados nos países anglo-saxônicos, visto que, em vez de simplesmente suprimi-los, apresenta excertos daqueles "contos", ligados por pequenas sinopses. Assim sendo, pode, com toda a justiça, ser considerada completa. Aliás, é a primeira tradução completa do livro de Chaucer para o português, porque a outra versão existente, realizada em Portugal pelo Professor Olívio Caeiro, consta apenas do prólogo geral e mais dois contos.

Ao empreender este trabalho, resisti, apesar das dificuldades do texto em inglês médio, à tentação de tomar como base uma de suas adaptações para o inglês moderno. A não ser excepcionalmente, o tradutor responsável, em meu entender, deve sempre partir do original. Mesmo que assim não pensasse, as alternativas possíveis no presente caso não se mostravam muito promissoras, visto que nenhuma das versões disponíveis, para o inglês atual, me parece plenamente satisfatória. A tradução

em prosa de Tatlock e MacKaye, por exemplo, além de vazada em linguagem arcaizante, é puritana demais para o meu gosto, chegando a mutilar impiedosamente vários contos com a eliminação das passagens que considera pornográficas. Por outro lado, a versão poética de Morrison em *The Portable Chaucer*, cuja melhor qualidade talvez seja a sua fluência, é não só fragmentária, mas também sintética ao extremo (no prefácio, o tradutor se gaba de haver reduzido "O Conto do Cavaleiro" à metade). Já a tradução de Nevill Coghill, sem dúvida a melhor de todas, tem o inconveniente (à parte algumas interpretações discutíveis) de exagerar o vezo do poeta pelas rimas canhestras, constantemente justapondo expressões dignificadas e triviais, e reduzindo o humor de Chaucer, muitas vezes, a um subproduto do "cômico involuntário". Em vista disso, a presente tradução foi feita, como convinha, diretamente do inglês médio, tomando como base as consagradas edições de Skeat e Robinson. Esta última, com sua profusão de notas explicativas, mostrou-se particularmente útil no esclarecimento das dúvidas.

Um dos grandes problemas que enfrentei, na preparação desta edição, foi o da fixação da ordem dos contos. Como se sabe, o livro se compõe de dez fragmentos ou grupos de histórias, e, com exceção do inicial e do final, sua sequência tem sido objeto de acesa discussão. Acabei optando pela ordem adotada por Skeat e Coghill — que é também a que parece ter sido dada pelo poeta ou por seus herdeiros — porque é a que melhor corresponde, de acordo com as poucas indicações fornecidas pelo texto, à passagem do tempo e à sucessão dos lugarejos ao longo do trajeto para Canterbury. A única alteração que admiti, nessa disposição tradicional, foi o deslocamento do fragmento C (que contém "O Conto do Médico" e "O Conto do Vendedor de Indulgências") para depois do "grupo conjugal", dado que a aparente ingenuidade do Vendedor de Indulgências na troca de palavras com a Mulher de Bath não seria dramaticamente concebível após o desnudamento de sua personalidade no prólogo de seu conto. Do mesmo parecer são G. G. Sedgewick — no artigo "The Progress of Chaucer's Pardoner" (em *Chaucer Criticism*, pp. 190-220) —, Albert C. Baugh, Theodore Morrison e outros.

Igualmente problemática foi a escolha da forma literária a ser empregada na tradução. O texto original, salvo nos mencionados "contos" do Pároco e do próprio Chaucer sobre Melibeu, é em versos, o que, em princípio, demandaria uma tradução também em versos. A verdade, porém, é que boa parte do livro se compõe de relatos apenas metrificados,

se bem que entremeados de momentos de poesia. Numa época em que até crônicas históricas e tratados filosóficos costumavam ser em versos, era natural que o autor escolhesse tal meio para uma obra de ficção. Se escrevesse hoje em dia, porém, é mais do que provável que teria preferido a prosa, que já aprendemos a associar com o gênero do conto. Em vista disso, pareceu-me que uma tradução integralmente versificada, mas desprovida da esperada intensidade poética, além de nada acrescentar ao texto, prejudicaria a fluência da leitura. Portanto, nesta tradução, foi a prosa que resolvi adotar. Naturalmente, ao fazê-lo, não me descuidei do citado elemento poético, presente em muitas páginas. Afinal, Chaucer também foi poeta — o "Pai da Poesia Inglesa" — e desprezar esse aspecto seria desfigurar sua obra. Assim, busquei preservar a natureza e a qualidade das imagens do autor, as nuanças das diferentes atmosferas, a sutileza e a variedade dos tons, e, inclusive, a musicalidade das palavras. Para isso, servi-me da prosa ritmada em várias passagens (nos contos do Cavaleiro, do Monge, do Proprietário de Terras etc.); em outros momentos, como nas "invocações" e nas "baladas", utilizei abertamente o verso; e, finalmente, em "O Conto de Chaucer sobre Sir Topázio", reproduzi fielmente a forma estrófica original, pois, com qualquer outra roupagem, esse conto perderia inteiramente a sua razão de ser. Acredito que, desse modo, fui fiel ao narrador sem trair o poeta.

Outros problemas também merecem ser lembrados. Por exemplo, este: toda tradução, ao transpor um texto de uma cultura para outra, é uma viagem no espaço; a tradução de Chaucer, trazendo a Idade Média até os nossos dias, é, além disso, uma viagem no tempo. Consequentemente, as dificuldades se ampliam. Muitos termos, designando profissões, peças de vestuário, instituições ou costumes desaparecidos ou não encontram mais correspondentes, ou se tornaram fósseis linguísticos; outros mudaram os seus sentidos (como a palavra *jantar*, que equivale hoje ao *almoço*), ou adquiriram novas conotações. Além do vocabulário, também a sintaxe chauceriana era diferente, com predominância da coordenação sobre a subordinação, o abuso de anacolutos e repetições, e nenhuma preocupação com a sequência dos tempos verbais. A manutenção fiel de todas essas características sintáticas e léxicas (num texto despojado, repleto de frases truncadas e referências a *garvaias*, *aljubas*, *berzeguins*, *balegões*, *bragais*, *mudbages*, *gomis*, *alfagemes* ou *magarefes*) iria imprimir ao estilo um ar primitivo e arcaico, e tornaria a obra ilegível. Uma adaptação radical, por outro lado, o privaria de seu colorido medieval;

e o resultado, por melhor que fosse, não seria Chaucer. Minha preocupação, portanto, foi encontrar o meio-termo, seja aparando as arestas mais ásperas da tosca sintaxe original, sobretudo no concernente às repetições e aos tempos verbais (mas sem mudar a essência de seu caráter simples e direto), seja atualizando, sempre que possível, o vocabulário (mas sem eliminar de vez as expressões arcaicas, conservadas aqui e ali para sugestão da atmosfera da época). Essa procura do meio-termo afetou inclusive as formas de tratamento: normalmente são *você* e *senhor*, mas, nos contos de tom mais elevado ou de sabor antigo, comparecem o *tu* ou o mais respeitoso *vós*. Como se pode ver, minha preocupação foi, em resumo, a de recriar *Os Contos de Canterbury* como obra permanente e viva, mas sem esquecer que também é medieval.

Para encerrar estas observações, gostaria, por fim, de advertir o leitor de que, com o intuito de economizar espaço, usei propositadamente, na transcrição dos diálogos, o sistema anglo-saxônico de aspas, em lugar do nosso sistema de travessões.

Com tantos cuidados, grandes e pequenos, espero ter levado a bom termo esta empreitada, cujo propósito único é o de garantir aos leitores de língua portuguesa acesso a esta que é uma das maiores obras da literatura universal. Não foi, certamente, uma tarefa fácil. E, se tive ânimo para concluí-la, devo-o não só a meu grande amor pela produção literária de Chaucer e ao estímulo de vários amigos, mas também, e principalmente, ao apoio constante de minha mulher, Sophia, a quem, por isso mesmo, dedico este trabalho.

Referências bibliográficas

ANDERSON, George K. *Old and Middle English Literature from the Beginnings to 1485*. Londres: Collier-MacMillan, 1962.
BAUGH, Albert Croll (org.). *Chaucer's Major Poetry*. Londres: Routledge & Kegan Paul, 1963.
BOWDEN, Muriel. *A Reader's Guide to Geoffrey Chaucer*. Londres: Thames and Hudson, 1965.
BREWER, Derek. *Geoffrey Chaucer*. Londres: G. Bell & Sons, 1974.
BROOKS, Harold. *Chaucer's Pilgrims*. Londres: Methuen, 1962.
BURROW, John Anthony (org.). *Geoffrey Chaucer*. Harmondsworth: Penguin Books, 1969.

CHAUCER, Geoffrey. *Os Contos de Cantuária* (prólogo geral e dois contos). Tradução de Olívio Caeiro. Lisboa: Brasília Editora, 1980.

_____. *The Canterbury Tales*. Tradução de Nevill Coghill. Londres: Penguin Books, 1957.

_____. *The Portable Chaucer*. Tradução de Theodore Morrison. Nova York: The Viking Press, 1955.

_____. *The Modern Reader's Chaucer: The Complete Poetical Works of Geoffrey Chaucer*. Tradução de John S. P. Tatlock e Percy MacKaye. Nova York: The Macmillan Company, 1943.

CHUTTE, Marchette. *Geoffrey Chaucer of England*. Londres: Robert Hale, 1951.

CRAWFORD, William R. *Bibliography of Chaucer: 1954-1963*. Seattle: University of Washington Press, 1967.

FISIAK, Jacek. *Morphemic Structure of Chaucer's English*. Tuscaloosa, Alabama: University of Alabama Press, 1965.

FORD, Boris (org.). *The Age of Chaucer (A Guide to English Literature I)*. Londres: Pelican Books, 1954.

GRIFFITH, Dudley D. *Bibliography of Chaucer: 1908-1953*. Seattle: University of Washington Press, 1955.

LEWIS, C. S. *The Discarded Image: An Introduction to Medieval and Renaissance Literature*. Cambridge: Cambridge University Press, 1967.

LOOMIS, Roger Sherman. *A Mirror of Chaucer's World*. Princeton: Princeton University Press, 1965.

MARQUES, Antonio Henrique de Oliveira. *A Sociedade Medieval Portuguesa*. Lisboa: Livraria Sá da Costa Editora, 3ª ed., 1974.

MYERS, Alec Reginald. *England in the Late Middle Ages (The Pelican History of England)*. Harmondsworth: Penguin Books, 1982.

ONIONS, Charles Talbut. *The Oxford Dictionary of English Etymology*. Oxford: Clarendon Press, 1966.

RICKERT, Edith (org.). *Chaucer's World*. Nova York/Londres: Columbia University Press, 1962.

ROBINSON, Fred Norris (org.). *The Works of Geoffrey Chaucer*. Londres: Oxford University Press, 1957 (1933).

SCHLAUCH, Margaret. *The English Language*. Varsóvia: Panstwowe Wydawnictwo Naukowe, 1962.

SCHOECK, Richard; TAYLOR, Jerome. *Chaucer Criticism: The Canterbury Tales*. Notre Dame, Indiana: University of Notre Dame Press, 1960.

SKEAT, Walter William (org.). *Geoffrey Chaucer: The Canterbury Tales (The World's Classics)*. Londres: Oxford University Press, 1950 (1894).

THOMPSON, James Westfall. *An Introduction to Medieval Europe*. Nova York: Norton, 1937.

The Canterbury Tales*

* Texto original em inglês médio estabelecido a partir de *The Complete Works of Geoffrey Chaucer, edited from numerous manuscripts by the Rev. Walter W. Skeat*, Oxford, Clarendon Press, 1894. O texto de Chaucer, em sua maior parte em versos, foi aqui agrupado em parágrafos para permitir um melhor cotejo com a tradução em prosa de Paulo Vizioli. Foi respeitada aqui também a ordem dos contos adotada pelo tradutor, particularmente a posição do chamado "Grupo C", conforme ele observa em seu texto de apresentação na página 27 do presente volume.

Os Contos de Canterbury*

---

* As notas do tradutor estão assinaladas com (N. do T.); as notas adicionais de José Roberto O'Shea, elaboradas para esta edição, com (N. da E.).

The Prologue

Here biginneth the Book of the Tales of Caunterbury.

Whan that Aprille with his shoures sote/ The droghte of Marche hath perced to the rote,/ And bathed every veyne in swich licour,/ Of which vertu engendred is the flour;/ Whan Zephirus eek with his swete breeth/ Inspired hath in every holt and heeth/ The tendre croppes, and the yonge sonne/ Hath in the Ram his halfe cours y-ronne,/ And smale fowles maken melodye,/ That slepen al the night with open yë,/ (So priketh hem nature in hir corages):/ Than longen folk to goon on pilgrimages/ (And palmers for to seken straunge strondes)/ To ferne halwes, couthe in sondry londes;/ And specially, from every shires ende/ Of Engelond, to Caunterbury they wende,/ The holy blisful martir for to seke,/ That hem hath holpen, whan that they were seke./

Prólogo

Aqui começa o livro dos Contos de Canterbury.[1]

Quando abril, com as suas doces chuvas, cortou pela raiz toda a aridez de março, banhando os veios com o líquido que pode gerar a flor; quando Zéfiro[2] também, com seu sopro perfumado, instilou vida em tenros brotos, pelos bosques e campinas; quando o sol na juventude percorreu metade de seu curso em Áries;[3] e os passarinhos, ficando a noite inteira de olho aberto, gorjeiam melodiosamente, com os corações espicaçados pela Natureza — então sentem as pessoas vontade de peregrinar; e os palmeirins, o desejo de buscar plagas estranhas, com santuários distantes, famosos em vários países. E rumam principalmente, de todos os condados da Inglaterra, para a cidade de Canterbury, à procura do bendito e santo mártir que os auxiliara na doença.[4]

---

[1] Cidade do condado de Kent, no sudeste da Inglaterra. (N. da E.)

[2] Na mitologia grega, o vento do oeste. (N. da E.)

[3] O sol está na juventude porque há pouco ultrapassara o equinócio de primavera, que marca o início do ano solar. (N. da E.)

[4] Alusão a São Tomás Beckett. Thomas Beckett era arcebispo de Canterbury, e foi assassinado dentro da própria catedral, em 1170, e canonizado três anos depois. Seu

Bifel that, in that seson on a day,/ In Southwerk at the Tabard as I lay/ Redy to wenden on my pilgrimage/ To Caunterbury with ful devout corage,/ At night was come in-to that hostelrye/ Wel nyne and twenty in a companye,/ Of sondry folk, by aventure y-falle/ In felawshipe, and pilgrims were they alle,/ That toward Caunterbury wolden ryde;/ The chambres and the stables weren wyde,/ And wel we weren esed atte beste./ And shortly, whan the sonne was to reste,/ So hadde I spoken with hem everichon,/ That I was of hir felawshipe anon,/ And made forward erly for to ryse,/ To take our wey, ther as I yow devyse./

But natheles, whyl I have tyme and space,/ Er that I ferther in this tale pace,/ Me thinketh it acordaunt to resoun,/ To telle yow al the condicioun/ Of ech of hem, so as it semed me,/ And whiche they weren, and of what degree;/ And eek in what array that they were inne:/ And at a knight than wol I first biginne./

A Knight ther was, and that a worthy man,/ That fro the tyme that he first bigan/ To ryden out, he loved chivalrye,/ Trouthe and honour, fredom and curteisye./ Ful worthy was he in his lordes werre,/ And therto hadde he riden (no man ferre)/ As wel in Cristendom as hethenesse,/ And ever honoured for his worthinesse./

At Alisaundre he was, whan it was wonne;/ Ful ofte tyme he hadde the bord bigonne/ Aboven alle naciouns in Pruce./ In Lettow

Naquela época, aconteceu que um dia, achando-me eu em Southwark, no Tabardo,[5] pronto a partir em peregrinação a Canterbury com o coração cheio de fé, chegou de tardezinha àquela hospedaria uma comitiva de bem vinte e nove pessoas diferentes, que haviam se reunido por acaso.[6] E todos os seus membros eram peregrinos que cavalgavam para Canterbury. Como os quartos e os estábulos tinham muito espaço, acomodamo-nos todos sem dificuldade. E, logo que o sol se pôs, eu já havia conversado com cada um deles, agregando-me à sua comitiva. E o grupo todo concordou em levantar-se bem cedo a fim de pôr-se a caminho, conforme vou relatar.

Entretanto, enquanto tenho tempo e espaço, e antes que avance ainda mais em minha história, creio de bom alvitre descrever a condição de cada qual (de acordo com o que me foi dado perceber), quem era e qual a sua posição, bem como a sua maneira de vestir-se. E vou começar por um Cavaleiro.[7]

Estava lá um CAVALEIRO, um homem muito digno, que, desde que principiara a montar, amava a Cavalaria, a lealdade e a honra, a cortesia e a generosidade. Valente nas guerras de seu suserano, embrenhara-se mais do que ninguém pela Cristandade e pelas terras dos pagãos, sempre reverenciado pelo seu valor.

Esteve presente na conquista de Alexandria;[8] muitas vezes, na Prússia, coube-lhe a cabeceira da mesa, à frente de todas as nações; fez cam-

---

túmulo não mais se acha na Catedral de Canterbury, pois foi desmantelado por ordem de Henrique VIII no início da Reforma Protestante. (N. do T.)

[5] O emblema da hospedaria era um "tabardo", capote com mangas e capuz. Na época de Chaucer, existia, de fato, uma estalagem com tal nome, Tabard, na região de Southwark, na margem sul do Tâmisa. (N. da E.)

[6] O número de peregrinos descritos no "Prólogo", sem contar o próprio Chaucer, não é 29, mas sim 27. Dois viajantes, o Cônego e seu Criado, se juntam ao grupo mais tarde. (N. da E.)

[7] Ao grafarem os nomes das profissões ou ocupações dos peregrinos em maiúsculas, as edições modernas criam uma espécie de impressão de nome próprio, mas os manuscritos originais não fazem semelhante registro. (N. da E.)

[8] Cidade tomada pelos cristãos no século XIV. Os lugares em que o Cavaleiro combateu mostram que ele esteve nas três grandes frentes de luta contra o "paganismo": 1) no Oriente Próximo, onde se situavam Alexandria (Egito), Aias (Cilícia Armênia), Atalia e Palatia (Turquia); 2) no nordeste europeu, onde os Cavaleiros Teutônicos moviam guerra aos lituanos, polacos e russos; e 3) na Espanha árabe, com Granada e Algeciras,

hadde he reysed and in Ruce,/ No Cristen man so ofte of his degree./ In Gernade at the sege eek hadde he be/ Of Algezir, and riden in Belmarye./ At Lyeys was he, and at Satalye,/ Whan they were wonne; and in the Grete See/ At many a noble aryve hadde he be./

At mortal batailles hadde he been fiftene,/ And foughten for our feith at Tramissene/ In listes thryes, and ay slayn his foo./

This ilke worthy knight had been also/ Somtyme with the lord of Palatye,/ Ageyn another hethen in Turkye:/ And evermore he hadde a sovereyn prys./ And though that he were worthy, he was wys,/ And of his port as meke as is a mayde./ He never yet no vileinye ne sayde/ In al his lyf, un-to no maner wight./ He was a verray parfit gentil knight./ But for to tellen yow of his array,/ His hors were gode, but he was nat gay./ Of fustian he wered a gipoun/ Al bismotered with his habergeoun;/ For he was late y-come from his viage,/ And wente for to doon his pilgrimage./

With him ther was his sone, a yong SQUYER,/ A lovyere, and a lusty bacheler,/ With lokkes crulle, as they were leyd in presse./ Of twenty yeer of age he was, I gesse./ Of his stature he was of evene lengthe,/ And wonderly deliver, and greet of strengthe./ And he had been somtyme in chivachye,/ In Flaundres, in Artoys, and Picardye,/ And born him wel, as of so litel space,/ In hope to stonden in his lady grace./ Embrouded was he, as it were a mede/ Al ful of fresshe floures, whyte and rede./ Singinge he was, or floytinge, al the day;/ He was as fresh as is the month of May./ Short was his goune, with sleves longe and wyde./ Wel coude

panhas na Lituânia e na Rússia, mais que qualquer outro cristão de sua categoria; também esteve em Granada, no cerco de Algeciras; no reino de Ben-Marin; em Aias e Atalia, quando ambas foram tomadas; e presenciou o desembarque de nobres armadas às margens do Grande Mar.[9]

Quinze vezes participou de torneios mortais, e três vezes travou justas por nossa fé em Tramissena, sempre matando o inimigo.

Este digno Cavaleiro também acompanhara o senhor de Palatia[10] contra um outro pagão em terras turcas, aumentando ainda mais o seu renome. E, apesar de toda essa bravura, ele era prudente, e modesto na conduta como uma donzela. De fato, jamais em sua vida dirigiu palavras rudes a quem quer que fosse. Era um legítimo Cavaleiro, perfeito e gentil. Quanto aos bens que ostentava, tinha excelentes cavalos, mas o traje era discreto: o gibão que vestia era de fustão, manchado aqui e ali pela ferrugem da cota de malha. Regressara, havia pouco, de mais uma campanha, partindo em peregrinação logo em seguida.

Fazia-se acompanhar do filho, um jovem ESCUDEIRO, um aspirante à Cavalaria, galante e fogoso, de cabelos com tantos caracóis que pareciam frisados. Calculo que devia ter uns vinte anos. Era de altura mediana, aparentando possuir notável agilidade e grande força. Já havia servido em combates na Flandres, no Artois e na Picardia,[11] e, não obstante o pouco tempo, dera provas de coragem, tentando conquistar as graças de sua dama. Recoberto de bordados, parecia um prado cheio de lindas flores, brancas e vermelhas. Passava os dias a cantar e a tocar flauta, e tinha o frescor do mês de maio. Envergava um saio curto, com mangas longas e bufantes. Montava e cavalgava com destreza, compunha versos

---

e no vizinho Magreb, em que se localizava o reino mouro de Ben-Marin, com a cidade de Tramissena (atual Tlemcen). O Grande Mar era como alguns chamavam o Mediterrâneo Oriental, para distingui-lo dos pequenos mares da Palestina (o Mar Morto e o lago de Tiberíades). (N. do T.)

[9] O Grande Mar é o Mediterrâneo. As batalhas de que o Cavaleiro participara conduziram-no aos confins do mundo medieval. Algeciras fica perto do Cabo de Trafalgar, no sul da Espanha; Ben-Marin fica no norte da África; Aias e Atalia situam-se na Ásia Menor. (N. da E.)

[10] Tramissena fica na Argélia, e Palatia é provavelmente a moderna Balat, na costa oeste da Turquia. (N. da E.)

[11] Respectivamente, a região norte da Bélgica e províncias do norte da França. (N. da E.)

he sitte on hors, and faire ryde./ He coude songes make and wel endyte,/ Iuste and eek daunce, and wel purtreye and wryte,/ So hote he lovede, that by nightertale/ He sleep namore than dooth a nightingale./ Curteys he was, lowly, and servisable,/ And carf biforn his fader at the table./

A YEMAN hadde he, and servaunts namo/ At that tyme, for him liste ryde so;/ And he was clad in cote and hood of grene;/ A sheef of pecok-arwes brighte and kene/ Under his belt he bar ful thriftily;/ (Wel coude he dresse his takel yemanly:/ His arwes drouped noght with fetheres lowe),/ And in his hand he bar a mighty bowe./ A not-heed hadde he, with a broun visage./ Of wode-craft wel coude he al the usage./ Upon his arm he bar a gay bracer,/ And by his syde a swerd and a bokeler,/ And on that other syde a gay daggere,/ Harneised wel, and sharp as point of spere;/ A Cristofre on his brest of silver shene./ An horn he bar, the bawdrik was of grene;/ A forster was he, soothly, as I gesse./

Ther was also a Nonne, a PRIORESSE,/ That of hir smyling was ful simple and coy;/ Hir gretteste ooth was but by sëynt Loy;/ And she was cleped madame Eglentyne./ Ful wel she song the service divyne,/ Entuned in hir nose ful semely;/ And Frensh she spak ful faire and fetisly,/ After the scole of Stratford atte Bowe,/ For Frensh of Paris was to hir unknowe./ At mete wel y-taught was she with-alle;/ She leet no morsel from hir lippes falle,/ Ne wette hir fingres in hir sauce depe./ Wel coude she carie a morsel, and wel kepe,/ That no drope ne fille up-on hir brest./ In curteisye was set ful muche hir lest./ Hir over lippe wyped she so clene,/ That in hir coppe was no ferthing sene/ Of grece, whan she dronken hadde hir draughte./ Ful semely after hir mete she raughte,/ And sikerly she was of greet disport,/ And ful plesaunt,

e com arte os declamava, sabia justar e dançar e desenhar e escrever. Amava com tal ardor que, à noite, dormia menos do que um rouxinol. Era cortês, humilde e prestativo; e à mesa trinchava para o pai.[12]

O Cavaleiro também tinha consigo um CRIADO, e mais nenhum outro serviçal nessa ocasião, pois assim preferia cavalgar. Vestia este um brial e um capuz de cor verde. Na mão trazia um arco possante e, à cinta, um feixe bem atado de flechas com plumas de pavão, luzentes e pontiagudas (cuidava bem de seu equipamento, não deixando setas soltas, caindo com as penas baixas). Com sua cabeça raspada e o rosto queimado de sol, era perito nas artes do caçador. Protegia o pulso com uma braçadeira colorida; pendiam-lhe do flanco uma espada e um broquel; e no outro lado se via um belo punhal, de bom acabamento, aguçado como ponta de lança. No peito, uma medalha de São Cristóvão, de prata reluzente. Trazia, enfim, um corno de caça, preso a um verde boldrié. Na verdade, tudo indicava que era um couteiro.[13]

Lá estava igualmente uma Freira, uma PRIORESA, com um sorriso todo simplicidade e modéstia. A maior praga que rogava era "por Santo Elói!".[14] Chamava-se Senhora Eglantine. Cantava graciosamente o serviço divino, com um perfeito tom fanhoso; e falava francês bonito e bem, segundo a escola de Stratford-at-Bow,[15] pois que desconhecia o francês de Paris. Além disso, era muito educada à mesa: jamais deixava cair pedaços de comida da boca, nem mergulhava demais os dedos no molho, mas segurava sempre os alimentos com cuidado, sem que uma gota sequer lhe pingasse no peito. Nos hábitos cortesãos achava a sua maior satisfação. Limpava tanto o lábio superior que, quando acabava de beber, não se via em seu copo nenhum sinal de gordura. E com que graça estendia a mão para apanhar as iguarias! Sem dúvida, era uma pessoa de ânimo alegre, agradável e sempre gentil na conduta, esforçando-se por imitar as etiquetas da corte a fim de adquirir boas maneiras e merecer a consideração de

---

[12] Trinchar para o próprio pai era considerado um dos deveres do escudeiro. (N. da E.)

[13] Indivíduo que guardava terras onde se criava caça exclusivamente para a realeza e a nobreza. Verde era a cor escolhida pelos couteiros. (N. da E.)

[14] Santo patrono dos ourives. (N. da E.)

[15] Convento beneditino próximo a Londres. O francês ali ensinado era, provavelmente, a variante normanda, não o parisiense. (N. da E.)

and amiable of port,/ And peyned hir to countrefete chere/ Of
court, and been estatlich of manere,/ And to ben holden digne
of reverence./ But, for to speken of hir conscience,/ She was so
charitable and so pitous,/ She wolde wepe, if that she sawe a
mous/ Caught in a trappe, if it were deed or bledde./ Of smale
houndes had she, that she fedde/ With rosted flesh, or milk and
wastel-breed./ But sore weep she if oon of hem were deed,/ Or
if men smoot it with a yerde smerte:/ And al was conscience and
tendre herte./ Ful semely hir wimpel pinched was;/ Hir nose tretys;
hir eyen greye as glas;/ Hir mouth ful smal, and ther-to softe
and reed;/ But sikerly she hadde a fair forheed;/ It was almost a
spanne brood, I trowe;/ For, hardily, she was nat undergrowe./
Ful fetis was hir cloke, as I was war./ Of smal coral aboute hir
arm she bar/ A peire of bedes, gauded al with grene;/ And ther-on
heng a broche of gold ful shene,/ On which ther was first write a
crowned *A*,/ And after, *Amor vincit omnia*./

    Another NONNE with hir hadde she,/ That was hir
chapeleyne, and PREESTES three./

    A MONK ther was, a fair for the maistrye,/ An out-rydere,
that lovede venerye;/ A manly man, to been an abbot able./ Ful
many a deyntee hors hadde he in stable:/ And, whan he rood,
men mighte his brydel here/ Ginglen in a whistling wind as clere,/
And eek as loude as dooth the chapel-belle,/ Ther as this lord was
keper of the celle./ The reule of seint Maure or of seint Beneit,/
By-cause that it was old and som-del streit,/ This ilke monk leet
olde thinges pace,/ And held after the newe world the space./
He yaf nat of that text a pulled hen,/ That seith, that hunters
been nat holy men;/ Ne that a monk, whan he is cloisterlees,/ Is
lykned til a fish that is waterlees;/ This is to seyn, a monk out of
his cloistre./ But thilke text held he nat worth an oistre;/ And I

todos. Falando agora de sua consciência, era tão caritativa e piedosa que seria capaz de chorar se visse um rato morto ou a sangrar na ratoeira. Costumava alimentar os seus cãezinhos com carne assada ou com pão branquinho e leite; mas desfazia-se em pranto se um deles morresse ou levasse uma paulada. Era toda compaixão e ternura! Um amplo véu, com muitas dobras, envolvia-lhe a cabeça; seu nariz era reto, seus olhos, cinza-azulados como o vidro; a boca era pequena, vermelha e macia; e tinha uma bela testa, com quase um palmo de largura, eu creio (pois ela, certamente, não era um tipo miúdo). Pude notar também que sua capa era distinta; e que, em volta do braço, trazia um rosário de delicado coral, com as contas maiores — as contas do Padre-Nosso — de cor verde. Dele pendia um medalhão brilhante de ouro, onde se distinguiam um *A*, debaixo de uma coroa, e a escrita *Amor vincit omnia*.[16]

Estava acompanhada de outra FREIRA (que era a sua secretária) e mais três PADRES.

E havia um MONGE, personalidade verdadeiramente modelar, inspetor das propriedades do mosteiro e apaixonado pela caça, um homem másculo, que daria um bom Abade. No estábulo mantinha soberbos cavalos; e, quando cavalgava, os guizos de seus arreios tilintavam claro e forte no sussurrar da brisa, lembrando o sino da capela onde ele era Prior. Considerando antiquadas e algo rigorosas as regras de São Mauro ou de São Bento,[17] esse Monge deixava de lado as velharias e seguia o modo de vida dos novos tempos. Para ele valia menos que uma galinha depenada o tal texto que diz que os caçadores não são homens santos; ou o que compara a um peixe fora da água o monge que vive fora do claustro. Por um texto desses não daria uma ostra. E eu disse que concordava com sua opinião: afinal, para que estudar no mosteiro e ficar louco em cima de algum livro, ou trabalhar com as próprias mãos e mourejar de sol a sol, como ordenou Santo Agostinho? Se fosse assim, quem iria servir ao mundo? Santo Agostinho que vá ele próprio traba-

---

[16] "O amor tudo vence" (Virgílio, *Éclogas*, X, 69). O lema é irônico, porque a palavra *amor*, em latim, não exclui a atração carnal (ao contrário de *caritas*, que designa o amor cristão). (N. do T.)

[17] São Mauro foi discípulo de São Bento, o qual instituiu os princípios e a estrutura da vida monástica. (N. da E.)

seyde, his opinioun was good./ What sholde he studie, and make him-selven wood,/ Upon a book in cloistre alwey to poure,/ Or swinken with his handes, and laboure,/ As Austin bit? How shal the world be served?/ Lat Austin have his swink to him reserved./ Therfore he was a pricasour aright;/ Grehoundes he hadde, as swifte as fowel in flight;/ Of priking and of hunting for the hare/ Was al his lust, for no cost wolde he spare./ I seigh his sleves purfiled at the hond/ With grys, and that the fyneste of a lond;/ And, for to festne his hood under his chin,/ He hadde of gold y-wroght a curious pin:/ A love-knotte in the gretter ende ther was./ His heed was balled, that shoon as any glas,/ And eek his face, as he had been anoint./ He was a lord ful fat and in good point;/ His eyen stepe, and rollinge in his heed,/ That stemed as a forneys of a leed;/ His botes souple, his hors in greet estat./ Now certeinly he was a fair prelat;/ He was nat pale as a for-pyned goost./ A fat swan loved he best of any roost./ His palfrey was as broun as is a berye./

 A FRERE ther was, a wantown and a merye,/ A limitour, a ful solempne man./ In alle the ordres foure is noon that can/ So muche of daliaunce and fair langage./ He hadde maad ful many a mariage/ Of yonge wommen, at his owne cost./ Un-to his ordre he was a noble post./ Ful wel biloved and famulier was he/ With frankeleyns over-al in his contree,/ And eek with worthy wommen of the toun:/ For he had power of confessioun,/ As seyde him-self, more than a curat,/ For of his ordre he was licentiat./ Ful swetely herde he confessioun,/ And plesaunt was his absolucioun;/ He was an esy man to yeve penaunce/ Ther as he wiste to han a good pitaunce;/ For unto a povre ordre for to yive/ Is signe that a man is wel y-shrive./ For if he yaf, he dorste make avaunt,/ He wiste that a man was repentaunt./ For many a man so hard is of his herte,/ He may nat wepe al-thogh him sore smerte./ Therfore, in stede of weping and preyeres,/ Men moot yeve silver to the povre freres./

lhar! Pensando dessa forma, constantemente praticava ele a montaria;[18] seus galgos eram velozes como o voo das aves; e seu maior prazer, para o qual não poupava despesas, era perseguir a lebre com seu cavalo. Observei que os punhos de suas mangas orlavam-se de peles gris, as melhores desta terra; e que prendia o capuz sob o queixo com uma fivela de ouro artisticamente cinzelada, tendo na extremidade mais larga um nó cego, símbolo do amor. Sua cabeça calva reluzia como espelho; e assim também seu rosto, que até parecia untado. Era um senhor gordo, de muito boa presença. Seus olhos arregalados não paravam de mover-se, reluzentes como as chamas da fornalha debaixo do caldeirão. Os seus sapatos macios, o seu cavalo saudável; tudo mostrava que ele era um grande prelado. De fato, não tinha nada da palidez das almas atormentadas. Um cisne gordo era o assado de sua preferência. Seu palafrém era escuro como a framboesa madura.

E também vinha conosco, folgazão e alegre, um FRADE mendicante, desses que têm o direito de esmolar em circunscrição própria, um homem importante. Em todas as quatro ordens[19] não havia ninguém que conhecesse melhor as artes do mexerico e da linguagem florida; e para as mocinhas que seduzia ele arranjava casamento às próprias custas. Era um nobre pilar de sua irmandade! Conquistara a estima e a intimidade de todos os proprietários de terras de sua região, assim como de respeitáveis damas da cidade — pois, conforme ele mesmo fazia questão de proclamar, por licença especial de sua ordem tinha poder de confissão maior que o do próprio cura. Ouvia sempre com grande afabilidade os pecadores; e agradável era a sua absolvição. Toda vez que esperava polpudas doações, eram leves as penitências que impunha, porque, do seu ponto de vista, nada melhor para o perdão de um homem que a sua generosidade para com as ordens mendicantes: quando alguém dava, costumava jactar-se, sabia logo que o arrependimento era sincero. Pois muita gente tem o coração tão duro que, mesmo sofrendo muito intimamente, não é capaz de chorar. Por isso, em vez de preces e prantos, é prata o que se deve ofertar aos pobres frades.

---

[18] Era esse o nome que se dava à caça nos montes, com o auxílio de cães. A cetraria, por sua vez, era a caça com falcões amestrados, que em geral se praticava nos vales, ao longo dos rios. (N. do T.)

[19] Referência às quatro ordens de frades: os dominicanos (*black friars*), os franciscanos (*grey friars*), os carmelitas (*white friars*) e os agostinianos. (N. do T.)

His tipet was ay farsed ful of knyves/ And pinnes, for to yeven faire wyves./ And certeinly he hadde a mery note;/ Wel coude he singe and pleyen on a rote./ Of yeddinges he bar utterly the prys./ His nekke whyt was as the flour-de-lys;/ Ther-to he strong was as a champioun./ He knew the tavernes wel in every toun,/ And everich hostiler and tappestere/ Bet than a lazar or a beggestere;/ For un-to swich a worthy man as he/ Acorded nat, as by his facultee,/ To have with seke lazars aqueyntaunce./ It is nat honest, it may nat avaunce/ For to delen with no swich poraille,/ But al with riche and sellers of vitaille./ And over-al, ther as profit sholde aryse,/ Curteys he was, and lowly of servyse./ Ther nas no man no-wher so vertuous./ He was the beste beggere in his hous;/ [And yaf a certeyn ferme for the graunt;/ Noon of his bretheren cam ther in his haunt;]/ For thogh a widwe hadde noght a sho,/ So plesaunt was his *In principio*,/ Yet wolde he have a ferthing, er he wente./ His purchas was wel bettre than his rente./ And rage he coude, as it were right a whelpe./ In love-dayes ther coude he muchel helpe./ For there he was nat lyk a cloisterer,/ With a thredbar cope, as is a povre scoler,/ But he was lyk a maister or a pope./ Of double worsted was his semi-cope,/ That rounded as a belle out of the presse./ Somwhat he lipsed, for his wantownesse,/ To make his English swete up-on his tonge;/ And in his harping, whan that he had songe,/ His eyen twinkled in his heed aright,/ As doon the sterres in the frosty night./ This worthy limitour was cleped Huberd./

 A Marchant was ther with a forked berd,/ In mottelee, and hye on horse he sat,/ Up-on his heed a Flaundrish

Sua capa andava recheada de faquinhas e fivelas para as mulheres bonitas;[20] e, sem dúvida, melodiosa era a sua voz. Sabia cantar e dedilhar as cordas de uma rota,[21] vencendo facilmente os torneios de baladas. Tinha o pescoço branco como a flor-de-lis; mas era robusto como um campeão. Conhecia bem as tavernas de todas as cidades, e tinha mais familiaridade com taverneiros e garçonetes que com lazarentos e mendigas. Não ficava bem para um homem respeitável de sua posição privar com leprosos doentes: lidar com esse rebotalho não trazia nem bom-nome nem proveito; por isso, preferia o contato com os abonados e os negociantes de mantimentos. Onde alguma vantagem pudesse vislumbrar, mostrava-se sempre cortês e prestativo. Não existia no mundo alguém mais capaz: era o melhor pedinte de seu convento! Pagava uma taxa para garantir seu território, e nenhum de seus irmãos ousava invadi-lo. Até mesmo as viúvas que não tinham sequer um par de sapatos acabavam por dar-lhe um dinheirinho antes que se fosse, tão mavioso era o seu *In principio*.[22] O que apurava com tais práticas era muito mais que a sua renda normal. E como parecia um cachorrinho novo em suas estripulias! Além disso, nos "dias do amor",[23] ele era muito útil, graças ao respeito que incutia, pois não lembrava um frade enclausurado — com as roupas andrajosas de algum pobre clérigo — mas sim um Mestre,[24] ou mesmo um Papa. Seu hábito curto era de lã de fio duplo, redondo com um sino saído da fundição. Como era afetado, ciciava um pouquinho ao falar, para tornar mais doce o seu inglês; e ao tocar harpa, nos intervalos do canto, seus olhos cintilavam como estrelas numa noite fria. Esse distinto mendicante se chamava Huberd.

Fazia parte da comitiva um MERCADOR, de barba bifurcada e roupa de várias cores. Vinha montado numa sela alta, e trazia na cabeça um

---

[20] Frades mendicantes costumavam aproveitar a vida errante para agir como mascates. (N. da E.)

[21] Espécie de cítara triangular provida de cordas em ambos os lados da caixa acústica. (N. da E.)

[22] Primeiras palavras do Evangelho de São João, cujos primeiros catorze versos eram recitados como texto devocional utilizado pelos frades para abençoar as casas em que entravam. (N. da E.)

[23] Eram dias destinados ao acerto amigável das contendas, evitando-se assim a ida aos tribunais. (N. do T.)

[24] O frade teria a aparência de um graduado de universidade. (N. da E.)

bever hat;/ His botes clasped faire and fetisly./ His resons
he spak ful solempnely,/ Souninge alway thencrees of his
winning./ He wolde the see were kept for any thing/ Bitwixe
Middelburgh and Orewelle./ Wel coude he in eschaunge
sheeldes selle./ This worthy man ful wel his wit bisette;/ Ther
wiste no wight that he was in dette,/ So estatly was he of his
governaunce,/ With his bargaynes, and with his chevisaunce./
For sothe he was a worthy man with-alle,/ But sooth to seyn,
I noot how men him calle./

A CLERK ther was of Oxenford also,/ That un-to logik
hadde longe y-go./ As lene was his hors as is a rake,/ And he
nas nat right fat, I undertake;/ But loked holwe, and ther-
to soberly./ Ful thredbar was his overest courtepy;/ For he
had geten him yet no benefyce,/ Ne was so worldly for to
have offyce./ For him was lever have at his beddes heed/
Twenty bokes, clad in blak or reed,/ Of Aristotle and his
philosophye,/ Than robes riche, or fithele, or gay sautrye./
But al be that he was a philosophre,/ Yet hadde he but litel
gold in cofre;/ But al that he mighte of his freendes hente,/
On bokes and on lerninge he it spente,/ And bisily gan for
the soules preye/ Of hem that yaf him wher-with to scoleye./
Of studie took he most cure and most hede./ Noght o word
spak he more than was nede,/ And that was seyd in forme
and reverence,/ And short and quik, and ful of hy sentence./
Souninge in moral vertu was his speche,/ And gladly wolde he
lerne, and gladly teche./

A SERGEANT OF THE LAWE, war and wys,/ That often
hadde been at the parvys,/ Ther was also, ful riche of
excellence./ Discreet he was, and of greet reverence:/ He

chapéu flamengo feito de pele de castor. As fivelas de suas botas eram finas e elegantes. Manifestava as suas opiniões em tom solene, sempre falando em aumentar os lucros. Achava que o trecho de mar entre Middleburg, na Holanda, e Orwell, na Inglaterra, devia ser protegido contra a pirataria a qualquer custo. Dava-lhe bons retornos o câmbio ilegal. Esse respeitável senhor, de fato, tinha tino comercial: conduzia os seus negócios com tamanha dignidade, com as suas vendas e os seus empréstimos, que ninguém diria que estava cheio de dívidas. Apesar de tudo, no entanto, era uma excelente pessoa. Só que, para dizer a verdade, não sei como se chamava.

E havia um ESTUDANTE de Oxford, que por muitos anos vinha se dedicando à Lógica.[25] Montava um cavalo magro como um ancinho; e ele próprio, asseguro-lhes, não era nada gordo, com aqueles olhos encovados e seu jeito taciturno. Vestia uma capa toda puída, pois ainda não se tornara clérigo para merecer as vantagens de uma prebenda, e já não se achava tão ligado ao mundo para exercer ofícios seculares. Preferia ter à cabeceira de sua cama vinte livros de Aristóteles[26] e sua filosofia, encadernados em preto ou em vermelho, a possuir ricos mantos, ou rabecas, ou um alegre saltério.[27] Mas, não dispondo da pedra filosofal, apesar de ser filósofo, continuava com o cofre quase vazio. Tudo o que os amigos lhe emprestavam gastava em livros e aprendizagem, rezando constantemente pelas almas dos que contribuíam para a sua formação. Seus esforços e cuidados concentravam-se todos no estudo. Não dizia uma palavra mais que o necessário, e sua fala, serena e ponderada, era breve e precisa e cheia de pensamentos elevados, sempre voltados para a virtude moral. E aprendia com prazer, e com prazer ensinava.

Um MAGISTRADO, sábio e cauteloso, que no passado frequentara muito o pórtico da igreja de São Paulo,[28] também vinha conosco, um jurista de reconhecida competência. Da sensatez de suas palavras podia-se

---

[25] O estudo da filosofia aristotélica constituía parte essencial do currículo das universidades medievais. (N. da E.)

[26] Considerando que os livros eram itens muito caros no século XIV, uma coleção de vinte livros seria impressionante. (N. da E.)

[27] Instrumento de cordas semelhante à cítara. (N. da E.)

[28] O pórtico da igreja de São Paulo, a catedral gótica de Londres (destruída pelo fogo em 1666 e substituída pela atual estrutura projetada por Christopher Wren), era o tradicional ponto de encontro dos advogados com os seus clientes. (N. do T.)

semed swich, his wordes weren so wyse./ Iustyce he was ful often in assyse,/ By patente, and by pleyn commissioun;/ For his science, and for his heigh renoun/ Of fees and robes hadde he many oon./ So greet a purchasour was no-wher noon./ Al was fee simple to him in effect,/ His purchasing mighte nat been infect./ No-wher so bisy a man as he ther nas,/ And yet he semed bisier than he was./ In termes hadde he caas and domes alle,/ That from the tyme of king William were falle./ Therto he coude endyte, and make a thing,/ Ther coude no wight pinche at his wryting;/ And every statut coude he pleyn by rote./ He rood but hoomly in a medlee cote/ Girt with a ceint of silk, with barres smale;/ Of his array telle I no lenger tale./

 A Frankeleyn was in his companye;/ Whyt was his berd, as is the dayesye./ Of his complexioun he was sangwyn./ Wel loved he by the morwe a sop in wyn./ To liven in delyt was ever his wone,/ For he was Epicurus owne sone,/ That heeld opinioun, that pleyn delyt/ Was verraily felicitee parfyt./ An housholdere, and that a greet, was he;/ Seint Iulian he was in his contree./ His breed, his ale, was alwey after oon;/ A bettre envyned man was no-wher noon./ With-oute bake mete was never his hous,/ Of fish and flesh, and that so plentevous,/ It snewed in his hous of mete and drinke,/ Of alle deyntees that men coude thinke./ After the sondry sesons of the yeer,/ So chaunged he his mete and his soper./ Ful many a fat partrich hadde he in mewe,/ And many a breem and many a luce in stewe./ Wo was his cook, but-if his sauce were/ Poynaunt and sharp, and redy al his gere./ His table dormant in his halle alwey/ Stood redy covered al the longe day./ At sessiouns ther was he lord and sire;/ Ful ofte tyme he was knight of the shire./

inferir que se tratava de um homem ponderado e digno de todo o respeito. Por diversas vezes exercera a função de juiz itinerante, com carta patente do Rei e com plena comissão. Graças à sua erudição e ao seu renome, colecionava gratificações e finos mantos. Em parte alguma haveria maior comprador de terras. E tudo negociado sem problemas de hipotecas ou quaisquer vícios legais. Nem havia em parte alguma homem mais ocupado — se bem que fosse menos ocupado do que fazia crer. Conhecia todos os casos e sentenças, desde os tempos de Guilherme, o Conquistador; e, conhecendo os precedentes, instruía muito bem os seus processos, e ninguém lhe criticava os pareceres. Sabia todos os estatutos de cor. Envergava um saio despretensioso, de fazenda de cor mista, preso por uma cinta de seda com listinhas enviesadas. E quanto à sua indumentária é o suficiente.

Integrava igualmente a comitiva um PROPRIETÁRIO DE TERRAS alodiais,[29] de barba branca como a margarida e compleição sanguínea. De manhã seu alimento favorito era pão embebido em vinho. Aliás, sua maior preocupação era agradar aos sentidos, pois era um legítimo filho de Epicuro,[30] para quem a felicidade perfeita e verdadeira se encontra apenas nos prazeres. Era um anfitrião extraordinário, o São Julião[31] de sua terra. Seu pão e sua cerveja não podiam ser melhores, e ninguém tinha adega tão fornida como a sua. Em sua casa não faltavam assados de peixe e de carne, e em tais quantidades, que ali parecia nevar comidas e bebidas e todas as delícias imagináveis. O cardápio do jantar e da ceia mudava de acordo com as diferentes estações do ano. Conservava, em gaiolas, bandos de perdizes gordas; e, nos seus tanques, cardumes de carpas e de lúcios. Ai de seu cozinheiro se o molho não fosse picante e saboroso! E ai dele se não estivesse a postos com os seus utensílios! Mantinha a mesa sempre armada na sala, com a toalha posta o dia inteiro. Era ele quem presidia às reuniões dos juízes de paz; e mais de uma vez fora representante do condado no Parlamento. Pendentes do cinto,

---

[29] Esses proprietários rurais (*Franklins*) não estavam subordinados a nenhum senhor feudal. Entretanto, embora livres, não pertenciam à nobreza, na qual aspiravam ingressar. (N. do T.)

[30] Filósofo grego (341-270 a.C.), criador do epicurismo, corrente filosófica que postula como objetivo central do ser humano a busca da felicidade. (N. da E.)

[31] Conhecido também como Julião, ou Juliano, o hospitaleiro. (N. da E.)

An anlas and a gipser al of silk/ Heng at his girdel, whyt as morne milk./ A shirreve hadde he been, and a countour;/ Was no-wher such a worthy vavasour./

An HABERDASSHER and a CARPENTER,/ A WEBBE, a DYERE, and a TAPICER,/ Were with us eek, clothed in o liveree,/ Of a solempne and greet fraternitee./ Ful fresh and newe hir gere apyked was;/ Hir knyves were y-chaped noght with bras,/ But al with silver, wroght ful clene and weel,/ Hir girdles and hir pouches every-deel./ Wel semed ech of hem a fair burgeys,/ To sitten in a yeldhalle on a deys./ Everich, for the wisdom that he can,/ Was shaply for to been an alderman./ For catel hadde they y-nogh and rente,/ And eek hir wyves wolde it wel assente;/ And elles certein were they to blame./ It is ful fair to been y-clept 'ma dame,'/ And goon to vigilyës al bifore,/ And have a mantel royalliche y-bore./

A COOK they hadde with hem for the nones,/ To boille the chiknes with the mary-bones,/ And poudre-marchant tart, and galingale./ Wel coude he knowe a draughte of London ale./ He coude roste, and sethe, and broille, and frye,/ Maken mortreux, and wel bake a pye./ But greet harm was it, as it thoughte me,/ That on his shine a mormal hadde he;/ For blankmanger, that made he with the beste./

A SHIPMAN was ther, woning fer by weste:/ For aught I woot, he was of Dertemouthe./ He rood up-on a rouncy, as he couthe,/ In a gowne of falding to the knee./ A daggere hanging on a laas hadde he/ Aboute his nekke under his arm adoun./ The hote somer had maad his hewe al broun;/ And, certeinly, he was a good felawe./ Ful many a draughte of wyn had he y-drawe/ From Burdeux-ward, whyl that the chapman sleep./ Of nyce conscience took he no keep./ If that he faught, and hadde the hyer hond,/ By water he sente hem hoom to every lond./ But of his craft to rekene wel his tydes,/ His stremes and his daungers him bisydes,/ His herberwe and his mone, his lodemenage,/ Ther nas noon swich from Hulle to Cartage./ Hardy he was, and wys to undertake;/ With many a tempest hadde his berd been shake./ He knew wel alle the havenes, as they were,/ From Gootlond to the cape

branco como o leite da manhã, trazia um punhal e uma bolsa toda de seda. Também tinha ocupado os cargos de xerife e de auditor. Não se poderia achar vassalo mais respeitável.

Tínhamos em seguida um ARMARINHEIRO, um CARPINTEIRO, um TECELÃO, um TINTUREIRO e um TAPECEIRO, todos vestidos com a mesma libré de uma importante e grande confraria. Suas ferramentas polidas eram novas em folha; os engastes de suas facas não eram de bronze, mas inteiramente de prata; e seus cintos e bolsas eram trabalhados com arte até nos pormenores. Cada um deles parecia um bom burguês, digno de tomar assento no estrado da sala de sua corporação ou de tornar-se, com sua perspicácia, membro da câmara de sua cidade. Todos dispunham de posses e rendas para tanto. E suas esposas bem que concordariam com isso (a menos que fossem tolas), pois não há mulher que não goste de ser chamada de "Madame" e de encabeçar as procissões, nas vigílias dos dias santos, com um manto às costas igual a uma rainha.

Naquela ocasião, traziam consigo um COZINHEIRO, para que não lhes faltasse o seu cozido de galinha com ossos de tutano, temperado com pimenta moída e ciperácea. Esse Mestre Cuca era profundo conhecedor da cerveja londrina. Sabia assar e cozer e grelhar e fritar, assim como preparar terrinas apetitosas e belas tortas. Mas me deu muita pena ver que tinha uma úlcera na canela da perna... A carne com molho branco que fazia era das melhores.

Também nos acompanhava um HOMEM DO MAR, um capitão de navio, originário do oeste do país... Pelo que sei, era de Dartmouth. Não tendo prática de cavalgar, montava o seu rocim do jeito que podia, metido num saio grosseiro de frisa, comprido até os joelhos. Seu punhal estava preso a uma correia que dava a volta ao pescoço e descia depois por sob um dos braços. O sol de verão tornara-lhe a pele morena. Era, sem dúvida, um bom sujeito. Toda vez que voltava de Bordeaux, aproveitava as ocasiões em que o Mercador dormia para surripiar-lhe parte de seu vinho. Na verdade, não tinha muitos escrúpulos de consciência: sempre que travava uma batalha, se fosse vencedor, soltava os prisioneiros jogando-os no alto-mar. Mas é preciso reconhecer que era um profissional muito competente, e não havia ninguém, de Hull a Cartagena, que calculasse melhor as marés, as correntes e os imprevistos que o cercavam, ou entendesse tão bem de atracação, luas e pilotagem. Era audacioso e astuto em suas decisões, pois muitas tempestades já tinham sacudido sua barba. Conhecia como a palma de sua mão todos os portos,

of Finistere,/ And every cryke in Britayne and in Spayne;/ His barge y-cleped was the Maudelayne./

With us ther was a DOCTOUR of Phisyk,/ In al this world ne was ther noon him lyk/ To speke of phisik and of surgerye;/ For he was grounded in astronomye./ He kepte his pacient a ful greet del/ In houres, by his magik naturel./ Wel coude he fortunen the ascendent/ Of his images for his pacient./ He knew the cause of everich maladye,/ Were it of hoot or cold, or moiste, or drye,/ And where engendred, and of what humour;/ He was a verrey parfit practisour./ The cause y-knowe, and of his harm the rote,/ Anon he yaf the seke man his bote./ Ful redy hadde he his apothecaries,/ To sende him drogges and his letuaries,/ For ech of hem made other for to winne;/ Hir frendschipe nas nat newe to biginne./ Wel knew he the olde Esculapius,/ And Deiscorides, and eek Rufus,/ Old Ypocras, Haly, and Galien;/ Serapion, Razis, and

desde Gotland no mar Báltico ao cabo Finisterra, bem como cada reentrância nas costas espanholas e bretãs. Seu barco era o "Madalena".

Outro que fazia parte de nosso grupo era um MÉDICO. Não havia no mundo maior especialista em cirurgia e medicina, tudo com boa base na astrologia, para poder orientar os seus pacientes sobre as horas mais propícias à cura por magia natural.[32] Assim sendo, indicava-lhes com precisão os amuletos que deveriam usar, de acordo com os seus ascendentes.[33] Sabia a causa de todas as doenças — de natureza quente ou fria ou seca ou úmida[34] — e como se manifestava, e qual o seu fluxo humoral. Era um doutor irrepreensível, um médico de verdade. Descoberta a origem da enfermidade e a raiz do mal, receitava imediatamente as suas mezinhas. Seus boticários, sempre de prontidão, logo lhe mandavam drogas e remédios os mais diversos, porque essas duas classes sempre se ajudaram mutuamente, numa amizade muito antiga e proveitosa. Conhecia ele perfeitamente o seu Esculápio,[35] assim como Dioscórides e Rufus, o velho Hipócrates, Ali, Galeno, Serapião, Razis, Avicena, Averróis, Da-

---

[32] Magia "branca" que não envolve trato com espíritos; o conhecimento das forças ocultas da natureza (magnetismo, influência dos astros) e a arte de usá-los para prever eventos futuros, curar doenças etc. (N. da E.)

[33] O ascendente, no horóscopo de uma pessoa, corresponde ao signo que, na hora do nascimento, se achava em ascensão no horizonte. (N. do T.)

[34] Para a medicina medieval, as moléstias eram causadas por desequilíbrios nos quatro "humores" do corpo. Esses humores, intimamente relacionados com os quatro "elementos", eram: o humor *melancólico*, localizado na bílis negra, que era frio e seco (como a "terra"); o *sanguíneo*, localizado no sangue, que era quente e úmido (como o "ar"); o *colérico*, na bílis amarela, que era quente e seco (como o "fogo"); e o *fleumático*, na fleuma, que era frio e úmido (como a "água"). Bom exemplo de pessoa sanguínea é o Proprietário de Terras, de compleição vermelha e barba branca (lembrando um Papai Noel), risonho e bonachão, sujeito a acessos de raiva passageiros; já o Feitor, outro peregrino, irá ilustrar o temperamento colérico. (N. do T.)

[35] A "bibliografia" do doutor inclui todas as grandes autoridades da ciência médica de então, desde o mitológico deus da medicina, Esculápio, e os gregos Dioscórides, Rufus, Hipócrates, Galeno e Serapião, até os médicos e astrônomos árabes (como João de Damasco ou Damasceno, Ali, Avicena, Razis e Averróis) e cristãos. Entre estes figuram: Constantinus Afer, um dos fundadores da Escola de Medicina de Salerno (e que vem mencionado também em "O Conto do Mercador" como autor do livro *De Coitu*); Bernardo Gordônio, professor em Montpellier; John Gatesden, médico de Oxford; e Gilbertino, que deve ser o então famoso Gilbertus Anglicus. (N. do T.)

Avicen;/ Averrois, Damascien, and Constantyn;/ Bernard, and Gatesden, and Gilbertyn./ Of his diete mesurable was he,/ For it was of no superfluitee,/ But of greet norissing and digestible./ His studie was but litel on the Bible./ In sangwin and in pers he clad was al,/ Lyned with taffata and with sendal;/ And yet he was but esy of dispence;/ He kepte that he wan in pestilence./ For gold in phisik is a cordial,/ Therfore he lovede gold in special./

    A good WYF was ther of bisyde BATHE,/ But she was somdel deef, and that was scathe./ Of clooth-making she hadde swiche an haunt,/ She passed hem of Ypres and of Gaunt./ In al the parisshe wyf ne was ther noon/ That to the offring bifore hir sholde goon;/ And if ther dide, certeyn, so wrooth was she,/ That she was out of alle charitee./ Hir coverchiefs ful fyne were of ground;/ I dorste swere they weyeden ten pound/ That on a Sonday were upon hir heed./ Hir hosen weren of fyn scarlet reed,/ Ful streite y-teyd, and shoos ful moiste and newe./ Bold was hir face, and fair, and reed of hewe./ She was a worthy womman al hir lyve,/ Housbondes at chirche-dore she hadde fyve,/ Withouten other companye in youthe;/ But therof nedeth nat to speke as nouthe./ And thryes hadde she been at Ierusalem;/ She hadde passed many a straunge streem;/ At Rome she hadde been, and at Boloigne,/ In Galice at seint Iame, and at Coloigne./ She coude muche of wandring by the weye./ Gat-tothed was she, soothly for to seye./ Up-on an amblere esily she sat,/ Y-wimpled wel, and on hir heed an hat/ As brood as is a bokeler or a targe;/ A foot-mantel aboute hir hipes large,/ And on hir feet a paire of spores sharpe./ In felawschip wel coude she laughe and carpe./ Of remedyes of love she knew per-chaunce,/ For she coude of that art the olde daunce./

masceno, Constantino e, por fim, Bernardo e Gilbertino e Gatesden.[36] Seguia um regime alimentar bastante moderado, evitando os excessos e comendo apenas o que fosse nutriente e de fácil digestão. Quase nunca lia a Bíblia. O seu traje azul-céu e vermelho-sangue era todo guarnecido de cendal e tafetá. Isso não quer dizer que fosse perdulário, pois soube economizar muito bem o que ganhara durante a epidemia de peste.[37] Como na medicina o pó de ouro é tido como remédio, demonstrava pelo ouro particular devoção.

E havia lá uma MULHER proveniente das cercanias DE BATH. Só que era meio surda, coitada. Tinha tanta experiência como fabricante de tecidos que seus panos superavam os produzidos em Ypres e Gant.[38] Nenhuma paroquiana ousava passar-lhe à frente na fila dos devotos que levavam ofertas à caixa de coleta, pois, se o fizesse, ela certamente ficaria furiosa, perdendo por completo as estribeiras. O capeirote, que aos domingos colocava na cabeça, era da melhor fazenda, e tão cheio de dobras, que eu juraria que pesava umas dez libras. De belo escarlate eram suas calças, bem justas, e seus sapatos eram de couro macio e ainda úmido de tão novo. Tinha um rosto atrevido, bonito e avermelhado. Havia sido em toda a vida uma mulher de respeito: tivera cinco maridos à porta da igreja[39] — além de alguns casos em sua juventude (mas disso não é preciso falar agora). Em suas peregrinações já estivera três vezes em Jerusalém, atravessando muitos rios estrangeiros; também visitara Roma, Boulogne-sur-Mer, Colônia e Santiago de Compostela. Aprendeu muito nessas andanças. Para dizer a verdade, tinha uma janela entre os dentes. Confortavelmente montada num cavalo esquipado, trazia na cabeça, protegida por amplo lenço, um chapéu largo como um broquel ou um escudo. Escondia os avantajados quadris com uma sobressaia, e nos seus pés se via um par de esporas pontiagudas. Em companhia, ria e tagarelava sem parar. Tinha remédios para todos os males de amor, pois dessa arte conhecia a velha dança.

---

[36] A lista de nomes contitui a prática dos "catálogos", corrente à época de Chaucer, convenção literária que evidenciava a erudição de um autor. (N. da E.)

[37] Trata-se da peste bubônica, que grassou pela Inglaterra em 1348. (N. da E.)

[38] Antigas cidades belgas, centro do comércio medieval de tecidos. (N. da E.)

[39] Na Idade Média, a cerimônia de casamento costumava ser realizada à porta da igreja. (N. da E.)

A good man was ther of religioun,/ And was a povre Persoun of a toun;/ But riche he was of holy thoght and werk./ He was also a lerned man, a clerk,/ That Cristes gospel trewely wolde preche;/ His parisshens devoutly wolde he teche./ Benigne he was, and wonder diligent,/ And in adversitee ful pacient;/ And swich he was y-preved ofte sythes./ Ful looth were him to cursen for his tythes,/ But rather wolde he yeven, out of doute,/ Un-to his povre parisshens aboute/ Of his offring, and eek of his substaunce./ He coude in litel thing han suffisaunce./ Wyd was his parisshe, and houses fer a-sonder,/ But he ne lafte nat, for reyn ne thonder,/ In siknes nor in meschief, to visyte/ The ferreste in his parisshe, muche and lyte,/ Up-on his feet, and in his hand a staf./ This noble ensample to his sheep he yaf,/ That first he wroghte, and afterward he taughte;/ Out of the gospel he tho wordes caughte;/ And this figure he added eek ther-to,/ That if gold ruste, what shal iren do?/ For if a preest be foul, on whom we truste,/ No wonder is a lewed man to ruste;/ And shame it is, if a preest take keep,/ A shiten shepherde and a clene sheep./ Wel oghte a preest ensample for to yive,/ By his clennesse, how that his sheep shold live./ He sette nat his benefice to hyre,/ And leet his sheep encombred in the myre,/ And ran to London, un-to seynt Poules,/ To seken him a chaunterie for soules,/ Or with a bretherhed to been withholde;/ But dwelte at hoom, and kepte wel his folde,/ So that the wolf ne made it nat miscarie;/ He was a shepherde and no mercenarie./ And though he holy were, and vertuous,/ He was to sinful man nat despitous,/ Ne of his speche daungerous ne digne,/ But in his teching discreet and benigne./ To drawen folk to heven by fairnesse/ By good ensample, was his bisinesse:/ But it were any persone obstinat,/ What-so he were, of heigh or lowe estat,/ Him wolde he snibben sharply for the nones./ A bettre preest, I trowe that nowher noon is./ He wayted after no pompe and reverence,/ Ne maked him a spyced conscience,/ But Cristes lore, and his apostles twelve,/ He taughte, and first he folwed it him-selve./

With him ther was a Plowman, was his brother,/ That hadde y-lad of dong ful many a fother,/ A trewe swinker and a good was he,/ Livinge in pees and parfit charitee./ God loved

Também vinha conosco um religioso, Pároco de uma pequena cidade, um bom homem, pobre de dinheiro mas rico de santidade nos pensamentos e ações. Ademais, era um clérigo culto, pregando com fidelidade o Evangelho de Cristo e devotamente ensinando os seus fiéis. Bondoso, e extraordinariamente dedicado, era paciente na adversidade — como o demonstrou em várias ocasiões. Insurgia-se à ideia de arrancar os seus dízimos com ameaças de excomunhão, preferindo mil vezes repartir as coletas da igreja e os próprios bens pessoais com os pobres do seu rebanho, pois com pouco se contentava. Sua paróquia era enorme, com casas muito apartadas. Nem por isso deixava ele, chovesse ou trovejasse, de visitar na doença e na desgraça seus mais distantes paroquianos, grandes e humildes, deslocando-se a pé e apoiando-se num bastão. O nobre exemplo que dava era que primeiro se deve praticar, para depois ensinar. A essas palavras, tiradas do Evangelho, acrescentava esta figura: se o ouro enferrujar, o que será do ferro? Quando um padre, em cujo preparo confiamos, se corrompe, como hão de resistir os homens ignorantes? E que grande vergonha — se os padres atentarem bem — ver o pastor na imundície e as ovelhas imaculadas. Por isso, é com sua própria pureza que o sacerdote deve mostrar ao rebanho como se vive. Assim pensando, esse Pároco nunca foi absenteísta, nunca alugou a sua paróquia, deixando suas ovelhas atoladas na lama, a fim de correr à igreja de São Paulo, em Londres, à cata de alguma rica dotação com que pudesse lucrar, rezando missas pelas almas, ou de um bom cargo de capelão em alguma confraria. Em vez disso, permanecia em seu posto, cuidando bem de seu rebanho e impedindo que o lobo o desviasse para o mau caminho. Ele era um pastor, não um mercenário. E, embora fosse santo e virtuoso, jamais desprezou os pecadores ou falou com empáfia e arrogância, mas ensinava com humildade e amor, para atrair as pessoas ao Céu apenas com a força de seu bom exemplo. Era esta a sua tarefa. É claro que no caso de transgressores reincidentes, fossem de condição modesta ou elevada, também era capaz de severas reprimendas. Creio que nunca no mundo houve sacerdote melhor: não exigia pompa ou reverência, nem era um moralista intransigente; apenas ensinava as palavras de Cristo e dos seus doze Apóstolos, antes seguindo ele próprio o que ensinava.

Acompanhava-o seu irmão, um Lavrador, que já carregara muito esterco em sua vida. Era um trabalhador honesto e bom, vivendo em paz e praticando a caridade. Acima de tudo amava a Deus de todo o coração, na alegria e na tristeza; e, depois, amava o próximo como a si mesmo.

he best with al his hole herte,/ At alle tymes, thogh him gamed
or smerte,/ And thanne his neighebour right as him-selve./ He
wolde thresshe, and ther-to dyke and delve,/ For Cristes sake,
for every povre wight,/ Withouten hyre, if it lay in his might./
His tythes payed he ful faire and wel,/ Bothe of his propre swink
and his catel./ In a tabard he rood upon a mere./

    Ther was also a REVE and a MILLERE,/ A SOMNOUR and a
PARDONER also,/ A MAUNCIPLE, and my-self; ther were namo./

    The MILLER was a stout carl, for the nones,/ Ful big he was
of braun, and eek of bones;/ That proved wel, for over-al ther
he cam,/ At wrastling he wolde have alwey the ram./ He was
short-sholdred, brood, a thikke knarre,/ Ther nas no dore that he
nolde heve of harre,/ Or breke it, at a renning, with his heed./ His
berd as any sowe or fox was reed,/ And ther-to brood, as though
it were a spade./ Up-on the cop right of his nose he hade/ A
werte, and ther-on stood a tuft of heres,/ Reed as the bristles of a
sowes eres;/ His nose-thirles blake were and wyde./ A swerd and
bokeler bar he by his syde;/ His mouth as greet was as a greet
forneys./ He was a Ianglere and a goliardeys,/ And that was most
of sinne and harlotryes./ Wel coude he stelen corn, and tollen
thryes;/ And yet he hadde a thombe of gold, pardee./ A whyt cote
and a blew hood wered he./ A baggepype wel coude he blowe
and sowne,/ And ther-with-al he broghte us out of towne./

    A gentil MAUNCIPLE was ther of a temple,/ Of which
achatours mighte take exemple/ For to be wyse in bying of
vitaille./ For whether that he payde, or took by taille,/ Algate he
wayted so in his achat,/ That he was ay biforn and in good stat./

    Now is nat that of God a ful fair grace,/ That swich a
lewed mannes wit shal pace/ The wisdom of an heep of lerned

Por amor a Jesus, ajudava aos mais pobres sempre que possível, joeirando, abrindo valas e cavando para eles, sem nada receber em troca. Pagava à Igreja todos os dízimos na íntegra, seja com seu trabalho, seja com os seus bens. Vinha montado numa égua, envolto por um tabardo.

Também faziam parte da comitiva um Feitor,[40] um Moleiro, um Oficial de Justiça Eclesiástica, um Vendedor de Indulgências, um Provedor,[41] eu próprio... e ninguém mais.

O Moleiro, para começar, era um gigante. Enorme de músculos e de ossos, mostrava muito bem sua força nas lutas que disputava, sempre ganhando o carneiro oferecido como prêmio. Era entroncado e taludo, um colosso de encrenqueiro. Não havia porta que não pudesse arrancar do batente, ou, numa investida, quebrar com a cabeça. A barba, com a largura de uma pá, era arruivada como os pelos da porca ou da raposa. Tinha uma verruga bem no espigão do nariz, encimada por um tufo de cabelos vermelhos como as cerdas nas orelhas de uma porca. As narinas eram antros de negrura; e a boca, grande como uma grande fornalha. Prendia na cinta uma espada e um broquel. Sendo tagarela e boca-suja, vivia contando histórias de pecado e sacanagem. Roubava trigo, tirando para si três vezes mais farinha do que permitia a lei; e o fazia desviando-a com seu "polegar de ouro",[42] que todo Moleiro tem. Vestia um saio branco e um gorro azul. Tocava a gaita de foles com entusiasmo; e foi assim que, à frente da comitiva, guiou-nos para fora da cidade.

E lá estava um gentil Provedor de uma escola de direito em Londres, um homem que todos os intendentes deveriam imitar, se quisessem aprender como se compram mantimentos. De fato, pagando à vista ou a prazo, ele observava tudo com muita atenção, e sempre se saía bem nas transações.

Será que não é por alguma graça de Deus que homens sem cultura, como ele, conseguem com a astúcia sobrepor-se à sabedoria de tantos

---

[40] Espécie de capataz de uma propriedade feudal. (N. da E.)

[41] Espécie de comprador de mantimentos para alguma instituição. Esse provedor trabalha para uma Escola de Direito. (N. da E.)

[42] Para ajustar as máquinas do moinho e poder obter produto refinado, o moleiro examinava constantemente a espessura da farinha, esfregando-a com o polegar. Dizia-se, por isso, que o bom moleiro tem um "polegar de ouro". No texto a intenção é irônica, porque o moleiro descrito por Chaucer usava o polegar para desviar e roubar a farinha dos fregueses. (N. do T.)

men?/ Of maistres hadde he mo than thryes ten,/ That were of lawe expert and curious;/ Of which ther were a doseyn in that hous,/ Worthy to been stiwardes of rente and lond/ Of any lord that is in Engelond,/ To make him live by his propre good,/ In honour dettelees, but he were wood,/ Or live as scarsly as him list desire;/ And able for to helpen al a shire/ In any cas that mighte falle or happe;/ And yit this maunciple sette hir aller cappe./

 The REVE was a sclendre colerik man,/ His berd was shave as ny as ever he can./ His heer was by his eres round y-shorn./ His top was dokked lyk a preest biforn./ Ful longe were his legges, and ful lene,/ Y-lyk a staf, ther was no calf y-sene./ Wel coude he kepe a gerner and a binne;/ Ther was noon auditour coude on him winne./ Wel wiste he, by the droghte, and by the reyn,/ The yelding of his seed, and of his greyn./ His lordes sheep, his neet, his dayerye,/ His swyn, his hors, his stoor, and his pultrye,/ Was hoolly in this reves governing,/ And by his covenaunt yaf the rekening,/ Sin that his lord was twenty yeer of age;/ Ther coude no man bringe him in arrerage./ Ther nas baillif, ne herde, ne other hyne,/ That he ne knew his sleighte and his covyne;/ They were adrad of him, as of the deeth./ His woning was ful fair up-on an heeth,/ With grene treës shadwed was his place./ He coude bettre than his lord purchace./ Ful riche he was astored prively,/ His lord wel coude he plesen subtilly,/ To yeve and lene him of his owne good,/ And have a thank, and yet a cote and hood./ In youthe he lerned hadde a good mister;/ He was a wel good wrighte, a carpenter./ This reve sat up-on a ful good stot,/ That was al pomely grey, and highte Scot./ A long surcote of pers up-on he hade,/ And by his syde he bar a rusty blade./ Of Northfolk was this reve, of which I telle,/ Bisyde a toun men clepen Baldeswelle./ Tukked he was, as is a frere, aboute,/ And ever he rood the hindreste of our route./

 A SOMNOUR was ther with us in that place,/ That hadde a fyr-reed cherubinnes face,/ For sawcefleem he was, with eyen narwe./

homens instruídos? Afinal, seus patrões, na corporação de advogados onde trabalhava, eram mais de trinta, todos profundos e hábeis conhecedores da lei. Além disso, pelo menos uma dúzia deles saberia muito bem exercer o cargo de senescal de renda e terras para qualquer senhor da Inglaterra, que assim poderia, sem dívidas (a menos que não tivesse juízo), viver folgado com os seus próprios recursos, ou, se preferisse, viver com frugalidade. E mais, eles tinham competência até para colaborar na administração de um condado, prontos para o que desse e viesse. No entanto, o nosso Provedor ludibriava a todos!

O Feitor era um homem extremamente magro, de humor colérico. Andava sempre bem barbeado; e seu cabelo, cortado sobre as orelhas em toda a volta, era raspado no topo da cabeça e curto na frente, como o dos frades. Longos e finos como varas eram seus membros inferiores, sem sinal de barriga da perna. Cuidava tão bem dos caixotes e dos celeiros, que nenhum auditor era capaz de incriminá-lo. Previa, conforme fosse tempo de chuva ou de seca, qual a produção das messes e dos pomares. Seu patrão, desde a idade dos vinte anos, confiara-lhe a administração de todas as suas posses — ovelhas, gado, laticínios, porcos, cavalos, cereais e aves; e de tudo o Feitor prestava contas, cumprindo a sua parte no contrato. Como foi dito, ninguém conseguia acusá-lo da falta de coisa alguma. Não havia bailio, pastor ou colono de quem ele não conhecesse as malandragens e manhas, e, por isso, todos o temiam como à peste. Sua casa ficava num lindo prado, à sombra de verdes árvores. Como entendia de negócios mais que o seu empregador, amealhara muitos bens secretamente, e ainda fazia gentilezas ao patrão, astutamente cedendo-lhe ou emprestando-lhe aquilo que era dele mesmo. Em troca, além dos agradecimentos, recebia de presente um belo saio e capuz. Na juventude havia aprendido um bom ofício: tornara-se, dessa forma, eficiente carpinteiro. Montava um belo garanhão, de nome Scot, malhado de cinzento. Envergava longa sobressaia azul, e na cinta levava uma adaga enferrujada. O Feitor de quem estou falando era de Norfolk, de uma cidadezinha chamada Bawdeswell. Trazia, como um frade, a orla das vestes dobrada para cima, presa à cintura. E sempre cavalgava atrás de todo o grupo.

Ali conosco estava um oficial de justiça eclesiástica, um Beleguim, cujo rosto afogueado de querubim,[43] com os olhos bem juntos, estava

---

[43] Na arte medieval os querubins eram retratados com o rosto vermelho. (N. do T.)

As hoot he was, and lecherous, as a sparwe;/ With scalled browes blake, and piled berd;/ Of his visage children were aferd./ Ther nas quik-silver, litarge, ne brimstoon,/ Boras, ceruce, ne oille of tartre noon,/ Ne oynement that wolde dense and byte,/ That him mighte helpen of his whelkes whyte,/ Nor of the knobbes sitting on his chekes./ Wel loved he garleek, oynons, and eek lekes,/ And for to drinken strong wyn, reed as blood./ Thanne wolde he speke, and crye as he were wood./ And whan that he wel dronken hadde the wyn,/ Than wolde he speke no word but Latyn./ A fewe termes hadde he, two or three,/ That he had lerned out of som decree;/ No wonder is, he herde it al the day;/ And eek ye knowen wel, how that a Iay/ Can clepen 'Watte,' as well as can the pope./ But who-so coude in other thing him grope,/ Thanne hadde he spent al his philosophye;/ Ay *Questio quid iuris* wolde he crye./

He was a gentil harlot and a kinde;/ A bettre felawe sholde men noght finde./ He wolde suffre, for a quart of wyn,/ A good felawe to have his concubyn/ A twelf-month, and excuse him atte fulle:/ Ful prively a finch eek coude he pulle./ And if he fond o-wher a good felawe,/ He wolde techen him to have non awe,/ In swich cas, of the erchedeknes curs,/ But-if a mannes soule were in his purs;/ For in his purs he sholde y-punisshed be./ 'Purs is the erchedeknes helle,' seyde he./

But wel I woot he lyed right in dede;/ Of cursing oghte ech gilty man him drede —/ For curs wol slee, right as assoilling saveth —/ And also war him of a *significavit*./

In daunger hadde he at his owne gyse/ The yonge girles of the diocyse,/ And knew hir counseil, and was al hir reed./ A gerland hadde he set up-on his heed,/ As greet as it were for an ale-stake;/ A bokeler hadde he maad him of a cake./

With him ther rood a gentil PARDONER/ Of Rouncival, his freend and his compeer,/ That streight was comen fro the court of Rome./ Ful loude he song, 'Com hider, love, to me.'/ This

coberto de pústulas. Quente e lascivo como um pardal, tinha negras pestanas escabiosas e barba muito rala. As crianças morriam de medo da cara dele. Não havia mercúrio, litargírio, enxofre, bórax, alvaiade ou cremor de tártaro que pudesse limpá-lo e curá-lo, livrando-o das manchas esbranquiçadas e das bexigas nas faces. Ele gostava muito de cebola e de alho, tanto comum quanto porro; e mais ainda de vinho forte, tinto como o sangue. Depois de beber, desatava a palrar e a gritar como louco; além disso, quando bêbado, só falava latim — se bem que poucas palavras, duas ou três, que aprendera de algum decreto. E não era para menos, pois não ouvia outra coisa o dia inteiro; e vocês sabem como um gaio é capaz de dizer "louro" tão bem quanto o Papa. Mas se alguém o inquirisse mais a fundo, veria que sua sabedoria não passava disso. *Questio quid juris*[44] era o que vivia dizendo.

Era um sujeito canalha, mas bonzinho — melhor não se poderia achar: em troca de um quarto de galão de vinho, permitia que um camarada ficasse com a amásia por doze meses a fio, sem denunciá-lo ao tribunal eclesiástico; e, o que é mais, ele próprio fazia das suas às escondidas. Quando apanhava um pecador em flagrante, aconselhava-o a não recear a excomunhão do arcediago — a menos que tivesse a alma em sua bolsa, pois era na bolsa que recaía o castigo. E dizia: "A bolsa é o inferno do arcediago".

Neste ponto, porém, sei bem que estava errado: quem tem culpa deve acautelar-se contra o *significavit*[45] que entrega o pecador ao braço secular; e deve temer a excomunhão, pois esta mata as almas tanto quanto a absolvição as salva.

Graças à intimidação, ele controlava os jovens da diocese, conhecendo-lhes os segredos e dando-lhes conselhos. Pusera sobre a cabeça uma guirlanda, grande como as que se veem nos mastros às portas das tavernas; e levava um pão redondo, que, por brincadeira, fingia ser um escudo.

Com ele cavalgava um gentil VENDEDOR DE INDULGÊNCIAS do Hospital de Roncesvalles,[46] seu amigo e compadre, recém-chegado da Santa Sé de Roma. Vinha cantando bem alto: "Meu amor, venha comigo"; e o

---

[44] "A questão é: que parte da lei (se aplica)?" (N. do T.)

[45] "*Significavit nobis venerabilis pater...*" ("O venerável pai nos comunicou...") eram as palavras iniciais nas ordens de prisão contra os excomungados. (N. do T.)

[46] Hospital ligado ao convento de Nossa Senhora de Roncesvalles, em Navarra,

somnour bar to him a stif burdoun,/ Was never trompe of half so greet a soun./

    This pardoner hadde heer as yelow as wex,/ But smothe it heng, as dooth a strike of flex;/ By ounces henge his lokkes that he hadde,/ And ther-with he his shuldres overspradde;/ But thinne it lay, by colpons oon and oon;/ But hood, for Iolitee, ne wered he noon,/ For it was trussed up in his walet./ Him thoughte, he rood al of the newe Iet;/ Dischevele, save his cappe, he rood al bare./ Swiche glaringe eyen hadde he as an hare./ A vernicle hadde he sowed on his cappe./ His walet lay biforn him in his lappe,/ Bret-ful of pardoun come from Rome al hoot./ A voys he hadde as smal as hath a goot./ No berd hadde he, ne never sholde have,/ As smothe it was as it were late y-shave;/ I trowe he were a gelding or a mare./ But of his craft, fro Berwik into Ware,/ Ne was ther swich another pardoner./ For in his male he hadde a pilwe-beer,/ Which that, he seyde, was our lady veyl:/ He seyde, he hadde a gobet of the seyl/ That sëynt Peter hadde, whan that he wente/ Up-on the see, til Iesu Crist him hente./ He hadde a croys of latoun, ful of stones,/ And in a glas he hadde pigges bones./ But with thise relikes, whan that he fond/ A povre person dwelling up-on lond,/ Up-on a day he gat him more moneye/ Than that the person gat in monthes tweye./ And thus, with feyned flaterye and Iapes,/ He made the person and the peple his apes./ But trewely to tellen, atte laste,/ He was in chirche a noble ecclesiaste./ Wel coude he rede a lessoun or a storie,/ But alderbest he song an offertorie;/ For wel he wiste, whan that song was songe,/ He moste preche, and wel affyle his tonge,/ To winne silver, as he ful wel coude;/ Therefore he song so meriely and loude./

    Now have I told you shortly, in a clause,/ Thestat, tharray, the nombre, and eek the cause/ Why that assembled was this

Oficial Eclesiástico o acompanhava modulando o baixo. Seu canto era duas vezes mais potente que o som de qualquer trombeta.

Esse Vendedor de Indulgências tinha cabelos amarelados cor de cera, que caíam sobre os ombros lisos como feixes de fios de linho, espalhando-se em madeixas finas e bem separadas umas das outras. Por troça, não usava o capuz, preferindo trazê-lo enrolado na sacola, enquanto colocava na cabeça apenas um gorrinho, sobre os cabelos soltos. Imaginava assim estar na última moda. Seus olhos arregalados lembravam os de um coelho. Com uma "verônica"[47] costurada no tal gorrinho, trazia à frente, sobre a sela, uma sacola de viagem, recheada de perdões papais ainda quentes do forno. Falava com a voz fina de uma cabra; e não tinha (nem nunca teria) barba no rosto, que era liso como se tivesse sido escanhoado aquele instante. Desconfio que era um castrado, ou um veado. Mas em sua atividade, de Berwick a Ware,[48] não havia Vendedor de Indulgências que se igualasse a ele. Levava em seu malote uma fronha de travesseiro que garantia ser o véu de Nossa Senhora; e afirmava possuir também um pedaço da vela do barco de São Pedro no dia em que ele resolveu andar sobre as águas e teve que ser amparado por Jesus; e tinha uma cruz de latão cravejada de pedras falsas, assim como uma caixa de vidro contendo ossinhos de porco. No entanto, com essas relíquias, quando calhava de topar com algum pobre pároco do campo, coletava mais dinheiro num só dia do que o outro durante dois meses. E assim, com falsos elogios e engodos, fazia o pároco e os seus fiéis de bobos. Entretanto, para fazer-lhe justiça, é preciso não esquecer que, na igreja, era um clérigo dos mais dignos: lia muito bem o versículo do dia e a narrativa litúrgica, e, melhor que tudo, sabia cantar o ofertório. Afinal, não ignorava que, encerrada essa parte da missa, chegava a hora de pregar e de afiar a língua para arrecadar tanto dinheiro quanto lhe fosse possível. Não é à toa que cantava com tal vigor e alegria.

Agora que fielmente lhes descrevi em resumo a condição, os trajes, o número dos peregrinos e também o motivo por que essa comitiva se

---

que, instalado em Londres, perto de Charing Cross, ficou célebre pelos abusos de seus membros nas vendas de indulgências. (N. do T.)

[47] Cópia do lenço no qual ficou impresso o rosto de Cristo, quando Verônica a Ele o emprestou a caminho do Calvário. (N. da E.)

[48] Ou seja, do norte ao sul da Inglaterra. (N. da E.)

companye/ In Southwerk, at this gentil hostelrye,/ That highte
the Tabard, faste by the Belle./ But now is tyme to yow for to
telle/ How that we baren us that ilke night,/ Whan we were in
that hostelrye alight./ And after wol I telle of our viage,/ And
al the remenaunt of our pilgrimage./ But first I pray yow, of
your curteisye,/ That ye narette it nat my vileinye,/ Thogh that
I pleynly speke in this matere,/ To telle yow hir wordes and
hir chere;/ Ne thogh I speke hir wordes properly./ For this ye
knowen al-so wel as I,/ Who-so shal telle a tale after a man,/ He
moot reherce, as ny as ever he can,/ Everich a word, if it be in
his charge,/ Al speke he never so rudeliche and large;/ Or elles
he moot telle his tale untrewe,/ Or feyne thing, or finde wordes
newe./ He may nat spare, al-thogh he were his brother;/ He moot
as wel seye o word as another./ Crist spak him-self ful brode in
holy writ,/ And wel ye woot, no vileinye is it./ Eek Plato seith,
who-so that can him rede,/ The wordes mote be cosin to the
dede./ Also I prey yow to foryeve it me,/ Al have I nat set folk in
hir degree/ Here in this tale, as that they sholde stonde;/ My wit
is short, ye may wel understonde./

    Greet chere made our HOSTE us everichon,/ And to the
soper sette he us anon;/ And served us with vitaille at the beste./
Strong was the wyn, and wel to drinke us leste./ A semely man
our hoste was with-alle/ For to han been a marshal in an halle;/
A large man he was with eyen stepe,/ A fairer burgeys is ther
noon in Chepe:/ Bold of his speche, and wys, and wel y-taught,/
And of manhod him lakkede right naught./ Eek therto he was
right a mery man,/ And after soper pleyen he bigan,/ And spak
of mirthe amonges othere thinges,/ Whan that we hadde maad
our rekeninges;/ And seyde thus: 'Now, lordinges, trewely,/ Ye
been to me right welcome hertely:/ For by my trouthe, if that I
shal nat lye,/ I ne saugh this yeer so mery a companye/ At ones in
this herberwe as is now./ Fayn wolde I doon yow mirthe, wiste
I how./ And of a mirthe I am right now bithoght,/ To doon yow
ese, and it shal coste noght./

    Ye goon to Caunterbury; God yow spede,/ The blisful martir
quyte yow your mede./ And wel I woot, as ye goon by the weye,/
Ye shapen yow to talen and to pleye;/ For trewely, confort ne
mirthe is noon/ To ryde by the weye doumb as a stoon;/ And

reuniu em Southwark, nesta simpática hospedaria conhecida como "O Tabardo", encostada à taverna do "Sino", chegou a hora de contar-lhes como se passaram as coisas na noite em que apeamos naquela pousada. E depois descreverei nossa viagem e todo o resto da peregrinação. Antes, porém, peço-lhes, por gentileza, que não debitem à imoralidade o fato de eu falar com franqueza ao abordar minha matéria, reproduzindo as palavras e as ações dos companheiros exatamente como foram. Vocês sabem tão bem quanto eu que quem conta o conto de outro, se tiver senso de responsabilidade, tem a obrigação de repetir tão fielmente quanto possível todas as suas palavras, ainda que sejam grosseiras e indecentes. Caso contrário, o seu relato não corresponderá à realidade, perdendo-se em ficções e circunlóquios. O autor não deve poupar ninguém, nem mesmo seu irmão; e deve empregar, sem discriminação, todos os termos. O próprio Cristo usou de linguagem franca nas Santas Escrituras; e não me consta que haja ali qualquer imoralidade. Também Platão afirmou, para os que podem lê-lo, que as palavras devem ser gêmeas do ato. Peço-lhes igualmente que me perdoem se, aqui nesta história, nem sempre selecionei pessoas à altura da posição que ocupam. Vocês já devem ter percebido que não sou muito inteligente.

Nosso ALBERGUEIRO recebeu festivamente a cada um de nós, acomodando-nos sem demora para a ceia e servindo-nos do melhor que tinha. O seu vinho era forte, e bebemos à vontade. O homem tinha jeito para mestre de cerimônias nos banquetes. Era corpulento e de olhar brilhante. Melhor burguês não havia em Cheapside: apesar de sempre dizer o que realmente pensava, procurava expressar-se com equilíbrio e tato. Ademais, estava sempre alegre. E, por isso, após a ceia — e depois de termos acertado as nossas contas — começou, entre outras coisas, a fazer brincadeiras e a planejar divertimentos. Foi então que nos disse: "Agora, meus senhores, sinceramente, quero dar-lhes as boas-vindas de todo o coração; pois asseguro-lhes, sem mentira, que este ano ainda não tinha visto reunida neste albergue tanta gente simpática como agora. Gostaria de descobrir um modo de entretê-los, e acho que já sei como fazê-lo: acaba de ocorrer-me a ideia de uma boa distração, que nada vai lhes custar.

"Todos vocês estão indo para Canterbury… Ótimo, Deus os ajude, e que possam receber do bendito mártir a devida recompensa! Mas sei muito bem que, no caminho, irão com certeza conversar e fazer pilhérias, pois ninguém acha graça em cavalgar o tempo todo calado como uma

therfore wol I maken yow disport,/ As I seyde erst, and doon yow som confort./ And if yow lyketh alle, by oon assent,/ Now for to stonden at my Iugement,/ And for to werken as I shal yow seye,/ To-morwe, whan ye ryden by the weye,/ Now, by my fader soule, that is deed,/ But ye be merye, I wol yeve yow myn heed./ Hold up your hond, withouten more speche.'/

Our counseil was nat longe for to seche;/ Us thoughte it was noght worth to make it wys,/ And graunted him withouten more avys,/ And bad him seye his verdit, as him leste./

'Lordinges,' quod he, 'now herkneth for the beste;/ But tak it not, I prey yow, in desdeyn;/ This is the poynt, to speken short and pleyn,/ That ech of yow, to shorte with your weye,/ In this viage, shal telle tales tweye,/ To Caunterbury-ward, I mene it so,/ And hom-ward he shal tellen othere two,/ Of aventures that whylom han bifalle./ And which of yow that bereth him best of alle,/ That is to seyn, that telleth in this cas/ Tales of best sentence and most solas,/ Shal have a soper at our aller cost/ Here in this place, sitting by this post,/ Whan that we come agayn fro Caunterbury./ And for to make yow the more mery,/ I wol my-selven gladly with yow ryde,/ Right at myn owne cost, and be your gyde./ And who-so wol my Iugement withseye/ Shal paye al that we spenden by the weye./ And if ye vouche-sauf that it be so,/ Tel me anon, with-outen wordes mo,/ And I wol erly shape me therfore.'/

This thing was graunted, and our othes swore/ With ful glad herte, and preyden him also/ That he wold vouche-sauf for to do so,/ And that he wolde been our governour,/ And of our tales Iuge and reportour,/ And sette a soper at a certeyn prys;/ And we wold reuled been at his devys,/ In heigh and lowe; and thus, by oon assent,/ We been acorded to his Iugement./ And ther-up-on the wyn was fet anon;/ We dronken, and to reste wente echon,/ With-outen any lenger taryinge./

A-morwe, whan that day bigan to springe,/ Up roos our host, and was our aller cok,/ And gadrede us togidre, alle in a flok,/ And forth we riden, a litel more than pas,/ Un-to the watering of seint Thomas./ And there our host bigan his hors areste,/ And seyde;

'Lordinges, herkneth, if yow leste./

Ye woot your forward, and I it yow recorde./ If even-song and morwe-song acorde,/ Lat se now who shal telle the firste tale./ As ever mote I drinke wyn or ale,/ Who-so be rebel to

pedra. Assim sendo, o que pretendo, como eu disse, é ajudar a comitiva a divertir-se, tornando mais agradável o trajeto. E se todos aceitarem a minha orientação, fazendo tudo como eu disser, amanhã, quando tomarem a estrada, juro-lhes, pela alma de meu pai que já morreu, que se não gostarem do que vou propor podem cortar-me o pescoço! Aí está: quem concordar levante a mão."

Nossa resposta veio logo. Como a todos pareceu que não valia a pena discutir, acedemos de imediato ao que queria, rogando-lhe que fizesse o favor de anunciar o seu veredicto.

"Senhores", respondeu, "ouçam agora a melhor parte. E espero que não tratem esta minha sugestão com pouco-caso. Este é o ponto (serei rápido e direto): para encurtar a longa estrada, proponho que cada um de vocês conte dois contos na viagem de ida a Canterbury (é o que tenho em mente); e que mais tarde, na volta, cada um conte mais dois, sempre a respeito de casos antigos do passado; e quem se sair melhor, isto é, quem narrar a história mais rica de conteúdo e de mais graça, ao regressarmos receberá de prêmio uma bela ceia, oferecida por todos nós, aqui mesmo na estalagem, sentado junto a este pilar. E, para que haja mais animação, estou disposto a reunir-me a vocês às minhas próprias custas, para ser seu guia. E quem contradisser meu julgamento terá que pagar as despesas de viagem de nós todos. Se estiverem de acordo, digam-me logo, sem mais conversa; e amanhã bem cedinho estarei pronto."

Prometemos-lhe que sim, jurando atender a ele com muito prazer e solicitando-lhe que cumprisse a sua parte, ou seja, que assumisse a chefia de nossa comitiva, fosse o juiz e o marcador das histórias, e fixasse um preço para a ceia a ser servida. Em troca, seguiríamos suas determinações em todos os assuntos, grandes e pequenos, submetendo-nos unanimemente ao que resolvesse. Dito isso, buscou-se o vinho e, após bebermos, fomos todos sem tardança para a cama.

Na manhã seguinte, assim que o dia começou a raiar, lá veio despertar-nos o Albergueiro, o nosso galo madrugador; e, reunido o grupo todo, pusemo-nos a caminho, trotando mansamente até o regato de São Tomás. Após atravessá-lo, nosso Albergueiro puxou as rédeas do cavalo e disse:

"Senhores, escutem-me, por favor:

"Vocês conhecem nosso trato e, se é que para vocês o dia se afina com a noite, devem estar lembrados dele. Vejamos, então, quem vai contar a primeira história. E não se esqueçam de que, assim como espero beber vinho e cerveja o resto de meus dias, também espero ser o juiz; e

my Iugement/ Shal paye for al that by the weye is spent./ Now draweth cut, er that we ferrer twinne;/ He which that hath the shortest shal biginne./

Sire knight,' quod he, 'my maister and my lord,/ Now draweth cut, for that is myn acord./ Cometh neer,' quod he, 'my lady prioresse;/ And ye, sir clerk, lat be your shamfastnesse,/ Ne studieth noght; ley hond to, every man.'/

Anon to drawen every wight bigan,/ And shortly for to tellen, as it was,/ Were it by aventure, or sort, or cas,/ The sothe is this, the cut fil to the knight,/ Of which ful blythe and glad was every wight;/ And telle he moste his tale, as was resoun,/ By forward and by composicioun,/ As ye han herd; what nedeth wordes mo?/ And whan this gode man saugh it was so,/ As he that wys was and obedient/ To kepe his forward by his free assent,/ He seyde: 'Sin I shal biginne the game,/ What, welcome be the cut, a Goddes name!/ Now lat us ryde, and herkneth what I seye.'/ And with that word we riden forth our weye;/ And he bigan with right a mery chere/ His tale anon, and seyde in this manere./

Here endeth the prolog of this book; and here biginneth the first tale, which is the Knightes Tale.

aquele que se rebelar terá que pagar todos os gastos desta viagem. Agora, antes de prosseguirmos, vamos tirar a sorte: quem ficar com o pedaço da palha mais curto é quem começa."

"Senhor Cavaleiro", chamou ele, "meu patrão e meu senhor, queira tirar um, cumprindo o que decidi." E continuou: "Aproxime-se, Senhora Prioresa; e o senhor também, Senhor Estudante. Deixe de lado a modéstia, e nada de estudos agora. E os outros... venham todos!".

Os peregrinos prontamente obedeceram e, para abreviar a história, fosse por acaso ou ventura, o fato é que o sorteado foi o Cavaleiro — o que alegrou e satisfez a todos. Em vista disso, como já sabem, devia ele, por direito e por dever, submeter-se às regras, apresentando a sua narrativa. Que mais é preciso que se diga? Compreendendo o bom homem que assim tinha que ser, tratando-se de pessoa sensata e fiel a seus empenhos, acedeu de boa vontade, e disse à comitiva: "Já que me coube dar início ao jogo, ora, em nome do Senhor, louvado seja o destino! Mas continuemos a viagem; e ouçam o que tenho a dizer". E, com tais palavras, retomamos a marcha, enquanto ele, com o semblante risonho, principiava o seu conto, narrando o que se segue.

Aqui termina o prólogo deste livro; e aqui tem início o primeiro conto, que é o Conto do Cavaleiro.

The Knightes Tale

'*Iamque domos patrias, Scithice post aspera gentis/ Prelia, laurigero,*' &c. (Statius, *Theb.* XII, 519).

I

Whylom, as olde stories tellen us,/ Ther was a duk that highte Theseus;/ Of Athenes he was lord and governour,/ And in his tyme swich a conquerour,/ That gretter was ther noon under the sonne./ Ful many a riche contree hadde he wonne;/ What with his wisdom and his chivalrye,/ He conquered al the regne of Femenye,/ That whylom was y-cleped Scithia;/ And weddede the quene Ipolita,/ And broghte hir hoom with him in his contree/ With muchel glorie and greet solempnitee,/ And eek hir yonge suster Emelye./ And thus with victorie and with melodye/ Lete I this noble duk to Athenes ryde,/ And al his hoost, in armes, him bisyde./

O Conto do Cavaleiro

"*Iamque domos patrias Scythicae post aspera gentis/ Proelia laurigero*" etc. (Statius, *Theb.*, XII, 519-20).[49]

I

Antigamente, como narram velhas crônicas, havia um duque chamado Teseu, que era senhor e governante de Atenas. Era tão grande conquistador que outro maior, naquele tempo, não existia sob o sol. Muitas nações opulentas subjugara. E, com sua habilidade e seu valor, dominara também o reino das amazonas, que então era conhecido por Cítia, casando-se com Hipólita, a sua soberana. Depois, cercado de pompa e glória, trouxe-a consigo para a sua terra, juntamente com Emília, a jovem irmã da rainha. E assim, ao som de instrumentos de júbilo, eu deixo o nobre duque vitorioso em sua cavalgada em direção a Atenas, com seu exército em armas.

---

[49] "E agora, após ferozes batalhas com o povo cita, [Teseu] aproxima-se de casa em sua [carruagem] coroada de louro." Estácio, *Tebaida*, XII, 519-20. (N. da E.)

And certes, if it nere to long to here,/ I wolde han told yow fully the manere,/ How wonnen was the regne of Femenye/ By Theseus, and by his chivalrye;/ And of the grete bataille for the nones/ Bitwixen Athenës and Amazones;/ And how asseged was Ipolita,/ The faire hardy quene of Scithia;/ And of the feste that was at hir weddinge,/ And of the tempest at hir hoom-cominge;/ But al that thing I moot as now forbere./ I have, God woot, a large feeld to ere,/ And wayke been the oxen in my plough./ The remenant of the tale is long y-nough./ I wol nat letten eek noon of this route;/ Lat every felawe telle his tale aboute,/ And lat see now who shal the soper winne;/ And ther I lefte, I wol ageyn biginne./

This duk, of whom I make mencioun,/ When he was come almost unto the toun,/ In al his wele and in his moste pryde,/ He was war, as he caste his eye asyde,/ Wher that ther kneled in the hye weye/ A companye of ladies, tweye and tweye,/ Ech after other, clad in clothes blake;/ But swich a cry and swich a wo they make,/ That in this world nis creature livinge,/ That herde swich another weymentinge;/ And of this cry they nolde never stenten,/ Til they the reynes of his brydel henten./

'What folk ben ye, that at myn hoom-cominge/ Perturben so my feste with cryinge?'/ Quod Theseus, 'have ye so greet envye/ Of myn honour, that thus compleyne and crye?/ Or who hath yow misboden, or offended?/ And telleth me if it may been amended;/ And why that ye ben clothed thus in blak?'/

The eldest lady of hem alle spak,/ When she hadde swowned with a deedly chere,/ That it was routhe for to seen and here,/ And seyde: 'Lord, to whom Fortune hath yiven/ Victorie, and as a conquerour to liven,/ Noght greveth us your glorie and your honour;/ But we biseken mercy and socour./ Have mercy on our wo and our distresse./ Som drope of pitee, thurgh thy gentillesse,/ Up-on us wrecched wommen lat thou falle./ For certes, lord, ther nis noon of us alle,/ That she nath been a duchesse or a quene;/ Now be we caitifs, as it is wel sene:/ Thanked be Fortune, and hir false wheel,/ That noon estat assureth to be weel./ And certes, lord, to abyden your presence,/ Here in the temple of the goddesse Clemence/ We han ben waytinge al this fourtenight;/ Now help us, lord, sith it is in thy might./

I wrecche, which that wepe and waille thus,/ Was whylom wyf to king Capaneus,/ That starf at Thebes, cursed be that day!/ And alle we, that been in this array,/ And maken al this lamentacioun,/ We losten alle our housbondes at that toun,/ Whyl that the sege ther-aboute lay./ And

E, decerto, não fosse uma longa história, eu também descreveria como Teseu derrotou o reino das amazonas com seus bravos cavaleiros; e a grande batalha entre as amazonas e os atenienses; e como estes assediaram a corajosa Hipólita, a bela rainha da Cítia; e a esplêndida festa de núpcias; e a tempestade na volta... Mas tenho que renunciar a tudo isso. Por Deus, é vasto demais o meu campo, e os touros de meu arado não são muito vigorosos. O resto deste meu conto é já bastante extenso, e não quero atrapalhar meus companheiros: que cada peregrino possa contar a sua história; e vamos ver quem ganhará a tal ceia. Vou retomar, portanto, o meu relato.

Quando, orgulhoso e feliz, o referido duque estava próximo de sua cidade, eis que, lançando os olhos para o lado, deparou com um grupo de senhoras, todas vestidas de negro e ajoelhadas aos pares à beira do caminho. Erguiam tal alarido e tal clamor como nunca se ouviu igual em nosso mundo; e só pararam a lamentação no instante em que conseguiram segurar as rédeas de seu corcel.

"Quem sois vós", perguntou Teseu, "que, em meu regresso, perturbais minha alegria com o pranto? Tendes tamanha inveja das honras que conquistei, que o demonstrais com queixumes e com gritos? Ou quem vos insultou ou ofendeu? Dizei-me... se for mal que se possa reparar. Por que motivo estais todas de luto?"

Tornando a si de um desfalecimento, a mais idosa das damas, pálida como a morte, de tal forma dirigiu-se ao duque que dava pena só de vê-la e ouvi-la: "Senhor, a quem a Fortuna fez vitorioso e permite viver como conquistador, não nos entristecem vossa glória e vossa fama; nós só queremos compaixão e ajuda. Tende piedade de nossa dor e nossa angústia; que vossa fidalguia derrame ao menos uma gota de piedade por estas míseras mulheres. Pois, senhor, não há entre nós nenhuma que não tenha sido duquesa ou rainha. Hoje, no entanto, graças à Fortuna e à sua roda inconstante, que não deixam que perdure a sorte, caímos todas na desgraça, como podeis constatar. Senhor, faz quinze dias que estamos aqui, no templo da deusa Clemência, a aguardar vossa chegada. Socorrei-nos, nobre duque, pois está a vosso alcance.

"Eu, infeliz, que choro e imploro assim, fui mulher de Capaneu, o rei que morreu em Tebas naquele dia fatal! Todas nós, que erguemos nossos lamentos envoltas por negros trajes, perdemos nossos esposos no cerco de tal cidade. E agora — oh mágoa! — o velho Creonte, que se tornou senhor de Tebas, desejando, cheio de ira e rancor, infamar os

yet now the olde Creon, weylaway!/ That lord is now of Thebes the citee,/ Fulfild of ire and of iniquitee,/ He, for despyt, and for his tirannye,/ To do the dede bodyes vileinye,/ Of alle our lordes, whiche that ben slawe,/ Hath alle the bodyes on an heep y-drawe,/ And wol nat suffren hem, by noon assent,/ Neither to been y-buried nor y-brent,/ But maketh houndes ete hem in despyt.'/ And with that word, with-outen more respyt,/ They fillen gruf, and cryden pitously,/ 'Have on us wrecched wommen som mercy,/ And lat our sorwe sinken in thyn herte.'/

    This gentil duk doun from his courser sterte/ With herte pitous, whan he herde hem speke./ Him thoughte that his herte wolde breke,/ Whan he saugh hem so pitous and so mat,/ That whylom weren of so greet estat./ And in his armes he hem alle up hente,/ And hem conforteth in ful good entente;/ And swoor his ooth, as he was trewe knight,/ He wolde doon so ferforthly his might/ Up-on the tyraunt Creon hem to wreke,/ That al the peple of Grece sholde speke/ How Creon was of Theseus y-served,/ As he that hadde his deeth ful wel deserved./ And right anoon, with-outen more abood,/ His baner he desplayeth, and forth rood/ To Thebes-ward, and al his host bisyde;/ No neer Athenës wolde he go ne ryde,/ Ne take his ese fully half a day,/ But onward on his wey that night he lay;/ And sente anoon Ipolita the quene,/ And Emelye hir yonge suster shene,/ Un-to the toun of Athenës to dwelle;/ And forth he rit; ther nis namore to telle./

    The rede statue of Mars, with spere and targe,/ So shyneth in his whyte baner large,/ That alle the feeldes gliteren up and doun;/ And by his baner born is his penoun/ Of gold ful riche, in which ther was y-bete/ The Minotaur, which that he slough in Crete./ Thus rit this duk, thus rit this conquerour,/ And in his host of chivalrye the flour,/ Til that he cam to Thebes, and alighte/ Faire in a feeld, ther as he thoghte fighte./ But shortly for to speken of this thing,/ With Creon, which that was of Thebes king,/ He faught, and slough him manly as a knight/ In pleyn bataille, and putte the folk to flight;/ And by assaut he wan the citee after,/ And rente adoun bothe wal, and sparre, and rafter;/ And to the ladyes he restored agayn/ The bones of hir housbondes that were slayn,/ To doon obsequies, as was tho the gyse./ But it were al to long for to devyse/ The grete clamour and the waymentinge/ That the ladyes made at the brenninge/ Of the bodyes,/ and the grete honour/ That Theseus, the noble conquerour,/ Doth to the ladyes, whan they from him wente;/ But shortly for to telle is myn entente./

    Whan that this worthy duk, this Theseus,/ Hath Creon slayn, and wonne Thebes thus,/ Stille in that feeld he took al night his reste,/ And

corpos dos maridos nossos, que lá foram trucidados, a fim de satisfazer sua sede de vingança e tirania, mandou empilhar os cadáveres para repasto dos cães, não permitindo, de maneira alguma, o seu sepultamento ou cremação." Depois dessas palavras, todas jogaram-se de bruços sobre o solo, chorando amargamente: "Tende piedade de nós, pobres mulheres, deixando a nossa agonia penetrar em vosso peito".

Ouvindo-as falar assim, comovido, o gentil duque apeou de seu cavalo. Partia-lhe o coração ver todas aquelas damas, que outrora foram ditosas, em semelhante estado de abatimento e miséria. E em seus braços as envolveu, e generosamente as consolou, jurando, por sua honra de cavaleiro, que empenharia todas as suas forças para punir o despótico Creonte — de tal forma que, por muito tempo ainda, recordaria a Grécia a vingança de Teseu, aquele que deu morte a quem fez por merecê-la. Em seguida, sem mais delongas, desfraldou seu estandarte, e marchou contra Tebas com todo o seu exército. Embora às portas de Atenas, não quis deter-se ali nem para repousar por meio dia; pôs-se a caminho aquela mesma noite, ordenando que a rainha Hipólita e sua irmã mais nova, a bela Emília, prosseguissem na direção de Atenas. Ele próprio, porém, saiu em busca do inimigo — e isso foi tudo.

A rubra figura de Marte, armada de lança e de escudo, brilhava tanto no seu lábaro grande e cândido, que iluminava todos os campos; e junto ao lábaro tremulava o seu pendão, de ouro riquíssimo, onde se distinguia a imagem do Minotauro, que Teseu vencera em Creta. Assim avançava o duque, assim avançava esse bravo, acompanhado da nata de toda a cavalaria, até que chegou a Tebas e apeou num prado formoso, pois lá travaria a batalha. E, para ser breve, ali enfrentou Creonte, o rei de Tebas; e ali o justiçou em campo aberto, como viril paladino, e pôs em debandada os inimigos. Depois, tomou de assalto a cidade, e fez tudo vir abaixo, paredes e vigas e traves. Finalmente, restituiu às damas os ossos de seus maridos para os ritos fúnebres de praxe. Longo seria descrever, porém, o clamor e o lamento das mulheres durante a cremação dos corpos, e as homenagens que Teseu, nobre conquistador, prestou-lhes quando delas se apartou. Tornemos, pois, à nossa narrativa.

Após a morte de Creonte e a tomada de Tebas, Teseu, o ilustre duque, pernoitou no campo, já que o reino inteiro estava à sua mercê. Enquanto isso, os saqueadores aproveitaram a ocasião para pilhar os mortos que a batalha e a derrota haviam amontoado, apoderando-se de suas roupas e armaduras. E aconteceu então que, em meio aos corpos, encon-

dide with al the contree as him leste./ To ransake in the tas of bodyes dede,/ Hem for to strepe of harneys and of wede,/ The pilours diden bisinesse and cure,/ After the bataille and disconfiture./ And so bifel, that in the tas they founde,/ Thurgh-girt with many a grevous blody wounde,/ Two yonge knightes ligging by and by,/ Bothe in oon armes, wroght ful richely,/ Of whiche two, Arcita hight that oon,/ And that other knight hight Palamon./ Nat fully quike, ne fully dede they were,/ But by hir cote-armures, and by hir gere,/ The heraudes knewe hem best in special,/ As they that weren of the blood royal/ Of Thebes, and of sustren two y-born./ Out of the tas the pilours han hem torn,/ And han hem caried softe un-to the tente/ Of Theseus, and he ful sone hem sente/ To Athenës, to dwellen in prisoun/ Perpetuelly, he nolde no raunsoun./ And whan this worthy duk hath thus y-don,/ He took his host, and hoom he rood anon/ With laurer crowned as a conquerour;/ And there he liveth, in Ioye and in honour,/ Terme of his lyf;/ what nedeth wordes mo?/ And in a tour, in angwish and in wo,/ Dwellen this Palamoun and eek Arcite,/ For evermore, ther may no gold hem quyte./

    This passeth yeer by yeer, and day by day,/ Til it fil ones, in a morwe of May,/ That Emelye, that fairer was to sene/ Than is the lilie upon his stalke grene,/ And fressher than the May with floures newe —/ For with the rose colour stroof hir hewe,/ I noot which was the fairer of hem two —/ Er it were day, as was hir wone to do,/ She was arisen, and al redy dight;/ For May wol have no slogardye a-night./ The sesoun priketh every gentil herte,/ And maketh him out of his sleep to sterte,/ And seith, 'Arys, and do thyn observaunce.'/ This maked Emelye have remembraunce/ To doon honour to May, and for to ryse./ Y-clothed was she fresh, for to devyse;/ Hir yelow heer was broyded in a tresse,/ Bihinde hir bak, a yerde long, I gesse./ And in the gardin, at the sonne up-riste,/ She walketh up and doun, and as hir liste/ She gadereth floures, party whyte and rede,/ To make a sotil gerland for hir hede,/ And as an aungel hevenly she song./

    The grete tour, that was so thikke and strong,/ Which of the castel was the chief dongeoun,/ (Ther-as the knightes weren in prisoun,/ Of whiche I tolde yow, and tellen shal)/ Was evene Ioynant to the gardin-wal,/ Ther as this Emelye hadde hir pleyinge./ Bright was the sonne, and cleer that morweninge,/ And Palamon, this woful prisoner,/ As was his wone, by leve of his gayler,/ Was risen, and romed in a chambre on heigh,/ In which he al the noble citee seigh,/ And eek the gardin, ful of braunches grene,/ Ther-as this fresshe Emelye the shene/ Was in hir walk, and romed up and doun./ This sorweful prisoner, this Palamoun,/ Goth in the chambre, roming to

traram dois jovens cavaleiros, cobertos de sangrentos e profundos talhos, que, deitados lado a lado, usavam o mesmo brasão, ornado de lavores minuciosos. Um deles era Arcite; o outro se chamava Palamon. Estavam ambos entre a vida e a morte; assim mesmo, por suas armaduras e seus outros apetrechos, os arautos perceberam que eram do sangue real de Tebas, nascidos de duas irmãs. Os saqueadores os tiraram então da pilha de cadáveres e, com cuidado, os levaram para a tenda de Teseu, que prontamente os mandou para Atenas, condenados à prisão perpétua, sem qualquer possibilidade de resgate. Depois desses eventos, o nobre duque reuniu seu exército e cavalgou de volta à sua cidade, coroado de louros como um conquistador; e lá viveu respeitado e feliz o resto de seus dias. Que mais posso dizer? Enquanto isso, naturalmente, Arcite e Palamon, em meio a dores e angústias, permaneciam enclausurados numa torre, de onde nenhum ouro do mundo poderia libertá-los.

E assim se passaram os dias e assim se passaram os anos, até que uma vez, em uma manhã de maio, Emília, mais bela que o lírio no seu verde talo e mais viçosa que os botões da primavera (o seu rubor rivalizava com a rosa, pois não sei qual dos dois era mais lindo...), antes que o sol raiasse, como soía fazer, levantou-se da cama e se vestiu. Maio é mês que não tolera ociosos; a suave estação desperta o coração gentil e o faz deixar o sono, conclamando-o: "Acorda, vem honrar-me com teus ritos!". Foi esse o apelo secreto que tirou do leito Emília, lembrando-lhe as cerimônias em louvor de maio. Formosas eram suas vestes; e os louros cabelos, atados em longa trança, pendiam-lhe sobre as costas pela extensão de uma jarda. E, assim que o sol despontou, foi passear no jardim, andando sem rumo certo, a colher flores brancas e vermelhas — com as quais teceria delicada guirlanda para sua cabeça — e a cantar celestialmente como um anjo.

A grande torre, tão maciça e forte, e que era a principal masmorra do castelo (onde os cavaleiros de que falei, e vou falar, estavam presos), fazia limite com o muro do jardim em que folgava Emília. O sol brilhava, e claro estava o céu. Palamon, o prisioneiro infeliz, como era hábito seu, havia subido, com a devida permissão do carcereiro, a um aposento mais alto, do qual se avistava inteira aquela nobre cidade, bem como o belo jardim, com seus ramos verdejantes, onde perambulava a jovem encantadora. O triste prisioneiro Palamon, medindo a referida cela com as suas passadas, a queixar-se de seus padecimentos e a maldizer o dia em que nascera, de repente, por sorte ou por acaso, deu com os olhos na

and fro,/ And to him-self compleyning of his wo;/ That he was born, ful ofte he seyde, 'alas!'/ And so bifel, by aventure or cas,/ That thurgh a window, thikke of many a barre/ Of yren greet, and square as any sparre,/ He caste his eye upon Emelya,/ And ther-with-al he bleynte, and cryde 'a!'/ As though he stongen were un-to the herte./

And with that cry Arcite anon up-sterte,/ And seyde, 'Cosin myn, what eyleth thee,/ That art so pale and deedly on to see?/ Why crydestow?/ who hath thee doon offence?/ For Goddes love, tak al in pacience/ Our prisoun, for it may non other be;/ Fortune hath yeven us this adversitee./ Som wikke aspect or disposicioun/ Of Saturne, by sum constellacioun,/ Hath yeven us this, al-though we hadde it sworn;/ So stood the heven whan that we were born;/ We moste endure it: this is the short and pleyn.'/

This Palamon answerde, and seyde ageyn,/ 'Cosyn, for sothe, of this opinioun/ Thou hast a veyn imaginacioun./ This prison caused me nat for to crye./ But I was hurt right now thurgh-out myn ye/ In-to myn herte, that wol my bane be./ The fairnesse of that lady that I see/ Yond in the gardin romen to and fro,/ Is cause of al my crying and my wo./ I noot wher she be womman or goddesse;/ But Venus is it, soothly, as I gesse.'/ And ther-with-al on kneës doun he fil,/ And seyde: 'Venus, if it be thy wil/ Yow in this gardin thus to transfigure/ Bifore me, sorweful wrecche creature,/ Out of this prisoun help that we may scapen./ And if so be my destinee be shapen/ By eterne word to dyen in prisoun,/ Of our linage have som compassioun,/ That is so lowe y-broght by tirannye.'/

And with that word Arcite gan espye/ Wher-as this lady romed to and fro./ And with that sighte hir beautee hurte him so,/ That, if that Palamon was wounded sore,/ Arcite is hurt as muche as he, or more./ And with a sigh he seyde pitously:/ 'The fresshe beautee sleeth me sodeynly/ Of hir that rometh in the yonder place;/ And, but I have hir mercy and hir grace,/ That I may seen hir atte leeste weye,/ I nam but deed; ther nis namore to seye.'/

This Palamon, whan he tho wordes herde,/ Dispitously he loked, and answerde:/ 'Whether seistow this in ernest or in pley?'/

'Nay,' quod Arcite, 'in ernest, by my fey!/ God help me so, me list ful yvele pleye.'/

This Palamon gan knitte his browes tweye:/ 'It nere,' quod he, 'to thee no greet honour/ For to be fals, ne for to be traytour/ To me, that am thy cosin and thy brother/ Y-sworn ful depe, and ech of us til other,/ That never, for to dyen in the peyne,/ Til that the deeth departe shal us tweyne,/ Neither of us in love to hindren other,/ Ne in non other cas, my leve

formosa Emília, através das grades de ferro, grossas e quadradas como vigas, de uma pequena janela. Então, pálido — "ai!" —, soltou um grito lancinante, como se lhe tivessem varado o coração.

O grito despertou Arcite, que disse: "Meu primo, o que te dói? E por que essa palidez mortal? Por que o clamor? O que foi que te feriu? Pelo amor de Deus, aceita com paciência a vida de prisioneiro, pois nada podemos fazer contra a adversidade que a Fortuna nos reservou. Isso nos foi dado por algum aspecto ou posição de Saturno, nalguma configuração astral, e não temos como nos opor a isso; assim decretaram os céus no dia em que nascemos, e assim nos cabe sofrer. E isso é tudo".

Palamon, no entanto, retorquiu: "Oh não, meu primo, enganaste muito no que estás imaginando. Não foi esta prisão o motivo de meu grito; fui, através dos olhos, ferido no coração — e isto há de ser meu fim! O encanto daquela dama que no jardim posso ver, a caminhar sem destino, foi a causa de meu grito e de todo o meu sofrer. Não sei se é mulher ou deusa... Oh não, só pode ser Vênus!". E, dizendo tais palavras, ele se pôs de joelhos, e orou: "Oh Vênus, se é vossa vontade transfigurar-vos assim naquele horto perante a minha pessoa, tão pobre e infeliz, ajudai-nos a escapar desta masmorra. E, se por decreto eterno, for minha sina morrer neste cárcere, compadecei-vos de nossa estirpe, que a tirania vilipendiou".

Ao ouvir isso, correu Arcite a espiar a dama no seu passeio, e essa visão de beleza de tal maneira o abalou, que, se profundamente ferido se achava Palamon, mais profundamente ainda ficou ferido Arcite. Por isso, com um suspiro de fazer piedade, exclamou: "Vai me matar a fresca formosura daquela que ali embaixo perambula! Se não me conceder sua mercê e sua graça, permitindo-me ao menos que a reveja, bem sei que vou morrer. Não posso dizer mais!".

A essas palavras, Palamon voltou-se despeitado: "Tu dizes isso a sério ou só por troça?".

"Não," retrucou-lhe Arcite, "a sério, por minha fé! Livre-me Deus, que nunca fui homem de troças."

Palamon fechou o sobrecenho: "Nada honroso te seria mostrar-te falso e desleal comigo, que sou teu primo e teu irmão de sangue. Lembra-te do solene juramento que nós dois fizemos, comprometendo-nos, mesmo sob tortura e até que a morte nos separasse, a não prejudicar-nos mutuamente, nem no amor nem em coisa alguma. Prometeste, caro irmão, tudo fazer para ajudar-me em tudo, assim como em tudo eu também

brother;/ But that thou sholdest trewely forthren me/ In every cas, and I shal forthren thee./ This was thyn ooth, and myn also, certeyn;/ I wot right wel, thou darst it nat withseyn./ Thus artow of my counseil, out of doute./ And now thou woldest falsly been aboute/ To love my lady, whom I love and serve,/ And ever shal, til that myn herte sterve./ Now certes, fals Arcite, thou shalt nat so./ I loved hir first, and tolde thee my wo/ As to my counseil, and my brother sworn/ To forthre me, as I have told biforn./ For which thou art y-bounden as a knight/ To helpen me, if it lay in thy might,/ Or elles artow fals, I dar wel seyn.'/

This Arcite ful proudly spak ageyn,/ 'Thou shalt,' quod he, 'be rather fals than I;/ But thou art fals, I telle thee utterly;/ For par amour I loved hir first er thow./ What wiltow seyn? thou wistest nat yet now/ Whether she be a womman or goddesse!/ Thyn is affeccioun of holinesse,/ And myn is love, as to a creature;/ For which I tolde thee myn aventure/ As to my cosin, and my brother sworn./ I pose, that thou lovedest hir biforn;/ Wostow nat wel the olde clerkes sawe,/ That 'who shal yeve a lover any lawe?'/ Love is a gretter lawe, by my pan,/ Than may be yeve to any erthly man./ And therefore positif lawe and swich decree/ Is broke al-day for love, in ech degree./ A man moot nedes love, maugree his heed./ He may nat fleen it, thogh he sholde be deed,/ Al be she mayde, or widwe, or elles wyf./ And eek it is nat lykly, al thy lyf,/ To stonden in hir grace; namore shal I;/ For wel thou woost thy-selven, verraily,/ That thou and I be dampned to prisoun/ Perpetuelly; us gayneth no raunsoun./ We stryve as dide the houndes for the boon,/ They foughte al day, and yet hir part was noon;/ Ther cam a kyte, whyl that they were wrothe,/ And bar awey the boon bitwixe hem bothe./ And therfore, at the kinges court, my brother,/ Ech man for him-self, ther is non other./ Love if thee list; for I love and ay shal;/ And soothly, leve brother, this is al./ Here in this prisoun mote we endure,/ And everich of us take his aventure.'/

Greet was the stryf and long bitwixe hem tweye,/ If that I hadde leyser for to seye;/ But to theffect. It happed on a day,/ (To telle it yow as shortly as I may)/ A worthy duk that highte Perotheus,/ That felawe was un-to duk Theseus/ Sin thilke day that they were children lyte,/ Was come to Athenes, his felawe to visyte,/ And for to pleye, as he was wont to do,/ For in this world he loved no man so:/ And he loved him as tendrely ageyn./ So wel they loved, as olde bokes seyn,/ That whan that oon was deed, sothly to telle,/ His felawe wente and soghte

vou te ajudar. Foram esses os teus votos, e os meus também, e sei que não ousarás cometer perjúrio. Portanto, estás do meu lado, sem dúvida. Eu te confiei meu segredo, e, em troca, me dizes ser tua intenção amar a dama que eu amo e sirvo, e que sempre hei de servir enquanto vida tiver. Oh não, falso Arcite, isso não! Fui eu o primeiro a amá-la, e, se te contei minhas mágoas, foi porque eu acreditava que, sendo meu irmão jurado, irias lutar por meu bem, conforme eu disse. Estás, como cavaleiro, na obrigação de ajudar-me naquilo que for possível, e, se assim não agires, te digo, não passas de vil traidor!".

Cheio de desdém, respondeu-lhe Arcite: "Se alguém aqui for traidor, há de ser tu e não eu, visto que fui o primeiro a querê-la como amante. Que me dizes? Ainda há pouco não sabias se era mulher ou deusa! Teu sentimento é de santa devoção; o meu, pelo contrário, é amor por criatura de carne e osso. Foi por isso que te contei o que se passava em minha alma, como meu primo e como irmão de sangue. Posso até admitir que tu a amaste primeiro. Mas, e daí? Desconheces porventura o adágio do antigo sábio, que diz: 'Quem pode dar leis a quem ama?'. A lei maior para qualquer habitante desta terra é o próprio amor. Não é à toa que, por sua causa, o direito positivo e os seus decretos são infringidos todo dia, em todos os escalões. Um homem ama quando tem que amar, malgrado os ditames da razão. Mesmo arriscando a vida, não pode fugir a isso, não importa se a mulher é virgem, viúva ou casada. Além do mais, convenhamos, é pouco provável que caias alguma vez nas graças daquela dama; tampouco é provável que eu caia, pois fomos ambos condenados à prisão perpétua e resgate algum nos salva. Somos iguais aos dois cães que o dia todo brigaram por um osso, e, no mais aceso da porfia, apareceu um milhafre e levou embora a ambicionada presa. É assim mesmo, caro irmão; como diz o ditado, na corte é cada um por si! Podes amá-la à vontade, se for esse o teu desejo; mas eu também vou amá-la, e para todo o sempre. A verdade, meu caro, é que temos ambos que apodrecer no calabouço; deixemos cada qual ter suas próprias ilusões".

Longa e acirrada foi a contenda entre os dois, se eu pudesse descrevê-la; mas vamos logo ao ponto. Aconteceu um dia — para abreviar a história — que um nobre duque, chamado Peroteu, amigo de Teseu desde a mais tenra infância, veio a Atenas visitar seu companheiro e passar algum tempo com ele, como era seu costume. E isso porque o queria muito, e o sentimento era recíproco. Aliás, de acordo com os velhos tex-

him doun in helle;/ But of that story list me nat to wryte./ Duk Perotheus loved wel Arcite,/ And hadde him knowe at Thebes yeer by yere;/ And fynally, at requeste and preyere/ Of Perotheus, with-oute any raunsoun,/ Duk Theseus him leet out of prisoun,/ Freely to goon, wher that him liste over-al,/ In swich a gyse, as I you tellen shal./ This was the forward, pleynly for tendyte,/ Bitwixen Theseus and him Arcite:/ That if so were, that Arcite were y-founde/ Ever in his lyf, by day or night or stounde/ In any contree of this Theseus,/ And he were caught, it was acorded thus,/ That with a swerd he sholde lese his heed;/ Ther nas non other remedye ne reed,/ But taketh his leve, and homward he him spedde;/ Let him be war, his nekke lyth to wedde!/

    How greet a sorwe suffreth now Arcite!/ The deeth he feleth thurgh his herte smyte;/ He wepeth, wayleth, cryeth pitously;/ To sleen him-self he wayteth prively./ He seyde, 'Allas that day that I was born!/ Now is my prison worse than biforn;/ Now is me shape eternally to dwelle/ Noght in purgatorie, but in helle./ Allas! that ever knew I Perotheus!/ For elles hadde I dwelled with Theseus/ Y-fetered in his prisoun ever-mo./ Than hadde I been in blisse, and nat in wo./ Only the sighte of hir, whom that I serve,/ Though that I never hir grace may deserve,/ Wolde han suffised right y-nough for me./ O dere cosin Palamon,' quod he,/ 'Thyn is the victorie of this aventure,/ Ful blisfully in prison maistow dure;/ In prison? certes nay, but in paradys!/ Wel hath fortune y-turned thee the dys,/ That hast the sighte of hir, and I thabsence./ For possible is, sin thou hast hir presence,/ And art a knight, a worthy and an able,/ That by som cas, sin fortune is chaungeable,/ Thou mayst to thy desyr som-tyme atteyne./ But I, that am exyled, and bareyne/ Of alle grace, and in so greet despeir,/ That ther nis erthe, water, fyr, ne eir,/ Ne creature, that of hem maked is,/ That may me helpe or doon confort in this./ Wel oughte I sterve in wanhope and distresse;/ Farwel my lyf, my lust, and my gladnesse!/

    Allas, why pleynen folk so in commune/ Of purveyaunce of God, or of fortune,/ That yeveth hem ful ofte in many a gyse/ Wel bettre than they can hem-self devyse?/ Som man desyreth for to han richesse,/ That cause is of his mordre or greet siknesse./ And som man wolde out of his prison fayn,/ That in his hous is of his meynee slayn./ Infinite harmes been in this matere;/ We witen nat what thing we preyen here./ We faren as he that dronke is as a mous;/ A dronke man wot wel he hath an hous,/ But he noot which the righte wey is thider;/ And to a dronke man the wey is slider./ And certes, in this world so faren we;/ We seken faste after

tos, tão grande era a estima de um pelo outro que, quando um morreu, o outro foi procurá-lo nas profundezas do inferno... Mas esse é um fato que agora não vem ao caso. Esse duque Peroteu gostava muito de Arcite, a quem conhecera em Tebas havia muitos anos. Por isso, tanto rogou e insistiu, que o duque Teseu decidiu libertá-lo, sem reclamar nenhum resgate, deixando-o partir para onde bem entendesse... dentro da condição que agora vou mencionar. A exigência de Teseu foi, em resumo, que Arcite nunca mais voltasse ali, pois, se a qualquer momento, de dia ou de noite, fosse encontrado em território de Teseu, seria imediatamente preso e decapitado. Foi essa a promessa que teve que fazer. Assim sendo, não havia remédio ou jeito: tudo o que lhe restava era dizer adeus e retornar mais que depressa à sua terra. E que ficasse atento, pois grande era a ameaça a lhe pairar sobre a cabeça.

Oh, que profunda foi a dor de Arcite! Sentia a morte atravessar-lhe o coração; chorava, gritava, clamava que dava pena; cogitava até mesmo o suicídio. Dizia: "Maldito o dia em que nasci! Minha prisão agora piorou; e agora é minha sina viver eternamente não mais no purgatório, porém, no próprio inferno. Ai! Por que um dia conheci Peroteu? Não fosse isso, eu ainda estaria com Teseu, acorrentado para sempre em seus grilhões. Mas, em compensação, provaria a ventura em vez da dor. Para mim já seria suficiente apenas a visão daquela a quem eu sirvo, se bem que nunca tenha a sua mercê. Oh, foste tu, meu caro primo Palamon, o grande vencedor desta aventura, pois que, ditoso, ficaste na prisão... Na prisão?! Oh não, jamais — no paraíso! É teu o lance de dados da Fortuna: coube a ti a visão daquela fada, e a mim a sua ausência. Perto dela, não te será impossível — já que és um cavaleiro valoroso e digno, e já que a sorte muda tanto — por um acaso feliz conseguir o teu intento. Mas a mim, exilado e desprovido de todos os favores, em desespero tal que não há terra ou água ou fogo ou ar, nem criatura formada por esses quatro elementos, que possam consolar-me ou socorrer-me, ah! só resta morrer de angústia e de tristeza. Adeus vida, e desejo, e alegria!

"Ai, por que tantas vezes as pessoas culpam a Providência ou a Fortuna, quando, de fato, são mais generosas do que elas mesmas podem perceber? Este quer a riqueza, que vai ser a causa de sua morte ou sua doença; aquele quer livrar-se da prisão, e tomba vítima de sua criadagem quando retorna à casa. Há males infinitos neste mundo, e não sabemos bem o que pedimos: vamos às cegas como os pobres ratos. Se um ébrio sabe que possui um lar, ele não sabe como chegar lá, e acha

felicitee,/ But we goon wrong ful often, trewely./ Thus may we seyen alle, and namely I,/ That wende and hadde a greet opinioun,/ That, if I mighte escapen from prisoun,/ Than hadde I been in Ioye and perfit hele,/ Ther now I am exyled fro my wele./ Sin that I may nat seen yow, Emelye,/ I nam but deed; ther nis no remedye.'/

 Up-on that other syde Palamon,/ Whan that he wiste Arcite was agon,/ Swich sorwe he maketh, that the grete tour/ Resouneth of his youling and clamour./ The pure fettres on his shines grete/ Weren of his bittre salte teres wete./ 'Allas!' quod he, 'Arcita, cosin myn,/ Of al our stryf, God woot, the fruyt is thyn./ Thow walkest now in Thebes at thy large,/ And of my wo thou yevest litel charge./ Thou mayst, sin thou hast wisdom and manhede,/ Assemblen alle the folk of our kinrede,/ And make a werre so sharp on this citee,/ That by som aventure, or som tretee,/ Thou mayst have hir to lady and to wyf,/ For whom that I mot nedes lese my lyf./ For, as by wey of possibilitee,/ Sith thou art at thy large, of prison free,/ And art a lord, greet is thyn avauntage,/ More than is myn, that sterve here in a cage./ For I mot wepe and wayle, whyl I live,/ With al the wo that prison may me yive,/ And eek with peyne that love me yiveth also,/ That doubleth al my torment and my wo.'/ Ther-with the fyr of Ielousye up-sterte/ With-inne his brest, and hente him by the herte/ So woodly, that he lyk was to biholde/ The box-tree, or the asshen dede and colde./

 Tho seyde he; 'O cruel goddes, that governe/ This world with binding of your word eterne,/ And wryten in the table of athamaunt/ Your parlement, and your eterne graunt,/ What is mankinde more un-to yow holde/ Than is the sheep, that rouketh in the folde?/ For slayn is man right as another beste,/ And dwelleth eek in prison and areste,/ And hath siknesse, and greet adversitee,/ And ofte tymes giltelees, pardee!/ What governaunce is in this prescience,/ That giltelees tormenteth innocence?/ And yet encreseth this al my penaunce,/ That man is bounden to his observaunce,/ For Goddes sake, to letten of his wille,/ Ther as a beest may al his lust fulfille./ And whan a beest is deed, he hath no peyne;/ But man after his deeth moot wepe and pleyne,/ Though in this world he have care and wo:/ With-outen doute it may stonden so./ The answere of this I lete to divynis,/ But wel I woot, that in this world gret pyne is./ Allas! I see a serpent or a theef,/ That many a trewe man hath doon mescheef,/ Goon at his large, and wher him list may turne./ But I mot been in prison thurgh Saturne,/ And eek thurgh Iuno, Ialous and eek wood,/ That hath destroyed wel ny al the blood/ Of Thebes,

The Knightes Tale

escorregadio o seu caminho. Assim andamos nós em nossas vidas: perseguimos nós todos a ventura, tomando quase sempre o rumo errado. É o que se dá com todos... e comigo, que, se antes esperava piamente ter de volta a alegria e o bem-estar se me livrasse da prisão, vejo agora, apartado de meu bem — pois não te posso ver, oh doce Emília —, que de fato estou morto, e para sempre."

Palamon, por sua vez, assim que soube da partida de Arcite, pôs-se a lamentar de tal maneira que a grande torre ressoava com seus gemidos e clamores; até mesmo os grilhões em torno de seus tornozelos molharam-se de lágrimas amargas. "Ai", chorava ele, "Arcite, meu primo, foste tu, por Deus, quem colheu o fruto de nossa rivalidade. Agora estás livre em Tebas e pouco te importas com o meu sofrer. Agora, com teu valor e tua habilidade, podes muito bem reunir os homens de nossa linhagem, mover guerra implacável contra esta cidade e, com a ajuda do destino, ou por algum tratado, obter a mão daquela pela qual devo morrer. Sim, na escala das possibilidades, como és livre e és um grande comandante, tens muito mais vantagens que eu, que estou aqui a definhar nesta gaiola. Minha sina é viver com os lamentos e as lamúrias, entre as angústias que a prisão me traz e em meio às mágoas que me traz o amor, dobrando a minha mágoa e o meu tormento." Então o fogo do ciúme se acendeu em seu peito, e com tal fúria se alastrou no coração, que ele ficou pálido como o lenho do buxeiro ou como a fria cinza morta.

E ele bradou: "Deuses cruéis, que governais o mundo com o poder de vosso verbo eterno, em tábuas de diamante registrando vosso desígnio e vossas concessões, bem sei que para vós a humanidade é só um rebanho trêmulo no aprisco! Pois o homem morre como os outros animais, também conhece o cativeiro e a servidão, e também sofre a enfermidade e o contratempo — muitas vezes, por Deus! sem culpa alguma. Que presciência é esta, que castiga a inocência imaculada? E o que mais me condói é ver que o homem, por amor ao divino, está obrigado a renunciar à sua vontade, enquanto o animal satisfaz os seus desejos. Além do mais, os seres inferiores, quando morrem, não são jamais punidos; mas o homem, depois da morte, chora e geme, depois de tudo o que já padeceu neste mundo. Sem dúvida, é assim que as coisas são! Os sacerdotes talvez saibam o motivo; tudo o que sei é que o mundo é sofrimento. Ai! Quanto traidor não vi, quanto ladrão, que depois de fazer o mal aos justos ficou livre para ir aonde quisesse! Eu, porém, permaneço aqui cativo, por causa de Saturno e também Juno — que, enlouquecida de despeito, destruiu

with his waste walles wyde./ And Venus sleeth me on that other syde/ For Ielousye, and fere of him Arcite.'/

Now wol I stinte of Palamon a lyte,/ And lete him in his prison stille dwelle,/ And of Arcita forth I wol yow telle./

The somer passeth, and the nightes longe/ Encresen double wyse the peynes stronge/ Bothe of the lovere and the prisoner./ I noot which hath the wofullere mester./ For shortly for to seyn, this Palamoun/ Perpetuelly is dampned to prisoun,/ In cheynes and in fettres to ben deed;/ And Arcite is exyled upon his heed/ For ever-mo as out of that contree,/ Ne never-mo he shal his lady see./

Yow loveres axe I now this questioun,/ Who hath the worse, Arcite or Palamoun?/ That oon may seen his lady day by day,/ But in prison he moot dwelle alway./ That other wher him list may ryde or go,/ But seen his lady shal he never-mo./ Now demeth as yow liste, ye that can,/ For I wol telle forth as I bigan.

II

Whan that Arcite to Thebes comen was,/ Ful ofte a day he swelte and seyde 'allas,'/ For seen his lady shal he never-mo./ And shortly to concluden al his wo,/ So muche sorwe had never creature/ That is, or shal, whyl that the world may dure./ His sleep, his mete, his drink is him biraft,/ That lene he wex, and drye as is a shaft./ His eyen holwe, and grisly to biholde;/ His hewe falwe, and pale as asshen colde,/ And solitarie he was, and ever allone,/ And wailling al the night, making his mone./ And if he herde song or instrument,/ Then wolde he wepe, he mighte nat be stent;/ So feble eek were his spirits, and so lowe,/ And chaunged so, that no man coude knowe/ His speche nor his vois, though men it herde./ And in his gere, for al the world he ferde/ Nat oonly lyk the loveres maladye/ Of Hereos, but rather lyk manye/ Engendred of humour malencolyk,/ Biforen, in his celle fantastyk./ And shortly, turned was al up-so-doun/ Bothe habit and eek disposicioun/ Of him, this woful lovere daun Arcite./

quase toda a nobre estirpe de Tebas e arrasou suas muralhas; e, se isso não bastasse, eis do outro lado a figura de Vênus, a atacar-me por meu ciúme e meu temor de Arcite".

Agora, contudo, deixarei Palamon em paz alguns instantes, lá dentro da prisão onde se encontra, e sobre Arcite novamente vou falar.

O verão ia passando, e as noites longas redobravam a intensa angústia do amante livre e do cativo. Não sei dos dois qual o destino mais cruel. Palamon, em suma, não podia deixar a masmorra, estando fadado a uma morte entre grades e cadeias; Arcite, sob pena de ser decapitado, achava-se proscrito para sempre, impedido de rever a sua dama.

Aos amantes apresento esta questão: quem o mais desditoso, Arcite ou Palamon? Este avistava a amada todo dia, mas não podia abandonar o cárcere; aquele tinha toda a liberdade, mas nunca mais veria o seu amor. Julgai como quiserdes, porque agora vou prosseguir com minha narrativa.

II

De volta a Tebas, Arcite enlanguescia, sempre suspirando "ai de mim!" por não poder mais avistar a sua amada. Para dar uma ideia da intensidade de seu sofrimento, eu diria que ninguém neste mundo passou, ou irá passar, por tantas aflições. Não dormia mais, não comia, não bebia; ficara magro e seco como uma vara; seus olhos encovados assustavam; sua tez perdera a cor, tornando-se pálida como a cinza fria; estava sempre sozinho, gemendo solitário a noite inteira, a se queixar da sorte; e, se por acaso ouvisse o som de canto ou de instrumento, entregava-se a um choro convulsivo e nada o fazia parar. Seu espírito andava debilitado e abatido, e ele mudara tanto que ninguém, mesmo que ouvisse suas inflexões e sua voz, seria capaz de reconhecê-lo. Em tal estado de alma, ele, aos olhos de todo mundo, não apenas sofria do mal de Eros, a doença dos apaixonados, mas também de uma obsessão que o humor melancólico gerara na parte anterior do cérebro, onde está a célula da fantasia.[50] Em suma, tudo se achava alterado no triste amante Arcite, seu caráter e sua aparência.

---

[50] Imaginava-se o cérebro humano dividido em três seções ou "células": a frontal era a da fantasia (ou imaginação); a intermediária, a da razão; e a posterior, a da memória. (N. do T.)

What sholde I al-day of his wo endyte?/ Whan he endured hadde a yeer or two/ This cruel torment, and this peyne and wo,/ At Thebes, in his contree, as I seyde,/ Up-on a night, in sleep as he him leyde,/ Him thoughte how that the winged god Mercurie/ Biforn him stood, and bad him to be murye./ His slepy yerde in hond he bar uprighte;/ An hat he werede up-on his heres brighte./ Arrayed was this god (as he took keep)/ As he was whan that Argus took his sleep;/ And seyde him thus: 'To Athenes shaltou wende;/ Ther is thee shapen of thy wo an ende.'/ And with that word Arcite wook and sterte./ 'Now trewely, how sore that me smerte,'/ Quod he, 'to Athenes right now wol I fare;/ Ne for the drede of deeth shal I nat spare/ To see my lady, that I love and serve;/ In hir presence I recche nat to sterve.'/

And with that word he caughte a greet mirour,/ And saugh that chaunged was al his colour,/ And saugh his visage al in another kinde./ And right anoon it ran him in his minde,/ That, sith his face was so disfigured/ Of maladye, the which he hadde endured,/ He mighte wel, if that he bar him lowe,/ Live in Athenes ever-more unknowe,/ And seen his lady wel ny day by day./

And right anon he chaunged his array,/ And cladde him as a povre laborer,/ And al allone, save oonly a squyer,/ That knew his privetee and al his cas,/ Which was disgysed povrely, as he was,/ To Athenes is he goon the nexte way./ And to the court he wente up-on a day,/ And at the gate he profreth his servyse,/ To drugge and drawe, what so men wol devyse./ And shortly of this matere for to seyn,/ He fil in office with a chamberleyn,/ The which that dwelling was with Emelye./ For he was wys, and coude soon aspye/ Of every servaunt, which that serveth here./ Wel coude he hewen wode, and water bere,/ For he was yong and mighty for the nones,/ And ther-to he was strong and big of bones/ To doon that any wight can him devyse./

A yeer or two he was in this servyse,/ Page of the chambre of Emelye the brighte;/ And 'Philostrate' he seide that he highte./ But half so wel biloved a man as he/ Ne was ther never in court, of his degree;/ He was so gentil of condicioun,/ That thurghout al the court was his renoun./ They seyden, that it were a charitee/ That Theseus wolde

Mas por que devo discorrer o dia inteiro a respeito de suas mágoas? Depois de sofrer um ano ou dois aquele cruel tormento e aquela dor e angústia, uma noite, em Tebas (que, como eu disse, era a sua pátria), pareceu-lhe no sono que à sua frente se postara o alado deus Mercúrio, convidando-o a alegrar-se. Trazia na mão a verga sonífera, o caduceu, e, sobre os cabelos brilhantes, o pétaso, o seu chapéu de viagem. Notou o jovem que o deus estava vestido exatamente como no dia em que fez Argo adormecer.[51] E dizia: "Deves ir para Atenas, pois lá teus sofrimentos terão fim". Com isso, Arcite despertou sobressaltado: "Vou para Atenas agora mesmo, custe-me o que custar", bradou ele; "nem o medo da morte me impedirá de ver a mulher que eu amo e sirvo, pois não me importo de morrer em sua presença".

E, assim dizendo, tomou de um grande espelho, e observou quão mudada estava a sua cor e quão diferentes estavam os seus traços. Ocorreu-lhe então que, com uma fisionomia tão modificada pelo mal de que estivera padecendo, poderia muito bem — desde que adotasse a identidade de uma pessoa humilde — viver incógnito em Atenas e ver diariamente a sua amada.

Sem perda de tempo mudou as suas vestes, disfarçando-se de simples trabalhador. E, sem levar ninguém consigo, exceto um fiel escudeiro, que conhecia sua história e seu segredo e se trajava tão pobremente quanto ele, dirigiu-se na manhã seguinte a Atenas. Lá, um belo dia, foi até à corte, oferecendo-se ao portão como serviçal, ou aguadeiro, ou para o que quisessem. Ele então, para encurtar a narrativa, foi posto a trabalhar com um camareiro-mor que, por ser esperto e saber vigiar muito bem o serviço dos demais criados, estava diretamente subordinado a Emília. Sendo jovem e forte, dotado de grande ossatura, Arcite podia rachar lenha, buscar água e fazer tudo o que lhe mandassem.

Por um ano ou dois ficou nesse trabalho, como pajem de câmara da formosa Emília, dizendo chamar-se Filóstrato. Jamais houve na corte homem de sua condição que fosse tão estimado; graças à sua conduta sempre gentil, sua fama se espalhara por toda parte. Diziam mesmo que seria um ato de justiça se Teseu o promovesse, designando-o para tarefas mais honrosas, onde pudesse evidenciar o seu valor. E de fato, não de-

---

[51] Sentinela de cem olhos designado por Hera (Juno) para vigiar Io, amante de seu marido. Sob as ordens de Zeus (Júpiter), Hermes (Mercúrio) faz todos os olhos adormecerem, viabilizando a fuga de Io. (N. da E.)

enhauncen his degree,/ And putten him in worshipful servyse,/ Ther as he mighte his vertu excercyse./ And thus, with-inne a whyle, his name is spronge/ Bothe of his dedes, and his goode tonge,/ That Theseus hath taken him so neer/ That of his chambre he made him a squyer,/ And yaf him gold to mayntene his degree;/ And eek men broghte him out of his contree/ From yeer to yeer, ful prively, his rente;/ But honestly and slyly he it spente,/ That no man wondred how that he it hadde./ And three yeer in this wyse his lyf he ladde,/ And bar him so in pees and eek in werre,/ Ther nas no man that Theseus hath derre./ And in this blisse lete I now Arcite,/ And speke I wol of Palamon a lyte./

In derknesse and horrible and strong prisoun/ This seven yeer hath seten Palamoun,/ Forpyned, what for wo and for distresse;/ Who feleth double soor and hevinesse/ But Palamon? that love destreyneth so,/ That wood out of his wit he gooth for wo;/ And eek therto he is a prisoner/ Perpetuelly, noght oonly for a yeer./ Who coude ryme in English proprely/ His martirdom? for sothe, it am nat I;/ Therefore I passe as lightly as I may./

It fel that in the seventhe yeer, in May,/ The thridde night, (as olde bokes seyn,/ That al this storie tellen more pleyn,)/ Were it by aventure or destinee,/ (As, whan a thing is shapen, it shal be,)/ That, sone after the midnight, Palamoun,/ By helping of a freend, brak his prisoun,/ And fleeth the citee, faste as he may go;/ For he had yive his gayler drinke so/ Of a clarree, maad of a certeyn wyn,/ With nercotikes and opie of Thebes fyn,/ That al that night, thogh that men wolde him shake,/ The gayler sleep, he mighte nat awake;/ And thus he fleeth as faste as ever he may./

The night was short, and faste by the day,/ That nedes-cost he moste him-selven hyde,/ And til a grove, faste ther besyde,/ With dredful foot than stalketh Palamoun./ For shortly, this was his opinioun,/ That in that grove he wolde him hyde al day,/ And in the night than wolde he take his way/ To Thebes-ward, his freendes for to preye/ On Theseus to helpe him to werreye;/ And shortly, outher he wolde lese his lyf,/ Or winnen Emelye un-to his wyf;/ This is theffect and his entente pleyn./

Now wol I torne un-to Arcite ageyn,/ That litel wiste how ny that was his care,/ Til that fortune had broght him in the snare./

The bisy larke, messager of day,/ Saluëth in hir song the morwe gray;/ And fyry Phebus ryseth up so brighte,/ That al the orient

morou muito, o duque, tendo em conta o bom nome que o jovem conquistara por suas ações e suas palavras, trouxe-o para junto de si, fazendo-o seu escudeiro pessoal e oferecendo-lhe pagamento em ouro. Além do que recebia de seu amo, ele também contava com suas próprias rendas, que, ano após ano, lhe eram secretamente enviadas de sua cidade. Nas despesas, contudo, era sempre cuidadoso e comedido, a fim de não levantar suspeitas. E assim viveu ele três anos, comportando-se de tal forma, na paz e na guerra, que cada vez mais se tornava merecedor da estima de Teseu. Nessa ventura deixo agora Arcite, para falar um pouco sobre Palamon.

Durante esses sete anos, na escuridão do forte e horrível cárcere, definhou Palamon, atormentado pela dor e o desespero. Quem, senão ele, quase enlouquecido, sentia a dupla angústia e a dupla mágoa da opressão do amor e de saber-se prisioneiro não por um ano, porém por toda a vida? Que poeta poderia pintar, em nossa língua, toda a extensão de seu martírio? Eu certamente é que não! Por isso mesmo, ligeiro vou passar por este assunto.

Aconteceu no sétimo ano, na terceira noite de maio (como o atestam velhos livros, que contam com mais minúcias a história), ou por obra do acaso ou do destino — pois o que está escrito tem mesmo que acontecer — que, logo após a meia-noite, Palamon escapou da prisão com a ajuda de um amigo, e fugiu da cidade o mais rápido que pôde. Para tanto, dera ele a beber ao carcereiro um vinho com especiarias, misturado com narcóticos e o fino ópio da cidade de Tebas, o que o fez dormir a noite inteira. Por mais que o sacudissem, o infeliz não despertava. E, assim, Palamon se viu em liberdade.

A noite, entretanto, era breve, e o dia estava para raiar. Precisava esconder-se. Por isso, com passos temerosos, dirigiu-se o fugitivo para um bosque naquelas cercanias, onde pretendia ocultar-se o dia todo; e, quando caísse a noite, tomaria o rumo de Tebas, e lá solicitaria o auxílio dos amigos para mover guerra a Teseu, quando então ou perderia a vida, ou finalmente conquistaria a mão de Emília. Eram esses seus propósitos e suas pretensões.

Voltar-me-ei agora novamente para Arcite, que mal podia imaginar quão próxima estava a sua desventura, até cair no laço que a Fortuna lhe preparara.

A irrequieta cotovia, a mensageira do sol, saudara a manhã cinzenta com sua alegre canção; e tão fúlgido se erguera o flamejante Febo, que

laugheth of the lighte,/ And with his stremes dryeth in the greves/ The silver dropes, hanging on the leves./ And Arcite, that is in the court royal/ With Theseus, his squyer principal,/ Is risen, and loketh on the myrie day./ And, for to doon his observaunce to May,/ Remembring on the poynt of his desyr,/ He on a courser, sterting as the fyr,/ Is riden in-to the feeldes, him to pleye,/ Out of the court, were it a myle or tweye;/ And to the grove, of which that I yow tolde,/ By aventure, his wey he gan to holde,/ To maken him a gerland of the greves,/ Were it of wodebinde or hawethorn-leves,/ And loude he song ageyn the sonne shene:/ 'May, with alle thy floures and thy grene,/ Wel-come be thou, faire fresshe May,/ I hope that I som grene gete may.'/ And from his courser, with a lusty herte,/ In-to the grove ful hastily he sterte,/ And in a path he rometh up and doun,/ Ther-as, by aventure, this Palamoun/ Was in a bush, that no man mighte him see,/ For sore afered of his deeth was he./ No-thing ne knew he that it was Arcite:/ God wot he wolde have trowed it ful lyte./ But sooth is seyd, gon sithen many yeres,/ That 'feeld hath eyen, and the wode hath eres.'/ It is ful fair a man to bere him evene,/ For al-day meteth men at unset stevene./ Ful litel woot Arcite of his felawe,/ That was so ny to herknen al his sawe,/ For in the bush he sitteth now ful stille./

Whan that Arcite had romed al his fille,/ And songen al the roundel lustily,/ In-to a studie he fil sodeynly,/ As doon thise loveres in hir queynte geres,/ Now in the croppe, now doun in the breres,/ Now up, now doun, as boket in a welle./ Right as the Friday, soothly for to telle,/ Now it shyneth, now it reyneth faste,/ Right so can gery Venus overcaste/ The hertes of hir folk; right as hir day/ Is gerful, right so chaungeth she array./ Selde is the Friday al the wyke y-lyke./ Whan that Arcite had songe, he gan to syke,/ And sette him doun with-outen any more:/ 'Alas!' quod he, 'that day that I was bore!/ How longe, Iuno, thurgh thy crueltee,/ Woltow werreyen Thebes the citee?/ Allas! y-broght is to confusioun/ The blood royal of Cadme and Amphioun;/ Of Cadmus, which that was the firste man/ That Thebes bulte, or first the toun bigan,/ And of the citee first was crouned king,/ Of his linage

o oriente todo sorria com sua luz, enquanto seus raios secavam as argênteas gotinhas que pendiam das folhas. Arcite, que, na condição de escudeiro principal, se encontrava na corte de Teseu, levantou-se, viu que o dia estava maravilhoso, e, lembrando-se do objeto de seu amor, montou um fogoso ginete e, desejando obsequiar o mês de maio, cavalgou para os campos onde pretendia folgar, a uma distância de uma ou duas milhas do palácio. E aprouve ao destino que ele se encaminhasse exatamente para o bosque de que falei há pouco, buscando ramos de madressilva ou de roseira silvestre, para tecer uma guirlanda, e cantando à luz do sol: "Maio, sê bem-vindo, oh doce e formoso maio! Que de todas as tuas flores e todo o teu verdor, algum verde reserves para mim!". E apeando do cavalo, com o coração palpitante, entrou depressa no bosque; logo trilhava uma senda nas vizinhanças do local onde Palamon, temendo ser morto, se escondera atrás de uma moita. Este não só não sabia que se tratava de Arcite, como sequer imaginava que pudesse ser ele. O outro, por sua vez, havia se esquecido por completo da velha verdade segundo a qual "o campo tem olhos e o bosque tem ouvidos". É bom que o homem se conduza condignamente, pois todo dia o aguardam situações inesperadas. Arcite jamais iria prever que seu antigo companheiro, oculto em silêncio entre a folhagem, se achava tão perto que podia ouvir todas as suas palavras.

Depois de perambular à vontade e de cantar com alegria o seu rondó,[52] Arcite, de repente, caiu em profundo estado de melancolia — o que, aliás, sucede frequentemente aos apaixonados, com seus ânimos mutáveis, ora acima das mais altas copas, ora perdido entre os arbustos rasteiros, ora no alto, ora no fundo, tal como o balde na cisterna. Com efeito, assim como na sexta-feira (que raramente é igual aos outros dias da semana) ora faz sol, ora chove, assim também a volúvel Vênus perturba os corações dos que a seguem, pois ela é imprevisível como o seu próprio dia. Arcite, portanto, depois de cantar, começou a suspirar profundamente, e, tendo se sentado, assim falou: "Ai, o dia em que nasci! Juno, por quanto tempo ainda, com tua crueldade, moverás guerra à cidade de Tebas? Oh desgraça, na ruína se encontra agora o sangue real

---

[52] Poema curto que utiliza apenas duas rimas e cuja primeira linha é usada como refrão no meio e no fim. (N. da E.)

am I, and his of-spring/ By verray ligne, as of the stok royal:/ And now I am so caitif and so thral,/ That he, that is my mortal enemy,/ I serve him as his squyer povrely./ And yet doth Iuno me wel more shame,/ For I dar noght biknowe myn owne name;/ But ther-as I was wont to highte Arcite,/ Now highte I Philostrate, noght worth a myte./ Allas! thou felle Mars, allas! Iuno,/ Thus hath your ire our kinrede al fordo,/ Save only me, and wrecched Palamoun,/ That Theseus martyreth in prisoun./ And over al this, to sleen me utterly,/ Love hath his fyry dart so brenningly/ Y-stiked thurgh my trewe careful herte,/ That shapen was my deeth erst than my sherte./ Ye sleen me with your eyen, Emelye;/ Ye been the cause wherfor that I dye./ Of al the remenant of myn other care/ Ne sette I nat the mountaunce of a tare,/ So that I coude don aught to your plesaunce!'/ And with that word he fil doun in a traunce/ A longe tyme; and after he up-sterte./

This Palamoun, that thoughte that thurgh his herte/ He felte a cold swerd sodeynliche glyde,/ For ire he quook, no lenger wolde he byde./ And whan that he had herd Arcites tale,/ As he were wood, with face deed and pale,/ He sterte him up out of the buskes thikke,/ And seyde: 'Arcite, false traitour wikke,/ Now artow hent, that lovest my lady so,/ For whom that I have al this peyne and wo,/ And art my blood, and to my counseil sworn,/ As I ful ofte have told thee heer-biforn,/ And hast by-iaped here duk Theseus,/ And falsly chaunged hast thy name thus;/ I wol be deed, or elles thou shalt dye./ Thou shalt nat love my lady Emelye,/ But I wol love hir only, and namo;/ For I am Palamoun, thy mortal fo./ And though that I no wepne have in this place,/ But out of prison am astert by grace,/ I drede noght that outher thou shalt dye,/ Or thou ne shalt nat loven Emelye./ Chees which thou wilt, for thou shalt nat asterte.'/

This Arcitë, with ful despitous herte,/ Whan he him knew, and hadde his tale herd,/ As fiers as leoun, pulled out a swerd,/ And seyde thus: 'by God that sit above,/ Nere it that thou art sik, and wood for love,/ And eek that thou no wepne hast in this place,/ Thou sholdest never out of this grove pace,/ That thou ne sholdest dyen of myn hond./ For I defye the seurtee and the bond/ Which that thou seyst that I have maad to thee./ What, verray fool, think wel that love is free,/ And I wol love hir, maugre al thy might!/ But, for as muche thou art a worthy knight,/ And wilnest to darreyne hir by batayle,/ Have heer my trouthe, to-morwe I wol nat fayle,/ With-outen witing of any other wight,/ That

de Cadmo e de Anfião. Eu, que descendo de Cadmo, o fundador de Tebas, aquele que a construiu e que foi coroado o seu primeiro rei, eu, que por linha direta pertenço à sua nobre estirpe, vejo-me agora cativo e escravo de meu inimigo mortal, a quem sirvo humildemente na condição de escudeiro. Entretanto, a maior vergonha que Juno me impôs foi não poder usar meu próprio nome, visto que, em lugar de Arcite, agora me chamo Filóstrato, que nada significa. Ai, fero Marte! Ai, Juno! Vossa ira destruiu nossa linhagem, com exceção de mim e do pobre Palamon, que Teseu faz definhar no cativeiro. E, como se tudo isso não fosse suficiente, como golpe final o Amor, com seu dardo incendiado, tão devastadoramente atravessou meu coração sincero e desditoso, que minha morte parece desenhar-se com rapidez maior do que se moldou minha camisa. Emília, tu me matas com teus olhos; tu és a causa de meu fim. Todos os meus outros sofrimentos, juntos, não teriam para mim importância alguma, se eu ao menos pudesse fazer algo para te agradar!". Assim dizendo, desmaiou; e só voltou a si depois de muito tempo.

Palamon, sentindo-se naquele instante como se a lâmina fria de uma espada lhe transpassasse o coração, trêmulo de raiva, não pôde mais conter-se. Mal ouvira os queixumes de Arcite e, como um louco, já saltava para fora de seu esconderijo, gritando: "Oh falso Arcite, oh traidor impiedoso, que amas aquela pela qual sofro e definho, foste pego! Tu que tens meu sangue e me juraste lealdade — como já te lembrei anteriormente, oh pérfido que ludibriaste o duque Teseu, alterando o próprio nome! Um de nós irá morrer. Não mais hás de amar minha Emília; somente eu irei amá-la, somente eu e ninguém mais, pois sou Palamon, o teu mortal inimigo. E se bem que aqui me encontre desarmado, porque foi com a ajuda de outros que me evadi do cárcere, eu te asseguro que, se não desistires da senhora Emília, irás pagar por isso com a tua vida. Faze agora a escolha, pois não me escaparás!".

Arcite, com o coração cheio de desdém ao reconhecê-lo e ouvi-lo, sacou da espada qual leão furioso, e bradou: "Por Deus do Céu, se não te houvera o amor debilitado e ensandecido, e se aqui à minha frente não te visse inerme, nunca mais deixarias este bosque, pois morrerias pelas minhas mãos! Eu denuncio o juramento e os votos que dizes que te fiz. Oh grande tolo, ainda não sabes que o amor é livre? Não importa o que faças, eu sempre irei amá-la! Todavia, já que és um digno cavaleiro e desejas em duelo disputar a nobre dama, dou-te minha palavra de que amanhã sem falta, sem o testemunho de quem quer que seja, poderás

here I wol be founden as a knight,/ And bringen harneys right y-nough for thee;/ And chees the beste, and leve the worste for me./ And mete and drinke this night wol I bringe/ Y-nough for thee, and clothes for thy beddinge./ And, if so be that thou my lady winne,/ And slee me in this wode ther I am inne,/ Thou mayst wel have thy lady, as for me.'/

This Palamon answerde: 'I graunte it thee.'/ And thus they been departed til a-morwe,/ When ech of hem had leyd his feith to borwe./

O Cupide, out of alle charitee!/ O regne, that wolt no felawe have with thee!/ Ful sooth is seyd, that love ne lordshipe/ Wol noght, his thankes, have no felaweshipe;/ Wel finden that Arcite and Palamoun./

Arcite is riden anon un-to the toun,/ And on the morwe, er it were dayes light,/ Ful prively two harneys hath he dight,/ Bothe suffisaunt and mete to darreyne/ The bataille in the feeld bitwix hem tweyne./ And on his hors, allone as he was born,/ He carieth al this harneys him biforn;/ And in the grove, at tyme and place y-set,/ This Arcite and this Palamon ben met./ Tho chaungen gan the colour in hir face;/ Right as the hunter in the regne of Trace,/ That stondeth at the gappe with a spere,/ Whan hunted is the leoun or the bere,/ And hereth him come russhing in the greves,/ And breketh bothe bowes and the leves,/ And thinketh, 'heer cometh my mortel enemy,/ With-oute faile, he moot be deed, or I;/ For outher I mot sleen him at the gappe,/ Or he mot sleen me, if that me mishappe:'/ So ferden they, in chaunging of hir hewe,/ As fer as everich of hem other knewe./

Ther nas no good day, ne no saluing;/ But streight, with-outen word or rehersing,/ Everich of hem halp for to armen other,/ As freendly as he were his owne brother;/ And after that, with sharpe speres stronge/ They foynen ech at other wonder longe./ Thou mightest wene that this Palamoun/ In his fighting were a wood leoun,/ And as a cruel tygre was Arcite:/ As wilde bores gonne they to smyte,/ That frothen whyte as foom for ire wood./ Up to the ancle foghte they in hir blood./ And in this wyse I lete hem fighting dwelle;/ And forth I wol of Theseus yow telle./

The destinee, ministre general,/ That executeth in the world over-al/ The purveyaunce, that God hath seyn biforn,/ So strong it is, that, though the world had sworn/ The contrarie of a thing, by ye or nay,/ Yet somtyme it shal fallen on a day/ That falleth nat eft with-inne a thousand yere./ For certeinly, our appetytes here,/ Be it of werre, or pees, or hate, or love,/ Al is this reuled by the sighte above./ This mene

enfrentar-me como um bravo. Trarei as armas de que necessitas; permitirei que escolhas as melhores e deixes as piores para mim. E esta noite hei de prover-te de alimentos e água, bem como de agasalhos para o teu repouso. Se me venceres no combate e neste bosque me matares, hás de ficar então com minha dama!".

Respondeu Palamon: "Assim será!". Depois disso, os dois se separaram, devendo reencontrar-se no dia seguinte, conforme a palavra empenhada.

Oh Cupido, que não conheces piedade! Oh reinado que não admite companhia! Bem dizem que nem o amor nem o poder repartem de bom grado as suas dádivas. Foi o que constataram Palamon e Arcite.

Este último cavalgou de volta à cidade e, de manhã, tão logo despontou o sol, tomou às ocultas de duas armaduras com todos os seus respectivos apetrechos, suficientes e adequados à justa que ambos deveriam travar na clareira. E, sozinho como ao nascer, levou os arneses consigo, no dorso de seu cavalo; e no bosque, na hora e no lugar fixados, Arcite e Palamon se encontraram. Ambos então sentiram fugir-lhes a cor do rosto, como acontece ao caçador no reino da Trácia quando, postado com sua lança junto a uma fenda nas rochas, à espera do leão ou do urso, escuta a arremetida da fera entre os arbustos, partindo galhos e folhas, e pensa consigo mesmo: "Aí vem meu mortal inimigo! Sem dúvida, um de nós agora há de morrer; ou o abato nesta fenda, ou ele me dilacera, se for esta a minha sina...". Assim também empalideceram os rivais, na medida em que cada qual conhecia o valor do outro.

Nenhum bom-dia se ouviu, nenhuma outra saudação. Em silêncio, sem qualquer preâmbulo, gentis como dois irmãos, um ajudou o outro a se armar. Depois, erguendo as fortes lanças pontiagudas, por tempo surpreendentemente longo investiram um contra o outro. Se alguém os visse no embate, julgaria Palamon um leão furioso e Arcite um tigre cruel; feriam como javalis selvagens, cobertos de branca espuma em sua cólera louca. Lutavam sobre o sangue derramado, imersos até o tornozelo. E lutando os deixo para falar de Teseu.

O destino, ministro-geral que executa na terra inteira a providência determinada por Deus, é tão poderoso que, embora o mundo, pelo sim ou pelo não, tenha jurado o contrário de uma coisa, ela assim mesmo se concretiza, acontecendo às vezes em um dia o que depois não acontece em mil anos. De fato, os nossos desejos aqui, sejam eles de guerra, ou de paz, ou de ódio, ou de amor, são todos governados pela visão lá de cima.

I now by mighty Theseus,/ That for to honten is so desirous,/ And namely at the grete hert in May,/ That in his bed ther daweth him no day,/ That he nis clad, and redy for to ryde/ With hunte and horn, and houndes him bisyde./ For in his hunting hath he swich delyt,/ That it is al his Ioye and appetyt/ To been him-self the grete hertes bane;/ For after Mars he serveth now Diane./

Cleer was the day, as I have told er this,/ And Theseus, with alle Ioye and blis,/ With his Ipolita, the fayre quene,/ And Emelye, clothed al in grene,/ On hunting be they riden royally./ And to the grove, that stood ful faste by,/ In which ther was an hert, as men him tolde,/ Duk Theseus the streighte wey hath holde./ And to the launde he rydeth him ful right,/ For thider was the hert wont have his flight,/ And over a brook, and so forth on his weye./ This duk wol han a cours at him, or tweye,/ With houndes, swiche as that him list comaunde./

And whan this duk was come un-to the launde,/ Under the sonne he loketh, and anon/ He was war of Arcite and Palamon,/ That foughten breme, as it were bores two;/ The brighte swerdes wenten to and fro/ So hidously, that with the leeste strook/ It seemed as it wolde felle an ook;/ But what they were, no-thing he ne woot./ This duk his courser with his spores smoot,/ And at a stert he was bitwix hem two,/ And pulled out a swerd and cryed, 'ho!/ Namore, up peyne of lesing of your heed./ By mighty Mars, he shal anon be deed,/ That smyteth any strook, that I may seen!/ But telleth me what mister men ye been,/ That been so hardy for to fighten here/ With-outen Iuge or other officere,/ As it were in a listes royally?'/

This Palamon answerde hastily,/ And seyde: 'sire, what nedeth wordes mo?/ We have the deeth deserved bothe two./ Two woful wrecches been we, two caytyves,/ That been encombred of our owne lyves;/ And as thou art a rightful lord and Iuge,/ Ne yeve us neither mercy ne refuge,/ But slee me first, for seynte charitee;/ But slee my felawe eek as wel as me./ Or slee him first; for, though thou knowe it lyte,/ This is thy mortal fo, this is Arcite,/ That fro thy lond is banished on his heed,/ For which he hath deserved to be deed./ For this is he

É o que demonstra agora o caso do potente Teseu, que tanto ardia no desejo de sair à caça, atrás do enorme cervo de maio, que o dia nem raiara em seu leito e ele já se achava vestido e pronto para cavalgar com os seus couteiros e trompas e cães. Com efeito, tanto lhe agradava a prática da montaria, que seu maior gozo e prazer era ser a morte do grande gamo, pois, além de servir a Marte, servia a Diana.

Era um dia claro, como já disse, e Teseu, contente e feliz, partiu para a caçada em cavalgada majestosa, juntamente com Hipólita, a bela rainha, e Emília, vestida toda de verde. E, como lhe haviam dito que havia um gamo no bosque ali perto, o duque foi direto para lá, buscando logo a clareira onde o animal costumava refugiar-se. Pretendia, atravessando um arroio e vencendo outros obstáculos em seu caminho, alcançá-lo após uma ou duas corridas, precedido, como gostava, por toda a matilha.

Quando, porém, o duque chegou ao local e lançou ao redor os olhos, protegidos por uma das mãos contra o sol, imediatamente se deu conta da presença de Arcite e Palamon, lutando ferozmente como dois javalis. Para a frente e para trás moviam-se as espadas luzentes, tão assustadoras que o menor golpe parecia capaz de derrubar um carvalho. Ninguém da comitiva, entretanto, percebera ainda quem eram os combatentes. Esporeando o corcel, o duque se pôs de um salto entre os dois, desembainhou a espada e bradou: "Alto! Parai agora mesmo, ou morrereis decapitados! Em nome do potente Marte, aquele que vibrar mais um golpe há de pagar a audácia com a vida. Dizei-me quem sois vós, que aqui lutais com tamanha valentia, sem fiscais ou juízes, como se estivésseis na liça real".[53]

Palamon respondeu prontamente, dizendo: "Senhor, para que mais palavras? Ambos merecemos morrer. Somos dois pobres infelizes, dois desgraçados, cansados da vida; e, como sois um governante justo e um juiz imparcial, não concedais a nós mercê nem proteção. Pela santa caridade, dai morte primeiro a mim, e, em seguida, a este meu companheiro! Ou matai antes a ele, pois, embora pouco o saibais, é vosso inimigo mortal, é Arcite, que, proibido de voltar a vosso reino sob pena de morte — devendo, portanto, perder a cabeça — apresentou-se diante de vossa porta dizendo chamar-se Filóstrato, e enganou por muitos anos a vós,

---

[53] Estrutura temporária feita de madeira e quadrada. As liças descritas por Chaucer não apenas são esplêndidas como gigantescas. (N. da E.)

O Conto do Cavaleiro

that cam un-to thy gate,/ And seyde, that he highte Philostrate./ Thus hath he Iaped thee ful many a yeer,/ And thou has maked him thy chief squyer;/ And this is he that loveth Emelye./ For sith the day is come that I shal dye,/ I make pleynly my confessioun,/ That I am thilke woful Palamoun,/ That hath thy prison broken wikkedly./ I am thy mortal fo, and it am I/ That loveth so hote Emelye the brighte,/ That I wol dye present in hir sighte./ Therfore I axe deeth and my Iuwyse;/ But slee my felawe in the same wyse,/ For bothe han we deserved to be slayn.'/

This worthy duk answerde anon agayn,/ And seyde, 'This is a short conclusioun:/ Youre owne mouth, by your confessioun,/ Hath dampned you, and I wol it recorde,/ It nedeth noght to pyne yow with the corde./ Ye shul be deed, by mighty Mars the rede!'/

The quene anon, for verray wommanhede,/ Gan for to wepe, and so dide Emelye,/ And alle the ladies in the companye./ Gret pitee was it, as it thoughte hem alle,/ That ever swich a chaunce sholde falle;/ For gentil men they were, of greet estat,/ And no-thing but for love was this debat;/ And sawe hir blody woundes wyde and sore,/ And alle cryden, bothe lasse and more,/ 'Have mercy, lord, up-on us wommen alle!'/ And on hir bare knees adoun they falle,/ And wolde have kist his feet ther-as he stood,/ Til at the laste aslaked was his mood;/ For pitee renneth sone in gentil herte./ And though he first for ire quook and sterte,/ He hath considered shortly, in a clause,/ The trespas of hem bothe, and eek the cause:/ And al-though that his ire hir gilt accused,/ Yet in his reson he hem bothe excused;/ As thus: he thoghte wel, that every man/ Wol helpe him-self in love, if that he can,/ And eek delivere him-self out of prisoun;/ And eek his herte had compassioun/ Of wommen, for they wepen ever in oon;/ And in his gentil herte he thoghte anoon,/ And softe un-to himself he seyde: 'fy/ Up-on a lord that wol have no mercy,/ But been a leoun, bothe in word and dede,/ To hem that been in repentaunce and drede/ As wel as to a proud despitous man/ That wol maynteyne that he first bigan!/ That lord hath litel of discrecioun,/ That in swich cas can no divisioun,/ But weyeth pryde and humblesse after oon.'/

And shortly, whan his ire is thus agoon,/ He gan to loken up with eyen lighte,/ And spak thise same wordes al on highte: —/ The god of love, a! *benedicite*,/ How mighty and how greet a lord is he!/ Ayeins his might ther gayneth none obstacles,/ He may be cleped a god for his miracles;/ For he can maken at his owne gyse/ Of everich herte, as that

que dele fizestes o vosso escudeiro-mor. É ele que ousa amar Emília! Quanto a mim, já que chegou o dia em que devo expirar, confesso-vos abertamente que sou o mísero Palamon, que de modo condenável fugiu de vossa prisão. Sou também vosso inimigo mortal, e também amo ardentemente a encantadora Emília, tanto que quero morrer em sua presença. Eis por que vos suplico o julgamento e a morte. Mas fazei o mesmo com meu companheiro, porque ambos merecemos morrer!".

No mesmo instante retrucou o ilustre duque: "O veredicto é rápido! Vós próprios, de vossa boca e por vossa confissão, vos condenastes; e eu confirmo a sentença. Não será necessária a tortura com a corda. Pelo potente Marte rubicundo, sereis executados!".

A essas palavras, a rainha, com verdadeiro sentimento feminino, pôs-se a chorar, secundada por Emília e todas as outras damas. Achavam uma pena que acontecesse tal desgraça, pois eram ambos fidalgos de alta estirpe, e a causa da contenda era somente o amor. E, vendo os grandes e profundos ferimentos ensanguentados dos dois rivais, gritaram todas juntas, da mais nobre à mais humilde: "De nós mulheres, senhor, tende piedade!". Caíram então de joelhos, procurando beijar seus pés. Diante disso, após algum tempo a sua ira aplacou-se, pois flui fácil a piedade nos corações gentis. Embora, a princípio, sua cólera o tivesse feito tremer, ele refletiu alguns instantes sobre as faltas que ambos haviam cometido e sobre as suas causas. E, mesmo que sua indignação os tivesse condenado, sua razão acabou por perdoá-los, porque ele concluiu que ninguém mede seus atos quando movido pelo amor; todos fazem o que podem por seu bem, e até se evadem da prisão se necessário. Além disso, seu coração se condoeu das mulheres, que ainda continuavam a chorar; e seu espírito nobre pensou consigo mesmo: "Como é desprezível o governante incapaz de piedade, que se mostra um leão, nas ações e nas palavras, tanto para os que o temem e se arrependem quanto para os orgulhosos e arrogantes, que não voltam atrás no que iniciaram! Pouca sensatez tem o senhor que não faz distinções em casos tais, pesando da mesma forma o atrevimento e a humildade".

Assim, passado o momento de ira, ergueu os olhos brilhantes e disse em voz alta: "Bendito seja! Como é grande e potente o deus do amor! Seu poder prevalece contra todos os empecilhos. Seus prodígios realmente comprovam a sua divindade, pois ele faz com os corações aquilo que bem entende. Vede o caso de Arcite e Palamon: haviam conseguido livrar-se de meu cárcere, e, sabendo que sou seu figadal inimigo e pronto a

him list devyse./ Lo heer, this Arcite and this Palamoun,/ That quitly weren out of my prisoun,/ And mighte han lived in Thebes royally,/ And witen I am hir mortal enemy,/ And that hir deeth lyth in my might also,/ And yet hath love, maugree hir eyen two,/ Y-broght hem hider bothe for to dye!/ Now loketh, is nat that an heigh folye?/ Who may been a fool, but-if he love?/ Bihold, for Goddes sake that sit above,/ Se how they blede! be they noght wel arrayed?/ Thus hath hir lord, the god of love, y-payed/ Hir wages and hir fees for hir servyse!/ And yet they wenen for to been ful wyse/ That serven love, for aught that may bifalle!/ But this is yet the beste game of alle,/ That she, for whom they han this Iolitee,/ Can hem ther-for as muche thank as me;/ She woot namore of al this hote fare,/ By God, than woot a cokkow or an hare!/ But al mot been assayed, hoot and cold;/ A man mot been a fool, or yong or old;/ I woot it by my-self ful yore agoon:/ For in my tyme a servant was I oon./ And therfore, sin I knowe of loves peyne,/ And woot how sore it can a man distreyne,/ As he that hath ben caught ofte in his las,/ I yow foryeve al hoolly this trespas,/ At requeste of the quene that kneleth here,/ And eek of Emelye, my suster dere./ And ye shul bothe anon un-to me swere,/ That never-mo ye shul my contree dere,/ Ne make werre up-on me night ne day,/ But been my freendes in al that ye may;/ I yow foryeve this trespas every del.'/

And they him swore his axing fayre and wel,/ And him of lordshipe and of mercy preyde,/ And he hem graunteth grace, and thus he seyde:/

'To speke of royal linage and richesse,/ Though that she were a quene or a princesse,/ Ech of yow bothe is worthy, doutelees,/ To wedden whan tyme is, but nathelees/ I speke as for my suster Emelye,/ For whom ye have this stryf and Ielousye;/ Ye woot your-self, she may not wedden two/ At ones, though ye fighten ever-mo:/ That oon of yow, al be him looth or leef,/ He moot go pypen in an ivy-leef;/ This is to seyn, she may nat now han bothe,/ Al be ye never so Ielous, ne so wrothe./ And for-thy I yow putte in this degree,/ That ech of yow shal have his destinee/ As him is shape; and herkneth in what wyse;/ Lo, heer your ende of that I shal devyse./

My wil is this, for plat conclusioun,/ With-outen any replicacioun,/ If that yow lyketh, tak it for the beste,/ That everich of yow shal gon wher him leste/ Frely, with-outen raunson or daunger;/ And this day fifty wykes, fer ne ner,/ Everich of yow shal bringe an hundred knightes,/ Armed for listes up at alle rightes,/ Al redy to darreyne hir by

dar-lhes morte, poderiam muito bem ter ficado em Tebas, vivendo como reis; em vez disso, mesmo com os olhos abertos, o amor os trouxe aqui para morrerem. Dizei-me: não é mesmo uma grande loucura? Existe alguém que endoidece não estando apaixonado? Pelo amor de Deus lá no alto, olhai! Vede como sangram! Não estão uma beleza? Essa é a recompensa e a paga com que o senhor deles, o deus do amor, premia os seus serviços! No entanto, os vassalos de Cupido, apesar de tudo o que lhes acontece, ainda se julgam muito sábios. E o mais engraçado de tudo é que aquela, pela qual andam sentindo toda essa paixão, deve ter por eles a mesma gratidão que eu. Por Deus, ela sabe tanto desse ardor quanto os cucos ou as lebres! Mas é assim mesmo: na vida o homem tem que provar de tudo, do quente e do frio; e tem que fazer alguma espécie de bobagem, ou na juventude ou na velhice... Descobri isso há muito tempo, pois eu também já fui um servo daquele deus. Portanto, como conheço as mágoas do amor e sei quão duramente ele castiga as suas vítimas — tendo caído muitas vezes no seu laço — acolho o pedido da rainha, ajoelhada à minha frente, e de Emília, sua querida irmã, e vos perdoo plenamente a vossa ofensa. Quero apenas que me jureis que nunca mais atacareis o meu país: que nunca mais, nem de dia nem de noite, fareis guerra contra mim, mostrando-vos meus amigos em tudo o que fizerdes. Jurai isso, e eu vos concedo a absolvição total".

Eles então juraram atender seu justo pedido, e lhe imploraram proteção e mercê. E o duque, ao estender-lhes sua graça, assim falou:

"Quanto à riqueza e à linhagem, não há dúvida de que ambos, no momento azado de casar-vos, sois dignos de qualquer dama, seja ela rainha ou princesa. Mas, falando por minha cunhada Emília, que provocou todo esse atrito e ciúme, quero lembrar-vos de que, como sabeis, não poderá se unir aos dois ao mesmo tempo, nem que luteis por ela a vida inteira. Um de vós, queira ou não queira, terá que ficar assobiando em uma folha de hera, porque ela não poderá desposar a ambos, por maiores que sejam vosso desdém e vossa cólera. Por isso mesmo, proponho-vos um modo de sabermos que destino a cada qual foi reservado. Quereis que vos diga aquilo que tenho em mente? Ouvi com atenção; eis o meu plano.

"Minha vontade é simplesmente, sem qualquer contestação... aceitai-a sem rodeios, se ela for de vosso agrado... minha vontade é que partais agora para onde bem entenderdes, livremente, sem riscos e sem resgates; e que, daqui a cinquenta semanas mais ou menos, retorneis, trazendo cada qual cem cavaleiros, inteiramente armados para a luta, a fim

bataille./ And this bihote I yow, with-outen faille,/ Up-on my trouthe, and as I am a knight,/ That whether of yow bothe that hath might,/ This is to seyn, that whether he or thou/ May with his hundred, as I spak of now,/ Sleen his contrarie, or out of listes dryve,/ Him shal I yeve Emelya to wyve,/ To whom that fortune yeveth so fair a grace./ The listes shal I maken in this place,/ And God so wisly on my soule rewe,/ As I shal even Iuge been and trewe./ Ye shul non other ende with me maken,/ That oon of yow ne shal be deed or taken./ And if yow thinketh this is wel y-sayd,/ Seyeth your avys, and holdeth yow apayd./ This is your ende and your conclusioun.'/

Who loketh lightly now but Palamoun?/ Who springeth up for Ioye but Arcite?/ Who couthe telle, or who couthe it endyte,/ The Ioye that is maked in the place/ Whan Theseus hath doon so fair a grace?/ But doun on knees wente every maner wight,/ And thanked him with al her herte and might,/ And namely the Thebans ofte sythe./ And thus with good hope and with herte blythe/ They take hir leve, and hom-ward gonne they ryde/ To Thebes, with his olde walles wyde./

III

I trowe men wolde deme it necligence,/ If I foryete to tellen the dispence/ Of Theseus, that goth so bisily/ To maken up the listes royally;/ That swich a noble theatre as it was,/ I dar wel seyn that in this world ther nas./ The circuit a myle was aboute,/ Walled of stoon, and diched al with-oute./ Round was the shap, in maner of compas,/ Ful of degrees, the heighte of sixty pas,/ That, whan a man was set on o degree,/ He letted nat his felawe for to see./

Est-ward ther stood a gate of marbel whyt,/ West-ward, right swich another in the opposit./ And shortly to concluden, swich a place/ Was noon in erthe, as in so litel space;/ For in the lond ther nas no crafty man,/ That geometrie or ars-metrik can,/ Ne purtreyour, ne kerver of images,/ That Theseus ne yaf him mete and wages/ The theatre for to maken and devyse./ And for to doon his ryte and sacrifyse,/ He est-ward hath, up-on the gate above,/ In worship of Venus, goddesse of love,/ Don make an auter and an oratorie;/ And west-ward, in the minde and in memorie/ Of Mars, he maked hath right swich another,/ That coste largely of gold a fother./ And

de disputá-la num torneio. E eu vos prometo sem falta, por minha honra de cavaleiro, que àquele que souber se impor... ou, em outras palavras, àquele que, com os cem acompanhantes de que falei há pouco, matar seu oponente ou expulsá-lo da liça, a ele, a quem vai sorrir a sorte, eu hei de dar Emília por esposa, ela que é tão bafejada pela Fortuna. Aqui mesmo pretendo erguer a liça; e, assim como confio na salvação de minha alma, assim espero ser um juiz justo e imparcial. É o que vos posso ofertar, e nada mais: um de vós tem que morrer ou ser feito prisioneiro. Se achais sensata a minha sugestão, aceitai-a e dai-vos por contentes. Esse há de ser o pacto e a decisão final."

Quem, senão Palamon, mostra um olhar risonho? Quem, senão Arcite, dá pulos de alegria? Quem pode descrever, ou quem sabe pintar o júbilo que a todos invadiu, quando anunciou Teseu a graça generosa? Caíram todos de joelhos e agradeceram-lhe de todo o coração — sobretudo os tebanos, repetidas vezes. E assim os dois, esperançosos e felizes, apresentando as suas despedidas, cavalgaram de volta para Tebas, com seus muros antigos e grandiosos.

III

Eu, com certeza, seria julgado negligente se deixasse de falar dos gastos sem medida de Teseu, que se dedicou à construção da majestosa liça com tanto afinco, que neste mundo, ouso dizer, jamais houve tão nobre anfiteatro. O circuito, com cerca de uma milha, era murado em pedra e rodeado por um fosso; a forma era redonda, na linha do compasso, e a arquibancada se erguia por sessenta jardas, de modo que um homem sentado num dos degraus nunca obstruía a visão dos companheiros.

Uma porta de mármore branco abria-se a leste, à qual se opunha a oeste uma outra igual. Outro local assim, com tantos portentos em tão pouco espaço, não existia na terra, pois não havia perito em aritmética ou geometria, nem retratista, nem escultor, a quem Teseu não desse sustento e salário para erguer e adornar o anfiteatro. Para os seus ritos e seus sacrifícios, a oriente, sobre a porta mencionada, em honra de Vênus, a deusa do amor, mandara ele erguer um altar e oratório; e na porta a ocidente, em memória de Marte, outro templo ordenou que erigissem, que também lhe custou carradas de ouro. E ao norte, numa torre da muralha, quis Teseu que surgisse, dignamente, um oratório muito ela-

north-ward, in a touret on the wal,/ Of alabastre whyt and reed coral/ An oratorie riche for to see,/ In worship of Dyane of chastitee,/ Hath Theseus don wroght in noble wyse./

But yet hadde I foryeten to devyse/ The noble kerving, and the portreitures,/ The shap, the countenaunce, and the figures,/ That weren in thise oratories three./

First in the temple of Venus maystow see/ Wroght on the wal, ful pitous to biholde,/ The broken slepes, and the sykes colde;/ The sacred teres, and the waymentinge;/ The fyry strokes of the desiringe,/ That loves servaunts in this lyf enduren;/ The othes, that hir covenants assuren;/ Plesaunce and hope, desyr, fool-hardinesse,/ Beautee and youthe, bauderie, richesse,/ Charmes and force, lesinges, flaterye,/ Dispense, bisynesse, and Ielousye,/ That wered of yelwe goldes a gerland,/ And a cokkow sitting on hir hand;/ Festes, instruments, caroles, daunces,/ Lust and array, and alle the circumstaunces/ Of love, whiche that I rekne and rekne shal,/ By ordre weren peynted on the wal,/ And mo than I can make of mencioun./ For soothly, al the mount of Citheroun,/ Ther Venus hath hir principal dwelling,/ Was shewed on the wal in portreyinge,/ With al the gardin, and the lustinesse./ Nat was foryeten the porter Ydelnesse,/ Ne Narcisus the faire of yore agon,/ Ne yet the folye of king Salamon,/ Ne yet the grete strengthe of Hercules —/ Thenchauntements of Medea and Circes —/ Ne of Turnus, with the hardy fiers corage,/ The riche Cresus, caytif in servage./ Thus may ye seen that wisdom ne richesse,/ Beautee ne sleighte, strengthe, ne hardinesse,/ Ne may with Venus holde champartye;/ For as hir list the world than may she gye./ Lo, alle thise folk so caught were in hir las,/ Til they for wo ful ofte seyde 'allas!'/ Suffyceth heer ensamples oon or two,/ And though I coude rekne a thousand mo./

The statue of Venus, glorious for to see,/ Was naked fleting in the large see,/ And fro the navele doun all covered was/ With wawes grene, and brighte as any glas./ A citole in hir right hand hadde she,/ And on hir heed, ful semely for to see,/ A rose gerland, fresh and wel smellinge;/ Above hir heed hir dowves flikeringe./ Biforn hir stood hir sone Cupido,/ Up-on his shuldres winges hadde he two;/ And blind he was, as it is ofte sene;/ A bowe he bar and arwes brighte and kene./

Why sholde I noght as wel eek telle yow al/ The portreiture, that was up-on the wal/ With-inne the temple of mighty Mars the rede?/ Al peynted was the wal, in lengthe and brede,/ Lyk to the estres of the grisly

borado, de alvo alabastro e de coral vermelho, dedicado a Diana e à castidade.

Quase esquecia-me de descrever as pinturas e os finíssimos entalhes, a forma, o aspecto e todas as figuras que se viam naqueles oratórios.

Primeiro, as cenas comoventes que mostrava nas paredes o templo erguido a Vênus, o sono interrompido, o frio suspiro, as lágrimas sagradas e as lamentações, os ataques ardentes do desejo, que afligem os escravos da paixão, as juras que reforçam os seus pactos, a Esperança e o Prazer, a Luxúria e a Loucura, a Graça e a Juventude, os Risos e a Riqueza, o Encanto e a Força, a Falsidade e a Adulação, o Desperdício, a Agitação e o Ciúme — trazendo uma guirlanda de fulvos malmequeres, com um cuco pousado em sua mão — e festas, instrumentos, cantos, bailes, pompa e alegria, tudo o que segue o amor, tudo o que já citei e vou citar, estava em ordem pintado nas paredes, além de muito mais, que agora não recordo. Na verdade, todo o monte de Citéron, onde Vênus possui a principal morada, estava lá reproduzido, com seu jardim e suas maravilhas. Nem o Ócio, o seu porteiro, se olvidou, nem Narciso, o formoso de outros tempos, nem a loucura do rei Salomão, nem a tremenda força de Hércules, nem as magias de Medeia e Circe, nem Turno, com seu bravo e altivo peito, nem o opulento Creso, feito prisioneiro. Tudo mostrava que nem sabedoria nem riqueza, beleza e astúcia, força e valentia conseguem competir com Vênus, que sempre guia o mundo como quer. Presa em seu laço, ai! como aquela gente não deve ter chorado com frequência! E lembro aqui somente esses exemplos, embora possa dar outros mil.

Lá a estátua de Vênus, em visão gloriosa, estava nua flutuando no mar largo, recoberta do umbigo para baixo por ondas verdes e brilhantes como o vidro. Tinha uma cítara na mão direita, e, nos cabelos, lindos de se verem, a guirlanda de rosas frescas e perfumadas. Sobre a cabeça lhe adejavam pombas; e, à frente, estava o filho seu, Cupido, com o parzinho de asas sobre os ombros, o seu arco, as suas flechas pontiagudas, e cego, como sempre o representam.

E por que agora não falar também das pinturas que se viam nas paredes do templo do potente e rubro Marte? Cobriam todo o muro, ao longo e ao largo, como na parte superior do tétrico edifício que era o grande santuário do deus na Trácia, a região fria e gelada onde Marte vivia soberano.

place,/ That highte the grete temple of Mars in Trace,/ In thilke colde frosty regioun,/ Ther-as Mars hath his sovereyn mansioun./

First on the wal was peynted a foreste,/ In which ther dwelleth neither man ne beste,/ With knotty knarry bareyn treës olde/ Of stubbes sharpe and hidous to biholde;/ In which ther ran a rumbel and a swough,/ As though a storm sholde bresten every bough:/ And downward from an hille, under a bente,/ Ther stood the temple of Mars armipotente,/ Wroght al of burned steel, of which thentree/ Was long and streit, and gastly for to see./ And ther-out cam a rage and such a vese,/ That it made al the gates for to rese./ The northren light in at the dores shoon,/ For windowe on the wal ne was ther noon,/ Thurgh which men mighten any light discerne./ The dores were alle of adamant eterne,/ Y-clenched overthwart and endelong/ With iren tough; and, for to make it strong,/ Every piler, the temple to sustene,/ Was tonne-greet, of iren bright and shene./

Ther saugh I first the derke imagining/ Of felonye, and al the compassing;/ The cruel ire, reed as any glede;/ The pykepurs, and eek the pale drede;/ The smyler with the knyf under the cloke;/ The shepne brenning with the blake smoke;/ The treson of the mordring in the bedde;/ The open werre, with woundes al bi-bledde;/ Contek, with blody knyf and sharp manace;/ Al ful of chirking was that sory place./ The sleere of him-self yet saugh I ther,/ His herte-blood hath bathed al his heer;/ The nayl y-driven in the shode a-night;/ The colde deeth, with mouth gaping up-right./ Amiddes of the temple sat meschaunce,/ With disconfort and sory contenaunce./ Yet saugh I woodnesse laughing in his rage;/ Armed compleint, out-hees, and fiers outrage./ The careyne in the bush, with throte y-corve:/ A thousand slayn, and nat of qualm y-storve;/ The tiraunt, with the prey by force y-raft;/ The toun destroyed, ther was no-thing laft./ Yet saugh I brent the shippes hoppesteres;/ The hunte strangled with the wilde beres:/ The sowe freten the child right in the cradel;/ The cook y-scalded, for al his longe ladel./ Noght was foryeten by the infortune of Marte;/ The carter over-riden with his carte,/ Under the wheel ful lowe he lay adoun./ Ther were also, of Martes divisioun,/ The barbour, and the bocher, and the smith/ That forgeth sharpe swerdes on his stith./ And al above, depeynted in a tour,/ Saw I conquest sitting in greet honour,/ With the sharpe swerde over his heed/ Hanginge by a sotil twynes threed./ Depeynted was the slaughtre of Iulius,/ Of grete Nero, and of Antonius;/ Al be that thilke tyme they were unborn,/ Yet was hir deeth depeynted ther-biforn,/ By manasinge of Mars, right by figure;/ So

Primeiro, haviam pintado na parede uma floresta, sem sinal de homens ou de feras, com velhas árvores, nodosas, carcomidas, e com tocos pontudos e medonhos; um reboar estranho a percorria, qual tempestade a lhe partir os galhos. Num declive relvoso, ao pé de um monte, surgia o templo do deus Marte, o armipotente, feito de aço polido, cujo ingresso era profundo e estreito e assustador. E soprava de lá furioso vento, fazendo a porta trepidar. Só na entrada brilhava a luz do norte, pois na parede não havia janela que deixasse entrar a luz. As portas eram de eterno diamante, com chapas verticais e horizontais de duro ferro; e, para reforçá-lo, cada pilar que sustentava o templo, grosso como um tonel, também era desse mesmo metal, polido e faiscante.

Lá avistei o negro elucubrar da Vilania e suas intenções; a Ira cruel, acesa como brasa; o ladrão sorrateiro e o pálido Temor; o sorridente com a faca sob o manto; o aprisco a arder entre a fumaça escura; a traição que no leito vem matar; a guerra aberta, com ferimentos sangrando; a disputa, com lâminas sangrentas e acerbas ameaças. Estridente era o lúgubre lugar. Lá também avistei o suicida, com o sangue a empastar-lhe a cabeleira; o prego atravessando o crânio à noite; a morte fria com a boca escancarada. Bem no meio do templo se assentava o Infortúnio, desconsolado e triste. Também vi a Loucura a gargalhar no seu furor; a Revolta, o Clamor e o fero Ultraje; o cadáver na moita degolado; mil mortos, e não pela peste; o tirano e o butim que rapinara; a cidade em ruínas arrasada. E avistei os navios dançando em chamas; o caçador trucidado pelos ursos; a porca que ao bebê comeu no berço; o pobre cozinheiro, que, apesar de sua longa concha, se escaldara. Não se esqueceu desgraça alguma de Marte — nem mesmo o carroceiro que é esmagado sob a roda do carro quando tomba. Também havia as profissões de Marte, como o barbeiro, o magarefe ou o ferreiro, que forja na bigorna as lâminas cortantes. E, dominando a tudo, numa torre, vi a Conquista toda engalanada, com a cabeça sob a ponta de uma espada pendurada por um delgado fio. Vi também retratado o assassinato de Júlio César, Marco Antônio e o grande Nero. Embora nesse tempo eles ainda não tivessem nascido, suas mortes ali foram previstas por indícios de Marte, em configurações. As pinturas, assim, reproduziam o que estava pintado nas estrelas: as mortes por amor e os assassínios. Tais episódios bastam como exemplo; nem seria possível lembrar todos.

Sobre um carro de guerra aparecia a estátua do deus Marte, todo armado; no olhar feroz mostrava o seu rancor; e fulgiam-lhe em cima da

was it shewed in that portreiture/ As is depeynted in the sterres above,/ Who shal be slayn or elles deed for love./ Suffyceth oon ensample in stories olde,/ I may not rekne hem alle, thogh I wolde./

The statue of Mars up-on a carte stood,/ Armed, and loked grim as he were wood;/ And over his he'ed ther shynen two figures/ Of sterres, that been cleped in scriptures,/ That oon Puella, that other Rubeus./ This god of armes was arrayed thus: —/ A wolf ther stood biforn him at his feet/ With eyen rede, and of a man he eet;/ With sotil pencel was depeynt this storie,/ In redoutinge of Mars and of his glorie./

Now to the temple of Diane the chaste/ As shortly as I can I wol me haste,/ To telle yow al the descripcioun./ Depeynted been the walles up and doun/ Of hunting and of shamfast chastitee./ Ther saugh I how woful Calistopee,/ Whan that Diane agreved was with here,/ Was turned from a womman til a bere,/ And after was she maad the lode-sterre;/ Thus was it peynt, I can say yow no ferre;/ Hir sone is eek a sterre, as men may see./ Ther saugh I Dane, y-turned til a tree,/ I mene nat the goddesse Diane,/ But Penneus doughter, which that highte Dane./ Ther saugh I Attheon an hert y-maked,/ For vengeaunce that he saugh Diane al naked;/ I saugh how that his houndes have him caught,/ And freten him, for that they knewe him naught./ Yet peynted was a litel forther-moor,/ How Atthalante hunted the wilde boor,/ And Meleagre, and many another mo,/ For which Diane wroghte him care and wo./ Ther saugh I many another wonder storie,/ The whiche me list nat drawen to memorie./

This goddesse on an hert ful hye seet,/ With smale houndes al aboute hir feet;/ And undernethe hir feet she hadde a mone,/ Wexing it was, and sholde wanie sone./ In gaude grene hir statue clothed was,/ With bowe in honde, and arwes in a cas./ Hir eyen caste she ful lowe adoun,/ Ther

cabeça dois emblemas, formados por estrelas que são na geomancia conhecidas pelos nomes de Rúbeus e Puella...[54] Assim se apresentava o deus das armas. Um lobo de olhos rubros se postava à sua frente, a devorar um homem... Delicado pincel traçara o quadro para o louvor de Marte e sua glória!

Ora me apresso, sem maior delonga, ao templo de Diana, a casta deusa, para fazer a sua descrição. Cobriam-lhe as paredes, de alto a baixo, cenas de caça e de pudica castidade. Ali vi como a mísera Calisto, após haver enfurecido Diana, foi transformada de mulher em ursa, e na estrela polar logo em seguida. Assim era a pintura... É o que vos digo! Também seu filho, como podem ver, foi mudado em estrela. Com forma de árvore também vi Dafne, que por Dana era às vezes conhecida... Não me refiro à deusa Diana, e sim à filha de Peneu, chamada Dana. Lá avistei Actéon, transmudado em cervo por haver surpreendido Diana nua; e vi como os seus cães o perseguiram e o devoraram, sem reconhecê-lo. Mais adiante observei como Atalanta corria atrás do javali selvagem; e notei Meleagro e vários outros, que sofreram por causa de Diana. Muitos prodígios avistei, que agora não me sinto inclinado a recordar.

Montada num veado, a deusa estava rodeada por pequenos cães de caça; descansava seus pés sobre uma lua... crescente, mas que logo minguaria. De verde-fulvo se vestia a estátua, com um arco na mão, flechas na aljava; e, baixos, seus olhos procuravam o tenebroso reino de Plutão. À sua frente estava uma mulher nos labores do parto, e, como a criança demorava a nascer, ela dirigia a Lucina[55] apelo comovente: "Socorrei-me, que sois a que mais pode!". Para cobrir de tinta tão vivaz imagem, muitos florins terá gastado o artista.

---

[54] No método de adivinhação da geomancia, a pessoa fazia rapidamente quatro fileiras de pontos, que depois eram contados. As fileiras com totais ímpares eram reduzidas a um ponto, e as com totais pares, a dois pontos. As dezesseis combinações possíveis dessas quatro linhas de um e dois pontos constituíam as "figuras". Cada uma, além de ter um nome próprio, relacionava-se com um planeta, com o qual deveria ter características comuns. Assim, Rúbeus (Ruivo, Vermelho) e Puella (Menina) são figuras geománticas aqui apresentadas como ligadas a Marte (embora haja dúvidas no caso da segunda). (N. do T.)

[55] Como protetora do parto, Diana, assim como às vezes Juno, era chamada de Lucina (da raiz de "luz" e "lua"). (N. do T.)

Pluto hath his derke regioun./ A womman travailinge was hir biforn,/ But, for hir child so longe was unborn,/ Ful pitously Lucyna gan she calle,/ And seyde, 'help, for thou mayst best of alle.'/ Wel couthe he peynten lyfly that it wroghte,/ With many a florin he the hewes boghte./

Now been thise listes maad, and Theseus,/ That at his grete cost arrayed thus/ The temples and the theatre every del,/ Whan it was doon, him lyked wonder wel./ But stinte I wol of Theseus a lyte,/ And speke of Palamon and of Arcite./

The day approcheth of hir retourninge,/ That everich sholde an hundred knightes bringe,/ The bataille to darreyne, as I yow tolde;/ And til Athenes, hir covenant for to holde,/ Hath everich of hem broght an hundred knightes/ Wel armed for the werre at alle rightes./ And sikerly, ther trowed many a man/ That never, sithen that the world bigan,/ As for to speke of knighthod of hir hond,/ As fer as God hath maked see or lond,/ Nas, of so fewe, so noble a companye./ For every wight that lovede chivalrye,/ And wolde, his thankes, han a passant name,/ Hath preyed that he mighte ben of that game;/ And wel was him, that ther-to chosen was./ For if ther fille to-morwe swich a cas,/ Ye knowen wel, that every lusty knight,/ That loveth paramours, and hath his might,/ Were it in Engelond, or elles-where,/ They wolde, hir thankes, wilnen to be there./ To fighte for a lady, *benedicite*!/ It were a lusty sighte for to see./

And right so ferden they with Palamon./ With him ther wenten knightes many oon;/ Som wol ben armed in an habergeoun,/ In a brest-plat and in a light gipoun;/ And somme woln have a peyre plates large;/ And somme woln have a Pruce sheld, or a targe;/ Somme woln ben armed on hir legges weel,/ And have an ax, and somme a mace of steel./ Ther nis no newe gyse, that it nas old./ Armed were they, as I have you told,/ Everich after his opinioun./

Ther maistow seen coming with Palamoun/ Ligurge him-self, the grete king of Trace;/ Blak was his berd, and manly was his face./ The cercles of his eyen in his heed,/ They gloweden bitwixe yelow and reed;/ And lyk a griffon loked he aboute,/ With kempe heres on his browes stoute;/ His limes grete, his braunes harde and stronge,/ His shuldres brode, his armes rounde and longe./ And as the gyse was in his contree,/ Ful hye up-on a char of gold stood he,/ With foure whyte boles in the trays./ In-stede of cote-armure over his harnays,/ With nayles yelwe and brighte as any gold,/ He hadde a beres skin, col-blak, for-old./ His longe heer was kembd bihinde his bak,/ As any ravenes fether it shoon for-blak:/

Construída a liça, Teseu, que tanto ouro despendera para adornar em todos os pormenores o anfiteatro e os templos, ficou muito satisfeito com o resultado. Agora, porém, vou deixá-lo por alguns momentos e retornar a Palamon e Arcite.

O dia de seu regresso se aproxima, no qual, como já disse, cada um deveria, com um grupo de cem cavaleiros a seu lado, disputar o torneio, conforme lhes disse. Dirigem-se, pois, para Atenas, fiéis ao compromisso, trazendo cada qual sua centena de homens, armados a rigor. Muitos não vacilavam em dizer que, desde que o mundo é mundo, jamais, pelos mares e terras de Deus, se vira companhia tão seleta no que concerne aos feitos e à cavalaria. Afinal, todos os que amavam o ideal cavaleiresco e aspiravam conquistar nome glorioso haviam solicitado inclusão naquele prélio. E felizes eram os escolhidos! De fato, se amanhã novamente se desse um caso igual, não há dúvida: todos os valentes que amam com fervor e possuem algum mérito, seja na Inglaterra, seja em outras partes, fariam de tudo para estarem lá... A disputa de uma dama! Deus do Céu, que coisa mais bonita de se ver!

Com esse espírito avançavam os de Palamon. Vinham com ele numerosos cavaleiros; uns estavam protegidos por uma cota de malha, outros vestiam couraça sobre um leve gibão, outros uma armadura que guardava a frente e o dorso; uns portavam escudos prussianos ou broquéis, outros tinham as pernas revestidas, trazendo uma acha ou uma dava de aço... Nada se usa de novo que não seja antigo! Como se vê, portanto, cada qual estava armado como bem queria.

Via-se na companhia de Palamon o próprio Licurgo, o grande rei da Trácia. Tinha barba negra e rosto másculo, onde os globos oculares refulgiam entre o amarelo e o rubro. Como um grifo, olhava tudo a seu redor, por baixo dos pelos retorcidos de suas grossas sobrancelhas. Seus membros eram enormes, seus músculos rijos e fortes, seus ombros largos e seus braços longos e roliços. Como era hábito no seu país, vinha de pé sobre um carro de ouro, atrelado a quatro touros brancos. Em vez de cota brasonada, cobria-lhe a armadura uma pele de urso, preta como carvão de tão velha, com as unhas do animal tintas de ouro rutilante. Penteada sobre as costas, a cabeleira comprida, de tão negra, brilhava como a plumagem do corvo. Sobre a cabeça, áurea coroa — larga como um braço, de notável peso, com ofuscantes engastes de delicados rubis e diamantes. Corriam a saltar em torno de seu carro vinte ou mais pastores alemães, grandes como novilhos, bons cães de fila para a caça do cervo

A wrethe of gold arm-greet, of huge wighte,/ Upon his heed, set ful of stones brighte,/ Of fyne rubies and of dyamaunts./ Aboute his char ther wenten whyte alaunts,/ Twenty and mo, as grete as any steer,/ To hunten at the leoun or the deer,/ And folwed him, with mosel faste y-bounde,/ Colers of gold, and torets fyled rounde./ An hundred lordes hadde he in his route/ Armed ful wel, with hertes sterne and stoute./

    With Arcita, in stories as men finde,/ The grete Emetreus, the king of Inde,/ Up-on a stede bay, trapped in steel,/ Covered in cloth of gold diapred weel,/ Cam ryding lyk the god of armes, Mars./ His cote-armure was of cloth of Tars,/ Couched with perles whyte and rounde and grete./ His sadel was of brend gold newe y-bete;/ A mantelet upon his shuldre hanginge/ Bret-ful of rubies rede, as fyr sparklinge./ His crispe heer lyk ringes was y-ronne,/ And that was yelow, and glitered as the sonne./ His nose was heigh, his eyen bright citryn,/ His lippes rounde, his colour was sangwyn,/ A fewe fraknes in his face y-spreynd,/ Betwixen yelow and somdel blak y-meynd,/ And as a leoun he his loking caste./ Of fyve and twenty yeer his age I caste./ His berd was wel bigonne for to springe;/ His voys was as a trompe thunderinge./ Up-on his heed he wered of laurer grene/ A gerland fresh and lusty for to sene./ Up-on his hand he bar, for his deduyt,/ An egle tame, as eny lilie whyt./ An hundred lordes hadde he with him there,/ Al armed, sauf hir heddes, in al hir gere,/ Ful richely in alle maner thinges./ For trusteth wel, that dukes, erles, kinges,/ Were gadered in this noble companye,/ For love and for encrees of chivalrye./ Aboute this king ther ran on every part/ Ful many a tame leoun and lepart./

    And in this wyse thise lordes, alle and some,/ Ben on the Sonday to the citee come/ Aboute pryme, and in the toun alight./

    This Theseus, this duk, this worthy knight,/ Whan he had broght hem in-to his citee,/ And inned hem, everich in his degree,/ He festeth hem, and dooth so greet labour/ To esen hem, and doon hem al honour,/ That yet men weneth that no mannes wit/ Of noon estat ne coude amenden it./

    The minstralcye, the service at the feste,/ The grete yiftes to the moste and leste,/ The riche array of Theseus paleys,/ Ne who sat first ne last up-on the deys,/ What ladies fairest been or best daunsinge,/ Or which of hem can dauncen best and singe,/ Ne who most felingly speketh of love:/ What haukes sitten on the perche above,/ What houndes liggen on the floor adoun:/ Of al this make I now no mencioun;/ But al theffect, that thinketh me the beste;/ Now comth the poynt, and herkneth if yow leste./

e do leão; e traziam focinheiras, coleiras de ouro e argolas para as correias. Cem fidalgos havia no seu séquito, todos eles bem armados, corações firmes e fortes.

Com Arcite, como se lê nas crônicas, cavalgava o grande Emétrio, o rei das Índias, igual a Marte, o deus das armas, sobre um cavalo baio com arreios de aço e manta de brocado recoberta de desenhos. Sua cota brasonada era seda da Társia, recamada de grandes pérolas, redondas e alvas; a sela, recém-forjada, era toda de ouro fino; e dos ombros lhe pendia um manto curto, crivado de rubis vermelhos, faiscantes como o fogo. Seus cabelos ondulados rolavam em anéis, louros e cintilantes como o sol; seus lábios eram cheios; seu nariz, de alto espigão; seus brilhantes olhos, acitrinados; e sua cor, sanguínea; salpicavam-lhe o rosto algumas sardas, umas escuras e outras amarelas; e seu modo de olhar lembrava o do leão. Calculo que tivesse uns vinte e cinco anos, pois fazia tempo que a barba lhe despontara e sua voz era uma trompa a trovejar. Trazia na cabeça guirlanda de verde louro, bela e viçosa; e na mão, a fim de distrair-se, uma águia domesticada, tão branca quanto o lírio. Vinham com ele cem fidalgos, todos, a não ser pelas cabeças descobertas, armados a rigor, ricamente, com todo tipo de apetrecho. Nessa nobre comitiva, sem qualquer dúvida, duques, condes e reis haviam-se unido pela causa do amor e da cavalaria. Em torno daquele monarca, por toda parte, corriam soltos muitos leões e leopardos mansos.

E foi assim que, em um domingo, por volta da hora prima, todos esses cavaleiros vieram à cidade e lá apearam.

Teseu, o duque, o nobre cavaleiro, após trazê-los a seu reino e alojá-los segundo a condição de cada qual, ofereceu a todos um banquete, esforçando-se para dar-lhes o maior conforto e prestar-lhes as devidas homenagens. E o fez de modo que, na opinião de todos, ninguém seria capaz de aperfeiçoar sua hospitalidade.

O canto dos menestréis, o serviço do banquete, os caríssimos presentes para grandes e humildes, a rica decoração do palácio de Teseu, as precedências nos assentos sobre o estrado, as damas mais bonitas ou graciosas, quem mais se distinguiu nas danças e nos cantos, quem mostrou mais sentimento ao discorrer sobre o amor, que falcões se empoleiravam no alto, que cães deitavam-se no pavimento embaixo... de tudo isso não faço qualquer menção. Parece-me que o que interessa é o desfecho; e, por isso, vou direto ao ponto, para quem quiser me ouvir.

O Conto do Cavaleiro

The Sonday night, er day bigan to springe,/ When Palamon the larke herde singe,/ Although it nere nat day by houres two,/ Yet song the larke, and Palamon also./ With holy herte, and with an heigh corage/ He roos, to wenden on his pilgrimage/ Un-to the blisful Citherea benigne,/ I mene Venus, honurable and digne./ And in hir houre he walketh forth a pas/ Un-to the listes, ther hir temple was,/ And doun he kneleth, and with humble chere/ And herte soor, he seyde as ye shul here./

'Faireste of faire, o lady myn, Venus,/ Doughter to Iove and spouse of Vulcanus,/ Thou glader of the mount of Citheroun,/ For thilke love thou haddest to Adoun,/ Have pitee of my bittre teres smerte,/ And tak myn humble preyer at thyn herte./ Allas! I ne have no langage to telle/ Theffectes ne the torments of myn helle;/ Myn herte may myne harmes nat biwreye;/ I am so confus, that I can noght seye./ But mercy, lady bright, that knowest weel/ My thought, and seest what harmes that I feel,/ Considere al this, and rewe up-on my sore,/ As wisly as I shal for evermore,/ Emforth my might, thy trewe servant be,/ And holden werre alwey with chastitee;/ That make I myn avow, so ye me helpe./ I kepe noght of armes for to yelpe,/ Ne I ne axe nat to-morwe to have victorie,/ Ne renoun in this cas, ne veyne glorie/ Of pris of armes blowen up and doun,/ But I wolde have fully possessioun/ Of Emelye, and dye in thy servyse;/ Find thou the maner how, and in what wyse./ I recche nat, but it may bettre be,/ To have victorie of hem, or they of me,/ So that I have my lady in myne armes./ For though so be that Mars is god of armes,/ Your vertu is so greet in hevene above,/ That, if yow list, I shal wel have my love,/ Thy temple wol I worshipe evermo,/ And on thyn auter, wher I ryde or go,/ I wol don sacrifice, and fyres bete./ And if ye wol nat so, my lady swete,/ Than preye I thee, to-morwe with a spere/ That Arcita me thurgh the herte bere./ Thanne rekke I noght, whan I have lost my lyf,/ Though that Arcita winne hir

Finda a noite de domingo, bem antes que o sol raiasse, assim que Palamon escutou a cotovia cantar (que já gorjeava duas horas apenas depois de se iniciar o novo dia), ele saltou da cama e, com coração devoto e ânimo esperançoso, foi visitar em romaria a sua bendita e generosa Citereia — ou seja, Vênus, digna e venerável. Na exata hora da deusa,[56] ele se encaminhou para o seu templo na liça, ajoelhou-se lá dentro e, em tom submisso e angustiado, dirigiu-lhe estas palavras:

"Oh mais bela dentre as belas, Vênus, senhora minha, filha de Jove e esposa de Vulcano, alegria do monte Citéron, pelo amor que sentis por Adônis, tende piedade destas lágrimas amargas e acolhei em vosso peito a minha humilde prece. Ai de mim, sem língua para narrar os efeitos e os tormentos deste meu inferno! Não pode meu coração revelar-vos os seus males; e tão confuso me sinto que tudo o que sei dizer é apenas: 'Mercê, preclara senhora, que conheceis meu pensamento e as dores que me torturam!'. Se refletirdes sobre isso e tiverdes compaixão de meu sofrer, prometo-vos que hei de ser para sempre o vosso escravo, em tudo o que puder, e, sem tréguas, farei guerra à castidade. Será esse o meu voto, se me derdes vossa ajuda! Não é por fanfarronice que procuro as armas, nem suplico a vitória no encontro de amanhã, nem desejo a vanglória da fama de meus feitos soprada acima e abaixo; minha ambição é conquistar Emília, e como vosso servidor morrer. O modo de fazê-lo deixo a vós. Nada me importa! Vós é que sabeis se convém que eu vença ou não, para que possa ter a dama nos meus braços; pois, se Marte é o deus das armas, vosso poder também é grande lá no Céu, e, se vos aprouver, a amada será minha. Hei de sempre adorar o vosso templo; e sobre o vosso altar, esteja onde estiver, acenderei o fogo e farei meus sacrifícios. Não sendo essa, porém, vossa vontade, oh doce senhora minha, então vos rogo que amanhã, com uma lança, Arcite me atravesse o coração. Depois

---

[56] A primeira hora de cada dia, quando raiava o sol, era dedicada ao planeta que dava nome àquele dia (por ex., *Sunday*, o dia do Sol, *Monday*, o dia da Lua, *Tuesday*, o dia de Marte etc.). As horas subsequentes eram depois atribuídas aos demais planetas, sempre de acordo com esta ordem: Saturno, Júpiter, Marte, Sol, Vênus, Mercúrio e Lua. Esta sequência era repetida ao infinito. Desse modo, se Palamon foi ao templo de Vênus na madrugada de domingo, na exata hora da deusa, isso significa que ele esteve lá duas horas antes do amanhecer de segunda-feira, ou seja, duas horas antes da hora da Lua, quando foi a vez de Emília buscar o templo de Diana. Já a hora de Marte, escolhida por Arcite, viria três horas depois da aurora, isto é, após as horas da Lua, de Saturno e de Júpiter. (N. do T.)

to his wyf./ This is theffect and ende of my preyere,/ Yif me my love, thou blisful lady dere.'/

Whan thorisoun was doon of Palamon,/ His sacrifice he dide, and that anon/ Ful pitously, with alle circumstaunces,/ Al telle I noght as now his observaunces./ But atte laste the statue of Venus shook,/ And made a signe, wher-by that he took/ That his preyere accepted was that day./ For thogh the signe shewed a delay,/ Yet wiste he wel that graunted was his bone;/ And with glad herte he wente him hoom ful sone./

The thridde houre inequal that Palamon/ Bigan to Venus temple for to goon,/ Up roos the sonne, and up roos Emelye,/ And to the temple of Diane gan hye./ Hir maydens, that she thider with hir ladde,/ Ful redily with hem the fyr they hadde,/ Thencens, the clothes, and the remenant al/ That to the sacrifyce longen shal;/ The hornes fulle of meth, as was the gyse;/ Ther lakked noght to doon hir sacrifyse./ Smoking the temple, ful of clothes faire,/ This Emelye, with herte debonaire,/ Hir body wessh with water of a welle;/ But how she dide hir ryte I dar nat telle,/ But it be any thing in general;/ And yet it were a game to heren al;/ To him that meneth wel, it were no charge:/ But it is good a man ben at his large./ Hir brighte heer was kempt, untressed al;/ A coroune of a grene ook cerial/ Up-on hir heed was set ful fair and mete./ Two fyres on the auter gan she bete,/ And dide hir thinges, as men may biholde/ In Stace of Thebes, and thise bokes olde./ Whan kindled was the fyr, with pitous chere/ Un-to Diane she spak, as ye may here./

'O chaste goddesse of the wodes grene,/ To whom bothe hevene and erthe and see is sene,/ Quene of the regne of Pluto derk and lowe,/ Goddesse of maydens, that myn herte hast knowe/ Ful many a yeer, and woost what I desire,/ As keep me fro thy vengeaunce and thyn ire,/ That Attheon aboughte cruelly./ Chaste goddesse, wel wostow that I/ Desire to been a mayden al my lyf,/ Ne never wol I be no love ne wyf./ I am, thou woost, yet of thy companye,/ A mayde, and love hunting and venerye,/ And for to walken in the wodes wilde,/ And noght to been a wyf, and be with childe./ Noght wol I knowe companye of man./ Now help me, lady, sith ye may and can,/ For tho thre formes that thou hast in thee./ And Palamon, that hath swich love to me,/ And eek Arcite, that loveth me so sore,/ This grace I preye thee with-oute more,/ As sende

de morto, pouco me importará se ele a tiver por esposa. É esse, pois, em resumo, o intuito de minha prece: oh, dai-me o meu amor, bondosa e adorável senhora!"

Feita a oração, Palamon logo em seguida sacrificou à deusa com devoção comovente, observando fielmente todo o ritual, que aqui não posso descrever. Ao terminar, viu que a estátua de Vênus estremeceu, numa espécie de sinal, o que o fez acreditar que sua prece fora aceita. Apesar da demora do indício, ele tinha certeza de que seu rogo seria atendido, e voltou para casa com o coração exultante.

Na terceira hora desigual,[57] depois de Palamon haver saído em direção ao templo de Vênus, o sol se levantou; e levantou-se Emília, que correu para o templo de Diana. As donzelas que a acompanhavam levaram o fogo, o incenso, os trajes e tudo o mais que o sacrifício requeria, de modo que nada faltava — nem mesmo, como era o costume, os cornos transbordantes de hidromel. Fumegando o templo, ornamentado com os panos, Emília, graciosamente, lavou o corpo na água de uma fonte. Não me atrevo, porém, a dizer como cumpriu os seus ritos, a não ser em linhas muito gerais. Sei que seria um prazer ouvir os pormenores, e que para os bem-intencionados não há culpa; mas é bom para um homem ser comedido. Soltaram e pentearam seus brilhantes cabelos, e sobre a cabeça colocaram-lhe uma bela e apropriada coroa de verde carvalho. Dois fogos cuidou ela de acender sobre o altar, realizando as suas ações como vêm descritas na *Tebaida* de Estácio e em outros livros antigos. Acesos os fogos, dirigiu ela as seguintes palavras a Diana, com uma expressão no olhar que dava pena:

"Oh casta deusa dos bosques verdejantes, que podeis visitar o céu, a terra e o mar, rainha do escuro e baixo reino de Plutão, deusa das puras donzelas, que há muitos anos conheceis meu coração e sabeis o que desejo, guardai-me de vossa vingança e vossa cólera, pelas quais Actéon pagou um preço tão cruel. Casta deusa, bem sabeis que o que mais quero é ser virgem toda a vida, e nunca tornar-me esposa nem amante. Como não ignorais, ainda integro o vosso séquito, ainda sou donzela, e amo a caça, a montaria, e errar pelos bosques selvagens. Não pretendo casar-me e ter filhos, nem conhecer a companhia do homem. Ajudai-me,

---

[57] Como, a não ser nos equinócios, os dias e as noites têm duração diferente, as suas doze horas planetárias são sempre "desiguais". (N. do T.)

love and pees bitwixe hem two;/ And fro me turne awey hir hertes so,/ That al hir hote love, and hir desyr,/ And al hir bisy torment, and hir fyr/ Be queynt, or turned in another place;/ And if so be thou wolt not do me grace,/ Or if my destinee be shapen so,/ That I shal nedes have oon of hem two,/ As sende me him that most desireth me./ Bihold, goddesse of clene chastitee,/ The bittre teres that on my chekes falle./ Sin thou are mayde, and keper of us alle,/ My maydenhede thou kepe and wel conserve,/ And whyl I live a mayde, I wol thee serve.'/

The fyres brenne up-on the auter clere,/ Whyl Emelye was thus in hir preyere;/ But sodeinly she saugh a sighte queynte,/ For right anon oon of the fyres queynte,/ And quiked agayn, and after that anon/ That other fyr was queynt, and al agon;/ And as it queynte, it made a whistelinge,/ As doon thise wete brondes in hir brenninge,/ And at the brondes ende out-ran anoon/ As it were blody dropes many oon;/ For which so sore agast was Emelye,/ That she was wel ny mad, and gan to crye,/ For she ne wiste what it signifyed;/ But only for the fere thus hath she cryed,/ And weep, that it was pitee for to here./ And therwith-al Diane gan appere,/ With bowe in hond, right as an hunteresse,/ And seyde: 'Doghter, stint thyn hevinesse./ Among the goddes hye it is affermed,/ And by eterne word write and confermed,/ Thou shalt ben wedded un-to oon of tho/ That han for thee so muchel care and wo;/ But un-to which of hem I may nat telle./ Farwel, for I ne may no lenger dwelle./ The fyres which that on myn auter brenne/ Shul thee declaren, er that thou go henne,/ Thyn aventure of love, as in this cas.'/ And with that word, the arwes in the cas/ Of the goddesse clateren faste and ringe,/ And forth she wente, and made a vanisshinge;/ For which this Emelye astoned was,/ And seyde, 'What amounteth this, allas!/ I putte me in thy proteccioun,/ Diane, and in thy disposicioun.'/ And hoom she gooth anon the nexte weye./ This is theffect, ther is namore to seye./

The nexte houre of Mars folwinge this,/ Arcite un-to the temple walked is/ Of fierse Mars, to doon his sacrifyse,/ With alle the rytes of his payen wyse./ With pitous herte and heigh devocioun,/ Right thus to Mars he seyde his orisoun:/

'O stronge god, that in the regnes colde/ Of Trace honoured art, and lord y-holde,/ And hast in every regne and every lond/ Of armes al

senhora, pois bem podeis e bem sabeis fazê-lo, pelas três formas[58] que tendes. Quanto a Palamon, que tanto amor sente por mim, e quanto a Arcite, que me ama com tal fervor, para eles rogo apenas esta graça: trazei de novo a paz e a estima entre ambos, e afastai seus corações de mim, de modo que todo o seu amor ardente e seus desejos, o seu tormento constante e suas chamas ou se apaguem, ou se voltem para outra parte. Se, contudo, não quiserdes conceder-me essa mercê, ou se o destino meu está traçado de tal forma que eu serei mesmo obrigada a receber um dos dois, enviai-me aquele que por mim tem mais afeto. Olhai, deusa da imaculada castidade, estas lágrimas amargas em meu rosto! Como sois também donzela e guardiã de todas nós, guardai-me e preservai-me a virgindade; e virgem vos servirei por toda a vida."

Durante a prece de Emília, as chamas ardiam tranquilamente sobre o altar. De repente, porém, presenciou ela algo estranho, pois um dos fogos se extinguiu e se acendeu novamente. Logo a seguir, o outro fogo também se extinguiu, mas não voltou; e, ao se apagar, soltou um chiado semelhante ao da brasa molhada enquanto queima; e da extremidade do tição escorreram gotas que pareciam de sangue. Assustada, deu Emília um grito como que ensandecida, pois não sabia o que significava aquilo; e, tendo gritado de pavor, desfez-se num pranto que despertava compaixão. Foi então que Diana apareceu diante dela, com o arco na mão e as vestes de caçadora, e lhe falou: "Filha, põe de lado essa tristeza! Entre os deuses supremos está decidido e pela palavra eterna confirmado que deverás desposar um dos dois jovens que sofrem e se afligem por tua causa; mas qual dos dois não posso te dizer. Adeus, não devo demorar-me. Antes que te vás, as chamas que ardem sobre o meu altar irão te revelar a tua sina no amor". A essas palavras, as flechas na aljava da deusa se agitaram e tiniram; e ela foi-se e esvaneceu-se no ar. Atônita, disse ainda Emília: "Ai de mim, o que isto vem a ser? Coloco-me, Diana, sob a vossa proteção e a vosso inteiro dispor". E, pelo caminho mais curto, voltou logo para casa. Isso é tudo; nem há mais o que dizer.

Na hora seguinte, hora de Marte, Arcite foi ao templo do fero deus fazer seus sacrifícios, com todo o ritual da religião pagã. Com coração piedoso e profunda devoção, dirigiu a Marte esta súplica:

---

[58] No céu a deusa era Luna; na terra, Diana; e no inferno, Prosérpina. (N. do T.)

the brydel in thyn hond,/ And hem fortunest as thee list devyse,/ Accept of me my pitous sacrifyse./ If so be that my youthe may deserve,/ And that my might be worthy for to serve/ Thy godhede, that I may been oon of thyne,/ Than preye I thee to rewe up-on my pyne./ For thilke peyne, and thilke hote fyr,/ In which thou whylom brendest for desyr,/ Whan that thou usedest the grete beautee/ Of fayre yonge fresshe Venus free,/ And haddest hir in armes at thy wille,/ Al-though thee ones on a tyme misfille/ Whan Vulcanus had caught thee in his las,/ And fond thee ligging by his wyf, allas!/ For thilke sorwe that was in thyn herte,/ Have routhe as wel up-on my peynes smerte./ I am yong and unkonning, as thou wost,/ And, as I trowe, with love offended most,/ That ever was any lyves creature;/ For she, that dooth me al this wo endure,/ Ne reccheth never wher I sinke or flete./ And wel I woot, er she me mercy hete,/ I moot with strengthe winne hir in the place;/ And wel I woot, withouten help or grace/ Of thee, ne may my strengthe noght availle./ Than help me, lord, to-morwe in my bataille,/ For thilke fyr that whylom brente thee,/ As wel as thilke fyr now brenneth me;/ And do that I to-morwe have victorie./ Myn be the travaille, and thyn be the glorie!/ Thy soverein temple wol I most honouren/ Of any place, and alwey most labouren/ In thy plesaunce and in thy craftes stronge,/ And in thy temple I wol my baner honge,/ And alle the armes of my companye;/ And evere-mo, un-to that day I dye,/ Eterne fyr I wol biforn thee finde./ And eek to this avow I wol me binde:/ My berd, myn heer that hongeth long adoun,/ That never yet ne felte offensioun/ Of rasour nor of shere, I wol thee yive,/ And ben thy trewe servant whyl I live./ Now lord, have routhe up-on my sorwes sore,/ Yif me victorie, I aske thee namore.'/

 The preyere stinte of Arcita the stronge,/ The ringes on the temple-dore that honge,/ And eek the dores, clatereden ful faste,/ Of which Arcita som-what him agaste./ The fyres brende up-on the auter brighte,/ That it gan al the temple for to lighte;/ And swete smel the ground anon up-yaf,/ And Arcita anon his hand up-haf,/ And more encens in-to the fyr he caste,/ With othere rytes mo; and atte laste/ The statue of Mars bigan his hauberk ringe./ And with that soun he herde a murmuringe/ Ful lowe and dim, that sayde thus, 'Victorie:'/ For which he yaf to Mars honour and glorie./ And thus with Ioye, and hope wel to fare,/ Arcite anon un-to his inne is fare,/ As fayn as fowel is of the brighte sonne./

 And right anon swich stryf ther is bigonne/ For thilke graunting, in the hevene above,/ Bitwixe Venus, the goddesse of love,/ And Mars, the

"Oh deus potente, que nos frios reinos da Trácia sois venerado e tido por senhor, e que, em todas as terras e nações, segurais nas mãos as rédeas da batalha, favorecendo a quem for de vosso agrado, aceitai o meu pio sacrifício. Se minha juventude merecê-lo e se minha força for digna de servir a vossa divindade, para que eu seja um dos vossos, peço-vos que vos apiedeis de minhas mágoas. Pelo sofrimento e pelo fogo vivo em que ardestes outrora de desejo, quando gozastes a beleza da linda, jovem e graciosa Vênus e a tivestes toda vossa em vossos braços (se bem que uma vez falhou a sorte, e Vulcano apanhou-vos em seu laço, surpreendendo-vos no leito com a esposa, ai!)... pelas angústias que também sentistes, tende piedade de minhas duras mágoas. Como sabeis, sou jovem e inexperiente, e, quero crer, mais maltratado pelo amor que qualquer outra criatura viva, pois aquela, por quem sofro, pouco se importa em saber se flutuo ou vou ao fundo. E bem sei que, antes que ela me conceda a sua mercê, devo na liça conquistá-la pela força; e bem sei que sem a vossa graça e a vossa ajuda minha força nada vale. Por isso, senhor, amanhã socorrei-me no torneio, pois o fogo que outrora vos queimou é o mesmo que agora me queima; e fazei que amanhã eu seja vitorioso. Que o esforço seja meu, e a glória seja vossa! Vosso templo soberano é o local que mais hei de venerar, lutando sempre por vossa satisfação e vossas artes viris; e em vosso santuário vou expor meu estandarte e as armas todas de minha companhia; e sempre, até que eu morra, eterno fogo hei de manter em vosso altar. Também vos faço esta promessa: serão vossos minha barba e meus cabelos, longos por não terem sentido jamais o fio de navalha ou tesoura; e serei vosso servo a vida inteira. Apiedai-vos, senhor, de minhas duras mágoas: dai-me a vitória; é tudo o que vos peço."

Terminada a oração, as aldravas da porta e as próprias portas reboaram com fragor, o que assustou um pouco Arcite. Os fogos sobre o altar brilhante se avivaram, iluminando todo o templo. E um doce odor se desprendeu do pavimento, levando o jovem a estender a mão e a lançar mais incenso sobre as chamas, com outros ritos mais. Finalmente, a estátua de Marte estremeceu em sua armadura, e ouviu-se um tácito murmúrio, que dizia: "Vitória!". Com isso, Arcite deu honra e glória a Marte e, contente e esperançoso, retornou a seu alojamento, alegre como o pássaro ao despontar do sol.

Essa promessa logo provocou no Céu uma contenda tão violenta entre Vênus, a deusa do amor, e Marte, o deus grave e armipotente, que

sterne god armipotente,/ That Iupiter was bisy it to stente;/ Til that the pale Saturnus the colde,/ That knew so manye of aventures olde,/ Fond in his olde experience an art,/ That he ful sone hath plesed every part./ As sooth is sayd, elde hath greet avantage;/ In elde is bothe wisdom and usage;/ Men may the olde at-renne, and noght at-rede./ Saturne anon, to stinten stryf and drede,/ Al be it that it is agayn his kynde,/ Of al this stryf he gan remedie fynde./

'My dere doghter Venus,' quod Saturne,/ 'My cours, that hath so wyde for to turne,/ Hath more power than wot any man./ Myn is the drenching in the see so wan;/ Myn is the prison in the derke cote;/ Myn is the strangling and hanging by the throte;/ The murmure, and the cherles rebelling,/ The groyning, and the pryvee empoysoning:/ I do vengeance and pleyn correccioun/ Whyl I dwelle in the signe of the leoun./ Myn is the ruine of the hye halles,/ The falling of the toures and of the walles/ Up-on the mynour or the carpenter./ I slow Sampsoun in shaking the piler;/ And myne be the maladyes colde,/ The derke tresons, and the castes olde;/ My loking is the fader of pestilence./ Now weep namore, I shal doon diligence/ That Palamon, that is thyn owne knight,/ Shal have his lady, as thou hast him hight./ Though Mars shal helpe his knight, yet nathelees/ Bitwixe yow ther moot be som tyme pees,/ Al be ye noght of o complexioun,/ That causeth al day swich divisioun./ I am thin ayel, redy at thy wille;/ Weep thou namore, I wol thy lust fulfille.'/

Now wol I stinten of the goddes above,/ Of Mars, and of Venus, goddesse of love,/ And telle yow, as pleynly as I can,/ The grete effect, for which that I bigan./

IV

Greet was the feste in Athenes that day,/ And eek the lusty seson of that May/ Made every wight to been in swich plesaunce,/ That al that Monday Iusten they and daunce,/ And spenden it in Venus heigh servyse./ But by the cause that they sholde ryse/ Erly, for to seen the grete fight,/ Unto hir reste wente they at night./ And on the morwe, whan that day gan springe,/ Of hors and harneys, noyse and clateringe/ Ther was in hostelryes al aboute;/ And to the paleys rood ther many a route/ Of lordes, up-on stedes and palfreys./ Ther maystow seen

o próprio Júpiter não logrou apaziguá-la, até que o frio e pálido Saturno, que conhecera muitos casos no passado, descobriu um modo, com sua larga experiência, de contentar todas as partes. Afinal, como se diz, a velhice leva muita vantagem, por ter sabedoria e vivência; pode-se vencer o velho na corrida, não porém na sagacidade. Saturno, portanto, para pôr fim aos atritos e temores, embora agindo contrariamente à sua natureza, tratou de achar remédio para tal discórdia:

"Minha cara filha Vênus", disse ele, "minha órbita, que segue um curso tão longo, tem mais poder do que se imagina. Vem de mim o afogamento no mar pálido; vem de mim a prisão nas hórridas masmorras; vêm de mim o estrangulamento e a morte pela forca, os murmúrios e a revolta dos campônios, os descontentamentos e os venenos escondidos. Minha vingança e meu castigo são maiores quando passo pelo signo de Leão. De mim vem a ruína das altas mansões, vem a queda das torres e dos muros sobre o mineiro ou sobre o carpinteiro. Fui eu quem matou Sansão, sacudindo o seu pilar; são minhas as doenças que provêm do frio, as negras traições e as velhas intrigas; meu aspecto é o do próprio pai da peste. Não chores mais; eu hei de fazer tudo para que Palamon, teu paladino, conquiste a sua dama, como lhe prometeste. Embora Marte apoie o cavaleiro seu, entre vós deve haver paz, em que pese a diferença de vossos temperamentos, causadora de toda a divergência. Sou teu avô, sempre pronto a te ajudar; não chores mais, vou atender o teu desejo."

Agora vou deixar os deuses lá na altura — Marte e Vênus, a deusa do amor — e vou contar, da maneira mais simples que puder, o desfecho dos fatos que narrei.

IV

Grande foi a festa em Atenas nesse dia. A alegre estação de maio incutiu em todos tal animação que eles passaram a segunda-feira em justas, bailes e nos altos rituais de Vênus. Mas, devendo levantar-se cedo para assistirem ao grande combate, todos se recolheram quando veio a noite. Na manhã seguinte, assim que o dia raiou, em toda parte nas hospedarias começaram os rumores e os ruídos de cavalos e de arneses; e bandos de fidalgos, montados em corcéis e palafréns, cavalgavam rumo ao palácio. Podia-se observar a preparação de armaduras raras e ricas,

devysing of herneys/ So uncouth and so riche, and wroght so weel/ Of goldsmithrie, of browding, and of steel;/ The sheeldes brighte, testers, and trappures;/ Gold-hewen helmes, hauberks, cote-armures;/ Lordes in paraments on hir courseres,/ Knightes of retenue, and eek squyeres/ Nailinge the speres, and helmes bokelinge,/ Gigginge of sheeldes, with layneres lacinge;/ Ther as need is, they weren no-thing ydel;/ The fomy stedes on the golden brydel/ Gnawinge, and faste the armurers also/ With fyle and hamer prikinge to and fro;/ Yemen on fote, and communes many oon/ With shorte staves, thikke as they may goon;/ Pypes, trompes, nakers, clariounes,/ That in the bataille blowen blody sounes;/ The paleys ful of peples up and doun,/ Heer three, ther ten, holding hir questioun,/ Divyninge of thise Thebane knightes two./ Somme seyden thus, somme seyde it shal be so;/ Somme helden with him with the blake berd,/ Somme with the balled, somme with the thikke-herd;/ Somme sayde, he loked grim and he wolde fighte;/ He hath a sparth of twenty pound of wighte./ Thus was the halle ful of divyninge,/ Longe after that the sonne gan to springe./

The grete Theseus, that of his sleep awaked/ With minstralcye and noyse that was maked,/ Held yet the chambre of his paleys riche,/ Til that the Thebane knightes, bothe y-liche/ Honoured, were into the paleys fet./ Duk Theseus was at a window set,/ Arrayed right as he were a god in trone./ The peple preesseth thider-ward ful sone/ Him for to seen, and doon heigh reverence,/ And eek to herkne his hest and his sentence./ An heraud on a scaffold made an ho,/ Til al the noyse of the peple was y-do;/ And whan he saugh the peple of noyse al stille,/ Tho showed he the mighty dukes wille./

'The lord hath of his heigh discrecioun/ Considered, that it were destruccioun/ To gentil blood, to fighten in the gyse/ Of mortal bataille now in this empryse;/ Wherfore, to shapen that they shul not dye,/ He wol his firste purpos modifye./ No man therfor, up peyne of los of lyf,/ No maner shot, ne pollax, ne short knyf/ Into the listes sende, or thider bringe;/ Ne short swerd for to stoke, with poynt bytinge,/ No man ne drawe, ne bere it by his syde./ Ne no man shal un-to his felawe ryde/ But o cours, with a sharp y-grounde spere;/ Foyne, if him list, on fote, him-self to were./ And he that is at meschief, shal be take,/ And noght slayn, but be broght un-to the stake/ That shal ben ordeyned on either syde;/ But thider he shal by force, and ther abyde./ And if so falle, the chieftayn be take/ On either syde, or elles slee his make,/ No lenger shal the turneyinge laste./ God spede yow; goth forth, and ley on faste./ With

com minuciosos lavores de ourivesaria, com bordados e com aço; de escudos reluzentes, viseiras, mantas para os ginetes, capacetes de ouro, couraças e cotas brasonadas. Havia senhores paramentados sobre as suas montadas, cavaleiros de escolta, e escudeiros, fixando as pontas dos chuços com pregos, afivelando os elmos, prendendo as correias dos escudos... Ninguém estava à toa. Os corcéis espumejantes de suor mordiam os bridões de ouro; os armeiros esporeavam para cá e para lá, martelo e lima em punho; criados a pé e aldeões com varas curtas aglomeravam-se nas ruas; ouviam-se flautas, trompas, trombetas e clarins, que sopram sons sangrentos nas batalhas. O palácio estava apinhado de gente indo e vindo, duas pessoas aqui, três ali, debatendo, tentando prever a sorte dos dois cavaleiros tebanos. Uns diziam isto, outros aquilo; uns davam razão ao homem de barba negra, outros ao calvo, outros ao hirsuto; alguns apostavam no lidador de olhar feroz e que sabia lutar, outros naquele com um machado de guerra que pesava vinte libras. Assim ressoava o salão com os palpites, muito tempo depois que o sol nascera.

O grande Teseu, despertado pela música e pela azáfama, permaneceu na câmara de seu palácio até que fossem trazidos ali os dois cavaleiros tebanos, ambos tratados com as mesmas honrarias. Depois o duque se postou a uma janela, vestido como um deus no trono, enquanto o povo se comprimia lá fora para vê-lo, homenageá-lo e ouvir suas ordens e proclamações. Um arauto, em cima de um palanque, gritou "Silêncio!" para calar a multidão; e quando o rumor se extinguiu, anunciou ele o decreto do poderoso governante:

"O senhor nosso, do alto de sua sabedoria, concluiu que o presente torneio, disputado até à morte, nada mais seria que inútil derramamento de sangue nobre. Portanto, para evitar perdas desnecessárias, resolve aqui alterar sua ideia original. Assim sendo, ninguém, sob pena de morte, deverá mandar ou trazer para a liça armas de arremesso, achas de guerra ou punhais; ninguém deverá sacar, ou portar à cintura, espadas curtas, que podem matar com as pontas fendentes; e ninguém deverá fazer, com a aguda lança em riste, mais que uma investida a cavalo contra o adversário — podendo, porém, desmontado, arremeter contra ele quantas vezes quiser, com vistas a defender-se. Outrossim, quem for derrotado não será morto, mas feito prisioneiro e levado para junto de uma das duas estacas que serão levantadas nas extremidades da liça, e lá deverá permanecer. E se, por acaso, um dos dois capitães aprisionar ou matar seu oponente, o torneio estará encerrado. Deus vos proteja! Ide — e lutai

long swerd and with maces fight your fille./ Goth now your wey; this is the lordes wille.'/

The voys of peple touchede the hevene,/ So loude cryden they with mery stevene:/ 'God save swich a lord, that is so good,/ He wilneth no destruccioun of blood!'/ Up goon the trompes and the melodye./ And to the listes rit the companye/ By ordinaunce, thurgh-out the citee large,/ Hanged with cloth of gold, and nat with sarge./

Ful lyk a lord this noble duk gan ryde,/ Thise two Thebanes up-on either syde;/ And after rood the quene, and Emelye,/ And after that another companye/ Of oon and other, after hir degree./ And thus they passen thurgh-out the citee,/ And to the listes come they by tyme./ It nas not of the day yet fully pryme,/ Whan set was Theseus ful riche and hye,/ Ipolita the quene and Emelye,/ And other ladies in degrees aboute./ Un-to the seetes preesseth al the route./ And west-ward, thurgh the gates under Marte,/ Arcite, and eek the hundred of his parte,/ With baner reed is entred right anon;/ And in that selve moment Palamon/ Is under Venus, est-ward in the place,/ With baner whyt, and hardy chere and face./ In al the world, to seken up and doun,/ So even with-outen variacioun,/ Ther nere swiche companyes tweye./ For ther nas noon so wys that coude seye,/ That any hadde of other avauntage/ Of worthinesse, ne of estaat, ne age,/ So even were they chosen, for to gesse./ And in two renges faire they hem dresse./ Whan that hir names rad were everichoon,/ That in hir nombre gyle were ther noon,/ Tho were the gates shet, and cryed was loude:/ 'Do now your devoir, yonge knightes proude!'/

The heraudes lefte hir priking up and doun;/ Now ringen trompes loude and clarioun;/ Ther is namore to seyn, but west and est/ In goon the speres ful sadly in arest;/ In goth the sharpe spore in-to the syde./ Ther seen men who can Iuste, and who can ryde;/ Ther shiveren shaftes up-on sheeldes thikke;/ He feleth thurgh the herte-spoon the prikke./ Up springen speres twenty foot on highte;/ Out goon the swerdes as the silver brighte./ The helmes they to-hewen and to-shrede;/ Out brest the blood, with sterne stremes rede./ With mighty maces the bones they to-breste./ He thurgh the thikkeste of the throng gan threste./ Ther stomblen stedes stronge, and doun goth al./ He rolleth under foot as dooth a bal./ He foyneth on his feet with his tronchoun,/ And he him hurtleth with his hors adoun./ He thurgh the body is hurt, and sithen y-take,/ Maugree his heed, and broght un-to the stake,/ As forward

com denodo! Clavas e montantes podeis usar livremente. Avante! É o que o senhor determina."

A voz do povo tocou os céus, tão alto foi o grito geral de alegria: "Deus salve tal senhor, tão generoso! Não quer que se derrame o sangue". Irrompe a seguir a música das trompas; e a companhia inteira cavalga para a liça, em cortejo pelas ruas da cidade, ornamentadas não com sarjas, mas brocados.

Com ar senhoril avançava o nobre duque, ladeado pelos dois tebanos; seguiam-no a rainha com Emília, e as comitivas de um e de outro, conforme a hierarquia. E assim atravessaram Atenas e em tempo chegaram à liça. Ainda não soara a hora prima quando Teseu toma assento na arquibancada, em lugar alto e suntuoso, acompanhado da rainha Hipólita, de Emília e das outras damas. A multidão também acorre a seus postos. E então, pela porta ocidental, dedicada a Marte, entra Arcite, com os cem bravos de seu séquito, trazendo um pendão vermelho; e, no mesmo instante, Palamon, sob a proteção de Vênus, a aparentar coragem no ânimo e no rosto, assoma à porta oriental, com bandeira de cor branca. Por mais que se procurasse, no mundo não se achariam outras companhias como aquelas duas, tão semelhantes em tudo; de fato, haviam sido selecionadas com tal cuidado que ninguém, em seu juízo perfeito, poderia afirmar que uma superasse a outra em valor, em fidalguia ou em idade. Ambas então se alinharam na arena, formando duas fileiras, e procedeu-se à leitura dos nomes, para que não houvesse qualquer fraude. Feita a chamada, fecharam-se os portões e ouviu-se a conclamação: "Agora, jovens bravos, cumpri vosso dever!".

Os arautos param de cavalgar para cima e para baixo; vibra o clangor das trompas e clarins; não há mais o que dizer, exceto que a leste e a oeste prendem-se as lanças em riste sob os braços; ferem os flancos as esporas pontiagudas. Então é que se vê quem luta e quem cavalga, enquanto o chuço se espedaça contra o espesso escudo. Um aqui sente o pontaço debaixo do coração, acolá saltam as hastes à altura de vinte pés; sacam aqui espadas fulgurantes como prata, que aos elmos logo talham e estraçalham; além escorre o sangue em horrendos rios vermelhos, e os ossos quebram-se aos golpes das grossas clavas. Este se atira onde o combate é mais aceso, os fortes corcéis tropeçam e tudo vem abaixo; aquele rola como bola sob os pés. Desmontado, este arremete com o coto de uma lança; aquele é derrubado do cavalo. Este é ferido, feito prisioneiro, levado junto à estaca contra a sua vontade, e lá deve

was, right ther he moste abyde;/ Another lad is on that other syde./ And som tyme dooth hem Theseus to reste,/ Hem to refresshe, and drinken if hem leste./

Ful ofte a-day han thise Thebanes two/ Togidre y-met, and wroght his felawe wo;/ Unhorsed hath ech other of hem tweye./ Ther nas no tygre in the vale of Galgopheye,/ Whan that hir whelp is stole, whan it is lyte,/ So cruel on the hunte, as is Arcite/ For Ielous herte upon this Palamoun:/ Ne in Belmarye ther nis so fel leoun,/ That hunted is, or for his hunger wood,/ Ne of his praye desireth so the blood,/ As Palamon to sleen his fo Arcite./ The Ielous strokes on hir helmes byte;/ Out renneth blood on bothe hir sydes rede./

Som tyme an ende ther is of every dede;/ For er the sonne un-to the reste wente,/ The stronge king Emetreus gan hente/ This Palamon, as he faught with Arcite,/ And made his swerd depe in his flesh to byte;/ And by the force of twenty is he take/ Unyolden, and y-drawe unto the stake./ And in the rescous of this Palamoun/ The stronge king Ligurge is born adoun;/ And king Emetreus, for al his strengthe,/ Is born out of his sadel a swerdes lengthe,/ So hitte him Palamon er he were take;/ But al for noght, he was broght to the stake./ His hardy herte mighte him helpe naught;/ He moste abyde, whan that he was caught/ By force, and eek by composicioun./

Who sorweth now but woful Palamoun,/ That moot namore goon agayn to fighte?/ And whan that Theseus had seyn this sighte,/ Un-to the folk that foghten thus echoon/ He cryde, 'Ho! namore, for it is doon!/ I wol be trewe Iuge, and no partye./ Arcite of Thebes shal have Emelye,/ That by his fortune hath hir faire y-wonne.'/ Anon ther is a noyse of peple bigonne/ For Ioye of this, so loude and heigh with-alle,/ It semed that the listes sholde falle./

What can now faire Venus doon above?/ What seith she now? what dooth this quene of love?/ But wepeth so, for wanting of hir wille,/ Til that hir teres in the listes fille./ She seyde: 'I am ashamed, doutelees.'/ Saturnus seyde: 'Doghter, hold thy pees./ Mars hath his wille, his knight hath al his bone,/ And, by myn heed, thou shalt ben esed sone.'/

ficar, segundo o acordo; aquele é conduzido à estaca do outro lado. Teseu ordena às vezes uma pausa, para que possam restaurar-se, se quiserem, e beber.

Mais de uma vez naquele dia os dois tebanos se viram frente a frente, atacando-se um ao outro, e um ao outro desmontando. Jamais tigresa no vale de Gargáfia,[59] depois que lhe roubaram as crias pequeninas, foi tão cruel no ataque ao caçador quanto Arcite, no seu ciúme, contra o rival Palamon; nenhum leão feroz em Ben-Marin, enlouquecido pela fome ou acuado, deseja tanto o sangue de sua presa quanto quer Palamon matar Arcite. Seus elmos são mordidos pelos golpes enciumados; vermelho brota o sangue de seus corpos.

Tudo, porém, tem fim. O sol ainda não fora repousar, quando o forte rei Emétrio surpreende Palamon a bater-se contra Arcite. Na carne crava-lhe bem fundo a espada. Pela força de vinte, embora a resistir, o jovem é arrastado para a estaca. O gigantesco rei Licurgo acode em seu socorro, mas logo é desmontado. E o próprio rei Emétrio, malgrado a sua força, também é derribado de sua sela, à ponta de uma espada, pelo golpe que, ao ser preso, Palamon lhe desferiu. Mas tudo foi inútil... Ele foi vencido; sua audácia de nada lhe adiantou; e, prisioneiro, foi obrigado a ficar perto da estaca pela força dos braços e do acordo.

Quem, a não ser o pobre Palamon, agora está chorando por não poder mais retornar à luta? Ao ver isso, Teseu bradou aos que ainda combatiam: "Alto! Agora basta; tudo está terminado! Vou mostrar-me juiz justo e imparcial: é Arcite de Tebas quem terá Emília, pois, graças à Fortuna, a conquistou em luta honesta". Imediatamente a multidão alçou um grito de alegria, tão alto que parecia que a liça vinha abaixo.

Agora o que se espera de Vênus lá na altura? Que diz agora? Que pode fazer a rainha do amor, a não ser chorar de despeito até que suas lágrimas tombem sobre a liça? Gritava ela: "Isto é, sem dúvida, um vexame!". Saturno a confortou: "Acalma-te, minha filha, Marte venceu; seu cavaleiro obteve a graça que pedira; mas, prometo-te, tua satisfação logo há de vir".

Os trombeteiros, com os ruidosos menestréis, os arautos, com seus altos brados e clamores, regozijavam-se em sua alegria com Dom Arcite.

---

[59] Vale da Beócia, consagrado a Diana. (N. da E.)

O Conto do Cavaleiro

The trompes, with the loude minstralcye,/ The heraudes, that ful loude yolle and crye,/ Been in hir wele for Ioye of daun Arcite./ But herkneth me, and stinteth now a lyte,/ Which a miracle ther bifel anon./

This fierse Arcite hath of his helm y-don,/ And on a courser, for to shewe his face,/ He priketh endelong the large place,/ Loking upward up-on this Emelye;/ And she agayn him caste a freendlich yë,/ (For wommen, as to speken in comune,/ They folwen al the favour of fortune),/ And she was al his chere, as in his herte./ Out of the ground a furie infernal sterte,/ From Pluto sent, at requeste of Saturne,/ For which his hors for fere gan to turne,/ And leep asyde, and foundred as he leep;/ And, er that Arcite may taken keep,/ He pighte him on the pomel of his heed,/ That in the place he lay as he were deed,/ His brest to-brosten with his sadel-bowe./ As blak he lay as any cole or crowe,/ So was the blood y-ronnen in his face./ Anon he was y-born out of the place/ With herte soor, to Theseus paleys./ Tho was he corven out of his harneys,/ And in a bed y-brought ful faire and blyve,/ For he was yet in memorie and alyve,/ And alway crying after Emelye./

Duk Theseus, with al his companye,/ Is comen hoom to Athenes his citee,/ With alle blisse and greet solempnitee./ Al be it that this aventure was falle,/ He nolde noght disconforten hem alle./ Men seyde eek, that Arcite shal nat dye;/ He shal ben heled of his maladye./ And of another thing they were as fayn,/ That of hem alle was ther noon y-slayn,/ Al were they sore y-hurt, and namely oon,/ That with a spere was thirled his brest-boon./ To othere woundes, and to broken armes,/ Some hadden salves, and some hadden charmes;/ Fermacies of herbes, and eek save/ They dronken, for they wolde hir limes have./ For which this noble duk, as he wel can,/ Conforteth and honoureth every man,/ And made revel al the longe night,/ Un-to the straunge lordes, as was right./ Ne ther was holden no disconfitinge,/ But as a Iustes or a tourneyinge;/ For soothly ther was no disconfiture,/ For falling nis nat but an aventure;/ Ne to be lad with fors un-to the stake/ Unyolden, and with twenty knightes take,/ O persone allone, with-outen mo,/ And haried forth by arme, foot, and to,/ And eek his stede driven forth with staves,/ With footmen, bothe yemen and eek knaves,/ It nas aretted him no vileinye,/ Ther may no man clepen it cowardye./ For which anon duk Theseus leet crye,/ To stinten alle rancour and envye,/ The gree as wel of o syde as of other,/ And either syde y-lyk, as otheres brother;/ And yaf hem yiftes after hir degree,/ And fully

Ouvi, no entanto — e ficai quietos um instante — porque ocorreu um milagre.

O bravo Arcite, que removera o elmo para mostrar-se ao povo, fazia a volta da arena montado num cavalo, olhando fixo para cima, na direção de Emília; esta, por sua vez, devolvia-lhe o olhar afetuoso (pois as mulheres, em geral, seguem os favores da Fortuna), e era toda para ele, pelo que o coração sentia e o semblante demonstrava. De repente, elevou-se do chão uma fúria infernal, mandada por Plutão a pedido de Saturno, que assustou o corcel e o fez girar, saltar para o lado, e tropeçar durante o salto. Apanhado desprevenido, Arcite foi atirado ao solo de cabeça, ferindo o peito no arção; e onde caiu ficou, como se estivesse morto. O sangue afluiu-lhe ao rosto, que enegreceu como carvão ou como as penas do corvo. Logo o transportaram, na maior tristeza, para o palácio de Teseu, onde o desembaraçaram da armadura e, rápida e carinhosamente, o colocaram numa cama, visto que ainda vivia e estava consciente, clamando sem parar por Emília.

O duque Teseu, enquanto isso, retornou com todo o seu séquito para Atenas, em meio a gritos de júbilo e grandes pompas. Apesar do acidente, não queria ele ver ninguém aborrecido — mesmo porque, dizia-se, Arcite provavelmente iria se salvar, devendo recuperar-se logo. Além disso, muitos viam razão para contentamento no fato de ninguém haver morrido no torneio, ainda que todos estivessem bastante machucados — principalmente um, cujo externo fora atingido por um chuço. Quanto aos braços partidos e aos demais ferimentos, alguns os tratavam com pomadas, outros com simpatias, e outros com poções e ervas medicinais, buscando assim a saúde para os membros. O duque, de sua parte, fazia o possível para consolar e homenagear a todos, oferecendo aos fidalgos estrangeiros, como era praxe, uma festa que atravessou a noite. Nem havia quem visse no encontro de armas algo mais que simples justa ou torneio; a rigor, ninguém se considerava derrotado. Com efeito, cair do cavalo fora azar; e ser conduzido à força, um lutador sozinho, sem ninguém para ajudá-lo, arrastado por vinte cavaleiros, e empurrado por mãos e pés e pernas, enquanto o seu cavalo era corrido a pauladas por lacaios e couteiros e valetes... não podia ser julgado uma desonra, e muito menos um ato de covardia. Por isso mesmo, para pôr fim a quaisquer rancores ou despeitos, o duque Teseu ordenou que se proclamasse o igual valor das duas companhias, e que todos os competidores se vissem como irmãos. A seguir, presenteou a todos segundo o seu grau hierárquico e

heeld a feste dayes three;/ And conveyed the kinges worthily/ Out of his toun a Iournee largely./ And hoom wente every man the righte way./ Ther was namore, but 'far wel, have good day!'/ Of this bataille I wol namore endyte,/ But speke of Palamon and of Arcite./

Swelleth the brest of Arcite, and the sore/ Encreesseth at his herte more and more./ The clothered blood, for any lechecraft,/ Corrupteth, and is in his bouk y-laft,/ That neither veyne-blood, ne ventusinge,/ Ne drinke of herbes may ben his helpinge./ The vertu expulsif, or animal,/ Fro thilke vertu cleped natural/ Ne may the venim voyden, ne expelle./ The pypes of his longes gonne to swelle,/ And every lacerte in his brest adoun/ Is shent with venim and corrupcioun./ Him gayneth neither, for to gete his lyf,/ Vomyt upward, ne dounward laxatif;/ Al is to-brosten thilke regioun,/ Nature hath now no dominacioun./ And certeinly, ther nature wol nat wirche,/ Far-wel, phisyk! go ber the man to chirche!/ This al and som, that Arcita mot dye,/ For which he sendeth after Emelye,/ And Palamon, that was his cosin dere;/ Than seyde he thus, as ye shul after here./

'Naught may the woful spirit in myn herte/ Declare o poynt of alle my sorwes smerte/ To yow, my lady, that I love most;/ But I biquethe the service of my gost/ To yow aboven every creature,/ Sin that my lyf may no lenger dure./ Allas, the wo! allas, the peynes stronge,/ That I for yow have suffred, and so longe!/ Allas, the deeth! allas, myn Emelye!/ Allas, departing of our companye!/ Allas, myn hertes quene! allas, my wyf!/ Myn hertes lady, endere of my lyf!/ What is this world? what asketh men to have?/ Now with his love, now in his colde grave/ Allone, with-outen any companye./ Far-wel, my swete fo! myn Emelye!/ And softe tak me in your armes tweye,/ For love of God, and herkneth what I seye./

I have heer with my cosin Palamon/ Had stryf and rancour, many a day a-gon,/ For love of yow, and for my Ielousye./ And Iupiter so wis my soule gye,/ To speken of a servant proprely,/ With alle circumstaunces trewely,/ That is to seyn, trouthe, honour, and

decretou três dias de festejos. Depois, quando os reis visitantes deixaram sua cidade, acompanhou-os por toda uma jornada. Finalmente, só restava dizer "adeus, e passar bem"; e todos regressaram sem problemas para as suas terras. Do combate não pretendo mais falar, voltando agora a Palamon e Arcite.

Inchara muito o peito de Arcite, e a chaga sobre o coração estava cada vez pior. Apesar do tratamento, o sangue coagulado apodrecia e a gangrena se espalhava por seu tronco, de modo que nem sangrias, nem ventosas, nem remédios de ervas podiam ajudar. A virtude expulsiva,[60] ou animal, não conseguia anular ou expelir o veneno que debilitava a virtude chamada natural. Os brônquios dos pulmões estavam inflamados, e os músculos, a partir do peito, achavam-se contaminados e em deterioração. De nada adiantavam, para salvar-lhe a vida, vomitórios para cima ou laxativos para baixo. Toda a região tinha sido atacada, e a natureza não lograva reagir. E, é claro, quando a natureza não atua... Adeus, medicina! O homem já pode ser levado para a igreja! Arcite, portanto, estava à morte. Sentindo isso, mandou chamar Emília e seu querido primo Palamon; e falou-lhes assim, como se segue:

"O espírito acabrunhado dentro de meu coração não pode revelar-vos sequer uma parcela de minha dor profunda, oh senhora minha, que eu amo mais que tudo; mas, tendo minha vida chegado ao fim, ofereço-vos agora o serviço de minha alma, acima de todas as criaturas. Ai, que desgraça! Ai, as duras mágoas, tão longas, que por vós sofri! Ai, a morte, minha Emília! Ai, separar-me de vós, minha rainha, minha noiva, senhora de meu coração, término de minha existência! O que é este mundo? Por que tantas ilusões? Ora o homem está com o seu amor, ora na tumba fria, sozinho, sem a companhia de ninguém. Adeus, minha doce inimiga, minha Emília! Tomai-me suavemente em vossos braços, pelo amor de Deus, e ouvi o que tenho para dizer-vos.

"Por muito tempo no passado lutei aqui com o meu primo Palamon e o odiei, por amor a vós e por meu ciúme. Agora Júpiter guie minha alma para que eu possa falar corretamente, como um servo do amor, com

---

[60] A fisiologia da época acreditava que a vida de nosso corpo dependia da atuação conjunta de três forças ou "virtudes": a virtude animal, situada no cérebro; a virtude natural, no fígado; e a virtude vital, no coração. A "animal" era a que possuía poder "expulsivo" sobre os venenos, pois controlava os músculos. (N. do T.)

knighthede,/ Wisdom, humblesse, estaat, and heigh kinrede,/ Fredom, and al that longeth to that art,/ So Iupiter have of my soule part,/ As in this world right now ne knowe I non/ So worthy to ben loved as Palamon,/ That serveth yow, and wol don al his lyf./ And if that ever ye shul been a wyf,/ Foryet nat Palamon, the gentil man.'/

And with that word his speche faille gan,/ For from his feet up to his brest was come/ The cold of deeth, that hadde him overcome./ And yet more-over, in his armes two/ The vital strengthe is lost, and al ago./ Only the intellect, with-outen more,/ That dwelled in his herte syk and sore,/ Gan faillen, when the herte felte deeth,/ Dusked his eyen two, and failled breeth./ But on his lady yet caste he his yë;/ His laste word was, 'mercy, Emelye!'/ His spirit chaunged hous, and wente ther,/ As I cam never, I can nat tellen wher./ Therfor I stinte, I nam no divinistre;/ Of soules finde I nat in this registre,/ Ne me ne list thilke opiniouns to telle/ Of hem, though that they wryten wher they dwelle./ Arcite is cold, ther Mars his soule gye;/ Now wol I speken forth of Emelye./

Shrighte Emelye, and howleth Palamon,/ And Theseus his suster took anon/ Swowninge, and bar hir fro the corps away./ What helpeth it to tarien forth the day,/ To tellen how she weep, bothe eve and morwe?/ For in swich cas wommen have swich sorwe,/ Whan that hir housbonds been from hem ago,/ That for the more part they sorwen so,/ Or elles fallen in swich maladye,/ That at the laste certeinly they dye./

Infinite been the sorwes and the teres/ Of olde folk, and folk of tendre yeres,/ In al the toun, for deeth of this Theban;/ For him ther wepeth bothe child and man;/ So greet a weping was ther noon, certayn,/ Whan Ector was y-broght, al fresh y-slayn,/ To Troye; allas! the pitee that was ther,/ Cracching of chekes, rending eek of heer./ 'Why woldestow be deed,' thise wommen crye,/ 'And haddest gold y-nough, and Emelye?'/

No man mighte gladen Theseus,/ Savinge his olde fader Egeus,/ That knew this worldes transmutacioun,/ As he had seyn it chaungen up and doun,/ Ioye after wo, and wo after gladnesse:/ And shewed hem ensamples and lyknesse./ 'Right as ther deyed never man,' quod he,/ 'That he ne livede in erthe in som degree,/ Right so ther livede never man,' he seyde,/ 'In al this world, that som tyme he ne deyde./ This world nis but a thurghfare ful of wo,/ And we ben pilgrimes, passinge

todas as qualidades apropriadas — como a verdade, a humildade, a posição, a alta linhagem, a generosidade e tudo o mais que ele requer — a fim de declarar-vos, pela esperança que tenho de que Júpiter me acolha, que neste mundo agora não conheço ninguém que mereça ser amado mais que Palamon, que vos serve e há de servir a vida inteira. Se alguma vez tiverdes que casar-vos, não vos esqueçais de Palamon, o gentil homem."

Ditas essas palavras, sua voz emudeceu, pois dos pés para o peito já subira o frio da morte, que se alastrava, alcançando ademais os dois braços, onde a força vital se perdera e se extinguira, e tudo se acabou. E quando a morte chegou ao coração triste e doente, também atingiu o intelecto que ali morava, e que sozinho resistia. Sua vista escureceu, o ar faltou-lhe, e ele, voltando os olhos para a sua amada, disse ainda estas palavras: "Piedade, Emília!". Depois, seu espírito mudou de casa, indo para onde não sei dizer, porque nunca estive lá. E, como não sou adivinho, prefiro calar-me. Assim, neste relato não há nada sobre almas — mesmo porque não vejo razão para reproduzir aqui as opiniões dos que escreveram sobre as suas moradas. Arcite está frio; guie Marte o seu espírito! E agora passo a falar de Emília.

Emília gritava, e Palamon gemia. Teseu, ao ver sua cunhada desmaiar, cuidou logo de afastá-la do corpo. Que utilidade teria agora gastar o dia todo para descrever o pranto que ela derramou, de tarde e de manhã? Todos sabem que as mulheres, quando perdem os maridos, geralmente se lamentam assim; ou então ficam doentes e também acabam morrendo.

Infinitos eram os prantos e as dores de velhos e de jovens, em toda a cidade, por causa da morte daquele tebano; por ele choravam adultos e crianças. Não houve lamentações tão grandes nem quando Heitor foi trazido para Troia logo depois de morto. Ai, que triste espetáculo, as pessoas arranhando suas faces e arrancando seus cabelos! "Por que tivestes que morrer?", clamavam as carpideiras; "não possuíeis ouro suficiente e a bela Emília?"

Ninguém podia consolar o duque, salvo Egeu, seu velho pai, que, conhecendo as transmutações deste mundo e tendo presenciado muitas ascensões e muitas quedas, muita alegria depois da tristeza e muita tristeza depois da alegria, estava em condições de apontar-lhe exemplos e semelhanças. "Assim como ninguém jamais morreu", disse ele, "sem antes ter vivido na terra algum tempo, assim também ninguém viveu neste mundo sem algum dia morrer. Este mundo é apenas uma passagem,

to and fro;/ Deeth is an ende of every worldly sore.'/ And over al this yet seyde he muchel more/ To this effect, ful wysly to enhorte/ The peple, that they sholde hem reconforte./

    Duk Theseus, with al his bisy cure,/ Caste now wher that the sepulture/ Of good Arcite may best y-maked be,/ And eek most honurable in his degree./ And at the laste he took conclusioun,/ That ther as first Arcite and Palamoun/ Hadden for love the bataille hem bitwene,/ That in that selve grove, swote and grene,/ Ther as he hadde his amorous desires,/ His compleynt, and for love his hote fires,/ He wolde make a fyr, in which thoffice/ Funeral he mighte al accomplice;/ And leet comaunde anon to hakke and hewe/ The okes olde, and leye hem on a rewe/ In colpons wel arrayed for to brenne;/ His officers with swifte feet they renne/ And ryde anon at his comaundement./ And after this, Theseus hath y-sent/ After a bere, and it al over-spradde/ With cloth of gold, the richest that he hadde./ And of the same suyte he cladde Arcite;/ Upon his hondes hadde he gloves whyte;/ Eek on his heed a croune of laurer grene,/ And in his hond a swerd ful bright and kene./ He leyde him bare the visage on the bere,/ Therwith he weep that pitee was to here./ And for the peple sholde seen him alle,/ Whan it was day, he broghte him to the halle,/ That roreth of the crying and the soun./

    Tho cam this woful Theban Palamoun,/ With flotery berd, and ruggy asshy heres,/ In clothes blake, y-dropped al with teres;/ And, passing othere of weping, Emelye,/ The rewfulleste of al the companye./ In as muche as the service sholde be/ The more noble and riche in his degree,/ Duk Theseus leet forth three stedes bringe,/ That trapped were in steel al gliteringe,/ And covered with the armes of daun Arcite./ Up-on thise stedes, that weren grete and whyte,/ Ther seten folk, of which oon bar his sheeld,/ Another his spere up in his hondes heeld;/ The thridde bar with him his bowe Turkeys,/ Of brend gold was the cas, and eek the harneys;/ And riden forth a pas with sorweful chere/ Toward the grove, as ye shul after here./ The nobleste of the Grekes that ther were/ Upon hir shuldres carieden the bere,/ With slakke pas, and eyen rede and wete,/ Thurgh-out the citee, by the maister-strete,/ That sprad was al with blak, and wonder hye/ Right of the same is al the strete y-wrye./ Up-on the right hond wente old Egeus,/ And on that other syde duk Theseus,/ With vessels in hir hand of gold ful fyn,/ Al ful of hony, milk, and blood, and wyn;/

cheia de sofrimento, onde nós todos, indo e vindo, somos peregrinos. A morte é o fim dos males da vida." Disse, a seguir, várias outras coisas do mesmo jaez, de modo a sabiamente levar conforto às pessoas que dele necessitavam.

O duque Teseu, com diligentes cuidados, passou então a refletir sobre o melhor lugar para o sepultamento do bom Arcite, um lugar apropriado à sua condição. Concluiu, por fim, que deveria ser o local em que, pela primeira vez, Arcite e Palamon travaram um duelo pela sua dama. No mesmo bosque, verde e ameno, onde o jovem havia demonstrado seus desejos amorosos, suas mágoas e a ardente fogueira de sua paixão, faria ele acender-se a fogueira para a realização das exéquias. Ordenou, portanto, que se cortassem e abatessem os anosos carvalhos, e que se arrumassem as toras em pilhas para o fogo. Seus oficiais, com pés ligeiros ou a galope, apressaram-se a atendê-lo. Depois Teseu encomendou um esquife, todo recoberto de brocado, o mais custoso que havia. E com o mesmo tecido chapado a ouro foi vestido Arcite, que trazia na cabeça uma verde coroa de louros, e nas mãos, metidas em luvas brancas, uma espada afiada e reluzente. Assim foi ele, com o rosto descoberto, colocado sobre o esquife, enquanto o duque se desfazia em prantos comoventes. E, na manhã seguinte, para que o povo todo pudesse vê-lo, o corpo foi exposto, tão logo clareou o dia, no salão nobre do palácio, onde ecoaram gritos e lamentos.

Lá compareceu o triste tebano Palamon, com a barba ondulada em desalinho, cabelos cobertos de cinza, e vestes pretas salpicadas de lágrimas; e, superando em aflição a todos, lá veio Emília, a mais desconsolada de toda a companhia. Para que o sepultamento, em seu nível, fosse mais nobre e rico, o duque Teseu mandou que se trouxessem três cavalos, com arreios reforçados por aços cintilantes e recobertos por mantas com o brasão de Dom Arcite. Montadas nesses animais, que eram grandes e brancos, vinham as pessoas que a tradição determina; uma segurava o escudo do morto, outra a sua lança, e a terceira o seu arco turco (a aljava e os demais apetrechos eram de ouro puro). Cavalgavam com ar tristonho e passo cadenciado, em direção ao bosque, como ouvireis. Os gregos mais nobres, caminhando lentamente, com os olhos vermelhos e úmidos, carregavam o esquife nos ombros pela rua principal da cidade, toda atapetada de panos negros, que também revestiam as casas, pendendo do alto. À direita, vinha o velho Egeu e, do outro lado, o duque Teseu, ambos sustendo nas mãos vasilhas de finíssimo ouro, cheias de mel, leite,

Eek Palamon, with ful greet companye;/ And after that cam woful Emelye,/ With fyr in honde, as was that tyme the gyse,/ To do thoffice of funeral servyse./

    Heigh labour, and ful greet apparaillinge/ Was at the service and the fyr-makinge,/ That with his grene top the heven raughte,/ And twenty fadme of brede the armes straughte;/ This is to seyn, the bowes were so brode./ Of stree first ther was leyd ful many a lode./ But how the fyr was maked up on highte,/ And eek the names how the treës highte,/ As ook, firre, birch, asp, alder, holm, popler,/ Wilow, elm, plane, ash, box, chasteyn, lind, laurer,/ Mapul, thorn, beech, hasel, ew, whippeltree,/ How they weren feld, shal nat be told for me;/ Ne how the goddes ronnen up and doun,/ Disherited of hir habitacioun,/ In which they woneden in reste and pees,/ Nymphes, Faunes, and Amadrides;/ Ne how the bestes and the briddes alle/ Fledden for fere, whan the wode was falle;/ Ne how the ground agast was of the light,/ That was nat wont to seen the sonne bright;/ Ne how the fyr was couched first with stree,/ And than with drye stokkes cloven a three,/ And than with grene wode and spycerye,/ And than with cloth of gold and with perrye,/ And gerlandes hanging with ful many a flour,/ The mirre, thencens, with al so greet odour;/ Ne how Arcite lay among al this,/ Ne what richesse aboute his body is;/ Ne how that Emelye, as was the gyse,/ Putte in the fyr of funeral servyse;/ Ne how she swowned whan men made the fyr,/ Ne what she spak, ne what was hir desyr;/ Ne what Ieweles men in the fyr tho caste,/ Whan that the fyr was greet and brente faste;/ Ne how som caste hir sheeld, and som hir spere,/ And of hir vestiments, whiche that they were,/ And cuppes ful of wyn, and milk, and blood,/ Into the fyr, that brente as it were wood;/ Ne how the Grekes with an huge route/ Thryës riden al the fyr aboute/ Up-on the left hand, with a loud shoutinge,/ And thryës with hir speres clateringe;/ And thryës how the ladies gonne crye;/ Ne how that lad was hom-ward Emelye;/ Ne how Arcite is brent to asshen colde;/ Ne how that liche-wake was y-holde/ Al thilke night, ne how the Grekes pleye/ The wake-pleyes, ne kepe I nat to seye;/ Who wrastleth best naked, with oille enoynt,/ Ne who that bar him best,

sangue e vinho; atrás vinha Palamon, acompanhado de grande séquito; e, a seguir, a chorosa Emília, trazendo o fogo que, segundo o costume da época, seria usado no ofício fúnebre.

Duro foi o trabalho e grande a preparação para o serviço solene e a construção da pira, que atingia o céu com o seu verde topo e se estendia com os seus braços a uma distância de vinte braças — ou seja, era essa a largura dos galhos empilhados. Em torno da base, primeiro, colocaram muita palha... Mas como acenderam o fogo no alto, os nomes das árvores que usaram (como carvalho, abeto, bétula, álamo, amieiro, azevinho, choupo, salgueiro, olmo, plátano, freixo, buxo, castanheiro, tília, loureiro, ácer, espinheiro, faia, aveleira, teixo, corniso)[61] ou como foram derrubadas... nada disso vou contar; nem como os deuses — ninfas, faunos e hamadríadas — correram para cima e para baixo, privados das habitações em que viviam em paz e no sossego; nem como todos os animais e pássaros fugiram assustados quando o bosque foi cortado; nem como o solo, que nunca vira o sol brilhante, recebeu pasmado a luz; nem como o fogo foi primeiro alimentado com a palha, depois com varas secas partidas em três, depois com ramos verdes e com especiarias, depois com pedrarias e brocados, com grinaldas de que pendiam muitas flores, com mirra e incenso odorosos; nem vou dizer como Arcite jazia no meio de tudo isso, nem as riquezas em torno de seu corpo; nem como Emília, como era o costume, acendeu o fogo para a cerimônia fúnebre; nem como desmaiou quando atiçaram as chamas; nem o que falou ou pensou; nem as joias que lançaram à fogueira depois que ela cresceu, crepitando com fragor; nem como alguns atiraram seus escudos, outros suas lanças, e outros as vestes que usavam (juntamente com taças cheias de vinho e leite e sangue) ao fogo, que ardia furiosamente; nem como os gregos, formando enorme bando, cavalgaram três vezes pela esquerda ao redor da pira, bradando a plenos pulmões e batendo três vezes as lanças, enquanto as mulheres três vezes gritavam; nem como Emília foi levada embora; nem como Arcite foi cremado até se reduzir a cinza fria; nem como foi o velório aquela noite; nem como se desenrolaram os jogos fúnebres, quem melhor lutou nu, untado de óleo, quem melhor se conduziu em qualquer situação; nem vou dizer, finalmente, como voltaram

---

[61] Mais um dos "catálogos", tão em voga na literatura da época. (N. da E.)

in no disioynt./ I wol nat tellen eek how that they goon/ Hoom til Athenes, whan the pley is doon;/ But shortly to the poynt than wol I wende,/ And maken of my longe tale an ende./

By processe and by lengthe of certeyn yeres/ Al stinted is the moorning and the teres/ Of Grekes, by oon general assent./ Than semed me ther was a parlement/ At Athenes, up-on certeyn poynts and cas;/ Among the whiche poynts y-spoken was/ To have with certeyn contrees alliaunce,/ And have fully of Thebans obeisaunce./ For which this noble Theseus anon/ Leet senden after gentil Palamon,/ Unwist of him what was the cause and why;/ But in his blake clothes sorwefully/ He cam at his comaundement in hye./ Tho sente Theseus for Emelye./ Whan they were set, and hust was al the place,/ And Theseus abiden hadde a space/ Er any word cam from his wyse brest,/ His eyen sette he ther as was his lest,/ And with a sad visage he syked stille,/ And after that right thus he seyde his wille./

'The firste moevere of the cause above,/ Whan he first made the faire cheyne of love,/ Greet was theffect, and heigh was his entente;/ Wel wiste he why, and what ther-of he mente;/ For with that faire cheyne of love he bond/ The fyr, the eyr, the water, and the lond/ In certeyn boundes, that they may nat flee;/ That same prince and that moevere,' quod he,/ 'Hath stablissed, in this wrecched world adoun,/ Certeyne dayes and duracioun/ To al that is engendred in this place,/ Over the whiche day they may nat pace,/ Al mowe they yet tho dayes wel abregge;/ Ther needeth non auctoritee allegge,/ For it is preved by experience,/ But that me list declaren my sentence./ Than may men by this ordre wel discerne,/ That thilke moevere stable is and eterne./ Wel may men knowe, but it be a fool,/ That every part deryveth from his hool./ For nature hath nat take his beginning/ Of no partye ne cantel of a thing,/ But of a thing that parfit is and stable,/ Descending so, til it be corrumpable./ And therfore, of his wyse purveyaunce,/ He hath so wel biset his ordinaunce,/ That speces of thinges and progressiouns/ Shullen enduren by successiouns,/ And nat eterne be, with-oute lye:/ This maistow understonde and seen at eye./

'Lo the ook, that hath so long a norisshinge/ From tyme that it first biginneth springe,/ And hath so long a lyf, as we may see,/ Yet at the laste wasted is the tree./

'Considereth eek, how that the harde stoon/ Under our feet, on which we trede and goon,/ Yit wasteth it, as it lyth by the weye./ The

todos para Atenas quando os jogos terminaram. Desejo apenas ir direto ao ponto e concluir a minha longa história.

Com a evolução dos tempos e o passar dos anos, todos os gregos, de comum acordo, acabaram por deixar o luto e as lágrimas. Parece-me que houve então, em Atenas, um encontro para a discussão de certas questões e problemas, entre os quais a necessidade de firmarem alianças entre os estados a fim de garantirem plenamente a submissão dos tebanos. Com vistas a isso, o nobre Teseu logo mandou chamar o gentil Palamon, sem revelar-lhe, porém, a causa ou o motivo da convocação; assim mesmo, vestido de preto e com ar abatido, ele a atendeu prontamente. À sua chegada, o duque também chamou Emília. Quando todos se sentaram e se fez silêncio, Teseu, antes que viesse qualquer palavra de seu sábio peito, aguardou alguns instantes, passando os olhos com vagar pelo recinto. Depois, com o semblante sério, deu um leve suspiro e manifestou sua vontade:

"Quando o Motor Primeiro da Causa Suprema criou a bela cadeia do amor, grande foi a consequência e elevado o seu intento. Bem sabia ele o porquê e o que visava, pois com a bela cadeia do amor prendeu o fogo, o ar, a água e a terra dentro de limites que não podiam exceder. Da mesma forma, aquele Príncipe e Motor Primeiro estabeleceu aqui embaixo, em nosso mundo miserável, para tudo o que nele é gerado, dias e prazos certos, que podem ser diminuídos, mas jamais ultrapassados. Não precisamos aqui invocar autoridades; basta-nos a experiência para a comprovação desses fatos, que estou lembrando para explicar meu pensamento. Por essa ordem estabelecida pode-se perceber que aquele Motor Primeiro é estável e eterno; por conseguinte, apenas um tolo deixará de ver que todas as partes derivam desse todo, uma vez que a natureza jamais poderia provir de um pedaço ou porção de uma coisa, e sim de algo perfeito e estável, descendo daí para o corruptível. Com sua sábia providência, portanto, ele determinou a disposição de tudo, de tal maneira que todas as espécies de coisas e suas progressões devem, em verdade, existir sucessivamente, mas não eternamente. É algo que se entende sem dificuldade, algo que salta aos olhos.

"Vede, por exemplo, o carvalho, que, depois que começa a brotar, passa por um período tão longo de crescimento e tem uma vida tão longa; no entanto, um dia essa árvore também definha.

"Observa como a pedra dura sob os nossos pés, sobre a qual nós pisamos e passamos, vai se desgastando à margem do caminho; como o

brode river somtyme wexeth dreye./ The grete tounes see we wane and wende./ Than may ye see that al this thing hath ende./

'Of man and womman seen we wel also,/ That nedeth, in oon of thise termes two,/ This is to seyn, in youthe or elles age,/ He moot ben deed, the king as shal a page;/ Som in his bed, som in the depe see,/ Som in the large feeld, as men may se;/ Ther helpeth noght, al goth that ilke weye./ Thanne may I seyn that al this thing moot deye./

What maketh this but Iupiter the king?/ The which is prince and cause of alle thing,/ Converting al un-to his propre welle,/ From which it is deryved, sooth to telle./ And here-agayns no creature on lyve/ Of no degree availleth for to stryve./

'Thanne is it wisdom, as it thinketh me,/ To maken vertu of necessitee,/ And take it wel, that we may nat eschue,/ And namely that to us alle is due./ And who-so gruccheth ought, he dooth folye,/ And rebel is to him that al may gye./ And certeinly a man hath most honour/ To dyen in his excellence and flour,/ Whan he is siker of his gode name;/ Than hath he doon his freend, ne him, no shame./ And gladder oghte his freend ben of his deeth,/ Whan with honour up-yolden is his breeth,/ Than whan his name apalled is for age;/ For al forgeten is his vasselage./ Than is it best, as for a worthy fame,/ To dyen whan that he is best of name./

The contrarie of al this is wilfulnesse./ Why grucchen we? why have we hevinesse,/ That good Arcite, of chivalrye flour/ Departed is, with duetee and honour,/ Out of this foule prison of this lyf?/ Why grucchen heer his cosin and his wyf/ Of his wel-fare that loved hem so weel?/ Can he hem thank? nay, God wot, never a deel,/ That bothe his soule and eek hem-self offende,/ And yet they mowe hir lustes nat amende./

'What may I conclude of this longe serie,/ But, after wo, I rede us to be merie,/ And thanken Iupiter of al his grace?/ And, er that we departen from this place,/ I rede that we make, of sorwes two,/ O parfyt Ioye, lasting ever-mo;/ And loketh now, wher most sorwe is her-inne,/ Ther wol we first amenden and biginne./

'Suster,' quod he, 'this is my fulle assent,/ With al thavys heer of my parlement,/ That gentil Palamon, your owne knight,/ That serveth yow with wille, herte, and might,/ And ever hath doon, sin that ye first him knewe,/ That ye shul, of your grace, up-on him rewe,/ And taken him for housbonde and for lord:/ Leen me your hond, for this is our acord./

148   The Knightes Tale

rio largo às vezes fica seco; como as grandes cidades decaem e se vão. Como vedes, tudo tem um fim.

"Assim sendo, também os seres humanos, homens e mulheres, em uma destas duas idades — na juventude ou na velhice —, devem necessariamente morrer, não importa se reis ou pajens; alguns na cama, outros no mar profundo, outros em campo aberto, como bem sabeis. Nada pode impedir isso; todos têm que trilhar a mesma estrada. Posso, portanto, afirmar que tudo o que existe morre.

"Quem faz que as coisas sejam assim, senão o próprio Júpiter, o Rei Supremo, o Príncipe e a Causa de tudo? É ele quem compele tudo a reverter à fonte da qual tudo proveio. E nenhum ser vivente, seja qual for a sua condição, consegue lutar contra isso.

"Eu acho, pois, prudente passar a ver como um bem o inevitável, aceitando-se o que não se pode recusar, notadamente o destino de que todos compartilham. Grande loucura é resmungar ou rebelar-se contra quem pode tudo conduzir. Depois, maior é a glória de um homem quando se vai no auge da fama e na flor de sua idade, quando consolidado se acha o seu renome, pois jamais fará algo que envergonhe ou a si próprio ou seus amigos. E estes devem sentir-se mais felizes vendo que exala o último suspiro quando honrado, do que vê-lo enfraquecido pela idade, com todos os seus feitos esquecidos. Não, é bem melhor para a própria dignidade morrer quando é maior nosso renome!

"A atitude contrária é teimosia. Por que vamos resmungar, por que vamos ficar tristes, ao ver o bom Arcite, a flor da cavalaria, partir com honra e glória desta prisão horrível da existência? Por que agora seu primo e sua noiva choram o bem-estar daquele que tanto os quis? Será que ele por isso vai sentir-se grato? Não, por Deus, de forma alguma! Assim agindo, não só não recuperam sua felicidade, como também ofendem a alma dele e a si próprios.

"Que conclusão tirar de tantos argumentos? Somente esta: após a desventura devemos alegrar-nos, agradecendo a Júpiter por todas as suas graças. Portanto, antes que daqui partamos, acho melhor fazer de duas tristezas uma alegria, perfeita e duradoura. Devemos sempre começar a trabalhar onde a aflição é mais intensa.

"Irmã", disse ele, "é meu pensar, apoiado por todo este conselho, que deves te apiedar do gentil Palamon, teu nobre paladino, que te serve com sua vontade, seu coração e suas forças desde o primeiro dia em que te viu, tomando-o por esposo e por senhor. Dá-me tua mão, pois este é o

Lat see now of your wommanly pitee./ He is a kinges brother sone, pardee;/ And, though he were a povre bacheler,/ Sin he hath served yow so many a yeer,/ And had for yow so greet adversitee,/ It moste been considered, leveth me;/ For gentil mercy oghte to passen right.'/

Than seyde he thus to Palamon ful right;/ 'I trowe ther nedeth litel sermoning/ To make yow assente to this thing./ Com neer, and tak your lady by the hond.'/

Bitwixen hem was maad anon the bond,/ That highte matrimoine or mariage,/ By al the counseil and the baronage./ And thus with alle blisse and melodye/ Hath Palamon y-wedded Emelye./ And God, that al this wyde world hath wroght,/ Sende him his love, that hath it dere a-boght./ For now is Palamon in alle wele,/ Living in blisse, in richesse, and in hele;/ And Emelye him loveth so tendrely,/ And he hir serveth al-so gentilly,/ That never was ther no word hem bitwene/ Of Ielousye, or any other tene./ Thus endeth Palamon and Emelye;/ And God save al this faire companye! — Amen./

Here is ended the Knightes Tale.

nosso acordo. Mostra agora a tua compaixão feminina. Por Deus, ele é filho do irmão de um rei! E mesmo que fosse um simples aspirante a cavaleiro, penso que ele, após servir a ti por tantos anos, e passar tantas agruras por tua causa, merece alguma consideração. A piedade vale mais do que a justiça!"

Voltou-se ele em seguida para Palamon: "Creio que não preciso argumentar para te convencer a aceitar minha proposta. Aproxima-te, e toma a mão de tua senhora".

Logo foi feito o enlace, a que chamam de casamento ou matrimônio, na presença do conselho e dos barões. E assim, em meio a júbilos e melodias, Palamon desposou a sua Emília. E Deus, o criador do vasto mundo, mandou-lhe enfim o amor que tanto lhe custou. Agora Palamon está contente, vivendo na ventura, na riqueza e na saúde, amado ternamente por Emília. E ele a serve com tanta gentileza, que jamais houve entre ambos sequer uma palavra de ciúme ou de agressão. Assim termina o conto de Palamon e Emília; e Deus salve esta bela companhia! — Amém.

Aqui se encerra o Conto do Cavaleiro.

The Milleres Tale

Here folwen the wordes bitwene the Host and the Millere.

Whan that the Knight had thus his tale y-told,/ In al the route nas ther yong ne old/ That he ne seyde it was a noble storie,/ And worthy for to drawen to memorie;/ And namely the gentils everichoon./ Our Hoste lough and swoor, 'so moot I goon,/ This gooth aright; unbokeled is the male;/ Lat see now who shal telle another tale:/ For trewely, the game is wel bigonne./ Now telleth ye, sir Monk, if that ye conne,/ Sumwhat, to quyte with the Knightes tale.'/

The Miller, that for-dronken was al pale,/ So that unnethe up-on his hors he sat,/ He nolde avalen neither hood ne hat,/ Ne abyde no man for his curteisye,/ But in Pilates vois he gan to crye,/ And swoor by armes and by blood and bones,/ 'I can a noble tale for the nones,/ With which I wol now quyte the Knightes tale.'/

Our Hoste saugh that he was dronke of ale,/ And seyde: 'abyd, Robin, my leve brother,/ Som bettre man shal telle us first another:/ Abyd, and lat us werken thriftily.'/

O Conto do Moleiro

Seguem-se aqui as palavras entre o Albergueiro e o Moleiro.

Quando o Cavaleiro acabou de contar a sua história, não havia jovem ou velho, em toda a comitiva, que não a proclamasse uma narrativa nobre e digna de ser conservada na memória, do agrado principalmente das pessoas requintadas. Nosso Albergueiro riu e praguejou: "Que eu me dane, mas a coisa está indo que é uma beleza! E agora que abriram a fivela da mala, vamos ver quem vai contar a história seguinte; pois não há dúvida de que a brincadeira começou muito bem. Senhor Monge, conte-nos agora, se puder, algo que se equipare à história do Cavaleiro".

O Moleiro, que estava pálido de bêbado e mal conseguia equilibrar-se em cima do cavalo, não se mostrava disposto a tirar o chapéu, ou o capuz, para fazer cortesia a quem quer que fosse. Assim, com voz de Pilatos no teatro, pôs-se a gritar, jurando pelos braços, pelo sangue e pelos ossos de Jesus: "Eu conheço uma história que vem a calhar para a ocasião, e é com ela que vou igualar o conto do Cavaleiro".

Nosso Albergueiro, percebendo que ele tomara uma bebedeira de cerveja, disse: "Devagar aí, Robin, meu querido irmão. Alguém melhor que você é quem vai contar primeiro. Calma! Vamos fazer as coisas direito".

'By goddes soul,' quod he, 'that wol nat I;/ For I wol speke, or elles go my wey.'/ Our Hoste answerde: 'tel on, a devel wey!/ Thou art a fool, thy wit is overcome.'/

'Now herkneth,' quod the Miller, 'alle and some!/ But first I make a protestacioun/ That I am dronke, I knowe it by my soun;/ And therfore, if that I misspeke or seye,/ Wyte it the ale of Southwerk, I yow preye;/ For I wol telle a legende and a lyf/ Bothe of a Carpenter, and of his wyf,/ How that a clerk hath set the wrightes cappe.'/

The Reve answerde and seyde, 'stint thy clappe,/ Lat be thy lewed dronken harlotrye./ It is a sinne and eek a greet folye/ To apeiren any man, or him diffame,/ And eek to bringen wyves in swich fame./ Thou mayst y-nogh of othere thinges seyn.'/

This dronken Miller spak ful sone ageyn,/ And seyde, 'leve brother Osewold,/ Who hath no wyf, he is no cokewold./ But I sey nat therfore that thou art oon;/ Ther been ful gode wyves many oon,/ And ever a thousand gode ayeyns oon badde,/ That knowestow wel thy-self, but-if thou madde./ Why artow angry with my tale now?/ I have a wyf, pardee, as well as thou,/ Yet nolde I, for the oxen in my plogh,/ Taken up-on me more than y-nogh,/ As demen of my-self that I were oon;/ I wol beleve wel that I am noon./ An housbond shal nat been inquisitif/ Of goddes privetee, nor of his wyf./ So he may finde goddes foyson there,/ Of the remenant nedeth nat enquere.'/

What sholde I more seyn, but this Millere/ He nolde his wordes for no man forbere,/ But tolde his cherles tale in his manere;/ Me thinketh that I shal reherce it here./ And ther-fore every gentil wight I preye,/ For goddes love, demeth nat that I seye/ Of evel entente, but that I moot reherce/ Hir tales alle, be they bettre or werse,/ Or elles falsen som of my matere./ And therfore, who-so list it nat y-here,/ Turne over the leef, and chese another tale;/ For he shal finde y-nowe, grete and smale,/ Of storial thing that toucheth gentillesse,/ And eek moralitee and holinesse;/ Blameth nat me if that ye chese amis./ The Miller is a cherl, ye knowe wel this;/ So was the Reve, and othere many mo,/ And harlotrye they tolden bothe two./ Avyseth yow and putte me out of blame;/ And eek men shal nat make ernest of game./

"Por Deus", berrou o outro, "isso é que não! Ou falo agora mesmo, ou vou-me embora." Respondeu o Albergueiro: "Diabos, pois que fale! Você não passa de um tolo; não está certo da cabeça".

"Muito bem", disse o Moleiro, "agora escutem todos! Mas antes devo declarar que estou bêbado... Sei disso pelo som de minha voz. Portanto, peço-lhes que, se por acaso eu falar ou disser qualquer coisa imprópria, deixem isso por conta da cerveja de Southwark. Vou narrar-lhes a história e a vida de um carpinteiro e de sua mulher, e como um estudante fez aquele artesão de bobo."

Nesse ponto, o Feitor o interrompeu: "Feche essa matraca, esqueça as suas obscenidades de bêbado libertino! Além de grande besteira, é pecado ofender ou difamar um homem e manchar a reputação das mulheres. Há muitas outras coisas sobre o que falar".

Imediatamente, o bêbado do Moleiro retrucou: "Oswald, meu caro irmão, só quem não tem mulher não pode ficar cornudo. Não estou dizendo com isso que você seja um, mesmo porque há muitas mulheres boas — umas mil para cada uma que não presta. A menos que esteja louco, até você sabe disso. Então, por que ficar tão furioso com minha história? Por Deus, assim como você, eu também tenho mulher; mas, pelos touros do meu arado, eu é que não vou ficar imaginando mais coisas do que convém e achar que tenho cornos. Pelo contrário, prefiro acreditar que não. Um marido não deve querer saber nem os segredos de Deus, nem os de sua mulher. Basta que tenha a seu dispor aquilo de que precisa; quanto ao resto, é melhor não indagar".

Tudo o que posso acrescentar é que esse Moleiro não se calou em consideração por ninguém, contando a sua história indecente como bem entendeu. Lamento ter que reproduzi-la aqui. Por isso, peço às pessoas mais refinadas que, pelo amor de Deus, não atribuam qualquer propósito maldoso a meu relato; apenas repito os contos de todos eles, bons ou ruins, porque senão estaria falseando uma parte de minha matéria. Assim sendo, quem não desejar ouvi-la, tudo o que tem a fazer é virar a página e escolher alguma outra narrativa. Há de encontrar diversas, longas e breves, de assuntos históricos concernentes à fidalguia, bem como à moral e à santidade. Se vocês escolherem mal, a culpa não será minha. O Moleiro é um grosseirão, e isso ninguém ignora. O mesmo se pode dizer do Feitor — entre muitos outros mais — e ambos só sabiam falar de coisas obscenas. Estejam de sobreaviso; depois, não culpem a mim. Além disso, para que levar a sério uma simples brincadeira?

O Conto do Moleiro

Here endeth the prologe.

Here biginneth the Millere his tale.

    Whylom ther was dwellinge at Oxenford/ A riche gnof, that gestes heeld to bord,/ And of his craft he was a Carpenter./ With him ther was dwellinge a povre scoler,/ Had lerned art, but al his fantasye/ Was turned for to lerne astrologye,/ And coude a certeyn of conclusiouns/ To demen by interrogaciouns,/ If that men axed him in certein houres,/ Whan that men sholde have droghte or elles shoures,/ Or if men axed him what sholde bifalle/ Of every thing, I may nat rekene hem alle./

    This clerk was cleped hende Nicholas;/ Of derne love he coude and of solas;/ And ther-to be was sleigh and ful privee,/ And lyk a mayden meke for to see./ A chambre hadde he in that hostelrye/ Allone, with-outen any companye,/ Ful fetisly y-dight with herbes swote;/ And he him-self as swete as is the rote/ Of licorys, or any cetewale./ His *Almageste* and bokes grete and smale,/ His astrelabie, longinge for his art,/ His augrim-stones layen faire a-part/ On shelves couched at his beddes heed:/ His presse y-covered with a falding reed./ And al above ther lay a gay sautrye,/ On which he made a nightes melodye/ So swetely, that al the chambre rong;/ And *Angelus ad Virginem* he song;/ And after that he song the kinges note;/ Ful often blessed was his mery throte./ And thus this swete clerk his tyme spente/ After his freendes finding and his rente./

    This Carpenter had wedded newe a wyf/ Which that he lovede more than his lyf;/ Of eightetene yeer she was of age./ Ialous he was, and heeld hir narwe in cage,/ For she was wilde and yong,

Aqui termina o prólogo.

Aqui inicia o Moleiro o seu Conto.

Vivia antigamente em Oxford um velho rico e mau, carpinteiro de profissão, que aceitava pensionistas em casa. Com ele morava um estudante pobre, que fizera o curso de artes, mas cuja inclinação era toda para a astrologia; tanto assim que, quando perguntado em certas horas, era capaz, por meio de cálculos, de fazer prognósticos para saber quando iria chover ou fazer seca, ou o que iria acontecer com referência a muitas coisas — eu nem poderia dizer todas.

Esse estudante era conhecido como o "belo Nicholas". Vivia à cata de prazeres e aventuras amorosas, e agia sempre com esperteza e discrição, escondendo-se atrás de uma aparência delicada de moça. Tinha na hospedaria um quarto só para si, sem companhia alguma, graciosamente enfeitado com ervas aromáticas; aliás, ele próprio tinha o perfume da raiz do alcaçuz ou da zedoária. Seu *Almagesto*[62] e os seus demais livros, grandes e pequenos, o astrolábio,[63] necessário ao exercício de sua arte, e as pedras de seu ábaco jaziam espalhados em prateleiras junto à cabeceira de sua cama. O guarda-roupa era revestido de frisa escarlate, e sobre ele descansava um alegre saltério, instrumento que tocava todas as noites tão docemente que o quarto inteiro ressoava com sua música. Cantava o *Angelus ad Virginem* e depois o Hino do Rei, e quem o ouvia, frequentemente abençoava sua garganta melodiosa. E assim passava o seu tempo esse gentil estudante, graças à ajuda dos amigos e ao que ele próprio conseguia apurar.

Quanto ao carpinteiro, casara-se, não fazia muito, com uma mulher que ele amava mais que a própria vida, e que tinha dezoito anos de idade. Era ciumento, mantendo-a sob sete chaves, pois, como era velho, e ela

---

[62] Palavra árabe que significa "O Maior", é o nome de um tratado de Astronomia escrito no século II por Claudius Ptolomaeus, de Alexandria. A obra, uma coleção de treze livros, contém o mais completo catálogo de estrelas (cerca de mil) da Antiguidade e foi utilizado amplamente pelos árabes e europeus até a Alta Idade Média. (N. da E.)

[63] Disco de metal que traz o mapa dos céus, com várias partes móveis sobrepostas, usadas para calcular a posição relativa de diferentes corpos celestes. O próprio Chaucer traduziu um tratado explicando o seu uso. (N. da E.)

and he was old/ And demed him-self ben lyk a cokewold./ He knew nat Catoun, for his wit was rude,/ That bad man sholde wedde his similitude./ Men sholde wedden after hir estaat,/ For youthe and elde is often at debaat./ But sith that he was fallen in the snare,/ He moste endure, as other folk, his care./

Fair was this yonge wyf, and ther-with-al/ As any wesele hir body gent and smal./ A ceynt she werede barred al of silk,/ A barmclooth eek as whyt as morne milk/ Up-on hir lendes, ful of many a gore./ Whyt was hir smok, and brouded al bifore/ And eek bihinde, on hir coler aboute,/ Of col-blak silk, with-inne and eek with-oute./ The tapes of hir whyte voluper/ Were of the same suyte of hir coler;/ Hir filet brood of silk, and set ful hye:/ And sikerly she hadde a likerous yë./ Ful smale y-pulled were hir browes two,/ And tho were bent, and blake as any sloo./ She was ful more blisful on to see/ Than is the newe pere-ionette tree;/ And softer than the wolle is of a wether./ And by hir girdel heeng a purs of lether/ Tasseld with silk, and perled with latoun./ In al this world, to seken up and doun,/ There nis no man so wys, that coude thenche/ So gay a popelote, or swich a wenche./ Ful brighter was the shyning of hir hewe/ Than in the tour the noble y-forged newe./ But of hir song, it was as loude and yerne/ As any swalwe sittinge on a berne./ Ther-to she coude skippe and make game,/ As any kide or calf folwinge his dame./ Hir mouth was swete as bragot or the meeth,/ Or hord of apples leyd in hey or heeth./ Winsinge she was, as is a Ioly colt,/ Long as a mast, and upright as a bolt./ A brooch she baar up-on hir lowe coler,/ As brood as is the bos of a bocler./ Hir shoes were laced on hir legges hye;/ She was a prymerole, a pigges-nye/ For any lord to leggen in his bedde,/ Or yet for any good yeman to wedde./

Now sire, and eft sire, so bifel the cas,/ That on a day this hende Nicholas/ Fil with this yonge wyf to rage and pleye,/ Whyl that hir housbond was at Oseneye,/ As clerkes ben ful subtile and ful queynte;/ And prively he caughte hir by the queynte,/ And

fogosa e jovem, tinha medo de ser corneado. Não sendo instruído, desconhecia Dionísio Catão,[64] que recomendava o casamento entre iguais. Os homens devem procurar sempre alguém nas mesmas condições, dado que a juventude e a idade muitas vezes entram em atrito. Mas, tendo caído na armadilha, tinha, como tantos outros, que conviver com essa preocupação.

A jovem esposa era encantadora, com seu corpo pequeno e esbelto de doninha. Usava um cinto com debruns de seda, e, preso em torno dos quadris, um avental branquinho como o leite da manhã, todo cheio de babados. Branca também era a camisa, com uma gola bordada, na frente e atrás, de seda preta como carvão, tanto dentro quanto fora. As trenas da touca branca combinavam com a gola, e a fita larga nos cabelos, atada no alto, também era de seda. E, sem dúvida, seus olhos eram maliciosos, sob duas sobrancelhas depiladas, arqueadas e negras como o abrunho. Ela era mais bonita de se ver do que a pereira nova, e mais suave do que a lã do cordeirinho. Pendia-lhe da cintura uma bolsa de couro, com borlas de seda e contas de latão. Por mais sábio que seja, não há homem neste mundo — mesmo que o tenha percorrido de alto a baixo — capaz de imaginar tão graciosa bonequinha, ou moça igual. Sua tez luzia mais que uma moeda de ouro recém-cunhada na Torre de Londres. Quanto a seu canto, era forte e vivo como o da andorinha quando pousa num celeiro. Saltava e brincava como o cabritinho ou o bezerro atrás da mãe. Sua boca era gostosa como cerveja doce ou hidromel, ou como pilha de maçãs por sobre o feno ou urze. Era irrequieta como um potro brincalhão, comprida como um mastro e reta como uma flecha. Fechava-lhe o decote um broche grande como a protuberância no centro dos escudos. Subiam-lhe pelas pernas as tiras com que atava os seus sapatos. Era uma primavera ou cardamina, digna de ser levada para a cama por um fidalgo ou desposada por um rico lavrador.

Então, meu senhor, e meu senhor ali, deu-se o caso que um dia o belo Nicholas começou a rir e a brincar com a jovem esposa, aproveitando-se de que o marido estava fora, em Osney[65] (os estudantes são muito espertos e sabidos); e nisso, furtivamente, apanhou-a pela boceta, dizen-

---

[64] Escreveu uma coleção de máximas latinas, *Disticha de Moribus ad Filium*. Todas as menções a Catão, no livro de Chaucer, referem-se a esse escritor. (N. do T.)

[65] Localidade ribeirinha a oeste de Oxford. (N. da E.)

O Conto do Moleiro

seyde, 'y-wis, but if ich have my wille,/ For derne love of thee, lemman, I spille.'/ And heeld hir harde by the haunche-bones,/ And seyde, 'lemman, love me al at-ones,/ Or I wol dyen, also god me save!'/ And she sprong as a colt doth in the trave,/ And with hir heed she wryed faste awey,/ And seyde, 'I wol nat kisse thee, by my fey,/ Why, lat be,' quod she, 'lat be, Nicholas,/ Or I wol crye out "harrow" and "allas."/ Do wey your handes for your curteisye!'/

 This Nicholas gan mercy for to crye,/ And spak so faire, and profred hir so faste,/ That she hir love him graunted atte laste,/ And swoor hir ooth, by seint Thomas of Kent,/ That she wol been at his comandement,/ Whan that she may hir leyser wel espye./ 'Myn housbond is so ful of Ialousye,/ That but ye wayte wel and been privee,/ I woot right wel I nam but deed,' quod she./ 'Ye moste been ful derne, as in this cas.'/

 'Nay ther-of care thee noght,' quod Nicholas,/ 'A clerk had litherly biset his whyle,/ But-if he coude a Carpenter bigyle.'/ And thus they been acorded and y-sworn/ To wayte a tyme, as I have told biforn./ Whan Nicholas had doon thus everydeel,/ And thakked hir aboute the lendes weel,/ He kist hir swete, and taketh his sautrye,/ And pleyeth faste, and maketh melodye./

 Than fil it thus, that to the parish-chirche,/ Cristes owne werkes for to wirche,/ This gode wyf wente on an haliday;/ Hir forheed shoon as bright as any day,/ So was it wasshen whan she leet hir werk./ Now was ther of that chirche a parish-clerk,/ The which that was y-cleped Absolon./ Crul was his heer, and as the gold it shoon,/ And strouted as a fanne large and brode;/ Ful streight and even lay his Ioly shode./ His rode was reed, his eyen greye as goos;/ With Powles window corven on his shoos,/ In hoses rede he wente fetisly./ Y-clad he was ful smal and proprely,/ Al in a kirtel of a light wachet;/ Ful faire and thikke been the poyntes set./ And ther-up-on he hadde a gay surplys/ As whyt as is the blosme up-on the rys./ A mery child he was, so god me save,/ Wel coude he laten blood and clippe and shave,/ And make a chartre of lond or acquitaunce./ In twenty manere coude he trippe and daunce/ After the scole of Oxenforde tho,/ And with his legges casten to and fro,/ And pleyen songes on a small rubible;/ Ther-to he song som-tyme a loud quinible;/ And as wel coude he pleye on his giterne./ In al the toun nas brewhous ne taverne/ That he ne visited with his

do: "Meu amor, se você não me der o que desejo, esta minha paixão vai me matar". Em seguida, agarrando-a firme pelos quadris, sussurrou: "Meu bem, venha comigo agora mesmo, senão — que Deus me ajude — vou morrer!". Ela, porém, saltou como o potro que está no cercadinho para ser ferrado, e, desviando rapidamente a cabeça, respondeu: "Eu é que não vou beijar você! Ora, deixe disso, Nicholas; deixe disso, ou começo a gritar 'socorro', 'acudam'. Faça-me o favor de não pôr mais as mãos em mim!".

Nicholas passou então a implorar piedade. E falou tão bonito e fez tantas promessas que ela afinal acabou cedendo, jurando-lhe por São Tomás de Kent que estaria a seu dispor assim que surgisse a primeira oportunidade. "Meu marido", explicou ela, "é tão ciumento que, se você não tiver muita paciência e muita discrição, tenho certeza de que será o meu fim. É preciso agir com o máximo cuidado neste caso."

"Ora, pode deixar", retorquiu Nicholas; "por certo teria desperdiçado o seu tempo o estudante que não fosse capaz de enganar a um carpinteiro." E assim, como eu já disse, eles combinaram e prometeram aguardar a ocasião apropriada. E Nicholas, tendo jurado isso, após afagar muitas vezes as coxas da jovem e após beijá-la com ardor, apanhou o seu saltério e se pôs a tocá-lo e a cantar alegremente.

Pouco depois aconteceu que, tendo chegado um dia santo, a boa mulher foi à igreja da paróquia cumprir os seus deveres cristãos. Luzia-lhe a testa como o próprio dia, de tanto que a lavara ao terminar o seu trabalho. Ora, havia nessa igreja um sacristão de nome Absalon. Seu cabelo encaracolado, repartido ao meio numa linha reta, tinha o brilho do ouro, esparramando-se atrás como um leque grande e largo. Sua pele era rosada; seus olhos, cinzentos como o ganso. Seus sapatos estavam cheios de aberturas rendilhadas, que lembravam as janelas da igreja de São Paulo. Com belas calças de cor escarlate, andava sempre bem-arrumadinho, dentro de uma túnica azul-clara muito bonita, inteiramente recoberta de rendas aplicadas. Sobre ela vestia alegre sobrepeliz, alva como um ramo em plena florescência. Era, de fato, um rapaz muito jovial, ouça-me Deus! Além de tudo, sabia fazer sangrias, barbear, cortar cabelo, e redigir escrituras de terras e recibos; sapateava e dançava de vinte modos diferentes, como era prática naquele tempo em Oxford, atirando as pernas para a frente e para trás; também tocava canções num pequeno alaúde, e, às vezes, cantava com voz aguda e poderosa, acompanhando-se com a guitarra. Não havia na cidade cervejaria ou

solas,/ Ther any gaylard tappestere was./ But sooth to seyn, he was somdel squaymous/ Of farting, and of speche daungerous./

 This Absolon, that Iolif was and gay,/ Gooth with a sencer on the haliday,/ Sensinge the wyves of the parish faste;/ And many a lovely look on hem he caste,/ And namely on this carpenteres wyf./ To loke on hir him thoughte a mery lyf,/ She was so propre and swete and likerous./ I dar wel seyn, if she had been a mous,/ And he a cat, he wolde hir hente anon./ This parish-clerk, this Ioly Absolon,/ Hath in his herte swich a love-longinge,/ That of no wyf ne took he noon offringe;/ For curteisye, he seyde, he wolde noon./

 The mone, whan it was night, ful brighte shoon,/ And Absolon his giterne hath y-take,/ For paramours, he thoghte for to wake./ And forth he gooth, Iolif and amorous,/ Til he cam to the carpenteres hous/ A litel after cokkes hadde y-crowe;/ And dressed him up by a shot-windowe/ That was up-on the carpenteres wal./ He singeth in his vois gentil and smal,/

> 'Now, dere lady, if thy wille be,
> I preye yow that ye wol rewe on me,'

 Ful wel acordaunt to his giterninge./ This carpenter awook, and herde him singe,/ And spak un-to his wyf, and seyde anon,/ 'What! Alison! herestow nat Absolon/ That chaunteth thus under our boures wal?'/ And she answerde hir housbond ther-with-al,/ 'Yis, god wot, Iohn, I here it every-del.'/

 This passeth forth; what wol ye bet than wel?/ Fro day to day this Ioly Absolon/ So woweth hir, that him is wo bigon./ He waketh al the night and al the day;/ He kempte hise lokkes brode, and made him gay;/ He woweth hir by menes and brocage,/ And swoor he wolde been hir owne page;/ He singeth, brokkinge as a nightingale;/ He sente hir piment, meeth, and spyced ale,/ And wafres, pyping hote out of the glede;/ And for she was of toune, he profred mede./ For som folk wol ben wonnen for richesse,/ And som for strokes, and som for gentillesse./

taverna, com alegres garçonetes, que ele não visitasse em suas estripulias. Mas, para dizer a verdade, era um pouco implicante em matéria de peidos, e tinha uma língua perigosa.

Esse Absalon, tão divertido e brincalhão, foi quem naquele dia santo carregou o turíbulo, jogando incenso nas mulheres da paróquia. E, ao mesmo tempo, atirava sobre elas muitos olhares amorosos — principalmente sobre a mulher do carpinteiro. Pareceu-lhe que só de olhar para ela já gozava o paraíso, de tanto que era formosa e doce e provocante. Eu até diria que, se ela fosse um ratinho e ele um gato, pularia em cima dela ali mesmo. Este sacristão, este alegre Absalon tinha tal espírito de galanteador, que recusava os donativos das senhoras para não ferir (dizia) o cavalheirismo.

Naquela noite a lua brilhava esplendorosa, e Absalon tomou de sua guitarra com a intenção de despertar suas amadas. E lá se foi, feliz e enamorado, até que chegou à casa do carpinteiro logo após cantar o galo; e, postando-se sob o peitoril de uma janela, entoou com voz doce e gentil, bem afinada ao som de sua guitarra:

"Se teu querer, oh dama, for assim,
Volta o teu pensamento para mim."

O carpinteiro acordou, escutou a música, e logo se virou para a mulher: "Quê? Alisson, você não está ouvindo o Absalon, a cantar sob a janela de nosso quarto?". Respondeu ela ao marido: "Sim, por Deus, John; estou ouvindo, sim".

E assim caminharam as coisas. Afinal, o que se pode desejar melhor que o ótimo? Dia após dia, o alegre Absalon vinha cortejá-la com insistência, a tal ponto que já começava a desesperar-se. Já não dormia noite e dia; penteava a cabeleira esparramada e se enfeitava; solicitava-a por intermediários e por procuração; jurava tornar-se o seu criado; cantava e gorjeava como um rouxinol; mandava-lhe vinho temperado com especiarias, hidromel, cerveja aromatizada, e bolos chiando de quentes; e, como ela era da cidade, chegava a ofertar-lhe dinheiro.[66] Pois há quem se deixe conquistar por riquezas, quem por pancadas, quem por afagos.

---

[66] Era uma dádiva mais atraente para as moças que moravam na cidade, pois tinham como gastá-lo. (N. do T.)

Somtyme, to shewe his lightnesse and maistrye,/ He pleyeth Herodes on a scaffold hye./ But what availleth him as in this cas?/ She loveth so this hende Nicholas,/ That Absolon may blowe the bukkes horn;/ He ne hadde for his labour but a scorn;/ And thus she maketh Absolon hir ape,/ And al his ernest turneth til a Iape./ Ful sooth is this proverbe, it is no lye,/ Men seyn right thus, 'alwey the nye slye/ Maketh the ferre leve to be looth.'/ For though that Absolon be wood or wrooth,/ By-cause that he fer was from hir sighte,/ This nye Nicholas stood in his lighte./

Now bere thee wel, thou hende Nicholas!/ For Absolon may waille and singe 'allas.'/ And so bifel it on a Saterday,/ This carpenter was goon til Osenay;/ And hende Nicholas and Alisoun/ Acorded been to this conclusioun,/ That Nicholas shal shapen him a wyle/ This sely Ialous housbond to bigyle;/ And if so be the game wente aright,/ She sholde slepen in his arm al night,/ For this was his desyr and hir also./ And right anon, with-outen wordes mo,/ This Nicholas no lenger wolde tarie,/ But doth ful softe un-to his chambre carie/ Bothe mete and drinke for a day or tweye,/ And to hir housbonde bad hir for to seye,/ If that he axed after Nicholas,/ She sholde seye she niste where he was,/ Of al that day she saugh him nat with yë;/ She trowed that he was in maladye,/ For, for no cry, hir mayde coude him calle;/ He nolde answere, for no-thing that mighte falle./

This passeth forth al thilke Saterday,/ That Nicholas stille in his chambre lay,/ And eet and sleep, or dide what him leste,/ Til Sonday, that the sonne gooth to reste./ This sely carpenter hath greet merveyle/ Of Nicholas, or what thing mighte him eyle,/ And seyde, 'I am adrad, by seint Thomas,/ It stondeth nat aright with Nicholas./ God shilde that he deyde sodeynly!/ This world is now ful tikel, sikerly;/ I saugh to-day a cors y-born to chirche/ That now, on Monday last, I saugh him wirche./

Go up,' quod he un-to his knave anoon,/ 'Clepe at his dore, or knokke with a stoon,/ Loke how it is, and tel me boldely.'/

Uma vez, para mostrar sua agilidade e seu talento, representou Herodes no tablado.[67] Entretanto, de nada lhe serve tudo isso: ela ama tanto o belo Nicholas que, não importa o que o outro faça, a paga para os seus esforços sempre há de ser o desprezo. É como se ela visse em Absalon apenas um macaquinho, transformando em zombaria o que ele fazia com seriedade. Com efeito, é muito certo o provérbio que diz: "Longe dos olhos, longe do coração". Pois, por mais que Absalon delirasse ou se enfurecesse, estando longe de sua vista, perdia o lugar para Nicholas, que estava sempre ao redor dela.

Por isso, vá adiante, belo Nicholas; e esqueça Absalon, com seus lamentos e seus cantos cheios de "ais"! E foi o que se deu num sábado, quando, tendo outra vez o carpinteiro viajado para Osney, o belo Nicholas e Alisson acertaram que poriam em prática um estratagema para enganar aquele marido ciumento e simplório; e que, se tudo corresse bem, ela dormiria a noite inteira em seus braços, como era desejo dele e também dela. Logo em seguida, sem dizer outras palavras, Nicholas, não pretendendo perder mais tempo, sorrateiramente levou para o seu quarto comida e bebida para um dia ou dois, pedindo à jovem que dissesse a seu marido, caso perguntasse por ele, que não sabia onde estava, pois não pusera os olhos nele o dia todo; que achava que devia estar doente, porque a criada o chamara aos gritos, e ele, apesar de tudo, não dera resposta alguma.

Assim se passaram as coisas naquele sábado. E Nicholas permaneceu quietinho em seu quarto, comendo, bebendo ou distraindo-se como julgou melhor, até domingo, quando o sol se recolheu. O tolo do carpinteiro ficou muito preocupado com Nicholas, imaginando o que estaria acontecendo, e disse: "Por São Tomás, receio que Nicholas não esteja passando bem. Queira Deus que ele não morra de repente! Na verdade, este mundo é tão imprevisível! Hoje mesmo vi levarem para a igreja um cadáver que ainda na última segunda-feira estava trabalhando!".

"Vá até lá", ordenou ele a um criado. "Chame à porta, ou bata com uma pedra; olhe como estão as coisas e venha correndo contar-me tudo!"

---

[67] Célebre personagem do teatro medieval, i.e., dos chamados Mistérios Medievais. (N. da E.)

This knave gooth him up ful sturdily,/ And at the chambre-dore, whyl that he stood,/ He cryde and knokked as that he were wood: —/ 'What! how! what do ye, maister Nicholay?/ How may ye slepen al the longe day?'/

But al for noght, he herde nat a word;/ An hole he fond, ful lowe up-on a bord,/ Ther as the cat was wont in for to crepe;/ And at that hole he looked in ful depe,/ And at the laste he hadde of him a sighte./ This Nicholas sat gaping ever up-righte,/ As he had kyked on the newe mone./ Adoun he gooth, and tolde his maister sone/ In what array he saugh this ilke man./

This carpenter to blessen him bigan,/ And seyde, 'help us, seinte Frideswyde!/ A man woot litel what him shal bityde./ This man is falle, with his astromye,/ In som woodnesse or in som agonye;/ I thoghte ay wel how that it sholde be!/ Men sholde nat knowe of goddes privetee./ Ye, blessed be alwey a lewed man,/ That noght but oonly his bileve can!/ So ferde another clerk with astromye;/ He walked in the feeldes for to prye/ Up-on the sterres, what ther sholde bifalle,/ Til he was in a marle-pit y-falle;/ He saugh nat that. But yet, by seint Thomas,/ Me reweth sore of hende Nicholas./ He shal be rated of his studying,/ If that I may, by Iesus, hevene king!/ Get me a staf, that I may underspore,/ Whyl that thou, Robin, hevest up the dore./ He shal out of his studying, as I gesse' —/ And to the chambre-dore he gan him dresse./ His knave was a strong carl for the nones,/ And by the haspe he haf it up atones;/ In-to the floor the dore fil anon./ This Nicholas sat ay as stille as stoon,/ And ever gaped upward in-to the eir./ This carpenter wende he were in despeir,/ And hente him by the sholdres mightily,/ And shook him harde, and cryde spitously,/ 'What! Nicholay! what, how! what! loke adoun!/ Awake, and thenk on Cristes passioun;/ I crouche thee from elves and fro wightes!'/ Ther-with the night-spel seyde he anon-rightes/ On foure halves of the hous aboute,/ And on the threshfold of the dore with-oute: —/

O criado subiu as escadas, resolutamente, deteve-se diante da porta do quarto, chamou e bateu como louco: "Ei! Que se passa? Que faz aí, senhor Nicholas? Como pode dormir o dia inteiro?".

Foi tudo inútil: não ouviu sequer uma palavra. Descobriu então um buraco, numa tábua mais embaixo, que o gato usava para entrar e sair; espiou por ali, e finalmente conseguiu vislumbrá-lo. Nicholas, parado, estava com o olhar fixo no alto, como se perscrutasse a lua nova. O criado desceu a escada aos pulos, e logo contou ao patrão em que estado havia encontrado o homem.

O carpinteiro começou a persignar-se e foi dizendo: "Que Santa Fridesvida nos proteja![68] Uma pessoa nunca sabe o que o futuro lhe reserva. Este homem deve estar sofrendo de algum tipo de loucura ou angústia, tudo por causa de sua 'astromia'. Sempre achei que essa história tinha que acabar assim! A gente não pode querer saber os desígnios de Deus. Sim, abençoado é o ignorante, que só conhece o próprio credo! Houve um outro estudante de 'astromia' que teve o mesmo destino: saiu pelo campo para olhar as estrelas e ver o que estava para acontecer, quando caiu num buraco margoso. Isso ele não previu. Apesar de tudo, por São Tomás, eu tenho muita pena do belo Nicholas. Ele vai levar um bom pito por causa destes seus estudos; e sou eu que vou dá-lo, juro por Cristo-Rei! Robin, arranje-me uma vara para eu forçar a porta por baixo enquanto você a levanta. Aposto que desta vez nós o arrancamos dos tais estudos". E foi postar-se diante da entrada do quarto. Seu criado, que era um rapaz forte como exigia a ocasião, agarrou sem demora o ferrolho, e logo pôs abaixo a porta. Nicholas continuou imóvel como uma pedra, sempre com o olhar perdido no alto. O carpinteiro, julgando-o fora de si, segurou-o com força pelos ombros e o sacudiu violentamente, ao mesmo tempo em que berrava: "Que é isso, Nicholas? Que é isso agora? Vamos! Olhe para mim! Acorde, e pense na paixão de Cristo! Eu vou benzer você contra duendes e maus espíritos". E imediatamente rezou o esconjuro noturno[69] nos quatro cantos da casa e no batente da porta que dava para a rua:

---

[68] Santa padroeira de Oxford. (N. da E.)

[69] Esse esconjuro, também conhecido como o "Padre-Nosso Branco", era uma espécie de reza contra o feitiço. Quanto à obscura referência à irmã de São Pedro, talvez não passe de uma deturpação da invocação a Santa Petronilha, filha do santo. (N. do T.)

O Conto do Moleiro

'Iesu Crist, and seynt Benedight,
Blesse this hous from every wikked wight,
For nightes verye, the white pater-noster!
Where wentestow, seynt Petres soster?'

And atte laste this hende Nicholas/ Gan for to syke sore, and seyde, 'allas!/ Shal al the world be lost eftsones now?'/

This carpenter answerde, 'what seystow?/ What! thenk on god, as we don, men that swinke.'/

This Nicholas answerde, 'fecche me drinke;/ And after wol I speke in privetee/ Of certeyn thing that toucheth me and thee;/ I wol telle it non other man, certeyn.'/

This carpenter goth doun, and comth ageyn,/ And broghte of mighty ale a large quart;/ And whan that ech of hem had dronke his part,/ This Nicholas his dore faste shette,/ And doun the carpenter by him he sette./ He seyde, 'Iohn, myn hoste lief and dere,/ Thou shall up-on thy trouthe swere me here,/ That to no wight thou shalt this conseil wreye;/ For it is Cristes conseil that I seye,/ And if thou telle it man, thou are forlore,/ For this vengaunce thou shalt han therfore,/ That if thou wreye me, thou shalt be wood!'/

'Nay, Crist forbede it, for his holy blood!'/ Quod tho this sely man, 'I nam no labbe,/ Ne, though I seye, I nam nat lief to gabbe./ Sey what thou wolt, I shal it never telle/ To child ne wyf, by him that harwed helle!'/

'Now John,' quod Nicholas, 'I wol nat lye;/ I have y-founde in myn astrologye,/ As I have loked in the mone bright,/ That now, a Monday next, at quarter-night,/ Shal falle a reyn and that so wilde and wood,/ That half so greet was never Noës flood./ This world,' he seyde, 'in lasse than in an hour/ Shal al be dreynt, so hidous is the shour;/ Thus shal mankynde drenche and lese hir lyf.'/

This carpenter answerde, 'allas, my wyf!/ And shal she drenche? allas! myn Alisoun!'/ For sorwe of this he fil almost adoun,/ And seyde, 'is ther no remedie in this cas?'/

'Why, yis, for gode,' quod hende Nicholas,/ 'If thou wolt werken after lore and reed;/ Thou mayst nat werken after thyn owene heed./ For thus seith Salomon, that was ful trewe,/ "Werk al by conseil, and thou shalt nat rewe."/ And if thou werken wolt

> "Jesus Cristo e também meu bom São Bento,
> Guardai-nos contra o espírito maldito!
> Que o Padre-Nosso Branco nos dê paz.
> Oh, irmã de São Pedro, onde estarás?"

Depois de longo tempo, o belo Nicholas começou a suspirar profundamente, exclamando: "Ai, outra vez o mundo todo terá que ser destruído?".

Atalhou o carpinteiro: "O que você está dizendo? Ora, pense em Deus, como nós que trabalhamos".

Respondeu Nicholas: "Traga-me algo para beber. Depois, quero falar-lhe em particular de uma coisa que interessa a você e a mim. É algo que não pretendo contar para mais ninguém".

O carpinteiro desceu, e voltou trazendo uma jarra grande, com um quarto de galão de cerveja das mais fortes; e, depois de cada qual haver bebido a sua parte, Nicholas fechou bem a porta, fez o carpinteiro sentar-se a seu lado, e disse: "John, meu caro e estimado hospedeiro, você vai jurar-me aqui, por sua honra, que não há de revelar este segredo para pessoa alguma — pois é um segredo de Cristo o que lhe vou contar. E se você não guardá-lo para si, estará perdido, porque, se trair-me, o castigo que vai sofrer será a loucura".

"Não, Deus me livre, pelo sagrado sangue de Jesus", exclamou o simplório. "Não costumo dar com a língua nos dentes e, ainda que eu mesmo o diga, nunca fui mexeriqueiro. Pode falar o que quiser, não vou contar nada para nenhuma mulher ou criança... Juro por aquele contra quem o inferno não pôde prevalecer."

"Nesse caso, John", continuou Nicholas, "não vou mentir para você. Descobri, por meio de minha astrologia, enquanto examinava a lua nova, que agora, na próxima segunda-feira, um pouco antes do amanhecer, vai cair uma chuva tão pesada e violenta que, comparado com ela, o dilúvio de Noé não chegou nem à metade. O Mundo", prosseguiu ele, "em menos de uma hora ficará inundado, tão terrível será a tempestade; e a humanidade inteira vai se afogar e morrer."

O carpinteiro apavorou-se: "Oh, minha mulher! Ela também vai se afogar? Oh, minha Alisson!". E quase desmaiou de dor. Depois perguntou: "Não há nenhum remédio para essa desgraça?".

"Claro que sim, por Deus", replicou o belo Nicholas. "Basta orientar-se pela ciência e por conselhos... O que você não deve é seguir a pró-

by good conseil,/ I undertake, with-outen mast and seyl,/ Yet shal I saven hir and thee and me/ Hastow nat herd how saved was Noë,/ Whan that our lord had warned him biforn/ That al the world with water sholde be lorn?'/

'Yis,' quod this carpenter, 'ful yore ago.'/

'Hastow nat herd,' quod Nicholas, 'also/ The sorwe of Noë with his felawshipe,/ Er that he mighte gete his wyf to shipe?/ Him had be lever, I dar wel undertake,/ At thilke tyme, than alle hise wetheres blake,/ That she hadde had a ship hir-self allone./ And ther-fore, wostou what is best to done?/ This asketh haste, and of an hastif thing/ Men may nat preche or maken tarying./ Anon go gete us faste in-to this in/ A kneding-trogh, or elles a kimelin,/ For ech of us, but loke that they be large,/ In whiche we mowe swimme as in a barge,/ And han ther-inne vitaille suffisant/ But for a day; fy on the remenant!/ The water shal aslake and goon away/ Aboute pryme up-on the nexte day./ But Robin may nat wite of this, thy knave,/ Ne eek thy mayde Gille I may nat save;/ Axe nat why, for though thou aske me,/ I wol nat tellen goddes privetee./ Suffiseth thee, but if thy wittes madde,/ To han as greet a grace as Noë hadde./ Thy wyf shal I wel saven, out of doute,/ Go now thy wey, and speed thee heer-aboute./ But whan thou hast, for hir and thee and me,/ Y-geten us thise kneding-tubbes three,/ Than shaltow hange hem in the roof ful hye,/ That no man of our purveyaunce spye./ And whan thou thus hast doon as I have seyd,/ And hast our vitaille faire in hem y-leyd,/ And eek an ax, to smyte the corde atwo/ When that the water comth, that we may go,/ And broke an hole an heigh, up-on the gable,/ Unto the gardin-ward, over the stable,/ That we may frely passen forth our way/ Whan that the grete shour is goon away —/ Than shaltow swimme as myrie, I undertake,/ As doth the whyte doke after hir drake./ Than wol I clepe, "how! Alison! how! John!/ Be myrie, for the flood wol passe anon."/ And thou wolt seyn, "hayl, maister Nicholay!/ Good morwe, I se thee wel, for it is day."/ And than shul we be lordes al our lyf/ Of al the world, as Noë and his wyf./ But of o thyng I

pria cabeça, pois, como dizia Salomão, que falava sempre a verdade: 'Siga os conselhos e nunca se arrependerá'. Por isso, se você se deixar guiar por bons conselhos, garanto-lhe que, mesmo sem velas ou mastros, hei de salvar a ela, a você e a mim. Nunca ouviu falar de como Noé se salvou, ao ser avisado por Nosso Senhor de que o mundo inteiro se perderia sob as águas?"

"Sim", murmurou o carpinteiro, "há muito tempo atrás."

"E também não ouviu falar das dificuldades de Noé com os que o acompanhavam?", insistiu Nicholas. "Teve tanto trabalho em levar sua mulher[70] para dentro da arca que aposto como teria dado todas as suas ovelhas negras para que ela pudesse ter um barco só para si. Então você já sabe o que convém fazer, não sabe? A situação exige rapidez; e, num assunto urgente, não se deve perder tempo com palavreado e com demoras. Traga depressa a esta casa dornas ou tinas de madeira para cada um de nós... Mas que sejam grandes. Elas nos servirão de barcos. Dentro delas coloque alimentos para um dia, um dia apenas... Não se preocupe com o resto! As águas irão baixar e desaparecer no meio da manhã do dia seguinte. Robin, porém, não deverá saber disso, o seu criado; nem sua criada Gill. Não poderei salvá-los. Nem me pergunte por quê, pois, ainda que insista, não vou contar os segredos do Senhor. Se estiver bom do juízo, há de bastar-lhe ter recebido uma graça tão grande quanto a de Noé. Quanto a sua mulher, não tenha receio, que vou salvá-la. Agora vá, não perca tempo. E quando tiver arranjado aquelas três tinas (para ela, para você e para mim), pendure-as bem alto no teto, para que ninguém descubra os nossos preparativos. Depois de ter feito tudo como eu disse, depois de ter arrumado dentro delas os alimentos — e também machadinhas, para partirmos as cordas e libertarmos as tinas quando as águas subirem —, depois de ter feito um buraco no alto da cumeeira — para que possamos passar livremente por sobre o estábulo em direção ao jardim — e depois de ter cessado a grande chuva, então aposto como você há de flutuar feliz como a patinha branca atrás do pato. Aí eu vou chamá-los: 'Ei, Alisson! Ei, John! Podem sorrir, o dilúvio está passando'. E você vai responder-me: 'Olá, Nicholas! Bom dia. Já posso vê-lo, amanheceu!'. Então seremos donos de nossas vidas e de todo o mundo, co-

---

[70] Nas peças teatrais de então, os populares "milagres", a mulher de Noé, numa espécie de interlúdio cômico, era geralmente representada como uma esposa rabugenta, que só a muito custo se decidia a entrar na arca. (N. do T.)

warne thee ful right,/ Be wel avysed, on that ilke night/ That we ben entred in-to shippes bord,/ That noon of us ne speke nat a word,/ Ne clepe, ne crye, but been in his preyere;/ For it is goddes owne heste dere./ Thy wyf and thou mote hange fer a-twinne,/ For that bitwixe yow shal be no sinne/ No more in looking than ther shal in dede;/ This ordinance is seyd, go, god thee spede!/ Tomorwe at night, whan men ben alle aslepe,/ In-to our kneding-tubbes wol we crepe,/ And sitten ther, abyding goddes grace./ Go now thy wey, I have no lenger space/ To make of this no lenger sermoning./ Men seyn thus, "send the wyse, and sey no-thing;"/ Thou art so wys, it nedeth thee nat teche;/ Go, save our lyf, and that I thee biseche.'/

This sely carpenter goth forth his wey./ Ful ofte he seith 'allas' and 'weylawey,'/ And to his wyf he tolde his privetee;/ And she was war, and knew it bet than he,/ What al this queynte cast was for to seye./ But nathelees she ferde as she wolde deye,/ And seyde, 'allas! go forth thy wey anon,/ Help us to scape, or we ben lost echon;/ I am thy trewe verray wedded wyf;/ Go, dere spouse, and help to save our lyf.'/

Lo! which a greet thyng is affeccioun!/ Men may dye of imaginacioun,/ So depe may impressioun be take./ This sely carpenter biginneth quake;/ Him thinketh verraily that he may see/ Noës flood come walwing as the see/ To drenchen Alisoun, his hony dere./ He wepeth, weyleth, maketh sory chere,/ He syketh with ful many a sory swogh./ He gooth and geteth him a kneding-trogh,/ And after that a tubbe and a kimelin,/ And prively he sente hem to his in,/ And heng hem in the roof in privetee./ His owne hand he made laddres three,/ To climben by the ronges and the stalkes/ Un-to the tubbes hanginge in the balkes,/ And hem vitailled, bothe trogh and tubbe,/ With breed and chese, and good ale in a Iubbe,/ Suffysinge right y-nogh as for a day./ But er that he had maad al this array,/ He sente his knave, and eek his wenche also,/ Up-on his nede to London for to go./ And on the Monday, whan it drow to night,/ He shette his dore with-oute candel-light,/ And dressed al thing as it sholde be./ And shortly, up they clomben alle three;/ They sitten stille wel a furlong-way./

'Now, Pater-noster, clom!' seyde Nicholay,/ And 'clom,' quod John, and 'clom,' seyde Alisoun./ This carpenter seyde his devocioun,/ And stille he sit, and biddeth his preyere,/ Awaytinge on the reyn, if he it here./

mo Noé e sua mulher. Mas tenho que preveni-lo de uma coisa: cuidado para que, na noite em que subirmos a bordo, não mais se diga uma palavra, nem apelos nem gritos; apenas se deve rezar, pois esta é a preciosa determinação de Deus. Outra coisa: pendure a sua tina e a de sua mulher bem afastadas uma da outra, para que não haja pecado entre vocês dois... se não por atos, por simples trocas de olhares. São essas as recomendações. Vá! Deus o proteja. Amanhã à noite, quando todos estiverem dormindo, subiremos até as nossas tinas e, sentados dentro delas, aguardaremos a graça do Senhor. Agora vá fazer o que é preciso... Não tenho tempo para alongar este sermão. Dizem que 'para bom entendedor meia palavra basta'. Você é bom entendedor: não preciso dizer mais nada. Vá, e salve as nossas vidas... é o que lhe peço."

    O otário do carpinteiro foi então cuidar de suas tarefas, murmurando a todo instante "ai de mim!" e "que desgraça!". Também confidenciou a história a sua mulher. Embora ela estivesse a par de tudo e soubesse melhor do que ele todo o propósito da artimanha, comportou-se como se fosse morrer, exclamando: "Ai, então corra. Ajude-nos a escapar, senão morremos todos. Sou sua fiel, legítima esposa; vá logo, meu maridinho adorado, e ajude a nos salvar".

    Oh, que coisa poderosa é o sentimento! Há quem morre por causa da imaginação, tão profundas podem ser as impressões. O carpinteiro ingênuo começa a tremer: parece ter ante os olhos o dilúvio de Noé, rolando como os vagalhões do oceano para afogar Alisson, a sua queridinha. Chora, geme, desespera-se; grunhe e suspira sem parar. Depois vai, arranja uma tina em forma de amassadeira, e mais uma dorna e mais outra, e as despacha secretamente para casa, onde as pendura no teto. Com as próprias mãos fez três escadas, com os degraus e as laterais, para o acesso até as tinas presas às vigas. Em seguida, abasteceu a tina e as dornas com pão, queijo e uma jarra de boa cerveja, suficiente para um dia. Antes, porém, de se entregar a esses arranjos, enviou seu criado e sua criada para Londres, com uma incumbência qualquer. E na segunda-feira, quando a noite se aproximava, trancou a porta da rua sem acender luz de vela, arrumou tudo como devia, e lá se foram os três pelas escadas acima. Ficaram sentados quietos um bom pedaço.

    Nicholas quebrou o silêncio: "Agora, um Padre-Nosso e... psiu!". E "psiu!" disse John, e "psiu!" disse Alisson. O carpinteiro fez as suas orações e então calou-se; depois rezou mais um pouco e novamente se calou, à espera da chuva e atento para ouvi-la.

O Conto do Moleiro

The dede sleep, for wery bisinesse,/ Fil on this carpenter right, as I gesse,/ Aboute corfew-tyme, or litel more;/ For travail of his goost he groneth sore,/ And eft he routeth, for his heed mislay./

Doun of the laddre stalketh Nicholay,/ And Alisoun, ful softe adoun she spedde;/ With-outen wordes mo, they goon to bedde/ Ther-as the carpenter is wont to lye./ Ther was the revel and the melodye;/ And thus lyth Alison and Nicholas,/ In bisinesse of mirthe and of solas,/ Til that the belle of laudes gan to ringe,/ And freres in the chauncel gonne singe./

This parish-clerk, this amorous Absolon,/ That is for love alwey so wo bigon,/ Up-on the Monday was at Oseneye/ With companye, him to disporte and pleye,/ And axed up-on cas a cloisterer/ Ful prively after Iohn the carpenter;/ And he drough him a-part out of the chirche,/ And seyde, 'I noot, I saugh him here nat wirche/ Sin Saterday; I trow that he be went/ For timber, ther our abbot hath him sent;/ For he is wont for timber for to go,/ And dwellen at the grange a day or two;/ Or elles he is at his hous, certeyn;/ Wher that he be, I can nat sothly seyn.'/

This Absolon ful Ioly was and light,/ And thoghte, 'now is tyme wake al night;/ For sikirly I saugh him nat stiringe/ Aboute his dore sin day bigan to springe./ So moot I thryve, I shal, at cokkes crowe,/ Ful prively knokken at his windowe/ That stant ful lowe up-on his boures wal./ To Alison now wol I tellen al/ My love-longing, for yet I shal nat misse/ That at the leste wey I shal hir kisse./ Som maner confort shal I have, parfay,/ My mouth hath icched al this longe day;/ That is a signe of kissing atte leste./ Al night me mette eek, I was at a feste./ Therfor I wol gon slepe an houre or tweye,/ And al the night than wol I wake and pleye.'/

Whan that the firste cok hath crowe, anon/ Up rist this Ioly lover Absolon,/ And him arrayeth gay, at point-devys./ But first he cheweth greyn and lycorys,/ To smellen swete, er he had kembd his heer./ Under his tonge a trewe love he beer,/ For ther-by wende he to ben gracious./ He rometh to the carpenteres hous,/ And stille he stant under the shot-windowe;/ Un-to his brest it raughte,

Contudo, na hora do toque de recolher, ou talvez um pouco mais tarde, cansado de tanto trabalho, caiu num sono profundo. Sentindo-se ainda oprimido, deu alguns gemidos agoniados; depois, devido à má posição da cabeça, passou a roncar.

Logo Nicholas deslizou escada abaixo, seguido silenciosamente por Alisson; sem dizer palavra, foram ambos para a cama, a cama do carpinteiro. E lá houve diversão e melodia. E lá ficaram Alisson e Nicholas nos labores da alegria e do prazer, até que o sino dos laudes[71] tocou e os frades na capela começaram a cantar.

Enquanto esses fatos todos se passavam, aquele sacristão galanteador, Absalon, que vivia atormentado pela paixão, na segunda-feira também fora com alguns amigos a Osney para espairecer e divertir-se. E lá, por mero acaso, encontrou-se com um membro da abadia local, a quem perguntou discretamente a respeito de John, o carpinteiro. Saindo com ele da igreja, respondeu-lhe o outro: "Não sei. Desde sábado que não vem aqui trabalhar. Acho que nosso abade o mandou buscar madeira, pois ele costumava ir buscar madeira e demorar-se um ou dois dias na granja. Ou talvez esteja em casa. O fato é que não sei dizer com certeza onde se encontra".

Absalon, todo aceso e feliz, pensou: "Esta noite tenho que ficar acordado, pois a verdade é que hoje não o vi passar pela porta de sua casa desde que o dia raiou. Por minha alma, assim que o galo cantar vou bater de leve àquela janela baixa de seu quarto. Então vou dizer a Alisson toda a minha paixão, e tenho certeza de que pelo menos conseguirei beijá-la. Por minha fé, algum consolo acho que vou obter. Afinal, minha boca coçou o dia inteiro, e isso no mínimo é sinal de beijos. Além de tudo, também sonhei que estava numa festa. Por isso, agora vou tratar de dormir uma hora ou duas, e depois passarei acordado o resto da noite e vou me divertir".

Ao canto do primeiro galo, Absalon, o alegre conquistador, já estava de pé, todo atarefado em se vestir com elegância. Antes de tudo, porém — antes mesmo de pentear a cabeleira —, mastigou um grão de cardamomo e alcaçuz para perfumar o hálito. E, a fim de se tornar mais atraente ainda, colocou sob a língua o raminho de uma planta que dava sorte no amor. Em seguida, caminhou até a casa do carpinteiro, dirigiu-se

---

[71] Cantos de louvor, geralmente entoados pela manhã. (N. da E.)

O Conto do Moleiro

it was so lowe;/ And softe he cogheth with a semi-soun —/ 'What do ye, hony-comb, swete Alisoun?/ My faire brid, my swete cinamome,/ Awaketh, lemman myn, and speketh to me!/ Wel litel thenken ye up-on my wo,/ That for your love I swete ther I go./ No wonder is thogh that I swelte and swete;/ I moorne as doth a lamb after the tete./ Y-wis, lemman, I have swich love-longinge,/ That lyk a turtel trewe is my moorninge;/ I may nat ete na more than a mayde.'/

'Go fro the window, Iakke fool,' she sayde,/ 'As help me god, it wol nat be "com ba me,"/ I love another, and elles I were to blame,/ Wel bet than thee, by Iesu, Absolon!/ Go forth thy wey, or I wol caste a ston,/ And lat me slepe, a twenty devel wey!'/

'Allas,' quod Absolon, 'and weylawey!/ That trewe love was ever so yvel biset!/ Than kisse me, sin it may be no bet,/ For Iesus love and for the love of me.'/

'Wiltow than go thy wey ther-with?' quod she./

'Ye, certes, lemman,' quod this Absolon./

'Thanne make thee redy,' quod she, 'I come anon;'/ And un-to Nicholas she seyde stille,/ 'Now hust, and thou shall laughen al thy fille.'/

This Absolon doun sette him on his knees,/ And seyde, 'I am a lord at alle degrees;/ For after this I hope ther cometh more!/ Lemman, thy grace, and swete brid, thyn ore!'/

The window she undoth, and that in haste,/ 'Have do,' quod she,/ 'com of, and speed thee faste,/ Lest that our neighebores thee espye.'/

This Absolon gan wype his mouth ful drye;/ Derk was the night as pich, or as the cole,/ And at the window out she putte hir hole,/ And Absolon, him fil no bet ne wers,/ But with his mouth he kiste hir naked ers/ Ful savourly, er he was war of this./ Abak he sterte, and thoghte it was amis,/ For wel he wiste a womman hath no berd;/ He felte a thing al rough and long y-herd,/ And seyde, 'fy! allas! what have I do?'/

'Tehee!' quod she, and clapte the window to;/ And Absolon goth forth a sory pas./

'A berd, a berd!' quod hende Nicholas,/ 'By goddes corpus, this goth faire and weel!'/

This sely Absolon herde every deel,/ And on his lippe he gan for anger byte;/ And to him-self he seyde, 'I shal thee quyte!'/

à janela do quarto (que, de tão baixa, lhe tocava o peito) e deu alguns tossidos abafados: "O que você está fazendo, meu favo de mel, minha doce Alisson, meu lindo passarinho, minha canela perfumada? Acorde, meu amor, e venha falar comigo. Você nem se preocupa com meu sofrimento, nem pensa em mim, que por você estou sempre a derramar o meu suor. E não é de se admirar que eu chore e sue por você, pois ando balindo como o cordeirinho atrás da teta. É tão grande, meu bem, minha paixão, que meu lamento é igual ao da fiel pombinha. Estou comendo tão pouco quanto uma donzela".

"Saia daí, grande idiota", respondeu a jovem. "Que Deus me ajude, não quero saber de beijoquinhas. Por Jesus, Absalon, amo um outro bem melhor do que você... Boba de mim se não amasse. Por isso, caia fora, ou jogo-lhe uma pedra. E deixe-me dormir em paz — com vinte diabos!"

"Ai, pobre de mim", resmungou Absalon, "como o amor sincero é maltratado. Então, já que não posso ter coisa melhor, me dê pelo menos um beijo, pelo amor de Jesus e por amor a mim."

"Mas depois você vai-se embora?", perguntou ela.

"Claro, meu bem", garantiu o sacristão.

"Então prepare-se", disse ela, "que eu já vou." E cochichou para Nicholas: "Agora preste atenção, que você vai morrer de rir".

Lá fora Absalon ajoelhou-se e murmurou: "Tudo está indo às mil maravilhas, pois depois disso espero que muito mais há de vir. Sua graça, meu amor; e sua mercê, oh meu gentil passarinho!".

Ela abriu a janela sem tardança, dizendo: "Vamos, acabe logo com isso, antes que os vizinhos vejam".

Absalon enxugou os lábios. A noite estava escura como carvão, ou como breu; e ela pôs a bunda para fora da janela. Absalon, que não enxergava nada, deu-lhe, antes que percebesse, um ardoroso beijo bem no cu. Logo pulou para trás, achando que alguma coisa estava errada. Sabia que as mulheres não têm barba; no entanto, sentira uma coisa áspera e cabeluda. Gritou então: "Oh, meu Deus, o que é que eu fiz?".

"Ah ah ah", foi a resposta de Alisson, batendo-lhe com força a janela na cara. E Absalon foi-se afastando com passos melancólicos.

"Uma barba, uma barba!", gargalhava o belo Nicholas. "Pelo santo corpo de Deus, essa foi ótima."

O ingênuo Absalon, que ainda teve tempo de ouvir tudo, começou a morder os lábios de raiva e a dizer consigo mesmo: "Você vai me pagar!".

Who rubbeth now, who froteth now his lippes/ With dust, with sond, with straw, with clooth, with chippes,/ But Absolon, that seith ful ofte, 'allas!/ My soule bitake I un-to Sathanas,/ But me wer lever than al this toun,' quod he,/ 'Of this despyt awroken for to be!/ Allas!' quod he, 'allas! I ne hadde y-bleynt!'/ His hote love was cold and al y-queynt;/ For fro that tyme that he had kiste hir ers,/ Of paramours he sette nat a kers,/ For he was heled of his maladye;/ Ful ofte paramours he gan deffye,/ And weep as dooth a child that is y-bete./ A softe paas he wente over the strete/ Un-til a smith men cleped daun Gerveys,/ That in his forge smithed plough-harneys;/ He sharpeth shaar and culter bisily./ This Absolon knokketh al esily,/ And seyde, 'undo, Gerveys, and that anon.'/

'What, who artow?'

'It am I, Absolon.'/

'What, Absolon! for Cristes swete tree,/ Why ryse ye so rathe, ey, *benedicite*!/ What eyleth yow? som gay gerl, god it woot,/ Hath broght yow thus up-on the viritoot;/ By sëynt Note, ye woot wel what I mene.'/

This Absolon ne roghte nat a bene/ Of al his pley, no word agayn he yaf;/ He hadde more tow on his distaf/ Than Gerveys knew, and seyde, 'freend so dere,/ That hote culter in the chimenee here,/ As lene it me, I have ther-with to done,/ And I wol bringe it thee agayn ful sone.'/

Gerveys answerde, 'certes, were it gold,/ Or in a poke nobles alle untold,/ Thou sholdest have, as I am trewe smith;/ Ey, Cristes foo! what wol ye do ther-with?'/

'Ther-of,' quod Absolon, 'be as be may;/ I shal wel telle it thee to-morwe day' —/ And caughte the culter by the colde stele./ Ful softe out at the dore he gan to stele,/ And wente un-to the carpenteres wal./ He cogheth first, and knokketh ther-with-al/ Upon the windowe, right as he dide er./

This Alison answerde, 'Who is ther/ That knokketh so? I warante it a theef.'/

Quem agora esfrega, quem limpa a boca, com pó, com areia, com palha, com pano, com lascas, senão Absalon, a gritar a todo instante "ai de mim"? "Mesmo que eu tenha que entregar minha alma a Satanás", rosnou ele, "prefiro vingar tal afronta a ser dono de toda esta cidade." E prosseguiu: "Ai, por que naquela hora não virei o rosto?". Seu amor ardente arrefecera e se apagara; e, a partir daquele beijo no cu, estava curado de sua doença, achando que todas as amantes do mundo não valiam juntas um pé de agrião. E chorava como criança que apanhou. Com passos ligeiros foi-se pela rua até a oficina de ferreiro de mestre Gervase, que, especialista em forjar peças de arado, estava, naquele instante, ocupado em afiar relhas e segas. Absalon bateu de leve: "Abra, Gervase, depressa".

"Quem está aí?"

"Sou eu, Absalon."

"O quê? Absalon? Pela cruz de Cristo, acordado tão cedo?! Bendito seja Deus, o que está acontecendo? Aposto como alguma bela rapariga é quem anda lhe roubando o sossego. Por São Neot,[72] você sabe muito bem aonde quero chegar."

O outro fez-se de surdo diante dessas caçoadas. Não respondeu palavra, pois outras coisas, de que Gervase sequer suspeitava, lhe andavam pela cabeça. Apenas disse: "Meu caro amigo, será que poderia emprestar-me esta sega em brasa aqui no fogo? Preciso dela para um servicinho; prometo que logo a devolvo".

Gervase lhe respondeu: "Claro, nem que fosse ouro ou uma sacola com moedas sem conta, asseguro-lhe, assim como sou um bom ferreiro, que haveria de emprestar-lha. Mas, pelo inimigo de Cristo, o que vai fazer com ela?".

Absalon replicou: "Quanto a isso, deixe estar. Conto-lhe tudo outra vez". E apanhando a barra de ferro pela ponta que estava fria, passou porta afora de mansinho e foi direto à janela do carpinteiro. Primeiro tossiu, depois bateu, como fizera anteriormente.

Logo ouviu a voz de Alisson: "Quem está batendo aí? Aposto como é um ladrão".

---

[72] São Neot, de Cornwall, na Inglaterra, é também conhecido como o Santo Pigmeu. Dizem que media cerca de 1,30 m (4 pés) ou, conforme reza a lenda, que media até menos de 30 cm (15 polegadas). (N. da E.)

'Why, nay,' quod he, 'god woot, my swete leef,/ I am thyn Absolon, my dereling!/ Of gold,' quod he, 'I have thee broght a ring;/ My moder yaf it me, so god me save,/ Ful fyn it is, and ther-to wel y-grave;/ This wol I yeve thee, if thou me kisse!'/

This Nicholas was risen for to pisse,/ And thoghte he wolde amenden al the Iape,/ He sholde kisse his ers er that he scape./ And up the windowe dide he hastily,/ And out his ers he putteth prively/ Over the buttok, to the haunche-bon;/

And ther-with spak this clerk, this Absolon,/ 'Spek, swete brid, I noot nat wher thou art.'/ This Nicholas anon leet flee a fart,/ As greet as it had been a thonder-dent,/ That with the strook he was almost y-blent;/ And he was redy with his iren hoot,/ And Nicholas amidde the ers he smoot./ Of gooth the skin an hande-brede aboute,/ The hole culter brende so his toute,/ And for the smert he wende for to dye./ As he were wood, for wo he gan to crye —/ Help! water! water! help, for goddes herte!'/

This carpenter out of his slomber sterte,/ And herde oon cryen 'water' as he were wood,/ And thoghte, 'Allas! now comth Nowelis flood!'/ He sit him up with-outen wordes mo,/ And with his ax he smoot the corde a-two,/ And doun goth al; he fond neither to selle,/ Ne breed ne ale, til he cam to the celle/ Up-on the floor; and ther aswowne he lay./

Up sterte hir Alison, and Nicholay,/ And cryden 'out' and 'harrow' in the strete./ The neighebores, bothe smale and grete,/ In ronnen, for to gauren on this man,/ That yet aswowne he lay, bothe pale and wan;/ For with the fal he brosten hadde his arm;/ But stonde he moste un-to his owne harm./ For whan he spak, he was anon bore doun/ With hende Nicholas and Alisoun./ They tolden every man that he was wood,/ He was agast so of 'Nowelis flood'/ Thurgh fantasye, that of his vanitee/ He hadde y-boght him kneding-tubbes three,/ And hadde hem hanged in the roof above;/ And that he preyed hem, for goddes love,/ To sitten in the roof, par companye./

The folk gan laughen at his fantasye;/ In-to the roof they kyken and they gape,/ And turned al his harm un-to a Iape./ For what so that this carpenter answerde,/ It was for noght, no man his reson herde;/ With othes grete he was so sworn adoun,/ That he was holden wood in al the toun;/ For every clerk anon-right heeld with other./

"Oh não, por Deus, meu doce amor", disse ele; "é o seu Absalon, minha adorada. Vim lhe trazer um anel de ouro... Pela salvação de minha alma, quem o deu para mim foi minha própria mãe. É de grande valor, e todo trabalhado. Será seu, se você me der um beijo."

Nicholas, que tinha se levantado para ir mijar, ouviu essa conversa ao passar por ali, e achou que poderia pregar-lhe uma peça ainda maior: desta vez faria Absalon beijar seu próprio cu. Assim, abriu sem perda de tempo a janela e logo pôs todo o traseiro para fora, das nádegas até às coxas.

Absalon, o sacristão, sussurrou: "Fale, meu gentil passarinho; não consigo ver onde você está". Em resposta, Nicholas soltou um peido forte como o trovão, uma lufada que quase o deixou cego. Mas Absalon estava pronto com o ferro quente em riste, e atingiu Nicholas em pleno olho do cu. E lá se foi bem um palmo de pele em toda a volta. A sega em brasa queimou tanto o seu traseiro, que ele pensou que fosse morrer de dor naquele instante. Então pôs-se a gritar como louco: "Socorro! Água! Água! Socorro, pelo amor de Deus!".

Nisso o carpinteiro despertou, e, ao ouvir que alguém gritava "água" desesperadamente, imaginou: "Ai de mim, aí vem o dilúvio de 'Noel'!". Ato contínuo, sentou-se na tina com o tronco ereto, cortou a corda com a machadinha, e despencou. Não parou para vender nem o pão nem a cerveja até estatelar-se no chão. E lá ficou desmaiado.

Alisson e Nicholas saíram em disparada, gritando "ai" e "socorro" pela rua. Os vizinhos acorreram todos, grandes e pequenos, postando-se em torno do homem que jazia sem sentidos, branco e pálido, porque na queda havia quebrado um braço. Mas assim mesmo teve que engolir suas misérias, pois logo que começou a falar foi prontamente desmentido por Alisson e pelo belo Nicholas: contaram os dois a todos que ele havia enlouquecido; e que ficara tão obcecado pelo dilúvio de "Noel" que, em seu delírio fantasioso, comprara três tinas e as pendurara no teto, pedindo a eles, pelo amor de Deus, que também subissem lá e lhe fizessem companhia.

O povo então começou a rir de sua extravagância. As pessoas olhavam e examinavam o teto, e tratavam o seu infortúnio como se fosse uma piada. As palavras do carpinteiro não faziam diferença: tudo era inútil, ninguém lhe dava ouvidos. Pelo contrário, repeliam-no com maldições e grandes pragas, e a cidade inteira o considerou louco varrido. Mesmo os mais esclarecidos, quando conversavam entre si, diziam: "É,

O Conto do Moleiro

They seyde, 'the man is wood, my leve brother;'/ And every wight gan laughen of this stryf./

Thus swyved was the carpenteres wyf,/ For al his keping and his Ialousye;/ And Absolon hath kist hir nether yë;/ And Nicholas is scalded in the toute./ This tale is doon, and god save al the route!/

Here endeth the Millere his tale.

caro irmão! O homem ficou doido". E todo o mundo ria daquele grande rebuliço.

Dessa forma, apesar de toda a vigilância e todo o ciúme, comeram a mulher do carpinteiro; e Absalon lhe beijou o olho de baixo; e Nicholas queimou a bunda. E assim chega ao fim esta história, e Deus nos abençoe a todos!

Aqui o Moleiro termina o seu conto.

The Reves Tale

The prologe of the Reves tale.

    Whan folk had laughen at this nyce cas/ Of Absolon and hende Nicholas,/ Diverse folk diversely they seyde;/ But, for the more part, they loughe and pleyde,/ Ne at this tale I saugh no man him greve,/ But it were only Osewold the Reve,/ By-cause he was of carpenteres craft./ A litel ire is in his herte y-laft,/ He gan to grucche and blamed it a lyte./
    'So theek,' quod he, 'ful wel coude I yow quyte/ With blering of a proud milleres yë,/ If that me liste speke of ribaudye./ But ik am old, me list not pley for age;/ Gras-tyme is doon, my fodder is now forage,/ This whyte top wryteth myne olde yeres,/ Myn herte is al-so mowled as myne heres,/ But-if I fare as dooth an open-ers;/ That ilke fruit is ever leng the wers,/ Til it be roten in mullok or in stree./ We olde men, I drede, so fare we;/ Til we be roten, can we nat be rype;/ We hoppen ay, whyl that the world wol pype./ For in oure wil ther stiketh ever a nayl,/ To have an hoor heed and a grene tayl,/ As hath a leek; for thogh our might be goon,/ Our wil desireth folie ever in oon./ For whan we may nat doon, than wol we speke;/ Yet in our asshen olde is fyr y-reke./

O Conto do Feitor

Prólogo do Conto do Feitor.

Depois de ouvirem esse caso engraçado de Absalon e do belo Nicholas, pessoas diferentes manifestaram diferentes opiniões; mas quase todos riram e divertiram-se. Não vi ninguém levar a história a mal, a não ser Oswald, o Feitor, que, por ser carpinteiro de profissão, ficou um pouco ofendido, e deu de queixar-se e resmungar:

"Valha-me Deus", disse ele, "se eu também gostasse de libertinagem, poderia melhor ainda dar-lhe o troco que pretendo. Pois vou contar como passaram a perna num moleiro metido. Mas já estou velho, e há prazeres que a idade não permite mais. Foi-se o tempo de comer grama no pasto; agora tenho que ficar no estábulo e contentar-me com forragem. Os anos que vivi estão escritos nestes cabelos brancos... E meu coração está ressecado como estes cabelos. Até parece que sou uma nêspera, que, quanto mais passa o tempo, mais fica ruim, acabando por apodrecer no lixo ou na palha. Temo que assim somos os velhos: em vez de maduros, ficamos podres. Seja lá como for, enquanto o mundo tocar para nós, nós dançaremos, pois existe um prego atravessado em nossa ilusão: o de termos a cabeça branca e o rabo verde — como um alho-porro. A potência pode ter chegado ao fim, mas o gosto pelas mulheres continua o mesmo. E,

Foure gledes han we, whiche I shal devyse,/ Avaunting, lying, anger, coveityse;/ Thise foure sparkles longen un-to elde./ Our olde lemes mowe wel been unwelde,/ But wil ne shal nat faillen, that is sooth./ And yet ik have alwey a coltes tooth,/ As many a yeer as it is passed henne/ Sin that my tappe of lyf bigan to renne./ For sikerly, whan I was bore, anon/ Deeth drogh the tappe of lyf and leet it gon;/ And ever sith hath so the tappe y-ronne,/ Til that almost al empty is the tonne./ The streem of lyf now droppeth on the chimbe;/ The sely tonge may wel ringe and chimbe/ Of wrecchednesse that passed is ful yore;/ With olde folk, save dotage, is namore.'/

Whan that our host hadde herd this sermoning,/ He gan to speke as lordly as a king;/ He seide, 'what amounteth al this wit?/ What shul we speke alday of holy writ?/ The devel made a reve for to preche,/ And of a souter a shipman or a leche./ Sey forth thy tale, and tarie nat the tyme,/ Lo, Depeford! and it is half-way pryme./ Lo, Grenewich, ther many a shrewe is inne;/ It were al tyme thy tale to biginne.'/

'Now, sires,' quod this Osewold the Reve,/ 'I pray yow alle that ye nat yow greve,/ Thogh I answere and somdel sette his howve;/ For leveful is with force force of-showve./

This dronke millere hath y-told us heer,/ How that bigyled was a carpenteer,/ Peraventure in scorn, for I am oon./ And, by your leve, I shal him quyte anoon;/ Right in his cherles termes wol I speke./ I pray to god his nekke mote breke;/ He can wel in myn yë seen a stalke,/ But in his owne he can nat seen a balke.'/

Here biginneth the Reves tale.

At Trumpington, nat fer fro Cantebrigge,/ Ther goth a brook and over that a brigge,/ Up-on the whiche brook ther stant a melle;/ And this is verray soth that I yow telle./ A Miller was ther dwelling many a day;/ As eny pecok he was proud and

como não mais podemos fazer sexo, divertimo-nos falando dele, como que a revolver as cinzas em busca do fogo antigo.

"Os idosos guardam acesas pelo menos quatro brasas: a presunção, a mentira, a cólera e a cobiça. Essas quatro brasas jamais se apagam. Nossos velhos membros podem estar entrevados, mas os desejos lá dentro não fraquejam nunca — essa é a verdade! Eu, por exemplo, durante esses anos todos, desde que a minha torrente da vida começou a correr, sempre fui muito sôfrego e fogoso. E assim continuei sendo, até que a torneira deixou passar quase todo o líquido e o barril ficou praticamente seco. A minha torrente da vida agora é uma goteira! E quando se chega a esse ponto, por mais que a língua tola se ponha a tagarelar sobre as façanhas de outrora, tudo o que resta é a caduquice... nada mais!"

Nosso Albergueiro interrompeu esse longo sermão com o tom autoritário de um rei: "Onde vamos parar com toda essa conversa? Será que teremos que ficar o dia inteiro discutindo as Santas Escrituras? Acho que foi aquele diabo que fez do sapateiro um médico ou um marujo,[73] quem resolveu transformar um feitor em pregador. Conte logo a sua história, homem; chega de perder tempo! Olhe ali a cidade de Deptford! E já é quase a hora prima. Olhe ali Greenwich, aquela terra de velhacos! Já está mais do que na hora de começar o seu conto".

"Bem, senhores", retomou Oswald, o Feitor, "espero que ninguém se zangue, se eu retribuir as caçoadas de ainda há pouco, mesmo porque é com a brutalidade que se repele a brutalidade.

"Este Moleiro bêbado acaba de nos contar como um carpinteiro foi corneado. E provavelmente fez isso para mofar de mim, porque sabe muito bem que eu exerci aquele ofício. Agora, com a sua permissão, vou devolver o que lhe devo, e nos mesmos termos chulos que ele usou. Oxalá um dia ele ainda quebre o pescoço! Quer a todo custo ver um cisco em meu olho, mas não enxerga a trave no olho dele."

Aqui tem início o Conto do Feitor.

Em Trumpington, não longe de Cambridge, corre sob uma ponte um regato que passa ao lado de um moinho. E é a pura verdade isso que

---

[73] Alusão a uma fábula de Fedro (I, 14). (N. do T.)

gay./ Pypen he coude and fisshe, and nettes bete,/ And turne coppes, and wel wrastle and shete;/ And by his belt he baar a long panade,/ And of a swerd ful trenchant was the blade./ A Ioly popper baar he in his pouche;/ Ther was no man for peril dorste him touche./ A Sheffeld thwitel baar he in his hose;/ Round was his face, and camuse was his nose./ As piled as an ape was his skulle./ He was a market-beter atte fulle./ Ther dorste no wight hand up-on him legge,/ That he ne swoor he sholde anon abegge./ A theef he was for sothe of corn and mele,/ And that a sly, and usaunt for to stele./ His name was hoten dëynous Simkin./

A wyf he hadde, y-comen of noble kin;/ The person of the toun hir fader was./ With hir he yaf ful many a panne of bras,/ For that Simkin sholde in his blood allye./ She was y-fostred in a nonnerye;/ For Simkin wolde no wyf, as he sayde,/ But she were wel y-norissed and a mayde,/ To saven his estaat of yomanrye./ And she was proud, and pert as is a pye./ A ful fair sighte was it on hem two;/ On haly-dayes biforn hir wolde he go/ With his tipet bounden about his heed,/ And she cam after in a gyte of reed;/ And Simkin hadde hosen of the same./ Ther dorste no wight clepen hir but 'dame.'/ Was noon so hardy that wente by the weye/ That with hir dorste rage or ones pleye,/ But-if he wolde be slayn of Simkin/ With panade, or with knyf, or boydekin./ For Ialous folk ben perilous evermo,/ Algate they wolde hir wyves wenden so./ And eek, for she was somdel smoterlich,/ She was as digne as water in a dich;/ And ful of hoker and of bisemare./ Hir thoughte that a lady sholde hir spare,/ What for hir kinrede and hir nortelrye/ That she had lerned in the nonnerye./

A doghter hadde they bitwixe hem two/ Of twenty yeer, with-outen any mo,/ Savinge a child that was of half-yeer age;/ In cradel it lay and was a propre page./ This wenche thikke and wel y-growen was,/ With camuse nose and yën greye as glas;/ With buttokes brode and brestes rounde and hye,/ But right fair was hir heer, I wol nat lye./

The person of the toun, for she was feir,/ In purpos was to maken hir his heir/ Bothe of his catel and his messuage,/ And straunge he made it of hir mariage./ His purpos was for

estou dizendo. Ali vivia, já por muito tempo, um moleiro exibicionista e vaidoso como um pavão. Sabia tocar gaita de foles, pescar, remendar redes, tornear vasos, lutar e atirar flechas. À cinta, trazia sempre uma faca respeitável, afiada como a lâmina de uma espada, e, dentro da bolsa, um enorme punhal — para não se falar da adaga de Sheffield que escondia nas calças. Naturalmente, ninguém tinha a coragem de mexer com ele. Com aquela cara redonda, o nariz achatado e a cabeça pelada como a de um macaco, era um verdadeiro valentão de feira, desses que vivem jurando que vão ajustar contas com quem tiver a audácia de desafiá-los. Além de tudo isso, era também um sorrateiro ladrão de trigo e de farinha, useiro e vezeiro em lesar os seus fregueses. Seu apelido era Simkin-o-Brigão.

Era casado com uma mulher de família nobre: o pai dela era nada menos que o pároco da cidade. No dia em que uniu seu sangue ao de Simkin, trouxe como dote uma grande coleção de panelas de cobre. Como ela fora criada num convento, Simkin costumava dizer para todo mundo que ele nunca teria se casado com uma mulher que não tivesse tido boa formação e que não fosse virgem, ou seja, que não fosse digna de sua condição de pequeno proprietário de terras. E ela, toda empertigada como uma pega, não lhe ficava atrás em matéria de orgulho. Era um espetáculo e tanto ver os dois passeando juntos nos dias de festa: ele vinha na frente, com o capuz atado sob o queixo e as calças de vermelho vivo; e ela atrás, metida numa cota da mesma cor. Intimidados, todos a chamavam de "madame", e, cruzando-se com ela, ninguém lhe dirigia gracejos ou brincadeiras — a não ser que quisesse ver Simkin cair-lhe em cima com punhal e faca e adaga. Como sabem, os homens ciumentos são perigosíssimos (ou, pelo menos, querem que as esposas assim pensem); e, no caso do moleiro, isso se tornava um pouco mais sério por causa da origem ligeiramente duvidosa da mulher, limpa como água de fossa, o que a enchia de desdém e de insolência. De fato, ela achava que todas as damas deveriam mostrar-lhe o maior respeito, tanto pelos laços de família quanto pela educação que recebera no convento.

O casal tinha uma filha de vinte anos e nenhum filho mais — exceto uma criança de seis meses, um bebê gorducho que ainda não saíra do berço. A moça era rechonchuda e crescidinha, de nariz chato, olhos cinza-azulados como o vidro, quadris largos e seios firmes e redondos. Os cabelos eram muito bonitos, não vou mentir.

Tendo ela os seus encantos, o pároco da cidade havia decidido deixar-lhe todos os seus bens, terras e casarão, e, por isso, sempre fazia

O Conto do Feitor

to bistowe hir hye/ In-to som worthy blood of auncetrye;/ For holy chirches good moot been despended/ On holy chirches blood, that is descended./ Therfore he wolde his holy blood honoure,/ Though that he holy chirche sholde devoure./

Gret soken hath this miller, out of doute,/ With whete and malt of al the land aboute;/ And nameliche ther was a greet collegge,/ Men clepen the Soler-halle at Cantebregge,/ Ther was hir whete and eek hir malt y-grounde./ And on a day it happed, in a stounde,/ Sik lay the maunciple on a maladye;/ Men wenden wisly that he sholde dye./ For which this miller stal bothe mele and corn/ An hundred tyme more than biforn;/ For ther-biforn he stal but curteisly,/ But now he was a theef outrageously,/ For which the wardeyn chidde and made fare./ But ther-of sette the miller nat a tare;/ He craketh boost, and swoor it was nat so./

Than were ther yonge povre clerkes two,/ That dwelten in this halle, of which I seye./ Testif they were, and lusty for to pleye,/ And, only for hir mirthe and revelrye,/ Up-on the wardeyn bisily they crye,/ To yeve hem leve but a litel stounde/ To goon to mille and seen hir corn y-grounde;/ And hardily, they dorste leye hir nekke,/ The miller shold nat stele hem half a pekke/ Of corn by sleighte, ne by force hem reve;/ And at the laste the wardeyn yaf hem leve./ Iohn hight that oon, and Aleyn hight that other;/ Of o toun were they born, that highte Strother,/ Fer in the north, I can nat telle where./

This Aleyn maketh redy al his gere,/ And on an hors the sak he caste anon./ Forth goth Aleyn the clerk, and also Iohn,/ With good swerd and with bokeler by hir syde./ Iohn knew the wey, hem nedede no gyde,/ And at the mille the sak adoun he layth./ Aleyn spak first, 'al hayl, Symond, y-fayth;/ How fares thy faire doghter and thy wyf?'/

'Aleyn! welcome,' quod Simkin, 'by my lyf,/ And Iohn also, how now, what do ye heer?'/

'Symond,' quod Iohn, 'by god, nede has na peer;/ Him boës serve him-selve that has na swayn,/ Or elles he is a fool, as clerkes sayn./ Our manciple, I hope he wil be deed,/ Swa werkes ay the wanges in his heed./ And forthy is I come, and eek

muitas restrições aos seus pretendentes. Já que as riquezas da Santa Madre Igreja deveriam ser gastas em benefício da descendência do sangue da Santa Madre Igreja, esperava o cura que pelo menos ela se casasse com algum sangue ilustre da aristocracia. Assim ele estaria honrando o seu santo sangue, mesmo que, para fazê-lo, tivesse que devorar a Santa Igreja.

O moleiro, sem dúvida, auferia bons lucros da moagem do trigo e do malte de toda aquela região. Um de seus melhores fregueses era uma grande escola da Universidade de Cambridge, conhecida como "Solar Hall". Um dia, porém, aconteceu que o provedor, encarregado de levar o trigo e o malte daquela escola para a moedura, caiu doente de uma hora para outra, e todo mundo achava que ele estivesse nas últimas. Em vista disso, o moleiro passou a roubar trigo e farinha cem vezes mais que antes, porque, se antes roubava com certa discrição, depois perdeu completamente as estribeiras. O diretor da escola protestou e ficou bravo. Mas de nada adiantou: o moleiro não fez o menor caso de suas queixas, gritou mais alto ainda e jurou que era mentira.

Foi então que dois pobres estudantes da escola de que falei, dois jovens turrões, que gostavam de aventuras e queriam distrair-se e divertir-se, pediram insistentemente ao diretor que lhes desse autorização, pelo menos uma vez, para irem ao moinho e supervisionarem a moagem do trigo. Garantiram que dariam seus pescoços se o moleiro, à força ou por astúcia, ficasse com meio punhado de trigo a mais do que permitia a taxa de serviço. E tanto imploraram e tanto fizeram que o diretor enfim lhes deu licença. Um deles chamava-se John, o outro, Alan; eram ambos da mesma cidade, Strother, que fica lá no norte, não sei bem onde.

Alan aprontou depressa os seus apetrechos e ajeitou o saco de trigo no dorso do cavalo; depois, juntamente com John, pôs-se a caminho, levando à cinta uma boa espada e um broquel. Não precisava de guia, porque John conhecia a estrada; e assim chegou ao moinho, onde logo descarregou o saco. Alan foi o primeiro a falar, com o seu forte sotaque do norte da Inglaterra: "Bom dia, Simon. Como vai? E como estão sua linda filha e sua patroa?".

"Alan! Bem-vindo", respondeu Simkin, "por minha vida! E John também? Que novidade é essa? Que fazem por aqui?"

"Por Deus, Simon", disse John, com o mesmo sotaque do companheiro, "a necessidade não tem amigos. Como dizem os sábios, quem não tem quem o sirva deve ser o seu próprio criado — se é que tem alguma coisa na cabeça. Nosso provedor, coitado, pelo jeito como range os

Alayn,/ To grinde our corn and carie it ham agayn;/ I pray yow spede us hethen that ye may.'/

'It shal be doon,' quod Simkin, 'by my fay;/ What wol ye doon whyl that it is in hande?'/

'By god, right by the hoper wil I stande,'/ Quod Iohn, 'and se how that the corn gas in;/ Yet saugh I never, by my fader kin,/ How that the hoper wagges til and fra.'/

Aleyn answerde, 'Iohn, and wiltow swa,/ Than wil I be bynethe, by my croun,/ And se how that the mele falles doun/ In-to the trough; that sal be my disport./ For Iohn, in faith, I may been of your sort;/ I is as ille a miller as are ye.'/

This miller smyled of hir nycetee,/ And thoghte, 'al this nis doon but for a wyle;/ They wene that no man may hem bigyle;/ But, by my thrift, yet shal I blere hir yë/ For al the sleighte in hir philosophye./ The more queynte crekes that they make,/ The more wol I stele whan I take./ In stede of flour, yet wol I yeve hem bren./ "The gretteste clerkes been noght the wysest men,"/ As whylom to the wolf thus spak the mare;/ Of al hir art I counte noght a tare.'/

Out at the dore he gooth ful prively,/ Whan that he saugh his tyme, softely;/ He loketh up and doun til he hath founde/ The clerkes hors, ther as it stood y-bounde/ Bihinde the mille, under a levesel;/ And to the hors he gooth him faire and wel;/ He strepeth of the brydel right anon./ And whan the hors was loos, he ginneth gon/ Toward the fen, ther wilde mares renne,/ Forth with wehee, thurgh thikke and thurgh thenne./

This miller gooth agayn, no word he seyde,/ But dooth his note, and with the clerkes pleyde,/ Til that hir corn was faire and wel y-grounde./ And whan the mele is sakked and y-bounde,/ This Iohn goth out and fynt his hors away,/ And gan to crye 'harrow' and 'weylaway!/ Our hors is lorn! Alayn, for goddes banes,/ Step on thy feet, com out, man, al at anes!/ Allas, our wardeyn has his palfrey lorn.'/ This Aleyn

molares está mais morto que vivo. Por isso é que eu e o Alan nos encarregamos de trazer o trigo e levar a farinha. Será que você poderia apressar o serviço? Não queremos nos atrasar."

"É claro que sim", retrucou Simkin; "podem contar comigo. Mas o que vão ficar fazendo enquanto trabalho?"

"Por Deus, acho que vou ficar aqui mesmo, grudado à tremonha, olhando o trigo escorrer lá para dentro", disse John. "Juro pelos parentes de meu pai que nunca vi uma tremonha funcionando, com seu balanço para cá e para lá."

"É o que vai fazer, John?", indagou Alan. "Então eu vou ficar mais embaixo, vendo a farinha cair na gamela. Esse vai ser o meu passatempo. Palavra, John, nesse ponto somos iguais: eu também nunca vi como é que um moleiro trabalha."

O moleiro sorriu da ingenuidade deles. E pensou: "Estão querendo bancar os espertinhos! Pensam que ninguém é capaz de tapeá-los, mas vão ver. Apesar das sutilezas de sua filosofia, vou lhes passar a perna. Quanto mais artimanhas arquitetarem, mais farinha vou roubar deles. E, em vez de farinha, ainda vão levar farelo. Como disse a égua para o lobo,[74] 'os homens mais sabidos não são os mais estudados'. Estou pouco me importando com a sua cultura!".

Assim que se apresentou a ocasião, esgueirou-se ele até a porta e saiu despercebido. Uma vez fora, olhou bem para todos os lados, e descobriu o cavalo dos estudantes atado a uma árvore frondosa atrás do moinho. Encaminhou-se para lá, pé ante pé, e, num gesto rápido, tirou o cabresto do animal. Vendo-se livre, o cavalo galopou imediatamente para o brejo, ao encontro das éguas selvagens, correndo para cima e para baixo e dando relinchos de alegria.

Feito isso, o moleiro voltou para dentro, sem dizer palavra. Retomou o seu trabalho, rindo e brincando com os estudantes até que o trigo todo estivesse moído. Depois de ensacada a farinha e amarrada a boca do saco, John foi buscar o cavalo. E foi então que deu por sua falta. Desesperado, pôs-se a gritar: "Socorro! Oh, que azar! Nosso cavalo fugiu. Alan, pelos ossos de Cristo, mexa-se, homem, corra até aqui! Ai de nós, perdemos o palafrém do diretor!". Alan esqueceu-se de tudo — do trigo,

---

[74] Numa história daquele tempo, uma égua disse a um lobo que queria comprar suas crias, e que o preço estava escrito na pata de trás. Quando o lobo foi olhar, levou um coice. (N. do T.)

O Conto do Feitor

al forgat, bothe mele and corn,/ Al was out of his mynde his housbondrye./ 'What? whilk way is he geen?' he gan to crye./

The wyf cam leping inward with a ren,/ She seyde, 'allas! your hors goth to the fen/ With wilde mares, as faste as he may go./ Unthank come on his hand that bond him so,/ And he that bettre sholde han knit the reyne.'/

'Allas,' quod Iohn, 'Aleyn, for Cristes peyne,/ Lay doun thy swerd, and I wil myn alswa;/ I is ful wight, god waat, as is a raa;/ By goddes herte he sal nat scape us bathe./ Why nadstow pit the capul in the lathe?/ Il-hayl, by god, Aleyn, thou is a fonne!'/

This sely clerkes han ful faste y-ronne/ To-ward the fen, bothe Aleyn and eek Iohn./

And whan the miller saugh that they were gon,/ He half a busshel of hir flour hath take,/ And bad his wyf go knede it in a cake./ He seyde, 'I trowe the clerkes were aferd;/ Yet can a miller make a clerkes berd/ For al his art; now lat hem goon hir weye./ Lo wher they goon, ye, lat the children pleye;/ They gete him nat so lightly, by my croun!'/

Thise sely clerkes rennen up and doun/ With 'keep, keep, stand, stand, Iossa, warderere,/ Ga whistle thou, and I shal kepe him here!'/ But shortly, til that it was verray night,/ They coude nat, though they do al hir might,/ Hir capul cacche, he ran alwey so faste,/ Til in a dich they caughte him atte laste./ Wery and weet, as beste is in the reyn,/

Comth sely Iohn, and with him comth Aleyn./ 'Allas,' quod Iohn, 'the day that I was born!/ Now are we drive til hething and til scorn./ Our corn is stole, men wil us foles calle,/ Bathe the wardeyn and our felawes alle,/ And namely the miller; weylaway!'/

Thus pleyneth Iohn as he goth by the way/ Toward the mille, and Bayard in his hond./ The miller sitting by the fyr he fond,/ For it was night, and forther mighte they noght;/ But, for the love of god, they him bisoght/ Of herberwe and of ese, as for hir peny./

The miller seyde agayn, 'if ther be eny,/ Swich as it is, yet shal ye have your part./ Myn hous is streit, but ye han lerned art;/ Ye conne by argumentes make a place/ A myle brood of twenty

da farinha, da vigilância, da economia. E veio berrando: "O quê? Para que lado ele foi?".

A mulher do moleiro veio aos pulos lá de dentro: "Que pena! O cavalo de vocês correu a todo galope para o brejo, atrás das éguas selvagens. Maldita a mão que o prendeu! Devia aprender como se amarra uma rédea".

"Oh", exclamou John, "pelo amor de Deus, Alan, tire a espada da cinta, como estou fazendo, para que não atrapalhe a corrida. Pode acreditar: sou rápido como um cabrito-montês. De nós dois juntos aposto como ele não há de escapar! Por que você não deixou o animal no estábulo? Ora, bolas! Por Deus, Alan, você é mesmo um tolo!"

E lá se foram os dois ingênuos estudantes, Alan e John, em louca disparada em direção ao brejo.

Tão logo se afastaram, o moleiro tirou meio alqueire da farinha deles e o entregou à mulher para que fizesse um bolo. E disse: "Os estudantes estavam muito desconfiados; mesmo assim, foram tapeados por um moleiro, apesar de toda a sua leitura. Bem feito! Olhe, lá vão eles. Divirtam-se, crianças! Palavra, não vai ser fácil pegar aquele bicho".

Os coitados dos estudantes corriam para cima e para baixo, e gritavam: "Ô, ô, devagar! Pare! Pare! Venha cá! Cuidado, atrás! Assobie de lá que eu cerco por aqui!". Mas, para não encompridar a história, por mais que fizessem não conseguiram deter o animal antes que fosse noite fechada, porque ele era fogoso demais. Finalmente o apanharam, dentro de uma valeta.

Alan e John voltaram exaustos e encharcados como gado debaixo de chuva: "Maldito o dia em que nasci!", resmungava John. "Depois desse fracasso, tudo o que nos espera é o pouco-caso e o desprezo. Nosso trigo foi roubado. Todo mundo vai rir de nós, o diretor, os colegas... e principalmente o moleiro. Oh, que desgraça!"

Com tais lamúrias percorreu John o caminho da volta, segurando firmemente as rédeas de Bayard. Chegando ao moinho, encontraram o moleiro sentado ao pé do fogo, pois era noite. Sendo impossível seguir viagem àquela hora, imploraram-lhe pelo amor de Deus que lhes desse abrigo e alojamento em troca de seu rico dinheirinho.

Respondeu o moleiro: "O que tenho é pouco; se não fizerem questão, está às suas ordens. A casa é pequena, mas, como vocês estudaram filosofia, devem estar acostumados, com seus argumentos sutis, a trans-

foot of space./ Lat see now if this place may suffyse,/ Or make it roum with speche, as is youre gyse.'/

'Now, Symond,' seyde Iohn, 'by seint Cutberd,/ Ay is thou mery, and this is faire answerd./ I have herd seyd, man sal taa of twa thinges/ Slyk as he fyndes, or taa slyk as he bringes./ But specially, I pray thee, hoste dere,/ Get us som mete and drinke, and make us chere,/ And we wil payen trewely atte fulle./ With empty hand men may na haukes tulle;/ Lo here our silver, redy for to spende.'/

This miller in-to toun his doghter sende/ For ale and breed, and rosted hem a goos,/ And bond hir hors, it sholde nat gon loos;/ And in his owne chambre hem made a bed/ With shetes and with chalons faire y-spred,/ Noght from his owne bed ten foot or twelve./ His doghter hadde a bed, al by hir-selve,/ Right in the same chambre, by and by;/ It mighte be no bet, and cause why,/ Ther was no roumer herberwe in the place./ They soupen and they speke, hem to solace,/ And drinken ever strong ale atte beste./ Aboute midnight wente they to reste./

Wel hath this miller vernisshed his heed;/ Ful pale he was for-dronken, and nat reed./ He yexeth, and he speketh thurgh the nose/ As he were on the quakke, or on the pose./ To bedde he gooth, and with him goth his wyf./ As any Iay she light was and Iolyf,/ So was hir Ioly whistle wel y-wet./ The cradel at hir beddes feet is set,/ To rokken, and to yeve the child to souke./ And whan that dronken al was in the crouke,/ To bedde went the doghter right anon;/ To bedde gooth Aleyn and also Iohn;/ Ther nas na more, hem nedede no dwale./

This miller hath so wisly bibbed ale,/ That as an hors he snorteth in his sleep,/ Ne of his tayl bihinde he took no keep./ His wyf bar him a burdon, a ful strong,/ Men mighte hir routing here two furlong;/ The wenche routeth eek par companye./

Aleyn the clerk, that herd this melodye,/ He poked Iohn, and seyde, 'slepestow?/ Herdestow ever slyk a sang er now?/ Lo, whilk a compline is y-mel hem alle!/ A wilde fyr up-on thair bodyes falle!/ Wha herkned ever slyk a ferly thing?/ Ye, they sal have the flour of il ending./ This lange night ther tydes me

formar lugarzinhos de vinte pés em recintos com uma milha de largura. Se o que ofereço não bastar, criem espaço com o palavreado, como de hábito".

"Simon", disse John, "foi uma boa resposta. Gosto de gente brincalhona. É como dizem: 'não há muito o que escolher; ou se toma o que se traz, ou se toma o que se encontra'. Mas o que eu gostaria mesmo de pedir-lhe, caro hospedeiro, é que nos arranjasse alguma coisa para comer e para beber. Temos que retemperar as nossas forças. Pode estar certo de que pagaremos tudo direitinho; afinal, ninguém atrai um falcão com as mãos vazias. Veja, dê uma olhada em nosso dinheiro. Temos tudo isto para gastar!"

O moleiro mandou a filha a Trumpington buscar pão e cerveja, assou um ganso para os hóspedes, e amarrou o cavalo de modo que não mais pudesse fugir. No único quarto que havia na casa arrumou para eles uma cama com lençóis e cobertores bem estendidos, distante apenas dez ou doze pés de seu próprio leito. A filha iria dormir em cama separada, mas ali juntinho no mesmo aposento. Era o que se podia fazer, em vista da falta de espaço. Todos então cearam, conversaram, riram... e beberam cerveja forte da melhor. E, por volta da meia-noite, foram todos para a cama.

O moleiro tinha mesmo enchido a cara: bebera tanto que, em vez de vermelho, estava pálido; soluçava e falava pelo nariz, como se estivesse com rouquidão ou resfriado. Foi o primeiro a ir deitar-se. Seguiu-o a mulher, que, de tanto que molhara o bico, estava alegre e faladeira como um papagaio. Antes de acomodar-se, ajeitou o bercinho ao pé da cama, para embalar o bebê e dar-lhe de mamar. Finalmente, quando o fundo da jarra ficou seco, a filha do moleiro foi para a sua cama e John e Alan foram para a deles. E isso é tudo. Ninguém precisava de calmante.

O moleiro, todavia, após tanta cerveja, roncava no sono como um cavalo, pouco se importando também com o comportamento do traseiro. A esposa o acompanhava com entusiasmo, fazendo o baixo contínuo. O ronco deles podia ser ouvido a uma milha de distância. Até a moça roncava, *par compagnie*.

O estudante Alan, ao ouvir essa música toda, cutucou John e cochichou: "Você está dormindo? Já ouviu alguma vez um coral como esse? Escute só! Acho que estão rezando as orações da noite. Tomara que a erisipela tome conta deles! É possível uma coisa dessas? Oh, a nata da desgraça é pouco para essa família! Sei que esta noite não vou conseguir

na reste;/ But yet, na fors; al sal be for the beste./ For Iohn,'
seyde he, 'als ever moot I thryve,/ If that I may, yon wenche wil
I swyve./ Som esement has lawe y-shapen us;/ For Iohn, ther is
a lawe that says thus,/ That gif a man in a point be y-greved,/
That in another he sal be releved./

    Our corn is stoln, shortly, it is na nay,/ And we han had an
il fit al this day./ And sin I sal have neen amendement,/ Agayn
my los I wil have esement./ By goddes saule, it sal neen other
be!'/

    This Iohn answerde, 'Alayn, avyse thee,/ The miller is
a perilous man,' he seyde,/ 'And gif that he out of his sleep
abreyde,/ He mighte doon us bathe a vileinye.'/

    Aleyn answerde, 'I count him nat a flye;'/ And up he rist,
and by the wenche he crepte./ This wenche lay upright, and faste
slepte,/ Til he so ny was, er she mighte espye,/ That it had been to
late for to crye,/ And shortly for to seyn, they were at on;/ Now
pley, Aleyn! for I wol speke of Iohn./

    This Iohn lyth stille a furlong-wey or two,/ And to him-self
he maketh routhe and wo:/ 'Allas!' quod he, 'this is a wikked
Iape;/ Now may I seyn that I is but an ape./ Yet has my felawe
som-what for his harm;/ He has the milleris doghter in his arm./
He auntred him, and has his nedes sped,/ And I lye as a draf-sek
in my bed;/ And when this Iape is tald another day,/ I sal been
halde a daf, a cokenay!/ I wil aryse, and auntre it, by my fayth!/
"Unhardy is unsely," thus men sayth.'/ And up he roos and
softely he wente/ Un-to the cradel, and in his hand it hente,/ And
baar it softe un-to his beddes feet./

    Sone after this the wyf hir routing leet,/ And gan awake,
and wente hir out to pisse,/ And cam agayn, and gan hir cradel
misse,/ And groped heer and ther, but she fond noon./ 'Allas!'
quod she, 'I hadde almost misgoon;/ I hadde almost gon to
the clerkes bed./ By, *benedicite*! thanne hadde I foule y-sped:'/
And forth she gooth til she the cradel fond./ She gropeth alwey
forther with hir hond,/ And fond the bed, and thoghte noght but
good,/ By-cause that the cradel by it stood,/ And niste wher she
was, for it was derk;/ But faire and wel she creep in to the clerk,/
And lyth ful stille, and wolde han caught a sleep./

pregar o olho. Mas não faz mal. Pelo contrário, isso até poderá ser muito bom, pois, por minha alma, John", confidenciou ele, "se eu puder, vou dar uma trepada na moçoila. John, é a própria justiça que nos dá direito à desforra, porque há uma lei que diz: 'Quando alguém em um ponto é agravado, em outro ele será recompensado'.

Roubaram nosso trigo, não há como negar; também tivemos que passar maus bocados neste dia. Ora, já que não pretendem indenizar-me pelos danos, eu tenho mesmo é que tirar minha desforra. Por Deus, é assim que vai ser!"

John aconselhou: "Alan, cuidado! O moleiro é um homem perigoso e, se de repente ele acordar, vai ser o fim do mundo para nós!".

Mas Alan não lhe deu ouvidos: "Estou pouco me importando!". E levantou-se e esgueirou-se para junto da jovem, que, deitada de costas, dormia profundamente. Quando chegou bem perto, foi para cima dela antes que ela desse pela coisa e pudesse gritar. E, para encurtar o caso, logo estavam trabalhando. Deixemos, pois, que Alan se divirta, e vamos falar de John.

Uma ou duas braças ali perto, John continuava deitado, meditando e torturando-se em silêncio. Pensava: "Ai de mim, que enrascada! Agora ficou bem claro que eu sou mesmo um idiota. Meu companheiro, pelo menos, obteve uma compensação pelo mal que lhe fizeram: está com a filha do moleiro em seus braços. Não sendo um palerma, pode agora satisfazer os seus desejos, enquanto eu continuo jogado nesta cama como um saco de merda. Um dia, quando souberem desta história, todos vão chamar-me de bobo, de maricas! Por Deus, eu também tenho que sair e tentar a sorte. Como dizem, 'quem não arrisca, não petisca'". E levantou-se então, foi de mansinho até o berço do bebê, apanhou-o e, sempre de mansinho, o trouxe para o pé de sua cama.

Pouco tempo depois a mulher do moleiro parou o ronco, despertou, e foi lá fora mijar. Quando voltou, deu pela falta do berço, tateou aqui e ali, mas nada de achá-lo. "Nossa", pensou ela, "que engano eu ia fazendo! Quase que fui parar na cama dos estudantes! Deus me livre! Aí sim é que a coisa iria ficar preta." E, voltando-se para o outro lado, avançou até encontrar o berço, e, sempre apalpando, topou com a cama. Sem saber onde estava por causa da escuridão, mas muito confiante devido à presença do berço, enfiou-se ela sob os lençóis ao lado do estudante. E, quietinha, ajeitou-se para dormir.

With-inne a whyl this Iohn the clerk up leep,/ And on this gode wyf he leyth on sore./ So mery a fit ne hadde she nat ful yore;/ He priketh harde and depe as he were mad./ This Ioly lyf han thise two clerkes lad/ Til that the thridde cok bigan to singe./

Aleyn wex wery in the daweninge,/ For he had swonken al the longe night;/ And seyde, 'far wel, Malin, swete wight!/ The day is come, I may no lenger byde;/ But evermo, wher so I go or ryde,/ I is thyn awen clerk, swa have I seel!'/

'Now dere lemman,' quod she, 'go, far weel!/ But er thou go, o thing I wol thee telle,/ Whan that thou wendest homward by the melle,/ Right at the entree of the dore bihinde,/ Thou shalt a cake of half a busshel finde/ That was y-maked of thyn owne mele,/ Which that I heelp my fader for to stele./ And, gode lemman, god thee save and kepe!'/ And with that word almost she gan to wepe./

Aleyn up-rist, and thoughte, 'er that it dawe,/ I wol go crepen in by my felawe;/ And fond the cradel with his hand anon,/ 'By god,' thoghte he, 'al wrang I have misgon;/ Myn heed is toty of my swink to-night,/ That maketh me that I go nat aright./ I woot wel by the cradel, I have misgo,/ Heer lyth the miller and his wyf also.'/ And forth he goth, a twenty devel way,/ Un-to the bed ther-as the miller lay./ He wende have cropen by his felawe Iohn;/ And by the miller in he creep anon,/ And caughte hym by the nekke, and softe he spak:/ He seyde, 'thou, Iohn, thou swynes-heed, awak/ For Cristes saule, and heer a noble game./ For by that lord that called is seint Iame,/ As I have thryes, in this shorte night,/ Swyved the milleres doghter boltupright,/ Whyl thow hast as a coward been agast.'/

'Ye, false harlot,' quod the miller, 'hast?/ A! false traitour! false clerk!' quod he,/ 'Thou shalt be deed, by goddes dignitee!/ Who dorste be so bold to disparage/ My doghter, that is come of swich linage?'/ And by the throte-bolle he caughte Alayn./ And he hente hym despitously agayn,/ And on the nose he smoot him with his fest./ Doun ran the blody streem up-on his brest;/ And in the floor, with nose and mouth to-broke,/ They walwe as doon two pigges in a poke./ And up they goon, and doun agayn anon,/ Til that the miller sporned at a stoon,/ And doun he fil bakward up-on his wyf,/ That wiste no-thing of this nyce

John aguardou um pouco. Depois, deu um salto e foi rijo para cima da boa mulher. Fazia muito tempo que ela não experimentava uma trepada tão vigorosa, pois o rapaz ia fundo e arremetia como doido. E assim ficaram os dois estudantes gozando essas delícias, até ouvirem o canto do terceiro galo.

Após labutar a noite inteira, de madrugada Alan estava exausto. Disse então: "Adeus, Molly, minha doçura! Logo o dia vai raiar, não posso mais ficar aqui. Mas quero que você saiba — pela salvação de minha alma — que, não importa onde eu estiver, sempre vou ser o seu fiel estudante!".

"Então vá, meu amor", disse ela. "Adeus! Antes, porém, preciso dizer-lhe uma coisa: quando você se for, ao passar pelo moinho, lembre-se de que, atrás da porta dos fundos, irá encontrar um bolo de meio alqueire, feito com a farinha que, com minha ajuda, meu pai roubou de vocês. Meu amorzinho, que Deus o acompanhe e proteja!" E, ao dizer isso, quase se desmanchou em lágrimas.

Alan levantou-se e pensou: "Antes que amanheça, vou voltar para junto de meu companheiro". Mas, de repente, sua mão esbarrou no berço: "Por Deus, errei o caminho! Acho que o exercício desta noite me deixou com a cabeça atordoada. Foi isso que me fez perder o rumo. Ainda bem que o bercinho me alertou; aqui estão o moleiro e a mulher". E, com mil demônios, não só foi direto para a cama do moleiro como também se deitou ao lado dele, imaginando tratar-se do seu colega John. Então, puxou o outro pelo pescoço e sussurrou: "Oh cabeça de porco, acorde, John. Pela alma de Cristo! Escute só a história que tenho para lhe contar. Juro por São Tiago que nesta curta noite consegui dar nada menos que três belas trepadas na filha do moleiro, enquanto você ficou aqui tremendo de medo como um patife".

"O quê? Você fez isso, vagabundo?", berrou o moleiro. "Ah, traidor! Estudante de uma figa! Pela honra de Cristo, vou matá-lo! Como teve a coragem de desonrar minha filha, uma moça de boa família?" E agarrou pelo gogó o pobre Alan, que, por sua vez, se atracou furiosamente com ele e lhe deu um violento soco no nariz. Um rio de sangue escorreu-lhe pelo peito e, com boca e nariz quebrados, rolou com o rapaz pelo chão. Contorciam-se como dois leitões dentro de um saco. Ora se levantavam, ora caíam, e assim continuaram até que o moleiro tropeçou numa pedra e estatelou-se de costas sobre a sua mulher, que até então nem se apercebera dessa briga louca porque ferrara no sono na companhia de John,

stryf;/ For she was falle aslepe a lyte wight/ With Iohn the clerk, that waked hadde al night./ And with the fal, out of hir sleep she breyde —/ 'Help, holy croys of Bromeholm,' she seyde,/ *In manus tuas*! lord, to thee I calle!/ Awak, Symond! the feend is on us falle,/ Myn herte is broken, help, I nam but deed;/ There lyth oon up my wombe and up myn heed;/ Help, Simkin, for the false clerkes fighte.'/

This Iohn sterte up as faste as ever he mighte,/ And graspeth by the walles to and fro,/ To finde a staf; and she sterte up also,/ And knew the estres bet than dide this Iohn,/ And by the wal a staf she fond, anon,/ And saugh a litel shimering of a light,/ For at an hole in shoon the mone bright;/ And by that light she saugh hem bothe two,/ But sikerly she niste who was who,/ But as she saugh a whyt thing in hir yë./ And whan she gan the whyte thing espye,/ She wende the clerk hadde wered a volupeer./ And with the staf she drough ay neer and neer,/ And wende han hit this Aleyn at the fulle,/ And smoot the miller on the pyled skulle,/ That doun he gooth and cryde, 'harrow! I dye!'/ Thise clerkes bete him weel and lete him lye;/ And greythen hem, and toke hir hors anon,/ And eek hir mele, and on hir wey they gon./ And at the mille yet they toke hir cake/ Of half a busshel flour, ful wel y-bake./

Thus is the proude miller wel y-bete,/ And hath y-lost the grinding of the whete,/ And payed for the soper every-deel/ Of Aleyn and of Iohn, that bette him weel./ His wyf is swyved, and his doghter als;/ Lo, swich it is a miller to be fals!/ And therfore this proverbe is seyd ful sooth,/ 'Him thar nat wene wel that yvel dooth;/ A gylour shal him-self bigyled be.'/ And God, that sitteth heighe in magestee,/ Save al this companye grete and smale!/ Thus have I quit the miller in my tale./

Here is ended the Reves tale.

após uma noitada sem dormir. Com a queda, acordou muito assustada: "Socorro! Santa cruz de Bromeholm![75] *In manus tuas*. Senhor, eu te suplico! Acorde, Simon! O diabo quer me levar. Ai, meu coração! Socorro, estou quase morta! Tem um em cima de minha barriga e outro em minha cabeça. Socorro, Simkin. Ah, são os malditos estudantes que estão brigando!".

John pulou da cama o mais rápido que pôde e se pôs a tatear aqui e ali pelas paredes à procura de um cajado. A mulher fez o mesmo, e, como conhecia melhor o interior da casa, foi a primeira a encontrá-lo. Nesse instante, ela notou que o clarão da lua cheia entrava no aposento por um orifício, lançando um pequeno raio de luz; e, a essa luz, vislumbrou os dois homens engalfinhados, embora não tivesse modo de saber quem era quem. Uma coisa branca, no entanto, chamou-lhe a atenção, e, seguindo os movimentos dessa coisa branca, achou que fosse o gorro de dormir de Alan; levantou então o cajado e aproximou-se aos poucos. Finalmente, julgando atingir o estudante em cheio, desferiu violento golpe na careca do moleiro. E lá desabou ele, gritando: "Socorro! Estou morrendo!". Os estudantes mais que depressa aproveitaram a oportunidade para lhe dar uma boa surra, e o deixaram estendido. Depois, vestiram suas roupas, apanharam seu cavalo, pegaram sua farinha, e lá se foram. E, ainda por cima, ao passar pelo moinho, levaram aquele bolo de meio alqueire, assado com tanto capricho.

Dessa forma, o moleiro orgulhoso levou uma boa tunda, além de ter moído a farinha de graça e arcado com as despesas da ceia de Alan e John. E, o que é pior, comeram a mulher dele, e a filha dele também. Eis aí no que dá ser um moleiro desonesto! Por isso, é uma grande verdade o provérbio que diz: "Quem semeia ventos, colhe tempestades". Muitas vezes o enganado é o próprio enganador. Que Deus agora, do alto de sua majestade, abençoe todos os membros desta companhia, grandes e humildes! E aí está o troco ao conto do Moleiro.

Aqui termina o Conto do Feitor.

---

[75] Trazida do Oriente para Norfolk, em 1223, era tida como uma relíquia da verdadeira cruz de Cristo. (N. do T.)

The Cokes Tale

The Prologe of the Cokes Tale.

 The Cook of London, whyl the Reve spak,/ For Ioye, him thoughte, he clawed him on the bak,/ 'Ha! ha!' quod he, 'for Cristes passioun,/ This miller hadde a sharp conclusioun/ Upon his argument of herbergage!/ Wel seyde Salomon in his langage,/ "Ne bringe nat every man in-to thyn hous;"/ For herberwing by nighte is perilous./ Wel oghte a man avysed for to be/ Whom that he broghte in-to his privetee./ I pray to god, so yeve me sorwe and care,/ If ever, sith I highte Hogge of Ware,/ Herde I a miller bettre y-set a-werk./ He hadde a Iape of malice in the derk./ But god forbede that we stinten here;/ And therfore, if ye vouche-sauf to here/ A tale of me, that am a povre man,/ I wol yow telle as wel as ever I can/ A litel Iape that fil in our citee.'/
 Our host answerde, and seide, 'I graunte it thee;/ Now telle on, Roger, loke that it be good;/ For many a pastee hastow laten blood,/ And many a Iakke of Dover hastow sold/ That hath been twyes hoot and twyes cold./ Of many a pilgrim hastow Cristes curs,/ For of thy persly yet they fare the wors,/ That they han eten with thy stubbel-goos;/ For in thy shoppe is many a flye

O Conto do Cozinheiro

Prólogo do Conto do Cozinheiro.

Enquanto o Feitor falava, o Cozinheiro de Londres lhe dava tapinhas nas costas de tanta satisfação. "Ah! Ah!", gargalhava ele. "Pela paixão de Cristo, o moleiro levou mesmo uma bela lição nesse negócio de hospedagem! Bem que Salomão já dizia: 'Não deixe entrar qualquer um em sua casa'! É um perigo dar pernoite a desconhecidos; temos antes que ver muito bem quem é que recebemos em nossa intimidade. Assim como Roger de Ware é meu nome, peço a Deus que nos traga muitas dores e desgraças se não for verdade que nunca ouvi falar de um moleiro que tivesse sido tão judiado. Quanta malvadeza lhe fizeram naquela escuridão! Mas, pelo amor de Deus, não vamos deixar a coisa parar por aqui: se quiserem ouvir a mim, que sou um pobre coitado, eu também gostaria de contar a história de uma pequena peça que pregaram em nossa cidade."

Disse o Albergueiro em resposta: "Está bem, Roger, pode contar... desde que seja boa. Veja lá, porque você já serviu muito pastelão velho e já vendeu muita torta requentada, dessas que já estiveram duas vezes quentes e duas vezes frias. Muitos peregrinos já lhe lançaram a maldição de Cristo pelo mal que lhes fez a salsinha de seu ganso gordo, porque na

loos./ Now telle on, gentil Roger, by thy name./ But yet I pray thee, be nat wrooth for game,/ A man may seye ful sooth in game and pley.'/

'Thou seist ful sooth,' quod Roger, 'by my fey,/ But "sooth pley, quaad pley," as the Fleming seith;/ And ther-fore, Herry Bailly, by thy feith,/ Be thou nat wrooth, er we departen heer,/ Though that my tale be of an hostileer./ But nathelees I wol nat telle it yit,/ But er we parte, y-wis, thou shalt be quit.'/ And ther-with-al he lough and made chere,/ And seyde his tale, as ye shul after here./

Thus endeth the Prologe of the Cokes tale.

Heer bigynneth the Cokes tale.

A prentis whylom dwelled in our citee,/ And of a craft of vitaillers was he;/ Gaillard he was as goldfinch in the shawe,/ Broun as a berie, a propre short felawe,/ With lokkes blake, y-kempt ful fetisly./ Dauncen he coude so wel and Iolily,/ That he was cleped Perkin Revelour./ He was as ful of love and paramour/ As is the hyve ful of hony swete;/ Wel was the wenche with him mighte mete./ At every brydale wolde he singe and hoppe,/ He loved bet the taverne than the shoppe./ For whan ther any ryding was in Chepe,/ Out of the shoppe thider wolde he lepe./ Til that he hadde al the sighte y-seyn,/ And daunced wel, he wolde nat come ageyn./ And gadered him a meinee of his sort/ To hoppe and singe, and maken swich disport./ And ther they setten Steven for to mete/ To pleyen at the dys in swich a strete./ For in the toune nas ther no prentys,/ That fairer coude caste a paire of dys/ Than Perkin coude, and ther-to he was free/ Of his dispense, in place of privetee./ That fond his maister wel in his chaffare;/ For often tyme he fond his box ful bare./ For sikerly a prentis revelour,/ That haunteth dys, riot, or paramour,/ His maister shal it in his shoppe abye,/ Al have he no part of the minstralcye;/ For thefte and riot, they ben convertible,/ Al conne he pleye on giterne or ribible./ Revel and trouthe, as in a low degree,/ They been ful wrothe al day, as men may see./

sua cozinha há muita mosca voando solta. Vá em frente, gentil Roger. Só espero que não fique bravo com essas minhas brincadeiras; às vezes, é brincando que se dizem as verdades".

"Por minha fé", exclamou Roger, "você tem toda a razão. Mas, como dizem os flamengos, 'brincadeira séria é brincadeira ruim'. Por isso, Henry Bailey, peço que não se zangue se, antes de nos separarmos, eu contar uma história de estalajadeiro. Mas não vou contá-la agora; espere um pouco ainda, que antes do fim desta viagem garanto que lhe dou o troco." Em seguida, riu e fez troça, e depois contou a história que agora vão ouvir.

Aqui termina o Prólogo do Conto do Cozinheiro.

Aqui tem início o Conto do Cozinheiro.

Havia antigamente em nossa cidade um aprendiz que trabalhava em uma mercearia. Jovial como um pintassilgo no bosque, era ele um sujeito baixo, moreno qual amora madura, e com os cabelos negros bem repartidos e encaracolados. Sabia dançar com tanto jeito e com tamanha graça que todos o chamavam de Perkin-o-Farrista. Assim como a colmeia está cheia de mel, assim andava ele cheio de amor e desejo: feliz da garota que tinha um encontro com ele! Nas festas de casamento ele cantava e pulava sem parar. Gostava mais da taverna que do trabalho. Nos dias de procissão em Cheapside, saía correndo para a rua, só voltando depois de assistir à passagem do cortejo inteiro e de dançar quanto queria. Também costumava reunir à sua volta um bando da mesma laia, que só pensava em pular e cantar e divertir-se, marcando encontro nas ruas para os seus jogos de dados. E a verdade é que não havia na cidade quem soubesse lançar um par de dados melhor que Perkin. Além disso, às escondidas, gastava dinheiro a rodo. Foi o que o patrão descobriu em seu negócio, ao deparar tantas vezes com a gaveta vazia. De fato, o patrão tinha que arcar com muitas despesas para sustentar o tal aprendiz farrista, que vivia atrás de dados, festas e mulheres. E o pior é que ele pagava sem ouvir a música. E isso porque frequentemente o furto e a folia se confundem e se transmudam em guitarra ou em rabeca. Como dizem, no seio da arraia-miúda a farra e a honestidade nunca entram em acordo.

This Ioly prentis with his maister bood,/ Til he were ny out of his prentishood,/ Al were he snibbed bothe erly and late,/ And somtyme lad with revel to Newgate;/ But atte laste his maister him bithoghte,/ Up-on a day, whan he his paper soghte,/ Of a proverbe that seith this same word,/ 'Wel bet is roten appel out of hord/ Than that it rotie al the remenaunt.'/ So fareth it by a riotous servaunt;/ It is wel lasse harm to lete him pace,/ Than he shende alle the servants in the place./ Therfore his maister yaf him acquitance,/ And bad him go with sorwe and with meschance;/ And thus this Ioly prentis hadde his leve./ Now lat him riote al the night or leve./

And for ther is no theef with-oute a louke,/ That helpeth him to wasten and to souke/ Of that he brybe can or borwe may,/ Anon he sente his bed and his array/ Un-to a compeer of his owne sort,/ That lovede dys and revel and disport,/ And hadde a wyf that heeld for countenance/ A shoppe, and swyved for hir sustenance./

Of this Cokes tale maked Chaucer na more.

Esse alegre rapaz ficou com o patrão até quase o fim do aprendizado, apesar das constantes repreensões e das vezes em que foi levado à prisão de Newgate, com os menestréis à frente abrindo alas. Finalmente, um dia, ao examinar a documentação de seu serviçal, lembrou-se o patrão daquele ditado que diz: "Jogue fora a maçã podre antes que contamine toda a pilha". O mesmo se aplicava ao criado relapso: era melhor livrar-se dele que deixá-lo influenciar todos os outros. Assim, o seu patrão o despediu, e o mandou para a rua da amargura. E o alegre aprendiz se viu desempregado. Vá agora farrear a noite inteira! Ou tome jeito!

Entretanto, como não há ladrão sem cúmplices que o ajudem a gastar ou a sugar aquilo que ele rouba ou surrupia, logo enviou ele sua cama e sua trouxa a um compadre do mesmo tipo, que também apreciava os dados, as arruaças e as estripulias, e que tinha uma mulher que, mantendo uma loja apenas como fachada, ganhava a vida como prostituta...

Do Conto do Cozinheiro, Chaucer não escreveu mais nada.

The Tale of the Man of Lawe

The wordes of the Hoost to the companye.

    Our Hoste sey wel that the brighte sonne/ The ark of his artificial day had ronne/ The fourthe part, and half an houre, and more;/ And though he were not depe expert in lore,/ He wiste it was the eightetethe day/ Of April, that is messager to May;/ And sey wel that the shadwe of every tree/ Was as in lengthe the same quantitee/ That was the body erect that caused it./ And therfor by the shadwe he took his wit/ That Phebus, which that shoon so clere and brighte,/ Degrees was fyve and fourty clombe on highte;/ And for that day, as in that latitude,/ It was ten of the clokke, he gan conclude,/ And sodeynly he plighte his hors aboute./

    'Lordinges,' quod he, 'I warne yow, al this route,/ The fourthe party of this day is goon;/ Now, for the love of god and of seint Iohn,/ Leseth no tyme, as ferforth as ye may;/ Lordinges, the tyme wasteth night and day,/ And steleth from us, what prively slepinge,/ And what thurgh necligence in our wakinge,/ As dooth the streem,

O Conto do Magistrado

As palavras do Albergueiro para a companhia.

Observou nosso Albergueiro que o sol brilhante percorrera um quarto do arco do dia artificial,[76] e mais cerca de meia hora. Embora não fosse um homem versado em ciências, ele pôde chegar a essa conclusão, primeiro, porque sabia que era o dia dezoito de abril, o mês arauto da primavera; depois, porque notou que as sombras das árvores tinham os mesmos comprimentos que os corpos eretos que as projetavam, o que indicava que Febo, a luzir claro e radiante, subira no céu quarenta e cinco graus; e, finalmente, porque essa posição, naquele dia e naquela latitude, só podia significar que eram dez horas da manhã. Assim sendo, fez virar o seu cavalo, e disse:

"Senhores, quero avisar a toda a companhia que a quarta parte deste dia já se foi. Agora, pelo amor de Deus e de São João, eu lhes suplico, não vamos mais perder tempo! O tempo, meus senhores, consome os dias e as noites; e, seja por nossas fugas no sono, seja por nossos descuidos na vigília, passa por nós como a torrente que nunca mais retorna,

---

[76] É o período de tempo em que o sol fica acima da linha do horizonte, em contraposição ao "dia natural" de 24 horas. (N. do T.)

that turneth never agayn,/ Descending fro the montaigne in-to playn./ Wel can Senek, and many a philosophre/ Biwailen tyme, more than gold in cofre./ "For los of catel may recovered be,/ But los of tyme shendeth us," quod he./ It wol nat come agayn, withouten drede,/ Na more than wol Malkins maydenhede,/ Whan she hath lost it in hir wantownesse;/ Lat us nat moulen thus in ydelnesse./

Sir man of lawe,' quod he, 'so have ye blis,/ Tel us a tale anon, as forward is;/ Ye been submitted thurgh your free assent/ To stonde in this cas at my Iugement./ Acquiteth yow, and holdeth your biheste,/ Than have ye doon your devoir atte leste.'/

'Hoste,' quod he, 'depardieux ich assente,/ To breke forward is not myn entente./ Biheste is dette, and I wol holde fayn/ Al my biheste; I can no better seyn./

For swich lawe as man yeveth another wight,/ He sholde himselven usen it by right;/ Thus wol our text; but natheles certeyn/ I can right now no thrifty tale seyn,/ But Chaucer, though he can but lewedly/ On metres and on ryming craftily,/ Hath seyd hem in swich English as he can/ Of olde tyme, as knoweth many a man./ And if he have not seyd hem, leve brother,/ In o book, he hath seyd hem in another./ For he hath told of loveres up and doun/ Mo than Ovyde made of mencioun/ In his *Epistelles*, that been ful olde./ What sholde I tellen hem, sin they ben tolde?/

In youthe he made of Ceys and Alcion,/ And sithen hath he spoke of everichon,/ Thise noble wyves and thise loveres eek./ Who-so that wol his large volume seek/ Cleped the Seintes Legende of Cupyde,/ Ther may he seen the large woundes wyde/ Of Lucresse, and of Babilan Tisbee;/ The swerd of Dido for the false Enee;/ The tree of Phillis for hir Demophon;/ The pleinte of

a descer da montanha para o vale. Não é à toa que Sêneca e muitos outros filósofos lamentam mais a perda de tempo que a do ouro no cofre. 'Os bens que se vão podem ser recuperados; mas o tempo que se gasta atinge a nós bem no fundo', disse ele, pois não volta nunca mais, assim como não volta a virgindade que Malkin[77] perdeu por sua luxúria. Por isso, não vamos ficar mofando no ócio.

"Senhor Magistrado", chamou ele, "Deus o proteja! Conte-nos uma história, conforme foi acertado. Por seu livre assentimento, o senhor concordou em aceitar o meu juízo neste caso. Quite agora o seu compromisso, cumprindo assim, pelo menos, a sua obrigação."

"*Depardieux*,[78] Albergueiro, só posso anuir plenamente", respondeu o Magistrado. "Jamais me passou pela cabeça quebrar minha palavra. Promessa é dívida! E eu lhe asseguro que é com o maior prazer que pretendo desincumbir-me desse encargo. Afinal, pelo direito, quem dita leis aos outros deve igualmente submeter-se a elas. É o que determina o texto de nosso código.

"O único problema é que não consigo pensar em alguma história aproveitável que Chaucer, com muita espertaza, já não tenha contado no velho inglês que ele sabe, com aquelas suas métricas e rimas canhestras — como ninguém ignora. Pois é, caro irmão! E as histórias que ele não contou em um livro, contou em outro. Na verdade, ele escreveu, aqui e acolá, sobre mais amantes do que o próprio Ovídio menciona em suas *Epístolas*, que são tão antigas. Como é que agora eu posso contá-las, se todas já foram contadas?

"Na juventude, escreveu ele sobre Ceix e Alcíone;[79] depois, falou sobre todas as demais — nobres esposas, mulheres enamoradas. Quem consultar seu grosso volume sobre as mártires de Cupido, *A Legenda das Mulheres Exemplares*, verá as largas e profundas feridas de Lucrécia e da babilônica Tisbe, a espada fatal de Dido por causa do falso Eneias, a

---

[77] Originalmente a palavra significava "mulher que trabalha na cozinha", mais tarde passou a significar "mulher relaxada" e, por associação, proverbialmente, "mulher devassa". (N. da E.)

[78] Corruptela de *De part Dieu*, isto é, "em nome de Deus". (N. da E.)

[79] A história de Ceix e Alcíone se encontra em *O Livro da Duquesa*, de autoria do próprio Chaucer. Quanto às "mártires de Cupido" mencionadas a seguir, nem sempre há uma correspondência perfeita entre as que são aqui enumeradas e as que efetivamente figuram na *Legenda das Mulheres Exemplares*, também de Chaucer. (N. do T.)

Dianire and Hermion,/ Of Adriane and of Isiphilee;/ The bareyne yle stonding in the see;/ The dreynte Leander for his Erro;/ The teres of Eleyne, and eek the wo/ Of Brixseyde, and of thee, Ladomëa;/ The crueltee of thee, queen Medëa,/ Thy litel children hanging by the hals/ For thy Iason, that was of love so fals!/ O Ypermistra, Penelopee, Alceste,/ Your wyfhod he comendeth with the beste!/

But certeinly no word ne wryteth he/ Of thilke wikke ensample of Canacee,/ That lovede hir owne brother sinfully;/ Of swiche cursed stories I sey 'fy';/ Or elles of Tyro Apollonius,/ How that the cursed king Antiochus/ Birafte his doghter of hir maydenhede,/ That is so horrible a tale for to rede,/ Whan he hir threw up-on the pavement./ And therfor he, of ful avysement,/ Nolde never wryte in none of his sermouns/ Of swiche unkinde abhominaciouns,/ Ne I wol noon reherse, if that I may./

But of my tale how shal I doon this day?/ Me were looth be lykned, doutelees,/ To Muses that men clepe Pierides —/ *Metamorphoseos* wot what I mene: —/ But nathelees, I recche noght a bene/ Though I come after him with hawe-bake;/ I speke in prose, and lat him rymes make.'/

And with that word he, with a sobre chere,/ Bigan his tale, as ye shal after here./

The Prologe of the Mannes Tale of Lawe.

> O hateful harm! condicion of poverte!
> With thurst, with cold, with hunger so confounded!
> To asken help thee shameth in thyn herte;
> If thou noon aske, with nede artow so wounded,
> That verray nede unwrappeth al thy wounde hid!
> Maugree thyn heed, thou most for indigence
> Or stele, or begge, or borwe thy despence!

árvore em que Elide se transformou pelo seu Demofoonte, os prantos de Dejanira bem como os de Hermíone, as lágrimas de Hipsípile e as de Ariadne, na ilha deserta em meio ao mar, Leandro a se afogar por sua Hero, as angústias de Helena, os sofrimentos de Briseida e Laodamia, e a crueldade de Medeia ao enforcar os próprios filhos por causa de Jasão, falso no amor! Oh Hipermnestra, Penélope, Alceste, também os seus louvores por ele foram lembrados!

"Mas — que a verdade seja dita! — jamais ele escreveu uma palavra sequer sobre o mau exemplo de Cânace, que amou pecaminosamente seu irmão (uma vergonha, digo eu, são os contos desse tipo); também jamais narrou, com base em Apolônio de Tiro, como o maldito rei Antíoco deflorou a própria filha (uma história horrível, impossível de se ler)...[80] E quando ela se pôs a chorar, ele a jogou ao chão! Muito consciencioso, portanto, ele nunca relatou em seus escritos essas abominações antinaturais. E, se puder evitá-las, eu é que não vou aqui reproduzi-las.

"Que história, porém, eu poderei contar? Como não tenho, podem crer, a pretensão de ser comparado às Musas, conhecidas por Piérides (*As Metamorfoses* de Ovídio sabem o que quero dizer); e como, por outro lado, não me importo nem um pouco em ter que vir atrás de Chaucer com uma mísera tigela de pelancas, vou narrar alguma coisa em prosa e deixar as rimas para ele."

E, assim dizendo, franziu a testa, e começou a história que ouvirão a seguir.

Prólogo do Conto do Magistrado.

Pobreza odiosa, oh triste condição!
É fome e frio e sede misturados!
Pedir auxílio é grande humilhação;
Não pedir, é sentir nos teus costados
A chaga exposta dos necessitados!
Quem vive na indigência que desola
Toma emprestado, ou rouba, ou pede esmola!

---

[80] Com esta repulsa, verdadeira ou fingida, às histórias de incesto, Chaucer parece

Thou blamest Crist, and seyst ful bitterly,
He misdeparteth richesse temporal;
Thy neighebour thou wytest sinfully,
And seyst thou hast to lyte, and he hath al.
'Parfay,' seistow, 'somtyme he rekne shal,
Whan that his tayl shal brennen in the glede,
For he noght helpeth needfulle in hir nede.'

Herkne what is the sentence of the wyse: —
'Bet is to dyën than have indigence;'
Thy selve neighebour wol thee despyse;
If thou be povre, farwel thy reverence!
Yet of the wyse man tak this sentence: —
'Alle the dayes of povre men ben wikke;'
Be war therfor, er thou come in that prikke!

If thou be povre, thy brother hateth thee,
And alle thy freendes fleen fro thee, alas!
O riche marchaunts, ful of wele ben ye,
O noble, o prudent folk, as in this cas!
Your bagges been nat filled with ambes as,
But with sis cink, than renneth for your chaunce;
At Cristemasse merie may ye daunce!

Ye seken lond and see for your winninges,
As wyse folk ye knowen al thestaat
Of regnes; ye ben fadres of tydinges
And tales, bothe of pees and of debat.
I were right now of tales desolat,
Nere that a marchaunt, goon is many a yere,
Me taughte a tale, which that ye shal here.

Condenas Cristo amarguradamente,
Vendo que há gente bem aquinhoada;
Acusas teu vizinho injustamente,
Porque tem tudo enquanto não tens nada;
"A conta", dizes tu, "será ajustada
Quando em brasas teu rabo for cozido,
Porque nunca ajudaste ao desvalido."

As palavras do sábio ouve e sopesa:
"Melhor morrer que à fome estar sujeito";
"O teu próprio vizinho te despreza".
Se fores pobre, adeus todo respeito!
Por isso é que há também este preceito:
"Aos pobres todo dia é um desaponto".
Cuidado, pois! Não chegues a esse ponto!

Se acaso és pobre, teu irmão te odeia,
Evitam-te os amigos... Ai, coitado!
Oh mercadores, com a bolsa cheia,
Nobres e hábeis, bem outro é vosso fado!
Não tirais só um ponto em cada dado,
Mas cinco e seis, ganhando sempre mais.
Por isso, alegres, no Natal dançais!

Por terra e mar buscais vossas divícias;
Os reinos conheceis, ponto por ponto;
Vós sois os portadores de notícias
E de histórias de paz e de confronto.
Eu mesmo não teria agora um conto,
Se um mercador, nem sei de que lugar,
Não me houvesse ensinado o que contar.

ter visado ao poeta e amigo John Gower, que abordou tais temas em sua obra *Confessi Amantis*. Por seu turno, a obra de Gower serviria, mais tarde, de fonte para Shakespeare e George Wilkins, na composição da peça *Péricles, Príncipe de Tiro*. (N. do T.)

Here beginneth the Man of Lawe his Tale.

I

In Surrie whylom dwelte a companye/ Of chapmen riche, and therto sadde and trewe,/ That wyde-wher senten her spycerye,/ Clothes of gold, and satins riche of hewe;/ Her chaffar was so thrifty and so newe,/ That every wight hath deyntee to chaffare/ With hem, and eek to sellen hem hir ware.//
Now fel it, that the maistres of that sort/ Han shapen hem to Rome for to wende;/ Were it for chapmanhode or for disport,/ Nan other message wolde they thider sende,/ But comen hem-self to Rome, this is the ende;/ And in swich place, as thoughte hem avantage/ For her entente, they take her herbergage.// Soiourned han thise marchants in that toun/ A certein tyme, as fel to hir plesance./ And so bifel, that thexcellent renoun/ Of themperoures doghter, dame Custance,/ Reported was, with every circumstance,/ Un-to thise Surrien marchants in swich wyse,/ Fro day to day, as I shal yow devyse.// This was the commune vois of every man —/
'Our Emperour of Rome, god him see,/ A doghter hath that, sin the world bigan,/ To rekne as wel hir goodnesse as beautee,/ Nas never swich another as is she;/ I prey to god in honour hir sustene,/ And wolde she were of al Europe the quene.// In hir is heigh beautee, with-oute pryde,/ Yowthe, with-oute grenehede or folye;/ To alle hir werkes vertu is hir gyde,/ Humblesse hath slayn in hir al tirannye./ She is mirour of alle curteisye;/ Hir herte is verray chambre of holinesse,/ Hir hand, ministre of fredom for almesse.'// And al this vois was soth, as god is trewe,/
But now to purpos lat us turne agayn;/ Thise marchants han doon fraught hir shippes newe,/ And, whan they han this blisful mayden seyn,/ Hoom to Surryë been they went ful fayn,/ And doon her nedes as they han don yore,/ And liven in wele; I can sey yow no more.//

Aqui inicia o Magistrado seu Conto.

I

Vivia outrora na Síria um grupo de ricos mercantes, sérios e honestos, que mandavam para todas as partes do mundo as suas especiarias, os seus panos de ouro e os seus cetins de belas cores. Suas mercadorias costumavam ser tão úteis e tão novas que, comprando ou vendendo, era sempre um prazer negociar com eles.

Aconteceu então que os chefes daquela confraternidade resolveram ir a Roma, não sei se para negócios ou para recreio. Não enviaram intermediários; foram lá pessoalmente. E, lá chegando, hospedaram-se num lugar que julgaram conveniente a seus propósitos. Demorando-se algum tempo naquela cidade, como pretendiam, acabou chegando ao conhecimento desses mercadores sírios a excelente fama da filha do Imperador, a senhora Constância,[81] de quem todo dia ouviam falar um pouco. Eis o que, a uma só voz, todos diziam:

"Nosso Imperador de Roma — Deus o guarde! — tem uma filha que, pela sua formosura e sua bondade, não encontra rival no mundo. Pedimos a Deus que proteja a sua honra, e que um dia ela possa ser rainha de toda a Europa. Possui beleza sem orgulho; juventude, sem estouvamento ou imaturidade; em tudo o que faz, guia-se pela virtude; nela, a humildade matou a prepotência. É o verdadeiro espelho da gentileza; seu coração é a morada dos sentimentos santos; sua mão é o agente da caridade." E verdadeiro era tudo isso, como Deus é verdadeiro.

Mas voltemos à história. Depois que os mercadores carregaram de novo os seus navios, e depois que viram a abençoada donzela, retornaram felizes para a Síria, onde, pelo que sei dizer, fizeram os negócios de costume e viveram, como sempre, na riqueza.

Acontece, porém, que eles se achavam nas boas graças do Sultão daquele país, o qual, toda vez que regressavam de uma viagem ao estrangeiro, costumava, com sua generosa cortesia, recebê-los alegremente,

---

[81] Na versão de John Gower, a heroína era filha de Tibério Constantino, que, em 578 d.C., se tornou Imperador Romano do Oriente (com sede em Constantinopla, e não em Roma). Sua filha, chamada Constantina, foi dada em casamento a Maurício de Capadócia, que, em 582, o sucedeu no trono de Bizâncio. (N. do T.)

Now fel it, that thise marchants stode in grace/ Of him, that was the sowdan of Surrye;/ For whan they came from any strange place,/ He wolde, of his benigne curteisye,/ Make hem good chere, and bisily espye/ Tydings of sondry regnes, for to lere/ The wondres that they mighte seen or here.// Amonges othere thinges, specially/ Thise marchants han him told of dame Custance,/ So gret noblesse in ernest, ceriously,/ That this sowdan hath caught so gret plesance/ To han hir figure in his remembrance,/ That al his lust and al his bisy cure/ Was for to love hir whyl his lyf may dure.//

Paraventure in thilke large book/ Which that men clepe the heven, y-writen was/ With sterres, whan that he his birthe took,/ That he for love shulde han his deeth, allas!/ For in the sterres, clerer than is glas,/ Is writen, god wot, who-so coude it rede,/ The deeth of every man, withouten drede.// In sterres, many a winter ther-biforn,/ Was writen the deeth of Ector, Achilles,/ Of Pompey, Iulius, er they were born;/ The stryf of Thebes; and of Ercules,/ Of Sampson, Turnus, and of Socrates/ The deeth; but mennes wittes been so dulle,/ That no wight can wel rede it atte fulle.//

This sowdan for his privee conseil sente,/ And, shortly of this mater for to pace,/ He hath to hem declared his entente,/ And seyde hem certein, 'but he mighte have grace/ To han Custance with-inne a litel space,/ He nas but deed;' and charged hem, in hye,/ To shapen for his lyf som remedye.// Diverse men diverse thinges seyden;/ They argumenten, casten up and doun;/ Many a subtil resoun forth they leyden,/ They speken of magik and abusioun;/ But finally, as in conclusioun,/ They can not seen in that non avantage,/ Ne in non other wey, save mariage.// Than sawe they ther-in swich difficultee/ By wey of resoun, for to speke al playn,/ By-cause that ther was swich diversitee/ Bitwene hir bothe lawes, that they sayn,/ They trowe 'that no cristen prince wolde fayn/ Wedden his child under oure lawes swete/ That us were taught by Mahoun our prophete.'// And he answerde, 'rather than I lese/ Custance, I wol be cristned doutelees;/ I mot ben hires, I may non other chese./ I prey yow holde your arguments in pees;/ Saveth my lyf, and beeth noght recchelees/ To geten hir that hath my lyf in cure;/ For in this wo I may not longe endure.'//

What nedeth gretter dilatacioun?/ I seye, by tretis and embassadrye,/ And by the popes mediacioun,/ And al the chirche, and al the chivalrye,/ That, in destruccioun of Maumetrye,/ And in encrees of Cristes lawe dere,/ They ben acorded, so as ye shal here;// How that the sowdan and his baronage/ And alle his liges shulde y-cristned be,/ And he shal han Custance in mariage,/ And certein gold, I noot what quantitee,/ And

inquirindo-os, curioso a respeito dos diversos reinos, a fim de saber das maravilhas que haviam visto e ouvido. Entre outras coisas, os comerciantes falaram-lhe especialmente da senhora Constância, elogiando tanto a sua grande nobreza, e com tantos pormenores, que o soberano, perdido em devaneios, ficou a imaginar os seus encantos, nada mais desejando ou pretendendo que amá-la pelo resto de seus dias.

Infelizmente, porém, naquele grande livro que os homens chamam de céu, os astros, na hora em que o Sultão nascera, haviam escrito — oh desgraça! — que para ele o amor seria a morte. Pois é nas estrelas, por Deus, que sem dúvida está gravada, mais transparente que o vidro (para o homem que sabe lê-las), a morte de todos nós. Antes de muitos invernos, antes mesmo que nascessem, estava já previsto o fim de Heitor, de Aquiles, de Pompeu, de Júlio César; lá estava a guerra de Tebas; lá as mortes de Hércules, de Sansão, de Sócrates e de Turno... Mas a mente do homem é muito embotada para decifrá-las por completo.

O Sultão reuniu em seguida o Conselho e, para não nos alongarmos neste assunto, expôs os seus propósitos, declarando que, se ele não pudesse ter a graça de logo desposar Constância, por certo morreria. Pediu-lhes então que encontrassem depressa um modo de salvar-lhe a vida. Pessoas diferentes disseram coisas diferentes; trocaram argumentos, a favor e contra; desenvolveram sutilmente diversos raciocínios; falaram de magia e encantamento. Por fim, chegaram à conclusão de que nenhum remédio havia, a não ser o matrimônio. Entretanto, para se falar com clareza, viram também que, do ponto de vista prático, uma grande dificuldade surgia na diferença das duas religiões, pois acreditavam "que nenhum príncipe cristão aceitaria casar sua filha sob as doces leis que nos foram ensinadas por Maomé, nosso profeta". Disse então o soberano: "Para não perder Constância, prefiro ser batizado. Tenho que ser dela; não posso escolher outra. Por favor, ponde de lado os argumentos; salvai a minha vida, cuidando de trazer-me aquela que será a minha cura, pois não suporto mais esta dor".

Para que deter-me neste ponto? Direi apenas que, através de embaixadores e tratados, e pela mediação do Papa — com o apoio da Igreja e da Cavalaria, ambas interessadas na destruição da idolatria e na propagação da santa lei de Cristo — chegaram finalmente a um acordo. Pelos seus termos, o Sultão, os seus barões e todos os seus demais súditos seriam batizados; depois disso, receberia ele a mão de Constância, juntamente com certa quantia em ouro (não sei precisar o montante), julgada

her-to founden suffisant seurtee;/ This same acord was sworn on eyther syde;/ Now, faire Custance, almighty god thee gyde!//

Now wolde som men waiten, as I gesse,/ That I shulde tellen al the purveyance/ That themperour, of his grete noblesse,/ Hath shapen for his doghter dame Custance./ Wel may men knowe that so gret ordinance/ May no man tellen in a litel clause/ As was arrayed for so heigh a cause.// Bisshopes ben shapen with hir for to wende,/ Lordes, ladyes, knightes of renoun,/ And other folk y-nowe, this is the ende;/ And notifyed is thurgh-out the toun/ That every wight, with gret devocioun,/ Shulde preyen Crist that he this mariage/ Receyve in gree, and spede this viage.//

The day is comen of hir departinge,/ I sey, the woful day fatal is come,/ That ther may be no lenger taryinge,/ But forthward they hem dressen, alle and some;/ Custance, that was with sorwe al overcome,/ Ful pale arist, and dresseth hir to wende;/ For wel she seeth ther is non other ende.//

Allas! what wonder is it though she wepte,/ That shal be sent to strange nacioun/ Fro freendes, that so tendrely hir kepte,/ And to be bounden under subieccioun/ Of oon, she knoweth not his condicioun./ Housbondes been alle gode, and han ben yore,/ That knowen wyves, I dar say yow no more.//

'Fader,' she sayde, 'thy wrecched child Custance,/ Thy yonge doghter, fostred up so softe,/ And ye, my moder, my soverayn plesance/ Over alle thing, out-taken Crist on-lofte,/ Custance, your child, hir recomandeth ofte/ Un-to your grace, for I shal to Surryë,/ Ne shal I never seen yow more with yë.// Allas! un-to the Barbre nacioun/ I moste anon, sin that it is your wille;/ But Crist, that starf for our redempcioun,/ So yeve me grace, his hestes to fulfille;/ I, wrecche womman, no fors though I spille./ Wommen are born to thraldom and penance,/ And to ben under mannes governance.'//

I trowe, at Troye, whan Pirrus brak the wal/ Or Ylion brende, at Thebes the citee,/ Nat Rome, for the harm thurgh Hanibal/ That Romayns hath venquisshed tymes thre,/ Nas herd swich tendre weping for pitee/ As in the chambre was for hir departinge;/ Bot forth she moot, wher-so she wepe or singe.//

O firste moevyng cruel firmament,/ With thy diurnal sweigh that

suficiente garantia. Ambos os lados juraram o acordo. E agora, bela Constância, que Deus todo-poderoso te guie!

Creio que alguns esperam que eu descreva agora todas as provisões que o Imperador, em sua nobreza, fez para sua filha, a senhora Constância. Pode-se bem imaginar, contudo, que uma preparação dessa ordem, com vistas a tão elevada causa, não pode ser relatada em poucas palavras. Limitar-me-ei, portanto, a dizer que muitos bispos, fidalgos, damas, cavaleiros de renome e várias outras pessoas foram designados para acompanharem a noiva; e que se proclamou pela cidade que todos os cidadãos deveriam orar devotamente, pedindo a Cristo que abençoasse o casamento e favorecesse a viagem.

Por fim, chegou o dia da partida; por fim, digo, chegou o lúgubre dia fatal, em que, sem mais delongas, todos deviam pôr-se a caminho. Constância, vencida pela tristeza, levantou-se pálida, e, como não havia outro jeito, aprontou-se para as despedidas.

Ai, não é de se admirar que ela chorasse! Afinal, não estava para ser mandada a uma nação estranha, longe das amigas que a tratavam com ternura, a fim de submeter-se ao jugo de um homem cujo caráter desconhecia? Os maridos são tão bons, e sempre o foram... As mulheres que o digam. Quanto a mim, não digo nada!

"Pai", disse ela, "que com tanto carinho criaste tua jovem filha, tua infeliz criança; e tu, minha mãe, meu maior consolo em todas as coisas, com exceção de Jesus na altura; Constância recomenda a si própria à vossa graça, pois devo ir para a Síria e nunca mais voltar a pôr os olhos em vós. Ai, por vossa vontade, devo viver numa nação bárbara... Que Cristo, que morreu por nossa redenção, me dê forças para seguir os mandamentos seus! Pobre de mim, se eu morresse, quem iria se importar com isso? As mulheres nascem para a servidão e o sofrimento, tendo que curvar-se aos desejos dos homens."

Penso que nem mesmo em Troia, quando Pirro irrompeu pela muralha ou quando Ílio ardeu em chamas, nem mesmo em Tebas, nem mesmo em Roma, ameaçada por Aníbal, que havia imposto três derrotas aos romanos, se ouviu pranto tão triste e comovente como em seu quarto, por esta separação. Mas, chorando ou cantando, ela tinha que partir.

Oh Motor Primeiro,[82] oh cruel firmamento, que, com teu movimen-

---

[82] No sistema ptolomaico, o *Primum Mobile*, ou Motor Primeiro, a esfera que fica

O Conto do Magistrado

crowdest ay/ And hurlest al from Est til Occident,/ That naturelly wolde holde another way,/ Thy crowding set the heven in swich array/ At the beginning of this fiers viage,/ That cruel Mars hath slayn this mariage.// Infortunat ascendent tortuous,/ Of which the lord is helples falle, allas!/ Out of his angle in-to the derkest hous./ O Mars, O Atazir, as in this cas!/ O feble mone, unhappy been thy pas!/ Thou knittest thee ther thou art nat receyved,/ Ther thou were weel, fro thennes artow weyved.// Imprudent emperour of Rome, allas!/ Was ther no philosophre in al thy toun?/ Is no tyme bet than other in swich cas?/ Of viage is ther noon eleccioun,/ Namely to folk of heigh condicioun,/ Nat whan a rote is of a birthe y-knowe?/ Allas! we ben to lewed or to slowe.//

To shippe is brought this woful faire mayde/ Solempnely, with every circumstance./ 'Now Iesu Crist be with yow alle,' she sayde;/ Ther nis namore but 'farewel! faire Custance!'/ She peyneth hir to make good countenance,/ And forth I lete hir sayle in this manere,/ And turne I wol agayn to my matere.//

The moder of the sowdan, welle of vyces,/ Espyëd hath hir sones pleyn entente,/ How he wol lete his olde sacrifyces,/ And right anon she for hir conseil sente;/ And they ben come, to knowe what she mente./ And when assembled was this folk in-fere,/ She sette hir doun, and sayde as ye shal here.// 'Lordes,' quod she, 'ye knowen everichon,/ How that my sone in point is for to lete/ The holy lawes of our *Alkaron*,/ Yeven by goddes message Makomete./ But oon avow to grete god I hete,/ The lyf shal rather out of my body sterte/ Than Makometes lawe out of myn herte!// What shulde us tyden of this newe lawe/ But thraldom to our bodies and penance?/ And afterward in helle to be drawe/ For we reneyed Mahoun our creance?/ But, lordes, wol ye maken assurance,/

to diurno, empurras e compeles do oriente para o oeste tudo o que, naturalmente, se inclina para a direção oposta, foi tua força que dispôs no céu, no início desta árdua viagem, o fero Marte, para arruinar tal matrimônio. Infortunada ascensão tortuosa dos signos, foste tu que levaste o planeta regente de Áries — ai! — a cair desamparado de seu ângulo para a sua outra casa, mais escura, sob o signo de Escorpião! Oh Marte, oh atazir, oh configuração maléfica! Oh Lua debilitada, em posição infeliz! Entraste em conjunção com Marte onde não és recebida, e foste expulsa de onde estarias bem! Ah, imprudente Imperador de Roma! Não havia astrólogos em tua cidade? Será mesmo que todas as épocas são igualmente favoráveis? Será que não há como verificar a hora propícia para uma viagem, principalmente para as de pessoas de alta condição? A hora natal da jovem não era conhecida? Ai, como somos atrasados ou morosos!

Para o navio foi levada a triste e formosa donzela, em meio a solenes pompas. "Que Jesus fique convosco", disse ela; ao que responderam todos: "Adeus, bela Constância!". Era-lhe impossível esconder sua amargura. E a navegar eu a deixo, para de novo tomar o fio de minha meada.

A mãe do Sultão, que era um poço de maldade, sabendo do claro intuito do filho de abandonar os velhos sacrifícios, convocou imediatamente o seu Conselho, que logo se apresentou para saber o que queria. Assim que viu sua gente reunida, ela sentou-se e disse o que se segue: "Senhores, todos vós sabeis que meu filho está prestes a renunciar às santas leis do nosso *Corão*, transmitidas a nós por Maomé, o mensageiro de Deus. Faço, porém, ao grande Alá este voto: será mais fácil a vida deixar este meu corpo, que a fé islâmica deixar meu coração! Com efeito, que podemos nós esperar da nova crença, a não ser a escravidão e a penitência para os nossos corpos e, depois, a punição do inferno por haver-

---

acima do céu das estrelas fixas, imprime aos astros um movimento do oriente para o ocidente, quando a inclinação natural de todos eles é a de mover-se do ocidente para o oriente. É a força desse Motor Primeiro (a que, na parte IV de "O Conto do Cavaleiro", Teseu também alude) que, movendo os corpos celestes, determina as configurações astrais e, por conseguinte, a nossa sorte. É o que acontece em "O Conto do Magistrado", quando o planeta Marte, regente do signo de Áries, ligado à 1ª Casa, e de Escorpião, ligado à 8ª Casa, é levado a esta última, que é a Casa da Morte. E é esse o atazir que pesa sobre o matrimônio de Constância. Atazir é palavra de origem árabe, que significa "influência", sendo utilizada nos tratados astrológicos, por vezes, para designar os processos de cálculo das posições e influências planetárias, por vezes, para definir o planeta especificamente relacionado a determinada conjunção astral. (N. do T.)

As I shal seyn, assenting to my lore,/ And I shall make us sauf for evermore?'//

They sworen and assenten, every man,/ To live with hir and dye, and by hir stonde;/ And everich, in the beste wyse he can,/ To strengthen hir shal alle his freendes fonde;/ And she hath this empryse y-take on honde,/ Which ye shal heren that I shal devyse,/ And to hem alle she spak right in this wyse.// 'We shul first feyne us cristendom to take,/ Cold water shal not greve us but a lyte;/ And I shal swich a feste and revel make,/ That, as I trowe, I shal the sowdan quyte./ For though his wyf be cristned never so whyte,/ She shal have nede to wasshe awey the rede,/ Thogh she a font-ful water with hir lede.'//

O sowdanesse, rote of iniquitee,/ Virago, thou Semyram the secounde,/ O serpent under femininitee,/ Lyk to the serpent depe in helle y-bounde,/ O feyned womman, al that may confounde/ Vertu and innocence, thurgh thy malyce,/ Is bred in thee, as nest of every vyce!// O Satan, envious sin thilke day/ That thou were chased from our heritage,/ Wel knowestow to wommen the olde way!/ Thou madest Eva bringe us in servage./ Thou wolt fordoon this cristen mariage./ Thyn instrument so, weylawey the whyle!/ Makestow of wommen, whan thou wolt begyle.//

This sowdanesse, whom I thus blame and warie,/ Leet prively hir conseil goon hir way./ What sholde I in this tale lenger tarie?/ She rydeth to the sowdan on a day,/ And seyde him, that she wolde reneye hir lay,/ And cristendom of preestes handes fonge,/ Repenting hir she hethen was so longe,// Biseching him to doon hir that honour,/ That she moste han the cristen men to feste;/ 'To plesen hem I wol do my labour.'/ The sowdan seith, 'I wol don at your heste,'/ And kneling thanketh hir of that requeste./ So glad he was, he niste what to seye;/ She kiste hir sone, and hoom she gooth hir weye.//

II

Arryved ben this cristen folk to londe,/ In Surrie, with a greet solempne route,/ And hastily this sowdan sente his sonde,/ First to his moder, and al the regne aboute,/ And seyde, his wyf was comen, out of doute,/ And preyde hir for to ryde agayn the quene,/ The honour of his regne to sustene.// Gret was the prees, and riche was tharray/ Of

mos renegado a nossa fé? Senhores, se prometerdes agir segundo a minha orientação, garanto a todos a salvação eterna!".

Todos então concordaram e juraram viver e morrer com ela, ficando sempre a seu lado, e tudo fazendo para o crescimento de sua força pela adesão de todos os seus amigos. E ela aí tomou nas mãos a empresa que ora passo a descrever, conforme o que explicou a seus sequazes: "Primeiro fingiremos aceitar o cristianismo... A água fria não vai nos fazer tanto mal! Depois, prepararei um banquete e uma festa a fim de, espero, poder enganar o Sultão. E lá, mesmo que sua esposa esteja branca e imaculada pela graça do batismo, não terá água bastante para lavar o vermelho, ainda que traga consigo uma fonte a transbordar".

Oh Sultana, raiz da iniquidade! Megera, Semíramis segunda! Oh víbora de rosto feminino, como a serpente que está presa lá no inferno! Oh mulher falsa, tudo o que, pela força do mal, destrói virtude e inocência, foi em ti que se gerou, ninho de todos os vícios! Oh Satã, despeitado desde o dia em que te expulsaram de nossa herança, conheces o velho caminho para chegar à mulher! Tu fizeste Eva nos transformar em escravos; e agora és tu quem almeja destruir aquelas núpcias cristãs. E como sempre — oh miséria! — quando pretendes trair, teu instrumento é a mulher.

A Sultana, que aqui condeno e maldigo, dispensou a seguir o seu Conselho. Mas por que devo demorar-me nesta história? Cavalgou ela um dia ao encontro do Sultão. Declarou-lhe que queria deixar a sua fé e receber o cristianismo das mãos de um sacerdote, arrependendo-se de ter sido pagã por tanto tempo; depois, solicitou ao soberano a honra de permitir-lhe dar uma festa aos cristãos, pois, assegurou, "tudo quero fazer para agradá-los". Respondeu-lhe o Sultão: "Assim será!". E ajoelhou-se diante dela para agradecer-lhe; nem sabia o que dizer, de tanto contentamento. Ela então beijou o filho, e voltou para a sua casa.

II

Quando os cristãos lançaram âncoras na Síria, com toda a sua ilustre comitiva, o Sultão enviou mensageiros para anunciar a todo o país a chegada da esposa, e, primeiramente, à sua mãe, rogando-lhe que fosse saudar a rainha e recebê-la com honras, em nome de seu reino. A multidão no porto era enorme, e tanto os sírios quanto os romanos enverga-

Surriens and Romayns met y-fere;/ The moder of the sowdan, riche and gay,/ Receyveth hir with al-so glad a chere/ As any moder mighte hir doghter dere,/ And to the nexte citee ther bisyde/ A softe pas solempnely they ryde.//

Noght trowe I the triumphe of Iulius,/ Of which that Lucan maketh swich a bost,/ Was royaller, ne more curious/ Than was thassemblee of this blisful host./ But this scorpioun, this wikked gost,/ The sowdanesse, for al hir flateringe,/ Caste under this ful mortally to stinge.//

The sowdan comth him-self sone after this/ So royally, that wonder is to telle,/ And welcometh hir with alle Ioye and blis./ And thus in merthe and Ioye I lete hem dwelle./ The fruyt of this matere is that I telle./ Whan tyme cam, men thoughte it for the beste/ That revel stinte, and men goon to hir reste.//

The tyme cam, this olde sowdanesse/ Ordeyned hath this feste of which I tolde,/ And to the feste cristen folk hem dresse/ In general, ye! bothe yonge and olde./ Here may men feste and royaltee biholde,/ And deyntees mo than I can yow devyse,/ But al to dere they boughte it er they ryse.//

O sodeyn wo! that ever art successour/ To worldly blisse, spreynd with bitternesse;/ Thende of the Ioye of our worldly labour;/ Wo occupieth the fyn of our gladnesse./ Herke this conseil for thy sikernesse,/ Up-on thy glade day have in thy minde/ The unwar wo or harm that comth bihinde.//

For shortly for to tellen at o word,/ The sowdan and the cristen everichone/ Ben al to-hewe and stiked at the bord,/ But it were only dame Custance allone./ This olde sowdanesse, cursed crone,/ Hath with hir frendes doon this cursed dede,/ For she hir-self wolde al the contree lede.// Ne ther was Surrien noon that was converted/ That of the conseil of the sowdan woot,/ That he nas al to-hewe er he asterted./ And Custance han they take anon, foot-hoot,/ And in a shippe al sterelees, god woot,/ They han hir set, and bidde hir lerne sayle/ Out of Surrye agaynward to Itayle.// A certein tresor that she thider ladde,/ And, sooth to sayn, vitaille gret plentee/ They han hir yeven, and clothes eek she hadde,/ And forth she sayleth in the salte see./ O my

228   The Tale of the Man of Lawe

vam trajes esplendorosos. A mãe do Sultão, demonstrando regozijo e ostentando opulência, recepcionou a donzela com o sorriso de uma mãe quando revê a filha amada. Depois, a passo cadenciado, em solene cavalgada, foram todos à cidade, que não ficava longe.

Duvido que o triunfo de César, tão decantado por Lucano,[83] tenha sido mais nobre e majestoso que o cortejo formado pela ditosa companhia... Pena que a Sultana, esse escorpião, esse espírito maligno, estivesse preparando, sob a capa da afabilidade, aquele golpe mortal!

Logo em seguida, o próprio Sultão apareceu — vestido com tal riqueza que sua simples descrição já causaria assombro — e, feliz e jubiloso, deu as boas-vindas à noiva. Assim eu os deixo, no riso e na ventura, pois quero apenas o fruto, a essência desta história. E, quando acharam que era hora de encerrarem os festejos, foram todos descansar.

Chegado o dia em que a velha Sultana ia dar o banquete de que falei, para lá acorreram todos os cristãos, jovens e idosos. Podia-se ver ali magnificência e júbilo, e iguarias requintadas que nem posso descrever. Mas pagaram muito caro por tudo isso!

Oh dor inesperada, salpicada de amargura, sempre a suceder os prazeres deste mundo! Oh término da alegria das nossas lides terrenas! É sempre o sofrimento o fim dos regozijos. Para a tua segurança, atenta a este conselho: no teu dia feliz, lembra o mal e o infortúnio repentino que atrás dele hão de seguir.

Pois, para ser conciso, direi, numa palavra, que o Sultão e todos os cristãos foram apunhalados e trucidados à mesa, com exceção da senhora Constância. E tudo por obra da velha Sultana, aquela maldita bruxa — juntamente com os seus comparsas —, para satisfazer a ambição de governar sozinha o país. Não houve na Síria um convertido sequer, um seguidor das ideias do Sultão, que não tivesse sido retalhado antes que pudesse fugir. Quanto a Constância, colocaram-na, mais que depressa, num barco sem remos e, por Deus, disseram-lhe que encontrasse um jeito de velejar de volta para a Itália. A bem da verdade, devolveram-lhe uma parte do tesouro que trouxera, e também forneceram-lhe boa provisão de alimentos. Com isso, e com as roupas que tinha, lá se foi ela à deriva pelo mar salgado... Oh minha Constância, cheia de bondade, oh

---

[83] Tal triunfo, na verdade, não é mencionado por Lucano (39-65 d.C.), que, em sua epopeia inacabada, a *Farsália* (canto III), lamenta que César não tenha triunfado. (N. da E.)

Custance, ful of benignitee,/ O emperoures yonge doghter dere,/ He that is lord of fortune be thy stere!///

She blesseth hir, and with ful pitous voys/ Un-to the croys of Crist thus seyde she,/ 'O clere, o welful auter, holy croys,/ Reed of the lambes blood full of pitee,/ That wesh the world fro the olde iniquitee,/ Me fro the feend, and fro his clawes kepe,/ That day that I shal drenchen in the depe.// Victorious tree, proteccioun of trewe,/ That only worthy were for to bere/ The king of heven with his woundes newe,/ The whyte lamb, that hurt was with the spere,/ Flemer of feendes out of him and here/ On which thy limes feithfully extenden,/ Me keep, and yif me might my lyf tamenden.'//

Yeres and dayes fleet this creature/ Thurghout the see of Grece un-to the strayte/ Of Marrok, as it was hir aventure;/ On many a sory meel now may she bayte;/ After her deeth ful often may she wayte,/ Er that the wilde wawes wole hir dryve/ Un-to the place, ther she shal arryve.//

Men mighten asken why she was not slayn?/ Eek at the feste who mighte hir body save?/

And I answere to that demaunde agayn,/ Who saved Daniel in the horrible cave,/ Ther every wight save he, maister and knave,/ Was with the leoun frete er he asterte?/ No wight but god, that he bar in his herte.// God liste to shewe his wonderful miracle/ In hir, for we sholde seen his mighty werkes;/ Crist, which that is to every harm triacle,/ By certein menes ofte, as knowen clerkes,/ Doth thing for certein ende that ful derk is/ To mannes wit, that for our ignorance/ Ne conne not knowe his prudent purveyance.//

Now, sith she was not at the feste y-slawe,/ Who kepte hir fro the drenching in the see?/ Who kepte Ionas in the fisshes mawe/ Til he was spouted up at Ninivee?/ Wel may men knowe it was no wight but he/ That kepte peple Ebraik fro hir drenchinge,/ With drye feet thurgh-out the see passinge.//

Who bad the foure spirits of tempest,/ That power han tanoyen land and see,/ 'Bothe north and south, and also west and est,/ Anoyeth neither see, ne land, ne tree?'/ Sothly, the comaundour of that was he,/ That fro the tempest ay this womman kepte/ As wel whan [that] she wook as whan she slepte.//

Wher mighte this womman mete and drinke have?/ Three yeer and more how lasteth hir vitaille?/ Who fedde the Egipcien

jovem e amada filha do Imperador, que o Senhor da Fortuna seja o teu piloto!

Naquela situação, ela persignou-se e, com voz emocionada, rezou a seguinte oração à cruz de Cristo: "Oh claro e bendito altar, oh santa cruz, rubra do precioso sangue do Cordeiro, que lavou o nosso mundo da velha iniquidade! Protege-me do demônio e de suas garras no dia em que eu tiver que me afogar nas profundezas. Árvore vitoriosa, escudo dos fiéis, tu que, sozinha, foste digna de suster o Rei do Céu com suas novas chagas, o cândido Cordeiro ferido por uma lança, tu que expulsas o demônio dos homens e das mulheres sobre os quais estendes fielmente os braços, vem proteger-me, vem dar-me forças para me emendar!".

Por dias e anos flutuou essa criatura pelo Mar da Grécia até o Estreito de Marrocos, sempre ao sabor do acaso. Com muito magras refeições teve que se contentar, esperando a morte a todo instante, antes que as ondas selvagens a impelissem para o lugar onde iria chegar.

Talvez vos perguntais: por que também ela não foi morta na festa? Quem a teria salvado?

É com outra pergunta que respondo a essas perguntas: quem salvou Daniel na horrenda caverna, onde todos, senhores e servos, foram devorados pelo leão sem qualquer possibilidade de fuga? Não foi Deus, que estava em seu coração? Também no caso de Constância Deus quis mostrar sua graça miraculosa, para que víssemos, através dela, o poder de suas obras. Como sabem os doutos, Cristo, que é o bálsamo de nossos males, muitas vezes usa suas forças para fazer coisas cujos propósitos são totalmente obscuros à razão humana, visto que, devido à nossa ignorância, não podemos conhecer sua sábia providência.

Não tendo ela sido sacrificada na festa, quem impediu que se afogasse no mar? Ora, quem impediu que Jonas morresse no ventre do peixe, até que fosse cuspido fora em Nínive? Pode-se logo perceber que não foi outro senão Aquele que não deixou o povo hebreu se afogar, quando atravessou o mar com pés enxutos.

Quem ordenou que os quatro espíritos da tempestade, que podem flagelar a terra e o mar — no sul, no norte, no oriente e no ocidente — não perturbassem nem as águas nem as árvores? Em verdade, essa ordem partiu d'Aquele que, no sono e na vigília, protegeu sempre da tormenta essa mulher.

E onde conseguia ela o que comer e o que beber por mais de três anos no barco? Como suas provisões duravam tanto? Mas quem, na

Marie in the cave,/ Or in desert? no wight but Crist, sans faille./ Fyve thousand folk it was as gret mervaille/ With loves fyve and fisshes two to fede./ God sente his foison at hir grete nede.//

She dryveth forth in-to our occean/ Thurgh-out our wilde see, til, atte laste,/ Under an hold that nempnen I ne can,/ Fer in Northumberlond the wawe hir caste,/ And in the sond hir ship stiked so faste,/ That thennes wolde it noght of al a tyde,/ The wille of Crist was that she shulde abyde.//

The constable of the castel doun is fare/ To seen this wrak, and al the ship he soghte,/ And fond this wery womman ful of care;/ He fond also the tresor that she broghte./ In hir langage mercy she bisoghte/ The lyf out of hir body for to twinne,/ Hir to delivere of wo that she was inne.// A maner Latin corrupt was hir speche,/ But algates ther-by was she understonde;/ The constable, whan him list no lenger seche,/ This woful womman broghte he to the londe;/ She kneleth doun, and thanketh goddes sonde./ But what she was, she wolde no man seye,/ For foul ne fair, thogh that she shulde deye.// She seyde, she was so mased in the see/ That she forgat hir minde, by hir trouthe;/ The constable hath of hir so greet pitee,/ And eek his wyf, that they wepen for routhe,/ She was so diligent, with-outen slouthe,/ To serve and plesen everich in that place,/ That alle hir loven that loken on hir face.//

This constable and dame Hermengild his wyf/ Were payens, and that contree every-where;/ But Hermengild lovede hir right as hir lyf,/ And Custance hath so longe soiourned there,/ In orisons, with many a bitter tere,/ Til Iesu hath converted thurgh his grace/ Dame Hermengild, constablesse of that place.//

In al that lond no cristen durste route,/ Alle cristen folk ben fled fro that contree/ Thurgh payens, that conquereden al aboute/ The plages of the North, by land and see;/ To Walis fled the cristianitee/ Of olde Britons, dwellinge in this yle/ Ther was hir refut for the mene whyle.// But yet nere cristen Britons so exyled/ That ther nere somme that in hir privetee/ Honoured Crist, and hethen folk bigyled;/ And ny the castel swiche ther dwelten three./ That oon of hem was blind, and mighte nat see/ But it were with thilke yën of his minde,/ With whiche men seen, after that they ben blinde.//

gruta ou no deserto, alimentou Santa Maria do Egito? Só podia ser Cristo, que fez o grande milagre de dar de comer a cinco mil pessoas com apenas dois peixes e cinco pães. Foi Deus, portanto, quem nas agruras lhe mandou sua abundância.

E assim foi ela navegando pelo oceano até chegar ao nosso mar bravio da Inglaterra, quando, finalmente, as ondas a lançaram às costas da Nortúmbria, ao pé de um castelo cujo nome desconheço. Seu barco encalhou de tal forma na areia, que nem a maré alta conseguia libertá-lo. Era vontade de Jesus que ela ali permanecesse.

O condestável do castelo desceu para investigar o naufrágio; examinou toda a embarcação, e, em seu interior, encontrou a pobre mulher, assustada e exausta. Também achou o tesouro que ela trazia. Enquanto isso, a jovem lhe suplicava, em sua língua, que lhe tirasse a vida, para que assim se libertasse de seus terríveis temores. Falava ela uma espécie de latim corrompido; mas, assim mesmo, fazia-se entender. Terminadas as buscas, o condestável a levou à terra firme, onde ela se ajoelhou e agradeceu àquele enviado de Deus. Mas, para seu bem ou seu mal, resolveu, mesmo que isso lhe custasse a vida, não confiar a ninguém a sua verdadeira identidade. Disse que, perturbada pelo mar, perdera a memória. O condestável, e também sua mulher, ficaram tão comovidos que choraram de piedade. A partir de então, Constância se desdobrou no esforço de servir e agradar a todos; e todos os que ali moravam gostavam dela tão logo a conheciam.

O guardião do castelo e sua esposa, a senhora Hermenegilda, eram ambos pagãos, assim como o resto do país. Apesar disso, Hermenegilda passou a amar a jovem como a própria vida. E Constância tanto orou por ela e tanto derramou lágrimas amargas que Jesus intercedeu com sua graça e a converteu ao cristianismo.

Os cristãos, naquele reino, não ousavam reunir-se. Outrora, os bretões cristianizados da ilha, diante da invasão dos pagãos, que por terra e por mar, conquistavam todas as plagas do norte, tiveram que abandonar o país e fugir para Gales, refugiando-se ali por algum tempo. Isso não significou, porém, que todos eles tivessem se exilado. Havia ainda no lugar alguns bretões que, enganando os dominadores pagãos, adoravam Cristo secretamente. Três deles moravam perto do castelo, um dos quais era cego. Não podendo enxergar, via apenas com os olhos da mente, que iluminam os que não veem.

O Conto do Magistrado

Bright was the sonne as in that someres day,/ For which the constable and his wyf also/ And Custance han y-take the righte way/ Toward the see, a furlong wey or two,/ To pleyen and to romen to and fro;/ And in hir walk this blinde man they mette/ Croked and old, with yën faste y-shette.//

'In name of Crist,' cryde this blinde Britoun,/ 'Dame Hermengild, yif me my sighte agayn.'/

This lady wex affrayed of the soun,/ Lest that hir housbond, shortly for to sayn,/ Wolde hir for Iesu Cristes love han slayn,/ Til Custance made hir bold, and bad hir werche/ The wil of Crist, as doghter of his chirche.//

The constable wex abasshed of that sight,/ And seyde, 'what amounteth al this fare?'/

Custance answerde, 'sire, it is Cristes might,/ That helpeth folk out of the feendes snare.'/ And so ferforth she gan our lay declare,/ That she the constable, er that it were eve,/ Converted, and on Crist made him bileve.//

This constable was no-thing lord of this place/ Of which I speke, ther he Custance fond,/ But kepte it strongly, many wintres space,/ Under Alla, king of al Northumberlond,/ That was ful wys, and worthy of his hond/ Agayn the Scottes, as men may wel here,/ But turne I wol agayn to my matere.//

Sathan, that ever us waiteth to bigyle,/ Saugh of Custance al hir perfeccioun,/ And caste anon how he mighte quyte hir whyle,/ And made a yong knight, that dwelte in that toun/ Love hir so hote, of foul affeccioun,/ That verraily him thoughte he shulde spille/ But he of hir mighte ones have his wille.// He woweth hir, but it availleth noght,/ She wolde do no sinne, by no weye;/ And, for despyt, he compassed in his thoght/ To maken hir on shamful deth to deye./ He wayteth whan the constable was aweye,/ And prively, up-on a night, he crepte/ In Hermengildes chambre whyl she slepte.// Wery, for-waked in her orisouns,/ Slepeth Custance, and Hermengild also./ This knight, thurgh Sathanas temptaciouns,/ Al softely is to the bed y-go,/ And kitte the throte of Hermengild a-two,/ And leyde the blody knyf by dame Custance,/ And wente his wey, ther god yeve him meschance!//

Num belo dia de verão, quando brilhante raiara o sol, o condestável e sua mulher, acompanhados por Constância, resolveram passear à beira-mar para se entreterem um pouco e se distraírem. E, no caminho, encontraram-se com aquele cego, encarquilhado e velho, com os olhos bem cerrados.

"Em nome de Cristo", gritou o cego bretão, "senhora Hermenegilda, devolve-me a visão!"

A essas palavras, a senhora apavorou-se, temendo que seu marido fosse matá-la por seu amor a Jesus. Constância, entretanto, a encorajou, suplicando-lhe que fizesse a vontade de Cristo, como filha de sua Igreja.

Espantou-se o condestável ao presenciar o milagre: "O que isso quer dizer?!".

Respondeu-lhe a jovem: "Senhor, é o poder de Cristo que nos livra das ciladas do demônio". E tão clara foi ela ao expor sua fé que, antes do anoitecer, já havia convertido o condestável à religião de Jesus.

Esse condestável não era, de fato, o senhor do castelo em cujas proximidades encontrara a jovem. Era apenas o seu defensor, função que por muitos invernos exercera valentemente, em nome de Aella, o rei da Nortúmbria, um sábio monarca que, como não se ignora, combatia os escotos[84] com mão de ferro. Mas é melhor voltar à minha história.

Satã, que está sempre à espreita para nos apanhar, vendo a perfeição de Constância, tratou logo de imaginar um modo de castigá-la por suas obras. Para isso, fez que um jovem cavaleiro, que vivia no mesmo local, sentisse por ela um amor tão ardente, uma paixão tão voluptuosa, que lhe pareceu que ia morrer se não satisfizesse imediatamente o seu desejo. Ele a cortejou, mas sem qualquer proveito; de modo algum ela aceitava pecar. Despeitado, resolveu vingar-se, levando-a a uma morte ignóbil. Aguardou uma ocasião em que o condestável estivesse ausente e, sem ser percebido, penetrou uma noite no quarto de Hermenegilda, onde ela e Constância dormiam após suas longas orações. Tentado por Satanás, o cavaleiro aproximou-se da cama mansamente, degolou Hermenegilda, e colocou a lâmina ensanguentada ao lado de Constância. Depois, retirou-se... Que Deus o amaldiçoe!

---

[84] Antigo povo da Caledônia (atual Escócia) ou da Hibérnia (atual Irlanda). (N. da E.)

O Conto do Magistrado

Sone after comth this constable hoom agayn,/ And eek Alla, that king was of that lond,/ And saugh his wyf despitously y-slayn,/ For which ful ofte he weep and wrong his hond,/ And in the bed the blody knyf he fond/ By dame Custance; allas! what mighte she seye?/ For verray wo hir wit was al aweye.//

To king Alla was told al this meschance,/ And eek the tyme, and where, and in what wyse/ That in a ship was founden dame Custance,/ As heer-biforn that ye han herd devyse./ The kinges herte of pitee gan agryse,/ Whan he saugh so benigne a creature/ Falle in disese and in misaventure.// For as the lomb toward his deeth is broght,/ So stant this innocent bifore the king;/ This false knight that hath this tresoun wroght/ Berth hir on hond that she hath doon this thing./ But nathelees, ther was greet moorning/ Among the peple, and seyn, 'they can not gesse/ That she hath doon so greet a wikkednesse.// For they han seyn hir ever so vertuous,/ And loving Hermengild right as her lyf.'/ Of this bar witnesse everich in that hous/ Save he that Hermengild slow with his knyf./ This gentil king hath caught a gret motyf/ Of this witnesse, and thoghte he wolde enquere/ Depper in this, a trouthe for to lere.//

Allas! Custance! thou hast no champioun,/ Ne fighte canstow nought, so weylawey!/ But he, that starf for our redempcioun/ And bond Sathan (and yit lyth ther he lay)/ So be thy stronge champioun this day!/ For, but-if Crist open miracle kythe,/ Withouten gilt thou shalt be slayn as swythe.//

She sette her doun on knees, and thus she sayde,/ 'Immortal god, that savedest Susanne/ Fro false blame, and thou, merciful mayde,/ Mary I mene, doghter to Seint Anne,/ Bifore whos child aungeles singe *Osanne*,/ If I be giltlees of this felonye,/ My socour be, for elles I shal dye!'//

Have ye nat seyn som tyme a pale face,/ Among a prees, of him that hath be lad/ Toward his deeth, wher-as him gat no grace,/ And swich a colour in his face hath had,/ Men mighte knowe his face, that was bistad,/ Amonges alle the faces in that route:/ So stant Custance, and loketh hir aboute.//

O quenes, livinge in prosperitee,/ Duchesses, and ye ladies everichone,/ Haveth som routhe on hir adversitee;/ An emperoures doghter

Logo em seguida retornou o condestável, juntamente com Aella, o rei daquele país; e, vendo a esposa barbaramente assassinada, pôs-se a gritar e a retorcer as mãos. Não tardou muito a descobrir no leito a arma sangrenta junto de Constância. Ai! Que podia ela dizer, fora de si de tanta dor?

Contaram então toda a desgraça ao rei Aella, assim como a data, o local e as circunstâncias em que Constância fora encontrada num barco — como aqui já narrei. Ao ver tão bondosa criatura cair na aflição e no infortúnio, o coração do soberano estremeceu de piedade. Assim como o cordeiro é arrastado ao sacrifício, assim foi trazida a inocente à presença do monarca. E o falso cavaleiro, que forjara toda a trama, veio e acusou-a do crime. Mesmo assim, grandes lamentos se ouviam na multidão, que não podia admitir ser ela capaz de tamanha crueldade, pois todos conheciam sua virtude e sabiam que amava Hermenegilda como a própria vida. Era o que todos confirmavam no recinto — salvo o que trucidara a nobre dama com a sua lâmina. E o gentil rei, estimulado por esse testemunho, decidiu que convinha investigar mais a fundo a questão, a fim de descobrir toda a verdade.

Ai, Constância! Não tens nenhum paladino; e sozinha não podes — oh desventura —, defender-te na batalha! No entanto, Aquele que morreu pela nossa redenção e aprisionou Satã (e ele ainda jaz onde jazia) deverá ser hoje o teu defensor! Porque, se Cristo não fizer perante todos um milagre, sem culpa tu serás executada.

Ajoelhando-se, assim rezou ela: "Deus imortal, que salvaste Susana da falsa acusação,[85] e tu, virgem misericordiosa, Maria, filha de Santa Ana, diante de cujo filho os anjos cantam *Hosana*, se não tenho culpa desse crime, socorre-me... senão irei morrer!".

Quem nunca viu na multidão o rosto daquele que é levado para a morte sem esperança de graça, e, vendo-o, não percebe de imediato, pela sua palidez, que, de todas as faces que divisa, aquela é a face do condenado? Assim estava Constância, a olhar a seu redor.

Oh rainhas, que viveis na prosperidade! Oh duquesas, e vós todas, damas! Chorai por ela em sua adversidade! É filha do Imperador... e está

---

[85] A edificante história da casta Susana, mulher casada que vê publicamente premiada a sua virtude, faz parte do livro de Daniel (13, 1-64) e é considerada deuterocanônica ou apócrifa. (N. da E.)

stant allone;/ She hath no wight to whom to make hir mone./ O blood royal, that stondest in this drede,/ Fer ben thy freendes at thy grete nede!//

This Alla king hath swich compassioun,/ As gentil herte is fulfild of pitee,/ That from his yën ran the water doun./ 'Now hastily do fecche a book,' quod he,/ 'And if this knight wol sweren how that she/ This womman slow, yet wole we us avyse/ Whom that we wole that shal ben our Iustyse.'// A Briton book, writen with Evangyles,/ Was fet, and on this book he swoor anoon/ She gilty was, and in the mene whyles/ A hand him smoot upon the nekke-boon,/ That doun he fil atones as a stoon,/ And bothe his yën broste out of his face/ In sight of every body in that place.// A vois was herd in general audience,/ And seyde, 'thou hast desclaundred giltelees/ The doghter of holy chirche in hey presence;/ Thus hastou doon, and yet holde I my pees.'/ Of this mervaille agast was al the prees;/

As mased folk they stoden everichone,/ For drede of wreche, save Custance allone.// Greet was the drede and eek the repentance/ Of hem that hadden wrong suspeccioun/ Upon this sely innocent Custance;/ And, for this miracle, in conclusioun,/ And by Custances mediacioun,/ The king, and many another in that place,/ Converted was, thanked be Cristes grace!// This false knight was slayn for his untrouthe/ By Iugement of Alla hastifly;/ And yet Custance hadde of his deeth gret routhe./ And after this Iesus, of his mercy,/ Made Alla wedden ful solempnely/ This holy mayden, that is so bright and shene,/ And thus hath Crist y-maad Custance a quene.//

But who was woful, if I shal nat lye,/ Of this wedding but Donegild, and na mo,/ The kinges moder, ful of tirannye?/ Hir thoughte hir cursed herte brast a-two;/ She wolde noght hir sone had do so;/ Hir thoughte a despit, that he sholde take/ So strange a creature un-to his make.//

Me list nat of the chaf nor of the stree/ Maken so long a tale, as of the corn./ What sholde I tellen of the royaltee/ At mariage, or which cours gooth biforn,/ Who bloweth in a trompe or in an horn?/ The fruit of every tale is for to seye;/ They ete, and drinke, and daunce, and singe, and pleye.// They goon to bedde, as it was skile and right;/ For, thogh that wyves been ful holy thinges,/ They moste take in pacience at night/ Swich maner necessaries as been plesinges/ To folk that han y-wedded hem with ringes,/ And leye a lyte hir holinesse asyde/ As for the tyme; it may no bet bityde.// On hir he gat a knave-child anoon,/ And to a bishop and his constable eke/ He took his wyf to kepe, whan he is goon/ To Scotland-ward, his fo-men for to seke;/ Now faire Custance, that is so humble and

sozinha! Não tem ninguém a quem possa recorrer. Oh real sangue, em tal perigo; teus amigos estão longe no dia da provação!

Porque os corações gentis andam cheios de piedade, o rei sentiu por ela tamanha compaixão que o pranto lhe escorreu dos olhos. "Trazei depressa um livro", ordenou ele; "e, se o cavaleiro jurar que foi mesmo a jovem quem matou essa mulher, no mesmo instante indicaremos o carrasco." Trouxeram um livro bretão, com os textos evangélicos; e sobre esse volume jurou o acusador que ela era a culpada. Imediatamente, à vista de todos, uma mão o golpeou no pescoço e ele veio ao chão pesado como uma pedra, com os dois olhos fora das órbitas. E então se ouviu no recinto uma voz que dizia: "Na presença do rei caluniaste a filha inocente da Igreja. Fizeste isso, e eu me calei!".

Todos se espantaram diante desse prodígio; e, com exceção de Constância, todos, atônitos, temeram o castigo. Grande foi o pavor e grande o arrependimento daqueles que, injustamente, haviam suspeitado daquela moça tão pura. E, graças a esse milagre e à mediação de Constância, o rei e muitos dos presentes (louvado seja Cristo!) se converteram à sua fé. Sem perda de tempo, Aella julgou o cavaleiro, que foi executado por sua falsidade (embora a jovem se apiedasse de sua morte). E, em seguida, Jesus, por sua mercê, fez o monarca desposar solenemente a santa virgem, tão cândida e luminosa. E, dessa maneira, Cristo a fez rainha.

A única pessoa que, por certo, não gostou do casamento foi Donegilda, a mãe do soberano, cheia de prepotência. Sentia que o coração ia estourar-lhe no peito. Achava um ultraje à sua nobreza a escolha de seu filho, tomando por companheira uma criatura completamente estranha.

Não quero rechear a minha história com o joio ou com a palha, mas somente com o trigo. Por isso, por que deveria eu agora narrar o esplendor das núpcias, pintar os cerimoniais que as precederam, ou dizer quem soprou o corno ou a trombeta? O que interessa num conto é a sua essência: eles comeram, beberam, dançaram, cantaram e riram. Depois, como é certo e apropriado, os noivos foram para a cama — pois, ainda quando as mulheres vivem na castidade, à noite elas precisam aceitar com paciência as coisas necessárias à satisfação daqueles que as desposaram com alianças, deixando de lado, por algum tempo, a sua santidade (mesmo porque não há outro jeito). E assim o rei concebeu em Constância um menino. Depois, devendo partir para a Escócia em busca de seus inimigos, confiou a esposa aos cuidados de um bispo e do condestável. E lá ficou sozinha a bela Constância, tão meiga e tão humilde, sempre quieta em

O Conto do Magistrado

meke,/ So longe is goon with childe, til that stille/ She halt hir chambre, abyding Cristes wille.// The tyme is come, a knave-child she ber;/ Mauricius at the font-stoon they him calle;/

    This Constable dooth forth come a messager,/ And wroot un-to his king, that cleped was Alle,/ How that this blisful tyding is bifalle,/ And othere tydings speedful for to seye;/ He takth the lettre, and forth he gooth his weye.// This messager, to doon his avantage,/ Un-to the kinges moder rydeth swythe,/ And salueth hir ful faire in his langage,/ 'Madame,' quod he, 'ye may be glad and blythe,/ And thanke god an hundred thousand sythe;/ My lady quene hath child, with-outen doute,/ To Ioye and blisse of al this regne aboute.// Lo, heer the lettres seled of this thing,/ That I mot bere with al the haste I may;/ If ye wol aught un-to your sone the king,/ I am your servant, bothe night and day.'/ Donegild answerde, 'as now at this tyme, nay;/ But heer al night I wol thou take thy reste,/ Tomorwe wol I seye thee what me leste.'// This messager drank sadly ale and wyn,/ And stolen were his lettres prively/ Out of his box, whyl he sleep as a swyn;/ And countrefeted was ful subtilly/ Another lettre, wroght ful sinfully,/ Un-to the king direct of this matere/ Fro his constable, as ye shul after here.// The lettre spak, 'the queen delivered was/ Of so horrible a feendly creature,/ That in the castel noon so hardy was/ That any whyle dorste ther endure./ The moder was an elf, by aventure/ Y-come, by charmes or by sorcerye,/ And every wight hateth hir companye.'//

    Wo was this king whan he this lettre had seyn,/ But to no wighte he tolde his sorwes sore,/ But of his owene honde he wroot ageyn,/ 'Welcome the sonde of Crist for evermore/ To me, that am now lerned in his lore;/ Lord, welcome be thy lust and thy plesaunce,/ My lust I putte al in thyn ordinaunce!// Kepeth this child, al be it foul or fair,/ And eek my wyf, un-to myn hoom-cominge;/ Crist, whan him list, may sende me an heir/ More agreable than this to my lykinge.'/ This lettre he seleth, prively wepinge,/ Which to the messager was take sone,/ And forth he gooth; ther is na more to done.//

    O messager, fulfild of dronkenesse,/ Strong is thy breeth, thy limes faltren ay,/ And thou biwreyest alle secreenesse./ Thy mind is lorn, thou Ianglest as a Iay,/ Thy face is turned in a newe array!/ Ther dronkenesse regneth in any route,/ Ther is no conseil hid, with-outen doute.// O Donegild, I ne have noon English digne/ Un-to thy malice and thy tirannye!/ And therfor to the feend I thee resigne,/ Let him endyten of

seu quarto, a acompanhar o avanço da gravidez e a esperar a vontade de Cristo. Chegado o dia, deu à luz um menino, que, na pia batismal, recebeu o nome de Maurício.

O condestável chamou então um mensageiro e escreveu para o rei, que se chamava Aella, transmitindo-lhe a boa-nova, além de outras notícias pertinentes. E o mensageiro, apanhando a carta, pôs-se a caminho. Primeiro, cavalgou para a corte da mãe do soberano, na esperança de ganhar alguma coisa. Após saudá-la respeitosamente em seu idioma, disse-lhe: "Senhora, rejubilai-vos e sorri, e dai cem mil graças ao Senhor! Minha senhora, a rainha, deu à luz um filho que, sem dúvida, será a alegria e a felicidade de todo o reino. Eis a carta lacrada, contendo a novidade, que deverei levar a toda pressa. Se tendes algo para vosso filho o rei, sou um criado sempre a vosso dispor". Donegilda respondeu-lhe: "Agora não. Todavia, passa a noite aqui, e amanhã cedo te direi o que desejo". O mensageiro então tomou cerveja e vinho até embebedar-se, e dormiu como um porco. Enquanto isso, a carta que levava foi surrupiada de sua caixa e substituída por outra, habilmente forjada, que, vazada em termos maldosos, era dirigida ao rei como se viesse da parte do condestável. Dizia que a rainha dera à luz uma criatura diabólica tão horrível que ninguém tinha coragem de ficar com ela no castelo; dizia também que ela era um espírito maligno, que viera ter ali à custa de feitiçarias e encantos, e que, por isso mesmo, todos detestavam a sua companhia.

Como sofreu o rei ao ler aquela carta! Entretanto, não revelou a ninguém a sua angústia, escrevendo em resposta o que se segue: "Agora que me inteirei de sua doutrina, o que Cristo manda sempre será bem-vindo! Senhor, seja feita a tua vontade e cumprida a tua ordem, pois submeto meu desejo a teu querer. Amigos, feia ou bonita, protegei essa criança... e também minha esposa, até que eu volte. Quando Cristo quiser, há de dar-me um herdeiro mais de acordo com meu gosto". Então, chorando intimamente, lacrou a carta com o seu selo e a entregou ao mensageiro, que se foi. Nada mais podia fazer.

Oh mensageiro, sucumbindo à embriaguez, com teu hálito forte e teus membros vacilantes, nenhum segredo contigo está seguro! Tua mente é irresponsável, palras como um gaio, e tua face se mostra transfigurada. Quando reina a bebida numa companhia, não há por certo confidências que resistam. Oh Donegilda, não encontro em nossa língua palavras à altura de tua maldade e prepotência! Por isso, eu passo o encargo ao demônio, deixando que ele mesmo descreva a tua traição! Fora,

thy traitorye!/ Fy, mannish, fy! o nay, by god, I lye,/ Fy, feendly spirit, for I dar wel telle,/ Though thou heer walke, thy spirit is in helle!//

This messager comth fro the king agayn,/ And at the kinges modres court he lighte,/ And she was of this messager ful fayn,/ And plesed him in al that ever she mighte./ He drank, and wel his girdel underpighte./ He slepeth, and he snoreth in his gyse/ Al night, until the sonne gan aryse.// Eft were his lettres stolen everichon/ And countrefeted lettres in this wyse;/ 'The king comandeth his constable anon,/ Up peyne of hanging, and on heigh Iuÿse,/ That he ne sholde suffren in no wyse/ Custance in-with his regne for tabyde/ Thre dayes and a quarter of a tyde;// But in the same ship as he hir fond,/ Hir and hir yonge sone, and al hir gere,/ He sholde putte, and croude hir fro the lond,/ And charge hir that she never eft come there.'/ O my Custance, wel may thy goost have fere/ And sleping in thy dreem been in penance,/ When Donegild caste al this ordinance!//

This messager on morwe, whan he wook,/ Un-to the castel halt the nexte wey,/ And to the constable he the lettre took;/ And whan that he this pitous lettre sey,/ Ful ofte he seyde 'allas!' and 'weylawey!'/ 'Lord Crist,' quod he, 'how may this world endure?/ So ful of sinne is many a creature!// O mighty god, if that it be thy wille,/ Sith thou art rightful Iuge, how may it be/ That thou wolt suffren innocents to spille,/ And wikked folk regne in prosperitee?/ O good Custance, allas! so wo is me/ That I mot be thy tormentour, or deye/ On shames deeth; ther is noon other weye!'// Wepen bothe yonge and olde in al that place,/ Whan that the king this cursed lettre sente,/ And Custance, with a deedly pale face,/ The ferthe day toward hir ship she wente./ But natheles she taketh in good entente/ The wille of Crist, and, kneling on the stronde,/ She seyde, 'lord! ay wel-com be thy sonde!// He that me kepte fro the false blame/ Whyl I was on the londe amonges yow,/ He can me kepe from harme and eek fro shame/ In salte see, al-thogh I se nat how./ As strong as ever he was, he is yet now./ In him triste I, and in his moder dere,/ That is to me my seyl and eek my stere.'//

Hir litel child lay weping in hir arm,/ And kneling, pitously to him she seyde,/ 'Pees, litel sone, I wol do thee non harm.'/ With that hir kerchef of hir heed she breyde,/ And over his litel yën she it leyde;/ And in hir arm she lulleth it ful faste,/ And in-to heven hir yën up she caste.// 'Moder,' quod she, 'and mayde bright, Marye,/ Sooth is that thurgh wommannes eggement/ Mankind was lorn

mulher masculinizada... Oh não, por Deus, isso é pouco! Fora, espírito diabólico! Pois tenho plena certeza de que, embora teu corpo esteja na terra, tua alma já se acha no inferno!

O mensageiro, de volta de sua missão, apeou de novo na corte da mãe do rei, que, contente em revê-lo, fez o que pôde para agradá-lo. Ele aproveitou para beber até estourar o cinto; depois, dormiu e roncou a noite inteira, como de hábito, até raiar o sol. Novamente, sua carta foi roubada e trocada por outra que era falsa, onde se lia: "Em nome da alta justiça, o rei ordena a seu condestável, sob pena de enforcamento, que de forma alguma permita que Constância permaneça em seu reino mais que três dias e um quarto. Deverá ele colocá-la de volta no barco onde foi encontrada, juntamente com sua criança e suas tralhas, impeli-la para longe da praia e intimá-la a que não volte nunca mais". Oh minha Constância, bem pode agora teu espírito tremer e ser atormentado por pesadelos no sono, pois é Donegilda que urde a trama contra ti!

Na manhã seguinte, quando despertou, o mensageiro tomou o caminho mais curto para o castelo, onde entregou a carta ao condestável. Este, ao ler as tristes palavras, pôs-se a repetir: "Ai, que desgraça! Que desgraça! Cristo Nosso Senhor, por que este mundo não se acaba, se há tanto pecado em suas criaturas?! Oh Deus poderoso, será essa a tua vontade? Sendo um juiz reto, como podes permitir que os inocentes sejam destruídos, enquanto os ímpios reinam na prosperidade? Oh bondosa Constância, como me aflige ser o teu carrasco ou então ter que morrer de modo infame! Não, não tenho escolha!". Todos os que ali viviam, jovens e velhos, puseram-se a chorar quando souberam da carta amaldiçoada. E Constância, com mortal palidez no rosto, no quarto dia encaminhou-se para o barco. Sem nenhuma revolta contra a vontade de Cristo, ajoelhou-se na praia e disse: "Senhor, tudo o que mandas é bem-vindo! Amigos, Aquele que me salvou da calúnia, quando eu estava convosco em terra, pode igualmente salvar-me do mal e da desgraça no meio do mar salgado — embora eu não saiba como. Se Ele então era forte, agora também o é. Nele confio, e em sua mãe querida, que é a vela e os remos para mim".

A criancinha em seus braços chorava, e ela, sempre de joelhos, lhe disse compadecida: "Quieto, filhinho, não vou te fazer mal". Assim falando, tirou o lenço de sua cabeça e protegeu com ele os olhinhos do bebê. Depois, ninando-o continuamente, ergueu os olhos para o céu: "Maria, mãe e cândida virgem, a verdade é que, por instigação da mu-

and damned ay to dye,/ For which thy child was on a croys y-rent;/ Thy blisful yën sawe al his torment;/ Than is ther no comparisoun bitwene/ Thy wo and any wo man may sustene.// Thou sawe thy child y-slayn bifor thyn yën,/ And yet now liveth my litel child, parfay!/ Now, lady bright, to whom alle woful cryën,/ Thou glorie of wommanhede, thou faire may,/ Thou haven of refut, brighte sterre of day,/ Rewe on my child, that of thy gentillesse/ Rewest on every rewful in distresse!// O litel child, allas! what is thy gilt,/ That never wroughtest sinne as yet, pardee,/ Why wil thyn harde fader han thee spilt?/ O mercy, dere Constable!' quod she;/ 'As lat my litel child dwelle heer with thee;/ And if thou darst not saven him, for blame,/ So kis him ones in his fadres name!'// Ther-with she loketh bakward to the londe,/ And seyde, 'far-wel, housbond routhelees!'/ And up she rist, and walketh doun the stronde/ Toward the ship; hir folweth al the prees,/ And ever she preyeth hir child to holde his pees;/ And taketh hir leve, and with an holy entente/ She blesseth hir; and in-to ship she wente.//

Vitailled was the ship, it is no drede,/ Habundantly for hir, ful longe space,/ And other necessaries that sholde nede/ She hadde y-nogh, heried be goddes grace!/ For wind and weder almighty god purchace,/ And bringe hir hoom! I can no bettre seye;/ But in the see she dryveth forth hir weye.//

III

Alla the king comth hoom, sone after this,/ Unto his castel of the which I tolde,/ And axeth wher his wyf and his child is./ The constable gan aboute his herte colde,/ And pleynly al the maner he him tolde/ As ye han herd, I can telle it no bettre,/ And sheweth the king his seel and [eek] his lettre,// And seyde, 'lord, as ye comaunded me/ Up peyne of deeth, so have I doon, certein.'/

This messager tormented was til he/ Moste biknowe and tellen, plat and pleyn,/ Fro night to night, in what place he had leyn./ And thus, by wit and subtil enqueringe,/ Ymagined was by whom this harm gan springe.// The hand was knowe that the lettre wroot,/ And al the venim of this cursed dede,/ But in what wyse, certeinly I noot./ Theffect is this, that Alla, out of drede,/ His moder slow, that men may pleynly

lher, a humanidade se viu na perdição e condenada a morrer, e pela humanidade teu filho foi pregado na cruz! Teus olhos benditos assistiram a todo o seu tormento; não há comparação entre a tua dor e a dor que nós sentimos. Viste teu filho ser morto, enquanto, por Deus, vive ainda meu filhinho! Senhora de luz, a quem todos os sofredores recorrem, glória das mulheres, formosa virgem, porto seguro, estrela matutina, tem piedade de meu filho, tu que, em tua misericórdia, sempre tens comiseração pelos miseráveis infelizes". Finda a prece, continuou ela: "Ai, pobre criancinha! Qual a tua culpa, se jamais pecaste? Por que teu pai desumano quer eliminar-te? Oh mercê, meu caro condestável! Permite que meu filho fique aqui contigo. Se, porém, receias salvá-lo, dá-lhe ao menos um beijo em nome de seu pai!". Finalmente, voltando-se para a terra e fixando o olhar no horizonte, exclamou: "Adeus, marido impiedoso!". Depois, erguendo-se, desceu à praia em direção ao barco, sempre buscando acalmar o pranto do filhinho, enquanto era seguida pelo povo todo. Fez então um aceno de despedida, persignou-se santamente, e entrou na embarcação.

Naturalmente, o barco havia sido bem provido de alimentos para a longa viagem, assim como, com fartura, de outras coisas necessárias (louvado seja o Senhor!). Cabia agora a Deus todo-poderoso propiciar bom tempo e ventos favoráveis, levando-a de volta à sua terra! É tudo o que posso dizer. E lá se foi ela, a abrir caminho em meio às ondas.

III

Pouco tempo depois, o rei Aella voltou para casa e, ao chegar ao castelo de que falei, perguntou por sua mulher e seu filhinho. O condestável sentiu um frio no coração; e contou-lhe tudo o que acontecera — conforme já narrei da melhor forma que pude —, mostrando-lhe inclusive a carta com o seu lacre. E justificou-se: "Senhor, como me ordenastes isso sob pena de morte, eu tive que obedecer".

O mensageiro foi então torturado até que confessasse e dissesse, sem rodeios e floreios, onde havia pousado em cada noite. E assim, graças à hábil inquirição e à dedução, pôde-se concluir de onde partira toda a trama. Não sei dizer como, mas a verdade é que logo descobriram qual a mão que forjara as cartas e todo o veneno daquelas ações malditas. Por conseguinte, Aella, sem vacilações, matou sua mãe pela traição que

rede,/ For that she traitour was to hir ligeaunce./ Thus endeth olde Donegild with meschaunce.//

The sorwe that this Alla, night and day,/ Maketh for his wyf and for his child also,/ Ther is no tonge that it telle may./

But now wol I un-to Custance go,/ That fleteth in the see, in peyne and wo,/ Fyve yeer and more, as lyked Cristes sonde,/ Er that hir ship approched un-to londe.// Under an hethen castel, atte laste,/ Of which the name in my text noght I finde,/ Custance and eek hir child the see up-caste./ Almighty god, that saveth al mankinde,/ Have on Custance and on hir child som minde,/ That fallen is in hethen land eft-sone,/ In point to spille, as I shal telle yow sone.//

Doun from the castel comth ther many a wight/ To gauren on this ship and on Custance./ But shortly, from the castel, on a night,/ The lordes styward — god yeve him meschaunce! —/ A theef, that had reneyed our creaunce,/ Com in-to ship allone, and seyde he sholde/ Hir lemman be, wher-so she wolde or nolde.// Wo was this wrecched womman tho bigon,/ Hir child cryde, and she cryde pitously;/ But blisful Marie heelp hir right anon;/ For with hir strugling wel and mightily/ The theef fil over bord al sodeinly,/ And in the see he dreynte for vengeance;/ And thus hath Crist unwemmed kept Custance.//

O foule lust of luxurie! lo, thyn ende!/ Nat only that thou feyntest mannes minde,/ But verraily thou wolt his body shende;/ Thende of thy werk or of thy lustes blinde/ Is compleyning, how many-oon may men finde/ That noght for werk som-tyme, but for thentente/ To doon this sinne, ben outher sleyn or shente!//

How may this wayke womman han this strengthe/ Hir to defende agayn this renegat?/ O Golias, unmesurable of lengthe,/ How mighte David make thee so mat,/ So yong and of armure so desolat?/ How dorste he loke up-on thy dredful face?/ Wel may men seen, it nas but goddes grace!// Who yaf Iudith corage or hardinesse/ To sleen him, Olofernus, in his tente,/ And to deliveren out of wrecchednesse/ The peple of god? I seye, for this entente,/ That, right as god spirit of vigour sente/ To hem, and saved hem out of meschance,/ So sente he might and vigour to Custance.//

Forth goth hir ship thurgh-out the narwe mouth/ Of Iubaltar and Septe, dryving ay,/ Som-tyme West, som-tyme North and South,/ And som-tyme Est, ful many a wery day,/ Til Cristes moder (blessed be

cometera (como se pode ler com todas as letras). E assim morreu a velha Donegilda — maldita seja!

Não há língua que possa descrever o sofrimento de Aella, a chorar noite e dia por sua esposa e seu filho...

Mas voltemos a Constância, a flutuar sozinha no mar, na dor e na aflição. Mais de cinco anos viveu ela assim, por desígnio de Cristo, antes que seu barco tocasse a terra. Finalmente, a mãe e o filhinho foram dar numa praia ao pé de um castelo pagão, cujo nome não consta em meu texto. Oh Deus todo-poderoso, que ajuda toda a humanidade, socorre Constância e seu filho, novamente (como logo vereis) em sério perigo nas mãos dos pagãos!

Muita gente, por curiosidade, descia do castelo para olhar o barco e sua tripulante. Uma noite, porém, o camareiro-mor do castelão, um ladrão que renegara nossa crença, veio ali sozinho — que Deus o castigue! — e disse que, por bem ou por mal, Constância teria que dormir com ele. A infeliz, em seu desespero, pôs-se a gritar; também seu filhinho gritava. Mas a Virgem Maria a salvou, pois, quando o malvado se atracou com ela, que resistia com todas as suas forças, ele escorregou e caiu no mar, e lá morreu afogado, como merecia. Assim Cristo manteve Constância imaculada!

Feio desejo da luxúria, eis aí teu fim! Não apenas debilitas a mente do homem, mas também destróis seu corpo. O resultado de tuas obras, ou de teus ardores cegos, é a dor e o sofrimento. Quantos não se perderam ou morreram por causa desse pecado, às vezes nem sequer pelo ato, mas só pelo pensamento!

Onde essa fraca mulher encontrou forças para defender-se contra aquele renegado? Oh Golias, de estatura desmedida, como Davi, tão jovem e sem armadura, conseguiu vencer-te? Como ousou encarar teu semblante assustador? É fácil de ver-se aí a graça de Deus! E quem deu a Judite audácia e coragem para matar Holofernes em sua tenda, libertando da escravidão o povo do Senhor? Afirmo, portanto, que, assim como Deus mandou a eles o espírito do vigor para que se livrassem do infortúnio, assim também deu força e vigor a Constância.

Depois disso, o barco prosseguiu em seu caminho, pela estreita passagem entre Ceuta e Gibraltar, sempre à deriva, tomando às vezes a direção do oeste, às vezes a do norte ou a do sul, às vezes a do leste, até que a mãe de Cristo, em sua infinita bondade (bendita seja!), resolveu pôr fim

she ay!)/ Hath shapen, thurgh hir endelees goodnesse,/ To make an ende of al hir hevinesse.// Now lat us stinte of Custance but a throwe,/ And speke we of the Romain Emperour,/

That out of Surrie hath by lettres knowe/ The slaughtre of cristen folk, and dishonour/ Don to his doghter by a fals traitour,/ I mene the cursed wikked sowdanesse,/ That at the feste leet sleen both more and lesse.// For which this emperour hath sent anoon/ His senatour, with royal ordinance,/ And othere lordes, got wot, many oon,/ On Surriens to taken heigh vengeance./ They brennen, sleen, and bringe hem to meschance/ Ful many a day; but shortly, this is thende,/ Homward to Rome they shapen hem to wende.// This senatour repaireth with victorie/ To Rome-ward, sayling ful royally,/ And mette the ship dryving, as seith the storie,/ In which Custance sit ful pitously./ No-thing ne knew he what she was, ne why/ She was in swich array; ne she nil seye/ Of hir estaat, althogh she sholde deye.// He bringeth hir to Rome, and to his wyf/ He yaf hir, and hir yonge sone also;/ And with the senatour she ladde her lyf./ Thus can our lady bringen out of wo/ Woful Custance, and many another mo./

And longe tyme dwelled she in that place,/ In holy werkes ever, as was hir grace.// The senatoures wyf hir aunte was,/ But for al that she knew hir never the more;/ I wol no lenger tarien in this cas,/ But to king Alla, which I spak of yore,/ That for his wyf wepeth and syketh sore,/ I wol retourne, and lete I wol Custance/ Under the senatoures governance.//

King Alla, which that hadde his moder slayn,/ Upon a day fil in swich repentance,/ That, if I shortly tellen shal and plain,/ To Rome he comth, to receyven his penance;/ And putte him in the popes ordinance/ In heigh and low, and Iesu Crist bisoghte/ Foryeve his wikked werkes that he wroghte.// The fame anon thurgh Rome toun is born,/ How Alla king shal come in pilgrimage,/ By herbergeours that wenten him biforn;/ For which the senatour, as was usage,/ Rood him ageyn, and many of his linage,/ As wel to shewen his heighe magnificence/ As to don any king a reverence.// Greet chere dooth this noble senatour/ To king Alla, and he to him also;/ Everich of hem doth other greet honour;/

And so bifel that, in a day or two,/ This senatour is to king Alla go/ To feste, and shortly, if I shal nat lye,/ Custances sone wente in his companye.// Som men wolde seyn, at requeste of Custance,/ This senatour hath lad this child to feste;/ I may nat tellen every circumstance,/ Be as be may, ther was he at the leste./ But soth is this,

a tanta provação. Para mostrar como o fez, vou deixar Constância por alguns momentos, voltando a falar do Imperador Romano.

Depois de muito tempo, recebeu este mensagens da Síria, dando conta do massacre dos cristãos e do ultraje à sua filha por obra daquela traidora, a malvada e maldita Sultana, que na festa não poupara grandes nem humildes. O Imperador convocou então um de seus senadores para que, à testa de muitos outros nobres, conduzisse uma expedição de represália aos sírios. Chegando àquele país, os romanos, por vários dias, queimaram, trucidaram, destruíram; depois, para não nos alongarmos, deram-se por satisfeitos e decidiram voltar. Foi então que o vitorioso senador, velejando garbosamente de retorno a Roma — conforme diz a história —, cruzou com o barco à deriva onde, em deplorável estado, se achava a pobre Constância. Nada pôde o salvador descobrir a seu respeito, nem quem era nem por que se via ali; e ela, terminantemente, recusou-se a revelar sua linhagem. Ele então a levou para Roma, entregando-a, juntamente com a criança, aos cuidados de sua esposa. E, dessa forma, Constância passou a viver com a família do senador. Eis aí como Nossa Senhora a livrou de suas aflições — assim como tem livrado a muitas outras pessoas.

Longo tempo morou a infeliz naquela casa, dedicando-se a obras santas, como era de seu feitio. A mulher do senador, na verdade, era sua tia. Contudo, após tantos anos, não a reconheceu... Mas vamos deixar a desditosa sob a sua proteção e voltemos a falar do rei Aella, que, soluçando, ainda chorava a perda de sua esposa.

Aquele monarca começou a sentir tanto remorso por haver matado sua mãe, que um dia resolveu ir a Roma para fazer penitência, submetendo-se completamente às determinações do Papa e procurando assim obter o perdão de Jesus Cristo pelos pecados que cometera. Graças à comitiva que o precedera, logo se espalhou pela cidade a notícia de que o rei da Nortúmbria estava para chegar em peregrinação; e, como era praxe, o senador, juntamente com outros de sua linhagem, cavalgou ao seu encontro, seja para ostentar a sua magnificência, seja para prestar-lhe as devidas honrarias. Grande foi a satisfação do romano em recebê-lo, e grande a alegria do visitante, com mútua troca de gentilezas.

Um ou dois dias mais tarde, o senador compareceu a um banquete oferecido pelo rei Aella, e, se não me engano, o filho de Constância o acompanhou. Acham alguns que foi a mãe quem insistiu junto a seu tutor para que o levasse... Eu, porém, não sei dizer, porque desconheço os

that, at his modres heste,/ Biforn Alla, during the metes space,/ The child stood, loking in the kinges face.// This Alla king hath of this child greet wonder,/ And to the senatour he seyde anon,/ 'Whos is that faire child that stondeth yonder?'/ 'I noot,' quod he, 'by god, and by seint Iohn!/ A moder he hath, but fader hath he non/ That I of woot' — but shortly, in a stounde,/ He tolde Alla how that this child was founde.// 'But god wot,' quod this senatour also,/ 'So vertuous a livere in my lyf,/ Ne saugh I never as she, ne herde of mo/ Of worldly wommen, mayden, nor of wyf;/ I dar wel seyn hir hadde lever a knyf/ Thurgh-out her breste, than been a womman wikke;/ Ther is no man coude bringe hir to that prikke.'//

Now was this child as lyk un-to Custance/ As possible is a creature to be./ This Alla hath the face in remembrance/ Of dame Custance, and ther-on mused he/ If that the childes moder were aught she/ That was his wyf, and prively he sighte,/ And spedde him fro the table that he mighte.// 'Parfay,' thoghte he, 'fantome is in myn heed!/ I oghte deme, of skilful Iugement,/ That in the salte see my wyf is deed.'/ And afterward he made his argument —/ 'What woot I, if that Crist have hider y-sent/ My wyf by see, as wel as he hir sente/ To my contree fro thennes that she wente?'//

And, after noon, hoom with the senatour/ Goth Alla, for to seen this wonder chaunce./ This senatour dooth Alla greet honour,/ And hastifly he sente after Custaunce./ But trusteth weel, hir liste nat to daunce/ Whan that she wiste wherefor was that sonde./ Unnethe up-on hir feet she mighte stonde.// When Alla saugh his wyf, faire he hir grette,/ And weep, that it was routhe for to see./ For at the firste look he on hir sette/ He knew wel verraily that it was she./ And she for sorwe as domb stant as a tree;/ So was hir herte shet in hir distresse/ Whan she remembred his unkindenesse.//

Twyës she swowned in his owne sighte;/ He weep, and him excuseth pitously: —/ 'Now god,' quod he, 'and alle his halwes brighte/ So wisly on my soule as have mercy,/ That of your harm as giltelees am I/ As is Maurice my sone so lyk your face;/ Elles the feend me fecche out of this place!'// Long was the sobbing and the bitter peyne/ Er that hir woful hertes mighte cesse;/ Greet was the pitee for to here hem pleyne,/ Thurgh whiche pleintes gan hir wo encresse./ I prey yow al my labour to relesse;/ I may nat telle hir wo un-til tomorwe,/ I am so wery for to speke of sorwe.//

But fynally, when that the sooth is wist/ That Alla giltelees was of hir wo,/ I trowe an hundred tymes been they kist,/ And swich a blisse is ther bitwix hem two/ That, save the Ioye that lasteth evermo,/ Ther is non lyk, that any creature/ Hath seyn or shal, whyl that the world may dure.//

pormenores; seja lá como for, ele foi à festa. E o fato é que, instruído pela mãe, o rapazinho, a certa altura, postou-se diante de Aella, olhando-o fixamente no rosto. Grande foi a surpresa do rei, que perguntou ao senador: "Quem é aquele belo menino?". "Não sei", respondeu o outro, "por Deus e por São João! Ele tem mãe, mas pai nenhum que se conheça..." E, em poucas palavras, contou-lhe como o encontrara com a mãe, a respeito de quem comentou: "Por Deus, nunca em minha vida eu soube de uma pessoa tão virtuosa quanto ela; jamais vi nem ouvi falar de outra mulher assim, solteira ou casada. É uma mulher que, certamente, prefere um punhal no peito a praticar o mal. Não, ninguém seria capaz de induzi-la a pecar".

Os traços do rapazinho, tanto quanto possível, eram parecidos com os de Constância. E como o rei ainda se lembrava muito bem do rosto de sua esposa, começou a imaginar se não seria ela a sua mãe. Suspirando discretamente, tratou de deixar a mesa o mais depressa que pôde. "Por Deus", pensava ele, "por certo estou delirando! A própria razão me obriga a acreditar que minha esposa morreu no mar salgado." Depois, no entanto, fez outro raciocínio: "Mas quem sabe se Cristo não a trouxe a salvo até aqui, assim como antes a levara a salvo até o meu país?".

À tarde, a fim de constatar essa miraculosa possibilidade, ele foi com o senador à casa deste. O romano o recebeu com todas as honras, e logo mandou chamar Constância. Ela, porém, ao saber quem a procurava, não sentiu absolutamente ímpetos de dançar; pelo contrário, não tinha vontade nem de levantar-se. Quando, por fim, Aella viu sua mulher, saudou-a afetuosamente, chorando que dava pena; ele a reconheceu assim que pôs os olhos nela. Mas ela, ressentida, ficou muda como uma árvore, com o coração trancado na amargura, a recordar-se de sua crueldade.

Duas vezes desmaiou ela na presença do marido, que, sem cessar o pranto, buscava desculpar-se: "Que Deus e todos os santos resplendentes tenham piedade de minha alma! Juro que não tenho culpa dos males por que passaste com Maurício, meu filho, que tanto se parece contigo. Pode levar-me o diabo, se isso não for verdade!". E foi longo o soluçar e a amarga pena dos corações tristonhos antes que se acalmassem; profundamente comoviam seus lamentos, que em novo lamentar se desdobravam. Peço-vos, porém, que me dispensem da tarefa de descrever seu sofrimento, pois eu não poderia fazer isso nem mesmo até amanhã. Estou cansado de falar de coisas tristes!

O Conto do Magistrado

Tho preyde she hir housbond mekely,/ In relief of hir longe pitous pyne,/ That he wold preye hir fader specially/ That, of his magestee, he wolde enclyne/ To vouche-sauf som day with him to dyne;/ She preyde him eek, he sholde by no weye/ Un-to hir fader no word of hir seye.// Som men wold seyn, how that the child Maurice/ Doth this message un-to this emperour;/ But, as I gesse, Alla was nat so nyce/ To him, that was of so sovereyn honour/ As he that is of cristen folk the flour,/ Sente any child, but it is bet to deme/ He wente him-self, and so it may wel seme.// This emperour hath graunted gentilly/ To come to diner, as he him bisoghte;/ And wel rede I, he loked bisily/ Up-on this child, and on his doghter thoghte./ Alla goth to his in, and, as him oghte,/ Arrayed for this feste in every wyse/ As ferforth as his conning may suffyse.//

The morwe cam, and Alla gan him dresse,/ And eek his wyf, this emperour to mete;/ And forth they ryde in Ioye and in gladnesse./ And whan she saugh hir fader in the strete,/ She lighte doun, and falleth him to fete./ 'Fader,' quod she, 'your yonge child Custance/ Is now ful clene out of your remembrance.// I am your doghter Custance,' quod she,/ 'That whylom ye han sent un-to Surrye./ It am I, fader, that in the salte see/ Was put allone and dampned for to dye./ Now, gode fader, mercy I yow crye,/ Send me namore un-to non hethenesse,/ But thonketh my lord heer of his kindenesse.'// Who can the pitous Ioye tellen al/ Bitwix hem three, sin they ben thus y-mette?/

But of my tale make an ende I shal;/ The day goth faste, I wol no lenger lette./ This glade folk to diner they hem sette;/ In Ioye and blisse at mete I lete hem dwelle/ A thousand fold wel more than I can telle.//

This child Maurice was sithen emperour/ Maad by the pope, and lived cristenly./ To Cristes chirche he dide greet honour;/ But I lete al his storie passen by,/ Of Custance is my tale specially./ In olde Romayn gestes may men finde/ Maurices lyf; I bere it noght in minde.//

This king Alla, whan he his tyme sey,/ With his Custance, his holy wyf so swete,/ To Engelond been they come the righte wey,/ Wher-as they live in Ioye and in quiete./ But litel whyl it lasteth, I yow hete,/ Ioye of this world, for tyme wol nat abyde;/ Fro day to night it changeth as the tyde.// Who lived ever in swich delyt o day/ That him ne moeved outher conscience,/ Or ire, or talent, or som kin affray,/ Envye, or pryde, or passion, or offence?/ I ne seye but for this ende this sentence,/ That litel whyl in Ioye or in plesance/ Lasteth the blisse of

Por fim, quando ficou comprovado que Aella era inocente, os dois se beijaram pelo menos cem vezes; e, com exceção da eterna bem-aventurança, jamais existiu, ou poderá existir, maior felicidade que a deles.

Então ela rogou humildemente ao marido, como recompensa para a sua longa e dura provação, que convidasse seu pai para jantar com ele um dia, deixando de lado, por alguns instantes, sua imperial majestade. Ao fazê-lo, contudo, não deveria dizer-lhe palavra alguma a respeito dela. De acordo com alguns autores, foi Maurício quem teria levado a mensagem ao Imperador... Acho, porém, que Aella não seria tolo a ponto de enviar uma simples criança ao supremo dignitário e flor da cristandade. Em meu entender, quem cumpriu essa missão foi ele próprio (se bem que acompanhado do pequeno). O Imperador gentilmente aceitou o convite, examinando atentamente, durante a audiência, aquele menino que lembrava sua filha. Depois disso, Aella voltou para a sua hospedaria, onde cuidou de preparar o banquete da melhor forma possível.

Na manhã seguinte, o rei e sua esposa aprontaram-se para recepcionar o Imperador, cavalgando ao seu encontro alegres e felizes. Assim que viu o pai, ela apeou e, em plena rua, ajoelhou-se a seus pés: "Pai, tua jovem filha por certo já se apagou de tua memória! Eu sou a pobre Constância, que outrora mandaste à Síria. Sou eu aquela que abandonaram num barco para morrer no mar salgado. Agora, meu pai tão generoso, suplico-te mercê! Não mais me envies para junto dos pagãos. E agradece ao senhor meu esposo, aqui presente, por sua grande bondade". Quem poderia retratar a alegria e a emoção dos três naquele encontro?

Mas preciso terminar a minha história; o dia passa rápido, não posso me alongar... Todos, muito felizes, foram então banquetear-se. E à mesa os deixo, mil vezes mais radiantes do que posso sugerir.

O menino Maurício foi, mais tarde, sagrado Imperador pelo Papa, vivendo sempre cristãmente e honrando a Santa Igreja... Mas vou deixar de lado a sua vida, porque meu conto trata especificamente de Constância. Quem quiser saber mais sobre Maurício deve ler a antiga história de Roma — mesmo porque de muita coisa não me lembro.

Quanto ao rei Aella, no momento oportuno, acompanhado de sua Constância, sua santa e doce esposa, voltou diretamente para a Inglaterra, e lá viveu em paz e na ventura. Mas — posso assegurar-vos — essa felicidade não durou muito, pois as alegrias deste mundo são efêmeras, mudando, como as marés, da noite para o dia. Quem jamais viveu um dia sequer em júbilo perfeito, sem remorsos de consciência, sem os tor-

Alla with Custance.// For deeth, that taketh of heigh and low his rente,/ When passed was a yeer, even as I gesse,/ Out of this world this king Alla he hente,/ For whom Custance hath ful gret hevinesse./ Now lat us preyen god his soule blesse!/

And dame Custance; fynally to seye,/ Towards the toun of Rome gooth hir weye.// To Rome is come this holy creature,/ And fyndeth ther hir frendes hole and sounde:/ Now is she scaped al hir aventure;/ And whan that she hir fader hath y-founde,/ Doun on hir kneës falleth she to grounde;/ Weping for tendrenesse in herte blythe,/ She herieth god an hundred thousand sythe.// In vertu and in holy almes-dede/ They liven alle, and never a-sonder wende;/ Til deeth departed hem, this lyf they lede./

And fareth now weel, my tale is at an ende./ Now Iesu Crist, that of his might may sende/ Ioye after wo, governe us in his grace,/ And kepe us alle that ben in this place! — Amen./

Here endeth the Tale of the Man of Lawe; and next folweth the Shipmannes Prolog.

mentos da ira, do desejo ou do temor, sem inveja, paixão, orgulho, ofensa? E essa opinião é reforçada pela brevidade da ventura que Aella conheceu com sua Constância! De fato, a morte, que exige o seu tributo de grandes e de humildes, levou embora o rei, nem bem se passara um ano, deixando a infeliz esposa na tristeza mais profunda. Que Deus proteja sua alma!

Para concluir, direi que, logo depois, a senhora Constância retornou a Roma, onde a santa criatura reencontrou com saúde suas velhas amizades. Finalmente, haviam terminado as suas aventuras... Ao rever o pai, caiu de joelhos; e, com o coração enternecido, chorou de alegria, e cem mil vezes deu graças ao Senhor! Depois, praticando a virtude e a caridade, viveu com ele até que a morte os separasse.

Aqui me despeço: meu conto chegou ao fim. Que Jesus Cristo, que tem o poder de mudar a dor em alegria, nos conduza à sua graça, guardando a todos os que aqui se encontram! — Amém.

Concluído o Conto do Magistrado, segue-se o Prólogo do Homem do Mar.

The Shipmannes Tale

Here biginneth the Shipmannes Prolog.

 Our hoste up-on his stiropes stood anon,/ And seyde, 'good men, herkneth everich on;/ This was a thrifty tale for the nones!/ Sir parish prest,' quod he, 'for goddes bones,/ Tel us a tale, as was thy forward yore./ I see wel that ye lerned men in lore/ Can moche good, by goddes dignitee!'/
 The Persone him answerde, '*benedicite*!/ What eyleth the man, so sinfully to swere?'/
 Our hoste answerde, 'O Iankin, be ye there?/ I smelle a loller in the wind,' quod he./ 'How! good men,' quod our hoste, 'herkneth me;/ Abydeth, for goddes digne passioun,/ For we shal han a predicacioun;/ This loller heer wil prechen us som-what.'/

O Conto do Homem do Mar

Aqui começa o Prólogo do Homem do Mar.

Nosso Albergueiro ficou de pé nos estribos e exclamou: "Boa gente, escutem todos! Foi mesmo um conto edificante, próprio para a ocasião!". E depois, apontando um de nós, disse: "Senhor Pároco, pelos ossos de Cristo, conte-nos agora uma história, conforme prometeu. Estou vendo que esses homens estudados sabem um monte de coisas boas, pela grandeza de Deus!".

Respondeu o Pároco: "*Benedicite*! Que bicho mordeu o homem, para usar assim o santo nome de Deus em vão?".

O Albergueiro retrucou: "Oi, Jankin! É você que está aí, padreco? Sinto o cheiro de um fanático no ar". E, voltando-se para os outros: "Atenção, boa gente! Prestem todos atenção! Pela santa paixão de Cristo, esperem, porque agora vamos ouvir uma prédica. Este *lollard*[86] aqui quer nos fazer um sermão".

---

[86] Seguidores fanáticos do movimento religioso reformista liderado por John Wyclif (*c.* 1320-1384). (N. da E.)

'Nay, by my fader soule! that shal be nat,'/ Seyde the Shipman; 'heer he shal nat preche,/ He shal no gospel glosen heer ne teche./ We leve alle in the grete god,' quod he,/ 'He wolde sowen som difficultee,/ Or springen cokkel in our clene corn;/ And therfor, hoste, I warne thee biforn,/ My Ioly body shal a tale telle,/ And I shal clinken yow so mery a belle,/ That I shal waken al this companye;/ But it shal nat ben of philosophye,/ Ne physices, ne termes queinte of lawe;/ Ther is but litel Latin in my mawe.'/

Here endeth the Shipman his Prolog.

Here biginneth the Shipmannes Tale.

 A marchant whylom dwelled at Seint Denys,/ That riche was, for which men helde him wys;/ A wyf he hadde of excellent beautee,/ And compaignable and revelous was she,/ Which is a thing that causeth more dispence/ Than worth is al the chere and reverence/ That men hem doon at festes and at daunces;/ Swiche salutaciouns and contenaunces/ Passen as dooth a shadwe up-on the wal./ But wo is him that payen moot for al;/
 The sely housbond, algate he mot paye;/ He moot us clothe, and he moot us arraye,/ Al for his owene worship richely,/ In which array we daunce Iolily./ And if that he noght may, par-aventure,/ Or elles, list no swich dispence endure,/ But thinketh it is wasted and y-lost,/ Than moot another payen for our cost,/ Or lene us gold, and that is perilous./
 This noble Marchant heeld a worthy hous,/ For which he hadde alday so greet repair/ For his largesse, and for his wyf was fair,/ That wonder is; but herkneth to my tale./ Amonges alle his gestes, grete and smale,/ Ther was a monk, a fair man and a bold,/

"Não, pela alma de meu pai, de jeito nenhum!", interveio o Homem do Mar. "Pregar aqui é que não vai. Ele não tem nada que ficar aí a ensinar-nos ou a explicar-nos o Evangelho! Todos nós aqui acreditamos em Deus. Ele só iria semear dúvidas e sujar de joio o nosso trigo. Por isso, Albergueiro, estou lhe avisando: quem agora vai lhes contar uma história é a minha alegre pessoa. E o sino que pretendo tocar é tão animado, que há de acordar a comitiva inteira. Só que meu conto não tem nada de filosofia, nem de ciência física, nem daqueles termos arrevesados dos juristas. Tenho pouco latim no papo!"

Aqui termina o Prólogo do Homem do Mar.

Aqui tem início o Conto do Homem do Mar.

Vivia outrora em Saint-Denis um mercador que, por ser rico, era considerado esperto. Estava casado com uma mulher de extraordinária beleza, e, ademais, apreciadora da vida social e dos prazeres mundanos — ainda que o dinheiro que se gasta nas festas e nos bailes valha muito mais que os sorrisos e os cumprimentos que se ganham. Os olhares e os galanteios passam como sombras na parede... E azar daquele que tem que pagar a conta!

As mulheres, porém, não se importam com isso:[87] "Ora, quem deve pagar é o idiota do marido. É ele quem deve nos vestir, quem deve nos cobrir de joias... Afinal, quando exibimos nossos ricos trajes, dançando alegremente, é ele quem faz boa figura aos olhos da sociedade. E quando ele não paga — ou porque não pode, ou porque julga tais despesas uma tolice e um desperdício — então outro homem é quem vai ter que assumir o encargo ou emprestar-nos o dinheiro, o que não deixa de ser perigoso".

Esse nobre mercador possuía uma bela casa; e era espantoso o número de visitas que recebia ali, seja por sua hospitalidade, seja pelos encantos da mulher. Mas ouçam minha história. Entre os hóspedes habituais, importantes ou humildes, figurava um monge — atrevido, benfeito

---

[87] Estas palavras, bem como as aspas a seguir, foram acrescentadas ao texto nesta tradução para se adequar a fala ao sexo do narrador. Sua ausência no original sugere que, a princípio, o conto se destinava à Mulher de Bath. Após a mudança, Chaucer não deve ter tido tempo de adaptá-lo ao Homem do Mar. (N. do T.)

I trowe of thritty winter he was old,/ That ever in oon was drawing to that place./ This yonge monk, that was so fair of face,/ Aqueinted was so with the gode man,/ Sith that hir firste knoweliche bigan,/ That in his hous as famulier was he/ As it possible is any freend to be./ And for as muchel as this gode man/ And eek this monk, of which that I bigan,/ Were bothe two y-born in o village,/ The monk him claimeth as for cosinage;/ And he again, he seith nat ones nay,/ But was as glad ther-of as fowel of day;/ For to his herte it was a greet plesaunce./ Thus been they knit with eterne alliaunce,/ And ech of hem gan other for tassure/ Of bretherhede, whyl that hir lyf may dure./

Free was daun Iohn, and namely of dispence,/ As in that hous; and ful of diligence/ To doon plesaunce, and also greet costage./ He noght forgat to yeve the leeste page/ In al that hous; but, after hir degree,/ He yaf the lord, and sitthe al his meynee,/ When that he cam, som maner honest thing;/ For which they were as glad of his coming/ As fowel is fayn, whan that the sonne up-ryseth./ Na more of this as now, for it suffyseth./

But so bifel, this marchant on a day/ Shoop him to make redy his array/ Toward the toun of Brugges for to fare,/ To byën ther a porcioun of ware;/ For which he hath to Paris sent anon/ A messager, and preyed hath daun Iohn/ That he sholde come to Seint Denys to pleye/ With him and with his wyf a day or tweye,/ Er he to Brugges wente, in alle wyse./

This noble monk, of which I yow devyse,/ Hath of his abbot, as him list, licence,/ By-cause he was a man of heigh prudence,/ And eek an officer, out for to ryde,/ To seen hir graunges and hir bernes wyde;/ And un-to Seint Denys he comth anon./ Who was so welcome as my lord daun Iohn,/ Our dere cosin, ful of curteisye?/ With him broghte he a Iubbe of Malvesye,/ And eek another, ful of fyn Vernage,/ And volatyl, as ay was his usage./ And thus I lete hem ete and drinke and pleye,/ This marchant and this monk, a day or tweye./

The thridde day, this marchant up aryseth,/ And on his nedes sadly him avyseth,/ And up in-to his countour-hous goth he/ To rekene with him-self, as wel may be,/ Of thilke yeer, how that it with him stood,/ And how that he despended hadde his good;/ And if that he encressed were or noon./ His bokes and his bagges many oon/ He leith biforn him on his counting-bord;/ Ful riche was his tresor

de feições, com uns trinta anos de idade — que, virava e mexia, estava aparecendo por lá. Esse jovem monge de bela aparência, chamado Dom John, buscou entrar na intimidade do bom homem tão logo o conheceu, de modo que, em pouco tempo, era tratado com tal familiaridade que parecia um velho amigo da casa. Ainda mais que, como o comerciante e o monge de quem falo haviam ambos nascido na mesma aldeia, este insistia em afirmar que eram primos. A ideia agradava ao mercador, entusiasmando-o como o dia ao passarinho, pois no fundo achava uma honra aquele parentesco. Cimentaram assim sua amizade eterna, com mútuas garantias de fraternidade enquanto durassem suas vidas.

Naquela casa Dom John sempre se mostrava generoso, principalmente com o seu dinheiro, não poupando gastos para agradar a todos. Não se esquecia de presentear nem mesmo o pajem mais humilde. E, quando chegava, trazia sempre uma coisa boa para cada um, a começar pelo patrão, e depois para toda a criadagem. Naturalmente, todo mundo se alegrava com sua vinda, tal como a ave se alegra com o raiar do sol. Mas, sobre isso, acho que já falei o suficiente.

Então, um belo dia, aconteceu que o mercador resolveu aprontar sua bagagem a fim de viajar para a cidade de Bruges, onde pretendia comprar algumas mercadorias. Diante disso, mandou a Paris um mensageiro, convidando Dom John a passar um ou dois dias com ele e sua mulher em Saint-Denis, para que se distraíssem um pouco antes de sua viagem a Bruges.

O nobre monge, sendo um homem de alta responsabilidade e um administrador, tinha licença permanente do abade para sair quando quisesse, pois estava sempre precisando cavalgar por toda parte para vistoriar as quintas e os celeiros da abadia. Por isso, veio sem demora a Saint-Denis. Quem teria ali recepção mais calorosa que Dom John, nosso querido primo, um homem tão gentil? Como de hábito, trouxe ele consigo duas barricas de vinho, uma cheia de Malvasia e outra do melhor Vernaccia, além de muita caça. E, por dois dias, lá ficaram eles a comer, a beber e a rir, o mercador e o monge.

No terceiro dia, contudo, assim que se levantou, o mercador pôs-se a pensar seriamente nos negócios. Subiu então para o seu escritório a fim de, isolado do mundo, fazer um balanço de como estavam as coisas para ele aquele ano, e como havia investido o seu dinheiro, e se havia tido lucro ou prejuízo. Espalhou à sua frente, sobre a mesa, todos os seus livros e sacos de moedas. E, como o seu butim e o seu tesouro não eram

and his hord,/ For which ful faste his countour-dore he shette;/ And eek he nolde that no man sholde him lette/ Of his accountes, for the mene tyme;/ And thus he sit til it was passed pryme./

Daun Iohn was risen in the morwe also,/ And in the gardin walketh to and fro,/ And hath his thinges seyd ful curteisly./

This gode wyf cam walking prively/ In-to the gardin, ther he walketh softe,/ And him saleweth, as she hath don ofte./ A mayde child cam in hir companye,/ Which as hir list she may governe and gye,/ For yet under the yerde was the mayde./ 'O dere cosin myn, daun Iohn,' she sayde,/ 'What eyleth yow so rathe for to ryse?'/

'Nece,' quod he, 'it oghte y-nough suffyse/ Fyve houres for to slepe up-on a night,/ But it were for an old appalled wight,/ As been thise wedded men, that lye and dare/ As in a forme sit a wery hare,/ Were al for-straught with houndes grete and smale./ But dere nece, why be ye so pale?/ I trowe certes that our gode man/ Hath yow laboured sith the night bigan,/ That yow were nede to resten hastily?'/ And with that word he lough ful merily,/ And of his owene thought he wex al reed./

This faire wyf gan for to shake hir heed,/ And seyde thus, 'ye, god wot al,' quod she;/ 'Nay, cosin myn, it stant nat so with me./ For, by that god that yaf me soule and lyf,/ In al the reme of France is ther no wyf/ That lasse lust hath to that sory pley./ For I may singe "allas" and "weylawey,/ That I was born," but to no wight,' quod she,/ 'Dar I nat telle how that it stant with me./ Wherfore I thinke out of this land to wende,/ Or elles of my-self to make an ende,/ So ful am I of drede and eek of care.'/

This monk bigan up-on this wyf to stare,/ And seyde, 'allas, my nece, god forbede/ That ye, for any sorwe or any drede,/ Fordo your-self; but telleth me your grief;/ Paraventure I may, in your meschief,/ Conseille or helpe, and therfore telleth me/ Al your anoy, for it shal been secree;/ For on my porthors here I make an ooth,/ That never in my lyf, for lief ne looth,/ Ne shal I of no conseil yow biwreye.'/

'The same agayn to yow,' quod she, 'I seye;/ By god and by this porthors, I yow swere,/ Though men me wolde al in-to peces tere,/ Ne shal I never, for to goon to helle,/ Biwreye a word of thing that ye me telle,/ Nat for no cosinage ne alliance,/ But verraily, for love and affiance.'/ Thus been they sworn, and heer-upon they kiste,/ And ech of hem tolde other what hem liste./

pouca coisa, trancou muito bem a porta — ainda mais que não queria ser importunado enquanto fazia os seus cálculos. E lá se deixou ficar até depois da hora prima.

Também Dom John se levantou cedinho e procurou o jardim, onde escrupulosamente foi dizer as suas rezas, andando para cá e para lá.

A esse mesmo jardim, onde ele sem pressa passeava, veio às ocultas, com passinhos leves, a boa mulher. Fez-lhe a saudação costumeira. Vinha acompanhada de uma menina que, por ser menor de idade, ainda estava sujeita às suas repreensões e vergastadas. "Oh Dom John, meu caro primo", exclamou ela, "por que está de pé tão cedo?"

"Prima", respondeu ele, "cinco horas de sono por noite são mais que suficientes — a não ser para um velho doente, ou para um desses maridos que ficam atordoados e zonzos como uma lebre exausta na toca, amedrontada por cães de todos os tamanhos. Mas, minha prima, por que está tão pálida? Será que o nosso bom homem daquele seu marido a obrigou a trabalhar a noite inteira, deixando-a esgotada?" E riu ao dizer isso, corando com seu próprio pensamento.

A bela mulher sacudiu a cabeça e deu um suspiro: "Ai, quisera Deus!". E prosseguiu: "Não, primo, as coisas comigo não se passam bem assim, pois, por aquele Deus que me deu alma e vida, não há em todo o reino da França mulher que ache menos graça naquele jogo infeliz. Só que, mesmo que eu morra de vontade de sair por aí cantando 'oh, que miséria!' e 'ai, por que nasci?', não tenho coragem de contar para ninguém como as coisas de fato estão para o meu lado. De tanto medo e tanta preocupação, eu às vezes até penso em fugir deste lugar... ou então pôr um fim na vida!".

O monge olhou-a fixamente e disse: "Não fale assim, minha prima! Deus nos livre de uma desgraça dessas, você se matar de medo ou de tristeza... Mas conte-me o que a aflige tanto. Quem sabe se não poderei aconselhá-la ou ajudá-la em sua infelicidade? Diga-me o que a incomoda, que eu sei guardar segredo. Juro, com a mão em meu breviário, que jamais trairei sua confiança, aconteça o que acontecer".

"O mesmo lhe prometo eu", disse ela, "por Deus e pelo seu breviário! Mesmo que me façam em pedaços ou tenha que ir para o inferno, juro-lhe que nunca hei de delatar uma palavrinha que seja do que me disser. E juro isso não porque somos primos ou aliados, mas, na verdade, pela confiança e pelo amor que sinto." E eles então fizeram o juramento, selaram-no com um beijo, e disseram um ao outro tudo o que desejavam.

O Conto do Homem do Mar

'Cosin,' quod she, 'if that I hadde a space,/ As I have noon, and namely in this place,/ Than wolde I telle a legende of my lyf,/ What I have suffred sith I was a wyf/ With myn housbonde, al be he your cosyn.'/

'Nay,' quod this monk, 'by god and seint Martyn,/ He is na more cosin un-to me/ Than is this leef that hangeth on the tree!/ I clepe him so, by Seint Denys of Fraunce,/ To have the more cause of aqueintaunce/ Of yow, which I have loved specially/ Aboven alle wommen sikerly;/ This swere I yow on my professioun./ Telleth your grief, lest that he come adoun,/ And hasteth yow, and gooth your wey anon.'/

'My dere love,' quod she, 'o my daun Iohn,/ Ful lief were me this conseil for to hyde,/ But out it moot, I may namore abyde./ Myn housbond is to me the worste man/ That ever was, sith that the world bigan./ But sith I am a wyf, it sit nat me/ To tellen no wight of our privetee,/ Neither a bedde, ne in non other place;/ God shilde I sholde it tellen, for his grace!/ A wyf ne shal nat seyn of hir housbonde/ But al honour, as I can understonde;/ Save un-to yow thus muche I tellen shal;/ As help me god, he is noght worth at al/ In no degree the value of a flye./ But yet me greveth most his nigardye;/ And wel ye woot that wommen naturelly/ Desyren thinges sixe, as wel as I./ They wolde that hir housbondes sholde be/ Hardy, and wyse, and riche, and ther-to free,/ And buxom to his wyf, and fresh a-bedde./ But, by that ilke lord that for us bledde,/ For his honour, my-self for to arraye,/ A Sonday next, I moste nedes paye/ An hundred frankes, or elles am I lorn./ Yet were me lever that I were unborn/ Than me were doon a sclaundre or vileinye;/ And if myn housbond eek it mighte espye,/ I nere but lost, and therfore I yow preye/ Lene me this somme, or elles moot I deye./ Daun Iohn, I seye, lene me thise hundred frankes;/ Pardee, I wol nat faille yow my thankes,/ If that yow list to doon that I yow praye./ For at a certein day I wol yow paye,/ And doon to yow what plesance and servyce/ That I may doon, right as yow list devyse./ And but I do, god take on me vengeance/ As foul as ever had Geniloun of France!'/

"Primo", continuou ela, "se eu tivesse tempo — coisa que não tenho, ainda mais neste lugar — eu lhe contaria a tragédia que tem sido a minha vida, e o que tenho passado desde que me casei com esse meu marido... mesmo sabendo que ele é seu primo."

"Meu primo?!", protestou o monge. "Por Deus e São Martinho, ele é tão meu primo quanto esta folha pendurada nesta árvore! Por São Dionísio de França, eu só o chamo assim para poder chegar até você, por quem tenho uma afeição toda especial, uma afeição como nunca senti por nenhuma outra mulher. Juro por meus votos sacerdotais! Agora, conte-me logo o seu problema, antes que ele desça; e então poderá ir-se embora."

"Meu querido", começou ela, "oh meu Dom John, como eu gostaria de guardar para sempre este segredo! Mas tenho que pô-lo para fora; não aguento mais. Meu marido é o pior homem que já existiu neste mundo. Sendo sua mulher, sei que não convém ficar comentando por aí o que se passa em nossa intimidade, seja na cama, seja nas outras coisas. Deus me livre! Entendo que uma esposa só deve falar bem do marido. Por isso, só vou dizer uma coisa... e apenas para você: em nome dos Céus, ele é para mim mais desprezível que uma mosca! E o que mais me irrita nele é a sua avareza. Como você sabe, há seis coisas que todas nós mulheres desejamos: que os nossos maridos sejam corajosos, espertos, ricos — e, por conseguinte — generosos, bonzinhos conosco e quentes na cama. Mas, por Cristo que derramou seu sangue por nós, no domingo que vem, por causa de uma dívida que fiz para poder vestir-me de modo apresentável e melhorar a imagem dele perante a sociedade, estarei perdida se não arranjar cem francos. Oh, eu preferiria não ter nascido a me tornar objeto de escândalo e de mexericos... Coitada de mim se meu marido vier a saber disso! É por isso que lhe imploro: empreste-me aquela soma, senão ele me mata! Por favor, Dom John, empreste-me os cem francos. Se me fizer isso, juro por Deus como não serei ingrata; não só lhe devolverei o dinheiro no prazo, como estarei a seu dispor para prestar-lhe os favores e serviços que puder, no que for de seu agrado. Se eu não cumprir minha palavra, que Deus me castigue com o mesmo rigor com que puniu o traiçoeiro Ganelon de França."[88]

---

[88] Foi o traidor do exército de Carlos Magno em Roncesvalles. Seu castigo foi ser estraçalhado por quatro cavalos. (N. do T.)

O Conto do Homem do Mar

This gentil monk answerde in this manere;/ 'Now, trewely, myn owene lady dere,/ I have,' quod he, 'on yow so greet a routhe,/ That I yow swere and plighte yow my trouthe,/ That whan your housbond is to Flaundres fare,/ I wol delivere yow out of this care;/ For I wol bringe yow an hundred frankes.'/ And with that word he caughte hir by the flankes,/ And hir embraceth harde, and kiste hir ofte./ 'Goth now your wey,' quod he, 'al stille and softe,/ And lat us dyne as sone as that ye may;/ For by my chilindre it is pryme of day./ Goth now, and beeth as trewe as I shal be.'/

'Now, elles god forbede, sire,' quod she,/ And forth she gooth, as Iolif as a pye,/ And bad the cokes that they sholde hem hye,/ So that men mighte dyne, and that anon./ Up to hir housbonde is this wyf y-gon,/ And knokketh at his countour boldely./

'*Qui la?*' quod he. 'Peter! it am I,'/ Quod she, 'what, sire, how longe wol ye faste?/ How longe tyme wol ye rekene and caste/ Your sommes, and your bokes, and your thinges?/ The devel have part of alle swiche rekeninges!/ Ye have y-nough, pardee, of goddes sonde;/ Come doun to-day, and lat your bagges stonde./ Ne be ye nat ashamed that daun Iohn/ Shal fasting al this day elenge goon?/ What! lat us here a messe, and go we dyne.'/

'Wyf,' quod this man, 'litel canstow devyne/ The curious bisinesse that we have./ For of us chapmen, al-so god me save,/ And by that lord that cleped is Seint Yve,/ Scarsly amonges twelve ten shul thryve,/ Continuelly, lastinge un-to our age./ We may wel make chere and good visage,/ And dryve forth the world as it may be,/ And kepen our estaat in privetee,/ Til we be deed, or elles that we pleye/ A pilgrimage, or goon out of the weye./ And therfor have I greet necessitee/ Up-on this queinte world tavyse me;/ For evermore we mote stonde in drede/ Of hap and fortune in our chapmanhede./

To Flaundres wol I go to-morwe at day,/ And come agayn, as sone as ever I may./ For which, my dere wyf, I thee biseke,/ As be to every wight buxom and meke,/ And for to kepe our good be curious,/ And honestly governe wel our hous./ Thou hast y-nough, in every maner wyse,/ That to a thrifty houshold may suffyse./ Thee lakketh noon array ne no vitaille,/ Of silver in thy purs shaltow nat faille.'/

Assim respondeu o gentil monge: "Em verdade, oh dona de meus sentimentos, tão condoído fiquei de sua situação, que lhe juro, com o penhor de minha palavra, que, assim que seu marido viajar para Flandres, vou livrá-la de suas preocupações; vou lhe trazer os cem francos". E, ao dizer isso, agarrou-a pelos quadris, apertou-a com força contra si, e deu-lhe vários beijos. "Agora vá", disse ele, "com cuidado e sem fazer barulho. E mande servir o jantar assim que puder, pois, de acordo com meu cilindro,[89] já estamos na hora prima. Vá. Cumpra a sua parte como vou cumprir a minha."

"Oh não, não tenha dúvida, por Deus!", assegurou a mulher. E lá se foi, contente como uma pega, e ordenou aos cozinheiros que se apressassem e aprontassem o jantar. Depois, subiu as escadas à procura do marido, batendo com vigor à porta do escritório.

"*Qui là?*", perguntou ele. "Peter! Sou eu", respondeu ela. "Ora, até quando você quer jejuar? Quanto tempo ainda vai ficar aí, examinando e repassando as suas somas e os seus livros e as suas coisas? Que vão para o diabo todos esses cálculos! Pelos Céus, você já tem bens de Deus em quantidade suficiente; saia daí, e deixe os sacos de dinheiro em paz. Você não tem vergonha de fazer Dom John jejuar o dia inteiro? Chega, vamos ouvir uma missa e depois vamos comer."

"Mulher", disse o marido, "você nem imagina como o nosso trabalho é complicado. Por Deus e por Santo Ivo, de cada doze mercadores apenas dois conseguem atingir a nossa idade progredindo sem tropeços. E, quando as coisas vão mal, ou nós fazemos cara alegre e vamos levando o mundo do modo como podemos, escondendo até à morte a nossa situação real, ou então dizemos aos credores que vamos a uma romaria, e desaparecemos. Por isso é que preciso estar bem preparado para enfrentar as armadilhas deste nosso mundo; no comércio, os maiores perigos são os azares e os golpes inesperados da Fortuna.

"Parto amanhã cedo para Flandres, e volto assim que puder. Portanto, minha querida, eu lhe peço que, na minha ausência, seja atenciosa e gentil com todos, cuidando muito bem de tudo o que é nosso e dirigindo a casa da maneira apropriada. Você tem tudo o de que um lar frugal necessita, e não lhe faltam víveres nem agasalhos. Além disso, encontrará alguma prata em sua bolsa para as emergências."

---

[89] Era uma espécie de relógio de sol portátil. (N. do T.)

And with that word his countour-dore he shette,/ And doun he gooth, no lenger wolde he lette,/ But hastily a messe was ther seyd,/ And spedily the tables were y-leyd,/ And to the diner faste they hem spedde;/ And richely this monk the chapman fedde./

At-after diner daun Iohn sobrely/ This chapman took a-part, and prively/ He seyde him thus, 'cosyn, it standeth so,/ That wel I see to Brugges wol ye go./ God and seint Austin spede yow and gyde!/ I prey yow, cosin, wysly that ye ryde;/ Governeth yow also of your diete/ Atemprely, and namely in this hete./ Bitwix us two nedeth no strange fare;/ Fare-wel, cosyn; god shilde yow fro care./ If any thing ther be by day or night,/ If it lye in my power and my might,/ That ye me wol comande in any wyse,/ It shal be doon, right as ye wol devyse./

O thing, er that ye goon, if it may be,/ I wolde prey yow; for to lene me/ An hundred frankes, for a wyke or tweye,/ For certein beestes that I moste beye,/ To store with a place that is oures./ God help me so, I wolde it were youres!/ I shal nat faille surely of my day,/ Nat for a thousand frankes, a myle-way./ But lat this thing be secree, I yow preye,/ For yet to-night thise beestes moot I beye;/ And fare-now wel, myn owene cosin dere,/ Graunt mercy of your cost and of your chere.'/

This noble marchant gentilly anon/ Answerde, and seyde, 'o cosin myn, daun Iohn,/ Now sikerly this is a smal requeste;/ My gold is youres, whan that it yow leste./ And nat only my gold, but my chaffare;/ Take what yow list, god shilde that ye spare./ But o thing is, ye knowe it wel y-nogh,/ Of chapmen, that hir moneye is hir plogh./ We may creaunce whyl we have a name,/ But goldlees for to be, it is no game./ Paye it agayn whan it lyth in your ese;/ After my might ful fayn wolde I yow plese.'/

Thise hundred frankes he fette forth anon,/ And prively he took hem to daun Iohn./ No wight in al this world wiste of this lone,/ Savinge this marchant and daun Iohn allone./ They drinke, and speke, and rome a whyle and pleye,/ Til that daun Iohn rydeth to his abbeye./

The morwe cam, and forth this marchant rydeth/ To Flaundres-ward; his prentis wel him gydeth,/ Til he cam in-to Brugges merily./ Now gooth this marchant faste and bisily/ Aboute his nede, and byeth and creaunceth./ He neither pleyeth at the dees

Tendo dito essas palavras, trancou a porta do escritório por fora e, sem mais tardança, desceu com ela as escadas. Rapidamente rezou-se uma missa, prontamente arrumou-se a mesa, e mais do que depressa sentaram-se todos para a lauta refeição que o mercador serviu ao monge.

Findo o repasto, Dom John discretamente chamou o mercador de lado e falou-lhe em particular: "Então, primo, você vai mesmo para Bruges! Que Deus e Santo Agostinho o guiem e guardem! Assim mesmo, peço-lhe que tome muito cuidado na estrada. E não se esqueça do regime alimentar; é bom comer com moderação, principalmente neste calor. Falo-lhe assim porque acho que não precisamos ser formais um com o outro. Adeus, primo; Deus o proteja! E se você, a qualquer momento, precisar de alguma coisa que esteja em meu poder e meu alcance, é só me avisar que será atendido prontamente.

"Há algo, porém, que, se possível, eu gostaria de pedir-lhe antes que se vá: será que não poderia emprestar-me cem francos, por uma ou duas semanas? Há uns animais que preciso comprar para formar o rebanho de um sítio que temos. Por Deus, seria bom se fosse seu! Prometo-lhe não atrasar a devolução nem pelo tempo que se leva para andar uma milha. Oh não, nem por mil francos! Só que isso tem que ficar em segredo, por favor; tenho medo de que me tomem o negócio! Vou comprar esse gado ainda esta noite. Adeus, meu caro primo. E obrigado por suas atenções e sua hospitalidade."

O nobre mercador gentilmente respondeu: "Oh primo, oh Dom John, o que me pede é uma ninharia! Quando precisar, meu ouro é seu; e não só meu ouro, mas todas as mercadorias que tenho. Por Deus, leve o que quiser, não se faça de rogado. Mas tem uma coisa: como você sabe, o dinheiro é o arado do mercador. Enquanto ele o tem, possui bom nome e tem crédito; se o ouro se acaba, a coisa não é brincadeira. Portanto, devolva-me os francos assim que puder; mas saiba que, dentro de minhas possibilidades, é sempre um prazer ajudá-lo".

Foi então buscar os cem francos, que, às escondidas de todos, entregou a Dom John. Fora os dois, ninguém mais ficou sabendo desse empréstimo. Em seguida, ambos beberam, conversaram, passearam e riram, até que o monge montou em seu cavalo e retornou à abadia.

Na manhã seguinte o mercador partiu para Flandres, levando seu aprendiz como guia, e chegou a Bruges sem qualquer incidente. Uma vez lá, foi logo tratar de seus negócios, comprando e fazendo empréstimos.

O Conto do Homem do Mar

ne daunceth;/ But as a marchant, shortly for to telle,/ He let his lyf, and there I lete him dwelle./

The Sonday next this Marchant was agon,/ To Seint Denys y-comen is daun Iohn,/ With crowne and berd all fresh and newe y-shave./ In al the hous ther nas so litel a knave,/ Ne no wight elles, that he nas ful fayn,/ For that my lord daun Iohn was come agayn./ And shortly to the point right for to gon,/ This faire wyf accorded with daun Iohn,/ That for thise hundred frankes he sholde al night/ Have hir in his armes bolt-upright;/ And this acord parfourned was in dede./ In mirthe al night a bisy lyf they lede/ Til it was day, that daun Iohn wente his way,/ And bad the meynee 'fare-wel, have good day!'/ For noon of hem, ne no wight in the toun,/ Hath of daun Iohn right no suspecioun./ And forth he rydeth hoom to his abbeye,/ Or where him list; namore of him I seye./

This marchant, whan that ended was the faire,/ To Seint Denys he gan for to repaire,/ And with his wyf he maketh feste and chere,/ And telleth hir that chaffare is so dere,/ That nedes moste he make a chevisaunce./ For he was bounde in a reconissaunce/ To paye twenty thousand sheeld anon./ For which this marchant is to Paris gon,/ To borwe of certein frendes that he hadde/ A certein frankes; and somme with him he ladde./

And whan that he was come in-to the toun,/ For greet chertee and greet affeccioun,/ Un-to daun Iohn he gooth him first, to pleye;/ Nat for to axe or borwe of him moneye,/ But for to wite and seen of his welfare,/ And for to tellen him of his chaffare,/ As freendes doon whan they ben met y-fere./ Daun Iohn him maketh feste and mery chere;/ And he him tolde agayn ful specially,/ How he hadde wel y-boght and graciously,/ Thanked be god, al hool his marchandyse./ Save that he moste, in alle maner wyse,/ Maken a chevisaunce, as for his beste,/ And thanne he sholde been in Ioye and reste./

Daun Iohn answerde, 'certes, I am fayn/ That ye in hele ar comen hoom agayn./ And if that I were riche, as have I blisse,/ Of twenty thousand sheeld shold ye nat misse,/ For ye so kindely this other day/ Lente me gold; and as I can and may,/ I thanke yow, by god and by seint Iame!/ But nathelees I took un-to our dame,/ Your wyf at hoom, the same gold ageyn/ Upon your bench; she

Não jogou dados, não dançou nos bailes; apenas, como bom mercador, cuidou de seus interesses. E lá o deixo por enquanto.

No domingo seguinte à partida do mercador, eis que Dom John retorna a Saint-Denis, com a tonsura e a barba perfumadas e aparadas. Na casa não havia criadinho, nem qualquer outra pessoa, que não se mostrasse satisfeitíssimo com o regresso de meu senhor Dom John. E, para irmos direto ao ponto, a bela mulher novamente lhe assegurou que, em troca daqueles cem francos, passaria a noite em seus braços, à sua disposição. E foi o que, de fato, ela fez. Foi uma agitada noite de alegria, até que finalmente o dia raiou e o monge foi-se embora, dizendo "adeus" e "passar bem" à criadagem (pois ninguém ali, nem na cidade, desconfiava dele). E assim cavalgou para a abadia, ou para outro lugar qualquer — o que não nos interessa.

O mercador, terminada a grande feira de Bruges, tratou de voltar a Saint-Denis, onde foi festiva e alegremente recebido pela esposa, a quem contou que, devido aos altos preços das mercadorias, fora obrigado a assinar uma promissória, no valor de vinte mil escudos, que estava para vencer. Portanto, para resgatá-la, pretendia ir imediatamente a Paris, pensando em completar a parcela que levava consigo com os francos que seus amigos ali lhe emprestariam.

Tendo chegado à cidade, a primeira coisa que fez, movido pela afeição e pela estima, foi visitar Dom John; e o fez pelo prazer do reencontro, e não para cobrar sua dívida ou pedir dinheiro emprestado. Só queria ver como ele estava e, ao mesmo tempo, contar-lhe como foram seus negócios, como fazem os amigos quando se reúnem. Dom John, muito contente, deu-lhe as boas-vindas; e ele, outra vez, relatou como suas compras foram um sucesso, e como, graças a Deus, trouxe mercadorias de ótima qualidade — só que, devido às circunstâncias, teve que fazer um empréstimo, da melhor forma que pôde, mas que estava para liquidá-lo, podendo então descansar feliz.

Respondeu-lhe Dom John: "Naturalmente, folgo em vê-lo de regresso e com saúde. E, por minha alma, asseguro-lhe que, se eu fosse rico, você não iria passar sem aqueles vinte mil escudos — ainda mais que, há poucos dias, demonstrou tanta generosidade para comigo, cedendo-me seu dinheiro. Sendo pobre, porém, agradeço-lhe como sei e como posso, por Deus e por São Tiago! A propósito, já que estamos falando nisso, eu já devolvi à senhora nossa, sua estimada esposa, a soma que me emprestou, entregando-a pessoalmente em sua casa, e deixando-

woot it wel, certeyn,/ By certein tokenes that I can hir telle./ Now, by your leve, I may no lenger dwelle,/ Our abbot wol out of this toun anon;/ And in his companye moot I gon./ Grete wel our dame, myn owene nece swete,/ And fare-wel, dere cosin, til we mete!'/

This Marchant, which that was ful war and wys,/ Creaunced hath, and payd eek in Parys,/ To certeyn Lumbardes, redy in hir hond,/ The somme of gold, and gat of hem his bond;/ And hoom he gooth, mery as a papeiay./ For wel he knew he stood in swich array,/ That nedes moste he winne in that viage/ A thousand frankes above al his costage./

His wyf ful redy mette him atte gate,/ As she was wont of old usage algate,/ And al that night in mirthe they bisette;/ For he was riche and cleerly out of dette./ Whan it was day, this marchant gan embrace/ His wyf al newe, and kiste hir on hir face,/ And up he gooth and maketh it ful tough./ 'Namore,' quod she, 'by god, ye have y-nough!'/ And wantounly agayn with him she pleyde;/

Til, atte laste, that this Marchant seyde,/ 'By god,' quod he, 'I am a litel wrooth/ With yow, my wyf, al-thogh it be me looth./ And woot ye why? by god, as that I gesse,/ That ye han maad a maner straungenesse/ Bitwixen me and my cosyn daun Iohn./ Ye sholde han warned me, er I had gon,/ That he yow hadde an hundred frankes payed/ By redy tokene; and heeld him yvel apayed,/ For that I to him spak of chevisaunce,/ Me semed so, as by his contenaunce./ But nathelees, by god our hevene king,/ I thoghte nat to axe of him no-thing./ I prey thee, wyf, ne do namore so;/ Tel me alwey, er that I fro thee go,/ If any dettour hath in myn absence/ Y-payëd thee;/ lest, thurgh thy necligence,/ I mighte him axe a thing that he hath payed.'/

This wyf was nat afered nor affrayed,/ But boldely she seyde, and that anon:/ 'Marie, I defye the false monk, daun Iohn!/ I kepe nat of hise tokenes never a deel;/ He took me certein gold, that woot I weel!/ What! yvel thedom on his monkes snoute!/ For, god it woot, I wende, withouten doute,/ That he had yeve it me bycause of yow,/ To doon ther-with myn honour and my prow,/ For cosinage, and eek for bele chere/ That he hath had ful ofte tymes here./ But sith I see I stonde in this disioint,/ I wol answere

-a sobre a sua escrivaninha. Ela certamente irá confirmar isso; e eu próprio tenho meios para comprová-lo. Agora, com sua licença, preciso ir. Nosso abade pretende sair da cidade daqui a pouco, e eu devo acompanhá-lo na viagem. Dê lembranças à nossa prima querida, sua adorável esposa. E adeus, prezado primo; até a próxima!".

Após esse encontro, o mercador, que era hábil e jeitoso, conseguiu com os amigos os empréstimos necessários, e, em Paris mesmo, tendo entregado o total devido a alguns banqueiros lombardos, resgatou a sua promissória com dinheiro vivo. Voltou então para casa alegre como um papagaio, pois, pelos seus cálculos, os negócios tinham ido tão bem que, quando vendesse a sua mercadoria, com certeza iria obter um lucro de mil francos sobre o montante que investira.

Sua mulher correu ao portão para recebê-lo, como era seu velho costume. E ele, despreocupado — por estar rico e sem dívidas — passou com ela uma noite de alegria. Quando amanheceu, o mercador pôs-se a abraçá-la outra vez, e tanto a apertou contra si e a beijou no rosto, que ele subiu de novo e ficou bem duro. "Oh não", riu ela, "você já teve o suficiente!" E brincava com ele de modo provocante.

Finalmente, o mercador lhe disse: "Por Deus, mulher, embora me aborreça dizê-lo, estou um pouco zangado com você! E sabe por que motivo? É porque você criou uma situação um pouco constrangedora entre mim e meu primo Dom John. Antes que eu partisse, você devia ter-me dito que ele havia devolvido os cem francos que eu lhe emprestara, e com comprovantes e tudo. Pela cara dele, vi que não gostou nada quando lhe falei de empréstimos, muito embora — por Deus, nosso Senhor do Céu — eu não tivesse a mínima intenção de lhe pedir coisa alguma. Por isso é que lhe imploro, mulher: não faça mais isso. Sempre que algum devedor saldar a dívida em minha ausência, conte isso para mim antes que eu saia, para que, por causa de seu descuido, eu não volte a cobrar o que está pago".

A mulher não se assustou nem sentiu medo, respondendo com o maior atrevimento: "Virgem Maria! Detesto esse falso monge, esse Dom John! E pouco me importam os seus comprovantes. Ele me trouxe o dinheiro, é verdade... Ah, maldito seja aquele seu focinho de monge! Juro por Deus como pensei que ele estava me dando aquele dinheiro para que o gastasse comigo mesma, em consideração por você, numa espécie de reconhecimento pelo nosso parentesco e pela hospitalidade com que foi tantas vezes acolhido aqui. Numa situação como esta, sem pés nem ca-

O Conto do Homem do Mar

273

yow shortly, to the point./ Ye han mo slakker dettours than am I!/ For I wol paye yow wel and redily/ Fro day to day; and, if so be I faille,/ I am your wyf; score it up-on my taille,/ And I shal paye, as sone as ever I may./ For, by my trouthe, I have on myn array,/ And nat on wast, bistowed every deel./ And for I have bistowed it so weel/ For your honour, for goddes sake, I seye,/ As be nat wrooth, but lat us laughe and pleye./ Ye shal my Ioly body have to wedde;/ By god, I wol nat paye yow but a-bedde./ Forgive it me, myn owene spouse dere;/ Turne hiderward and maketh bettre chere.'/

This marchant saugh ther was no remedye,/ And, for to chyde, it nere but greet folye,/ Sith that the thing may nat amended be./ 'Now, wyf,' he seyde, 'and I foryeve it thee;/ But, by thy lyf, ne be namore so large;/ Keep bet our good, this yeve I thee in charge.'/

Thus endeth now my tale, and god us sende/ Taling y-nough un-to our lyves ende. — Amen./

Here endeth the Shipmannes Tale.

beça, só posso responder-lhe o seguinte, para não gastar muitas palavras: você tem devedores mais caloteiros que eu! Sim, porque eu, pelo menos, vou pagando um pouco a cada dia; e, se deixo de pagar... Você não tem aquela vara[90] onde marca com talhos o total do que lhe devem? Pois bem, sou sua mulher; debite tudo em minha conta, pondo o meu talho em sua vara. Pouco a pouco irei pagando tudo. Afinal, não joguei fora aqueles francos; gastei-os com roupas, para apresentar-me dignamente, em honra de meu marido. Assim sendo, não fique zangado, pelo amor de Deus! Vamos rir e brincar. Meu belo corpo é meu único penhor, e, por isso, só posso lhe pagar na cama! Oh maridinho querido, perdoe-me; vire-se para cá, e vamos fazer as pazes!".

O mercador viu que não havia remédio, e que seria tolice ficar bravo, pois não tinha como alterar a situação. "Mulher", disse ele, "você está perdoada. Mas, por minha vida, de agora em diante não seja tão liberal assim. Procure cuidar melhor daquilo que me pertence."

Desse modo, chega ao fim a minha história; e que Deus nos mande muitos talhos para as nossas varas. — Amém.

Aqui termina o Conto do Homem do Mar.

---

[90] Alusão ao sistema da talha, segundo o qual o montante de uma dívida era indicado por certo número de cortes numa vara, dividida depois em dois pedaços, um para o credor e outro para o devedor. No ato do pagamento, os pedaços eram juntados para verificação. Nesta tradução, procurou-se recriar o trocadilho do original, baseado no duplo sentido de *taillynge* (que tanto pode ser *tallying*, usando a talha, quanto *tailing*, enrabando). (N. do T.)

The Prioresses Tale

Bihold the mery wordes of the Host to the Shipman and to the lady Prioresse.

'Wel seyd, by *corpus dominus*,' quod our hoste,/ 'Now longe moot thou sayle by the coste,/ Sir gentil maister, gentil marineer!/ God yeve this monk a thousand last quad yeer!/ A ha! felawes! beth ware of swiche a Iape!/ The monk putte in the mannes hood an ape,/ And in his wyves eek, by seint Austin!/ Draweth no monkes more un-to your in./

But now passe over, and lat us seke aboute,/ Who shal now telle first, of al this route,/ Another tale;' and with that word he sayde,/ As curteisly as it had been a mayde,/ 'My lady Prioresse, by your leve,/ So that I wiste I sholde yow nat greve,/ I wolde demen that ye tellen sholde/ A tale next, if so were that ye wolde./ Now wol ye vouche-sauf, my lady dere?'/

'Gladly,' quod she, and seyde as ye shal here./

O Conto da Prioresa

Eis as alegres palavras que o Albergueiro dirigiu ao Homem do Mar e à senhora Prioresa.

"*Corpus dominus*,[91] que bela história!", exclamou nosso Albergueiro. "Tomara que ainda possa fazer muitas viagens por essas costas, gentil senhor capitão, gentil Homem do Mar! Que Deus traga mil carradas de anos de azar para aquele monge! Ah, ah, amigos. Todos devem estar sempre de olhos abertos para essas tapeações! Por Santo Agostinho, o monge não só fez o homem de bobo, mas à mulher dele também! É melhor não trazer monges para casa."

"Mas agora vamos mudar de assunto e ver quem vai se encarregar do próximo conto." Dito isso, deu de falar com tanta delicadeza que parecia uma moça: "Com sua permissão, minha senhora Prioresa, eu diria, não desejando incomodá-la, que chegou a sua vez de brindar-nos com uma história, desde que a senhora não se oponha. Será que a prezada dama poderia dignar-se a atender-nos?".

"Com prazer", respondeu ela. E narrou o que agora vão ouvir.

---

[91] Modo como o Albergueiro diz *Corpus Domini*, "Corpo do Senhor". (N. do T.)

Explicit.

The Prologe of the Prioresses Tale.

Domine, dominus noster

O Lord our lord, thy name how merveillous
Is in this large worlde y-sprad — quod she: —
For noght only thy laude precious
Parfourned is by men of dignitee,
But by the mouth of children thy bountee
Parfourned is, for on the brest soukinge
Som tyme shewen they thyn heryinge.

Wherfor in laude, as I best can or may,
Of thee, and of the whyte lily flour
Which that thee bar, and is a mayde alway,
To telle a storie I wol do my labour;
Not that I may encresen hir honour;
For she hir-self is honour, and the rote
Of bountee, next hir sone, and soules bote. —

O moder mayde! o mayde moder free!
O bush unbrent, brenninge in Moyses sighte,
That ravisedest doun fro the deitee,
Thurgh thyn humblesse, the goost that in thalighte,
Of whos vertu, whan he thyn herte lighte,
Conceived was the fadres sapience,
Help me to telle it in thy reverence!

Lady! thy bountee, thy magnificence,
Thy vertu, and thy grete humilitee
Ther may no tonge expresse in no science;
For som-tyme, lady, er men praye to thee,
Thou goost biforn of thy benignitee,
And getest us the light, thurgh thy preyere,
To gyden us un-to thy sone so dere.

Explicit.

Prólogo do Conto da Prioresa.

Domine, dominus noster

Senhor, Senhor, o som maravilhoso
Do nome teu o mundo todo invade,
Pois não provém o teu louvor precioso
Somente de homens de alta dignidade:
Muitas vezes, por tua caridade,
Da criança que está a mamar no peito
É que recebes o elogio perfeito.

Por isso, se eu puder, quero narrar,
Honrando a ti e ao branco lírio em flor
(A virgem a quem coube te gerar),
Uma história — se bem que meu labor
À tua glória não fará maior,
Pois és a glória e, após o filho, a luz
Que para o bem e a salvação conduz.

Oh virgem mãe! Oh mãe de virgindade!
Sem arderes, tu és a sarça ardente!
Humilde, tu tomaste à divindade
O espírito de luz em ti presente,
E, com tua virtude, o Onipotente
Pôde enfim conceber sua sapiência.
Ajuda-me a mostrar-te reverência!

Não há língua que expresse, nem ciência,
Tanta virtude, oh Virgem, e humildade,
Nem tal bondade e tal magnificência,
Pois muitas vezes tua caridade
Atende antes da prece. Na verdade,
Na tua intercessão vemos o brilho
Que nos conduz a teu querido filho.

My conning is so wayk, o blisful quene,
For to declare thy grete worthinesse,
That I ne may the weighte nat sustene,
But as a child of twelf monthe old, or lesse,
That can unnethes any word expresse,
Right so fare I, and therfor I yow preye,
Gydeth my song that I shal of yow seye.

Explicit.

Here biginneth the Prioresses Tale.

 Ther was in Asie, in a greet citee,/ Amonges cristen folk, a Iewerye,/ Sustened by a lord of that contree/ For foule usure and lucre of vilanye,/ Hateful to Crist and to his companye;/ And thurgh the strete men mighte ryde or wende,/ For it was free, and open at either ende.//

 A litel scole of cristen folk ther stood/ Doun at the ferther ende, in which ther were/ Children an heep, y-comen of cristen blood,/ That lerned in that scole yeer by yere/ Swich maner doctrine as men used there,/ This is to seyn, to singen and to rede,/ As smale children doon in hir childhede.//

 Among thise children was a widwes sone,/ A litel clergeon, seven yeer of age,/ That day by day to scole was his wone,/ And eek also, wher-as he saugh thimage/ Of Cristes moder, hadde he in usage,/ As him was taught, to knele adoun and seye/ His *Ave Marie*, as he goth by the weye.//

 Thus hath this widwe hir litel sone y-taught/ Our blisful lady, Cristes moder dere,/ To worshipe ay, and he forgat it naught,/ For sely child wol alday sone lere;/ But ay, whan I remembre on this matere,/ Seint Nicholas stant ever in my presence,/ For he so yong to Crist did reverence.//

Cantarei teu valor, mas a destreza
Ainda me falta, oh celestial Rainha:
É enorme o peso desta grande empresa!
Eu sou como uma pobre criancinha
Que mal pode se exprimir sozinha;
Por isso, o teu socorro imploro aqui
Para guiar-me no louvor a ti.

Explicit.

Aqui tem início o Conto da Prioresa.

Havia uma vez na Ásia, numa grande cidade habitada por cristãos, um bairro judeu, que era mantido por um senhor daquele país apenas por causa do lucro sujo e da repugnante usura, coisas odiosas para Cristo e seus verdadeiros seguidores. E as pessoas tinham permissão para passarem a pé ou a cavalo pelas ruas desse gueto, porque ele era franco, e aberto dos dois lados.

Lá embaixo, na outra ponta do bairro, havia uma escolinha de cristãos, onde, todos os anos, uma porção de criancinhas de famílias cristãs vinha aprender aquelas coisas que normalmente se ensinam nas escolas — ou seja, aprendiam a ler e a cantar, como todas as criancinhas aprendem na infância.

Uma dessas crianças era o filhinho de uma viúva, um pequeno coroinha, de apenas sete anos de idade, que costumava ir todos os dias sem falta à escola. Além disso, toda vez que ele via a imagem da mãe de Cristo, tinha por hábito parar, ajoelhar-se e rezar a *Ave-Maria*.

Foi assim que aquela viúva ensinara seu filhinho a venerar nossa senhora do Céu, a amada mãe de Cristo; e ele jamais se esqueceu disso, porque, como sabem, as criancinhas inocentes aprendem com muita facilidade. Aliás, toda vez que toco neste assunto, sempre me vem à lembrança a história de São Nicolau,[92] que também reverenciava Cristo quando era pequeno.

---

[92] Provável referência à história que conta como, enquanto bebê, o Santo mamava apenas às quintas e sextas-feiras, jejuando nos outros dias. (N. da E.)

This litel child, his litel book lerninge,/ As he sat in the scole at his prymer,/ He *Alma redemptoris* herde singe,/ As children lerned hir antiphoner;/ And, as he dorste, he drough him ner and ner,/ And herkned ay the wordes and the note,/ Til he the firste vers coude al by rote.//

Noght wiste he what this Latin was to seye,/ For he so yong and tendre was of age;/ But on a day his felaw gan he preye/ Texpounden him this song in his langage,/ Or telle him why this song was in usage;/ This preyde he him to construe and declare/ Ful ofte tyme upon his knowes bare.//

His felaw, which that elder was than he,/ Answerde him thus: 'this song, I have herd seye,/ Was maked of our blisful lady free,/ Hir to salue, and eek hir for to preye/ To been our help and socour whan we deye./ I can no more expounde in this matere;/ I lerne song, I can but smal grammere.'//

'And is this song maked in reverence/ Of Cristes moder?' seyde this innocent;/ 'Now certes, I wol do my diligence/ To conne it al, er Cristemasse is went;/ Though that I for my prymer shal be shent,/ And shal be beten thryës in an houre,/ I wol it conne, our lady for to honoure.'//

His felaw taughte him homward prively,/ Fro day to day, til he coude it by rote,/ And than he song it wel and boldely/ Fro word to word, acording with the note;/ Twyës a day it passed thurgh his throte,/ To scoleward and homward whan he wente;/ On Cristes moder set was his entente.//

As I have seyd, thurgh-out the Iewerye/ This litel child, as he cam to and fro,/ Ful merily than wolde he singe, and crye/ O *Alma redemptoris* ever-mo./ The swetnes hath his herte perced so/ Of Cristes moder, that, to hir to preye,/ He can nat stinte of singing by the weye.//

Our firste fo, the serpent Sathanas,/ That hath in Iewes herte his waspes nest,/ Up swal, and seide, 'o Hebraik peple, allas!/ Is

Voltando, porém, àquele menino, uma vez, quando ele estava na escola lendo a cartilha para aprender direitinho as suas lições, ele ouviu o hino *Alma redemptoris*, cantado por um grupo de crianças que estudava o antifonário. Então, devagarinho, foi chegando cada vez mais perto, para escutar melhor a música e a letra. E, dessa forma, acabou aprendendo de cor o primeiro verso.

Mas ele não sabia o que queriam dizer aquelas palavras em latim, porque o coitadinho ainda era muito criança e muito novo. Por isso, pediu a um colega que traduzisse o hino para a sua língua ou, pelo menos, que lhe explicasse para que tipo de serviço religioso ele servia. E insistiu muito para que o amigo o atendesse, chegando muitas vezes a suplicar-lhe de joelhos tal favor.

O colega, que era um pouco mais velho, respondeu: "Pelo que ouvi dizer, esse hino foi feito para louvar nossa querida mãe do Céu e, ao mesmo tempo, rogar a ela que nos socorra na hora de nossa morte. E isso é tudo o que posso lhe dizer. Eu aprendo canto; de gramática[93] não sei quase nada".

"Quer dizer então que esse hino foi feito em louvor da mãe de Cristo?", perguntou o inocentinho. "Nesse caso, vou fazer de tudo para aprendê-lo antes que chegue o Natal. Para honrar a nossa mãe do Céu, não vou deixar de fazer isso nem que tenha que ouvir pitos por descuidar-me da cartilha e levar três surras por hora."

Daí em diante, todos os dias, no caminho de volta para casa, o colega lhe ensinava aquele hino, até que ele o aprendeu inteirinho de cor, tornando-se capaz de cantá-lo corretamente e em voz alta, palavra por palavra, sempre de acordo com a música. Duas vezes por dia aquelas notas vibravam em sua gargantinha, quando ia e quando voltava da escola, pois estava sempre com a atenção posta na mãe de Deus.

Como eu disse, todo dia o menininho atravessava o bairro judeu, indo e vindo, sempre cantando com alegria e em voz cada vez mais alta o *Alma redemptoris*. Como a doçura da mãe de Cristo lhe atravessara o

---

[93] O currículo escolar na Idade Média compunha-se do *trivium* (Gramática, Dialética e Retórica) e do *quadrivium* (Música, Aritmética, Geometria e Astronomia). Somados, o *trivium* e o *quadrivium* perfaziam as chamadas Sete Artes Liberais. Para que se entenda a declaração da personagem, é preciso ter em mente que o estudo da gramática era, de fato, o estudo do latim. (N. do T.)

O Conto da Prioresa

this to yow a thing that is honest,/ That swich a boy shal walken as him lest/ In your despyt, and singe of swich sentence,/ Which is agayn your lawes reverence?'//

Fro thennes forth the Iewes han conspyred/ This innocent out of this world to chace;/ An homicyde ther-to han they hyred,/ That in an aley hadde a privee place;/ And as the child gan for-by for to pace,/ This cursed Iew him hente and heeld him faste,/ And kitte his throte, and in a pit him caste.// I seye that in a wardrobe they him threwe/ Wher-as these Iewes purgen hir entraille./

O cursed folk of Herodes al newe,/ What may your yvel entente yow availle?/ Mordre wol out, certein, it wol nat faille,/ And namely ther thonour of god shal sprede,/ The blood out cryeth on your cursed dede.//

'O martir, souded to virginitee,/ Now maystou singen, folwing ever in oon/ The whyte lamb celestial,' quod she,/ 'Of which the grete evangelist, seint Iohn,/ In Pathmos wroot, which seith that they that goon/ Biforn this lamb, and singe a song al newe,/ That never, fleshly, wommen they ne knewe.'//

This povre widwe awaiteth al that night/ After hir litel child, but he cam noght;/ For which, as sone as it was dayes light,/ With face pale of drede and bisy thoght,/ She hath at scole and elles-wher him soght,/ Til finally she gan so fer espye/ That he last seyn was in the Iewerye.// With modres pitee in hir brest enclosed,/ She gooth, as she were half out of hir minde,/ To every place wher she hath supposed/ By lyklihede hir litel child to finde;/ And ever on Cristes moder meke and kinde/ She cryde, and atte laste thus she wroghte,/ Among the cursed Iewes she him soghte.//

She frayneth and she preyeth pitously/ To every Iew that dwelte in thilke place,/ To telle hir, if hir child wente oght for-by./ They seyde, 'nay'; but Iesu, of his grace,/ Yaf in hir thought, inwith a litel space,/ That in that place after hir sone she cryde,/ Wher he was casten in a pit bisyde.//

coração, era-lhe impossível, ao elevar a ela as suas orações, deixar de cantar pelo caminho.

Nosso primeiro inimigo, a serpente Satanás, que tem seu ninho de vespas no coração dos judeus, ergueu-se e disse: "Oh povo hebreu, que desgraça! Vocês acham certo deixar que esse garoto ande por aí à vontade, menosprezando a todos e cantando palavras contrárias às suas leis?".

Desde então os judeus se puseram a conspirar para tirar a vida daquele inocentinho. Contrataram para isso um assassino malvado, que ficou escondido num beco. E quando o menino passou por ali, aquele maldito judeu saltou sobre ele, agarrou-o com força, cortou-lhe a garganta e o jogou dentro de um poço. Na verdade, ele foi atirado numa fossa negra, onde os judeus esvaziavam suas entranhas.

Oh raça amaldiçoada de Herodes redivivo, de que lhe servirá essa crueldade? Não tenham dúvida, o crime sempre vem à tona; e, quando é para a maior glória de Deus, o sangue clama contra o seu ato maldito.

Oh pequeno mártir, confirmado na virgindade! Agora você pode cantar para todo o sempre, seguindo o cândido cordeiro celestial, a cujo respeito escreveu o grande evangelista São João quando estava em Patmos,[94] dizendo que perante ele só pode comparecer, para festejá-lo com seus hinos, aquele que na carne jamais conheceu mulher.

Sua mãe, a pobre viúva, não dormiu a noite inteira, a esperar pelo filhinho; mas nada de ele voltar. Por isso, assim que o dia clareou, com o rosto pálido de temor e preocupação, foi procurá-lo na escola e em toda parte, até que enfim lhe disseram que ele fora visto pela última vez no bairro judeu. E lá foi ela, como que desvairada, com todo aquele amor maternal reprimido no peito, a investigar todos os recantos onde houvesse a menor possibilidade de encontrar seu filhinho, sempre a suplicar a ajuda da santa e misericordiosa mãe de Cristo. E, assim fazendo, foi dar naquele bairro dos malditos judeus.

Uma vez ali, com lágrimas nos olhos, perguntou e implorou a todos os judeus que lá moravam, se não tinham visto passar sua criança. E a resposta era sempre "não". Mas não demorou muito e Jesus, na sua piedade, levou-a a chamar por seu filhinho exatamente no lugar onde seu corpo havia sido atirado no poço.

---

[94] Pequena ilha grega, no Mar Egeu, pertencente ao arquipélago do Dodecaneso. (N. da E.)

O grete god, that parfournest thy laude/ By mouth of innocents, lo heer thy might!/ This gemme of chastitee, this emeraude,/ And eek of martirdom the ruby bright,/ Ther he with throte y-corven lay upright,/ He *Alma redemptoris* gan to singe/ So loude, that al the place gan to ringe.//

The Cristen folk, that thurgh the strete wente,/ In coomen, for to wondre up-on this thing,/ And hastily they for the provost sente;/ He cam anon with-outen tarying,/ And herieth Crist that is of heven king,/ And eek his moder, honour of mankinde,/ And after that, the Iewes leet he binde,//

This child with pitous lamentacioun/ Up-taken was, singing his song alway;/ And with honour of greet processioun/ They carien him un-to the nexte abbay./ His moder swowning by the bere lay;/ Unnethe might the peple that was there/ This newe Rachel bringe fro his bere.//

With torment and with shamful deth echon/ This provost dooth thise Iewes for to sterve/ That of this mordre wiste, and that anon;/ He nolde no swich cursednesse observe./ Yvel shal have, that yvel wol deserve./ Therfor with wilde hors he dide hem drawe,/ And after that he heng hem by the lawe.//

Up-on his here ay lyth this innocent/ Biforn the chief auter, whyl masse laste,/ And after that, the abbot with his covent/ Han sped hem for to burien him ful faste;/ And whan they holy water on him caste,/ Yet spak this child, whan spreynd was holy water,/ And song — O *Alma redemptoris mater*!//

This abbot, which that was an holy man/ As monkes been, or elles oghten be,/ This yonge child to coniure he bigan,/ And seyde, 'o dere child, I halse thee,/ In vertu of the holy Trinitee,/ Tel me what is thy cause for to singe,/ Sith that thy throte is cut, to my seminge?'//

'My throte is cut un-to my nekke-boon,'/ Seyde this child, 'and, as by wey of kinde,/ I sholde have deyed, ye, longe tyme agoon,/ But Iesu Crist, as ye in bokes finde,/ Wil that his glorie laste and be in minde,/ And, for the worship of his moder dere,/ Yet may I singe O *Alma* loude and clere.// This welle of mercy, Cristes moder swete,/ I lovede alwey, as after my conninge;/ And whan that I my lyf sholde forlete,/ To me she cam, and bad me for to singe/ This antem verraily in my deyinge,/ As ye han herd, and, whan that I had songe,/ Me thoughte, she leyde a greyn up-on my tonge.// Wherfor I singe, and

Oh grande Deus, que da boca dos inocentes recebe o maior louvor, eis aí uma prova de seu poder! Aquela gema de castidade, aquela esmeralda, aquele cintilante rubi do martírio, de lá onde jazia escondido, com a garganta seccionada pelo talho profundo, pôs-se então a cantar *Alma redemptoris* tão alto que as notas ecoavam por toda a região.

Os cristãos que por ali passavam acorreram de pronto, admirando-se do que viam; e, imediatamente, mandaram chamar o chefe da milícia. Quando este chegou, o que não levou muito tempo, bendisse Cristo, o nosso rei do Céu, e sua santa mãe, honra da humanidade. Em seguida, fez prender todos os judeus.

Os cristãos, com lamentos comovedores, retiraram do poço a criança, sempre a entoar o seu hino, e, numa solene procissão, a levaram até a abadia mais próxima. A todo instante sua mãe desmaiava ao lado do esquife, mas ninguém conseguia afastar dali aquela nova Raquel.

Enquanto isso, o chefe da milícia condenou às piores torturas e à morte infame todos os judeus que participaram do crime, determinando a sua imediata execução. Não podia tolerar tanta maldade: quem com ferro fere, com ferro será ferido. Assim sendo, ordenou que fossem arrastados por cavalos selvagens e depois pendurados numa forca, conforme manda a lei.

Na abadia, depuseram o esquife do pobre inocentinho na frente do altar-mor, e foi rezada a missa. Em seguida, o abade e todos os religiosos decidiram que se procedesse ao sepultamento. Mas, ao borrifarem seu corpo com água benta, a criança outra vez começou a falar e a cantar o *Alma redemptoris mater*!

O abade, sendo um santo homem — como são os monges (ou deveriam ser) — conjurou então o menino, dizendo: "Oh amada criança, eu a conjuro em nome da Santíssima Trindade! Diga-me: como pode cantar, se, pelo que se vê, está com a gargantinha cortada?".

"Minha garganta foi cortada até o osso", respondeu o menininho, "e, pelas leis da natureza, eu deveria estar morto há muito tempo. Mas Jesus Cristo, como podem ler nos livros, quer que sua glória perdure e seja sempre lembrada; por isso, permitiu a mim que, cantando o *Alma* com voz alta e clara, venerasse a santa sua mãe. Sempre amei, com todas as minhas forças, essa fonte de misericórdia, que é a doce mãe de Deus. E ela me retribuiu o afeto, pois, quando eu estava para morrer, apareceu à minha frente e pediu-me que cantasse, com toda a sinceridade, o hino que ouviram; e, quando terminei, colocou um grão sobre minha língua.

O Conto da Prioresa

singe I moot certeyn/ In honour of that blisful mayden free,/ Til fro my tonge of-taken is the greyn;/ And afterward thus seyde she to me,/ "My litel child, now wol I fecche thee/ Whan that the greyn is fro thy tonge y-take;/ Be nat agast, I wol thee nat forsake."'//

This holy monk, this abbot, him mene I,/ His tonge out-caughte, and took a-wey the greyn,/ And he yaf up the goost ful softely./ And whan this abbot had this wonder seyn,/ His salte teres trikled doun as reyn,/ And gruf he fil al plat up-on the grounde,/ And stille he lay as he had been y-bounde.// The covent eek lay on the pavement/ Weping, and herien Cristes moder dere,/ And after that they ryse, and forth ben went,/ And toke awey this martir fro his bere,/ And in a tombe of marbul-stones clere/ Enclosen they his litel body swete;/ Ther he is now, god leve us for to mete.//

O yonge Hugh of Lincoln, slayn also/ With cursed Iewes, as it is notable,/ For it nis but a litel whyle ago;/ Preye eek for us, we sinful folk unstable,/ That, of his mercy, god so merciable/ On us his grete mercy multiplye,/ For reverence of his moder Marye. — Amen./

Here is ended the Prioresses Tale.

Desde esse momento tenho cantado e continuarei a cantar em louvor da Virgem bendita e generosa, enquanto não me tirarem da língua aquele grão. E ela me assegurou: 'Filhinho meu, virei buscá-lo assim que o grão for retirado. Não tenha medo: não vou abandonar você'."

Então o santo monge, ou seja, o abade, tocou-lhe a língua e retirou-lhe o grão; e ele, mansamente, entregou sua alma. Ao presenciar esse milagre, o abade derramou verdadeira chuva de lágrimas salgadas, e caiu estendido no chão, imóvel como que pregado ali. O resto da abadia também se prostrou no pavimento, chorando e louvando a santa mãe de Deus. Depois, todos se levantaram, saíram, e transportaram o pequeno mártir para uma tumba de mármore bem claro, e ali encerraram seu doce corpinho. E lá ficou! Queira Deus que um dia possamos encontrá-lo.

Oh jovem Hugo de Lincoln,[95] que, como todos sabem (porque faz pouco tempo), também foi assassinado pelos malditos judeus, ore por nós, trôpegos pecadores, para que Deus misericordioso, em sua infinita mercê, multiplique suas graças sobre nós, pela veneração que temos por sua mãe Maria. — Amém.

Aqui termina o Conto da Prioresa.

---

[95] Hugo de Lincoln foi assassinado, em 1255, supostamente por judeus. Uma balada popular relata a história do menino. (N. da E.)

The Chaucers Tale of Sir Thopas

Bihold the murye wordes of the Host to Chaucer.

Whan seyd was al this miracle, every man/ As sobre was, that wonder was to se,/ Til that our hoste Iapen tho bigan,/ And than at erst he loked up-on me,/ And seyde thus, 'what man artow?' quod he;/ 'Thou lokest as thou woldest finde an hare,/ For ever up-on the ground I see thee stare.// Approche neer, and loke up merily./ Now war yow, sirs, and lat this man have place;/ He in the waast is shape as wel as I;/ This were a popet in an arm tenbrace/ For any womman, smal and fair of face./ He semeth elvish by his contenaunce,/ For un-

O Conto de Chaucer sobre Sir Topázio[96]

Eis as alegres palavras do Albergueiro a Chaucer.

Terminada a história do milagre, todos ficaram sobriamente calados, até que o Albergueiro rompeu o silêncio e se pôs novamente a palrar. Então, pela primeira vez, voltou-se a mim e disse: "Quem é você afinal?". E ajuntou: "Por que está sempre com os olhos pregados no chão, como se procurasse uma lebre? Venha até aqui. Levante a cabeça, ânimo! Atenção, senhores, deem passagem ao homem. Vejam só a cintura dele: é grande como a minha. Aí está um boneco que qualquer mulherzinha bonita gostaria de abraçar! Como é estranho o jeito dele: nunca fala com

---

[96] Trata-se de uma das primeiras sátiras da literatura inglesa, sendo os emergentes mercadores flandrenses o objeto do escárnio. O próprio nome do Cavaleiro — Topázio, pedra que simbolizava pureza e afeminação —, para não falar da sua delicada aparência física, estabelece marcante contraste com cavaleiros notoriamente bravios, tais como Bevis de Hampton, Rei Horn e Havelok, o Dinamarquês. Além de sátira, a "história" constitui paródia do enredo, da métrica (por vezes, propositadamente quebrada) e do vocabulário dos romances de cavalaria. O "infame" conto relatado por Chaucer será, então, interrompido por um indignado Albergueiro. (N. da E.)

to no wight dooth he daliaunce.// Sey now somwhat, sin other folk han sayd;/ Tel us a tale of mirthe, and that anoon;' —/

'Hoste,' quod I, 'ne beth nat yvel apayd,/ For other tale certes can I noon,/ But of a ryme I lerned longe agoon.'/

'Ye, that is good,' quod he; 'now shul we here/ Som deyntee thing, me thinketh by his chere.'/

Explicit.

Here biginneth Chaucers Tale of Thopas.

The First Fit

Listeth, lordes, in good entent,
And I wol telle verrayment
    Of mirthe and of solas;
Al of a knyght was fair and gent
In bataille and in tourneyment,
    His name was sir Thopas.

Y-born he was in fer contree,
In Flaundres, al biyonde the see,
    At Popering, in the place;
His fader was a man ful free,
And lord he was of that contree,
    As it was goddes grace.

Sir Thopas wex a doghty swayn,
Whyt was his face as payndemayn,
    His lippes rede as rose;
His rode is lyk scarlet in grayn,
And I yow telle in good certayn,
    He hadde a semely nose.

His heer, his berd was lyk saffroun,
That to his girdel raughte adoun;
    His shoon of Cordewane.

ninguém. Vamos, faça como os outros e narre alguma coisa. Conte-nos logo uma história engraçada!".

"Senhor Albergueiro", respondi-lhe, "não me leve a mal, mas a única história que conheço são uns versos que aprendi de cor há muito tempo."

"Ótimo", disse ele. E, dirigindo-se aos outros: "Pela cara dele, parece que aí vem coisa boa".

Explicit.

Chaucer começa aqui a contar a história de Sir Topázio.

Canto I

Vinde ouvir atentamente,
Pois eu trago a toda gente
    De alegrias um copázio:
Vou falar sinceramente
De um cavaleiro valente
    Que se chamava Topázio.

Nasceu longe, no além-mar
Na Flandres (esse o lugar),
    Na aldeia de Poperingue;
Seu pai foi homem sem par,
Senhor daquele lugar,
    Que a graça de Deus distingue.

Ficou logo um rapagão,
Branco, branco como o pão,
    Faces de róseo matiz;
A boca, flor em botão,
Juro de coração
    Que perfeito era o nariz.

A barba cor de açafrão
Descia até o cinturão;
    Calças de Bruges vestia

Of Brugges were his hosen broun,
His robe was of ciclatoun,
    That coste many a Iane.

He coude hunte at wilde deer,
And ryde an hauking for riveer,
    With grey goshauk on honde;
Ther-to be was a good archeer,
Of wrastling was ther noon his peer,
    Ther any ram shal stonde.

Ful many a mayde, bright in bour,
They moorne for him, paramour,
    Whan hem were bet to slepe;
But he was chast and no lechour,
And sweet as is the bremble-flour
    That bereth the rede hepe.

And so bifel up-on a day,
For sothe, as I yow telle may,
    Sir Thopas wolde out ryde;
He worth upon his stede gray,
And in his honde a launcegay,
    A long swerd by his syde.

He priketh thurgh a fair forest,
Ther-inne is many a wilde best,
    Ye, bothe bukke and hare;
And, as he priketh north and est,
I telle it yow, him hadde almest
    Bitid a sory care.

Botas de cordovão;[97]
De brocado era o gibão,
    Que uma fortuna valia.

Vencia o cervo ligeiro,
Caçava junto ao ribeiro
    Com um milhafre adestrado;[98]
Também era bom arqueiro,
Nas lutas o primeiro,
    Sempre invicto e premiado.

Muita jovem, com ardor,
Por causa de seu amor
    Dia e noite suspirava;
Mas ele, no seu candor,
Era casto como a flor
    Que dá na roseira-brava.

Eis que um belo dia então
Sir Topázio, o bom varão,
    Foi à cata de aventura
Montado em seu alazão,
Com a zagaia na mão
    E longa espada à cintura.

Passou por bela floresta
Com muitas feras infesta,
    Como a lebre ou o veado;
Para o norte desembesta,
A sorte quase o molesta
    Com um golpe inesperado.

---

[97] Couro de cabra utilizado, especialmente, na fabricação de calçados. (N. da E.)

[98] Quase tudo neste conto tem intenção irônica. Um cavaleiro de verdade caçaria com falcões. Em geral, eram os couteiros e os valetes que empregavam milhafres — assim como arcos e flechas. (N. do T.)

Ther springen herbes grete and smale,
The lycorys and cetewale,
    And many a clowe-gilofre;
And notemuge to putte in ale,
Whether it be moyste or stale,
    Or for to leye in cofre.

The briddes singe, it is no nay,
The sparhauk and the papeiay,
    That Ioye it was to here;
The thrustelcok made eek his lay,
The wodedowve upon the spray
    She sang ful loude and clere.

Sir Thopas fil in love-longinge
Al whan he herde the thrustel singe,
    And priked as he were wood:
His faire stede in his prikinge
So swatte that men mighte him wringe,
    His sydes were al blood.

Sir Thopas eek so wery was
For prikinge on the softe gras,
    So fiers was his corage,
That doun he leyde him in that plas
To make his stede som solas,
    And yaf him good forage.

'O seinte Marie, *benedicite*!
What eyleth this love at me
    To binde me so sore?
Me dremed al this night, pardee,
An elf-queen shal my lemman be,
    And slepe under my gore.

An elf-queen wol I love, y-wis,
For in this world no womman is
    Worthy to be my make

Quanta planta ali viceja:
Zedoária benfazeja,
    Cravo, alcaçuz, noz-moscada
Para se pôr na cerveja,
Velha ou nova que ela seja,
    Ou pôr no cofre e mais nada.

As aves em harmonia
Gorjeavam com alegria,
    Papagaio e gavião;
O tordo também se ouvia,
Enquanto a pomba expedia
    Alto e claro sua canção.

Sir Topázio, em tal lugar
Sentindo o amor inundar
    E lhe invadir todo o ser,
Seu corcel deu de esporear,
E o fez sangrar e suar
    Que dava para torcer.

Ele próprio, então cansado
De cavalgar no relvado,
    Achou melhor apear;
E assim este herói ousado
Deu uma pausa ao coitado
    Para deixá-lo pastar.

"Santa Maria adorada,
Por que sinto a alma angustiada",
    Disse ele, "por este amor?
Sonhei a noite passada
Que há de querer-me uma fada
    E usar o meu cobertor."

"Só a ela minh'alma quer,
Pois não existe mulher
    Que possa ser, eu vos juro,

    In toune;
Alle othere wommen I forsake,
And to an elf-queen I me take
   By dale and eek by doune!'

In-to his sadel he clamb anoon,
And priketh over style and stoon
   An elf-queen for tespye,
Til he so longe had riden and goon
That he fond, in a privee woon,
   The contree of Fairye
    So wilde;

For in that contree was ther noon
That to him dorste ryde or goon,
   Neither wyf ne childe.
Til that ther cam a greet geaunt,
His name was sir Olifaunt,
   A perilous man of dede;

He seyde, 'child, by Termagaunt,
But-if thou prike out of myn haunt,
   Anon I slee thy stede
    With mace.
Heer is the queen of Fayërye,
With harpe and pype and simphonye
   Dwelling in this place.'

The child seyde, 'al-so mote I thee,
Tomorwe wol I mete thee
   Whan I have myn armoure;
And yet I hope, par ma fay,
That thou shalt with this launcegay

Minha amada;
Por isso, as outras abjuro,
E minha fada procuro
    Pelo vale e na baixada!"

Logo retoma o vaivém
Entre a pedra e o pó também,
    Buscando-a por todo lado;
Até que, para seu bem,
Num recesso muito além,
    O reino encantado
        Alcança,

Tão agreste que ninguém
Até lá cavalga ou vem,
    Nem senhora nem criança.
Barrou-lhe o passo um gigante
Chamado Sir Olifante,[99]
    Um homem muito cruel.

Disse ele: "Por Termagante,[100]
Se não foges neste instante,
    Eu vou teu corcel
        Matar.
A rainha da magia,
Com harpa e flauta e harmonia,
    Mora aqui neste lugar".

Disse o Infante ao inimigo:
"Pois vou medir-me contigo
    Amanhã, com a armadura;
E *par ma foi* eu te digo
Que esta zagaia é um perigo

---

[99] Nome ridículo para um cavaleiro, pois significa "elefante". (N. da E.)

[100] Divindade ficcional, convencionalmente atribuída aos pagãos na literatura do inglês médio. (N. da E.)

  Abyen it ful soure;
   Thy mawe
Shal I percen, if I may,
Er it be fully pryme of day,
  For heer thou shalt be slawe.'

Sir Thopas drow abak ful faste;
This geaunt at him stones caste
  Out of a fel staf-slinge;
But faire escapeth child Thopas,
And al it was thurgh goddes gras,
  And thurgh his fair beringe.

Yet listeth, lordes, to my tale
Merier than the nightingale,
  For now I wol yow roune
How sir Thopas with sydes smale,
Priking over hil and dale,
  Is come agayn to toune.

His merie men comanded he
To make him bothe game and glee,
  For nedes moste he fighte
With a geaunt with hevedes three,
For paramour and Iolitee
  Of oon that shoon ful brighte.

'Do come,' he seyde, 'my minstrales,
And gestours, for to tellen tales
  Anon in myn arminge;
Of romances that been royales,
Of popes and of cardinales,
  And eek of love-lykinge.'

They fette him first the swete wyn,
And mede eek in a maselyn,
  And royal spicerye;
Of gingebreed that was ful fyn,

Que não se esconjura.
    Assim,
Bem cedo a trarei comigo
Para furar teu umbigo
    E te dar ignóbil fim".

Com sua funda o gigante
Atirou pedras no Infante,
    Que, no entanto, já fugia,
Escapando do furor
Pela graça do Senhor
    E por sua valentia.

Ergo meu canto insuspeito,
Tal qual rouxinol perfeito,
    Para falar a verdade:
Sir Topázio, de ombro estreito,
Espora a torto e a direito
    E assim retorna à cidade.

E o grande herói, ao voltar,
Com os seus quer festejar,
    Pois irá com um gigante
De três cabeças lutar
Pelo amor e o bem-estar
    De sua amada brilhante.

"Vinde", ordenou, "meus jograis
E menestréis e outros mais...
    Vinde cantar no salão
Os grandes feitos reais
De papas e de cardeais
    E os tormentos da paixão."

Trouxeram-lhe o doce vinho,
Hidromel num canequinho,
    Pão de gengibre cheiroso
Com bastante temperinho,

O Conto de Chaucer sobre Sir Topázio

And lycorys, and eek comyn,
    With sugre that is so trye.

He dide next his whyte lere
Of clooth of lake fyn and clere
    A breech and eek a sherte;
And next his sherte an aketoun,
And over that an habergeoun
    For percinge of his herte;

And over that a fyn hauberk,
Was al y-wroght of Iewes werk,
    Ful strong it was of plate;
And over that his cote-armour
As whyt as is a lily-flour,
    In which he wol debate.

His sheeld was al of gold so reed,
And ther-in was a bores heed,
    A charbocle bisyde;
And there he swoor, on ale and breed,
How that 'the geaunt shal be deed,
    Bityde what bityde!'

His Iambeux were of quirboilly,
His swerdes shethe of yvory,
    His helm of laton bright;
His sadel was of rewel-boon,
His brydel as the sonne shoon,
    Or as the mone light.

His spere was of fyn ciprees,
That bodeth werre, and no-thing pees,
    The heed ful sharpe y-grounde;
His stede was al dappel-gray,
It gooth an ambel in the way
    Ful softely and rounde
        In londe.

Como o alcaçuz e o cominho,
Além de açúcar gostoso.

Depois, com camisa cara,
De cambraia fina e rara,
    Sua alva pele agasalha;
Sobre ela veste o gibão
E, para mais proteção,
    Também a cota de malha;

Põe sobre esta outra couraça,
Obra robusta e sem jaça
    Por mestre judeu forjada;
Veste enfim sua armadura,
Que do lírio tem a alvura,
    Para a batalha esperada.

No escudo de ouro lampeja,
Com gemas que dão inveja,
    A cara de um javali.
O herói jurou na peleja,
Pelo pão, pela cerveja,
    Matar o malvado ali.

Perneiras de couro usava,
A espada em marfim guardava,
    Seu elmo, um só rebrilhar;
De baleia o osso da sela,
E luzia a rédea bela
    Como o sol ou o luar.

De cipreste um chuço traz,
Sinal de guerra, não paz,
    Bem aguçado na ponta;
De cinza todo manchado
E com o trote esquipado
    Um corcel monta
        Macio.

Lo, lordes myne, heer is a fit!
If ye wol any more of it,
    To telle it wol I fonde.

The Second Fit

Now hold your mouth, par charitee,
Bothe knight and lady free,
    And herkneth to my spelle;
Of bataille and of chivalry,
And of ladyes love-drury
    Anon I wol yow telle.

Men speke of romances of prys,
Of Horn child and of Ypotys,
    Of Bevis and sir Gy,
Of sir Libeux and Pleyn-damour;
But sir Thopas, he bereth the flour
    Of royal chivalry.

His gode stede al he bistrood,
And forth upon his wey he glood
    As sparkle out of the bronde;
Up-on his crest he bar a tour,
And ther-in stiked a lily-flour,
    God shilde his cors fro shonde!

And for he was a knight auntrous,
He nolde slepen in non hous,
    But liggen in his hode;

Foi este o Primeiro Canto!
Se desejais outro tanto
    Nova parte principio.

Canto II

Calai-vos todos agora,
Nobre fidalgo e senhora,
    Atentos a meu cantar!
De cavaleiros valentes
E de mulheres ardentes
    Ora pretendo falar.

A Sir Horn, Sir Ipotis,
Sir Libeus e Sir Bevis
    Muito poeta elogia,
E a Sir Guy e a Pleindamour...[101]
Mas Sir Topázio era a flor
    Da real cavalaria!

Saiu ele em disparada
E cavalgou pela estrada
    Como centelha de chama;
A flor do lírio altaneira
Levava presa à cimeira...
    Deus zele por sua fama!

Herói audacioso e inquieto,
Não dormia sob um teto,
    Mas no chão duro e ruim,

---

[101] A lista inclui referências a cavaleiros que foram tema de "romances de cavalaria" (como Sir Horn e Sir Guy of Warwick), de mistura com personagens de lendas populares (como Sir Ipotis) ou completamente desconhecidas (como Sir Pleindamour, "Sir Cheio de Amor"). (N. do T.)

His brighte helm was his wonger,
And by him baiteth his dextrer
    Of herbes fyne and gode.

Him-self drank water of the wel,
As did the knight sir Percivel,
    So worthy under wede,
Til on a day —

Here the Host stinteth Chaucer of his Tale of Thopas.

Com o elmo por travesseiro,
Enquanto o corcel lampeiro
    Comia do bom capim.

Curvava a formosa fronte
E bebia água da fonte
    Tal como Sir Percival,
Até que um dia...

    Neste ponto o Albergueiro interrompe Chaucer e seu Conto sobre Sir Topázio.

The Tale of Melibeus
[Excerpts]

The Prologe of the Tale of Melibeus.

'No more of this, for goddes dignitee,'/ Quod oure hoste, 'for thou makest me/ So wery of thy verray lewednesse/ That, also wisly god my soule blesse,/ Myn eres aken of thy drasty speche;/ Now swiche a rym the devel I biteche!/ This may wel be rym dogerel,' quod he./

'Why so?' quod I, 'why wiltow lette me/ More of my tale than another man,/ Sin that it is the beste rym I can?'/

'By god,' quod he, 'for pleynly, at a word,/ Thy drasty ryming is nat worth a tord;/ Thou doost nought elles but despendest tyme,/ Sir, at o word, thou shall no lenger ryme./ Lat see wher thou canst tellen aught in geste,/ Or telle in prose somwhat at the leste/ In which ther be som mirthe or som doctryne.'/

'Gladly,' quod I, 'by goddes swete pyne,/ I wol yow telle a litel thing in prose,/ That oghte lyken yow, as I suppose,/ Or elles, certes, ye been to daungerous./ It is a moral tale vertuous,/ Al be it told som-tyme in sondry wyse/ Of sondry folk, as I shal yow devyse./ As thus; ye woot that every evangelist,/ That

O Conto de Chaucer sobre Melibeu
[Excertos]

Prólogo do Conto de Melibeu.

"Chega!", gritou o Albergueiro. "Pelo amor de Deus, não aguento mais tanta ignorância. Abençoe-me Cristo em sua sabedoria, porque meus ouvidos já estão doendo com essa lenga-lenga. Que vão para o diabo as poesias desse tipo! Acho que é isso o que chamam de versos de pé quebrado."

"Como assim?", disse eu. "Por que todo mundo aqui tem o direito de contar a sua história e eu não? Afinal, essa é a poesia mais bonita que conheço."

"Por Deus", respondeu ele, "se você quer mesmo saber a verdade, essa versalhada fedida não vale uma merda. Só serve para fazer a gente perder tempo. É por isso, meu senhor, que não quero mais saber de suas rimas. Por que não nos conta uma história verdadeira... ou alguma coisa em prosa, alguma coisa que nos divirta ou nos traga algum ensinamento?"

"Pois muito bem", concordei. "Pela bendita cruz de Cristo, vou contar-lhes uma historinha que, a menos que sejam muito exigentes, irá com certeza agradar a todos. Trata-se de um conto moral e virtuoso, abordado por diversos autores — se bem que de maneiras diferentes. Mas isso é compreensível, como bem o demonstra o caso dos evangelis-

telleth us the peyne of Iesu Crist,/ Ne saith nat al thing as his
felaw dooth,/ But natheles, hir sentence is al sooth,/ And alle
acorden as in hir sentence,/ Al be ther in hir telling difference./
For somme of hem seyn more, and somme lesse,/ Whan they his
pitous passioun expresse;/ I mene of Marke, Mathew, Luk and
Iohn;/ But doutelees hir sentence is al oon./ Therfor, lordinges alle,
I yow biseche,/ If that ye thinke I varie as in my speche,/ As thus,
thogh that I telle som-what more/ Of proverbes, than ye han herd
bifore,/ Comprehended in this litel tretis here,/ To enforce with the
theffect of my matere,/ And thogh I nat the same wordes seye/ As
ye han herd, yet to yow alle I preye,/ Blameth me nat; for, as in my
sentence,/ Ye shul not fynden moche difference/ Fro the sentence
of this tretis lyte/ After the which this mery tale I wryte./ And
therfor herkneth what that I shal seye,/ And lat me tellen al my
tale, I preye.'/

Explicit.

Here biginneth Chaucers Tale of Melibee.

§ 1. A yong man called Melibeus, mighty and riche, bigat up-on his
wyf that called was Prudence, a doghter which that called was Sophie.

§ 2. Upon a day bifel, that he for his desport is went in-to the
feeldes him to pleye./ His wyf and eek his doghter hath he left inwith
his hous, of which the dores weren fast y-shette./ Thre of his olde foos
han it espyed, and setten laddres to the walles of his hous, and by the
windowes been entred,/ and betten his wyf, and wounded his doghter
with fyve mortal woundes in fyve sondry places;/ this is to seyn, in hir
feet, in hir handes, in hir eres, in hir nose, and in hir mouth; and leften
hir for deed, and wenten awey./

§ 3. Whan Melibeus retourned was in-to his hous, and saugh al this
meschief, he, lyk a mad man, rendinge his clothes, gan to wepe and crye./

§ 4. Prudence his wyf, as ferforth as she dorste, bisoghte him of his
weping for to stinte;/ but nat for-thy he gan to crye and wepen ever lenger the more./

§ 5. This noble wyf Prudence remembered hir upon the sentence
of Ovide, in his book that cleped is *The Remedie of Love*, wher-as he

tas que escreveram sobre os sofrimentos de Jesus Cristo. Nenhum deles, como sabem, diz sempre exatamente o mesmo que o outro, o que não impede que todos falem a verdade, pois, se há discrepâncias em pontos menores, todos estão de acordo quanto ao sentido geral. Assim, ao descreverem os lances comoventes da paixão do Senhor, um diz mais, outro diz menos; mas em todos — ou seja, em Marcos, Mateus, Lucas e João — não se pode negar que o fundamental esteja presente. Por isso, senhores, se acharem que eu, da mesma forma, introduzo variações em minha narrativa, apresentando, a fim de reforçar o efeito do tema, um número maior de provérbios do que encontraram antes neste pequeno tratado, ou usando palavras que antes não ouviram, peço-lhes que não me condenem por isso, visto que, na essência, pouca diferença irão constatar entre o texto original e o movimentado conto que aqui narro. Portanto, ouçam com atenção o que agora vou dizer; e desta vez, por favor, deixem-me terminar."

Explicit.

Chaucer inicia aqui o Conto de Melibeu.

§ 1. Um jovem chamado Melibeu, rico e poderoso, concebera em sua mulher, que se chamava Prudência, uma filha que se chamava Sofia.

§ 2. Aconteceu um dia que ele foi para o campo em busca de entretenimento. Deixou a mulher e a filha em casa, com as portas bem fechadas. Três de seus velhos inimigos, que estavam à espreita, colocaram então escadas junto aos muros da casa e entraram pelas janelas. Em seguida, bateram em sua mulher, e feriram sua filha com cinco feridas mortais, em cinco lugares diferentes — a saber, nos pés, nas mãos, nas orelhas, no nariz e na boca. Deixaram-na como morta, e depois foram-se embora.

§ 3. Quando Melibeu voltou para casa e viu toda essa maldade, pôs-se a chorar e a gritar como louco, rasgando as próprias vestes.

§ 4. Prudência, sua mulher, até onde podia ousar, suplicou-lhe que se acalmasse; em vez disso, mais copiosos se tornaram seus lamentos e suas lágrimas.

§ 5. Lembrou-se então a nobre senhora Prudência de uma frase de Ovídio, em sua obra chamada *Os Remédios do Amor*, que dizia: "É to-

seith;/ 'he is a fool that destourbeth the moder to wepen in the deeth of hir child, til she have wept hir fille, as for a certain tyme;/ and thanne shal man doon his diligence with amiable wordes hir to reconforte, and preyen hir of hir weping for to stinte.'/ For which resoun this noble wyf Prudence suffred hir housbond for to wepe and crye as for a certein space;/ and whan she saugh hir tyme, she seyde him in this wyse. 'Allas, my lord,' quod she,' why make ye your-self for to be lyk a fool?/ or sothe, it aperteneth nat to a wys man, to maken swiche a sorwe./ Your doghter, with the grace of god, shal warisshe and escape./ And al were it so that she right now were deed, ye ne oghte nat as for hir deeth your-self to destroye./ Senek seith: "the wise man shal nat take to greet disconfort for the deeth of his children,/ but certes he sholde suffren it in pacience, as wel as he abydeth the deeth of his owene propre persone."'/

§ 6. This Melibeus answerde anon and seyde, 'What man,' quod he, 'sholde of his weping stinte, that hath so greet a cause for to wepe?/ Iesu Crist, our lord, him-self wepte for the deeth of Lazarus his freend.'/ Prudence answerde, 'Certes, wel I woot, attempree weping is no-thing defended to him that sorweful is, amonges folk in sorwe, but it is rather graunted him to wepe./ The Apostle Paul un-to the Romayns wryteth, "man shal reioyse with hem that maken Ioye, and wepen with swich folk as wepen."/ But thogh attempree weping be y-graunted, outrageous weping certes is defended./ Mesure of weping sholde be considered, after the lore that techeth us Senek./ "Whan that thy freend is deed," quod he, "lat nat thyne eyen to moyste been of teres, ne to muche drye; althogh the teres come to thyne eyen, lat hem nat falle."/ And whan thou hast for-goon thy freend, do diligence to gete another freend; and this is more wysdom than for to wepe for thy freend which that thou hast lorn; for ther-inne is no bote./ And therfore, if ye governe yow by sapience, put awey sorwe out of your herte./ Remembre yow that Iesus Syrak seith: "a man that is Ioyous and glad in herte, it him conserveth florisshing in his age; but soothly sorweful herte maketh his bones drye."/ He seith eek thus: "that sorwe in herte sleeth ful many a man."/ Salomon seith: "that, right as motthes in the shepes flees anoyeth to the clothes, and the smale wormes to the tree, right so anoyeth sorwe to the herte."/ Wherfore us

lice tentar impedir a uma mãe de chorar a morte do filho enquanto ela não chorar livremente pelo tempo necessário; somente então deve-se buscar consolá-la com palavras amigas e convencê-la a estancar o pranto". Por essa razão, a nobre senhora Prudência permitiu que seu marido chorasse e gritasse durante certo tempo; mas, assim que viu a ocasião oportuna, falou-lhe desta maneira: "Ai, meu senhor, por que te comportas como um tolo? Em verdade, não é próprio do sábio entregar-se a tais lamentos. Tua filha, com a graça de Deus, irá salvar-se e viver. Mas, ainda que agora estivesse morta, não deverias destruir-te por causa de sua morte. Diz Sêneca: 'O sábio não deve desesperar-se pela morte de seus filhos, mas deve suportá-la com a mesma paciência com que aguarda a morte de sua própria pessoa'".

§ 6. Imediatamente Melibeu retrucou e disse: "Quem pode parar de chorar com tão grande motivo para chorar? O próprio Jesus Cristo, nosso Senhor, chorou pela morte de Lázaro, seu amigo". Respondeu Prudência: "Sei muito bem que o pranto moderado não é, de modo algum, vetado aos que sofrem; pelo contrário, é um direito que lhes é concedido. O apóstolo Paulo, na Epístola aos Romanos, escreve: 'Alegrai-vos com os que se alegram, e chorai com os que choram'. Mas, se o pranto moderado é permitido, o pranto excessivo é certamente condenado. Não devemos no pranto desprezar o comedimento, de acordo com o que Sêneca nos ensina: 'Na morte de teu amigo, não permitas que teus olhos fiquem muito úmidos de pranto, nem muito secos; se as lágrimas te vierem aos olhos, não deixes que rolem'. Se perdes um amigo, esforça-te para arranjares outro; é uma atitude mais sábia que chorar pelo amigo que se foi, pois isso nada aproveita. Por isso, se desejas guiar-te pela sabedoria, afasta a tristeza de teu coração. Lembra-te do que dizia Jesus Siraque:[102] 'O coração alegre e feliz conserva a juventude, mas o espírito abatido faz secar os ossos'. Também dizia assim: 'A tristeza no coração é a morte de muitos homens'. Salomão afirma que 'assim como as traças na lã das ovelhas fazem mal às vestes, e os pequenos vermes às árvores, assim a tristeza faz mal ao coração'. Por tudo isso, seja na morte dos filhos, seja na perda de nossos bens materiais, precisamos ter paciência".

---

[102] Referência ao suposto autor do livro *Eclesiástico*, conhecido como: Sabedoria de Jesus; filho (Ben) de Sirac; Ben Sirac, Sirácida ou Jesus Siraque. (N. da E.)

oghte, as wel in the deeth of our children as in the losse of our goodes temporels, have pacience./

§ 7. Remembre yow up-on the pacient Iob, whan he hadde lost his children and his temporel substance, and in his body endured and receyved ful many a grevous tribulacioun; yet seyde he thus:/ "our lord hath yeven it me, our lord hath biraft it me; right as our lord hath wold, right so it is doon; blessed be the name of our lord."'/ To thise foreseide thinges answerde Melibeus un-to his wyf Prudence: 'Alle thy wordes,' quod he, 'been sothe, and ther-to profitable; but trewely myn herte is troubled with this sorwe so grevously, that I noot what to done.'/ 'Lat calle,' quod Prudence, 'thy trewe freendes alle, and thy linage whiche that been wyse; telleth your cas, and herkneth what they seye in conseiling, and yow governe after hir sentence./ Salomon seith: "werk alle thy thinges by conseil, and thou shalt never repente."'/

§ 8. Thanne, by the conseil of his wyf Prudence, this Melibeus leet callen a greet congregacioun of folk;/ as surgiens, phisiciens, olde folk and yonge, and somme of hise olde enemys reconsiled as by hir semblaunt to his love and in-to his grace;/ and ther-with-al ther comen somme of hise neighebores that diden him reverence more for drede than for love, as it happeth ofte./ Ther comen also ful many subtile flatereres, and wyse advocats lerned in the lawe./

§ 9. And whan this folk togidre assembled weren, this Melibeus in sorweful wyse shewed hem his cas;/ and by the manere of his speche it semed that in herte he bar a cruel ire, redy to doon vengeaunce up-on hise foos, and sodeynly desired that the werre sholde biginne;/ but nathelees yet axed he hir conseil upon this matere./ A surgien, by licence and assent of swiche as weren wyse, up roos and un-to Melibeus seyde as ye may here./ [...]

§ 7. "Recorda-te do paciente Jó, que, depois de haver perdido os filhos e as posses temporais, e depois de conhecer e suportar em seu corpo muitas enfermidades dolorosas, assim mesmo dizia: 'o Senhor os deu para mim, o Senhor os tirou de mim; assim como quis o Senhor, assim se fez; bendito seja o nome do Senhor'." A essas palavras, acima referidas, respondeu Melibeu a sua mulher Prudência: "Tudo o que disseste é verdade e, portanto, de muito proveito; meu coração, porém, acha-se tão profundamente perturbado por essa dor, que não sei o que fazer". "Convoca", disse Prudência, "todos os teus amigos verdadeiros e teus parentes mais sábios, conta-lhes o teu infortúnio, e ouve o que têm para te aconselhar, seguindo então a sua orientação. Diz Salomão: 'Pede conselho em tudo o que fizeres, e nunca te arrependerás'."

§ 8. Aceitando a sugestão de sua mulher Prudência, Melibeu convocou uma grande congregação de pessoas, como cirurgiões, médicos, anciãos e jovens, além de alguns de seus velhos inimigos, aparentemente reconciliados com ele e reconduzidos à sua estima e ao seu favor. Também compareceram alguns de seus vizinhos, que o respeitavam, como acontece muitas vezes, mais por medo que por afeto. Vieram igualmente muitos aduladores astuciosos, e sábios advogados versados na lei.

§ 9. E quando todas essas pessoas se reuniram, Melibeu, com o semblante entristecido, deu-lhes a conhecer sua história, deixando a impressão, por sua maneira de falar, de que trazia no peito uma ira cruel, estando pronto a vingar-se de seus inimigos e ansioso para iniciar imediatamente a guerra. Apesar disso, pediu a todos que o aconselhassem sobre o que fazer. [...][103]

---

[103] Se o Albergueiro censurou Chaucer pelo conto de Sir Topázio, quase todos os tradutores o censuram pela história de Melibeu, abreviando-a ou eliminando-a de vez. Trata-se, de fato, de uma das partes menos atraentes dos *Contos de Canterbury*, estendendo a sua monotonia por cerca de cinquenta páginas compactas e esmagando o pobre Melibeu — e os leitores — com uma gigantesca massa de citações morais, extraídas de Jó, Salomão, Catão, Cícero, Ovídio, Sêneca, São Paulo, Santo Agostinho e inúmeros outros. Por esse motivo, também nós damos aqui apenas o início e a conclusão do "Conto", ligando os dois excertos por um breve resumo da parte intermediária.

Na tentativa de dissuadir Melibeu de vingar-se dos agressores da filha, Dona Prudência lhe sugerira, como foi visto, que ouvisse as opiniões das mais diversas pessoas. Os

§ 75. And whan that dame Prudence saugh hir tyme, she freyned and axed hir lord Melibee,/ what vengeance he thoughte to taken of hise adversaries?/

§ 76. To which Melibee answerde and seyde, 'certes,' quod he, 'I thinke and purpose me fully/ to desherite hem of al that ever they han, and for to putte hem in exil for ever.'/

§ 77. 'Certes,' quod dame Prudence, 'this were a cruel sentence, and muchel agayn resoun./ For ye been riche y-nough, and han no nede of other mennes good;/ and ye mighte lightly in this wyse gete yow a coveitous name,/ which is a vicious thing, and oghte been eschewed of every good man./ For after the sawe of the word of the apostle: "coveitise is rote of alle harmes."/ And therfore, it were bettre for yow to lese so muchel good of your owene, than for to taken of hir good in this manere./ For bettre it is to lesen good with worshipe, than it is to winne good with vileinye and shame./ And every man oghte to doon his diligence and his bisinesse to geten him a good name./ And yet shal he nat only bisie him in kepinge of his good name,/ but he shal also enforcen him alwey to do som-thing by which he may renovelle his

§ 75. E quando Dona Prudência viu a ocasião oportuna, perguntou e indagou a seu senhor Melibeu como pretendia vingar-se de seus adversários.

§ 76. Ao que Melibeu respondeu e disse: "Na verdade, penso e tenciono confiscar tudo o que possuem e exilá-los para sempre".

§ 77. "Sem dúvida", observou Dona Prudência, "é uma sentença cruel e inteiramente contrária à razão. Pois és bastante rico, e não tens necessidade alguma dos bens de outros homens; e, dessa forma, poderás facilmente adquirir a pecha de ambicioso, o que é coisa vergonhosa, ganhando por conseguinte o desprezo de todos os homens de bem. Pois, segundo o que ensina a palavra do Apóstolo, 'a cobiça é a raiz de todos os males'. É melhor, portanto, renunciar à maior parte daquilo que possuis que tomar o que é deles desse modo. Pois é melhor perder as posses com boa-fé, que enriquecer através da felonia e da vergonha. E todo homem deve cuidar e diligenciar para que tenha um bom nome. E não só deve fazer de tudo para preservar esse bom nome, mas também esforçar-

mais sábios aconselharam o perdão; os aduladores e interesseiros, a desforra. Dona Prudência, após insistir para que ele afastasse a ira, a cobiça e a impulsividade de seu coração, advertiu-o da necessidade de distinguir os verdadeiros amigos dos falsos. Ficou óbvio para Melibeu que a pessoa que mais desejava o seu bem era a própria esposa. Relutava, entretanto, em aceitar os seus conselhos por se tratar de uma mulher. Isso gerou amplo debate, durante o qual, com base em vários exemplos, Dona Prudência defendeu convincentemente a sabedoria das mulheres e demonstrou que os maridos só têm a ganhar quando se deixam guiar por elas.

Entra-se, a seguir, no próprio cerne da questão: seria a vingança conveniente, moralmente justificável, segura? Durante a discussão, levanta-se também, de passagem, o problema do mal, uma vez que sua causa imediata (ou "causa propínqua") somente pode atuar com a permissão de Deus, que assim se torna a sua causa longínqua. Mas por que Deus permite o mal? Reconhecendo a insolubilidade do problema, volta Dona Prudência à questão da justiça pelas próprias mãos, e convence o marido de que, como a vingança pertence exclusivamente a Deus, quem a pratica usurpa um direito divino e se torna inimigo do Criador. Assim, o melhor caminho é o perdão e a reconciliação.

Tranquilizados os temores de Melibeu quanto à perda de prestígio pessoal que uma decisão dessa espécie poderia acarretar, convoca ele os inimigos para a celebração de um acordo de paz. Os agressores, que viviam no pavor de um revide violento de sua parte, ficaram aliviados e felizes, comparecendo todos ao encontro. Ainda assim, sentia Melibeu a necessidade de impor-lhes algum castigo. Novamente interfere Dona Prudência, levando-o a conceder o perdão total. É o que lemos na conclusão. (N. do T.)

good name;/ for it is writen, that "the olde good loos or good name of a man is sone goon and passed, whan it is nat newed ne renovelled."/ And as touchinge that ye seyn, ye wole exile your adversaries,/ that thinketh me muchel agayn resoun and out of mesure,/ considered the power that they han yeve yow up-on hem-self./ And it is writen, that "he is worthy to lesen his privilege that misuseth the might and the power that is yeven him."/ And I sette cas ye mighte enioyne hem that peyne by right and by lawe,/ which I trowe ye mowe nat do,/ I seye, ye mighte nat putten it to execucioun per-aventure,/ and thanne were it lykly to retourne to the werre as it was biforn./ And therfore, if ye wole that men do yow obeisance, ye moste demen more curteisly;/ his is to seyn, ye moste yeven more esy sentences and Iugements./ For it is writen, that "he that most curteisly comandeth, to him men most obeyen."/ And therfore, I prey yow that in this necessitee and in this nede, ye caste yow to overcome your herte./ For Senek seith: that "he that overcometh his herte, overcometh twyes."/ And Tullius seith: "ther is nothing so comendable in a greet lord/ as whan he is debonaire and meke, and appeseth him lightly."/ And I prey yow that ye wole forbere now to do vengeance,/ in swich a manere, that your goode name may be kept and conserved;/ and that men mowe have cause and matere to preyse yow of pitee and of mercy;/ and that ye have no cause to repente yow of thing that ye doon./ For Senek seith: "he overcometh in an yvel manere, that repenteth him of his victorie."/ Wherfore I pray yow, lat mercy been in your minde and in your herte,/ to theffect and entente that god almighty have mercy on yow in his laste Iugement./ For seint Iame seith in his epistle: "Iugement withouten mercy shal be doon to him, that hath no mercy of another wight."'/

§ 78. Whanne Melibee hadde herd the grete skiles and resouns of dame Prudence, and hir wise informaciouns and techinges,/ his herte gan enclyne to the wil of his wyf, consideringe hir trewe entente;/ and conformed him anon, and assented fully to werken after hir conseil;/ and thonked god, of whom procedeth al vertu and alle goodnesse, that him sente a wyf of so greet discrecioun./ And whan the day cam that hise adversaries sholde apperen in his presence,/ he spak unto hem ful goodly, and seyde in this wyse:/ 'al-be-it so that of your pryde and presumpcioun and folie, and of your necligence and unconninge,/ ye have misborn yow and trespassed un-to me;/ yet, for as much as I see and biholde your

-se constantemente para praticar atos que renovem seu bom nome; pois está escrito que 'a boa reputação antiga ou o bom nome de um homem passam e se acabam num instante, se não forem reforçados e renovados'. Quanto à tua pretensão de exilar os teus adversários, parece-me contrária à razão e fora de propósito, em vista do poder que te confiaram ao se entregarem em tuas mãos. E está escrito que 'merece perder seus privilégios o que abusa da força e do poder que lhe são dados'. E, admitindo-se que possas, por direito e pela lei, impor-lhes aquela pena — apesar de eu não acreditar em tal coisa, afirmo-te que não poderás aplicá-la na prática, pois isso apenas nos levaria de volta ao estado de guerra que existia anteriormente. Portanto, se desejas conquistar o respeito dos homens, deves julgar com mais brandura, ou seja, deves amenizar teus julgamentos e tuas sentenças. Pois está escrito que 'recebe maior obediência quem comanda com mais brandura'. Rogo-te, portanto, que, neste transe e nesta contingência, procures dominar teu coração. Pois Sêneca diz: 'Aquele que domina o próprio coração, vence duas vezes'. E Túlio[104] afirma: 'Nada é tão elogiável num grande senhor quanto um espírito benigno e compreensivo que se deixa facilmente apaziguar'. Peço-te que renuncies agora à vingança, para que teu bom nome possa ser mantido e preservado; e para que os homens tenham motivo e razão para louvar-te a piedade e a misericórdia; e para que não te arrependas dos teus atos. Pois Sêneca diz: 'Vence mal quem se arrepende de sua vitória'. Por isso é que te imploro: deixa a misericórdia dominar-te a mente e o coração, para que Deus todo-poderoso também tenha piedade de ti no dia do juízo. Pois São Tiago afirma em sua Epístola: 'O juízo é sem misericórdia para com aquele que não usou de misericórdia'."

§ 78. Depois que Melibeu ouviu os argumentos e as razões de Dona Prudência, e seus sábios ensinamentos e instruções, seu coração, refletindo sobre o verdadeiro significado do que fora dito, se inclinou para as opiniões de sua mulher; e ele então se sujeitou a ela, aceitando plenamente os seus conselhos; e agradeceu a Deus, de quem procede toda virtude e toda bondade, o ter-lhe dado uma esposa tão sensata. E quando chegou o dia em que os seus adversários deveriam comparecer à sua presença, falou-lhes com bondade, assim dizendo: "Embora em vosso orgulho e presunção e loucura, por vossa negligência e ignorância, tenhais vos con-

---

[104] Marco Túlio Cícero. (N. do T.)

grete humilitee,/ and that ye been sory and repentant of your giltes,/ it constreyneth me to doon yow grace and mercy./ Therfore I receyve yow to my grace,/ and foryeve yow outrely alle the offences, iniuries, and wronges, that ye have doon agayn me and myne;/ to this effect and to this ende, that god of his endelees mercy/ wole at the tyme of our dyinge foryeven us our giltes that we han trespassed to him in this wrecched world./ For doutelees, if we be sory and repentant of the sinnes and giltes whiche we han trespassed in the sighte of our lord god,/ he is so free and so merciable,/ that he wole foryeven us our giltes,/ and bringen us to his blisse that never hath ende. — Amen.'/

Here is ended Chaucers Tale of Melibee and of Dame Prudence.

duzido muito mal e ofendido a mim, sou levado a conceder-vos graça e perdão em vista da grande humildade, da contrição e do arrependimento que agora demonstrais. Por isso, recebo-vos agora em meu favor e vos perdoo plenamente as ofensas, injúrias e males que cometestes contra mim e contra os meus, para que também Deus, em sua infinita misericórdia, nos perdoe, na hora de nossa morte, os pecados que cometemos contra Ele neste vale de lágrimas. Pois Deus nosso Senhor é tão bom e misericordioso que, se nos arrependermos dos pecados e faltas que em sua presença cometemos, Ele certamente perdoará as nossas dívidas e nos conduzirá à eterna bem-aventurança. — Amém".

Aqui termina o Conto de Chaucer sobre Melibeu e Dona Prudência.

The Monkes Tale

The mery wordes of the Host to the Monk.

    Whan ended was my tale of Melibee,/ And of Prudence and hir benignitee,/ Our hoste seyde, 'as I am faithful man,/ And by the precious corpus Madrian,/ I hadde lever than a barel ale/ That goode lief my wyf hadde herd this tale!/ For she nis no-thing of swich pacience/ As was this Melibeus wyf Prudence./ By goddes bones! whan I bete my knaves,/ She bringth me forth the grete clobbed staves,/ And cryeth, "slee the dogges everichoon,/ And brek hem, bothe bak and every boon."/ And if that any neighebor of myne/ Wol nat in chirche to my wyf enclyne,/ Or be so hardy to hir to trespace,/ Whan she comth hoom, she rampeth in my face,/ And cryeth, "false coward, wreek thy wyf,/ By corpus bones! I wol have thy knyf,/ And thou shalt have my distaf and go spinne!"/ Fro day to night right thus she wol biginne; —/ "Allas!" she seith, "that ever I was shape/ To wedde a milksop or a coward ape,/ That wol be overlad with every wight!/ Thou darst nat stonden by thy wyves right!"/

    This is my lyf, but-if that I wol fighte;/ And out at dore anon I moot me dighte,/ Or elles I am but lost, but-if that I/ Be lyk a

O Conto do Monge

As alegres palavras do Albergueiro para o Monge.

Quando acabei de narrar o meu conto sobre Melibeu e a generosidade de Prudência, disse o nosso Albergueiro: "Por minha fé e pelo precioso corpo de São Madriano, eu daria um barril de cerveja para que Godelief, minha patroa, tivesse ouvido essa história! Ela não tem nem um pingo da paciência da mulher de Melibeu. Pelos ossos do Senhor! Quando digo que vou bater em meus criados, ela vai correndo buscar os porretes mais grossos; e grita: 'Mate todos esses cachorros, arrebente-lhes as costas e quebre seus ossos um por um!'. E se algum dos vizinhos deixa de cumprimentá-la na igreja com uma reverência ou tem a audácia de ofendê-la, ela se torna uma fúria quando volta para casa, berrando em meus ouvidos: 'Ah, traidor covarde! Por que não vinga sua mulher? Pelos ossos de Cristo, dê-me o seu punhal e fique com minha roca de fiar'. É assim que ela me trata o dia inteiro: 'Ai! Por que quis o destino que eu me casasse com um maricas, com um macaco medroso, a quem todo mundo faz de bobo? Você não tem coragem nem para defender os direitos de sua mulher!'.

"É essa a minha vida. Se me recuso a brigar, não tenho outro jeito senão sair de casa; ou me comporto como um enfurecido leão selvagem,

wilde leoun fool-hardy./ I woot wel she wol do me slee som day/ Som neighebor, and thanne go my wey./ For I am perilous with knyf in honde,/ Al be it that I dar nat hir withstonde,/ For she is big in armes, by my feith,/ That shal he finde, that hir misdooth or seith./ But lat us passe awey fro this matere./

My lord the Monk,' quod he, 'be mery of chere;/ For ye shul telle a tale trewely./ Lo! Rouchestre stant heer faste by!/ Ryd forth, myn owene lord, brek nat our game,/ But, by my trouthe, I knowe nat your name,/ Wher shal I calle yow my lord dan Iohn,/ Or dan Thomas, or elles dan Albon?/ Of what hous be ye, by your fader kin?/ I vow to god, thou, hast a ful fair skin,/ It is a gentil pasture ther thou goost;/ Thou art nat lyk a penaunt or a goost./ Upon my feith, thou art som officer,/ Som worthy sexteyn, or som celerer,/ For by my fader soule, as to my doom,/ Thou art a maister whan thou art at hoom;/ No povre cloisterer, ne no novys,/ But a governour, wyly and wys./ And therwithal of brawnes and of bones/ A wel-faring persone for the nones./ I pray to god, yeve him confusioun/ That first thee broghte un-to religioun;/ Thou woldest han been a trede-foul aright./ Haddestow as greet a leve, as thou hast might/ To parfourne al thy lust in engendrure,/ Thou haddest bigeten many a creature./ Alas! why werestow so wyd a cope?/ God yeve me sorwe! but, and I were a pope,/ Not only thou, but every mighty man,/ Thogh he were shorn ful hye upon his pan,/ Sholde have a wyf; for al the world is lorn!/ Religioun hath take up al the corn/ Of treding, and we borel men ben shrimpes!/ Of feble trees ther comen wrecched impes./ This maketh that our heires been so sclendre/ And feble, that they may nat wel engendre./ This maketh that our wyves wol assaye/ Religious folk, for ye may bettre paye/ Of Venus payements than mowe we;/ God woot, no lussheburghes payen ye!/ But be nat wrooth, my lord, for that I pleye;/ Ful ofte in game a sooth I have herd seye.'/

This worthy monk took al in pacience,/ And seyde, 'I wol doon al my diligence,/ As fer as souneth in-to honestee,/ To telle yow a tale, or two, or three./ And if yow list to herkne hiderward,/

ou estou perdido. Sei que ela ainda vai me fazer matar algum vizinho... e então ali vou eu — porque fico muito perigoso com uma faca na mão. Palavra de honra, a única pessoa que tenho medo de enfrentar é essa minha patroa, com aqueles seus braços enormes! Quem já lhe pregou alguma, sabe muito bem como ela é... Mas vamos mudar de assunto.

"Meu caro senhor Monge", chamou ele, "alegre-se, que agora chegou a sua vez de nos contar uma história. Olhe, já estamos perto de Rochester! Em frente, meu senhor, não vá estragar o nosso passatempo. Na verdade, porém, ainda não sei o seu nome — se devo chamá-lo de Dom John ou Dom Thomas ou Dom Alban! Por meu pai, também não sei de que mosteiro o senhor vem! Mas juro por Deus que o senhor tem uma pele que é uma beleza. Por aí já se vê que não costuma passar mal, pois não tem nada daquele ar espectral dos penitentes. Aposto como o senhor é algum administrador, algum sacristão ou despenseiro, alguém em posição de mando lá onde vive. Um enclaustrado ou um noviço é que não é; deve ser um superior, prudente e prático, que, além de tudo, com esses músculos e ossatura, pode vencer qualquer parada. Que Deus castigue quem o encaminhou para a religião! O senhor daria um bom galo reprodutor. Se tivesse permissão para gastar todo esse vigor gerando filhos, que multidão de criaturas poderia conceber! Ai, por que teve que se enfiar dentro desse hábito largo? Que eu me dane se estiver mentindo, mas, se eu fosse papa, pode estar certo de que não somente o senhor, mas todos os homens robustos, teriam autorização para se casar, mesmo com uma tonsura em cima da cachola. É por isso que este mundo está perdido! A religião ficou com a nata dos reprodutores, e nós, da arraia-miúda, somos apenas o rebotalho. É por isso que os nossos descendentes são tão fracos e tão mirrados que mal conseguem procriar; e é por isso também que o nosso mulherio é louco por essa gente do clero. Não é à toa, pois eles podem fazer os pagamentos de Vênus muito mais generosamente do que nós, em moeda bem mais forte que os nossos mísero luxemburgueses![105] Mas, meu senhor, peço-lhe que não se zangue com as minhas brincadeiras; muitas vezes, é brincando que se dizem as verdades."

O honrado Monge ouviu tudo com paciência. Depois disse: "Farei o possível, dentro do que for condizente com a virtude, para narrar-lhes

---

[105] Moedas falsas provenientes de Luxemburgo e introduzidas na Inglaterra durante o reinado de Eduardo III. (N. da E.)

I wol yow seyn the lyf of seint Edward;/ Or elles first Tragedies wol I telle/ Of whiche I have an hundred in my celle./ Tragedie is to seyn a certeyn storie,/ As olde bokes maken us memorie,/ Of him that stood in greet prosperitee/ And is y-fallen out of heigh degree/ Into miserie, and endeth wrecchedly./ And they ben versifyed comunly/ Of six feet, which men clepe exametron./ In prose eek been endyted many oon,/ And eek in metre, in many a sondry wyse./ Lo! this declaring oughte y-nough suffise./

Now herkneth, if yow lyketh for to here;/ But first I yow biseke in this matere,/ Though I by ordre telle nat thise thinges,/ Be it of popes, emperours, or kinges,/ After hir ages, as men writen finde,/ But telle hem som bifore and som bihinde,/ As it now comth un-to my remembraunce;/ Have me excused of myn ignoraunce.'/

Explicit.

Here biginneth the Monkes Tale, '*De Casibus Virorum Illustrium*'.

I wol biwayle in maner of Tragedie/ The harm of hem that stode in heigh degree,/ And fillen so that ther nas no remedie/ To bringe hem out of hir adversitee;/ For certein, whan that fortune list to flee,/ Ther may no man the cours of hir withholde;/ Lat no man truste on blind prosperitee;/ Be war by thise ensamples trewe and olde./

Lucifer

At Lucifer, though he an angel were,/ And nat a man, at him I wol biginne;/ For, thogh fortune may non angel dere,/ From heigh degree yet fel he for his sinne/ Doun in-to helle, wher he yet is inne./

um, ou dois, ou mesmo três contos. Se preferirem, poderei contar-lhes a vida de Santo Eduardo;[106] antes, porém, vou apresentar-lhes algumas 'tragédias', de que tenho uma centena na cabeça. Uma tragédia, segundo se pode ler em antigos livros, é a história de alguém que, tendo conhecido grande prosperidade, cai de sua alta posição para a miséria, acabando os seus dias no infortúnio. Vem geralmente escrita em versos de seis pés, chamados hexâmetros, se bem que possa ser composta em prosa... ou em outros metros, dos tipos mais variados. Bem, creio que a explicação é suficiente.

"Ouçam-me agora os que quiserem me ouvir. Mas, primeiro, rogo-lhes que me perdoem se eu não contar estas histórias de papas, imperadores ou reis pela ordem cronológica, tal como fixadas nos textos, pois algumas virão antes e outras depois, conforme me acudirem à memória. Desculpem-me a imperfeição."

Explicit.

Aqui tem início o Conto do Monge: "*De Casibus Virorum Illustrium*".[107]

Vou lamentar, em forma de tragédia, a desventura dos que estiveram em posições elevadas e, em seguida, tombaram das alturas para atribulações inexoráveis. Se a Fortuna resolve se afastar, não há maneira alguma de impedi-la; por isso, que ninguém tenha confiança na cega prosperidade! Sirvam de alerta estes exemplos que aqui seguem, antigos e reais.

Lúcifer

Por Lúcifer pretendo começar, embora fosse um anjo e não um homem; mas, mesmo que a tais seres não atinjam os golpes da Fortuna, foi lançado, por causa de seu crime, da condição sublime para o inferno,

---

[106] Trata-se de Eduardo, o Confessor (*c.* 1004-1066), penúltimo rei anglo-saxão, e último monarca da dinastia de Wessex. (N. da E.)

[107] Alusão direta à obra de Boccaccio de mesmo nome, concluída em 1374, cujo título significa "Exemplos de homens ilustres". (N. da E.)

O Lucifer! brightest of angels alle,/ Now artow Sathanas, that maist nat twinne/ Out of miserie, in which that thou art falle./

Adam

Lo Adam, in the feld of Damassene,/ With goddes owene finger wroght was he,/ And nat bigeten of mannes sperme unclene,/ And welte al Paradys, saving o tree./ Had never worldly man so heigh degree/ As Adam, til he for misgovernaunce/ Was drive out of his hye prosperitee/ To labour, and to helle, and to meschaunce./

Sampson

Lo Sampson, which that was annunciat/ By thangel, longe er his nativitee,/ And was to god almighty consecrat,/ And stood in noblesse, whyl he mighte see./ Was never swich another as was he,/ To speke of strengthe, and therwith hardinesse;/ But to his wyves tolde he his secree,/ Through which he slow him-self, for wrecchednesse.//

Sampson, this noble almighty champioun,/ Withouten wepen save his hondes tweye,/ He slow and al to-rente the leoun,/ Toward his wedding walking by the weye./ His false wyf coude him so plese and preye/ Til she his conseil knew, and she untrewe/ Un-to his foos his conseil gan biwreye,/ And him forsook, and took another newe.// Three hundred foxes took Sampson for ire,/ And alle hir tayles he togider bond,/ And sette the foxes tayles alle on fire,/ For he on every tayl had knit a brond;/ And they brende alle the cornes in that lond,/ And alle hir oliveres and vynes eek./

A thousand men he slow eek with his hond,/ And had no wepen but an asses cheek.// Whan they were slayn, so thursted him that he/ Was wel ny lorn, for which he gan to preye/ That god wolde on his peyne han som pitee,/ And sende him drinke, or elles moste he deye;/ And of this asses cheke, that was dreye,/ Out of a wang-tooth sprang anon a welle,/ Of which he drank y-nogh, shortly to seye,/ Thus heelp him god, as Iudicum can telle.//

By verray force, at Gazan, on a night,/ Maugree Philistiens of that citee,/ The gates of the toun he hath up-plight,/ And on his bak y-caried hem hath he/ Hye on an hille, that men mighte hem see./

O noble almighty Sampson, leef and dere,/ Had thou nat told

onde ele ainda se acha. Oh Lúcifer! Oh, mais luminoso dos anjos, és agora Satanás; e não podes mais fugir à miséria em que tombaste.

Adão

Eis Adão, no campo damasceno, moldado pela própria mão de Deus, e não gerado pelo esperma impuro do homem! Tinha ele a seu dispor o Paraíso inteiro, com exceção de uma árvore. Nenhum mortal viveu em tão excelso estado; mas um dia, por sua insensatez, acabou sendo expulso de seu Éden para o trabalho, e para o inferno, e para a angústia.

Sansão

Eis Sansão, cujo nascimento foi anunciado pelo anjo, e cuja vida foi consagrada ao Senhor Onipotente! Enquanto pôde enxergar, conservou a dignidade; jamais existiu outro igual, na força e na valentia. Tendo às mulheres, porém, revelado os seus segredos, provocou a própria morte para fugir à desgraça.

Esse nobre guerreiro valoroso, lutando desarmado, estrangulou, só com as mãos limpas, o leão que cruzara o seu caminho quando ia se casar, e lhe arrancou a pele. Sua falsa mulher, de tanto acariciá-lo e importuná-lo, obteve dele a solução de seu enigma; e contou tudo aos inimigos do marido, que abandonou e que trocou por outro. Sansão, num acesso de ira, tomou trezentas raposas, amarrou as suas caudas e em todas prendeu tochas, que a seguir incendiou. Dessa maneira, fez que ardessem todas as searas da região, e todos os seus vinhedos, e todas as oliveiras.

Também trucidou mil homens sem ter nas mãos qualquer arma, a não ser uma queixada de jumento. Feito isso, foi tão grande a sua sede que temeu por sua vida; suplicou a Deus piedade de seu sofrimento, pois, caso não tivesse o que beber, por certo morreria. Brotou então uma fonte de um molar daquela queixada seca, e ele enfim pôde saciar-se. Assim o Senhor o ajudou, como se lê em Juízes.

E uma noite em Gaza, com a simples força bruta, arrancou os portões da cidade, apesar dos filisteus que ali viviam, e os carregou para o alto de uma montanha, onde todos pudessem vê-los.

Oh nobre e potente Sansão, amado e caro! Se não tivesses confiado os teus segredos a mulheres, tu não terias par em todo o mundo. Nunca

to wommen thy secree,/ In al this worlde ne hadde been thy pere!// This Sampson never sicer drank ne wyn,/ Ne on his heed cam rasour noon ne shere,/ By precept of the messager divyn,/ For alle his strengthes in his heres were;/ And fully twenty winter, yeer by yere,/ He hadde of Israel the governaunce./ But sone shal he wepen many a tere,/ For wommen shal him bringen to meschaunce!//

Un-to his lemman Dalida he tolde/ That in his heres al his strengthe lay,/ And falsly to his fo-men she him solde./ And sleping in hir barme upon a day/ She made to clippe or shere his heer awey,/ And made his fo-men al his craft espyen;/ And whan that they him fonde in this array,/ They bounde him faste, and putten out his yën.//

But er his heer were clipped or y-shave,/ Ther was no bond with which men might him binde;/ But now is he in prisoun in a cave,/ Wheras they made him at the querne grinde./ O noble Sampson, strongest of mankinde,/ O whylom Iuge in glorie and in richesse,/ Now maystow wepen with thyn yën blinde,/ Sith thou fro wele art falle in wrecchednesse.//

Thende of this caytif was as I shal seye;/ His fo-men made a feste upon a day,/ And made him as hir fool bifore hem pleye,/ And this was in a temple of greet array./ But atte laste he made a foul affray;/ For he two pilers shook, and made hem falle,/ And doun fil temple and al, and ther it lay,/ And slow him-self, and eek his fo-men alle.// This is to seyn, the princes everichoon,/ And eek three thousand bodies wer ther slayn/ With falling of the grete temple of stoon./

Of Sampson now wol I na-more seyn./ Beth war by this ensample old and playn/ That no men telle hir conseil til hir wyves/ Of swich thing as they wolde han secree fayn,/ If that it touche hir limmes or hir lyves.//

Hercules

Of Hercules the sovereyn conquerour/ Singen his workes laude and heigh renoun;/ For in his tyme of strengthe he was the flour./ He slow, and rafte the skin of the leoun;/ He of Centauros leyde the boost adoun;/ He Arpies slow, the cruel briddes felle;/ He golden apples rafte of the dragoun;/ He drow out Cerberus, the hound of helle:// He slow the cruel tyrant Busirus,/ And made his hors to frete him, flesh and boon;/ He slow the firy serpent venimous;/ Of Achelois two hornes, he brak oon;/ And he slow Cacus in a cave of stoon;/ He slow the geaunt Antheus the stronge;/

Sansão tomou sícera ou vinho; nem permitiu, por ordem do divino mensageiro, que a navalha tocasse ou talhasse seus cabelos, visto serem a origem de sua força; e ano após ano, durante vinte invernos, foi ele o governante de Israel. Mas logo muitas lágrimas iria derramar, levado ao infortúnio por obra das mulheres!

De fato, confessou à sua amante Dalila que a cabeleira era a raiz de sua força; e ela, perfidamente, passou a informação aos inimigos. E um dia, enquanto em seu regaço o bravo descansava a cabeça adormecida, ela fez que lhe cortassem os cabelos; e os inimigos, que de longe observavam a traição, surpreenderam-no nesse estado, amarraram-no fortemente, e vazaram seus dois olhos.

Antes, quando tinha a cabeleira, ninguém podia atá-lo; agora, no entanto, acha-se aprisionado por cadeias e forçado a girar no cárcere um moinho. Oh nobre Sansão, o homem mais forte do mundo! Oh antigo Juiz, que tinha a glória e a riqueza! Podes chorar agora por teus olhos cegos, pois passaste da sorte ao infortúnio.

E agora o fim do pobre prisioneiro: uma festa prepararam certa vez seus inimigos, num templo de grande esplendor, e o trouxeram à sua presença para o seu divertimento; ele, porém, causou tremenda comoção, pois sacudiu dois pilares até derrubá-los, e o templo inteiro veio abaixo, sepultando Sansão e todos os seus inimigos. Morreram ali os príncipes e mais três mil pessoas, esmagados pela queda do enorme edifício de pedra.

Sobre Sansão agora vou calar-me. Que os homens, contudo, aprendam, com seu claro e antigo exemplo, que jamais devem confiar às mulheres os segredos que lhes convêm guardar para a própria integridade e a proteção de suas vidas.

Hércules

De Hércules, supremo guerreiro, os seus doze trabalhos cantam o louvor alto e sublime, dado que, no seu tempo, foi a flor da força humana. Estrangulou o leão de Neméia e lhe arrancou a pele; humilhou a soberba dos Centauros; derrubou as Harpias, as sangrentas e ferozes aves; roubou as maçãs de ouro do dragão; foi buscar Cérbero, o mastim do inferno; matou Busíris, o cruel tirano, deixando os seus cavalos devorarem a carne toda e os ossos do cadáver; trucidou a flamante e venenosa hidra de Lerna; também quebrou um chifre de Aqueloo; numa gruta de

He slow the grisly boor, and that anoon,/ And bar the heven on his nekke longe.//

Was never wight, sith that the world bigan,/ That slow so many monstres as dide he./ Thurgh-out this wyde world his name ran,/ What for his strengthe, and for his heigh bountee,/ And every reaume wente he for to see./ He was so strong that no man mighte him lette;/ At bothe the worldes endes, seith Trophee,/ In stede of boundes, he a piler sette.//

A lemman hadde this noble champioun,/ That highte Dianira, fresh as May;/ And, as thise clerkes maken mencioun,/ She hath him sent a sherte fresh and gay./ Allas! this sherte, allas and weylaway!/ Envenimed was so subtilly with-alle,/ That, er that he had wered it half a day,/ It made his flesh al from his bones falle.// But nathelees somme clerkes hir excusen/ By oon that highte Nessus, that it maked;/ Be as be may, I wol hir noght accusen;/ But on his bak this sherte he wered al naked,/ Til that his flesh was for the venim blaked./ And whan he sey noon other remedye,/ In hote coles he hath him-selven raked,/ For with no venim deyned him to dye.//

Thus starf this worthy mighty Hercules;/ Lo, who may truste on fortune any throwe?/ For him that folweth al this world of prees,/ Er he be war, is ofte y-leyd ful lowe./ Ful wys is he that can him-selven knowe./ Beth war, for whan that fortune list to glose,/ Than wayteth she hir man to overthrowe/ By swich a wey as he wolde leest suppose.//

Nabugodonosor

The mighty trone, the precious tresor,/ The glorious ceptre and royal magestee/ That hadde the king Nabugodonosor,/ With tonge unnethe may discryved be./ He twyes wan Ierusalem the citee;/ The vessel of the temple he with him ladde./ At Babiloyne was his sovereyn see,/ In which his glorie and his delyt he hadde.//

The fairest children of the blood royal/ Of Israel he leet do gelde anoon,/ And maked ech of hem to been his thral./ Amonges othere

pedra matou Caco; aniquilou Anteu, forte gigante; caçou o javali terrível de Erimanto; e sustentou os céus com o pescoço.

Ninguém, desde que o mundo começou, eliminou mais monstros que ele; o renome de sua força e suas virtudes depressa se espalhou por toda a Terra, e então todos os reinos vinham vê-lo. Ninguém era capaz de resistir-lhe. E ergueu, diz-nos Troféu,[108] duas colunas, demarcando os extremos deste mundo.

Tinha uma amante o nobre lutador, Dejanira, viçosa como maio; e, segundo os entendidos, deu-lhe ela de presente uma camisa, bonita e colorida. Mas ai! essa camisa — ai! quanta desgraça! — havia sido de tal modo envenenada, que ele não pôde usá-la meio dia e já suas carnes despregavam-se dos ossos. Assim mesmo, alguns autores a desculpam, declarando culpado um certo Nesso. Seja lá como for, não serei eu a acusá-la. As costas de Hércules, porém, em contato com o pano, enegreceram por causa da peçonha. E ele então preferiu, não tendo o antídoto, arder num leito de carvões em brasa a padecer aquela morte indigna.

Assim morreu o grande e poderoso herói. Ah, quem pode confiar na vã Fortuna? O homem que segue a azáfama do mundo acorda um belo dia e, antes que se dê conta, já se vê lá embaixo. Sábios são aqueles que a si mesmos se conhecem! Portanto, cuidado — pois quando a Fortuna resolve nos lograr, costuma dar seu golpe arrasador da maneira que menos é esperada.

Nabucodonosor

O potente trono, o tesouro de alto preço, o cetro glorioso e a majestade real do grande rei Nabucodonosor língua nenhuma pode descrever. Duas vezes tomou Jerusalém, e consigo levou do templo os vasos e as taças. Babilônia era a sua capital esplendorosa, a sede de sua glória e também de seus prazeres.

Mandou castrar os mais belos filhos da estirpe real de Israel, e de todos os demais fez seus escravos. Entre estes se encontrava Daniel, o

---

[108] Segundo alguns, seria o nome de um vate caldeu, segundo outros o título da obra de que Chaucer teria extraído a história de Troilo. Como *tropaea* (ou *trophea*) significa "colunas", as conjecturas mais recentes apontam o nome como fruto de um engano do escritor, proveniente de alguma confusão com as Colunas de Hércules, mencionadas no texto. (N. do T.)

Daniel was oon,/ That was the wysest child of everichoon;/ For he the dremes of the king expouned,/ Wher-as in Chaldey clerk ne was ther noon/ That wiste to what fyn his dremes souned.//

This proude king leet make a statue of golde,/ Sixty cubytes long, and seven in brede,/ To which image bothe yonge and olde/ Comaunded he to loute, and have in drede;/ Or in a fourneys ful of flambes rede/ He shal be brent, that wolde noght obeye./ But never wolde assente to that dede/ Daniel, ne his yonge felawes tweye.//

This king of kinges proud was and elaat,/ He wende that god, that sit in magestee,/ Ne mighte him nat bireve of his estaat:/ But sodeynly he loste his dignitee,/ And lyk a beste him semed for to be,/ And eet hay as an oxe, and lay ther-oute;/ In reyn with wilde bestes walked he,/ Til certein tyme was y-come aboute.// And lyk an egles fetheres wexe his heres,/ His nayles lyk a briddes clawes were;/ Til god relessed him a certein yeres,/ And yaf him wit; and than with many a tere/ He thanked god, and ever his lyf in fere/ Was he to doon amis, or more trespace;/ And, til that tyme he leyd was on his bere,/ He knew that god was ful of might and grace.//

Balthasar

His sone, which that highte Balthasar,/ That heeld the regne after his fader day,/ He by his fader coude nought be war,/ For proud he was of herte and of array;/ And eek an ydolastre was he ay./ His hye estaat assured him in pryde./ But fortune caste him doun, and ther he lay,/ And sodeynly his regne gan divyde.//

A feste he made un-to his lordes alle/ Up-on a tyme, and bad hem blythe be,/ And than his officeres gan he calle —/ 'Goth, bringeth forth the vessels,' [tho] quod he,/ 'Which that my fader, in his prosperitee,/ Out of the temple of Ierusalem birafte,/ And to our hye goddes thanke we/ Of honour, that our eldres with us lafte.'// His wyf, his lordes, and his concubynes/ Ay dronken, whyl hir appetytes laste,/ Out of thise noble vessels sundry wynes;/ And on a wal this king his yën caste,/ And sey an hond armlees, that wroot ful faste,/ For fere of which he quook and syked sore./ This hond, that Balthasar so sore agaste,/ Wroot *Mane, techel, phares*, and na-more./

In al that lond magicien was noon// That coude expoune what this lettre mente;/ But Daniel expouned it anoon,/ And seyde, 'king, god to thy fader lente/ Glorie and honour, regne, tresour, rente:/ And he was proud,

mais inteligente desses jovens; interpretava os sonhos do monarca, cujo sentido nenhum sábio da Caldeia podia desvendar.

Esse rei orgulhoso ergueu uma estátua de ouro, com sessenta cúbitos de altura e sete de largura, ordenando a todos, jovens e anciãos, que se curvassem diante dela e lhe mostrassem reverência; e quem desobedecesse seria queimado vivo em fornalha de rubras chamas. Contra isso rebelou-se Daniel, com os dois jovens companheiros seus.

Era soberbo e arrogante aquele rei dos reis: pensava que o Senhor, sentado em majestade, não poderia arrebatar-lhe o reino. Mas, num instante, ele perdeu os seus poderes e passou a viver como animal, a comer feno com um touro e a dormir fora na chuva. E assim entre animais ele viveu, até que certo tempo se cumprisse. Além disso, os cabelos se tornaram iguais a penas de águia, e as unhas pareciam garras de uma ave de rapina. Passados alguns anos, entretanto, o Senhor Deus livrou-o da loucura; e então, após chorar copioso pranto e agradecer aos Céus, passou a vida no temor do pecado e dos excessos. Desde aí, até ser levado à tumba, jamais negou a graça ou o poder de Deus.

Baltazar

Depois dele quem reinou foi seu filho Baltazar, que nada aproveitou do exemplo paterno, visto que também era soberbo no coração e na pompa, e também praticava a idolatria. Foi através do orgulho que procurou firmar-se no alto posto; mas a Fortuna o derrubou, e ele nunca mais se reergueu, e seu reino foi logo dividido.

Certa vez ofereceu uma grande festa a todos os cortesãos, querendo vê-los felizes. E convocou ali seus oficiais: "Ide, trazei os vasos e as taças que meu pai, no seu tempo de ventura, confiscou ao templo de Jerusalém; e com eles brindaremos aos deuses supremos pelas honrarias que herdamos de nossos ancestrais". E assim, até que se fartassem, sua mulher e seus vassalos e suas concubinas beberam dos mais variados vinhos naqueles vasos sagrados. Foi então que, ao voltar os olhos para uma parede, viu o rei uma mão sem braço a escrever rapidamente. Baltazar estremeceu e suspirou. E tudo o que escreveu aquela mão aterradora foram as palavras *mane, techel, phares*.

Não havia mágico em toda aquela terra que pudesse explicar o seu sentido; mas Daniel as decifrou, e disse: "Oh rei, o Senhor deu a teu pai glórias, honras, terras, ouros e riquezas; mas ele era orgulhoso e não te-

and no-thing god ne dradde,/ And therfor god gret wreche up-on him sente,/ And him birafte the regne that he hadde./ He was out cast of mannes companye,// With asses was his habitacioun,/ And eet hey as a beste in weet and drye,/ Til that he knew, by grace and by resoun,/ That god of heven hath dominacioun/ Over every regne and every creature;/ And thanne had god of him compassioun,/ And him restored his regne and his figure./ Eek thou, that art his sone, art proud also,// And knowest alle thise thinges verraily,/ And art rebel to god, and art his fo./ Thou drank eek of his vessels boldely;/ Thy wyf eek and thy wenches sinfully/ Dronke of the same vessels sondry wynes,/ And heriest false goddes cursedly;/ Therfor to thee y-shapen ful gret pyne is./ This hand was sent from god, that on the walle// Wroot *mane, techel, phares,* truste me;/ Thy regne is doon, thou weyest noght at alle;/ Divyded is thy regne, and it shal be/ To Medes and to Perses yeven,' quod he./

And thilke same night this king was slawe,/ And Darius occupyeth his degree,/ Thogh he therto had neither right ne lawe./ Lordinges, ensample heer-by may ye take//

How that in lordshipe is no sikernesse;/ For whan fortune wol a man forsake,/ She bereth awey his regne and his richesse,/ And eek his freendes, bothe more and lesse;/ For what man that hath freendes thurgh fortune,/ Mishap wol make hem enemys, I gesse:/ This proverbe is ful sooth and ful commune.//

Cenobia

Cenobia, of Palimerie quene,/ As writen Persiens of hir noblesse,/ So worthy was in armes and so kene,/ That no wight passed hir in hardinesse,/ Ne in linage, ne in other gentillesse./ Of kinges blode of Perse is she descended;/ I seye nat that she hadde most fairnesse,/ But of hir shape she mighte nat been amended.//

From hir childhede I finde that she fledde/ Office of wommen, and to wode she wente;/ And many a wilde hertes blood she shedde/ With arwes brode that she to hem sente./ She was so swift that she anon hem

mia a Deus. Por isso, o Todo-Poderoso se vingou dele e arrebatou-lhe o reino. E ele foi expulso da companhia dos homens para viver entre jumentos, e, exposto às intempéries, foi comer feno com os animais. Assim ficou, até que, pela razão e pela graça, compreendeu que o Senhor do Céu é o verdadeiro soberano de todos os reinos e todas as criaturas. Somente então Deus teve piedade dele, e devolveu-lhe o trono e a forma humana. Tu, que és seu filho, és igualmente soberbo, e, mesmo sabendo de todas essas coisas, te rebelaste contra Deus, tornando-te seu inimigo. Tiveste a audácia de levar aos lábios os vasos do templo; também tua mulher e tuas amantes beberam neles os mais variados vinhos; e vós todos adorais a falsos deuses. Por tudo isso, teu castigo implacável é iminente! Podes crer-me: essa mão que escreveu na parede *mane*, *techel*, *phares* foi enviada por Deus para dizer-te que teu reino se acabou e tu não vales mais nada; teu reino será dividido e entregue aos medas e persas".[109]

E naquela mesma noite o rei foi morto; e Dario, que pela lei não tinha esse direito, veio ocupar o seu lugar.

Por aí veem os senhores como o poder não garante a segurança. Quando a Fortuna decide abandonar alguém, leva embora os reinos, as riquezas, e até mesmo os amigos, grandes e humildes, pois, sem dúvida, o infortúnio transforma em inimigos os amigos que o homem fez pela fortuna. Esse fato é não somente verdadeiro, mas também muito comum.

Zenóbia

Zenóbia, rainha de Palmira[110] — segundo o que os persas escrevem de suas virtudes —, era tão valente e audaz nas armas, que ninguém a sobrepujava na coragem, nem na linhagem, nem nas outras qualidades. Descendia do sangue real da Pérsia. Não digo que tenha sido a mais simpática das mulheres, mas não havia o que corrigir em sua beleza.

Desde a infância, esquivava-se das tarefas femininas e refugiava-se no bosque, onde as longas flechas que atirava derramaram o sangue de numerosas corças. Era tão veloz que as alcançava na corrida. Quando

---

[109] Ver Daniel, 5, 25-8. (N. da E.)

[110] Cidade síria, hoje chamada de Tadmor. (N. da E.)

O Conto do Monge

hente,/ And whan that she was elder, she wolde kille/ Leouns, lepardes, and beres al to-rente,/ And in hir armes welde hem at hir wille.// She dorste wilde beestes dennes seke,/ And rennen in the montaignes al the night,/ And slepen under a bush, and she coude eke/ Wrastlen by verray force and verray might/ With any yong man, were he never so wight;/ Ther mighte no-thing in hir armes stonde./

    She kepte hir maydenhod from every wight,/ To no man deigned hir for to be bonde.// But atte laste hir frendes han hir maried/ To Odenake, a prince of that contree,/ Al were it so that she hem longe taried;/ And ye shul understonde how that he/ Hadde swiche fantasyes as hadde she./ But nathelees, whan they were knit in-fere,/ They lived in Ioye and in felicitee;/ For ech of hem hadde other leef and dere.// Save o thing, that she never wolde assente/ By no wey, that he sholde by hir lye/ But ones, for it was hir pleyn entente/ To have a child, the world to multiplye;/ And al-so sone as that she mighte espye/ That she was nat with childe with that dede,/ Than wolde she suffre him doon his fantasye/ Eft-sone, and nat but ones, out of drede.// And if she were with childe at thilke cast,/ Na-more sholde he pleyen thilke game/ Til fully fourty dayes weren past;/ Than wolde she ones suffre him do the same./ Al were this Odenake wilde or tame,/ He gat na-more of hir, for thus she seyde,/ 'It was to wyves lecherye and shame/ In other cas, if that men with hem pleyde.'// Two sones by this Odenake hadde she,/ The whiche she kepte in vertu and lettrure;/

    But now un-to our tale turne we./ I seye, so worshipful a creature,/ And wys therwith, and large with mesure,/ So penible in the warre, and curteis eke,/ Ne more labour mighte in werre endure,/ Was noon, thogh al this world men sholde seke.// Hir riche array ne mighte nat be told/ As wel in vessel as in hir clothing;/ She was al clad in perree and in gold,/ And eek she lafte noght, for noon hunting,/ To have of sondry tonges ful knowing,/ Whan that she leyser hadde, and for to entende/ To lernen bokes was al hir lyking,/ How she in vertu mighte hir lyf dispende.// And, shortly of this storie for to trete,/ So doughty was hir housbonde and eek she,/ That they conquered many regnes grete/ In the orient, with many a fair citee,/ Apertenaunt un-to the magestee/ Of Rome, and with strong hond helde hem ful faste;/ Ne never mighte hir fo-men doon hem flee,/ Ay whyl that Odenakes dayes laste.//

    Hir batailes, who-so list hem for to rede,/ Agayn Sapor the king and othere mo,/ And how that al this proces fil in dede,/ Why she

ficou mais velha, passou também a matar leões e leopardos e ursos, e a todos espedaçava, já que seus braços faziam com eles o que queriam. Não tinha medo de procurar as feras nos seus covis, nem de passar as noites a correr pelas montanhas, nem de dormir na selva; com seu vigor e energia, lutava com qualquer jovem, por mais robusto que fosse; e ninguém conseguia derrotá-la.

Por muito tempo conservou-se virgem, pois não julgava homem algum digno de unir-se a ela pelo matrimônio. Finalmente, contudo, seus amigos a convenceram a se casar com Odenato, príncipe daquela terra; e ela concordou, após procrastinar o evento o mais que pôde. É fácil compreender que ele tinha as mesmas inclinações e os mesmos gostos que ela. Depois que se esposaram, viveram na alegria e na felicidade, pois se admiravam e se amavam mutuamente. Mesmo assim, ela jamais consentia que ele dormisse com ela. Apenas concordou com isso uma vez, porque tinha a intenção de gerar filhos para ter sua descendência; e, quando viu que só aquele ato não fora suficiente para deixá-la grávida, tolerou que ele satisfizesse a sua fantasia uma vez mais, e não mais do que uma vez. Tendo certeza de que concebera, ela não mais lhe permitia aquele jogo — a não ser depois de quarenta semanas, quando novamente poderia engravidar-se. Aí sim, deixava que ele repetisse aquilo. Fora esses casos, irado ou paciente, Odenato nada mais conseguia da esposa, que costumava dizer: "Não tem decência e vergonha a mulher que deixa o marido se divertir com ela sem o propósito de procriar". Dois filhos teve de Odenato, os quais educou na virtude e na leitura...

Mas voltemos ao nosso conto. Asseguro-vos que, por mais que se procurasse, não se acharia neste mundo pessoa mais respeitável que ela, mais prudente e comedida, mais nobre e mais dedicada no combate, e melhor capaz de suportar as fadigas da guerra. Também suas riquezas não podem ser descritas, seja em escudelas, seja em roupas, sempre recobertas de ouro e de pedras preciosas. E, apesar de todas as suas atividades, aproveitava os momentos de lazer para aprender línguas, mesmo que para isso tivesse que perder uma caçada; e assim fazia porque se comprazia em estudar nos livros e conhecer como se vive na virtude. Enfim, para tornar sucinta a história, direi que ela e o marido eram tão destemidos, que conquistaram no oriente vários grandes reinos, além de muitas belas cidades pertencentes ao império de Roma. Zenóbia as dominava com mão de ferro, e, enquanto Odenato viveu, seus inimigos não lograram retomá-las.

conquered and what title had therto,/ And after of hir meschief and hir wo,/ How that she was biseged and y-take,/ Let him un-to my maister Petrark go,/ That writ y-nough of this, I undertake.//

When Odenake was deed, she mightily/ The regnes heeld, and with hir propre honde/ Agayn hir foos she faught so cruelly,/ That ther nas king ne prince in al that londe/ That he nas glad, if that he grace fonde,/ That she ne wolde up-on his lond werreye;/ With hir they made alliaunce by bonde/ To been in pees, and lete hir ryde and pleye.// The emperour of Rome, Claudius,/ Ne him bifore, the Romayn Galien,/ Ne dorste never been so corageous,/ Ne noon Ermyn, ne noon Egipcien,/ Ne Surrien, ne noon Arabien,/ Within the feld that dorste with hir fighte/ Lest that she wolde hem with hir hondes slen,/ Or with hir meynee putten hem to flighte.// In kinges habit wente hir sones two,/ As heires of hir fadres regnes alle,/ And Hermanno, and Thymalaö/ Her names were, as Persiens hem calle./

But ay fortune hath in hir hony galle;/ This mighty quene may no whyl endure./ Fortune out of hir regne made hir falle/ To wrecchednesse and to misaventure.// Aurelian, whan that the governaunce/ Of Rome cam in-to his hondes tweye,/ He shoop up-on this queen to do vengeaunce,/ And with his legiouns he took his weye/ Toward Cenobie, and, shortly for to seye,/ He made hir flee, and atte laste hir hente,/ And fettred hir, and eek hir children tweye,/ And wan the lond, and hoom to Rome he wente.// Amonges othere thinges that he wan,/ Hir char, that was with gold wrought and perree,/ This grete Romayn, this Aurelian,/ Hath with him lad, for that men sholde it see./ Biforen his triumphe walketh she/ With gilte cheynes on hir nekke hanging;/ Corouned was she, as after hir degree,/ And ful of perree charged hir clothing.//

Allas, fortune! she that whylom was/ Dredful to kinges and to emperoures,/ Now gaureth al the peple on hir, allas!/ And she that helmed was in starke stoures,/ And wan by force tounes stronge and toures,/ Shal on hir heed now were a vitremyte;/ And she that bar the ceptre ful of floures/ Shal bere a distaf, hir cost for to quyte.//

Quem desejar ler mais sobre suas batalhas contra Chapur, o rei da Pérsia, e contra muitos outros; e sobre como os eventos realmente se passaram, as razões de suas conquistas e os direitos que avocava; e, depois, sobre a sua derrota e sua desgraça, e como foi assediada e feita prisioneira... deve buscar meu mestre Petrarca, que, pelo que sei, muito escreveu a seu respeito.

Depois da morte de Odenato, fez ela o possível para conservar os seus domínios, lutando ferozmente com os inimigos, ainda que sozinha; e não havia rei ou príncipe em toda aquela região que não ficasse feliz se pudesse ter a graça de viver em paz com ela. Por isso, de bom grado celebravam com ela tratados de aliança, deixando-a livre para agir como quisesse. Diante dela intimidavam-se até imperadores romanos, como Cláudio e seu antecessor Galieno; também os armênios, os egípcios, os sírios e os árabes não ousavam enfrentá-la, para não morrerem por suas mãos ou serem dispersados pelo seu exército. E estavam com ela, vestidos como reis, os dois filhos, os herdeiros dos reinos de seu pai, que, de acordo com os persas, se chamavam Hereniano e Timoleão.

Ah, mas a Fortuna sempre mistura mel com fel, decretando o fim da potente rainha, que acabou caindo na desventura e na miséria! Quando Aureliano tomou o império de Roma em ambas as suas mãos, quis vingar-se daquela soberana. E marchou contra ela com suas legiões, e, em poucas palavras, perseguiu-a, alcançou-a, prendeu-a com os dois filhos, conquistou-lhe o reino e retornou a Roma. E esse grande romano, Aureliano, tomou, entre outras coisas, o carro de combate da rainha, forjado em ouro e coberto de brilhantes, levando-o consigo para mostrá-lo ao povo. E ela própria foi exibida no triunfo do imperador, atada por correntes de ouro que lhe pendiam do pescoço, e levando ainda a coroa da nobreza e as vestes recamadas de pedrarias.

Ai, Fortuna! Aquela que antes amedrontava reis e imperadores serve agora de diversão à ralé! Aquela que outrora, nos duros embates, vestia um elmo fulgente, e devastava praça-forte e torre, tem agora que usar um barrete de bufão! E aquela que antigamente sustinha nas mãos o cetro com flores, tem que fiar na roca se quiser sobreviver!

O Conto do Monge

De Petro Rege Ispannie

    O noble, o worthy Petro, glorie of Spayne,/ Whom fortune heeld so hy in magestee,/ Wel oughten men thy pitous deeth complayne!/ Out of thy lond thy brother made thee flee;/ And after, at a sege, by subtiltee,/ Thou were bitrayed, and lad un-to his tente,/ Wher-as he with his owene hond slow thee,/ Succeding in thy regne and in thy rente.//

    The feeld of snow, with thegle of blak ther-inne,/ Caught with the lymrod, coloured as the glede,/ He brew this cursednes and al this sinne./ The 'wikked nest' was werker of this nede;/ Noght Charles Oliver, that ay took hede/ Of trouthe and honour, but of Armorike/ Genilon Oliver, corrupt for mede,/ Broghte this worthy king in swich a brike.//

De Petro Rege de Cipro

    O worthy Petro, king of Cypre, also,/ That Alisaundre wan by heigh maistrye,/ Ful many a hethen wroghtestow ful wo,/ Of which thyn owene liges hadde envye,/ And, for no thing but for thy chivalrye,/ They in thy bedde han slayn thee by the morwe./ Thus can fortune hir wheel governe and gye,/ And out of Ioye bringe men to sorwe.//

De Barnabo de Lumbardia

    Of Melan grete Barnabo Viscounte,/ God of delyt, and scourge of Lumbardye,/ Why sholde I nat thyn infortune acounte,/ Sith in estaat thou clombe were so hye?/ Thy brother sone, that was thy double

Pedro, Rei de Castela e de Leão[111]

Oh nobre, oh ilustre Pedro, glória de Espanha! A Fortuna te elevou tão alto em majestade, que só nos cabe chorar tua morte comovente. Teu irmão te expulsou de teus domínios, e, mais tarde, num cerco, atraiu-te com perfídia à sua tenda e com as próprias mãos te trucidou, tomando assim teu reino e tuas riquezas.

Águia negra em campo argênteo,[112] cortado por banda rubra (lembrando um poleiro coberto de visco), é o brasão de quem urdiu esse crime e esse pecado. O instrumento da violência foi Mauny, o "mau ninho", cujo prenome é Olivério. Mas não o Olivério do imperador Carlos Magno, que sempre respeitou a honra e a verdade, e sim o Olivério da Armórica, esse traidor Ganelon, corrompido por subornos. Foi ele quem conduziu esse digno soberano para a armadilha fatal.

Pedro de Lusignan, rei de Chipre

Oh, tu também, ilustre Pedro, rei de Chipre, que com tática perfeita conquistaste Alexandria, e a pagãos sem conta castigaste com dureza! Esses feitos despertaram a inveja de teus vassalos, que, sem outro motivo a não ser o teu valor, te assassinaram no leito uma manhã. É assim que a Fortuna guia e governa a sua roda, levando os homens da alegria ao infortúnio.

Bernabò Visconti[113]

Grande Bernabò Visconti, senhor de Milão, deus das delícias e açoite da Lombardia! Por que omitiria a tua desgraça, se também tu galgaras a um posto de relevo? O filho de teu irmão — ligado a ti duplamente,

---

[111] Foi, na verdade, um tirano, deposto e assassinado pelo próprio irmão, Dom Enrique. Chaucer toma seu partido porque ele estava mancomunado com o rei de Navarra, que, por sua vez, era aliado da Inglaterra na luta contra os franceses. (N. do T.)

[112] Esse era o brasão de Bertrand Duguesclin, que teria urdido o assassinato de Pedro, ajudado por Olivério Mauny, com cujo nome o poeta faz um trocadilho: *mau nid*, em francês arcaico, significa "mau ninho". (N. do T.)

[113] A morte de Visconti, ocorrida em 1385, é o mais recente fato histórico mencionado em *Os Contos de Canterbury*. (N. do T.)

allye,/ For he thy nevew was, and sone-in-lawe,/ With-inne his prisoun made thee to dye;/ But why, ne how, noot I that thou were slawe.//

De Hugelino, Comite de Pize

Of the erl Hugelyn of Pyse the langour/ Ther may no tonge telle for pitee;/ But litel out of Pyse stant a tour,/ In whiche tour in prisoun put was he,/ And with him been his litel children three./ The eldeste scarsly fyf yeer was of age./ Allas, fortune! it was greet crueltee/ Swiche briddes for to putte in swiche a cage!//

Dampned was he to deye in that prisoun,/ For Roger, which that bisshop was of Pyse,/ Hadde on him maad a fals suggestioun,/ Thurgh which the peple gan upon him ryse,/ And putten him to prisoun in swich wyse/

As ye han herd, and mete and drink he hadde/ So smal, that wel unnethe it may suffyse,/ And therwith-al it was ful povre and badde.// And on a day bifil that, in that hour,/ Whan that his mete wont was to be broght,/ The gayler shette the dores of the tour./ He herde it wel, — but he spak right noght,/ And in his herte anon ther fil a thoght,/ That they for hunger wolde doon him dyen./ 'Allas!' quod he, 'allas! that I was wroght!'/ Therwith the teres fillen from his yën.//

His yonge sone, that three yeer was of age,/ Un-to him seyde, 'fader, why do ye wepe?/ Whan wol the gayler bringen our potage,/ Is ther no morsel breed that ye do kepe?/ I am so hungry that I may nat slepe,/ Now wolde god that I mighte slepen ever!/ Than sholde nat hunger in my wombe crepe;/ Ther is no thing, save breed, that me were lever.'// Thus day by day this child bigan to crye,/ Til in his fadres barme adoun it lay,/ And seyde, 'far-wel, fader, I moot dye,'/ And kiste his fader, and deyde the same day./

And whan the woful fader deed it sey,/ For wo his armes two he gan to byte,/ And seyde, 'allas, fortune! and weylaway!/ Thy false wheel my wo al may I wyte!'// His children wende that it for hunger was/ That he his armes gnow, and nat for wo,/ And seyde, 'fader, do nat so, allas!/ But rather eet the flesh upon us two;/ Our flesh thou yaf us, tak our flesh us fro/ And eet y-nough:' right thus they to him seyde,/ And after that, with-in a day or two,/ They leyde hem in his lappe adoun, and deyde.//

como sobrinho e teu genro — te encerrou em sua masmorra e lá te deixou morrer. Mas como e por que te matou são coisas que desconheço.

Ugolino, conde de Pisa[114]

Não há língua que narre indiferente o terrível martírio de Ugolino. Perto de Pisa eleva-se uma torre, e nessa torre foi encarcerado na companhia de seus três filhinhos. O mais velho não tinha ainda cinco anos. Ai, Fortuna! Que grande crueldade prender tais pássaros em tal gaiola!

Condenaram-no a morrer ali porque Ruggero, o bispo da cidade, preparou-lhe uma falsa acusação que fez o povo se insurgir contra ele e encerrá-lo na prisão, como descrito.

A água e a comida que lhe davam não eram suficientes; e os alimentos eram pobres e ruins. E um dia aconteceu, na hora em que usualmente lhes serviam o repasto, que o conde ouviu o carcereiro trancar todas as portas. Não disse nada aos filhos; seu coração, porém, já pressentia que era de fome que queriam matá-los. "Ai!", suspirou ele; "ai, ai, por que nasci?" E seus olhos encheram-se de lágrimas.

Disse-lhe então o filho mais novo, que tinha apenas três anos: "Por que chorais, meu pai? Quando é que o carcereiro vai trazer nossa comida? Não tendes aí um pedaço de pão? A minha fome é tanta que não consigo dormir. Quisera Deus que eu dormisse para sempre! Então nunca mais a fome iria arranhar-me o estômago. Pão! É tudo o que agora desejo". E dia após dia chorava essa criança, até que se deitou no colo de seu pai, e murmurou: "Adeus, papai, vou morrer!". E então lhe deu um beijo, e nesse dia expirou.

Ao vê-lo morto, o pai desesperado pôs-se a morder os próprios braços, clamando: "Ai, Fortuna, que desgraça! Vejo agora com clareza toda a miséria que me trouxe a tua roda traiçoeira!". Os outros filhos, no entanto, pensaram que era de fome que ele se mordia; e lhe disseram: "Não, pai, não façais isso! Se o desejardes, podeis comer nossos corpos. A nossa carne nos destes, vinde a carne retomar. Ela é vossa...". Foi tudo o que eles falaram. E, depois de um ou dois dias, deitaram-se no seu colo, e ali morreram.

[114] Cf. Dante, *Inferno*, cantos XXXII e XXXIII. (N. do T.)

O Conto do Monge

Him-self, despeired, eek for hunger starf;/ Thus ended is this mighty Erl of Pyse;/ From heigh estaat fortune awey him carf./ Of this Tragedie it oghte y-nough suffyse./ Who-so wol here it in a lenger wyse,/ Redeth the grete poete of Itaille,/ That highte Dant, for he can al devyse/ Fro point to point, nat o word wol he faille.//

Nero

Al-though that Nero were as vicious/ As any feend that lyth ful lowe adoun,/ Yet he, as telleth us Swetonius,/ This wyde world hadde in subieccioun,/ Both Est and West, South and Septemtrioun;/

Of rubies, saphires, and of perles whyte/ Were alle his clothes brouded up and doun;/ For he in gemmes greetly gan delyte.// More delicat, more pompous of array,/ More proud was never emperour than he;/ That ilke cloth, that he had wered o day,/ After that tyme he nolde it never see./ Nettes of gold-thred hadde he gret plentee/ To fisshe in Tybre, whan him liste pleye./ His lustes were al lawe in his decree,/ For fortune as his freend him wolde obeye.//

He Rome brende for his delicacye;/ The senatours he slow up-on a day./ To here how men wolde wepe and crye;/ And slow his brother, and by his sister lay./ His moder made he in pitous array;/ For he hir wombe slitte, to biholde/ Wher he conceyved was; so weilawey!/ That he so litel of his moder tolde!// No tere out of his yën for that sighte/ Ne cam, but seyde, 'a fair womman was she.'/ Gret wonder is, how that he coude or mighte/ Be domesman of hir dede beautee./ The wyn to bringen him comaunded he,/ And drank anon; non other wo he made./ Whan might is Ioyned un-to crueltee,/ Allas! to depe wol the venim wade!//

In youthe a maister hadde this emperour,/ To teche him letterure and curteisye,/ For of moralitee he was the flour,/ As in his tyme, but-if bokes lye;/ And whyl this maister hadde of him maistrye,/ He maked him so conning and so souple/ That longe tyme it was er tirannye/ Or any vyce dorste on him uncouple.// This Seneca, of which that I devyse,/ By-cause Nero hadde of him swich drede,/ For he fro vyces wolde him ay chastyse/ Discreetly as by worde and nat by dede; —/ 'Sir,' wolde he seyn, 'an emperour moot nede/ Be vertuous, and hate tirannye' —/ For which he in a bath made him to blede/ On bothe his armes, til he moste dye.// This Nero hadde eek

Pouco tempo depois, alucinado de fome, também o conde expirava. Foi esse o fim do forte senhor de Pisa, arremessado do alto pela vã Fortuna... Mas não quero alongar esta tragédia. Quem quiser saber mais a seu respeito, leia um poeta célebre da Itália, o grande Dante, e nele há de encontrar, ponto por ponto, a história toda e sem nenhuma falha.

Nero

Embora Nero fosse tão malvado quanto qualquer demônio lá das profundezas, pôde assim mesmo, de acordo com Suetônio, ter o governo deste vasto mundo, leste, oeste, sul e norte.

Suas vestes eram inteiramente recamadas de rubis, safiras e brancas pérolas, pois ele tinha verdadeira paixão por pedrarias. Nunca houve imperador mais exigente, mais ostentador e mais soberbo que ele. Basta dizer que, depois de usar uma roupa uma vez, nunca mais queria saber dela; e, para pescar no rio Tibre em seus momentos de lazer, possuía uma porção de redes, todas trançadas com fios do mais puro ouro. A única lei no seu código era a sua vontade, visto que a Fortuna o servia como uma amiga fiel.

Incendiou Roma somente para se divertir; um dia trucidou os senadores só para ouvir como é que os homens choram e lamentam-se; matou seu irmão, e dormiu com sua irmã. Mas pior foi o que fez com a mãe: despiu-a e estripou-a para ver o lugar onde fora concebido. Oh maldade, tratar a mãe com tanta indiferença! Nenhuma lágrima lhe subiu aos olhos; apenas disse: "Era uma bela mulher!". (É espantoso que ainda tivesse o desplante de julgar sua beleza morta.) Ordenou então que lhe trouxessem vinho, e se pôs a beber... Não demonstrou qualquer tristeza. Ai, quando se juntam o poder e a crueldade, o veneno vai fundo no organismo!

Em sua juventude, esse monarca teve um preceptor que lhe ensinava leitura e boa conduta. Se os livros não mentem, esse homem era, na época, a flor da moralidade. E, enquanto foi mestre do imperador, fez dele uma pessoa instruída e tolerante, de modo que muito tempo se passou antes que ele demonstrasse sinais de vício ou tirania. Mas, na verdade, Sêneca, o preceptor de quem falo, era temido por Nero, pois, embora discretamente — e sempre através de palavras, e não de castigos —, costumava recriminar-lhe os erros. "Senhor", dizia ele, "um imperador deve cultivar a virtude e detestar a tirania..." Por isso, seu discípulo o

of acustumaunce/ In youthe ageyn his maister for to ryse,/ Which afterward him thoughte a greet grevaunce;/ Therfor he made him deyen in this wyse./ But natheles this Seneca the wyse/ Chees in a bath to deye in this manere/ Rather than han another tormentyse;/ And thus hath Nero slayn his maister dere.//

Now fil it so that fortune list no lenger/ The hye pryde of Nero to cheryce;/ For though that he were strong, yet was she strenger;/ She thoughte thus, 'by god, I am to nyce/ To sette a man that is fulfild of vyce/ In heigh degree, and emperour him calle./ By god, out of his sete I wol him tryce;/ When he leest weneth, sonest shal he falle.'//

The peple roos up-on him on a night/ For his defaute, and whan he it espyed,/ Out of his dores anon he hath him dight/ Alone, and, ther he wende han ben allyed,/ He knokked faste, and ay, the more he cryed,/ The faster shette they the dores alle;/ Tho wiste he wel he hadde him-self misgyed,/ And wente his wey, no lenger dorste he calle.//

The peple cryde and rombled up and doun,/ That with his eres herde he how they seyde,/ 'Wher is this false tyraunt, this Neroun?'/ For fere almost out of his wit he breyde,/ And to his goddes pitously he preyde/ For socour, but it mighte nat bityde./ For drede of this, him thoughte that he deyde,/ And ran in-to a gardin, him to hyde.// And in this gardin fond he cherles tweye/ That seten by a fyr ful greet and reed,/ And to thise cherles two he gan to preye/ To sleen him, and to girden of his heed,/ That to his body, whan that he were deed,/ Were no despyt y-doon, for his defame./ Him-self he slow, he coude no better reed,/ Of which fortune lough, and hadde a game.//

De Oloferno

Was never capitayn under a king/ That regnes mo putte in subieccioun,/ Ne strenger was in feeld of alle thing,/ As in his tyme, ne gretter of renoun,/ Ne more pompous in heigh presumpcioun/ Than Oloferne, which fortune ay kiste/ So likerously, and ladde him up and doun/ Til that his heed was of, er that he wiste.//

Nat only that this world hadde him in awe/ For lesinge of richesse or libertee,/ But he made every man reneye his lawe./ 'Nabugodonosor was god,' seyde he,/ 'Noon other god sholde

condenou um dia a cortar os dois pulsos numa sala de banho, onde sangrou até morrer. Ademais, Nero, que, quando mais moço tinha o hábito de levantar-se na presença do filósofo, passou a ver nesse gesto uma grande humilhação. E esse foi mais um motivo por que o fez morrer... Sêneca, em verdade, podia escolher sua morte; mas preferiu cortar os pulsos no banheiro, a expirar entre torturas. E assim Nero matou o amado mestre!

Deu-se então que a Fortuna cansou-se de acalentar sua arrogância, pois, se ele era poderoso, mais poderosa ainda era ela. E pensou: "Por Deus! Sou mesmo tola em permitir que um homem tão carregado de vícios ocupe um posto tão honroso e tenha o título de imperador. Tenho que derrubá-lo de seu trono; e ele, quando menos esperar, irá cair".

E, uma noite, o povo se insurgiu contra ele por causa de seus crimes. Ao ver isso, Nero fugiu sozinho de seu palácio, e foi buscar a proteção dos amigos. Bateu de casa em casa; mas quanto mais batia e mais gritava, mais fechadas mantinham-se as portas. Percebeu aí que havia sido a causa de sua própria perdição; tomou o seu caminho, e não chamou ninguém mais.

Enquanto isso, o povo fazia alaridos e tumultos em toda parte; e seus clamores chegavam aos ouvidos dele: "Onde está o tirano, o falso Nero?". Alucinado de pavor, no seu desespero, suplicava aos deuses um socorro que jamais iria chegar. Então, meio morto de medo, refugiou-se num jardim, onde encontrou dois homens sentados ao pé de uma enorme e brilhante fogueira. Rogou-lhes de pronto que o matassem e em seguida o degolassem, porque assim, não sendo reconhecido, ninguém infamaria o seu cadáver. Mas ele mesmo, sem outra saída, teve que se matar. E a Fortuna gargalhava e divertia-se.

Holofernes

Nunca houve sob as ordens de um rei um capitão que, no seu tempo, mais reinos tivesse subjugado, que fosse mais forte em tudo no campo de batalha, que tivesse mais renome ou arrogância maior, em sua alta presunção, do que Holofernes, que a Fortuna beijava com volúpia e guiava para cima e para baixo, antes que fosse degolado sem que nada percebesse.

Não somente mantinha o mundo no pavor de perder a riqueza e a liberdade, mas forçava toda gente a renegar sua fé. "Nabucodonosor é deus", dizia ele, "e nenhum outro deus merece ser adorado." E não havia

adoured be.'/ Ageyns his heste no wight dar trespace/ Save in Bethulia, a strong citee,/ Wher Eliachim a prest was of that place.//

But tak kepe of the deeth of Olofern;/ Amidde his host he dronke lay a night,/ With-inne his tente, large as is a bern,/ And yit, for al his pompe and al his might,/ Iudith, a womman, as he lay upright,/ Sleping, his heed of smoot, and from his tente/ Ful prively she stal from every wight,/ And with his heed unto hir toun she wente.//

De Rege Anthiocho illustri

What nedeth it of King Anthiochus/ To telle his hye royal magestee,/ His hye pryde, his werkes venimous?/ For swich another was ther noon as he./ Rede which that he was in *Machabee*,/ And rede the proude wordes that he seyde,/ And why he fil fro heigh prosperitee,/ And in an hil how wrechedly he deyde.//

Fortune him hadde enhaunced so in pryde/ That verraily he wende he mighte attayne/ Unto the sterres, upon every syde,/ And in balance weyen ech montayne,/ And alle the flodes of the see restrayne./ And goddes peple hadde he most in hate,/ Hem wolde he sleen in torment and in payne,/ Wening that god ne mighte his pryde abate.//

And for that Nichanor and Thimothee/ Of Iewes weren venquisshed mightily,/ Unto the Iewes swich an hate hadde he/ That he bad greithe his char ful hastily,/ And swoor, and seyde, ful despitously,/ Unto Ierusalem he wolde eft-sone,/ To wreken his ire on it ful cruelly;/

But of his purpos he was let ful sone.// God for his manace him so sore smoot/ With invisible wounde, ay incurable,/ That in his guttes carf it so and boot/ That his peynes weren importable./ And certeinly, the wreche was resonable,/ For many a mannes guttes dide he peyne;/

But from his purpos cursed and dampnable/ For al his smert he wolde him nat restreyne;// But bad anon apparaillen his host,/ And sodeynly, er he of it was war,/ God daunted al his pryde and al his bost./ For he so sore fil out of his char,/ That it his limes and his skin to-tar,/ So that he neither mighte go ne ryde,/ But in a chayer men aboute him bar,/ Al for-brused, bothe bak and syde.// The wreche of god him smoot so cruelly/ That thurgh his body wikked wormes crepte;/ And ther-with-al he stank so horribly,/ That noon of al his meynee that him kepte,/ Whether so he wook or elles slepte,/ Ne

quem ousasse desrespeitar suas ordens — a não ser em Betúlia, cidade bem armada, e que tinha Eliaquim por sacerdote.

Mas atentai para a morte de Holofernes: certa noite, em meio a seu exército, dormia embriagado em sua tenda, enorme como um celeiro; e, não obstante seu poder e sua soberba, Judite, uma mulher, vendo-o a dormir de costas, tratou de decapitá-lo, e esgueirou-se em silêncio de sua tenda, e voltou com a cabeça à sua cidade.

Antíoco

Que necessidade tenho de recordar a alta e real majestade do rei Antíoco, seu soberano orgulho, suas obras peçonhentas? Jamais houve outro igual! Lede a seu respeito no livro dos *Macabeus*, lede as palavras soberbas que proferia, e por que razão caiu de tanta prosperidade para uma morte horrível na montanha.

Tanto a Fortuna o exaltara em seu orgulho que ele julgava poder tocar os astros, pesar os montes na balança e deter até mesmo as ondas do mar. Mas o que ele mais odiava era o povo do Senhor, que pretendia exterminar com dores e tormentos, sem prever que Deus abateria a sua empáfia.

Tão logo soube que Nicanor e Timóteo haviam sido derrotados pelos judeus, foi tão grande sua cólera contra estes, que mandou que lhe preparassem sem tardança o seu carro de combate, jurando, com despeito, que logo estaria em Jerusalém a fim de cruelmente castigá-la em sua ira.

Foi, contudo, impedido de levar avante o plano. Por causa dessa ameaça, Deus o puniu de tal forma com feridas invisíveis e sem cura, que lhe cortavam e mordiam as entranhas, que seu padecimento tornou-se insuportável. E foi por certo um castigo merecido, pois muitos e muitos homens ferira também nas entranhas.

Mas, apesar de todos esses sofrimentos, não havia quem o demovesse de seus propósitos malditos e execrandos. Pôs logo o exército de prontidão. Contudo, num relance, antes que desse pela coisa, o Senhor humilhou sua soberba e sua vanglória, jogando-o fora de seu carro com tamanha violência, que rompeu membros e pele. Depois disso, sem poder cavalgar ou caminhar, era levado por seus homens em liteira, recoberto de pústulas nas costas e nos lados. Por obra da implacável cólera de Deus, vermes nojentos saíam de seu corpo, que exalava um mau cheiro tão violento, estivesse ele dormindo ou acordado, que os servidores que cui-

mighte noght for stink of him endure./ In this meschief he wayled and
eek wepte,/ And knew god lord of every creature.// To al his host and
to him-self also/ Ful wlatsom was the stink of his careyne;/ No man ne
mighte him bere to ne fro./ And in this stink and this horrible peyne/
He starf ful wrecchedly in a monteyne./ Thus hath this robbour and
this homicyde,/ That many a man made to wepe and pleyne,/ Swich
guerdon as bilongeth unto pryde.//

De Alexandro

The storie of Alisaundre is so comune,/ That every wight that hath
discrecioun/ Hath herd somwhat or al of his fortune./ This wyde world,
as in conclusioun,/ He wan by strengthe, or for his hye renoun/ They
weren glad for pees un-to him sende./ The pryde of man and beste he
leyde adoun,/ Wher-so he cam, un-to the worldes ende.// Comparisoun
might never yit be maked/ Bitwixe him and another conquerour;/ For
al this world for drede of him hath quaked,/ He was of knighthode and
of fredom flour;/ Fortune him made the heir of hir honour;/ Save wyn
and wommen, no-thing mighte aswage/ His hye entente in armes and
labour;/ So was he ful of leonyn corage.//

What preys were it to him, though I yow tolde/ Of Darius, and
an hundred thousand mo,/ Of kinges, princes, erles, dukes bolde,/
Whiche he conquered, and broghte hem in-to wo?/ I seye, as fer as man
may ryde or go,/ The world was his, what sholde I more devyse?/ For
though I write or tolde you evermo/ Of his knighthode, it mighte nat
suffyse.//

Twelf yeer he regned, as seith *Machabee*;/ Philippes sone of
Macedoyne he was,/ That first was king in Grece the contree./

O worthy gentil Alisaundre, allas!/ That ever sholde fallen swich
a cas!/ Empoisoned of thyn owene folk thou were;/ Thy sys fortune
hath turned into as;/ And yit for thee ne weep she never a tere!//
Who shal me yeven teres to compleyne/ The deeth of gentillesse and
of fraunchyse,/ That al the world welded in his demeyne,/ And yit
him thoughte it mighte nat suffyse?/ So ful was his corage of heigh
empryse./ Allas! who shal me helpe to endyte/ False fortune, and poison
to despyse,/ The whiche two of al this wo I wyte?//

davam dele não suportavam mais o seu fedor. E, em tal suplício, lamentava-se e chorava, reconhecendo em Deus o senhor das criaturas. Não só para o seu exército, mas para o próprio rei, era nauseante o fedor de sua carcaça; e ninguém mais queria transportá-lo. E assim, entre maus cheiros e aflições, morreu ele, abandonado na montanha. E o salteador e homicida, que a tantos fez gritar e fez gemer, recebeu o galardão que à soberba se destina.

Alexandre Magno

Tão conhecida é a história de Alexandre, que toda gente que chegou à idade adulta já deve, pelo menos em parte, ter ouvido falar a seu respeito. Ele, em resumo, pela força das armas conquistou o vasto mundo; e todos se apressavam a pedir-lhe paz, pelo respeito que seu nome impunha. Onde quer que estivesse, até os confins da Terra, soube humilhar a arrogância dos homens e das feras. Os outros conquistadores a ele não se comparam, pois todos os países tremiam de medo diante dessa flor da cavalaria e da nobreza. A Fortuna fizera dele o herdeiro de sua honra. Com exceção do vinho e das mulheres, nada o desviava do seu interesse pelas armas e aventuras, tanto era leonino o coração em seu peito.

Em que lhe aumentaria a fama se eu agora falasse de Dano e de mais uns cem mil reis, príncipes, duques e condes audaciosos, que ele venceu e conduziu à amargura? Eu apenas lembrarei que, quanto era grande o mundo, o mundo lhe pertencia! Que mais se pode dizer? Nem que eu ficasse aqui para sempre, a escrever ou a falar de seu valor, poderia relatar tudo o que fez.

Ele reinou doze anos, segundo afirma o livro dos *Macabeus*. E era filho de Filipe, o Macedônio, o primeiro rei da Grécia.

Ai, ilustre e gentil Alexandre, por que teve que acontecer esse infortúnio? Ah, foste envenenado por tua própria gente. A Fortuna virou os dados, e, em vez das faces com seis, mostrou as de um ponto apenas, sem derramar por ti nenhuma lágrima. Quem vai agora dar-me o pranto para chorar a morte da fidalguia e da nobreza, daquele que teve o mundo em suas mãos e, assim mesmo, não estava satisfeito, por ter repleto o coração de altos desígnios? Ai, quem vai agora ajudar-me a acusar a vã Fortuna e a condenar o veneno, as duas causas de toda essa desgraça?

De Iulio Cesare

By wisdom, manhede, and by greet labour/ Fro humble bed to royal magestee,/ Up roos he, Iulius the conquerour,/ That wan al thoccident by lond and see,/ By strengthe of hond, or elles by tretee,/ And un-to Rome made hem tributarie;/ And sitthe of Rome the emperour was he,/ Til that fortune wex his adversarie.//

O mighty Cesar, that in Thessalye/ Ageyn Pompeius, fader thyn in lawe,/ That of thorient hadde al the chivalrye/ As fer as that the day biginneth dawe,/ Thou thurgh thy knighthode hast hem take and slawe,/ Save fewe folk that with Pompeius fledde,/ Thurgh which thou puttest al thorient in awe./ Thanke fortune, that so wel thee spedde!//

But now a litel whyl I wol biwaille/ This Pompeius, this noble governour/ Of Rome, which that fleigh at this bataille;/ I seye, oon of his men, a fals traitour,/ His heed of smoot, to winnen him favour/ Of Iulius, and him the heed he broghte./ Allas, Pompey, of thorient conquerour,/ That fortune unto swich a fyn thee broghte!//

To Rome ageyn repaireth Iulius/ With his triumphe, laureat ful hye,/ But on a tyme Brutus Cassius,/ That ever hadde of his hye estaat envye,/ Ful prively hath maad conspiracye/ Ageins this Iulius, in subtil wyse,/ And cast the place, in whiche he sholde dye/ With boydekins, as I shal yow devyse.// This Iulius to the Capitolie wente/ Upon a day, as he was wont to goon,/ And in the Capitolie anon him hente/ This false Brutus, and his othere foon,/ And stikede him with boydekins anoon/ With many a wounde, and thus they lete him lye;/ But never gronte he at no strook but oon,/ Or elles at two, but-if his storie lye.//

So manly was this Iulius at herte/ And so wel lovede estaatly honestee,/ That, though his deedly woundes sore smerte,/ His mantel over his hippes casteth he,/ For no man sholde seen his privitee./ And, as he lay on deying in a traunce,/ And wiste verraily that deed was he,/ Of honestee yit hadde he remembraunce.//

Lucan, to thee this storie I recomende,/ And to Sweton, and to Valerie also,/ That of this storie wryten word and ende,/ How that to

Júlio César

Graças à astúcia, à bravura e à grande dedicação, Júlio, o audaz conquistador, que por mar e por terra dominou todo o Ocidente, e fez dele, pela força das armas ou por meio de alianças, tributário dos romanos, subiu de um berço humilde à majestade do trono. E assim foi imperador de Roma, até que a Fortuna se tornou sua inimiga.

Oh poderoso César, que lutaste na Tessália com Pompeu, teu sogro, a cujo lado estava a cavalaria do Oriente (até às distantes terras onde nasce o sol); assim mesmo, com teu valor, a debandaste e trucidaste — com exceção de poucos homens, que fugiram com Pompeu —, fazendo estremecer todo o Levante. Ah, louvemos a Fortuna, que então te protegeu!

Concedei-me, porém, que eu chore alguns instantes aquele ilustre Pompeu, o governante de Roma, que fugira da batalha. Um de seus seguidores, um traidor, cortou sua cabeça e levou-a para César, pensando assim entrar em suas graças. Ai, Pompeu, conquistador do Oriente, como pôde a Fortuna te reservar tal fim?!

Depois da vitória, coroado de louros, voltou César triunfante a Roma. Entretanto, um certo Bruto Cássio,[115] que invejava sua glória e seu poder, secretamente e com astúcia, urdiu contra ele uma conspiração, tramando o modo e o lugar em que seria apunhalado, conforme vou descrever. Um dia, foi César ao Capitólio, como era hábito seu, e lá se viu cercado por esse falso Bruto e seus comparsas, que o crivaram de golpes e o deixaram no chão semidespido e coberto de feridas.

Tão corajoso era ele e tinha em tão alta conta a dignidade do estadista, que, não obstante as dores de seus mortais ferimentos, lançou o manto sobre seus quadris para evitar que vissem a sua intimidade. Portanto, mesmo na atroz agonia e sabendo-se homem morto, não esqueceu a decência!

Esta história, Lucano, devo a ti; e devo a vós também, Suetônio e Valério Máximo, que descrevestes do começo ao fim as vidas desses dois conquistadores — Alexandre e César — mostrando como a Fortuna no

---

[115] Geoffrey Chaucer fundiu os assassinos de César (Bruto e Cássio) numa só pessoa. (N. do T.)

O Conto do Monge

thise grete conqueroures two/ Fortune was first freend, and sithen fo./ No man ne truste up-on hir favour longe,/ But have hir in awayt for ever-mo./ Witnesse on alle thise conqueroures stronge.//

Cresus

This riche Cresus, whylom king of Lyde,/ Of whiche Cresus Cyrus sore him dradde,/ Yit was he caught amiddes al his pryde,/ And to be brent men to the fyr him ladde./ But swich a reyn doun fro the welkne shadde/ That slow the fyr, and made him to escape;/ But to be war no grace yet he hadde,/ Til fortune on the galwes made him gape.// Whan he escaped was, he can nat stente/ For to biginne a newe werre agayn./ He wende wel, for that fortune him sente/ Swich hap, that he escaped thurgh the rayn,/ That of his foos he mighte nat be slayn;/ And eek a sweven up-on a night he mette,/ Of which he was so proud and eek so fayn,/ That in vengeaunce he al his herte sette.//

Up-on a tree he was, as that him thoughte,/ Ther Iuppiter him wesh, bothe bak and syde,/ And Phebus eek a fair towaille him broughte/ To drye him with, and ther-for wex his pryde;/

And to his doghter, that stood him bisyde,/ Which that he knew in heigh science habounde,/ He bad hir telle him what it signifyde,/ And she his dreem bigan right thus expounde.// 'The tree,' quod she, 'the galwes is to mene,/ And Iuppiter bitokneth snow and reyn,/ And Phebus, with his towaille so clene,/ Tho ben the sonne stremes for to seyn;/ Thou shalt anhanged be, fader, certeyn;/ Reyn shal thee wasshe, and sonne shal thee drye;'/

Thus warned she him ful plat and ful pleyn,/ His doughter, which that called was Phanye.// Anhanged was Cresus, the proude king,/ His royal trone mighte him nat availle. —/

Tragedie is noon other maner thing,/ Ne can in singing crye ne biwaille,/ But for that fortune alwey wol assaille/ With unwar strook the regnes that ben proude;/ For when men trusteth hir, than wol she faille,/ And covere hir brighte face with a cloude./

Here stinteth the Knight the Monk of his Tale.

princípio os ajudou, para depois se tornar sua inimiga. Que ninguém confie em seus favores, e fiquem todos sempre atentos! Basta ver o que ela fez aos dois bravos guerreiros.

Creso

O rico Creso, outrora rei da Lídia, que incutia respeito ao próprio Ciro, foi uma vez aprisionado em sua soberba, e arrastado à fogueira para ser queimado vivo. Eis, porém, que uma chuva muito forte caiu das nuvens e matou o fogo, e ele pôde safar-se. Mas não recebeu a graça de aprender sua lição, até que a Fortuna o fez pender de boca aberta de uma forca. De fato, assim que foi salvo, tratou de dar início a nova guerra, pensando que a Fortuna, por tê-lo ajudado uma vez com chuva, o havia tornado imune aos inimigos. Teve também um sonho uma noite, que fez crescer em seu peito a arrogância e o desejo de desforra.

Sonhou que estava numa árvore, onde Júpiter lhe lavava o dorso e os flancos; em seguida veio Apolo, trazendo uma bela toalha, com a qual enxugou o seu corpo.

Todo orgulhoso, pediu à filha a seu lado, que era muito perspicaz, que lhe explicasse este sonho. E ela assim lhe respondeu: "Representa aquela árvore uma forca, enquanto Júpiter é a neve e a chuva; Apolo, com a tal toalha limpa, nada mais é do que o calor do sol. Tu serás enforcado — sim, meu pai! — e a chuva irá lavar-te, e o sol te secará".

Dessa forma o advertiu, com franqueza e claramente, sua filha, cujo nome era Fania. E Creso, o rei soberbo, foi na verdade enforcado, e de nada adiantou o seu poder real.

As tragédias não podem, nos seus cantos, nada mais lamentar e deplorar que o ataque inesperado da Fortuna, golpeando os reinos que são orgulhosos. Dando as costas aos que confiam nela, com uma nuvem cobre o rosto fúlgido.

Neste ponto o Cavaleiro interrompe a narrativa do Monge.

The Nonne Preestes Tale

The prologue of the Nonne Preestes Tale.

'Ho!' quod the knight, 'good sir, na-more of this,/ That ye han seyd is right y-nough, y-wis,/ And mochel more; for litel hevinesse/ Is right y-nough to mochel folk, I gesse./ I seye for me, it is a greet disese/ Wher-as men han ben in greet welthe and ese,/ To heren of hir sodeyn fal, allas!/ And the contrarie is Ioie and greet solas,/ As whan a man hath been in povre estaat,/ And clymbeth up, and wexeth fortunat,/ And ther abydeth in prosperitee,/ Swich thing is gladsom, as it thinketh me,/ And of swich thing were goodly for to telle.'/

'Ye,' quod our hoste, 'by seint Poules belle,/ Ye seye right sooth; this monk, he clappeth loude,/ He spak how "fortune covered with a cloude"/ I noot never what, and als of a "Tragedie"/ Right now ye herde, and parde! no remedie/ It is for to biwaille, ne compleyne/ That that is doon, and als it is a peyne,/ As ye han seyd, to here of hevinesse./

Sir monk, na-more of this, so god yow blesse!/ Your tale anoyeth al this companye;/ Swich talking is nat worth a boterflye;/ For ther-in is ther no desport ne game./ Wherfor, sir Monk, or dan Piers by your name,/ I preye yow hertely, telle us somwhat

O Conto do Padre da Freira

Prólogo do Conto do Padre da Freira.

"Não!", bradou o Cavaleiro. "Basta, meu bom senhor! Tudo o que disse é verdade, não há dúvida... e mais do que verdade. Mas creio que, para a maioria das pessoas, um pouco de tristeza é suficiente. Digo-o por mim. Acho muito desagradável ficar ouvindo sobre a queda inesperada dos que antes possuíam riquezas e felicidade! O contrário, sim, me conforta e alegra; ou seja, quando alguém, previamente na miséria, é bafejado pela sorte, ascende a posições mais elevadas e permanece na prosperidade. É isso, parece-me, o que nos dá prazer. Então por que não discorrer sobre isso?"

"Sim", interveio o nosso Albergueiro, "pelos sinos da igreja de São Paulo! O Cavaleiro tem toda a razão. Esse Monge fala demais, sempre resmungando porque 'a Fortuna cobriu com uma nuvem' não sei lá o quê. E quanto a esse negócio de Tragédia — vocês ouviram —, por Deus, que adianta ficar aí lamentando e chorando o que já aconteceu? Como disse o Cavaleiro, é muito aborrecido ouvir falar de tristezas.

"Senhor Monge, Deus o abençoe... mas basta, por favor! A comitiva inteira já não suporta mais sua história. É um assunto que não interessa a ninguém, pois não tem nada de engraçado e divertido. Por isso, senhor Monge — ou Senhor Peter, para tratá-lo pelo nome —, peço-lhe

elles,/ For sikerly, nere clinking of your belles,/ That on your brydel hange on every syde,/ By heven king, that for us alle dyde,/ I sholde er this han fallen doun for slepe,/ Although the slough had never been so depe;/ Than had your tale al be told in vayn./ For certeinly, as that thise clerkes seyn,/

> "Wher-as a man may have noon audience,
> Noght helpeth it to tellen his sentence."

And wel I woot the substance is in me,/ If any thing shal wel reported be./ Sir, sey somwhat of hunting, I yow preye.'/

'Nay,' quod this monk, 'I have no lust to pleye;/ Now let another telle, as I have told.'/

Than spak our host, with rude speche and bold,/ And seyde un-to the Nonnes Preest anon,/ 'Com neer, thou preest, com hider, thou sir Iohn,/ Tel us swich thing as may our hertes glade,/ Be blythe, though thou ryde up-on a Iade./ What though thyn hors be bothe foule and lene,/ If he wol serve thee, rekke nat a bene;/ Look that thyn herte be mery evermo.'/

'Yis, sir,' quod he, 'yis, host, so mote I go,/ But I be mery, y-wis, I wol be blamed:' —/ And right anon his tale he hath attamed,/ And thus he seyde un-to us everichon,/ This swete preest, this goodly man, sir Iohn./

Explicit.

Here biginneth the Nonne Preestes Tale of the Cok and Hen, Chauntecleer and Pertelote.

A povre widwe, somdel stope in age,/ Was whylom dwelling in a narwe cotage,/ Bisyde a grove, stonding in a dale./ This widwe, of which I telle yow my tale,/ Sin thilke day that she was last a wyf,/ In pacience ladde a ful simple lyf,/ For litel was hir catel and hir rente;/ By housbondrye, of such as God hir sente,/ She fond hir-self, and eek hir doghtren two./ Three large sowes hadde she, and namo,/ Three kyn, and eek a sheep that highte Malle./ Ful sooty was hir bour, and eek hir halle,/ In which she eet ful many a sclendre meel./ Of

de todo o coração que nos conte alguma outra coisa. Pelo Rei dos Céus que morreu por nós, confesso que, se não fosse o tilintar desses sininhos nas rédeas de seu cavalo, eu já teria caído no sono há muito tempo e — quem sabe? — rolado para o lamaçal da estrada. Nesse caso, seu conto teria sido narrado em vão, porque, como dizem os sábios,

> 'É inútil demonstrar a sua ideia,
> Se você não dispõe de uma plateia.'

Ainda mais que é a mim que cabe o julgamento de tudo o que é relatado aqui. Que tal, senhor, contar-nos uma história de caça?"

"Não", respondeu o Monge. "Não estou com vontade. Chame outro; já fiz a minha parte."

Diante disso, o Albergueiro, com modos rudes e atrevidos, voltou-se para um padre que acompanhava a Prioresa, e disse: "Aproxime-se, senhor; venha até aqui, Padre John! Conte-nos algo divertido. Vamos, anime-se... Esqueça-se de que está montado num rocim. Que importa que o seu cavalo seja magro e feio? Se ele lhe serve bem, o resto que se dane! O que vale é ter o coração alegre".

"É verdade, senhor", ajuntou o outro. "Deixe comigo, senhor Albergueiro. Pode me condenar, se minha história não for engraçada." E o gentil Padre, o bondoso Senhor John, atacou imediatamente o seu conto, relatando à comitiva o que se segue.

Explicit.

Aqui tem início o Conto do Padre da Freira, a respeito do Galo Chantecler e da Galinha Pertelote.

Uma pobre viúva, de idade avançada, morava uma vez numa casinha, junto a um bosque no meio de um vale. E essa viúva de quem falo, desde o dia em que perdeu o marido, viveu sempre, sem se queixar, na maior simplicidade, pois seus bens e sua renda eram modestos. De fato, ela e suas duas filhas se sustentavam economizando muito bem o pouco que Deus mandava. Além de três vacas e de uma ovelhinha chamada Molly, possuía três grandes porcas e mais nada. A fuligem enegrecera as paredes do quarto e da sala, onde tomava as suas refeições frugais. Ela

poynaunt sauce hir neded never a deel./ No deyntee morsel passed thurgh hir throte;/ Hir dyete was accordant to hir cote./ Repleccioun ne made hir never syk;/ Attempree dyete was al hir phisyk,/ And exercyse, and hertes suffisaunce./ The goute lette hir no-thing for to daunce,/ Napoplexye shente nat hir heed;/ No wyn ne drank she, neither whyt ne reed;/ Hir bord was served most with whyt and blak,/ Milk and broun breed, in which she fond no lak,/ Seynd bacoun, and somtyme an ey or tweye,/ For she was as it were a maner deye./

A yerd she hadde, enclosed al aboute/ With stikkes, and a drye dich with-oute,/ In which she hadde a cok, hight Chauntecleer,/ In al the land of crowing nas his peer./ His vois was merier than the mery orgon/ On messe-dayes that in the chirche gon;/ Wel sikerer was his crowing in his logge,/ Than is a clokke, or an abbey orlogge./ By nature knew he ech ascencioun/ Of equinoxial in thilke toun;/ For whan degrees fiftene were ascended,/ Thanne crew he, that it mighte nat ben amended./ His comb was redder than the fyn coral,/ And batailed, as it were a castel-wal./ His bile was blak, and as the Ieet it shoon;/ Lyk asur were his legges, and his toon;/ His nayles whytter than the lilie flour,/ And lyk the burned gold was his colour./ This gentil cok hadde in his governaunce/ Sevene hennes, for to doon al his plesaunce,/ Whiche were his sustres and his paramours,/ And wonder lyk to him, as of colours./ Of whiche the faireste hewed on hir throte/ Was cleped faire damoysele Pertelote./ Curteys she was, discreet, and debonaire,/ And compaignable, and bar hir-self so faire,/ Sin thilke day that she was seven night old,/ That trewely she hath the herte in hold/ Of Chauntecleer loken in every lith;/ He loved hir so, that wel was him therwith./ But such a Ioye was it to here hem singe,/ Whan that the brighte sonne gan to springe,/ In swete accord, 'my lief is faren in londe.'/ For thilke tyme, as I have understonde,/ Bestes and briddes coude speke and singe./

And so bifel, that in a daweninge,/ As Chauntecleer among his wyves alle/ Sat on his perche, that was in the halle,/ And next him sat this faire Pertelote,/ This Chauntecleer gan gronen in his throte,/ As man that in his dreem is drecched sore./ And whan that Pertelote thus

não precisava de molhos picantes, visto que não procurava agradar ao paladar com requintes: sua dieta estava de acordo com a pobreza da choupana. Em compensação, jamais adoecera por causa dos excessos; seus remédios eram a moderação, o exercício e um coração satisfeito. A gota nunca a impediu de dançar, nem jamais foi vítima de derrame. Não bebia vinho de espécie alguma, nem branco nem tinto, e somente punha à mesa o branco e o preto, ou seja, leite e pão de centeio, que tinha com fartura (porque devia ser uma leiteira), acompanhados de torresmos e, de vez em quando, um ou dois ovos.

Sua casinha tinha um quintal todo cercado por ripas e rodeado por um rego seco, onde criava um galo, chamado Chantecler, que cantava melhor que qualquer outro da região. Sua voz era mais alegre que os alegres órgãos nos dias de missa; e seu canto merecia mais confiança que os relógios ou os sinos da abadia. Sabia, por instinto, as ascensões do equinocial[116] em todas as cidades, e, a cada quinze graus que ele subia, cantava de maneira irrepreensível. Sua crista era mais rubra que o coral mais fino, e com ameias como os muros de um castelo; preto era o bico, luzente como o breu; nos pés e nas pernas tinha o azul-celeste; as esporas eram brancas como a flor do lírio; e as penas cintilavam como puro ouro polido. Esse galo cortês era senhor de sete galinhas, todas ali para servi--lo; eram suas irmãs e suas amantes, exatamente iguais a ele em suas cores. A de mais belos matizes no pescoço era a formosa Demoiselle Pertelote. Era tão nobre, discreta, garbosa e afável, e se conduzia com tamanha graça, que, desde os seus sete dias de idade, firmemente aprisionara o coração de Chantecler, atando a seu serviço todos os membros de seu corpo. E ele tanto a queria, que suportava com prazer a servidão. Quando fúlgido raiava o sol, que alegria era ouvi-los cantar juntos, em doce harmonia, "Meu amor partiu para outras terras". Sim, porque me disseram que, naquele tempo, os animais e as aves falavam e cantavam.

E aconteceu então que, numa madrugada, enquanto Chantecler dormia no poleiro, na sala da viúva, rodeado por todas as esposas e tendo ao lado a bela Pertelote, ele começou a gemer pela garganta como alguém perturbado por um pesadelo. Ao ouvir tais grunhidos, Pertelote

---

[116] O equinocial é a grande circunferência resultante da projeção do equador terrestre na esfera celeste. Como a revolução diária percorre os seus 360 graus em 24 horas, cada hora equivale a 15 graus. Assim sendo, dizer que Chantecler cantava a cada 15 graus é o mesmo que dizer que ele cantava de hora em hora. (N. do T.)

O Conto do Padre da Freira

herde him rore,/ She was agast, and seyde, 'O herte dere,/ What eyleth yow, to grone in this manere?/ Ye been a verray sleper, fy for shame!'/

And he answerde and seyde thus, 'madame,/ I pray yow, that ye take it nat a-grief:/ By god, me mette I was in swich meschief/ Right now, that yet myn herte is sore afright./ Now god,' quod he, 'my swevene recche aright,/ And keep my body out of foul prisoun!/ Me mette, how that I romed up and doun/ Withinne our yerde, wher-as I saugh a beste,/ Was lyk an hound, and wolde han maad areste/ Upon my body, and wolde han had me deed./ His colour was bitwixe yelwe and reed;/ And tipped was his tail, and bothe his eres,/ With blak, unlyk the remenant of his heres;/ His snowte smal, with glowinge eyen tweye./ Yet of his look for fere almost I deye;/ This caused me my groning, doutelees.'/

'Avoy!' quod she, 'fy on yow, hertelees!/ Allas!' quod she, 'for, by that god above,/ Now han ye lost myn herte and al my love;/ I can nat love a coward, by my feith./ For certes, what so any womman seith,/ We alle desyren, if it mighte be,/ To han housbondes hardy, wyse, and free,/ And secree, and no nigard, ne no fool,/ Ne him that is agast of every tool,/ Ne noon avauntour, by that god above!/ How dorste ye seyn for shame unto your love,/ That any thing mighte make yow aferd?/ Have ye no mannes herte, and han a berd?/ Allas! and conne ye been agast of swevenis?/ No-thing, god wot, but vanitee, in sweven is./ Swevenes engendren of repleccious,/ And ofte of fume, and of compleccious,/ Whan humours been to habundant in a wight./ Certes this dreem, which ye han met to-night,/ Cometh of the grete superfluitee/ Of youre rede colera, pardee,/ Which causeth folk to dreden in here dremes/ Of arwes, and of fyr with rede lemes,/ Of grete bestes, that they wol hem byte,/ Of contek, and of whelpes grete and lyte;/ Right as the humour of malencolye/ Causeth ful many a man, in sleep, to crye,/ For fere of blake beres, or boles blake,/ Or elles, blake develes wole hem take./ Of othere humours coude I telle also,/ That werken many a man in sleep ful wo;/ But I wol passe as lightly as I can./ Lo Catoun, which that was so wys

indagou-lhe assustada: "Oh coração! O que te dói, que gemes dessa forma? És mesmo um dorminhoco! Oh, que vergonha!".

E, em resposta, explicou ele: "Não me leves a mal, Madame, eu te suplico. Por Deus, sonhei ser vítima de tal desventura que ainda agora meu coração sente pavor. Queira Deus salvar-me desse pesadelo e livrar-me da cruel escravidão! Sonhei que perambulava pelo nosso quintal, quando súbito surgiu-me à frente uma fera parecida com um cão, querendo abocanhar-me e trucidar-me. Sua cor era uma mescla de amarelo e de vermelho, com a cauda e as orelhas manchadas de negro; tinha focinho alongado e olhos cintilantes. Só de vê-lo, por pouco não desfaleci de horror. E foi essa, sem dúvida, a razão por que gemi".

"Vai-te", exclamou ela, "vai-te daqui, oh covarde! Pelo Senhor do Céu, acabaste de perder meu coração e meu afeto! Ai, por minha fé, como poderei amar um poltrão? Como dizem as mulheres, nós todas anelamos, sempre que possível, desposar homens bravos, inteligentes, generosos e discretos, não mesquinhos e tolos, que tremem à vista de uma lâmina... e muito menos fanfarrões, por Deus do Céu! Oh, que vexame! Como ousas confessar à tua amada que qualquer coisa pode te assustar? Será que tu não tens barba na cara? Ai, como podes ter medo de sonhos? Os sonhos, sabe Deus, não passam de ilusões. Em geral, são provocados pelo excesso de comida e, muitas vezes, pela abundância de gases ou de certos humores do corpo.[117] Por Deus, estou certa de que o sonho desta noite proveio de uma superfluidade de bílis amarela, que faz as pessoas sonharem com flechas, fogo de rubras labaredas, feras que querem morder, contendas e cães, tanto filhotes quanto adultos; enquanto o humor da melancolia frequentemente leva os que dormem a gritar de medo de ursos negros, touros negros, ou negros diabos que vêm para buscá-los. Eu poderia falar ainda de outros humores que também causam desconfortos, mas prefiro seguir adiante. Não foi Catão,[118] um grande sábio, quem recomendou: 'Não vos importeis com os sonhos'? Pois bem, senhor, assim que nós descermos do poleiro, toma um laxante, pelo amor de

---

[117] Referência à famosa teoria dos quatro humores (sangue, fleuma, bílis amarela e bílis negra) e do seu indispensável equilíbrio para se diagnosticar a enfermidade e preservar a saúde (ver nota 34). A teoria, atribuída originalmente a Hipócrates, predominava na fisiologia medieval. (N. da E.)

[118] Dionísio Catão (século III ou IV d.C.), a quem é atribuída uma coleção de máximas, *Disticha de Moribus ad Filium* (ver nota 64). (N. da E.)

O Conto do Padre da Freira

a man,/ Seyde he nat thus, ne do no fors of dremes?/ Now, sire,' quod she, 'whan we flee fro the bemes,/ For Goddes love, as tak som laxatyf;/ Up peril of my soule, and of my lyf,/ I counseille yow the beste, I wol nat lye,/ That bothe of colere and of malencolye/ Ye purge yow; and for ye shul nat tarie,/ Though in this toun is noon apotecarie,/ I shal myself to herbes techen yow,/ That shul ben for your hele, and for your prow;/ And in our yerd tho herbes shal I finde,/ The whiche han of hir propretee, by kinde,/ To purgen yow binethe, and eek above./ Forget not this, for goddes owene love!/ Ye been ful colerik of compleccioun./ Ware the sonne in his ascencioun/ Ne fynde yow nat repleet of humours hote;/ And if it do, I dar wel leye a grote,/ That ye shul have a fevere terciane,/ Or an agu, that may be youre bane./ A day or two ye shul have digestyves/ Of wormes, er ye take your laxatyves,/ Of lauriol, centaure, and fumetere,/ Or elles of ellebor, that groweth there,/ Of catapuce, or of gaytres beryis,/ Of erbe yve, growing in our yerd, that mery is;/ Pekke hem up right as they growe, and ete hem in./ Be mery, housbond, for your fader kin!/ Dredeth no dreem; I can say yow na-more.'/

'Madame,' quod he, 'graunt mercy of your lore./ But nathelees, as touching daun Catoun,/ That hath of wisdom such a greet renoun,/ Though that he bad no dremes for to drede,/ By god, men may in olde bokes rede/ Of many a man, more of auctoritee/ Than ever Catoun was, so mote I thee,/ Than al the revers seyn of his sentence,/ And han wel founden by experience,/ That dremes ben significaciouns,/ As wel of Ioye as tribulaciouns/ That folk enduren in this lyf present./ Ther nedeth make of this noon argument;/ The verray preve sheweth it in dede./

Oon of the gretteste auctours that men rede/ Seith thus, that whylom two felawes wente/ On pilgrimage, in a ful good entente;/ And happed so, thay come into a toun,/ Wher-as ther was swich congregacioun/ Of peple, and eek so streit of herbergage,/ That they ne founde as muche as o cotage,/ In which they bothe mighte y-logged be./ Wherfor thay mosten, of necessitee,/ As for that night, departen compaignye;/ And ech of hem goth to his hostelrye,/ And took his logging as it wolde falle./ That oon of hem was logged in a stalle,/ Fer in a yerd, with oxen of the plough;/ That other man was logged wel y-nough,/ As was his aventure, or his fortune,/ That us governeth alle as in commune./ And so bifel, that, longe er it were day,/ This man mette in his bed, ther-as he lay,/ How that his felawe gan up-on him calle,/ And seyde, 'allas! for in an oxes stalle/ This night I shal be mordred

Deus. Asseguro-te, por minha vida e minha alma, que esta é a melhor maneira de purgar a cólera e a melancolia. Portanto, não percas tempo. Embora não tenhamos boticários na cidade, eu mesma posso orientar-te muito bem na busca de ervas apropriadas para o teu bem-estar e tua saúde. Em nosso próprio quintal encontrarei as plantinhas que têm, por natureza, a propriedade de purgar-te, em cima e embaixo. Mas, pelo amor de Deus, o que não podes esquecer é que tua compleição é colérica. Se ficares exposto ao sol em ascensão, quando repleto de humores quentes, aposto um bom dinheiro como hás de apanhar febre terçã, ou qualquer outra doença que poderá ser-te fatal. Durante um dia ou dois, comerás lagartas digestivas. Então estarás pronto para os teus laxantes, como a lauréola, a centáurea e a fumária; ou mesmo o heléboro, que cresce por ali, a alcaparra, o cornisolo e a hera, que prefere os lugares mais fresquinhos. Basta bicar as folhas e ingeri-las. Ânimo, caro esposo — por teu pai! Não tenhas medo de sonhos. É tudo o que posso dizer-te."

"Grato, Madame", retorquiu Chantecler, "pelos conselhos eruditos. Mas, por Deus, quanto a Dom Catão, que nos recomendou que não temêssemos os sonhos, devo dizer que, não obstante o seu grande renome como sábio, podemos ler em várias obras antigas, escritas por homens de muito mais autoridade que ele — por minha alma! — que todos os que sonham mantêm a opinião, fundamentada na própria experiência, de que os sonhos são prenúncios das alegrias e das atribulações por que passamos nesta vida. E aqui nem preciso argumentar, visto que os próprios fatos o comprovam.

"Um dos maiores autores conhecidos narra que dois companheiros partiram uma vez em romaria, com sincera devoção. E aconteceu então que, numa das cidades a que chegaram, era tão grande o afluxo de forasteiros que havia escassez de alojamento, e os dois não conseguiram encontrar pousada onde pudessem ficar juntos. Assim, foram obrigados a separar-se aquela noite, e cada qual foi buscar o seu próprio abrigo, aceitando as acomodações que a Fortuna lhe reservara. Um deles teve que instalar-se num estábulo, no fundo de um pátio, junto com touros de arado; o outro, fosse pelo acaso ou pela sorte que rege os destinos de todos, achou um abrigo mais decente. E deu-se então que este homem, bem antes que clareasse o dia, sonhou, no aconchego de seu leito, que o amigo chamava por ele, dizendo: 'Ai de mim! Esta noite vou ser assassinado num estábulo, enquanto adormecido em meio aos bois! Acorre, meu irmão, para salvar-me! Vem para cá, depressa!'. O outro acordou assus-

ther I lye./ Now help me, dere brother, er I dye;/ In alle haste com to me,' he sayde./ This man out of his sleep for fere abrayde;/ But whan that he was wakned of his sleep,/ He turned him, and took of this no keep;/ Him thoughte his dreem nas but a vanitee./ Thus twyës in his sleping dremed he./ And atte thridde tyme yet his felawe/ Cam, as him thoughte, and seide, 'I am now slawe;/ Bihold my blody woundes, depe and wyde!/ Arys up erly in the morwe-tyde,/ And at the west gate of the toun,' quod he,/ 'A carte ful of donge ther shaltow see,/ In which my body is hid ful prively;/ Do thilke carte aresten boldely./ My gold caused my mordre, sooth to sayn;'/ And tolde him every poynt how he was slayn,/ With a ful pitous face, pale of hewe./ And truste wel, his dreem he fond ful trewe;/ For on the morwe, as sone as it was day,/ To his felawes in he took the way;/ And whan that he cam to this oxes stalle,/ After his felawe he bigan to calle./ The hostiler answered him anon,/ And seyde, 'sire, your felawe is agon,/ As sone as day he wente out of the toun.'/

This man gan fallen in suspecioun,/ Remembring on his dremes that he mette,/ And forth he goth, no lenger wolde he lette,/ Unto the west gate of the toun, and fond/ A dong-carte, as it were to donge lond,/ That was arrayed in the same wyse/ As ye han herd the dede man devyse;/ And with an hardy herte he gan to crye/ Vengeaunce and Iustice of this felonye: —/ 'My felawe mordred is this same night,/ And in this carte he lyth gapinge upright./ I crye out on the ministres,' quod he,/ 'That sholden kepe and reulen this citee;/ Harrow! allas! her lyth my felawe slayn!'/

What sholde I more un-to this tale sayn?/ The peple out-sterte, and caste the cart to grounde,/ And in the middel of the dong they founde/ The dede man, that mordred was al newe./

O blisful god, that art so Iust and trewe!/ Lo, how that thou biwreyest mordre alway!/ Mordre wol out, that see we day by day./ Mordre is so wlatsom and abhominable/ To god, that is so Iust and resonable,/ That he ne wol nat suffre it heled be;/ Though it abyde a yeer, or two, or three,/ Mordre wol out, this my conclusioun./ And right anoon, ministres of that toun/ Han hent the carter, and so sore him pyned,/ And eek the hostiler so sore engyned,/ That thay biknewe hir wikkednesse anoon,/ And were an-hanged by the nekke-boon./ Here may men seen that dremes been to drede./

And certes, in the same book I rede,/ Right in the nexte chapitre after this,/ (I gabbe nat, so have I Ioye or blis,)/ Two men that wolde han passed over see,/ For certeyn cause, in-to a fer contree,/ If that the wind

tado, mas, vendo que se tratava de um sonho, virou-se para o outro lado e tornou a dormir. Também ele achava que os sonhos não passam de ilusões. Eis, porém, que, por duas vezes ainda, lhe apareceu a imagem do companheiro no sono. E, na terceira, gritou ele: 'Agora estou morto! Olha o sangue dos meus ferimentos largos e profundos. Levanta-te bem cedinho', pediu então, 'e na porta ocidental da cidade verás uma carroça cheia de esterco: meu corpo estará escondido lá dentro. Detém essa carroça sem hesitação. Na verdade, o ouro que eu levava causou a minha morte...'. E, em seguida, com olhar comovente e rosto pálido, contou-lhe, ponto por ponto, como o mataram. E podes acreditar, o sonho se cumpriu. Na manhã seguinte, tão logo despontou o dia, lá foi ele à pousada do colega; e, tendo chegado ao estábulo, pôs-se a chamar por ele. O albergueiro correu a atendê-lo: 'Senhor, o homem que procuras já se foi. Deixou a cidade assim que amanheceu'.

"Tomado de suspeita por causa dos sonhos que tivera, sem tardança dirigiu-se então à porta ocidental, e lá avistou, aparentemente pronta para ir adubar a terra, uma carroça de esterco exatamente igual à que o morto descrevera. Destemido, bradou: 'Vingança e justiça para este crime! Meu companheiro foi assassinado esta noite, e seu corpo está jogado sob a carga daquela carroça! Apelo aos homens do governo e da guarda da cidade. Ai, socorro! Meu amigo está morto ali dentro!'.

"Que mais posso acrescentar? As pessoas se aglomeraram em torno da carroça e a tombaram; e, lá no meio do esterco, apareceu o cadáver do homem recentemente assassinado.

"Oh Deus bendito, equânime e verdadeiro, como denuncias sem falta os homicídios! O crime sempre aparece — é o que vemos todo dia. O crime é tão repugnante e abominável aos olhos do Senhor, que é tão justo e sensato, que ele jamais permite que permaneça oculto, mesmo após dois ou três anos. O crime sempre aparece — essa é minha conclusão. Com efeito, logo as autoridades da cidade prenderam o carroceiro e o dono da estalagem, que, duramente torturados e submetidos ao suplício da roda, não demoraram a confessar sua maldade, e foram enforcados. Podemos ver por aí como os sonhos devem ser temidos!

"De fato, no mesmo livro onde li essa história, logo no capítulo seguinte — não é mentira, juro por minha alma — dois homens, que pretendiam atravessar o mar para um negócio qualquer em países distantes, foram obrigados a aguardar a mudança do vento num grande porto... Finalmente, um belo dia de tardezinha, o vento começou a mudar, so-

ne hadde been contrarie,/ That made hem in a citee for to tarie,/ That stood ful mery upon an haven-syde./ But on a day, agayn the even-tyde,/ The wind gan chaunge, and blew right as hem leste./ Iolif and glad they wente un-to hir reste,/ And casten hem ful erly for to saille;/

But to that oo man fil a greet mervaille./ That oon of hem, in sleping as he lay,/ Him mette a wonder dreem, agayn the day;/ Him thoughte a man stood by his beddes syde,/ And him comaunded, that he sholde abyde,/ And seyde him thus, 'if thou to-morwe wende,/ Thou shalt be dreynt; my tale is at an ende.'/

He wook, and tolde his felawe what he mette,/ And preyde him his viage for to lette;/ As for that day, he preyde him to abyde./

His felawe, that lay by his beddes syde,/ Gan for to laughe, and scorned him ful faste./ 'No dreem,' quod he, 'may so myn herte agaste,/ That I wol lette for to do my thinges./ I sette not a straw by thy dreminges,/ For swevenes been but vanitees and Iapes./ Men dreme al-day of owles or of apes,/ And eke of many a mase therwithal;/ Men dreme of thing that nevere was ne shal./ But sith I see that thou wolt heer abyde,/ And thus for-sleuthen wilfully thy tyde,/ God wot it reweth me; and have good day.'/

And thus he took his leve, and wente his way./ But er that he hadde halfe his cours y-seyled,/ Noot I nat why, ne what mischaunce it eyled,/ But casuelly the shippes botme rente,/ And ship and man under the water wente/ In sighte of othere shippes it byside,/ That with hem seyled at the same tyde./ And therfor, faire Pertelote so dere,/ By swiche ensamples olde maistow lere,/ That no man sholde been to recchelees/ Of dremes, for I sey thee, doutelees,/ That many a dreem ful sore is for to drede./

Lo, in the lyf of seint Kenelm, I rede,/ That was Kenulphus sone, the noble king/ Of Mercenrike, how Kenelm mette a thing;/ A lyte er he was mordred, on a day,/ His mordre in his avisioun he say./ His norice him expouned every del/ His sweven, and bad him for to kepe him wel/ For traisoun; but he nas but seven yeer old,/ And therfore litel tale hath he told/ Of any dreem, so holy was his herte./ By god, I hadde lever than my sherte/ That ye had rad his legende, as have I./

Dame Pertelote, I sey yow trewely,/ Macrobeus, that writ the avisioun/ In Affrike of the worthy Cipioun,/ Affermeth dremes, and seith that they been/ Warning of thinges that men after seen./

prando em direção favorável. Os dois se recolheram alegres e felizes, pensando em zarpar assim que raiasse a aurora.

"A um deles, entretanto, aconteceu algo muito estranho, pois, enquanto dormia, teve um sonho espantoso a respeito da manhã seguinte: pareceu-lhe que um homem, postado ao lado da cama, lhe ordenava que retardasse a partida: 'Se navegares amanhã, morrerás afogado. Nada mais tenho a dizer!'.

"Assim que despertou, acordou o companheiro para contar-lhe o sonho, implorando-lhe que adiasse a viagem por um dia, conforme fora aconselhado.

"Mas o outro, deitado tranquilamente a seu lado, pôs-se a rir e a tratá-lo com o maior desprezo. E disse: 'Nenhum sonho pode assustar meu coração a ponto de dissuadir-me de realizar os meus negócios. Não dou a mínima importância aos teus sonhos; os sonhos são apenas ilusões e enganos. Todo mundo sonha todo dia com corujas, com macacos e com bobagens sem fim... Sonha-se com o que nunca existiu e com o que nunca vai existir. Mas, já que desejas ficar e perder o teu tempo, só posso te dizer que sinto muito. E tenhas um bom dia!'.

"E assim se despediu e seguiu o seu caminho. Antes, porém, que chegasse ao meio do percurso — não sei por que motivo ou qual defeito — o casco de sua nave se partiu, e barco e tripulação foram ao fundo à vista dos outros navios que a seu lado velejavam. Portanto, minha bela Pertelote tão querida, podes ver, por esses casos antigos, que não devemos tratar os sonhos com indiferença, pois te garanto que há muitos pesadelos de temer-se.

"Por exemplo, li, na vida de São Cenelmo — filho de Cenulfo, o nobre rei da Mércia —, que ele, um pouco antes de ser assassinado, teve um sonho-visão que lhe mostrou a própria morte. Sua ama explicou-lhe o significado e pediu-lhe que se acautelasse contra as traições; mas ele, com apenas sete anos, pouco valor dava aos sonhos, tão puro era seu coração. Por Deus, eu teria dado a própria camisa do corpo para que tivesses lido, como eu, a sua biografia!

"Senhora Pertelote, asseguro-te em verdade que Macróbio, que escreveu sobre o sonho do nobre Cipião na África,[119] confirma a importância dos sonhos e declara que são avisos de coisas que vão se dar.

---

[119] O comentário de Macróbio acerca do *Sonho de Cipião*, de Cícero (*De Repu-*

And forther-more, I pray yow loketh wel/ In the olde testament, of Daniel,/ If he held dremes any vanitee./

Reed eek of Ioseph, and ther shul ye see/ Wher dremes ben somtyme (I sey nat alle)/ Warning of thinges that shul after falle./

Loke of Egipt the king, daun Pharao,/ His bakere and his boteler also,/ Wher they ne felte noon effect in dremes./ Who-so wol seken actes of sondry remes,/ May rede of dremes many a wonder thing./

Lo Cresus, which that was of Lyde king,/ Mette he nat that he sat upon a tree,/ Which signified he sholde anhanged be?/

Lo heer Andromacha, Ectores wyf,/ That day that Ector sholde lese his lyf,/ She dremed on the same night biforn,/ How that the lyf of Ector sholde be lorn,/ If thilke day he wente in-to bataille;/ She warned him, but it mighte nat availle;/ He wente for to fighte nathelees,/ But he was slayn anoon of Achilles./ But thilke tale is al to long to telle,/ And eek it is ny day, I may nat dwelle./ Shortly I seye, as for conclusioun,/ That I shal han of this avisioun/ Adversitee; and I seye forther-more,/ That I ne telle of laxatyves no store,/ For they ben venimous, I woot it wel;/ I hem defye, I love hem never a del./

Now let us speke of mirthe, and stinte al this;/ Madame Pertelote, so have I blis,/ Of o thing god hath sent me large grace;/ For whan I see the beautee of your face,/ Ye ben so scarlet-reed about your yën,/ It maketh al my drede for to dyen;/ For, also siker as *In principio,/ Mulier est hominis confusio;*/ Madame, the sentence of this Latin is —/ Womman is mannes Ioye and al his blis./ For whan I fele a-night your softe syde,/ Al-be-it that I may nat on you ryde,/ For that our perche is maad so narwe, alas!/ I am so ful of Ioye and of solas/ That I defye bothe sweven and dreem.'/

And with that word he fley doun fro the beem,/ For it was day, and eek his hennes alle;/ And with a chuk he gan hem for to calle,/ For he had founde a corn, lay in the yerd./ Royal he was, he was namore aferd;/ He fethered Pertelote twenty tyme,/ And trad as ofte, er that it was pryme./ He loketh as it were a grim leoun;/ And on his toos he

"Peço-te, ademais, que medites sobre a história de Daniel, no Velho Testamento. Será que para ele os sonhos também eram ilusões?

"Lê igualmente a respeito de José, e verás como os sonhos, às vezes (não digo sempre), são premonições do que depois virá.

"Olha o caso de Dom Faraó, o rei do Egito — e também de seu padeiro e seu mordomo — e depois dize se os sonhos têm ou não suas consequências. Quem se interessa por coisas surpreendentes vai neles encontrar muitos assombros.

"Pensa igualmente em Creso, rei da Lídia: sonhou estar sentado no alto de uma árvore; e não é que depois foi enforcado?

"Ai, olha Andrômaca, a mulher de Heitor! Na noite que antecedeu a morte do marido, sonhou que ele haveria de perder a vida se entrasse na batalha aquele dia. Ela o avisou, porém, inutilmente: ele partiu para o combate, e foi logo morto por Aquiles. Esta, contudo, é uma história muito longa, e o dia está clareando. Não posso continuar. Direi apenas, para concluir, que estou certo de que meu sonho é prenúncio de desgraça. Quanto aos laxantes, não quero saber deles: em minha opinião, não passam de venenos. Já sofri muito por sua causa, e hoje os detesto.

"Mas deixemos esse assunto e falemos de outros mais agradáveis. Por minha alma, senhora Pertelote, em uma coisa pelo menos o Criador me concedeu sua graça, pois, quando contemplo a beleza de teu rosto, com esse lindo escarlate a contornar-te os olhinhos, todos os meus temores se esvanecem. Bem diz o ditado: *In principio, mulier est hominis confusio*.[120] Madame, essas palavras em latim querem dizer: 'A mulher é a alegria do homem e toda a sua ventura'. E, de fato, à noite, quando sinto o calor de teus flancos macios (ainda que não seja possível montar-te, porque, infelizmente, o nosso poleiro é muito estreito), tenho tanta satisfação e tal prazer, que desafio sonho e pesadelo."

E, assim dizendo, voou do poleiro para o chão seguido por todas as galinhas, pois já amanhecera. E, tendo achado um grãozinho no terreno, chamou a todas com um "có". Sem mais temores, seu porte era real. Vinte vezes trepou em Pertelote; e, antes da hora prima, deu vinte trepadas mais. Parecia um leão feroz, percorrendo o terreno nas pontas dos

---

blica, VI), foi um dos tratados medievais mais conhecidos sobre a temática dos sonhos. (N. da E.)

[120] "A mulher, em princípio, é a ruína do homem." (N. do T.)

O Conto do Padre da Freira

rometh up and doun,/ Him deyned not to sette his foot to grounde./ He chukketh, whan he hath a corn y-founde,/ And to him rennen thanne his wyves alle./ Thus royal, as a prince is in his halle,/ Leve I this Chauntecleer in his pasture;/ And after wol I telle his aventure./

Whan that the month in which the world bigan,/ That highte March, whan god first maked man,/ Was complet, and [y]-passed were also,/ Sin March bigan, thritty dayes and two,/ Bifel that Chauntecleer, in al his pryde,/ His seven wyves walking by his syde,/ Caste up his eyen to the brighte sonne,/ That in the signe of Taurus hadde y-ronne/ Twenty degrees and oon, and somwhat more;/ And knew by kynde, and by noon other lore,/ That it was pryme, and crew with blisful stevene./ 'The sonne,' he sayde, 'is clomben up on hevene/ Fourty degrees and oon, and more, y-wis./ Madame Pertelote, my worldes blis,/ Herkneth thise blisful bridens how they singe,/ And see the fresshe floures how they springe;/ Ful is myn herte of revel and solas.'/ But sodeinly him fil a sorweful cas;/ For ever the latter ende of Ioye is wo./ God woot that worldly Ioye is sone ago;/ And if a rethor coude faire endyte,/ He in a cronique saufly mighte it wryte,/ As for a sovereyn notabilitee./ Now every wys man, lat him herkne me;/ This storie is al-so trewe, I undertake,/ As is the book of *Launcelot de Lake*,/ That wommen holde in ful gret reverence./ Now wol I torne agayn to my sentence./

A col-fox, ful of sly iniquitee,/ That in the grove hadde woned yeres three,/ By heigh imaginacioun forn-cast,/ The same night thurgh-out the hegges brast/ Into the yerd, ther Chauntecleer the faire/ Was wont, and eek his wyves, to repaire;/ And in a bed of wortes stille he lay,/ Til it was passed undern of the day,/ Wayting his tyme on Chauntecleer to falle,/ As gladly doon thise homicydes alle,/ That in awayt liggen to mordre men./ O false mordrer, lurking in thy den!/ O newe Scariot, newe Genilon!/ False dissimilour, O Greek

pés, sem dignar-se a pousar no chão os calcanhares. Sempre cacarejava ao avistar uma semente, e suas esposas acorriam todas. E assim, altivo como um príncipe em sua corte, deixo agora Chantecler na refeição, para depois narrar sua aventura.

Quando o mês em que o mundo começou, o mês de março,[121] em que Deus criou o homem, havia terminado, e quando haviam se passado, desde março, trinta dias e mais dois, sucedeu que Chantecler, ao caminhar todo orgulhoso ao lado das sete esposas, erguendo os olhos para o sol brilhante, que no signo de Touro superara os vinte e um graus, percebeu, por mero instinto e por nenhum outro meio, que era chegada a hora prima. E então cantou com voz sublime. "O sol", declarou ele, "em sua subida pelo céu, seguramente ultrapassou os quarenta e um graus. Senhora Pertelote, meu paraíso na terra, ouve como ditosos gorjeiam os pássaros, e vê como os botões das flores desabrocham: meu coração está cheio de júbilo e de ventura." Subitamente, porém, um triste caso aconteceu, pois o fim da alegria é o sofrimento... Deus sabe como fogem os prazeres deste mundo! Se aqui comparecesse um luminar da retórica, bem poderia compor uma crônica em torno desta suprema verdade! E podeis crer, oh sábios: tendes a minha palavra de que esta história é tão verdadeira quanto o livro de *Lancelote do Lago*, tido em tão alta conta por todas as damas. Mas retornemos ao nosso tema.

Por determinação de alto desígnio, uma raposa, salpicada de negro, que por três anos vivera lá no bosque repleta de astuciosa iniquidade, pela sebe irrompeu aquela noite no terreiro onde o garboso Chantecler soía refugiar-se com as esposas. Oculta num canteiro de repolhos, com o prazer que os criminosos sentem ao preparar suas emboscadas, aguardava ela a chegada da hora terceira, ficando à espreita do momento azado para atacar o nobre Chantecler. Oh assassina traidora, escondida no teu antro! Oh novo Iscariotes! Novo Ganelon! Oh hipócrita! Oh grego Sínon,[122] que levaste Troia à sua total ruína! Oh Chantecler, maldita a

---

[121] Segundo uma velha crença, o homem foi criado no equinócio da primavera. Quanto à data mencionada a seguir, tratava-se provavelmente do dia 3 de maio, pois já se haviam passado 32 dias depois de março, e o sol estava a 21 graus de Touro. Curiosamente, a desgraça de Chantecler se deu no mesmo dia do combate entre Palamon e Arcite narrado em "O Conto do Cavaleiro". (N. do T.)

[122] Judas Iscariotes traiu Jesus; Ganelon foi o cavaleiro que traiu o exército de Car-

O Conto do Padre da Freira

Sinon,/ That broghtest Troye al outrely to sorwe!/ O Chauntecleer, acursed be that morwe,/ That thou into that yerd flough fro the bemes!/ Thou were ful wel y-warned by thy dremes,/ That thilke day was perilous to thee./

But what that god forwoot mot nedes be,/ After the opinioun of certeyn clerkis./ Witnesse on him, that any perfit clerk is,/ That in scole is gret altercacioun/ In this matere, and greet disputisoun,/ And hath ben of an hundred thousand men./ But I ne can not bulte it to the bren,/ As can the holy doctour Augustyn,/ Or Boece, or the bishop Bradwardyn,/ Whether that goddes worthy forwiting/ Streyneth me nedely for to doon a thing,/ (Nedely clepe I simple necessitee);/ Or elles, if free choys be graunted me/ To do that same thing, or do it noght,/ Though god forwoot it, er that it was wroght;/ Or if his witing streyneth nevere a del/ But by necessitee condicionel./ I wol not han to do of swich matere;/ My tale is of a cok, as ye may here,/ That took his counseil of his wyf, with sorwe,/ To walken in the yerd upon that morwe/ That he had met the dreem, that I yow tolde./ Wommennes counseils been ful ofte colde;/ Wommannes counseil broghte us first to wo,/ And made Adam fro paradys to go,/ Ther-as he was ful mery, and wel at ese./ But for I noot, to whom it mighte displese,/ If I counseil of wommen wolde blame,/ Passe over, for I seyde it in my game./ Rede auctours, wher they trete of swich matere,/ And what thay seyn of wommen ye may here./ Thise been the cokkes wordes, and nat myne;/ I can noon harm of no womman divyne./

Faire in the sond, to bathe hir merily,/ Lyth Pertelote, and alle hir sustres by,/ Agayn the sonne; and Chauntecleer so free/ Song merier than the mermayde in the see;/ For *Phisiologus* seith sikerly,/ How that they singen wel and merily./

manhã em que voaste do poleiro para o chão! Bem que os sonhos te avisaram dos perigos desse dia!

Mas, de acordo com a opinião de certos entendidos, o que Deus prevê forçosamente acontece, se bem que, como podem testemunhar os que leem filosofia, esse problema tenha gerado prolongados debates e profundas controvérsias nas escolas, envolvendo cem mil participantes. Eu não seria capaz — a exemplo do grande doutor Santo Agostinho, ou de Boécio, ou do Bispo Bradwardine[123] — de destrinçar essa questão e dizer se a perfeita onisciência do Senhor necessariamente me compele a fazer determinada coisa (e na palavra "necessariamente" vai implícito o conceito de "necessidade simples"), ou se o livre-arbítrio deixa a meu critério realizar ou não aquela mesma coisa (mesmo que o ato perfeito tenha sido previsto pelo Altíssimo). Eu também não poderia esclarecer se a providência divina me garante a contingência nos limites da "necessidade condicional"... Não, não quero me meter nesses assuntos! Como sabem, meu conto trata apenas de um galo que, para seu azar, seguiu o conselho da mulher e foi passear no terreiro logo depois do sonho que relatei. Os conselhos das mulheres quase sempre são fatais. Foi o conselho da mulher que nos trouxe o sofrimento, fazendo Adão perder o Paraíso, onde vivia contente e muito bem. Mas, se alguém ficar aborrecido por ouvir-me criticar os conselhos das mulheres, esqueça-se do que eu disse, pois foi tudo brincadeira... Quem quiser que folheie os autores que abordam o tema, e veja o que eles falam das mulheres... O que eu disse há pouco foram as conclusões do galo, não as minhas. Eu nunca iria julgar mal mulher alguma.

Feliz, deitada ao sol com todas as irmãs, achava-se Pertelote em seu banho de areia, enquanto o nobre Chantecler cantava mais alegre que as sereias lá no mar... Pois *Fisiólogo*[124] nos assegura que elas cantam com graça e com vivacidade.

---

los Magno, favorecendo os muçulmanos; Sínon abriu as laterais do Cavalo de Troia. (N. da E.)

[123] Teólogo inglês do século XIV, professor em Oxford, que, seguindo as pegadas de Santo Agostinho e Boécio, muito escreveu sobre o problema da providência divina e do livre-arbítrio, ao qual alude o Padre da Freira em suas referências à "necessidade simples" e à "necessidade condicional". (N. do T.)

[124] Bestiário latino, intitulado *Physiologus De Naturis Duodecim Animalium* e

And so bifel that, as he caste his yë,/ Among the wortes, on a boterflye,/ He was war of this fox that lay ful lowe./ No-thing ne liste him thanne for to crowe,/ But cryde anon, 'cok, cok,' and up he sterte,/ As man that was affrayed in his herte./ For naturelly a beest desyreth flee/ Fro his contrarie, if he may it see,/ Though he never erst had seyn it with his yë./ This Chauntecleer, whan he gan him espye,/ He wolde han fled, but that the fox anon/ Seyde, 'Gentil sire, allas! wher wol ye gon?/ Be ye affrayed of me that am your freend?/ Now certes, I were worse than a feend,/ If I to yow wolde harm or vileinye./ I am nat come your counseil for tespye;/ But trewely, the cause of my cominge/ Was only for to herkne how that ye singe./ For trewely ye have as mery a stevene/ As eny aungel hath, that is in hevene;/ Therwith ye han in musik more felinge/ Than hadde Boece, or any that can singe./ My lord your fader (god his soule blesse!)/ And eek your moder, of hir gentilesse,/ Han in myn hous y-been, to my gret ese;/ And certes, sire, ful fayn wolde I yow plese./

But for men speke of singing, I wol saye,/ So mote I brouke wel myn eyen tweye,/ Save yow, I herde never man so singe,/ As dide your fader in the morweninge;/ Certes, it was of herte, al that he song./ And for to make his voys the more strong,/ He wolde so peyne him, that with bothe his yën/ He moste winke, so loude he wolde cryen,/ And stonden on his tiptoon ther-with-al,/ And strecche forth his nekke long and smal./ And eek he was of swich discrecioun,/ That ther nas no man in no regioun/ That him in song or wisdom mighte passe./ I have wel rad in daun Burnel the Asse,/ Among his vers, how that ther was a cok,/ For that a preestes sone yaf him a knok/ Upon his leg, whyl he was yong and nyce,/ He made him for to lese his benefyce./ But certeyn, ther nis no comparisoun/ Bitwix the wisdom and discrecioun/ Of youre fader, and of his subtiltee./ Now singeth, sire, for seinte charitee,/ Let see, conne ye your fader countrefete?'/

E foi então que, seguindo com o olhar o voo de uma borboleta entre os repolhos, descobriu ele a raposa abaixadinha. Perdeu então toda a vontade de cantar; gritou "có có" como alguém apavorado... E isso porque os bichos evitam por instinto os inimigos naturais, mesmo quando os veem pela primeira vez. Assim também Chantecler, ao vislumbrar a raposa, fez menção de fugir. Mas ela o acalmou, dizendo: "Ai, aonde pensais ir, senhor gentil? Temeis a mim, que sou amiga vossa? Sem dúvida eu seria pior do que um demônio, se cometesse contra vós qualquer maldade ou vileza. Não vim espionar vossos segredos; na verdade, a razão de minha vinda foi para ouvir-vos cantar, pois tendes uma voz maravilhosa, como a dos anjos nos corais do Céu. Que sensibilidade musical! Supera a de Boécio[125] e a de qualquer cantor. Meu senhor vosso pai (que Deus o tenha) e vossa mãe, com sua fidalguia, vinham visitar-me com frequência, dando-me assim grande satisfação. Também a vós receberia com prazer.

"Mas, por falar em canto, juro-vos, pela luz de meus olhos, que, além de vós, jamais ouvi alguém cantar qual vosso pai pela manhã. Cantava mesmo com o coração! E tanto se esforçava ao dar os seus agudos, que tinha que fechar ambos os olhos, devido à altura de sua voz — ao mesmo tempo em que esticava os pés e espichava o pescoço longo e fino. E como era sensato! Tanto assim, que não tinha rival em todo o mundo, nem no canto nem na sabedoria. Entre os versos de "Dom Brunelo, O Burro",[126] li que o filho de um padre machucara a perna de um galinho quando novo; de raiva, nunca mais o galo cantou para acordar-lhe o pai na hora da missa, e assim o fez perder a sua prebenda. Nada disso, entretanto, é comparável à sabedoria, à discrição e à sutileza de vosso genitor. Mas cantai, meu senhor, por caridade! Ou não sereis igual a vosso pai?"

---

atribuído a certo Theobaldus. Contém uma passagem sobre as sereias ("*Sirenae sunt monstra maris resonatia magnis vocibus...*"). (N. do T.)

[125] O famoso filósofo, autor do *De Consolatione Philosophiae*, que Chaucer traduziu para o inglês médio, também escreveu um livro sobre a arte musical, intitulado *De Musica*. (N. do T.)

[126] Poema de Nigellus Wireker, chamado "Burnellus seu Speculum Stultorum" ("Brunelo ou o Espelho dos Tolos"). O burrinho tinha esse nome devido à sua cor, pois Brunelo é o diminutivo de *bruno* (marrom); pelo mesmo motivo, o nome Russela (vermelhinha) é, mais adiante, aplicado à raposa. (N. do T.)

This Chauntecleer his winges gan to bete,/ As man that coude his tresoun nat espye,/ So was he ravisshed with his flaterye./

Allas! ye lordes, many a fals flatour/ Is in your courtes, and many a losengeour,/ That plesen yow wel more, by my feith,/ Than he that soothfastnesse unto yow seith./ Redeth *Ecclesiaste* of flaterye;/ Beth war, ye lordes, of hir trecherye./

This Chauntecleer stood hye up-on his toos,/ Strecching his nekke, and heeld his eyen cloos,/ And gan to crowe loude for the nones;/ And daun Russel the fox sterte up at ones,/ And by the gargat hente Chauntecleer,/ And on his bak toward the wode him beer,/ For yet ne was ther no man that him sewed./

O destinee, that mayst nat been eschewed!/ Allas, that Chauntecleer fleigh fro the bemes!/ Allas, his wyf ne roghte nat of dremes!/ And on a Friday fil al this meschaunce./

O Venus, that art goddesse of plesaunce,/ Sin that thy servant was this Chauntecleer,/ And in thy service dide al his poweer,/ More for delyt, than world to multiplye,/ Why woldestow suffre him on thy day to dye?/

O Gaufred, dere mayster soverayn,/ That, whan thy worthy king Richard was slayn/ With shot, compleynedest his deth so sore,/ Why ne hadde I now thy sentence and thy lore,/ The Friday for to chide, as diden ye?/ (For on a Friday soothly slayn was he.)/ Than wolde I shewe yow how that I coude pleyne/ For Chauntecleres drede, and for his peyne./

Certes, swich cry ne lamentacioun/ Was never of ladies maad, whan Ilioun/ Was wonne, and Pirrus with his streite swerd,/ Whan he hadde hent king Priam by the berd,/ And slayn him (as saith us *Eneydos*),/ As maden alle the hennes in the clos,/ Whan they had seyn of Chauntecleer the sighte./ But sovereynly dame Pertelote shrighte,/ Ful louder than dide Hasdrubales wyf,/ Whan that hir housbond hadde lost his lyf,/ And that the Romayns hadde brend Cartage;/ She was so ful of torment and of rage,/ That wilfully into the fyr she sterte,/ And brende hir-selven with a stedfast herte./

O woful hennes, right so cryden ye,/ As, whan that Nero brende the citee/ Of Rome, cryden senatoures wyves,/ For that hir housbondes losten alle hir lyves;/ Withouten gilt this Nero hath hem slayn./ Now wol I torne to my tale agayn: —/

Deslumbrado pela bajulação, Chantecler começou a bater as asas, sem desconfiar da perfídia.

Ai, fidalgos, em vossa corte há muitos mentirosos lisonjeiros e muitos impostores que vos agradam mais, por minha fé, que os que vos dizem a verdade nua e crua! O *Eclesiástico* vos adverte quanto à bajulação. Atentai, meus senhores, à traição!

Pondo-se nas pontas dos pés, Chantecler esticou o pescoço, cerrou os olhos, e começou a cantar o mais alto que podia. Dona Russela, a raposa, saltou sobre ele, abocanhou-o pela garganta e o levou para o bosque em suas costas, sem que ninguém a seguisse.

Oh destino cruel, como és inexorável! Ai, por que Chantecler deixara o seu poleiro? Ai, por que sua esposa desprezava os sonhos? E numa sexta-feira essa desgraça?!

Oh Vênus, tu que és deusa do prazer, como pudeste permitir que o teu fiel Chantecler, que te servia tão devotamente — mais por gozo do que procriação —, morresse no teu dia?

Oh Gofredo,[127] meu caro mestre supremo, que, quando o nobre rei Ricardo foi morto por uma seta, choraste o seu fim em tocante elegia! Por que não tenho agora o teu estro e o teu saber para exprobar a sexta-feira como tu? Também ele morreu em uma sexta-feira... Somente assim eu poderia lamentar condignamente a desventura e a dor de Chantecler!

Ah, quando Troia caiu, e Pirro — como narra a *Eneida* — arrastou o rei Príamo pela barba e depois o atravessou com lâmina implacável, a grita e o clamor das mulheres não foram mais altos que o alarido das galinhas no terreiro, ao verem a aflição de Chantecler. A soberana voz de Dona Pertelote se fez ouvir com mais vigor que o pranto da mulher de Asdrúbal, quando o marido seu perdeu a vida e os romanos incendiaram sua Cartago... Ela, que, no tormento e na revolta, achou que era melhor lançar-se às chamas, sem recuar ante essa morte horrível!

Oh míseras galinhas, gritastes tanto quanto as esposas dos senadores inocentes, ceifados pela sanha cruel de Nero, no dia em que Roma ardeu! Mas agora vou retomar o fio de minha história.

A boa viúva e suas duas filhas, ao escutar a gritaria e a agitação das galinhas, acorreram imediatamente à porta e avistaram a raposa, que

---

[127] Alusão a Gofredo de Vinsauf, autor de *Poetria Nova*, importante obra sobre a arte retórica. Para ilustrar o uso da apóstrofe, fez exageradas recriminações à sexta-feira, numa elegia sobre a morte de Ricardo Coração de Leão. (N. do T.)

O Conto do Padre da Freira

This sely widwe, and eek hir doghtres two,/ Herden thise hennes crye and maken wo,/ And out at dores sterten they anoon,/ And syen the fox toward the grove goon,/ And bar upon his bak the cok away;/ And cryden, 'Out! harrow! and weylaway!/ Ha, ha, the fox!' and after him they ran,/ And eek with staves many another man;/ Ran Colle our dogge, and Talbot, and Gerland,/ And Malkin, with a distaf in hir hand;/ Ran cow and calf, and eek the verray hogges/ So were they fered for berking of the dogges/ And shouting of the men and wimmen eke,/ They ronne so, hem thoughte hir herte breke./ They yelleden as feendes doon in helle;/ The dokes cryden as men wolde hem quelle;/ The gees for fere flowen over the trees;/ Out of the hyve cam the swarm of bees;/ So hidous was the noyse, a! *benedicite*!/ Certes, he Iakke Straw, and his meynee,/ Ne made never shoutes half so shrille,/ Whan that they wolden any Fleming kille,/ As thilke day was maad upon the fox./ Of bras thay broghten bemes, and of box,/ Of horn, of boon, in whiche they blewe and pouped,/ And therwithal thay shryked and they houped;/ It semed as that heven sholde falle./

Now, gode men, I pray yow herkneth alle!/ Lo, how fortune turneth sodeinly/ The hope and pryde eek of hir enemy!/ This cok, that lay upon the foxes bak,/ In al his drede, un-to the fox he spak,/ And seyde, 'sire, if that I were as ye,/ Yet sholde I seyn (as wis god helpe me),/ Turneth agayn, ye proude cherles alle!/ A verray pestilence up-on yow falle!/ Now am I come un-to this wodes syde,/ Maugree your heed, the cok shal heer abyde;/ I wol him ete in feith, and that anon.' —/

The fox answerde, 'in feith, it shal be don,' —/ And as he spak that word, al sodeinly/ This cok brak from his mouth deliverly,/ And heighe up-on a tree he fleigh anon./

And whan the fox saugh that he was y-gon,/ 'Allas!' quod he, 'O Chauntecleer, allas!/ I have to yow,' quod he, 'y-doon trespas,/ In-as-muche as I maked yow aferd,/ Whan I yow hente, and broghte out of the yerd;/ But, sire, I dide it in no wikke entente;/ Com doun, and I shal telle yow what I mente./ I shal seye sooth to yow, god help me so.'/

'Nay than,' quod he, 'I shrewe us bothe two,/ And first I shrewe my-self, bothe blood and bones,/ If thou bigyle me ofter than ones./ Thou

fugia para o bosque levando o galo às costas. No mesmo instante, puseram-se a clamar: "Depressa, socorro! Meu Deus, olha, olha lá a raposa!". E correram em seu encalço, seguidas por alguns vizinhos armados de bastões. Correram Talbot, Gerland e Coll, o nosso cão; correu Malkin, a brandir o seu cajado; correram a vaca e o bezerro, juntamente com as porcas, assustadas com os latidos dos cachorros e os berros dos homens e das mulheres. Todos corriam tanto, que seus corações estavam para estourar; gritavam mais que os demônios no inferno. Os patos grasnavam como se os quisessem matar; os gansos apavorados voavam por sobre as árvores; o enxame das abelhas saiu da colmeia a zumbir. Foi um tremendo rebuliço, um verdadeiro deus nos acuda! Nem Jack Straw[128] e seu bando, no dia em que pretendiam matar os flamengos em Londres, fizeram tal arruaça como a que se armou por causa da raposa: tocavam e sopravam pífaros de metal, de madeira, de chifre, de osso; ao mesmo tempo, urravam e apupavam... Parecia que o céu ia cair.

Eis, porém, minha boa gente, como a Fortuna muita vez inverte as esperanças e a soberba dos malvados! O galo, preso ao dorso da raposa, ainda teve ânimo de dizer a ela, não obstante todo o seu terror: "Por Deus, se eu estivesse em vosso lugar, bradaria aos que nos perseguem: 'Voltai, oh vilões presunçosos! Oxalá vos leve a peste! Agora que alcancei o bosque, o galo será meu, não importa o que façais. Prometo-vos: vou devorá-lo num instante!'".

E a raposa respondeu: "Muito bem, assim será". Mas, nem bem proferira essas palavras, quando o galo agilmente escapou de sua boca, voando para o mais alto galho de uma árvore.

Vendo a raposa que a presa lhe fugira, exclamou: "Ai, Chantecler, meu caro! Reconheço que não agi com correção, e vos dei um grande susto quando vos agarrei e vos tirei à força do quintal. Mas, meu senhor, não foi má minha intenção. Vinde aqui, e eu vos juro por Deus que hei de explicar-vos tudo, contando toda a verdade".

"Oh não!", retrucou o galo. "Maldição para nós dois, e maldição maior para mim, em minha própria pele, se eu me deixar cair em alguma

---

[128] Foi um dos chefes da Revolta dos Camponeses de 1381. Ele e seus seguidores massacraram os flamengos que tinham vindo trabalhar na Inglaterra, concorrendo com a mão de obra local. (N. do T.)

O Conto do Padre da Freira

shalt na-more, thurgh thy flaterye,/ Do me to singe and winke with myn yë./ For he that winketh, whan he sholde see,/ Al wilfully, god lat him never thee!'/

'Nay,' quod the fox, 'but god yeve him meschaunce,/ That is so undiscreet of governaunce,/ That Iangleth whan he sholde holde his pees.'/

Lo, swich it is for to be recchelees,/ And necligent, and truste on flaterye./

But ye that holden this tale a folye,/ As of a fox, or of a cok and hen,/ Taketh the moralitee, good men./ For seint Paul seith, that al that writen is,/ To our doctryne it is y-write, y-wis./ Taketh the fruyt, and lat the chaf be stille./

Now, gode god, if that it be thy wille,/ As seith my lord, so make us alle good men;/ And bringe us to his heighe blisse. — Amen./

Here is ended the Nonne Preestes Tale.

Epilogue to the Nonne Preestes Tale.

'Sir Nonnes Preest,' our hoste seyde anoon,/ 'Y-blessed be thy breche, and every stoon!/ This was a mery tale of Chauntecleer./ But, by my trouthe, if thou were seculer,/ Thou woldest been a trede-foul a-right./ For, if thou have corage as thou hast might,/ Thee were nede of hennes, as I wene,/ Ya, mo than seven tymes seventene./ See, whiche braunes hath this gentil Preest,/ So greet a nekke, and swich a large breest!/ He loketh as a sperhauk with his yën;/ Him nedeth nat his colour for to dyen/ With brasil, ne with greyn of Portingale./ Now sire, faire falle yow for youre tale!'/

And after that he, with ful mery chere,/ Seide to another, as ye shullen here./

outra esparrela. Nunca mais a bajulação vai me induzir a cantar de olhos fechados. Quem fecha os olhos quando tem que ver, jamais merece a proteção de Deus."

"O meu caso é pior", disse a raposa, "porque merece a punição de Deus quem é tão desajeitado na conduta, que palra quando deve se calar."

Eis aí o que acontece aos descuidados e aos negligentes, que põem fé na adulação.

Os que acham que este conto é uma tolice, porque fala da raposa, de um galo e uma galinha, reparem na moral que ele contém. São Paulo diz que tudo o que está escrito tem sempre como fim nossa instrução. Comei o fruto e rejeitai o bagaço.

E agora, meu bom Deus, se for tua vontade (que sempre seja feita), livra-nos do mal e concede a nós todos a salvação. — Amém.

Aqui termina o Conto do Padre da Freira.

Epílogo do Padre da Freira.

"Senhor Padre da Freira", exclamou nosso Albergueiro, "benditas sejam suas bragas e suas pedras preciosas! Foi mesmo engraçada a história de Chantecler. Mas, palavra, se o senhor não fosse padre, também daria um belo galo montador. Se for ardente como é forte, acho que sete galinhas não lhe bastariam. Talvez precisasse de sete vezes dezessete! Vejam só que músculos tem o gentil padre! Que pescoço grosso e que peito largo! O olhar é vivo como o do gavião. E ele é tão corado, que dispensa tinturas de pau-brasil[129] ou cochonilha de Portugal. Deus o recompense, senhor, pelo seu belo conto!"

Depois disso, voltou-se todo alvoroçado para uma outra pessoa, a quem ouvirão a seguir.

---

[129] Uma das primeiras referências à palavra "brasil" na literatura (grafada com S no inglês médio). A árvore (*Caesalpinia sappan*) da qual se extraía a tintura vermelha, nativa da Ásia, era conhecida na Europa desde o século XII. Uma espécie semelhante (*Caesalpinia echinata*) seria encontrada na costa brasileira no século XVI. (N. da E.)

The Tale of the Wyf of Bathe

The Prologe of the Wyves Tale of Bathe.

'Experience, though noon auctoritee/ Were in this world, were right y-nough to me/ To speke of wo that is in mariage;/ For, lordinges, sith I twelf yeer was of age,/ Thonked be god that is eterne on lyve,/ Housbondes at chirche-dore I have had fyve;/ For I so ofte have y-wedded be;/ And alle were worthy men in hir degree./
    But me was told certeyn, nat longe agon is,/ That sith that Crist ne wente never but onis/ To wedding in the Cane of Galilee,/ That by the same ensample taughte he me/ That I ne sholde wedded be but ones./ Herke eek, lo! which a sharp word for the nones/ Besyde a welle Iesus, god and man,/ Spak in repreve of the Samaritan:/ "Thou hast y-had fyve housbondes," quod he,/ "And thilke man, the which that hath now thee,/ Is noght thyn housbond;" thus seyde he certeyn;/ What that he mente ther-by, I can nat seyn;/ But that I axe, why that the fifthe man/ Was noon housbond to the Samaritan?/ How manye mighte she have in mariage?/ Yet herde I never tellen in myn age/ Upon this nombre diffinicioun;/ Men may devyne and glosen up and doun./ But

O Conto da Mulher de Bath

Prólogo do Conto da Mulher de Bath.

"Ainda que neste mundo não existissem os ensinamentos da autoridade, a mim bastaria a experiência para falar dos males do matrimônio: e isso, cavalheiros, porque desde os meus doze anos de idade (louvado seja Deus, que tem a vida eterna, por ter-me permitido casar-me tantas vezes) tive já cinco maridos à porta da igreja — e todos homens de bem, à sua maneira.

"Não faz muito, entretanto, disseram-me que, como Cristo só compareceu uma vez a um casamento — às bodas de Caná da Galileia —, quis ensinar-me com essa atitude que eu só deveria casar-me uma vez. Pensem também nas palavras duras que a esse propósito proferiu junto da fonte Jesus, homem e Deus, ao repreender a mulher samaritana: 'Tiveste cinco maridos', disse ele, 'e o homem com quem vives não é teu marido'. Foram essas as suas palavras. Mas não faço a menor ideia do que querem dizer, pois não entendo por que motivo o quinto homem não era marido da samaritana. Quantos, afinal, ela podia desposar? Até hoje, pelo que eu saiba, ninguém definiu esse número. Por isso, deixo que os outros façam as suas suposições e as suas interpretações; quanto a mim,

wel I woot expres, with-oute lye,/ God bad us for to wexe and multiplye;/ That gentil text can I wel understonde./

Eek wel I woot he seyde, myn housbonde/ Sholde lete fader and moder, and take me;/ But of no nombre mencioun made he,/ Of bigamye or of octogamye;/ Why sholde men speke of it vileinye?/

Lo, here the wyse king, dan Salomon;/ I trowe he hadde wyves mo than oon;/ As, wolde god, it leveful were to me/ To be refresshed half so ofte as he!/ Which yifte of god hadde he for alle his wyvis!/ No man hath swich, that in this world alyve is./ God woot, this noble king, as to my wit,/ The firste night had many a mery fit/ With ech of hem, so wel was him on lyve!/ Blessed be god that I have wedded fyve!/ Welcome the sixte, whan that ever he shal./ For sothe, I wol nat kepe me chast in al;/ Whan myn housbond is fro the world y-gon,/ Som Cristen man shal wedde me anon;/ For thanne thapostle seith, that I am free/ To wedde, a goddes half, wher it lyketh me./ He seith that to be wedded is no sinne;/ Bet is to be wedded than to brinne./ What rekketh me, thogh folk seye vileinye/ Of shrewed Lameth and his bigamye?/ I woot wel Abraham was an holy man,/ And Iacob eek, as ferforth as I can;/ And ech of hem hadde wyves mo than two;/ And many another holy man also./

Whan saugh ye ever, in any maner age,/ That hye god defended mariage/ By expres word? I pray you, telleth me;/ Or wher comanded he virginitee?/ I woot as wel as ye, it is no drede,/ Thapostel, whan he speketh of maydenhede;/ He seyde, that precept ther-of hadde he noon./ Men may conseille a womman to been oon,/ But conseilling is no comandement;/ He putte it in our owene Iugement./ For hadde god comanded maydenhede,/ Thanne hadde he dampned wedding with the dede;/ And certes, if ther were no seed y-sowe,/ Virginitee, wher-of than sholde it growe?/ Poul dorste nat comanden atte

o que sei é que Deus, expressamente e sem mentira, ordenou-nos claramente isto: 'Crescei e multiplicai-vos!'. E esse texto gentil entendo muito bem.

"Também sei que Ele mandou que meu marido deixasse pai e mãe para unir-se a mim. Mas não fez qualquer alusão a números, se podia ser bigamia ou 'octogamia'. Sendo assim, por que é que todo mundo critica quem se casa muitas vezes?

"Vejam, por exemplo, o caso daquele sábio rei, Dom Salomão: teve tantas esposas que oxalá me fosse concedida metade das alegrias que ele conheceu! Que dádiva de Deus possuir todas aquelas mulheres! Nenhum homem neste mundo teve a mesma sorte. Como sei das coisas, posso bem imaginar as alegres investidas que o vigoroso soberano, naquela boa vida, deve ter feito em suas noivas em cada noite de núpcias. Dou graças a Deus que tive cinco maridos; e bem-vindo seja o sexto, venha lá quando vier! Como não pretendo fechar-me numa vida de castidade só porque meu marido deixou este mundo, é natural que venha logo outro cristão e me despose, pois, como afirma o Apóstolo,[130] sou livre para casar-me, em nome de Deus, quantas vezes me aprouver. E foi ele também quem nos garantiu que o casamento não é pecado: é melhor casar que arder. Que me importa que as pessoas falem mal do infeliz Lameque e de sua bigamia?[131] Abraão, assim como Jacó, eram homens santos; no entanto, pelo que me é dado saber, ambos tiveram mais que duas mulheres. E não foram os únicos.

"Eu gostaria que me mostrassem onde e quando Deus altíssimo condenou expressamente o matrimônio. Digam-me, por favor. E onde ordenou Ele a virgindade? Sem dúvida, sei tão bem quanto vocês que, quando o Apóstolo Paulo falou da virgindade, reconheceu não ter qualquer preceito sobre o assunto: pode-se aconselhá-la às mulheres; mas aconselhar não é o mesmo que ordenar. Na verdade, ele a deixou a nosso critério. Mesmo porque, se Deus tivesse imposto a castidade, teria com isso automaticamente proibido o casamento; e se a semente não pudesse ser plantada, como é que a virgindade iria crescer? De modo algum o Apóstolo ousaria exigir uma coisa que não tivesse sido determinada pelo seu Se-

---

[130] Trata-se de São Paulo. (N. do T.)

[131] Lameque: neto do bisneto de Caim. Homem de caráter duvidoso, protagonista do primeiro caso de bigamia registrado na Bíblia (Gênesis, 4, 17-26). (N. da E.)

O Conto da Mulher de Bath

leste/ A thing of which his maister yaf noon heste./ The dart is set up for virginitee;/ Cacche who so may, who renneth best lat see./ But this word is nat take of every wight,/ But ther as god list give it of his might./ I woot wel, that thapostel was a mayde;/ But natheless, thogh that he wroot and sayde,/ He wolde that every wight were swich as he,/ Al nis but conseil to virginitee;/ And for to been a wyf, he yaf me leve/ Of indulgence; so it is no repreve/ To wedde me, if that my make dye,/ With-oute excepcioun of bigamye./ Al were it good no womman for to touche,/ He mente as in his bed or in his couche;/ For peril is bothe fyr and tow tassemble;/ Ye knowe what this ensample may resemble./ This is al and som, he heeld virginitee/ More parfit than wedding in freletee./ Freeltee clepe I, but-if that he and she/ Wolde leden al hir lyf in chastitee./ I graunte it wel, I have noon envye,/ Thogh maydenhede preferre bigamye;/ Hem lyketh to be clene, body and goost,/ Of myn estaat I nil nat make no boost./ For wel ye knowe, a lord in his houshold,/ He hath nat every vessel al of gold;/ Somme been of tree, and doon hir lord servyse./ God clepeth folk to him in sondry wyse,/ And everich hath of god a propre yifte,/ Som this, som that, — as him lyketh shifte./ Virginitee is greet perfeccioun,/ And continence eek with devocioun./ But Crist, that of perfeccioun is welle,/ Bad nat every wight he shold go selle/ All that he hadde, and give it to the pore,/ And in swich wyse folwe hime and his fore./ He spak to hem that wolde live parfitly;/ And lordinges, by your leve, that am nat I./ I wol bistowe the flour of al myn age/ In the actes and in fruit of mariage./

 Telle me also, to what conclusioun/ Were membres maad of generacioun,/ And for what profit was a wight y-wroght?/ Trusteth right wel, they wer nat maad for noght./ Glose who-so wole, and seye bothe up and doun,/ That they were maked for purgacioun/ Of urine, and our bothe thinges smale/ Were eek to knowe a femele from a male,/ And for noone other cause: sey ye no?/ The experience woot wel it is noght so;/ So that the clerkes be nat with me wrothe,/ I sey this, that they maked been for bothe,/ This is to seye, for office, and for ese/ Of engendrure, ther we nat god displese./ Why sholde men elles in

nhor. Na corrida da vida o prêmio está reservado à castidade: irá recebê-lo quem melhor souber competir. Nem todos, porém, estão preparados para isso; somente o estão os eleitos pela vontade de Deus. Lembro-me bem de que o próprio Apóstolo escolheu o celibato; mas, apesar de haver dito e escrito que gostaria que todos seguissem o seu exemplo, tudo o que fez foi aconselhar a castidade. Portanto, já que a sua tolerância consentiu que eu me casasse, não vejo nada de reprovável em contrair núpcias toda vez que me morre um companheiro — sem por isso ser acusada de bigamia. Embora o Apóstolo tenha dito que é melhor para um homem não tocar em mulher (ele quis dizer no catre ou na cama, porque é perigoso aproximar fogo de estopa... e vocês sabem a que essa imagem se refere), toda a questão se resume nisto: ele achava o celibato superior ao casamento por fraqueza (e só não é fraqueza quando o casal resolve passar a vida inteira sem contatos carnais). De minha parte, posso garantir-lhes que, ainda que eu reconheça que o celibato seja realmente superior ao casamento, não tenho inveja alguma da virgindade: quem quiser ser puro de corpo e alma que o seja. Por outro lado, também não costumo gabar-me de minha posição. Afinal, nem todas as vasilhas na casa de um fidalgo são de ouro; algumas são de madeira, e, nem por isso, deixam de ser úteis. Deus tem muitos caminhos para chamar-nos a Si, concedendo a cada um uma dádiva diferente, a um isto e a outro aquilo, conforme a sua vontade. A virgindade, ligada à devoção e à abstinência, pode significar a perfeição; mas Cristo, que é a própria fonte da perfeição, não exigiu, por exemplo, que todos os homens vendessem o que têm, dessem tudo para os pobres e seguissem as suas pegadas: Ele apenas recomendou isso aos que desejam viver na perfeição... e, com a devida licença, cavalheiros, eu não desejo. Prefiro ver a flor da minha existência frutificar nos atos do matrimônio.

"Além disso, gostaria que me dissessem: qual a finalidade dos órgãos de reprodução? E por que foram formados desse modo tão engenhoso? Acreditem-me, se foram feitos, é lógico que foram feitos para alguma coisa! Digam o que quiserem — como dizem mesmo por aí —, que servem para a excreção da urina, ou então para distinguir fêmea de macho e nada mais... não é o que dizem? A experiência, contudo, prova que não é bem assim. Espero que os doutos não se zanguem comigo, mas, na minha opinião, eles foram feitos para as duas coisas, isto é, para o serviço e para o prazer da procriação (dentro do que a lei de Deus estabelece). Se não fosse assim, por que está escrito nos livros que o marido

hir bokes sette,/ That man shal yelde to his wyf hir dette?/ Now wher-with sholde he make his payement,/ If he ne used his sely instrument?/ Than were they maad up-on a creature,/ To purge uryne, and eek for engendrure./

But I seye noght that every wight is holde,/ That hath swich harneys as I to yow tolde,/ To goon and usen hem in engendrure;/ Than sholde men take of chastitee no cure./ Crist was a mayde, and shapen as a man,/ And many a seint, sith that the world bigan,/ Yet lived they ever in parfit chastitee./ I nil envye no virginitee;/ Lat hem be breed of pured whete-seed,/ And lat us wyves hoten barly-breed;/ And yet with barly-breed, Mark telle can,/ Our lord Iesu refresshed many a man./ In swich estaat as god hath cleped us/ I wol persevere, I nam nat precious./ In wyfhode I wol use myn instrument/ As frely as my maker hath it sent./ If I be daungerous, god yeve me sorwe!/ Myn housbond shal it have bothe eve and morwe,/ Whan that him list com forth and paye his dette./ An housbonde I wol have, I nil nat lette,/ Which shal be bothe my dettour and my thral,/ And have his tribulacioun with-al/ Up-on his flessh, whyl that I am his wyf./ I have the power duringe al my lyf/ Up-on his propre body, and noght he./ Right thus the apostle tolde it un-to me;/ And bad our housbondes for to love us weel./ Al this sentence me lyketh every-deel' —/

Up sterte the Pardoner, and that anon,/ 'Now dame,' quod he, 'by god and by seint Iohn,/ Ye been a noble prechour in this cas!/ I was aboute to wedde a wyf; allas!/ What sholde I bye it on my flesh so dere?/ Yet hadde I lever wedde no wyf to-yere!'/

'Abyde!' quod she, 'my tale is nat bigonne;/ Nay, thou shalt drinken of another tonne/ Er that I go, shal savoure wors than ale./ And whan that I have told thee forth my tale/ Of tribulacioun in mariage,/ Of which I am expert in al myn age,/ This to seyn, my-self have been the whippe; —/ Than maystow chese whether thou wolt sippe/ Of thilke tonne that I shal abroche./ Be war of it, er thou to ny approche;/ For I shal telle ensamples mo than ten./ Who-so that nil be war by othere men,/ By him shul othere men corrected be./ The same wordes wryteth Ptholomee;/ Rede in his *Almageste*, and take it there.'/

tem a obrigação de pagar seu débito à mulher? E como poderia ele pagar o seu débito, a não ser usando aquele seu instrumentinho engraçado? Por isso, a conclusão só pode ser uma: eles existem tanto para a purgação da urina quanto para a concepção.

"É claro que não estou afirmando que todo mundo, só porque está dotado do equipamento de que falei, tem que sair por aí a gerar filhos: nesse caso, ninguém se importaria com a castidade. Cristo era virgem, em forma de homem; e muitos outros santos, desde que o mundo começou, sempre viveram em perfeita pureza. Eu mesma, porém, como disse, não invejo a virgindade: eles podem continuar sendo o pão de trigo refinado; mas deixem que nós, mulheres, sejamos o pão de cevada... E não foi com pão de cevada, como narra São Marcos, que Nosso Senhor Jesus alimentou a multidão? Aceito a condição que Deus me destinou; não sou exigente. Por isso, no casamento sempre hei de usar o meu aparelhinho com a mesma generosidade com que ele me foi dado pelo Criador. Que Deus me castigue, se um dia eu me tornar difícil: ele estará noite e dia à disposição de meu marido, sempre que sentir vontade de vir pagar seu débito. Podem estar certos de que não vou criar problemas se ainda tiver outro marido, pois ele será meu devedor e meu escravo, devendo descontar na carne as suas atribulações, enquanto eu for sua esposa. Seu corpo pertencerá a mim, e não a ele, durante toda a vida, porque foi assim que o Apóstolo nos ensinou, ordenando a nossos maridos que nos dessem seu amor. Eis aí uma sentença que me agrada muito."

Nesse ponto, o Vendedor de Indulgências a interrompeu: "Por Deus e por São João! Que grande pregadora a senhora está se revelando a respeito desse tema! Eu mesmo estava para casar-me; mas então pensei — ai! por que pagar tão alto preço, com meu próprio corpo? E decidi assim ficar solteiro".

"Um momento", disse ela, "ainda nem comecei a minha história. Não, se não esperar que eu continue, provavelmente irá beber de outro barril, mais amargo que a cerveja escura. Só quando eu concluir o meu relato de como o matrimônio é um flagelo (e disso posso falar de cátedra, porque o flagelo tenho sido eu mesma), é que você saberá se convém ou não provar do barril de que ora estou tratando. De qualquer forma, tome cuidado antes de chegar perto, pois vou dar mais de uma dezena de exemplos. 'Quem não aprende com os outros, com ele os outros aprenderão': são essas as sábias palavras que Ptolomeu escreveu em seu *Almagesto*, onde poderá encontrá-las."

O Conto da Mulher de Bath

'Dame, I wolde praye yow, if your wil it were,'/ Seyde this Pardoner, 'as ye bigan,/ Telle forth your tale, spareth for no man,/ And teche us yonge men of your praktike.'/

'Gladly,' quod she, 'sith it may yow lyke./ But yet I praye to al this companye,/ If that I speke after my fantasye,/ As taketh not a-grief of that I seye;/ For myn entente nis but for to pleye./

Now sires, now wol I telle forth my tale. —/ As ever mote I drinken wyn or ale,/ I shal seye sooth, tho housbondes that I hadde,/ As three of hem were gode and two were badde./ The three men were gode, and riche, and olde;/ Unnethe mighte they the statut holde/ In which that they were bounden un-to me./ Ye woot wel what I mene of this, pardee!/ As help me god, I laughe whan I thinke/ How pitously a-night I made hem swinke;/ And by my fey, I tolde of it no stoor./ They had me yeven hir gold and hir tresoor;/ Me neded nat do lenger diligence/ To winne hir love, or doon hem reverence./ They loved me so wel, by god above,/ That I ne tolde no deyntee of hir love!/ A wys womman wol sette hir ever in oon/ To gete hir love, ther as she hath noon./ But sith I hadde hem hoolly in myn hond,/ And sith they hadde me yeven all hir lond,/ What sholde I taken hede hem for to plese,/ But it were for my profit and myn ese?/ I sette hem so a-werke, by my fey,/ That many a night they songen 'weilawey!'/ The bacoun was nat fet for hem, I trowe,/ That som men han in Essex at Dunmowe./ I governed hem so wel, after my lawe,/ That ech of hem ful blisful was and fawe/ To bringe me gaye thinges fro the fayre./ They were ful glad whan I spak to hem fayre;/ For god it woot, I chidde hem spitously./

Now herkneth, how I bar me proprely,/ Ye wyse wyves, that can understonde./ Thus shul ye speke and bere hem wrong on honde;/ For half so boldely can ther no man/ Swere and lyen as a womman can./ I sey nat this by wyves that ben wyse,/ But-if it be whan they hem misavyse./ A wys wyf, if that she can hir good,/ Shal beren him on hond the cow is wood,/ And take witnesse of hir owene mayde/ Of hir assent; but herkneth how I sayde./

"Senhora", prosseguiu o Vendedor de Indulgências, "se não fizer objeções, rogo-lhe que continue a narração de seus casos, sem poupar a quem quer que seja, instruindo a nós, jovens inexperientes, com sua prática."

"Com prazer", respondeu ela, "se for de seu agrado. Antes, porém, peço a todos os companheiros que, como sempre falo o que me vem à cabeça, não levem a mal minhas palavras. Mesmo porque meu único propósito é diverti-los.

Muito bem, senhor; creio que agora posso prosseguir com minha história. E que eu nunca mais beba vinho nem cerveja, se o que eu disser for mentira: dos maridos que tive, três eram bons, e dois, ruins. Os três bons eram ricos e velhos; e era só com muito sacrifício que conseguiam manter de pé o Artigo que, segundo a lei, nos unia (vocês sabem o que quero dizer com isso). Deus me perdoe, mas ainda rio quando me recordo de como os fazia trabalhar à noite sem piedade! E juro como fazia isso desinteressadamente: sim, porque eles já haviam passado em meu nome todos os seus bens e terras, de modo que eu não tinha necessidade alguma de agradá-los ou de esforçar-me para conquistar o seu afeto. Deus do Céu, já que tinham tanto amor por mim, eu não tinha por que lutar por seu amor. A mulher prudente, quando precisa do marido, deve fazer de tudo para cativá-lo; mas eu, que tinha a todos na palma da mão e já era dona das suas propriedades, por que razão iria satisfazê-los, se não fosse também por minha conveniência e meu prazer? É esse o motivo, palavra, porque os punha a trabalhar à noite e os fazia gemer "Ai, ai de mim!". Eles nunca poderiam ser contemplados com a manta de toucinho que em Dunmow, no condado de Essex, se oferece anualmente como prêmio ao casal perfeito. Eu os dominava de tal forma, que eles ficavam alegres e felizes só de me trazerem coisas de presente do mercado. E também se davam por satisfeitos quando eu os tratava bem, pois normalmente, sabe Deus, eu ralhava com eles sem parar.

Vejam como eu trazia tudo nos eixos: as esposas inteligentes, que entendem das coisas, sabem que o melhor é manter os maridos sempre na defensiva... pois os homens não conseguem jurar e mentir nem a metade do que as mulheres costumam. É claro que não estou dizendo isso para as mulheres experientes, e sim para aquelas que precisam de uma boa orientação. A experiente, que tem as armas para defender-se, não só é capaz de convencer o marido enganado de que a gralha linguaruda que a denuncia está maluca, mas também chama a própria criada como testemunha de sua inocência. Mas ouçam o que eu costumava dizer:

O Conto da Mulher de Bath

'Sir olde kaynard, is this thyn array?/ Why is my neighebores wyf so gay?/ She is honoured over-al ther she goth;/ I sitte at hoom, I have no thrifty cloth./ What dostow at my neighebores hous?/ Is she so fair? artow so amorous?/ What rowne ye with our mayde? *benedicite*!/ Sir olde lechour, lat thy Iapes be!/ And if I have a gossib or a freend,/ With-outen gilt, thou chydest as a feend,/ If that I walke or pleye un-to his hous!/ Thou comest hoom as dronken as a mous,/ And prechest on thy bench, with yvel preef!/ Thou seist to me, it is a greet meschief/ To wedde a povre womman, for costage;/ And if that she be riche, of heigh parage,/ Than seistow that it is a tormentrye/ To suffre hir pryde and hir malencolye./ And if that she be fair, thou verray knave,/ Thou seyst that every holour wol hir have;/ She may no whyle in chastitee abyde,/ That is assailled up-on ech a syde./

Thou seyst, som folk desyre us for richesse,/ Somme for our shap, and somme for our fairnesse;/ And som, for she can outher singe or daunce,/ And som, for gentillesse and daliaunce;/ Som, for hir handes and hir armes smale;/ Thus goth al to the devel by thy tale./ Thou seyst, men may nat kepe a castel-wal;/ It may so longe assailled been over-al./ And if that she be foul, thou seist that she/ Coveiteth every man that she may se;/ For as a spaynel she wol on him lepe,/ Til that she finde som man hir to chepe;/ Ne noon so grey goos goth ther in the lake,/ As, seistow, that wol been with-oute make./ And seyst, it is an hard thing for to welde/ A thing that no man wol, his thankes, helde./ Thus seistow, lorel, whan thow goost to bedde;/ And that no wys man nedeth for to wedde,/ Ne no man that entendeth un-to hevene./ With wilde thonder-dint and firy levene/ Mote thy welked nekke be to-broke!/ Thow seyst that dropping houses, and eek smoke,/ And chyding wyves, maken men to flee/ Out of hir owene hous; a! *benedicite*!/ What eyleth swich an old man for to chyde?/ Thow seyst, we wyves wol our vyces hyde/ Til we be fast, and than we wol hem shewe;/ Wel may that be a proverbe of a shrewe!/ Thou seist, that oxen, asses, hors, and houndes,/ They been assayed at diverse stoundes;/ Bacins, lavours, er that men hem bye,/ Spones and stoles, and al swich housbondrye,/ And so been pottes, clothes, and array;/ But folk of wyves maken

"Escute aqui, oh velho preguiçoso, então é assim que se faz? Sabe por que a mulher do vizinho está sempre contente? É porque todos lhe dão atenção quando sai à rua! Ao contrário de mim, que nem posso sair de casa porque não tenho sequer um vestido decente para usar. E o que você vive fazendo na casa dela? Você a acha tão bonita? Está apaixonado? Valha-me Deus, pensa que não o vejo a cochichar com a criada? Bode velho, não percebe que o tempo de farras já passou? Mas eu, se tenho um confidente ou um amigo e dou um pulo à casa dele para distrair-me, você me cai em cima como um demônio, acusando-me de coisas que nunca fiz. Chega da rua bêbado como um gambá, e lá do seu banquinho — ele que leve a breca — põe-se a me fazer sermões, falando da desgraça que é casar-se com uma pobretona, por causa da despesa. Quando a mulher é rica e de alta classe, você diz que é um tormento suportar o seu orgulho e a sua melancolia; quando é bonita, canalha, diz que cede ao primeiro conquistador que surge à sua frente, pois, com tantas investidas, não há castidade que resista.

"Você diz que um nos quer por nossas riquezas, outro por nosso porte, outro por nossa formosura, outro porque sabemos cantar ou dançar, outro porque somos graciosas ou provocantes, outro por causa dos braços e das mãos pequenas... na sua opinião, vamos todas para o diabo! Diz você que ninguém defende os muros do castelo quando o cerco é geral e demorado. E, quando a mulher é feia, você acha que se entrega ao primeiro em que puser os olhos, saltando sobre ele como um cachorrinho doido para encontrar alguém que o compre. De acordo com você, não há gansa no lago, por mais cinzenta que seja, que dispense um companheiro; mas, por outro lado, é difícil para um homem manter uma coisa que ninguém faz questão de possuir. É o que você diz, vagabundo, quando vai para a cama. E mais: que um homem inteligente não tem necessidade de casar-se, principalmente se pretende entrar no Céu... Que o raio enfurecido e o relâmpago de fogo lhe partam o pescoço murcho! Você diz que a goteira, a fumaça e a mulher rabugenta são as três coisas que espantam o homem de sua casa. Ah, ouça-me Deus! Que bicho o mordeu, para o velho resmungar assim? E, como se não bastasse, você diz que nós mulheres escondemos os nossos defeitos até casarmos, mas depois nos mostramos como realmente somos... Um ditado desses só podia mesmo vir da boca de um pilantra! E ainda você diz que bois, burros, cavalos e cachorros são experimentados várias vezes antes da compra, e o mesmo se faz com tigelas, bacias, colheres, banquinhos e

noon assay/ Til they be wedded; olde dotard shrewe!/ And
than, seistow, we wol oure vices shewe./ Thou seist also, that it
displeseth me/ But-if that thou wolt preyse my beautee,/ And but
thou poure alwey up-on my face,/ And clepe me "faire dame"
in every place;/ And but thou make a feste on thilke day/ That I
was born, and make me fresh and gay,/ And but thou do to my
norice honour,/ And to my chamberere with-inne my bour,/ And
to my fadres folk and his allyes; —/ Thus seistow, olde barel ful
of lyes!/ And yet of our apprentice Ianekyn,/ For his crisp heer,
shyninge as gold so fyn,/ And for he squiereth me bothe up and
doun,/ Yet hastow caught a fals suspecioun;/ I wol hym noght,
thogh thou were deed to-morwe./

    But tel me this, why hydestow, with sorwe,/ The keyes of thy
cheste awey fro me?/ It is my good as wel as thyn, pardee./ What
wenestow make an idiot of our dame?/ Now by that lord, that
called is seint Iame,/ Thou shalt nat bothe, thogh that thou were
wood,/ Be maister of my body and of my good;/ That oon thou
shalt forgo, maugree thyne yën;/

    What nedeth thee of me to enquere or spyën?/ I trowe, thou
woldest loke me in thy chiste!/ Thou sholdest seye, "wyf, go wher
thee liste,/ Tak your disport, I wol nat leve no talis;/ I knowe yow
for a trewe wyf, dame Alis."/ We love no man that taketh kepe
or charge/ Wher that we goon, we wol ben at our large./ Of alle
men y-blessed moot he be,/ The wyse astrologien Dan Ptholome,/
That seith this proverbe in his *Almageste*,/ "Of alle men his
wisdom is the hyeste,/ That rekketh never who hath the world
in honde."/ By this proverbe thou shalt understonde,/ Have thou
y-nogh, what thar thee recche or care/ How merily that othere
folkes fare?/ For certeyn, olde dotard, by your leve,/ Ye shul have
queynte right y-nough at eve./ He is to greet a nigard that wol
werne/ A man to lighte his candle at his lanterne;/ He shal have
never the lasse light, pardee;/ Have thou y-nough, thee thar nat
pleyne thee./

    Thou seyst also, that if we make us gay/ With clothing and
with precious array,/ That it is peril of our chastitee;/ And yet,
with sorwe, thou most enforce thee,/ And seye thise wordes in the
apostles name,/ "In habit, maad with chastitee and shame,/ Ye
wommen shul apparaille yow," quod he,/ "And noght in tressed

outras tralhas, assim como panelas, roupas e adereços... mas que ninguém experimenta as mulheres antes do casamento — velho caduco e pilantra! — e, por isso, os seus defeitos só aparecem depois. Também diz que me aborreço quando você não elogia minha beleza, não fica de olhar pregado em meu rosto nem me chama de 'minha senhora' em toda parte, não me presenteia quando faço aniversário nem me compra roupas bonitas, não trata bem minha criada, nem minha camareira em meu quarto, nem os parentes de meu pai e seus amigos... não é o que diz, velho tonel de mentiras? E, no entanto, fica aí injustamente desconfiado de Janekin, o nosso aprendiz, só porque tem cabelos cacheados, que brilham como o ouro fino, e é gentil comigo sempre que me vê. Pois saiba que não o quero, nem que amanhã você morra!

"Mas agora diga-me uma coisa, desgraçado: por que você escondeu as chaves do baú? Pelos Céus, ele é tanto meu quanto seu. O que é isso, quer me fazer de boba? E não adianta ficar bravo, pois juro por São Tiago que você vai ter que escolher entre meu corpo e meu dinheiro; de um deles terá que abrir mão; pode até se arrebentar.

"E o que significa essa história de andar me investigando e espionando? O que você gostaria mesmo era de me ver trancada em seu baú! Mas isto é o que você deveria dizer-me: 'Mulher, pode ir aonde quiser, distraia-se, não acredito em boatos. Sei que você é fiel, dona Alice'. Nós não amamos os homens que estão sempre querendo saber aonde vamos; gostamos de liberdade. Entre todos os homens, bendito seja o sábio astrólogo Dom Ptolomeu, que escreveu este provérbio no *Almagesto*: 'O homem mais inteligente é aquele que não se preocupa em saber quem tem o governo do mundo'. Por esse adágio se deve entender que aquele que tem o suficiente não precisa ficar reparando na felicidade dos outros. Com licença, mas aí está, velho caduco: por que tanta preocupação, se você sabe que à noite não vai passar sem a sua boceta? Deve ser muito avaro o homem que não permite que um outro acenda uma vela em seu candeeiro; não é por causa disso que ele vai ter luz de menos. Se você tem o suficiente, por que vive a se queixar?

"Você diz, além disso, que quando nos vestimos bem, com trajes e joias de valor, colocamos em perigo a nossa castidade, reforçando essa afirmação infeliz com a citação destas palavras do Apóstolo: 'Da mesma sorte que as mulheres, em traje decente, se ataviem com modéstia e bom-senso, não com cabeleira frisada e com ouro, ou pérolas, ou vestuário dispendioso'. Dou menos importância que um mosquito a este seu texto

heer and gay perree,/ As perles, ne with gold, ne clothes riche;"/ After thy text, ne after thy rubriche/ I wol nat wirche as muchel as a gnat./ Thou seydest this, that I was lyk a cat;/ For who-so wolde senge a cattes skin,/ Thanne wolde the cat wel dwellen in his in;/ And if the cattes skin be slyk and gay,/ She wol nat dwelle in house half a day,/ But forth she wole, er any day be dawed,/ To shewe hir skin, and goon a-caterwawed;/ This is to seye, if I be gay, Ω eyleth thee to spyën?/ Thogh thou preye Argus, with his hundred yën,/ To be my warde-cors, as he can best,/ In feith, he shal nat kepe me but me lest;/ Yet coude I make his berd, so moot I thee./

Thou seydest eek, that ther ben thinges three,/ The whiche thinges troublen al this erthe,/ And that no wight ne may endure the ferthe;/ O leve sir shrewe, Iesu shorte thy lyf!/ Yet prechestow, and seyst, an hateful wyf/ Y-rekened is for oon of thise meschances./ Been ther none othere maner resemblances/ That ye may lykne your parables to,/ But-if a sely wyf be oon of tho?/

Thou lykenest wommanes love to helle,/ To bareyne lond, ther water may not dwelle./ Thou lyknest it also to wilde fyr;/ The more it brenneth, the more it hath desyr/ To consume every thing that brent wol be./ Thou seyst, that right as wormes shende a tree,/ Right so a wyf destroyeth hir housbonde;/ This knowe they that been to wyves bonde.'/

Lordinges, right thus, as ye have understonde,/ Bar I stifly myne olde housbondes on honde,/ That thus they seyden in hir dronkenesse;/ And al was fals, but that I took witnesse/ On Ianekin and on my nece also./ O lord, the peyne I dide hem and the wo,/ Ful giltelees, by goddes swete pyne!/ For as an hors I coude byte and whyne./ I coude pleyne, thogh I were in the gilt,/ Or elles often tyme hadde I ben spilt./ Who-so that first to mille comth, first grint;/ I pleyned first, so was our werre y-stint./ They were ful glad to excusen hem ful blyve/ Of thing of which they never agilte hir lyve./ Of wenches wolde I beren him on honde,/ Whan that for syk unnethes mighte he stonde./ Yet tikled it his herte, for that he/ Wende that I hadde of him so

e às suas ordens. Na sua opinião sou como o gato: quando o dono lhe chamusca o pelo ele não quer saber de rua; mas, quando está macio e lustroso, ele não para em casa meio dia, e, antes que o sol desponte, já sai para mostrar-se e dar miados por aí. Naturalmente, o que você quer dizer com isso — não é, burro? — é que, se me visto bem, é só para exibir a minha roupa. Velho tonto, que adianta espionar-me? Ainda que você implorasse a Argos dos cem olhos para ser meu guarda-costas (e melhor que ele não há), por minha fé, ele só terá a minha guarda se eu quiser: eu haveria de enganá-lo em suas próprias barbas, assim como engano você!

"Você falou também que 'sob três coisas estremece a terra,[132] e sob uma quarta ninguém pode subsistir'. Meu ilustre ignorante (que Jesus lhe encurte os dias!), como você tem coragem de apregoar que a 'odiosa' mulher é tida como uma dessas desgraças? Será que é tão grande assim a falta de ideias apropriadas para as suas parábolas que você tem que incluir nelas a coitada da mulher?

"Além disso, você adora comparar o amor da mulher com o inferno, com a terra árida onde a água não mora, e também com o fogo sem controle, que quanto mais queima mais deseja consumir tudo o que é inflamável. E depois afirma que assim como o verme aniquila uma árvore, assim também a mulher destrói o marido... como bem sabem todos os que estão presos aos vínculos do matrimônio."

Cavalheiros, como veem, era assim, sem tréguas, que eu acusava meus maridos velhos de dizerem essas coisas quando estavam bêbados... Era tudo mentira, é claro, mas eu chamava Janekin como testemunha, e também minha sobrinha. Oh Senhor, pela santa paixão de Cristo, que dores e sofrimentos os fiz passar sem culpa! De fato, eu mordia e rinchava como uma égua e punha a boca no mundo quando estava errada, mesmo porque, se não fizesse isso, em belas enrascadas me veria. Quem chega primeiro ao moinho é quem mói primeiro a farinha; como era a primeira a me queixar, ganhava todas as paradas. Eles ficavam felizes em se desculparem, mais que depressa, das culpas que não tinham. Acusava-os de aventuras com mulheres até quando mal se aguentavam em pé por causa da doença; e, ainda por cima, sentiam-se lisonjeados, tomando isso como prova de minha grande paixão por eles. Também jurava que

---

[132] Cf. Provérbios de Salomão, 30, 21-3. (N. do T.)

greet chiertee./ I swoor that al my walkinge out by nighte/ Was for tespye wenches that he dighte;/ Under that colour hadde I many a mirthe./ For al swich wit is yeven us in our birthe;/ Deceite, weping, spinning god hath yive/ To wommen kindely, whyl they may live./ And thus of o thing I avaunte me,/ Atte ende I hadde the bettre in ech degree,/ By sleighte, or force, or by som maner thing,/ As by continuel murmur or grucching;/ Namely a bedde hadden they meschaunce,/ Ther wolde I chyde and do hem no plesaunce;/ I wolde no lenger in the bed abyde,/ If that I felte his arm over my syde,/ Til he had maad his raunson un-to me;/ Than wolde I suffre him do his nycetee./ And ther-fore every man this tale I telle,/ Winne who-so may, for al is for to selle./ With empty hand men may none haukes lure;/ For winning wolde I al his lust endure,/ And make me a feyned appetyt;/ And yet in bacon hadde I never delyt;/ That made me that ever I wolde hem chyde./ For thogh the pope had seten hem biside,/ I wolde nat spare hem at hir owene bord./ For by my trouthe, I quitte hem word for word./ As help me verray god omnipotent,/ Thogh I right now sholde make my testament,/ I ne owe hem nat a word that it nis quit./ I broghte it so aboute by my wit,/ That they moste yeve it up, as for the beste;/ Or elles hadde we never been in reste./ For thogh he loked as a wood leoun,/ Yet sholde he faille of his conclusioun./

Thanne wolde I seye, 'gode lief, tak keep/ How mekely loketh Wilkin oure sheep;/ Com neer, my spouse, lat me ba thy cheke!/ Ye sholde been al pacient and meke,/ And han a swete spyced conscience,/ Sith ye so preche of Iobes pacience./ Suffreth alwey, sin ye so wel can preche;/ And but ye do, certain we shal yow teche/ That it is fair to have a wyf in pees./ Oon of us two moste bowen, doutelees;/ And sith a man is more resonable/ Than womman is, ye moste been suffrable./ What eyleth yow to grucche thus and grone?/ Is it for ye wolde have my queynte allone?/ Why taak it al, lo, have it every-deel;/ Peter! I shrewe yow but ye love it weel!/ For if I wolde selle my bele chose,/ I coude walke as fresh as is a rose;/ But I wol kepe it for your owene tooth./ Ye be to blame, by god, I sey yow sooth.'/ Swiche maner wordes hadde we on honde./ Now wol I speken of my fourthe housbonde./

minhas saídas à noite eram para espionar os seus encontros amorosos; e, graças a essa desculpa, pude ter muitas alegrias. Pois esses talentos já nasceram conosco: Deus quis que as mentiras, as lágrimas e as intrigas fizessem parte da natureza da mulher, em todas as idades. Por isso, há uma coisa de que me orgulho muito: no fim das contas, eu sempre levava a melhor em tudo, de um jeito ou de outro, por esperteza ou à força, e sempre com resmungos e queixumes. Era na cama, principalmente, que eu judiava deles, xingando-os, evitando as suas carícias e ameaçando levantar-me quando tentavam me abraçar; e só depois que me pagavam o resgate é que eu, finalmente, consentia que fizessem o seu trabalhinho. É por isso que sempre digo a todos os homens: compre quem for capaz, porque tudo está à venda; ninguém consegue atrair um falcão com as mãos vazias. Era por causa do lucro que eu suportava a luxúria dos três primeiros maridos, e até demonstrava um apetite fingido — pois nunca tive predileção por carne seca. E era por isso também que eu os repreendia tanto, não os poupando à própria mesa, nem que, ao lado deles, estivesse sentado o Papa. Podem crer, eu não deixava palavra alguma sem troco; e, se agora mesmo tivesse que fazer meu testamento, juro, pelo Deus verdadeiro e onipotente, que não encontraria um desaforo que eu não tivesse saldado. Eu agia sempre com tal habilidade que eles achavam melhor desistir, pois, caso contrário, não teriam paz; e, embora parecessem leões furiosos, não sabiam dar o bote.

E então eu vinha e dizia: "Querido, repare como é doce o nosso carneirinho Willikin! Venha para perto de meu marido, deixe-me dar-lhe um beijinho... É manso e paciente assim que você precisa ser, com muita delicadeza de consciência, já que você vive elogiando a paciência de Jó; e como sabe pregar bem, pratique o que prega, senão prometo que vamos ensiná-lo como é bom estar em paz com a mulher. Um de nós dois tem que baixar a cabeça, quanto a isso não resta dúvida; e como o homem é mais ajuizado que a mulher, é você quem deve se conformar. De que adiantam bufos e resmungos? É porque você não quer repartir minha boceta com ninguém? Ora, não seja por isso... ela é toda sua! Por São Pedro, eu só não o amaldiçoo porque você gosta mesmo dela. Se eu quisesse vender a minha *belle chose*, aposto como andaria por aí bonita como uma rosa. Mas vou guardá-la só para o seu bico. Ah danadinho, juro por Deus que é verdade!". Eu sempre tinha essas palavras de prontidão para contornar as dificuldades. E agora vou falar de meu quarto marido.

O Conto da Mulher de Bath

My fourthe housbonde was a revelour,/ This is to seyn, he hadde a paramour;/ And I was yong and ful of ragerye,/ Stiborn and strong, and Ioly as a pye./ Wel coude I daunce to an harpe smale,/ And singe, y-wis, as any nightingale,/ Whan I had dronke a draughte of swete wyn./ Metellius, the foule cherl, the swyn,/ That with a staf birafte his wyf hir lyf,/ For she drank wyn, thogh I hadde been his wyf,/ He sholde nat han daunted me fro drinke;/ And, after wyn, on Venus moste I thinke:/ For al so siker as cold engendreth hayl,/ A likerous mouth moste han a likerous tayl./ In womman vinolent is no defence,/ This knowen lechours by experience./

But, lord Crist! whan that it remembreth me/ Up-on my yowthe, and on my Iolitee,/ It tikleth me aboute myn herte rote./ Unto this day it dooth myn herte bote/ That I have had my world as in my tyme./ But age, allas! that al wol envenyme,/ Hath me biraft my beautee and my pith;/ Lat go, fare-wel, the devel go therwith!/ The flour is goon, ther is na-more to telle,/ The bren, as I best can, now moste I selle;/ But yet to be right mery wol I fonde./ Now wol I tellen of my fourthe housbonde./

I seye, I hadde in herte greet despyt/ That he of any other had delyt./ But he was quit, by god and by seint Ioce!/ I made him of the same wode a croce;/ Nat of my body in no foul manere,/ But certeinly, I made folk swich chere,/ That in his owene grece I made him frye/ For angre, and for verray Ialousye./ By god, in erthe I was his purgatorie,/ For which I hope his soule be in glorie./ For god it woot, he sat ful ofte and song/ Whan that his shoo ful bitterly him wrong./ Ther was no wight, save god and he, that wiste,/ In many wyse, how sore I him twiste./ He deyde whan I cam fro Ierusalem,/ And lyth y-grave under the rode-beem,/ Al is his tombe noght so curious/ As was the sepulcre of him, Darius,/ Which that Appelles wroghte subtilly;/ It nis but wast to burie him preciously./ Lat him fare-wel, god yeve his soule reste,/ He is now in the grave and in his cheste./

Now of my fifthe housbond wol I telle./ God lete his soule never come in helle!/ And yet was he to me the moste shrewe;/

Meu quarto marido era um farrista... ou seja, tinha uma amante. E eu ainda jovem, cheia de vida, teimosa, forte, e alegre como uma pega! Como eu dançava ao som de uma pequena harpa! E como cantava igual a um rouxinol, depois de tomar um gole de vinho doce! Metélio,[133] aquele cafajeste sujo, aquele porco, que matou a mulher a pauladas só porque ela gostava de vinho, se fosse meu marido não seria capaz de separar-me da bebida. E, depois do vinho, o que mais me agrada é Vênus, pois, assim como o frio traz o granizo, uma boca sequiosa traz um rabo quente. Qualquer conquistador barato sabe, por experiência, que a mulher que bebeu fica indefesa.

Senhor meu Jesus, quando me lembro dos tempos em que era jovem e bonita, meu coração até bate mais depressa... ainda hoje sinto lá dentro uma satisfação enorme só de pensar como aproveitei bem a vida enquanto pude. Mas depois veio a idade, que envenena tudo, e me roubou a beleza e o vigor... Não faz mal. Adeuzinho! Vão para o diabo! Acabou-se a farinha, não há o que discutir: agora faço o que posso para vender o farelo, sem perder a alegria de viver. Mas deixem-me falar de meu quarto marido.

Confesso que, no íntimo, fiquei muito despeitada por ele ter ido procurar outra. E paguei-o na mesma moeda, por Deus e por São Judoco: armei-lhe uma cruz do mesmo lenho — não com meu corpo, de modo pecaminoso (é claro); simplesmente fui tão coquete com os outros homens, que ele, de raiva e de ciúme, acabou frito na própria gordura. Por Deus, creio que sua alma agora deve estar no Paraíso, porque aqui na terra eu já fui seu Purgatório. Deus é quem pode dizer as vezes em que ele se sentava e gemia quando os sapatos lhe apertavam sem piedade os pés! Mesmo porque só Deus e ele sabem as terríveis agruras que, de um jeito ou de outro, o fiz passar. Ele morreu quando voltei de Jerusalém, e foi enterrado no transepto da igreja — embora num sepulcro bem menos trabalhado que aquele que Apeles teria esculpido para Dario. Sepultá-lo com luxo seria desperdício. Deus o guarde e lhe dê a paz eterna; finalmente descansa no seu túmulo e no seu caixão.

E agora quero contar-lhes a respeito de meu quinto marido... não permita Deus que sua alma se dane, apesar de ter sido o mais duro de

---

[133] Episódio relatado por Valério Máximo (*Facta et dicta memorabilia*, VI, 3, 9). Esse historiador latino é, a seguir, mencionado explicitamente no texto, embora apenas como Valério. (N. do T.)

That fele I on my ribbes al by rewe,/ And ever shal, un-to myn ending-day./ But in our bed he was so fresh and gay,/ And ther-with-al so wel coude he me glose,/ Whan that he wolde han my bele chose,/ That thogh he hadde me bet on every boon,/ He coude winne agayn my love anoon./ I trowe I loved him beste, for that he/ Was of his love daungerous to me./ We wommen han, if that I shal nat lye,/ In this matere a queynte fantasye;/ Wayte what thing we may nat lightly have,/ Ther-after wol we crye al-day and crave./ Forbede us thing, and that desyren we;/ Prees on us faste, and thanne wol we flee./ With daunger oute we al our chaffare;/ Greet prees at market maketh dere ware,/ And to greet cheep is holde at litel prys;/ This knoweth every womman that is wys./

My fifthe housbonde, god his soule blesse!/ Which that I took for love and no richesse,/ He som-tyme was a clerk of Oxenford,/ And had left scole, and wente at hoom to bord/ With my gossib, dwellinge in oure toun,/ God have hir soule! hir name was Alisoun./ She knew myn herte and eek my privetee/ Bet than our parisshe-preest, so moot I thee!/ To hir biwreyed I my conseil al./ For had myn housbonde pissed on a wal,/ Or doon a thing that sholde han cost his lyf,/ To hir, and to another worthy wyf,/ And to my nece, which that I loved weel,/ I wolde han told his conseil every-deel./ And so I dide ful often, god it woot,/ That made his face ful often reed and hoot/ For verray shame, and blamed him-self for he/ Had told to me so greet a privetee./

And so bifel that ones, in a Lente,/ (So often tymes I to my gossib wente,/ For ever yet I lovede to be gay,/ And for to walke, in March, Averille, and May,/ Fro hous to hous, to here sondry talis),/ That Iankin clerk, and my gossib dame Alis,/ And I my-self, in-to the feldes wente./ Myn housbond was at London al that Lente;/ I hadde the bettre leyser for to pleye,/ And for to see, and eek for to be seye/ Of lusty folk; what wiste I wher my grace/ Was shapen for to be, or in what place?/ Therefore I made my visitaciouns,/ To vigilies and to processiouns,/ To preching eek and to thise pilgrimages,/ To pleyes of miracles and mariages,/ And wered upon my gaye scarlet gytes./ Thise wormes, ne thise motthes, ne thise mytes,/ Upon my peril, frete hem never a deel;/ And wostow why? for they were used weel./

todos. Acho que até o dia de minha morte vou sentir as pancadas que me deu em cada uma das costelas. Mas era tão animado e fogoso na cama, e sabia ser tão atraente quando desejava a minha *belle chose*, que, ainda que tivesse acabado de quebrar-me os ossos um a um, imediatamente reconquistava o meu amor. Acho que eu gostava mais dele porque era o que me tratava com maior desdém. Se não minto, nessa questão nós mulheres nos guiamos por uma fantasia caprichosa: ficamos o dia inteiro a implorar e a cobiçar tudo aquilo que não está facilmente a nosso alcance. Proíbam-nos uma coisa, e nós choramos por ela; fugimos dela, no entanto, quando nos é ofertada. É com pouco-caso que expomos nossa mercadoria: os preços altos estimulam a procura, e ninguém dá valor ao que é barato. Toda mulher inteligente sabe disso.

Meu quinto marido — Deus o guarde —, com quem me casei por amor e não por interesse, tinha sido estudante em Oxford; depois, tendo deixado a escola, veio morar em nossa cidade, onde se tornou pensionista de uma minha comadre, de nome Alisson — Deus a tenha em bom lugar! Nem o cura da paróquia conhecia meu coração e minha vida tão bem quanto ela, pois todos os segredos meus e os que meu quarto marido me confiava — desde a mijada que dera num muro até um erro que poderia custar-lhe a vida — eu revelava a ela somente — além de a uma outra senhora de respeito, e a minha sobrinha, por quem eu tinha muita estima. E fazia isso com tanta frequência que — sabe Deus — muitas vezes ele corava de vergonha, e se culpava por me haver contado coisas tão pessoais.

E aconteceu então que, numa Quaresma... eu costumava visitar minha comadre, pois sempre gostei de movimento, de andar de casa em casa, março, abril e maio, para ouvir os mexericos... e então aconteceu que Janekin, o estudante, dona Alisson, minha comadre, e eu própria fomos juntos passear pelos campos. Como meu marido devia passar toda a Quaresma em Londres, isso me deixava com mais liberdade para divertir-me, para ver pessoas interessantes e para ser vista por elas... pois como eu podia saber o que o destino me reservava de bom, e em que lugar? Por isso, eu estava sempre participando de procissões e vigílias, pregações e romarias, peças de milagres e casamentos, e sempre com minhas alegres roupas vermelhas... Nenhum bichinho, verme ou traça — juro como é verdade — jamais pôde atacá-las. E sabem por quê? Porque eu não as tirava do corpo.

Now wol I tellen forth what happed me./ I seye, that in the feeldes walked we,/ Til trewely we hadde swich daliance,/ This clerk and I, that of my purveyance/ I spak to him, and seyde him, how that he,/ If I were widwe, sholde wedde me./ For certeinly, I sey for no bobance,/ Yet was I never with-outen purveyance/ Of mariage, nof othere thinges eek./ I holde a mouses herte nat worth a leek,/ That hath but oon hole for to sterte to,/ And if that faille, thanne is al y-do./ I bar him on honde, he hadde enchanted me;/ My dame taughte me that soutiltee./ And eek I seyde, I mette of him al night;/ He wolde han slayn me as I lay up-right,/ And al my bed was ful of verray blood,/ But yet I hope that he shal do me good;/ For blood bitokeneth gold, as me was taught./ And al was fals, I dremed of it right naught,/ But as I folwed ay my dames lore,/ As wel of this as of other thinges more./ But now sir, lat me see, what I shal seyn?/ A! ha! by god, I have my tale ageyn./

Whan that my fourthe housbond was on bere,/ I weep algate, and made sory chere,/ As wyves moten, for it is usage,/ And with my coverchief covered my visage;/ But for that I was purveyed of a make,/ I weep but smal, and that I undertake./

To chirche was myn housbond born a-morwe/ With neighebores, that for him maden sorwe;/ And Iankin oure clerk was oon of tho./ As help me god, whan that I saugh him go/ After the bere, me thoughte he hadde a paire/ Of legges and of feet so clene and faire,/ That al myn herte I yaf un-to his hold./ He was, I trowe, a twenty winter old,/ And I was fourty, if I shal seye sooth;/ But yet I hadde alwey a coltes tooth./ Gat-tothed I was, and that bicam me weel;/ I hadde the prente of sëynt Venus seel./ As help me god, I was a lusty oon,/ And faire and riche, and yong, and wel bigoon;/ And trewely, as myne housbondes tolde me,/ I had the beste quoniam mighte be./ For certes, I am al Venerien/ In felinge, and myn herte is Marcien./ Venus me yaf my lust, my likerousnesse,/ And Mars yaf me my sturdy hardinesse./ Myn ascendent was Taur, and Mars ther-inne./ Allas! allas! that ever love was sinne!/ I folwed ay myn inclinacioun/ By vertu of my constellacioun;/ That made me I coude noght withdrawe/ My chambre of Venus from a good felawe./ Yet have I Martes mark up-on my face,/ And also in another privee place./ For, god so wis

Mas deixem-me contar o que aconteceu então. Como eu dizia, estávamos a passear pelos campos, quando comecei a brincar com esse estudante; e, por precaução, cheguei-me a ele e disse-lhe que, se ficasse viúva, era com ele que eu queria casar-me. De fato, sou muito prevenida — tanto nessa questão de casamento como em outras coisas —, pois sempre achei que o rato que só tem um buraco para esconder-se está perdido: se falha aquele, acabou-se a brincadeira. Eu o fiz acreditar então que estava caidinha por ele (foi minha mãe quem me ensinou esse truque), contando-lhe que havia sonhado com ele a noite inteira: eu estava deitada de costas e ele queria me estripar, e minha cama ficou toda coberta de sangue... "Mas espero que seja um bom sinal, porque me disseram que o sangue significa ouro." É claro que era tudo mentira, eu não tinha sonhado com ele coisa nenhuma; era só que, nisso e em outras coisas mais, eu gostava de seguir os conselhos de minha mãe. E foi então, cavalheiros... vejamos, o que é mesmo que eu ia dizer? Ah sim, por Deus, já tenho o fio da meada.

No dia do velório de meu quarto marido, eu me lamentava e chorava o tempo todo, como costumam fazer as viúvas, cobrindo o rosto com um véu. Posso assegurar-lhes, porém, que as lágrimas de verdade eram poucas, mesmo porque eu já estava com o próximo casamento em vista.

Na manhã seguinte meu finado marido foi levado para a igreja, em meio às demonstrações de luto dos vizinhos. E entre eles se achava Janekin. Meu Deus, quando o vi atrás do féretro e bati os olhos naquele par de pernas tão bonitas e benfeitas, senti que daquela hora em diante meu coração lhe pertencia. Calculo que ele devia ter uns vinte anos; e eu quarenta, se não minto... Mas meu apetite sempre foi de jovem. Não é à toa que tenho esta janela entre os dentes, que é considerada a marca e o selo da Sagrada Vênus. Deus me valha, que sempre fui muito sensual... além de bonita, rica, jovem, bem situada, e (como não se cansavam de dizer os meus maridos) dona da melhor cona que existe. A realidade é que, no sentimento, sou toda venusina, enquanto meu coração é marciano; Vênus me deu o desejo, a lascívia; e Marte, a teimosa persistência. Meu ascendente no horóscopo estava em Touro, com a presença do planeta Marte... Ai, ai, por que o amor tinha que ser pecado? Sempre segui a inclinação imposta por meu signo: por conseguinte, nunca fui capaz de negar minha câmara de Vênus a um rapaz atraente. Por outro lado, trago o sinal de Marte impresso em minhas faces — e também em outra parte mais íntima. O resultado, Deus me perdoe, é que nunca amei com mode-

be my savacioun,/ I ne loved never by no discrecioun,/ But ever folwede myn appetyt,/ Al were he short or long, or blak or whyt;/ I took no kepe, so that he lyked me,/ How pore he was, ne eek of what degree./

What sholde I seye, but, at the monthes ende,/ This Ioly clerk Iankin, that was so hende,/ Hath wedded me with greet solempnitee,/ And to him yaf I al the lond and fee/ That ever was me yeven ther-bifore;/ But afterward repented me ful sore./ He nolde suffre nothing of my list./ By god, he smoot me ones on the list,/ For that I rente out of his book a leef,/ That of the strook myn ere wex al deef./ Stiborn I was as is a leonesse,/ And of my tonge a verray Iangleresse,/ And walke I wolde, as I had doon biforn,/ From hous to hous, al-though he had it sworn./ For which he often tymes wolde preche,/ And me of olde Romayn gestes teche,/ How he, Simplicius Gallus, lefte his wyf,/ And hir forsook for terme of al his lyf,/ Noght but for open-heeded he hir say/ Lokinge out at his dore upon a day./

Another Romayn tolde he me by name,/ That, for his wyf was at a someres game/ With-oute his witing, he forsook hir eke./ And than wolde he up-on his Bible seke/ That ilke proverbe of *Ecclesiaste*,/ Wher he comandeth and forbedeth faste,/ Man shal nat suffre his wyf go roule aboute;/ Than wolde he seye right thus, with-outen doute,/

> 'Who-so that buildeth his hous al of salwes,
> And priketh his blinde hors over the falwes,
> And suffreth his wyf to go seken halwes,
> Is worthy to been hanged on the galwes!'

But al for noght, I sette noght an hawe/ Of his proverbes nof his olde sawe,/ Ne I wolde nat of him corrected be./ I hate him that my vices telleth me,/ And so do mo, god woot! of us than I./ This made him with me wood al outrely;/ I nolde noght forbere him in no cas./

Now wol I seye yow sooth, by seint Thomas,/ Why that I rente out of his book a leef,/ For which he smoot me so that I was deef./ He hadde a book that gladly, night and day,/ For his desport he wolde rede alway./ He cleped it *Valerie and*

ração, entregando-me completamente a meus impulsos, fosse o homem baixo ou alto, escuro ou claro. Também nunca procurei saber qual a sua fortuna ou posição social; tudo o que importava era que gostasse de mim.

Depois disso, o que posso dizer é que, ao cabo de um mês, o alegre Janekin, que era tão encantador, já havia me desposado, em meio a grande pompa. E a ele confiei todos os meus bens e minhas terras, tudo o que amealhara em meus casamentos anteriores... Coisa de que mais tarde me arrependi amargamente, porque ele então resolveu não mais deixar-me fazer nada do meu jeito. Por Deus, uma vez, só porque eu rasguei uma folha de seu livro, ele me deu uma bofetada com tanta força que acabei ficando surda de um ouvido. Eu, porém, era teimosa como uma leoa e tinha um língua que era uma matraca, de modo que, apesar da proibição dele, continuei a proceder como sempre, andando de casa em casa. E ele, para domar-me, punha-se a pregar e a contar histórias de Roma antiga, lembrando como um tal de Simplício Galo deixou a esposa e a abandonou pelo resto da vida só porque um dia a viu espiar porta afora com a cabeça descoberta.

Também falava de outro romano, cujo nome me escapa, que, porque sua mulher comparecera aos jogos de verão sem o seu conhecimento, igualmente a repudiou; e depois procurava na Bíblia aquele provérbio do *Eclesiástico* que reza e ordena estritamente que o homem não deve permitir à mulher que zanze pelas ruas; e, para terminar, vinha sem falta este adágio:

"Quem sob um teto de salgueiro mora,
E num cavalo cego aplica a espora,
E deixa a esposa ir longe rezar fora,
Deve ser enforcado sem demora."

Mas tudo inutilmente. Para mim não passavam de bagatelas ridículas todos esses provérbios e citações antigas, e eu não me corrigia. Odeio quem critica os meus defeitos — e Deus sabe que assim faz a maioria das mulheres, e até mais. E como não houvesse modo de submeter-me, meu marido ficava cada vez mais louco da vida comigo; eu não o suportava mais.

Mas agora, por São Tomás, vou contar-lhes a verdade por que rasguei aquela folha do livro dele e levei a bofetada que me deixou surda. Tinha ele uma obra que noite e dia estava sempre lendo com gozo e sa-

Theofraste,/ At whiche book he lough alwey ful faste./ And eek ther was som-tyme a clerk at Rome,/ A cardinal, that highte Seint Ierome,/ That made a book agayn Iovinian;/ In whiche book eek ther was Tertulan,/ Crisippus, Trotula, and Helowys,/ That was abbesse nat fer fro Parys;/ And eek the *Parables* of Salomon,/ Ovydes *Art*, and bokes many on,/ And alle thise wer bounden in o volume./ And every night and day was his custume,/ Whan he had leyser and vacacioun/ From other worldly occupacioun,/ To reden on this book of wikked wyves./ He knew of hem mo legendes and lyves/ Than been of gode wyves in the Bible./ For trusteth wel, it is an impossible/ That any clerk wol speke good of wyves,/ But-if it be of holy seintes lyves,/ Ne of noon other womman never the mo./ Who peyntede the leoun, tel me who?/ By god, if wommen hadde writen stories,/ As clerkes han with-inne hir oratories,/ They wolde han writen of men more wikkednesse/ Than all the mark of Adam may redresse./ The children of Mercurie and of Venus/ Been in hir wirking ful contrarious;/ Mercurie loveth wisdom and science,/ And Venus loveth ryot and dispence./ And, for hir diverse disposicioun,/ Ech falleth in otheres exaltacioun;/ And thus, god woot! Mercurie is desolat/ In Pisces, wher Venus is exaltat;/ And Venus falleth ther Mercurie is reysed;/ Therfore no womman of no clerk is preysed./ The clerk, whan he is old, and may noght do/ Of Venus werkes worth his olde sho,/ Than sit

tisfação; dizia chamar-se *Valério e Teofrasto*,[134] e suas páginas lhe provocavam boas gargalhadas. Além disso, havia outrora em Roma um clérigo, um cardeal, de nome São Jerônimo, que escrevera um livro contra Joviniano, que ele também possuía; e mais Tertuliano, Crisipo, Trótula, Heloísa, que era abadessa perto de Paris, os *Provérbios* de Salomão, a *Arte de Amar* de Ovídio, e muitos outros... e todas essas obras estavam encadernadas num só volume. E, como eu disse, noite e dia, sempre que dispusesse de um momento de lazer ou folga em suas ocupações, era seu costume tomar desse calhamaço e ficar lendo a respeito de mulheres pérfidas. Sabia mais lendas e casos sobre elas que sobre as mulheres virtuosas da Bíblia. Porque, podem crer, é impossível encontrar um letrado que fale bem das mulheres (a não ser nas biografias das santas; fora isso, nunca). É a velha fábula de Esopo: "Quem pintou o leão?[135] Vamos, digam-me!". Por Deus, se, em vez dos doutos nos claustros, fossem as mulheres que escrevessem as histórias, veríamos mais maldade entre os homens do que todos os representantes do sexo de Adão poderiam redimir. Os filhos de Mercúrio e Vênus sempre operam em sentidos contrários: Mercúrio ama a sabedoria e a ciência, enquanto Vênus prefere as festas e o esbanjamento. Devido a essas posições opostas, cada planeta tem sua queda na exaltação do outro; consequentemente — sabe Deus — Mercúrio se enfraquece em Peixes, signo em que Vênus se eleva, e Vênus cai onde Mercúrio está exaltado. Eis aí por que nenhuma mulher recebe elogios de um douto. E o douto, por sua vez, quando fica velho e não consegue mais prestar serviço a Vênus, mais inútil que um par de

---

[134] São duas obras independentes: a *Espistola Valerii ad Rufinum de non Ducenda Uxore* ("Epístola de Valério a Rufino sobre por que o homem não deve se casar"), de Walter Map; e o *Liber De Nuptiis* ("Livro sobre o matrimônio"), de Teofrasto (que voltará a ser citado no "Conto do Mercador"). Além destes, outro texto lembrado pela Mulher de Bath é a *Epistola Adversus Jovinianum* ("Epístola contra Joviniano"), de São Jerônimo. Também os autores arrolados a seguir escreveram sobre a mulher e o casamento, inclusive as duas únicas representantes do sexo feminino: Trótula, doutora da Escola de Medicina de Salerno no século XI, e Heloísa, muito conhecida por seu relacionamento com Abelardo. (N. do T.)

[135] Numa fábula de Esopo, um leão, ao lhe mostrarem um quadro onde outro leão está sendo morto por um homem, pergunta: "Quem pintou o leão?". Quer dizer com isso que, se, em vez de um homem, o autor do quadro tivesse sido um leão, o desfecho seria outro. (N. do T.)

he doun, and writ in his dotage/ That wommen can nat kepe hir mariage!/

But now to purpos, why I tolde thee/ That I was beten for a book, pardee./ Up-on a night Iankin, that was our syre,/ Redde on his book, as he sat by the fyre,/ Of Eva first, that, for hir wikkednesse,/ Was al mankinde broght to wrecchednesse,/ For which that Iesu Crist him-self was slayn,/ That boghte us with his herte-blood agayn./ Lo, here expres of womman may ye finde,/ That womman was the los of al mankinde./

Tho redde he me how Sampson loste his heres,/ Slepinge, his lemman kitte hem with hir sheres;/ Thurgh whiche tresoun loste he bothe his yën./

Tho redde he me, if that I shal nat lyen,/ Of Hercules and of his Dianyre,/ That caused him to sette himself a-fyre./

No-thing forgat he the penaunce and wo/ That Socrates had with hise wyves two;/ How Xantippa caste pisse up-on his heed;/ This sely man sat stille, as he were deed;/ He wyped his heed, namore dorste he seyn/ But 'er that thonder stinte, comth a reyn.'/

Of Phasipha, that was the quene of Crete,/ For shrewednesse, him thoughte the tale swete;/ Fy! spek na-more — it is a grisly thing —/ Of hir horrible lust and hir lyking./

Of Clitemistra, for hir lecherye,/ That falsly made hir housbond for to dye,/ He redde it with ful good devocioun./

He tolde me eek for what occasioun/ Amphiorax at Thebes loste his lyf;/ Myn housbond hadde a legende of his wyf,/ Eriphilem, that for an ouche of gold/ Hath prively un-to the

botinas rotas, tudo o que faz é ficar sentado o tempo todo, escrevendo, em sua caduquice, que as mulheres são infiéis no matrimônio.

Mas agora, por Deus, vou, como prometi, contar-lhes por que apanhei por causa de um livro. Uma noite Janekin, nosso esposo, estava sentado junto ao fogo, lendo aquele seu volume. Leu primeiro a respeito de Eva, cuja transgressão atirou na miséria toda a humanidade, levando Jesus Cristo a morrer por nós e a redimir-nos com o sangue de seu coração... Sim, por aí já se podia ver claramente como foi a mulher a causa da perdição do ser humano.

Depois, leu ele para mim a história de Sansão, que teve a cabeleira cortada com uma tesoura durante o sono, por obra de sua amante, e, devido a essa traição, ficou com ambos os olhos vazados.

Depois, se não minto, leu-me a respeito de Hércules e Dejanira, a qual provocou a morte do amado, levando-o a atear fogo em si mesmo.

Também não se esqueceu da dor e do sofrimento de Sócrates com suas duas mulheres, narrando como Xantipa, a ralhar com ele, despejou-lhe na cabeça um penico cheio de urina; o coitado, imóvel como um defunto, só se animou a dizer, enquanto limpava a sujeira: "Nem bem cessa o trovão, desaba a chuva".

Achava ele particularmente picante, por causa da perversão, a história de Parsífa,[136] rainha de Creta... Irra! Melhor nem falar dela: que coisa repugnante sua horrível devassidão e sua falta de gosto.

Leu também com muito interesse a respeito de Clitemnestra,[137] cuja lascívia foi a traiçoeira causa da morte do esposo.

Depois meu marido me contou como Anfiarau perdeu a vida em Tebas, reproduzindo a história de sua esposa Erifile, que, a troco de um

---

[136] Apaixonou-se por um touro branco, com quem teve um filho, o Minotauro (cf. Ovídio, *Ars Amatoria*, I, 295 ss.). A maioria dos casos mencionados em seguida, como os de Lívia, Lucília e Latúmio, vem da *Espistola Valerii* de Walter Map. (N. do T.)

[137] Rainha de Micenas, cidade no Peloponeso, e esposa do rei Agamenon. Deu quatro filhos a Agamenon: Electra, Ifigênia, Orestes e Crisótemis. Depois que Agamenon sacrificou Ifigênia de modo que seus navios pudessem navegar até Troia, o amor de Clitemnestra por seu marido transformou-se em ódio; enquanto o marido comandava as forças gregas na Guerra de Troia, ela tornou-se amante de Egisto. Quando Agamenon retornou em triunfo trazendo consigo a princesa troiana Cassandra, Clitemnestra procurou vingança pela morte de Ifigênia e, com a ajuda de Egisto, matou ambos, o marido e sua ama troiana. (N. da E.)

O Conto da Mulher de Bath

Grekes told/ Wher that hir housbonde hidde him in a place,/
For which he hadde at Thebes sory grace./ Of Lyma tolde he
me, and of Lucye,/ They bothe made hir housbondes for to dye;/
That oon for love, that other was for hate;/ Lyma hir housbond,
on an even late,/ Empoysoned hath, for that she was his fo./
Lucya, likerous, loved hir housbond so,/ That, for he sholde
alwey up-on hir thinke,/ She yaf him swich a maner love-drinke,/
That he was deed, er it were by the morwe;/ And thus algates
housbondes han sorwe./

Than tolde he me, how oon Latumius/ Compleyned to his
felawe Arrius,/ That in his gardin growed swich a tree,/ On which,
he seyde, how that his wyves three/ Hanged hem-self for herte
despitous./ 'O leve brother,' quod this Arrius,/ 'Yif me a plante of
thilke blissed tree,/ And in my gardin planted shal it be!'/

Of latter date, of wyves hath he red,/ That somme han
slayn hir housbondes in hir bed,/ And lete hir lechour dighte hir
al the night/ Whyl that the corps lay in the floor up-right./ And
somme han drive nayles in hir brayn/ Whyl that they slepte,
and thus they han hem slayn./ Somme han hem yeve poysoun in
hir drinke./ He spak more harm than herte may bithinke./ And
ther-with-al, he knew of mo proverbes/ Than in this world ther
growen gras or herbes./ 'Bet is,' quod he, 'thyn habitacioun/ Be
with a leoun or a foul dragoun,/ Than with a womman usinge
for to chyde./ Bet is,' quod he, 'hye in the roof abyde/ Than
with an angry wyf doun in the hous;/ They been so wikked and
contrarious;/ They haten that hir housbondes loveth ay.'/ He
seyde, 'a womman cast hir shame away,/ Whan she cast of hir
smok;' and forther-mo,/ 'A fair womman, but she be chaast also,/
Is lyk a gold ring in a sowes nose.'/ Who wolde wenen, or who
wolde suppose/ The wo that in myn herte was, and pyne?/

And whan I saugh he wolde never fyne/ To reden on this
cursed book al night,/ Al sodeynly three leves have I plight/ Out
of his book, right as he radde, and eke,/ I with my fist so took
him on the cheke,/ That in our fyr he fil bakward adoun./ And he
up-stirte as dooth a wood leoun,/ And with his fist he smoot me
on the heed,/ That in the floor I lay as I were deed./ And when he
saugh how stille that I lay,/ He was agast, and wolde han fled his
way,/ Til atte laste out of my swogh I breyde:/ 'O! hastow slayn

broche de ouro, revelou aos gregos o lugar de seu esconderijo secreto, o que determinou sua desgraça. Falou-me igualmente de Lívia e de Lucília: foram ambas responsáveis pelas mortes de seus respectivos maridos, aquela por ódio, esta por amor. Lívia, que detestava o consorte, uma noite o envenenou; Lucília, que amava perdidamente o esposo, e que tanto desejava ocupar-lhe sozinha os pensamentos, ministrou-lhe uma espécie de poção de amor, que veio a matá-lo antes do romper da aurora. E assim (demonstrava ele), de um jeito ou de outro, os maridos sempre se dão mal.

Em seguida, narrou-me ele o caso de certo Latúmio, que se queixava ao amigo Árrio de uma árvore que lhe crescia no jardim, pois nela suas três esposas haviam-se enforcado de desgosto. "Oh meu caro irmão", disse-lhe Árrio, "arranje-me logo uma muda dessa árvore bendita para eu plantar no meu jardim!"

Leu-me depois sobre mulheres mais recentes, como a que havia matado o marido na própria cama e, a seguir, teve relações com o amante a noite inteira, sem se importar com o cadáver deitado de costas no chão; ou como aquela que dera cabo do esposo enquanto dormia, martelando-lhe um prego nos miolos; ou como aquela outra, que misturava veneno na bebida. Falava mais mal das mulheres do que a nossa mente pode imaginar, e conhecia mais provérbios a respeito delas do que há fios de relva neste mundo: "É melhor", dizia, "viver com um leão ou com um dragão horrendo do que com uma mulher que ralha o tempo todo"; ou então: "É melhor morar sozinho em cima do telhado do que debaixo dele com uma mulher rabugenta, pois elas são tão perversas e contraditórias que odeiam tudo o que os maridos apreciam"; ou então: "A mulher se livra da vergonha assim que se livra das roupas"; ou ainda: "A beleza em mulher pecadora é como uma argola de ouro no focinho de uma porca". Ninguém sabe, ou sequer imagina, quanto isso me machucava o coração e me fazia sofrer!

Por isso, quando percebi que ele pretendia passar a noite inteira lendo aquele maldito volume, num impulso repentino arranquei-lhe três folhas do livro, enquanto ele ainda lia, e desferi-lhe tal soco no rosto que ele perdeu o equilíbrio e caiu de costas no fogo. Levantou-se então de um salto, como um leão endoidecido, e, com o punho, bateu-me com tanta violência na cabeça que vim ao chão desfalecida. Ao ver que eu não me mexia, ficou horrorizado, julgando-me morta; e teria fugido dali se eu, finalmente, não tivesse recobrado os sentidos: "Oh, você me matou, la-

me, false theef?' I seyde,/ 'And for my land thus hastow mordred me?/ Er I be deed, yet wol I kisse thee.'/ And neer he cam, and kneled faire adoun,/ And seyde, 'dere suster Alisoun,/ As help me god, I shal thee never smyte;/ That I have doon, it is thy-self to wyte./ Foryeve it me, and that I thee biseke' —/ And yet eft-sones I hitte him on the cheke,/ And seyde, 'theef, thus muchel am I wreke;/ Now wol I dye, I may no lenger speke.'/

But atte laste, with muchel care and wo,/ We fille acorded, by us selven two./ He yaf me al the brydel in myn hond/ To han the governance of hous and lond,/ And of his tonge and of his hond also,/ And made him brenne his book anon right tho./ And whan that I hadde geten un-to me,/ By maistrie, al the soveraynetee,/ And that he seyde, 'myn owene trewe wyf,/ Do as thee lust the terme of al thy lyf,/ Keep thyn honour, and keep eek myn estaat' —/ After that day we hadden never debaat./ God help me so, I was to him as kinde/ As any wyf from Denmark un-to Inde,/ And also trewe, and so was he to me./ I prey to god that sit in magestee,/ So blesse his soule, for his mercy dere!/ Now wol I seye my tale, if ye wol here./

Biholde the wordes bitwene the Somonour and the Frere.

The Frere lough, whan he hadde herd al this,/ 'Now, dame,' quod he, 'so have I Ioye or blis,/ This is a long preamble of a tale!'/ And whan the Somnour herde the Frere gale,/ 'Lo!' quod the Somnour, 'goddes armes two!/ A frere wol entremette him ever-mo./ Lo, gode men, a flye and eek a frere/ Wol falle in every dish and eek matere./ What spekestow of preambulacioun?/ What! amble, or trotte, or pees, or go sit doun;/ Thou lettest our disport in this manere.'/

'Ye, woltow so, sir Somnour?' quod the Frere,/ 'Now, by my feith, I shal, er that I go,/ Telle of a Somnour swich a tale or two,/ That alle the folk shal laughen in this place.'/

'Now elles, Frere, I bishrewe thy face,'/ Quod this Somnour, 'and I bishrewe me,/ But if I telle tales two or thre/ Of freres er I come to Sidingborne,/ That I shal make thyn herte for to morne;/ For wel I wool thy patience is goon.'/

drão traiçoeiro?", gemi; "foi por causa de minhas terras que você me assassinou? Assim mesmo, antes que eu morra, quero dar-lhe um beijo". Ao ouvir isso, ele se aproximou e se ajoelhou junto a mim, dizendo: "Alice, minha querida, Deus me ajude, nunca mais vou bater em você. Se fiz isso, foi por sua culpa. Perdoe-me, eu lhe suplico!". Aproveitei-me de sua proximidade e dei-lhe outro soco no rosto, gritando: "Bandido, estou vingada. Agora posso morrer; não preciso dizer mais nada".

Mais tarde, porém, após lamentos e queixas, finalmente nos reconciliamos. Ele entregou o cabresto em minhas mãos, confiando-me a direção da casa e das terras, bem como o controle de sua pessoa — palavras, atos, tudo. E eu, sem perda de tempo, o fiz queimar o tal livro. E a partir do momento em que, graças à minha habilidade, recuperei o comando, e desde o instante em que me disse: "Minha fiel mulherzinha, você é livre para fazer o que quiser; guarde a sua honra e proteja a minha dignidade", nunca mais houve briga entre nós dois. Por Deus, fui tão compreensiva e tão fiel a ele, que da Dinamarca à Índia não se encontraria esposa igual. E assim também era ele comigo. Por isso, peço a Deus, em sua majestade, que lhe abençoe a alma com sua graça infinita. E agora, se estiverem de acordo, vou dar início a meu conto.

Eis o diálogo entre o Oficial de Justiça Eclesiástica e o Frade.

Riu-se o Frade ao ouvir isso: "Minha senhora", disse ele, "guarde-me Deus, mas que longo preâmbulo para um conto!". O comentário não agradou ao Oficial de Justiça Eclesiástica, que exclamou: "Ora, ora, pelos dois braços de Cristo! Por que é que os frades têm que se intrometer em tudo? Aí está, boa gente: em cada prato e em cada conversa sempre caem uma mosca e um frade! Que entende você de preambulação? Vá com calma, vá no trote, vá mijar, vá sentar-se, faça qualquer coisa, mas não venha perturbar a nossa diversão".

"Ah, é isso o que deseja o senhor Beleguim?", retorquiu o Frade. "Pode deixar, que nesta viagem ainda hei de contar uma ou duas histórias de beleguins, que vão fazer todo mundo aqui morrer de rir."

"E eu, Frade", ajuntou o Oficial de Justiça Eclesiástica, "vou lhe amaldiçoar a face, e a mim mesmo, se, antes de chegarmos a Sittingbourne, eu não narrar dois ou três casos de frades, que vão fazer seu coração gemer... Ainda mais que o senhor está enfezado desde já."

O Conto da Mulher de Bath

Our hoste cryde 'pees! and that anoon!'/ And seyde, 'lat the womman telle hir tale./ Ye fare as folk that dronken been of ale./ Do, dame, tel forth your tale, and that is best.'/

'Al redy, sir,' quod she, 'right as yow lest,/ If I have licence of this worthy Frere.'/

'Yis, dame,' quod he, 'tel forth, and I wol here.'/

Here endeth the Wyf of Bathe hir Prologe.

Here biginneth the Tale of the Wyf of Bathe.

In tholde dayes of the king Arthour,/ Of which that Britons speken greet honour,/ All was this land fulfild of fayerye./ The elf-queen, with hir Ioly companye,/ Daunced ful ofte in many a grene mede;/ This was the olde opinion, as I rede,/ I speke of manye hundred yeres ago;/ But now can no man see none elves mo./ For now the grete charitee and prayeres/ Of limitours and othere holy freres,/ That serchen every lond and every streem,/ As thikke as motes in the sonne-beem,/ Blessinge halles, chambres, kichenes, boures,/ Citees, burghes, castels, hye toures,/ Thropes, bernes, shipnes, dayeryes,/ This maketh that ther been no fayeryes./ For ther as wont to walken was an elf,/ Ther walketh now the limitour him-self/ In undermeles and in morweninges,/ And seyth his matins and his holy thinges/ As he goth in his limitacioun./ Wommen may go saufly up and doun,/ In every bush, or under every tree;/ Ther is noon other incubus but he,/ And he ne wol doon hem but dishonour./

And so bifel it, that this king Arthour/ Hadde in his hous a lusty bacheler,/ That on a day cam rydinge fro river;/ And happed that, allone as she was born,/ He saugh a mayde walkinge him biforn,/ Of whiche mayde anon, maugree hir heed,/ By verray force he rafte hir maydenheed;/ For which oppressioun was swich clamour/ And swich pursute un-to the king Arthour,/ That dampned was this knight for to be deed/ By cours of lawe, and sholde han lost his heed/ Paraventure, swich was the statut tho;/ But that the quene and othere ladies mo/ So longe preyeden the

"Silêncio agora mesmo!", gritou nosso Albergueiro. "Deixem que a senhora conte a sua história. Até parece que vocês tomaram uma bebedeira de cerveja! Por favor, senhora, inicie seu conto, que é melhor."

"Pois não, senhor", respondeu ela, "como queira... Com a devida licença do ilustre Frade."

"Concedida, minha senhora", respondeu ele; "pode começar, que sou todo ouvidos."

Aqui a Mulher de Bath conclui o seu Prólogo.

Aqui tem início o Conto da Mulher de Bath.

Nos velhos tempos do rei Artur, de quem os bretões narram os feitos gloriosos, em toda esta terra pululavam os duendes; e a rainha das fadas, com seu alegre séquito, frequentemente dançava em muitos dos verdes prados... era essa, pelo que posso ler, a antiga crença, pois falo de muitos séculos atrás. Hoje em dia, porém, ninguém mais pode ver esses duendes, e isso por causa da grande caridade e das orações dos mendicantes e dos outros santos frades, que, numerosos como as partículas de pó num raio de sol, esquadrinham todas as terras e torrentes, benzendo salões, câmaras, cozinhas, alcovas, cidades, burgos, castelos, torres elevadas, aldeias, celeiros, estábulos, leiterias... e dando sumiço às fadas. Por conseguinte, no lugar onde antes passava o gnomo, hoje quem passa é o próprio frade, a rezar as suas matinas e as suas coisas santas de tarde e de manhã, enquanto percorre a sua zona de esmolar. Agora as mulheres podem andar tranquilas por toda parte, pois o único íncubo que encontram, sob as árvores ou atrás das moitas, é o bom frade. E ele por certo não lhes fará nenhum mal — exceto deflorá-las.

E deu-se então que o rei Artur tinha em sua corte um ardoroso jovem solteiro, que um dia, praticando a cetraria às margens de um rio, avistou uma donzela que caminhava à sua frente, sozinha como ao nascer. Sem perder tempo, não obstante tudo o que ela fez para resistir, ele arrebatou-lhe a virgindade. Essa violência fez chegar ao rei Artur tais clamores e tantos apelos, que aquele cavaleiro foi condenado à morte pela justiça do reino. E teria sido imediatamente decapitado (ao que parece, era o que a lei então determinava), se a rainha e outras damas não tivessem interferido junto ao soberano, suplicando-lhe com insistência a gra-

king of grace,/ Til he his lyf him graunted in the place,/ And yaf him to the quene al at hir wille,/ To chese, whether she wolde him save or spille./ The quene thanketh the king with al hir might,/ And after this thus spak she to the knight,/ Whan that she saugh hir tyme, up-on a day:/ 'Thou standest yet,' quod she, 'in swich array,/ That of thy lyf yet hastow no suretee./ I grante thee lyf, if thou canst tellen me/ What thing is it that wommen most desyren?/ Be war, and keep thy nekke-boon from yren./ And if thou canst nat tellen it anon,/ Yet wol I yeve thee leve for to gon/ A twelf-month and a day, to seche and lere/ An answere suffisant in this matere./ And suretee wol I han, er that thou pace,/ Thy body for to yelden in this place.'/

Wo was this knight and sorwefully he syketh;/ But what! he may nat do al as him lyketh./ And at the laste, he chees him for to wende,/ And come agayn, right at the yeres ende,/ With swich answere as god wolde him purveye;/ And taketh his leve, and wendeth forth his weye./ He seketh every hous and every place,/ Wher-as he hopeth for to finde grace,/ To lerne, what thing wommen loven most;/ But he ne coude arryven in no cost,/ Wher-as he mighte finde in this matere/ Two creatures accordinge in-fere./

Somme seyde, wommen loven best richesse,/ Somme seyde, honour, somme seyde, Iolynesse;/ Somme, riche array, somme seyden, lust abedde,/ And ofte tyme to be widwe and wedde./ Somme seyde, that our hertes been most esed,/ Whan that we been y-flatered and y-plesed./ He gooth ful ny the sothe, I wol nat lye;/ A man shal winne us best with flaterye;/ And with attendance, and with bisinesse,/ Been we y-lymed, bothe more and lesse./ And somme seyn, how that we loven best/ For to be free, and do right as us lest,/ And that no man repreve us of our vyce,/ But seye that we be wyse, and no-thing nyce./ For trewely, ther is noon of us alle,/ If any wight wol clawe us on the galle,/ That we nil kike, for he seith us sooth;/ Assay, and he shal finde it that so dooth./ For be we never so vicious with-inne,/ We wol been holden wyse, and clene of sinne./ And somme seyn, that greet delyt han we/ For to ben holden stable and eek secree,/ And in o purpos stedefastly to dwelle,/ And nat biwreye thing that men us telle./ But that tale is nat worth a rake-stele;/ Pardee, we wommen conne no-thing hele;/ Witnesse on Myda; wol ye here the tale?/

ça. O rei por fim houve por bem atendê-las, entregando o culpado à esposa para que ela própria, a seu critério, decidisse se deveria viver ou morrer. A rainha agradeceu de modo efusivo ao marido, e um dia, quando a ocasião lhe pareceu oportuna, assim se dirigiu ao cavaleiro: "A sua situação ainda não lhe dá qualquer certeza de que tem salva a vida. Prometo-lhe, no entanto, livrá-lo da morte, se puder dizer-me o que é que as mulheres mais desejam. Cuidado! Não exponha o pescoço ao ferro do carrasco. Se ainda não souber, concedo-lhe um ano e um dia para que saia pelo mundo à procura de uma resposta satisfatória para a questão. E, antes que se vá, deverá jurar-me que há de voltar aqui, dentro do prazo, para se entregar".

O cavaleiro, cheio de angústia, suspirava desconsolado. Mas... e daí? Nem tudo podia ser como queria. Assim sendo, achou enfim que era melhor partir, e retornar, dali a exatamente um ano, com a resposta que lhe provesse Deus. E despediu-se então, e se pôs a caminho. Inquiria em todas as casas e lugares, onde quer que tivesse esperança de encontrar mercê, a fim de descobrir o que as mulheres mais amam. Mas em parte alguma pôde achar duas criaturas que estivessem de acordo a esse respeito.

Diziam alguns que aquilo que mais amam as mulheres é a riqueza; diziam outros que a honra; e outros, que a beleza. Alguns afirmavam que o que elas mais querem são as belas roupas; outros, os prazeres do leito, enviuvando-se e casando-se muitas vezes. Alguns pensavam que o que mais nos alegra o coração são os elogios e os agrados... e, de fato, esses não estavam longe da verdade: é com a adulação que os homens nos conquistam; e, grandes e pequenas, somos apanhadas com atenções e cortesias. Outros, porém, acreditavam que o que mais apreciamos é a liberdade, é fazer as coisas do nosso jeito, sem que nenhum homem venha apontar as nossas imperfeições, pois gostamos de ser consideradas inteligentes e espertas. Na verdade, quando nos pisam nos calos, todas nós gritamos, pois a verdade machuca: experimentem fazer isso, e verão que tenho razão. Por mais defeitos que possamos ter lá dentro, queremos sempre passar por perspicazes e puras. E alguns, enfim, achavam que nosso maior prazer é sermos tidas como pessoas discretas e confiáveis, que sempre se mantêm firmes em seus propósitos e que jamais revelam os segredos que nos contam... Mas essa história não vale uma ova. Por Deus, nós mulheres não sabemos guardar nada! Vejam o caso de Midas. Querem saber como foi?

Ovyde, amonges othere thinges smale,/ Seyde, Myda hadde, under his longe heres,/ Growinge up-on his heed two asses eres,/ The which vyce he hidde, as he best mighte,/ Ful subtilly from every mannes sighte,/ That, save his wyf, ther wiste of it na-mo./ He loved hir most, and trusted hir also;/ He preyede hir, that to no creature/ She sholde tellen of his disfigure./ She swoor him 'nay, for al this world to winne,/ She nolde do that vileinye or sinne,/ To make hir housbond han so foul a name;/ She nolde nat telle it for hir owene shame.'/ But nathelees, hir thoughte that she dyde,/ That she so longe sholde a conseil hyde;/ Hir thoughte it swal so sore aboute hir herte,/ That nedely som word hir moste asterte;/ And sith she dorste telle it to no man,/ Doun to a mareys faste by she ran;/ Til she came there, hir herte was a-fyre,/ And, as a bitore bombleth in the myre,/ She leyde hir mouth un-to the water doun:/ 'Biwreye me nat, thou water, with thy soun,'/ Quod she, 'to thee I telle it, and namo;/ Myn housbond hath longe asses eres two!/ Now is myn herte all hool, now is it oute;/ I mighte no lenger kepe it, out of doute,'/ Heer may ye se, thogh we a tyme abyde,/ Yet out it moot, we can no conseil hyde;/ The remenant of the tale if ye wol here,/ Redeth Ovyde, and ther ye may it lere./

This knight, of which my tale is specially,/ Whan that he saugh he mighte nat come therby,/ This is to seye, what wommen loven moost,/ With-inne his brest ful sorweful was the goost;/ But hoom he gooth, he mighte nat soiourne./ The day was come, that hoomward moste he tourne,/ And in his wey it happed him to ryde,/ In al this care, under a forest-syde,/ Wher-as he saugh up-on a daunce go/ Of ladies foure and twenty, and yet mo;/ Toward the whiche daunce he drow ful yerne,/ In hope that som wisdom sholde he lerne./ But certeinly, er he came fully there,/ Vanisshed was this daunce, he niste where./ No creature saugh he that bar lyf,/ Save on the grene he saugh sitting a wyf;/ A fouler wight ther may no man devyse./ Agayn the knight this olde wyf gan ryse,/ And seyde, 'sir knight, heer-forth ne lyth no wey./ Tel me, what that ye seken, by your fey?/

Conta Ovídio, entre outras coisinhas, que Midas, sob os longos cabelos que lhe ornavam a cabeça, tinha duas orelhas de burro, defeito que escondia tão habilmente da vista alheia que ninguém sabia de sua existência, salvo sua mulher. E como ele a amava e tinha toda a confiança nela, havia-lhe pedido que não revelasse esta sua deformidade a criatura alguma. Ela jurou que não, que nem pelo mundo inteiro cometeria a vilania e a baixeza de expor seu marido ao ridículo — ainda mais que ela própria seria também atingida por essa vergonha. Parecia-lhe, entretanto, que ia morrer, só por ter que guardar um segredo por tanto tempo; parecia-lhe que o coração estava a ponto de estourar, e que ela só se livraria da angústia se deixasse escapar uma palavrinha. Como não ousava dizer nada para outro ser humano, correu, com o peito em chamas, para um pântano nas vizinhanças e, lá chegando, num baque igual ao da garça quando desce na lagoa, enfiou a boca na água e disse: "Não vá denunciar-me com o seu marulho, oh água. Vou contar só para você e ninguém mais: meu marido tem duas longas orelhas de burro! Que alívio no coração, agora que pus isso para fora! Não dava mesmo para aguentar mais". Como veem, podemos nos calar por algum tempo, mas depois nós temos que nos abrir. Não somos absolutamente capazes de guardar segredos. Quanto ao resto da história, leiam Ovídio,[138] se tiverem curiosidade, e ficarão sabendo.

O cavaleiro, de quem fala especialmente este meu conto, vendo que não chegava a qualquer conclusão sobre a coisa que as mulheres mais desejam, sentiu abater-se o ânimo no peito entristecido, ainda mais que, como o prazo se esgotara, tinha que retornar sem mais delongas à corte. No caminho da volta, oprimido pela melancolia, passava ele por uma floresta quando avistou, de repente, um grupo de vinte e quatro damas, ou mais, dançando em círculo. Apressou-se em sua direção, na expectativa de encontrar ali a ajuda de que necessitava. No entanto, assim que alcançou o local, eis que as dançarinas se desvaneceram misteriosamente no ar. Nenhuma outra criatura vivente podia-se ver ali, a não ser uma velha, sentada na grama, feia como ninguém imagina outra igual. Prontamente levantou-se a megera e veio ao seu encontro, dizendo: "Senhor

---

[138] Nas *Metamorfoses* de Ovídio (XI, 174 ss.), a relva repete o segredo aos ventos, que espalham a notícia. Só que a história se passa com o barbeiro de Midas, não com sua mulher. (N. do T.)

Paraventure it may the bettre be;/ Thise olde folk can muchel thing,' quod she./

'My leve mooder,' quod this knight certeyn,/ 'I nam but deed, but-if that I can seyn/ What thing it is that wommen most desyre;/ Coude ye me wisse, I wolde wel quyte your hyre.'/

'Plighte me thy trouthe, heer in myn hand,' quod she,/ 'The nexte thing that I requere thee,/ Thou shalt it do, if it lye in thy might;/ And I wol telle it yow er it be night.'/

'Have heer my trouthe,' quod the knight, 'I grante.'/

'Thanne,' quod she, 'I dar me wel avante,/ Thy lyf is sauf, for I wol stonde therby,/ Up-on my lyf, the queen wol seye as I./ Lat see which is the proudeste of hem alle,/ That wereth on a coverchief or a calle,/ That dar seye nay, of that I shal thee teche;/ Lat us go forth with-outen lenger speche.'/ Tho rouned she a pistel in his ere,/ And bad him to be glad, and have no fere./

Whan they be comen to the court, this knight/ Seyde, 'he had holde his day, as he hadde hight,/ And redy was his answere,' as he sayde./ Ful many a noble wyf, and many a mayde,/ And many a widwe, for that they ben wyse,/ The quene hir-self sitting as a Iustyse,/ Assembled been, his answere for to here;/ And afterward this knight was bode appere./ To every wight comanded was silence,/ And that the knight sholde telle in audience,/ What thing that worldly wommen loven best./ This knight ne stood nat stille as doth a best,/ But to his questioun anon answerde/ With manly voys, that al the court it herde:/

'My lige lady, generally,' quod he,/ 'Wommen desyren to have sovereyntee/ As wel over hir housbond as hir love,/ And for to been in maistrie him above;/ This is your moste desyr, thogh ye me kille,/ Doth as yow list, I am heer at your wille.'/

In al the court ne was ther wyf ne mayde,/ Ne widwe, that contraried that he sayde,/ But seyden, 'he was worthy han his lyf.'/

And with that word up stirte the olde wyf,/ Which that the knight saugh sitting in the grene:/ 'Mercy,' quod she, 'my sovereyn lady quene!/ Er that your court departe, do me right./ I taughte this answere un-to the knight;/ For which he plighte me his trouthe there,/ The firste thing I wolde of him requere,/ He

cavaleiro, aqui termina a estrada. Diga-me, por sua fé, o que procura, e talvez sua sorte melhore: os velhos sabem muitas coisas".

"Ai, vovozinha", respondeu o cavaleiro, "tudo o que posso dizer é que logo estarei morto, se não descobrir o que as mulheres mais desejam. Se revelar-me o que é, saberei recompensar o seu favor."

"Então selemos o trato com um aperto de mãos", retorquiu a velha. "Se jurar atender ao primeiro pedido que, em seguida, eu lhe fizer, desde que dentro do possível, hei de contar-lhe o que é, antes do anoitecer."

"Tem a minha palavra", assegurou-lhe o jovem. "Aceito."

"Nesse caso", prosseguiu ela, "posso garantir-lhe sem falsa modéstia que sua vida está salva, porque estarei a seu lado. Tenho certeza de que a rainha dirá a mesma coisa que eu. E entre as damas orgulhosas, usem elas capeirotes ou coifas, nenhuma ousará contradizer a resposta que lhe vou ensinar. Assim sendo, vamos adiante, sem mais palavras." Então sussurrou ela uma frase ao ouvido do rapaz, e pediu-lhe que se alegrasse e não temesse mais nada.

De volta à corte, anunciou o cavaleiro que cumprira o prazo prometido e que estava preparado para dar a sua resposta. Muitas damas e muitas donzelas e muitas viúvas — que, de todas, são as mais entendidas — reuniram-se, sob a presidência da rainha, para o julgamento do cavaleiro, que foi a seguir convocado ao recinto. Depois que se impôs o silêncio, a rainha novamente indagou do cavaleiro, em pública audiência, o que é que as mulheres mais apreciam. Em vez de ficar parado, atônito como um idiota, ele de pronto respondeu à questão, com voz máscula, que toda a corte pôde ouvir:

"Majestade, de modo geral", disse ele, "o que as mulheres mais ambicionam é mandar no marido, ou dominar o amante, impondo ao homem a sua sujeição. Ainda que me mate, digo que é esse o seu maior desejo. Vossa Majestade agora pode fazer comigo o que quiser: estou a seu dispor."

Em toda a corte, nenhuma mulher casada, ou solteira, ou viúva discordou de sua afirmação; pelo contrário, todas declararam que o jovem merecia viver.

Ao ouvir tal sentença, ergueu-se de um salto a velha megera que o cavaleiro encontrara sentada na grama, e gritou: "Mercê, soberana rainha! Antes que se dissolva o tribunal, faça-me justiça! Fui eu quem ensinou a resposta ao cavaleiro e ele, em troca, deu-me a sua palavra de que

O Conto da Mulher de Bath

wolde it do, if it lay in his might./ Bifore the court than preye I thee, sir knight,'/ Quod she, 'that thou me take un-to thy wyf;/ For wel thou wost that I have kept thy lyf./ If I sey fals, sey nay, up-on thy fey!'/

This knight answerde, 'allas! and weylawey!/ I woot right wel that swich was my biheste./ For goddes love, as chees a newe requeste;/ Tak al my good, and lat my body go.'/

'Nay than,' quod she, 'I shrewe us bothe two!/ For thogh that I be foul, and old, and pore,/ I nolde for al the metal, ne for ore,/ That under erthe is grave, or lyth above,/ But-if thy wyf I were, and eek thy love.'/

'My love?' quod he; 'nay, my dampnacioun!/ Allas! that any of my nacioun/ Sholde ever so foule disparaged be!'/

But al for noght, the ende is this, that he/ Constreyned was, he nedes moste hir wedde;/ And taketh his olde wyf, and gooth to bedde./

Now wolden som men seye, paraventure,/ That, for my necligence, I do no cure/ To tellen yow the Ioye and al tharray/ That at the feste was that ilke day./ To whiche thing shortly answere I shal;/ I seye, ther nas no Ioye ne feste at al,/ Ther nas but hevinesse and muche sorwe;/ For prively he wedded hir on a morwe,/ And al day after hidde him as an oule;/ So wo was him, his wyf looked so foule./

Greet was the wo the knight hadde in his thoght,/ Whan he was with his wyf a-bedde y-broght;/ He walweth, and he turneth to and fro./ His olde wyf lay smylinge evermo,/ And seyde, 'o dere housbond, *benedicite*!/ Fareth every knight thus with his wyf as ye?/ Is this the lawe of king Arthures hous?/ Is every knight of his so dangerous?/ I am your owene love and eek your wyf;/ I am she, which that saved hath your lyf;/ And certes, yet dide I yow never unright;/ Why fare ye thus with me this firste night?/ Ye faren lyk a man had lost his wit;/ What is my gilt? for goddes love, tel me it,/ And it shal been amended, if I may.'/

'Amended?' quod this knight, 'allas! nay, nay!/ It wol nat been amended never mo!/ Thou art so loothly, and so old also,/ And ther-to comen of so lowe a kinde,/ That litel wonder is, thogh I walwe and winde./ So wolde god myn herte wolde breste!'/

'Is this,' quod she, 'the cause of your unreste?'/

atenderia ao primeiro pedido que, dentro do possível, eu lhe fizesse. Pois bem, senhor cavaleiro", prosseguiu a velha, "peço-lhe agora, perante a corte, que se case comigo, já que lhe salvei a vida. À fé, recuse-me, se eu estiver mentindo!".

"Ai de mim, que desgraça!", suspirou o cavaleiro. "Lembro-me muito bem daquilo que prometi. Mas, pelo amor de Deus, peça-me qualquer outra coisa, peça-me tudo que possuo, mas não me tire a liberdade!"

"De modo algum", insistiu ela; "antes caia a maldição sobre nós dois! Posso ser feia e velha e pobre, mas, nem por todos os metais e minerais preciosos que se escondem no ventre da terra ou se espalham por sua superfície, eu perderia a oportunidade de ser sua esposa e seu amor."

"Meu amor?!", exclamou o rapaz. "Não, minha ruína! Ai, por que alguém de minha nobre estirpe tinha um dia que sofrer tamanha desventura?"

Tudo, porém, foi inútil. Não havia como fugir ao compromisso, e, no fim, foi ele obrigado a se casar, e a tomar a velha esposa, e a ir com ela para a cama.

Neste ponto, com certeza, algumas pessoas devem estar estranhando o meu descuido, pois deixei de descrever o regozijo e a pompa na festa de casamento. Mas a explicação é muito simples: é que, em lugar de regozijo e de festa, só houve aflição e tristeza. Ele a desposou pela manhã, em cerimônia íntima, e depois se escondeu, como uma coruja, pelo resto do dia. Estava, de fato, inconsolável, de tanto que a noiva era feia.

Sim, grande era o desconsolo do cavaleiro! Levado ao leito com a esposa, nada mais fazia que se debater e se revirar de um lado para outro. Sua consorte, sempre sorridente, disse-lhe então: "Oh, meu querido esposo, Deus que me abençoe! É assim que os cavaleiros se comportam com as noivas? É essa a praxe na corte do rei Artur? Todos os cavaleiros são tão indiferentes? Sou seu amor e sua esposa, salvei a sua vida e nunca lhe fiz nada de mal. Por que então você se comporta assim em nossa primeira noite? Você age de modo tão estranho! Que fiz de errado? Diga-me, pelo amor de Deus, que, se possível, tudo farei para corrigir".

"Corrigir!", replicou o cavaleiro. "Ai, não! Não, é coisa que nunca se poderá corrigir! Você é tão repulsiva, e tão velha, e de procedência tão baixa, que não é à toa que não paro de contorcer-me e revirar-me. Quisera Deus que meu coração estourasse!"

"É essa a causa de sua inquietação?", perguntou ela.

"Sim, claro! E lhe parece pouco?"

O Conto da Mulher de Bath

'Ye, certainly,' quod he, 'no wonder is.'/

'Now, sire,' quod she, 'I coude amende al this,/ If that me liste, er it were dayes three,/ So wel ye mighte here yow un-to me./

But for ye speken of swich gentillesse/ As is descended out of old richesse,/ That therfore sholden ye be gentil men,/ Swich arrogance is nat worth an hen./ Loke who that is most vertuous alway,/ Privee and apert, and most entendeth ay/ To do the gentil dedes that he can,/ And tak him for the grettest gentil man./ Crist wol, we clayme of him our gentillesse,/ Nat of our eldres for hir old richesse./ For thogh they yeve us al hir heritage,/ For which we clayme to been of heigh parage,/ Yet may they nat biquethe, for no-thing,/ To noon of us hir vertuous living,/ That made hem gentil men y-called be;/ And bad us folwen hem in swich degree./

Wel can the wyse poete of Florence,/ That highte Dant, speken in this sentence;/ Lo in swich maner rym is Dantes tale:/

> "Ful selde up ryseth by his branches smale
> Prowesse of man, for god, of his goodnesse,
> Wol that of him we clayme our gentillesse;"

For of our eldres may we no-thing clayme/ But temporel thing, that man may hurte and mayme./ Eek every wight wot this as wel as I,/ If gentillesse were planted naturelly/ Un-to a certeyn linage, doun the lyne,/ Privee ne apert, than wolde they never fyne/ To doon of gentillesse the faire offyce;/ They mighte do no vileinye or vyce./

Tak fyr, and ber it in the derkeste hous/ Bitwix this and the mount of Caucasus,/ And lat men shette the dores and go thenne;/ Yet wol the fyr as faire lye and brenne,/ As twenty thousand men mighte it biholde;/ His office naturel ay wol it holde,/ Up peril of my lyf, til that it dye./ Heer may ye see wel, how that genterye/ Is nat annexed to possessioun,/ Sith folk ne doon hir operacioun/ Alwey, as dooth the fyr, lo! in his kinde./

"Ora, meu senhor", disse ela, "dentro de três dias, se eu quisesse, poderia corrigir tudo isso... E talvez até o faça, se me prometer mudar sua conduta."

A seguir, continuou: "Mas já que você mencionou há pouco a nobreza que deriva das antigas posses, que é aquela em que se baseia toda a sua fidalguia, permita-me dizer-lhe que essa arrogância nada vale. Maior fidalgo deve ser considerado aquele que, em público e em particular, age sempre de maneira virtuosa, entregando-se constantemente à prática da bondade. Afinal, Cristo quer que busquemos nele a nossa nobreza, e não em nossos antepassados, com sua 'riqueza antiga'; deles só podemos herdar a fortuna e o direito de reivindicar a nossa alta linhagem, mas não a sua conduta virtuosa, que lhes garantiu o renome da fidalguia e nos estimula a seguir o seu exemplo.

"Quem tratou magistralmente esse tema foi o sábio poeta de Florença, que se chamava Dante.[139] Eis os versos em que expôs sua opinião:

'A ação dos homens raramente sobe
Aos galhos altos, porque é Deus que envia
A ação que gera em nós a fidalguia.'

"Tudo o que recebemos de nossos antepassados são coisas temporais, que o homem pode ferir ou estropiar. E todos sabem, tão bem quanto eu, que, se a fidalguia fosse algo que se plantasse de modo natural numa estirpe, essa família, de ponta a ponta, jamais deixaria, em público e em particular, de exercer as suas nobres funções... Não mais haveria baixeza ou vício.

"Tome, por exemplo, o fogo, e coloque-o no mais escuro antro que existe, daqui até o Cáucaso, feche todas as entradas e vá-se embora; assim mesmo o fogo arderá e brilhará como se estivesse sendo observado por vinte mil homens. Por minha alma, asseguro-lhe que desempenhará as suas funções naturais até extinguir-se. Você pode ver por aí como a nobreza não está vinculada à posse de heranças, pois, se estivesse, os herdeiros agiriam sempre de acordo com os princípios naturais da fidalguia, assim como o fogo segue os seus princípios naturais. Em vez disso, o que

---

[139] Ver *Purgatório* (VII, 121 ss.) e o 4º Tratado do *Convívio* (capítulos 3, 10, 14 e 15). (N. do T.)

For, god it woot, men may wel often finde/ A lordes sone do shame and vileinye;/ And he that wol han prys of his gentrye/ For he was boren of a gentil hous,/ And hadde hise eldres noble and vertuous,/ And nil him-selven do no gentil dedis,/ Ne folwe his gentil auncestre that deed is,/ He nis nat gentil, be he duk or erl;/ For vileyns sinful dedes make a cherl./ For gentillesse nis but renomee/ Of thyne auncestres, for hir heigh bountee,/ Which is a strange thing to thy persone./ Thy gentillesse cometh fro god allone;/ Than comth our verray gentillesse of grace,/ It was nothing biquethe us with our place./ Thenketh how noble, as seith Valerius,/ Was thilke Tullius Hostilius,/ That out of povert roos to heigh noblesse./ Redeth Senek, and redeth eek Boëce,/ Ther shul ye seen expres that it no drede is,/ That he is gentil that doth gentil dedis;/ And therfore, leve housbond, I thus conclude,/ Al were it that myne auncestres were rude,/ Yet may the hye god, and so hope I,/ Grante me grace to liven vertuously./ Thanne am I gentil, whan that I biginne/ To liven vertuously and weyve sinne./

And ther-as ye of povert me repreve,/ The hye god, on whom that we bileve,/ In wilful povert chees to live his lyf./ And certes every man, mayden, or wyf,/ May understonde that Iesus, hevene king,/ Ne wolde nat chese a vicious living./ Glad povert is an honest thing, certeyn;/ This wol Senek and othere clerkes seyn./ Who-so that halt him payd of his poverte,/ I holde him riche, al hadde he nat a sherte./ He that coveyteth is a povre wight,/ For he wolde han that is nat in his might./ But he that noght hath, ne coveyteth have,/ Is riche, al-though ye holde him but a knave./ Verray povert, it singeth proprely;/ Iuvenal seith of povert merily:/

"The povre man, whan he goth by the weye,
Bifore the theves he may singe and pleye."

Povert is hateful good, and, as I gesse,/ A ful greet bringer out of bisinesse;/ A greet amender eek of sapience/ To him that

vemos é que, muitas vezes, os filhos dos nobres se conduzem de maneira torpe e vergonhosa. Quem deseja que sua fidalguia seja reconhecida apenas porque nasceu em berço ilustre e teve ancestrais dignos e virtuosos, e não faz esforço algum para se comportar ele próprio com nobreza, imitando os avoengos que se foram, seja ele duque ou conde, não demonstra a verdadeira fidalguia... Os atos pecaminosos de um vilão fazem só mais um vilão! Por isso, a sua nobreza não é mais que a reputação da magnanimidade de seus antepassados, uma virtude alheia ao seu temperamento. A nobreza legítima de fato vem de Deus apenas. É a sua graça que nos concede a fidalguia, não a herança que acaso nos é legada. Como foi nobre Túlio Hostílio,[140] que da pobreza subiu à mais alta dignidade — se é que podemos confiar no testemunho de Valério! Leia Sêneca, e leia Boécio também: neles há de ver, claramente, que só é nobre quem pratica nobres feitos. Em vista de tudo isso, amado esposo, eis minha conclusão: ainda que meus ancestrais tenham sido humildes, Deus altíssimo há de garantir-me a graça, que almejo, de viver virtuosamente. Assim vivendo, e evitando o pecado, será minha a verdadeira fidalguia.

"Quanto à pobreza que você reprova em mim, o próprio Deus altíssimo, no que nós acreditamos, escolheu viver na Terra em pobreza voluntária; e, por certo, todos os homens, donzelas e mulheres compreendem que Jesus, o rei dos céus, jamais escolheria para si uma forma de vida condenável. Honrada coisa é, sem dúvida, a despreocupada pobreza — como já o disseram Sêneca e muitos outros sábios. Quem se contenta com a sua pobreza, mesmo que não tenha uma camisa para vestir, eu considero rico. Pobre é o ambicioso insatisfeito, que cobiça o que está fora de seu alcance; rico é quem não tem nada e nada deseja, ainda que a nossos olhos não passe de um servo. A verdadeira pobreza sabe cantar. Eis o que, a esse respeito, afirma Juvenal:[141]

'O pobre vai alegre pela estrada,
E diante do assaltante dá risada.'

"A pobreza é um bem indesejável, mas, pelo que sei, pode livrar-nos de grandes aborrecimentos; é também um poderoso estímulo da sabedo-

---

[140] Um dos reis de Roma, Tullius Hostilius, bravio amante da guerra. (N. da E.)
[141] Cf. *Sátiras*, X, 21. (N. do T.)

taketh it in pacience./ Povert is this, al-though it seme elenge:/ Possessioun, that no wight wol chalenge./ Povert ful ofte, whan a man is lowe,/ Maketh his god and eek him-self to knowe./ Povert a spectacle is, as thinketh me,/ Thurgh which he may his verray frendes see./ And therfore, sire, sin that I noght yow greve,/ Of my povert na-more ye me repreve./

Now, sire, of elde ye repreve me;/ And certes, sire, thogh noon auctoritee/ Were in no book, ye gentils of honour/ Seyn that men sholde an old wight doon favour,/ And clepe him fader, for your gentillesse;/ And auctours shal I finden, as I gesse./

Now ther ye seye, that I am foul and old,/ Than drede you noght to been a cokewold;/ For filthe and elde, al-so moot I thee,/ Been grete wardeyns up-on chastitee./ But nathelees, sin I knowe your delyt,/ I shal fulfille your worldly appetyt./

Chese now,' quod she, 'oon of thise thinges tweye,/ To han me foul and old til that I deye,/ And be to yow a trewe humble wyf,/ And never yow displese in al my lyf,/ Or elles ye wol han me yong and fair,/ And take your aventure of the repair/ That shal be to your hous, by-cause of me,/ Or in som other place, may wel be./ Now chese your-selven, whether that yow lyketh.'/

This knight avyseth him and sore syketh,/ But atte laste he seyde in this manere,/ 'My lady and my love, and wyf so dere,/ I put me in your wyse governance;/ Cheseth your-self, which may be most plesance,/ And most honour to yow and me also./ I do no fors the whether of the two;/ For as yow lyketh, it suffiseth me.'/

'Thanne have I gete of yow maistrye,' quod she,/ 'Sin I may chese, and governe as me lest?'/

'Ye, certes, wyf,' quod he, 'I holde it best.'/

'Kis me,' quod she, 'we be no lenger wrothe;/ For, by my trouthe, I wol be to yow bothe,/ This is to seyn, ye, bothe fair and good./ I prey to god that I mot sterven wood,/ But I to yow be al-so good and trewe/ As ever was wyf, sin that the world was newe./ And, but I be to-morn as fair to sene/ As any lady, emperyce, or quene,/ That is bitwixe the est and eke the west,/ Doth with my lyf and deeth right as yow lest./ Cast up the curtin, loke how that it is.'/

ria, para quem a suporta com paciência. Embora pareça mísera, a pobreza é propriedade que ninguém contesta; graças à pobreza o homem, quando humilde, conhece melhor a Deus e a si próprio; a pobreza, para mim, é um par de óculos que nos permite ver os verdadeiros amigos. Por isso, meu marido, já que nenhum agravo lhe faço, não recrimine nunca mais minha pobreza.

"Você também critica-me a idade. Ainda que nenhuma autoridade tivesse abordado o assunto em nenhum livro, basta a fidalguia de espírito para ensinar que se deve respeitar o idoso, chamando-o educadamente de 'pai'... Mas, pelo que sei, há muitos que escreveram sobre isso.

"Assim mesmo, você me acusa de feia e de velha. Você então deveria alegrar-se, visto que não precisa ter nenhum receio de um dia ser corneado, pois, por minha alma, a velhice e a sujeira são formidáveis guardiãs da castidade. Não obstante, como não ignoro os seus desejos, prometo fazer de tudo para satisfazer-lhe o apetite.

"Escolha agora", concluiu ela, "uma destas duas coisas: ou ter em mim uma mulher feia e velha até o fim de seus dias, mas humilde, fiel e sempre disposta a agradá-lo a vida inteira; ou ter em mim uma esposa jovem e atraente, correndo o risco de ver-me receber constantes visitas em sua casa... ou, conforme o caso, em algum outro lugar. Vamos lá, escolha o que prefere."

Dando suspiros profundos, fez o cavaleiro as suas ponderações consigo mesmo; por fim, disse o seguinte: "Minha senhora e meu amor, minha esposa querida, prefiro confiar em seus sábios critérios. Escolha você mesma a alternativa mais agradável e mais honrosa para nós dois. Seja ela qual for, aquilo que lhe aprouver irá aprazer a mim".

"Como você permite que eu escolha e decida como quiser", perguntou ela, "não estaria reconhecendo que quem deve mandar sou eu?"

"Sim, claro, meu bem", respondeu ele. "Acho melhor assim."

"Beije-me", exclamou ela. "Nunca mais brigaremos. Dou-lhe minha palavra de honra: de agora em diante serei para você as duas coisas, isto é, serei bonita e boa. Que eu morra doida varrida, se eu não for a esposa mais fiel e mais encantadora que já existiu no mundo desde que ele começou. E, se até amanhã cedo eu não me tornar formosa mais que qualquer dama, rainha ou imperatriz que possa haver entre o ocidente e o oriente, disponha de minha vida e minha morte como bem lhe parecer. Agora levante a cortina e veja o que aconteceu!"

And whan the knight saugh verraily al this,/ That she so fair was, and so yong ther-to,/ For Ioye he hente hir in his armes two,/ His herte bathed in a bath of blisse;/ A thousand tyme a-rewe he gan hir kisse./ And she obeyed him in every thing/ That mighte doon him plesance or lyking./

And thus they live, un-to hir lyves ende,/ In parfit Ioye; and Iesu Crist us sende/ Housbondes meke, yonge, and fresshe a-bedde,/ And grace toverbyde hem that we wedde./ And eek I preye Iesu shorte hir lyves/ That wol nat be governed by hir wyves;/ And olde and angry nigardes of dispence,/ God sende hem sone verray pestilence./

Here endeth the Wyves Tale of Bathe.

E quando o cavaleiro olhou, e viu que de fato ela se transformara numa jovem deslumbrante, envolveu-a em seus braços, transbordante de alegria; sentiu banhar-se seu coração em felicidade; beijou mil vezes a esposa, enquanto ela, de bom grado, se submetia a tudo que lhe pudesse dar gozo ou prazer. E assim viveram eles até o fim de suas vidas, sempre em perfeita harmonia.

Que Jesus Cristo mande a nós também maridos dóceis, jovens e fogosos na cama... e a graça de podermos sobreviver a eles! E também rogo a Jesus que encurte a vida dos homens que não se deixam dominar por suas mulheres, e que são velhos, ranzinzas e avarentos... Para esses pestes Deus envie a Peste!

Aqui termina o Conto da Mulher de Bath.

The Freres Tale

The Prologe of the Freres tale.

    This worthy limitour, this noble Frere,/ He made alwey a maner louring chere/ Upon the Somnour, but for honestee/ No vileyns word as yet to him spak he./ But atte laste he seyde un-to the Wyf,/ 'Dame,' quod he, 'god yeve yow right good lyf!/ Ye han heer touched, al-so moot I thee,/ In scole-matere greet difficultee;/ Ye han seyd muchel thing right wel, I seye;/ But dame, here as we ryden by the weye,/ Us nedeth nat to speken but of game,/ And lete auctoritees, on goddes name,/ To preching and to scole eek of clergye./ But if it lyke to this companye,/ I wol yow of a somnour telle a game./ Pardee, ye may wel knowe by the name,/ That of a somnour may no good be sayd;/ I praye that noon of you be yvel apayd./ A somnour is a renner up and doun/ With mandements for fornicacioun,/ And is y-bet at every tounes ende.'/

    Our host tho spak, 'a! sire, ye sholde be hende/ And curteys, as a man of your estaat;/ In companye we wol have no debaat./ Telleth your tale, and lat the Somnour be.'/

O Conto do Frade

Prólogo do Conto do Frade.

Enquanto a Mulher de Bath falava, o ilustre mendicante, o nobre Frade, olhava carrancudo para o Oficial de Justiça Eclesiástica, mas, para ser franco, sem chegar a ofendê-lo com palavras. Por fim, disse ele à Mulher: "Minha senhora, que Deus lhe dê tudo de bom! Pode crer, a senhora tocou em questões filosóficas de grande complexidade. Além disso, fez, em minha opinião, algumas colocações excelentes. Mas a verdade, senhora, é que, ao cavalgarmos aqui pelo caminho, não precisamos falar de coisas sérias. Por Deus, vamos deixar as sentenças de sabedoria para os pregadores e os seminaristas! Por isso, se for do agrado desta comitiva, eu gostaria agora de narrar um caso engraçado que se deu com um oficial de justiça eclesiástica. Deus do Céu, pelo próprio nome vocês já sabem que não se pode dizer nada de bom de um beleguim. Peço, portanto, que ninguém me leve a mal. O fato é que o beleguim não passa de um sujeito que vive correndo para baixo e para cima, a levar intimações para os fornicadores e a apanhar nas saídas das cidades".

O Albergueiro interveio prontamente: "Ah, senhor! Por favor, seja cortês e gentil; não se esqueça de sua condição. Nesta companhia não queremos brigas. Conte a sua história, e deixe o Beleguim em paz".

'Nay,' quod the Somnour, 'lat him seye to me/ What so him list; whan it comth to my lot,/ By god, I shal him quyten every grot./ I shal him tellen which a greet honour/ It is to be a flateringe limitour;/ And his offyce I shal him telle, y-wis.'/

Our host answerde, 'pees, na-more of this.'/ And after this he seyde un-to the Frere,/ 'Tel forth your tale, leve maister deere.'/

Here endeth the Prologe of the Frere.

Here biginneth the Freres tale.

Whilom ther was dwellinge in my contree/ An erchedeken, a man of heigh degree,/ That boldely dide execucioun/ In punisshinge of fornicacioun,/ Of wicchecraft, and eek of bauderye,/ Of diffamacioun, and avoutrye,/ Of chirche-reves, and of testaments,/ Of contractes, and of lakke of sacraments,/ And eek of many another maner cryme/ Which nedeth nat rehercen at this tyme;/ Of usure, and of symonye also./ But certes, lechours dide he grettest wo;/ They sholde singen, if that they were hent;/ And smale tytheres weren foule y-shent./ If any persone wolde up-on hem pleyne,/ Ther mighte asterte him no pecunial peyne./ For smale tythes and for smal offringe,/ He made the peple pitously to singe./ For er the bisshop caughte hem with his hook,/ They weren in the erchedeknes book./ Thanne hadde he, thurgh his Iurisdiccioun,/ Power to doon on hem correccioun./ He hadde a Somnour redy to his hond,/ A slyer boy was noon in Engelond;/ For subtilly he hadde his espiaille,/ That taughte him, wher that him mighte availle./ He coude spare of lechours oon or two,/ To techen him to foure and twenty mo./ For thogh this Somnour wood were as an hare,/ To telle his harlotrye I wol nat spare;/ For we been out of his correccioun;/ They han of us no Iurisdiccioun,/ Ne never shullen, terme of alle hir lyves./

'Peter! so been the wommen of the styves,'/ Quod the Somnour, 'y-put out of my cure!'/

"Não se preocupe", disse o Oficial de Justiça Eclesiástica. "Deixe que diga o que quiser. Quando chegar a minha vez, por Deus, vou dar-lhe o troco tim-tim por tim-tim. Aí ele vai ver que grande honra que é ser um mendicante puxa-sacos. Hei de mostrar-lhe direitinho todos os crimes dos frades (que agora não vem ao caso enumerar) e quais são as suas funções."

Respondeu o Albergueiro: "Chega! Vamos parar com isso!". E, voltando-se para o Frade: "Pode contar a sua história, meu caro e estimado senhor".

Aqui termina o Prólogo do Frade.

O Conto do Frade aqui tem início.

Havia outrora, em minha terra, um arcediago de elevada posição que punia com rigor os crimes de fornicação, feitiçaria, libertinagem, calúnia e adultério, bem como o desrespeito aos guardiães da Igreja, aos testamentos, aos sacramentos e aos contratos, e a prática da simonia e da usura. Mas eram os devassos os que ele mais perseguia, trazendo-os num cortado toda vez que os apanhava. Os que deixavam de saldar suas dívidas para com a Madre Igreja, se denunciados por algum pároco, também eram castigados sem contemplação, mesmo depois de pagarem suas multas em dinheiro. Impunha tormentos atrozes a todos os que sonegavam seus dízimos e donativos; e, antes que o bispo os fisgasse com o seu bastão recurvo, lá estavam eles no livro do arcediago, que tinha, em sua jurisdição, poder ilimitado na aplicação das penas. Contava, nessa tarefa, com a ajuda de um beleguim, o mais astuto de toda a Inglaterra, pois formara uma verdadeira rede de espiões, que sempre lhe apontavam onde achar o que queria. Às vezes, chegava ele a poupar um ou dois libertinos para pôr as mãos em mais uns vinte e quatro. E mesmo que este Beleguim aqui ao nosso lado fique louco furioso, não vou omitir nada a respeito de sua devassidão, pois essa gente não tem poder sobre nós. Nós, os frades, estamos, e sempre estaremos, fora de sua jurisdição.

"Por São Pedro!", gritou o Oficial de Justiça Eclesiástica. "Também as mulheres da vida estão fora de nossa jurisdição!"

'Pees, with mischance and with misaventure,'/ Thus seyde our host, 'and lat him telle his tale./ Now telleth forth, thogh that the Somnour gale,/ Ne spareth nat, myn owene maister dere.'/

This false theef, this Somnour, quod the Frere,/ Hadde alwey baudes redy to his hond,/ As any hauk to lure in Engelond,/ That tolde him al the secree that they knewe;/ For hir acqueyntance was nat come of-newe./ They weren hise approwours prively;/ He took him-self a greet profit therby;/ His maister knew nat alwey what he wan./ With-outen mandement, a lewed man/ He coude somne, on peyne of Cristes curs,/ And they were gladde for to fille his purs,/ And make him grete festes atte nale./ And right as Iudas hadde purses smale,/ And was a theef, right swich a theef was he;/ His maister hadde but half his duëtee./ He was, if I shal yeven him his laude,/ A theef, and eek a Somnour, and a baude./ He hadde eek wenches at his retenue,/ That, whether that sir Robert or sir Huwe,/ Or Iakke, or Rauf, or who-so that it were,/ That lay by hem, they tolde it in his ere;/ Thus was the wenche and he of oon assent./ And he wolde fecche a feyned mandement,/ And somne hem to the chapitre bothe two,/ And pile the man, and lete the wenche go./ Thanne wolde he seye, 'frend, I shal for thy sake/ Do stryken hir out of our lettres blake;/ Thee thar na-more as in this cas travaille;/ I am thy freend, ther I thee may availle.'/ Certeyn he knew of bryberyes mo/ Than possible is to telle in yeres two./ For in this world nis dogge for the bowe,/ That can an hurt deer from an hool y-knowe,/ Bet than this Somnour knew a sly lechour,/ Or an avouter, or a paramour./ And, for that was the fruit of al his rente,/ Therfore on it he sette al his entente./

And so bifel, that ones on a day/ This Somnour, ever waiting on his pray,/ Rood for to somne a widwe, an old ribybe,/ Feynynge a cause, for he wolde brybe./ And happed that he saugh bifore him ryde/ A gay yeman, under a forest-syde./ A bowe he bar, and arwes brighte and kene;/ He hadde up-on a courtepy of grene;/ An hat up-on his heed with frenges blake./

'Sir,' quod this Somnour, 'hayl! and wel a-take!'/

'Wel-come,' quod he, 'and every good felawe!/ Wher rydestow under this grene shawe?'/ Seyde this yeman, 'wiltow fer to day?'/

"Silêncio! Oh, desgraça e miséria!", exclamou o Albergueiro. "Não interrompa a história. Prossiga, meu caro senhor; não faça caso de seus berros. E não poupe ninguém."

Aquele ladrão traiçoeiro, o beleguim — continuou o Frade —, dispunha da ajuda de muitas prostitutas, seus chamarizes para os falcões desta Inglaterra; e elas descobriam todos os segredos para ele. Era uma colaboração antiga, visto que havia muito elas funcionavam como suas agentes particulares. Assim procedendo, auferia lucros consideráveis, e o próprio patrão não tinha ideia de quanto o seu servo amealhava. Mesmo sem ordem superior, costumava intimar ao tribunal da Inquisição, com ameaças de excomunhão, os pobres ignorantes, que, para se safarem, alegremente recheavam sua bolsa e, ainda por cima, lhe pagavam rodadas de cerveja na taverna. Como Judas, levava a sua bolsinha inseparável; e, assim como Judas, também era ladrão. Não entregava ao arcediago nem a metade do que recolhia. Tratava-se, portanto — para um quadro completo de suas qualidades —, de um ladrão, de um beleguim e de um devasso. As mulheres a seu serviço, em combinação com ele, denunciavam a seus ouvidos o homem com quem dormiam, fosse ele Sir Robert ou Sir Hugh, ou simplesmente Ralph ou Jack. Imediatamente, enviava-lhe o beleguim uma intimação forjada, convocando-o ao Capítulo juntamente com a pecadora; ele então esfolava o homem, deixando livre a mulher. E ainda dizia: "Amigo, em consideração por você, vou riscá-la do nosso livro negro. Não precisa preocupar-se com ela. Sou seu amigo, e estou aqui para ajudá-lo no que for possível". Sem dúvida alguma, o que ele fazia em matéria de extorsão não dá para ser contado nem em dois anos. Não há neste mundo cão de caça que possa distinguir pelo faro o gamo ferido dos outros gamos, como ele era capaz de distinguir um libertino esperto de um adúltero ou de um amante. Afinal, disso dependia a sua renda, e, portanto, era nisso que aplicava o seu talento.

Um dia, porém, aconteceu que esse beleguim, sempre à espreita de novas vítimas, foi procurar, montado em seu cavalo, uma pobre viúva, uma velhota, que pretendia intimar com alguma falsa acusação. Viu então na estrada, cavalgando à sua frente às margens de uma floresta, um homem com roupas de cores alegres. Parecia um couteiro, com seu arco e suas flechas reluzentes e pontiagudas; tinha sobre os ombros uma capinha verde, e na cabeça um chapéu com abas negras.

"Salve, senhor", disse o beleguim ao alcançá-lo. "Desejo-lhe um bom dia!"

This Somnour him answerde, and seyde, 'nay;/ Heer faste by,' quod he, 'is myn entente/ To ryden, for to reysen up a rente/ That longeth to my lordes duëtee./

'Artow thanne a bailly?'

'Ye!' quod he./ He dorste nat, for verray filthe and shame,/ Seye that he was a somnour, for the name./

'Depardieux,' quod this yeman, 'dere brother,/ Thou art a bailly, and I am another./ I am unknowen as in this contree;/ Of thyn aqueyntance I wolde praye thee,/ And eek of brotherhede, if that yow leste./ I have gold and silver in my cheste;/ If that thee happe to comen in our shyre,/ Al shal be thyn, right as thou wolt desyre.'/

'Grantmercy,' quod this Somnour, 'by my feith!'/ Everich in otheres hand his trouthe leith,/ For to be sworne bretheren til they deye./ In daliance they ryden forth hir weye./

This Somnour, which that was as ful of Iangles,/ As ful of venim been thise wariangles,/ And ever enquering up-on every thing,/ 'Brother,' quod he, 'where is now your dwelling,/ Another day if that I sholde yow seche?'/

This yeman him answerde in softe speche,/ 'Brother,' quod he, 'fer in the north contree,/ Wher, as I hope, som-tyme I shal thee see./ Er we departe, I shal thee so wel wisse,/ That of myn hous ne shaltow never misse.'/

'Now, brother,' quod this Somnour, 'I yow preye,/ Teche me, whyl that we ryden by the weye,/ Sin that ye been a baillif as am I,/ Som subtiltee, and tel me feithfully/ In myn offyce how I may most winne;/ And spareth nat for conscience ne sinne,/ But as my brother tel me, how do ye?'/

'Now, by my trouthe, brother dere,' seyde he,/ 'As I shal tellen thee a feithful tale,/ My wages been ful streite and ful smale./ My lord is hard to me and daungerous,/ And myn offyce is ful laborous;/ And therfore by extorcions I live./ For sothe, I take al

"Seja bem-vindo", respondeu o outro, "como todo homem de bem! Para onde está cavalgando, à sombra deste verde bosque? Vai para longe?"

"Oh, não", explicou-lhe o oficial da Inquisição. "Vou aqui pertinho mesmo, cobrar uma dívida para o meu senhor."

"Ah, então o senhor é bailio?"[142]

"Sim", retrucou ele, com vergonha de confessar a sua suja condição de beleguim.

"*Depardieux!*", exclamou o estranho. "Meu caro irmão, pois eu também sou bailio! Só que não sou conhecido por estas bandas. Por isso, se não se importar, eu gostaria de tê-lo como amigo e como irmão. Tenho muito ouro e muita prata em meu baú. Se um dia você vier ao nosso condado, garanto-lhe que toda essa riqueza estará a seu dispor."

"Ora, muito obrigado", disse o beleguim, "sinceramente!" E, com um aperto de mãos, ambos juraram que seriam irmãos até a morte. Depois seguiram viagem, rindo e conversando o tempo todo.

O beleguim, cheio de léria como são cheias de maldade as aves predadoras, queria saber de tudo. Por isso, indagou curioso: "Irmão, onde é que você mora? Pode ser que um dia eu queira visitá-lo".

Em voz baixa, confidenciou-lhe o couteiro: "Irmão, bem longe, lá no norte.[143] Eu gostaria mesmo que você aparecesse por lá. Antes de nos separarmos, vou lhe explicar como chegar à minha casa sem errar o caminho".

"Agora, irmão", continuou o beleguim, "enquanto cavalgamos, eu gostaria, já que nós dois somos bailios, que me aconselhasse, com toda a sinceridade, um jeito de obter mais vantagens em nossa profissão. Por favor, ponha de lado os escrúpulos de consciência, e conte-me, como um verdadeiro irmão, como é que você faz."

"Bem, para dizer a verdade, caro irmão", retrucou o outro, "já que você exige que eu seja sincero, meu salário é baixo, é irrisório. O patrão é um homem duro e exigente, o trabalho é bastante espinhoso, e é praticando a extorsão que sobrevivo. Passo a mão em tudo o que aparece.

---

[142] Na Baixa Idade Média, "bailio" era o representante do rei nas províncias, que tinha o poder de fiscalizar os funcionários locais, convocar a nobreza e seus soldados para o serviço militar e arrecadar impostos. (N. da E.)

[143] O diabo era, tradicionalmente, associado com o Norte. (N. da E.)

O Conto do Frade

that men wol me yive;/ Algate, by sleyghte or by violence,/ Fro yeer to yeer I winne al my dispence./ I can no bettre telle feithfully.'/

'Now, certes,' quod this Somnour, 'so fare I;/ I spare nat to taken, god it woot,/ But if it be to hevy or to hoot./ What I may gete in conseil prively,/ No maner conscience of that have I;/ Nere myn extorcioun, I mighte nat liven,/ Ne of swiche Iapes wol I nat be shriven./ Stomak ne conscience ne knowe I noon;/ I shrewe thise shrifte-fadres everichoon./ Wel be we met, by god and by seint Iame!/ But, leve brother, tel me than thy name,'/ Quod this Somnour; and in this mene-whyle,/ This yeman gan a litel for to smyle./

'Brother,' quod he, 'wiltow that I thee telle?/ I am a feend, my dwelling is in helle./ And here I ryde about my purchasing,/ To wite wher men wolde yeve me any thing./ My purchas is theffect of al my rente./ Loke how thou rydest for the same entente,/ To winne good, thou rekkest never how;/ Right so fare I, for ryde wolde I now/ Un-to the worldes ende for a preye.'/

'A,' quod this Somnour, '*benedicite*, what sey ye?/ I wende ye were a yeman trewely./ Ye han a mannes shap as wel as I;/ Han ye figure than determinat/ In helle, ther ye been in your estat?'/

'Nay, certeinly,' quod he, 'ther have we noon;/ But whan us lyketh, we can take us oon,/ Or elles make yow seme we ben shape/ Som-tyme lyk a man, or lyk an ape;/ Or lyk an angel can I ryde or go./ It is no wonder thing thogh it be so;/ A lousy Iogelour can deceyve thee,/ And pardee, yet can I more craft than he.'/

'Why,' quod the Somnour, 'ryde ye thanne or goon/ In sondry shap, and nat alwey in oon?'/

'For we,' quod he, 'wol us swich formes make/ As most able is our preyes for to take.'/

'What maketh yow to han al this labour?'/

'Ful many a cause, leve sir Somnour,'/ Seyde this feend, 'but alle thing hath tyme./ The day is short, and it is passed pryme,/ And yet ne wan I no-thing in this day./ I wol entende to winnen, if I may,/ And nat entende our wittes to declare./ For, brother myn, thy wit is al to bare/ To understonde, al-thogh I tolde hem thee./ But, for thou axest why labouren we;/ For, som-tyme, we ben goddes instruments,/ And menes to don his comandements,/ Whan that him list, up-on his creatures,/ In divers art and in

E assim, por meio da astúcia ou da violência, ano após ano vou ganhando a vida. E isso é tudo, palavra."

"Pois é o que eu também faço", ajuntou o beleguim. "Juro por Deus que levo tudo o que posso. Só não carrego o que é pesado ou quente demais. E também não vejo por que ter escrúpulos em procurar esses ganhos por fora. Se não fosse pela extorsão, como é que eu iria viver? Nunca hei de arrepender-me dos golpes que aplico por aí; não tenho dor de consciência nem estômago delicado; e para os padres confessores, mando uma grande figa! Por Deus e por São Tiago, ainda bem que nos encontramos! Mas, caro irmão, qual é seu nome?" Ao ouvir a pergunta, o couteiro sorriu.

"Irmão", disse ele, "você quer mesmo saber? Pois bem, sou um diabo; o inferno é minha morada. Estou aqui para buscar aquilo que os homens quiserem me dar. Tudo o que eu conseguir será lucro meu. Assim como você cavalga à cata de fortuna, sem se importar com os meios, assim também eu vou até o fim do mundo atrás de minhas presas."

"Ah!" exclamou o beleguim, "*benedicite*! Que está me dizendo? E eu cá comigo a pensar o tempo todo que você não passava de um couteiro! É que você tem forma humana como eu. Lá no inferno, em seu meio natural, vocês não têm uma aparência própria determinada?"

"Não, de modo algum", retorquiu o outro, "nenhuma forma determinada. Assumimos a aparência que desejamos, podendo nos transformar em homens, em macacos ou mesmo em anjos. E não há nada de extraordinário nisso, pois, se até um mísero ilusionista pode enganar olhos mortais, por que não eu, que tenho mais poder?"

"Mas por que", indagou ainda o curioso, "vocês têm que assumir várias formas em vez de se contentarem só com uma?"

"Porque as formas que tomamos", explicou o demônio, "são as que melhor nos ajudam a enlear as nossas vítimas."

"E que razões os levam a ter tanto trabalho?"

"Muitas razões, caro senhor beleguim... Mas tudo tem o seu tempo. O dia é curto, já passou a hora prima, e hoje ainda não pude apanhar coisa alguma. Meu propósito é caçar o que puder, e não ficar aqui a falar de meu propósito. Além disso, meu irmão, ainda que eu lhe explicasse, você não iria entender. Mas, já que você faz tanta questão de saber por que nos damos a tanto trabalho, direi apenas que somos os instrumentos de Deus e o meio que Ele usa, quando assim o deseja, para levar, de formas diversas e diversas maneiras, suas decisões às suas criaturas. Sem Ele

O Conto do Frade

divers figures./ With-outen him we have no might, certayn,/ If that him list to stonden ther-agayn./ And som-tyme, at our prayere, han we leve/ Only the body and nat the soule greve;/ Witnesse on Iob, whom that we diden wo./ And som-tyme han we might of bothe two,/ This is to seyn, of soule and body eke./ And somtyme be we suffred for to seke/ Up-on a man, and doon his soule unreste,/ And nat his body, and al is for the beste./ Whan he withstandeth our temptacioun,/ It is a cause of his savacioun;/ Al-be-it that it was nat our entente/ He sholde be sauf, but that we wolde him hente./ And som-tyme be we servant un-to man,/ As to the erchebisshop Seint Dunstan,/ And to the apostles servant eek was I.'/

'Yet tel me,' quod the Somnour, 'feithfully,/ Make ye yow newe bodies thus alway/ Of elements?' the feend answerde, 'nay;/ Som-tyme we feyne, and som-tyme we aryse/ With dede bodies in ful sondry wyse,/ And speke as renably and faire and wel/ As to the Phitonissa dide Samuel./ And yet wol som men seye it was nat he;/ I do no fors of your divinitee./ But o thing warne I thee, I wol nat Iape,/ Thou wolt algates wite how we ben shape;/ Thou shalt her-afterward, my brother dere,/ Com ther thee nedeth nat of me to lere./ For thou shalt by thyn owene experience/ Conne in a chayer rede of this sentence/ Bet than Virgyle, whyl he was on lyve,/ Or Dant also; now lat us ryde blyve./ For I wol holde companye with thee/ Til it be so, that thou forsake me.'/

'Nay,' quod this Somnour, 'that shal nat bityde;/ I am a yeman, knowen is ful wyde;/ My trouthe wol I holde as in this cas./ For though thou were the devel Sathanas,/ My trouthe wol I holde to my brother,/ As I am sworn, and ech of us til other/ For to be trewe brother in this cas;/ And bothe we goon abouten our purchas./ Tak thou thy part, what that men wol thee yive,/ And I shal myn; thus may we bothe live./ And if that any of us have more than other,/ Lat him be trewe, and parte it with his brother.'/

não temos força alguma; ficamos impotentes quando Ele se opõe às nossas intenções. Às vezes, a nosso pedido, obtemos licença para fazermos mal ao corpo, mas não à alma. Foi o que se deu no caso de Jó, a quem tanto maltratamos. Outras vezes podemos ferir ambos, ou seja, a alma e o corpo. Outras vezes, enfim, só nos é permitido perseguir um homem com os tormentos do espírito, deixando incólume o corpo. E tudo é para o bem da humanidade. Quando alguém é tentado e nos resiste, recebe como prêmio a salvação, embora não seja esse propriamente o nosso desígnio, e sim levá-lo conosco. Há até ocasiões em que servimos a um mortal, a exemplo do que sucedeu com o santo arcebispo Dunstan.[144] Posso afirmar que eu mesmo fui servo dos apóstolos."

"Mas diga-me", insistiu o beleguim, "sinceramente: vocês se utilizam dos quatro elementos quando criam os corpos que assumem?" Respondeu o diabo: "Não. Algumas vezes produzimos ilusões, outras vezes entramos nos corpos dos mortos. Em todas as formas, porém, por mais variadas que sejam, sempre falamos com fluência, precisão e graça, como Samuel ao dirigir-se à Feiticeira de Endor...[145] Se bem que alguns achem que não foi ele (o que pouco importa, pois não me interesso por teologia). Mas faço-lhe uma advertência muito séria: logo você saberá tudo sobre nós, porque dentro em pouco, meu caro irmão, deverá estar onde as minhas lições se tornam desnecessárias. Lá, por experiência própria, poderá ditar todo este saber de cátedra, melhor que Virgílio em vida, ou até melhor que Dante. Mas deixe-me apressar o trote; tenho que cavalgar lado a lado com você, pois agora desconfio que queira fugir de mim."

"Imagine!", exclamou o oficial do Santo Ofício. "Isso nunca! Sou um servidor honrado e muito conhecido. Jamais o trairia, nem que fosse o próprio Satanás. Sempre serei fiel a meu irmão. Afinal, fizemos ambos um juramento de que seríamos irmãos; e é como irmãos que vamos prosseguir em nossas buscas. Você tomará a sua parte daquilo que os homens lhe derem, e eu tomarei a minha; ambos assim viveremos. Se algum de nós no fim ficar com mais, deverá fraternalmente repartir com o outro a diferença."

---

[144] São Dunstan foi arcebispo de Canterbury em 959. Não se sabe a que episódio de sua vida Chaucer se refere. (N. do T.)

[145] Cf. I Samuel, 28, 7, e I Crônicas, 10, 13. De acordo com a crença popular, o demônio se fez passar pelo espírito de Samuel nessa ocasião. (N. do T.)

'I graunte,' quod the devel, 'by my fey.'/ And with that word they ryden forth hir wey./

And right at the entring of the tounes ende,/ To which this Somnour shoop him for to wende,/ They saugh a cart, that charged was with hey,/ Which that a carter droof forth in his wey./ Deep was the wey, for which the carte stood./ The carter smoot, and cryde, as he were wood,/ 'Hayt, Brok! hayt, Scot! what spare ye for the stones?/ The feend,' quod he, 'yow fecche body and bones,/ As ferforthly as ever were ye foled!/ So muche wo as I have with yow tholed!/ The devel have al, bothe hors and cart and hey!'/

This Somnour seyde, 'heer shal we have a pley;'/ And neer the feend he drough, as noght ne were,/ Ful prively, and rouned in his ere:/ 'Herkne, my brother, herkne, by thy feith;/ Herestow nat how that the carter seith?/ Hent it anon, for he hath yeve it thee,/ Bothe hey and cart, and eek hise caples three.'/

'Nay,' quod the devel, 'god wot, never a deel;/ It is nat his entente, trust me weel./ Axe him thy-self, if thou nat trowest me,/ Or elles stint a while, and thou shall see.'/

This carter thakketh his hors upon the croupe,/ And they bigonne drawen and to-stoupe;/ 'Heyt, now!' quod he, 'ther Iesu Crist yow blesse,/ And al his handwerk, bothe more and lesse!/ That was wel twight, myn owene lyard boy!/ I pray god save thee and sëynt Loy!/ Now is my cart out of the slow, pardee!'/

'Lo! brother,' quod the feend, 'what tolde I thee?/ Heer may ye see, myn owene dere brother,/ The carl spak oo thing, but he thoghte another./ Lat us go forth abouten our viage;/ Heer winne I no-thing up-on cariage.'/

Whan that they comen som-what out of toune,/ This Somnour to his brother gan to roune,/ 'Brother,' quod he, 'heer woneth an old rebekke,/ That hadde almost as lief to lese hir nekke/ As for to yeve a peny of hir good./ I wol han twelf pens, though that she be wood,/ Or I wol sompne hir un-to our offyce;/ And yet, god woot, of hir knowe I no vyce./ But for thou canst nat, as in this contree,/ Winne thy cost, tak heer ensample of me.'/

This Somnour clappeth at the widwes gate./ 'Com out,' quod he, 'thou olde viritrate!/ I trowe thou hast som frere or preest with thee!'/

'Who clappeth?' seyde this widwe, '*benedicite*!/ God save you, sire, what is your swete wille?'/

"De acordo", confirmou o diabo, "tem a minha palavra." E, dito isso, voltaram a cavalgar pelo caminho.

Logo depois, ao saírem de uma vila rumo ao local que o beleguim pretendia visitar, avistaram uma carroça carregada de feno, conduzida por um carroceiro. Como havia muita lama na estrada, a carroça de repente encalhou. O carroceiro pôs-se a chicotear os animais, gritando fora de si: "Eia, Brock! Eia, Scott! Vamos! Estão com medo das pedras? Que o diabo carregue vocês todos, os couros e as carcaças, pela égua que os pariu! O que vocês me fazem sofrer! Que vá tudo para o diabo, os cavalos, a carroça e o feno!".

Pensou o beleguim: "Isto vai ser divertido!". E, como se nada fosse, aproximou-se do diabo e sussurrou-lhe ao pé do ouvido: "Escute só, meu irmão; escute, por minha fé! Não está ouvindo o que diz o carroceiro? Passe a mão em tudo agora mesmo: ele acabou de dar tudo a você — a carroça, o feno e os três cavalos".

"Não", respondeu o diabo, "sabe Deus que isso não é verdade! Pode acreditar-me, ele não teve essa intenção. Pergunte-lhe você mesmo, se não confia em mim. Ou espere um pouco e verá."

O carroceiro então acariciou os animais com tapinhas nas garupas, e eles começaram a fazer força e a puxar. "Isso! Agora!", gritava ele; "Jesus abençoe vocês e toda a criação, grandes e pequeninos! Que belo arranque, meu lindo baio! Deus o guarde, e Santo Elói também! Graças a Deus, a carroça está livre do atoleiro!"

"Viu só, irmão?", perguntou o diabo. "Que foi que eu lhe disse? É isso aí, meu caro irmão: o sujeito falou uma coisa, mas pensou outra. Vamos em frente; aqui não há nada que se possa levar."

Mais tarde, quando já haviam se afastado um pouco do vilarejo, o beleguim cochichou para o outro: "Irmão, neste lugar mora uma velha megera que prefere perder o pescoço a dar uma só que seja de todas as suas moedas. Mas, ainda que fique louca de raiva, vou lhe arrancar doze dinheiros. Caso contrário, por Deus, hei de levá-la ao tribunal da Inquisição, mesmo sabendo que não tem culpa alguma. Olhe bem como se faz nesta terra para se ficar rico, e aprenda com meu exemplo".

O beleguim bateu então à porta da viúva: "Venha cá, apareça, bruxa velha! Aposto como você está aí dentro nos braços de algum frade ou de algum padre!".

"Quem está batendo?", disse a viúva ao sair. "*Benedicite*! Deus o abençoe, senhor. Em que posso servi-lo?"

'I have,' quod he, 'of somonce here a bille;/ Up peyne of cursing, loke that thou be/ To-morn bifore the erchedeknes knee/ Tanswere to the court of certeyn thinges.'/

'Now, lord,' quod she, 'Crist Iesu, king of kinges,/ So wisly helpe me, as I ne may./ I have been syk, and that ful many a day./ I may nat go so fer,' quod she, 'ne ryde,/ But I be deed, so priketh it in my syde./ May I nat axe a libel, sir Somnour,/ And answere there, by my procutour,/ To swich thing as men wol opposen me?'/

'Yis,' quod this Somnour, 'pay anon, lat se,/ Twelf pens to me, and I wol thee acquyte./ I shall no profit han ther-by but lyte;/ My maister hath the profit, and nat I./ Com of, and lat me ryden hastily;/ Yif me twelf pens, I may no lenger tarie.'/

'Twelf pens,' quod she, 'now lady Seinte Marie/ So wisly help me out of care and sinne,/ This wyde world thogh that I sholde winne,/ Ne have I nat twelf pens with-inne myn hold./ Ye knowen wel that I am povre and old;/ Kythe your almesse on me povre wrecche.'/

'Nay than,' quod he, 'the foule feend me fecche/ If I thexcuse, though them shul be spilt!'/

'Alas,' quod she, 'god woot, I have no gilt.'/

'Pay me,' quod he, 'or by the swete seinte Anne,/ As I wol bere awey thy newe panne/ For dette, which that thou owest me of old,/ Whan that thou madest thyn housbond cokewold,/ I payde at hoom for thy correccioun.'/

'Thou lixt,' quod she, 'by my savacioun!/ Ne was I never er now, widwe ne wyf,/ Somoned un-to your court in al my lyf;/ Ne never I nas but of my body trewe!/ Un-to the devel blak and rough of hewe/ Yeve I thy body and my panne also!'/

And whan the devel herde hir cursen so/ Up-on hir knees, he seyde in this manere,/ 'Now Mabely, myn owene moder dere,/ Is this your wil in ernest, that ye seye?'/

'The devel,' quod she, 'so fecche him er he deye,/ And panne and al, but he wol him repente!'/

'Nay, olde stot, that is nat myn entente,'/ Quod this Somnour, 'for to repente me,/ For any thing that I have had of thee;/ I wolde I hadde thy smok and every clooth!'/

'Now, brother,' quod the devel, 'be nat wrooth;/ Thy body

"Eu trouxe uma intimação para você", disse ele. "Amanhã cedo, sem falta, você terá que comparecer perante o arcediago, sob pena de excomunhão, para explicar umas coisinhas ao tribunal."

"Oh, senhor", choramingou a velha, "se Jesus Cristo, o Rei dos Reis, não me amparar, estou perdida! Tenho estado doente todos estes dias. Não posso ir muito longe, nem mesmo a cavalo. Se eu for até lá, vou morrer pelo caminho com esta dor aqui do lado. Senhor Oficial, será que não poderiam enviar-me a acusação por escrito? Assim eu mandaria um advogado para responder às denúncias que fazem contra mim."

"De modo algum!", berrou o oficial. "Há, porém, uma saída: se você me pagar doze dinheiros, poderei dar-lhe agora mesmo a absolvição. E não pense que vou ganhar muito com isso; é meu patrão quem fica com o lucro, não eu. Vamos lá, estou com pressa; passe-me logo os doze dinheiros. Não tenho tempo a perder!"

"Doze dinheiros!", exclamou ela. "Santa Maria, Nossa Senhora, livre-me da dor e do pecado! Mesmo que fosse em troca do mundo inteiro, eu nunca poderia arranjar essa quantia! Você sabe que sou pobre e velha. Tenha dó de uma mísera coitada!"

"Essa não!", bradou ele. "Que o maldito do diabo me leve, se eu tiver dó de gente da sua laia. Por mim você pode arrebentar-se!"

"Ai", gemeu ela, "juro por Deus que sou inocente."

"Ou você me dá o dinheiro", disse o beleguim, "ou, pela bondosa Santa Ana, vou levar comigo a sua panela nova. Será o pagamento daquilo que você me deve desde o dia em que corneou seu marido e eu tive que subornar o tribunal para livrá-la do castigo."

"Isso é mentira", gritou ela. "Por minha alma! Nunca na minha vida de casada ou de viúva fui chamada ao tribunal da Igreja! Nunca sujei meu corpo, nunca fui infiel! Vá para o diabo mais negro e medonho — você e a panela!"

Ao vê-la rogar a praga de joelhos, perguntou-lhe o diabo: "Mabel, minha avozinha querida, você está falando sério?".

"Sim!", repetiu ela. "A menos que se arrependa, o diabo pode levá-lo agora mesmo, com panela e tudo!"

"Arrepender-me, vaca velha?!", interveio o beleguim. "Nunca! Jamais hei de arrepender-me de esfolar você. Eu bem que gostaria de levar também o seu manto e todas as suas roupas!"

"Irmão", falou o diabo, "não fique zangado comigo, mas acho que tenho direito a seu corpo e a esta panela. Esta noite você vai comigo

and this panne ben myne by right./ Thou shalt with me to helle yet to-night,/ Where thou shalt knowen of our privetee/ More than a maister of divinitee:'/

And with that word this foule feend him hente;/ Body and soule, he with the devel wente/ Wher-as that somnours han hir heritage./ And god, that maked after his image/ Mankinde, save and gyde us alle and some;/ And leve this Somnour good man to bicome!/

Lordinges, I coude han told yow, quod this Frere,/ Hadde I had leyser for this Somnour here,/ After the text of Crist [and] Poul and Iohn/ And of our othere doctours many oon,/ Swiche peynes, that your hertes mighte agryse,/ Al-be-it so, no tonge may devyse,/ Thogh that I mighte a thousand winter telle,/ The peyne of thilke cursed hous of helle./ But, for to kepe us fro that cursed place,/ Waketh, and preyeth Iesu for his grace/ So kepe us fro the temptour Sathanas./ Herketh this word, beth war as in this cas;/ The leoun sit in his await alway/ To slee the innocent, if that he may./ Disposeth ay your hertes to withstonde/ The feend, that yow wolde make thral and bonde./ He may nat tempten yow over your might;/ For Crist wol be your champion and knight./ And prayeth that thise Somnours hem repente/ Of hir misdedes, er that the feend hem hente./

Here endeth the Freres tale.

para o inferno, onde irá conhecer nossos segredos mais que um professor de teologia."

E, assim dizendo, o demônio o agarrou e o arrastou de corpo e alma para o lugar que é o destino de todos os beleguins. Queira Deus, que criou o homem à sua imagem e semelhança, guiar e salvar a todos nós, fazendo com que este Beleguim aqui ao lado se torne um homem bom!

Senhores — concluiu o Frade —, se eu dispusesse de tempo para tentar salvar a alma deste Beleguim, eu poderia, seguindo os textos de Cristo, São Paulo, São João e muitos outros Doutores de nossa Igreja, relatar tais tormentos, que seus corações ficariam apavorados, ainda que não haja neste mundo língua capaz de retratar perfeitamente, nem que falasse por mil invernos, todas as penas da maldita mansão dos condenados. Por isso, fiquem sempre atentos para não caírem naquele lugar perverso, rogando a Jesus que, com sua graça, os proteja das tentações de Satanás. Ouçam minha advertência! Permaneçam vigilantes: "O leão está sempre de emboscada para apanhar o inocente". Preparem seus corações para a luta contra o demônio, que a todos quer dominar e escravizar. Lembrem-se, porém, de que ele não pode tentar-nos além das nossas forças, pois Cristo é nosso defensor e paladino. E orem para que os beleguins se arrependam de suas maldades antes que o diabo os leve!

Aqui termina o Conto do Frade.

The Somnours Tale

The prologe of the Somnours Tale.

This Somnour in his stiropes hye stood;/ Up-on this Frere his herte was so wood,/ That lyk an aspen leef he quook for yre./

'Lordinges,' quod he, 'but o thing I desyre;/ I yow biseke that, of your curteisye,/ Sin ye han herd this false Frere lye,/ As suffereth me I may my tale telle!/ This Frere bosteth that he knoweth helle,/ And god it woot, that it is litel wonder;/ Freres and feendes been but lyte a-sonder./ For pardee, ye han ofte tyme herd telle,/ How that a frere ravisshed was to helle/ In spirit ones by a visioun;/ And as an angel ladde him up and doun,/ To shewen him the peynes that ther were,/ In al the place saugh he nat a frere;/ Of other folk he saugh y-nowe in wo./ Un-to this angel spak the frere tho:/

"Now, sir," quod he, "han freres swich a grace/ That noon of hem shal come to this place?"/

"Yis," quod this angel, "many a millioun!"/ And un-to Sathanas he ladde him doun./

"And now hath Sathanas," seith he, "a tayl/ Brodder than of a carrik is the sayl./ Hold up thy tayl, thou Sathanas!' quod he,/ 'Shewe forth thyn ers, and lat the frere see/ Wher is the nest

O Conto do Beleguim

Prólogo do Conto do Beleguim.

O Oficial de Justiça Eclesiástica, tremendo como vara verde de tanta raiva do Frade, ficou de pé nos estribos:

"Senhores", disse ele, "só quero uma coisa! Só lhes peço que, assim como ouviram as lorotas deste Frade mentiroso, tenham agora a gentileza de escutar a minha história! O Frade aqui está se gabando de conhecer o inferno. Deus do Céu, o que há de surpreendente nisso? Não existe muita diferença entre frades e diabos. Por minha alma, acho que todos aqui já conhecem o caso daquele mendicante que, durante uma visão, foi arrebatado em espírito ao inferno. Ao ser conduzido para cá e para lá pelo anjo encarregado de mostrar-lhe todos os castigos, encontrou pessoas das mais diversas condições, mas não viu nenhum frade em parte alguma. Perguntou então a seu guia:

"'Diga-me, senhor: são tão bem-aventurados os frades, que nenhum de nós vem a este lugar?'

"'Pelo contrário', respondeu o outro, 'há milhões de vocês aqui!' E desceu com ele à presença de Satanás.

"'Veja', observou o anjo, 'como a cauda de Satanás é mais larga que a vela de um navio. Levante o rabo, Satanás! Mostre seu cu ao frade, para que ele saiba onde é que fica o ninho dos irmãos dele aqui no infer-

of freres in this place!"/ And, er that half a furlong-wey of space,/
Right so as bees out swarmen from an hyve,/ Out of the develes
ers ther gonne dryve/ Twenty thousand freres in a route,/ And
thurgh-out helle swarmeden aboute;/ And comen agayn, as faste
as they may gon,/ And in his ers they crepten everichon./ He clapte
his tayl agayn, and lay ful stille./ This frere, whan he loked hadde
his fille/ Upon the torments of this sory place,/ His spirit god
restored of his grace/ Un-to his body agayn, and he awook;/ But
natheles, for fere yet he quook,/ So was the develes ers ay in his
minde,/ That is his heritage of verray kinde./ God save yow alle,
save this cursed Frere;/ My prologe wol I ende in this manere.'/

Here endeth the Prologe of the Somnours Tale.

Here biginneth the Somonour his Tale.

Lordinges, ther is in Yorkshire, as I gesse,/ A mersshy
contree called Holdernesse,/ In which ther wente a limitour
aboute,/ To preche, and eek to begge, it is no doute./ And so
bifel, that on a day this frere/ Had preched at a chirche in his
manere,/ And specially, aboven every thing,/ Excited he the peple
in his preching,/ To trentals, and to yeve, for goddes sake,/ Wher-
with men mighten holy houses make,/ Ther as divyne service
is honoured,/ Nat ther as it is wasted and devoured,/ Ne ther
it nedeth nat for to be yive,/ As to possessioners, that mowen
live,/ Thanked be god, in wele and habundaunce./ 'Trentals,'
seyde he, 'deliveren fro penaunce/ Hir freendes soules, as wel
olde as yonge,/ Ye, whan that they been hastily y-songe;/ Nat for
to holde a preest Ioly and gay,/ He singeth nat but o masse in a
day;/ Delivereth out,' quod he, 'anon the soules;/ Ful hard it is
with fleshhook or with oules/ To been y-clawed, or to brenne or
bake;/ Now spede yow hastily, for Cristes sake.'/ And whan this
frere had seyd al his entente,/ With *qui cum patre* forth his wey
he wente./

no!' Nem bem a cauda se erguera cem jardas no espaço, quando, como um enxame de abelhas deixando a colmeia, vinte mil frades voaram para fora. A enorme multidão logo se espalhou para todos os cantos do abismo, e depois, com a mesma rapidez, voltou a enfileirar-se e se enfiou de novo no cu do demônio. Ele em seguida tapou o buraco com o rabo, e não se mexeu mais. Após permitir que o frade observasse todos os tormentos daquele antro de horror, a graça divina devolveu seu espírito ao corpo, e ele então despertou. Mas, assim mesmo, não parou de tremer, pois não conseguia afastar de sua lembrança o cu do diabo, o destino natural dos mendicantes. Que Deus agora abençoe a todos, menos este Frade maldito! E assim dou por encerrado o meu prólogo."

Aqui termina o Prólogo do Conto do Beleguim.

Aqui o Beleguim dá início a seu Conto.

Senhores, existe uma região pantanosa chamada Holderness em Yorkshire, se não me engano que um frade percorria para fazer suas pregações e, é claro, angariar fundos. E todos os dias esse mendicante repetia nas igrejas uma prédica à sua maneira, procurando, acima de tudo, incentivar o povo a encomendar trintários e a doar o seu dinheiro, por amor a Deus, apenas para as ordens que queriam levantar templos para a celebração dos santos ritos, em vez de desperdiçá-lo e consumi-lo com os que não tinham qualquer necessidade, como, por exemplo, os padres prebendados, que — Deus seja bendito! — vivem na riqueza e na abundância. "Trintários", explicava, "são missas que livram do purgatório as almas dos entes queridos, tanto jovens quanto velhos. E as livram mais depressa quando rezadas de uma vez (todas as trinta num só dia, como nós, os frades, fazemos), e não quando são usadas para encherem a barriga desses padres alegres e bonachões, que passam o mês inteiro rezando uma só por dia. Libertem logo as almas penadas: vocês não imaginam como é duro ser agarrado e rasgado por ganchos, e depois assado e tostado! Por Cristo, vamos, não percam tempo!" E depois que o frade conseguia o seu intento, proferia o *qui cum patre*,[146] e ia-se embora.

---

[146] "Aquele que com o Pai e o Espírito Santo vive e reina por todos os séculos":

Whan folk in chirche had yeve him what hem leste,/ He wente his wey, no lenger wolde he reste,/ With scrippe and tipped staf, y-tukked hye;/ In every hous he gan to poure and prye,/ And beggeth mele, and chese, or elles corn./ His felawe hadde a staf tipped with horn,/ A peyre of tables al of yvory,/ And a poyntel polisshed fetisly,/ And wroot the names alwey, as he stood,/ Of alle folk that yaf him any good,/ Ascaunces that he wolde for hem preye./ 'Yeve us a busshel whete, malt, or reye,/ A goddes kechil, or a trip of chese,/ Or elles what yow list, we may nat chese;/ A goddes halfpeny or a masse-peny,/ Or yeve us of your brawn, if ye have eny;/ A dagon of your blanket, leve dame,/ Our suster dere, lo! here I write your name;/ Bacon or beef, or swich thing as ye finde.'/

A sturdy harlot wente ay hem bihinde,/ That was hir hostes man, and bar a sak,/ And what men yaf hem, leyde it on his bak./ And whan that he was out at dore anon,/ He planed awey the names everichon/ That he biforn had writen in his tables;/ He served hem with nyfles and with fables./

'Nay, ther thou lixt, thou Somnour,' quod the Frere./

'Pees,' quod our Host, 'for Cristes moder dere;/ Tel forth thy tale and spare it nat at al.'/

So thryve I, quod this Somnour, so I shal. —/

So longe he wente hous by hous, til he/ Cam til an hous ther he was wont to be/ Refresshed more than in an hundred placis./ Sik lay the gode man, whos that the place is;/ Bedrede up-on a couche lowe he lay./ '*Deus hic*,' quod he, 'O Thomas, freend, good day,'/ Seyde this frere curteisly and softe./ 'Thomas,' quod he, 'god yelde yow! ful ofte/ Have I up-on this bench faren ful weel./ Here have I eten many a mery meel';/ And fro the bench he droof awey the cat,/ And leyde adoun his potente and his hat,/ And eek his scrippe, and sette him softe adoun./ His felawe was go walked in-to toun,/ Forth with his knave, in-to that hostelrye/ Wher-as he shoop him thilke night to lye./

E assim se comportava toda vez que o povo na igreja lhe dava o que queria: sem esperar nem mais um minuto, punha-se logo a caminho. Com suas anotações e seu cajado alto e pontudo, ia espionando e bisbilhotando de casa em casa, a pedir farinha ou queijo ou cereais. Seu companheiro mendicante, sempre postado a seu lado com um bastão com ponta de chifre, duas tabuinhas de marfim e um estilete artisticamente polido, ia registrando os nomes de todos os que faziam alguma doação, como se o frade depois fosse rezar por eles. "Deem-nos um alqueire de trigo, de malte ou de centeio, um pãozinho de Deus, ou um pedaço de queijo, ou o que quiserem... para nós tudo é bem-vindo; ou então um dinheiro para a missa, ou uma moedinha de meio-dinheiro, ou um pouco de carne, se possível. Dê-nos um retalho de seu cobertor, prezada senhora, nossa irmã querida... Veja! Vou escrever seu nome aqui... Toucinho, ou carne de vaca, ou o que tiver."

Um velhaco musculoso, criado dos dois esmoleiros, estava sempre atrás deles com um saco às costas, e lá enfiava tudo o que recolhiam. E a primeira coisa que o frade fazia, assim que se afastava de um lugar, era apagar todos os nomes que havia escrito nas tabuinhas, sem pena de enganar o povo com engodos e promessas.

"Isso é mentira, Beleguim!", gritou o Frade.

"Silêncio", ordenou o Albergueiro, "pela santa mãe de Cristo! Continue a história, e não tenha dó de ninguém."

"Por minha alma", assegurou o Beleguim; "é exatamente isso o que pretendo fazer!" E prosseguiu.

Depois de passar por muitas e muitas casas, o frade chegou enfim a um lar onde a acolhida costumava ser mais calorosa que numa centena de outros. Contudo, o bom homem, chefe daquela família, achava-se muito doente, afundado em seu leito de enfermo. "*Deus hic!*", saudou-o o frade com voz cortês e macia. "Bom dia, Thomas, meu amigo! Oh, Deus o proteja, Thomas! Quantas vezes, sentado aqui neste banco, não fui bem tratado nesta casa! Quantos repastos deliciosos pude saborear aqui!" E, enxotando o gato do banco, descansou sobre ele o cajado, o chapéu e as suas anotações, e depois sentou-se confortavelmente. Estava

---

fórmula convencional de encerramento de uma prece ou de um sermão (veja-se o final da "Retratação de Chaucer"). Quanto à expressão "*Deus hic!*", que aparece mais adiante, traduz-se por "Deus está aqui!". (N. do T.)

'O dere maister,' quod this syke man,/ 'How han ye fare sith that March bigan?/ I saugh yow noght this fourtenight or more.'/

'God woot,' quod he, 'laboured have I ful sore;/ And specially, for thy savacioun/ Have I seyd many a precious orisoun,/ And for our othere frendes, god hem blesse!/ I have to-day been at your chirche at messe,/ And seyd a sermon after my simple wit,/ Nat al after the text of holy writ;/ For it is hard to yow, as I suppose,/ And therfore wol I teche yow al the glose./ Glosinge is a glorious thing, certeyn,/ For lettre sleeth, so as we clerkes seyn./ Ther have I taught hem to be charitable,/ And spende hir good ther it is resonable,/ And ther I saugh our dame; a! wher is she?'/

'Yond in the yerd I trowe that she be,'/ Seyde this man, 'and she wol come anon.'/

'Ey, maister! wel-come be ye, by seint Iohn!'/ Seyde this wyf, 'how fare ye hertely?'/

The frere aryseth up ful curteisly,/ And hir embraceth in his armes narwe,/ And kiste hir swete, and chirketh as a sparwe/ With his lippes: 'dame,' quod he, 'right weel,/ As he that is your servant every deel./ Thanked be god, that yow yaf soule and lyf,/ Yet saugh I nat this day so fair a wyf/ In al the chirche, god so save me!'/

'Ye, god amende defautes, sir,' quod she,/ 'Algates wel-come be ye, by my fey!'/

'Graunt mercy, dame, this have I founde alwey./ But of your grete goodnesse, by your leve,/ I wolde prey yow that ye nat yow greve,/ I wol with Thomas speke a litel throwe./ Thise curats been ful necligent and slowe/ To grope tendrely a conscience./ In shrift, in preching is my diligence,/ And studie in Petres wordes, and in Poules./ I walke, and fisshe Cristen mennes soules,/ To yelden Iesu Crist his propre rente;/ To sprede his word is set al myn entente.'/

'Now, by your leve, o dere sir,' quod she,/ 'Chydeth him weel, for seinte Trinitee./ He is as angry as a pissemyre,/ Though that he have al that he can desyre./ Though I him wrye a-night and make him warm,/ And on hym leye my leg outher myn arm,/ He groneth lyk our boor, lyth in our sty./ Other

só desta vez, porque seu companheiro e o criado tinham ido à cidade, à procura da hospedaria onde pretendiam pernoitar.

"Oh, meu caro senhor", disse-lhe o doente, "como tem passado este mês de março? Faz quinze dias, ou mais, que não o vejo."

"Por Deus", respondeu o visitante, "tenho estado trabalhando duro, e, principalmente, tenho orado muito pela sua salvação e pela salvação de todos os outros amigos nossos, que Deus os abençoe! Hoje estive rezando missa em sua igreja — onde preguei um sermão bem simples, do meu jeito, não muito preso à letra das Sagradas Escrituras, o que seria muito difícil para a gente do lugar. Por isso, acho sempre melhor dar minha própria interpretação. Que coisa gloriosa é a interpretação! Bem dizem os doutos que ela dá vida à letra morta. Aproveitei então para ensinar a caridade e mostrar ao povo como gastar com sensatez o seu dinheiro. E também vi por lá sua mulher... A propósito, onde está ela?"

"Acho que está lá fora no quintal", respondeu o enfermo. "Logo estará aqui."

"Olá, meu senhor. Por São João, seja bem-vindo!", exclamou a mulher, aparecendo exatamente naquele instante. "Espero, de coração, que esteja passando bem."

O frade levantou-se cavalheirescamente, deu-lhe um abraço bem apertado, um longo beijo, e chilreou como um pardal: "Estou bem, minha senhora, e continuo aqui para servi-la... Bendito seja Deus, que a pôs no mundo e lhe deu vida! Por minha alma, hoje na igreja não vi mulher alguma mais encantadora que a senhora".

"Olhe que Deus castiga os mentirosos", riu ela. "De qualquer forma, o senhor é muito bem-vindo aqui, juro!"

"Muitíssimo obrigado, minha senhora. Eu sempre soube disso. Mas", prosseguiu o esmoleiro, "espero que não se ofenda se eu lhe pedir o obséquio de dar-me permissão para ficar a sós com Thomas uns instantes. Esses curas têm por hábito retardar e menosprezar o exame de consciência e o ato da confissão. Comigo é diferente, pois sempre dediquei a minha vida à pregação e ao estudo dos ensinamentos de São Pedro e de São Paulo. Quero correr o mundo como um pescador de almas, para dar a Jesus Cristo aquilo que lhe é devido. Minha missão é semear as suas palavras."

"Então, com a devida licença, meu senhor", disse ela, "aproveite a oportunidade para passar-lhe um bom pito, pela Trindade Santíssima! Esse homem anda nervoso como uma formiga. Não lhe falta nada, passa

desport right noon of him have I;/ I may nat plese him in no
maner cas.'/

'O Thomas! Ie vous dy, Thomas! Thomas!/ This maketh
the feend, this moste ben amended./ Ire is a thing that hye god
defended,/ And ther-of wol I speke a word or two.'/

'Now maister,' quod the wyf, 'er that I go,/ What wol ye
dyne? I wol go ther-aboute.'/

'Now dame,' quod he, 'Ie vous dy sanz doute,/ Have I nat
of a capon but the livere,/ And of your softe breed nat but a
shivere,/ And after that a rosted pigges heed,/ (But that I nolde
no beest for me were deed),/ Thanne hadde I with yow hoomly
suffisaunce./ I am a man of litel sustenaunce./ My spirit hath his
fostring in the Bible./ The body is ay so redy and penyble/ To
wake, that my stomak is destroyed./ I prey yow, dame, ye be nat
anoyed,/ Though I so freendly yow my conseil shewe;/ By god, I
wolde nat telle it but a fewe.'/

'Now, sir,' quod she, 'but o word er I go;/ My child is deed
with-inne thise wykes two,/ Sone after that ye wente out of this
toun.'/

'His deeth saugh I by revelacioun,'/ Seith this frere, 'at
hoom in our dortour./ I dar wel seyn that, er that half an hour/
After his deeth, I saugh him born to blisse/ In myn avisioun, so
god me wisse!/ So dide our sexteyn and our fermerer,/ That han
been trewe freres fifty yeer;/ They may now, god be thanked of
his lone,/ Maken hir Iubilee and walke allone./ And up I roos,
and al our covent eke,/ With many a tere trikling on my cheke,/
Withouten noyse or clateringe of belles;/ *Te Deum* was our
song and no-thing elles,/ Save that to Crist I seyde an orisoun,/
Thankinge him of his revelacioun./ For sir and dame, trusteth
me right weel,/ Our orisons been more effectueel,/ And more we
seen of Cristes secree thinges/ Than burel folk, al-though they
weren kinges./ We live in povert and in abstinence,/ And burel
folk in richesse and despence/ Of mete and drinke, and in hir

as noites bem coberto e agasalhado... Às vezes até estendo uma perna ou um braço sobre ele para aquecê-lo. Mas nada disso adianta: está sempre a grunhir como um porco no chiqueiro. Esse é o único agradecimento que recebo; não sei mais o que fazer para agradá-lo."

"Oh Thomas, *je vous dis*! Thomas, Thomas! Isso é coisa do diabo; você precisa emendar-se. Você sabe que o Altíssimo proíbe a cólera. Deixe-me dizer-lhe umas palavrinhas a respeito dela."

"Desculpe-me, senhor", interrompeu a mulher; "antes que eu me retire... o que gostaria de jantar? Tenho mesmo que ir cuidar das panelas."

"Oh bem, *je vous dis, sans doute*, minha senhora", disse o frade. "Vejamos. Creio que para mim basta um figadozinho de frango, acompanhado de uma boa fatia de pão quente, e depois uma cabeça de porco assada... Mas não quero que mate nenhum animal só por minha causa. Sabe? É com coisinhas simples assim que me alimento. Sou um homem muito frugal, que prefere nutrir o espírito com a Bíblia. De tanto dobrar e punir o corpo com jejuns, já nem me lembro de que tenho estômago. Por favor, senhora, não se vexe por eu lhe falar com tanta franqueza a meu respeito. Por Deus, não é com todo mundo que eu me abro dessa forma."

"Eu sei, senhor", disse ela. "Ah! Só mais uma palavrinha antes que eu os deixe a sós: sabia que perdemos nosso filho há umas duas semanas? Foi logo depois de sua última visita à nossa cidade."

"Vi sua morte através de uma revelação", confidenciou-lhe o frade, "dentro do dormitório do convento. Posso garantir-lhe que, nem meia hora depois do desenlace, pela graça de Deus, tive a visão de sua entrada no Paraíso! Passaram pela mesma experiência o nosso sacristão e o nosso enfermeiro, que foram irmãos devotos por cinquenta anos e agora, Deus seja louvado, alcançaram o jubileu e podem esmolar sozinhos.[147] Então, com lágrimas a escorrer pelas faces, eu e todo o convento nos levantamos e, sem acompanhamento ou dobre de sinos, entoamos um *Te Deum*, depois do qual orei agradecendo a Cristo sua revelação. E isso aconteceu — minha senhora e meu senhor — porque nossas preces são mais eficazes. Partilhamos dos mistérios de Jesus muito mais que os lei-

---

[147] Os frades sempre esmolavam aos pares. Somente após o jubileu, quando completavam cinquenta anos de sacerdócio, tinham o direito de esmolar sozinhos, sem companheiro que os vigiasse. (N. do T.)

foul delyt./ We han this worldes lust al in despyt./ Lazar and
Dives liveden diversly,/ And diverse guerdon hadden they ther-
by./ Who-so wol preye, he moot faste and be clene,/ And fatte
his soule and make his body lene./ We fare as seith thapostle;
cloth and fode/ Suffysen us, though they be nat ful gode./
The clennesse and the fastinge of us freres/ Maketh that Crist
accepteth our preyeres./

    Lo, Moyses fourty dayes and fourty night/ Fasted, er that
the heighe god of might/ Spak with him in the mountain of
Sinay./ With empty wombe, fastinge many a day,/ Receyved
he the lawe that was writen/ With goddes finger; and Elie,
wel ye witen,/ In mount Oreb, er he hadde any speche/ With
hye god, that is our lyves leche,/ He fasted longe and was in
contemplaunce./ Aaron, that hadde the temple in governaunce,/
And eek the othere preestes everichon,/ In-to the temple whan
they sholde gon/ To preye for the peple, and do servyse,/ They
nolden drinken, in no maner wyse,/ No drinke, which that
mighte hem dronke make,/ But there in abstinence preye and
wake,/ Lest that they deyden; tak heed what I seye./ But they be
sobre that for the peple preye,/ War that I seye, — namore! for it
suffyseth./ Our lord Iesu, as holy writ devyseth,/ Yaf us ensample
of fastinge and preyeres./ Therfor we mendinants, we sely
freres,/ Been wedded to poverte and continence,/ To charitee,
humblesse, and abstinence,/ To persecucion for rightwisnesse,/
To wepinge, misericorde, and clennesse./ And therfor may ye
see that our preyeres —/ I speke of us, we mendinants, we freres
—/ Ben to the hye god more acceptable/ Than youres, with your
festes at the table./ Fro Paradys first, if I shal nat lye,/ Was man
out chaced for his glotonye;/ And chaast was man in Paradys,
certeyn./

    But herkne now, Thomas, what I shal seyn./ I ne have no
text of it, as I suppose,/ But I shall finde it in a maner glose,/ That
specially our swete lord Iesus/ Spak this by freres, whan he seyde
thus:/ "Blessed be they that povre in spirit been."/ And so forth
al the gospel may ye seen,/ Wher it be lyker our professioun,/ Or

gos, mesmo que sejam reis, porque vivemos na pobreza e na abstinência, enquanto eles buscam as riquezas, os excessos na comida e na bebida, e o gozo que contamina. Nós não! Nós desprezamos os prazeres do mundo. Lázaro e Dives[148] viviam de modos diferentes, e diferentes foram os frutos que colheram. Quem quiser entregar-se à oração, deve jejuar e purificar-se, engordar na alma e emagrecer no corpo. Por isso é que nós seguimos os apóstolos, contentando-nos com ter roupa e comida, ainda que nem sempre das melhores. Mas são a pureza e a penitência dos frades que levam Jesus a aceitar as suas preces.

"Vejam Moisés! Quarenta dias e quarenta noites jejuou, antes que o Senhor Deus Onipotente lhe falasse na Montanha do Sinai. Foi com o ventre vazio, após muitos e muitos dias de privação, que ele recebeu a Lei escrita pelo dedo do Senhor. Também Elias, vocês sabem, no Monte Oreb, antes de conversar com o Altíssimo, que é o nosso salvador, teve que passar longo tempo no jejum e na contemplação. Aarão, que tinha o governo do templo, e todos os outros sacerdotes, quando iam rezar pelo povo e cumprir os ritos divinos, jamais ingeriam bebida que pudesse embebedar, mas sempre oravam e vigiavam na abstinência, para que a morte não os colhesse. Prestem bem atenção! Os que cuidam das almas dos outros têm que estar sóbrios. Guardem isso! Mas basta, por ora... é o suficiente. Nosso Senhor Jesus Cristo, como o comprovam as Sagradas Escrituras, deu-nos o exemplo da oração e do jejum. Por conseguinte, nós, os mendicantes, nós, os santos frades, casamo-nos com a pobreza, a continência, a caridade, a humildade, a temperança, o sacrifício em prol da justiça, o pranto, a misericórdia e a pureza. Não é à toa, portanto, que as preces nossas — quero dizer, dos frades mendicantes — são mais agradáveis ao Altíssimo que as de vocês, com os seus fartos banquetes. É a pura verdade: foi por causa da gula que o homem foi expulso do Paraíso. Além disso, o homem no Paraíso também era casto.

"Mas ouça, Thomas, o que vou dizer. Embora, suponho, não exista um texto declarado sobre o assunto, acho, no meu modo de interpretar, que nosso meigo Senhor Jesus Cristo estava pensando nos frades quando disse: 'Bem-aventurados os pobres de espírito'. E assim, no Evangelho inteiro, você pode facilmente verificar quem é que está mais perto da virtude: nós, do clero regular, ou esses padres seculares que nadam em

---

[148] Cf. Evangelho de São Lucas, 16, 19 ss. (N. do T.)

hirs that swimmen in possessioun./ Fy on hir pompe and on hir glotonye!/ And for hir lewednesse I hem diffye./

Me thinketh they ben lyk Iovinian,/ Fat as a whale, and walkinge as a swan;/ Al vinolent as botel in the spence./ Hir preyer is of ful gret reverence;/ Whan they for soules seye the psalm of Davit,/ Lo, "buf!" they seye, "*cor meum eructavit!*"/ Who folweth Cristes gospel and his fore,/ But we that humble been and chast and pore,/ Werkers of goddes word, not auditours?/ Therfore, right as an hauk up, at a sours,/ Up springeth in-to their, right so prayeres/ Of charitable and chaste bisy freres/ Maken hir sours to goddes eres two./ Thomas! Thomas! so mote I ryde or go,/ And by that lord that clepid is seint Yve,/ Nere thou our brother, sholdestou nat thryve!/ In our chapitre praye we day and night/ To Crist, that he thee sende hele and might,/ Thy body for to welden hastily.'/

'God woot,' quod he, 'no-thing ther-of fele I;/ As help me Crist, as I, in fewe yeres,/ Han spended, up-on dyvers maner freres,/ Ful many a pound; yet fare I never the bet./ Certeyn, my good have I almost biset./ Farwel, my gold! for it is al ago!'/

The frere answerde, 'O Thomas, dostow so?/ What nedeth yow diverse freres seche?/ What nedeth him that hath a parfit leche/ To sechen othere leches in the toun?/ Your inconstance is your confusioun./ Holde ye than me, or elles our covent,/ To praye for yow ben insufficient?/ Thomas, that Iape nis nat worth a myte;/ Your maladye is for we han to lyte./ "A! yif that covent half a quarter otes!"/ "A! yif that covent four and twenty grotes!"/ "A! yif that frere a peny, and lat him go!"/ Nay, nay, Thomas! it may no-thing be so./ What is a ferthing worth parted in twelve?/ Lo, ech thing that is oned in him-selve/ Is more strong than whan it is to-scatered./ Thomas, of me thou shalt nat been y-flatered;/ Thou woldest han our labour al for noght./ The hye god, that al this world hath wroght,/ Seith that the werkman worthy is his hyre./ Thomas! noght of your tresor I desyre/ As

dinheiro. Que vergonha sua pompa e sua gula! E como detesto a sua devassidão!

"Penso que a eles se aplica muito bem a comparação de Joviniano: são gordos como a baleia e gingam como o cisne, fedendo de vinho como as garrafas na adega. E como se mostram reverentes quando rezam o salmo de Davi pela salvação das almas! 'Crôc', dizem eles, *cor meum eructavit*!'[149] Quem, senão nós, que somos humildes e castos e pobres, que somos servidores da palavra de Deus e não meros ouvintes, segue de verdade o Evangelho e as pegadas de Cristo? Por isso é que, assim como o falcão se eleva de um salto no ar, assim também as preces dos incansáveis frades, caridosos e puros, se erguem rapidamente aos dois ouvidos do Senhor. Thomas! Thomas! Por minha vida e por Santo Ivo, se você não fosse nosso irmão, como não haveria de estar mal agora! Dia e noite, em nosso convento, rogamos a Jesus para que lhe dê saúde e força, para que você possa ficar bom depressa."

"Se isso for verdade", interveio o outro, "até hoje não senti nenhum efeito! Juro por Deus como, num período de poucos anos, gastei montanhas de libras com todo tipo de frade, e não melhorei nem um pouco. Quase fiquei na miséria. Agora, adeus, meu ouro! Já se foi mesmo quase todo!"

Contestou o frade: "Oh Thomas, então é assim que você faz? Por que você tem que procurar todo tipo de frade? Por que alguém que já tem o médico perfeito precisa buscar outros médicos na cidade? É essa inconstância a causa principal de sua desgraça. Você acha que eu e todo o nosso convento não bastamos para rezar por você? Thomas, que brincadeira sem graça! É por isso que continua doente: são muito poucos os donativos que tem feito a nós. 'Ah, dê meio quarto de aveia para este convento! Ah, dê vinte e quatro moedas para aquele convento! Ah, dê um dinheirinho para aquele frade, e deixe que vá com Deus!' Não, não, Thomas, não é assim que se faz! Que vale um ceitil dividido por doze? Todos sabem que o que está unido é mais forte que o que se acha disperso. Não, Thomas, sinceramente, não vejo como elogiar a sua conduta. Na verdade o que você quer é ter os frutos do nosso trabalho sem nada nos dar em troca. Saiba, porém, que o Altíssimo, o criador de nosso

---

[149] Versículo inicial do Salmo XIV de Davi: "*Eructavit cor meum verbum bonum*". Pode tanto significar "meu coração arrotou..." quanto "meu coração lançou a boa palavra". O Frade, naturalmente, escolhe o primeiro sentido. (N. do T.)

for my-self, but that al our covent/ To preye for yow is ay so
diligent,/ And for to builden Cristes owene chirche./ Thomas!
if ye wol lernen for to wirche,/ Of buildinge up of chirches may
ye finde/ If it be good, in Thomas lyf of Inde./ Ye lye heer, ful of
anger and of yre,/ With which the devel set your herte a-fyre,/
And chyden heer this sely innocent,/ Your wyf, that is so meke
and pacient./ And therfor, Thomas, trowe me if thee leste,/ Ne
stryve nat with thy wyf, as for thy beste;/ And ber this word
awey now, by thy feith,/ Touchinge this thing, lo, what the wyse
seith:/ "With-in thyn hous ne be thou no leoun;/ To thy subgits
do noon oppressioun;/ Ne make thyne aqueyntances nat to flee."/
And Thomas, yet eft-sones I charge thee,/ Be war from hir that
in thy bosom slepeth;/ War fro the serpent that so slyly crepeth/
Under the gras, and stingeth subtilly./ Be war, my sone, and
herkne paciently,/ That twenty thousand men han lost hir lyves,/
For stryving with hir lemmans and hir wyves./ Now sith ye han
so holy and meke a wyf,/ What nedeth yow, Thomas, to maken
stryf?/ Ther nis, y-wis, no serpent so cruel,/ Whan man tret on his
tayl, ne half so fel,/ As womman is, whan she hath caught an ire;/
Vengeance is thanne al that they desyre./ Ire is a sinne, oon of the
grete of sevene,/ Abhominable un-to the god of hevene;/ And to
him-self it is destruccion./ This every lewed viker or person/ Can
seye, how Ire engendreth homicyde./ Ire is, in sooth, executour
of pryde./ I coude of Ire seye so muche sorwe,/ My tale sholde
laste til to-morwe./ And therfor preye I god bothe day and night,/
An irous man, god sende him litel might!/ It is greet harm and,
certes, gret pitee,/ To sette an irous man in heigh degree./

Whilom ther was an irous potestat,/ As seith Senek, that,
duringe his estaat,/ Up-on a day out riden knightes two,/ And as
fortune wolde that it were so,/ That oon of hem cam hoom, that
other noght./ Anon the knight bifore the Iuge is broght,/ That seyde
thus, 'thou hast thy felawe slayn,/ For which I deme thee to the
deeth, certayn.'/ And to another knight comanded he,/ 'Go lede
him to the deeth, I charge thee.'/ And happed, as they wente by
the weye/ Toward the place ther he sholde deye,/ The knight cam,
which men wenden had be deed./ Thanne thoughte they, it was
the beste reed,/ To lede hem bothe to the Iuge agayn./ They seiden,
'lord, the knight ne hath nat slayn/ His felawe; here he standeth

mundo, disse claramente: 'digno é o trabalhador do seu salário'. Thomas, não é para mim que quero o seu dinheiro, mas para o nosso convento, para que possamos em peso orar carinhosamente por você e levantar a casa de Cristo. E se você ainda ignora, Thomas, como é importante essa missão de construir igrejas, pode aprender muito sobre isso lendo a vida de São Tomás da Índia. Mas vejo que tudo o que você faz é ficar deitado aqui, cheio de raiva e rancor — sentimentos que o demônio lhe acendeu no peito — a xingar continuamente essa pobre coitada de sua mulher, tão paciente e bondosa. Pode acreditar-me, Thomas: é melhor não brigar mais com ela. Veja, não se esqueça nunca, nesse ponto, do conselho do sábio: 'Não seja você um leão dentro de sua casa; jamais oprima os seus subordinados, nem espante os conhecidos seus'. Por isso, Thomas, é que digo e repito sempre: cuidado com o réptil que dorme em seu seio; cuidado com a serpente que rasteja escondida sob a grama e pica traiçoeiramente; cuidado, meu filho — escute-me com atenção —, pois uns vinte mil homens já perderam a vida por causa de desavenças com suas companheiras e esposas. E, depois, por que você, Thomas, que se casou com uma santa mulher, com uma mulher tão boazinha, tem que viver brigando? Olhe bem o que faz, porque nem a cobra pisada no rabo é tão perigosa e cruel quanto as mulheres enfurecidas. Tudo o que elas querem é vingança. A ira, um dos piores pecados capitais, é abominável aos olhos de Deus, e fatal para o pecador. Qualquer pároco de aldeia ou vigário ignorante sabe disso... que a ira é a mãe do homicídio. A ira, na verdade, é a executora da soberba. Se eu fosse enumerar todos os seus malefícios, teria que ficar aqui falando até amanhã. Por isso é que rogo ao Senhor, noite e dia sem parar, para que não deixe o irado galgar ao poder! Um homem desses num alto posto é um grande perigo e uma grande desgraça.

"Conta-nos Sêneca que, antigamente, num país dominado por um déspota colérico, dois cavaleiros saíram juntos um dia; e quis a Fortuna que um deles regressasse e o outro não. Imediatamente o cavaleiro que voltara foi conduzido à presença do tirano, que, como juiz, decretou: 'Você matou seu companheiro; por isso, eu o condeno à morte'. Voltou-se então para outro cavaleiro ali presente e ordenou-lhe: 'Leve-o para a execução'. Aconteceu, porém, que, a caminho do local onde a sentença deveria ser cumprida, encontraram-se com o cavaleiro que fora dado por morto. Diante disso, o chefe da escolta achou aconselhável levar ambos de volta ao juiz, a quem disse: 'Senhor, o cavaleiro não matou seu amigo;

hool alyve.'/ 'Ye shul be deed,' quod he, 'so moot I thryve!/ That is to seyn, bothe oon, and two, and three!'/ And to the firste knight right thus spak he,/ 'I dampned thee, thou most algate be deed./ And thou also most nedes lese thyn heed,/ For thou art cause why thy felawe deyth.'/ And to the thridde knight right thus he seyth,/ 'Thou hast nat doon that I comanded thee.'/ And thus he dide don sleen hem alle three./

Irous Cambyses was eek dronkelewe,/ And ay delyted him to been a shrewe./ And so bifel, a lord of his meynee,/ That lovede vertuous moralitee,/ Seyde on a day bitwix hem two right thus:/ 'A lord is lost, if he be vicious;/ And dronkenesse is eek a foul record/ Of any man, and namely in a lord./ Ther is ful many an eye and many an ere/ Awaiting on a lord, and he noot where./ For goddes love, drink more attemprely;/ Wyn maketh man to lesen wrecchedly/ His minde, and eek his limes everichon.'/ 'The revers shaltou se,' quod he, 'anon;/ And preve it, by thyn owene experience,/ That wyn ne dooth to folk no swich offence./ Ther is no wyn bireveth me my might/ Of hand ne foot, ne of myn eyen sight' —/ And, for despyt, he drank ful muchel more/ An hondred part than he had doon bifore;/ And right anon, this irous cursed wrecche/ Leet this knightes sone bifore him fecche,/ Comandinge him he sholde bifore him stonde./ And sodeynly he took his bowe in honde,/ And up the streng he pulled to his ere,/ And with an arwe he slow the child right there:/ 'Now whether have I a siker hand or noon?'/ Quod he, 'is al my might and minde agoon?/ Hath wyn bireved me myn eyen sight?'/ What sholde I telle thanswere of the knight?/ His sone was slayn, ther is na-more to seye./ Beth war therfor with lordes how ye pleye./ Singeth *Placebo*, and I shal, if I can,/ But if it be un-to a povre man./ To a povre man men sholde hise vyces telle,/ But nat to a lord, thogh he sholde go to helle./

Lo irous Cirus, thilke Percien,/ How he destroyed the river of Gysen,/ For that an hors of his was dreynt ther-inne,/ Whan that he wente Babiloigne to winne./ He made that the river was so smal,/ That wommen mighte wade it over al./ Lo, what seyde he, that so wel teche can?/ "Ne be no felawe to an irous man,/ Ne with no wood man walke by the weye,/ Lest thee repente;" ther is na-more to seye./

ei-lo aqui, cheio de vida'. 'Por minha alma', gritou o déspota, 'todos vocês vão morrer, o primeiro, o segundo e o terceiro!' E, virando-se para o primeiro: 'Eu o condenei. Você não pode, portanto, escapar do carrasco'. Depois, disse ao segundo: 'Sua cabeça também tem que rolar, porque é por sua causa que seu companheiro vai perder a vida'. E para o terceiro assim falou: 'Você morre porque deixou de cumprir a minha ordem'. E, dessa forma, os três foram supliciados.

"O rei Cambises, além de colérico, era um bêbado inveterado, que se divertia com as suas maldades. Deu-se então que um nobre de sua corte, um homem que amava a moralidade virtuosa, chegou-se a ele e o aconselhou em particular: 'O governante dado ao vício acaba por destruir-se. E, se a embriaguez é uma mancha negra no caráter de qualquer homem, ela o é muito mais num fidalgo. Embora despercebidos, há muitos olhos e muitos ouvidos voltados para o monarca. Por Deus, senhor, beba com mais moderação! O vinho desgraçadamente rouba ao homem o discernimento e o próprio controle dos membros'. Respondeu-lhe o soberano: 'Vou demonstrar-lhe o contrário, fazendo-o sentir, por experiência própria, como o vinho não provoca nada disso. A mim, pelo menos, a bebida não debilita nem as mãos nem os pés, e nunca me tolda a visão'. E, por despeito, embriagou-se como nunca, bebendo cem vezes mais que de costume. Depois, o maldito e colérico desgraçado ordenou que fossem buscar o filho daquele nobre cavaleiro e o colocassem de pé à sua frente. A seguir, num gesto repentino, apanhou o seu arco e, esticando a corda até a orelha, matou o menino com uma flechada. 'Então?', perguntou ele. 'Tenho ou não tenho a mão firme? Você ainda acha que perdi a força ou o discernimento? Ainda diz que o vinho pode afetar-me a pontaria?' Que poderia responder o cavaleiro? Seu filho estava morto; não havia o que dizer. Por isso, quem lida com os grandes precisa ter cuidado. O melhor é dizer *placebo*, ou 'estou de pleno acordo'. Com os pobres a coisa é diferente, e nós podemos criticar os vícios deles. Mas com um senhor não convém arriscar, mesmo que ele esteja a caminho do inferno.

"Veja também o caso de Ciro, o Persa, que durante o cerco de Babilônia, tomado de ira, destruiu o rio Gison só porque um seu cavalo se afogara em suas águas. Tanto o esvaziou, que as mulheres podiam atravessá-lo a vau. Lembre-se do que disse aquele que tão bem ensina, o sábio Salomão: 'Não se associe com o iracundo, nem ande com o homem colérico, para que depois você não se arrependa'. Não é preciso dizer mais.

O Conto do Beleguim

Now Thomas, leve brother, lef thyn ire;/ Thou shall me finde as Iust as is a squire./ Hold nat the develes knyf ay at thyn herte;/ Thyn angre dooth thee al to sore smerte;/ But shewe to me al thy confessioun.'/

'Nay,' quod the syke man, 'by Seint Simoun!/ I have be shriven this day at my curat;/ I have him told al hoolly myn estat;/ Nedeth na-more to speke of it,' seith he,/ 'But if me list of myn humilitee.'/

'Yif me thanne of thy gold, to make our cloistre,'/ Quod he, 'for many a muscle and many an oistre,/ Whan other men han ben ful wel at eyse,/ Hath been our fode, our cloistre for to reyse./ And yet, god woot, unnethe the fundement/ Parfourned is, ne of our pavement/ Nis nat a tyle yet with-inne our wones;/ By god, we owen fourty pound for stones!/ Now help, Thomas, for him that harwed helle!/ For elles moste we our bokes selle./ And if ye lakke our predicacioun,/ Than gooth the world al to destruccioun./ For who-so wolde us fro this world bireve,/ So god me save, Thomas, by your leve,/ He wolde bireve out of this world the sonne./ For who can teche and werchen as we conne?/ And that is nat of litel tyme,' quod he;/ 'But sith that Elie was, or Elisee,/ Han freres been, that finde I of record,/ In charitee, y-thanked be our lord./ Now Thomas, help, for seinte charitee!'/ And doun anon he sette him on his knee./

This syke man wex wel ny wood for ire;/ He wolde that the frere had been on-fire/ With his false dissimulacioun./ 'Swich thing as is in my possessioun,'/ Quod he, 'that may I yeven, and non other./ Ye sey me thus, how that I am your brother?'/

'Ye, certes,' quod the frere, 'trusteth weel;/ I took our dame our lettre with our seel.'/

'Now wel,' quod he, 'and som-what shal I yive/ Un-to your holy covent whyl I live,/ And in thyn hand thou shalt it have anoon;/ On this condicioun, and other noon,/ That thou departe it so, my dere brother,/ That every frere have also muche as other./ This shaltou swere on thy professioun,/ With-outen fraude or cavillacioun.'/

'I swere it,' quod this frere, 'upon my feith!'/ And ther-with-al his hand in his he leith:/ 'Lo, heer my feith! in me shal be no lak.'/

"Por tudo isso, Thomas, meu querido irmão, ponha de lado a sua ira. Você verá que o que digo é justo como um esquadro. Afaste de seu peito o punhal do demônio, a cólera que fere, e faça agora mesmo a confissão de seus pecados."

"Não", protestou o doente, "por São Simão! Hoje eu já me confessei com o meu cura, e disse a ele todas as minhas faltas. Não vejo agora por que contar tudo novamente... a não ser que eu queira, por humildade."

O frade não desistiu: "Então me faça a doação de um pouco de seu ouro para a construção de nosso claustro. Enquanto os outros passam bem, só mariscos e ostras temos comido ultimamente a fim de levantarmos nosso claustro! Apesar de tanto sacrifício, juro como ainda nem terminamos os alicerces, e no nosso depósito até agora não entrou sequer uma laje para o pavimento. Palavra! Estamos devendo quarenta libras pelas pedras. Ajude-nos, Thomas, em nome de Cristo! Caso contrário, teremos que vender os nossos livros. E se vocês ficarem sem a nossa pregação, vai ser o fim do mundo. Por minha alma, Thomas — se me permite —, privar o mundo de nossa luz é o mesmo que privá-lo do sol. Pois quem ensina e trabalha como nós? E não é de hoje que fazemos isso, mas desde os tempos de Elias e de Eliseu — porque (posso provar pelos textos), pela maneira como eram virtuosos, também eles deviam ser frades — louvado seja nosso Senhor! Ajude-nos, Thomas, pela santa caridade!". E, assim dizendo, pôs-se de joelhos.

O pobre enfermo estava quase louco de raiva. Seu maior desejo era ver o frade arder numa fogueira com toda a sua falsidade e hipocrisia. A custo conseguiu dizer: "Tudo o que me pertence eu gostaria de dar ao senhor, ao senhor e a ninguém mais. Mas diga-me: se eu fizer isso, ficarei sendo irmão leigo de sua ordem?".

"Mas é claro", assegurou-lhe o frade, "pode confiar em mim. Até já entreguei à sua senhora a carta com nosso timbre."

"Nesse caso", continuou o outro, "vou dar alguma coisa a seu santo convento antes de morrer. Mas só vou depositar o donativo em sua mão sob uma condição e nenhuma outra: que o senhor, meu caro irmão, o reparta com os demais frades de modo que todos venham a ter exatamente a mesma quantia. Tem que me jurar isso pela salvação de sua alma, sem fraudes ou cavilações."

"Por minha fé", disse o frade, "eu juro!" E, apertando a mão do doente: "Eis aqui o meu penhor! Não vou faltar ao prometido".

'Now thanne, put thyn hand doun by my bak,'/ Seyde this man, 'and grope wel bihinde;/ Bynethe my buttok ther shaltow finde/ A thing that I have hid in privetee.'/

'A!' thoghte this frere, 'this shal go with me!'/ And doun his hand he launcheth to the clifte,/ In hope for to finde ther a yifte./ And whan this syke man felte this frere/ Aboute his tuwel grope there and here,/ Amidde his hand he leet the frere a fart./ Ther nis no capul, drawinge in a cart,/ That mighte have lete a fart of swich a soun./

'The frere up stirte as doth a wood leoun:/ 'A! false cherl,' quod he, 'for goddes bones,/ This hastow for despyt doon, for the nones!/ Thou shalt abye this fart, if that I may!'/

His meynee, whiche that herden this affray,/ Cam lepinge in, and chaced out the frere;/ And forth he gooth, with a ful angry chere,/ And fette his felawe, ther-as lay his stoor./ He looked as it were a wilde boor;/ He grinte with his teeth, so was he wrooth./

A sturdy pas doun to the court he gooth,/ Wher-as ther woned a man of greet honour,/ To whom that he was alwey confessour;/ This worthy man was lord of that village./ This frere cam, as he were in a rage,/ Wher-as this lord sat eting at his bord./ Unnethes mighte the frere speke a word,/ Til atte laste he seyde: 'god yow see!'/ This lord gan loke, and seide, '*benedicite*!/ What, frere Iohn, what maner world is this?/ I see wel that som thing ther is amis./ Ye loken as the wode were ful of thevis,/ Sit doun anon, and tel me what your greef is,/ And it shal been amended, if I may.'/

'I have,' quod he, 'had a despyt this day,/ God yelde yow! adoun in your village,/ That in this world is noon so povre a page,/ That he nolde have abhominacioun/ Of that I have receyved in your toun./ And yet ne greveth me no-thing so sore,/ As that this olde cherl, with lokkes hore,/ Blasphemed hath our holy covent eke.'/

'Now, maister,' quod this lord, 'I yow biseke.'/

'No maister, sire,' quod he, 'but servitour,/ Thogh I have had in scole swich honour./ God lyketh nat that "Raby" men us calle,/ Neither in market ne in your large halle.'/

'No fors,' quod he, 'but tel me al your grief.'/

'Sire,' quod this frere, 'an odious meschief/ This day bitid is to myn ordre and me,/ And so per consequens to ech degree/ Of holy chirche, god amende it sone!'/

"Então agora", prosseguiu o enfermo, "enfie a mão sob minhas costas e vá apalpando. Debaixo de minha bunda o senhor vai achar uma coisa que escondi lá."

"Ah!", pensou o frade. "Estou gostando disso." E, sem perda de tempo, foi logo com a mão à procura do racho, na expectativa de encontrar o valioso presente. Quando o homem sentiu que o frade, a apalpar aqui e ali, chegara com a mão bem debaixo de seu cu, soltou um peido tão sonoro que nem um cavalo puxando a carroça seria capaz de dar outro igual.

O frade ergueu-se de um pulo, furioso como um leão: "Ah! Canalha! Pelos ossos de Cristo! Você fez isso de propósito, para me ofender! Mas deixe estar: esse peido ainda vai lhe custar muito caro!".

A criadagem do doente, ao ouvir a gritaria, acorreu no mesmo instante, e expulsou o frade. E lá se foi ele, vermelho de indignação, ao encontro do companheiro que ficara com os donativos. Parecia um javali selvagem; rangia os dentes de raiva.

Mais tarde, com passadas decididas, encaminhou-se ele ao palácio onde morava um homem de alta linhagem, de quem era o confessor. Esse nobre era o senhor daquela aldeia. Achava-se à mesa do jantar quando, trêmulo de cólera, entrou o frade. Mal conseguia falar, e a muito custo balbuciou: "Deus o abençoe!". O fidalgo ergueu os olhos e exclamou: "*Benedicite*! Ora, Frei John, que há com o nosso mundo? Posso ver desde já que alguma coisa está errada! Até parece que o senhor está saindo de um bosque fervilhante de ladrões. Sente-se, e conte-me o que aconteceu. Se eu puder, darei um jeito".

"Deus lhe pague", agradeceu o frade. "Hoje eu fui de tal forma insultado em sua cidade, que nem o mais miserável dos pajens iria suportar tamanha ofensa. Mas o que mais me irrita é que aquele velhaco de cabelos brancos também teve o desplante de blasfemar contra o nosso convento."

"Um momento, mestre, por favor..."

"Mestre não, senhor meu", interrompeu o mendicante, "mas seu criado. Embora eu tenha merecido o título de 'mestre' na universidade, Deus não gosta que nos chamem dessa forma, nem nas praças nem nas cortes."

"Não faz mal", continuou o outro, "mas diga-me o que o aborrece."

"Senhor, um odioso agravo foi hoje feito a mim e à minha ordem, e, *par conséquent*, a toda a hierarquia de nossa santa Igreja. Um agravo que clama aos Céus!"

O Conto do Beleguim

'Sir,' quod the lord, 'ye woot what is to done./ Distempre yow noght, ye be my confessour;/ Ye been the salt of the erthe and the savour./ For goddes love your pacience ye holde;/ Tel me your grief:' and he anon him tolde,/ As ye han herd biforn, ye woot wel what./

The lady of the hous ay stille sat,/ Til she had herd al what the frere sayde:/ 'Ey, goddes moder,' quod she, 'blisful mayde!/ Is ther oght elles? telle me faithfully.'/

'Madame,' quod he, 'how thinketh yow her-by?'/

'How that me thinketh?' quod she; 'so god me speede,/ I seye, a cherl hath doon a cherles dede./ What shold I seye? god lat him never thee!/ His syke heed is ful of vanitee,/ I hold him in a maner frenesye.'/

'Madame,' quod he, 'by god I shal nat lye;/ But I on other weyes may be wreke,/ I shal diffame him over-al ther I speke,/ This false blasphemour, that charged me/ To parte that wol nat departed be,/ To every man y-liche, with meschaunce!'/

The lord sat stille as he were in a traunce,/ And in his herte he rolled up and doun,/ 'How hadde this cherl imaginacioun/ To shewe swich a probleme to the frere?/ Never erst er now herde I of swich matere;/ I trowe the devel putte it in his minde./ In ars-metryke shal ther no man finde,/ Biforn this day, of swich a questioun./ Who sholde make a demonstracioun,/ That every man sholde have y-liche his part/ As of the soun or savour of a fart?/ O nyce proude cherl, I shrewe his face!/ Lo, sires,' quod the lord, with harde grace,/ 'Who ever herde of swich a thing er now?/ To every man y-lyke? tel me how?/ It is an inpossible, it may nat be!/ Ey, nyce cherl, god lete him never thee!/ The rumblinge of a fart, and every soun,/ Nis but of eir reverberacioun,/ And ever it wasteth lyte and lyte awey./ Ther is no man can demen, by my fey,/ If that it were departed equally./ What, lo, my cherl, lo, yet how shrewedly/ Un-to my confessour to-day he spak!/ I holde him certeyn a demoniak!/ Now ete your mete, and lat the cherl go pleye,/ Lat him go honge himself a devel weye!'/

Now stood the lordes squyer at the bord,/ That carf his mete, and herde, word by word,/ Of alle thinges of which I have yow sayd./ 'My lord,' quod he, 'be ye nat yvel apayd;/ I coude telle, for a

"Senhor", contrapôs o fidalgo, "tenho certeza de que sabe o que fazer. Não se exalte. Afinal, é o meu confessor, é o sal e o tempero da terra. Pelo amor de Deus, acalme-se! Conte-me o que aconteceu." E ele então relatou o que houve e foi narrado aqui — aquilo que vocês já sabem.

A dona da casa, que também se achava sentada à mesa, ouviu em silêncio as palavras do frade. Quando ele terminou, ela disse: "Nossa mãe do Céu, virgem santíssima! Houve mais alguma coisa? Não me esconda nada".

"Senhora", quis saber o frade, "o que acha disso?"

"O que acho?! Por Deus, acho apenas que um vilão cometeu uma vilania. O que mais eu poderia achar? Só espero que Deus o castigue! Sua cabeça doente deve estar cheia de bobagens; talvez tenha sido uma espécie de loucura."

O frade, porém, não ficou satisfeito. "Por Deus, senhora, sinceramente, eu creio que há outras maneiras de puni-lo. Em todas as minhas prédicas de agora em diante vou denunciar esse falso blasfemador, que teve a perversidade de pedir-me que dividisse em partes iguais aquilo que nem sequer é divisível!"

Enquanto isso, perdido em devaneios, o fidalgo não dizia nada, a meditar sobre a questão. Por fim, falou: "Como é que o velhaco teve imaginação para propor um problema desses ao frade? Nunca ouvi coisa igual em minha vida. Só pode ter sido por sugestão do diabo. Nem com a ajuda de toda a aritmética do mundo se chega à solução. Quem poderia demonstrar como é que se faz a divisão em partes iguais do som e do cheiro de um peido? Ah malandrinho atrevido — maldito seja! —, que malícia! Vamos, senhores, ânimo! Quem aqui já ouviu falar de uma coisa dessas? 'Em partes iguais'... que me dizem? É possível ou não? Mas que sem-vergonha, Deus o castigue! O barulho de um peido, como qualquer outro som, não passa de uma reverberação do ar que diminui pouco a pouco. Por minha fé, não há como dividi-lo em partes iguais! Quem iria pensar que um vilão, um vassalo meu, seria capaz de propor tal enigma a meu confessor? Acho que devia estar possuído pelo demônio! Agora, meu senhor, coma a sua comida, e esqueça o velhaco. Deixe que o próprio diabo o enforque!".

A trinchar as carnes postado junto à mesa, o escudeiro do fidalgo pôde ouvir toda a conversa, palavra por palavra. "Senhor", disse ele,

O Conto do Beleguim

goune-clooth,/ To yow, sir frere, so ye be nat wrooth,/ How that this fart sholde even deled be/ Among your covent, if it lyked me.'/

'Tel,' quod the lord, 'and thou shall have anon/ A goune-cloth, by god and by Seint Iohn!'/

'My lord,' quod he, 'whan that the weder is fair,/ With-outen wind or perturbinge of air,/ Lat bringe a cartwheel here in-to this halle,/ But loke that it have his spokes alle./ Twelf spokes hath a cartwheel comunly./ And bring me than twelf freres, woot ye why?/ For thrittene is a covent, as I gesse./ The confessour heer, for his worthinesse,/ Shal parfourne up the nombre of his covent./ Than shal they knele doun, by oon assent,/ And to every spokes ende, in this manere,/ Ful sadly leye his nose shal a frere./ Your noble confessour, ther god him save,/ Shal holde his nose upright, under the nave./ Than shal this cherl, with bely stif and toght/ As any tabour, hider been y-broght;/ And sette him on the wheel right of this cart,/ Upon the nave, and make him lete a fart./ And ye shul seen, up peril of my lyf,/ By preve which that is demonstratif,/ That equally the soun of it wol wende,/ And eek the stink, un-to the spokes ende;/ Save that this worthy man, your confessour,/ By-cause he is a man of greet honour,/ Shal have the firste fruit, as reson is;/ The noble usage of freres yet is this,/ The worthy men of hem shul first be served;/ And certeinly, he hath it weel deserved./ He hath to-day taught us so muchel good/ With preching in the pulpit ther he stood,/ That I may vouche-sauf, I sey for me,/ He hadde the firste smel of fartes three,/ And so wolde al his covent hardily;/ He bereth him so faire and holily.'/

The lord, the lady, and ech man, save the frere,/ Seyde that Iankin spak, in this matere,/ As wel as Euclide or [as] Ptholomee./ Touchinge this cherl, they seyde, subtiltee/ And heigh wit made him speken as he spak;/ He nis no fool, ne no demoniak./ And Iankin hath y-wonne a newe goune. —/ My tale is doon; we been almost at toune./

Here endeth the Somnours Tale.

"com sua devida licença, se me der um pedaço de pano para fazer um saio, posso mostrar ao senhor frade, desde que ele não se zangue, como repartir esse peido em partes iguais com todo o seu convento."

"Por Deus e por São João", exclamou o dono da casa, "vá em frente que o pano para o saio já é seu!"

"Meu Senhor", retomou o escudeiro, "num dia de bom tempo e de ar parado, mande trazer a esta sala uma roda de carroça... mas uma que tenha todos os raios, que normalmente são doze. Depois traga doze frades. Sabe por quê? Porque, se não me engano, são treze os frades num convento. Seu confessor aqui completará o número com sua digna presença. Em seguida, todos ao mesmo tempo deverão se ajoelhar, cada qual pondo o nariz na ponta de um raio. Seu nobre confessor — Deus o abençoe — ficará de nariz virado para cima bem debaixo do centro da roda. Finalmente, traga aqui o tal velhaco, com a barriga entufada e esticada como um tambor, coloque-o deitado com o traseiro em cima do centro, e faça-o dar um peido. Aposto meu pescoço como o senhor há de ver, numa prova demonstrativa e cabal, que tanto o som quanto o fedor atingirão as pontas dos raios na mesma proporção. A única exceção será o seu ilustre confessor, que, sendo um homem de grande importância, colherá, como é natural, as primícias da oferta. Afinal, os frades ainda observam a nobre praxe de que os mais dignos devem ser servidos primeiro. E ele bem que o merece. Hoje, por exemplo, ensinou-nos tantas coisas boas em sua pregação no púlpito que, na minha opinião, deveria receber os primeiros cheiros não de um, mas de três peidos. E o resto do convento também. Levam uma vida de tanta pureza e santidade!"

O fidalgo, a senhora e todos os presentes — menos o frade — acharam que a solução de Janekin era digna de Euclides ou de Ptolomeu. Quanto ao vilão, concluíram que fez o que fez não por loucura ou influência do demônio, mas por astúcia e espírito de mofa. E, com isso, Janekin ganhou um saio novo. Assim termina a minha história. Olhem, estamos quase chegando a uma cidade.

Aqui termina o Conto do Beleguim.

The Clerkes Tale

Here folweth the Prologe of the Clerkes Tale of Oxenford.

'Sir clerk of Oxenford,' our hoste sayde,/ 'Ye ryde as coy and stille as dooth a mayde,/ Were newe spoused, sitting at the bord;/ This day ne herde I of your tonge a word./ I trowe ye studie aboute som sophyme,/ But Salomon seith, "every thing hath tyme."/

For goddes sake, as beth of bettre chere,/ It is no tyme for to studien here./ Telle us som mery tale, by your fey;/ For what man that is entred in a pley,/ He nedes moot unto the pley assente./ But precheth nat, as freres doon in Lente,/ To make us for our olde sinnes wepe,/ Ne that thy tale make us nat to slepe./

Telle us som mery thing of aventures; —/ Your termes, your colours, and your figures,/ Kepe hem in stoor til so be ye endyte/ Heigh style, as whan that men to kinges wryte./ Speketh so pleyn at this tyme, I yow preye,/ That we may understonde what ye seye.'/

This worthy clerk benignely answerde,/ 'Hoste,' quod he, 'I am under your yerde;/ Ye han of us as now the governaunce,/ And therfor wol I do yow obeisaunce,/ As fer as reson axeth, hardily./ I wol yow telle a tale which that I/ Lerned at Padowe of a worthy

O Conto do Estudante

Segue-se aqui o Prólogo do Conto do Estudante de Oxford.

"Senhor Estudante de Oxford", chamou o Albergueiro, "o senhor cavalga aí tão tímido e retraído que parece uma noivinha à mesa do banquete! Hoje ainda não o vi abrir a boca. Com certeza está meditando sobre algum sofisma. Mas, como diz Salomão, 'cada coisa tem seu tempo'.

"Pelo amor de Deus, sorria! Agora não é hora de pensar em estudo. Vamos, conte-nos uma história alegre! Afinal, quem entra num jogo tem que aceitar suas regras, não é mesmo? Mas não nos venha com pregações, como os frades na Quaresma, para que nos arrependamos dos nossos velhos pecados. Nem nos venha com um conto de fazer dormir.

"Conte uma história emocionante de aventuras! Guarde os termos complicados, os floreios e as figuras de retórica para os documentos de estilo, como as cartas que se escrevem para os reis. Agora, por favor, fale numa linguagem bem simples, para que todos o entendam."

Compreensivo, o digno Estudante respondeu-lhe: "Senhor Albergueiro, é seu o bastão de comando! Como estou sob suas ordens, vou esforçar-me, em tudo o que estiver a meu alcance, para obedecer-lhe. Pretendo contar-lhes uma história que aprendi em Pádua com um letrado

clerk,/ As preved by his wordes and his werk./ He is now deed and nayled in his cheste,/ I prey to god so yeve his soule reste!/

Fraunceys Petrark, the laureat poete,/ Highte this clerk, whos rethoryke sweete/ Enlumined al Itaille of poetrye,/ As Linian dide of philosophye/ Or lawe, or other art particuler;/ But deeth, that wol nat suffre us dwellen heer/ But as it were a twinkling of an yë,/ Hem bothe hath slayn, and alle shul we dyë./

But forth to tellen of this worthy man,/ That taughte me this tale, as I bigan,/ I seye that first with heigh style he endyteth,/ Er he the body of his tale wryteth,/ A proheme, in the which discryveth he/ Pemond, and of Saluces the contree,/ And speketh of Apennyn, the hilles hye,/ That been the boundes of West Lumbardye,/ And of Mount Vesulus in special,/ Where as the Poo, out of a welle smal,/ Taketh his firste springing and his sours,/ That estward ay encresseth in his cours/ To Emelward, to Ferrare, and Venyse:/ The which a long thing were to devyse./ And trewely, as to my Iugement,/ Me thinketh it a thing impertinent,/ Save that he wol convey en his matere:/ But this his tale, which that ye may here.'/

Here biginneth the Tale of the Clerk of Oxenford.

I

Ther is, at the west syde of Itaille,/ Doun at the rote of Vesulus the colde,/ A lusty playne, habundant of vitaille,/ Wher many a tour and toun thou mayst biholde,/ That founded were in tyme of fadres olde,/ And many another delitable sighte,/ And Saluces this noble contree highte.//

A markis whylom lord was of that londe,/ As were his worthy eldres him bifore;/ And obeisant and redy to his honde/ Were alle his liges, bothe lasse and more./ Thus in delyt he liveth, and hath don yore,/ Biloved and drad, thurgh favour of fortune,/ Bothe of his lordes and of

de grande valor, como o atestam suas palavras e suas obras. Rogo a Deus que dê paz à sua alma, pois ele agora está morto e enterrado.

"Refiro-me a Francisco Petrarca, o poeta laureado, cuja doce retórica iluminou com sua poesia toda a Itália — assim como Lignaco[150] a enriqueceu com seus trabalhos de filosofia, direito e outras artes. Mas, infelizmente, a morte, que não permite a ninguém que se demore nesta terra, levou a ambos num piscar de olhos. É esse o destino de todos nós.

"Voltando, porém, ao ilustre autor com quem aprendi este conto, quero dizer que, antes de escrever o corpo da narrativa, fez ele um proêmio, composto no mais alto estilo, em que descreve o Piemonte e a região de Saluzzo,[151] bem como os Apeninos, as altas montanhas que delimitam a Lombardia Ocidental e, particularmente, o Monte Viso, onde numa pequena fonte o Pó tem sua nascente e sua origem, rumando depois para o leste, numa caudal sempre crescente, na direção da Emília, de Ferrara e de Veneza. Tudo isso, entretanto, é muito longo e, a meu ver, impertinente — mas ele, por algum motivo, quis dar essas informações. Eis, portanto, a sua história, que agora irão ouvir."

Aqui começa o Conto do Estudante de Oxford.

I

Na parte ocidental da Itália, aos pés do frio Monte Viso, há uma verde e fértil planície, com lindas paisagens e muitas torres e cidades, que vêm dos tempos dos antepassados. Trata-se da nobre região de Saluzzo.

Antigamente, era senhor de toda aquela terra um marquês, que a herdara de seus ilustres ascendentes. Todos os seus súditos, grandes e humildes, eram-lhe submissos e leais, de modo que, pelo favor da Fortuna, ele sempre viveu tranquilo, amado e temido pela nobreza e pela plebe. Além disso, a sua linhagem era a mais elevada de toda a Lombardia. Era

---

[150] Trata-se de Giovanni da Lignaco, ou Legnano (1310-1383), eminente professor de direito em Bolonha. Escreveu obras sobre direito, ética, teologia e astronomia. O termo "filosofia", aplicado a ele, equivalia então a "ciências naturais". (N. do T.)

[151] Cidade italiana da região do Piemonte, província de Cuneo. (N. da E.)

his commune.// Therwith he was, to speke as of linage,/ The gentilleste y-born of Lumbardye,/ A fair persone, and strong, and yong of age,/ And ful of honour and of curteisye;/ Discreet y-nogh his contree for to gye,/ Save in somme thinges that he was to blame,/ And Walter was this yonge lordes name.//

I blame him thus, that he considereth noght/ In tyme cominge what mighte him bityde,/ But on his lust present was al his thoght,/ As for to hauke and hunte on every syde;/ Wel ny alle othere cures leet he slyde,/ And eek he nolde, and that was worst of alle,/ Wedde no wyf, for noght that may bifalle.//

Only that point his peple bar so sore,/ That flokmele on a day they to him wente,/ And oon of hem, that wysest was of lore,/ Or elles that the lord best wolde assente/ That he sholde telle him what his peple mente,/ Or elles coude he shewe wel swich matere,/ He to the markis seyde as ye shul here.//

'O noble markis, your humanitee/ Assureth us and yeveth us hardinesse,/ As ofte as tyme is of necessitee/ That we to yow mowe telle our hevinesse;/ Accepteth, lord, now for your gentillesse,/ That we with pitous herte un-to yow pleyne,/ And lete your eres nat my voys disdeyne.// Al have I noght to done in this matere/ More than another man hath in this place,/ Yet for as muche as ye, my lord so dere,/ Han alwey shewed me favour and grace,/ I dar the better aske of yow a space/ Of audience, to shewen our requeste,/ And ye, my lord, to doon right as yow leste.// For certes, lord, so wel us lyketh yow/ And al your werk and ever han doon, that we/ Ne coude nat us self devysen how/ We mighte liven in more felicitee,/ Save o thing, lord, if it your wille be,/ That for to been a wedded man yow leste,/ Than were your peple in sovereyn hertes reste.// Boweth your nekke under that blisful yok/ Of soveraynetee, noght of servyse,/ Which that men clepeth spousaille or wedlok;/ And thenketh, lord, among your thoghtes wyse,/ How that our dayes passe in sondry wyse;/ For though we slepe or wake, or rome, or ryde,/ Ay fleeth the tyme, it nil no man abyde.// And though your grene youthe floure as yit,/ In crepeth age alwey, as stille as stoon,/ And deeth manaceth every age, and smit/ In ech estaat, for ther escapeth noon:/ And al so certein as we knowe echoon/ That we shul deye, as uncerteyn we alle/ Been of that day whan deeth shal on us falle.// Accepteth than of us the trewe entente,/ That never yet refuseden your heste,/ And we wol, lord, if that ye wol assente,/ Chese yow a wyf in short tyme, atte leste,/ Born of the

um homem bem-apessoado, forte, jovem, com alto senso de fidalguia e de honra, e que sabia governar com sensatez. Apesar de tudo, porém, Valter — era esse o nome do jovem senhor — tinha alguns defeitos.

Seu defeito maior era que ele não se preocupava com o que podia acontecer-lhe no futuro, pensando apenas nos prazeres do presente, caçando pelos montes ou praticando a cetraria. Com isso, descuidava-se frequentemente de seus deveres; e, o que era pior, não tinha nenhuma intenção de casar-se.

Esse era o ponto que mais angustiava os seus vassalos. Um dia, eles se reuniram e foram em massa bater às portas do soberano. Um deles, que era mais culto — ou tinha melhor acolhida como intérprete da vontade comum, ou sabia se expressar com maior clareza —, dirigiu ao marquês estas palavras:

"Oh nobre marquês, o vosso sentimento humanitário nos dá certeza e confiança de que, sempre que houver necessidade, podemos confessar-vos abertamente a nossa insatisfação. Permiti também agora, senhor, com a usual cortesia, que apresentemos entristecidos nossas queixas. Peço-vos que vossos ouvidos não desprezem minha voz. Embora eu próprio não seja afetado pelo problema mais que todos os outros aqui presentes, ouso, meu estimado senhor, pelo favor e pela graça que sempre me demonstrastes, solicitar esta pequena audiência a fim de submeter-vos o nosso apelo. Fareis então, senhor, o que vos aprouver. Tanto apreciamos, senhor, hoje como antes, vossa pessoa e vossas atitudes, que não podemos desejar maior ventura... salvo num ponto, senhor, se o permitis: se resolvêsseis casar, então seria completa a nossa felicidade. Dobrai vossa cerviz a esse ditoso jugo de soberania, e não de servidão, que os homens chamam casamento ou matrimônio! Não ignorais, senhor, com todo o saber vosso, como passam diversamente os nossos dias. Mas, enquanto dormimos ou vigilamos, caminhamos ou cavalgamos, o tempo está sempre a fugir, e nada permanece. Se hoje floresce a vossa verde juventude, a velhice sorrateira está a caminho, calada como uma pedra, pois ela ameaça a todos, em todas as posições, e não perdoa a ninguém. E se todos temos certeza de que um dia morreremos, não temos certeza alguma de quando a morte virá. Aceitai, portanto, as sugestões sinceras dos que nunca se recusaram a atender vossos desejos. Senhor, se o consentis, escolheremos sem tardança uma esposa para vós, buscando-a entre as jovens das mais ilustres e nobres famílias desta região, conforme convém à honra de Deus e à vossa. Livrai-nos dos nossos receios: em

gentilleste and of the meste/ Of al this lond, so that it oghte seme/ Honour to god and yow, as we can deme.// Deliver us out of al this bisy drede,/ And tak a wyf, for hye goddes sake;/ For if it so bifelle, as god forbede,/ That thurgh your deeth your linage sholde slake,/ And that a straunge successour sholde take/ Your heritage, o! wo were us alyve!/ Wherfor we pray you hastily to wyve.'//

Hir meke preyere and hir pitous chere/ Made the markis herte han pitee./ 'Ye wol,' quod he, 'myn owene peple dere,/ To that I never erst thoghte streyne me./ I me reioysed of my libertee,/ That selde tyme is founde in mariage;/ Ther I was free, I moot been in servage.// But nathelees I see your trewe entente,/ And truste upon your wit, and have don ay;/ Wherfor of my free wil I wol assente/ To wedde me, as sone as ever I may./

But ther-as ye han profred me to-day/ To chese me a wyf, I yow relesse/ That choys, and prey yow of that profre cesse.// For god it woot, that children ofte been/ Unlyk her worthy eldres hem bifore;/ Bountee comth al of god, nat of the streen/ Of which they been engendred and y-bore;/ I truste in goddes bountee, and therfore/ My mariage and myn estaat and reste/ I him bitake; he may don as him leste.// Lat me alone in chesinge of my wyf,/ That charge up-on my bak I wol endure;/ But I yow preye, and charge up-on your lyf,/ That what wyf that I take, ye me assure/ To worshipe hir, whyl that hir lyf may dure,/ In word and werk, bothe here and everywhere,/ As she an emperoures doghter were.// And forthermore, this shal ye swere, that ye/ Agayn my choys shul neither grucche ne stryve;/ For sith I shal forgoon my libertee/ At your requeste, as ever moot I thryve,/ Ther as myn herte is set, ther wol I wyve;/ And but ye wole assente in swich manere,/ I prey yow, speketh na-more of this matere.'//

With hertly wil they sworen, and assenten/ To al this thing, ther seyde no wight nay;/ Bisekinge him of grace, er that they wenten,/ That he wolde graunten hem a certein day/ Of his spousaille, as sone as ever he may;/ For yet alwey the peple som-what dredde/ Lest that this markis no wyf wolde wedde.// He graunted hem a day, swich as him leste,/ On which he wolde be wedded sikerly,/ And seyde, he dide al this at hir requeste;/ And they, with humble entente, buxomly,/ Kneling up-on her knees ful reverently/ Him thanken alle, and thus they han an ende/ Of hir entente, and hoom agayn they wende.//

And heer-up-on he to his officeres/ Comaundeth for the feste to purveye,/ And to his privee knightes and squyeres/ Swich charge yaf, as

nome do Altíssimo, desposai-vos! Pois, se um dia (que o Céu não o permita) com a vossa morte se extinguir vossa linhagem e um sucessor estranho herdar as vossas terras, oh, como este povo não irá sofrer! Por isso vos suplicamos que, sem demora, vos caseis."

O humilde pedido e os rostos súplices encheram de piedade o coração do marquês. E ele então respondeu: "Quereis, meu povo amado, impor-me grilhões que nunca desejei. Sempre dei muito valor à liberdade, que raramente sobrevive ao matrimônio. E, se agora sou livre, então serei escravo. Comove-me, entretanto, vossa sinceridade, e, como sempre, confio em vosso bom-senso; por isso, declaro-me pronto a atender vosso pedido, casando-me assim que puder.

"Quanto à vossa oferta de escolher-me a esposa, rogo-vos que deixeis esse encargo para mim. Todos sabem que os filhos nem sempre se assemelham a seus ilustres pais, pois a virtude vem de Deus, não do sangue que os concebeu e gerou. Assim sendo, prefiro confiar na bondade do Senhor, entregando a seus cuidados o meu casamento, a minha posição e a minha tranquilidade, para que faça como bem quiser. Deixai-me, portanto, que eu próprio escolha a noiva... É uma responsabilidade que assumo integralmente. Tudo o que espero, e exijo mesmo de vós, é que, seja a esposa quem for, jureis reverenciá-la enquanto viver — por palavras e atos, aqui e em toda parte —, como se fosse a filha de um imperador. Também quero vossa promessa de que nunca ireis opor-vos à minha escolha ou criticá-la, pois, se renuncio à minha liberdade para o vosso bem, concedei-me pelo menos que eu me case como quer meu coração. Se não concordais com isso, melhor será não mais tocarmos neste assunto."

Todos, de boa vontade, deram seu assentimento, prometendo, sem qualquer voz em contrário, respeitar essa exigência. Apenas, antes de partir, solicitaram-lhe a graça de fixar a data das bodas, e que fosse o mais cedo possível, aquietando assim aqueles dentre o povo que ainda duvidavam de sua sinceridade ao decidir se casar. Ele então, para satisfazê-los, marcou o dia, assegurando-lhes, ao mesmo tempo, que cumpriria a sua palavra, e que o fazia em atenção a seu pedido. E eles todos, humilde e obedientemente, ajoelharam-se com reverência e agradeceram a seu soberano. Assim terminou o encontro, e todos voltaram para as suas casas.

Sem perda de tempo, o marquês ordenou então aos ministros que preparassem a festa; também a seus paladinos e escudeiros deu ele muitas

him liste on hem leye;/ And they to his comandement obeye,/ And ech of hem doth al his diligence/ To doon un-to the feste reverence.//

II

Noght fer fro thilke paleys honurable/ Ther-as this markis shoop his mariage,/ Ther stood a throp, of site delitable,/ In which that povre folk of that village/ Hadden hir bestes and hir herbergage,/ And of hir labour took hir sustenance/ After that the erthe yaf hem habundance.//

Amonges thise povre folk ther dwelte a man/ Which that was holden povrest of hem alle;/ But hye god som tyme senden can/ His grace in-to a litel oxes stalle:/ Ianicula men of that throp him calle./ A doghter hadde he, fair y-nogh to sighte,/ And Grisildis this yonge mayden highte.//

But for to speke of vertuous beautee,/ Than was she oon the faireste under sonne;/ For povreliche y-fostred up was she,/ No likerous lust was thurgh hir herte y-ronne;/ Wel ofter of the welle than of the tonne/ She drank, and for she wolde vertu plese,/ She knew wel labour, but non ydel ese.// But thogh this mayde tendre were of age,/ Yet in the brest of hir virginitee/ Ther was enclosed rype and sad corage;/ And in greet reverence and charitee/ Hir olde povre fader fostred she;/ A fewe sheep spinning on feeld she kepte,/ She wolde noght been ydel til she slepte.// And whan she hoomward cam, she wolde bringe/ Wortes or othere herbes tymes ofte,/ The whiche she shredde and seeth for hir livinge,/ And made hir bed ful harde and no-thing softe;/ And ay she kepte hir fadres lyf on-lofte/ With everich obeisaunce and diligence/ That child may doon to fadres reverence.//

Up-on Grisilde, this povre creature,/ Ful ofte sythe this markis sette his yë/ As he on hunting rood paraventure;/ And whan it fil that he mighte hir espye,/ He noght with wantoun loking of folye/ His yën caste on hir, but in sad wyse/ Up-on hir chere he wolde him ofte avyse,// Commending in his herte hir wommanhede,/ And eek hir vertu, passing any wight/ Of so yong age, as wel in chere as dede./ For thogh the peple have no greet insight/ In vertu, he considered ful right/ Hir bountee, and disposed that he wolde/ Wedde hir only, if ever he wedde sholde.//

The day of wedding cam, but no wight can/ Telle what womman that it sholde be;/ For which merveille wondred many a man,/ And

ordens, que foram prontamente obedecidas. E todos trabalharam com fervor para a solenidade da grande cerimônia.

II

Não muito distante do nobre palácio em que o marquês preparava as suas bodas, havia uma aldeia, situada em lugar muito aprazível, onde os pobres da região cuidavam de seus animais e de suas plantações, extraindo o sustento daquele solo que generosamente retribuía o seu suor.

Morava ali um homem que era considerado o mais humilde de todos — se bem que, muitas vezes, Deus altíssimo pode esparzir as suas graças sobre uma simples estrebaria. A gente do lugar o chamava Janícula. Tinha uma filha muito bonita, uma jovem de nome Griselda.

Quanto à perfeição moral, era sem dúvida a mais bela sob o sol, pois, criada na pobreza, não permitia que a cobiça ou a lascívia dominassem seu coração. Bebia mais da fonte que do tonel e, para agradar à virtude, conhecia de perto o trabalho, mas não a ociosidade. Ainda no verdor dos anos, encerrava no seio de sua virgindade apenas sentimentos sérios e maduros, tratando com reverência e com amor seu pai humilde e encanecido. Até mesmo quando pastoreava as suas poucas ovelhas, aproveitava o tempo para fiar, descansando somente na hora de dormir. Além disso, ao voltar para casa, quase nunca deixava de trazer raízes ou verduras, que ela picava e cozinhava para a ceia, antes de recolher-se ao duro catre que preparava para si. E, como eu disse, sempre se preocupava com o bem-estar de seu pai, prestando-lhe a obediência e os cuidados com que os filhos devem honrar os genitores.

Muitas vezes, ao cavalgar porventura para a caça, o marquês passava por Griselda, aquela singela criatura; e então a olhava, não com o olhar frívolo do desejo, mas observando-lhe o rosto com curiosidade, enquanto intimamente admirava sua feminilidade delicada e também sua virtude, que, na aparência e nos atos, superava a de todas as demais donzelas da mesma idade. Pois, se as pessoas comuns raramente são capazes de intuir as qualidades interiores, ele percebeu logo a pureza da jovem, decidindo em seu coração que, se um dia tivesse que se casar, era com ela que se casaria.

Chegado o dia das núpcias, ninguém sabia ainda quem seria a noiva. Por isso, muitos, estranhando o mistério, deram de imaginar coisas e de

seyden, whan they were in privetee,/ 'Wol nat our lord yet leve his vanitee?/ Wol he nat wedde? allas, allas the whyle!/ Why wol he thus himself and us bigyle?'//

But natheles this markis hath don make/ Of gemmes, set in gold and in asure,/ Broches and ringes, for Grisildis sake,/ And of hir clothing took he the mesure/ By a mayde, lyk to hir stature,/ And eek of othere ornamentes alle/ That un-to swich a wedding sholde falle.//

The tyme of undern of the same day/ Approcheth, that this wedding sholde be;/ And al the paleys put was in array,/ Bothe halle and chambres, ech in his degree;/ Houses of office stuffed with plentee/ Ther maystow seen of deyntevous vitaille,/ That may be founde, as fer as last Itaille.// This royal markis, richely arrayed,/ Lordes and ladyes in his companye,/ The whiche unto the feste were y-prayed,/ And of his retenue the bachelrye,/ With many a soun of sondry melodye,/ Un-to the village, of the which I tolde,/ In this array the righte wey han holde.//

Grisilde of this, god woot, ful innocent,/ That for hir shapen was al this array,/ To fecchen water at a welle is went,/ And cometh hoom as sone as ever she may./ For wel she hadde herd seyd, that thilke day/ The markis sholde wedde, and, if she mighte,/ She wolde fayn han seyn som of that sighte.// She thoghte, 'I wol with othere maydens stonde,/ That been my felawes, in our dore, and see/ The markisesse, and therfor wol I fonde/ To doon at hoom, as sone as it may be,/ The labour which that longeth un-to me;/ And than I may at leyser hir biholde,/ If she this wey un-to the castel holde.'//

And as she wolde over hir threshfold goon,/ The markis cam and gan hir for to calle;/ And she sette doun hir water-pot anoon/ Bisyde the threshfold, in an oxes stalle,/ And doun up-on hir knees she gan to falle,/ And with sad contenance kneleth stille/ Til she had herd what was the lordes wille.// This thoghtful markis spak un-to this mayde/ Ful sobrely, and seyde in this manere,/ 'Wher is your fader, Grisildis?' he sayde,/ And she with reverence, in humble chere,/ Answerde, 'lord, he is al redy here.'/ And in she gooth with-outen lenger lette,/ And to the markis she hir fader fette.//

He by the hond than took this olde man,/ And seyde thus, whan he him hadde asyde,/ 'Ianicula, I neither may ne can/ Lenger the plesance of myn herte hyde./ If that thou vouche-sauf, what-so bityde,/ Thy doghter wol I take, er that I wende,/ As for my wyf, un-to hir lyves ende.// Thou lovest me, I woot it wel, certeyn,/ And art my feithful lige man y-bore;/ And al that lyketh me, I dar wel seyn/ It lyketh thee, and specially

sussurrar entre si: "Será que o nosso soberano vai mesmo abandonar sua vida de futilidade? Vai mesmo se casar? Ai, que desgraça! Por que quer ludibriar a si mesmo e a nós?".

No entanto, o marquês já mandara fazer para Griselda vários broches e anéis, com pedras preciosas engastadas em ouro e anil; e, com base nas medidas de uma jovem da mesma altura, encomendara a confecção de suas vestes, bem como a de todos os outros adornos necessários à cerimônia nupcial.

Aproximava-se a hora terceira do dia do casamento; o palácio estava todo ornamentado — a grande sala, as câmaras... cada qual como devia; as despensas se achavam abarrotadas das mais deliciosas iguarias, fornecidas por todos os recantos da Itália. Então, ao som da música dos menestréis, aquele nobre marquês, envergando os seus trajes mais ricos, acompanhado dos fidalgos e das damas que haviam sido convidados para a festa, além de todos os mancebos aspirantes à cavalaria, tomou a estrada que levava direto à aldeia de que falei.

Griselda, enquanto isso, ignorando por completo toda aquela pompa que se preparara para ela, tinha ido à fonte buscar água, e voltava apressada para casa. Ouvira falar do casamento do marquês, e tinha esperança de presenciar pelo menos uma parte das festividades. Pensava: "Vou postar-me à nossa porta, com minhas companheiras, para ver a marquesa. É melhor ir logo para casa e terminar o serviço que me espera. Aí então poderei vê-la, se o cortejo passar por aqui rumo ao castelo".

Mas, quando ela estava para entrar por sua porta, chegou o marquês e a chamou. Ela se deteve, pousou o vaso no chão junto ao batente, que ficava encostado a um estábulo, e ajoelhou-se aos pés do soberano, aguardando as suas ordens com o semblante muito sério. O marquês, pensativo, dirigiu-se à donzela em tom grave: "Onde está vosso pai, oh Griselda?". E ela, submissa e respeitosa, respondeu: "Aí dentro, senhor". E, sem mais palavras, foi chamar o pai à presença do marquês.

Este tomou o velho pela mão e o levou a um lugar à parte, onde lhe disse: "Janícula, não posso mais esconder o que me vai no coração. Não importa o que aconteça, se concordares, pretendo tomar tua filha por esposa, pelo resto da vida. Sei que me amas e que sempre me foste um súdito leal; e ouso acreditar que tudo o que me apraz também apraz a ti. Mas eu gostaria de saber, nesse ponto especial que acabei de mencionar, se não te opões a meu propósito, aceitando-me como genro".

O Conto do Estudante

therfore/ Tel me that poynt that I have seyd bifore,/ If that thou wolt un-to that purpos drawe,/ To take me as for thy sone-in-lawe?'//

This sodeyn cas this man astoned so,/ That reed he wex, abayst, and al quaking/ He stood unnethes seyde he wordes mo,/ But only thus: 'lord,' quod he, 'my willing/ Is as ye wole, ne ayeines your lyking/ I wol no-thing; ye be my lord so dere;/ Right as yow lust governeth this matere.'//

'Yet wol I,' quod this markis softely,/ 'That in thy chambre I and thou and she/ Have a collacion, and wostow why?/ For I wol axe if it hir wille be/ To be my wyf, and reule hir after me;/ And al this shal be doon in thy presence,/ I wol noght speke out of thyn audience.'//

And in the chambre whyl they were aboute/ Hir tretis, which as ye shal after here,/ The peple cam un-to the hous with-oute,/ And wondred hem in how honest manere/ And tentifly she kepte hir fader dere./ But outerly Grisildis wondre mighte,/ For never erst ne saugh she swich a sighte.// No wonder is thogh that she were astoned/ To seen so greet a gest come in that place;/ She never was to swiche gestes woned,/ For which she loked with ful pale face./

But shortly forth this tale for to chace,/ Thise arn the wordes that the markis sayde/ To this benigne verray feithful mayde.// 'Grisilde,' he seyde, 'ye shul wel understonde/ It lyketh to your fader and to me/ That I yow wedde, and eek it may so stonde,/ As I suppose, ye wol that it so be./ But thise demandes axe I first,' quod he,/ 'That, sith it shal be doon in hastif wyse,/ Wol ye assente, or elles yow avyse?// I seye this, be ye redy with good herte/ To al my lust, and that I frely may,/ As me best thinketh, do yow laughe or smerte,/ And never ye to grucche it, night ne day?/ And eek whan I sey "ye," ne sey nat "nay,"/ Neither by word ne frowning contenance;/ Swer this, and here I swere our alliance.'//

Wondring upon this word, quaking for drede,/ She seyde, 'lord, undigne and unworthy/ Am I to thilke honour that ye me bede;/ But as ye wol your-self, right so wol I./ And heer I swere that never willingly/ In werk ne thoght I nil yow disobeye,/ For to be deed, though me were looth to deye.'//

'This is y-nogh, Grisilde myn!' quod he./ And forth he gooth with a ful sobre chere/ Out at the dore, and after that cam she,/ And to the peple he seyde in this manere,/ 'This is my wyf,' quod he, 'that standeth here./ Honoureth hir, and loveth hir, I preye,/ Who-so me loveth; ther is na-more to seye.'//

O ancião corou, surpreso ante a inesperada novidade; e, trêmulo e atônito, tudo o que conseguiu dizer foi: "Senhor, minha vontade é a vossa; nem poderia eu contrariar vossos desejos, pois sois o meu amado soberano. Podeis fazer o que bem entenderdes".

"Mesmo assim", prosseguiu o marquês em voz baixa, "quero reunir-me contigo e com ela lá dentro de tua choupana. E sabes por quê? Porque preciso perguntar pessoalmente a ela se aceita ser minha mulher, jurando-me a obediência devida. Deverás testemunhar a tudo; e eu te prometo que não direi sequer uma palavra sem a tua presença."

Enquanto acertavam o contrato dentro da choupana, o povo se aglomerava lá fora, admirando, em cada pormenor, como a jovem era atenta e prestimosa nos cuidados com seu pai querido. Griselda, por sua vez, se achava tomada de espanto, pois nunca vira coisa igual na vida. E tinha toda a razão. Não era sempre que aparecia por ali um visitante tão ilustre; e, não estando habituada a isso, era natural que empalidecesse.

Mas, para não nos alongarmos nesse ponto, ouçamos as palavras que o marquês dirigiu à bondosa, honesta e fiel donzela: "Griselda, sabei que é do agrado de vosso pai, e meu, que eu vos tome por esposa; e assim farei, espero, se derdes vossa anuência. Por isso, eu vos pergunto (já que tudo tem que ser feito à pressa): estais de acordo, ou gostaríeis de pensar? Antes que me deis vossa resposta, alerto-vos de que devereis estar sempre disposta a atender os meus desejos, de modo que eu possa livremente, como bem me aprouver, fazer-vos rir ou sofrer, sem que nunca haja de vossa parte queixa alguma. E quando eu disser 'sim', jamais me direis 'não', ou com palavras ou com cenho carregado. Jurai-me isso, e selarei nossa aliança".

Embora receosa, e sem compreender plenamente o alcance de tal imposição, disse ela: "Senhor, não sou digna da honra que me concedeis, mas, se essa é a vossa vontade, também há de ser a minha. Juro-vos, portanto, que nunca, voluntariamente, nas ações ou nos pensamentos, irei desobedecer-vos. Juro-vos isso por minha vida, apesar do pavor que a morte me inspira".

"Isso basta, minha Griselda", concluiu ele. E saiu do casebre, com ar muito sério, seguido pela jovem. Lá fora, anunciou ao povo: "Eis minha esposa, aqui a meu lado! Os que me amam devem honrá-la e amá-la. É tudo o que peço".

Em seguida, para que ela não levasse ao palácio nada das velhas coisas que possuía, ordenou ele às suas damas que a despissem ali mesmo.

And for that no-thing of hir olde gere/ She sholde bringe in-to his hous, he bad/ That wommen sholde dispoilen hir right there;/ Of which thise ladyes were nat right glad/ To handle hir clothes wher-in she was clad./ But natheles this mayde bright of hewe/ Fro foot to heed they clothed han al newe.// Hir heres han they kembd, that lay untressed/ Ful rudely, and with hir fingres smale/ A corone on hir heed they han y-dressed,/ And sette hir ful of nowches grete and smale;/ Of hir array what sholde I make a tale?/ Unnethe the peple hir knew for hir fairnesse,/ Whan she translated was in swich richesse.//

This markis hath hir spoused with a ring/ Broght for the same cause, and than hir sette/ Up-on an hors, snow-whyt and wel ambling,/ And to his paleys, er he lenger lette,/ With Ioyful peple that hir ladde and mette,/ Conveyed hir, and thus the day they spende/ In revel, til the sonne gan descende.//

And shortly forth this tale for to chace,/ I seye that to this newe markisesse/ God hath swich favour sent hir of his grace,/ That it ne semed nat by lyklinesse/ That she was born and fed in rudenesse,/ As in a cote or in an oxe-stalle,/ But norished in an emperoures halle.// To every wight she woxen is so dere/ And worshipful, that folk ther she was bore/ And from hir birthe knewe hir yeer by yere,/ Unnethe trowed they, but dorste han swore/ That to Ianicle, of which I spak bifore,/ She doghter nas, for, as by coniecture,/ Hem thoughte she was another creature.//

For thogh that ever vertuous was she,/ She was encressed in swich excellence/ Of thewes gode, y-set in heigh bountee,/ And so discreet and fair of eloquence,/ So benigne and so digne of reverence,/ And coude so the peples herte embrace,/ That ech hir lovede that loked on hir face.// Noght only of Saluces in the toun/ Publiced was the bountee of hir name,/ But eek bisyde in many a regioun,/ If oon seyde wel, another seyde the same;/ So spradde of hir heigh bountee the fame,/ That men and wommen, as wel yonge as olde,/ Gon to Saluce, upon hir to biholde.//

Thus Walter lowly, nay but royally,/ Wedded with fortunat honestetee,/ In goddes pees liveth ful esily/ At hoom, and outward grace y-nogh had he;/ And for he saugh that under low degree/ Was ofte vertu hid, the peple him helde/ A prudent man, and that is seyn ful selde.// Nat only this Grisildis thurgh hir wit/ Coude al the feet of wyfly hoomlinesse,/ But eek, whan that the cas requyred it,/ The commune profit coude she redresse./ Ther nas discord, rancour, ne hevinesse/ In al that lond, that she

Não obstante a repulsa que sentiam em tocar os seus andrajos, elas vestiram com roupas novas, da cabeça aos pés, a brilhante formosura da donzela. Depois pentearam-lhe os cabelos, que caíam desalinhados sobre os ombros, colocando-lhe uma grinalda na cabeça. Enfim, cobriram-na com joias de todos os tamanhos. Mas para que descrever seu vestuário? Basta dizer que as pessoas mal a reconheciam em seu esplendor, após a rica transfiguração.

O marquês então a desposou com uma aliança trazida para esse fim, fê-la montar num cavalo branco como a neve, de passo cadenciado, e, em meio ao júbilo das pessoas que seguiam a comitiva ou vinham ao seu encontro, conduziu-a ao palácio, onde, até que caísse a noite, passaram o resto do dia entre festejos.

E, para abreviar a história, direi que Deus cumulou de tantas graças a nova marquesa que, pelo seu aspecto, ninguém imaginaria que nascera na pobreza e se criara numa choupana ou num estábulo, pois parecia que fora educada na corte de um imperador. Era tão estimada e respeitada por todos que mesmo as pessoas de sua aldeia natal, que acompanharam seu crescimento ano após ano, dificilmente acreditavam, ou podiam jurar, que ela era a filha do Janícula de quem falei, pensando consigo mesmas se não seria alguma outra criatura.

Ainda que sempre tivesse cultivado a virtude, ela, depois que se tornou marquesa, aperfeiçoou ainda mais a sua conduta moral, assentada na generosidade. E tanto se mostrava sensata e justa no falar, séria e digna de reverência, e compreensiva para com os outros, que quem a visse não podia deixar de amá-la. E o renome de sua bondade não se confinou à cidade de Saluzzo, mas se espalhou por mais de uma região. Quando alguém a elogiava, todos concordavam. Tão grande ficou sendo a sua fama que muita gente de outras terras — homens e mulheres, jovens e velhos — vinha a Saluzzo apenas para conhecê-la.

Dessa maneira, Valter, devido a essa humilde (oh não, real!) união com a modéstia venturosa, pôde viver em seu lar na santa paz de Deus, em meio às dádivas visíveis da graça. E como descobrira que a virtude frequentemente se esconde por trás da pobreza, era tido como sábio por seu povo, o que raramente acontece. Com efeito, Griselda não apenas se desincumbia com eficiência de todas as obrigações domésticas, mas também, quando o caso requeria, sabia zelar pelo bem da comunidade. Não havia discórdia, rancor ou insatisfação naquela terra que ela não apazi-

ne coude apese,/ And wysly bringe hem alle in reste and ese.// Though that hir housbonde absent were anoon,/ If gentil men, or othere of hir contree/ Were wrothe, she wolde bringen hem atoon;/ So wyse and rype wordes hadde she,/ And Iugements of so greet equitee,/ That she from heven sent was, as men wende,/ Peple to save and every wrong tamende.//

Nat longe tyme after that this Grisild/ Was wedded, she a doughter hath y-bore,/ Al had hir lever have born a knave child./ Glad was this markis and the folk therfore;/ For though a mayde child come al bifore,/ She may unto a knave child atteyne/ By lyklihed, sin she nis nat bareyne.//

III

Ther fil, as it bifalleth tymes mo,/ Whan that this child had souked but a throwe,/ This markis in his herte longeth so/ To tempte his wyf, hir sadnesse for to knowe,/ That he ne mighte out of his herte throwe/ This merveillous desyr, his wyf tassaye,/ Needless, god woot, he thoughte hir for taffraye.// He hadde assayed hir y-nogh bifore,/ And fond hir ever good; what neded it/ Hir for to tempte and alwey more and more?/ Though som men preise it for a subtil wit,/ But as for me, I seye that yvel it sit/ Tassaye a wyf whan that it is no nede,/ And putten her in anguish and in drede.// For which this markis wroghte in this manere;/

He cam alone a-night, ther as she lay,/ With sterne face and with ful trouble chere,/ And seyde thus, 'Grisild,' quod he, 'that day/ That I yow took out of your povre array,/ And putte yow in estaat of heigh noblesse,/ Ye have nat that forgeten, as I gesse.// I seye, Grisild, this present dignitee,/ In which that I have put yow, as I trowe,/ Maketh yow nat foryetful for to be/ That I yow took in povre estaat ful lowe/ For any wele ye moot your-selven knowe./ Tak hede of every word that I yow seye,/ Ther is no wight that hereth it but we tweye.// Ye woot your-self wel, how that ye cam here/ In-to this hous, it is nat longe ago,/ And though to me that ye be lief and dere,/ Un-to my gentils ye be no-thing so;/ They seyn, to hem it is greet shame and wo/ For to be subgets and ben in servage/ To thee, that born art of a smal village.// And namely, sith thy doghter was y-bore,/ Thise wordes han they spoken doutelees;/ But I desyre, as I have doon bifore,/ To live my lyf with hem in reste and pees;/ I may nat in this caas be recchelees./ I moot don with thy doghter for the

guasse, a todos devolvendo a tranquilidade e o bem-estar. Sempre que, na ausência do marido, fidalgos ou outros patrícios se levantavam uns contra os outros, ela restituía a concórdia. Tão sábias e equilibradas eram as suas palavras e tão equânimes os seus julgamentos, que começaram todos a achar que ela havia sido enviada pelo Céu, para salvar o povo e remediar os seus males.

Não muito tempo depois do casamento, Griselda deu à luz uma menina. Embora ela própria tivesse preferido um filho, o marquês e os súditos ficaram felizes, pois a vinda da criança demonstrava que ela não era estéril, e que podiam esperar confiantes o herdeiro.

III

Quando a criança ainda estava em idade de mamar, aconteceu, como muitas vezes acontece com os maridos, que o marquês começou a duvidar da constância de sua esposa, e não conseguia afastar do coração uma estranha vontade de testar sua virtude, impondo-lhe aflições que, por Deus, eram inteiramente desnecessárias. Ela já lhe dera provas mais que suficientes de sua dedicação. Por que então importuná-la sempre mais — apesar de alguns verem nisso um indício de sagacidade? Em minha opinião, não passa de maldade pôr uma mulher à prova sem motivo, torturando-a com angústias e temores. Mas eis o que ele fez.

Uma noite, quando ela se achava deitada, entrou ele no quarto, com rosto sério e ar perturbado, e disse-lhe: "Griselda, não esqueceste por certo o dia em que te tirei da miséria e te elevei à alta condição da nobreza, não é mesmo? Pois bem, Griselda, espero que a dignidade de hoje não tenha apagado de tua memória o grande favor que me deves por tê-la redimido de tão baixo estado, sem olhar para a humildade de tua origem. Não há ninguém aqui além de nós: ouve bem cada palavra que eu disser. Sabes muito bem como chegaste, não faz muito, a este palácio; e sabes que te amo e te idolatro. Meu povo, porém, não pensa assim. Todos dizem sentir desgosto e vergonha por serem súditos e vassalos de alguém que veio à luz num vilarejo. E, agora que nasceu tua filha, essas queixas têm-se tornado mais frequentes. Tudo o que quero é viver minha vida tranquilo e em paz com eles, como vivia antes; por isso, não posso ignorar a situação. Sou obrigado a dispor de tua filha não como eu gostaria, mas como o meu povo exige. Deus sabe quanto odeio

beste,/ Nat as I wolde, but as my peple leste.// And yet, god wot, this is ful looth to me;/ But nathelees with-oute your witing/ I wol nat doon, but this wol I,' quod he,/ 'That ye to me assente as in this thing./ Shewe now your pacience in your werking/ That ye me highte and swore in your village/ That day that maked was our mariage.'//

Whan she had herd al this, she noght ameved/ Neither in word, or chere, or countenaunce;/ For, as it semed, she was nat agreved:/ She seyde, 'lord, al lyth in your plesaunce,/ My child and I with hertly obeisaunce/ Ben youres al, and ye mowe save or spille/ Your owene thing; werketh after your wille.// Ther may no-thing, god so my soule save,/ Lyken to yow that may displese me;/ Ne I desyre no-thing for to have,/ Ne drede for to lese, save only ye;/ This wil is in myn herte and ay shal be./ No lengthe of tyme or deeth may this deface,/ Ne chaunge my corage to another place.'//

Glad was this markis of hir answering,/ But yet he feyned as he were nat so;/ Al drery was his chere and his loking/ Whan that he sholde out of the chambre go./ Sone after this, a furlong wey or two,/ He prively hath told al his entente/ Un-to a man, and to his wyf him sente.// A maner sergeant was this privee man,/ The which that feithful ofte he founden hadde/ In thinges grete, and eek swich folk wel can/ Don execucioun on thinges badde./ The lord knew wel that he him loved and dradde;/ And whan this sergeant wiste his lordes wille,/ In-to the chambre he stalked him ful stille.//

'Madame,' he seyde, 'ye mote foryeve it me,/ Thogh I do thing to which I am constreyned;/ Ye ben so wys that ful wel knowe ye/ That lordes hestes mowe nat been y-feyned;/ They mowe wel been biwailled or compleyned,/ But men mot nede un-to her lust obeye,/ And so wol I; ther is na-more to seye.// This child I am comanded for to take' —/

And spak na-more, but out the child he hente/ Despitously, and gan a chere make/ As though he wolde han slayn it er he wente./ Grisildis mot al suffren and consente;/ And as a lamb she sitteth meke and stille,/ And leet this cruel sergeant doon his wille.// Suspecious was the diffame of this man,/ Suspect his face, suspect his word also;/ Suspect the tyme in which he this bigan./ Allas! hir doghter that she lovede so/ She wende he wolde han slawen it right tho./ But natheles she neither weep ne syked,/ Consenting hir to that the markis lyked.//

But atte laste speken she bigan,/ And mekely she to the sergeant preyde,/ So as he was a worthy gentil man,/ That she moste kisse hir

isso. De qualquer forma, não pretendo fazer nada sem o teu conhecimento e, principalmente, sem a tua anuência. Mostra-me agora, Griselda, a paciência que me prometeste e juraste lá na aldeia, no dia em que nos casamos!".

Ao ouvir isso, sem denunciar o que sentia por palavras, por gestos ou esgares, Griselda, como se nada estivesse sofrendo, respondeu assim: "Senhor, tudo está em vosso querer. Minha filha e eu, com sincera obediência, somos vossas; e vós podeis preservar ou destruir aquilo que vos pertence. Fazei segundo a vossa vontade. Por minha alma, nada que vos agrade será do meu desagrado; não desejo possuir nada, nem receio perder nada, a não ser vossa pessoa. É esse o sentimento que tenho, e que sempre terei, no coração. Nem o tempo nem a morte hão de apagá-lo, e jamais hei de mudar".

O marquês gostou da resposta, mas fez de conta que não, deixando o quarto com o olhar franzido e a expressão carregada. Pouco depois, um ou dois dias mais tarde, segredou ele o seu plano a um homem de confiança, e o enviou a sua mulher. Esse homem era uma espécie de oficial, que demonstrara a sua fidelidade em trabalhos importantes e estava pronto a servir seu amo até nos crimes. O marquês tinha absoluta certeza de que ele o amava e temia. Inteirado da vontade do senhor, foi ele de soslaio ao quarto de Griselda.

"Senhora", murmurou ele, "deveis perdoar-me, pois estou apenas cumprindo o meu dever. Sois compreensiva o bastante para saber que não podemos contrariar os desejos de um soberano. Suas decisões podem ser lamentadas ou sentidas, mas temos que obedecer a elas. É o que pretendo fazer, e basta. Recebi ordem de levar esta criança..."

E, nada mais dizendo, agarrou a menina sem piedade, olhando-a como se fosse ali mesmo trucidá-la. Griselda tudo teve que suportar e permitir, submissa e quieta como uma ovelhinha, enquanto o cruel oficial fazia o que queria. Má era a fama daquele homem; mau o seu rosto, más as suas palavras; em má hora aparecera ali. Ai, sua filha bem-amada — pensava ela — estava para morrer! No entanto, firme, ela não gemia nem chorava, conformando-se com a vontade do marido.

Por fim, conseguiu ela falar alguma coisa, suplicando humildemente ao oficial que, por sua dignidade de cavalheiro, lhe permitisse beijar a criança antes que fosse morta. Tomou então a filhinha nos braços. Beijou-a na mais profunda tristeza, embalou-a para confortá-la, e novamente a beijou. E assim se despediu dela:

O Conto do Estudante

child er that it deyde;/ And in her barm this litel child she leyde/ With ful sad face, and gan the child to kisse/ And lulled it, and after gan it blisse.// And thus she seyde in hir benigne voys,/

'Far weel, my child; I shal thee never see;/ But, sith I thee have marked with the croys,/ Of thilke fader blessed mote thou be,/ That for us deyde up-on a croys of tree./ Thy soule, litel child, I him bitake,/ For this night shaltow dyen for my sake.'//

I trowe that to a norice in this cas/ It had ben hard this rewthe for to se;/ Wel mighte a mooder than han cryed 'allas!'/ But nathelees so sad stedfast was she,/ That she endured all adversitee,/ And to the sergeant mekely she sayde,/

'Have heer agayn your litel yonge mayde.// Goth now,' quod she, 'and dooth my lordes heste,/ But o thing wol I preye yow of your grace,/ That, but my lord forbad yow, atte leste/ Burieth this litel body in som place/ That bestes ne no briddes it to-race.'/

But he no word wol to that purpos seye,/ But took the child and wente upon his weye.//

This sergeant cam un-to his lord ageyn,/ And of Grisildis wordes and hir chere/ He tolde him point for point, in short and playn,/ And him presenteth with his doghter dere./ Somwhat this lord hath rewthe in his manere;/ But nathelees his purpos heeld he stille,/ As lordes doon, whan they wol han hir wille;// And bad his sergeant that he prively/ Sholde this child ful softe winde and wrappe/ With alle circumstances tendrely,/ And carie it in a cofre or in a lappe;/ But, up-on peyne his heed of for to swappe,/ That no man sholde knowe of his entente,/ Ne whenne he cam, ne whider that he wente;// But at Boloigne to his suster dere,/ That thilke tyme of Panik was countesse,/ He sholde it take, and shewe hir this matere,/ Bisekinge hir to don hir bisinesse/ This child to fostre in alle gentilesse;/ And whos child that it was he bad hir hyde/ From every wight, for oght that may bityde.// The sergeant gooth, and hath fulfild this thing;/

But to this markis now retourne we;/ For now goth he ful faste imagining/ If by his wyves chere he mighte see,/ Or by hir word aperceyve that she/ Were chaunged; but he never hir coude finde/ But ever in oon y-lyke sad and kinde.// As glad, as humble, as bisy in servyse,/ And eek in love as she was wont to be,/ Was she to him in every maner wyse;/ Ne of hir doghter noght a word spak she./ Non accident for noon adversitee/ Was seyn in hir, ne never hir doghter name/ Ne nempned she, in ernest nor in game.//

"Adeus, minha filha! Nunca mais vou te ver. Mas, como eu te benzi com o sinal daquele Pai sempre louvado, que no lenho da cruz morreu por nós, confio a Ele tua alma, minha criança, pois esta noite morrerás por minha causa."

Creio que mesmo uma simples ama não suportaria uma emoção tão grande; quanto mais uma mãe. Ela, contudo, em vez de gritar "ai, que desgraça!" aos quatro ventos, manteve-se inabalável na adversidade, e disse ao oficial:

"Tomai de volta a vossa pequena donzela. Ide cumprir as ordens de meu senhor. Somente uma graça vos peço (caso meu amo não a tenha proibido): que, pelo menos, enterreis o seu corpinho nalgum lugar ao abrigo das feras e das aves."

Ele, porém, nada respondeu; apenas apanhou a criança, e saiu.

O oficial foi então à procura do marquês, a quem reproduziu pormenorizadamente todos os gestos e palavras de Griselda, e a quem entregou a filha amada. Ele ficou, a seu modo, condoído, mas, assim mesmo, não desistiu de seu intento e manteve as suas decisões (como costumam fazer os nobres). Assim, ordenou àquele homem de confiança que envolvesse e agasalhasse bem a criancinha e a colocasse, com todo o cuidado possível, dentro de uma caixa ou de um cesto, para em seguida, sob pena de morte — sem que ninguém soubesse o seu intuito, e de onde vinha ou para onde ia —, levá-la para Bolonha, para sua irmã querida, a condessa de Pânago, rogando-lhe o favor de criar a menina com todas as atenções que merecia, sem revelar a quem quer que fosse, em nenhuma circunstância, o nome de seu pai. E o oficial se pôs a caminho, e cumpriu a sua missão.

Voltando ao marquês, devo dizer que ele ficou muito curioso a respeito da reação de sua mulher, imaginando poder notar em alguma atitude, ou perceber em alguma palavra, indícios de mudança em seu comportamento. Nada, entretanto, conseguiu descobrir, pois ela continuava, como sempre, séria e generosa. Em tudo demonstrava, para com ele, a mesma humildade e desvelo, e também o mesmo amor. Jamais deixava entrever qualquer sinal de sua adversidade, e nunca, a sério ou por brincadeira, tocava no nome de sua filha.

IV

In this estaat ther passed been foure yeer/ Er she with childe was; but, as god wolde,/ A knave child she bar by this Walter,/ Ful gracious and fair for to biholde./ And whan that folk it to his fader tolde,/ Nat only he, but al his contree, merie/ Was for this child, and god they thanke and herie.// Whan it was two yeer old, and fro the brest/ Departed of his norice, on a day/ This markis caughte yet another lest/ To tempte his wyf yet ofter, if he may./ O needles was she tempted in assay!/ But wedded men ne knowe no mesure,/ Whan that they finde a pacient creature.//

'Wyf,' quod this markis, 'ye han herd er this,/ My peple sikly berth our mariage,/ And namely, sith my sone y-boren is,/ Now is it worse than ever in al our age./ The murmur sleeth myn herte and my corage;/ For to myne eres comth the voys so smerte,/ That it wel ny destroyed hath myn herte.// Now sey they thus, "whan Walter is agoon,/ Then shal the blood of Ianicle succede/ And been our lord, for other have we noon;"/ Swiche wordes seith my peple, out of drede./ Wel oughte I of swich murmur taken hede;/ For certeinly I drede swich sentence,/ Though they nat pleyn speke in myn audience.// I wolde live in pees, if that I mighte;/ Wherfor I am disposed outerly,/ As I his suster servede by nighte,/ Right so thenke I to serve him prively;/ This warne I yow, that ye nat sodeynly/ Out of your-self for no wo sholde outraye;/ Beth pacient, and ther-of I yow preye.'//

'I have,' quod she, 'seyd thus, and ever shal,/ I wol no thing, ne nil no thing, certayn,/ But as yow list; noght greveth me at al,/ Thogh that my doghter and my sone be slayn,/ At your comandement, this is to sayn./ I have noght had no part of children tweyne/ But first siknesse, and after wo and peyne.// Ye been our lord, doth with your owene thing/ Right as yow list; axeth no reed at me./ For, as I lefte at hoom al my clothing,/ Whan I first cam to yow, right so,' quod she,/ 'Left I my wil and al my libertee,/ And took your clothing; wherfor I yow preye,/ Doth your plesaunce, I wol your lust obeye.// And certes, if I hadde prescience/ Your wil to knowe er ye your lust me tolde,/ I wolde it doon with-outen necligence;/ But now I woot your lust and what ye wolde,/ Al your plesaunce ferme and stable I holde;/ For wiste I that my deeth wolde do yow ese,/ Right gladly wolde I dyen, yow to plese.// Deth may noght make no comparisoun/ Un-to your love.'

IV

Dessa maneira, passaram-se mais quatro anos, quando, pela vontade do Altíssimo, novamente Griselda ficou grávida e deu a Valter um lindo e gracioso menino. Ao saberem da notícia, o marquês e todos os seus súditos se rejubilaram, louvando e dando graças a Deus. Entretanto, dois anos mais tarde, tendo já a criança desmamado, outra vez sentiu o soberano aquele prurido de submeter sua esposa ao teste. Oh desnecessária provação! Parece, todavia, que os homens casados não conhecem medida quando deparam com alguém muito paciente.

"Mulher", disse o marquês, "como já sabes, meu povo mal tolera este nosso casamento; e, agora que me nasceu um filho, as coisas ficaram piores que nunca. Os murmúrios magoam-me demais; os comentários que chegam a meus ouvidos são tão cruéis, que não sei como o coração ainda resiste. Andam dizendo: 'Quando Valter se for, é o sangue de Janícula que vai reinar sobre nós, pois não há outro para sucedê-lo'. É isso o que, temeroso, o meu povo anda dizendo. Não posso desprezar esses murmúrios, porque sei bem as ameaças que tais opiniões encerram, ainda que veiculadas às ocultas. Se puder, quero viver em paz. Por isso, tomei a decisão inabalável de, secretamente, dar ao garoto o mesmo destino que dei à menina aquela noite. Estou te avisando isso para que não sejas apanhada de surpresa e não faças algo desastroso. Peço-te, mais uma vez, que tenhas paciência."

Ela, porém, retrucou: "Já vos disse, e torno a dizer, que não quero nada e não detesto nada, a não ser o que quereis ou detestais. Não fico triste por perder minha filha e meu filho, dado que vós não desejastes que vivessem. Aceito o fato de que o nascimento deles nada me trouxe além de doença, dor e sofrimento. Sois o nosso senhor; disponde do que possuís como melhor vos aprouver; não peçais o meu consentimento. Assim como, ao vir para vós, deixei em casa as minhas roupas velhas, assim também deixei meus anseios e minha liberdade, tomando os trajes que me destes. Podeis agora impor vossos desejos, e a eles me curvarei. Tivesse eu sabido previamente aquilo que iríeis pedir-me, eu já vos teria atendido com a maior diligência; agora que conheço as vossas pretensões, firme e constante me coloco às vossas ordens. Seu eu soubesse que minha morte vos daria prazer, só para agradar-vos eu por certo morreria. A morte nada representa, perto de vosso amor".

And, whan this markis sey/ The constance of his wyf, he caste adoun/ His yën two, and wondreth that she may/ In pacience suffre al this array./ And forth he gooth with drery contenaunce,/ But to his herte it was ful greet plesaunce.//

This ugly sergeant, in the same wyse/ That he hir doghter caughte, right so he,/ Or worse, if men worse can devyse,/ Hath hent hir sone, that ful was of beautee./ And ever in oon so pacient was she,/ That she no chere made of hevinesse,/ But kiste hir sone, and after gan it blesse;// Save this; she preyed him that, if he mighte,/ Hir litel sone he wolde in erthe grave,/ His tendre limes, delicat to sighte,/ Fro foules and fro bestes for to save./ But she non answer of him mighte have./ He wente his wey, as him no-thing ne roghte;/ But to Boloigne he tendrely it broghte.//

This markis wondreth ever lenger the more/ Up-on hir pacience, and if that he/ Ne hadde soothly knowen ther-bifore,/ That parfitly hir children lovede she,/ He wolde have wend that of som subtiltee,/ And of malice or for cruel corage,/ That she had suffred this with sad visage.// But wel he knew that next him-self, certayn,/ She loved hir children best in every wyse./

But now of wommen wolde I axen fayn,/ If thise assayes mighte nat suffyse?/ What coude a sturdy housbond more devyse/ To preve hir wyfhod and hir stedfastnesse,/ And he continuing ever in sturdinesse?// But ther ben folk of swich condicioun,/ That, whan they have a certein purpos take,/ They can nat stinte of hir entencioun,/ But, right as they were bounden to a stake,/ They wol nat of that firste purpos slake./ Right so this markis fulliche hath purposed/ To tempte his wyf, as he was first disposed.//

He waiteth, if by word or contenance/ That she to him was changed of corage;/ But never coude he finde variance;/ She was ay oon in herte and in visage;/ And ay the forther that she was in age,/ The more trewe, if that it were possible,/ She was to him in love, and more penible.// For which it semed thus, that of hem two/ Ther nas but o wil; for, as Walter leste,/ The same lust was hir plesance also,/ And, god be thanked, al fil for the beste./ She shewed wel, for no worldly unreste/ A wyf, as of hir-self, no-thing ne sholde/ Wille in effect, but as hir housbond wolde.//

The sclaundre of Walter ofte and wyde spradde,/ That of a cruel herte he wikkedly,/ For he a povre womman wedded hadde,/ Hath mordred bothe his children prively./ Swich murmur was among hem comunly./ No wonder is, for to the peples ere/ Ther cam no word but

Ao ver a constância de sua mulher, o marquês abaixou os olhos, admirando-se de tanta paciência em tal situação. E em seguida, retirou-se com o semblante fechado, mas com o coração feliz.

Aquele cruel oficial, da mesma forma como levara a menina, ou até com maior brutalidade (se é que mais brutal ainda pode ser um homem), veio arrebatar-lhe o menino tão gracioso. E ela, da mesma forma, controlou seus sentimentos e não deixou transparecer a sua dor. Apenas beijou o filhinho, benzeu-o com o sinal da cruz, e suplicou ao carrasco que, se possível, sepultasse na terra os tenros membros delicados, para que o corpo ficasse fora do alcance das aves e das feras. E ele, como da outra vez, não deu resposta alguma; sem se importar com nada, saiu com a criança, e, com todo o cuidado, levou-a para Bolonha.

O marquês estava cada vez mais espantado com a paciência da mulher. E, se ele não conhecesse o seu profundo afeto pelos filhos, pensaria que ela lhes era indiferente, sendo, no fundo, fria, cruel e falsa. Mas bem sabia que, depois dele, eram os filhos quem ela mais amava.

Eu gostaria agora de perguntar às mulheres se esses sacrifícios não bastavam. Que mais provas podia querer um marido severo para se convencer dos méritos e da lealdade da esposa? Por que continuar a afligi-la? Infelizmente, porém, há pessoas que, quando resolvem uma coisa, não sabem como parar, não desistindo de seus propósitos nem mesmo atadas a um pelourinho. Assim era aquele marquês! Insatisfeito ainda, queria levar ao extremo as suas provações.

Por conseguinte, ficou ele à espera de uma palavra ou expressão que denotasse alguma mudança de atitude; mas, inutilmente. Ela permanecia a mesma, por dentro e por fora. E, quanto mais passava o tempo, mais se tornava dedicada e fiel em seu amor — se é que eram concebíveis maior dedicação e maior fidelidade. De fato, parecia que, entre ambos, havia um só desejo, pois o que Valter queria ela queria também. E bendito seja Deus que a amparava! Sua história era uma viva demonstração de como a mulher deve, apesar de todos os infortúnios deste mundo, desejar apenas o que deseja o marido.

Enquanto isso, a má fama de Valter começou a se espalhar por seus domínios, e todos comentavam que ele, só porque se casara com uma pobre, assassinara, cruel e impiedosamente, os dois filhos às ocultas. Era esse o boato que circulava. E não era para se estranhar, pois tudo o que se sabia era que as crianças haviam desaparecido. Essa reputação fez com

O Conto do Estudante 507

that they mordred were.// For which, wher-as his peple ther-bifore/ Had loved him wel, the sclaundre of his diffame/ Made hem that they him hatede therfore;/ To been a mordrer is an hateful name./ But natheles, for ernest ne for game/ He of his cruel purpos nolde stente;/ To tempte his wyf was set al his entente.//

Whan that his doghter twelf yeer was of age,/ He to the court of Rome, in subtil wyse/ Enformed of his wil, sente his message,/ Comaunding hem swiche bulles to devyse/ As to his cruel purpos may suffyse,/ How that the pope, as for his peples reste,/ Bad him to wedde another, if him leste.// I seye, he bad they sholde countrefete/ The popes bulles, making mencioun/ That he hath leve his firste wyf to lete,/ As by the popes dispensacioun,/ To stinte rancour and dissencioun/ Bitwixe his peple and him; thus seyde the bulle,/ The which they han publiced atte fulle.// The rude peple, as it no wonder is,/ Wenden ful wel that it had been right so;/

But whan thise tydinges cam to Grisildis,/ I deme that hir herte was ful wo./ But she, y-lyke sad for evermo,/ Disposed was, this humble creature,/ Thadversitee of fortune al tendure.// Abyding ever his lust and his plesaunce,/ To whom that she was yeven, herte and al,/ As to hir verray worldly suffisaunce;/

But shortly if this storie I tellen shal,/ This markis writen hath in special/ A lettre in which he sheweth his entente,/ And secrely he to Boloigne it sente.// To the erl of Panik, which that hadde tho/ Wedded his suster, preyde he specially/ To bringen boom agayn his children two/ In honurable estaat al openly./ But o thing he him preyede outerly,/ That he to no wight, though men wolde enquere,/ Sholde nat telle, whos children that they were,// But seye, the mayden sholde y-wedded be/ Unto the markis of Saluce anon./ And as this erl was preyed, so dide he;/ For at day set he on his wey is goon/ Toward Saluce, and lordes many oon,/ In riche array, this mayden for to gyde;/ Hir yonge brother ryding hir bisyde.// Arrayed was toward hir mariage/ This fresshe mayde, ful of gemmes clere;/ Hir brother, which that seven yeer was of age,/ Arrayed eek ful fresh in his manere./ And thus in greet noblesse and with glad chere,/ Toward Saluces shaping hir Iourney,/ Fro day to day they ryden in hir wey.//

que, em vez de amado, ele passasse a ser odiado pelo povo. Mas, por mais detestável que seja a pecha de assassino, nem assim abandonou o marquês os seus malévolos propósitos, torturado pela ideia fixa de pôr à prova sua mulher.

Quando sua filha completou doze anos,[152] enviou ele uma mensagem à corte papal em Roma, sigilosamente informada de seus planos, pedindo que preparassem uma bula favorável às suas cruéis intenções, na qual se declararia, para tranquilizar os seus súditos, que o Papa o autorizava a casar-se novamente, se assim o desejasse. Naturalmente, seria uma bula forjada, para fazer o povo acreditar que o primeiro casamento estava anulado por dispensa papal, abafando dessa maneira os possíveis rancores e dissenções entre os vassalos. E era o que afirmava a bula, levada ao conhecimento público em toda parte. Como era de se esperar, o povo inculto acatou o documento com naturalidade.

Assim que a notícia chegou aos ouvidos de Griselda, ela deve ter ficado profundamente magoada, mas seu semblante nada demonstrou. A humilde criatura estava pronta a suportar os golpes da Fortuna, sempre a serviço da vontade e dos caprichos daquele a quem dera o coração, como se essa fosse a sua única missão na terra.

Em seguida — para não alongar demais a história — o marquês redigiu uma carta particular, expondo os seus planos, e a encaminhou secretamente a Bolonha, para o Conde de Pânago, seu cunhado, solicitando-lhe o obséquio de trazer de volta os dois filhos, com todo o cerimonial de praxe. Pediu-lhe ao mesmo tempo que, ainda que lhe perguntassem, não revelasse a ninguém de quem eram aquelas crianças; que apenas anunciasse a todo mundo que a mocinha ia se casar com o Marquês de Saluzzo. E assim foi feito. Ao romper da aurora, com grande séquito de fidalgos vestidos ricamente, o conde se pôs a caminho de Saluzzo, levando consigo a pequena donzela e seu irmãozinho, que cavalgava a seu lado. A jovem trazia as vestes matrimoniais cintilantes de pedras preciosas; o irmão, com apenas sete anos, também envergava trajes esplendorosos. E assim, com grande pompa e muita alegria, viajava a comitiva para Saluzzo, dia após dia mais perto de seu destino.

---

[152] Idade legal para as meninas se casarem. (N. da E.)

V

Among al this, after his wikke usage,/ This markis, yet his wyf to tempte more/ To the uttereste preve of hir corage,/ Fully to han experience and lore/ If that she were as stedfast as bifore,/ He on a day in open audience/ Ful boistously hath seyd hir this sentence://

'Certes, Grisilde, I hadde y-nough plesaunce/ To han yow to my wyf for your goodnesse,/ As for your trouthe and for your obeisaunce,/ Nought for your linage ne for your richesse;/ But now knowe I in verray soothfastnesse/ That in gret lordshipe, if I wel avyse,/ Ther is gret servitute in sondry wyse.// I may nat don as every plowman may;/ My peple me constreyneth for to take/ Another wyf, and cryen day by day;/ And eek the pope, rancour for to slake,/ Consenteth it, that dar I undertake;/ And treweliche thus muche I wol yow seye,/ My newe wyf is coming by the weye.// Be strong of herte, and voyde anon hir place,/ And thilke dower that ye broghten me/ Tak it agayn, I graunte it of my grace;/ Retourneth to your fadres hous,' quod he;/ 'No man may alwey han prosperitee;/ With evene herte I rede yow tendure/ The strook of fortune or of aventure.'//

And she answerde agayn in pacience,/ 'My lord,' quod she, 'I woot, and wiste alway/ How that bitwixen your magnificence/ And my poverte no wight can ne may/ Maken comparison; it is no nay./ I ne heeld me never digne in no manere/ To be your wyf, no, ne your chamberere.// And in this hous, ther ye me lady made —/ The heighe god take I for my witnesse,/ And also wisly he my soule glade —/ I never heeld me lady ne maistresse,/ But humble servant to your worthinesse,/ And ever shal, whyl that my lyf may dure,/ Aboven every worldly creature.// That ye so longe of your benignitee/ Han holden me in honour and nobleye,/ Wheras I was noght worthy for to be,/ That thonke I god and yow, to whom I preye/ Foryelde it yow; there is na-more to seye./ Un-to my fader gladly wol I wende,/ And with him dwelle un-to my lyves ende.// Ther I was fostred of a child ful smal,/ Til I be deed, my lyf ther wol I lede/ A widwe clene, in body, herte, and al./ For sith I yaf to yow my maydenhede,/ And am your trewe wyf, it is no drede,/ God shilde swich a lordes wyf to take/ Another man to housbonde or to make.//

And of your newe wyf, god of his grace/ So graunte yow wele and prosperitee:/ For I wol gladly yelden hir my place,/ In which that I was

V

Enquanto isso, o marquês, à sua maldosa maneira, a fim de submeter à prova extrema a firmeza de sua mulher e obter a demonstração cabal e definitiva de que ela ainda era constante, disse-lhe um dia, de público e em voz alta:

"Devo confessar-te, Griselda, que tive muito prazer em ter-te como esposa; e isso, graças à tua virtude, à tua fidelidade e à tua obediência, e não pela tua linhagem ou riqueza. Agora, entretanto, se posso dizê-lo, estou convencido de que o poder, por vários motivos, é uma forma de escravidão. Qualquer camponês tem mais liberdade que eu. Meu povo me obriga a tomar outra mulher, e a grita aumenta a cada dia que passa; até o Papa, para acalmar a insatisfação, consentiu que eu me casasse de novo; e, em vista disso, venho comunicar-te que minha nova esposa já está a caminho. Mostra-te forte, e cede o teu lugar a ela. O dote que me trouxeste, podes levá-lo de volta: concedo-te essa graça. Retorna à casa de teu pai. Ninguém vive eternamente na ventura. Aconselho-te, pois, que aceites com serenidade os golpes da Fortuna, ou do azar."

E ela, paciente como antes, respondeu: "Meu senhor, sei, e sempre soube, que não há termo de comparação entre a vossa magnificência e a minha pobreza; e isso não há como negar. Jamais me julguei digna de ser sequer a vossa camareira; muito menos vossa esposa. Tomo Deus altíssimo como testemunha (pedindo-lhe que me guie com sua sabedoria) de que nesta casa, da qual me fizeste senhora, nunca me considerei senhora nem patroa, mas humilde serva de Vossa Excelência, a quem pretendo servir a vida inteira acima de qualquer pessoa neste mundo. Se, graças à vossa generosidade, fui mantida por tanto tempo na honraria e na nobreza que nunca mereci, só devo agradecer a Deus e a vós, a quem agora devolvo essas dádivas. E é tudo o que tenho a dizer. Volto contente para meu pai, e com ele hei de viver o resto de meus dias. Lá onde me criei desde pequenina, lá passarei a minha vida até a morte; pois, tendo dado a vós a minha virgindade e tendo sido esposa de tão alto senhor, por Deus, como poderia receber outro homem por marido?!

"Quanto à vossa nova consorte, que Deus lhe conceda riqueza e prosperidade! É com prazer que lhe entrego o lugar onde conheci tanta ventura. Oh meu senhor, antigo refrigério de meu coração, como é de vosso agrado que eu me vá, ir-me-ei quando quiserdes.

blisful wont to be,/ For sith it lyketh yow, my lord,' quod she,/ 'That whylom weren al myn hertes reste,/ That I shal goon, I wol gon whan yow leste.//

But ther-as ye me profre swich dowaire/ As I first broghte, it is wel in my minde/ It were my wrecched clothes, no-thing faire,/ The which to me were hard now for to finde./ O gode god! how gentil and how kinde/ Ye semed by your speche and your visage/ The day that maked was our mariage!// But sooth is seyd, algate I finde it trewe —/ For in effect it preved is on me —/ Love is noght old as whan that it is newe./ But certes, lord, for noon adversitee,/ To dyen in the cas, it shal nat be/ That ever in word or werk I shal repente/ That I yow yaf myn herte in hool entente.//

My lord, ye woot that, in my fadres place,/ Ye dede me strepe out of my povre wede,/ And richely me cladden, of your grace./ To yow broghte I noght elles, out of drede,/ But feyth and nakednesse and maydenhede./ And here agayn my clothing I restore,/ And eek my wedding-ring, for evermore.// The remenant of your Iewels redy be/ In-with your chambre, dar I saufly sayn;/ Naked out of my fadres hous,' quod she,/ 'I cam, and naked moot I turne agayn./ Al your plesaunce wol I folwen fayn;/ But yet I hope it be nat your entente/ That I smoklees out of your paleys wente.// Ye coude nat doon so dishoneste a thing,/ That thilke wombe in which your children leye/ Sholde, biforn the peple, in my walking,/ Be seyn al bare;/ wherfor I yow preye,/ Lat me nat lyk a worm go by the weye./ Remembre yow, myn owene lord so dere,/ I was your wyf, thogh I unworthy were.// Wherfor, in guerdon of my maydenhede,/ Which that I broghte, and noght agayn I bere,/ As voucheth sauf to yeve me, to my mede,/ But swich a smok as I was wont to were,/ That I therwith may wrye the wombe of here/ That was your wyf; and heer take I my leve/ Of yow, myn owene lord, lest I yow greve.'//

'The smok,' quod he, 'that thou hast on thy bak,/ Lat it be stille, and ber it forth with thee.'/ But wel unnethes thilke word he spak,/ But wente his wey for rewthe and for pitee./

Biforn the folk hir-selven strepeth she,/ And in hir smok, with heed and foot al bare,/ Toward hir fader hous forth is she fare.// The folk hir folwe wepinge in hir weye,/ And fortune ay they cursen as they goon;/ But she fro weping kepte hir yën dreye,/ Ne in this tyme word ne spak she noon./ Hir fader, that this tyding herde anoon,/ Curseth the day and tyme that nature/ Shoop him to been a lyves creature.// For out of doute this olde povre man/ Was ever in suspect of hir mariage;/ For ever he demed, sith that it bigan,/ That whan the lord fulfild had his corage,/ Him wolde

"Com referência à permissão que me dais de levar de volta o meu dote, pelo que lembro, tudo o que eu possuía de meu eram míseros andrajos, trapos horríveis que agora nem saberia achar. Oh meu Deus! Como vos mostrastes gentil e generoso, na fala e no semblante, naquele dia em que nos casamos! Mas a verdade — como sempre soube, e meu caso o comprovou mais uma vez — é que o amor velho nunca é igual ao amor novo. Ainda assim, senhor, por nenhuma adversidade, mesmo que seja a morte, vou de modo algum arrepender-me de haver entregado a vós meu coração.

"Meu senhor, por certo vos recordais de que, na casa paterna, tive que despir minhas pobres vestimentas para envergar os ricos trajes que vossa bondade me ofertou. Assim sendo, nada mais trouxe comigo além da fé, da nudez e da castidade. Por isso, restituo-vos agora, para sempre, as roupas que me destes, bem como o anel de casamento. Todas as outras joias, asseguro-vos, se encontram a vosso dispor em vosso quarto. Saí nua da casa de meu pai, e nua ora regresso. Sei que é assim que o desejais. Somente espero que não seja vosso intuito permitir-me que deixe este palácio sem ao menos um roto saio às costas. Não cometeríeis o ato vergonhoso de lançar-me despida por essas estradas, expondo aos olhos de todos o ventre que gerou vossos filhos. Portanto, peço-vos apenas que não me trateis como a um verme. Oh meu senhor tão querido, lembrai-vos de que, embora indigna, já fui vossa mulher. Como paga pela virgindade que vos trouxe e que não levo mais comigo, legai-me ao menos, para meu conforto, este surrado saio, para abrigar o ventre de quem foi vossa marquesa. E agora me despeço de vós, meu senhor, pois não quero aborrecer-vos."

"O saio que tens às costas", respondeu ele, "não faz mal, podes levá-lo." Foi com voz trêmula, de pena e de piedade, que pronunciou essas palavras. E logo se afastou.

Griselda, sem os ricos trajes, envergando apenas um roto saio, com a cabeça descoberta e os pés descalços, foi caminhando para a casa de seu pai, enquanto o povo a tudo assistia. As pessoas a acompanhavam ao longo da estrada, chorando e maldizendo a Fortuna; ela própria, contudo, mantinha os olhos secos e não se queixava de nada. Seu pai, ao receber a notícia, amaldiçoou o tempo em que a Natureza formara seu corpo e o instante em que o trouxera para a vida. O pobre velho sempre desconfiara desse matrimônio, achando, desde o início, que no dia em que o marquês se fartasse dela, perceberia o despropósito dessa união

thinke it were a disparage/ To his estaat so lowe for talighte,/ And voyden hir as sone as ever he mighte.// Agayns his doghter hastilich goth he,/ For he by noyse of folk knew hir cominge,/ And with hir olde cote, as it mighte be,/ He covered hir, ful sorwefully wepinge;/ But on hir body mighte he it nat bringe./ For rude was the cloth, and more of age/ By dayes fele than at hir mariage.//

Thus with hir fader, for a certeyn space,/ Dwelleth this flour of wyfly pacience,/ That neither by hir wordes ne hir face/ Biforn the folk, ne eek in hir absence,/ Ne shewed she that hir was doon offence;/ Ne of hir heigh estaat no remembraunce/ Ne hadde she, as by hir countenaunce.//

No wonder is, for in hir grete estaat/ Hir goost was ever in pleyn humylitee;/ No tendre mouth, non herte delicaat,/ No pompe, no semblant of royaltee,/ But ful of pacient benignitee,/ Discreet and prydeles, ay honurable,/ And to hir housbonde ever meke and stable.//

Men speke of Iob and most for his humblesse,/ As clerkes, whan hem list, can wel endyte,/ Namely of men, but as in soothfastnesse,/ Thogh clerkes preyse wommen but a lyte,/ Ther can no man in humblesse him acquyte/ As womman can, ne can ben half so trewe/ As wommen been, but it be falle of-newe.//

VI

Fro Boloigne is this erl of Panik come,/ Of which the fame upsprang to more and lesse,/ And in the peples eres alle and some/ Was couth eek, that a newe markisesse/ He with him broghte, in swich pompe and richesse,/ That never was ther seyn with mannes yë/ So noble array in al West Lumbardye.//

The markis, which that shoop and knew al this,/ Er that this erl was come, sente his message/ For thilke sely povre Grisildis;/ And she with humble herte and glad visage,/ Nat with no swollen thoght in hir corage,/ Cam at his heste, and on hir knees hir sette,/ And reverently and wysly she him grette.//

'Grisild,' quod he, 'my wille is outerly,/ This mayden, that shal wedded been to me,/ Receyved be to-morwe as royally/ As it possible is in myn hous to be./ And eek that every wight in his degree/ Have his estaat in sitting and servyse/ And heigh plesaunce, as I can best devyse.// I have no wommen suffisaunt certayn/ The chambres for tarraye in ordinaunce/

com alguém de tão baixo estado, rejeitando-a assim que pudesse. Ao dar-se conta, pelo burburinho da multidão, de que a filha se aproximava, saiu ao seu encontro, e, com o seu antigo burel, a cobriu como pôde, enquanto derramava lágrimas copiosas. Mas a roupa mal lhe servia, pois o tecido era grosseiro e encolhera com o passar do tempo.

Assim, voltou a morar com o pai aquela flor da paciência feminina, que, nem por palavras nem por gestos, na presença de outros ou sozinha, jamais mostrou sentir-se injustiçada. Aparentemente, havia até se esquecido de sua alta condição anterior.

Isso, aliás, não surpreendia, visto que, enquanto marquesa, seu espírito era de completa humildade: nunca os requintes da mesa, os caprichos do coração, a pompa, as exterioridades da realeza, mas sempre a paciente bondade — digna, discreta e sem orgulho —, a afeição e a lealdade ao marido.

Fala-se muito de Jó por causa de sua paciência; e os letrados, quando querem, compõem loas aos exemplos de constância, que geralmente são homens. Na verdade, dão pouca atenção às mulheres. Nenhum homem, entretanto, supera as mulheres na humildade. E seria de estranhar-se se algum deles as vencesse também na constância!

VI

A notícia de que o Conde de Pânago estava para chegar de Bolonha espalhou-se por todo o marquesado, entre grandes e humildes; e todos também ficaram sabendo que ele trazia consigo a nova soberana, em meio a galas e esplendores jamais vistos por olhos humanos em toda a Lombardia Ocidental.

O marquês, que tudo tramara e, por isso, estava a par de tudo, mandou chamar a pobre e inocente Griselda um pouco antes da chegada do conde. E ela, com o semblante alegre e o coração humilde, veio sem qualquer ressentimento na alma, ajoelhou-se à sua frente e o saudou com modéstia e respeito.

"Griselda", começou ele, "meu desejo é que essa jovem, a quem irei desposar, seja amanhã recebida em minha casa com todas as pompas reais, e que os seus acompanhantes, na cerimônia e no banquete, tenham todas as atenções que merecem, de acordo com seus lugares na escala de precedências. Não tenho nenhuma criada capaz de decorar os aposentos

After my lust, and therfor wolde I fayn/ That thyn were al swich maner governaunce;/ Thou knowest eek of old al my plesaunce;/ Though thyn array be badde and yvel biseye,/ Do thou thy devoir at the leeste weye.'//

'Nat only, lord, that I am glad,' quod she,/ 'To doon your lust, but I desyre also/ Yow for to serve and plese in my degree/ With-outen feynting, and shal evermo./ Ne never, for no wele ne no wo,/ Ne shal the gost with-in myn herte stente/ To love yow best with al my trewe entente.'//

And with that word she gan the hous to dighte,/ And tables for to sette and beddes make;/ And peyned hir to doon al that she mighte,/ Preying the chambereres, for goddes sake,/ To hasten hem, and faste swepe and shake;/ And she, the moste servisable of alle,/ Hath every chambre arrayed and his halle.//

Abouten undern gan this erl alighte,/ That with him broghte thise noble children tweye,/ For which the peple ran to seen the sighte/ Of hir array, so richely biseye;/ And than at erst amonges hem they seye,/ That Walter was no fool, thogh that him leste/ To chaunge his wyf, for it was for the beste.// For she is fairer, as they demen alle,/ Than is Grisild, and more tendre of age,/ And fairer fruit bitwene hem sholde falle,/ And more plesant, for hir heigh linage;/ Hir brother eek so fair was of visage,/ That hem to seen the peple hath caught plesaunce,/ Commending now the markis gouernaunce. —//

'O stormy peple! unsad and ever untrewe!/ Ay undiscreet and chaunging as a vane,/ Delyting ever in rumbel that is newe,/ For lyk the mone ay wexe ye and wane;/ Ay ful of clapping, dere y-nogh a Iane;/ Your doom is fals, your constance yvel preveth,/ A ful greet fool is he that on yow leveth!'//

Thus seyden sadde folk in that citee,/ Whan that the peple gazed up and doun,/ For they were glad, right for the noveltee,/ To han a newe lady

do modo como desejo; por isso, peço-te que assumas a direção desses trabalhos, pois de há muito conheces o meu gosto. Apesar de mal trajada e pouco apresentável, espero que saibas pelo menos cumprir o teu dever."

"Não apenas, senhor", respondeu ela, "fico feliz de atender vossa vontade, mas estou pronta a servir-vos para sempre, em tudo o que puder, sem esmorecimentos. Nunca, por bem algum e nenhum mal, minha alma deixará de amar-vos com todas as suas forças."

Assim dizendo, começou ela a arrumar a casa, a pôr as mesas e a estender as camas. Desdobrava-se no trabalho, ao mesmo tempo em que suplicava às camareiras que, pelo amor de Deus, se apressassem a varrer o chão e a sacudir o pó. E dessa maneira, com exemplar dedicação, enfeitou todos os quartos e o grande salão do banquete.

Por volta da terceira hora, chegou o conde com as duas nobres crianças, enquanto o povo acorria para admirar a opulência das vestes e o brilho das galas. E, ao verem a noiva, as pessoas comentavam entre si que Valter, afinal, não era nenhum idiota, pois trocara a esposa por outra muito melhor. De fato, todos a achavam mais bonita que Griselda; e mais jovem, com promessas de mais belos frutos; e mais indicada, por causa de sua alta linhagem. Também gostaram muito de seu irmãozinho, impressionados pela sua beleza. Agora todos elogiavam a conduta do marquês.

"Oh povo inconstante! Sempre desleal e fútil! Sempre insensato, e mutável como um cata-vento! Buscando sempre as novidades ruidosas, crescendo e decrescendo como a lua! Sempre atrás do espalhafato que não vale um genoês![153] Teu pensamento é falso, tua firmeza é frágil, e grande tolo é o que confia em ti!"

Assim clamavam os homens sérios da cidade, observando a multidão curiosa. A maioria, porém, ria feliz, na excitação de terem no palácio

---

[153] Moeda genovesa, correspondente a "meio-dinheiro". Pouco se sabe do real valor do dinheiro na época de Chaucer, visto que, nesse ponto, há muita discordância entre os historiadores. A *libra*, por exemplo, segundo alguns, equivaleria a 35 libras atuais; segundo outros, seu valor subiria a 45, 60 e até 100 vezes o da moeda de hoje. De qualquer forma, ela se dividia, assim como até há pouco tempo, em 20 *soldos* (*shillings*), cada um dos quais se dividia, por sua vez, em 12 *dinheiros* (*pennies*). Além dessas, várias outras moedas circulavam, algumas bastante valiosas (como o *nobre*, o *marco*, o *escudo* francês e o *florim* de Florença) e outras desprezíveis (como o *luxemburguês*, citado no prólogo do "Conto do Monge", e o próprio *genoês*). (N. do T.)

of hir toun./ Na-more of this make I now mencioun;/ But to Grisilde agayn wol I me dresse,/ And telle hir constance and hir bisinesse. —//

Ful bisy was Grisilde in every thing/ That to the feste was apertinent;/ Right noght was she abayst of hir clothing,/ Though it were rude and somdel eek to-rent./ But with glad chere to the yate is went,/ With other folk, to grete the markisesse,/ And after that doth forth hir bisinesse.// With so glad chere his gestes she receyveth,/ And conningly, everich in his degree,/ That no defaute no man aperceyveth;/ But ay they wondren what she mighte be/ That in so povre array was for to see,/ And coude swich honour and reverence;/ And worthily they preisen hir prudence.//

In al this mene whyle she ne stente/ This mayde and eek hir brother to commende/ With al hir herte, in ful benigne entente,/ So wel, that no man coude hir prys amende./ But atte laste, whan that thise lordes wende/ To sitten doun to mete, he gan to calle/ Grisilde, as she was bisy in his halle.// 'Grisilde,' quod he, as it were in his pley,/ 'How lyketh thee my wyf and hir beautee?'/

'Right wel,' quod she, 'my lord; for, in good fey,/ A fairer say I never noon than she./ I prey to god yeve hir prosperitee;/ And so hope I that he wol to yow sende/ Plesance y-nogh un-to your lyves ende.// O thing biseke I yow and warne also,/ That ye ne prikke with no tormentinge/ This tendre mayden, as ye han don mo;/ For she is fostred in hir norishinge/ More tendrely, and, to my supposinge,/ She coude nat adversitee endure/ As coude a povre fostred creature.'//

And whan this Walter say hir pacience,/ Hir glade chere and no malice at al,/ And he so ofte had doon to hir offence,/ And she ay sad and constant as a wal,/ Continuing ever hir innocence overal,/ This sturdy markis gan his herte dresse/ To rewen up-on hir wyfly stedfastnesse.//

'This is y-nogh, Grisilde myn,' quod he,/ 'Be now na-more agast ne yvel apayed;/ I have thy feith and thy benignitee,/ As wel as ever womman was, assayed,/ In greet estaat, and povreliche arrayed./ Now knowe I, dere wyf, thy stedfastnesse,' —/ And hir in armes took and gan hir kesse.//

And she for wonder took of it no keep;/ She herde nat what thing he to hir seyde;/ She ferde as she had stert out of a sleep,/ Til she out of hir masednesse abreyde./

'Grisilde,' quod he, 'by god that for us deyde,/ Thou art my wyf, ne noon other I have,/ Ne never hadde, as god my soule save!// This

outra marquesa. Mas deixemos este assunto e voltemos a atenção para Griselda, falando de sua constância e seus trabalhos.

Griselda, com efeito, achava-se muito atarefada, cuidando de tudo o que se referia à festa. Embora as suas roupas fossem grosseiras e, além do mais, estivessem rasgadas em vários pontos, não se sentia envergonhada; pelo contrário, ficou radiante quando pôde interromper os serviços por alguns momentos e ir com as outras criadas até à porta saudar a marquesa. Depois, de semblante alegre, recebeu os convidados com as deferências apropriadas à condição de cada um, sem cometer nenhuma gafe. Todos se perguntavam quem seria aquela mulher que, vestida tão pobremente, entendia tanto de etiqueta e de cerimonial. E louvavam sua prudência.

Enquanto isso, com sinceridade e de todo o coração, não parava ela de fazer os mais justos elogios à donzela e a seu irmãozinho. Finalmente, quando todos os fidalgos tomaram seus lugares, o marquês chamou Griselda, absorta em suas tarefas no salão, e perguntou-lhe em tom jocoso: "Griselda, que achas de minha esposa e de sua beleza?".

"É linda, meu senhor", respondeu ela; "confesso-vos que nunca vi mulher mais encantadora. Rogo a Deus que a proteja, assim como espero que vos torne muito feliz pelo resto da vida. Só uma coisa vos suplico e recomendo: que não façais com ela o que fizestes comigo. Não aflijais com tantos tormentos a delicada donzela. Ela foi criada entre mimos, e provavelmente não será capaz de resistir tão bem à adversidade quanto uma criatura como eu, acostumada à miséria."

Valter, ao ver tamanha paciência estampada naquela face risonha e bondosa, ao vê-la firme e inabalável como uma muralha após tantas injustiças, e ao ver inalterada a sua doce ingenuidade, enterneceu-se com sua constância feminina, e seu teimoso coração cedeu:

"Basta, minha Griselda!", exclamou ele. "Não mereces tantos sustos e maus-tratos. Foste provada em tua fidelidade e teu afeto mais que qualquer outra mulher, de alto estado ou de baixa condição. Agora, minha querida, conheço a tua perseverança..." E, tomando-a nos braços, cobriu-a de beijos.

Ela, confusa, não entendia nem ouvia direito o que o marquês estava a lhe dizer, como alguém que desperta de um sono profundo com a consciência ainda entorpecida.

"Griselda", continuou ele, "juro por Cristo, que morreu por nós, que és minha única mulher! Que minha alma se dane se alguma vez eu

O Conto do Estudante

is thy doghter which thou hast supposed/ To be my wyf; that other feithfully/ Shal be myn heir, as I have ay purposed;/ Thou bare him in thy body trewely./ At Boloigne have I kept hem prively;/ Tak hem agayn, for now maystow nat seye/ That thou hast lorn non of thy children tweye.// And folk that otherweyes han seyd of me,/ I warne hem wel that I have doon this dede/ For no malice ne for no crueltee,/ But for tassaye in thee thy wommanhede,/ And nat to sleen my children, god forbede!/ But for to kepe hem prively and stille,/ Til I thy purpos knewe and al thy wille.'//

    Whan she this herde, aswowne doun she falleth/ For pitous Ioye, and after hir swowninge/ She bothe hir yonge children un-to hir calleth,/ And in hir armes, pitously wepinge,/ Embraceth hem, and tendrely kissinge/ Ful lyk a mooder, with hir salte teres/ She batheth bothe hir visage and hir heres.//

    O, which a pitous thing it was to see/ Hir swowning, and hir humble voys to here!/ 'Grauntmercy, lord, that thanke I yow,' quod she,/ 'That ye han saved me my children dere!/ Now rekke I never to ben deed right here;/ Sith I stonde in your love and in your grace,/ No fors of deeth, ne whan my spirit pace!// O tendre, o dere, o yonge children myne,/ Your woful mooder wende stedfastly/ That cruel houndes or som foul vermyne/ Hadde eten yow; but god, of his mercy,/ And your benigne fader tendrely/ Hath doon yow kept;' and in that same stounde/ Al sodeynly she swapte adoun to grounde.// And in her swough so sadly holdeth she/ Hir children two, whan she gan hem tembrace,/ That with greet sleighte and greet difficultee/ The children from hir arm they gonne arace./ O many a teer on many a pitous face/ Doun ran of hem that stoden hir bisyde;/ Unnethe abouten hir mighte they abyde.//

    Walter hir gladeth, and hir sorwe slaketh;/ She ryseth up, abaysed, from hir traunce,/ And every wight hir Ioye and feste maketh,/ Til she hath caught agayn hir contenaunce./ Walter hir dooth so feithfully plesaunce,/ That it was deyntee for to seen the chere/ Bitwixe hem two, now they ben met y-fere.// Thise ladyes, whan that they hir tyme say,/ Han taken hir, and in-to chambre goon,/ And strepen hir out of hir rude array,/ And in a cloth of gold that brighte shoon,/ With a coroune of many a riche stoon/ Up-on hir heed, they in-to halle hir broghte,/ And ther she was honoured as hir oghte.// Thus hath this pitous day a blisful ende,/ For every man and womman dooth his might/ This day in

tive ou desejei ter outra. Esta, que imaginaste ser a minha noiva, é tua filha; aquele, gerado em teu ventre, é meu herdeiro, com seus plenos direitos garantidos. Fiz que ambos fossem criados secretamente em Bolonha. Toma de volta os dois filhos, e não mais digas que os perdeste. E saibam aqueles que me criticaram que nada do que eu fiz foi por maldade ou por ódio; eu apenas quis testar a tua fidelidade, e não matar meus filhos. Deus sabe que eu jamais faria uma coisa dessas! Foi só por isso que os mantive afastados, até que conhecesse a tua firmeza e os teus propósitos."

Ao ouvir tais palavras, ela desmaiou de emoção e de alegria. Depois, recobrando os sentidos, chamou para junto de si os dois filhos, abraçou-os comovida e beijou-os ternamente, chorando sem cessar e banhando as faces e os cabelos das crianças com suas lágrimas de mãe.

A visão de seu desfalecimento e o tom humilde de sua voz tocaram os corações de todos. E ela dizia: "Obrigada, senhor. Deus vos pague por terdes salvado a vida de meus filhos queridos! Agora que recuperei o vosso amor e a vossa graça, nem da morte tenho medo, ainda que minha hora esteja iminente! Oh meigos e adorados filhinhos meus! Vossa pobre mãe estava certa de que havíeis sido devorados por animais ferozes ou vermes horríveis; no entanto, estais vivos, protegidos pela mercê de Deus e pelo carinho de vosso pai bondoso...". E novamente se deixou cair ao chão desfalecida. Assim mesmo, foi com muito esforço e grande dificuldade que conseguiram libertar os filhos daquele seu amplexo que ainda os enlaçava. Oh, quantas lágrimas umedeceram os rostos dos circunstantes, que mal suportavam toda a emoção da cena!

Valter a acariciava e consolava, enquanto ela se erguia atordoada assim que voltou a si. Ao vê-la recuperar-se, todos regozijaram-se e procuraram confortá-la. Tanto afeto lhe demonstrava o marido que dava gosto ver a felicidade de ambos, agora que estavam novamente reunidos. As damas, sentindo que o momento era oportuno, levaram Griselda para o quarto, trocaram seus trajes grosseiros por cintilantes vestes douradas, e a coroaram com um diadema de pedras preciosas. Depois, conduziram-na de volta à grande sala, onde recebeu as homenagens que todos lhe deviam. E assim chegou a bom termo aquele triste dia, pois todos os convidados, homens e mulheres, se entregaram de corpo e alma ao júbilo do banquete, rindo e divertindo-se até que as estrelas pontilhassem de luzes o céu. Na opinião de todos, foi uma festa mais deslumbrante e mais rica que a do próprio casamento.

murthe and revel to dispende/ Til on the welkne shoon the sterres light./ For more solempne in every mannes sight/ This feste was, and gretter of costage,/ Than was the revel of hir mariage.//

Ful many a yeer in heigh prosperitee/ Liven thise two in concord and in reste,/ And richely his doghter maried he/ Un-to a lord, oon of the worthieste/ Of al Itaille; and than in pees and reste/ His wyves fader in his court he kepeth,/ Til that the soule out of his body crepeth.// His sone succedeth in his heritage/ In reste and pees, after his fader day;/ And fortunat was eek in mariage,/ Al putte he nat his wyf in greet assay./ This world is nat so strong, it is no nay,/ As it hath been in olde tymes yore,/ And herkneth what this auctour seith therfore.//

This storie is seyd, nat for that wyves sholde/ Folwen Grisilde as in humilitee,/ For it were importable, though they wolde;/ But for that every wight, in his degree,/ Sholde be constant in adversitee/ As was Grisilde; therfor Petrark wryteth/ This storie, which with heigh style he endyteth.// For, sith a womman was so pacient/ Un-to a mortal man, wel more us oghte/ Receyven al in gree that god us sent;/ For greet skile is, he preve that he wroghte./ But he ne tempteth no man that he boghte,/ As seith seint Iame, if ye his pistel rede;/ He preveth folk al day, it is no drede,// And suffreth us, as for our excercyse,/ With sharpe scourges of adversitee/ Ful ofte to be bete in sondry wyse;/ Nat for to knowe our wil, for certes he,/ Er we were born, knew al our freletee;/ And for our beste is al his governaunce;/ Lat us than live in vertuous suffraunce.//

But o word, lordinges, herkneth er I go: —/ It were ful hard to finde now a dayes/ In al a toun Grisildes three or two;/ For, if that they were put to swiche assayes,/ The gold of hem hath now so badde alayes/ With bras, that thogh the coyne be fair at yë,/ It wolde rather breste a-two than plye.//

For which heer, for the wyves love of Bathe,/ Whos lyf and al hir secte god mayntene/ In heigh maistrye, and elles were it scathe,/ I wol with lusty herte fresshe and grene/ Seyn yow a song to glade yow, I wene,/ And lat us stinte of ernestful matere: —/ Herkneth my song, that seith in this manere.//

Depois disso, o casal viveu feliz por muitos anos, na harmonia e na tranquilidade; sua filha se casou muito bem, com um dos nobres mais ilustres e poderosos da Itália; e o pai de Griselda foi trazido ao palácio, onde passou na paz e no sossego o resto de seus dias. Quanto ao filho, quando o pai entregou a alma a Deus, herdou o marquesado em sucessão normal e fez um bom governo; além disso, teve sorte no matrimônio, se bem que jamais tenha submetido à prova sua esposa. Sem dúvida, as novas gerações não são tão fortes quanto as de antigamente.

Para finalizar, eis aqui as palavras do autor sobre essa história. Segundo Petrarca, ela não foi composta para demonstrar que as mulheres devem seguir a humildade de Griselda, pois, ainda que o quisessem, isso seria intolerável. O que ela busca ensinar é que todos nós, cada qual em sua categoria, deve ser constante na adversidade assim como Griselda. Foi por isso que ele a escreveu, ornando-a com seu elevado estilo. Em seu entender, se uma mulher pôde ser tão paciente perante um simples mortal, por que nós não podemos aceitar com serenidade aquilo que Deus nos manda? Ele tem todo o direito de experimentar o que criou. Além disso, como podemos ler na Epístola de São Tiago,[154] Ele jamais tenta aqueles que remiu. Não há dúvida, porém, de que nos põe à prova diariamente, permitindo que as lambadas cortantes da desgraça nos atinjam de vários modos. Mas Ele o faz para o nosso próprio aperfeiçoamento, não para conhecer a nossa força de vontade. Ele sabe da nossa fraqueza antes mesmo de nascermos. E, como tudo é para o nosso bem, devemos então cultivar a virtuosa paciência.

Uma palavrinha mais, senhores, só para terminar: hoje em dia não se encontram mais Griseldas facilmente; talvez ainda haja duas ou três numa cidade. Mas, se forem tratadas com dureza, verão que seu ouro não passa de uma liga com latão: a moeda pode ser reluzente, mas, em vez de dobrar-se, ela se quebra.

Em vista disso, e em homenagem à Mulher de Bath — que Deus proteja a ela e a seu sexo, para que estejam sempre por cima (caso contrário, seria uma desgraça?) —, vou cantar, com muito prazer, alguns versos para alegrar a todos depois dessa história tão triste. Ei-los:

---

[154] Cf. Epístola de São Tiago, 1, 13. (N. do T.)

Lenvoy de Chaucer

Grisilde is deed, and eek hir pacience,
And bothe atones buried in Itaille;
For which I crye in open audience,
No wedded man so hardy be tassaille
His wyves pacience, in hope to finde
Grisildes, for in certein he shall faille!

O noble wyves, ful of heigh prudence,
Lat noon humilitee your tonge naille,
Ne lat no clerk have cause or diligence
To wryte of yow a storie of swich mervaille
As of Grisildis pacient and kinde;
Lest Chichevache yow swelwe in hir entraille!

Folweth Ekko, that holdeth no silence,
But evere answereth at the countretaille;
Beth nat bidaffed for your innocence,
But sharply tak on yow the governaille.
Emprinteth wel this lesson in your minde
For commune profit, sith it may availle.

Ye archewyves, stondeth at defence,
Sin ye be stronge as is a greet camaille;
Ne suffreth nat that men yow doon offence.
And sclendre wyves, feble as in bataille,
Beth egre as is a tygre yond in Inde;
Ay clappeth as a mille, I yow consaille.

O *Envoi* de Chaucer[155]

Morreu Griselda e toda a sua paciência,
E têm ambas na Itália sepultura;
Portanto, a todos faço esta advertência:
Ninguém ponha a mulher à prova dura
Pensando assim outra Griselda achar,
Pois não encontrará o que procura.

Oh nobre esposa, cheia de prudência,
Solta tua língua sem qualquer censura;
Rouba ao letrado a causa e a diligência
Para narrar a tua desventura
Como nova Griselda modelar,
Ou Chichevache vem e te tritura![156]

Segue Eco, que não cala sua consciência,
A tudo respondendo sempre à altura.
Não te deixes levar pela inocência,
Mas as rédeas na mão firme segura.
Deves na mente esta lição gravar,
Pois garante à mulher a paz futura.

Defende, arquimulher, tua existência!
A força do camelo em ti conjura,
Faz o homem te tratar com deferência!
E tu, que és meiga e frágil criatura,
Num moinho transmuda-te a girar!
Qual tigre indiano o ataca sem brandura!

---

[155] A expressão *Envoi* tem o sentido de "pós-escrito". (N. da E.)

[156] Havia, no folclore francês, duas vacas monstruosas, chamadas Bicorne e Chichevache. Bicorne era gorda, pois tinha muito o que comer, uma vez que se alimentava de maridos bonzinhos; já Chichevache era magra, porque se nutria apenas de esposas submissas. O nome que Chaucer lhe dá pode ser uma corruptela de "Chicheface" ("face magra"). (N. do T.)

O Conto do Estudante

Ne dreed hem nat, do hem no reverence;
For though thyn housbonde armed be in maille,
The arwes of thy crabbed eloquence
Shal perce his brest, and eek his aventaille;
In Ialousye I rede eek thou him binde,
And thou shalt make him couche as dooth a quaille.

If thou be fair, ther folk ben in presence
Shew thou thy visage and thyn apparaille;
If thou be foul, be free of thy dispence,
To gete thee freendes ay do thy travaille;
Be ay of chere as light as leef on linde,
And lat him care, and wepe, and wringe, and waille!

Here endeth the Clerk of Oxonford his Tale.

Não lhe tenhas temor nem reverência,
Pois, inda que metido em armadura,
A flecha de tua ríspida eloquência
Peitoral e viseira lhe perfura.
Presa do ciúme, ele há de tiritar
Como a codorna tímida e insegura.

Se és bela, então sê vista com frequência,
Mostra a todos teus trajes e figura;
Se és feia, gasta e dá com indulgência,
Buscando amigos com desenvoltura;
Sê qual folha de tília a se agitar,
Enquanto ele se torce e se tortura!

Aqui termina o seu Conto o Estudante de Oxford.

The Marchantes Tale

The Prologe of the Marchantes Tale.

'Weping and wayling, care, and other sorwe/ I know y-nogh, on even and a-morwe,'/ Quod the Marchaunt, 'and so don othere mo/ That wedded been, I trowe that it be so./ For, wel I woot, it fareth so with me./ I have a wyf, the worste that may be;/ For thogh the feend to hir y-coupled were,/ She wolde him overmacche, I dar wel swere./ What sholde I yow reherce in special/ Hir hye malice? she is a shrewe at al./ Ther is a long and large difference/ Bitwix Grisildis grete pacience/ And of my wyf the passing crueltee./ Were I unbounden, al-so moot I thee!/ I wolde never eft comen in the snare./ We wedded men live in sorwe and care;/ Assaye who-so wol, and he shal finde/ I seye sooth, by seint Thomas of Inde,/ As for the more part, I sey nat alle./ God shilde that it sholde so bifalle!/

A! good sir hoost! I have y-wedded be/ Thise monthes two, and more nat, pardee;/ And yet, I trowe, he that all his lyve/ Wyflees hath been, though that men wolde him ryve/ Un-to the herte, ne coude in no manere/ Tellen so muchel sorwe, as I now here/ Coude tellen of my wyves cursednesse!'/

O Conto do Mercador

Prólogo do Conto do Mercador.

"Lamentos e lamúrias, preocupações e sofrimentos de noite e de manhã são coisas que não me faltam", disse o Mercador, "a exemplo, quero crer, de muitos outros que também são casados. Pelo menos no que me diz respeito, é assim que levo a vida. Eu não poderia ter arranjado mulher pior; e posso jurar que até o diabo, se fosse marido dela, iria se dar mal. O que poderia eu lembrar particularmente como amostra de sua enorme maldade? Ela é uma megera em tudo. Que gigantesca diferença entre a infinita paciência de Griselda e a crueldade sem medida dessa minha mulher! Ah, se eu fosse livre — quem me dera! — nunca mais cairia no laço. Só dores e cuidados formam a vida do homem casado. Quem não me acreditar que experimente; e, por São Tomás da Índia, verá que o que digo é a pura verdade na maior parte dos casos, ainda que não em todos. Deus nos livre, que aí também já seria demais!

"E o pior, meu bom Albergueiro, é que faz só dois meses que me casei, não mais do que isso, por Deus! Mesmo assim, tenho certeza de que aquele que viveu solteiro a vida toda, ainda que lhe atravessassem o coração com uma espada, teria menos misérias para contar do que eu nesses dois meses, tudo por causa da perversidade de minha patroa!"

'Now,' quod our hoost, 'Marchaunt, so god yow blesse,/ Sin ye so muchel knowen of that art,/ Ful hertely I pray yow telle us part.'/

'Gladly,' quod he, 'but of myn owene sore,/ For sory herte, I telle may na-more.'/

Here biginneth the Marchantes Tale.

Whylom ther was dwellinge in Lumbardye/ A worthy knight, that born was of Pavye,/ In which he lived in greet prosperitee;/ And sixty yeer a wyflees man was he,/ And folwed ay his bodily delyt/ On wommen, ther-as was his appetyt,/ As doon thise foles that ben seculeer./ And whan that he was passed sixty yeer,/ Were it for holinesse or for dotage,/ I can nat seye, but swich a greet corage/ Hadde this knight to been a wedded man,/ That day and night he dooth al that he can/ Tespyen where he mighte wedded be;/ Preyinge our lord to granten him, that he/ Mighte ones knowe of thilke blisful lyf/ That is bitwixe an housbond and his wyf;/ And for to live under that holy bond/ With which that first god man and womman bond,/ 'Non other lyf,' seyde he, 'is worth a bene;/ For wedlok is so esy and so clene,/ That in this world it is a paradys.'/ Thus seyde this olde knight, that was so wys./

And certeinly, as sooth as god is king,/ To take a wyf, it is a glorious thing,/ And namely whan a man is old and hoor;/ Thanne is a wyf the fruit of his tresor./ Than sholde he take a yong wyf and a feir,/ On which he mighte engendren him an heir,/ And lede his lyf in Ioye and in solas,/ Wher-as thise bacheleres singe 'allas,'/ Whan that they finden any adversitee/ In love, which nis but childish vanitee./ And trewely it sit wel to be so,/ That bacheleres have often peyne and wo;/ On brotel ground they builde, and brotelnesse/ They finde, whan they wene sikernesse./ They live but as a brid or as a beste,/ In libertee, and under non areste,/ Ther-as a wedded man in his estaat/ Liveth a lyf blisful and ordinaat,/ Under the yok of mariage y-bounde;/ Wel may his herte in Ioye and blisse habounde./ For who can be so buxom as a wyf?/ Who is so trewe, and eek so ententyf/ To kepe him, syk and hool, as is his make?/ For wele or wo, she wol him nat forsake./ She nis nat wery him

"Mercador", interveio o Albergueiro, "Deus que o ajude! Mas já que o senhor conhece tão bem o matrimônio, por favor, conte-nos alguma coisa a respeito dele."

"Com prazer", concordou o outro. "Só que, para não aumentar a dor em meu coração, de meus próprios males não vou dizer mais nada."

Aqui tem início o Conto do Mercador.

Na Lombardia morava outrora, em grande prosperidade, um distinto cavalheiro natural de Pavia. Vivera solteiro sessenta anos, e, quando sentia vontade, satisfazia os desejos do corpo com mulheres da vida (como fazem os tolos seculares). Entretanto, quando completou seus sessenta anos, não sei se por sentimento religioso ou caduquice, sentiu o tal cavalheiro tamanha necessidade de casar-se, que passava os dias e as noites ponderando sobre quem poderia ser a eleita de seu coração e rogando a Deus a graça de poder provar a grande ventura das pessoas casadas e de viver dentro do elo sagrado com que o Senhor uniu o homem e a mulher pela primeira vez. "Os outros modos de vida", dizia ele, "não valem uma fava, porque o matrimônio é algo tão agradável e puro que equivale ao paraíso na terra." Assim pensava o velho cavalheiro, que era tão sábio.

De fato — acreditava ele —, assim como é verdade que Cristo é o nosso rei, é verdade também que o casamento é uma coisa gloriosa, principalmente para um homem velho e de cabelos brancos. Aí então a mulher se torna para ele o fruto de seu tesouro. Só que ele precisa saber escolher uma esposa jovem e bonita, para que possa gerar um herdeiro para si e levar a vida no prazer e na alegria, enquanto os solteirões vão cantando 'oh, sorte ingrata!' diante das adversidades do amor, essa tolice infantil. E, com efeito, os solteirões bem que merecem essas penas e sofrimentos constantes, visto que construíram sobre a areia e, por isso, só podem esperar fragilidade em lugar de solidez. Vivem em plena liberdade, como as aves e os animais, sem restrição de espécie alguma, enquanto o homem casado, por sua própria condição, tem uma existência feliz e ordenada, preso ao jugo matrimonial. Assim sendo, ele só poderia mesmo ser recompensado com a alegria e a ventura, pois quem é mais obediente que uma esposa? Quem, mais que a sua companheira, é fiel e atenciosa para com ele, na saúde e na doença? Na felicidade ou na des-

to love and serve,/ Thogh that he lye bedrede til he sterve./ And yet somme clerkes seyn, it nis nat so,/ Of whiche he, Theofraste, is oon of tho./ What force though Theofraste liste lye?/ 'Ne take no wyf,' quod he, 'for housbondrye,/ As for to spare in houshold thy dispence;/ A trewe servant dooth more diligence,/ Thy good to kepe, than thyn owene wyf./ For she wol clayme half part al hir lyf;/ And if that thou be syk, so god me save,/ Thy verray frendes or a trewe knave/ Wol kepe thee bet than she that waiteth ay/ After thy good, and hath don many a day./ And if thou take a wyf un-to thyn hold,/ Ful lightly maystow been a cokewold.'/ This sentence, and an hundred thinges worse,/ Wryteth this man, ther god his bones corse!/ But take no kepe of al swich vanitee;/ Deffye Theofraste and herke me./

A wyf is goddes yifte verraily;/ Alle other maner yiftes hardily,/ As londes, rentes, pasture, or commune,/ Or moebles, alle ben yiftes of fortune,/ That passen as a shadwe upon a wal./ But dredelees, if pleynly speke I shal,/ A wyf wol laste, and in thyn hous endure,/ Wel lenger than thee list, paraventure./

Mariage is a ful gret sacrement;/ He which that hath no wyf, I holde him shent;/ He liveth helplees and al desolat,/ I speke of folk in seculer estaat./ And herke why, I sey nat this for noght,/ That womman is for mannes help y-wroght./ The hye god, whan he hadde Adam maked,/ And saugh him al allone, bely-naked,/ God of his grete goodnesse seyde than,/ 'Lat us now make an help un-to this man/ Lyk to him-self;' and thanne he made him Eve./ Heer may ye se, and heer-by may ye preve,/ That wyf is mannes help and his confort,/ His paradys terrestre and his disport./ So buxom and so vertuous is she,/ They moste nedes live in unitee./ O flesh they been, and o flesh, as I gesse,/ Hath but on herte, in wele and in distresse./

A wyf! a! Seinte Marie, *benedicite*!/ How mighte a man han any adversitee/ That hath a wyf? certes, I can nat seye./ The blisse which that is bitwixe hem tweye/ Ther may no tonge telle, or herte thinke./ If he be povre, she helpeth him to swinke;/ She kepeth his good, and wasteth never a deel;/ Al that hir housbonde lust, hir lyketh weel;/ She seith not ones 'nay,' whan he seith 'ye.'/ 'Do this,' seith he; 'al redy, sir,' seith she./ O blisful ordre of wedlok precious,/ Thou art so mery, and eek so vertuous,/ And

graça, ela jamais o abandona; jamais se cansa de amá-lo e de servi-lo, mesmo quando imobilizado em seu leito de moribundo. É incrível que ainda haja autores que digam o contrário! Um deles é Teofrasto. O que o teria levado a mentir? Eis o que ele disse: "Também não se case por economia, pensando em reduzir os seus gastos. Um servo de confiança poupa os seus bens com mais diligência que sua esposa, que passa a vida a reclamar sua metade. E se você adoecer — proteja-me Deus! —, seus amigos sinceros, ou um criado leal, cuidarão de você melhor do que ela, que passa os dias a aguardar a sua herança. Além disso, ao contrair núpcias, saiba que nada o impede de se tornar um cornudo". O que esse homem escreve são coisas desse tipo, e centenas de outras piores... Que Deus lhe amaldiçoe os ossos! Espero que ninguém dê ouvidos a tais bobagens, preferindo pensar como eu, em desafio a Teofrasto.

Uma esposa é, por certo, uma dádiva divina! Tudo o mais que recebemos, como terras, rendas, pastagens, propriedades comuns ou bens móveis, são dádivas da Fortuna, que passam como sombras sobre o muro. Mas não temam! Se posso falar francamente, direi que, ao contrário dessas coisas, uma esposa permanece, durando, muitas vezes, mais do que se esperava.

Que sacramento maravilhoso é o matrimônio! O celibatário, em minha opinião, é um pobre infeliz; vive desamparado e sem consolo (estou falando, é evidente, da condição secular, não do clero). Não é à toa que digo isso: a mulher foi feita para ser a companheira do homem. Depois que o Altíssimo fez Adão, Ele o viu tão sozinho e pelado, com a barriga de fora, que, em sua infinita bondade, exclamou: "Vamos fazer para esse homem uma companheira à sua semelhança". E foi então que criou Eva. Pode-se ver e comprovar por aí que a mulher é o esteio e o conforto do homem, é seu paraíso terrestre e seu entretenimento. E, sendo ela tão submissa e virtuosa, os dois só poderiam mesmo viver em união. São ambos uma só carne, e, a meu ver, uma só carne possui um só coração, na ventura e no infortúnio.

Uma esposa! Santa Maria, que bênção! Quem tem ao lado uma esposa, como pode conhecer a adversidade? Nem sei como explicar isso! Nenhuma língua consegue descrever, nenhum coração pode sentir toda a felicidade que um casal experimenta. Quando ele é pobre, ela o auxilia no trabalho, cuida de seu dinheiro, não desperdiça nada; tudo o que o marido quer, também é de seu agrado; nunca diz "não" quando ele diz "sim". "Faça isto", manda ele; e ela responde: "agora mesmo, senhor".

so commended and appreved eek,/ That every man that halt him worth a leek,/ Up-on his bare knees oghte al his lyf/ Thanken his god that him hath sent a wyf;/ Or elles preye to god him for to sende/ A wyf, to laste un-to his lyves ende./ For thanne his lyf is set in sikernesse;/ He may nat be deceyved, as I gesse,/ So that he werke after his wyves reed;/ Than may he boldly beren up his heed,/ They been so trewe and ther-with-al so wyse;/ For which, if thou wolt werken as the wyse,/ Do alwey so as wommen wol thee rede./

    Lo, how that Iacob, as thise clerkes rede,/ By good conseil of his moder Rebekke,/ Bond the kides skin aboute his nekke;/ Thurgh which his fadres benisoun he wan./

    Lo, Iudith, as the storie eek telle can,/ By wys conseil she goddes peple kepte,/ And slow him, Olofernus, whyl he slepte./

    Lo Abigayl, by good conseil how she/ Saved hir housbond Nabal, whan that he/ Sholde han be slayn; and loke, Ester also/ By good conseil delivered out of wo/ The peple of god, and made him, Mardochee,/ Of Assuere enhaunced for to be./

    Ther nis no-thing in gree superlatyf,/ As seith Senek, above an humble wyf./

    Suffre thy wyves tonge, as Caton bit;/ She shal comande, and thou shalt suffren it;/ And yet she wol obeye of curteisye./ A wyf is keper of thyn housbondrye;/ Wel may the syke man biwaille and wepe,/ Ther-as ther nis no wyf the hous to kepe./ I warne thee, if wysly thou wolt wirche,/ Love wel thy wyf, as Crist loveth his chirche./ If thou lovest thy-self, thou lovest thy wyf;/ No man hateth his flesh, but in his lyf/ He fostreth it, and therfore bidde I thee,/ Cherisse thy wyf, or thou shalt never thee./ Housbond and wyf, what so men Iape or pleye,/ Of worldly folk holden the siker weye;/ They been so knit, ther may noon harm bityde;/ And namely, up-on the wyves syde./

Oh ditosa instituição do precioso matrimônio, ao mesmo tempo virtuosa e doce, tão exaltada e aceita por todos que o homem que se preze deveria agradecer a Deus a vida inteira por lhe haver concedido uma esposa, ou então rogar a Ele que lhe mande uma para lhe fazer companhia até a morte. Somente assim o homem se sente seguro; somente assim não será vítima de enganos — desde que siga os conselhos da esposa. Então poderá erguer corajosamente a cabeça, pois elas são sempre tão leais e tão sensatas. Portanto, quem quiser imitar os sábios, não deve desprezar jamais as sugestões da mulher.

Vejam o caso de Jacó,[157] que, de acordo com os entendidos, graças ao bom conselho de sua mãe Rebeca, prendeu uma pele de cabrito ao pescoço, ganhando assim a bênção de seu pai.

Vejam Judite, que, segundo conta a história, preservou o povo de Deus graças à sua sabedoria, matando Holofernes no sono.

Vejam Abigail, como ela, graças ao seu discernimento, salvou seu marido Nabal quando ele estava para ser morto; e vejam Ester também, que, com seu bom conselho, livrou da desgraça o povo do Senhor, e levou Assuero a promover Mardoqueu.

Como diz Sêneca,[158] "perto de uma esposa humilde, nada merece o grau superlativo".

Catão, por sua vez, recomendava: "Suporte com paciência a língua de sua mulher; você tem que tolerar as suas ordens, porque, em contrapartida, ela também lhe obedecerá — e por meiguice". A mulher é a guardiã do patrimônio do esposo. Tem razão de gemer e de chorar o homem doente que não tem uma mulher para tomar conta de sua casa. Por isso é que eu acho que, quem quiser agir com sabedoria, deve amar sua esposa como Cristo à Igreja. Aquele que ama a si mesmo também ama sua mulher, pois ninguém odeia a própria carne. Pelo contrário, todos passam a vida a cuidar dela. Dessa forma, o conselho que dou a quem deseja o próprio bem é que não maltrate sua mulher. O casamento, apesar das brincadeiras e das caçoadas que fazem, é o único caminho

---

[157] Neste, e em outros exemplos bíblicos que se seguem, a "sensatez" da mulher é, ironicamente, ilustrada por atitudes traiçoeiras. (N. do T.)

[158] Na verdade, as palavras aqui atribuídas a Sêneca são de Albertano da Brescia (c. 1195-1251), em seu *Liber Consolationis*. (N. do T.)

For which this Ianuarie, of whom I tolde,/ Considered hath, in with his dayes olde,/ The lusty lyf, the vertuous quiete,/ That is in mariage hony-swete;/ And for his freendes on a day he sente,/ To tellen hem theffect of his entente./

With face sad, his tale he hath hem told;/ He seyde, 'freendes, I am hoor and old,/ And almost, god wot, on my pittes brinke;/ Up-on my soule somwhat moste I thinke./ I have my body folily despended;/ Blessed be god, that it shal been amended!/ For I wol be, certeyn, a wedded man,/ And that anoon in al the haste I can,/ Un-to som mayde fair and tendre of age./ I prey yow, shapeth for my mariage/ Al sodeynly, for I wol nat abyde;/ And I wol fonde tespyen, on my syde,/ To whom I may be wedded hastily./ But for-as-muche as ye ben mo than I,/ Ye shullen rather swich a thing espyen/ Than I, and wher me best were to allyen./

But o thing warne I yow, my freendes dere,/ I wol non old wyf han in no manere./ She shal nat passe twenty yeer, certayn;/ Old fish and yong flesh wolde I have ful fayn./ Bet is,' quod he, 'a pyk than a pikerel;/ And bet than old boef is the tendre veel./ I wol no womman thritty yeer of age,/ It is but bene-straw and greet forage./ And eek thise olde widwes, god it woot,/ They conne so muchel craft on Wades boot,/ So muchel broken harm, whan that hem leste,/ That with hem sholde I never live in reste./ For sondry scoles maken sotil clerkis;/ Womman of manye scoles half a clerk is./ But certeynly, a yong thing may men gye,/ Right as men may warm wex with handes plye./ Wherfore I sey yow pleynly, in a clause,/ I wol non old wyf han right for this cause./ For if so were, I hadde swich mischaunce,/ That I in hir ne coude han no plesaunce,/ Thanne sholde I lede my lyf in avoutrye,/ And go streight to the devel, whan I dye./ Ne children sholde I none up-on hir geten;/ Yet were me lever houndes had me eten,/ Than that myn heritage sholde falle/ In straunge hand, and this I tell yow alle./ I dote nat, I woot the cause why/ Men sholde wedde, and forthermore wot I,/ Ther speketh many a man of mariage,/ That

certo para quem vive no mundo: é tão firme a união do esposo e da esposa, que nada é capaz de prejudicá-los — principalmente à mulher.

Assim pensando, Janeiro, a personagem desta minha história, optou, em sua velhice, pela vida feliz e pela tranquilidade virtuosa da doçura de mel do casamento. E, certo dia, convocou os seus amigos a fim de lhes transmitir sua decisão.

Com rosto sério, relatou-lhes o seu caso, dizendo: "Amigos, estou velho e grisalho; e, sabe Deus, quase à beira da cova. Preciso pensar um pouco na alma. Tolamente andei cometendo excessos. Mas, bendito seja Deus, isso agora será corrigido, porquanto pretendo casar-me, sem mais perda de tempo, com alguma donzela bonita e na flor da idade. Peço-lhes que me ajudem a arranjar a noiva... E depressa! porque não me aguento de impaciência. É claro que, de minha parte, também vou procurar. Mas, como vocês são mais do que eu, creio que irão achá-la primeiro, apontando-me com quem deverei unir-me.

"Quero, porém, avisá-los de uma coisa, meus caros amigos: uma mulher velha não vou aceitar de modo algum. Ela não pode ter mais do que vinte anos. Peixe velho e carne nova são as minhas preferências. O lúcio é melhor quando adulto que quando peixinho; e melhor que o marruco é a vitela macia. Não quero saber de trintonas: elas não passam de palha de feijão e de forragem. Nem dessas viúvas enrugadas, por Deus! Elas conhecem tantos truques da barca de Wade,[159] sabem tantos pedaços de malvadeza quando querem, que com elas eu não teria um minuto de paz. Se é verdade que o sábio fica mais sutil quando frequenta muitas escolas, a mulher escolada tem meio caminho andado para se tornar uma sábia! Não, prefiro uma coisinha nova, que pode ser guiada como se molda a cera quente com as mãos. E tem mais: se por acaso, depois de unido a uma mulher madura, eu tivesse a desgraça de não achar prazer algum, eu teria que viver no adultério e, quando morresse, iria direto para o inferno. Além disso, como poderia fazê-la conceber um filho? E digo-lhes que antes desejo ser devorado pelos cães ferozes a permitir que minha herança caia em mãos estranhas. Ah, não! Sei bem as razões por que um homem se casa. E, ademais, sei muito bem que há muita gente por aí, a falar do matrimônio e dos motivos pelos quais contraímos núp-

---

[159] Sabe-se apenas que Wade foi um herói anglo-saxão, possuidor de uma barca cheia de recursos ardilosos, cujo nome era Guingelot. (N. do T.)

O Conto do Mercador

woot na-more of it than woot my page,/ For whiche causes man sholde take a wyf./ If he ne may nat liven chast his lyf,/ Take him a wyf with greet devocioun,/ By-cause of leveful procreacioun/ Of children, to thonour of god above,/ And nat only for paramour or love;/ And for they sholde lecherye eschue,/ And yelde hir dettes whan that they ben due;/ Or for that ech of hem sholde helpen other/ In meschief, as a suster shal the brother;/ And live in chastitee ful holily./ But sires, by your leve, that am nat I./ For god be thanked, I dar make avaunt,/ I fele my limes stark and suffisaunt/ To do al that a man bilongeth to;/ I woot my-selven best what I may do./ Though I be hoor, I fare as dooth a tree/ That blosmeth er that fruyt y-woxen be;/ A blosmy tree nis neither drye ne deed./ I fele me nowher hoor but on myn heed;/ Myn herte and alle my limes been as grene/ As laurer thurgh the yeer is for to sene./ And sin that ye han herd al myn entente,/ I prey yow to my wil ye wole assente.'/

Diverse men diversely him tolde/ Of mariage manye ensamples olde./ Somme blamed it, somme preysed it, certeyn;/ But atte laste, shortly for to seyn,/ As al day falleth altercacioun/ Bitwixen freendes in disputisoun,/ Ther fil a stryf bitwixe his bretheren two,/ Of whiche that oon was cleped Placebo,/ Iustinus soothly called was that other./

Placebo seyde, 'o Ianuarie, brother,/ Ful litel nede had ye, my lord so dere,/ Conseil to axe of any that is here;/ But that ye been so ful of sapience,/ That yow ne lyketh, for your heighe prudence,/ To weyven fro the word of Salomon./ This word seyde he un-to us everichon:/ "Wirk alle thing by conseil," thus seyde he,/ "And thanne shaltow nat repente thee."/ But though that Salomon spak swich a word,/ Myn owene dere brother and my lord,/ So wisly god my soule bringe at reste,/ I hold your owene conseil is the beste./ For brother myn, of me tak this motyf,/ I have now been a court-man al my lyf./ And god it woot, though I unworthy be,/ I have stonden in ful greet degree/ Abouten lordes of ful heigh estaat;/ Yet hadde I never with noon of hem debaat./ I never hem contraried, trewely;/ I woot wel that my lord can more than I./ What that he seith, I holde it ferme and stable;/ I seye the same, or elles thing semblable./ A ful gret fool is any conseillour,/ That serveth any lord of heigh honour,/ That dar presume, or elles thenken it,/ That his

cias, que entende do assunto menos que meu pajem. O que dizem é que, quando o homem não consegue manter-se casto, deve desposar uma mulher com toda a devoção, não por causa do amor ou do sexo, mas com vistas à lícita procriação dos filhos, para a maior glória de Deus; dessa maneira, poderá fugir da luxúria, pagando o seu débito apenas quando for necessário. Dizem também que o casamento existe para que o marido e a mulher possam se ajudar mutuamente no infortúnio, como irmão e irmã, vivendo em santa castidade. Senhores, com sua devida licença, não sou desses! Graças a Deus, posso gabar-me de ainda ter membros aptos e robustos para fazer tudo o que se espera de um homem. Sei melhor que ninguém aquilo de que sou capaz. Posso ser velho, mas sou como a árvore, que dá flores antes de dar frutos; e ninguém pode dizer que a árvore está seca ou morta porque floriu. Na verdade, só os cabelos traem a minha idade, pois meu coração e todo o resto de meu corpo estão viçosos como o loureiro que fica verde o ano todo. Agora que já sabem qual o meu desejo, espero que acolham favoravelmente a minha pretensão."

Em resposta, pessoas diversas contaram-lhe casos diversos sobre o matrimônio. Como era natural, alguns o criticaram, outros o elogiaram. Por fim, para abreviar a história — já que, quanto foi longo o dia, houve altercações nesse debate entre os amigos —, teve início uma contenda entre os dois irmãos de Janeiro. Um deles se chamava Placebo, e o outro, Justino.

Disse Placebo: "Oh Janeiro, meu irmão, pouca necessidade tem você, amado senhor meu, de pedir a opinião dos presentes. Se o faz, é porque é um homem de sabedoria, a quem não agrada, em sua elevada prudência, desprezar a palavra de Salomão, que assim recomendou: 'Peça conselho em tudo o que fizer, e nunca se arrependerá'. Entretanto, em que pese o ponto de vista de Salomão, acredito, pela salvação de minha alma, que não há opinião melhor que a sua própria. Vou lhe explicar, caro irmão e senhor, por que motivo assim penso. Tenho sido cortesão a vida inteira, e, embora sem merecê-lo, sabe Deus que já ocupei cargos de grande relevância junto a senhores da mais elevada condição. No entanto, nunca discuti com nenhum deles, e juro como jamais os contrariei. Ora, eu sei que meu senhor sabe mais do que eu. Por isso, sempre apoio com firmeza e lealdade tudo o que ele afirma, ou dizendo a mesma coisa, ou algo parecido. Não é mais que um grande tolo o conselheiro que, a serviço de algum potentado ilustre, ousa presumir, ou sequer imaginar, que sua opinião supera o discernimento de seu amo. Não, por minha fé:

O Conto do Mercador

conseil sholde passe his lordes wit./ Nay, lordes been no foles, by
my fay;/ Ye han your-selven shewed heer to-day/ So heigh sentence,
so holily and weel,/ That I consente and conferme every-deel/ Your
wordes alle, and your opinioun./ By god, ther nis no man in al this
toun/ Nin al Itaille, that coude bet han sayd;/ Crist halt him of this
conseil wel apayd./ And trewely, it is an heigh corage/ Of any man,
that stopen is in age,/ To take a yong wyf; by my fader kin,/ Your
herte hangeth on a Ioly pin./ Doth now in this matere right as yow
leste,/ For finally I holde it for the beste.'/

Iustinus, that ay stille sat and herde,/ Right in this wyse to
Placebo answerde:/ 'Now brother myn, be pacient, I preye,/ Sin ye
han seyd, and herkneth what I seye./ Senek among his othere wordes
wyse/ Seith, that a man oghte him right wel avyse,/ To whom he
yeveth his lond or his catel./ And sin I oghte avyse me right wel/
To whom I yeve my good awey fro me,/ Wel muchel more I oghte
avysed be/ To whom I yeve my body; for alwey/ I warne yow wel,
it is no childes pley/ To take a wyf with-oute avysement./ Men
moste enquere, this is myn assent,/ Wher she be wys, or sobre, or
dronkelewe,/ Or proud, or elles other-weys a shrewe;/ A chydester,
or wastour of thy good,/ Or riche, or poore, or elles mannish wood./
Al-be-it so that no man finden shal/ Noon in this world that trotteth
hool in al,/ Ne man ne beest, swich as men coude devyse;/ But
nathelees, it oghte y-nough suffise/ With any wyf, if so were that
she hadde/ Mo gode thewes than hir vyces badde;/ And al this axeth
leyser for tenquere./ For god it woot, I have wept many a tere/ Ful
prively, sin I have had a wyf./ Preyse who-so wole a wedded mannes
lyf,/ Certein, I finde in it but cost and care,/ And observances, of
alle blisses bare./ And yet, god woot, my neighebores aboute,/ And
namely of wommen many a route,/ Seyn that I have the moste
stedefast wyf,/ And eek the mekeste oon that bereth lyf./ But I wot
best wher wringeth me my sho./ Ye mowe, for me, right as yow
lyketh do;/ Avyseth yow, ye been a man of age,/ How that ye entren
in-to mariage,/ And namely with a yong wyf and a fair./ By him that
made water, erthe, and air,/ The yongest man that is in al this route/
Is bisy y-nogh to bringen it aboute/ To han his wyf allone, trusteth
me./ Ye shul nat plese hir fully yeres three,/ This is to seyn, to doon
hir ful plesaunce./ A wyf axeth ful many an observaunce./ I prey
yow that ye be nat yvel apayd.'/

se eles são senhores, é porque não são bobos! Você mesmo fez hoje afirmações tão profundas, santas e justas, que endosso e confirmo inteiramente a sua ideia e todas as suas palavras. Por Deus, não há nesta cidade, nem na Itália inteira, alguém que possa dizer algo mais sensato. Cristo, por certo, há de recompensar quem pensa assim. Não há dúvida: um homem precisa ser muito fogoso para escolher uma esposa jovem quando entrado em anos. Pela estirpe de meu pai, você pendurou mesmo o coração no cabide da alegria! Nesse ponto, faça como melhor lhe parecer, pois tenho certeza de que tudo dará certo".

Justino ouviu tudo, sentado em silêncio; depois, respondeu assim a Placebo: "Meu irmão, peço-lhe um pouco de paciência: você já falou; agora ouça o que tenho a dizer. Sêneca, entre outras palavras de sabedoria, asseverou que um homem deve escolher muito bem o indivíduo a quem confia sua terra ou seu rebanho. E se devo examinar com cuidado a pessoa a quem entrego as minhas propriedades, com muito mais razão devo examinar aquela a quem entrego meu corpo; pois, ouça bem, o matrimônio não é uma brincadeira de crianças para que se entre nele impensadamente. Minha opinião é que, antes de mais nada, devemos buscar saber se a mulher é prudente, sóbria, bêbada, ou orgulhosa; se é uma megera, uma rabugenta, uma esbanjadora; se é rica, pobre ou louca por homens. De fato, já que não existe ninguém no mundo, homem ou animal, que seja perfeito em tudo, como era de se desejar, precisamos nos contentar com uma mulher que, pelo menos, tenha mais virtudes que defeitos. Essa pesquisa, porém, é coisa que leva tempo. Por Deus, eu mesmo tenho derramado muitas lágrimas em segredo desde o dia em que me casei. Quem desejar que elogie a vida de casado! Quanto a mim, só encontrei nela gastos, preocupações e deveres desprovidos de qualquer satisfação. Não obstante isso, meus vizinhos — principalmente as mulheres, uma multidão de mulheres — vivem dizendo que a minha é a esposa mais fiel e mais dócil que existe na face da terra. Só que eu é que sei onde o sapato me aperta. Por mim, você pode fazer o que quiser. Mas, cuidado! Você já é um homem velho. Veja bem como vai se meter nessa história de casamento... Ainda mais com uma mulher jovem e bonita. Em nome d'Aquele que fez a água, a terra e o ar! Até mesmo o mais novo de todos aqui presentes teria dificuldade em segurar uma mulher dessas em casa. Imagine você! Um homem da sua idade não seria capaz de satisfazê-la nem por três anos — quero dizer, satisfazê-la plenamente. As esposas são exigentes demais. Por favor, não me leve a mal".

'Wel,' quod this Ianuarie, 'and hastow sayd?/ Straw for thy Senek, and for thy proverbes,/ I counte nat a panier ful of herbes/ Of scole-termes; wyser men than thow,/ As thou hast herd, assenteden right now/ To my purpos; Placebo, what sey ye?'/

'I seye, it is a cursed man,' quod he,/ 'That letteth matrimoine, sikerly.'/ And with that word they rysen sodeynly,/ And been assented fully, that he sholde/ Be wedded whanne him list and wher he wolde./

Heigh fantasye and curious bisinesse/ Fro day to day gan in the soule impresse/ Of Ianuarie aboute his mariage./ Many fair shap, and many a fair visage/ Ther passeth thurgh his herte, night by night./ As who-so toke a mirour polished bright,/ And sette it in a commune market-place,/ Than sholde he see many a figure pace/ By his mirour; and, in the same wyse,/ Gan Ianuarie inwith his thoght devyse/ Of maydens, whiche that dwelten him bisyde./ He wiste nat wher that he mighte abyde./ For if that oon have beaute in hir face,/ Another stant so in the peples grace/ For hir sadnesse, and hir benignitee,/ That of the peple grettest voys hath she./ And somme were riche, and hadden badde name./ But nathelees, bitwixe ernest and game,/ He atte laste apoynted him on oon,/ And leet alle othere from his herte goon,/ And chees hir of his owene auctoritee;/ For love is blind al day, and may nat see./ And whan that he was in his bed y-broght,/ He purtreyed, in his herte and in his thoght,/ Hir fresshe beautee and hir age tendre,/ Hir myddel smal, hir armes longe and sclendre,/ Hir wyse governaunce, hir gentillesse,/ Hir wommanly beringe and hir sadnesse./ And whan that he on hir was condescended,/ Him thoughte his chois mighte nat ben amended./ For whan that he him-self concluded hadde,/ Him thoughte ech other mannes wit so badde,/ That inpossible it were to replye/ Agayn his chois, this was his fantasye./

His freendes sente he to at his instaunce,/ And preyed hem to doon him that plesaunce,/ That hastily they wolden to him come;/ He wolde abregge hir labour, alle and some./ Nedeth na-more for him to go ne ryde,/ He was apoynted ther he wolde abyde./ Placebo cam, and eek his freendes sone,/ And alderfirst he bad hem alle a bone,/ That noon of hem none argumentes make/ Agayn the purpos which that he hath take;/ 'Which purpos was plesant to god,' seyde he,/ 'And verray ground of his prosperitee.'/ He seyde, ther was a mayden in the toun,/ Which that of beautee hadde greet renoun,/

"Bem," respondeu Janeiro, "então isso é tudo o que você tinha para me dizer? Pois que vão às favas o seu Sêneca e os seus provérbios! Sua fala é um cesto cheio das ervas do pedantismo. Como você já pôde ouvir, homens muito mais sábios aprovam os meus propósitos. Placebo, o que você acha?"

"Eu acho que todo aquele que tenta atrapalhar um matrimônio", disse ele, "não passa de um amaldiçoado." E, a essa palavra, todos se levantaram, e concordaram que o cavalheiro deveria casar-se quando e onde bem entendesse.

A partir de então, por causa do casamento, o espírito de Janeiro foi assaltado, dia após dia, por profundos devaneios e febris agitações. E, noite após noite, seu coração o fazia vislumbrar muitas formas belas e muitos belos rostos, como se fosse um espelho polido e brilhante que, colocado na praça do mercado, refletisse uma sequência contínua de passantes. Era assim mesmo que a memória de Janeiro refletia todas as jovens da vizinhança. E ele não lograva fixar-se em nenhuma. Se uma tinha as feições bonitas, outra conquistava a simpatia das pessoas por sua seriedade e gentileza, sendo assim favorecida pela opinião do povo. Algumas eram ricas, mas de má reputação. Malgrado essas dificuldades, ele, meio a sério e meio na brincadeira, finalmente escolheu uma, expulsando as demais do coração. Escolheu-a de livre e espontânea vontade, dado que o amor é cego e nunca vê nada. E, quando foi para a cama, ficou a repassar, na mente e no coração, o frescor da beleza da eleita e sua juventude, sua cintura fina, seus braços longos e graciosos, sua prudência e sua cortesia, seu porte feminino e sua dignidade. Feita a opção, estava certo de que nada mais poderia alterá-la, pois considerava a inteligência dos outros tão inferior à sua que não podia imaginar alguém capaz de convencê-lo do erro de uma decisão que tomara. Tal era a sua fantasia.

A essa altura, mandou chamar os amigos, rogando-lhes com insistência que fizessem o favor de comparecer. Queria aliviá-los de seus encargos: não mais precisavam andar e cavalgar por aí à procura da noiva. Ele próprio chegara sozinho aonde queria, e não pretendia arredar pé. Primeiro chegou Placebo, e logo depois os demais. Começou ele pedindo a todos o obséquio de não argumentarem contra a conclusão a que chegara, visto que ela não só agradava a Deus, como constituía uma base segura para a sua felicidade. Declarou, depois, que havia na cidade uma jovem muito conhecida por sua formosura, embora fosse de família hu-

Al were it so she were of smal degree;/ Suffyseth him hir youthe and hir beautee./ Which mayde, he seyde, he wolde han to his wyf,/ To lede in ese and holinesse his lyf./ And thanked god, that he mighte han hire al,/ That no wight of his blisse parten shal./ And preyde hem to labouren in this nede,/ And shapen that he faille nat to spede;/ For thanne, he seyde, his spirit was at ese./ 'Thanne is,' quod he, 'no-thing may me displese,/ Saue o thing priketh in my conscience,/ The which I wol reherce in your presence./ I have,' quod he, 'herd seyd, ful yore ago,/ Ther may no man han parfite blisses two,/ This is to seye, in erthe and eek in hevene./ For though he kepe him fro the sinnes sevene,/ And eek from every branche of thilke tree,/ Yet is ther so parfit felicitee,/ And so greet ese and lust in mariage,/ That ever I am agast, now in myn age,/ That I shal lede now so mery a lyf,/ So delicat, with-outen wo and stryf,/ That I shal have myn hevene in erthe here./ For sith that verray hevene is boght so dere,/ With tribulacioun and greet penaunce,/ How sholde I thanne, that live in swich plesaunce/ As alle wedded men don with hir wyvis,/ Come to the blisse ther Crist eterne on lyve is?/ This is my drede, and ye, my bretheren tweye,/ Assoilleth me this questioun, I preye.'/

Iustinus, which that hated his folye,/ Answerde anon, right in his Iaperye;/ And for he wolde his longe tale abregge,/ He wolde noon auctoritee allegge,/ But seyde, 'sire, so ther be noon obstacle/ Other than this, god of his hye miracle/ And of his mercy may so for yow wirche,/ That, er ye have your right of holy chirche,/ Ye may repente of wedded mannes lyf,/ In which ye seyn ther is no wo ne stryf./ And elles, god forbede but he sente/ A wedded man him grace to repente/ Wel ofte rather than a sengle man!/ And therfore, sire, the beste reed I can,/ Dispeire yow noght, but have in your memorie,/ Paraunter she may be your purgatorie!/ She may be goddes mene, and goddes whippe;/ Than shal your soule up to hevene skippe/ Swifter than dooth an arwe out of the bowe!/ I hope to god, her-after shul ye knowe,/ That their nis no so greet felicitee/ In mariage, ne never-mo shal be,/ That yow shal lette of your savacioun,/ So that ye use, as skile is and resoun,/ The lustes of your wyf attemprely,/ And that ye plese hir nat to amorously,/ And that ye kepe yow eek from other sinne./ My tale is doon: — for my wit is thinne./ Beth nat agast her-of, my brother dere.' —/

milde. Mas para ele bastavam sua beleza e sua juventude, de modo que resolvera desposá-la para viver com ela em sossego e santidade. E agradecia a Deus poder possuí-la todinha para si, sem ter que repartir suas graças com ninguém. Para concluir, pediu ele aos amigos que o ajudassem naquela conjuntura, contribuindo para o apressamento das formalidades, pois somente com a consumação do matrimônio o seu espírito teria descanso. E acrescentou: "Então nada irá perturbar-me — a não ser uma coisa, que ainda me dói na consciência. Vou lhes contar o que é. Não é de hoje que ouço dizer que ninguém pode conhecer duas felicidades perfeitas, ou seja, aqui na terra e lá no Céu. Embora o casamento proteja o homem dos sete pecados mortais e o afaste dos ramos da árvore do mal, ele oferece tal bem-aventurança, tamanha tranquilidade e tantos prazeres, que tenho medo, agora na velhice, de levar uma vida tão agradável e deliciosa, tão livre de angústias e de conflitos, que acabarei gozando o paraíso aqui na terra mesmo. E como sei que o verdadeiro paraíso só se conquista com atribulações e sacrifícios, como poderei eu, vivendo em meio às doçuras que a esposa proporciona ao marido, merecer a graça da vida eterna com Cristo? É esse o meu grande temor. Por favor, meus dois irmãos, esclareçam essa questão para mim".

Justino, que odiava a sua insensatez, foi quem lhe respondeu, em tom de galhofa. E, como queria ser breve, desta vez não citou nenhum autor. Apenas disse: "Senhor, se esse é o único obstáculo, esteja certo de que Deus, em sua onipotência e misericórdia, dará um jeito, antes que você vá repousar no campo-santo, de fazê-lo arrepender-se da vida de casado, que para você parece isenta de angústias e de conflitos. Afinal, nosso Pai do Céu não faria a injustiça de negar aos casados aquela graça do arrependimento que Ele tantas vezes concede aos solteiros! Portanto, senhor, o melhor conselho que posso dar-lhe é que não se desespere, lembrando-se sempre de que sua esposa talvez venha a ser seu purgatório! Ela poderá muito bem ser o instrumento e flagelo de Deus. Nesse caso, sua alma há de voar para o Céu mais veloz que a flecha quando sai do arco. Oxalá você aprenda um dia que não há, nem nunca poderá haver no matrimônio, tanta felicidade que chegue a ameaçar sua salvação. Basta que você, seguindo os ditames da razão e do bom-senso, saiba apreciar com moderação os encantos de sua esposa, evitando os exageros da sensualidade e abstendo-se dos demais pecados. Como não sou nenhuma sumidade, vou parar por aqui. Não se agaste comigo, caro irmão; e vamos mudar de assunto".

O Conto do Mercador

(But lat us waden out of this matere./ The Wyf of Bathe, if ye han understonde,/ Of mariage, which we have on honde,/ Declared hath ful wel in litel space). —/

'Fareth now wel, god have yow in his grace.'/ And with this word this Justin and his brother/ Han take hir leve, and ech of hem of other./ For whan they sawe it moste nedes be,/ They wroghten so, by sly and wys tretee,/ That she, this mayden, which that Maius highte,/ As hastily as ever that she mighte,/ Shal wedded be un-to this Ianuarie./ I trowe it were to longe yow to tarie,/ If I yow tolde of every scrit and bond,/ By which that she was feffed in his lond;/ Or for to herknen of hir riche array./ But finally y-comen is the day/ That to the chirche bothe be they went/ For to receyve the holy sacrement./ Forth comth the preest, with stole aboute his nekke,/ And bad hir be lyk Sarra and Rebekke,/ In wisdom and in trouthe of mariage;/ And seyde his orisons, as is usage,/ And crouched hem, and bad god sholde hem blesse,/ And made al siker y-nogh with holinesse./

Thus been they wedded with solempnitee,/ And at the feste sitteth he and she/ With other worthy folk up-on the deys./ Al ful of Ioye and blisse is the paleys,/ And ful of instruments and of vitaille,/ The moste deyntevous of al Itaille./ Biforn hem stoode swiche instruments of soun,/ That Orpheus, ne of Thebes Amphioun,/ Ne maden never swich a melodye./ At every cours than cam loud minstraleye,/ That never tromped Ioab, for to here,/ Nor he, Theodomas, yet half so clere,/ At Thebes, whan the citee was in doute./ Bacus the wyn hem skinketh al aboute,/ And Venus laugheth up-on every wight./ For Ianuarie was bicome hir knight,/ And wolde bothe assayen his corage/ In libertee, and eek in mariage;/ And with hir fyrbrond in hir hand aboute/ Daunceth biforn the bryde and al the route./ And certeinly, I dar right wel seyn this,/ Ymenëus, that god of wedding is,/ Saugh never his lyf so mery a wedded man./ Hold thou thy pees, thou poete Marcian,/ That wrytest us that ilke wedding murie/ Of hir, Philologye, and him,

Se vocês entenderam bem, o que Justino disse sobre o casamento, o tema de que ora tratamos, foi na essência o mesmo que já expusera a Mulher de Bath, em sua fala breve e precisa.

"Passe bem, e que Deus o proteja", foram suas palavras finais. Depois disso, Justino e seu irmão e todos os presentes se despediram. Vendo que as coisas tinham que ser como Janeiro queria, trataram logo de acertar, através de um contrato cauteloso e equilibrado, seu casamento com a jovem pretendida, cujo nome era Maio. Não quero aborrecê-los aqui com os pormenores dos artigos e dos parágrafos que permitiram a ela entrar na posse dos bens de seu marido; nem pretendo descrever suas ricas vestimentas. O que importa é que, tendo finalmente chegado o grande dia, foram ambos à igreja receber o santo sacramento. O padre então se aproximou, com a estola em volta do pescoço, aconselhou-a a imitar a sabedoria e a fidelidade conjugal de Sara e de Rebeca, rezou as orações de praxe, fez sobre eles o sinal da cruz e rogou a Deus que os abençoasse, sancionando assim a união com o selo da santidade.

Concluída a cerimônia solene, ei-los na festa, sentados sobre um estrado na companhia dos convidados mais ilustres. O palácio inteiro transbordava de alegria e felicidade, cheio de música e de iguarias, as mais requintadas da Itália. Tal era a maviosidade dos instrumentos que nem as melodias de Orfeu ou de Anfião de Tebas[160] poderiam superá-la. Cada prato era precedido por nova eclosão dos menestréis, mais alta que a trombeta de Joabe e mais clara que a de Teodomante em Tebas, quando a cidade estava sob a ameaça do assédio. O próprio Baco servia o vinho aos convivas; e Vênus, toda sorrisos porque Janeiro estava para provar no matrimônio o ardor que demonstrara quando livre, dançava diante da noiva e dos comensais com uma tocha acesa na mão. Cale-se agora o poeta Marciano,[161] que nos relata as alegres núpcias de Mercúrio com a sua Filologia e os cantos que as Musas cantaram! Sua pena e sua língua são ambas pequenas demais para retratarem este casamento. Quando a tenra juventude se une à velhice recurva, o júbilo é tão

---

[160] Tal como Orfeu, foi grande músico, tendo, com sua arte, ajudado a levantar as muralhas de Tebas. Sua figura, a que Chaucer já se referiu no "Conto do Cavaleiro", aparece aqui associada ao bíblico Joabe (II Samuel, 2, 28) e a Teodomante (Estácio, *Tebaida*, VIII, 342 ss.). (N. do T.)

[161] Martianus Capella, poeta do século V, autor do *De Nuptiis Philologiae et Mercurii*. (N. do T.)

Mercurie/ And of the songes that the Muses songe./ To smal is bothe
thy penne, and eek thy tonge,/ For to descryven of this mariage./ Whan
tendre youthe hath wedded stouping age,/ Ther is swich mirthe that it
may nat be writen;/ Assayeth it your-self, than may ye witen/ If that I
lye or noon in this matere./

    Maius, that sit with so benigne a chere,/ Hir to biholde it semed
fayërÿe;/ Quene Ester loked never with swich an yë/ On Assuer, so meke
a look hath she./ I may yow nat devyse al hir beautee;/ But thus muche
of hir beautee telle I may,/ That she was lyk the brighte morwe of May,/
Fulfild of alle beautee and plesaunce./

    This Ianuarie is ravisshed in a traunce/ At every time he loked
on hir face;/ But in his herte he gan hir to manace,/ That he that night
in armes wolde hir streyne/ Harder than ever Paris dide Eleyne./ But
nathelees, yet hadde he greet pitee,/ That thilke night offenden hir
moste he;/ And thoughte, 'allas! o tendre creature!/ Now wolde god ye
mighte wel endure/ Al my corage, it is so sharp and kene;/ I am agast
ye shul it nat sustene./ But god forbede that I dide al my might!/ Now
wolde god that it were woxen night,/ And that the night wolde lasten
evermo./ I wolde that al this peple were ago.'/ And finally, he doth al
his labour,/ As he best mighte, savinge his honour,/ To haste hem fro
the mete in subtil wyse./

    The tyme cam that reson was to ryse;/ And after that, men daunce
and drinken faste,/ And spyces al aboute the hous they caste;/ And
ful of Ioye and blisse is every man;/ All but a squyer, highte Damian,/
Which carf biforn the knight ful many a day./ He was so ravisshed on
his lady May,/ That for the verray peyne he was ny wood;/ Almost he
swelte and swowned ther he stood./ So sore hath Venus hurt him with
hir brond,/ As that she bar it daunsinge in hir hond./ And to his bed he
wente him hastily;/ Na-more of him as at this tyme speke I./ But ther I
lete him wepe y-nough and pleyne,/ Til fresshe May wol rewen on his
peyne./

    O perilous fyr, that in the bedstraw bredeth!/ O famulier foo,
that his servyce bedeth!/ O servant traitour, false hoomly hewe,/ Lyk
to the naddre in bosom sly untrewe,/ God shilde us alle from your
aqueyntaunce!/ O Ianuarie, dronken in plesaunce/ Of mariage, see how
thy Damian,/ Thyn owene squyer and thy borne man,/ Entendeth for to
do thee vileinye./ God graunte thee thyn hoomly fo tespye./ For in this
world nis worse pestilence/ Than hoomly foo al day in thy presence./

grande que se torna indescritível. Se não me acreditam, façam vocês mesmos a experiência, e saberão se estou ou não dizendo a verdade.

Maio, sentada entre os convidados com aquela expressão de bondade, lembrava uma fada; nem a Rainha Ester olhava para Assuero com tanta meiguice. Não posso reproduzir aqui sua beleza: só posso dizer de seus encantos que pareciam os de uma brilhante manhã de maio, cheia de vida e frescor.

Janeiro, naturalmente, cada vez que olhava para ela, deslumbrava-se e ficava em êxtase. E, com certa maldade no coração, prometia a si mesmo que, naquela noite, iria apertá-la nos braços com mais força que Páris à sua Helena. Ao mesmo tempo, contudo, sentia muita pena dela por ter que violentá-la, pensando: "Ah, pobre criaturinha! Que Deus lhe dê forças para suportar todo o vigor de meu desejo, tão agudo e penetrante! Tenho muito medo de que você não o aguente. Tomara que eu saiba me controlar e não dê tudo o que posso. E tomara a Deus que já fosse noite, e que a noite fosse eterna, e que toda essa gente fosse embora". Finalmente, com muita habilidade, começou ele a insinuar a seus convidados que o banquete estava para terminar.

Assim, chegou a hora de deixarem a mesa. Todos então foram dançar e beber; em seguida, espalharam especiarias perfumadas pela casa, cheios de alegria e felicidade. Todos, menos um — um escudeiro chamado Damião, que, de longa data, destrinçava as carnes para o cavalheiro. Apaixonara-se tanto pela beleza de Maio, sua senhora, que estava a ponto de enlouquecer de desejo. Por pouco não desmaiava ou morria ali mesmo, tal a gravidade dos ferimentos que Vênus lhe causara com a tocha ardente que segurava na dança. Por isso, tratou ele de refugiar-se depressa em sua cama. E lá vamos deixá-lo, gemendo e chorando, até que a formosa Maio se compadeça de seu penar.

Oh fogo perigoso, que arde nas palhas do leito! Oh inimigo familiar, que finge servir a nós! Oh servo indigno, que falsamente ostenta as nossas cores domésticas, igual à víbora traiçoeira em nosso peito... Que Deus nos proteja de sua maldade! Oh Janeiro, embriagado pelas delícias do matrimônio, veja como o seu Damião, o seu próprio escudeiro, que você mesmo criou, planeja fazer-lhe o mal. Queira Deus abrir-lhe os olhos para o inimigo doméstico, pois a pior praga do mundo é o desafeto que está sempre em nossa presença, dentro do próprio lar.

Enquanto isso, o sol havia percorrido o seu arco diurno, e, naquela latitude, seu corpo não mais podia pairar sobre o horizonte. A noite, com

Parfourned hath the sonne his ark diurne,/ No lenger may the body of him soiurne/ On thorisonte, as in that latitude./ Night with his mantel, that is derk and rude,/ Gan oversprede the hemisperie aboute;/ For which departed is this lusty route/ Fro Ianuarie, with thank on every syde./ Hom to hir houses lustily they ryde,/ Wher-as they doon hir thinges as hem leste,/ And whan they sye hir tyme, goon to reste./ Sone after that, this hastif Ianuarie/ Wolde go to bedde, he wolde no lenger tarie./ He drinketh ipocras, clarree, and vernage/ Of spyces hote, tencresen his corage;/ And many a letuarie hadde he ful fyn,/ Swiche as the cursed monk dan Constantyn/ Hath writen in his book *De Coitu*;/ To eten hem alle, he nas no-thing eschu./ And to his privee freendes thus seyde he:/ 'For goddes love, as sone as it may be,/ Lat voyden al this hous in curteys wyse.'/

And they han doon right as he wol devyse./ Men drinken, and the travers drawe anon;/ The bryde was broght a-bedde as stille as stoon;/ And whan the bed was with the preest y-blessed,/ Out of the chambre hath every wight him dressed./ And Ianuarie hath faste in armes take/ His fresshe May, his paradys, his make./ He lulleth hir, he kisseth hir ful ofte/ With thikke bristles of his berd unsofte,/ Lyk to the skin of houndfish, sharp as brere,/ For he was shave al newe in his manere./ He rubbeth hir aboute hir tendre face,/ And seyde thus, 'allas! I moot trespace/ To yow, my spouse, and yow gretly offende,/ Er tyme come that I wil doun descende./ But nathelees, considereth this,' quod he,/ 'Ther nis no werkman, what-so-ever he be,/ That may bothe werke wel and hastily;/ This wol be doon at leyser parfitly./ It is no fors how longe that we pleye;/ In trewe wedlok wedded be we tweye;/ And blessed be the yok that we been inne,/ For in our actes we mowe do no sinne./ A man may do no sinne with his wyf,/ Ne hurte him-selven with his owene knyf;/ For we han leve to pleye us by the lawe.'/ Thus laboureth he til that the day gan dawe;/ And than he taketh a sop in fyn clarree,/ And upright in his bed than sitteth he,/ And after that he sang ful loude and clere,/ And kiste his wyf, and made wantoun chere./ He was al coltish, ful of ragerye,/ And ful of Iargon as a flekked pye./ The slakke skin aboute his nekke

seu manto negro e rude, passava a recobrir todo o hemisfério. Por isso, a alegre companhia começou a dispersar-se, com muitos agradecimentos ao noivo; e, entre risos, os convidados cavalgaram para as suas casas, onde cada um se distraiu como quis até que chegasse o sono. Janeiro, entretanto, não desejava perder tempo; queria ir logo para a cama. Bebeu um cordial de Hipócrates, o Clarete e o Vernaccia, vinhos que temperou com especiarias para revigorar o seu desejo; tomou também remédios potentes, como os que Dom Constantino,[162] aquele monge maldito, descreve em seu livro *De Coitu*, ingerindo a todos sem titubeios. Depois, disse aos amigos mais chegados, que ainda estavam por lá: "Pelo amor de Deus, façam-me a gentileza de esvaziarem a casa o mais depressa possível".

E assim fizeram: beberam os últimos goles, puxaram o cortinado, conduziram a noiva ao leito — muda como uma pedra — e, depois que o padre abençoou o tálamo, foram-se todos embora. Janeiro, enfim, pôde apertar nos braços sua Maio primaveril, o seu paraíso, a sua companheira. Ele a acalentava, ele a beijava sem parar... Esfregava em seu rostinho macio aquela barba de pelos duros e espetados, que havia aparado a seu modo, eriçada como um espinheiro e áspera como o couro de um cação. E dizia a ela: "Oh, que pena, minha esposa, que vou ter que machucar você e judiar de você enquanto não chegar a hora de descer. Mas pense nisto: nenhum operário, seja ele quem for, é capaz de trabalhar depressa e bem. Precisamos ir com calma, para que tudo saia perfeito. Não importa o quanto vai durar a nossa distração... Afinal, estamos unidos pelos sagrados laços do matrimônio! E bendito seja o jugo que nos prende, pois, graças a ele, nossos atos não são pecaminosos. Nenhum homem pode pecar com a própria esposa, nem ferir-se com a própria faca. É a lei que nos permite esse entretenimento". E lá se pôs a trabalhar, até que raiasse o dia. De manhã cedo, após comer um pedaço de pão embebido em vinho, sentou-se ereto na cama e começou a cantar com todas as forças de seus pulmões, voltando-se, de vez em quando, para beijar a noiva e lançar-lhe olhares lascivos. Estava muito fogoso, cheio de paixão; e tagarelava como pega pintalgada. A pele murcha em volta de seu pescoço tremia, de tanto que gritava e se esgoelava ao cantar. Mas

---

[162] Constantino, o Africano, mestre da Escola de Medicina de Salerno, nascido em Cartago por volta de 1022 e falecido em 1087, conhecido como Mestre do Oriente e do Ocidente, conforme lhe chamavam os bizantinos. (N. da E.)

shaketh,/ Whyl that he sang; so chaunteth he and craketh./ But god wot what that May thoughte in hir herte,/ Whan she him saugh up sittinge in his sherte,/ In his night-cappe, and with his nekke lene;/ She preyseth nat his pleying worth a bene./ Than seide he thus, 'my reste wol I take;/ Now day is come, I may no lenger wake.'/ And doun he leyde his heed, and sleep til pryme./ And afterward, whan that he saugh his tyme,/ Up ryseth Ianuarie; but fresshe May/ Holdeth hir chambre un-to the fourthe day,/ As usage is of wyves for the beste./ For every labour som-tyme moot han reste,/ Or elles longe may he nat endure;/ This is to seyn, no lyves creature,/ Be it of fish, or brid, or beest, or man./

Now wol I speke of woful Damian,/ That languissheth for love, as ye shul here;/ Therfore I speke to him in this manere:/ I seye, 'O sely Damian, allas!/ Answere to my demaunde, as in this cas,/ How shaltow to thy lady fresshe May/ Telle thy wo? She wole alwey seye "nay";/ Eek if thou speke, she wol thy wo biwreye;/ God be thyn help, I can no bettre seye.'/

This syke Damian in Venus fyr/ So brenneth, that he dyeth for desyr;/ For which he putte his lyf in aventure,/ No lenger mighte he in this wyse endure;/ But prively a penner gan he borwe,/ And in a lettre wroot he al his sorwe,/ In manere of a compleynt or a lay,/ Un-to his faire fresshe lady May./ And in a purs of silk, heng on his sherte,/ He hath it put, and leyde it at his herte./

The mone that, at noon, was, thilke day/ That Ianuarie hath wedded fresshe May,/ In two of Taur, was in-to Cancre gliden;/ So longe hath Maius in hir chambre biden,/ As custume is un-to thise nobles alle./ A bryde shal nat eten in the halle,/ Til dayes foure or three dayes atte leste/ Y-passed been; than lat hir go to feste./ The fourthe day compleet fro noon to noon,/ Whan that the heighe masse was y-doon,/ In halle sit this Ianuarie, and May/ As fresh as is the brighte someres day./ And so bifel, how that this gode man/ Remembred him upon this Damian,/ And seyde, 'Seinte Marie! how may this be,/ That Damian entendeth nat to me?/ Is he ay syk, or how may this bityde?'/ His squyeres, whiche that stoden ther bisyde,/ Excused him by-cause of his siknesse,/ Which letted him to doon his bisinesse;/ Noon other cause mighte make him tarie./

'That me forthinketh,' quod this Ianuarie,/ 'He is a gentil squyer, by my trouthe!/ If that he deyde, it were harm and routhe;/ He is as

só Deus sabe o que Maio estava pensando, ao vê-lo sentado dentro daquele camisolão, com o barrete de dormir na cabeça e com aquele pescocinho fino. Com certeza não estava achando grande coisa o seu "entretenimento". Finalmente, bocejou ele: "Vou descansar um pouco; o sol já nasceu, e eu não me aguento mais de sono". E, recostando a cabeça no travesseiro, dormiu até a hora prima. Mais tarde, quando viu que já era tempo, levantou-se e saiu. A linda Maio, porém, deixou-se ficar na alcova até o quarto dia, como convém às mulheres. De fato, todo labor, vez por outra, pede uma pausa para poder prosseguir; e é o que acontece com todos os seres vivos — peixes, aves, animais ou homens.

Quero agora voltar a falar do desditoso Damião, que definhava de amor, como hão de ouvir. Se eu pudesse, assim o interpelaria: "Oh, tolo Damião, ai! Responda-me a estas minhas perguntas a respeito de seu caso: como fará para informar sua senhora, a encantadora Maio, de suas mágoas? E, se conseguir fazer isso, não irá ela fatalmente dizer 'não'? E vai deixar de denunciá-lo? Ah, Deus o ajude! Não sei o que mais posso dizer".

Damião, enfermo, quase morria de desejo, de tanto que o queimava o fogo de Vênus. Resolveu então, já que não mais suportava sofrer tanto, arriscar a própria vida. Pediu uma pena emprestada e, numa carta em versos — um poético lamento —, descreveu toda a sua dor à bela e primaveril senhora Maio. Depois, colocou-a numa bolsinha de seda, que prendeu à camisa, junto do coração.

A lua, que no meio do dia em que Janeiro desposara a jovem Maio se achava no segundo grau de Touro, deslizara agora para Câncer; e, durante todo esse tempo, Maio ficara em seu quarto, como era o costume da nobreza. A noiva não deveria comer na sala até que quatro dias, ou pelo menos três, tivessem se passado; depois disso, podia se fartar. Assim, tendo-se completado o quarto dia, logo que terminou a missa cantada, lá estavam na sala o velho Janeiro e sua Maio, linda como um dia ensolarado de verão. E deu-se então que, de repente, o bom homem lembrou-se do escudeiro: "Santa Maria! Como pode ser isto, que Damião não esteja aqui para servir-me? Ele ainda está doente? Ou o que mais poderia ser?". Seus pajens, postados junto dele, deram como desculpa a doença, que o impedia de cumprir as suas obrigações. E asseguraram-lhe que não havia outro motivo.

"Isso realmente me entristece", disse Janeiro. "Ele é, de fato, um gentil escudeiro! Seria uma pena e uma desgraça, se morresse. É mais

wys, discreet, and as secree/ As any man I woot of his degree;/ And ther-to manly and eek servisable,/ And for to been a thrifty man right able./ But after mete, as sone as ever I may,/ I wol my-self visyte him and eek May,/ To doon him al the confort that I can.'/ And for that word him blessed every man,/ That, of his bountee and his gentillesse,/ He wolde so conforten in siknesse/ His squyer, for it was a gentil dede./ 'Dame,' quod this Ianuarie, 'tak good hede,/ At-after mete ye, with your wommen alle,/ Whan ye han been in chambre out of this halle,/ That alle ye go see this Damian;/ Doth him disport, he is a gentil man;/ And telleth him that I wol him visyte,/ Have I no-thing but rested me a lyte;/ And spede yow faste, for I wole abyde/ Til that ye slepe faste by my syde.'/ And with that word he gan to him to calle/ A squyer, that was marchal of his halle,/ And tolde him certeyn thinges, what he wolde./

This fresshe May hath streight hir wey y-holde,/ With alle hir wommen, un-to Damian./ Doun by his beddes syde sit she than,/ Confortinge him as goodly as she may./ This Damian, whan that his tyme he say,/ In secree wise his purs, and eek his bille,/ In which that he y-writen hadde his wille,/ Hath put in-to hir hand, with-outen more,/ Save that he syketh wonder depe and sore,/ And softely to hir right thus seyde he:/ 'Mercy! and that ye nat discovere me;/ For I am deed, if that this thing be kid.'/ This purs hath she inwith hir bosom hid,/ And wente hir wey; ye gete namore of me./

But un-to Ianuarie y-comen is she,/ That on his beddes syde sit ful softe./ He taketh hir, and kisseth hir ful ofte,/ And leyde him doun to slepe, and that anon./ She feyned hir as that she moste gon/ Ther-as ye woot that every wight mot nede./ And whan she of this bille hath taken hede,/ She rente it al to cloutes atte laste,/ And in the privee softely it caste./

Who studieth now but faire fresshe May?/ Adoun by olde Ianuarie she lay,/ That sleep, til that the coughe hath him awaked;/ Anon he preyde hir strepen hir al naked;/ He wolde of hir, he seyde, han som plesaunce,/ And seyde, hir clothes dide him encombraunce,/ And she obeyeth, be hir lief or looth./ But lest that precious folk be with me wrooth,/ How that he wroghte, I dar nat to yow telle;/ Or whether hir thoughte it paradys or helle;/ But here I lete hem werken in hir wyse/ Til evensong rong, and that they moste aryse./

Were it by destinee or aventure,/ Were it by influence or by nature,/ Or constellacion, that in swich estat/ The hevene stood, that

sensato, prudente e discreto que qualquer outro de sua condição, além de corajoso, obediente, atencioso e capaz. Depois de comer, assim que puder, irei visitá-lo. E o mesmo há de fazer Maio, para que possamos levar a ele algum conforto." Ao ouvirem isso, todos o bendisseram por sua bondade e gentileza — pois é inegavelmente um ato gentil consolar um serviçal na doença. "Senhora", continuou Janeiro, "depois da refeição, assim que deixar a sala para voltar ao quarto, reúna as suas atendentes e vá com elas visitar Damião. Procure distraí-lo... É um gentil-homem. E diga-lhe que eu também pretendo visitá-lo, assim que tiver repousado um pouco. Faça isso logo, pois eu estarei à sua espera, para que venha deitar-se comigo." Dito isso, chamou ele um pajem, que era o mestre de cerimônias de sua casa, e começou a dar-lhe algumas ordens.

A primaveril Maio dirigiu-se imediatamente para o quarto de Damião, com todas as suas atendentes; lá chegando, sentou-se junto ao leito do doente e procurou consolá-lo como podia. O jovem, na primeira oportunidade que viu, colocou-lhe na mão, secretamente, a bolsinha com o bilhete que escrevera sobre os seus desejos, sem dizer palavra; depois, entre suspiros profundos e dolorosos, sussurrou para ela: "Piedade! Não me delate; se os outros souberem disso, estarei morto". Ela então escondeu a bolsinha no seio, e retirou-se. E sobre esse encontro não vou dizer mais nada.

Em seguida, voltou ela para Janeiro, que a aguardava sentado na cama. Ele a tomou nos braços, beijou-a repetidas vezes, e logo se deitou para dormir. Ela, porém, fingiu que tinha que ir para aquele lugar onde, como sabem, todos nós temos que ir de vez em quando. Após ler o bilhete, rasgou-o em pedacinhos e cuidadosamente o jogou na privada.

Quem agora está perdida em cismas, senão a bela e exuberante Maio? Pensativa, tornou a deitar-se ao lado de Janeiro, que prosseguiu dormindo até ser despertado pela tosse. Ele então pediu a ela que se despisse completamente, porque queria gozar os seus encantos e achava as roupas uma amolação. E ela, de boa ou má vontade, obedeceu... Mas, para que as pessoas melindrosas não fiquem zangadas comigo, não vou contar aqui o que ele fez com ela; nem vou revelar se ela achou aquilo um paraíso ou um inferno. Só quero que saibam que eles ficaram trabalhando até que soasse o toque das vésperas, quando então se levantaram.

Eu não seria capaz de dizer se foi do destino ou pelo acaso, se foi por influência ou por natureza, ou por alguma configuração astral no céu, que aquele tinha que ser um momento propício para se conquistar mu-

O Conto do Mercador 555

tyme fortunat/ Was for to putte a bille of Venus werkes/ (For alle thing hath tyme, as seyn thise clerkes)/ To any womman, for to gete hir love,/ I can nat seye; but grete god above,/ That knoweth that non act is causelees,/ He deme of al, for I wol holde my pees./ But sooth is this, how that this fresshe May/ Hath take swich impression that day,/ For pitee of this syke Damian,/ That from hir herte she ne dryve can/ The remembraunce for to doon him ese./ 'Certeyn,' thoghte she, 'whom that this thing displese,/ I rekke noght, for here I him assure,/ To love him best of any creature,/ Though he na-more hadde than his sherte.'/ Lo, pitee renneth sone in gentil herte./

Heer may ye se how excellent franchyse/ In wommen is, whan they hem narwe avyse./ Som tyrant is, as ther be many oon,/ That hath an herte as hard as any stoon,/ Which wolde han lete him sterven in the place/ Wel rather than han graunted him hir grace;/ And hem reioysen in hir cruel pryde,/ And rekke nat to been an homicyde./ This gentil May, fulfilled of pitee,/ Right of hir hande a lettre made she,/ In which she graunteth him hir verray grace;/ Ther lakketh noght but only day and place,/ Wher that she mighte un-to his lust suffyse:/ For it shal be right as he wol devyse./ And whan she saugh hir time, up-on a day,/ To visite this Damian goth May,/ And sotilly this lettre doun she threste/ Under his pilwe, rede it if him leste./ She taketh him by the hand, and harde him twiste/ So secrely, that no wight of it wiste,/ And bad him been al hool, and forth she wente/ To Ianuarie, whan that he for hir sente./

Up ryseth Damian the nexte morwe,/ Al passed was his siknesse and his sorwe./ He kembeth him, he proyneth him and pyketh,/ He dooth al that his lady lust and lyketh;/ And eek to Ianuarie he gooth as lowe/ As ever dide a dogge for the bowe./ He is so plesant un-to every man,/ (For craft is al, who-so that do it can)/ That every wight is fayn to speke him good;/ And fully in his lady grace he stood./ Thus lete I Damian aboute his nede,/ And in my tale forth I wol procede./

Somme clerkes holden that felicitee/ Stant in delyt, and therefor certeyn he,/ This noble Ianuarie, with al his might,/ In honest wyse, as longeth to a knight,/ Shoop him to live ful deliciously./ His housinge, his array, as honestly/ To his degree was maked as a

lheres para os labores de Vênus com apenas um bilhete (pois, como afirmam os sábios, tudo deve ter o seu tempo); sobre isso prefiro calar-me, pois só o grande Deus nas alturas, que sabe que não existe ação sem causa, é que pode julgar os motivos de tudo o que acontece. A verdade, porém, é que, a partir daquele dia, a linda Maio ficou tão penalizada pelo sofrimento de Damião, que não mais pôde afastar do coração a vontade de lhe dar o alívio desejado. "A mim pouco importa", pensava ela, "que muitos venham a condenar-me por isso; prometo àquele jovem que hei de amá-lo mais do que a ninguém, mesmo que ele não tenha outra riqueza além da camisa do corpo." Oh, como flui fácil a piedade nos corações gentis!

Por aí vocês podem ver que extraordinária generosidade demonstram as mulheres, quando examinam as coisas mais de perto. Existem também as tiranas — e não são poucas —, com seus corações de pedra, que prefeririam deixar o coitado morrer à míngua ali mesmo a conceder-lhe sua graça, comprazendo-se com seu orgulho cruel e conscientemente tornando-se homicidas. Mas a gentil Maio não era assim! Cheia de piedade, escreveu uma carta de próprio punho, garantindo ao jovem todos os seus favores. Só faltavam a hora e o local onde pudesse satisfazer os desejos dele, pois seu pleno consentimento ela já lhe concedera. E, certo dia, quando a ocasião lhe pareceu oportuna, lá foi Maio novamente visitar Damião; e, com muita agilidade, enfiou sua cartinha debaixo do travesseiro do rapaz, para que ele a lesse mais tarde. Igualmente sem que ninguém percebesse, tomou-lhe a mão e apertou-a com força, implorando-lhe que sarasse. Depois, voltou para junto de Janeiro, que a mandara chamar.

Na manhã seguinte, eis que Damião se levantou da cama; haviam passado os seus males e as suas dores. Penteou-se, arrumou-se e enfeitou-se todo para agradar e contentar à sua dama. Até de Janeiro ele se aproximava submisso como o cachorrinho que espera umas lambadas. Estava tão atencioso para com todos (a esperteza é tudo, para quem sabe ser esperto), que não havia quem não o elogiasse. Caíra plenamente nas graças de sua dama. Vamos, portanto, deixar Damião ocupado com os seus assuntos, e vamos prosseguir com nossa história.

Alguns sábios sustentam que é nos prazeres que se encontra a felicidade; assim sendo, o nobre Janeiro (sempre honestamente, como convém a um fidalgo) fazia todo o possível para moldar sua vida de acordo com as exigências dos sentidos. Sua casa, o mobiliário, francamente, não fica-

kinges./ Amonges othere of his honest thinges,/ He made a gardin, walled al with stoon;/ So fair a gardin woot I nowher noon./ For out of doute, I verraily suppose,/ That he that wroot the *Romance of the Rose*/ Ne coude of it the beautee wel devyse;/ Ne Priapus ne mighte nat suffyse,/ Though he be god of gardins, for to telle/ The beautee of the gardin and the welle,/ That stood under a laurer alwey grene./ Ful ofte tyme he, Pluto, and his quene,/ Proserpina, and al hir fayërye/ Disporten hem and maken melodye/ Aboute that welle, and daunced, as men tolde./

This noble knight, this Ianuarie the olde,/ Swich deintee hath in it to walke and pleye,/ That he wol no wight suffren bere the keye/ Save he him-self; for of the smale wiket/ He bar alwey of silver a smal cliket,/ With which, whan that him leste, he it unshette./ And whan he wolde paye his wyf hir dette/ In somer seson, thider wolde he go,/ And May his wyf, and no wight but they two;/ And thinges whiche that were nat doon a-bedde,/ He in the gardin parfourned hem and spedde./ And in this wyse, many a mery day,/ Lived this Ianuarie and fresshe May./ But worldly Ioye may nat alwey dure/ To Ianuarie, ne to no creature./

O sodeyn hap, o thou fortune instable,/ Lyk to the scorpion so deceivable,/ That flaterest with thyn heed when thou wolt stinge;/ Thy tayl is deeth, thurgh thyn enveniminge./ O brotil Ioye! o swete venim queynte!/ O monstre, that so subtilly canst peynte/ Thy yiftes, under hewe of stedfastnesse,/ That thou deceyvest bothe more and lesse!/ Why hastow Ianuarie thus deceyved,/ That haddest him for thy ful frend receyved?/ And now thou hast biraft him bothe hise yën,/ For sorwe of which desyreth he to dyen./

Allas! this noble Ianuarie free,/ Amidde his lust and his prosperitee,/ Is woxen blind, and that al sodeynly./ He wepeth and

vam a dever nada aos de um rei. Entre tantas coisas boas, mandara construir um jardim todo cercado por um muro de pedra, um jardim como não havia outro igual. Sem sombra de dúvida, imagino que nem mesmo o autor do *Roman de la Rose*[163] seria capaz de descrever os seus encantos; nem Priapo, apesar de ser o deus dos jardins, conseguiria retratar toda a beleza daquele lugar e, principalmente, daquele poço debaixo de um loureiro sempre verde. Muitas vezes, Plutão e sua rainha Prosérpina,[164] acompanhados de todas as fadas de sua corte, reuniam-se à sua volta (segundo dizem), para se entregarem a seus folguedos, suas melodias e suas danças.

O nobre senhor, o velho Janeiro, gostava tanto de passear e distrair-se ali, que só ele possuía a chave de prata do portãozinho de entrada, não a confiando a ninguém; sempre a levava consigo, e, quando tinha vontade, abria o trinco e lá se refugiava. No verão, quando queria pagar à esposa o débito conjugal, era para esse paraíso que se dirigia — ele com sua Maio, e ninguém mais. E as coisas que não fazia na cama, fazia lá no jardim. Dessa maneira, ele e a linda Maio viveram muitos dias agradáveis. Mas as alegrias do mundo não duram para sempre, nem para Janeiro, nem para ninguém.

Oh evento inesperado! Oh Fortuna inconstante, enganosa como o escorpião, que, quando pretende ferir, acaricia com a cabeça mas traz a morte na cauda, a morte pelo veneno. Oh júbilo frágil! Oh estranha e doce peçonha! Oh monstro, que habilmente disfarça as suas dádivas com as cores da permanência, ludibriando assim os grandes e os humildes! Por que você enganou o pobre Janeiro, depois que o fez acreditar em suas amizades? Agora você o privou dos dois olhos, e tamanha é sua dor que ele só deseja morrer.

Ai! O nobre e liberal Janeiro, em meio a seus prazeres e venturas, ficou cego — cego de uma hora para outra. Ele chorava e gemia de dar

---

[163] O *Romance da Rosa* (*Roman de la Rose*) é exemplo de literatura medieval influenciada pelo amor cortês. A primeira parte do poema foi escrita por Guillaume de Lorris, por volta de 1225. Cerca de quarenta anos depois, a obra foi concluída por Jean de Meun. Chaucer traduziu o *Roman* para o inglês. (N. da E.)

[164] Estranhamente, neste conto, Plutão e Prosérpina, divindades infernais da mitologia clássica, aparecem relacionados com fadas e duendes. De fato, Plutão aparece relacionado com o mundo das fadas em outro poema do inglês médio: "Sir Orfeo". (N. do T.)

he wayleth pitously;/ And ther-with-al the fyr of Ialousye,/ Lest that his wyf sholde falle in som folye,/ So brente his herte, that he wolde fayn/ That som man bothe him and hir had slayn./ For neither after his deeth, nor in his lyf,/ Ne wolde he that she were love ne wyf,/ But ever live as widwe in clothes blake,/ Soul as the turtle that lost hath hir make./

But atte laste, after a monthe or tweye,/ His sorwe gan aswage, sooth to seye;/ For whan he wiste it may noon other be,/ He paciently took his adversitee;/ Save, out of doute, he may nat forgoon/ That he nas Ialous evermore in oon;/ Which Ialousye it was so outrageous,/ That neither in halle, nin noon other hous,/ Ne in noon other place, never-the-mo,/ He nolde suffre hir for to ryde or go,/ But-if that he had hand on hir alway;/ For which ful ofte wepeth fresshe May,/ That loveth Damian so benignely,/ That she mot outher dyen sodeynly,/ Or elles she mot han him as hir leste;/ She wayteth whan hir herte wolde breste./

Up-on that other syde Damian/ Bicomen is the sorwefulleste man/ That ever was; for neither night ne day/ Ne mighte he speke a word to fresshe May,/ As to his purpos, of no swich matere,/ But-if that Ianuarie moste it here,/ That hadde an hand up-on hir evermo./ But nathelees, by wryting to and fro/ And privee signes, wiste he what she mente;/ And she knew eek the fyn of his entente./

O Ianuarie, what mighte it thee availle,/ Thou mightest see as fer as shippes saille?/ For also good is blind deceyved be,/ As be deceyved whan a man may se./ Lo, Argus, which that hadde an hondred yën,/ For al that ever he coude poure or pryen,/ Yet was he blent; and, god wot, so ben mo,/ That wenen wisly that it be nat so./ Passe over is an ese, I sey na-more./

This fresshe May, that I spak of so yore,/ In warme wex hath emprented the cliket,/ That Ianuarie bar of the smale wiket,/ By which in-to his gardin ofte he wente./ And Damian, that knew al hir entente,/ The cliket countrefeted prively;/ Ther nis na-more to seye, but hastily/ Som wonder by this cliket shal bityde,/ Which ye shul heren, if ye wole abyde./

O noble Ovyde, ful sooth seystou, god woot!/ What sleighte is it, thogh it be long and hoot,/ That he nil finde it out in som manere?/ By Piramus and Tesbee may men lere;/ Thogh they were

pena; e, concomitantemente, o fogo do ciúme, o temor de que sua mulher se aproveitasse da situação para fazer alguma tolice, de tal forma se acendeu em seu peito, que ele até sentiria alívio se fosse trucidado por algum assassino juntamente com ela. Não, não podia admitir que sua mulher, nem antes nem depois de enviuvar-se, se tornasse amante ou companheira de outro homem; ela teria que viver sempre de luto, sozinha como a rola que perdeu o macho.

Após um ou dois meses, entretanto, sua dor finalmente se abrandou, pois, vendo que não havia outro remédio, aceitou com resignação sua desgraça. Só que, a bem da verdade, não conseguia libertar-se daquele ciúme constante, um ciúme tão violento que a esposa não dava um passo dentro de casa, e não ia para lugar algum, sem sentir sua mão grudada nela. Por causa disso, vivia chorando a linda Maio; amava o seu Damião tão generosamente que, se não satisfizesse o seu desejo por ele, não haveria de escapar da morte. Estava vendo a hora em que seu coração iria arrebentar-se.

Damião, por outro lado, andava triste como ninguém; não podia dizer uma palavra sequer à linda Maio, nem de dia nem de noite, a respeito de qualquer assunto (e muito menos a respeito de seus propósitos), sem que Janeiro estivesse ali para ouvir, sempre a segurá-la com uma das mãos. Em pouco tempo, contudo, descobriu que, através de bilhetes que iam e vinham e de sinais secretos, ela podia transmitir-lhe o que lhe passava na alma e ele podia informá-la de suas intenções.

Oh Janeiro, mesmo que sua vista alcançasse o ponto extremo aonde chegam os navios, de que lhe adiantaria? Quando um homem tem que ser enganado, pouca diferença faz que ele enxergue ou não. Veja o caso de Argo, com os seus cem olhos: apesar de sempre alerta, à espreita, também ele foi logrado — a exemplo de muitos outros, que se recusam a acreditar no logro. É melhor não pensar nisso, e basta.

A linda Maio, de quem eu falava, tirou, num pedaço de cera quente, um molde da chave que Janeiro levava consigo para abrir o portãozinho do jardim; e Damião, dando sequência ao plano, fez uma cópia às escondidas. Sobre isso não há mais o que dizer; mas logo, graças a essa chave, iria suceder um fato miraculoso — como vocês hão de ouvir, se tiverem paciência.

Oh, por Deus, como é verdade o que disse o nobre Ovídio, quando afirmou que, por mais demorada ou difícil que seja, o amor, de um jeito ou de outro, sempre encontra uma saída! É o que mostra a história de

O Conto do Mercador

kept ful longe streite overal,/ They been accorded, rouninge thurgh a wal,/ Ther no wight coude han founde out swich a sleighte./

But now to purpos; er that dayes eighte/ Were passed, er the monthe of Iuil, bifil/ That Ianuarie hath caught so greet a wil,/ Thurgh egging of his wyf, him for to pleye/ In his gardin, and no wight but they tweye,/ That in a morwe un-to this May seith he:/ 'Rys up, my wyf, my love, my lady free;/ The turtles vois is herd, my douve swete;/ The winter is goon, with alle his reynes wete;/ Com forth now, with thyn eyën columbyn!/ How fairer been thy brestes than is wyn!/ The gardin is enclosed al aboute;/ Com forth, my whyte spouse; out of doute,/ Thou hast me wounded in myn herte, o wyf!/ No spot of thee ne knew I al my lyf./ Com forth, and lat us taken our disport;/ I chees thee for my wyf and my confort.'/

Swiche olde lewed wordes used he;/ On Damian a signe made she,/ That he sholde go biforen with his cliket:/ This Damian thanne hath opened the wiket,/ And in he stirte, and that in swich manere,/ That no wight mighte it see neither y-here;/ And stille he sit under a bush anoon./ This Ianuarie, as blind as is a stoon,/ With Maius in his hand, and no wight mo,/ In-to his fresshe gardin is ago,/ And clapte to the wiket sodeynly./

'Now, wyf,' quod he, 'heer nis but thou and I,/ That art the creature that I best love./ For, by that lord that sit in heven above,/ Lever ich hadde dyen on a knyf,/ Than thee offende, trewe dere wyf!/ For goddes sake, thenk how I thee chees,/ Noght for no coveityse, doutelees,/ But only for the love I had to thee./ And though that I be old, and may nat see,/ Beth to me trewe, and I shal telle yow why./ Three thinges, certes, shul ye winne ther-by;/ First, love of Crist, and to your-self honour,/ And al myn heritage, toun and tour;/ I yeve it yow, maketh chartres as yow leste;/ This shal be doon to-morwe er sonne reste./ So wisly god my soule bringe in blisse,/ I prey yow first, in covenant ye me kisse./ And thogh that I be Ialous, wyte me noght./ Ye been so depe enprented in my thoght,/ That, whan that I considere your beautee,/ And ther-with-al the unlykly elde of me,/ I may nat, certes, thogh I sholde dye,/ Forbere to been out of your companye/

Píramo e Tisbe, que, mantidos separados sob estreita vigilância, conseguiram comunicar-se aos cochichos por uma fresta no muro. Quem mais, a não ser um par de amantes, teria pensado numa artimanha dessas?

Mas vamos ao que interessa. Antes que se passassem oito dias do mês de junho, aconteceu que Janeiro, instigado pela mulher, foi tomado de uma vontade incontrolável de ir brincar com ela no jardim, somente os dois, como sempre, e mais ninguém. E convidou sua Maio: "Levante-se, minha esposa, meu amor, minha dama generosa! Escute a voz da rola, oh plácida pombinha; o inverno já passou, com suas chuvas frias. Venha comigo, com seu doce olhar de pomba! Seus seios são melhores do que o vinho! O jardim é abrigado e protegido. Oh branca esposa, venha; foi você quem feriu meu coração. Jamais vi em você alguma nódoa. Venha, e vamos gozar nossos folguedos, oh minha esposa, minha eleita e meu conforto!".

Foram essas as palavras de lascívia que usou, tiradas de um livro antigo.[165] Ela imediatamente fez sinal a Damião para que fosse na frente, usando a sua chave. Ele então abriu o portãozinho, penetrou no jardim sem ser visto ou ouvido por ninguém, e foi se deitar em silêncio debaixo de um arbusto. Janeiro, cego como uma pedra, segurando Maio pela mão, entrou em seguida, batendo o portão atrás de si.

"Agora, mulher", disse ele, "não há ninguém aqui a não ser nós dois. Você é a criatura que mais amo no mundo; minha querida, prefiro morrer apunhalado a dar-lhe algum desgosto! Pelo amor de Deus, lembre-se sempre de como a escolhi: não pelo desejo carnal, mas — pode estar certa — pelo grande afeto que sinto por você. E, embora eu seja velho e não mais possa enxergar, nunca deixe de ser fiel a mim. E vou lhe explicar por quê. Assim agindo, três coisas há de ganhar: primeiro, o amor de Cristo; depois, sua própria honra; e, finalmente, toda a minha fortuna, cidade e torre. Deixo tudo para você, e você pode ditar o testamento como lhe aprouver. Amanhã mesmo, antes que o sol se ponha, nós vamos fazer isso. E que Deus me conceda a bem-aventurança! Antes, porém, dê-me um beijo para selar o acordo; e não leve a mal meu grande ciúme. Você causou tamanha impressão em minha mente que, quando penso em sua beleza e, depois, na minha odiosa velhice, não posso — mesmo que

---

[165] A passagem toda foi inspirada no *Cântico dos Cânticos* de Salomão (cf. 2, 10-2; 1, 15; e 4, 7-16). (N. do T.)

For verray love; this is with-outen doute./ Now kis me, wyf, and lat us rome aboute.'/

This fresshe May, whan she thise wordes herde,/ Benignely to Ianuarie answerde,/ But first and forward she bigan to wepe,/ 'I have,' quod she, 'a soule for to kepe/ As wel as ye, and also myn honour,/ And of my wyfhod thilke tendre flour,/ Which that I have assured in your hond,/ Whan that the preest to yow my body bond;/ Wherfore I wole answere in this manere/ By the leve of yow, my lord so dere:/ I prey to god, that never dawe the day/ That I ne sterve, as foule as womman may,/ If ever I do un-to my kin that shame,/ Or elles I empeyre so my name,/ That I be fals; and if I do that lakke,/ Do strepe me and put me in a sakke,/ And in the nexte river do me drenche./ I am a gentil womman and no wenche./ Why speke ye thus? but men ben ever untrewe,/ And wommen have repreve of yow ay newe./ Ye han non other contenance, I leve,/ But speke to us of untrust and repreve.'/

And with that word she saugh wher Damian/ Sat in the bush, and coughen she bigan,/ And with hir finger signes made she,/ That Damian sholde climbe up-on a tree,/ That charged was with fruit, and up he wente;/ For verraily he knew al hir entente,/ And every signe that she coude make/ Wel bet than Ianuarie, hir owene make./ For in a lettre she had told him al/ Of this matere, how he werchen shal./ And thus I lete him sitte up-on the pyrie,/ And Ianuarie and May rominge myrie./

Bright was the day, and blew the firmament,/ Phebus of gold his stremes doun hath sent,/ To gladen every flour with his warmnesse./ He was that tyme in Geminis, as I gesse,/ But litel fro his declinacioun/ Of Cancer, Iovis exaltacioun./ And so bifel, that brighte morwe-tyde,/ That in that gardin, in the ferther syde,/ Pluto, that is the king of fayërye,/ And many a lady in his companye,/ Folwinge his wyf, the quene Proserpyne,/ Ech after other, right as any lyne —/ Whil that she gadered floures in the mede,/ In Claudian ye may the story rede,/ How in his grisly carte he hir fette: —/ This king of fairye thanne adoun him sette/ Up-on a bench of turves, fresh and grene,/ And right anon thus seyde he to his quene./

eu morra — suportar a ideia de separar-me de você, tão profundo é meu amor. Agora, minha esposa, dê-me um beijo; e vamos passear um pouco."

Ao ouvir essas palavras, a primaveril Maio, antes de mais nada, pôs-se a chorar; a seguir, graciosamente respondeu a Janeiro: "Tanto quanto você, eu também tenho uma alma para cuidar; e tenho também a minha honra, a tenra flor de minha feminilidade, que entreguei em suas mãos no instante em que o sacerdote uniu meu corpo à sua pessoa. Por isso, com sua devida licença, meu amado senhor, só esta pode ser minha resposta: esperando que eu não venha a morrer de modo vil — como pode morrer uma mulher —, rogo a Deus que nunca amanheça o dia em que hei de trazer vergonha à minha família ou sujar meu nome com o adultério. Se alguma vez eu cometer essa falta, pode despir-me, enfiar-me num saco e afogar-me no rio mais próximo. Sou uma mulher de família, não uma rameira. Por que você fala assim comigo? Os homens é que são infiéis, e nós, as mulheres, levamos a culpa. Parece-me que vocês não fazem outra coisa a não ser acusar-nos de traição e em seguida repreender-nos".

Naquele exato momento, ela viu o lugar onde se achava Damião, debaixo do arbusto, e começou a tossir e a fazer sinais com os dedos para que ele subisse numa árvore, uma bela pereira carregada de frutos. E lá foi ele. Na verdade, o rapaz conhecia os seus pensamentos e entendia os seus gestos melhor que Janeiro, seu marido, pois numa carta ela lhe contara tudo e lhe explicara como devia agir. E ali o deixo agora, sentado num dos galhos da pereira, enquanto Janeiro e Maio passeiam felizes.

Claro estava o dia, e azul o firmamento. Febo, o Sol, derramara suas torrentes de ouro para alegrar as flores todas com o seu calor. Achava-se ele em Gêmeos, quero crer, pouco distante de sua declinação em Câncer, que é a exaltação de Júpiter. Aconteceu então que, naquela manhã luminosa, no jardim, um pouco mais à parte, surgiu Plutão, o rei dos duendes e das fadas. Acompanhavam-no muitas damas, que, uma atrás da outra, em perfeita linha reta, formavam o séquito de sua mulher, a rainha Prosérpina (que, conforme lemos em Claudiano,[166] fora raptada por ele, montado em sua biga aterradora, enquanto colhia flores no prado). O rei das fadas sentou-se num banco de relva, fresca e verdejante, e assim falou à sua rainha:

---

[166] Claudiano (370-408 d.C.), poeta romano, autor de *O rapto de Prosérpina*. (N. da E.)

'My wyf,' quod he, 'ther may no wight sey nay;/ Thexperience so preveth every day/ The treson whiche that wommen doon to man./ Ten hondred thousand [stories] telle I can/ Notable of your untrouthe and brotilnesse./ O Salomon, wys, richest of richesse,/ Fulfild of sapience and of worldly glorie,/ Ful worthy been thy wordes to memorie/ To every wight that wit and reson can./ Thus preiseth he yet the bountee of man:/ "Amonges a thousand men yet fond I oon,/ But of wommen alle fond I noon."/ Thus seith the king that knoweth your wikkednesse;/ And Iesus filius Syrak, as I gesse,/ Ne speketh of yow but selde reverence./ A wilde fyr and corrupt pestilence/ So fal´le up-on your bodies yet to-night!/ Ne see ye nat this honurable knight,/ By-cause, allas! that he is blind and old,/ His owene man shal make him cokewold;/ Lo heer he sit, the lechour, in the tree./ Now wol I graunten, of my magestee,/ Un-to this olde blinde worthy knight/ That he shal have ayeyn his eyen sight,/ Whan that his wyf wold doon him vileinye;/ Than shal he knowen al hir harlotrye/ Both in repreve of hir and othere mo.'/

'Ye shal,' quod Proserpyne, 'wol ye so;/ Now, by my modres sires soule I swere,/ That I shal yeven hir suffisant answere,/ And alle wommen after, for hir sake;/ That, though they be in any gilt y-take,/ With face bold they shulle hem-self excuse,/ And bere hem doun that wolden hem accuse./ For lakke of answer, noon of hem shal dyen./ Al hadde man seyn a thing with bothe his yën,/ Yit shul we wommen visage it hardily,/ And wepe, and swere, and chyde subtilly,/ So that ye men shul been as lewed as gees./ What rekketh me of your auctoritees?/ I woot wel that this Iew, this Salomon,/ Fond of us wommen foles many oon./ But though that he ne fond no good womman,/ Yet hath ther founde many another man/ Wommen ful trewe, ful gode, and vertuous./ Witnesse on hem that dwelle in Cristes hous,/ With martirdom they preved hir constance./ The Romayn gestes maken remembrance/ Of many a verray trewe wyf also./ But sire, ne be nat wrooth, al-be-it so,/ Though that he seyde he fond no good womman,/ I prey yow take the sentence of the man;/ He mente thus, that in sovereyn bontee/ Nis noon but god, that sit in Trinitee./ Ey! for verray god, that nis but oon,/ What make ye so muche of Salomon?/ What though he made a temple, goddes

"Esposa, não há como negar! Todo dia a prática comprova as traições que as mulheres fazem aos homens. Eu poderia lembrar centenas de casos que atestam sua infidelidade e inconstância. Oh Salomão, oh sábio monarca, o mais rico de riquezas, o repositório da prudência e das glórias do mundo, bem que suas palavras merecem ficar na memória de quem tem um pouco de sensatez e de juízo! Eis como ele louva a virtude do homem: 'Entre mil homens encontrei um digno; entre todas as mulheres não achei nenhuma'. Assim falou o rei que conhecia a maldade feminina. E Jesus Siraque, pelo que me lembro, tampouco demonstra muito respeito por vocês mulheres. Que um fogo selvagem e a peste pútrida devorem seus corpos esta noite! Você não vê ali aquele honrado cavalheiro que, só porque é cego e velho, está para ser corneado por seu próprio serviçal? Olhe lá o devasso sem-vergonha, sentado em cima da árvore! Pois eu lhe juro, por minha majestade, que, assim que a mulher for cometer contra ele a felonia, vou devolver a visão ao ilustre fidalgo, ao pobre velho cego. Assim ele saberá de uma vez por todas que ela não presta, para seu vexame e também de muitas outras."

"Você vai fazer isso?", indagou Prosérpina. "Vai mesmo? Pois, pela alma de Saturno, o pai de minha mãe, juro que darei a ela — e, por extensão, a todas as mulheres — o dom da resposta salvadora. Assim, sempre que forem apanhadas em flagrante, elas saberão como livrar-se do aperto com galhardia, impondo-se a seus acusadores. Nenhuma mulher há de morrer por não ter presença de espírito! Mesmo que os maridos vejam o ato com ambos os dois olhos, nós mulheres os enfrentaremos destemidas, e, espertas como sempre, choraremos, juraremos, ralharemos, deixando-os tontos como gansos. Que me importam as autoridades que você citou? Sei que esse judeu, o tal de Salomão, achava que nós somos todas umas bobas. Se ele não teve a sorte de descobrir uma boa mulher, azar dele! Muitos outros homens encontraram mulheres fiéis, gentis e virtuosas. Elas existem! Veja, por exemplo, essas que se recolheram aos conventos, que às vezes demonstram sua constância até pelo martírio. Veja também quantas mulheres valorosas e dignas a história romana registra. Meu senhor, não fique zangado comigo, mas a afirmação de que não há mulheres boas só tem valor se aplicada aos seres humanos em geral. O que ele provavelmente quis dizer foi que, na perfeição da virtude, não há homem nem mulher, mas apenas Deus. Ademais, por esse mesmo Deus que é uno e verdadeiro, por que dar tanta importância a Salomão? Só porque ele ergueu um templo, uma casa para o Senhor? Só

hous?/ What though he were riche and glorious?/ So made he eek a temple of false goddis,/ How mighte he do a thing that more forbode is?/ Pardee, as faire as ye his name emplastre,/ He was a lechour and an ydolastre;/ And in his elde he verray god forsook./ And if that god ne hadde, as seith the book,/ Y-spared him for his fadres sake, he sholde/ Have lost his regne rather than he wolde./ I sette noght of al the vileinye,/ That ye of wommen wryte, a boterflye./ I am a woman, nedes moot I speke,/ Or elles swelle til myn herte breke./ For sithen he seyde that we ben Iangleresses,/ As ever hool I mote brouke my tresses,/ I shal nat spare, for no curteisye,/ To speke him harm that wolde us vileinye.'/

'Dame,' quod this Pluto, 'be no lenger wrooth;/ I yeve it up; but sith I swoor myn ooth/ That I wolde graunten him his sighte ageyn,/ My word shal stonde, I warne yow, certeyn./ I am a king, it sit me noght to lye.'/

'And I,' quod she, 'a queene of fayërye./ Hir answere shal she have, I undertake;/ Lat us na-more wordes heer-of make./ For sothe, I wol no lenger yow contrarie.'/

Now lat us turne agayn to Ianuarie,/ That in the gardin with his faire May/ Singeth, ful merier than the papeiay,/ 'Yow love I best, and shal, and other noon.'/ So longe aboute the aleyes is he goon,/ Til he was come agaynes thilke pyrie,/ Wher-as this Damian sitteth fill myrie/ An heigh, among the fresshe leves grene./ This fresshe May, that is so bright and shene,/ Gan for to syke, and seyde, 'allas, my syde!/ Now sir,' quod she, 'for aught that may bityde,/ I moste han of the peres that I see,/ Or I mot dye, so sore longeth me/ To eten of the smale peres grene./ Help, for hir love that is of hevene quene!/ I telle yow wel, a womman in my plyt/ May han to fruit so greet an appetyt,/ That she may dyen, but she of it have.'/

'Allas!' quod he, 'that I ne had heer a knave/ That coude climbe; allas! allas!' quod he,/ 'That I am blind.'

'Ye, sir, no fors,' quod she:/ 'But wolde ye vouche-sauf, for goddes sake,/ The pyrie inwith your armes for to take,/ (For wel I woot that ye mistruste me)/ Thanne sholde I climbe wel y-nogh,' quod she,/ 'So I my foot mighte sette upon your bak.'/

'Certes,' quod he, 'ther-on shal be no lak,/ Mighte I yow helpen with myn herte blood.'/

porque era rico e glorioso? Ora, ele também construiu um templo para os falsos deuses. Como pôde fazer uma coisa dessas, uma coisa tão execranda?! Oh não, por mais que você procure pintar seu nome com as mais lindas cores, a verdade é que ele foi um fornicador e um idólatra; e, na velhice, abandonou o Deus verdadeiro, que, segundo a Bíblia, somente o poupou por causa de seu pai Davi. Não fosse isso, ele teria perdido o reino mais cedo do que perdeu. Portanto, mando às favas todas essas calúnias que os homens escrevem contra as mulheres! Eu também sou mulher, e, se não dissesse essas verdades, meu coração estouraria. Vocês podem nos tachar de tagarelas, mas, por estas tranças que não quero perder, asseguro-lhe que não terei consideração por ninguém ao revidar as infâmias que assacam contra nós."

"Senhora", retorquiu Plutão, "acalme-se. Eu desisto! Mas, como fiz o juramento de devolver a visão ao cavalheiro, tenho que mantê-lo. Sou um rei, e a um rei não fica bem mentir."

"E eu", concluiu Prosérpina, "sou a rainha das fadas! Por isso, eu lhe prometo: não vai faltar a ela presença de espírito. Mas vamos deixar este assunto, pois não quero mais discutir com você."

Voltemos agora nossa atenção para Janeiro, que, no jardim com sua bela esposa, cantava, mais alegre que um papagaio, "É você e mais ninguém que eu amo e quero amar". Depois de um longo passeio pelas alamedas, aproximaram-se eles da pereira onde Damião aguardava excitado, num galho todo coberto de folhas verdes e viçosas. A primaveril Maio, mais formosa e encantadora que nunca, pôs-se a suspirar, dizendo: "Ai, que dor aqui do lado! Oh senhor, não importa o que custe, mas eu tenho que comer uma daquelas peras; é tanta a minha vontade, que eu acho que vou morrer se não conseguir agora mesmo uma dessas verdes frutinhas. Ajude-me, pelo amor da Rainha do Céu! Eu lhe digo, uma mulher em meu estado costuma sentir desejo. Se ele não for satisfeito, pode ser fatal".

"Ai!", exclamou ele. "E eu que não tenho aqui nenhum criado para trepar na árvore! Oh, que desgraça! Sou cego!"

"Não se preocupe, senhor meu", disse ela. "Mas faça-me um favor, pelo amor de Deus. Eu sei que não confia em mim, mas, se você puser os braços em volta do tronco e se abaixar, então eu mesma poderei subir, firmando os pés em suas costas."

"Claro, meu bem", respondeu ele. "Não seja por isso. Eu daria o próprio sangue para ajudá-la."

He stoupeth doun, and on his bak she stood,/ And caughte hir by a twiste, and up she gooth./ Ladies, I prey yow that ye be nat wrooth;/ I can nat glose, I am a rude man./ And sodeynly anon this Damian/ Gan pullen up the smok, and in he throng./

And whan that Pluto saugh this grete wrong,/ To Ianuarie he gaf agayn his sighte,/ And made him see, as wel as ever he mighte./ And whan that he hadde caught his sighte agayn,/ Ne was ther never man of thing so fayn./ But on his wyf his thoght was evermo;/ Up to the tree he caste his eyen two,/ And saugh that Damian his wyf had dressed/ In swich manere, it may nat ben expressed/ But if I wolde speke uncurteisly:/ And up he yaf a roring and a cry/ As doth the moder whan the child shal dye:/ 'Out! help! allas! harrow!' he gan to crye,/ 'O stronge lady store, what dostow?'/

And she answerde, 'sir, what eyleth yow?/ Have pacience, and reson in your minde,/ I have yow holpe on bothe your eyen blinde./ Up peril of my soule, I shal nat lyen,/ As me was taught, to hele with your yën,/ Was no-thing bet to make yow to see/ Than strugle with a man up-on a tree./ God woot, I dide it in ful good entente.'/

'Strugle!' quod he, 'ye, algate in it wente!/ God yeve yow bothe on shames deeth to dyen!/ He swyved thee, I saugh it with myne yën,/ And elles be I hanged by the hals!'/

'Thanne is,' quod she, 'my medicyne al fals;/ For certeinly, if that ye mighte see,/ Ye wolde nat seyn thise wordes un-to me;/ Ye han som glimsing and no parfit sighte.'/

'I see,' quod he, 'as wel as ever I mighte,/ Thonked be god! with bothe myne eyen two,/ And by my trouthe, me thoughte he dide thee so.'/

'Ye maze, maze, gode sire,' quod she,/ 'This thank have I for I have maad yow see;/ Allas!' quod she, 'that ever I was so kinde!'/

'Now, dame,' quod he, 'lat al passe out of minde./ Com doun, my lief, and if I have missayd,/ God help me so, as I am yvel apayd./ But, by my fader soule, I wende han seyn,/ How that this Damian had by thee leyn,/ And that thy smok had leyn up-on his brest.'/

'Ye, sire,' quod she, 'ye may wene as yow lest;/ But, sire, a man that waketh out of his sleep,/ He may nat sodeynly wel taken keep/ Up-on a thing, ne seen it parfitly,/ Til that he be adawed verraily;/

Ele então se abaixou. E ela, ficando de pé em suas costas, agarrou-se a um galhinho, deu um salto e subiu... Senhoras, suplico-lhes que não se agastem comigo, mas sou um homem rude, que não sabe enfeitar a realidade... Sem perda de tempo, Damião levantou a saia dela e a penetrou.

Quando viu esse crime, Plutão restituiu a visão a Janeiro, fazendo-o enxergar tão bem quanto antes. A primeira atitude deste, ao receber o milagre, foi voltar-se ansiosamente para a mulher, para ver de novo o objeto constante de seus pensamentos. E para o alto da árvore lançou os dois olhos. O que viu, porém, foi Damião se comportando com ela de uma maneira que não se pode descrever sem se faltar à decência... Qual mãe quando perde o filhinho, deu ele um urro e um berro. "Fora! Socorro! Ai! Ajudem-me!", gritava. "Oh grandíssima vaca! O que você está fazendo?"

Respondeu ela: "Senhor meu, o que se passa? Tenha calma e juízo nessa cabeça! Estou aqui para curá-lo da cegueira. Não vou mentir-lhe, juro por minha alma: estou aqui porque me ensinaram que a melhor coisa para tratar de seus olhos e devolver-lhe a visão seria lutar com um homem em cima de uma árvore. Por Deus, é isso o que estou fazendo — com a mais pura das intenções".

"Lutar!", gritou ele. "Vocês foram mesmo fundo nessa luta! Oxalá morram os dois de morte vergonhosa! Ele estava metendo em você: eu vi com meus próprios olhos. Quero morrer enforcado se for mentira!"

"Acho que meu remédio não fez efeito", insistiu ela, "pois, se você tivesse de fato recuperado a visão, não teria motivo para me dizer essas coisas horríveis. Como não tem a visão perfeita, você está tendo visões."

"Nunca esses meus dois olhos enxergaram tão bem — louvado seja Deus! E, por minha fé, penso que vi claramente o que ele estava a fazer com você!"

"Foi um delírio, meu bom senhor, um delírio!", retrucou ela. "Eis aí a gratidão que recebo por ter curado seus olhos! Ai, é isso o que acontece quando se faz o bem."

"Está bem, senhora", concordou Janeiro. "Vamos esquecer tudo isso. Desça, meu amor! E, se acaso fui injusto com você, por Deus, a ilusão que tive já foi mais do que um castigo. Pela alma de meu pai, tive mesmo a impressão de que Damião estava trepando em você, com a barra de sua saia na altura do peito dele."

"Sim", disse ela, "você pode imaginar qualquer coisa. Assim como um homem, ao despertar do sono, pode não discernir os objetos, de ime-

Right so a man, that longe hath blind y-be,/ Ne may nat sodeynly so wel y-see,/ First whan his sighte is newe come ageyn,/ As he that hath a day or two y-seyn./ Til that your sighte y-satled be a whyle,/ Ther may ful many a sighte yow bigyle./ Beth war, I prey yow; for, by hevene king,/ Ful many a man weneth to seen a thing,/ And it is al another than it semeth./ He that misconceyveth, he misdemeth.'/ And with that word she leep doun fro the tree./

    This Ianuarie, who is glad but he?/ He kisseth hir, and clippeth hir ful ofte,/ And on hir wombe he stroketh hir ful softe,/ And to his palays hoom he hath hir lad./ Now, gode men, I pray yow to be glad./ Thus endeth heer my tale of Ianuarie;/ God bless us and his moder Seinte Marie!/

    Here is ended the Marchantes Tale of Ianuarie.

    Epilogue to the Marchantes Tale.

    'Ey! goddes mercy!' seyde our Hoste tho,/ 'Now swich a wyf I pray god kepe me fro!/ Lo, whiche sleightes and subtilitees/ In wommen been! for ay as bisy as bees/ Ben they, us sely men for to deceyve,/ And from a sothe ever wol they weyve;/ By this Marchauntes Tale it preveth weel./ But doutelees, as trewe as any steel/ I have a wyf, though that she povre be;/ But of hir tonge a labbing shrewe is she,/ And yet she hath an heep of vyces mo;/ Ther-of no fors, lat alle swiche thinges go./ But, wite ye what? in conseil be it seyd,/ Me reweth sore I am un-to hir teyd./ For, and I sholde rekenen every vyce/ Which that she hath, y-wis, I were to nyce,/ And cause why; it sholde reported be/ And told to hir of somme of this meynee;/ Of whom, it nedeth nat for to declare,/ Sin wommen connen outen swich chaffare;/ And eek my wit suffyseth nat ther-to/ To tellen al; wherfor my tale is do.'/

diato, e vê-los com clareza até que fique bem acordado, assim também quem ficou cego muito tempo não pode, ao se curar, enxergar com a necessária nitidez antes de um dia ou dois. Enquanto sua vista não se firmar, você está sujeito a essas ilusões enganosas. Por isso, cuidado! Por Cristo nosso Rei, quantos não veem as coisas completamente diferentes do que são na realidade! Quem mal enxerga, julga mal." E, com tais palavras, deu ela um salto e desceu da árvore.

Quem poderia estar mais contente que Janeiro? Ele a beijou e abraçou repetidas vezes, deu-lhe tapinhas carinhosos no ventre, e, finalmente, a conduziu de volta a seu palácio. Boa gente, alegrem-se todos também. Aqui termino a história de Janeiro, pedindo a Deus e a sua mãe Santa Maria que abençoem a todos nós!

Aqui se encerra o Conto do Mercador sobre Janeiro.

Epílogo do Conto do Mercador.

"Nossa! Que o Senhor tenha piedade de nós!", disse então o Albergueiro. "Deus me livre de uma mulher assim! Vejam só quantas artimanhas e truques tem a mulher! Parece uma abelhinha, trabalhando o tempo todo só para enganar o bobo do homem; e sempre distorce a verdade. Esse conto do Mercador é a melhor prova disso. Sem dúvida posso gabar-me de ter uma mulher que, embora pobre, tem a têmpera fiel do aço; quanto à língua, porém, é uma megera ferina, para não se falar de um monte de outros defeitos. Mas não faz mal! Vamos deixar isso de lado. Sabem de uma coisa? Cá entre nós, sinto uma profunda tristeza por estar casado. Mas eu seria um grande tolo se me pusesse a enumerar aqui todos os vícios da patroa. E vou lhes dizer por quê. Primeiro, porque tenho certeza de que alguém aqui, mais cedo ou mais tarde, iria dar com a língua nos dentes e contar a ela (nem é preciso dizer quem, pois são sempre as mulheres que fazem essas coisas); e, segundo, porque teria que forçar muito a minha memória para me lembrar de tudo. Assim sendo, encerro por aqui minha conversa."

The Squieres Tale

[The Squire's Prologue.]

'Squier, com neer, if it your wille be,/ And sey somwhat of love; for, certes, ye/ Connen ther-on as muche as any man.'/

'Nay, sir,' quod he, 'but I wol seye as I can/ With hertly wille; for I wol nat rebelle/ Agayn your lust; a tale wol I telle./ Have me excused if I speke amis,/ My wil is good; and lo, my tale is this.'/

Here biginneth the Squieres Tale.

I

At Sarray, in the land of Tartarye,/ Ther dwelte a king, that werreyed Russye,/ Thurgh which ther deyde many a doughty man./ This noble king was cleped Cambinskan,/ Which in his tyme was of so greet renoun/ That ther nas no-wher in no regioun/ So excellent a

O Conto do Escudeiro

Prólogo do Escudeiro.

"Aproxime-se, Escudeiro. Se não fizer objeção, fale-nos algo sobre o amor. O senhor certamente deve entender disso mais do que ninguém."

"Não é verdade, senhor", respondeu o outro, "mas, seja como for, procurarei atendê-lo da melhor forma que puder. Eu é que não vou rebelar-me contra as suas ordens. Aí vai o meu conto. Se alguma coisa sair errada, não será por má vontade. Eis, portanto, a minha história."

Aqui tem início o Conto do Escudeiro.

I

Em Tzárev, na terra da Tartária, vivia um rei que movia guerra aos russos, ocasionando assim a morte de muitos bravos. Esse nobre soberano se chamava Cambuscán,[167] e seu renome era tão grande no seu tempo

---

[167] Para muitos, esse rei (cujo nome viria da forma latina "Camius Khan") seria o

lord in alle thing;/ Him lakked noght that longeth to a king./ As of the
secte of which that he was born/ He kepte his lay, to which that he was
sworn;/ And ther-to be was hardy, wys, and riche,/ Pitous and Iust, and
ever-more y-liche/ Sooth of his word, benigne and honurable,/ Of his
corage as any centre stable;/ Yong, fresh, and strong, in armes desirous/
As any bacheler of al his hous./ A fair persone he was and fortunat,/
And kepte alwey so wel royal estat,/ That ther was nowher swich
another man./

  This noble king, this Tartre Cambinskan/ Hadde two sones on
Elpheta his wyf,/ Of whiche the eldeste highte Algarsyf,/ That other
sone was cleped Cambalo./ A doghter hadde this worthy king also,/
That yongest was, and highte Canacee./ But for to telle yow al hir
beautee,/ It lyth nat in my tonge, nin my conning;/ I dar nat undertake
so heigh a thing./ Myn English eek is insufficient;/ It moste been a
rethor excellent,/ That coude his colours longing for that art,/ If he
sholde hir discryven every part./ I am non swich, I moot speke as I can./

  And so bifel that, whan this Cambinskan/ Hath twenty winter
born his diademe,/ As he was wont fro yeer to yeer, I deme,/ He leet the
feste of his nativitee/ Don cryen thurghout Sarray his citee,/ The last
Idus of March, after the yeer./ Phebus the sonne ful Iory was and cleer;/
For he was neigh his exaltacioun/ In Martes face, and in his mansioun/
In Aries, the colerik hote signe./ Ful lusty was the weder and benigne,/
For which the foules, agayn the sonne shene,/ What for the seson and
the yonge grene,/ Ful loude songen hir affecciouns;/ Him semed han
geten hem protecciouns/ Agayn the swerd of winter kene and cold./

  This Cambinskan, of which I have yow told,/ In royal vestiment sit
on his deys,/ With diademe, ful heighe in his paleys,/ And halt his feste,
so solempne and so riche/ That in this world ne was ther noon it liche./
Of which if I shal tellen al tharray,/ Than wolde it occupye a someres
day;/ And eek it nedeth nat for to devyse/ At every cours the ordre of
hir servyse./ I wol nat tellen of hir strange sewes,/ Ne of hir swannes,
ne of hir heronsewes./ Eek in that lond, as tellen knightes olde,/ Ther is

que não havia, em parte alguma, outro senhor que se distinguisse como ele em todas as coisas. Nenhuma qualidade real lhe faltava: observava as leis da seita em que nascera e à qual jurara ser fiel; era valente, sábio e rico — e sempre caridoso e justo; mantinha os seus empenhos, e era honrado e generoso; na coragem era estável tal como o fulcro de um círculo; jovem, jovial e forte, ansiava pelo combate como se fosse um aspirante a cavaleiro; também era atraente e afortunado, honrando a dignidade real como ninguém jamais o fez.

Esse ilustre monarca, o tártaro Cambuscán, concebera dois filhos em sua esposa Elfeta, um dos quais era Algarsife, e o outro se chamava Câmbalo. Também tinha uma filha, a sua caçula, cujo nome era Cânace. Mas nem a língua minha, nem minha habilidade, conseguem descrever-lhe a formosura. Nessa alta empresa não me arrisco, pois meu vocabulário é insuficiente. Somente um consumado orador, conhecedor profundo das figuras de retórica, seria capaz de traçar o seu retrato. E como não sou tal, falo as coisas como saem.

E aconteceu que, quando Cambuscán completou vinte invernos no trono, ordenou — como fazia ano após ano, quero crer — que se anunciasse por toda a cidade de Tzárev a festa do seu aniversário, a ter lugar no dia dos idos de março daquele ano. Febo, o Sol, estava radiante e claro, pois se achava próximo de sua exaltação, no primeiro decanato de Marte em sua casa em Áries, o signo ardente e colérico; fazia um tempo agradável e bonito, que, devido à amenidade da estação e à novidade do verde, levava a passarada a cantar a plenos pulmões à luz do sol, agradecendo a proteção que aparentemente recebia contra a espada do inverno, gélida e cortante.

Cambuscán, o rei de quem falo, solenemente tomou então lugar no estrado em seu régio palácio, com a coroa e suas ricas vestes, e presidiu ao banquete, farto e pomposo como nunca se viu igual no mundo. Se eu fosse mencionar tudo o que havia, eu levaria um dia de verão inteiro. Também não vejo necessidade de descrever a ordem de serviço dos diferentes pratos, nem quero dizer nada das sopas exóticas, dos cisnes e das

---

grande Gengis Khan (1162-1227), o fundador do império mongol; para outros, seria Kublai Khan (1215-1294), neto do precedente, que reinou em Cambaluc, a moderna Pequim. Na verdade, quem teve sua corte em Tzárev, perto de Volgogrado, e combateu os russos, foi Batu Khan (*c.* 1207-1255). (N. do T.)

som mete that is ful deyntee holde,/ That in this lond men recche of it but smal;/ Ther nis no man that may reporten al./ I wol nat tarien yow, for it is pryme,/ And for it is no fruit but los of tyme;/ Un-to my firste I wol have my recours./

And so bifel that, after the thridde cours,/ Whyl that this king sit thus in his nobleye,/ Herkninge his minstralles hir thinges pleye/ Biforn him at the bord deliciously,/ In at the halle-dore al sodeynly/ Ther cam a knight up-on a stede of bras,/ And in his hand a brood mirour of glas./ Upon his thombe he hadde of gold a ring,/ And by his syde a naked swerd hanging;/ And up he rydeth to the heighe bord./ In al the halle ne was ther spoke a word/ For merveille of this knight; him to biholde/ Ful bisily ther wayten yonge and olde./

This strange knight, that cam thus sodeynly,/ Al armed save his heed ful richely,/ Saluëth king and queen, and lordes alle,/ By ordre, as they seten in the halle,/ With so heigh reverence and obeisaunce/ As wel in speche as in contenaunce,/ That Gawain, with his olde curteisye,/ Though he were come ageyn out of Fairye,/ Ne coude him nat amende with a word./ And after this, biforn the heighe bord,/ He with a manly voys seith his message,/ After the forme used in his langage,/ With-outen vyce of sillable or of lettre;/ And, for his tale sholde seme the bettre,/ Accordant to his wordes was his chere,/ As techeth art of speche hem that it lere;/ Al-be-it that I can nat soune his style,/ Ne can nat climben over so heigh a style,/ Yet seye I this, as to commune entente,/ Thus muche amounteth al that ever he mente,/ If it so be that I have it in minde./

He seyde, 'the king of Arabie and of Inde,/ My lige lord, on this solempne day/ Saluëth yow as he best can and may,/ And sendeth yow, in honour of your feste,/ By me, that am al redy at your heste,/ This stede of bras, that esily and wel/ Can, in the space of o day naturel,/ This is to seyn, in foure and twenty houres,/ Wher-so yow list, in droghte or elles shoures,/ Beren your body in-to every place/ To which your herte wilneth for to pace/ With-outen wem of yow, thurgh foul or fair;/ Or, if yow list to fleen as hye in the air/ As doth an egle, whan him list to sore,/ This same stede shal bere yow ever-more/ With-outen harm, til ye be ther yow leste,/ Though that ye slepen on his bak or reste;/ And turne ayeyn, with wrything of a pin./ He that it wroghte coude ful many a gin;/ He wayted many a constellacioun/ Er he had doon this operacioun;/ And knew ful many a seel and many a bond./

garças novas. Naquela terra, conforme o testemunho de velhos cavaleiros, tinham por requintadas algumas iguarias que entre nós não alcançam muita estima. De qualquer forma, é impossível contar tudo... Portanto, não vou deter os que me ouvem, porque já estamos na hora prima. Seria apenas perda de tempo, sem qualquer proveito; assim sendo, retomemos o fio da meada.

Após servirem o terceiro prato, quando o rei, em seu esplendor, estava atento à deliciosa música dos menestréis diante de sua mesa, eis que, de repente, adentrou o salão um cavaleiro montado num cavalo de bronze, trazendo na mão um grande espelho de cristal. Via-se um anel de ouro em seu polegar, e do lado lhe pendia uma espada nua. E assim avançou ele em direção ao rei. Nenhuma palavra mais se ouviu no recinto, tamanho o assombro geral; todos, jovens e velhos, fitavam calados a sua figura.

O estranho cavaleiro, que surgira repentino, ricamente armado e só com a cabeça descoberta, saudou, pela ordem em que estavam assentados, o rei, a rainha e todos os cortesãos, mostrando tal respeito e deferência, nas palavras e nos gestos, que nem o próprio Sir Gawain, retornando de seu Reino Encantado com a antiga cortesia, poderia aprimorar a sua fala. Depois, diante da mesa real, transmitiu sua mensagem com voz máscula, dentro da forma usada em sua língua, sem tropeçar em nenhuma letra ou sílaba. E, para reforçar sua expressão, seu semblante se adequava ao que dizia, conforme ensina a oratória. Embora eu não possa imitar o seu estilo, pois não consigo subir à mesma altura, vou, em linhas gerais, reproduzir a essência daquilo que falou — se é que ainda eu a tenho na lembrança. Disse ele:

"Majestade, neste dia solene, o rei da Arábia e das Índias vos saúda com os seus melhores votos; e, por intermédio deste criado sempre a vosso dispor, vos envia, em honra desta grande data, este corcel de bronze, que pode com facilidade e conforto, no espaço de um dia natural (ou seja, em vinte e quatro horas), levar vossa pessoa, faça sol ou chova, para onde inclinar-se vosso coração — sem que corra qualquer risco, em tempo bom ou ruim. Ou, se for vosso desejo voar pelas alturas, como uma águia a flutuar no espaço, este cavalo poderá transportar-vos para lá (com plena segurança, mesmo que adormeçais em seu dorso), e trazer-vos de volta ao girardes um simples pino. Seu construtor tinha muitos recursos. E, antes de fazer sua obra, observou as configurações astrais, e empregou feitiçaria e selos mágicos.

O Conto do Escudeiro

This mirour eek, that I have in myn hond,/ Hath swich a might, that men may in it see/ Whan ther shal fallen any adversitee/ Un-to your regne or to your-self also;/ And openly who is your freend or foo./ And over al this, if any lady bright/ Hath set hir herte on any maner wight,/ If he be fals, she shal his treson see,/ His newe love and al his subtiltee/ So openly, that ther shal no-thing hyde./ Wherfor, ageyn this lusty someres tyde,/ This mirour and this ring, that ye may see,/ He hath sent to my lady Canacee,/ Your excellente doghter that is here./

The vertu of the ring, if ye wol here,/ Is this; that, if hir lust it for to were/ Up-on hir thombe, or in hir purs it bere,/ Ther is no foul that fleeth under the hevene/ That she ne shal wel understonde his stevene,/ And knowe his mening openly and pleyn,/ And answere him in his langage ageyn./ And every gras that groweth up-on rote/ She shal eek knowe, and whom it wol do bote,/ Al be his woundes never so depe and wyde./

This naked swerd, that hangeth by my syde,/ Swich vertu hath, that what man so ye smyte,/ Thurgh-out his armure it wol kerve and byte,/ Were it as thikke as is a branched ook;/ And what man that is wounded with the strook/ Shal never be hool til that yow list, of grace,/ To stroke him with the platte in thilke place/ Ther he is hurt: this is as muche to seyn,/ Ye mote with the platte swerd ageyn/ Stroke him in the wounde, and it wol close;/ This is a verray sooth, with-outen glose,/ It failleth nat whyl it is in your hold.'/

And whan this knight hath thus his tale told,/ He rydeth out of halle, and doun he lighte./ His stede, which that shoon as sonne brighte,/ Stant in the court, as stille as any stoon./ This knight is to his chambre lad anon,/ And is unarmed and to mete y-set./

The presentes ben ful royally y-fet,/ This is to seyn, the swerd and the mirour,/ And born anon in-to the heighe tour/ With certeine officers ordeyned therfore;/ And un-to Canacee this ring was bore/ Solempnely, ther she sit at the table./ But sikerly, with-outen any fable,/ The hors of bras, that may nat be remewed,/ It stant as it were to the ground y-glewed./ Ther may no man out of the place it dryve/ For noon engyn of windas or polyve;/ And cause why, for they can nat the craft./ And therefore in the place they han it laft/ Til that the knight hath taught hem the manere/ To voyden him, as ye shal after here./

Greet was the prees, that swarmeth to and fro,/ To gauren on this hors that stondeth so;/ For it so heigh was, and so brood and long,/ So wel proporcioned for to ben strong,/ Right as it were a stede of

"Também o espelho que trago em minha mão tem seus poderes, sendo capaz de revelar a vossos olhos quando irá suceder uma calamidade a vós e a vosso reino, e de mostrar-vos claramente quem é amigo ou inimigo. Da mesma forma, se alguma bela dama apaixonar-se por alguém que a trai, ela não só verá sua falsidade, mas também seu novo amor e todos os seus ardis, sem pormenor que fique oculto. Por isso mesmo, nesta suave estação do ano, meu senhor mandou o espelho, mais o anel que vedes, para a senhora Cânace, vossa adorável filha aqui presente.

"Quanto ao poder do anel, se desejais sabê-lo, consiste em permitir a ela, quando usá-lo no polegar ou em sua bolsa, entender perfeitamente o canto de todas as aves que voam sob o céu, captando o seu sentido com clareza e podendo responder-lhes em sua língua. Com ele, também conhecerá as plantas todas que crescem sobre raízes; e saberá que remédio ministrar a cada enfermo, mesmo com chagas enormes e profundas.

"Finalmente, esta espada nua, que me pende da cintura, tem a virtude de fender e atravessar as armaduras de todos os que atacardes, nem que sejam grossas como carvalhos anosos. E aquele que por ela for ferido jamais há de sarar — a menos que, compadecido, vós toqueis o ferimento com a lâmina virada. Sem mentira alguma! Se assim fizerdes, o corte se fechará e o homem estará salvo. Em vossas mãos, jamais tal arma há de falhar!"

Depois que o cavaleiro transmitiu sua mensagem, cavalgou para fora do salão e apeou do cavalo, deixando-o no pátio, imóvel como uma pedra. O cavaleiro foi então conduzido a seu quarto, aliviado de sua armadura e suas armas, e convidado ao repasto.

Dos presentes que trouxera, dois deles — a saber, o espelho e a espada — foram logo transportados para o torreão por oficiais especialmente designados; o anel foi solenemente entregue a Cânace, sentada à mesa do banquete; e o cavalo de bronze, não podendo ser removido, ficou lá fora (é a pura verdade), como que colado ao chão. Ninguém conseguia tirá-lo dali, nem com sarilhos e roldanas. E por quê? Porque não conheciam seu mecanismo. Por isso, tiveram que deixá-lo lá até que o cavaleiro lhes mostrasse como movimentá-lo — o que daqui a pouco vou contar.

Enorme era a multidão que enxameava em volta desse cavalo, inspecionando tudo. Era tão alto, largo e comprido, tão bem-proporcionado à sua robustez, que parecia um corcel da Lombardia; tinha os olhos

Lumbardye;/ Ther-with so horsly, and so quik of yë/ As it a gentil Poileys courser were./ For certes, fro his tayl un-to his ere,/ Nature ne art ne coude him nat amende/ In no degree, as al the peple wende./ But evermore hir moste wonder was,/ How that it coude goon, and was of bras;/ It was of Fairye, as the peple semed./ Diverse folk diversely they demed;/ As many hedes, as many wittes ther been./ They murmureden as dooth a swarm of been,/ And maden skiles after hir fantasyes,/ Rehersinge of thise olde poetryes,/ And seyden, it was lyk the Pegasee,/ The hors that hadde winges for to flee;/ Or elles it was the Grekes hors Synon,/ That broghte Troye to destruccion,/ As men may in thise olde gestes rede,/ 'Myn herte,' quod oon, 'is evermore in drede;/ I trowe som men of armes been ther-inne,/ That shapen hem this citee for to winne./ It were right good that al swich thing were knowe.'/ Another rowned to his felawe lowe,/ And seyde, 'he lyeth, it is rather lyk/ An apparence y-maad by som magyk,/ As Iogelours pleyen at thise festes grete.'/ Of sondry doutes thus they Iangle and trete,/ As lewed peple demeth comunly/ Of thinges that ben maad more subtilly/ Than they can in her lewednes comprehende;/ They demen gladly to the badder ende./

And somme of hem wondred on the mirour,/ That born was up in-to the maister-tour,/ How men mighte in it swiche thinges see./ Another answerde, and seyde it mighte wel be/ Naturelly, by composiciouns/ Of angles and of slye reflexiouns,/ And seyden, that in Rome was swich oon./ They speken of Alocen and Vitulon,/ And Aristotle, that writen in hir lyves/ Of queynte mirours and of prospectyves,/ As knowen they that han hir bokes herd./

And othere folk han wondred on the swerd/ That wolde percen thurgh-out every-thing;/ And fille in speche of Thelophus the king,/ And of Achilles with his queynte spere,/ For he coude with it bothe hele and dere,/ Right in swich wyse as men may with the swerd/ Of which right now ye han your-selven herd./ They speken of sondry harding of metal,/ And speke of medicynes ther-with-al,/ And how, and whanne, it sholde y-harded be;/ Which is unknowe algates unto me./

vivos e todas as características equinas, como um gentil ginete da Puglia.[168] Todos achavam que, da ponta da cauda às pontas das orelhas, nem a ciência nem a natureza em nada poderiam melhorá-lo. Mas o que mais espantava a todos era o fato de ele se mover, sendo feito de metal! Achavam que devia ser coisa do Reino Encantado. Passaram então a dar as mais disparatadas opiniões, pois em cada cabeça uma sentença. Faziam um zum-zum como de abelhas, dando vazão às suas fantasias e repetindo versos muito antigos. Diziam que era igual a Pégaso, o corcel alado que voava; ou seria um cavalo idêntico ao do grego Sínon, que ocasionou a queda de Troia, como se lê nas velhas epopeias. "Meu coração", disse um, "está bastante receoso; acho que aí dentro se esconde homens armados, que pretendem conquistar nossa cidade. Isto é algo que conviria examinarmos bem." E muitas outras dúvidas eles levantavam e discutiam, como costumam fazer os ignorantes quando deparam com coisas de complexidade maior da que lhes permite compreender a sua ignorância; parecem sentir prazer em imaginar sempre o pior.

Alguns estavam intrigados com o espelho que fora guardado no torreão, querendo saber como ele podia mostrar aquelas coisas. Em resposta, outros explicavam que, naturalmente, devia ser por sutis combinações de ângulos e de reflexos, acrescentando que existira um igual em Roma antiga. Também mencionavam Al-Hazen, Vitello e Aristóteles,[169] que, como sabem os que conhecem suas obras, escreveram sobre espelhos estranhos e sobre perspectivas.

Havia também os que se maravilhavam com a espada que atravessava tudo, lembrando o episódio do rei Télefo e de Aquiles, que também tinha uma espada que podia curar do mesmo modo que aquela de que falei há pouco. E avaliavam os vários processos de têmpera, discorrendo sobre os ingredientes usados e sobre como e quando se deve trabalhar o metal — coisa que, seja lá como for, eu desconheço.

Comentaram igualmente o anel de Cânace, confessando não terem ainda ouvido falar de uma arte tão prodigiosa quanto a da confecção de

---

[168] Região da Itália meridional. (N. da E.)

[169] Três autoridades no campo da óptica. Al-Hazen, físico e astrônomo árabe, viveu entre 965 e 1039. Seus estudos de óptica foram traduzidos no século XIII pelo físico polaco Witelo (c. 1230-1290, também conhecido por Vitello). (N. do T.)

Tho speke they of Canaceës ring,/ And seyden alle, that swich a wonder thing/ Of craft of ringes herde they never non,/ Save that he, Moyses, and king Salomon/ Hadde a name of konning in swich art./

Thus seyn the peple, and drawen hem apart./ But natheless, somme seyden that it was/ Wonder to maken of fern-asshen glas,/ And yet nis glas nat lyk asshen of fern;/ But for they han y-knowen it so fern,/ Therfore cesseth her Iangling and her wonder./ As sore wondren somme on cause of thonder,/ On ebbe, on flood, on gossomer, and on mist,/ And alle thing, til that the cause is wist./ Thus Iangle they and demen and devyse,/ Til that the king gan fro the bord aryse./

Phebus hath laft the angle meridional,/ And yet ascending was the beest royal,/ The gentil Leon, with his Aldiran,/ Whan that this Tartre king, this Cambynskan,/ Roos fro his bord, ther that he sat ful hye./ Toforn him gooth the loude minstralcye,/ Til he cam to his chambre of parements,/ Ther as they sownen diverse instruments,/ That it is lyk an heven for to here./ Now dauncen lusty Venus children dere,/ For in the Fish hir lady sat ful hye,/ And loketh on hem with a freendly yë./

This noble king is set up in his trone./ This strange knight is fet to him ful sone,/ And on the daunce he gooth with Canacee./ Heer is the revel and the Iolitee/ That is nat able a dul man to devyse./ He moste han knowen love and his servyse,/ And been a festlich man as fresh as May,/ That sholde yow devysen swich array./ Who coude telle yow the forme of daunces,/ So uncouthe and so fresshe contenaunces,/ Swich subtil loking and dissimulinges/ For drede of Ialouse mennes aperceyvinges?/ No man but Launcelot, and he is deed./ Therefor I passe of al this lustiheed;/ I seye na-more, but in this Iolynesse/ I lete hem, til men to the soper dresse./

The styward bit the spyces for to hye,/ And eek the wyn, in al this melodye./ The usshers and the squyers ben y-goon;/ The spyces and the wyn is come anoon./ They ete and drinke; and whan this hadde an ende,/ Un-to the temple, as reson was, they wende./ The service doon, they soupen al by day./ What nedeth yow rehercen hir array?/ Ech man

tais anéis, apesar de saberem do renome de Moisés e de Salomão por seus conhecimentos nesse campo.

E assim trocando ideias sobre esses e outros mistérios, foram se dividindo em pequenos grupos. Alguns, por exemplo, julgavam espantoso que com cinza de samambaia se pudesse fabricar o vidro, embora o vidro não se pareça em nada com cinza de samambaia... Sendo esse, porém, um tema familiar, não tiveram como prolongar por muito tempo a conversa e a surpresa a seu respeito. Outros inquiriam sobre as causas do trovão — e das marés, das enchentes, das teias de aranha, da neblina, e de tudo o mais cuja origem nos é desconhecida. E lá ficaram palrando e debatendo e confabulando, até que o rei saiu da mesa.

Febo havia deixado o ângulo meridional, e o gentil Leão, aquele rei dos animais, se achava no ascendente com sua estrela Aldirán,[170] quando Cambuscán, o soberano tártaro, abandonou o banquete onde estivera sentado em meio a real pompa. Precedido pelos músicos, dirigiu-se em seguida à sala de audiências, ao som de instrumentos maviosos que eram um verdadeiro Céu para os ouvidos. Os enamorados puseram-se então a bailar, aqueles filhos de Vênus, pois sua senhora se achava exaltada em Peixes, contemplando-os com olhar amigo.

Ali, o nobre monarca foi conduzido ao trono. E o cavaleiro misterioso, convidado ao salão, foi dançar com a princesa Cânace. Havia ali movimentação e alegria, coisas que um homem insípido não é capaz de retratar; para isso, é preciso que também o narrador conheça o amor e os seus ritos, e tenha a jovialidade do viçoso mês de maio. De fato, quem poderia descrever formas de dança tão estranhas, rostos tão cheios de vida, olhares de paixão dissimulados com tamanha astúcia para não serem surpreendidos pelo ciúme? Ninguém, a não ser Sir Lancelote... E ele está morto! Portanto, vou passar por cima de tudo isso, vou calar-me sobre os folguedos, deixando a corte nesses divertimentos até que chegasse a hora da ceia.

O mordomo, em meio àquela balbúrdia, pedia com urgência especiarias e vinho, sendo atendido, com a máxima presteza, por pajens e

---

[170] No dia 15 de março ("os idos de março"), o Sol ("Febo") passaria pela décima casa do horóscopo ("o ângulo meridional") entre as dez horas da manhã e o meio-dia. Nesse instante, estaria em ascensão no horizonte a constelação de Leão, anunciada por Aldirán, uma estrela de Hidra que fica nas proximidades das patas dianteiras do Leão. (N. do T.)

wot wel, that at a kinges feeste/ Hath plentee, to the moste and to the leeste,/ And deyntees mo than been in my knowinge./ At-after soper gooth this noble king/ To seen this hors of bras, with al the route/ Of lordes and of ladyes him aboute./

Swich wondring was ther on this hors of bras/ That, sin the grete sege of Troye was,/ Ther-as men wondreden on an hors also,/ Ne was ther swich a wondring as was tho./ But fynally the king axeth this knight/ The vertu of this courser and the might,/ And preyede him to telle his governaunce./

This hors anoon bigan to trippe and daunce,/ Whan that this knight leyde hand up-on his reyne,/ And seyde, 'sir, ther is na-more to seyne,/ But, whan yow list to ryden any-where,/ Ye moten trille a pin, stant in his ere,/ Which I shall telle yow bitwix vs two./ Ye mote nempne him to what place also/ Or to what contree that yow list to ryde./ And whan ye come ther as yow list abyde,/ Bidde him descende, and trille another pin,/ For ther-in lyth the effect of al the gin,/ And he wol doun descende and doon your wille;/ And in that place he wol abyde stille,/ Though al the world the contrarie hadde y-swore;/ He shal nat thennes ben y-drawe ne y-bore./ Or, if yow liste bidde him thennes goon,/ Trille this pin, and he wol vanishe anoon/ Out of the sighte of every maner wight,/ And come agayn, be it by day or night,/ When that yow list to clepen him ageyn/ In swich a gyse as I shal to yow seyn/ Bitwixe yow and me, and that ful sone./ Ryde whan yow list, ther is na-more to done.'/

Enformed whan the king was of that knight,/ And hath conceyved in his wit aright/ The maner and the forme of al this thing,/ Thus glad and blythe, this noble doughty king/ Repeireth to his revel as biforn./ The brydel is un-to the tour y-born,/ And kept among his Iewels leve and dere./ The hors vanisshed, I noot in what manere,/ Out of hir sighte; ye gete na-more of me./ But thus I lete in lust and Iolitee/ This Cambynskan his lordes festeyinge,/ Til wel ny the day bigan to springe./

II

The norice of digestioun, the slepe,/ Gan on hem winke, and bad hem taken kepe,/ That muchel drink and labour wolde han reste;/ And

escudeiros. Os convidados comiam e bebiam. Mais tarde, interrompendo o repasto, foram todos ao templo — como era certo; e, findo o serviço religioso, retornaram. Ainda era dia quando acabaram de cear. Mas será que preciso descrever o que comeram? Todos sabem que numa festa real há abundância para grandes e humildes, e mais iguarias do que se pode imaginar! Depois da ceia, o nobre rei, seguido por um cortejo de cortesãos e damas, foi conhecer aquele cavalo de bronze.

Ele despertou um assombro como nunca se viu igual desde o longo cerco de Troia, ocasião em que um outro cavalo também suscitou grande espanto. Por fim, o monarca perguntou ao cavaleiro quais eram exatamente as virtudes e os poderes do animal, e como se fazia para movimentá-lo.

O cavalo começou a saltitar e a dançar assim que o cavaleiro lhe tomou as rédeas. Então explicou o visitante: "Senhor, tudo o que tendes a fazer, quando quiserdes ir a algum lugar, é girar um pino que ele tem na orelha (que hei de mostrar-vos em particular), dizendo-lhe o nome da cidade ou do país que desejais. Chegando ao destino pretendido, pedi-lhe que desça, girando outro pino (e nisto se resumem seus comandos). Uma vez tocado o local desejado, ali ficará imóvel; e, mesmo que o mundo inteiro jure o contrário, ninguém poderá carregá-lo ou arrastá-lo dali. Se preferirdes, porém, que o cavalo permaneça oculto, podeis também girar este pino, e ele sumirá da vista de todos; mas tornar-se-á novamente visível no instante em que o chamardes de volta (do modo como logo vos direi, quando estivermos a sós). Isso é tudo. Podeis agora cavalgá-lo à vontade".

Uma vez informado do funcionamento do animal, e tendo corretamente assimilado as suas técnicas, o nobre e valente rei voltou alegre e feliz para a sua festa. O cabresto foi levado para a torre e guardado com as joias mais raras e preciosas. Assim que ele foi retirado, o cavalo — não sei como — desapareceu! Mas agora basta. Vou deixar Cambuscán, entre risos e prazeres, a divertir-se com sua corte até o despontar do novo dia.

II

O acalentador da digestão, o Sono, deu-lhes uma piscada, lembrando-os de que tanto o excesso de trabalho quanto o de bebida preci-

with a galping mouth hem alle he keste,/ And seyde, 'it was tyme to lye adoun,/ For blood was in his dominacioun;/ Cherissheth blood, natures freend,' quod he./ They thanken him galpinge, by two, by three,/ And every wight gan drawe him to his reste,/ As slepe hem bad; they toke it for the beste./

Hir dremes shul nat been y-told for me;/ Ful were hir hedes of fumositee,/ That causeth dreem, of which ther nis no charge./ They slepen til that it was pryme large,/ The moste part, but it were Canacee;/ She was ful mesurable, as wommen be./ For of hir fader hadde she take leve/ To gon to reste, sone after it was eve;/ Hir liste nat appalled for to be,/ Nor on the morwe unfestlich for to see;/ And slepte hir firste sleep, and thanne awook./ For swich a Ioye she in hir herte took/ Both of hir queynte ring and hir mirour,/ That twenty tyme she changed hir colour;/ And in hir slepe, right for impressioun/ Of hir mirour, she hadde a visioun./ Wherfore, er that the sonne gan up glyde,/ She cleped on hir maistresse hir bisyde,/ And seyde, that hir liste for to ryse./

Thise olde wommen that been gladly wyse,/ As is hir maistresse, answerde hir anoon,/ And seyde, 'madame, whider wil ye goon/ Thus erly? for the folk ben alle on reste.'/

'I wol,' quod she, 'aryse, for me leste/ No lenger for to slepe, and walke aboute.'/

Hir maistresse clepeth wommen a gret route,/ And up they rysen, wel a ten or twelve;/ Up ryseth fresshe Canacee hir-selve,/ As rody and bright as dooth the yonge sonne,/ That in the Ram is four degrees up-ronne;/ Noon hyer was he, whan she redy was;/ And forth she walketh esily a pas,/ Arrayed after the lusty seson sote/ Lightly, for to pleye and walke on fote;/ Nat but with fyve or six of hir meynee;/ And in a trench, forth in the park, goth she./

The vapour, which that fro the erthe glood,/ Made the sonne to seme rody and brood;/ But nathelees, it was so fair a sighte/ That it made alle hir hertes for to lighte,/ What for the seson and the morweninge,/ And for the foules that she herde singe;/ For right anon she wiste what they mente/ Right by hir song, and knew al hir entente./

The knotte, why that every tale is told,/ If it be taried til that lust be cold/ Of hem that han it after herkned yore,/ The savour passeth ever lenger the more,/ For fulsomnesse of his prolixitee./ And by the same reson thinketh me,/ I sholde to the knotte condescende,/ And maken of hir walking sone an ende./

sam de repouso. E, entre bocejos, beijou a todos, recomendando-lhes que fossem se deitar, pois naquelas horas imperava o humor sanguíneo:[171] "Cuidai bem de vosso sangue, o amigo da natureza!". Também com bocejos eles lhe agradeceram; e, ora dois, ora três, aos poucos, todos se retiraram, indo para as suas camas.

Não vou falar aqui de seus sonhos: suas cabeças estavam cheias da fumosidade do vinho, que causa sonhos inconsequentes. A maioria dormiu até o final da hora prima. A única exceção foi Cânace. Moderada, como em geral são as mulheres, despediu-se do pai, e recolheu-se antes do anoitecer. Não queria mostrar-se pálida e abatida na manhã seguinte. Após dormir o seu primeiro sono, despertou. Foi tomada então de tamanha alegria, por causa do anel e do espelho, que mudou de cor vinte vezes. E, mesmo quando estava adormecida, chegara a ter visões com os estranhos presentes, de tão excitada que ficara. Por isso, antes que o sol raiasse, chamou a camareira e disse que queria levantar-se.

A camareira, curiosa como todas as velhas, indagou-lhe: "Senhora, todos estão dormindo; aonde vais tão cedo?".

"Quero levantar-me porque perdi o sono", respondeu ela. "Vou dar um passeio."

A serviçal foi acordar outras mulheres, umas dez ou doze, que prontamente se puseram de pé; logo depois, também a bela Cânace deixava o leito, rosada e radiante como o sol na juventude, que subira quatro graus em Áries. Não se achava mais alto que isso quando a jovem ficou pronta... E lá foi ela a caminhar tranquilamente, com roupas leves, apropriadas à doce estação, perambulando e brincando com cinco ou seis donzelas de seu séquito. E começou a percorrer uma alameda do jardim.

Os vapores que a terra exalava faziam o sol parecer corado e imenso. Mesmo assim, tão grande era a sua beleza que os corações das moças se alegravam, estimulados também pela manhã de primavera e pelo gorjear da passarada. Cânace sentia-se mais feliz que todas, porque agora entendia a linguagem e compreendia o canto das aves.

Quando se retarda o ponto principal de uma história até que esfrie o interesse dos ouvintes, ela acaba perdendo a graça por seu excesso de

---

[171] Galeno dividira o dia em quatro períodos, cada um sob o "domínio" de um humor: das 6 às 12 horas reinava o humor colérico; das 12 às 18, o melancólico; das 18 às 24, o fleumático; e das 24 às 6, o sanguíneo, mais propício ao sono. (N. do T.)

Amidde a tree fordrye, as whyt as chalk,/ As Canacee was pleying in hir walk,/ Ther sat a faucon over hir heed ful hye,/ That with a pitous voys so gan to crye/ That all the wode resouned of hir cry./ Y-beten hath she hir-self so pitously/ With bothe hir winges, til the rede blood/ Ran endelong the tree ther-as she stood./ And ever in oon she cryde alwey and shrighte,/ And with hir beek hir-selven so she prighte,/ That ther nis tygre, ne noon so cruel beste,/ That dwelleth either in wode or in foreste/ That nolde han wept, if that he wepe coude,/ For sorwe of hir, she shrighte alwey so loude./ For ther nas never yet no man on lyve —/ If that I coude a faucon wel discryve —/ That herde of swich another of fairnesse,/ As wel of plumage as of gentillesse/ Of shap, and al that mighte y-rekened be./ A faucon peregryn than semed she/ Of fremde land; and evermore, as she stood,/ She swowneth now and now for lakke of blood,/ Til wel neigh is she fallen fro the tree./

This faire kinges doghter, Canacee,/ That on hir finger bar the queynte ring,/ Thurgh which she understood wel every thing/ That any foul may in his ledene seyn,/ And coude answere him in his ledene ageyn,/ Hath understonde what this faucon seyde,/ And wel neigh for the rewthe almost she deyde./ And to the tree she gooth ful hastily,/ And on this faucon loketh pitously,/ And heeld hir lappe abroad, for wel she wiste/ The faucon moste fallen fro the twiste,/ When that it swowned next, for lakke of blood./ A longe while to wayten hir she stood/ Till atte laste she spak in this manere/ Un-to the hauk, as ye shul after here./

'What is the cause, if it be for to telle,/ That ye be in this furial pyne of helle?'/ Quod Canacee un-to this hauk above./ 'Is this for sorwe of deeth or los of love?/ For, as I trowe, thise ben causes two/ That causen moost a gentil herte wo;/ Of other harm it nedeth nat to speke./ For ye your-self upon your-self yow wreke,/ Which proveth wel, that either love or drede/ Mot been encheson of your cruel dede,/ Sin that I see non other wight yow chace./ For love of god, as dooth your-selven grace/ Or what may ben your help; for west nor eest/ Ne sey I never er now no brid ne beest/ That ferde with him-self so pitously./ Ye sle me with your sorwe, verraily;/ I have of yow so gret compassioun./ For goddes love, com fro the tree adoun;/ And, as I am a kinges doghter trewe,/ If that I verraily the cause knewe/ Of your disese, if it lay in my might,/ I wolde amende it, er that it were night,/ As wisly helpe me gret god of kinde!/ And herbes shal I right y-nowe y-finde/ To hele with your hurtes hastily.'/

prolixidade. Por isso mesmo, sou de parecer que seria bom chegar logo àquele ponto, e pôr fim ao plácido passeio.

Entre os galhos de uma árvore, branca como greda de tão seca, por sobre a cabeça de Cânace a passar em seus folguedos, estava pousada uma fêmea de falcão, que, com voz comovente, dava gritos que ecoavam por todo aquele bosque. Flagelara-se com as próprias asas de forma tão lastimável que um rio de sangue tingira de vermelho o tronco da árvore. Guinchando sem parar, feria-se com o bico com tamanho desespero, que nenhum tigre ou animal feroz, que vive nas florestas ou nas matas, deixaria de chorar, se acaso chorar pudesse, com pena da coitada e dos lancinantes clamores. E lamento que não saiba descrevê-la, pois era uma ave de tanta beleza, pela plumagem e pela harmonia das formas, bem como de tudo o mais, que outra igual ninguém conhecera nesta vida. Devia ser uma fêmea de falcão peregrino, vinda de longes terras. E lá, pousada sozinha, desmaiava a todo instante devido ao sangue que perdia, estando para cair.

Cânace, a filha do rei, que trazia o estranho anel no dedo e podia por isso compreender o que a ave ali dizia, e também responder-lhe em seu latim, tendo ouvido os seus lamentos, quase morreu de piedade. Logo se postou debaixo da árvore, olhou para a infeliz compadecida, e sob ela estendeu uma aba de suas vestes, temendo por sua queda, caso, exangue, outra vez desfalecesse. Longamente se quedou a contemplá-la, até que, finalmente, dirigiu-lhe as palavras que se seguem:

"Qual a causa, se podes me dizer, por que sofres as cruéis dores do inferno?", perguntou Cânace à ave. "É tristeza por morte, ou pela perda do amor? Pois, quero crer, são esses os dois motivos por que, em geral, padecem os corações gentis. Diante deles, os outros males se apagam. Como não te vejo enfrentar outrem, mas atacas a ti mesma, é evidente que ou o temor ou a cólera devem ser a razão de tua impiedosa atitude. Pelo amor de Deus, tem compaixão de ti mesma! O que poderá valer-te? No oriente ou no ocidente, jamais soube de ave ou de animal que se voltasse contra si próprio com tamanha fúria. Tu me matas de aflição — de tal forma me comove o teu estado. Por Deus, desce desta árvore. E, assim como sou uma princesa, asseguro-te que, se eu puder conhecer a origem de teu mal, hei de remediá-lo antes que caia a noite, com a ajuda do grande Deus da natureza! Também hei de encontrar as ervas certas para curar depressa os ferimentos teus."

O Conto do Escudeiro

Tho shrighte this faucon more pitously/ Than ever she dide, and fil to grounde anoon,/ And lyth aswowne, deed, and lyk a stoon,/ Til Canacee hath in hir lappe hir take/ Un-to the tyme she gan of swough awake./ And, after that she of hir swough gan breyde,/ Right in hir haukes ledene thus she seyde: —/ 'That pitee renneth sone in gentil herte,/ Feling his similitude in peynes smerte,/ Is preved al-day, as men may it see,/ As wel by werk as by auctoritee;/ For gentil herte kytheth gentillesse./ I see wel, that ye han of my distresse/ Compassioun, my faire Canacee,/ Of verray wommanly benignitee/ That nature in your principles hath set./ But for non hope for to fare the bet,/ But for to obeye un-to your herte free,/ And for to maken other be war by me,/ As by the whelp chasted is the leoun,/ Right for that cause and that conclusioun,/ Whyl that I have a leyser and a space,/ Myn harm I wol confessen, er I pace.'/

And ever, whyl that oon hir sorwe tolde,/ That other weep, as she to water wolde,/ Til that the faucon bad hir to be stille;/ And, with a syk, right thus she seyde hir wille./

'Ther I was bred (allas! that harde day!)/ And fostred in a roche of marbul gray/ So tendrely, that nothing eyled me,/ I niste nat what was adversitee,/ Til I coude flee ful hye under the sky./ Tho dwelte a tercelet me faste by,/ That semed welle of alle gentillesse;/ Al were he ful of treson and falsnesse,/ It was so wrapped under humble chere,/ And under hewe of trouthe in swich manere,/ Under plesance, and under bisy peyne,/ That no wight coude han wend he coude feyne,/ So depe in greyn he dyed his coloures./ Right as a serpent hit him under floures/ Til he may seen his tyme for to byte,/ Right so this god of love, this ypocryte,/ Doth so his cerimonies and obeisaunces,/ And kepeth in semblant alle his observances/ That sowneth in-to gentillesse of love./ As in a toumbe is al the faire above,/ And under is the corps, swich as ye woot,/ Swich was this ypocryte, bothe cold and hoot,/ And in this wyse he served his entente,/ That (save the feend) non wiste what he mente./ Til he so longe had wopen and compleyned,/ And many a yeer his service to me feyned,/ Til that myn herte, to pitous and to nyce,/ Al innocent of his crouned malice,/ For-fered of his deeth, as thoughte me,/ Upon his othes and his seuretee,/ Graunted him love, on this condicioun,/ That evermore myn honour and renoun/ Were saved, bothe privee and apert;/ This is to seyn, that, after his desert,/ I yaf him al myn herte and al my thoght —/ God woot and he, that otherwyse noght —/ And took his herte in chaunge for myn for ay./ But sooth is seyd, gon sithen many a day,/ "A trew

Ouvindo isso, a ave deu um grito ainda mais comovedor; depois, tombou ao solo e lá ficou sem sentidos, petrificada como morta. Cânace então a tomou no colo, aguardando que voltasse a si. Assim que a fêmea de falcão se recuperou, disse em seu latim: "Como se pode ver, diariamente fica comprovado que a piedade flui fácil em corações gentis, que sabem se identificar com o sofrimento alheio. É o que demonstram os textos e a experiência, dado que tais corações só podem mesmo conter a gentileza. Oh minha bela Cânace, bem percebo a tua compaixão por minha angústia, graças à sincera caridade feminina que a Natureza incutiu em teus princípios. Não porque espero alívio, mas por obediência a teu coração generoso, e como exemplo para todos os demais (pois é uma advertência ao leão punir o cão diante dele), só por esse motivo e com tal finalidade, eu passo agora, enquanto disponho de tempo e de lazer, a confessar meu mal antes que eu morra".

E, enquanto uma contava as suas mágoas, a outra chorava de esvair-se em pranto, até que a ave pediu que se acalmasse e, suspirando, externou o que tinha dentro da alma:

"Onde nasci (que mísero aquele dia!) e fui criada, num rochedo de mármore cinzento, me vi cercada de tanto carinho que jamais conheci a adversidade, enquanto não voasse sob o céu. Ali perto vivia um falcão macho que parecia a fonte de toda a cortesia. Ainda que fosse falso e traiçoeiro, ocultava-se atrás da máscara da humildade, de tal forma fingindo-se sincero, mostrando-se agradável e atencioso, e tornando vivaz a sua retórica, que ninguém lá desconfiava dele. Tal como a cobra oculta sob as flores, à espera da ocasião de dar o bote, assim aquele deus do amor, hipócrita, cortejava e fazia galanteios, em tudo conservando as aparências com que se reconhece o amor cortês. Como a tumba que exteriormente é bela, mas guarda no interior a podridão, assim era o traidor, ardente e frio, visando tão somente aos seus propósitos (que apenas o diabo conhecia). Tanto chorou e tanto protestou, fingiu-me devoção por tantos anos, que o peito meu, compadecido e ingênuo, sem suspeitar da maldade consumada, temeu por sua vida, e, acreditando em suas juras e seus votos, por fim lhe concedeu o seu amor — impondo apenas, como condição, que respeitasse, em público e em particular, a minha honra e o meu bom nome. Assim, segundo o seu merecimento, confici-lhe o pensamento e o coração, por Deus, pensando receber em troca o coração... de quem nada me deu. Bem que o antigo ditado já dizia que 'ladrões e homens honestos não pensam do mesmo jeito'. Assim que a

wight and a theef thenken nat oon."/ And, whan he saugh the thing so fer y-goon,/ That I had graunted him fully my love,/ In swich a gyse as I have seyd above,/ And yeven him my trewe herte, as free/ As he swoor he his herte yaf to me;/ Anon this tygre, ful of doublenesse,/ Fil on his knees with so devout humblesse,/ With so heigh reverence, and, as by his chere,/ So lyk a gentil lovere of manere,/ So ravisshed, as it semed, for the Ioye,/ That never Iason, ne Parys of Troye,/ Iason? certes, ne non other man,/ Sin Lameth was, that alderfirst bigan/ To loven two, as writen folk biforn,/ Ne never, sin the firste man was born,/ Ne coude man, by twenty thousand part,/ Countrefete the sophimes of his art;/ Ne were worthy unbokele his galoche,/ Ther doublenesse or feyning sholde approche,/ Ne so coude thanke a wight as he did me!/ His maner was an heven for to see!/ Til any womman, were she never so wys;/ So peynted he and kembde at point-devys/ As wel his wordes as his contenaunce./ And I so lovede him for his obeisaunce,/ And for the trouthe I demed in his herte,/ That, if so were that any thing him smerte,/ Al were it never so lyte, and I it wiste,/ Me thoughte, I felte deeth myn herte twiste./ And shortly, so ferforth this thing is went,/ That my wil was his willes instrument;/ This is to seyn, my wil obeyed his wil/ In alle thing, as fer as reson fil,/ Keping the boundes of my worship ever./ Ne never hadde I thing so leef, ne lever,/ As him, god woot! ne never shal na-mo./

This lasteth lenger than a yeer or two,/ That I supposed of him noght but good./ But fynally, thus atte laste it stood,/ That fortune wolde that he moste twinne/ Out of that place which that I was inne./ Wher me was wo, that is no questioun;/ I can nat make of it discripcioun;/ For o thing dar I tellen boldely,/ I knowe what is the peyne of deth ther-by./ Swich harm I felte for he ne mighte bileve./ So on a day of me he took his leve,/ So sorwefully eek, that I wende verraily/ That he had felt as muche harm as I,/ Whan that I herde him speke, and saugh his hewe./ But nathelees, I thoughte he was so trewe,/ And eek that he repaire sholde ageyn/ With-inne a litel whyle, sooth to seyn;/ And reson wolde eek that he moste go/ For his honour, as ofte it happeth so,/ That I made vertu of necessitee,/ And took it wel, sin that it moste be./ As I best mighte, I hidde fro him my sorwe,/ And took him by the hond, seint Iohn to borwe,/ And seyde him thus: "lo, I am youres al;/ Beth swich as I to yow have been, and shal."/ What he answerde, it nedeth noght reherce,/ Who can sey bet than he, who can do werse?/ Whan he hath al wel seyd, thanne hath he doon./ "Therfor bihoveth him a ful

coisa chegou a esse ponto, quando ele viu que eu lhe entregara o meu afeto, da forma como narrei, e que fizera seu meu coração, crendo em sua promessa de me dar o seu, aquele tigre, cheio de fingimento, ajoelhou-se tão devotamente, com tão alto respeito na expressão, tal aparência de gentil amante, tão deslumbrado de felicidade, que nem Páris de Troia, nem Jasão... Jasão? Oh, não só ele, mas ninguém — desde que Lameque inventou a bigamia (como se lê nos velhos textos), ou desde que o primeiro homem foi criado — ninguém seria capaz, pela vigésima milésima parte, de tão perfeitas mistificações, porque, em matéria de logro e dualidade, nenhum homem é digno de desatar-lhe as correias das sandálias, e nenhum sabe fazer os galanteios que me fez! Para as mulheres (sobretudo inexperientes) suas maneiras eram como o Céu, pela graça e doçura com que revestia tanto os seus gestos quanto as suas palavras. De tal modo eu o amei por suas atenções, e por julgar sincero o seu afeto, que, quando alguma coisa o incomodava (mesmo pequena), e eu vinha a saber disso, em meu peito sentia a contorção da morte. Tanto isto se agravou que, em pouco tempo, minha vontade se tornou mero instrumento da vontade dele; e, em tudo, o meu querer se dobrava ao seu querer — ainda que dentro dos limites da decência, segundo o que a razão determinava. Oh Deus, jamais amei alguém tanto quanto a ele. Nem vou amar jamais!

"E assim, por um ou dois anos, nada mais que o bem enxerguei nele. Um dia, porém, quis finalmente a Fortuna que ele tivesse que partir de onde eu me achava. Não me perguntes se sofri, pois eu nem saberia descrever o que passei! Só posso dizer, sem vacilações, que conheci então o horror da morte, tal minha angústia ante a separação! Quando, por fim, ele veio despedir-se, demonstrou tanta tristeza que, verdadeiramente, supus que padecesse assim como eu, ao ouvi-lo falar e ao ver sua palidez. E eu me consolava acreditando-o fiel, e imaginando que logo voltaria. Além do mais, como acontece muitas vezes, era uma questão de honra que impunha aquela viagem. Por tudo isso, fiz da necessidade uma virtude, e acabei aceitando o inevitável. Procurei esconder minha aflição da melhor forma que podia; tomei-lhe a mão (que São Jorge me ampare!), e disse-lhe: 'Vê, sou toda tua. Sê também para mim o que sou — e sempre serei — para ti!'. Nem preciso repetir aqui o que me respondeu... Quem falava melhor que ele? Quem agia pior? Depois de pronunciar palavras maravilhosas, deu-se por satisfeito. Como dizem, 'convém usar uma colher bem longa quando se come com o diabo'. E assim se

long spoon/ That shal ete with a feend," thus herde I seye./ So atte laste he moste forth his weye,/ And forth he fleeth, til he cam ther him leste./ Whan it cam him to purpos for to reste,/ I trowe he hadde thilke text in minde,/ That "alle thing, repairing to his kinde,/ Gladeth him-self"; thus seyn men, as I gesse;/ Men loven of propre kinde newfangelnesse,/ As briddes doon that men in cages fede./ For though thou night and day take of hem hede,/ And strawe hir cage faire and softe as silk,/ And yeve hem sugre, hony, breed and milk,/ Yet right anon, as that his dore is uppe,/ He with his feet wol spurne adoun his cuppe,/ And to the wode he wol and wormes ete;/ So newefangel been they of hir mete,/ And loven novelryes of propre kinde;/ No gentillesse of blood [ne] may hem binde./

So ferde this tercelet, allas the day!/ Though he were gentil born, and fresh and gay,/ And goodly for to seen, and humble and free,/ He saugh up-on a tyme a kyte flee,/ And sodeynly he loved this kyte so,/ That al his love is clene fro me ago,/ And hath his trouthe falsed in this wyse;/ Thus hath the kyte my love in hir servyse,/ And I am lorn with-outen remedye!'/

And with that word this faucon gan to crye,/ And swowned eft in Canaceës barme./ Greet was the sorwe, for the haukes harme,/ That Canacee and alle hir wommen made;/ They niste how they mighte the faucon glade./ But Canacee hom bereth hir in hir lappe,/ And softely in plastres gan hir wrappe,/ Ther as she with hir beek had hurt hir-selve./ Now can nat Canacee but herbes delve/ Out of the grounde, and make salves newe/ Of herbes precious, and fyne of hewe,/ To helen with this hauk; fro day to night/ She dooth hir bisinesse and al hir might./ And by hir beddes heed she made a mewe,/ And covered it with veluëttes blewe,/ In signe of trouthe that is in wommen sene./ And al with-oute, the mewe is peynted grene,/ In which were peynted alle thise false foules,/ As beth thise tidifs, tercelets, and oules,/ Right for despyt were peynted hem bisyde,/ And pyes, on hem for to crye and chyde./

Thus lete I Canacee hir hauk keping;/ I wol na-more as now speke of hir ring,/ Til it come eft to purpos for to seyn/ How that this faucon gat hir love ageyn/ Repentant, as the storie telleth us,/ By mediacioun of

pôs ele a caminho, voando para o lugar de seu destino. Quando chegou o momento de descansar, creio que lhe acudiu à mente aquele texto que reza: 'tudo o que reverte à sua natureza torna-se feliz'. É o que afirmam, creio. Os homens, por sua natureza, gostam de novidades tanto quanto os pássaros cativos: embora cuides deles noite e dia, e forres sua gaiola com palha bonita e sedosa, e os alimentos com leite, açúcar, pão e mel, eles, tão logo veem a portinhola aberta, reviram com as patas a tigela, e fogem para o bosque à cata de bichinhos; tanto apreciam os alimentos diferentes e as novidades próprias de sua espécie, que não há nobreza de linhagem capaz de segurá-los.

"Assim fez, ai, o falcão naquele dia! Malgrado o seu sangue fidalgo, sua juventude e jovialidade, seu nobre aspecto, gentil e generoso, no instante em que viu passar por ele uma fêmea de milhafre, apaixonou-se tanto por ela que se esqueceu de mim completamente. E foi assim que me traiu! E foi assim que devotou a uma outra o seu amor, e, sem amparo, fiquei só e abandonada!" E, dizendo tais palavras, voltou a dar seus gritos lancinantes, desmaiando no colo da princesa.

Grande foi a tristeza de Cânace e de suas companheiras pela desgraça da ave; não sabiam o que fazer para consolá-la. A donzela, então, levou-a em seus braços e, carinhosamente, recobriu com emplastros os ferimentos que fizera em si mesma com o bico; depois, procurou plantinhas pelo campo, e, com ervas raras, de matizes delicados, preparou novas poções para curar a pobrezinha. Tratou dela de manhã até a noite, desdobrando-se em seus cuidados e desvelos. Junto da cabeceira de sua cama fez para ela uma gaiola de falcão, revestida, por dentro, de veludo azul, a cor que simboliza a lealdade feminina, e, por fora, pintada de verde[172] e recoberta de desenhos de aves falsas — como certos pássaros miúdos, corujas e falcões — rodeadas de propósito por muitas pegas, que as importunavam com seus agudos gritos.

Assim deixo Cânace a tratar de sua ave. Também não vou mais falar de seu anel, a não ser mais tarde, quando chegar o momento de narrar como aquela fêmea de falcão reconquistou o seu amor, que, segundo a

---

[172] Se o azul representava a lealdade, o verde simbolizava a falsidade no amor (como na famosa canção "Greensleeves Is My Delight"). (N. do T.)

Cambalus,/ The kinges sone, of whiche I yow tolde./ But hennes-forth I wol my proces holde/ To speke of aventures and of batailles,/ That never yet was herd so grete mervailles./

First wol I telle yow of Cambynskan,/ That in his tyme many a citee wan;/ And after wol I speke of Algarsyf,/ How that he wan Theodora to his wyf,/ For whom ful ofte in greet peril he was,/ Ne hadde he ben holpen by the stede of bras;/ And after wol I speke of Cambalo,/ That faught in listes with the bretheren two/ For Canacee, er that he mighte hir winne./ And ther I lefte I wol ageyn biginne./

III

Appollo whirleth up his char so hye,/ Til that the god Mercurius hous the slye —/ [...]

Here folwen the wordes of the Frankelin to the Squier,/ and the wordes of the Host to the Frankelin./

'In feith, Squier, thou hast thee wel y-quit,/ And gentilly I preise wel thy wit,'/ Quod the Frankeleyn, 'considering thy youthe,/ So feelingly thou spekest, sir, I allow the!/ As to my doom, there is non that is here/ Of eloquence that shal be thy pere,/ If that thou live;/ god yeve thee good chaunce,/ And in vertu sende thee continuaunce!/ For of thy speche I have greet deyntee./ I have a sone, and, by the Trinitee,/ I hadde lever than twenty pound worth lond,/ Though it right now were fallen in myn hond,/ He were a man of swich discrecioun/ As that ye been! fy on possessioun/ But-if a man be vertuous with-al./ I have my sone snibbed, and yet shal,/ For he to vertu listeth nat entende;/ But for to pleye at dees, and to despende,/ And lese al that he hath, is his usage./ And he hath lever talken with a page/ Than to comune with any gentil wight/ Ther he mighte lerne gentillesse aright.' —/

'Straw for your gentillesse,' quod our host;/ 'What, frankeleyn? pardee, sir, wel thou wost/ That eche of yow mot tellen atte leste/ A tale or two, or breken his biheste.'/

história, voltou arrependido — graças à mediação de Câmbalo, o príncipe que já mencionei. A partir de agora, meus temas serão aventuras e batalhas, e grandes e inauditas maravilhas.

Primeiro vou falar de Cambuscán, que no seu tempo tomou muitas cidades; depois, discorrerei sobre Algarsife, contando como obteve a mão de Teodora, por quem passou muitos perigos, sempre ajudado pelo cavalo de bronze; finalmente, tratarei de Câmbalo, que nas justas enfrentou os dois irmãos ao tentar conquistar a bela Cânace. No ponto em que parei, irei recomeçar.

III

Apolo conduziu seu carro para o alto, até a casa do esperto deus Mercúrio... [inacabado]

Seguem-se aqui as palavras do Proprietário de Terras ao Escudeiro, e as palavras do Albergueiro ao Proprietário de Terras.

"Por minha fé, Escudeiro, você se saiu muito bem, e com muito garbo. Parabéns!", disse o Proprietário de Terras. "Levando-se em conta a sua pouca idade, você fala de modo bastante ajuizado. Aceite as minhas congratulações. Acho que ninguém aqui será capaz de igualá-lo na eloquência, se viver mais alguns anos. Que Deus lhe dê prosperidade e o mantenha na virtude! Foi enorme o meu prazer em ouvi-lo. Eu tenho um filho que... pela Santíssima Trindade, eu bem que abriria mão de uma quinta que rende vinte libras anuais (ainda que tivesse acabado de entrar em sua posse), se isso fizesse dele um homem ponderado assim como você! Que adianta ser rico quando falta juízo? Tenho repreendido muito esse meu filho — e vou continuar a fazê-lo; mas ele não tem jeito de se endireitar. Só quer saber de jogar dados, gastar dinheiro e esbanjar tudo o que tem. Prefere bater papo com um pajem a conversar com gente de classe, com quem poderia aprender um pouco de fidalguia."

"Às favas com a sua fidalguia!", exclamou o Albergueiro. "O que há com o senhor? Por Deus, o senhor sabe muito bem que tem que contar pelo menos uma história ou duas, se não quiser quebrar sua promessa."

'That knowe I wel, sir,' quod the frankeleyn;/ 'I prey yow, haveth me nat in desdeyn/ Though to this man I speke a word or two.'/

'Telle on thy tale with-outen wordes mo.'/

'Gladly, sir host,' quod he, 'I wol obeye/ Un-to your wil; now herkneth what I seye./ I wol yow nat contrarien in no wyse/ As fer as that my wittes wol suffyse;/ I prey to god that it may plesen yow,/ Than woot I wel that it is good y-now.'/

"É claro que sei disso, senhor", respondeu o Proprietário de Terras. "Por favor, não se zangue comigo só porque estou trocando uma ou duas palavras com este jovem."

"Pois chega de palavras e conte a sua história."

"Com prazer, senhor Albergueiro", disse o outro. "Eu me curvo às suas ordens. Ouça agora o que vou narrar. Não desejo contrariá-lo de modo algum... Só se o talento não me socorrer! Praza aos céus que meu conto seja de seu agrado; assim ficarei sabendo se ele é bom."

The Frankeleyns Tale

The Prologe of the Frankeleyns Tale.

'Thise olde gentil Britons in hir dayes/ Of diverse aventures maden layes,/ Rymeyed in hir firste Briton tonge;/ Which layes with hir instruments they songe,/ Or elles redden hem for hir plesaunce;/ And oon of hem have I in remembraunce,/ Which I shal seyn with good wil as I can./

But, sires, by-cause I am a burel man,/ At my biginning first I yow bisecle/ Have me excused of my rude speche;/ I lerned never rethoryk certeyn;/ Thing that I speke, it moot be bare and pleyn./ I sleep never on the mount of Pernaso,/ Ne lerned Marcus Tullius Cithero./ Colours ne knowe I none, with-outen drede,/ But swiche colours as growen in the mede,/ Or elles swiche as men dye or peynte./ Colours of rethoryk ben me to queynte;/ My

O Conto do Proprietário de Terras

Prólogo do Conto do Proprietário de Terras.

"Em seu tempo, os gentis bretões de outrora faziam poemas sobre fatos diversos, rimados na antiga língua da Bretanha. E cantavam ao som de seus instrumentos esses poemas, ou então os liam para seu entretenimento. A um deles ainda tenho na lembrança, e vou repeti-lo aqui da melhor forma que puder.

"Mas, como sou um homem sem estudo, antes de começar, senhores, peço-lhes encarecidamente que perdoem meu modo inculto de falar. O fato é que nunca aprendi retórica e, por isso, tudo o que digo é simples e despojado; nunca dormi no Monte Parnaso, nem convivi com Marco Túlio Cícero.[173] Na verdade, nada sei sobre 'figuras' — salvo aquelas que se veem pelos campos ou que são pintadas e esboçadas pelos homens. Mas de figuras retóricas não entendo, e não tenho sensibilidade para

---

[173] Orador, escritor e político romano (106-43 a.C.). Viveu num período especialmente turbulento da história de Roma. Recebeu esmerada educação, passou temporadas em Atenas e Rodes e ocupou importantes cargos políticos. Após o assassinato de Júlio César, enfrentou Marco Antônio, pelo que foi degolado quando tentou fugir para o Oriente. (N. da E.)

spirit feleth noght of swich matere./ But if yow list, my tale shul ye here.'/

Here biginneth the Frankeleyns Tale.

In Armorik, that called is Britayne,/ Ther was a knight that loved and dide his payne/ To serve a lady in his beste wyse;/ And many a labour, many a greet empryse/ He for his lady wroghte, er she were wonne./ For she was oon, the faireste under sonne,/ And eek therto come of so heigh kinrede,/ That wel unnethes dorste this knight, for drede,/ Telle hir his wo, his peyne, and his distresse./ But atte laste, she, for his worthinesse,/ And namely for his meke obeysaunce,/ Hath swich a pitee caught of his penaunce,/ That prively she fil of his accord/ To take him for hir housbonde and hir lord,/ Of swich lordshipe as men han over hir wyves;/ And for to lede the more in blisse hir lyves,/ Of his free wil he swoor hir as a knight,/ That never in al his lyf he, day ne night,/ Ne sholde up-on him take no maistrye/ Agayn hir wil, ne kythe hir Ialousye,/ But hir obeye, and folwe hir wil in al/ As any lovere to his lady shal;/ Save that the name of soveraynetee,/ That wolde he have for shame of his degree./
She thanked him, and with ful greet humblesse/ She seyde, 'sire, sith of your gentillesse/ Ye profre me to have so large a reyne,/ Ne wolde never god bitwixe us tweyne,/ As in my gilt, were outher werre or stryf./ Sir, I wol be your humble trewe wyf,/ Have heer my trouthe, til that myn herte breste.'/ Thus been they bothe in quiete and in reste./
For o thing, sires, saufly dar I seye,/ That frendes everich other moot obeye,/ If they wol longe holden companye./ Love wol nat ben constreyned by maistrye;/ Whan maistrie comth, the god of love anon/ Beteth hise winges, and farewel! he is gon!/ Love is a thing as any spirit free;/ Wommen of kinde desiren libertee,/ And nat to ben constreyned as a thral;/ And so don men, if I soth seyen shal./ Loke who that is most pacient in love,/ He is at his avantage al above./ Pacience is an heigh vertu certeyn;/ For it venquisseth, as thise clerkes seyn,/ Thinges that rigour sholde never atteyne./ For every word men may nat chyde or pleyne./ Lerneth to suffre, or elles, so moot I goon,/ Ye shul it lerne, wher-so ye wole or noon./ For in this world, certein, ther no wight is,/ That he ne dooth or seith som-tyme amis./ Ire, siknesse, or

esse tipo de coisa. Se assim mesmo quiserem me ouvir, eis aqui o meu conto."

Aqui começa o Conto do Proprietário de Terras.

Na Armórica, que hoje se chama Bretanha, havia um cavaleiro que tudo fazia para servir da melhor maneira à dama de seu amor, realizando muitos feitos e grandes façanhas a fim de conquistá-la, pois ela não apenas era uma das mulheres mais formosas sob o sol, mas também provinha de tão alta linhagem que, por receio, mal se animava o cavaleiro a revelar-lhe suas mágoas, sua tristeza e seu tormento. Finalmente, porém, reconhecendo o seu valor e, sobretudo, a sua dedicação, ela apiedou-se de seu padecer e concordou em tomá-lo como marido e senhor, aceitando a ascendência que o homem tem sobre a mulher. Mas, para que a felicidade de suas vidas fosse ainda maior, o cavaleiro jurou-lhe de livre e espontânea vontade que nunca, noite e dia, haveria de impor-lhe qualquer coisa que não fosse de seu agrado, nem demonstraria ciúme algum; mas, pelo contrário, que iria obedecê-la e satisfazê-la em todos os seus desejos, como sói fazer o verdadeiro amante à sua amada. Conservaria apenas uma soberania nominal, por respeito à sua posição.

Agradecida, a dama lhe disse então, com grande humildade: "Senhor, desde que sua gentileza me concede rédeas soltas, jamais permita Deus que, por minha culpa, haja entre nós atritos ou desavenças. Palavra, senhor, que hei de ser uma esposa dócil e fiel enquanto palpitar meu coração". E assim viveram ambos tranquilos e sossegados.

Pois uma coisa, cavalheiros, posso dizer com certeza: os que se amam devem respeitar-se mutuamente, se quiserem viver juntos muito tempo. O amor não tolera imposições. Quando surge a imposição, o deus do Amor bate as asas, e então, adeus! vai-se embora. O amor, como tudo o que é do espírito, tem que ser livre. As mulheres, por natureza, desejam a liberdade, e não gostam de ser coagidas como escravas: assim também são os homens, para dizer a verdade. No amor leva vantagem aquele que for mais paciente; sim, virtude sublime é a paciência, dizem os doutos, pois vence onde fracassa a intolerância. Não se deve esbravejar, ou responder, a cada palavra: quem não aprende por si mesmo a controlar-se, ou por bem ou por mal será ensinado. Além disso, não há ninguém neste mundo que, uma vez ou outra, não faça ou não diga al-

constellacioun,/ Wyn, wo, or chaunginge of complexioun/ Causeth ful ofte to doon amis or speken./ On every wrong a man may nat be wreken;/ After the tyme, moste be temperaunce/ To every wight that can on governaunce./ And therfore hath this wyse worthy knight,/ To live in ese, suffrance hir bihight,/ And she to him ful wisly gan to swere/ That never sholde ther be defaute in here./

Heer may men seen an humble wys accord;/ Thus hath she take hir servant and hir lord,/ Servant in love, and lord in mariage;/ Than was he bothe in lordship and servage;/ Servage? nay, but in lordshipe above,/ Sith he hath bothe his lady and his love;/ His lady, certes, and his wyf also,/ The which that lawe of love acordeth to./ And whan he was in this prosperitee,/ Hoom with his wyf he gooth to his contree,/ Nat fer fro Penmark, ther his dwelling was,/ Wher-as he liveth in blisse and in solas./

Who coude telle, but he had wedded be,/ The Ioye, the ese, and the prosperitee/ That is bitwixe an housbonde and his wyf?/ A yeer and more lasted this blisful lyf,/ Til that the knight of which I speke of thus,/ That of Kayrrud was cleped Arveragus,/ Shoop him to goon, and dwelle a yeer or tweyne/ In Engelond, that cleped was eek Briteyne,/ To seke in armes worship and honour;/ For al his lust he sette in swich labour;/ And dwelled ther two yeer, the book seith thus./

Now wol I stinte of this Arveragus,/ And speken I wole of Dorigene his wyf,/ That loveth hir housbonde as hir hertes lyf./ For his absence wepeth she and syketh,/ As doon thise noble wyves whan hem lyketh./ She moorneth, waketh, wayleth, fasteth, pleyneth;/ Desyr of his presence hir so distreyneth,/ That al this wyde world she sette at noght./ Hir frendes, whiche that knewe hir hevy thoght,/ Conforten hir in al that ever they may;/ They prechen hir, they telle hir night and day,/ That causelees she sleeth hir-self, allas!/ And every confort possible in this cas/ They doon to hir with al hir bisinesse,/ Al for to make hir leve hir hevinesse./

By proces, as ye knowen everichoon,/ Men may so longe graven in a stoon,/ Til som figure ther-inne emprented be./ So longe han they conforted hir, til she/ Receyved hath, by hope and by resoun,/ The

guma coisa errada; a ira, a doença, a influência astral, o vinho, o desequilíbrio dos humores — tudo pode levar a atitudes ou palavras insensatas. Eis por que não convém ficar zangado a cada deslize; e quem entende a essência da verdadeira autoridade deve com o tempo cultivar o equilíbrio. Por isso é que aquele prudente e honrado cavaleiro prometeu à mulher ser tolerante, e ela em troca jurou-lhe sabiamente agir também de modo irrepreensível.

Foi essa uma combinação modesta e inteligente, porque assim ela fez dele o seu senhor e o seu servo — servo no amor e senhor no matrimônio. Desse modo, conheceu ele, ao mesmo tempo, a soberania e a servidão. A servidão? Oh, jamais, porque se achava acima da soberania, dado que possuía sua dama e seu amor... sua dama, certamente, e sua mulher também — nos termos que concede a lei do amor. E foi gozando toda essa ventura que voltou com a esposa à terra dele; perto de Penmarch[174] tinha a sua morada, e lá viveu feliz e na alegria.

Quem, a não ser o que já foi casado, seria capaz de descrever os júbilos, a paz e o bem-estar entre um marido e sua mulher? Um ano ou mais durou essa ventura, até que o cavaleiro de quem falo, e cujo nome era Arvirago de Caerrud, houve por bem passar um ano ou dois na Inglaterra, que então era a Britânia, para buscar nas armas honra e fama, já que a vida para ele era o combate. E lá ficou dois anos, diz o livro.

Sobre Arvirago vou calar-me agora para falar de Dórigen, a esposa, que amava seu marido mais que a vida. Ela chora e suspira em sua ausência, como fazem as damas quando tristes. Jejua, vela, geme, queixa-se, deplora; e tanto sofre a pobre de saudade, que em nada deste mundo acha mais graça. Seus amigos, ao verem seu penar, procuram confortá-la como podem; fazem apelos, dizem, noite e dia, que ela está se matando sem motivo; e, sem parar, se esforçam neste caso, tentando descobrir algum alívio e libertá-la da melancolia.

Com o passar do tempo — todos sabem — depois de muitos riscos numa pedra, os homens gravam nela uma figura; assim, tanto insistiram os amigos, que na dama, por fé ou por razão, imprimiram por fim algum consolo, graças ao qual a dor se mitigou. Nem mais suportaria sofrer tanto!

---

[174] Distrito francês situado na região administrativa da Bretanha, no departamento de Finisterra. (N. da E.)

emprenting of hir consolacioun,/ Thurgh which hir grete sorwe gan aswage;/ She may nat alwey duren in swich rage./

And eek Arveragus, in al this care,/ Hath sent hir lettres hoom of his welfare,/ And that he wol come hastily agayn;/ Or elles hadde this sorwe hir herte slayn./ Hir freendes sawe hir sorwe gan to slake,/ And preyede hir on knees, for goddes sake,/ To come and romen hir in companye,/ Awey to dryve hir derke fantasye./ And finally, she graunted that requeste;/ For wel she saugh that it was for the beste./

Now stood hir castel faste by the see,/ And often with hir freendes walketh she/ Hir to disporte up-on the bank an heigh,/ Wher-as she many a ship and barge seigh/ Seilinge hir cours, wher-as hem liste go;/ But than was that a parcel of hir wo./ For to hir-self ful ofte 'allas!' seith she,/ 'Is ther no ship, of so manye as I see,/ Wol bringen hom my lord? than were myn herte/ Al warisshed of his bittre peynes smerte.'/

Another tyme ther wolde she sitte and thinke,/ And caste hir eyen dounward fro the brinke./ But whan she saugh the grisly rokkes blake,/ For verray fere so wolde hir herte quake,/ That on hir feet she mighte hir noght sustene./ Than wolde she sitte adoun upon the grene,/ And pitously in-to the see biholde,/ And seyn right thus, with sorweful sykes colde:/

'Eterne god, that thurgh thy purveyaunce/ Ledest the world by certein governaunce,/ In ydel, as men seyn, ye no-thing make;/ But, lord, thise grisly feendly rokkes blake,/ That semen rather a foul confusioun/ Of werk than any fair creacioun/ Of swich a parfit wys god and a stable,/ Why han ye wroght this werk unresonable?/ For by this werk, south, north, ne west, ne eest,/ Ther nis y-fostred man, ne brid, ne beest;/ It dooth no good, to my wit, but anoyeth./ See ye nat, lord, how mankinde it destroyeth?/ An hundred thousand bodies of mankinde/ Han rokkes slayn, al be they nat in minde,/ Which mankinde is so fair part of thy werk/ That thou it madest lyk to thyn owene merk./ Than semed it ye hadde a greet chiertee/ Toward mankinde; but how than may it be/ That ye swiche menes make it to destroyen,/ Whiche menes do no good, but ever anoyen?/ I wool wel clerkes wol seyn, as hem leste,/ By arguments, that al is for the beste,/ Though I ne can the causes nat y-knowe./ But thilke god, that made wind to blowe,/ As kepe my lord! this my conclusioun;/ To clerkes lete I al disputisoun./ But wolde god that alle thise rokkes blake/ Were sonken in-to helle for his sake!/ Thise rokkes sleen myn herte for the fere.'/ Thus wolde she seyn, with many a pitous tere./

Além disso, em meio a toda essa aflição, recebera algumas cartas de Arvirago, anunciando estar bem e prometendo retornar assim que pudesse... Não fosse isso, seu coração não teria resistido. Assim que os amigos perceberam que a tristeza se abatera, suplicaram-lhe de joelhos, e pelo amor de Deus, que os acompanhasse nos passeios, porque assim espantaria os seus negros pensamentos. E, depois de algum tempo, ela atendeu-lhes o pedido, vendo que era para o seu próprio bem.

Seu castelo ficava à beira-mar, e, para distrair-se, passou a percorrer frequentemente com os amigos a orla das escarpas, de onde observava os muitos barcos e navios que seguiam suas rotas e velejavam rumo a seus destinos... E era nessa visão que estava uma parcela de sua mágoa, fazendo-a muitas vezes perguntar-se: "Ai de mim! Será que, de todos os navios que avisto, nenhum há de trazer de volta o meu senhor? Somente isso poderia guarir meu coração da dor e da amargura!".

Numa dessas ocasiões, sentou-se ela a meditar e a perscrutar o oceano da borda do penhasco, quando notou que as águas se achavam coalhadas de rochedos negros e assustadores, tantos, que o peito estremeceu-lhe de pavor, e suas pernas mal podiam sustentá-la; deixou-se então cair sobre o relvado e, olhando o mar desconsoladamente, assim clamou, com a voz entrecortada por soluços:

"Eterno Deus, que, pela previdência, sempre reges o mundo com acerto e nada fazes — dizem — sem propósito! Por que então tu fizeste, meu Senhor, esses rochedos negros e diabólicos, que mais parecem fruto de um tremendo acaso que a bela criação de um Deus perfeito, um Deus que acreditamos sábio e estável? Qual a razão dessa obra irracional? Ela, no sul e ao norte, a leste e a oeste, não nutre homem, nem ave, nem quadrúpede; e não traz bem algum, só traz o mal. Não vês, Senhor, como destrói a humanidade? Mesmo sem intenção, esses rochedos mataram já cem mil da humanidade, essa parte tão bela de tua obra, que foi criada à tua própria imagem. Se então mostraste amor à humanidade, por que inventaste agora esse instrumento que pode destruí-la — esse instrumento que fere a todos e a ninguém ajuda? Bem sei que os doutos, como sempre, vão dizer e argumentar que tudo é para o bem, que os desígnios supremos não conheço. Mas que proteja a meu senhor amado aquele Deus que fez soprar os ventos! Eis minha conclusão. Os doutos que discutam; quanto a mim — oh, como eu gostaria, por meu bem, que Deus mandasse esses rochedos negros para o mais fundo abismo dos infernos! Eles me deixam morta de pavor." E então chorou, com lágrimas sentidas.

Hir freendes sawe that it was no disport/ To romen by the see, but disconfort;/ And shopen for to pleyen somwher elles./ They leden hir by riveres and by welles,/ And eek in othere places delitables;/ They dauncen, and they pleyen at ches and tables./

So on a day, right in the morwe-tyde,/ Un-to a gardin that was ther bisyde,/ In which that they had maad hir ordinaunce/ Of vitaille and of other purveyaunce,/ They goon and pleye hem al the longe day./ And this was on the sixte morwe of May,/ Which May had peynted with his softe shoures/ This gardin ful of leves and of floures;/ And craft of mannes hand so curiously/ Arrayed hadde this gardin, trewely,/ That never was ther gardin of swich prys,/ But-if it were the verray paradys./ The odour of floures and the fresshe sighte/ Wolde han maad any herte for to lighte/ That ever was born, but-if to gret siknesse,/ Or to gret sorwe helde it in distresse;/ So ful it was of beautee with plesaunce./ At-after diner gonne they to daunce,/ And singe also, save Dorigen allone,/ Which made alwey hir compleint and hir mone;/ For she ne saugh him on the daunce go,/ That was hir housbonde and hir love also./ But nathelees she moste a tyme abyde,/ And with good hope lete hir sorwe slyde./

Up-on this daunce, amonges othere men,/ Daunced a squyer biforen Dorigen,/ That fressher was and Iolyer of array,/ As to my doom, than is the monthe of May./ He singeth, dauncteh, passinge any man/ That is, or was, sith that the world bigan./ Ther-with he was, if men sholde him discryve,/ Oon of the beste faringe man on-lyve;/ Yong, strong, right vertuous, and riche and wys,/ And wel biloved, and holden in gret prys./ And shortly, if the sothe I tellen shal,/ Unwiting of this Dorigen at al,/ This lusty squyer, servant to Venus,/ Which that y-cleped was Aurelius,/ Had loved hir best of any creature/ Two yeer and more, as was his aventure,/ But never dorste he telle hir his grevaunce;/ With-outen coppe he drank al his penaunce./ He was despeyred, no-thing dorste he seye,/ Save in his songes somwhat wolde he wreye/ His wo, as in a general compleyning;/ He seyde he lovede, and was biloved no-thing./ Of swich matere made he manye layes,/ Songes, compleintes, roundels, virelayes,/ How that he dorste nat his sorwe telle,/ But languissheth, as a furie dooth in helle;/ And dye he moste, he seyde, as dide Ekko/ For Narcisus, that dorste nat telle hir wo./ In other manere than ye here me seye,/ Ne dorste he nat to hir his wo biwreye;/ Save that, paraventure, som-tyme at daunces,/ Ther yonge folk kepen hir observaunces,/ It may wel be he loked on hir face/ In swich a wyse, as man that asketh grace;/ But

Vendo os amigos que esses passeios à beira-mar a acabrunhavam em vez de distraí-la, decidiram procurar outros lugares, levando-a a entreter-se junto a fontes e regatos e em outros recantos agradáveis. Também organizavam bailes, ou jogavam xadrez e gamão.

Assim, um dia, de manhã bem cedo, foi-se o grupo a um jardim das vizinhanças, com alimentos e outras provisões, para passar o dia entre folguedos. Era a sexta manhã de maio, que, com os seus chuviscos, já pintara a folhagem e as flores do jardim — um jardim que, tratado com esmero e com perícia pela mão dos homens, sobrepujava a todos os demais, com exceção talvez do Paraíso. O olor das flores e seu colorido traziam novo alento aos corações (desde que livres de doença grave ou do peso de alguma grande mágoa), tantos encantos tinha a sua beleza! Findo o repasto, todos se entregaram à dança e ao canto — menos Dórigen, que se pôs a queixar-se tristemente, porque não via, em meio aos dançarinos, seu suspirado esposo e seu amor. Porém, devia ainda ter paciência, e temperar a dor com a esperança.

Desse baile, perante Dórigen, participava, entre outros, um escudeiro que, a meu ver, era mais alegre e radiante na aparência que o próprio mês de maio. Cantava e dançava com mais graça que ninguém; era, ademais, se é que se deve descrevê-lo, um dos rapazes mais atraentes que já viveram neste mundo, pois era jovem, forte, virtuoso, rico e sábio, além de tido em boa conta e estimado por todos. E, em resumo, para dizer a verdade, quis o destino que esse jovial escudeiro, servidor de Vênus, que se chamava Aurélio, alimentasse, já fazia mais de dois anos, uma paixão secreta por Dórigen, a quem amava mais que a qualquer outra criatura. Nunca, porém, revelara à dama o que se passava em sua alma, sorvendo de um só trago, e não aos goles, o seu íntimo tormento. Sim, sofria em silêncio, apesar do desespero; e, quando deixava escapar alguma coisa, fazia-o em suas canções, em termos muito gerais: apenas dizia amar sem ser correspondido, e em torno desse tema compunha cantares, cantigas, trovas, rondós, vilancetes, onde declarava que, não ousando contar os seus males, languia tal qual uma Fúria no Inferno, devendo morrer como Eco, incapaz de confessar seu amor por Narciso. Fora esse modo indireto, que acabei de mencionar, ele não tinha como abrir seu coração — a não ser, às vezes, nos bailes, onde o galanteio faz parte do ritual. Nessas ocasiões, fixava-lhe os olhos no rosto como que a implorar mercê. Mas ela nem percebia os seus mudos apelos. Naquele jardim, todavia, puderam também trocar algumas palavras antes que se

O Conto do Proprietário de Terras

no-thing wiste she of his entente./ Nathelees, it happed, er they thennes wente,/ By-cause that he was hir neighebour,/ And was a man of worship and honour,/ And hadde y-knowen him of tyme yore,/ They fille in speche; and forth more and more/ Un-to his purpos drough Aurelius,/ And whan he saugh his tyme, he seyde thus:/

'Madame,' quod he, 'by god that this world made,/ So that I wiste it mighte your herte glade,/ I wolde, that day that your Arveragus/ Wente over the see, that I, Aurelius,/ Had went ther never I sholde have come agayn;/ For wel I woot my service is in vayn./ My guerdon is but bresting of myn herte;/ Madame, reweth upon my peynes smerte;/ For with a word ye may me sleen or save,/ Heer at your feet god wolde that I were grave!/ I ne have as now no leyser more to seye;/ Have mercy, swete, or ye wol do me deye!'/

She gan to loke up-on Aurelius:/ 'Is this your wil,' quod she, 'and sey ye thus?/ Never erst,' quod she, 'ne wiste I what ye mente./ But now, Aurelie, I knowe your entente,/ By thilke god that yaf me soule and lyf,/ Ne shal I never been untrewe wyf/ In word ne werk, as fer as I have wit:/ I wol ben his to whom that I am knit;/ Tak this for fynal answer as of me.'/

But after that in pley thus seyde she:/ 'Aurelie,' quod she, 'by heighe god above,/ Yet wolde I graunte yow to been your love,/ Sin I yow see so pitously complayne;/ Loke what day that, endelong Britayne,/ Ye remoeve alle the rokkes, stoon by stoon,/ That they ne lette ship ne boot to goon —/ I seye, whan ye han maad the coost so clene/ Of rokkes, that ther nis no stoon y-sene,/ Than wol I love yow best of any man;/ Have heer my trouthe in al that ever I can.'/

'Is ther non other grace in yow,' quod he./

'No, by that lord,' quod she, 'that maked me!/ For wel I woot that it shal never bityde./ Lat swiche folies out of your herte slyde./ What deyntee sholde a man han in his lyf/ For to go love another mannes wyf,/ That hath hir body whan so that him lyketh?'/ Aurelius ful ofte sore syketh;/ Wo was Aurelie, whan that he this herde,/ And with a sorweful herte he thus answerde:/ 'Madame,' quod he, 'this were an inpossible!/ Than moot I dye of sodein deth horrible.'/ And with that word he turned him anoon./

Tho come hir othere freendes many oon,/ And in the aleyes romeden up and doun,/ And no-thing wiste of this conclusioun,/ But sodeinly bigonne revel newe/ Til that the brighte sonne loste his hewe;/ For thorisonte hath reft the sonne his light;/ This is as muche to seye

fossem, pois, como eram vizinhos, ela o sabia um homem digno e honrado, a quem já conhecia havia algum tempo; Aurélio então foi aos poucos levando a conversa para onde queria, e, quando surgiu a oportunidade, assim falou:

"Senhora, por Deus que criou o mundo, se eu soubesse que isto a faria alegrar-se, eu, Aurélio, no dia em que Arvirago se foi pelo mar, teria buscado algum refúgio de onde jamais tornaria. Pois vejo bem que minha devoção é inútil, e um coração partido é todo o meu galardão. Senhora, que com uma palavra apenas pode dar-me vida ou morte, condoa-se de meu sofrer. Oxalá eu estivesse sepultado a seus pés! E isso é tudo o que tenho a dizer-lhe: dama gentil, tenha piedade, ou não demora o meu fim."

Fixando os olhos em Aurélio, indagou ela: "É esta a sua vontade? Era isso o que queria falar-me? Até este momento eu não havia percebido a sua intenção; mas agora, Aurélio, que sei o que deseja, asseguro-lhe, pelo Deus que me deu alma e vida, que nunca, enquanto estiver na posse de minhas faculdades, serei infiel por atos ou palavras àquele com quem me uni. E essa é minha resposta final!".

Depois disso, porém, acrescentou ela, em tom de brincadeira: "No entanto, Aurélio, como o seu penar me comove, prometo-lhe, por Deus do Céu, que hei de amá-lo no dia em que, ao longo de toda a Bretanha, você remover, pedra por pedra, todos os rochedos que estorvam a navegação dos barcos e dos navios. Garanto-lhe que, tão logo você tenha limpado o litoral de suas rochas, de modo que não se aviste uma sequer, terá todo o meu amor. Dou-lhe a minha palavra... Mesmo porque tenho certeza de que você nunca será capaz de fazer isso. Ora, tire essas tolices da cabeça! Que graça pode achar um homem em amar a mulher de outro, que possui seu corpo sempre que quiser?".

Aurélio suspirou profundamente: "Nenhuma outra mercê devo esperar?".

"Nenhuma, pelo Deus que me criou!", foi a resposta. Ao ouvir isso, grande foi a dor de Aurélio, e, com o coração despedaçado, comentou: "Senhora, o que me pede é a impossibilidade! Agora sei que vou morrer de morte horrível". E assim dizendo, rapidamente se afastou.

Sem nada saber desse encontro, chegaram então os outros amigos de Dórigen, e a convidaram a passear com eles pelas alamedas do jardim. E lá se foram, sempre inventando novos folguedos, até que o sol brilhante perdeu suas cores porque o horizonte lhe roubara a luz — o

as it was night./ And hoom they goon in Ioye and in solas,/ Save only wrecche Aurelius, allas!/ He to his hous is goon with sorweful herte;/ He seeth he may nat fro his deeth asterte./ Him semed that he felte his herte colde;/ Up to the hevene his handes he gan holde,/ And on his knowes bare he sette him doun,/ And in his raving seyde his orisoun./ For verray wo out of his wit he breyde./ He niste what he spak, but thus he seyde;/ With pitous herte his pleynt hath he bigonne/ Un-to the goddes, and first un-to the sonne:/

He seyde, 'Appollo, god and governour/ Of every plaunte, herbe, tree and flour,/ That yevest, after thy declinacioun,/ To ech of hem his tyme and his sesoun,/ As thyn herberwe chaungeth lowe or hye,/ Lord Phebus, cast thy merciable yë/ On wrecche Aurelie, which that am but lorn./ Lo, lord! my lady hath my deeth y-sworn/ With-oute gilt, but thy benignitee/ Upon my dedly herte have som pitee!/ For wel I woot, lord Phebus, if yow lest,/ Ye may me helpen, save my lady, best./ Now voucheth sauf that I may yow devyse/ How that I may been holpe and in what wyse./

Your blisful suster, Lucina the shene,/ That of the see is chief goddesse and quene,/ Though Neptunus have deitee in the see,/ Yet emperesse aboven him is she:/ Ye knowen wel, lord, that right as hir desyr/ Is to be quiked and lightned of your fyr,/ For which she folweth yow ful bisily,/ Right so the see desyreth naturelly/ To folwen hir, as she that is goddesse/ Bothe in the see and riveres more and lesse./ Wherfore, lord Phebus, this is my requeste —/ Do this miracle, or do myn herte breste —/ That now, next at this opposicioun,/ Which in the signe shal be of the Leoun,/ As preyeth hir so greet a flood to bringe,/ That fyve fadme at the leeste it overspringe/ The hyeste rokke in Armorik Briteyne;/ And lat this flood endure yeres tweyne;/ Than certes to my lady may I seye:/ "Holdeth your heste, the rokkes been aweye."/

Lord Phebus, dooth this miracle for me;/ Preye hir she go no faster cours than ye;/ I seye, preyeth your suster that she go/ No faster cours than ye thise yeres two./ Than shal she been evene atte fulle alway,/ And spring-flood laste bothe night and day./ And, but she vouche-sauf in swiche manere/ To graunte me my sovereyn lady dere,/ Prey hir to sinken every rok adoun/ In-to hir owene derke regioun/ Under the ground, ther Pluto dwelleth inne,/ Or never-mo shal I my lady winne./ Thy temple in Delphos wol I barefoot seke;/ Lord Phebus, see the teres on my cheke,/ And of my peyne have som compassioun.'/ And with

que equivale a dizer que anoitecera. E então, alegres e contentes, voltaram todos para os seus lares — menos, ai!, o infeliz Aurélio. Ele se recolheu acabrunhado; não via como escapar à morte; parecia ter um pedaço de gelo no lugar do coração. Logo se ajoelhou e, com as mãos levantadas para o céu, pôs-se a orar em seu delírio. Como a dor lhe perturbara a mente, sequer tinha consciência daquilo que dizia; por isso, com o peito angustiado, ergueu aos deuses estas preces, dirigindo-se primeiro ao Sol:

"Apolo", disse, "deus e governante das plantas, ervas, árvores e flores, que dás, segundo a tua declinação, vigor a cada qual na época certa, conforme é baixa ou alta a tua morada! Volve os olhos piedosos, Senhor Febo, ao pobre Aurélio, triste e abandonado. Sem culpa, oh meu Senhor, a minha dama jurou matar-me; e só me salvarei se te apiedares desta minha sina. Bem sei que, se o quiseres, Senhor Febo, és quem pode ajudar-me, depois dela. Permite, pois, que eu te descreva agora o que imploro que faças, e a maneira.

"Tua ditosa irmã, Lucina, a Lua, que dos mares é deusa e soberana — pois, se Netuno reina sobre as águas, é qual vassalo dessa imperatriz —, somente anela, meu Senhor, bem sabes, a vida e a luz que sorve de tuas chamas, e, por isso, te segue eternamente. Da mesma forma, o mar por ela anseia e vive a persegui-la, pois é deusa dos oceanos e rios de todo tipo. Assim sendo, Senhor, eis meu pedido: na próxima vez que estiveres em oposição à Lua, que se dará no signo de Leão, faz o milagre (ou deixo esta existência) de induzi-la a causar tão grande cheia, que fique pelo menos cinco braças acima do mais alto dos rochedos da costa da Bretanha Armoricana; e que essa enchente dure por dois anos. Então eu poderei dizer à amada: 'Cumpre a promessa; as rochas já se foram'.

"Oh, faz-me esse milagre, Senhor Febo! Pede a ela, sim, pede a tua irmã que não ande em seu curso, esses dois anos, mais rápido que tu, e assim teremos lua cheia o tempo todo, e o tempo todo há de durar a maré alta. Mas se ela, dessa forma, não quiser atender à adorada minha dama, roga-lhe então que faça, com seu poder no mundo subterrâneo, descer as rochas à região escura abaixo dos domínios de Plutão — senão jamais terei a minha amada. Descalço buscarei teu templo em Delfos. Senhor, olha estas lágrimas no rosto, e compadece-te de minha dor." E, ao dizer tais palavras, desmaiou, ficando longo tempo sem sentidos.

that word in swowne he fil adoun,/ And longe tyme he lay forth in a traunce./

His brother, which that knew of his penaunce,/ Up caughte him and to bedde he hath him broght./ Dispeyred in this torment and this thoght/ Lete I this woful creature lye;/ Chese he, for me, whether he wol live or dye./

Arveragus, with hele and greet honour,/ As he that was of chivalrye the flour,/ Is comen hoom, and othere worthy men./ O blisful artow now, thou Dorigen,/ That hast thy lusty housbonde in thyne armes,/ The fresshe knight, the worthy man of armes,/ That loveth thee, as his owene hertes lyf./ No-thing list him to been imaginatyf/ If any wight had spoke, whyl he was oute,/ To hire of love; he hadde of it no doute./ He noght entendeth to no swich matere,/ But dauncteth, Iusteth, maketh hir good chere;/ And thus in Ioye and blisse I lete hem dwelle,/ And of the syke Aurelius wol I telle./

In langour and in torment furious/ Two yeer and more lay wrecche Aurelius,/ Er any foot he mighte on erthe goon;/ Ne confort in this tyme hadde he noon,/ Save of his brother, which that was a clerk;/ He knew of al this wo and al this werk./ For to non other creature certeyn/ Of this matere he dorste no word seyn./ Under his brest he bar it more secree/ Than ever dide Pamphilus for Galathee./ His brest was hool, with-oute for to sene,/ But in his herte ay was the arwe kene./ And wel ye knowe that of a sursanure/ In surgerye is perilous the cure,/ But men mighte touche the arwe, or come therby./ His brother weep and wayled prively,/ Til atte laste him fil in remembraunce,/ That whyl he was at Orliens in Fraunce,/ As yonge clerkes, that been likerous/ To reden artes that been curious,/ Seken in every halke and every herne/ Particuler sciences for to lerne,/ He him remembred that, upon a day,/ At Orliens in studie a book he say/ Of magik natural, which his felawe,/ That was that tyme a bacheler of lawe,/ Al were he ther to lerne another craft,/ Had prively upon his desk y-laft;/ Which book spak muchel of the operaciouns,/ Touchinge the eighte and twenty mansiouns/ That longen

Seu irmão, que conhecia a causa de seu mal, levantou-o e trouxe-o para a cama. Ali, no desespero de tal tormento e tal ideia fixa, deixo agora a desditosa criatura, pendendo entre a vida e a morte.

Enquanto isso se passava, Arvirago, juntamente com outros bravos, voltara são e salvo para casa, coberto de honra e glória, flor genuína da cavalaria. Oh Dórigen, como você agora é feliz, com o esposo querido entre os braços, o jovem cavaleiro, o valente homem de armas, que ama a você mais do que a própria vida! E ele voltou sem suspeitas, sem perguntar se alguém não lhe teria feito a corte durante a sua ausência, pois tinha em seu amor plena confiança. Em vez disso, queria só dançar, justar e diverti-la. E assim os deixo, na ventura e na alegria, para outra vez falar do enfermo Aurélio.

Enfraquecido e abalado pela angústia, o desgraçado jovem teve que permanecer no leito mais de dois anos antes que pudesse novamente pôr os pés no chão. Nenhum conforto recebeu todo esse tempo, a não ser de seu irmão, um homem douto, que compreendia a origem desse mal e os seus sintomas. De fato, a nenhuma outra pessoa ousava ele falar sobre o assunto, guardando os segredos de sua alma com mais zelo do que Pânfilo o seu amor por Galateia.[175] Por fora, o corpo parecia são, mas dentro ainda feria a flecha aguda; e ele não ignorava que, na cirurgia, é um perigo fechar uma ferida sem extrair a seta que a causou. Seu irmão lastimava-se e chorava intimamente, até que, por fim, lhe veio à lembrança o tempo em que era estudante em Orléans, quando, como os jovens de sua idade, se interessava pelas ciências ocultas e revistava cada buraco e cada fresta em busca de conhecimentos sobre coisas incomuns. Recordou-se então de que um dia, em seu quarto na universidade de Orléans, folheara um livro sobre magia natural, que um seu colega, bacharel em Direito (se bem que ali estivesse para fazer outro curso), deixara guardado em sua escrivaninha; e esse livro falava muito sobre as operações referentes às vinte e oito mansões da Lua...[176] e sobre uma porção de outras tolices que, hoje em dia, já não valem nada, visto que a nossa crença na fé da Santa Igreja nos libertou do peso de

---

[175] Não se faz aqui alusão à história de Pigmalião e Galateia, mas a um poema medieval chamado *Pamphilus De Amore*. (N. do T.)

[176] As 28 mansões da lua, correspondendo aos 28 dias do ciclo lunar, tinham significado especial na astrologia e outras "ciências", e.g., o ilusionismo. (N. da E.)

to the mone, and swich folye,/ As in our dayes is nat worth a flye;/ For holy chirches feith in our bileve/ Ne suffreth noon illusion us to greve./ And whan this book was in his remembraunce,/ Anon for Ioye his herte gan to daunce,/ And to him-self he seyde prively:/ 'My brother shal be warisshed hastily;/ For I am siker that ther be sciences,/ By whiche men make diverse apparences/ Swiche as thise subtile tregetoures pleye./ For ofte at festes have I wel herd seye,/ That tregetours, with-inne an halle large,/ Have maad come in a water and a barge,/ And in the halle rowen up and doun./ Somtyme hath semed come a grim leoun;/ And somtyme floures springe as in a mede;/ Somtyme a vyne, and grapes whyte and rede;/ Somtyme a castel, al of lym and stoon;/ And whan hem lyked, voyded it anoon./ Thus semed it to every mannes sighte./

Now than conclude I thus, that if I mighte/ At Orliens som old felawe y-finde,/ That hadde this mones mansions in minde,/ Or other magik naturel above,/ He sholde wel make my brother han his love./ For with an apparence a clerk may make/ To mannes sighte, that alle the rokkes blake/ Of Britaigne weren y-voyded everichon,/ And shippes by the brinke comen and gon,/ And in swich forme endure a day or two;/ Than were my brother warisshed of his wo./ Than moste she nedes holden hir biheste,/ Or elles he shal shame hir atte leste.'/

What sholde I make a lenger tale of this?/ Un-to his brotheres bed he comen is,/ And swich confort he yaf him for to gon/ To Orliens, that he up stirte anon,/ And on his wey forthward thanne is he fare,/ In hope for to ben lissed of his care./

Whan they were come almost to that citee,/ But-if it were a two furlong or three,/ A yong clerk rominge by him-self they mette,/ Which that in Latin thriftily hem grette,/ And after that he seyde a wonder thing:/ 'I knowe,' quod he, 'the cause of your coming';/ And er they ferther any fote wente,/ He tolde hem al that was in hir entente./

This Briton clerk him asked of felawes/ The whiche that he had knowe in olde dawes;/ And he answerde him that they dede were,/ For which he weep ful ofte many a tere./

Doun of his hors Aurelius lighte anon,/ And forth with this magicien is he gon/ Hoom to his hous, and made hem wel at ese./ Hem lakked no vitaille that mighte hem plese;/ So wel arrayed hous as ther was oon/ Aurelius in his lyf saugh never noon./

He shewed him, er he wente to sopeer,/ Forestes, parkes ful of wilde deer;/ Ther saugh he hertes with hir homes hye,/ The gretteste

tais ilusões. E, ao lembrar-se daquele volume, seu coração deu saltos de alegria, e ele pensou consigo mesmo: "Meu irmão, não demora, há de estar bom, pois estou certo de que há ciências que permitem que se criem ilusões, como as que os mágicos conseguem com a sua habilidade. De fato, nas festas muitas vezes me falaram sobre os ilusionistas: um deles fez aparecer, no interior de enorme sala, um verdadeiro lago, com barcos que remavam para cá e para lá; outro fez surgir um leão feroz; outro fez brotar flores num prado; outro produziu todo um vinhedo, com uvas brancas e rosadas; outro, um castelo de reboco e pedra... E todos, quando queriam, faziam tudo sumir num piscar de olhos — ou assim parecia aos circunstantes.

"Em vista disso, a minha conclusão é que, se eu puder encontrar em Orléans um antigo companheiro, conhecedor profundo das mansões da Lua e das outras partes da magia natural, há de fazer, por certo, que meu irmão conquiste a bem-amada. Sim, porque, com seu ilusionismo, um entendido pode muito bem sugerir a nosso olhar que todos os rochedos da Bretanha desapareceram, um a um, e que os navios vêm e vão livremente sobre as águas; e essa impressão pode durar uma semana ou duas; e, se assim for, meu irmão há de curar-se, pois terá ela que cumprir sua promessa, se não quiser cobrir-se de vergonha."

Por que alongar esta história? Direi logo que, assim que ele se aproximou do irmão e o confortou com seu projeto de uma visita a Orléans, o outro saltou imediatamente da cama e pôs-se com ele a caminho, na esperança do alívio para a sua aflição.

Quando faltavam umas quinhentas jardas para chegarem àquela cidade, encontraram um homem douto, ainda jovem, caminhando solitário, que os saudou em latim corretamente, e disse estas palavras espantosas: "Sei bem por que vieram para cá". E, antes que dessem mais um passo, contou-lhes tudo sobre as suas intenções.

A seguir, o douto bretão perguntou-lhes a respeito dos companheiros que conhecera nos velhos tempos, e, ao saber que estavam mortos, derramou muitas lágrimas sentidas.

Aurélio então apeou-se do cavalo e, juntamente com o irmão, seguiu o mágico até sua casa, onde foram bem recebidos: havia ali todas as guloseimas que pudessem desejar, e Aurélio nunca vira aposentos mobiliados com igual requinte.

Antes da ceia, o anfitrião mostrou-lhes florestas e reservas cheias de gamos selvagens; ali avistaram veados com galharias enormes, as maio-

that ever were seyn with yë./ He saugh of hem an hondred slayn with houndes,/ And somme with arwes blede of bittre woundes./

He saugh, whan voided were thise wilde deer,/ Thise fauconers upon a fair river,/ That with hir haukes han the heron slayn./ Tho saugh he knightes Iusting in a playn;/ And after this, he dide him swich plesaunce,/ That he him shewed his lady on a daunce/ On which him-self he daunced, as him thoughte./ And whan this maister, that this magik wroughte,/ Saugh it was tyme, he clapte his handes two,/ And farewel! al our revel was ago./ And yet remoeved they never out of the hous,/ Whyl they saugh al this sighte merveillous,/ But in his studie, ther-as his bookes be,/ They seten stille, and no wight but they three./

To him this maister called his squyer,/ And seyde him thus: 'is redy our soper?/ Almost an houre it is, I undertake,/ Sith I yow bad our soper for to make,/ Whan that thise worthy men wenten with me/ In-to my studie, ther-as my bookes be.'/

'Sire,' quod this squyer, 'whan it lyketh yow,/ It is al redy, though ye wol right now.'/

'Go we than soupe,' quod he, 'as for the beste;/ This amorous folk som-tyme mote han reste.'/

At-after soper fille they in tretee,/ What somme sholde this maistres guerdon be,/ To remoeven alle the rokkes of Britayne,/ And eek from Gerounde to the mouth of Sayne./ He made it straunge, and swoor, so god him save,/ Lasse than a thousand pound he wolde nat have,/ Ne gladly for that somme he wolde nat goon./

Aurelius, with blisful herte anoon,/ Answerde thus, 'fy on a thousand pound!/ This wyde world, which that men seye is round,/ I wolde it yeve, if I were lord of it./ This bargayn is ful drive, for we ben knit./ Ye shal be payed trewely, by my trouthe!/ But loketh now, for no necligence or slouthe,/ Ye tarie us heer no lenger than to-morwe.'/ 'Nay,' quod this clerk, 'have heer my feith to borwe.'/

To bedde is goon Aurelius whan him leste,/ And wel ny al that night he hadde his reste;/ What for his labour and his hope of blisse,/ His woful herte of penaunce hadde a lisse./

Upon the morwe, whan that it was day,/ To Britaigne toke they the righte way,/ Aurelius, and this magicien bisyde,/ And been descended ther they wolde abyde;/ And this was, as the bokes me remembre,/ The colde frosty seson of Decembre./

res que por olhos foram vistas; e uma centena deles foi sacrificada, alguns trucidados por cães, outros varados por flechas, com sangrentos ferimentos.

Esvaneceram-se então os gamos, e, em seu lugar, surgiram falcoeiros praticando a cetraria junto a um rio muito formoso, caçando a garça com os seus falcões; e, a seguir, puderam contemplar cavaleiros a justar numa planície. Mas o maior prazer de Aurélio foi vislumbrar a amada numa dança, sendo ele próprio (pareceu-lhe) o par. Porém, o mestre que operou a mágica, achando que bastava, bateu palmas... e, adeus! o sonho se desfez em nada. Em nenhum instante, contudo, saíram de casa, enquanto viam essas maravilhas, mas ficaram no estúdio o tempo todo, rodeados pelos livros, os três somente e mais ninguém.

Então o mestre chamou seu escudeiro e perguntou-lhe: "A ceia ficou pronta? Creio que faz quase uma hora que a pedi; foi quando estes ilustres cavalheiros se fecharam comigo em meu estúdio".

"Senhor", retrucou o escudeiro, "tudo está pronto. Se o desejar, será servida agora mesmo."

"Então", disse ele, "vamos cear, que é melhor. Os apaixonados precisam de uma pausa vez por outra."

Após a ceia, puseram-se a discutir que soma receberia o mestre como paga para a remoção dos rochedos da Bretanha, desde a Gironda até a foz do Sena; argumentou ele que a empresa era dificílima, jurando por Deus que não poderia fazer por menos de mil libras, e que mesmo essa quantia era insatisfatória.

Aurélio, com o coração louco de alegria, de pronto respondeu: "Ora, que são mil libras?! Se dele eu fosse senhor, daria em troca o mundo inteiro, que dizem ser redondo! Portanto, estamos de acordo, e o negócio está fechado. Palavra de honra, o senhor será pago pontualmente. Mas olhe: faça o serviço sem negligência e sem preguiça; não deixe passar de amanhã". "Sem dúvida", confirmou o outro, "pode contar comigo."

Assim que o sono chegou, Aurélio recolheu-se ao leito, dormindo profundamente quase que a noite toda. Após tanto esforço e expectativa, seu coração tristonho conheceu algum alívio.

Na manhã seguinte, tão logo clareou o dia, os dois irmãos, acompanhados pelo mágico, tomaram a estrada para a Bretanha, apeando somente ao chegarem ao destino. Era, como lembraram minhas fontes, o tempo frio e gelado de dezembro.

O Conto do Proprietário de Terras

Phebus wex old, and hewed lyk latoun,/ That in his hote declinacioun/ Shoon as the burned gold with stremes brighte;/ But now in Capricorn adoun he lighte,/ Wher-as he shoon ful pale, I dar wel seyn./ The bittre frostes, with the sleet and reyn,/ Destroyed hath the grene in every yerd./ Ianus sit by the fyr, with double berd,/ And drinketh of his bugle-horn the wyn./ Biforn him stant braun of the tusked swyn,/ And 'Nowel' cryeth every lusty man./

Aurelius, in al that ever he can,/ Doth to his maister chere and reverence,/ And preyeth him to doon his diligence/ To bringen him out of his peynes smerte,/ Or with a swerd that he wolde slitte his herte./

This subtil clerk swich routhe had of this man,/ That night and day he spedde him that he can,/ To wayte a tyme of his conclusioun;/ This is to seye, to make illusioun,/ By swich an apparence or Iogelrye,/ I ne can no termes of astrologye,/ That she and every wight sholde wene and seye,/ That of Britaigne the rokkes were aweye,/ Or elles they were sonken under grounde./ So atte laste he hath his tyme y-founde/ To maken his Iapes and his wrecchednesse/ Of swich a superstitious cursednesse./ His tables Toletanes forth he broght,/ Ful wel corrected, ne ther lakked noght,/ Neither his collect ne his expans yeres,/ Ne his rotes ne his othere geres,/ As been his centres and his arguments,/ And his proporcionels convenients/ For his equacions in

Febo, que, na declinação mais quente, fulgia com luzes brilhantes, qual ouro polido, agora está velho e da cor do latão, pois, afinal, entrou em Capricórnio, onde o antigo fulgor empalidece. As geadas cortantes, com granizo e chuva, destruíram o verde dos jardins. Jano,[177] com barba dupla, sentado ao pé do fogo, de seu chifre recurvo bebe o vinho; um javali é assado à sua frente; todos cantam felizes: "É Natal!".

Aurélio tratava o mestre da melhor maneira que podia, com entusiasmo e consideração, pedindo-lhe que começasse logo o trabalho para livrá-lo de seu sofrimento insuportável, caso contrário, atravessaria com a espada o peito.

Compadecido do coitado, o hábil ilusionista ficou noite e dia atento, na expectativa de um momento favorável para as suas experiências... ou seja, para criar a ilusão, por meio de aparências ou prestidigitação (desconheço a terminologia astrológica), que fizesse a dama e as demais pessoas acreditarem e afirmarem que os rochedos da Bretanha haviam se afastado, ou tinham sido engolidos pelo solo. Chegada enfim a ocasião propícia a seus embustes e artimanhas abomináveis de maldita superstição, tomou ele de suas Tábuas Toledanas[178] (devidamente corrigidas), e sem esquecer nada — nem suas Efemérides dos movimentos planetários em anos isolados e em sequência, nem sua Tábua das Casas, nem as outras parafernálias (como os "centros" e os "argumentos" do astrolábio

---

[177] O deus Jano prenuncia janeiro e o rigor do inverno. (N. do T.)

[178] Este parágrafo e o seguinte contêm referências astrológicas de grande complexidade. Tentaremos esclarecer, pelo menos, quatro de seus pontos principais. 1) As Tábuas Toledanas foram tábuas astrológicas compiladas pelo árabe Al-Zargali, no século XI, e refeitas, em 1272, por Alfonso X, o Sábio, rei de Castela e Leão. Ao afirmar que elas foram "devidamente corrigidas", Chaucer pode ter tido em mente ou esta sua reelaboração pelo monarca espanhol, ou sua posterior adaptação à longitude local (de Londres, ou da Bretanha). 2) Os centros são, no astrolábio, as posições das estrelas fixas, enquanto os argumentos são os ângulos, os arcos e as outras quantidades matemáticas que se usam nas deduções. 3) A oitava esfera é a das estrelas fixas, e a nona esfera é a do *Primum Mobile*. É nesta nona esfera que se situa o verdadeiro ponto equinocial (a cabeça da constelação "fixa" de Áries), de modo que a medida da precessão dos equinócios é dada pela distância entre esse ponto equinocial verdadeiro e a estrela Alnath, ou Alfa de Áries, que fica na oitava esfera. É também essa estrela que indica a "primeira mansão" da Lua (que, por isso mesmo, se chama "Alnath"). 4) Cada signo do zodíaco era dividido em partes iguais de dez graus, chamadas faces (decanatos), e em partes desiguais, chamadas termos. As "faces" e os "termos" se relacionavam com os diferentes planetas. (N. do T.)

every thing./ And, by his eighte spere in his wirking,/ He knew ful wel how fer Alnath was shove/ Fro the heed of thilke fixe Aries above/ That in the ninthe speere considered is;/ Ful subtilly he calculed al this./

Whan he had founde his firste mansioun,/ He knew the remenant by proporcioun;/ And knew the arysing of his mone weel,/ And in whos face, and terme, and every-deel;/ And knew ful weel the mones mansioun/ Acordaunt to his operacioun,/ And knew also his othere observaunces/ For swiche illusiouns and swiche meschaunces/ As hethen folk used in thilke dayes;/ For which no lenger maked he delayes,/ But thurgh his magik, for a wyke or tweye,/ It semed that alle the rokkes were aweye./

Aurelius, which that yet despeired is/ Wher he shal han his love or fare amis,/ Awaiteth night and day on this miracle;/ And whan he knew that ther was noon obstacle,/ That voided were thise rokkes everichon,/ Doun to his maistres feet he fil anon,/ And seyde, 'I woful wrecche, Aurelius,/ Thanke yow, lord, and lady myn Venus,/ That me han holpen fro my cares colde:'/ And to the temple his wey forth hath he holde,/ Wher-as he knew he sholde his lady see./ And whan he saugh his tyme, anon-right he,/ With dredful herte and with ful humble chere,/ Salewed hath his sovereyn lady dere:/

'My righte lady,' quod this woful man,/ 'Whom I most drede and love as I best can,/ And lothest were of al this world displese,/ Nere it that I for yow have swich disese,/ That I moste dyen heer at your foot anon,/ Noght wolde I telle how me is wo bigon;/ But certes outher moste I dye or pleyne;/ Ye slee me giltelees for verray peyne./ But of my deeth, thogh that ye have no routhe,/ Avyseth yow, er that ye breke your trouthe./ Repenteth yow, for thilke god above,/ Er ye me sleen by-cause that I yow love./ For, madame, wel ye woot what ye han hight;/ Nat that I chalange any thing of right/ Of yow my sovereyn lady, but your grace;/ But in a gardin yond, at swich a place,/ Ye woot right wel what ye bihighten me;/ And in myn hand your trouthe plighten ye/ To love me best, god woot, ye seyde so,/ Al be that I unworthy be therto./ Madame, I speke it for the honour of yow,/ More than to save myn hertes lyf right now;/ I have do so as ye comanded me;/ And if ye vouche-sauf, ye may go see./ Doth as yow list, have your biheste in minde,/ For quik or deed, right ther ye shul me finde;/ In yow lyth al, to do me live or deye; —/ But wel I woot the rokkes been aweye!'/

He taketh his leve, and she astonied stood,/ In al hir face nas a drope of blood;/ She wende never han come in swich a trappe:/ 'Allas!' quod

e as escalas proporcionais para o equacionamento das posições dos astros) — fez em suas operações a avaliação, a partir da oitava esfera, de quanto a estrela Alnath se afastara da constelação fixa de Áries, situada mais acima, porque se pensa estar na nona esfera. Fez todas as deduções com muita habilidade.

A seguir, tendo achado a primeira mansão da Lua, encontrou as restantes por meio de cálculos proporcionais, determinando com segurança a ascensão daquele corpo, e a "face" ou "termo" do signo em que se deu. Finalmente, conhecendo a mansão da Lua favorável à sua tarefa, bem como as outras condições indispensáveis aos ilusionismos e artes que naquele tempo praticavam os pagãos, conseguiu ele, por uma ou duas semanas, dar a impressão, a quem olhasse, de que os rochedos todos haviam sumido.

Aurélio, que ainda estava desesperado, sem saber se iria ou não conquistar o seu amor, noite e dia aguardava ansioso esse milagre; e, quando foi informado de que não havia mais obstáculos e as rochas todas tinham sido eliminadas, caiu aos pés do mestre, exclamando: "Eu, o triste e desditoso Aurélio, agradeço ao senhor — e a Vênus, minha senhora — por terem me libertado de minha aflição cruel". E, em seguida, dirigiu-se ao templo, sabendo que lá encontraria a sua amada. E, no momento justo, com temeroso coração e com semblante humilde, saudou a sua dama soberana.

"Senhora de minha vida", disse-lhe o infeliz, "por quem tenho o maior respeito e afeto, por nada neste mundo eu iria aborrecê-la, se não fosse essa loucura que sinto pela senhora e que a seus pés irá matar-me. Não fora isso, guardaria para mim a minha angústia. Tendo, porém, que optar entre a morte e o queixume, e vendo que a senhora aflige a um inocente sem ter nenhuma pena de seu fim, eu recomendo que não traia a sua promessa. Pelo Deus que nos vê, medite um pouco, antes de me imolar porque eu a quero. A senhora bem sabe o que jurou... Não que eu reclame aqui qualquer direito, pois o que peço, oh dama, é apenas graça. Mas além, num recanto do jardim, lembra decerto o que me assegurou, firmemente empenhando a sua palavra quando me prometeu o seu amor. Foi o que fez, embora eu não mereça tal oferta. Senhora, mais do que por meu prazer, estou falando agora por sua honra: fiz a obra que a senhora me ordenou (se quiser, verifique por si mesma). Cumpra, se lhe aprouver, o prometido, matando-me ou deixando-me viver, pois bem sabe que é sua a minha vida — como eu sei que sumiram os rochedos."

she, 'that ever this sholde happe!/ For wende I never, by possibilitee,/ That swich a monstre or merveille mighte be!/ It is agayns the proces of nature':/ And hoom she gooth a sorweful creature./ For verray fere unnethe may she go,/ She wepeth, wailleth, al a day or two,/ And swowneth, that it routhe was to see;/ But why it was, to no wight tolde she;/ For out of toune was goon Arveragus./ But to hir-self she spak, and seyde thus,/ With face pale and with ful sorweful chere,/ In hir compleynt, as ye shul after here:/

'Allas,' quod she, 'on thee, Fortune, I pleyne,/ That unwar wrapped hast me in thy cheyne;/ For which, tescape, woot I no socour/ Save only deeth or elles dishonour;/ Oon of thise two bihoveth me to chese./ But nathelees, yet have I lever to lese/ My lyf than of my body have a shame,/ Or knowe my-selven fals, or lese my name,/ And with my deth I may be quit, y-wis./ Hath ther nat many a noble wyf, er this,/ And many a mayde y-slayn hir-self, allas!/ Rather than with hir body doon trespas?/

Yis, certes, lo, thise stories beren witnesse;/ Whan thretty tyraunts, ful of cursednesse,/ Had slayn Phidoun in Athenes, atte feste,/ They comanded his doghtres for tareste,/ And bringen hem biforn hem in despyt/ Al naked, to fulfille hir foul delyt,/ And in hir fadres blood they made hem daunce/ Upon the pavement, god yeve hem mischaunce!/ For which thise woful maydens, ful of drede,/ Rather than they wolde lese hir maydenhede,/ They prively ben stirt in-to a welle,/ And dreynte hem-selven, as the bokes telle./

They of Messene lete enquere and seke/ Of Lacedomie fifty maydens eke,/ On whiche they wolden doon hir lecherye;/ But was ther noon of al that companye/ That she nas slayn, and with a good entente/ Chees rather for to dye than assente/ To been oppressed of hir maydenhede./ Why sholde I thanne to dye been in drede?/

Lo, eek, the tiraunt Aristoclides/ That loved a mayden, heet Stimphalides,/ Whan that hir fader slayn was on a night,/ Un-to Dianes temple goth she right,/ And hente the image in hir handes two,/ Fro which image wolde she never go./ No wight ne mighte hir handes of it arace,/ Til she was slayn right in the selve place./ Now sith that maydens hadden

Ele então se despediu, enquanto ela, atordoada, sentia que o sangue lhe fugia das faces. Jamais sonhara que um dia iria cair nessa armadilha. "Ai!", gemeu ela, "como isso pôde acontecer-me? Como iria imaginar possível um prodígio, ou portento, contrário às próprias leis da natureza?" E foi-se a coitada para casa. Eram tais os seus temores, que mal conseguia caminhar. Chorou e soluçou um dia ou dois, desmaiou, sofreu que dava pena. Mas nada revelou para ninguém, porque Arvirago tinha viajado. Consigo mesma ela falava, e em seus lamentos, com semblante tristonho e rosto pálido, disse isto, como agora vão ouvir:

"Ai, Fortuna, de ti é que eu me queixo,[179] que, desatenta, em teus elos fui enredada, de forma que não há quem me socorra... À minha frente se abrem dois caminhos: devo escolher a morte ou a desonra. Muito melhor, porém, perder a vida do que viver num corpo conspurcado, marcado pela infâmia e a falsidade. Em minha morte vejo a liberdade. Quantas nobres esposas no passado, e donzelas também, não se mataram para assim se livrarem da luxúria!

"De fato, muitos casos o comprovam. Quando os trinta tiranos impiedosos, tendo matado Fídon em Atenas no meio de uma festa, fizeram que suas filhas prisioneiras fossem trazidas nuas à sua frente, como pasto de seus torpes desejos, forçando-as a dançar no pavimento coberto pelo sangue de seu pai — malditos sejam! —, preferiram as míseras donzelas, tomadas de pavor (segundo os livros), atirar-se num poço e se afogar, a terem que perder a virgindade.

"Também indaga sobre os de Messênia, que trouxeram cinquenta lindas jovens da Lacônia, pensando em seviciá-las; nenhuma delas escapou com vida, pois que todas optaram pela morte para manterem sua castidade. Então por que devo temer a morte?

"O tirano Aristóclides também desejava Estinfale com ardor; mas uma noite, quando o pai foi morto, ela buscou o templo de Diana, onde agarrou com ambas as mãos a imagem dessa casta divindade; ninguém pôde apartá-la de seu ídolo, e, por isso, ali mesmo a trucidaram. Ora, se

---

[179] O lamento de Dórigen segue a prática retórica da época, sendo constituído por uma apóstrofe à Fortuna, seguida de uma *digressio* (digressão) formada por *exempla* (histórias ilustrativas). Essas histórias, quase todas extraídas da *Epistola Adversus Jovinianum* de São Jerônimo, em geral focalizam mulheres da Grécia antiga. Algumas, porém, pertencem à história de Roma (Lucrécia, Pórcia, Bilia e Valéria), de Cartago (a mulher de Asdrúbal) e da Pérsia (Rodogune). (N. do T.)

swich despyt/ To been defouled with mannes foul delyt,/ Wel oghte a wyf rather hir-selven slee/ Than be defouled, as it thinketh me./

What shal I seyn of Hasdrubales wyf,/ That at Cartage birafte hir-self hir lyf?/ For whan she saugh that Romayns wan the toun,/ She took hir children alle, and skipte adoun/ In-to the fyr, and chees rather to dye/ Than any Romayn dide hir vileinye./

Hath nat Lucresse y-slayn hir-self, allas!/ At Rome, whanne she oppressed was/ Of Tarquin, for hir thoughte it was a shame/ To liven whan she hadde lost hir name?/

The sevene maydens of Milesie also/ Han slayn hem-self, for verray drede and wo,/ Rather than folk of Gaule hem sholde oppresse./ Mo than a thousand stories, as I gesse,/ Coude I now telle as touchinge this matere./

Whan Habradate was slayn, his wyf so dere/ Hirselven slow, and leet hir blood to glyde/ In Habradates woundes depe and wyde,/ And seyde, "my body, at the leeste way,/ Ther shal no wight defoulen, if I may."/

What sholde I mo ensamples heer-of sayn,/ Sith that so manye han hem-selven slayn/ Wel rather than they wolde defouled be?/ I wol conclude, that it is bet for me/ To sleen my-self, than been defouled thus./ I wol be trewe un-to Arveragus,/ Or rather sleen my-self in som manere,/ As dide Demociones doghter dere,/ By-cause that she wolde nat defouled be./

O Cedasus! it is ful greet pitee,/ To reden how thy doghtren deyde, allas!/ That slowe hem-selven for swich maner cas./

As greet a pitee was it, or wel more,/ The Theban mayden, that for Nichanore/ Hir-selven slow, right for swich maner wo./ Another Theban mayden dide right so;/ For oon of Macedoine hadde hir oppressed,/ She with hir deeth hir maydenhede redressed./

What shal I seye of Nicerates wyf,/ That for swich cas birafte hir-self hir lyf?/

How trewe eek was to Alcebiades/ His love, that rather for to dyen chees/ Than for to suffre his body unburied be!/

Lo which a wyf was Alceste,' quod she./

'What seith Omer of gode Penalopee?/ Al Grece knoweth of hir chastitee./

Pardee, of Laodomya is writen thus,/ That whan at Troye was slayn Protheselaus,/ No lenger wolde she live after his day./

The same of noble Porcia telle I may;/ With-oute Brutus coude she nat live,/ To whom she hadde al hool hir herte yive./

The parfit wyfhod of Arthemesye/ Honoured is thurgh al the

as virgens têm tal aversão aos homens que pretendem maculá-las, uma esposa também pode morrer — não duvides — para manter-se pura!

"E da mulher de Asdrúbal que direi, que em Cartago tirou a própria vida? Sim, quando viu a escalada dos romanos, tomou os filhos e saltou com eles em meio às chamas, preferindo a morte a ser violada por algum soldado.

"E, ai! Lucrécia também não se matou em Roma quando foi violentada por Tarquínio, porque julgou vergonha ter a vida quando a honra já não tinha?

"Também as sete virgens de Mileto sacrificaram-se de medo e dor para evitarem a opressão dos gálatas. E mil histórias mais, não tenho dúvida, poderia lembrar sobre este assunto.

"Quando Abradates foi assassinado, suicidou-se então sua mulher, lavando com seu sangue os ferimentos extensos e profundos do marido; e gritou: 'Desse modo, pelo menos, ninguém irá desrespeitar meu corpo!'.

"Preciso ainda dar outros exemplos? Como tantas mulheres se mataram só para que não fossem conspurcadas, a minha conclusão é que é melhor deixar o mundo e conservar-me pura. Se eu tiver que trair meu Arvirago, então não me convém pensar na vida... A amada filha de Demoção fez o mesmo ao lutar contra o pecado.

"Oh Cedaso, que história comovente a de tuas filhas, ai! que se mataram — e a razão, como sempre, foi a mesma!

"Tão comovente, ou mais, foi o destino da donzela tebana que, infeliz, morte a si mesma deu por Nicanor. Da mesma forma agiu outra tebana: violentada por um macedônio, com a morte remiu sua desgraça.

"E não teve a mulher de Nicerates fim igual, e por igual motivo?

"E que fiel a amante de Alcebíades! Arrostou sem temor a própria morte para dar ao amado sepultura.

"E que esposa notável foi Alceste!

"E o que nos diz Homero de Penélope, famosa em toda a Grécia pela castidade?

"De Laodamia, oh Deus, está escrito que, ao matarem Protesilau, em Troia, não quis viver sem ele um dia a mais.

"Diz-se o mesmo também da nobre Pórcia: sem Bruto não podia ela viver, porque lhe dera todo o coração.

"A perfeita conduta de Artemísia é admirada até pelos bárbaros. E tu, rainha Teuta, tua pureza é espelho para todas as mulheres! Digo o mesmo a respeito de Bilia, de Valéria e também de Rodogune."

O Conto do Proprietário de Terras

Barbarye,/ O Teuta, queen! thy wyfly chastitee/ To alle wyves may a mirour be./ The same thing I seye of Bilia,/ Of Rodogone, and eek Valeria.'/

Thus pleyned Dorigene a day or tweye,/ Purposinge ever that she wolde deye./

But nathelees, upon the thridde night,/ Hom cam Arveragus, this worthy knight,/ And asked hir, why that she weep so sore?/ And she gan wepen ever lenger the more./

'Allas!' quod she, 'that ever was I born!/ Thus have I seyd,' quod she, 'thus have I sworn' —/ And told him al as ye han herd bifore;/ It nedeth nat reherce it yow na-more./

This housbond with glad chere, in freendly wyse,/ Answerde and seyde as I shal yow devyse:/ 'Is ther oght elles, Dorigen, but this?'/

'Nay, nay,' quod she, 'god help me so, as wis;/ This is to muche, and it were goddes wille.'/

'Ye, wyf,' quod he, 'lat slepen that is stille;/ It may be wel, paraventure, yet to-day./ Ye shul your trouthe holden, by my fay!/ For god so wisly have mercy on me,/ I hadde wel lever y-stiked for to be,/ For verray love which that I to yow have,/ But-if ye sholde your trouthe kepe and save./ Trouthe is the hyeste thing that man may kepe': —/ But with that word he brast anon to wepe,/ And seyde, 'I yow forbede, up peyne of deeth,/ That never, whyl thee lasteth lyf ne breeth,/ To no wight tel thou of this aventure./ As I may best, I wol my wo endure,/ Ne make no contenance of hevinesse,/ That folk of yow may demen harm or gesse.'/

And forth he cleped a squyer and a mayde:/ 'Goth forth anon with Dorigen,' he sayde,/ 'And bringeth hir to swich a place anon.'/ They take hir leve, and on hir wey they gon;/ But they ne wiste why she thider wente./ He nolde no wight tellen his entente./

Paraventure an heep of yow, y-wis,/ Wol holden him a lewed man in this,/ That he wol putte his wyf in Iupartye;/ Herkneth the tale, er ye up-on hir crye./ She may have bettre fortune than yow semeth;/ And whan that ye han herd the tale, demeth./

This squyer, which that highte Aurelius,/ On Dorigen that was so amorous,/ Of aventure happed hir to mete/ Amidde the toun, right in the quikkest strete,/ As she was boun to goon the wey forth-right/ Toward the gardin ther-as she had hight./ And he was to the gardinward also;/ For wel he spyed, whan she wolde go/ Out of hir hous to any maner place./ But thus they mette, of aventure or grace;/ And he saleweth hir with glad entente,/ And asked of hir whiderward she wente?/

Assim queixou-se, um ou dois dias, Dórigen, convencida de que devia morrer.

Na terceira noite, todavia, Arvirago, o nobre cavaleiro, voltou para casa, e quis saber por que ela chorava tanto. Em resposta, pôs-se ela a chorar ainda mais.

"Ai de mim", disse ela, "por que foi que eu nasci? Foi isto o que eu disse, foi isto o que eu jurei..." E contou-lhe tudo o que vocês já ouviram — de modo que não é preciso repetir.

O marido, carinhoso e compreensivo, perguntou-lhe: "Então não há nada mais, Dórigen, além disso?".

"Não, não, pelos Céus!", respondeu ela. "Mas, mesmo que seja a vontade de Deus, isso já é demais!"

"Quem sai à chuva é para se molhar", continuou o cavaleiro. "Mas talvez tudo se resolva ainda hoje. De uma coisa, porém, eu sei: você tem que manter sua palavra! Deus tenha piedade de mim, mas pelo grande amor que tenho por você, prefiro morrer em combate a vê-la trair uma promessa. A verdade é o maior tesouro que temos." E, ao dizer isso, irrompeu em pranto, exclamando: "Proíbo-a, pelo ar que respira, de revelar esse caso a quem quer que seja, enquanto tiver sopro de vida. Quanto a mim, suportarei a minha dor da melhor maneira que puder, evitando demonstrar tristeza para que os outros não fiquem imaginando o que não devem".

Em seguida, chamou ele um escudeiro e uma aia: "Acompanhem Dórigen", ordenou, "e levem-na até o lugar que disser". Eles se despediram e, com a patroa, puseram-se a caminho, ignorando qual o seu destino.

Neste ponto, tenho certeza de que uma porção de vocês estará achando que esse cavaleiro foi um idiota, ao expor sua mulher a tantos riscos. Escutem, porém, o resto da história, antes que comecem a condoer-se de sua sorte, pois as coisas podem acabar melhor do que se pensa. Deixem que eu termine; depois podem julgar.

O tal escudeiro de nome Aurélio, que andava apaixonado por Dórigen, encontrou-se casualmente com ela na cidade, na rua mais movimentada, no instante em que ela se dirigia para o jardim onde fizera o juramento, a fim de cumprir o prometido; e ele também rumava para lá, pois já havia adivinhado sua intenção ao vê-la sair de casa, acostumado que estava a vigiar seus movimentos. E assim que se encontraram, por acaso ou sorte, ele a cumprimentou alegremente, perguntando-lhe para onde ia.

O Conto do Proprietário de Terras

And she answerde, half as she were mad,/ 'Un-to the gardin, as myn housbond bad,/ My trouthe for to holde, allas! allas!'/

Aurelius gan wondren on this cas,/ And in his herte had greet compassioun/ Of hir and of hir lamentacioun,/ And of Arveragus, the worthy knight,/ That bad hir holden al that she had hight,/ So looth him was his wyf sholde breke hir trouthe;/ And in his herte he caughte of this greet routhe,/ Consideringe the beste on every syde,/ That fro his lust yet were him lever abyde/ Than doon so heigh a cherlish wrecchednesse/ Agayns franchyse and alle gentillesse;/ For which in fewe wordes seyde he thus:/

'Madame, seyth to your lord Arveragus,/ That sith I see his grete gentillesse/ To yow, and eek I see wel your distresse,/ That him were lever han shame (and that were routhe)/ Than ye to me sholde breke thus your trouthe,/ I have wel lever ever to suffre wo/ Than I departe the love bitwix yow two./ I yow relesse, madame, in-to your hond/ Quit every surement and every bond,/ That ye han maad to me as heer-biforn,/ Sith thilke tyme which that ye were born./ My trouthe I plighte, I shal yow never repreve/ Of no biheste, and here I take my leve,/ As of the treweste and the beste wyf/ That ever yet I knew in al my lyf./ But every wyf be-war of hir biheste,/ On Dorigene remembreth atte leste./ Thus can a squyer doon a gentil dede,/ As well as can a knight, with-outen drede.'/

She thonketh him up-on hir knees al bare,/ And hoom un-to hir housbond is she fare,/ And tolde him al as ye han herd me sayd;/ And be ye siker, he was so weel apayd,/ That it were inpossible me to wryte;/ What sholde I lenger of this cas endyte?/

Arveragus and Dorigene his wyf/ In sovereyn blisse leden forth hir lyf./ Never eft ne was ther angre hem bitwene;/ He cherisseth hir as though she were a quene;/ And she was to him trewe for evermore./ Of thise two folk ye gete of me na-more./

Aurelius, that his cost hath al forlorn,/ Curseth the tyme that ever he was born:/ 'Allas,' quod he, 'allas! that I bihighte/ Of pured gold a thousand pound of wighte/ Un-to this philosophre! how shal I do?/ I see na-more but that I am fordo./ Myn heritage moot I nedes selle,/ And been a begger; heer may I nat dwelle,/ And shamen al my kinrede in this place,/ But I of him may gete bettre grace./ But nathelees, I wol of him assaye,/ At certeyn dayes, yeer by yeer, to paye,/ And thanke him of his grete curteisye;/ My trouthe wol I kepe, I wol nat lye.'/

Ela, como que desvairada, respondeu: "Para o jardim, por ordem de meu marido, para manter minha palavra... oh, que desgraça!".

Aurélio, pensando melhor sobre o caso, começou a condoer-se dela e de sua aflição, bem como de Arvirago, o nobre cavaleiro, que, por não tolerar perjúrios, impusera à esposa que cumprisse a sua palavra. E uma grande piedade invadiu-lhe o coração. E ele concluiu que, sob todos os pontos de vista, melhor era abster-se do prazer que praticar tamanha vilania contra a generosidade e a nobreza de espírito. Por isso, em poucas palavras, disse ele o que se segue:

"Senhora, diga a Arvirago, seu esposo, que, ao ver o desespero da senhora e a grande fidalguia dele próprio — a ponto de colocar a fidelidade à palavra empenhada acima da vergonha (o que seria lastimável), prefiro padecer insatisfeito a interferir no grande amor dos dois. Portanto, eu a liberto, oh minha dama, absolvendo-a de todo juramento e promessa que tenha feito a mim, em qualquer tempo, desde que nasceu. Por minha honra, jamais vou reclamar mais nada da senhora. E aqui despeço-me da mulher mais fiel e virtuosa que conheci em minha vida. Oh esposas, guardem bem os seus empenhos, seguindo Dórigen e seu exemplo! Demonstro assim que pode um escudeiro ser tão fidalgo quanto um cavaleiro."

Ela agradeceu-lhe de joelhos e correu para casa a seu marido, a quem contou tudo o que acabaram de ouvir. Naturalmente, seu contentamento foi muito grande — tanto assim que nem sei como descrevê-lo. Que mais poderia acrescentar a essa história?

Arvirago e sua esposa Dórigen viveram daí por diante em soberana felicidade. Nunca mais houve problemas entre ambos: ele a reverenciava como a uma rainha, e ela lhe foi fiel para sempre. Deles não preciso dizer mais nada.

Aurélio, ao lembrar-se da grande dívida que contraíra, sentiu-se arruinado, passando a maldizer o dia em que nasceu. "Ai!", chorou ele. "Ai! Por que fui prometer mil libras de ouro puro àquele filósofo? O que farei agora? Tudo o que sei é que estou perdido! Vou ter que vender a minha herança e viver como mendigo. Se ele não se apiedar de mim, não poderei continuar aqui, pois seria a vergonha da família. Não obstante, vou propor-lhe que parcele a dívida, ano após ano uma parte, em dia certo; e vou agradecer-lhe a cortesia, De qualquer forma, vou manter o empenho!"

O Conto do Proprietário de Terras

With herte soor he gooth un-to his cofre,/ And broghte gold un-to this philosophre,/ The value of fyve hundred pound, I gesse,/ And him bisecheth, of his gentillesse,/ To graunte him dayes of the remenaunt,/ And seyde, 'maister, I dar wel make avaunt,/ I failled never of my trouthe as yit;/ For sikerly my dette shal be quit/ Towardes yow, however that I fare/ To goon a-begged in my kirtle bare./ But wolde ye vouche-sauf, up-on seurtee,/ Two yeer or three for to respyten me,/ Than were I wel; for elles moot I selle/ Myn heritage; ther is na-more to telle.'/

This philosophre sobrely answerde,/ And seyde thus, whan he thise wordes herde:/ 'Have I nat holden covenant un-to thee?'/

'Yes, certes, wel and trewely,' quod he./

'Hastow nat had thy lady as thee lyketh?'/

'No, no,' quod he, and sorwefully he syketh./

'What was the cause? tel me if thou can.'/

Aurelius his tale anon bigan,/ And tolde him al, as ye han herd bifore;/ It nedeth nat to yow reherce it more./ He seide, 'Arveragus, of gentillesse,/ Had lever dye in sorwe and in distresse/ Than that his wyf were of hir trouthe fals.'/ The sorwe of Dorigen he tolde him als,/ How looth hir was to been a wikked wyf,/ And that she lever had lost that day hir lyf,/ And that hir trouthe she swoor, thurgh innocence:/ 'She never erst herde speke of apparence;/ That made me han of hir so greet pitee./ And right as frely as he sente hir me,/ As frely sente I hir to him ageyn./ This al and som, ther is na-more to seyn.'/

This philosophre answerde, 'leve brother,/ Everich of yow dide gentilly til other./ Thou art a squyer, and he is a knight;/ But god forbede, for his blisful might,/ But-if a clerk coude doon a gentil dede/ As wel as any of yow, it is no drede!/

Sire, I relesse thee thy thousand pound,/ As thou right now were cropen out of the ground,/ Ne never er now ne haddest knowen me./ For sire, I wol nat take a peny of thee/ For al my craft, ne noght for my travaille./ Thou hast y-payed wel for my vitaille;/ It is y-nogh, and farewel, have good day:'/ And took his hors, and forth he gooth his way./

Lordinges, this question wolde I aske now,/ Which was the moste free, as thinketh yow?/ Now telleth me, er that ye ferther wende./ I can na-more, my tale is at an ende./

Here is ended the Frankeleyns Tale.

Com o coração em frangalhos, foi até o cofre e de lá tirou ouro, no valor de quinhentas libras, para levar ao filósofo, a quem suplicou a gentileza de um prazo maior para o restante: "Mestre, posso assegurar-lhe que nunca, até hoje, faltei à minha palavra. Saldarei meu débito com o senhor, não importa o que me custe, ainda que eu tenha que mendigar por aí só com a camisa do corpo. No entanto, se o senhor me concedesse, com as devidas garantias, uma prorrogação da dívida por dois ou três anos, isso me ajudaria muito; caso contrário, terei que vender a minha herança. É o que tenho a dizer-lhe".

Ao ouvir isso, respondeu-lhe secamente o filósofo: "Não cumpri minha parte do acordo?".

"Sim, claro, integralmente", confirmou o outro.

"E o senhor não obteve a dama que queria?"

"Oh, não!", suspirou ele amargamente.

"O que houve? Diga-me o que aconteceu."

Aurélio passou então a descrever seu infortúnio, contando os fatos de que vocês estão lembrados. E disse: "Arvirago, com sua fidalguia, achou melhor morrer de dor e desespero que ver a esposa cometer perjúrio". Também narrou todo o sofrer de Dórigen, que preferia a morte a se tornar uma dessas mulheres falsas; reconheceu que fizera o juramento por ingenuidade, dado que até então jamais ouvira falar de magia: "E por isso senti tanta piedade, que a devolvi tão generosamente quão generosamente seu marido a mandara para mim. E isso é tudo o que eu tinha a lhe dizer".

Disse o filósofo: "Meu caro irmão, vocês dois demonstraram grande nobreza, tanto o escudeiro quanto o cavaleiro. Não queira Deus, por toda a sua glória, que um letrado, em sua fidalguia, seja inferior a qualquer um dos dois.

"Não precisa pagar-me essas mil libras. É como se o senhor do chão brotasse, sem que antes me tivesse conhecido. Não, senhor, eu não quero o seu dinheiro — nem por minha arte, nem por meu trabalho. O senhor já pagou minha hospedagem: isso me basta. Adeus. Tenha um bom dia." E montou, e seguiu o seu caminho.

Senhores, eu lhes deixo esta pergunta: qual deles, a seu ver, foi mais fidalgo? Digam-me isso, antes de prosseguirmos. Quanto a mim, chega: a história se acabou.

Aqui termina o Conto do Proprietário de Terras.

The Phisiciens Tale

Here folweth the Phisiciens Tale.

Ther was, as telleth Titus Livius,/ A knight that called was Virginius,/ Fulfild of honour and of worthinesse,/ And strong of freendes and of greet richesse./

This knight a doghter hadde by his wyf,/ No children hadde he mo in al his lyf./ Fair was this mayde in excellent beautee/ Aboven every wight that man may see;/ For nature hath with sovereyn diligence/ Y-formed hir in so greet excellence,/ As though she wolde seyn, 'lo! I, Nature,/ Thus can I forme and peynte a creature,/ Whan that me list; who can me countrefete?/ Pigmalion noght, though he ay forge and bete,/ Or grave, or peynte; for I dar wel seyn,/ Apelles, Zanzis, sholde werche in veyn,/ Outher to grave or peynte or forge or bete,/ If they presumed me to countrefete./ For he that is the former principal/ Hath maked me his vicaire general,/ To forme and peynten erthely creaturis/ Right as me list, and ech thing in my cure is/ Under the mone, that may

O Conto do Médico

Segue-se aqui o Conto do Médico.

Havia outrora em Roma, segundo narra Tito Lívio,[180] um cavaleiro honrado e digno, de nome Virgínio, que possuía muitos amigos poderosos e considerável fortuna.

Esse cavaleiro tivera de sua esposa uma menina, e nenhum filho mais em toda a vida. E ela se tornou uma jovem de extraordinária beleza, uma beleza sem igual em todo o mundo, pois a Natureza criara seus grandes encantos com supremo cuidado, como se dissesse: "Vejam! Quando me apraz, eu, a Natureza, posso formar e colorir assim uma criatura. Existe alguém capaz de me imitar? Certamente não há de ser Pigmalião, por mais que ele forje ou bata ou grave ou pinte; e muito menos, eu diria, Apeles ou Zêuxis, que também trabalhariam em vão, a gravar, a pintar, a forjar, e a bater, caso tivessem a presunção de me emular. Pois Aquele que é o primeiro no universo me fez seu vigário-geral, para dar forma e cor às criaturas como bem me agrada. Assim, tudo o que se encontra sob

---

[180] Historiador nascido em 59 a.C., em Patavium (hoje Pádua). Faleceu no ano de 17 d.C. Foi autor de *Ab Urbe Condita* (*Desde a fundação da cidade*), que relata a história de Roma desde a fundação tradicional, no ano 753 a.C., até a morte de Druso em 9 a.C. (N. da E.)

wane and waxe,/ And for my werk right no-thing wol I axe;/ My lord and I ben ful of oon accord;/ I made hir to the worship of my lord./ So do I alle myne othere creatures,/ What colour that they han, or what figures.' —/ Thus semeth me that Nature wolde seye./

This mayde of age twelf yeer was and tweye,/ In which that Nature hadde swich delyt./ For right as she can peynte a lilie whyt/ And reed a rose, right with swich peynture/ She peynted hath this noble creature/ Er she were born, up-on hir limes free,/ Wher-as by right swiche colours sholde be;/ And Phebus dyed hath hir tresses grete/ Lyk to the stremes of his burned hete./

And if that excellent was hir beautee,/ A thousand-fold more vertuous was she./ In hir ne lakked no condicioun,/ That is to preyse, as by discrecioun./ As wel in goost as body chast was she;/ For which she floured in virginitee/ With alle humilitee and abstinence,/ With alle attemperaunce and pacience,/ With mesure eek of bering and array./ Discreet she was in answering alway;/ Though she were wys as Pallas, dar I seyn,/ Hir facound eek ful wommanly and pleyn,/ No countrefeted termes hadde she/ To seme wys; but after hir degree/ She spak, and alle hir wordes more and lesse/ Souninge in vertu and in gentillesse./ Shamfast she was in maydens shamfastnesse,/ Constant in herte, and ever in bisinesse/ To dryve hir out of ydel slogardye./ Bacus hadde of hir mouth right no maistrye;/ For wyn and youthe doon Venus encrece,/ As men in fyr wol casten oile or grece./ And of hir owene vertu, unconstreyned,/ She hath ful ofte tyme syk hir feyned,/ For that she wolde fleen the companye/ Wher lykly was to treten of folye,/ As is at festes, revels, and at daunces,/ That been occasions of daliaunces./ Swich thinges maken children for to be/ To sone rype and bold, as men may see,/ Which is ful perilous, and hath ben yore./ For al to sone may she lerne lore/ Of boldnesse, whan she woxen is a wyf./

And ye maistresses in your olde lyf,/ That lordes doghtres han in governaunce,/ Ne taketh of my wordes no displesaunce;/ Thenketh that ye ben set in governinges/ Of lordes doghtres, only for two thinges;/ Outher for ye han kept your honestee,/ Or elles ye han falle in freletee,/ And knowen wel y-nough the olde daunce,/ And han forsaken fully

a lua, que cresce e decresce sem parar, está sob os meus cuidados;[181] e trabalho sem nada pedir em troca. Meu senhor e eu estamos de pleno acordo em tudo; e foi para o seu louvor que eu fiz essa donzela. Aliás, é para tal fim que formo todos os seres, independentemente de seus matizes e aparências...". Era isso mesmo o que ela parecia dizer.

Já completara catorze anos de idade aquela linda jovem, com quem se comprazia a Natureza. De fato, assim como esta pode pintar o lírio de branco e a rosa de vermelho, assim imprimira essas tintas em seus formosos membros, antes que ela nascesse, para que pudesse ostentar o colorido certo. E Febo, o Sol, tingira suas lindas tranças com o fogo ardente que dele se derrama.

Se, entretanto, sua beleza deslumbrava, mil vezes mais encantava sua virtude, visto que, na sua modéstia, não lhe faltava qualidade alguma. Casta era ela, de corpo e de alma, pois florescia na virgindade, com humildade e abstinência, com paciência e temperança, com decoro nas vestes e nos gestos. Em suas respostas transparecia a sua sensatez. E, ainda que sábia como Minerva, seu falar era feminino e simples, sem termos afetados para mostrar erudição, mas com palavras próprias de sua idade e sexo, tendendo sempre para a virtude e a cortesia. O seu pudor era o pudor das donzelas, constante no coração; e tudo fazia para afastar-se do ócio preguiçoso. Sobre seus lábios Baco não tinha poder algum, dado que, juntamente com a juventude, o vinho estimula a ação de Vênus, assim como o óleo ou a gordura estimulam o fogo. Por isso, muitas vezes, de livre e espontânea vontade, ela chegava a alegar doença para fugir às companhias que pudessem levá-la ao pecado, principalmente nas festas, nos folguedos e nos bailes, que são ocasiões para excessos. Como se vê, são essas coisas que tornam as crianças maduras e atrevidas antes do tempo, o que constitui um perigo. Afinal, as meninas podem esperar um pouco, deixando para perder o acanhamento quando se casam.

E vocês, amas, que na velhice trabalham como governantas das filhas dos nobres, não se aborreçam com minhas palavras. Lembrem-se de que vocês receberam esse encargo por apenas dois motivos: ou porque souberam preservar sua honra, ou porque, após terem caído por fraqueza e conhecido muito bem a velha dança, renunciaram para sempre à má

---

[181] Segundo a cosmologia que a Idade Média herdara de Aristóteles, abaixo da Lua se encontrava o mundo mutável, composto dos quatro elementos, em oposição ao mundo translunar, feito de puro éter e imperecível. (N. da E.)

swich meschaunce/ For evermo; therfore, for Cristes sake,/ To teche hem vertu loke that ye ne slake./ A theef of venisoun, that hath forlaft/ His likerousnesse, and al his olde craft,/ Can kepe a forest best of any man./ Now kepeth hem wel, for if ye wol, ye can;/ Loke wel that ye un-to no vice assente,/ Lest ye be dampned for your wikke entente;/ For who-so doth, a traitour is certeyn./ And taketh kepe of that that I shal seyn;/ Of alle tresons sovereyn pestilence/ Is whan a wight bitrayseth innocence./

Ye fadres and ye modres eek also,/ Though ye han children, be it oon or two,/ Your is the charge of al hir surveyaunce,/ Whyl that they been under your governaunce./ Beth war that by ensample of your living,/ Or by your necligence in chastisinge,/ That they ne perisse; for I dar wel seye,/ If that they doon, ye shul it dere abeye./ Under a shepherde softe and necligent/ The wolf hath many a sheep and lamb to-rent./ Suffyseth oon ensample now as here,/ For I mot turne agayn to my matere./

This mayde, of which I wol this tale expresse,/ So kepte hir-self, hir neded no maistresse;/ For in hir living maydens mighten rede,/ As in a book, every good word or dede,/ That longeth to a mayden vertuous;/ She was so prudent and so bountevous./ For which the fame out-sprong on every syde/ Bothe of hir beautee and hir bountee wyde;/ That thurgh that land they preysed hir echone,/ That loved vertu, save envye allone,/ That sory is of other mennes wele,/ And glad is of his sorwe and his unhele;/ (The doctour maketh this descripcioun)./

This mayde up-on a day wente in the toun/ Toward a temple, with hir moder dere,/ As is of yonge maydens the manere./ Now was ther thanne a Iustice in that toun,/ That governour was of that regioun./ And so bifel, this Iuge his eyen caste/ Up-on this mayde, avysinge him ful faste,/ As she cam forby ther this Iuge stood./ Anon his herte chaunged and his mood,/ So was he caught with beautee of this mayde;/ And to him-self ful prively he sayde,/ 'This mayde shal be myn, for any man.'/

Anon the feend in-to his herte ran,/ And taughte him sodeynly, that he by slighte/ The mayden to his purpos winne mighte./ For certes, by no force, ne by no mede,/ Him thoughte, he was nat able for to spede;/ For she was strong of freendes, and eek she/ Confermed was in swich soverayn bountee,/ That wel he wiste he mighte hir never winne/ As for to make hir with hir body sinne./ For which, by greet deliberacioun,/ He sente after a cherl, was in the toun,/ Which that he knew for subtil and for bold./ This Iuge un-to this cherl his tale hath told/ In secree wyse, and made him to ensure,/ He sholde telle it to no creature,/ And if he

conduta. Portanto, pelo amor de Cristo, ensinem às jovens, sem esmorecimentos, a virtude que aprenderam. Um ladrão de caça, depois que se corrige e abandona a velha prática, é quem melhor pode guardar uma floresta. Vocês também, amas, podem realizar com perfeição essa tarefa: basta que o queiram. Cuidado para não compactuarem com o vício, porque senão para sempre serão punidas. As pessoas que fazem isso são traidoras. E prestem bem atenção ao que vou dizer: comete a traição mais pestilenta aquele que trai a inocência.

Vocês também, pais e mães, não importa quantos filhos tenham, é seu dever vigiar a todos enquanto estiverem sob a sua custódia. Cuidem para que não se percam, nem por seu mau exemplo, nem por sua negligência em castigá-los. Se assim não agirem, asseguro-lhes que irão pagar por isso. Quando o pastor é mole e descuidado, o lobo encontra muitos cordeiros e ovelhinhas para dilacerar. Mas creio que esse exemplo é suficiente, pois preciso voltar à minha história.

A jovem, a respeito de quem estou falando, comportava-se de forma a dispensar governantas; era tão prudente e bondosa, que as moças de sua idade podiam ler em sua vida, como num livro, todas as boas ações e palavras que se esperam de uma donzela virtuosa. A fama de sua beleza e de sua bondade espalhara-se tanto por aquela terra, que todos os que amavam a virtude não podiam deixar de louvá-la; só não o fazia a Inveja, que, na descrição do grande Doutor Santo Agostinho, se entristece com o bem-estar dos outros e se regozija com sua desgraça e sua miséria.

Certo dia, aquela jovem, acompanhada da mãe — como é o costume das donzelas —, foi visitar um templo na cidade, que, naquela época, era governada por um magistrado. E sucedeu que esse juiz, ao lançar os olhos sobre ela enquanto passava, examinou-a atentamente. Logo seu coração e seu estado de espírito se alteraram; ficara tão impressionado pelos seus encantos, que prometeu a si mesmo: "Juro que hei de possuir essa moça!".

Imediatamente o demônio se alojou em seu peito, mostrando-lhe como, através de ardis, ele poderia pôr em prática os seus desígnios. Com efeito, ele sabia de antemão que não lograria conquistá-la nem pela força, visto que era protegida por amigos poderosos, nem pelo dinheiro, pois se escudava em tão excelsas virtudes que jamais seria induzida a conspurcar seu corpo. Assim, após longo meditar, mandou chamar à sua presença um canalha que havia na cidade, conhecido por sua esperteza e audácia. O juiz, após impor-lhe o compromisso do sigilo sob pena de perder

dide, he sholde lese his heed./ Whan that assented was this cursed reed,/ Glad was this Iuge and maked him greet chere,/ And yaf hym yiftes preciouse and dere./

Whan shapen was al hir conspiracye/ Fro point to point, how that his lecherye/ Parfourned sholde been ful subtilly,/ As ye shul here it after openly,/ Hoom gooth the cherl, that highte Claudius./ This false Iuge that highte Apius,/ So was his name, (for this is no fable,/ But knowen for historial thing notable,/ The sentence of it sooth is, out of doute),/ This false Iuge gooth now faste aboute/ To hasten his delyt al that he may./ And so bifel sone after, on a day,/ This false Iuge, as telleth us the storie,/ As he was wont, sat in his consistorie,/ And yaf his domes up-on sondry cas./ This false cherl cam forth a ful greet pas,/ And seyde, 'lord, if that it be your wille,/ As dooth me right up-on this pitous bille,/ In which I pleyne up-on Virginius./ And if that he wol seyn it is nat thus,/ I wol it preve, and finde good witnesse,/ That sooth is that my bille wol expresse.'/

The Iuge answerde, 'of this, in his absence,/ I may nat yeve diffinitif sentence./ Lat do him calle, and I wol gladly here;/ Thou shall have al right, and no wrong here.'/

Virginius cam, to wite the Iuges wille,/ And right anon was rad this cursed bille;/ The sentence of it was as ye shul here./ 'To yow, my lord, sire Apius so dere,/ Sheweth your povre servant Claudius,/ How that a knight, called Virginius,/ Agayns the lawe, agayn al equitee,/ Holdeth, expres agayn the wil of me,/ My servant, which that is my thral by right,/ Which fro myn hous was stole up-on a night,/ Whyl that she was ful yong; this wol I preve/ By witnesse, lord, so that it nat yow greve./ She nis his doghter nat, what so he seye;/ Wherfore to yow, my lord the Iuge, I preye,/ Yeld me my thral, if that it be your wille.'/ Lo! this was al the sentence of his bille./

Virginius gan up-on the cherl biholde,/ But hastily, er he his tale tolde,/ And wolde have preved it, as sholde a knight,/ And eek by witnessing of many a wight,/ That it was fals that seyde his

a cabeça, deu-lhe então a conhecer o caso. Quando, finalmente, combinaram seu maldito plano, o magistrado não cabia em si de contente, recompensando o assecla com presentes belos e valiosos.

Urdida a conspiração em todos os pormenores e arquitetada a trama para satisfazer a depravação do tirano (como pretendo revelar-lhes daqui a pouco), voltou para casa o vilão, cujo nome era Cláudio.[182] Por sua vez, o corrupto juiz, que se chamava Ápio (esse era realmente o seu nome, pois esta não é uma história inventada, mas um fato verdadeiro, documentado nos textos)... o corrupto juiz, dizia eu, tomou as providências necessárias para obter o seu prazer o mais depressa possível. E um dia, pouco tempo depois (diz a história), achava-se ele no tribunal, como de hábito, julgando vários casos, quando entrou afobado o canalha que contratara, e disse: "Senhor, com sua devida vênia, venho apresentar-lhe, em defesa de meus direitos, esta comovente petição contra Virgínio; se ele negar o que aqui está escrito, hei de provar, com testemunhas de peso, que tudo o que afirma este documento é a pura verdade".

Respondeu o juiz: "Não posso dar sentença definitiva sobre isso na ausência do acusado. Seja ele intimado a comparecer ao tribunal, e hei de ouvi-lo com a maior boa vontade. Saiba o impetrante, porém, que os seus direitos aqui não hão de ser lesados".

Assim que Virgínio chegou para inteirar-se da vontade do juiz, foi lida em sua presença a maldita petição, que dizia o seguinte: "Eu, o pobre Cláudio, seu criado, venho por meio desta denunciar, ao ilustre juiz e prezado senhor Ápio, que um cavaleiro de nome Virgínio, contrariamente ao que determinam a lei e a justiça, mantém em seu poder, contra a minha vontade, uma escrava que por direito me pertence, e que uma noite raptou de minha casa quando ainda era criança, conforme posso provar, com sua permissão, através de testemunhas. Ela não é sua filha, embora alegue que o seja. Por isso, senhor juiz, compareço à sua presença para suplicar a devolução de minha escrava, se lhe parecer de justiça". Ai, era esse o teor da petição!

Virgínio, fixando bem os olhos no patife, preparou-se para apresentar sua versão, também pretendendo comprovar, por meio de muitas

---

[182] O episódio narrado pelo Médico tem origem na *História de Roma* (livro III) de Tito Lívio, mas Chaucer se baseou na versão encontrada no *Roman de la Rose*. Por isso, os dois vilões, o juiz Appius Claudius e seu comparsa Marcus Claudius, são chamados simplesmente de Ápio e Cláudio, como no texto de Jean de Meun. (N. do T.)

O Conto do Médico

adversarie,/ This cursed Iuge wolde no-thing tarie,/ Ne here a word more of Virginius,/ But yaf his Iugement, and seyde thus: —/ 'I deme anon this cherl his servant have;/ Thou shalt no lenger in thyn hous hir save./ Go bring hir forth, and put hir in our warde,/ The cherl shal have his thral, this I awarde.'/

And whan this worthy knight Virginius,/ Thurgh sentence of this Iustice Apius,/ Moste by force his dere doghter yiven/ Un-to the Iuge, in lecherye to liven,/ He gooth him hoom, and sette him in his halle,/ And leet anon his dere doghter calle,/ And, with a face deed as asshen colde,/ Upon hir humble face he gan biholde,/ With fadres pitee stiking thurgh his herte,/ Al wolde he from his purpos nat converte./

'Doghter,' quod he, 'Virginia, by thy name,/ Ther been two weyes, outher deeth or shame,/ That thou most suffre; allas! that I was bore!/ For never thou deservedest wherfore/ To dyen with a swerd or with a knyf./ O dere doghter, ender of my lyf,/ Which I have fostred up with swich plesaunce,/ That thou were never out of my remembraunce!/ O doghter, which that art my laste wo,/ And in my lyf my laste Ioye also,/ O gemme of chastitee, in pacience/ Take thou thy deeth, for this is my sentence./ For love and nat for hate, thou most be deed;/ My pitous hand mot smyten of thyn heed./ Allas! that ever Apius thee say!/ Thus hath he falsly Iuged thee to-day' —/ And tolde hir al the cas, as ye bifore/ Han herd; nat nedeth for to telle it more./

'O mercy, dere fader,' quod this mayde,/ And with that word she both hir armes layde/ About his nekke, as she was wont to do:/ The teres broste out of hir eyen two,/ And seyde, 'gode fader, shal I dye?/ Is ther no grace? is ther no remedye?'/

'No, certes, dere doghter myn,' quod he./

'Thanne yif me leyser, fader myn,' quod she,/ 'My deeth for to compleyne a litel space;/ For pardee, Iepte yaf his doghter grace/ For to compleyne, er he hir slow, allas!/ And god it woot, no-thing was hir trespas,/ But for she ran hir fader first to see,/ To welcome him with greet solempnitee.'/ And with that word she fil aswowne anon,/ And after, whan hir swowning is agon,/ She ryseth up, and

644   The Phisiciens Tale

testemunhas (como convinha a um nobre), a falsidade das acusações de seu adversário. O amaldiçoado juiz, entretanto, não esperou que falasse, cortando-lhe a palavra abruptamente e dando a seguinte sentença: "Determino que o queixoso, imediatamente, receba a sua criada de volta. Você, Virgínio, não mais poderá mantê-la em sua casa; vá buscá-la agora mesmo e entregue-a à nossa tutela. Mais tarde será devolvida ao legítimo dono. É o que ordeno".

Vendo o nobre cavaleiro que, em vista da sentença de Ápio, devia entregar a filha querida ao magistrado, para que este pudesse satisfazer os seus instintos rasteiros, voltou para casa, sentou-se sozinho na grande sala e mandou chamar a jovem. Contemplou longamente seu rostinho humilde, com um semblante pálido qual cinza fria, e, tendo no peito a farpa da compaixão paterna, disse-lhe, assim mesmo, com firmeza inabalável:

"Filha, minha Virgínia! Um destes dois caminhos você terá que trilhar: ou a morte, ou a vergonha. Ai de mim! Por que nasci? Jamais você mereceria morrer pelo fio da espada ou do punhal! Oh filha adorada, término fatal de minha vida! Oh filha, que acalentei com tanto carinho e sempre trago na lembrança, filha que há de ser a minha dor derradeira... e minha última alegria! Gema de castidade, aceite a morte com resignação, pois esta é minha sentença. Não é o ódio que a condena, mas o amor; é minha mão piedosa que vai ferir sua cabeça. Ah!", gritou ele, "por que Ápio tinha que avistá-la? Foi assim, injustamente, que ele julgou você no dia de hoje..." E então contou-lhe o episódio que vocês já conhecem, e que, portanto, não preciso repetir.

"Oh, piedade, querido pai!", exclamou a donzela ao mesmo tempo em que lhe enlaçava o colo com os dois braços, como costumava fazer. Com lágrimas a brotar-lhe dos olhos, perguntou então: "Oh meu pai! Tenho mesmo que morrer? Não há perdão, não há nenhum remédio?".

"Não, filha querida, não, infelizmente..."

"Nesse caso", continuou ela, "dê-me ao menos algum tempo para que eu possa chorar a minha morte. Assim fez Jefté,[183] por Deus; deu à filha a graça do pranto, antes que a executasse... Ai! E o Senhor sabe que sua única ofensa foi correr ao encontro do pai, quando o viu chegar, a fim de dar-lhe as boas-vindas." E, proferindo tais palavras, desmaiou.

---

[183] Referência imprecisa ao personagem bíblico (ver Juízes, 11, 30-40). (N. do T.)

to hir fader sayde,/ 'Blessed be god, that I shal dye a mayde./ Yif me my deeth, er that I have a shame;/ Doth with your child your wil, a goddes name!'/ And with that word she preyed him ful ofte,/ That with his swerd he wolde smyte softe,/ And with that word aswowne doun she fil./

Hir fader, with ful sorweful herte and wil,/ Hir heed of smoot, and by the top it hente,/ And to the Iuge he gan it to presente,/ As he sat yet in doom in consistorie./ And whan the Iuge it saugh, as seith the storie,/ He bad to take him and anhange him faste./

But right anon a thousand peple in thraste,/ To save the knight, for routhe and for pitee,/ For knowen was the false iniquitee./ The peple anon hath suspect of this thing,/ By manere of the cherles chalanging,/ That it was by the assent of Apius;/ They wisten wel that he was lecherous./ For which un-to this Apius they gon,/ And caste him in a prison right anon,/ Wher-as he slow him-self; and Claudius,/ That servant was un-to this Apius,/ Was demed for to hange upon a tree;/ But that Virginius, of his pitee,/ So preyde for him that he was exyled;/ And elles, certes, he had been bigyled./ The remenant were anhanged, more and lesse,/ That were consentant of this cursednesse. —/

Heer men may seen how sinne hath his meryte!/ Beth war, for no man woot whom god wol smyte/ In no degree, ne in which maner wyse/ The worm of conscience may agryse/ Of wikked lyf, though it so privee be,/ That no man woot ther-of but god and he./ For be he lewed man, or elles lered,/ He noot how sone that he shal been afered./ Therfore I rede yow this conseil take,/ Forsaketh sinne, er sinne yow forsake./

Here endeth the Phisiciens tale.

The wordes of the Host to the Phisicien and the Pardoner.

Our Hoste gan to swere as he were wood,/ 'Harrow!' quod he, 'by nayles and by blood!./ This was a fals cherl and a fals Iustyse!/ As shamful deeth as herte may devyse/ Come to thise Iuges and hir advocats!/ Algate this sely mayde is slayn, allas!/ Allas! to dere boghte she beautee!/ Wherfore I seye al day, as men

Quando voltou a si, ela se ergueu e disse a Virgínio: "Bendito seja Deus, que morro virgem! Pode matar-me. Mil vezes isso à vergonha. Em nome do Senhor! Cumpra-se em sua filha a sua vontade!". Em seguida, pediu ela repetidas vezes ao genitor choroso que não a deixasse sofrer muito no instante de feri-la com a espada. E, novamente, perdeu os sentidos.

O pai, então, com a mais profunda dor na alma, decepou-lhe a cabeça, que ergueu pelos cabelos e levou ao juiz. Este ainda se achava no tribunal. E, ao ver a cena — diz a história —, ordenou furioso que Virgínio fosse preso e enforcado.

Nesse momento, entretanto, a multidão, tomada de pena e piedade, rebelou-se em favor do cavaleiro, pois não ignorava a iniquidade de que fora vítima. Pela própria maneira como Cláudio, o vilão, desafiara o nobre patrício, o povo já suspeitava de que tudo fora feito de comum acordo com Ápio, cuja lascívia era pública e notória. Por isso, foi o juiz que a turba enfurecida atacou em primeiro lugar, fazendo que fosse lançado em uma masmorra, onde ele se matou. Cláudio, o seu comparsa, foi condenado à forca; e somente escapou da morte pela interferência de Virgínio, que, movido pela piedade, comutou sua pena em exílio. Mas todos os demais, que, direta ou indiretamente, se viram envolvidos na trama maldita, foram enforcados.

Eis aí a retribuição do pecado! Portanto, estejam todos sempre atentos, pois ninguém prevê o grau do castigo divino, nem conhece o modo como o verme da consciência pune o transgressor, mesmo quando age tão secretamente que apenas Deus e ele próprio sabem de seus atos. Não, ninguém, ignorante ou culto, pode antever o instante do ajuste de contas. Por isso, aceitem o meu conselho: destruam o pecado, antes que o pecado os destrua.

Aqui termina o Conto do Médico.

Palavras que o Albergueiro dirigiu ao Médico e ao Vendedor de Indulgências.

Nosso Albergueiro pôs-se a praguejar como se tivesse endoidecido: "Maldição!", gritou ele. "Pelo sangue e pelos cravos da cruz! Que falso velhaco e que magistrado falso! Que esses juízes, com seus advogados, tenham todos a morte mais vergonhosa que a mente humana pode ima-

- may see,/ That yiftes of fortune or of nature/ Ben cause of deeth to many a creature./ Hir beautee was hir deeth, I dar wel sayn;/ Allas! so pitously as she was slayn!/ Of bothe yiftes that I speke of now/ Men han ful ofte more harm than prow./ But trewely, myn owene mayster dere,/ This is a pitous tale for to here./ But natheles, passe over, is no fors;/ I prey to god, so save thy gentil cors,/ And eek thyne urinals and thy Iordanes,/ Thyn Ypocras, and eek thy Galianes,/ And every boist ful of thy letuarie;/ God blesse hem, and our lady seinte Marie!/ So mot I theen, thou art a propre man,/ And lyk a prelat, by seint Ronyan!/ Seyde I nat wel? I can nat speke in terme;/ But wel I woot, thou doost my herte to erme,/ That I almost have caught a cardiacle./ By corpus bones! but I have triacle,/ Or elles a draught of moyste and corny ale,/ Or but I here anon a mery tale,/ Myn herte is lost for pitee of this mayde./

Thou bel amy, thou Pardoner,' he seyde,/ 'Tel us som mirthe or Iapes right anon.'/

'It shall be doon,' quod he, 'by seint Ronyon!/ But first,' quod he, 'heer at this ale-stake/ I wol both drinke, and eten of a cake.'/

But right anon thise gentils gonne to crye,/ 'Nay! lat him telle us of no ribaudye;/ Tel us som moral thing, that we may lere/ Som wit, and thanne wol we gladly here.'/

'I graunte, y-wis,' quod he, 'but I mot thinke/ Up-on som honest thing, whyl that I drinke.'/

ginar! Se bem que agora — coitada! — a jovem inocente está morta. Pobrezinha! Como pagou caro por sua formosura. E por isso que sempre digo: as dádivas da Fortuna e da Natureza são o fim de muita gente. É um fato: sua beleza foi sua morte. Ah! Que modo triste de deixar a vida! Das duas espécies de dádiva, de que falei há pouco, os homens recebem mais males do que benefícios. A verdade, meu caro senhor, é que sua história foi mesmo comovedora. Mas não faz mal, vamos seguir em frente. Peço a Deus que proteja sua gentil pessoa, bem como todos os seus urinóis e penicos, suas poções hipocráticas e galiônicas,[184] e suas caixinhas abarrotadas de remédios. Tenham as bênçãos de Deus e de Nossa Senhora Santa Maria! Pela salvação de minha alma, o senhor é realmente um homem de boa presença; até parece um prelado, por São Roniano![185] Será que está certo o que eu disse? Não sei usar os termos corretamente; só sei que o senhor fez meu coração sofrer tanto, que cheguei a sentir aperto 'cardeálico' no peito. *Corpus Christus*! Se eu não tomar um remédio agora mesmo, ou não beber um gole de cerveja nova e forte, ou não ouvir uma história engraçada, acho que vou morrer de pena daquela jovem!"

"Você, meu belo amigo! Você, Vendedor de Indulgências, conte-nos já algum caso alegre ou algum chiste."

"Pois não", respondeu o outro, "por São Roniano! Mas antes, vamos parar um pouco nesta taverna, para que eu possa beber e comer um pedaço de pão."

Nesse instante, os membros da comitiva que eram mais refinados protestaram: "Isso não, que ele não nos venha com histórias sujas! Conte-nos alguma coisa moral, que nos ensine algo de útil. Aí sim, ouviremos com prazer".

"Está bem, não temam; farei isso", garantiu o Vendedor de Indulgências. "Mas antes, enquanto penso em alguma coisa decente, preciso beber."

---

[184] Talvez o Albergueiro quisesse se referir a Hipócrates e Galeno. Em poucas passagens comete ele tantos equívocos como aqui, pois, além das poções "galiônicas", temos um aperto "cardeálico" (em vez de cardíaco) e *Corpus Christus* (em lugar de *Corpus Christi*). (N. do T.)

[185] Não existe consenso, entre os estudiosos, acerca da identidade desse santo. Talvez seja a corruptela de Ronan (um santo escocês), ou trocadilho com a palavra francesa *rognon* (rim). (N. da E.)

The Pardoners Tale

Here folweth the Prologe of the Pardoners Tale.

'*Radix malorum est Cupiditas*': Ad Thimotheum, sexto.

    'Lordings,' quod he, 'in chirches whan I preche,/ I peyne me to han an hauteyn speche,/ And ringe it out as round as gooth a belle,/ For I can al by rote that I telle./ My theme is alwey oon, and ever was —/ *Radix malorum est Cupiditas*./
    First I pronounce whennes that I come,/ And than my bulles shewe I, alle and somme./ Our lige lordes seel on my patente,/ That shewe I first, my body to warente,/ That no man be so bold, ne preest ne clerk,/ Me to destourbe of Cristes holy werk;/ And after that than telle I forth my tales,/ Bulles of popes and of cardinales,/ Of patriarkes, and bishoppes I shewe;/ And in Latyn I speke a wordes fewe,/ To saffron with my predicacioun,/ And for to stire men to devocioun./

O Conto do Vendedor de Indulgências

Segue-se aqui o Prólogo do Conto do Vendedor de Indulgências.

"*Radix malorum est Cupiditas*": Ad Thimotheum, sexto.[186]

"Senhores" — começou ele —, "quando prego nas igrejas, minha única preocupação é empregar linguagem elevada e falar com voz clara e sonora como um sino, pois sei de cor tudo o que digo. Meu tema é, e sempre foi, apenas um: *Radix malorum est Cupiditas*.

"Em primeiro lugar, declaro de onde venho; depois, apresento, uma por uma, todas as minhas bulas. Antes de qualquer coisa, porém, mostro o selo papal em minha licença, para garantir-me a integridade física e para que nenhum petulante, padre ou noviço, venha perturbar-me no santo trabalho de Cristo. Somente aí começo a desfiar minhas histórias, reforçadas com mais bulas de papas e cardeais, de bispos e patriarcas, e entremeadas de algumas poucas palavras em latim para temperar a minha prédica e estimular ainda mais a devoção.

---

[186] "A Cobiça é a raiz dos males." Cf. I Timóteo, 6, 10. (N. do T.)

Than shewe I forth my longe cristal stones,/ Y-crammed ful of cloutes and of bones;/ Reliks been they, as wenen they echoon./ Than have I in latoun a sholder-boon/ Which that was of an holy Iewes shepe./ "Good men," seye I, "tak of my wordes kepe;/ If that this boon be wasshe in any welle,/ If cow, or calf, or sheep, or oxe swelle/ That any worm hath ete, or worm y-stonge,/ Tak water of that welle, and wash his tonge,/ And it is hool anon; and forthermore,/ Of pokkes and of scabbe, and every sore/ Shal every sheep be hool, that of this welle/ Drinketh a draughte; tak kepe eek what I telle./ If that the good-man, that the bestes oweth,/ Wol every wike, er that the cok him croweth,/ Fastinge, drinken of this welle a draughte,/ As thilke holy Iewe our eldres taughte,/ His bestes and his stoor shal multiplye./

And, sirs, also it heleth Ialousye;/ For, though a man be falle in Ialous rage,/ Let maken with this water his potage,/ And never shal he more his wyf mistriste,/ Though he the sooth of hir defaute wiste;/ Al had she taken preestes two or three./

Heer is a miteyn eek, that ye may see./ He that his hond wol putte in this miteyn,/ He shal have multiplying of his greyn,/ Whan he hath sowen, be it whete or otes,/ So that he offre pens, or elles grotes./

Good men and wommen, o thing warne I yow,/ If any wight be in this chirche now,/ That hath doon sinne horrible, that he/ Dar nat, for shame, of it y-shriven be,/ Or any womman, be she yong or old,/ That hath y-maad hir housbond cokewold,/ Swich folk shul have no power ne no grace/ To offren to my reliks in this place./ And who-so findeth him out of swich blame,/ He wol com up and offre in goddes name,/ And I assoille him by the auctoritee/ Which that by bulle y-graunted was to me."/

By this gaude have I wonne, yeer by yeer,/ An hundred mark sith I was Pardoner./ I stonde lyk a clerk in my pulpet,/ And whan the lewed peple is doun y-set,/ I preche, so as ye han herd bifore,/ And telle an hundred false Iapes more./ Than peyne I me to strecche forth the nekke,/ And est and west upon the peple I bekke,/ As doth a dowve sitting on a berne./ Myn hondes and my tonge goon so yerne,/ That it is Ioye to see my bisinesse./

"Finalmente, exponho as minhas longas caixas de cristal abarrotadas de trapos e de ossos... São relíquias, percebem logo os fiéis. Entre elas mostro, revestida de latão, uma omoplata de carneiro que pertencera a um santo patriarca hebreu. 'Boa gente', digo, 'atentem para as minhas palavras: se alguma vaca, ou bezerro, ou ovelha, ou touro inchar, por ter comido uma cobra ou dela ter levado uma picada, mergulhem este osso na água de uma cisterna e com essa água lavem a língua do animal, e ele ficará curado. E não é só, pois a ovelha que beber dessa mesma água estará livre de erupções, de morrinha e de qualquer outro mal. Prestem atenção também ao que agora vou dizer: se o bom homem, dono dos animais doentes, toda manhã, antes que o galo cante, tomar em jejum um gole dessa água, irá então, segundo o testemunho que legou a nossos pais aquele mesmo santo hebreu, multiplicar os seus bens e o seu rebanho.

"'E também é um remédio, senhoras e senhores, contra o ciúme. Se um marido desconfiado tiver um acesso de fúria, preparem-lhe uma sopa com essa água e verão que ele nunca mais suspeitará de sua mulher, ainda que conheça a verdade de sua falsidade e até os seus casos com dois ou três padres.

"'Olhem agora estas luvas! Quem usá-las receberá de volta em abundância o cereal que plantou, seja aveia ou trigo — desde, naturalmente, que faça o donativo de alguns dinheiros ou soldos.

"'Meus bons amigos e amigas, tenho, porém, que fazer-lhes uma advertência: se alguém nesta igreja cometeu algum pecado tão horrível que se envergonha de confessá-lo, ou se alguma mulher, jovem ou velha, pôs chifres no marido, é bom que saiba que não tem permissão e não está em estado de graça para oferecer donativos às relíquias aqui expostas. Mas quem não estiver contaminado por essas mazelas que se aproxime, e, em nome de Deus, faça a sua oferta, que eu o absolverei com a autoridade que esta bula me concede'.

"Ano após ano, graças a essa artimanha, já devo ter ganhado por volta de cem marcos, desde que passei a vender indulgências. Postado no púlpito como um padre, tão logo os simplórios se assentam, faço uma pregação parecida com a que acabaram de ouvir, com uma centena de outras patacoadas. Esforçando-me então para esticar bem o pescoço, inclino-me a oeste e a leste sobre os ouvintes, parecendo uma pomba pousada no celeiro. A língua e as mãos não param de agitar-se. Vocês gostariam de ver-me em ação. A minha prédica toda é contra a avareza

O Conto do Vendedor de Indulgências

Of avaryce and of swich cursednesse/ Is al my preching, for to make hem free/ To yeve her pens, and namely un-to me./ For my entente is nat but for to winne,/ And no-thing for correccioun of sinne./ I rekke never, whan that they ben beried,/ Though that her soules goon a-blakeberied!/

For certes, many a predicacioun/ Comth ofte tyme of yvel entencioun;/ Som for plesaunce of folk and flaterye,/ To been avaunced by ipocrisye,/ And som for veyne glorie, and som for hate./ For, whan I dar non other weyes debate,/ Than wol I stinge him with my tonge smerte/ In preching, so that he shal nat asterte/ To been defamed falsly, if that he/ Hath trespased to my brethren or to me./ For, though I telle noght his propre name,/ Men shal wel knowe that it is the same/ By signes and by othere circumstances./ Thus quyte I folk that doon us displesances;/ Thus spitte I out my venim under hewe/ Of holynesse, to seme holy and trewe./

But shortly myn entente I wol devyse;/ I preche of no-thing but for coveityse./ Therfor my theme is yet, and ever was —/ *Radix malorum est Cupiditas.*/ Thus can I preche agayn that same vyce/ Which that I use, and that is avaryce./ But, though my-self be gilty in that sinne,/ Yet can I maken other folk to twinne/ From avaryce, and sore to repente./ But that is nat my principal entente./ I preche no-thing but for coveityse;/ Of this matere it oughte y-nogh suffyse./

Than telle I hem ensamples many oon/ Of olde stories, longe tyme agoon:/ For lewed peple loven tales olde;/ Swich thinges can they wel reporte and holde./ What? trowe ye, the whyles I may preche,/ And winne gold and silver for I teche,/ That I wol live in povert wilfully?/

Nay, nay, I thoghte it never trewely!/ For I wol preche and begge in sondry londes;/ I wol not do no labour with myn hondes,/ Ne make baskettes, and live therby,/ Because I wol nat beggen ydelly./ I wol non of the apostles counterfete;/ I wol have money, wolle, chese, and whete,/ Al were it yeven of the povrest page,/ Or of the povrest widwe in a village,/ Al sholde hir children sterve for famyne./ Nay! I wol drinke licour of the vyne,/ And have a Ioly wenche in every toun./

e outras maldições do mesmo tipo, para ensinar os fiéis a serem generosos com o seu dinheiro — generosos principalmente para comigo. Afinal, meu interesse não é castigar os seus pecados, mas obter lucros. Pouco me importa se, depois de enterrados, eles vaguem pelo mundo como almas penadas!

"E não tenham dúvida de que são muitas as prédicas nascidas de más intenções: algumas provêm do desejo de agradar ao povo e bajulá-lo, para a percepção de vantagens pela hipocrisia; outras derivam da vanglória; e outras, do ódio. Eu, por exemplo, faço sermões desta última espécie quando receio polemizar abertamente. Então, enquanto prego, espicaço com minha língua ferina quem ofendeu a meus irmãos ou a mim, de modo que lhe é impossível escapar à difamação. Porque, embora eu não revele o seu nome, as pessoas sabem a quem me refiro pelas insinuações e por outras circunstâncias. É assim que retribuo os desaforos; é assim que vou cuspindo o meu veneno com ar de santidade, a fim de parecer puro e inocente.

"Quero confiar-lhes, porém, todas as minhas intenções secretas. Como eu já disse, não prego outra coisa senão a repulsa à cobiça, de maneira que meu tema ainda é, como sempre foi, *Radix malorum est Cupiditas*. Assim sendo, prego contra os mesmos pecados que pratico, a saber, a ambição e a avareza. No entanto, se sou culpado desses vícios, consigo fazer que muitos os repudiem e se arrependam sinceramente. Se bem que não seja esse o meu propósito. Na verdade, os próprios sermões que profiro devem-se à cobiça. Mas creio que disso já falei o suficiente.

"A seguir, ilustro a pregação com muitos exemplos de histórias antigas, de épocas bem remotas, porque a gente simples gosta de histórias antigas, que podem ser repetidas e guardadas na memória. Afinal, o que mais querem? Acham que, enquanto posso pregar e ganhar ouro e prata no meu ministério, vou viver voluntariamente na pobreza?

"Isso não, meus amigos; está aí uma coisa que nunca me passou pela cabeça! Enquanto eu for capaz de ensinar e de esmolar por este mundo, não tenho pretensão alguma de fazer serviços manuais, tecendo cestas de vime para ganhar a vida. Não tem sentido mendigar para nada. Não, não vou imitar os apóstolos! Quero dinheiro, trigo, queijo e lãs, mesmo que os obtenha às custas do mais pobre pajem ou da viúva mais pobre de uma aldeia, com seus filhinhos a morrer de fome. Não, o que eu quero é o néctar do vinho e uma bela garota em cada cidade.

O Conto do Vendedor de Indulgências

But herkneth, lordings, in conclusioun;/ Your lyking is that I shal telle a tale./ Now, have I dronke a draughte of corny ale,/ By god, I hope I shal yow telle a thing/ That shal, by resoun, been at your lyking./ For, though myself be a ful vicious man,/ A moral tale yet I yow telle can,/ Which I am wont to preche, for to winne./ Now holde your pees, my tale I wol beginne.'/

Here biginneth the Pardoners Tale.

In Flaundres whylom was a companye/ Of yonge folk, that haunteden folye,/ As ryot, hasard, stewes, and tavernes,/ Wher-as, with harpes, lutes, and giternes,/ They daunce and pleye at dees bothe day and night,/ And ete also and drinken over hir might,/ Thurgh which they doon the devel sacrifyse/ With-in that develes temple, in cursed wyse,/ By superfluitee abhominable;/ Hir othes been so grete and so dampnable,/ That it is grisly for to here hem swere;/ Our blissed lordes body they to-tere;/ Hem thoughte Iewes rente him noght y-nough;/ And ech of hem at otheres sinne lough./ And right anon than comen tombesteres/ Fetys and smale, and yonge fruytesteres,/ Singers with harpes, baudes, wafereres,/ Whiche been the verray develes officeres/ To kindle and blowe the fyr of lecherye,/ That is annexed un-to glotonye;/ The holy writ take I to my witnesse,/ That luxurie is in wyn and dronkenesse./ Lo, how that dronken Loth, unkindely,/ Lay by his doghtres two, unwitingly;/ So dronke he was, he niste what he wroghte./ Herodes, (who-so wel the stories soghte),/ Whan he of wyn was replet at his feste,/ Right at his owene table he yaf his heste/ To sleen the Baptist Iohn ful giltelees./

Senek seith eek a good word doutelees;/ He seith, he can no difference finde/ Bitwix a man that is out of his minde/ And a man which that is dronkelewe,/ But that woodnesse, y-fallen in a shrewe,/ Persevereth lenger than doth dronkenesse./ O glotonye, ful of cursednesse,/ O cause first of our confusioun,/ O original of our dampnacioun,/ Til Crist had boght us with his blood agayn!/ Lo, how dere, shortly for to sayn,/ Aboght was thilke cursed vileinye;/ Corrupt was al this world for glotonye!/

"Mas, senhores, vamos ao ponto: é desejo de todos que eu conte uma história. Agora que já bebi uns bons goles desta cerveja concentrada, por Deus, espero poder narrar-lhes algo que seja deveras de seu agrado. Pois, não obstante eu seja um pecador, tenciono oferecer-lhes um conto moral que costumo pregar quando à cata de donativos. Agora façam silêncio; vou começar a história."

Aqui principia o Conto do Vendedor de Indulgências.

Antigamente, na Flandres, havia um grupo de rapazes que só vivia à cata de folias, como algazarras, jogatinas, bordéis e tavernas. Nesses antros, ao som de harpas, alaúdes e guitarras, eles dançavam e arriscavam a sorte nos dados dia e noite, além de beberem mais do que podiam, amaldiçoadamente oferecendo sacrifícios ao demônio no próprio templo do demônio, com seus excessos abomináveis. Blasfemavam e juravam a torto e a direito; e era horrível ouvi-los gritar a todo instante "pelos ossos de Jesus" ou "pelo sangue de Cristo", estraçalhando o santo corpo de Nosso Senhor (como se os judeus já não o tivessem dilacerado o suficiente). E um ria dos pecados do outro. Depois apareciam dançarinas, bonitas e graciosas, jovens fruteiras, cantoras com harpas, meretrizes, vendedoras de bolos... todas verdadeiras servas do diabo, peritas em acender o fogo da luxúria, esse vício tão próximo da gula. Tomo a Sagrada Escritura como testemunha de que a lascívia reside no vinho e na embriaguez. Lembrem-se do caso de Lot, que, depois de beber, dormiu com as próprias filhas, sem ter consciência do seu ato antinatural: de tão bêbado, nem sabia o que estava fazendo. Herodes, por sua vez (e quem quiser pode verificar isso no Evangelho), quando, à mesa do banquete, se achava encharcado de vinho, deu a ordem para que matassem o inocente João Batista.

Sêneca nos oferece, a esse respeito, um sábio pensamento: diz ele que não vê qualquer diferença entre o homem que perdeu o juízo e o que está bêbado, exceto que a loucura, ao castigar sua vítima, dura mais tempo que a embriaguez. Oh gula, tão cheia de maldade! Oh causa primeira de nossa Queda! Oh origem de nossa perdição, até que Cristo nos redimiu com seu sangue! Vejam, para sermos breves, que alto preço tivemos que pagar por esse vício maldito: o mundo inteiro foi corrompido por causa da gula. Não duvidem: foi devido a esse pecado que nosso pai

Adam our fader, and his wyf also,/ Fro Paradys to labour and
to wo/ Were driven for that vyce, it is no drede;/ For whyl that
Adam fasted, as I rede,/ He was in Paradys; and whan that he/
Eet of the fruyt defended on the tree,/ Anon he was out-cast to
wo and peyne./ O glotonye, on thee wel oghte us pleyne!/

O, wiste a man how many maladyes/ Folwen of excesse and
of glotonyes,/ He wolde been the more mesurable/ Of his diete,
sittinge at his table./ Allas! the shorte throte, the tendre mouth,/
Maketh that, Est and West, and North and South,/ In erthe,
in eir, in water men to-swinke/ To gete a glotoun deyntee mete
and drinke!/ Of this matere, o Paul, wel canstow trete,/ 'Mete
un-to wombe, and wombe eek un-to mete,/ Shal god destroyen
bothe,' as Paulus seith./ Allas! a foul thing is it, by my feith,/ To
seye this word, and fouler is the dede,/ Whan man so drinketh
of the whyte and rede,/ That of his throte he maketh his privee,/
Thurgh thilke cursed superfluitee./

The apostel weping seith ful pitously,/ 'Ther walken many of
whiche yow told have I,/ I seye it now weping with pitous voys,/
That they been enemys of Cristes croys,/ Of whiche the ende is
deeth, wombe is her god.'/ O wombe! O bely! O stinking cod,/
Fulfild of donge and of corrupcioun!/ At either ende of thee foul
is the soun./ How greet labour and cost is thee to finde!/ Thise
cokes, how they stampe, and streyne, and grinde,/ And turnen
substaunce in-to accident,/ To fulfille al thy likerous talent!/
Out of the harde bones knokke they/ The mary, for they caste
noght a-wey/ That may go thurgh the golet softe and swote;/ Of
spicerye, of leef, and bark, and rote/ Shal been his sauce y-maked
by delyt,/ To make him yet a newer appetyt./ But certes, he that
haunteth swich delyces/ Is deed, whyl that he liveth in tho vyces./

A lecherous thing is wyn, and dronkenesse/ Is ful of
stryving and of wrecchednesse./ O dronke man, disfigured is thy
face,/ Sour is thy breeth, foul artow to embrace,/ And thurgh
thy dronke nose semeth the soun/ As though thou seydest ay
'Sampsoun, Sampsoun';/ And yet, god wot, Sampsoun drank
never no wyn./ Thou fallest, as it were a stiked swyn;/ Thy
tonge is lost, and al thyn honest cure;/ For dronkenesse is verray
sepulture/ Of mannes wit and his discrecioun./ In whom that
drinke hath dominacioun,/ He can no conseil kepe, it is no

Adão e sua mulher foram expulsos do Paraíso para uma vida de trabalho e sofrimento. Enquanto Adão jejuava (segundo o que tenho lido), permaneceu ele no reino do Éden; mas, assim que comeu do fruto proibido, foi condenado a viver de suores e prantos. Oh gula, é mais que justo o nosso lamento!

Oh, soubéssemos quantas doenças decorrem dos excessos e das comilanças, por certo seríamos mais comedidos à mesa, em nossa dieta! Ai, a garganta seca, a doce boca... são elas que fazem que os homens trabalhem, leste e oeste e norte e sul, na terra, no ar, na água, unicamente para a obtenção de comidas refinadas e bebidas para um glutão. São Paulo abordou muito bem o tema, declarando: "Os alimentos são para o estômago, e o estômago para os alimentos; mas Deus destruirá tanto estes como aquele". Ai, por minha fé, é nojenta a descrição do ato, mas ainda mais nojento é o próprio ato, pois, devido aos malditos excessos, quando alguém se enche de vinho branco e tinto, simplesmente transforma sua garganta numa privada.

Diz o Apóstolo a chorar, dominado pela compaixão: "Pois muitos andam entre nós, dos quais repetidas vezes eu vos dizia e agora vos digo até chorando, que são inimigos da cruz de Cristo: o destino deles é a perdição, o deus deles é o ventre". Oh ventre, oh barriga, oh saco fedorento, cheio de esterco e podridão, e com ruídos indecentes em cada extremidade! Quantos trabalhos e gastos para satisfazer a você! Como os cozinheiros amassam e coam e moem, mudando a substância em acidente, apenas para que sua fome voraz seja saciada! Dos ossos duros extraem o tutano, pois não se pode jogar fora nada que passe macia e agradavelmente por sua goela. Com especiarias de folhas e cascas e raízes preparam molhos deliciosos para aguçarem ainda mais os apetites. Mas estejam certos de que aquele que procura tais prazeres já morreu, vivendo apenas nesses vícios.

O vinho é devassidão, e a embriaguez anda cheia de atritos e misérias. Oh ébrio, que desfigurado é seu rosto! Que azedo o seu hálito; e que asqueroso é seu abraço! Por seu nariz bêbado você parece estar sempre dizendo "San-são, San-são". Mas sabe Deus que Sansão nunca tomava vinho. Você tropeça como um porco na lama, perdendo não só a fala mas também o autorrespeito, porque a embriaguez é a própria sepultura da inteligência e da dignidade. Além disso, não tenham dúvidas, quem se deixa dominar pela bebida não é capaz sequer de guardar segredos. Por isso, fiquem longe do branco e do tinto... principalmente daquele

drede./ Now kepe yow fro the whyte and fro the rede,/ And namely fro the whyte wyn of Lepe,/ That is to selle in Fish-strete or in Chepe./ This wyn of Spayne crepeth subtilly/ In othere wynes, growing faste by,/ Of which ther ryseth swich fumositee,/ That whan a man hath dronken draughtes three,/ And weneth that he be at hoom in Chepe,/ He is in Spayne, right at the toune of Lepe,/ Nat at the Rochel, ne at Burdeux toun;/ And thanne wol he seye, 'Sampsoun, Sampsoun.'/

But herkneth, lordings, o word, I yow preye,/ That alle the sovereyn actes, dar I seye,/ Of victories in the olde testament,/ Thurgh verray god, that is omnipotent,/ Were doon in abstinence and in preyere;/ Loketh the Bible, and ther ye may it lere./

Loke, Attila, the grete conquerour,/ Deyde in his sleep, with shame and dishonour,/ Bledinge ay at his nose in dronkenesse;/ A capitayn shoulde live in sobrenesse./

And over al this, avyseth yow right wel/ What was comaunded un-to Lamuel —/ Nat Samuel, but Lamuel, seye I —/ Redeth the Bible, and finde it expresly/ Of wyn-yeving to hem that han Iustyse./ Na-more of this, for it may wel suffyse./

And now that I have spoke of glotonye,/ Now wol I yow defenden hasardrye./ Hasard is verray moder of lesinges,/ And of deceite, and cursed forsweringes,/ Blaspheme of Crist, manslaughtre, and wast also/ Of catel and of tyme; and forthermo,/ It is repreve and contrarie of honour/ For to ben holde a commune hasardour./ And ever the hyër he is of estaat,/ The more is he holden desolaat./ If that a prince useth hasardrye,/ In alle governaunce and policye/ He is, as by commune opinoun,/ Y-holde the lasse in reputacioun./

Stilbon, that was a wys embassadour,/ Was sent to Corinthe, in ful greet honour,/ Fro Lacidomie, to make hir alliaunce./ And whan he cam, him happede, par chaunce,/ That alle the grettest that were of that lond,/ Pleyinge atte hasard he hem fond./ For which, as sone as it mighte be,/ He stal him hoom agayn to his contree,/ And seyde, 'ther wol I nat lese my name;/ Ne I wol

vinho branco espanhol da cidade de Lepe,[187] vendido em Fish Street e em Cheapside: esse vinho forte costuma, não sei como, contaminar sorrateiramente os suaves vinhos da França, guardados ali ao lado, os quais passam a provocar tais vapores na cabeça que, depois de apenas três goles, alguém que se julga em casa em Cheapside, ou se imagina em La Rochelle ou em Bordeaux, acaba se achando na Espanha, naquela cidade de Lepe. E, não demora muito, também está dizendo "San-são, San-são".

Muita atenção, porém, a esta palavra que prego, meus senhores: todos os atos sublimes e vitoriosos no Velho Testamento, sob a égide do verdadeiro Deus, que é onipotente, foram praticados na abstinência e na oração. Leiam a Bíblia, e irão constatar isso.

Pensem no caso de Átila, o grande conquistador huno: morreu bêbado, enquanto dormia, vergonhosamente e sem honra, a deitar sangue pelo nariz. Um comandante tem a obrigação de viver na sobriedade.

E, acima de tudo, atentem muito bem para o que foi ordenado a Lemuel (não Samuel, eu disse Lemuel): a Bíblia expressamente proibiu o vinho a quem, como ele, administrava a justiça. Mas basta; sobre isso já falei o suficiente.

Depois de discorrer sobre a gula, eu gostaria agora de condenar da mesma forma a prática do jogo, essa verdadeira mãe das mentiras, dos engodos e dos malditos perjúrios, de blasfêmias contra Cristo e também de assassinatos, esse desperdício de dinheiro e tempo. E, o que é pior, esse vício acarreta a destruição e a negação da honra, arruinando os jogadores inveterados, que se tornam tanto mais dissolutos quanto mais elevada for a sua condição. Os príncipes dados ao jogo, por exemplo, sempre ficam com suas reputações de governantes e de políticos diminuídas perante os olhos do povo.

Stilbon, um sábio embaixador, foi mandado pelos lacedemônios a Corinto, em meio a grandes honras, para firmar um tratado de aliança. Chegando àquela cidade, entretanto, quis o acaso que encontrasse todos os maiores homens do lugar completamente absortos no jogo, razão pela qual desistiu de sua missão, retornando logo que pôde à sua terra. Lá declarou: "Não quero destruir minha reputação e receber a vergonhosa pecha de haver pactuado com jogadores. Se meus patrícios o desejarem,

---

[187] Esta alusão à falsificação de vinhos de qualidade pela mistura com produtos inferiores parece ser a primeira notícia documentada sobre a fraude no comércio de bebidas. (N. do T.)

nat take on me so greet defame,/ Yow for to allye un-to none hasardours./ Sendeth othere wyse embassadours;/ For, by my trouthe, me were lever dye,/ Than I yow sholde to hasardours allye./ For ye that been so glorious in honours/ Shul nat allyen yow with hasardours/ As by my wil, ne as by my tretee.'/ This wyse philosophre thus seyde he./

Loke eek that, to the king Demetrius/ The king of Parthes, as the book seith us,/ Sente him a paire of dees of gold in scorn,/ For he hadde used hasard ther-biforn;/ For which he heeld his glorie or his renoun/ At no value or reputacioun./ Lordes may finden other maner pley/ Honeste y-nough to dryve the day awey./

Now wol I speke of othes false and grete/ A word or two, as olde bokes trete./

Gret swering is a thing abhominable,/ And false swering is yet more reprevable./ The heighe god forbad swering at al,/ Witnesse on Mathew; but in special/ Of swering seith the holy Ieremye,/ 'Thou shalt seye sooth thyn othes, and nat lye,/ And swere in dome, and eek in rightwisnesse;'/ But ydel swering is a cursednesse./

Bihold and see, that in the firste table/ Of heighe goddes hestes honurable,/ How that the seconde heste of him is this —/ 'Tak nat my name in ydel or amis.'/ Lo, rather he forbedeth swich swering/ Than homicyde or many a cursed thing;/ I seye that, as by ordre,/ thus it stondeth;/ This knowen, that his hestes understondeth,/ How that the second heste of god is that./ And forther over, I wol thee telle al plat,/ That vengeance shal nat parten from his hous,/ That of his othes is to outrageous./ 'By goddes precious herte, and by his nayles,/ And by the blode of Crist, that it is in Hayles,/ Seven is my chaunce, and thyn is cink and treye;/ By goddes armes, if thou falsly pleye,/ This dagger shal thurgh-out thyn herte go' —/ This fruyt cometh of the bicched bones two,/ Forswering, ire, falsnesse, homicyde./ Now, for the love of Crist that for us dyde,/ Leveth your othes, bothe grete and smale;/ But, sirs, now wol I telle forth my tale./

Thise ryotoures three, of whiche I telle,/ Longe erst er pryme

que enviem outros legados; quanto a mim, prefiro morrer a aliar-me com tal gente. Mas sei que minha cidade, tão gloriosa e digna, nem com minha anuência nem com minhas tratativas aceitaria um pacto com esses viciados". Assim se manifestou aquele sábio filósofo.

E não esqueçam o Rei Demétrio, a quem o Rei dos Partas mandou de presente — pelo que afirma o livro — um par de dados de ouro, mostrando assim o desprezo que votava àquele seu hábito de jogar, um vício que tanto manchou o valor e a fama de sua glória e de seu nome. Muitas outras distrações honestas têm os nobres à sua disposição para passarem o tempo.

Agora eu gostaria de dizer uma ou duas palavrinhas a respeito dos juramentos, verdadeiros ou falsos, à luz do que ensinam velhos livros.

Se jurar é coisa abominável, jurar falso é mais repreensível ainda. O Altíssimo proibiu-nos de jurar... vejam em São Mateus. Especialmente sobre os juramentos, contudo, eis o que disse o profeta Jeremias: "Farás juramentos verdadeiros, sem mentir; e jurarás com retidão e equidade, pois o juramento leviano é danação".

Olhem e vejam o que determina o segundo mandamento da primeira Tábua do honorável Decálogo do Senhor: "Não usarás meu santo nome em vão". Eis aí como, antes mesmo do homicídio e de muitos outros crimes amaldiçoados, proibiu Ele os juramentos. E, pela ordem, digo que assim deve ser... Quem entende a razão de cada mandamento de Deus, sabe muito bem o motivo porque este é o segundo. Por isso eu aviso, com toda a franqueza, que o castigo não passará ao largo da casa de quem abusa dos juramentos. "Pelo precioso coração do Senhor!" e "Por seus cravos!" e "Pelo sangue de Cristo que está na abadia de Hailes,[188] meu número de sorte é sete, os de vocês são cinco e três!" "Pelos braços de Deus, se você fizer trapaça no jogo, este punhal lhe atravessa o coração!" São estes os frutos dos dados, daqueles dois ossinhos polidos de cadela: o perjúrio, a cólera, a mentira, o assassinato. Por isso, pelo amor de Cristo que morreu por nós, não façam mais juramentos, não importa se falsos ou verdadeiros. Mas agora, senhores, vou continuar a minha história.

Aqueles três rufiões de que eu falava, antes mesmo que a hora prima

---

[188] Nesta abadia, hoje em ruínas, perto de Gloucester, havia uma ampola com o sangue de Cristo. A relíquia foi depois destruída por ordem de Henrique VIII. (N. do T.)

O Conto do Vendedor de Indulgências

rong of any belle,/ Were set hem in a taverne for to drinke;/ And as they satte, they herde a belle clinke/ Biforn a cors, was caried to his grave;/ That oon of hem gan callen to his knave,/ 'Go bet,' quod he, 'and axe redily,/ What cors is this that passeth heer forby;/ And look that thou reporte his name wel.'/

'Sir,' quod this boy, 'it nedeth never-a-del./ It was me told, er ye cam heer, two houres;/ He was, pardee, an old felawe of youres;/ And sodeynly he was y-slayn to-night,/ For-dronke, as he sat on his bench upright;/ Ther cam a privee theef, men clepeth Deeth,/ That in this contree al the peple sleeth,/ And with his spere he smoot his herte a-two,/ And wente his wey with-outen wordes mo./ He hath a thousand slayn this pestilence:/ And, maister, er ye come in his presence,/ Me thinketh that it were necessarie/ For to be war of swich an adversarie:/ Beth redy for to mete him evermore./ Thus taughte me my dame, I sey na-more.'/

'By seinte Marie,' seyde this taverner,/ 'The child seith sooth, for he hath slayn this yeer,/ Henne over a myle, with-in a greet village,/ Both man and womman, child and hyne, and page./ I trowe his habitacioun be there;/ To been avysed greet wisdom it were,/ Er that he dide a man a dishonour.'/

'Ye, goddes armes,' quod this ryotour,/ 'Is it swich peril with him for to mete?/ I shal him seke by wey and eek by strete,/ I make avow to goddes digne bones!/ Herkneth, felawes, we three been al ones;/ Lat ech of us holde up his hond til other,/ And ech of us bicomen otheres brother,/ And we wol sleen this false traytour Deeth;/ He shal be slayn, which that so many sleeth,/ By goddes dignitee, er it be night.'/

Togidres han thise three her trouthes plight,/ To live and dyen ech of hem for other,/ As though he were his owene y-boren brother./ And up they sterte al dronken, in this rage,/ And forth they goon towardes that village,/ Of which the taverner had spoke biforn,/ And many a grisly ooth than han they sworn,/ And Cristes blessed body they to-rente —/ 'Deeth shal be deed, if that they may him hente.'/

Whan they han goon nat fully half a myle,/ Right as they wolde han troden over a style,/ An old man and a povre with hem mette./ This olde man ful mekely hem grette,/ And seyde thus, 'now, lordes, god yow see!'/

soasse em qualquer campanário, já se achavam sentados numa taverna a beber. Foi então que ouviram o dobre fúnebre de um sino por um corpo qualquer que estava sendo levado à sepultura. Um deles chamou imediatamente o seu criado e ordenou-lhe: "Depressa, vá correndo perguntar de quem é o corpo que está passando aí em frente, e venha dizer-me o nome direitinho".

"Senhor", respondeu-lhe o garoto, "não é preciso. Duas horas antes que chegassem, já me inteirara de tudo. Trata-se de um velho companheiro seu, que foi morto inesperadamente ontem à noite, quando bebia vinho sentado num banco. Entrou lá uma tal de Morte, uma ladra sorrateira que anda matando todas as pessoas do lugar, e ela, com sua lança, partiu-lhe o coração em dois e foi-se embora sem dizer palavra. Só na última epidemia de peste levou por volta de mil. Meu amo, se o senhor tem intenção de enfrentá-la, é melhor tomar muito cuidado com essa adversária, porque ela sempre ataca de surpresa. Foi o que minha mãe me disse. E isso é tudo o que sei."

"Por Santa Maria", exclamou o taverneiro, "o rapazinho tem razão, pois num grande povoado, a pouco mais de uma milha daqui, ela matou este ano muitos homens e mulheres, crianças, servos da gleba e pajens. Acho que deve estar morando por lá. Mas quem não desejar ser vergonhosamente batido por ela, que fique de sobreaviso."

"Braços de Deus!", gritou o primeiro rufião, "será que é tão perigoso assim um encontro com a Morte? Pois juro, pelos valiosos ossos do Senhor, que vou procurá-la por todas as estradas e trilhas. Escutem, amigos: nós três pensamos do mesmo modo. Vamos então erguer os braços e jurar que sempre seremos irmãos; depois, iremos juntos liquidar aquela falsa traidora. Pela dignidade do Senhor, antes mesmo que anoiteça, teremos matado aquela que a tantos matou!"

A seguir, os três juraram solenemente que viveriam e morreriam juntos, um pelo outro, como verdadeiros irmãos de sangue. E, completamente ébrios em sua ira, levantaram-se e dirigiram-se para o povoado de que falara o taverneiro. E, no trajeto, lançavam pragas e juras horríveis, espedaçando o abençoado corpo de Cristo e prometendo, caso a encontrassem, que a Morte morreria!

Nem bem haviam percorrido meia milha quando, no momento em que iam pular uma cerca, avistaram um homem muito velho e maltrapilho. Humildemente o ancião cumprimentou-os com estas palavras: "Senhores, que Deus os proteja".

O Conto do Vendedor de Indulgências

The proudest of thise ryotoures three/ Answerde agayn, 'what? carl, with sory grace,/ Why artow al forwrapped save thy face?/ Why livestow so longe in so greet age?'/

This olde man gan loke in his visage,/ And seyde thus, 'for I ne can nat finde/ A man, though that I walked in-to Inde,/ Neither in citee nor in no village,/ That wolde chaunge his youthe for myn age;/ And therfore moot I han myn age stille,/ As longe time as it is goddes wille./

Ne deeth, allas! ne wol nat han my lyf;/ Thus walke I, lyk a restelees caityf,/ And on the ground, which is my modres gate,/ I knokke with my staf, bothe erly and late,/ And seye, "leve moder, leet me in!/ Lo, how I vanish, flesh, and blood, and skin!/ Allas! whan shul my bones been at reste?/ Moder, with yow wolde I chaunge my cheste,/ That in my chambre longe tyme hath be,/ Ye! for an heyre clout to wrappe me!"/ But yet to me she wol nat do that grace,/ For which ful pale and welked is my face./

But, sirs, to yow it is no curteisye/ To speken to an old man vileinye,/ But he trespasse in worde, or elles in dede./ In holy writ ye may your-self wel rede,/ "Agayns an old man, hoor upon his heed,/ Ye sholde aryse;" wherfor I yeve yow reed,/ Ne dooth un-to an old man noon harm now,/ Na-more than ye wolde men dide to yow/ In age, if that ye so longe abyde;/ And god be with yow, wher ye go or ryde./ I moot go thider as I have to go.'/

'Nay, olde cherl, by god, thou shall nat so,'/ Seyde this other hasardour anon;/ 'Thou partest nat so lightly, by seint Iohn!/ Thou spak right now of thilke traitour Deeth,/ That in this contree alle our frendes sleeth./ Have heer my trouthe, as thou art his aspye,/ Tel wher he is, or thou shalt it abye,/ By god, and by the holy sacrament!/ For soothly thou art oon of his assent,/ To sleen us yonge folk, thou false theef!'/

'Now, sirs,' quod he, 'if that yow be so leef/ To finde Deeth, turne up this croked wey,/ For in that grove I lafte him, by my fey,/ Under a tree, and ther he wol abyde;/ Nat for your boost he wol him no-thing hyde./ See ye that ook? right ther ye shul him finde./ God save yow, that boghte agayn mankinde,/ And yow amende!'/ — thus seyde this olde man./

A isso, entretanto, retrucou o mais orgulhoso dos três rufiões: "Ora, camponês imbecil, por que você anda desse jeito, todo embrulhado e só com o rosto de fora? E por que continua vivo nessa idade, depois que há muito a sua hora já passou?".

Fixando os olhos no semblante do outro, disse o velhinho: "Porque, apesar de ter viajado a pé até a Índia, em nenhum lugar pude encontrar até agora, nas cidades e nas vilas, quem quisesse trocar sua juventude pela minha velhice. Por isso, enquanto Deus o desejar, sigo a viver com minha idade".

"Ai, nem a Morte aceita a minha vida. Diante disso, nada me resta fazer, senão andar por aí como um escravo atormentado, batendo a todo instante com meu cajado no chão (que é a entrada da casa de minha mãe) e gritando: 'Oh mãe querida, deixe-me entrar! Olhe como estou definhando, nas carnes, nos ossos, na pele. Ai de mim, quando meus ossos terão descanso? Mãe, quero dar-lhe todo o baú de roupas que guardo há muito tempo no meu quarto, e receber em troca apenas uma mortalha para me abrigar!'. Ela, porém, nem assim me concede essa graça, e meu rosto vai ficando cada vez mais pálido e encovado.

"Quanto aos senhores, devo lembrar-lhes que não é educado dirigirem-se a um velho de modo tão grosseiro, a menos que ele os tivesse ofendido com palavras ou atos. Está dito nas Santas Escrituras: 'Diante das cãs te levantarás, e honrarás a presença do ancião'. Por isso, aconselho-os a não maltratarem os idosos, se não desejam ser maltratados em sua própria velhice, caso cheguem até lá. E, a pé ou a cavalo, que Deus sempre os acompanhe. Agora preciso ir para onde tenho que ir."

"Não, velhaco, por Deus, isso é que não", berrou o jogador que antes lhe falara. "Não pense que vai livrar-se de nós tão facilmente, por São João! Você mencionou aquela traidora, a Morte, que anda matando todos os nossos amigos por aqui. Sei que você é seu espião. Por isso, diga-nos logo onde ela está, ou terá muito de que se arrepender, juro por Deus e pelo Santo Sacramento! É evidente que você está mancomunado com ela para matar todos os jovens como nós, ladrão infame."

"Bem, senhores", retrucou o velho, "se fazem tanta questão de conhecer a Morte, tomem aquela senda tortuosa, pois, por minha fé, não faz muito que a deixei naquele bosque, debaixo de uma árvore. E lá deve estar ainda, porque não se assusta com as suas ameaças. Estão vendo aquele carvalho? É lá mesmo que irão encontrá-la. Espero que Cristo, o

O Conto do Vendedor de Indulgências

And everich of thise ryotoures ran,/ Til he cam to that tree, and ther they founde/ Of florins fyne of golde y-coyned rounde/ Wel ny an eighte busshels, as hem thoughte./ No lenger thanne after Deeth they soughte,/ But ech of hem so glad was of that sighte,/ For that the florins been so faire and brighte,/ That doun they sette hem by this precious hord./ The worste of hem he spake the firste word./

'Brethren,' quod he, 'tak kepe what I seye;/ My wit is greet, though that I bourde and pleye./ This tresor hath fortune un-to us yiven,/ In mirthe and Iolitee our lyf to liven,/ And lightly as it comth, so wol we spende./ Ey! goddes precious dignitee! who wende/ To-day, that we sholde han so fair a grace?/ But mighte this gold be caried fro this place/ Hoom to myn hous, or elles un-to youres —/ For wel ye woot that al this gold is oures —/ Than were we in heigh felicitee./ But trewely, by daye it may nat be;/ Men wolde seyn that we were theves stronge,/ And for our owene tresor doon us honge./ This tresor moste y-caried be by nighte/ As wysly and as slyly as it mighte./ Wherfore I rede that cut among us alle/ Be drawe, and lat se wher the cut wol falle;/ And he that hath the cut with herte blythe/ Shal renne to the toune, and that ful swythe,/ And bringe us breed and wyn ful prively./ And two of us shul kepen subtilly/ This tresor wel; and, if he wol nat tarie,/ Whan it is night, we wol this tresor carie/ By oon assent, wher-as us thinketh best.'/ That oon of hem the cut broughte in his fest,/ And bad hem drawe, and loke wher it wol falle;/ And it fil on the yongeste of hem alle;/ And forth toward the toun he wente anon./ And al-so sone as that he was gon,/ That oon of hem spak thus un-to that other,/ 'Thou knowest wel thou art my sworne brother,/ Thy profit wol I telle thee anon./ Thou woost wel that our felawe is agon;/ And heer is gold, and that ful greet plentee,/ That shal departed been among us three./ But natheles, if I can shape it so/ That it departed were among us two,/ Hadde I nat doon a freendes torn to thee?'/

That other answerde, 'I noot how that may be;/ He woot how that the gold is with us tweye,/ What shal we doon, what shal we to him seye?'/

'Shal it be conseil?' seyde the firste shrewe,/ 'And I shal tellen thee, in wordes fewe,/ What we shal doon, and bringe it wel aboute.'/

redentor da humanidade, venha corrigi-los e salvá-los." Assim falou o velho.

Os três fanfarrões correram sem demora em direção à árvore e, lá chegando, depararam com uma pilha de luzentes e redondinhos florins de ouro, cerca de oito alqueires de moedas recém-cunhadas... Esqueceram-se por completo da Morte, deslumbrados por aquela visão. E, fascinados pela beleza e pelo brilho dos florins, sentaram-se os três ao redor do valioso tesouro. O pior deles foi quem falou primeiro:

"Irmãos, prestem muita atenção ao que vou dizer, porque, se é fato que gosto de estripulias e de jogos, também tenho a cabeça no lugar. A Fortuna nos deu este tesouro para passarmos o resto da vida na diversão e na alegria, visto que vai fácil aquilo que vem fácil. Pela preciosa dignidade do Senhor, quem diria que hoje iríamos receber tamanha graça? No entanto, a nossa felicidade só será completa quando pudermos levar este ouro para a minha casa... ou para a de vocês, não importa, porque este ouro todo é nosso. A verdade, porém, é que não podemos fazer isso durante o dia: surpreendidos, seríamos acusados de ladrões e enforcados por estarmos com o que é nosso. Este tesouro tem que ser removido à noite, às escondidas e com o máximo cuidado. Por isso, acho melhor tirarmos a sorte para vermos em qual de nós três recai; e o sorteado, de bom grado, irá correndo à cidade, o mais depressa que puder, e, sem dizer nada a ninguém, comprará pão e vinho para nós. Enquanto isso, os outros dois ficarão discretamente por aqui, tomando conta do tesouro. E, se não houver atrasos, ao cair da noite levaremos o achado para o lugar que, de comum acordo, nos parecer melhor." Assim dizendo, estendeu ele o punho fechado sobre três palitos e pediu aos outros que tirassem a sorte e mostrassem o resultado. O escolhido foi o mais jovem, que imediatamente se dirigiu para a cidade. Assim que ele virou as costas, um dos que ficaram disse ao companheiro: "Você sabe que jurei ser seu irmão, e que, por isso mesmo, farei o que puder para ajudá-lo a progredir na vida. Nosso companheiro se foi; e aqui está todo este ouro, esta pilha enorme, que tem que ser repartida entre nós três. Que tal? Você não acha que eu já lhe estaria prestando um favor se lhe mostrasse um jeito de dividirmos tudo isso apenas entre nós dois?".

Respondeu o outro: "Não consigo imaginar como: ele sabe que o ouro ficou conosco. O que poderíamos fazer? E o que diríamos a ele?".

"Você jura guardar segredo?", perguntou o primeiro vilão. "Se jurar,

'I graunte,' quod that other, 'out of doute,/ That, by my trouthe, I wol thee nat biwreye.'/

'Now,' quod the firste, 'thou woost wel we be tweye,/ And two of us shul strenger be than oon./ Look whan that he is set, and right anoon/ Arys, as though thou woldest with him pleye;/ And I shal ryve him thurgh the sydes tweye/ Whyl that thou strogelest with him as in game,/ And with thy dagger look thou do the same;/ And than shal al this gold departed be,/ My dere freend, bitwixen me and thee;/ Than may we bothe our lustes al fulfille,/ And pleye at dees right at our owene wille.'/ And thus acorded been thise shrewes tweye/ To sleen the thridde, as ye han herd me seye./

This yongest, which that wente un-to the toun,/ Ful ofte in herte he rolleth up and doun/ The beautee of thise florins newe and brighte./ 'O lord!' quod he, 'if so were that I mighte/ Have al this tresor to my-self allone,/ Ther is no man that liveth under the trone/ Of god, that sholde live so mery as I!'/ And atte laste the feend, our enemy,/ Putte in his thought that he shold poyson beye,/ With which he mighte sleen his felawes tweye;/ For-why the feend fond him in swich lyvinge,/ That he had leve him to sorwe bringe,/ For this was outrely his fulle entente/ To sleen hem bothe, and never to repente./

And forth he gooth, no lenger wolde he tarie,/ Into the toun, un-to a pothecarie,/ And preyed him, that he him wolde selle/ Som poyson, that he mighte his rattes quelle;/ And eek ther was a polcat in his hawe,/ That, as he seyde, his capouns hadde y-slawe,/ And fayn he wolde wreke him, if he mighte,/ On vermin, that destroyed him by nighte./

The pothecarie answerde, 'and thou shalt have/ A thing that, al-so god my soule save,/ In al this world ther nis no creature,/ That ete or dronke hath of this confiture/ Noght but the mountance of a corn of whete,/ That he ne shal his lyf anon forlete;/ Ye, sterve he shal, and that in lasse whyle/ Than thou wolt goon a paas nat but a myle;/ This poyson is so strong and violent.'/ This cursed man hath in his hond y-hent/ This poyson in a box, and sith he ran/ In-to the nexte strete, un-to a man,/ And borwed [of] him large botels three;/ And in the two his poyson poured he;/ The thridde he kepte clene for his drinke./ For al the night he shoop him for to swinke/ In carynge of the gold out of that place./ And whan this ryotour, with sory grace,/

vou dizer-lhe em poucas palavras como fazer as coisas e resolver o problema."

"Claro que sim", garantiu o outro; "eu não iria trair a sua confiança."

"Pois muito bem", prosseguiu o primeiro. "Você está vendo que somos dois, e sabe que dois podem mais do que um. Assim que ele voltar, trate de levantar-se e de aproximar-se dele como que a brincar; aproveitando-me de sua distração com essa luta de faz de conta, venho por trás e dou-lhe umas punhaladas nas costas, nos dois lados, enquanto você faz o mesmo pela frente com a sua adaga. Aí, meu caro amigo, todo este ouro será repartido somente entre nós dois, e poderemos realizar todas as nossas ambições e jogar dados à vontade." E assim os dois velhacos concordaram em matar o terceiro, tal como relatei.

Enquanto isso, o mais jovem, a caminho da cidade, levava na lembrança a beleza daqueles florins novinhos e brilhantes, que passavam e repassavam em sua mente. "Oh Senhor", pensou, "se eu pudesse ter todo aquele tesouro só para mim, não haveria ninguém mais feliz do que eu sob o trono de Deus." Por fim o demônio, o nosso inimigo, inculcou-lhe a ideia de comprar veneno para assassinar os seus dois companheiros... visto que, devido a seu modo de vida, o diabo obteve permissão para arruiná-lo. Consequentemente, acabou ele tomando a decisão de liquidar a ambos, e sem arrependimentos.

Com isso em mente, estugou o passo em direção à cidade, à loja de um boticário, onde pediu um veneno para matar os ratos que, contou ele, infestavam sua casa, além de uma doninha que havia pilhado os frangos de seu quintal. Se possível, desejava agora vingar-se daqueles bichos que, durante a noite, lhe davam tantos prejuízos.

O boticário assegurou-lhe: "O senhor vai levar uma coisa que, Deus guarde minha alma... Não há no mundo criatura que coma ou beba deste composto — nem que seja uma quantia do tamanho de um grão de trigo — e que não perca, num instante, a vida. Morre mesmo; não chega a caminhar nem uma milha, tão forte e violento é este veneno". O amaldiçoado tomou nas mãos a caixinha com a droga e prontamente correu para uma rua próxima, onde pediu a um homem que lhe emprestasse três garrafas. Em duas delas despejou veneno, conservando limpa para si a terceira, pois esperava bebericar um pouco enquanto trabalhava a noite inteira para retirar sozinho o ouro do local. Em seguida, esse rufião amaldiçoado encheu de vinho as três garrafas e voltou para junto de seus camaradas.

O Conto do Vendedor de Indulgências

Had filled with wyn his grete botels three,/ To his felawes agayn repaireth he./

What nedeth it to sermone of it more?/ For right as they had cast his deeth bifore,/ Right so they han him slayn, and that anon./ And whan that this was doon, thus spak that oon,/ 'Now lat us sitte and drinke, and make us merie,/ And afterward we wol his body berie.'/ And with that word it happed him, par cas,/ To take the botel ther the poyson was,/ And drank, and yaf his felawe drinke also,/ For which anon they storven bothe two./

But, certes, I suppose that Avicen/ Wroot never in no canon, ne in no fen,/ Mo wonder signes of empoisoning/ Than hadde thise wrecches two, er hir ending./ Thus ended been thise homicydes two,/ And eek the false empoysoner also./

O cursed sinne, ful of cursednesse!/ O traytours homicyde, o wikkednesse!/ O glotonye, luxurie, and hasardrye!/ Thou blasphemour of Crist with vileinye/ And othes grete, of usage and of pryde!/ Allas! mankinde, how may it bityde,/ That to thy creatour which that thee wroghte,/ And with his precious herte-blood thee boghte,/ Thou art so fals and so unkinde, allas!/

Now, goode men, god forgeve yow your trespas,/ And ware yow fro the sinne of avaryce./ Myn holy pardoun may yow alle waryce,/ So that ye offre nobles or sterlinges,/ Or elles silver broches, spones, ringes./ Boweth your heed under this holy bulle!/ Cometh up, ye wyves, offreth of your wolle!/ Your name I entre heer in my rolle anon;/ In-to the blisse of hevene shul ye gon;/ I yow assoile, by myn heigh power,/ Yow that wol offre, as clene and eek as cleer/ As ye were born; and, lo, sirs, thus I preche./ And Iesu Crist, that is our soules leche,/ So graunte yow his pardon to receyve;/ For that is best; I wol yow nat deceyve./

[Epilogue.]

'But sirs, o word forgat I in my tale,/ I have relikes and pardon in my male,/ As faire as any man in Engelond,/ Whiche

Para que alongar o sermão? Pois assim como os outros dois haviam planejado a sua morte, assim o mataram, sem tardança. Feito isso, disse um deles: "Agora vamos sentar-nos um pouco e beber e festejar; depois enterraremos o corpo". E, assim fazendo, aconteceu que, por acaso, ele apanhou uma das garrafas envenenadas, sorveu uns goles e passou o resto para o companheiro. Dentro de pouco tempo, ambos estavam mortos.

Tenho certeza de que Avicena[189] jamais descreveu, em qualquer capítulo ou em qualquer cânone, tantos sintomas espantosos de envenenamento quantos se manifestaram naqueles dois infelizes até que entregassem as almas. E assim acabaram-se as vidas daqueles dois homicidas, e também a de seu envenenador traiçoeiro.

Oh pecado maldito de completa danação! Oh traidores assassinos! Oh maldade! Indecente e perjuro blasfemador de Cristo, nascido do vício e da soberba! Ai, humanidade, como pode você ser tão falsa e tão cruel para com o Criador que a fez, e para com o sangue do precioso coração que a redimiu?

E agora, boa gente, que Deus perdoe as faltas de vocês. Mas acautelem-se todos contra o pecado da avareza: minhas santas indulgências poderão salvá-los... Basta que ofereçam alguns "nobres" ou libras, ou broches de prata, colheres, anéis. Venham inclinar-se diante desta bula sagrada! Aproximem-se, minhas senhoras, ofereçam um pouco de sua lã! Seus nomes serão incluídos aqui, na minha relação, e suas almas entrarão na glória do Paraíso. Com meus elevados poderes, concedo a minha absolvição a todos — todos os que fizerem donativos —, deixando-os puros e imaculados como na hora em que nasceram. Eis, senhores, como prego. E que Jesus Cristo, o médico espiritual que cura as nossas almas, lhes garanta o seu perdão. E asseguro-lhes que isto é a melhor coisa que podem receber.

Epílogo.

"Mas, senhores", continuou o Vendedor de Indulgências, "mais uma palavrinha, que esqueci em minha história: tenho, no meu malote, relí-

---

[189] A obra principal de Avicena foi o *Livro do Cânone da Medicina* (*Kitab al-Qanun fi'l-Tibb*), em que os venenos são discutidos no livro IV, seção VI. (N. do T.)

were me yeven by the popes hond./ If any of yow wol, of devocioun,/ Offren, and han myn absolucioun,/ Cometh forth anon, and kneleth heer adoun,/ And mekely receyveth my pardoun:/ Or elles, taketh pardon as ye wende,/ Al newe and fresh, at every tounes ende,/ So that ye offren alwey newe and newe/ Nobles and pens, which that be gode and trewe./ It is an honour to everich that is heer,/ That ye mowe have a suffisant pardoneer/ Tassoille yow, in contree as ye ryde,/ For aventures which that may bityde./ Peraventure ther may falle oon or two/ Doun of his hors, and breke his nekke atwo./ Look which a seuretee is it to yow alle/ That I am in your felaweship y-falle,/ That may assoille yow, bothe more and lasse,/ Whan that the soule shal fro the body passe,/

 I rede that our hoste heer shal biginne,/ For he is most enveluped in sinne./ Com forth, sir hoste, and offre first anon,/ And thou shalt kisse the reliks everichon,/ Ye, for a grote! unbokel anon thy purs.'/

 'Nay, nay,' quod he, 'than have I Cristes curs!/ Lat be,' quod he, 'it shal nat be, so theech!/ Thou woldest make me kisse thyn old breech,/ And swere it were a relik of a seint,/ Thogh it were with thy fundement depeint!/ But by the croys which that seint Eleyne fond,/ I wolde I hadde thy coillons in myn hond/ In stede of relikes or of seintuarie;/ Lat cutte hem of, I wol thee helpe hem carie;/ Thay shul be shryned in an hogges tord.'/

 This pardoner answerde nat a word;/ So wrooth he was, no word ne wolde he seye./

 'Now,' quod our host, 'I wol no lenger pleye/ With thee, ne with noon other angry man.'/ But right anon the worthy knight bigan,/ Whan that he saugh that al the peple lough,/ 'Na-more of this, for it is right y-nough;/ Sir pardoner, be glad and mery of chere;/ And ye, sir host, that been to me so dere,/ I prey yow that ye kisse the pardoner./ And pardoner, I prey thee, drawe thee neer,/ And, as we diden, lat us laughe and pleye.'/ Anon they kiste, and riden forth hir weye./

Here is ended the Pardoners Tale.

quias e indulgências como poucas na Inglaterra, e que o Papa me entregou com suas próprias mãos. Se alguém aqui desejar, por devoção, fazer um donativo e receber a minha absolvição, aproxime-se, por favor, e ajoelhe-se humildemente para obter a remissão dos pecados. Ou, se preferir, poderá fazer isso ao longo da viagem, diversas vezes até, na saída de cada cidade, desde que sempre ofereça alguns dinheiros e 'nobres', dos verdadeiros e bons. É uma honra para vocês terem em sua companhia um Vendedor de Indulgências qualificado, autorizado a absolvê-los em todos os casos que se passarem por aí. Além disso, um ou dois de vocês podem ter o infortúnio de cair do cavalo e quebrar o pescoço. Vejam que segurança a minha presença nesta comitiva, pois posso conceder o perdão a todos, humildes e poderosos, quando a alma tiver que deixar o corpo.

"Creio que o primeiro a ser atendido deve ser o nosso Albergueiro, por estar mais imerso no pecado. Dê um passo à frente, Senhor Albergueiro, e faça o seu donativo. Com isso, permitirei que beije todas as minhas relíquias. Sim, por apenas uma moeda! Vamos, abra a fivela da bolsa!"

"Isso é que não!", respondeu ele, "não quero a maldição de Cristo sobre mim! Deixe para lá, que nessa eu não caio — pela salvação de minha alma! O que você quer é que eu beije as suas velhas bragas, jurando ser a relíquia de algum santo, ainda que emporcalhadas pelo buraco do seu traseiro! Pela cruz de Cristo encontrada por Santa Helena, em vez de relicários ou relíquias, o que eu gostaria de ter nas mãos são seus colhões. Vamos cortá-los? Se quiser, ajudo a trinchar. E depois nós vamos entronizá-los num monte de bosta de porco!"

O Vendedor de Indulgências não respondeu sequer uma palavra; era tanta a sua cólera, que perdeu a fala.

"Ora", disse o Albergueiro, "está bem, prometo que não vou nunca mais fazer brincadeiras com você. Nem com ninguém mais que fique zangado por qualquer coisinha." Foi então que o nobre Cavaleiro, vendo que quase todos estavam rindo, houve por bem interferir: "Agora deixem disso; vocês já foram longe demais. Senhor Vendedor de Indulgências, acalme-se, volte a sorrir; e o senhor, Senhor Albergueiro, a quem tanto prezo, vamos, dê um beijo no Vendedor. Homem dos Perdões, aproxime-se, por favor; e vamos todos tornar a rir e a divertir-nos". Eles então se beijaram, e nós voltamos a cavalgar.

Aqui termina o Conto do Vendedor de Indulgências.

The Seconde Nonnes Tale

The Prologe of the Seconde Nonnes Tale.

'The ministre and the norice un-to vyces,/ Which that men clepe in English ydelnesse,/ That porter of the gate is of delyces,/ To eschue, and by hir contrarie hir oppresse,/ That is to seyn, by leveful bisinesse,/ Wel oghten we to doon al our entente,/ Lest that the feend thurgh ydelnesse us hente.//

For he, that with his thousand cordes slye/ Continuelly us waiteth to biclappe,/ Whan he may man in ydelnesse espye,/ He can so lightly cacche him in his trappe,/ Til that a man be hent right by the lappe,/ He nis nat war the feend hath him in honde;/ Wel oughte us werche, and ydelnes withstonde.//

And though men dradden never for to dye,/ Yet seen men wel by reson doutelees,/ That ydelnesse is roten slogardye,/ Of which ther never comth no good encrees;/ And seen, that slouthe hir holdeth in a lees/ Only to slepe, and for to ete and drinke,/ And to devouren al that othere swinke.//

And for to putte us fro swich ydelnesse,/ That cause is of so greet confusioun,/ I have heer doon my feithful bisinesse,/ After the legende, in translacioun/ Right of thy glorious lyf and passioun,/ Thou with thy gerland wroght of rose and lilie;/ Thee mene I, mayde and martir, seint Cecilie!'//

O Conto da Outra Freira

Prólogo do Conto da Outra Freira.

"Fugir do escravo e nutridor dos vícios, porteiro do jardim dos prazeres, que em nossa língua se chama Ócio, e contrapor a ele o seu oposto, ou seja, a atividade consentida, deve ser nossa maior preocupação, se pretendemos evitar que o demônio pelo ócio nos agarre.

"Ele, de fato, ao observar alguém no ócio, fica o tempo todo de tocaia com sua rede de mil cordas, e apanha a vítima na armadilha com tanta facilidade, que ela só percebe que caiu nas mãos do diabo quando este a puxa pela lapela. Por isso, temos que fazer de tudo para resistirmos ao ócio.

"E mesmo que o ser humano não temesse a morte, ainda assim nossa razão, por certo, nos faria ver que a preguiça nada mais é que a podre acídia, da qual não provém nada de bom, visto que o ócio, ao pôr a sua coleira no homem, faz que ele apenas durma, coma e beba, devorando tudo o que os outros produzem.

"Para livrar-nos desse mal, causa de tanta perdição, pretendo aqui, com fiel diligência, traduzir e relatar a história de tua gloriosa vida e tua paixão, oh tu, com a guirlanda trançada de rosas e de lírios, tu, virgem e mártir, tu, Santa Cecília!"

Inuocacio ad Mariam

And thou that flour of virgines art alle,
Of whom that Bernard list so wel to wryte,
To thee at my biginning first I calle;
Thou comfort of us wrecches, do me endyte
Thy maydens deeth, that wan thurgh hir meryte
The eternal lyf, and of the feend victorie,
As man may after reden in hir storie.

Thou mayde and mooder, doghter of thy sone,
Thou welle of mercy, sinful soules cure,
In whom that god, for bountee, chees to wone,
Thou humble, and heigh over every creature,
Thou nobledest so ferforth our nature,
That no desdeyn the maker hadde of kinde,
His sone in blode and flesh to clothe and winde.

Withinne the cloistre blisful of thy sydes
Took mannes shap the eternal love and pees,
That of the tryne compas lord and gyde is,
Whom erthe and see and heven, out of relees,
Ay herien; and thou, virgin wemmelees,
Bar of thy body, and dweltest mayden pure,
The creatour of every creature.

Assembled is in thee magnificence
With mercy, goodnesse, and with swich pitee
That thou, that art the sonne of excellence,
Nat only helpest hem that preyen thee,
But ofte tyme, of thy benignitee,
Ful frely, er that men thyn help biseche,
Thou goost biforn, and art hir lyves leche.

Invocacio ad Mariam

Maria, que das virgens és a flor,
A quem Bernardo no seu canto alude,
Invoco-te ao lançar-me a este labor;
Que teu amparo a descrever me ajude
A morte da donzela, que a virtude
Levou à vida eterna e à santa glória,
Como se pode ler em sua história.

Oh virgem mãe, e filha de teu Filho,[190]
Fonte de graça, cura da fraqueza,
Tu que abrigaste Deus pelo teu brilho,
O ser mais simples e de mais grandeza,
Tanto elevaste a nossa natureza
Que não sentiu desdém o Pai do Céu
Em revestir de carne o Filho seu.

No ventre teu, claustro beato, um dia
Humana forma à Eterna Paz foi dada,
Que o mundo tríplice governa e guia,
E a quem céu, mar e terra, sem parada,
Erguem louvor constante. Oh imaculada,
Geraste — ainda que sempre virgem pura —
O Criador de toda criatura.

Em ti se reuniu magnificência,
Em ti mercê, em ti tanta piedade,
Que ajudas, oh sol claro da excelência,
Não só a quem pelo socorro brade,
Mas muita vez a tua benignidade
Livremente antecipa-se à oração,
E, antes que peçam, dás a salvação.

---

[190] Muitos destes versos foram extraídos diretamente da oração de São Bernardo no canto XXXIII do *Paraíso* de Dante: "*Vergine Madre, figlia del tuo Figlio*". (N. do T.)

Now help, thou meke and blisful fayre mayde,
Me, flemed wrecche, in this desert of galle;
Think on the womman Cananee, that sayde
That whelpes eten somme of the crommes alle
That from hir lordes table been y-falle;
And though that I, unworthy sone of Eve,
Be sinful, yet accepte my bileve.

And, for that feith is deed with-outen werkes,
So for to werken yif me wit and space,
That I be quit fro thennes that most derk is!
O thou, that art so fayr and ful of grace,
Be myn advocat in that heighe place
Ther-as withouten ende is songe 'Osanne,'
Thou Cristes mooder, doghter dere of Anne!

And of thy light my soule in prison lighte,
That troubled is by the contagioun
Of my body, and also by the wighte
Of erthly luste and fals affeccioun;
O haven of refut, o salvacioun
Of hem that been in sorwe and in distresse,
Now help, for to my werk I wol me dresse.

Yet preye I yow that reden that I wryte,
Foryeve me, that I do no diligence/
This ilke storie subtilly to endyte;
For both have I the wordes and sentence
Of him that at the seintes reverence
The storie wroot, and folwe hir legende,
And prey yow, that ye wol my werk amende.

Virgem meiga e bendita, me auxilia
Neste exílio no vale da amargura;
Bem que a mulher de Canaã dizia
Que, debaixo das mesas da fartura,
Vive o cão das migalhas que procura;
Embora eu seja filha indigna de Eva,[191]
Aceita a minha fé e o mal releva.

E, como a fé sem obras não tem vida,
Oh, dá-me o tempo e a luz para que as faça
E destas trevas seja redimida!
Oh tu, formosa, tu, cheia de graça,
Lá no alto Céu a minha causa abraça,
Onde se canta eternamente "Hosana" —
Oh mãe de Cristo, amada filha de Ana!

Ilumina-me o espírito que, preso,
Se turba pela contaminação
De meu corpo, assim como pelo peso
Do desejo mendaz e da ilusão;
Oh tu, porto seguro, oh redenção
Dos que se acham na dor e no tormento,
Socorre-me na empresa que ora tento.

Espero ser, contudo, perdoada
Pelos leitores meus por não compor
A história de maneira rebuscada;
Só o texto e o sentido do escritor,
Que relatou com tão profundo amor
A vida desta santa, eu quis seguir;
Quem desejar, me pode corrigir.

---

[191] O original fala em "filho indigno de Eva" ("An though that I, unworthy sone of Eve,/ Be synful, yet accept my bileve"), o que demonstra que este conto é anterior ao projeto da obra, e que Chaucer, ao aproveitá-lo, não teve tempo de adaptá-lo à narradora. (N. do T.)

Interpretacio nominis Cecilie, quam ponit frater Iacobus Ianuensis in Legenda Aurea.

First wolde I yow the name of seint Cecilie/ Expoune, as men may in hir storie see,/

It is to seye in English 'hevenes lilie,'/ For pure chastnesse of virginitee;/ Or, for she whytnesse hadde of honestee,/ And grene of conscience, and of good fame/ The sole savour, 'lilie' was hir name.//

Or Cecile is to seye 'the wey to blinde,'/ For she ensample was by good techinge;/

Or elles Cecile, as I writen finde,/ Is ioyned, by a maner conioininge/ Of 'hevene' and 'Lia'; and heer, in figuringe,/ The 'heven' is set for thoght of holinesse,/ And 'Lia' for hir lasting bisinesse.//

Cecile may eek be seyd in this manere,/ 'Wanting of blindnesse,' for hir grete light/ Of sapience, and for hir thewes clere;/

Or elles, lo! this maydens name bright/ Of 'hevene' and 'leos' comth, for which by right/ Men mighte hir wel 'the heven of peple' calle,/ Ensample of gode and wyse werkes alle.// For '*leos*' 'peple' in English is to seye,/ And right as men may in the hevene see/ The sonne and mone and sterres every weye,/ Right so men gostly, in this mayden free,/ Seyen of feith the magnanimitee,/ And eek the cleernesse hool of sapience,/ And sondry werkes, brighte of excellence.// And right so as thise philosophres wryte/ That heven is swift and round and eek brenninge,/ Right so was fayre Cecilie the whyte/ Ful swift and bisy ever in good werkinge,/ And round and hool in good perseveringe,/ And brenning ever in charitee ful brighte;/

Now have I yow declared what she highte./

Explicit.

Interpretatio nominis Ceciliae quam ponit Frater Jacobus Januensis in Legenda Aurea.[192]

Primeiramente, eu gostaria de explicar o nome de Santa Cecília, segundo o que se pode ler em sua biografia.

Em nossa língua, ele quer dizer "lírios do céu" ["*coeli* filial"], pela casta pureza da virgindade da donzela; o nome de "lírios" também se justifica pela candura de sua honestidade, pelo verdor de sua consciência e pelo doce aroma de sua boa fama.

Cecília também significa "o caminho para os cegos" ["*caecis via*"], pelo exemplo de seu bom ensinamento.

Ou então, conforme achei escrito, Cecília constitui uma espécie de fusão de "céu" e "Lia" ["*caelo et lya*"], em que, simbolicamente, o céu representa o seu pensamento santo, e Lia, a sua permanente atividade.

Pode-se dizer que Cecília também significa "carente de cegueira" ["*caecitate carens*"], pela intensa luz de sua sabedoria e por suas virtudes preclaras.

Ou, então, o brilhante nome desta virgem deriva de "céu" e "leós" ["*coelo et leos*"], o que é igualmente apropriado, pois, como em grego "leós" é "povo", o seu sentido seria "o céu do povo", lembrando assim todas as suas obras de sabedoria e bondade. Afinal, assim como os homens podem ver no céu o Sol, a Lua e todas as estrelas, assim também podem ver, espiritualmente, nesta generosa donzela, a magnanimidade da fé, a luz perfeita da sabedoria e obras sem conta, que refulgem na excelência. E, assim como os filósofos escrevem que o céu se move rápido, e é redondo e ardente, assim também a bela e cândida Cecília é rápida e ativa nas boas obras, de redonda perfeição em sua perseverança, e ardente na brilhante caridade.

E está explicado por que ela assim se chamava.

Explicit.

---

[192] "Interpretação do nome de Cecília segundo Frei Iacopo Genovese em sua biografia da santa." Não é preciso demonstrar que todas as cinco "interpretações" oferecidas são etimologicamente incorretas. (N. do T.)

Here biginneth the Seconde Nonnes Tale, of the lyf of Seinte Cecile.

This mayden bright Cecilie, as hir lyf seith,/ Was comen of Romayns, and of noble kinde,/ And from hir cradel up fostred in the feith/ Of Crist, and bar his gospel in hir minde;/ She never cessed, as I writen finde,/ Of hir preyere, and god to love and drede,/ Biseking him to kepe hir maydenhede.//

And when this mayden sholde unto a man/ Y-wedded be, that was ful yong of age,/ Which that y-cleped was Valerian,/ And day was comen of hir mariage,/ She, ful devout and humble in hir corage,/ Under hir robe of gold, that sat ful fayre,/ Had next hir flesh y-clad hir in an heyre.// And whyl the organs maden melodye,/ To god alone in herte thus sang she;/ 'O lord, my soule and eek my body gye/ Unwemmed, lest that I confounded be:'/ And, for his love that deyde upon a tree,/ Every seconde or thridde day she faste,/ Ay biddinge in hir orisons ful faste.//

The night cam, and to bedde moste she gon/ With hir housbonde, as ofte is the manere,/ And prively to him she seyde anon,/ 'O swete and wel biloved spouse dere,/ Ther is a conseil, and ye wolde it here,/ Which that right fain I wolde unto yow seye,/ So that ye swere ye shul me nat biwreye.'//

Valerian gan faste unto hir swere,/ That for no cas, ne thing that mighte be,/ He sholde never-mo biwreyen here;/ And thanne at erst to him thus seyde she,/ 'I have an angel which that loveth me,/ That with greet love, wher-so I wake or slepe,/ Is redy ay my body for to kepe.// And if that he may felen, out of drede,/ That ye me touche or love in vileinye,/ He right anon wol slee yow with the dede,/ And in your yowthe thus ye shulden dye;/ And if that ye in clene love me gye,/ He wol yow loven as me, for your clennesse,/ And shewen yow his Ioye and his brightnesse.'//

Valerian, corrected as god wolde,/ Answerde agayn, 'if I shal trusten thee,/ Lat me that angel se, and him biholde;/ And if that it a verray angel be,/ Than wol I doon as thou hast preyed me;/ And if thou love another man, for sothe/ Right with this swerd than wol I slee yow bothe.'//

Cecile answerde anon right in this wyse,/ 'If that yow list, the angel shul ye see,/ So that ye trowe on Crist and yow baptyse./ Goth forth to Via Apia,' quod she,/ 'That fro this toun ne stant but myles three,/ And, to the povre folkes that ther dwelle,/ Sey hem right thus, as that I shal yow telle.// Telle hem that I, Cecile, yow to hem sente,/ To shewen yow the gode Urban the olde,/ For secree nedes and for good entente./ And whan that ye seint Urban han biholde,/ Telle him the wordes whiche I to yow

Aqui tem início o Conto da Outra Freira sobre a vida de Santa Cecília.

Esta luminosa donzela Cecília, segundo a sua biografia, descendia de nobre família romana; e, tendo sido desde o berço educada na fé de Cristo, trazia sempre seu evangelho na lembrança. Nunca cessava — como pude ler — de orar, amando e temendo a Deus, e suplicando-lhe que preservasse a sua virgindade.

E quando chegou o dia de seu casamento, quando foi dada por esposa a um homem de nome Valeriano, que ainda era muito jovem, ela, com o coração devoto e humilde, vestiu sob as roupas de ouro, que tão bem lhe assentavam, um mísero hábito de crina. E, enquanto os órgãos ressoavam, cantava ela sozinha em seu coração: "Oh Senhor, mantém minha alma e meu corpo imaculados, para que eu não me perca". De fato, por amor Àquele que morreu na árvore da cruz, a cada dois ou três dias costumava ela jejuar, rezando constantemente.

E, quando caiu a noite, ao ir para a cama com o marido, como é o costume, ela lhe disse em particular: "Oh meu doce e bem-amado esposo caro, há um segredo que precisas conhecer e que eu muito gostaria de contar-te, se me prometeres que não vais trair-me".

Valeriano jurou-lhe firmemente que, em nenhuma circunstância, fosse pelo que fosse, iria traí-la. Então, pela primeira vez, ela lhe confiou um segredo: "Há um anjo que me ama, e que com grande amor, no sono e na vigília, está sempre pronto a defender meu corpo. Com toda certeza, se ele perceber que tu me tocas, ou me amas de modo pecaminoso, ele te matará no mesmo instante, e, ainda que na flor da juventude, hás de morrer. Se, contudo, demonstrares um amor casto por mim, ele há de amar-te como a mim por tua pureza, revelando-te a sua alegria e a sua luz".

Informado da vontade de Deus, Valeriano respondeu: "Se desejas que confie em ti, mostra-me esse anjo e deixa-me vê-lo. Se for um anjo verdadeiro, farei o que me pediste; se, porém, amas outro homem, podes estar certa de que matarei a ambos com esta espada".

Cecília prontamente retrucou: "Se é o que queres, hás de ver o anjo, pois assim terás fé em Cristo e te farás batizar. Vai até a Via Ápia", disse ela, "que fica a apenas três milhas desta cidade, e dize à gente pobre, que ali mora, exatamente o que vou dizer-te. Dize a eles que fui eu, Cecília, quem te mandou para lá, a fim de que, por razões secretas mas bem-intencionadas, te mostrem como chegar ao velho e bondoso Urbano. E

tolde;/ And whan that he hath purged yow fro sinne,/ Thanne shul ye see that angel, er ye twinne.'//

Valerian is to the place y-gon,/ And right as him was taught by his lerninge,/ He fond this holy olde Urban anon/ Among the seintes buriels lotinge./ And he anon, with-outen taryinge,/ Dide his message; and whan that he it tolde,/ Urban for ioye his hondes gan up holde.// The teres from his yën leet he falle —/ 'Almighty lord, o Iesu Crist,' quod he,/ 'Sower of chast conseil, herde of us alle,/ The fruit of thilke seed of chastitee/ That thou hast sowe in Cecile, tak to thee!/ Lo, lyk a bisy bee, with-outen gyle,/ Thee serveth ay thyn owene thral Cecile!// For thilke spouse, that she took but now/ Ful lyk a fiers leoun, she sendeth here,/ As meke as ever was any lamb, to yow!'/

And with that worde, anon ther gan appere/ An old man, clad in whyte clothes clere,/ That hadde a book with lettre of golde in honde,/ And gan biforn Valerian to stonde.// Valerian as deed fil doun for drede/ Whan he him saugh, and he up hente him tho,/ And on his book right thus he gan to rede —/ 'Oo Lord, oo feith, oo god with-outen mo,/ Oo Cristendom, and fader of alle also,/ Aboven alle and over al everywhere' —/ Thise wordes al with gold y-writen were.//

Whan this was rad, than seyde this olde man,/ 'Levestow this thing or no? sey ye or nay.'/

'I leve al this thing,' quod Valerian,/ 'For sother thing than this, I dar wel say,/ Under the hevene no wight thinke may.'/

Tho vanisshed the olde man, he niste where,/ And pope Urban him cristened right there.//

Valerian goth hoom, and fint Cecilie/ With-inne his chambre with an angel stonde;/ This angel hadde of roses and of lilie/ Corones two, the which he bar in honde;/ And first to Cecile, as I understonde,/ He yaf that oon, and after gan he take/ That other to Valerian, hir make.// 'With body clene and with unwemmed thoght/ Kepeth ay wel thise corones,' quod he;/ 'Fro Paradys to yow have I hem broght,/ Ne never-mo ne shal they roten be,/ Ne lese her sote savour, trusteth me;/ Ne never wight shal seen hem with his yë,/ But he be chaast and hate vileinyë.// And thou, Valerian, for thou so sone/ Assentedest to good conseil also,/ Sey what thee list, and thou shalt han thy bone.'/

'I have a brother,' quod Valerian tho,/ 'That in this world I love no man so./ I pray yow that my brother may han grace/ To knowe the trouthe, as I do in this place.'//

quando te encontrares com Santo Urbano, repete-lhe as palavras que eu te disse; ele, então, pelo batismo, te purgará dos pecados, e, antes de regressares, verás o anjo".

Valeriano dirigiu-se para o local, e, tal como lhe fora anunciado em suas instruções, logo se viu na presença do velho e sagrado Papa Urbano, que vivia escondido nas catacumbas dos santos. Sem demora, transmitiu sua mensagem a ele, que ergueu os dois braços de alegria. As lágrimas rolaram de seus olhos: "Senhor todo-poderoso, oh Jesus Cristo", exclamou, "semeador do bom conselho, pastor de todos nós, recebe de volta o fruto da semente da castidade que plantaste em Cecília! Eis como, sem falsidade, igual à abelhinha operária, a fiel Cecília está sempre a teu serviço. Mandou a ti, manso como um cordeirinho, o próprio esposo que tomou há pouco, e que parecia um leão feroz!".

A essas palavras, surgiu no local um ancião vestido de roupas brancas e brilhantes, que se postou diante de Valeriano, mostrando-lhe um livro com letras de ouro. Ao vê-lo, o jovem quase desmaiou de susto; mas logo se recuperou e pôde ler o que estava escrito no livro: "Há um só Senhor, uma só fé, um só batismo; um só Deus e Pai de todos, o qual é sobre todos, age por meio de todos e está em todos". Essas palavras estavam todas escritas em ouro.

Depois de deixá-lo ler, o ancião perguntou-lhe: "Acreditas nisso? Responde sim ou não".

"Acredito plenamente", assegurou-lhe Valeriano, "pois estou certo de que maior verdade que essa ninguém pode conhecer sob o céu."

Então o ancião desapareceu, não se sabe para onde, e o Papa Urbano batizou o jovem ali mesmo.

De volta para casa, Valeriano encontrou Cecília em seu quarto, na companhia de um anjo. O anjo tinha nas mãos duas coroas, de rosas e de lírios; e, pelo que pude entender, primeiro deu uma a Cecília, e depois deu a outra a Valeriano, seu companheiro. "Com corpos limpos e mentes imaculadas preservareis essas coroas", disse ele; "eu as trouxe para vós do Paraíso, e, acreditai-me, jamais irão murchar ou perder o doce perfume. Também não serão visíveis, a não ser para os castos e os que odeiam o pecado. Tu, Valeriano, já que aceitaste tão depressa a boa palavra, pede o que quiseres e te será concedido."

"Tenho um irmão", disse Valeriano, "que é o homem que mais estimo neste mundo. Peço-te que lhe estendas a graça, que ora tive, de conhecer a verdade."

The angel seyde, 'god lyketh thy requeste,/ And bothe, with the palm of martirdom,/ Ye shullen come unto his blisful feste.'/

And with that word Tiburce his brother com./ And whan that he the savour undernom/ Which that the roses and the lilies caste,/ With-inne his herte he gan to wondre faste,// And seyde, 'I wondre, this tyme of the yeer,/ Whennes that sote savour cometh so/ Of rose and lilies that I smelle heer./ For though I hadde hem in myn hondes two,/ The savour mighte in me no depper go./ The sote smel that in myn herte I finde/ Hath chaunged me al in another kinde.'//

Valerian seyde, 'two corones han we,/ Snow-whyte and rose-reed, that shynen clere,/ Whiche that thyn yën han no might to see;/ And as thou smellest hem thurgh my preyere,/ So shaltow seen hem, leve brother dere,/ If it so be thou wolt, withouten slouthe,/ Bileve aright and knowen verray trouthe.'//

Tiburce answerde, 'seistow this to me/ In soothnesse, or in dreem I herkne this?'/

'In dremes,' quod Valerian, 'han we be/ Unto this tyme, brother myn, y-wis./ But now at erst in trouthe our dwelling is.'/

'How woostow this,' quod Tiburce, 'in what wyse?'/

Quod Valerian, 'that shal I thee devyse.// The angel of god hath me the trouthe y-taught/ Which thou shalt seen, if that thou wolt reneye/ The ydoles and be clene, and elles naught.' —/

And of the miracle of thise corones tweye/ Seint Ambrose in his preface list to seye;/ Solempnely this noble doctour dere/ Commendeth it, and seith in this manere:// The palm of martirdom for to receyve,/ Seinte Cecile, fulfild of goddes yifte,/ The world and eek hir chambre gan she weyve;/ Witnes Tyburces and Valerians shrifte,/ To whiche god of his bountee wolde shifte/ Corones two of floures wel smellinge,/ And made his angel hem the corones bringe:// The mayde hath broght thise men to blisse above;/ The world hath wist what it is worth, certeyn,/ Devocioun of chastitee to love. —/

Tho shewede him Cecile al open and pleyn/ That alle ydoles nis but a thing in veyn;/ For they been dombe, and therto they been deve,/ And charged him his ydoles for to leve.//

'Who so that troweth nat this, a beste he is,'/ Quod tho Tiburce, 'if that I shal nat lye.'/

And she gan kisse his brest, that herde this,/ And was ful glad he coude trouthe espye./ 'This day I take thee for myn allye,'/ Seyde this

O anjo respondeu-lhe: "Teu pedido agrada a Deus; e ambos, com a palma do martírio, hão de ser recebidos no banquete celestial".

Mal essas palavras haviam sido pronunciadas, chegou seu irmão Tibúrcio. Sentindo no ar o perfume das rosas e dos lírios, admirou-se muito, e disse: "Gostaria de saber de onde, nesta época do ano, vem esse perfume de rosas e de lírios, que estou sentindo. Nem que estivesse segurando as flores em minhas próprias mãos, poderia sentir o aroma com tanta intensidade. Esse doce odor, que me fala ao coração, mudou-me em outra pessoa".

Explicou-lhe Valeriano: "Duas coroas temos nós, da brancura da neve e do rubor das rosas, fulgurantes de luz, que tu não podes ver. Entretanto, assim como, graças à minha prece, foste capaz de sentir-lhes o cheiro, assim também, caro irmão, poderás vê-las, se quiseres sem delongas conhecer a verdadeira crença e a suprema verdade".

Tibúrcio indagou-lhe: "É realidade o que dizes, ou será que estou sonhando?".

"Na realidade", comentou Valeriano, "sonhando estivemos nós até agora, meu irmão; neste instante, porém, a verdade passa a ser nossa morada."

"Como podes sabê-lo?", insistiu o outro. "De que modo?"

"Vou dizer-te", prosseguiu Valeriano. "Foi o anjo de Deus quem me mostrou a verdade, que também conhecerás. Basta que renegues os ídolos e sigas a virtude."

Aliás, em seu Prefácio, aprouve a Santo Ambrósio escrever sobre o milagre dessas duas coroas, que aquele ilustre Doutor da Igreja exaltou solenemente, dizendo: "Para receber a palma do martírio, Santa Cecília, plena da graça de Deus, renunciou ao mundo e à carne. Testemunham-no as conversões de Tibúrcio e Valeriano, aos quais o Senhor, em sua bondade, conferiu duas coroas de flores perfumadas, que lhes foram trazidas por um anjo. Assim a virgem os conduziu à eterna felicidade, e revelou ao mundo o valor da devoção ao amor casto".

De fato, Cecília demonstrou a Tibúrcio, clara e francamente, que todos os ídolos não passam de coisas vãs, pois são mudos e cegos; e insistiu com ele para que os rejeitasse.

"Salvo erro de minha parte", disse então Tibúrcio, "creio ser essa uma verdade que somente um ser irracional não admitiria."

Ao ouvir isso, Cecília beijou-lhe o peito, e muito se alegrou com o seu despertar para a verdade. "Hoje eu te recebo como aliado", exclamou

blisful fayre mayde dere;/ And after that she seyde as ye may here://
'Lo, right so as the love of Crist,' quod she,/ 'Made me thy brotheres
wyf, right in that wyse/ Anon for myn allye heer take I thee,/ Sin that
thou wolt thyn ydoles despyse./ Go with thy brother now, and thee
baptyse,/ And make thee clene; so that thou mowe biholde/ The angels
face of which thy brother tolde.'//

Tiburce answerde and seyde, 'brother dere,/ First tel me whider I
shal, and to what man?'/

'To whom?' quod he, 'com forth with right good chere,/ I wol thee
lede unto the pope Urban.'/

'Til Urban? brother myn Valerian,'/ Quod tho Tiburce, 'woltow
me thider lede?/ Me thinketh that it were a wonder dede.// Ne
menestow nat Urban,' quod he tho,/ 'That is so ofte dampned to be
deed,/ And woneth in halkes alwey to and fro,/ And dar nat ones
putte forth his heed?/ Men sholde him brennen in a fyr so reed/ If he
were founde, or that men mighte him spye;/ And we also, to bere him
companye —// And whyl we seken thilke divinitee/ That is y-hid in
hevene prively,/ Algate y-brend in this world shul we be!'/

To whom Cecile answerde boldely,/ 'Men mighten dreden wel
and skilfully/ This lyf to lese, myn owene dere brother,/ If this were
livinge only and non other.// But ther is better lyf in other place,/ That
never shal be lost, ne drede thee noght,/ Which goddes sone us tolde
thurgh his grace;/ That fadres sone hath alle thinges wroght;/ And al
that wroght is with a skilful thoght,/ The goost, that fro the fader gan
precede,/ Hath sowled hem, withouten any drede.// By word and by
miracle goddes sone,/ Whan he was in this world, declared here/ That
ther was other lyf ther men may wone.'/

To whom answerde Tiburce, 'o suster dere,/ Ne seydestow right
now in this manere,/ Ther nis but o god, lord in soothfastnesse;/ And
now of three how maystow bere witnesse?'//

'That shal I telle,' quod she, 'er I go./ Right as a man hath
sapiences three,/ Memorie, engyn, and intellect also,/ So, in o being of
divinitee,/ Three persones may ther right wel be.'/

Tho gan she him ful bisily to preche/ Of Cristes come and of his
peynes teche,// And many pointes of his passioun;/ How goddes sone in
this world was withholde,/ To doon mankinde pleyn remissioun,/ That
was y-bounde in sinne and cares colde:/ Al this thing she unto Tiburce
tolde./ And after this Tiburce, in good entente,/ With Valerian to pope

a linda jovem, ditosa e querida; depois, acrescentou: "Vê, assim como no amor de Cristo me fiz esposa de teu irmão, assim também te aceito aqui como meu aliado, desde que desprezes os teus ídolos. Vai agora com teu irmão purificar-te no batismo, para que possas ver a face do anjo de que ele te falou".

Tibúrcio, contudo, perguntou curioso: "Dize-me primeiro, caro irmão: aonde vamos, e à procura de quem?".

"De quem?", respondeu-lhe Valeriano. "Alegra-te e me acompanha, pois vou levar-te ao Papa Urbano."

"Urbano, meu irmão?", continuou Tibúrcio. "Vais levar-me a ele? Acho isso muito estranho. Estás mesmo te referindo àquele Urbano, tantas vezes condenado à morte, que é obrigado a viver escondido sem ousar mostrar-se em público? Sabes muito bem que se o descobrirem, se ele por acaso for encontrado, será queimado vivo em meio a rubras chamas. E nós também, por estarmos com ele! E de que nos serve procurar a divindade que se esconde lá no céu, só para sermos queimados neste mundo?"

Então corajosamente interveio Cecília: "Os homens teriam toda a razão de temer a morte, caríssimo irmão, se não houvesse outra vida além desta. Mas há uma vida muito melhor em outro lugar, uma vida que nunca se perderá, uma vida sem temores, que, por sua graça, nos foi revelada pelo Filho de Deus — o mesmo Filho de Deus, sem dúvida, que dotou de razão todas as suas criaturas, animadas a seguir pelo divino Espírito Santo, que procede do Pai. Foi esse Filho de Deus, através das palavras que proferiu e dos grandes milagres que realizou quando esteve aqui na terra, quem nos prometeu que uma outra vida nos aguarda".

E Tibúrcio: "Querida irmã, não disseste, ainda há pouco, que existe um só Deus, e que ele é o verdadeiro Senhor? Como agora dás testemunho de três?".

"Isso posso explicar-te agora mesmo", disse ela. "Tal como a mente do homem é tríplice, por ser dotada das três sapiências que são a memória, a imaginação e o intelecto, assim também o Ser Divino pode muito bem ter três pessoas."

Em seguida, passou ela, dedicadamente, a pregar-lhe sobre a vida de Cristo, os seus sofrimentos e muitos aspectos de sua paixão; mostrou-lhe também como o Filho de Deus se deteve neste mundo para a plena redenção da humanidade, dominada pelo pecado e pelas preocupações estéreis. Foram essas, em resumo, as coisas que ensinou a Tibúrcio, gra-

Urban he wente,// That thanked god; and with glad herte and light/ He cristned him, and made him in that place/ Parfit in his lerninge, goddes knight./ And after this Tiburce gat swich grace,/ That every day he saugh, in tyme and space,/ The angel of god; and every maner bone/ That he god axed, it was sped ful sone.//

It were ful hard by ordre for to seyn/ How many wondres Iesus for hem wroghte;/ But atte laste, to tellen short and pleyn,/ The sergeants of the toun of Rome hem soghte,/ And hem biforn Almache the prefect broghte,/ Which hem apposed, and knew al hir entente,/ And to the image of Iupiter hem sente,// And seyde, 'who so wol nat sacrifyse,/ Swap of his heed, this is my sentence here.'/

Anon thise martirs that I yow devyse,/ Oon Maximus, that was an officere/ Of the prefectes and his corniculere,/ Hem hente; and whan he forth the seintes ladde,/ Him-self he weep, for pitee that he hadde.// Whan Maximus had herd the seintes lore,/ He gat him of the tormentoures leve,/ And ladde hem to his hous withoute more;/ And with hir preching, er that it were eve,/ They gonnen fro the tormentours to reve,/ And fro Maxime, and fro his folk echone/ The false feith, to trowe in god allone.//

Cecilie cam, whan it was woxen night,/ With preestes that hem cristned alle y-fere;/ And afterward, whan day was woxen light,/ Cecile hem seyde with a ful sobre chere,/ 'Now, Cristes owene knightes leve and dere,/ Caste alle awey the werkes of derknesse,/ And armeth yow in armure of brightnesse.// Ye han for sothe y-doon a greet bataille,/ Your cours is doon, your feith han ye conserved,/ Goth to the corone of lyf that may nat faille;/ The rightful Iuge, which that ye han served,/ Shall yeve it yow, as ye han it deserved.'/

And whan this thing was seyd as I devyse,/ Men ladde hem forth to doon the sacrifyse.// But whan they weren to the place broght,/ To tellen shortly the conclusioun,/ They nolde encense ne sacrifice right noght,/ But on hir knees they setten hem adoun/ With humble herte and sad devocioun,/ And losten bothe hir hedes in the place./ Hir soules wenten to the king of grace.//

This Maximus, that saugh this thing bityde,/ With pitous teres tolde it anon-right,/ That he hir soules saugh to heven glyde/ With

ças às quais, de boa vontade, ele decidiu ir com o irmão em busca do Papa Urbano. Ao vê-lo, este agradeceu a Deus e, com o coração alegre e feliz, o batizou, tornando perfeito o seu conhecimento e fazendo dele um cavaleiro de Deus. Depois disso, Tibúrcio foi tão generosamente abençoado pelos céus que todos os dias, em determinada hora e lugar, via o anjo do Senhor; e todas as graças que pedia a Deus eram-lhe prontamente concedidas.

Seria difícil relatar, na ordem certa, todos os milagres que Jesus fez pelos dois irmãos. Mas, para abreviar a narrativa, direi que, por fim, o magistrado da cidade de Roma os procurou e os levou à presença de Almáquio, o prefeito, que, após interrogá-los e inteirar-se de suas crenças, mandou que fossem conduzidos até à estátua de Júpiter, dizendo: "Se não quiserem sacrificar, cortai-lhes as cabeças; é essa a minha ordem!".

Logo em seguida, certo Máximo, que era oficial e corniculário[193] do prefeito, levou dali os mártires de que estou falando; e, ao conduzi-los pelas ruas da cidade, ficou com tanta pena deles que se pôs a chorar. Os dois santos então explicaram-lhe sua fé, e ele, com a devida permissão dos torturadores, os convidou para que fossem à sua casa. Lá, antes mesmo que caísse a noite, os dois conseguiram com sua pregação afastar Máximo, os seus familiares, e até os torturadores, da falsa religião, induzindo-os a confiar somente em Deus.

Depois que anoiteceu chegou Cecília, acompanhada de muitos padres, que batizaram a todos. E, quando o dia raiou, a jovem, com o semblante muito sério, declarou: "Agora, amados e caros cavaleiros de Cristo, rejeitai todas as obras das trevas e armai-vos com a armadura da luz. Em verdade, combatestes o bom combate, completastes a vossa carreira, guardastes a vossa fé. Buscai a coroa da vida que não pode falhar; o reto Juiz, a quem servistes, vo-la dará, porque vós a merecestes".

E, quando essas coisas, que acabei de repetir, foram ditas, os dois santos foram levados ao templo, onde, para sermos breves, eles se recusaram a sacrificar aos deuses; em vez disso, ajoelharam-se e oraram ao Senhor, com humildade e devoção. Por esse motivo, foram ambos decapitados ali mesmo, e suas almas subiram ao Rei da Graça.

Tendo testemunhado o fato, Máximo, com lágrimas comoventes, logo contou aos outros que vira suas almas ascenderem ao Céu, rodeadas

---

[193] Isto é, oficial subordinado, assistente. (N. da E.)

angels ful of cleernesse and of light,/ And with his word converted many a wight;/ For which Almachius dide him so to-bete/ With whippe of leed, til he his lyf gan lete.//

Cecile him took and buried him anoon/ By Tiburce and Valerian softely,/ Withinne hir burying-place, under the stoon./ And after this Almachius hastily/ Bad his ministres fecchen openly/ Cecile, so that she mighte in his presence/ Doon sacrifyce, and Iupiter encense.// But they, converted at hir wyse lore,/ Wepten ful sore, and yaven ful credence/ Unto hir word, and cryden more and more,/ 'Crist, goddes sone withouten difference,/ Is verray god, this is al our sentence,/ That hath so good a servant him to serve;/ This with o voys we trowen, thogh we sterve!'//

Almachius, that herde of this doinge,/ Bad fecchen Cecile, that he might hir see,/ And alderfirst, lo! this was his axinge,/ 'What maner womman artow?' tho quod he./

'I am a gentil womman born,' quod she./

'I axe thee,' quod he, 'thogh it thee greve,/ Of thy religioun and of thy bileve.'//

'Ye han bigonne your question folily,'/ Quod she, 'that wolden two answeres conclude/ In oo demande; ye axed lewedly.'/

Almache answerde unto that similitude,/ 'Of whennes comth thyn answering so rude?'/

'Of whennes?' quod she, whan that she was freyned,/ 'Of conscience and of good feith unfeyned.'//

Almachius seyde, 'ne takestow non hede/ Of my power?' and she answerde him this —/

'Your might,' quod she, 'ful litel is to drede;/ For every mortal mannes power nis/ But lyk a bladdre, ful of wind, y-wis./ For with a nedles poynt, whan it is blowe,/ May al the boost of it be leyd ful lowe.'//

'Ful wrongfully bigonne thou,' quod he,/ 'And yet in wrong is thy perseveraunce;/ Wostow nat how our mighty princes free/ Han thus comanded and maad ordinaunce,/ That every cristen wight shal han penaunce/ But-if that he his cristendom withseye,/ And goon al quit, if he wol it reneye?'//

'Your princes erren, as your nobley dooth,'/ Quod tho Cecile, 'and with a wood sentence/ Ye make us gilty, and it is nat sooth;/ For ye, that knowen wel our innocence,/ For as muche as we doon a reverence/ To Crist, and for we bere a cristen name,/ Ye putte on us a cryme, and

por anjos luminosos e brilhantes. E, com suas palavras, converteu a muitos. Informado disso, Almáquio ordenou então que ele fosse flagelado com um chicote com pontas de chumbo; e, em consequência disso, ele também morreu.

Cecília, carinhosamente, tomou seu corpo e o enterrou no túmulo dos seus, sob uma lápide, ao lado de Valeriano e Tibúrcio. Almáquio, ao saber de tal fato, mandou que seus ministros fossem buscá-la, para que, em sua presença, ela sacrificasse e oferecesse incenso a Júpiter. Eles, porém, convertidos à sua sábia crença, depois de derramarem amargo pranto, deram pleno crédito à palavra dela, gritando cada vez mais alto: "Para nós, Cristo, o Filho de Deus, é, sem dúvida, Deus verdadeiro, Ele que tem a seu serviço uma serva tão fiel. Acreditamos nisso a uma só voz, ainda que tenhamos que morrer!".

Quando Almáquio, finalmente, conseguiu prender Cecília, principiou a interrogá-la com esta pergunta: "Que espécie de mulher és tu?".

Sua resposta foi: "Uma mulher de nobre nascimento".

"O que te pergunto", corrigiu ele, "embora isso te desagrade, é a respeito de tua religião e de tua fé."

"Então", disse ela, "começaste o interrogatório de forma muito tola, formulando uma questão que comporta duas respostas. És um inquiridor inábil."

A essa crítica retorquiu o prefeito: "De onde vem essa resposta tão rude?".

"De onde vem?", reagiu ela à indagação. "Vem da consciência limpa e da boa-fé sem hipocrisia."

Almáquio, porém, prosseguiu: "Não temes o meu poder?".

Ao que ela replicou: "Há pouco de se temer em teu poder, pois todo o poder dos homens mortais não passa de uma bexiga cheia de ar. Basta a ponta de uma agulha para que ela estoure, e todo o seu orgulho se perde".

"Começaste de modo errado", advertiu ele, "e perseveras no erro. Ignoras, por acaso, que nossos potentes e generosos Príncipes ordenaram e decretaram que o cristão que se recusar a renegar sua fé deverá ser punido, e aquele que rejeitá-la será perdoado?"

"Vossos Príncipes erram, assim como erram os vossos nobres", exclamou Cecília, "com seu decreto insensato, que nos torna culpados quando isso não é verdade! Pois vós, que conheceis muito bem nossa inocência — porquanto apenas reverenciamos Cristo e adotamos o no-

eek a blame.// But we that knowen thilke name so/ For vertuous, we may it nat withseye.'/

Almache answerde, 'chees oon of thise two,/ Do sacrifyce, or cristendom reneye,/ That thou mowe now escapen by that weye.'/

At which the holy blisful fayre mayde/ Gan for to laughe, and to the Iuge seyde,// 'O Iuge, confus in thy nycetee,/ Woltow that I reneye innocence,/ To make me a wikked wight?' quod she;/ 'Lo! he dissimuleth here in audience,/ He stareth and woodeth in his advertence!'/

To whom Almachius, 'unsely wrecche,/ Ne woostow nat how far my might may strecche?// Han noght our mighty princes to me yeven,/ Ye, bothe power and auctoritee/ To maken folk to dyen or to liven?/ Why spekestow so proudly than to me?'/

'I speke noght but stedfastly,' quod she,/ 'Nat proudly, for I seye, as for my syde,/ We haten deedly thilke vyce of pryde.// And if thou drede nat a sooth to here,/ Than wol I shewe al openly, by right,/ That thou hast maad a ful gret lesing here./ Thou seyst, thy princes han thee yeven might/ Bothe for to sleen and for to quiken a wight;/ Thou, that ne mayst but only lyf bireve,/ Thou hast non other power ne no leve!// But thou mayst seyn, thy princes han thee maked/ Ministre of deeth; for if thou speke of mo,/ Thou lyest, for thy power is ful naked.'/

'Do wey thy boldnes,' seyde Almachius tho,/ 'And sacrifyce to our goddes, er thou go;/ I recche nat what wrong that thou me profre,/ For I can suffre it as a philosophre;// But thilke wronges may I nat endure/ That thou spekest of our goddes here,' quod he./

Cecile answerede, 'o nyce creature,/ Thou seydest no word sin thou spak to me/ That I ne knew therwith thy nycetee;/ And that thou were, in every maner wyse,/ A lewed officer and a veyn Iustyse.// Ther lakketh no-thing to thyn utter yën/ That thou nart blind, for thing that we seen alle/ That it is stoon, that men may wel espyen,/ That ilke stoon a god thou wolt it calle./ I rede thee, lat thyn hand upon it falle,/ And taste it wel, and stoon thou shalt it finde,/ Sin that thou seest nat with thyn yën blinde.// It is a shame that the peple shal/ So scorne thee, and laughe at thy folye;/ For comunly men woot it wel overal,/ That mighty god is in his hevenes hye,/ And thise images, wel thou mayst espye,/ To thee ne to hem-self mowe nought profyte,/ For in effect they been nat worth a myte.'//

me de cristãos — nos imputais um crime inexistente e nos julgais culpados. Nós, porém, que bem sabemos quanta virtude há nesse nome, não podemos renegá-lo!"

Almáquio insistiu: "Não tens escolha: ou fazes sacrifício aos deuses e rejeitas o cristianismo, ou não escaparás à morte".

Ao ouvir isso, a bela virgem, bendita e santa, sorrindo, disse ao juiz: "Oh juiz, perdido em tua ingenuidade, queres que eu renuncie à inocência e me torne pecadora? Ei-lo, como dissimula aqui no tribunal! De olhar parado, encoleriza-se ao fazer sua advertência!".

Almáquio não se conteve: "Pobre desgraçada! Ainda não sabes até onde pode chegar o meu poder? Não sabes que nossos potentes Príncipes me deram autoridade e poder de vida ou morte sobre as pessoas? Por que me falas com tanto orgulho?".

"Falo apenas com a confiança da fé", disse ela, "jamais com orgulho — mesmo porque, asseguro-te, nós, cristãos, temos ódio mortal ao vício do orgulho. E, se não te importas de ouvir uma verdade, dir-te-ei francamente que hoje disseste aqui uma grande mentira. Afirmaste que teus Príncipes te concederam o poder de dar a vida ou a morte. Não, tu podes apenas tirar a vida! É essa a única permissão e o único poder que tens. Como vês, teus superiores te fizeram ministro da morte; e, se disseres que és mais do que isso, mentes, pois teu fraco poder está desnudo."

"Põe de lado o teu atrevimento", aconselhou o prefeito, "e sacrifica agora mesmo aos nossos deuses! Não me incomodam as ofensas que dirigiste a mim, pois posso suportá-las filosoficamente; mas o que não posso tolerar são as ofensas que aqui fizeste aos nossos deuses."

"Oh criatura ingênua!", retorquiu Cecília. "Nenhuma palavra disseste que não me deixasse entrever a tua ingenuidade; em tudo e por tudo, te revelaste um oficial inábil e um árbitro vão. Nada falta a teus olhos para seres tão cego, pois chamas de deus aquilo que sabemos ser apenas uma pedra, como todos podem ver. Já que teus olhos não enxergam, aconselho-te a tocá-la com as mãos, e, tateando-a bem, perceberás que é apenas pedra. É uma lástima que, desse modo, atraias sobre ti o desprezo dos outros, que riem de tua loucura. Em toda parte, os homens geralmente sabem que o Deus todo-poderoso está nas alturas do Céu, e que estas imagens, como por certo já notaste, não podem te ajudar em nada, visto que elas mesmas nada valem."

Ao ouvir essas palavras, e outras mais que ela proferiu, Almáquio enfureceu-se, e ordenou que ela fosse imediatamente levada para casa.

Thise wordes and swiche othere seyde she,/ And he weex wroth, and bad men sholde hir lede/ Hom til hir hous, 'and in hir hous,' quod he,/ 'Brenne hir right in a bath of flambes rede.'/

And as he bad, right so was doon in dede;/ For in a bath they gonne hir faste shetten,/ And night and day greet fyr they under betten.// The longe night and eek a day also,/ For al the fyr and eek the bathes hete,/ She sat al cold, and felede no wo,/ It made hir nat a drope for to swete./

But in that bath hir lyf she moste lete;/ For he, Almachius, with ful wikke entente/ To sleen hir in the bath his sonde sente.// Three strokes in the nekke he smoot hir tho,/ The tormentour, but for no maner chaunce/ He mighte noght smyte al hir nekke a-two;/ And for ther was that tyme an ordinaunce,/ That no man sholde doon man swich penaunce/ The ferthe strook to smyten, softe or sore,/ This tormentour ne dorste do na-more.// But half-deed, with hir nekke y-corven there,/ He lefte hir lye, and on his wey is went./

The cristen folk, which that aboute hir were,/ With shetes han the blood ful faire y-hent./ Thre dayes lived she in this torment,/ And never cessed hem the feith to teche;/ That she hadde fostred, hem she gan to preche;// And hem she yaf hir moebles and hir thing,/ And to the pope Urban bitook hem tho,/ And seyde, 'I axed this at hevene king,/ To han respyt three dayes and na-mo,/ To recomende to yow, er that I go,/ Thise soules, lo! and that I mighte do werche/ Here of myn hous perpetuelly a cherche.'//

Seint Urban, with his deknes, prively/ The body fette, and buried it by nighte/ Among his othere seintes honestly./ Hir hous the chirche of seint Cecilie highte;/ Seint Urban halwed it, as he wel mighte;/ In which, into this day, in noble wyse,/ Men doon to Crist and to his seint servyse.//

Here is ended the Seconde Nonnes Tale.

"E lá na casa dela", disse ele, "acendei rubras chamas na sala de banhos, e deixai que ela morra queimada."

E assim foi feito. Trancaram-na na sala de banhos, que, por uma noite e um dia, ardeu com uma grande fogueira. E, por toda essa longa noite e esse dia, apesar do fogo e do calor reinante, ela ficou sentada com o corpo frio, sem sofrer nenhum mal e sem derramar sequer uma gota de suor.

Mas era mesmo naquele banheiro que ela devia perder a vida, porque Almáquio, com ânimo malvado, mandou para lá seu emissário com ordens de matá-la. O carrasco desferiu-lhe três golpes no pescoço. Entretanto, apesar da força que empregou, não conseguia separar a cabeça do corpo. E, como naquela época havia uma lei que proibia ferir uma pessoa condenada com um quarto golpe, o carrasco não ousou continuar, mas deixando-a estendida, entre a vida e a morte, com o pescoço cortado, foi-se embora.

Os cristãos, que se reuniram em torno dela, trataram então de enxugar-lhe o sangue com lençóis. Três dias viveu ela nessa agonia, e, durante todo esse tempo, não cessou de ensinar os princípios da fé àqueles que convertera. Pregou para eles, doou a eles seus móveis e suas coisas, e recomendou-os ao Papa Urbano, a quem disse: "Pedi ao Rei Celestial que me concedesse um prazo de três dias, não mais, para que eu pudesse, antes de partir, recomendar-te estas almas, e oh! para que eu pudesse pedir que minha casa seja perpetuamente transformada em igreja".

Santo Urbano, com seus diáconos, levou em segredo o seu corpo e, reverentemente, o sepultou à noite, ao lado de outros santos. A casa dela é agora a igreja de Santa Cecília, que Santo Urbano consagrou, de acordo com suas prerrogativas; e lá, até hoje, com nobre devoção, os homens reverenciam Cristo e sua santa.

Aqui termina o Conto da Outra Freira.

The Chanouns Yemannes Tale

The Prologe of the Chanons Yemannes Tale.

    Whan ended was the lyf of seint Cecyle,/ Er we had riden fully fyve myle,/ At Boghton under Blee us gan atake/ A man, that clothed was in clothes blake,/ And undernethe he hadde a whyt surplys./ His hakeney, that was al pomely grys,/ So swatte, that it wonder was to see;/ It semed he had priked myles three./ The hors eek that his yeman rood upon/ So swatte, that unnethe mighte it gon./ Aboute the peytrel stood the foom ful hye,/ He was of fome al flekked as a pye./
    A male tweyfold on his croper lay,/ It semed that he caried lyte array./ Al light for somer rood this worthy man,/ And in myn herte wondren I bigan/ What that he was, til that I understood/ How that his cloke was sowed to his hood;/ For which, when I had longe avysed me,/ I demed him som chanon for to be./ His hat heng at his bak doun by a laas,/ For he had riden more than trot or paas;/ He had ay priked lyk as he were wood./ A clote-leef he hadde under his hood/ For swoot, and for to kepe his heed from hete./ But it was Ioye for to seen him swete!/ His forheed dropped as a stillatorie,/ Were ful of plantain and of paritorie./

O Conto do Criado do Cônego

Prólogo do Conto do Criado do Cônego.

Terminada a história da vida de Santa Cecília, nem bem havíamos cavalgado cinco milhas quando, em Boughton-Under-Blean, fomos alcançados por um homem metido numa veste negra por sobre uma sobrepeliz branca. Seu cavalo, que era cinzento malhado, suava que causava espanto; dava a impressão de haver galopado três milhas sem parar. Também o animal montado por seu criado estava molhado de cansaço; mal podia andar, e espumejava muito, principalmente sob os arreios em torno do pescoço. Aliás, a espuma o deixara pintadinho como uma pega.

Aquele ilustre senhor trazia, apoiado à garupa, um malote de dois compartimentos, e quase nada mais. Com certeza viajava com pouca bagagem por ser verão. Pus-me a imaginar quem seria ele. Foi então que notei que seu capuz estava costurado à roupa, o que, após longas cogitações, me levou à conclusão de que se tratava de um cônego. Como ele viera mais a galope que no trote ou no passo, o chapéu, preso por um cordão, lhe caíra sobre as costas. De fato, ele havia galopado como louco. Trazia sob o capuz uma folha de bardana para se abanar, aliviando assim o efeito do calor. Era um gozo ver como suava! Parecia até que havia ingerido plantas como a tanchagem e a parietária, pois sua testa gotejava como uma destilaria.

And whan that he was come, he gan to crye,/ 'God save,' quod he, 'this Ioly companye!/ Faste have I priked,' quod he, 'for your sake,/ By-cause that I wolde yow atake,/ To ryden in this mery companye.'/ His yeman eek was ful of curteisye,/ And seyde, 'sires, now in the morwe-tyde/ Out of your hostelrye I saugh you ryde,/ And warned heer my lord and my soverayn,/ Which that to ryden with yow is ful fayn,/ For his desport; he loveth daliaunce.'/

'Freend, for thy warning god yeve thee good chaunce,'/ Than seyde our host, 'for certes, it wolde seme/ Thy lord were wys, and so I may wel deme;/ He is ful Iocund also, dar I leye./ Can he oght telle a mery tale or tweye,/ With which he glade may this companye?'/

'Who, sire? my lord? ye, ye, withouten lye,/ He can of murthe, and eek of Iolitee/ Nat but ynough; also sir, trusteth me,/ And ye him knewe as wel as do I,/ Ye wolde wondre how wel and craftily/ He coude werke, and that in sondry wyse./ He hath take on him many a greet empryse,/ Which were ful hard for any that is here/ To bringe aboute, but they of him it lere./ As homely as he rit amonges yow,/ If ye him knewe, it wolde be for your prow;/ Ye wolde nat forgoon his aqueyntaunce/ For mochel good, I dar leye in balaunce/ Al that I have in my possessioun./ He is a man of heigh discrecioun,/ I warne you wel, he is a passing man.'/

'Wel,' quod our host, 'I pray thee, tel me than,/ Is he a clerk, or noon? tel what he is.'/

'Nay, he is gretter than a clerk, y-wis,'/ Seyde this yeman, 'and in wordes fewe,/ Host, of his craft som-what I wol yow shewe./ I seye, my lord can swich subtilitee —/ (But al his craft ye may nat wite at me;/ And som-what helpe I yet to his werking) —/ That al this ground on which we been ryding,/ Til that we come to Caunterbury toun,/ He coude al clene turne it up-so-doun,/ And pave it al of silver and of gold.'/

And whan this yeman hadde thus y-told/ Unto our host, he seyde, '*benedicite*!/ This thing is wonder merveillous to me,/ Sin that thy lord is of so heigh prudence,/ By-cause of which men sholde him reverence,/ That of his worship rekketh he so lyte;/ His oversloppe nis nat worth a myte,/ As in effect, to him, so

Assim que ele se aproximou de nós, pôs-se a bradar: "Que Deus abençoe esta alegre comitiva! Vim a toda brida por causa de vocês, pois queria muito alcançá-los para poder viajar em companhia tão agradável!". Igualmente gentil se mostrou o seu criado, que disse: "Senhores, assim que os vi deixando a hospedaria esta manhã, corri a prevenir meu amo e senhor, visto que ele estava ansioso por viajar com os senhores e distrair-se pelo caminho. Ele adora conversar!".

"Amigo", respondeu-lhe o Albergueiro, "Deus lhe pague por tê-lo avisado, pois, se não me engano, o seu patrão sem dúvida tem todo o jeito de um homem sábio e — diria também — bastante jovial. Será que ele não poderia contar uma ou duas histórias divertidas para entreter esta nossa comitiva?"

"Quem, senhor? Meu patrão?! Ora, ora! Sem mentira nenhuma, ele sabe mais casos engraçados e alegres do que pode imaginar. Além disso, meu senhor, se o conhecesse tão bem quanto eu, palavra de honra como iria ficar admirado com a perfeição e a habilidade com que realiza os seus trabalhos, que são os mais variados. Ele já se incumbiu de tarefas extraordinárias, que ninguém aqui seria capaz de levar a cabo sem a sua orientação. Não se iludam com a modéstia dele, ao vê-lo cavalgando aqui em sua companhia: se soubessem como lhes pode ser útil, não deixariam sua amizade por nada neste mundo — aposto tudo o que tenho! É um homem de sabedoria acima do comum. Podem estar certos, é verdadeiramente um homem superior."

"Bem", indagou o nosso Albergueiro, "mas o que é ele afinal? Diga-me. Seria um clérigo, ou coisa parecida? Diga-me o que é ele."

"Um clérigo? Imagine!", respondeu o Criado. "É muito mais do que isso, posso lhe garantir. Albergueiro, vou lhe contar em poucas palavras o que ele faz. Afirmo-lhe que meu patrão conhece tantos truques — nem eu, que o ajudo em seu trabalho, conseguiria explicar toda a sua arte — que ele poderia facilmente virar pelo avesso a estrada que estamos percorrendo e pavimentá-la de ouro e prata daqui até Canterbury."

Ao ouvir o relato do Criado, nosso Albergueiro exclamou: "Bendito seja! O que me deixa pasmado é que, tendo o seu patrão tamanha sabedoria, e sendo, por isso mesmo, merecedor do respeito de todos, ele não parece importar-se nem um pouco com a sua aparência. Para um homem de tão alta condição, usa um manto que — Deus me livre! — está uma vergonha, todo sujo e rasgado! Diga-me: por que o seu patrão anda nes-

mote I go!/ It is al baudy and to-tore also./ Why is thy lord so sluttish, I thee preye,/ And is of power better cloth to beye,/ If that his dede accorde with thy speche?/ Telle me that, and that I thee biseche.'/

'Why?' quod this yeman, 'wherto axe ye me?/ God help me so, for he shal never thee!/ (But I wol nat avowe that I seye,/ And therfor kepe it secree, I yow preye)./ He is to wys, in feith, as I bileve;/ That that is overdoon, it wol nat preve/ Aright, as clerkes seyn, it is a vyce./ Wherfor in that I holde him lewed and nyce./ For whan a man hath over-greet a wit,/ Ful oft him happeth to misusen it;/ So dooth my lord, and that me greveth sore./ God it amende, I can sey yow na-more.'/

'Ther-of no fors, good yeman,' quod our host;/ 'Sin of the conning of thy lord thou wost,/ Tel how he dooth, I pray thee hertely,/ Sin that he is so crafty and so sly./ Wher dwellen ye, if it to telle be?'/

'In the suburbes of a toun,' quod he,/ 'Lurkinge in hernes and in lanes blinde,/ Wher-as thise robbours and thise theves by kinde/ Holden hir privee fereful residence,/ As they that dar nat shewen hir presence;/ So faren we, if I shal seye the sothe.'/

'Now,' quod our host, 'yit lat me talke to the;/ Why artow so discoloured of thy face?'/

'Peter!' quod he, 'god yeve it harde grace,/ I am so used in the fyr to blowe,/ That it hath chaunged my colour, I trowe./ I am nat wont in no mirour to prye,/ But swinke sore and lerne multiplye./ We blondren ever and pouren in the fyr,/ And for al that we fayle of our desyr,/ For ever we lakken our conclusioun./ To mochel folk we doon illusioun,/ And borwe gold, be it a pound or two,/ Or ten, or twelve, or many sommes mo,/ And make hem wenen, at the leeste weye,/ That of a pound we coude make tweye!/ Yet is it fals, but ay we han good hope/ It for to doon, and after it we grope./ But that science is so fer us biforn,/ We mowen nat, al-though we hadde it sworn,/ It overtake, it slit awey so faste;/ It wol us maken beggers atte laste.'/

Whyl this yeman was thus in his talking,/ This chanoun drough him neer, and herde al thing/ Which this yeman spak, for suspecioun/ Of mennes speche ever hadde this chanoun./

se relaxo, se tem recursos para se vestir melhor? Será que ele é mesmo tudo aquilo que você falou? Explique-me isso, por favor".

"Por quê?", indagou o Criado. "Por que me pergunta uma coisa dessas? Deus tenha misericórdia de mim, mas a verdade é que, apesar de tudo, ele não consegue progredir na vida. (Por favor, não conte para ninguém o que agora vou dizer-lhe, pois eu não confirmaria sequer uma palavra.) Mas acho que, de fato, o problema de meu patrão é que ele é sabido demais, e, como dizem os doutos, tudo o que é excessivo é errado, e deixa de ser virtude para se transformar em vício. Por isso é que eu o considero sábio e, ao mesmo tempo, ignorante e ingênuo. Quando alguém tem inteligência demais, muitas vezes acontece que não sabe aplicá-la. É o que se dá com meu patrão, para minha grande mágoa. Só Deus pode ajudá-lo. É tudo o que posso dizer."

"Não faz mal, meu bom Criado", retorquiu o Albergueiro. "Mas já que você conhece tão bem as artes de seu amo, que é tão hábil e talentoso, peço-lhe encarecidamente que nos conte alguma coisa a respeito delas. Ainda que mal lhe pergunte, onde é que vocês moram?"

"Nos subúrbios de uma grande cidade", respondeu o Criado, "em meio a cantos escuros e becos sem saída, um lugar ideal para temível refúgio secreto de assaltantes e ladrões, ou de todos aqueles que não ousam se mostrar. Para dizer a verdade, é assim que nós vivemos."

"Agora", prosseguiu o Albergueiro, "eu gostaria de saber uma coisa a seu próprio respeito: por que seu rosto é tão descorado?"

"Por São Pedro!", exclamou o outro. "Acho que, de tanto soprar o fogo, ele acabou mudando a minha cor — Deus o castigue! Não costumo ficar me olhando no espelho, mas trabalho duro para aprender alquimia. O diabo é que sempre cometemos algum erro e derramamos tudo no fogo, de modo que, apesar dos nossos esforços, nunca alcançamos o que queremos e jamais chegamos a uma conclusão. Assim mesmo, iludimos muita gente, de quem tomamos dinheiro emprestado (seja uma libra ou duas, ou dez ou doze ou muitas somas mais) e a quem fazemos acreditar que, na pior das hipóteses, podemos transformar uma libra em duas. É claro que é mentira. Mas nós mesmos não perdemos as esperanças, e continuamos a tatear em busca desse resultado. Só que essa tal ciência se acha tão à nossa frente que, malgrado os nossos juramentos, não logramos alcançá-la, pois ela depressa se esquiva. Ela ainda vai nos reduzir a mendigos."

Enquanto o Criado falava, o Cônego foi se aproximando e, como era muito desconfiado das palavras dos outros, ficou atento a tudo o que

For Catoun seith, that he that gilty is/ Demeth al thing be spoke of him, y-wis./ That was the cause he gan so ny him drawe/ To his yeman, to herknen al his sawe./ And thus he seyde un-to his yeman tho,/ 'Hold thou thy pees, and spek no wordes mo,/ For if thou do, thou shalt it dere abye;/ Thou sclaundrest me heer in this companye,/ And eek discoverest that thou sholdest hyde.'/

'Ye,' quod our host, 'telle on, what so bityde;/ Of al his threting rekke nat a myte!'/

'In feith,' quod he, 'namore I do but lyte.'/

And whan this chanon saugh it wolde nat be,/ But his yeman wolde telle his privetee,/ He fledde awey for verray sorwe and shame./

'A!' quod the yeman, 'heer shal aryse game,/ Al that I can anon now wol I telle./ Sin he is goon, the foule feend him quelle!/ For never her-after wol I with him mete/ For peny ne for pound, I yow bihete!/ He that me broghte first unto that game,/ Er that he dye, sorwe have he and shame!/ For it is ernest to me, by my feith;/ That fele I wel, what so any man seith./ And yet, for al my smert and al my grief,/ For al my sorwe, labour, and meschief,/ I coude never leve it in no wyse./ Now wolde god my wit mighte suffyse/ To tellen al that longeth to that art!/ But natheles yow wol I tellen part;/ Sin that my lord is gon, I wol nat spare;/ Swich thing as that I knowe, I wol declare.' —/

Here endeth the Prologe of the Chanouns Yemannes Tale.

Here biginneth the Chanouns Yeman his Tale.

I

With this chanoun I dwelt have seven yeer,/ And of his science am I never the neer./ Al that I hadde, I have y-lost ther-

ele dizia. Bem que Catão afirma que aquele que tem culpa na consciência acha que os outros só conversam a seu respeito. Foi por isso, para poder escutá-lo, que ele se pôs tão perto do Criado. Impaciente, então lhe disse: "Cale essa boca e não diga mais nada, senão ainda há de me pagar! Pare de caluniar-me na frente dos outros e de expor o que deve ficar oculto".

"Nada disso", interveio o Albergueiro, "continue a falar, aconteça o que acontecer. Não se importe com as ameaças!"

"Na verdade", prosseguiu o Criado, "agora já pouco me importo."

Vendo o Cônego que tudo era inútil, e que o Criado estava mesmo disposto a revelar todos os seus segredos, tratou então de fugir, cheio de dor e vergonha.

"Ah!", exclamou o Criado. "Isto será divertido; vou logo lhes contar tudo o que sei. Ainda mais agora que ele se foi... O diabo que o carregue! Nunca mais quero vê-lo, isso eu lhes garanto, nem por soldos nem por libras. Espero que ele, antes que morra, passe ainda por muito sofrimento e vergonha, pois foi ele quem me iniciou nessas besteiras! Só que para mim sempre foram coisa séria. Pelo menos é o que eu sentia — digam lá o que quiserem — porque, apesar de toda a minha pena e minha dor, todas as minhas aflições e labutas e perdas, de forma alguma eu conseguia deixar essa loucura. Agora só peço a Deus que me ilumine o suficiente para contar-lhes tudo o que está por trás dessa ciência! Se isso não for possível, ao menos uma parte vou revelar aqui. Agora que meu patrão se foi, não preciso esconder nada; tudo o que sei pretendo declarar."

Aqui termina o Prólogo do Conto do Criado do Cônego.

Aqui tem início o Conto do Criado do Cônego.

I

Morei sete anos[194] com esse Cônego e jamais consegui me aproximar de sua ciência. A única diferença é que perdi tudo o que tinha. E,

---

[194] Tempo mínimo de serviço para os aprendizes completarem seu treinamento com os respectivos mestres. (N. da E.)

by;/ And god wot, so hath many mo than I./ Ther I was wont to be right fresh and gay/ Of clothing and of other good array,/ Now may I were an hose upon myn heed;/ And wher my colour was bothe fresh and reed,/ Now is it wan and of a leden hewe;/ Who-so it useth, sore shal he rewe./ And of my swink yet blered is myn yë,/ Lo! which avantage is to multiplye!/ That slyding science hath me maad so bare,/ That I have no good, wher that ever I fare;/ And yet I am endetted so ther-by/ Of gold that I have borwed, trewely,/ That whyl I live, I shal it quyte never./ Lat every man be war by me for ever!/ What maner man that casteth him ther-to,/ If he continue, I holde his thrift y-do./ So helpe me god, ther-by shal he nat winne,/ But empte his purs, and make his wittes thinne./ And whan he, thurgh his madnes and folye,/ Hath lost his owene good thurgh Iupartye,/ Thanne he excyteth other folk ther-to,/ To lese hir good as he him-self hath do./ For unto shrewes Ioye it is and ese/ To have hir felawes in peyne and disese;/ Thus was I ones lerned of a clerk./ Of that no charge, I wol speke of our werk./

    Whan we been ther as we shul exercyse/ Our elvish craft, we semen wonder wyse,/ Our termes been so clergial and so queynte./ I blowe the fyr til that myn herte feynte./ What sholde I tellen ech proporcioun/ Of thinges whiche that we werche upon,/ As on fyve or sixe ounces, may wel be,/ Of silver or som other quantite,/ And bisie me to telle yow the names/ Of orpiment, brent bones, yren squames,/ That into poudre grounden been ful smal?/ And in an erthen potte how put is al,/ And salt y-put in, and also papeer,/ Biforn thise poudres that I speke of heer,/ And wel y-covered with a lampe of glas,/ And mochel other thing which that ther was?/ And of the pot and glasses enluting,/

podem crer, a mesma coisa aconteceu com muitos outros. Antigamente eu era saudável, gostava de vestir roupas alegres e de enfeitar-me; hoje, pouco me importa se tiver que sair por aí com as calças na cabeça. E minha pele, que era rosada e viçosa, tornou-se pálida e cor de chumbo... Quem quer que se aproxime da alquimia acaba se dando mal! Essa atividade, além de tudo, me estragou a vista. Eis aí o que se ganha quando se quer "multiplicar"![195] Essa ciência enganosa me deixou tão limpo que não sobrou nada para o meu sustento; na verdade, ando tão cheio de dívidas que vou morrer sem poder pagar o ouro que tive que tomar emprestado. Por isso é que todo cuidado é pouco! Ai daquele que se arrisca nesse campo: se persistir, garanto que há de arruinar-se, pois, palavra de honra, não só não vai lucrar coisa alguma como ficará de bolsa vazia e de miolo mole. E o pior é que o sujeito que joga fora toda a sua fortuna em tal loucura e desvario costuma estimular os outros a que façam o mesmo, levando-os também à miséria; porque, como aprendi de um sábio, os ignorantes sentem conforto e alegria ao verem o próximo na dor e na desgraça. Mas deixemos isso para lá, que agora quero falar do nosso trabalho.

Quando praticamos as nossas estranhas artes, sempre damos a impressão de uma sabedoria extraordinária, com todos aqueles nossos termos tão curiosos e eruditos. Na realidade, de tanto assoprar o fogo quase arrebento o coração. Não sei se devo mencionar as proporções das coisas que usamos em nosso ofício — como cinco ou seis onças, digamos, de prata, ou qualquer outra quantidade; ou preocupar-me em dar os nomes de materiais como *auri pigmentum*,[196] ossos queimados ou limalhas de ferro, que são reduzidos a pó bem fino e colocados num vasilhame de barro juntamente com sal e papel (que deve ficar por baixo), e, em seguida, cobertos por lâminas de vidro. Também não sei se convém falar de tantas outras coisas, como a vedação do vasilhame e dos vidros, de

---

[195] Termo técnico para designar a transformação, ou "transmutação", de qualquer metal em ouro. (N. do T.)

[196] O *auri pigmentum*, ou orpimento, era o trissulfeto de arsênico. Nos trechos seguintes, há várias expressões típicas da linguagem da alquimia, como "a *rubefação* das águas", que era o processo de avermelhar os líquidos para a posterior produção do ouro; a *albificação*, que era o seu embranquecimento, ou clareamento, a fim de se chegar à prata; e a *citrinação*, que consistia em imprimir à prata a coloração amarelo-esverdeada do limão, como etapa para a sua transformação em ouro. (N. do T.)

That of the eyre mighte passe out no-thing?/ And of the esy fyr and smart also,/ Which that was maad, and of the care and wo/ That we hadde in our matires sublyming,/ And in amalgaming and calcening/ Of quik-silver, y-clept Mercurie crude?/ For alle our sleightes we can nat conclude./ Our orpiment and sublymed Mercurie,/ Our grounden litarge eek on the porphurie,/ Of ech of thise of ounces a certeyn/ Nought helpeth us, our labour is in veyn./ Ne eek our spirites ascencioun,/ Ne our materes that lyen al fixe adoun,/ Mowe in our werking no-thing us avayle./ For lost is al our labour and travayle,/ And al the cost, a twenty devel weye,/ Is lost also, which we upon it leye./

Ther is also ful many another thing/ That is unto our craft apertening;/ Though I by ordre hem nat reherce can,/ By-cause that I am a lewed man,/ Yet wol I telle hem as they come to minde,/ Though I ne can nat sette hem in hir kinde;/ As bole armoniak, verdegrees, boras,/ And sondry vessels maad of erthe and glas,/ Our urinales and our descensories,/ Violes, croslets, and sublymatories,/ Cucurbites, and alembykes eek,/ And othere swiche, dere y-nough a leek./ Nat nedeth it for to reherce hem alle,/ Watres rubifying and boles galle,/ Arsenik, sal armoniak, and brimstoon;/ And herbes coude I telle eek many oon,/ As egremoine, valerian, and lunarie,/ And othere swiche, if that me liste tarie./ Our lampes brenning bothe night and day,/ To bringe aboute our craft, if that we may./ Our fourneys eek of calcinacioun,/ And of watres albificacioun,/ Unslekked lym, chalk, and gleyre of an ey,/ Poudres diverse, asshes, dong, pisse, and cley,/ Cered pokets, sal peter, vitriole;/ And divers fyres maad of wode and cole;/ Sal tartre, alkaly, and sal preparat,/ And combust materes and coagulat,/ Cley maad with hors or mannes heer, and oile/ Of tartre, alum, glas, berm, wort, and argoile,/ Resalgar, and our materes enbibing;/ And eek of our materes encorporing,/ And of our silver citrinacioun,/ Our cementing and fermentacioun,/ Our ingottes, testes, and many mo./

I wol yow telle, as was me taught also,/ The foure spirites and the bodies sevene,/ By ordre, as ofte I herde my lord hem nevene./ The firste spirit quik-silver called is,/ The second orpiment, the thridde, y-wis,/ Sal armoniak, and the ferthe

modo a impedir a passagem do ar; ou das chamas, baixas e altas, que acendemos; ou dos cuidados e problemas que temos com a sublimação de nossos materiais; ou do amálgama e da calcinação do *argentum vivum*, que é o nome do mercúrio cru. O fato é que, apesar de todos os nossos recursos, jamais chegamos a bom termo. Nosso *auri pigmentum*, nosso mercúrio sublimado, nosso litargírio moído em utensílio de pórfiro, nossas medidas certinhas... nada disso adianta coisa alguma; é sempre uma trabalheira inútil. Nem a ascensão de nossos vapores, nem a precipitação de substâncias sólidas no fundo podem salvar nosso trabalho, e todo aquele esforço acaba por se perder. Não só o esforço, mas — com mil diabos! — também todo o dinheiro que gastamos na experiência.

E isso não é tudo. Há muitas outras coisas relacionadas com nosso ofício, mas, como sou um homem sem cultura, não sei enumerá-las na ordem certa. Não podendo, portanto, classificá-las segundo a sua natureza, vou citá-las conforme me vêm à cabeça. Assim, por exemplo, nós temos a "terra da Armênia", o verdete, o bórax, e todos aqueles utensílios feitos de barro ou de vidro, como urinóis, descensórios e sublimatórios, frascos, cadinhos, retortas, alambiques, e uma porção de outros mais, que não valem uma ova. Creio que não é preciso falar de tudo: da rubefação das águas, do fel bovino, do arsênico, do sal amoníaco, do enxofre. Também as ervas eu poderia lembrar, como a agrimônia, a valeriana, a lunária e várias outras, mas não desejo alongar-me. Ou poderia descrever as nossas lamparinas, ardendo dia e noite para a realização das experiências; nossas fornalhas para a calcinação e para a albificação dos líquidos; a cal virgem, a greda, a clara do ovo, os pós diversos, as cinzas, as fezes, a urina, o barro, as bolsas enceradas, o salitre, o vitríolo, e os diferentes fogos, alimentados por lenha ou por carvão; o tártaro, o álcali, o sal preparado, e os materiais que sofreram combustão ou que se coagularam; a argila misturada com pelo de cavalo ou de gente, o óleo de tártaro, o alume em cristais, o levedo, o cereal não fermentado, o tártaro cru, o rosalgar, as substâncias absorventes, as substâncias incorporantes, a citrinação da prata, a nossa cementação, a nossa fermentação, os nossos moldes, os nossos recipientes para o teste dos metais, e assim por diante.

Eu também gostaria de enumerar os quatro "espíritos" ou vapores, bem como os sete "corpos", pois isso foi outra coisa que aprendi. E, desta vez, vou pela ordem, tal como o meu amo os enunciava. O primeiro espírito se chama mercúrio; o segundo, *auri pigmentum* ou orpimen-

brimstoon./ The bodies sevene eek, lo! hem heer anoon:/ Sol gold is, and Luna silver we threpe,/ Mars yren, Mercurie quik-silver we clepe,/ Saturnus leed, and Iupiter is tin,/ And Venus coper, by my fader kin!/

This cursed craft who-so wol exercyse,/ He shal no good han that him may suffyse;/ For al the good he spendeth ther-aboute,/ He lese shal, ther-of have I no doute./ Who-so that listeth outen his folye,/ Lat him come forth, and lerne multiplye;/ And every man that oght hath in his cofre,/ Lat him appere, and wexe a philosofre./ Ascaunce that craft is so light to lere?/ Nay, nay, god woot, al be he monk or frere,/ Preest or chanoun, or any other wight,/ Though he sitte at his book bothe day and night,/ In lernyng of this elvish nyce lore,/ Al is in veyn, and parde, mochel more!/ To lerne a lewed man this subtiltee,/ Fy! spek nat ther-of, for it wol nat be;/ Al conne he letterure, or conne he noon,/ As in effect, he shal finde it al oon./ For bothe two, by my savacioun,/ Concluden, in multiplicacioun,/ Y-lyke wel, whan they han al y-do;/ This is to seyn, they faylen bothe two./

Yet forgat I to maken rehersaille/ Of watres corosif and of limaille,/ And of bodyes mollificacioun,/ And also of hir induracioun,/ Oiles, ablucions, and metal fusible,/ To tellen al wolde passen any bible/ That o-wher is; wherfor, as for the beste,/ Of alle thise names now wol I me reste./ For, as I trowe, I have yow told y-nowe/ To reyse a feend, al loke he never so rowe./

A! nay! lat be; the philosophres stoon,/ Elixir clept, we sechen faste echoon;/ For hadde we him, than were we siker y-now./ But, unto god of heven I make avow,/ For al our craft, whan we han al y-do,/ And al our sleighte, he wol nat come us to./ He hath y-maad us spenden mochel good,/ For sorwe of which almost we wexen wood,/ But that good hope crepeth in our herte,/ Supposinge ever, though we sore smerte,/ To be releved by him afterward;/ Swich

to; o terceiro, sal amoníaco; e o quarto, enxofre. Quanto aos sete corpos, são os seguintes: o Sol é ouro, a Lua acreditamos ser prata, Marte é ferro, Mercúrio é mercúrio mesmo, Saturno é chumbo, Júpiter é estanho, e — pela raça de meu pai! — Vênus é cobre.

O homem que exerce esse maldito ofício nunca recebe qualquer satisfação em troca, e fatalmente perde todos os bens que nele investe. Nem há dúvida. Portanto, quem quiser dar vazão à sua loucura, que se apresente e aprenda transmutação; e quem ainda tiver alguma coisinha no cofre, que apareça e se torne alquimista. Como se isso fosse fácil! Não, não, palavra! Mesmo que a pessoa seja monge ou frade, padre ou cônego ou alguém de igual categoria, e mesmo que fique dia e noite sentado com seu livro a estudar esta ciência estranha e tola, é tudo em vão. Por Deus, mais do que isso até! Quanto a ensinar suas sutilezas a um analfabeto... nem se fale: é impossível. Mas seja lá como for, quer a pessoa conheça leitura, quer não conheça, o resultado no fim é sempre o mesmo. Por minha alma, tanto num caso quanto no outro, o trabalho de "multiplicação" é sempre igual quando termina — isto é, todos fracassam.

A propósito, esqueci-me de mencionar há pouco os líquidos corrosivos, as limalhas, a molificação dos corpos, assim como o seu endurecimento, os óleos, as abluções, os metais fundíveis... Mas, para contar tudo isso, é preciso mais que uma Bíblia. Por conseguinte, é melhor não mais me preocupar com todos esses nomes. Acho que os que já falei são suficientes até para se conjurar um demônio, e dos mais enfezados.

Ah, não! Deixemos essas coisas para lá! O ponto que interessa é que todos nós buscamos sem tréguas a tal pedra filosofal,[197] conhecida como Elixir, porque sua posse nos daria a sensação de segurança. Mas garanto-lhes, em nome de Deus, que, não obstante toda a nossa habilidade e todas as nossas artimanhas, não temos como pôr as mãos nela. Essa pedra já nos fez gastar muito dinheiro, e só não enlouquecemos de tristeza porque constantemente nos invade o coração aquela boa esperança que nos leva a supor que, por maior que seja o nosso sacrifício, ela virá

---

[197] A obtenção dessa pedra era o sonho do "filósofo", entendendo-se por esse termo (como já deixou claro uma outra nota) o "estudioso das ciências naturais" e, por conseguinte, o alquimista. Geralmente era imaginada como uma pedra pesada, de cheiro adocicado, cor rosada e estrutura constante. Podia também existir em forma de pó — como neste conto. (N. do T.)

supposing and hope is sharp and hard;/ I warne yow wel, it is to
seken ever;/ That futur temps hath maad men to dissever,/ In trust
ther-of, from al that ever they hadde./ Yet of that art they can nat
wexen sadde,/ For unto hem it is a bitter swete;/ So semeth it; for
nadde they but a shete/ Which that they mighte wrappe hem inne
a-night,/ And a bak to walken inne by day-light,/ They wolde hem
selle and spenden on this craft;/ They can nat stinte til no-thing
be laft./ And evermore, wher that ever they goon,/ Men may hem
knowe by smel of brimstoon;/ For al the world, they stinken as a
goot;/ Her savour is so rammish and so hoot,/ That, though a man
from hem a myle be,/ The savour wol infecte him, trusteth me;/
Lo, thus by smelling and threedbare array,/ If that men liste, this
folk they knowe may./ And if a man wol aske hem prively,/ Why
they been clothed so unthriftily,/ They right anon wol rownen
in his ere,/ And seyn, that if that they espyed were,/ Men wolde
hem slee, by-cause of hir science;/ Lo, thus this folk bitrayen
innocence!/

    Passe over this; I go my tale un-to./ Er than the pot be on
the fyr y-do,/ Of metals with a certein quantite,/ My lord hem
tempreth, and no man but he —/ Now he is goon, I dar seyn
boldely —/ For, as men seyn, he can don craftily;/ Algate I wool
wel he hath swich a name,/ And yet ful ofte he renneth in a blame;/
And wite ye how? ful ofte it happeth so,/ The pot to-breketh, and
farewel! al is go!/ Thise metals been of so greet violence,/ Our
walles mowe nat make hem resistence,/ But if they weren wroght
of lym and stoon;/ They percen so, and thurgh the wal they goon,/
And somme of hem sinken in-to the ground —/ Thus han we lost
by tymes many a pound —/ And somme are scatered al the floor
aboute,/ Somme lepe in-to the roof; with-outen doute,/ Though
that the feend noght in our sighte him shewe,/ I trowe he with
us be, that ilke shrewe!/ In helle wher that he is lord and sire,/
Nis ther more wo, ne more rancour ne ire./ Whan that our pot is
broke, as I have sayd,/ Every man chit, and halt him yvel apayd./

    Som seyde, it was long on the fyr-making,/ Som seyde, nay! it
was on the blowing;/ (Than was I fered, for that was myn office);/
'Straw!' quod the thridde, 'ye been lewed and nyce,/ It was nat
tempred as it oghte be.'/ 'Nay!' quod the ferthe, 'stint, and herkne
me;/ By-cause our fyr ne was nat maad of beech,/ That is the

no fim das contas nos salvar. Mas são suposições e expectativas muito duras e ingratas, visto que (estou lhes avisando) se trata de uma busca que não termina nunca. É a confiança no futuro que faz os homens se separarem de tudo o que possuem. Dessa arte, contudo, jamais obtêm o conforto almejado, pois ela não passa de um engodo doce e amargo, tão poderoso — ao que parece — que mesmo que a pessoa tenha apenas um lençol com que se embrulhar à noite, ou apenas um manto para sair durante o dia, ela os venderia de bom grado para gastar tudo na transmutação. Ninguém para enquanto não perde tudo. E, o que é pior, onde quer que vão esses coitados, são logo reconhecidos pelo seu cheiro de enxofre. Por tudo o que há de mais sagrado, fedem como bodes; seu cheiro é tão forte e tão repugnante que, podem crer, pode contaminar os outros a uma milha de distância. É dessa maneira que são descobertos: pelo fedor... E também pelos andrajos que os cobrem. Quando alguém lhes pergunta em particular por que se vestem tão miseravelmente, eles logo lhe sussurram ao ouvido que é porque, se não se disfarçassem, seriam localizados e mortos por causa de sua ciência. Eis aí como traem a ingenuidade!

Mas vamos adiante, que preciso começar a minha história. Antes de levar ao fogo o recipiente com uma certa quantidade de metais, meu senhor (e apenas ele) os temperava, pois era, na opinião de todos os colegas, o alquimista de maior perícia. Mas, agora que ele se foi, posso falar a verdade: apesar de toda a sua reputação, vivia cometendo enganos. E sabem como? Muitas vezes acontecia de explodir o vasilhame, e então adeus, lá se ia tudo pelos ares! Tamanha era a força dos metais que nem as paredes resistiam — a não ser que fossem de cal e pedra. Os metais rompiam tudo, e atravessavam os próprios muros. Alguns chegavam a afundar no solo (foi assim que perdemos muitas libras), outros se espalhavam pelo chão, e outros subiam até o teto. Embora não se pudesse ver o demônio, tenho certeza de que estava ali conosco — o canalha! Nem no inferno, onde ele é senhor e soberano, poderia haver tanta desilusão, rancor e cólera. Depois da explosão, todo mundo criticava todo mundo, dizendo-se lesado.

Um achava que a panela ficara muito tempo ao fogo. Outro afirmava que o defeito tinha estado no modo de soprar as chamas (era quando eu estremecia, pois esse era o meu encargo). "Bobagem!", gritava um terceiro, "vocês são burros e ignorantes; a mistura é que não foi preparada como se devia." "Nada disso", bradava um quarto, "parem com isso e me escutem. Por minha alma, o problema todo é que o nosso fogo

cause, and other noon, so theech!'/ I can nat telle wher-on it was long,/ But wel I wot greet stryf is us among./

'What!' quod my lord, 'ther is na-more to done,/ Of thise perils I wol be war eft-sone;/ I am right siker that the pot was crased./ Be as be may, be ye no-thing amased;/ As usage is, lat swepe the floor as swythe,/ Plukke up your hertes, and beth gladde and blythe.'/

The mullok on an hepe y-sweped was,/ And on the floor y-cast a canevas,/ And al this mullok in a sive y-throwe,/ And sifted, and y-piked many a throwe./ 'Pardee,' quod oon, 'somwhat of our metal/ Yet is ther heer, though that we han nat al./ Al-though this thing mishapped have as now,/ Another tyme it may be wel y-now,/ Us moste putte our good in aventure;/ A marchant, parde! may nat ay endure,/ Trusteth me wel, in his prosperitee;/ Somtyme his good is drenched in the see,/ And somtym comth it sauf un-to the londe.'/ 'Pees!' quod my lord, 'the next tyme I wol fonde/ To bringe our craft al in another plyte;/ And but I do, sirs, lat me han the wyte;/ Ther was defaute in som-what, wel I woot.'/

Another seyde, the fyr was over hoot: —/ But, be it hoot or cold, I dar seye this,/ That we concluden evermore amis./ We fayle of that which that we wolden have,/ And in our madnesse evermore we rave./ And whan we been togidres everichoon,/ Every man semeth a Salomon./ But al thing which that shyneth as the gold/ Nis nat gold, as that I have herd it told;/ Ne every appel that is fair at yë/ Ne is nat good, what-so men clappe or crye./ Right so, lo! fareth it amonges us;/ He that semeth the wysest, by Iesus!/ Is most fool, whan it cometh to the preef;/ And he that semeth trewest is a theef;/ That shul ye knowe, er that I fro yow wende,/ By that I of my tale have maad an ende./

II

Ther is a chanoun of religioun/ Amonges us, wolde infecte al a toun,/ Though it as greet were as was Ninivee,/ Rome, Alisaundre, Troye, and othere three./ His sleightes and his infinit falsnesse/ Ther coude no man wryten, as I gesse,/ Thogh that he mighte liven a thousand yeer./ In al this world of falshede nis his peer;/ For in his

não foi feito com madeira de faia!" Não posso repetir aqui tudo o que se discutia; só posso garantir que era uma briga e tanto.

Finalmente meu patrão dizia: "Bem, agora não há o que se possa fazer. Da próxima vez tomarei mais cuidado. Não tenho dúvidas de que o vasilhame estava trincado. Seja lá como for, não fiquem desesperados. Como de costume, vamos tratar de varrer toda esta sujeira, criar coragem e retornar ao trabalho com ânimo e disposição".

Então juntávamos todo o entulho num canto, estendíamos uma lona no chão, lançávamos tudo numa peneira e ficávamos horas e horas joeirando e catando o material. "Por Deus", logo dizia alguém, "uma parte de nosso metal ainda está aqui, embora não todo. Não faz mal que a coisa tenha desandado; na próxima vez dará certo. Nós temos que arriscar a sorte. Afinal — podem acreditar — nem sempre um mercador é favorecido pelo destino; às vezes, sua mercadoria chega intacta ao porto, outras vezes vai parar no fundo do mar." "Silêncio!", infalivelmente ordenava o meu patrão. "Da próxima vez, darei um jeito de trazer o nosso barco a salvo; se fracassar, podem pôr toda a culpa em mim. O que houve foi alguma falha, disso tenho certeza."

E aí novamente alguém achava que o fogo ficara quente demais. Mas tudo o que sei dizer é que, frio ou quente, nossas experiências sempre acabavam mal. Falta-nos o essencial para chegarmos ao que queremos e, por isso, deliramos em nossa loucura. Todavia, quando estamos juntos, cada um faz tudo o que pode para mostrar-se um Salomão. Entretanto, como dizem, nem tudo que reluz é ouro, e nem toda maçã bonita é realmente gostosa — não importa o que se diga ou se apregoe. É assim mesmo que as coisas se passam conosco: o que parece o mais sábio, por Jesus, é na verdade o mais tolo; e o que aparenta ser mais honesto não passa de um ladrão. É o que irão ver antes que me vá, tão logo eu termine a minha história.

II

Existe em nosso meio um cônego da Igreja que é capaz de empestear uma cidade inteira, ainda que seja grande como Nínive, Roma, Alexandria, Troia e mais três outras. Creio que, mesmo que pudesse viver mil anos, ninguém seria capaz de relatar todas as suas artimanhas e sua infinita falsidade. No mundo da desonestidade não tem mesmo rival;

termes so he wolde him winde,/ And speke his wordes in so sly a kinde,/ Whan he commune shal with any wight,/ That he wol make him doten anon right,/ But it a feend be, as him-selven is./ Ful many a man hath he bigyled er this,/ And wol, if that he live may a whyle;/ And yet men ryde and goon ful many a myle/ Him for to seke and have his aqueyntaunce,/ Noght knowinge of his false governaunce./ And if yow list to yeve me audience,/ I wol it tellen heer in your presence./

But worshipful chanouns religious,/ Ne demeth nat that I sclaundre your hous,/ Al-though my tale of a chanoun be./ Of every ordre som shrewe is, parde,/ And god forbede that al a companye/ Sholde rewe a singuler mannes folye./ To sclaundre yow is no-thing myn entente,/ But to correcten that is mis I mente./ This tale was nat only told for yow,/ But eek for othere mo; ye woot wel how/ That, among Cristes apostelles twelve,/ Ther nas no traytour but Iudas him-selve./ Than why sholde al the remenant have blame/ That giltlees were? by yow I seye the same./ Save only this, if ye wol herkne me,/ If any Iudas in your covent be,/ Remeveth him bitymes, I yow rede,/ If shame or los may causen any drede./ And beth no-thing displesed, I yow preye,/ But in this cas herkneth what I shal seye./

In London was a preest, an annueleer,/ That therin dwelled hadde many a yeer,/ Which was so plesaunt and so servisable/ Unto the wyf, wher-as he was at table,/ That she wolde suffre him no-thing for to paye/ For bord ne clothing, wente he never so gaye;/ And spending-silver hadde he right y-now./ Therof no fors; I wol precede as now,/ And telle forth my tale of the chanoun,/ That broghte this preest to confusioun./

This false chanoun cam up-on a day/ Unto this preestes chambre, wher he lay,/ Bisechyng him to lene him a certeyn/ Of gold, and he wolde quyte it him ageyn./ 'Lene me a mark,' quod he, 'but dayes three,/ And at my day I wol it quyten thee./ And if so be that thou me finde fals,/ Another day do hange me by the hals!'/

This preest him took a mark, and that as swythe,/ And this chanoun him thanked ofte sythe,/ And took his leve, and wente forth his weye,/ And at the thridde day broghte his moneye,/ And to the preest he took his gold agayn,/ Wherof this preest was wonder glad and fayn./ 'Certes,' quod he, 'no-thing anoyeth me/ To lene a man a noble, or two or three,/ Or what thing were in my possessioun,/ Whan he

tanto é assim que, quando conversa com alguém, enrola tanto o seu jargão e usa palavras com tamanha astúcia, que simplesmente atordoa o seu interlocutor (a menos que se trate de um demônio igual a ele). Quantas pessoas não enganou até agora! E, enquanto tiver vida, vai tapear a muitas outras mais. Apesar disso, por ignorar a sua má conduta, há quem cavalgue milhas e milhas apenas para vê-lo e conhecê-lo. É o que vou lhes contar agora, em sua presença, se quiserem dar-me ouvidos.

Antes, porém, ilustres cônegos da Igreja, não vão pensar que minha intenção é caluniar a sua casa, só porque a minha história gira em torno de um cônego. Por Deus, não há ordem onde não se intrometa algum canalha, e o Senhor não há de permitir que a companhia inteira pague pelos desmandos de apenas um homem. Por isso, não pretendo aqui de modo algum condená-los, mas somente corrigir o que está errado. Este conto não foi feito só para os senhores, e sim para muitos outros. Como sabem, entre os doze apóstolos de Cristo não houve nenhum traidor, a não ser o próprio Judas; assim sendo, por que a culpa deveria recair sobre os demais, que eram inocentes? O mesmo digo a respeito dos senhores — acrescentando apenas isto (se quiserem aceitar o meu conselho): caso haja algum Judas em seu convento, livrem-se dele o mais depressa possível, antes que a indecisão lhes traga vergonha ou prejuízo. Rogo-lhes, portanto, que não se amofinem, mas ouçam com atenção o caso que vou narrar.

Era uma vez um padre, rezador de missas anuais pelos defuntos, que vivia em Londres havia muitos anos. Era tão amável e prestativo para com a dona da pensão onde morava, que ela terminantemente se recusava a aceitar pagamento pelas suas despesas de cama e mesa, embora ele estivesse bem de vida e não lhe faltasse o dinheiro necessário para os gastos. Mas isso não importa... Vou continuar contando a história do cônego que levou esse padre à ruína.

Um dia esse cônego desonesto veio ao quarto do tal padre, na hora do repouso, e pediu-lhe emprestada certa soma, dizendo que logo a devolveria: "Empreste-me um marco por apenas três dias. Asseguro-lhe que, vencido o prazo, voltarei aqui para acertar as contas. Pode me enforcar, se eu deixar de cumprir minha palavra!".

O padre sem demora deu-lhe o dinheiro, e o cônego, agradecendo efusivamente, despediu-se e seguiu o seu caminho. No terceiro dia, lá estava ele de volta como o seu marco, e o restituiu ao padre, que ficou todo feliz e alegre: "Sem dúvida, é um prazer emprestar um 'nobre' — ou

O Conto do Criado do Cônego

so trewe is of condicioun,/ That in no wyse he breke wol his day;/ To swich a man I can never seye nay.'/

'What!' quod this chanoun, 'sholde I be untrewe?/ Nay, that were thing y-fallen al of-newe./ Trouthe is a thing that I wol ever kepe/ Un-to that day in which that I shal crepe/ In-to my grave, and elles god forbede;/ Bileveth this as siker as is your crede./ God thanke I, and in good tyme be it sayd,/ That ther was never man yet yvel apayd/ For gold ne silver that he to me lente,/ Ne never falshede in myn herte I mente./ And sir,' quod he, 'now of my privetee,/ Sin ye so goodlich han been un-to me,/ And kythed to me so greet gentillesse,/ Somwhat to quyte with your kindenesse,/ I wol yow shewe, and, if yow list to lere,/ I wol yow teche pleynly the manere,/ How I can werken in philosophye./ Taketh good heed, ye shul wel seen at yë,/ That I wol doon a maistrie er I go.'/

'Ye,' quod the preest, 'ye, sir, and wol ye so?/ Marie! ther-of I pray yow hertely!'/ 'At your comandement, sir, trewely,'/ Quod the chanoun, 'and elles god forbede!'/

Lo, how this theef coude his servyse bede!/ Ful sooth it is, that swich profred servyse/ Stinketh, as witnessen thise olde wyse;/ And that ful sone I wol it verifye/ In this chanoun, rote of al trecherye,/ That ever-more delyt hath and gladnesse —/ Swich feendly thoughtes in his herte impresse —/ How Cristes peple he may to meschief bringe;/ God kepe us from his fals dissimulinge!/

Noght wiste this preest with whom that he delte,/ Ne of his harm cominge he no-thing felte./ O sely preest! o sely innocent!/ With coveityse anon thou shall be blent!/ O gracelees, ful blind is thy conceit,/ No-thing ne artow war of the deceit/ Which that this fox y-shapen hath to thee!/ His wyly wrenches thou ne mayst nat flee./ Wherfor, to go to the conclusioun/ That refereth to thy confusioun,/ Unhappy man! anon I wol me hye/ To tellen thyn unwit and thy folye,/ And eek the falsnesse of that other wrecche,/ As ferforth as that my conning may strecche./

This chanoun was my lord, ye wolden wene?/ Sir host, in feith, and by the hevenes quene,/ It was another chanoun, and nat he,/ That can an hundred fold more subtiltee!/ He hath bitrayed folkes many tyme;/ Of his falshede it dulleth me to ryme./ Ever whan that I speke of his falshede,/ For shame of him my chekes wexen rede;/ Algates, they biginnen for to glowe,/ For reednesse have I noon, right wel I knowe,/

dois ou três ou qualquer outra quantia — a uma pessoa direita, que faz questão de observar os prazos. Para gente assim jamais digo não".

"O quê?!", exclamou o cônego. "E por que haveria eu de ser desonesto? Oh não! Isso, de fato, seria novidade! Deus me livre! A verdade é uma coisa que pretendo preservar até o dia em que for para a cova. Pode acreditar nisso como no Credo. Dou graças a Deus — em boa hora seja dito — por nunca haver lesado alguém que me tenha feito um empréstimo de ouro ou prata, e por nunca haver nutrido a falsidade em meu coração. E, a propósito", continuou ele, "já que o senhor se revelou tão generoso para comigo e me brindou com tamanha gentileza, desejo, numa espécie de retribuição pela sua bondade, mostrar-lhe e ensinar-lhe, sem maiores rodeios, o meu método de trabalho na alquimia — se é que tem vontade de conhecê-lo. Fique atento, pois o senhor há de ver num instante, e com os próprios olhos, uma bela demonstração."

"Como?!", entusiasmou-se o padre. "O senhor vai mesmo fazer isso? Virgem Maria! Pois suplico-lhe de todo o coração: faça, faça!" "Agora mesmo, senhor", respondeu o cônego, "por Deus, com toda a sinceridade."

Eis aí como aquele ladrão oferecia os seus préstimos! Como já diziam os sábios antigos, é bem verdade que todo serviço, quando é de graça, fede. E vou provar isso com a história desse cônego, essa fonte de toda traição, esse monstro que experimentava prazer e alegria em levar à desgraça os filhos de Cristo — tais os sentimentos diabólicos que abrigava no peito. Deus nos proteja e guarde de suas mistificações!

O tal padre não sabia com quem estava lidando, e nem de longe pressentia o iminente perigo. Oh, sacerdote ingênuo! Oh, ingênuo inocente! Você logo será arruinado pela ambição! Oh desditoso, oh mente tão cega que sequer suspeita da armadilha que aquela raposa lhe preparou! Não, você não poderá fugir de suas fraudes. Por isso, para terminar logo a história de sua desgraça, oh infeliz, apresso-me agora a descrever, da melhor forma que permitir o meu talento, a sua insensatez e a sua loucura, juntamente com a falsidade daquele outro miserável.

Os senhores por acaso estão achando que aquele cônego era o meu patrão? À fé, pela Rainha do Céu, senhor Albergueiro! Garanto-lhe que era outro cônego, não ele, cem vezes mais esperto. Ele já ludibriou muita gente; tanta, que fico aborrecido só de recitar suas maldades. Sempre que falo de sua desonestidade, minhas faces coram de vergonha... Ou melhor, ameaçam corar, pois bem sei que já não tenho rubor em meu rosto, con-

In my visage; for fumes dyverse/ Of metals, which ye han herd me reherce,/ Consumed and wasted han my reednesse./ Now tak heed of this chanouns cursednesse!/

'Sir,' quod he to the preest, 'lat your man gon/ For quik-silver, that we it hadde anon;/ And lat him bringen ounces two or three;/ And whan he comth, as faste shul ye see/ A wonder thing, which ye saugh never er this.'/

'Sir,' quod the preest, 'it shall be doon, y-wis.'/ He bad his servant fecchen him this thing,/ And he al redy was at his bidding,/ And wente him forth, and cam anon agayn/ With this quik-silver, soothly for to sayn,/ And took thise ounces three to the chanoun;/ And he hem leyde fayre and wel adoun,/ And bad the servant coles for to bringe,/ That he anon mighte go to his werkinge./

The coles right anon weren y-fet,/ And this chanoun took out a crosselet/ Of his bosom, and shewed it the preest./ 'This instrument,' quod he, 'which that thou seest,/ Tak in thyn hand, and put thy-self ther-inne/ Of this quik-silver an ounce, and heer biginne,/ In the name of Crist, to wexe a philosofre./ Ther been ful fewe, whiche that I wolde profre/ To shewen hem thus muche of my science./ For ye shul seen heer, by experience,/ That this quik-silver wol I mortifye/ Right in your sighte anon, withouten lye,/ And make it as good silver and as fyn/ As ther is any in your purs or myn,/ Or elleswher, and make it malliable;/ And elles, holdeth me fals and unable/ Amonges folk for ever to appere!/ I have a poudre heer, that coste me dere,/ Shal make al good, for it is cause of al/ My conning, which that I yow shewen shal./ Voydeth your man, and lat him be ther-oute,/ And shet the dore, whyls we been aboute/ Our privetee, that no man us espye/ Whyls that we werke in this philosophye.'/

Al as he bad, fulfilled was in dede,/ This ilke servant anon-right out yede,/ And his maister shette the dore anon,/ And to hir labour speedily they gon./

sumido e desgastado que foi pelas fumaças dos metais, como lhes contei. Mas agora vejam só a canalhice daquele cônego!

"Senhor", disse ele ao padre, "estamos com falta de mercúrio; mande seu criado buscar um pouco. Diga-lhe que traga duas ou três onças. Quando ele voltar, o senhor vai ver uma coisa sensacional, uma coisa que nunca viu antes na vida."

"Agora mesmo, senhor", respondeu o padre. E, dito e feito, ordenou que imediatamente se buscasse o solicitado. O criado foi num pé e voltou no outro, trazendo três onças de mercúrio, que, para encurtar a história, entregou ao cônego. Este as apanhou com cuidado e as guardou à parte, pedindo então ao criado que arranjasse carvão para que pudesse dar início aos trabalhos.

De posse do carvão, o cônego tirou do peito um cadinho e o mostrou ao padre, dizendo: "Segure este instrumento e ponha dentro dele uma onça de mercúrio. Em nome de Cristo, agora mesmo vamos começar a transformar o senhor num alquimista. Para bem pouca gente eu me disporia a revelar os segredos de minha ciência! Neste experimento o senhor irá observar como faço para 'mortificar' o mercúrio,[198] convertendo-o, sem tapeações e diante de seus próprios olhos, em prata tão pura e fina quanto a que está na sua bolsa, ou na minha, ou em qualquer parte... E igualmente maleável. Se eu não fizer isso, pode me chamar de mentiroso e dizer que sou indigno de me mostrar em público. É este pozinho, que me custou os olhos da cara, que vai fazer todo o milagre; como o senhor verá, é ele a base de meu poder. Antes, porém, livre-se de seu criado. Diga-lhe que saia e feche a porta. Precisamos ficar a sós. Não convém que sejamos espionados enquanto praticamos a alquimia".

E assim se fez: o criado retirou-se prontamente, seu patrão fechou a porta, e ambos se entregaram às suas tarefas.

O padre, por ordem do maldito cônego, colocou então o cadinho sobre o fogo, mantendo-se ocupado em soprar as chamas. Em seguida, o cônego lançou dentro do cadinho um pó — feito não sei do quê, se de greda, ou de vidro, ou de outra coisa — que não tinha valor algum, ser-

---

[198] O mercúrio, pela cor e pelo estado líquido, era tido como "prata viva", donde o seu nome latino de *argentum vivum* (ou, em inglês, *quicksilver*). Assim sendo, acreditavam os alquimistas que, para se obter a prata, bastava "mortificar" o mercúrio, isto é, torná-lo sólido, pela aplicação da pedra filosofal. (N. do T.)

This preest, at this cursed chanouns bidding,/ Up-on the fyr anon sette this thing,/ And blew the fyr, and bisied him ful faste;/ And this chanoun in-to the croslet caste/ A poudre, noot I wher-of that it was/ Y-maad, other of chalk, other of glas,/ Or som-what elles, was nat worth a flye,/ To blynde with the preest; and bad him hye/ The coles for to couchen al above/ The croslet, 'for, in tokening I thee love,'/ Quod this chanoun, 'thyn owene hondes two/ Shul werche al thing which that shal heer be do.'/

'Graunt mercy,' quod the preest, and was ful glad,/ And couched coles as the chanoun bad./ And whyle he bisy was, this feendly wrecche,/ This fals chanoun, the foule feend him fecche!/ Out of his bosom took a bechen cole,/ In which ful subtilly was maad an hole,/ And ther-in put was of silver lymaille/ An ounce, and stopped was, with-outen fayle,/ The hole with wex, to kepe the lymail in./ And understondeth, that this false gin/ Was nat maad ther, but it was maad bifore;/ And othere thinges I shal telle more/ Herafterward, which that he with him broghte;/ Er he cam ther, him to bigyle he thoghte,/ And so he dide, er that they wente a-twinne;/ Til he had torned him, coude he not blinne./ It dulleth me whan that I of him speke,/ On his falshede fayn wolde I me wreke,/ If I wiste how; but he is heer and ther:/ He is so variaunt, he abit no-wher./

But taketh heed now, sirs, for goddes love!/ He took his cole of which I spak above,/ And in his hond he baar it prively./ And whyls the preest couchede busily/ The coles, as I tolde yow er this,/ This chanoun seyde, 'freend, ye doon amis;/ This is nat couched as it oghte be;/ But sone I shal amenden it,' quod he./ 'Now lat me medle therwith but a whyle,/ For of yow have I pitee, by seint Gyle!/ Ye been right hoot, I see wel how ye swete,/ Have heer a cloth, and wype awey the wete.'/ And whyles that the preest wyped his face,/ This chanoun took his cole with harde grace,/ And leyde it above, up-on the middeward/ Of the croslet, and blew wel afterward,/ Til that the coles gonne faste brenne./

'Now yeve us drinke,' quod the chanoun thenne,/ 'As swythe al shal be wel, I undertake;/ Sitte we doun, and lat us mery make.'/ And whan that this chanounes bechen cole/ Was brent, al the lymaille, out of the hole,/ Into the croslet fil anon adoun;/ And so it moste nedes, by resoun,/ Sin it so even aboven couched was;/ But ther-of wiste the preest no-thing, alas!/ He demed alle the coles y-liche good,/ For of the sleighte he no-thing understood./ And whan this alkamistre

vindo só para enganar o sacerdote. Depois, instou sua vítima a cobrir o cadinho com carvão. E ainda disse: "Como prova de minha estima, vou deixar que o senhor realize com as próprias mãos toda a experiência".

"Muitíssimo obrigado!", agradeceu emocionado o padre, e, obediente, arrumou os pedaços de carvão sobre o crisol. Enquanto assim se distraía, aquele canalha diabólico, aquele falso cônego (o diabo que o carregue!), tirou das vestes um carvão de lenha de faia, no qual habilmente fizera um buraco que enchera com limalha de prata, tapando a seguir o orifício com cera para vedar a saída. É claro que havia preparado esse truque com bastante antecedência, juntamente com outros de que vou falar daqui a pouco, pois desde o primeiro instante em que ele aparecera ali já tinha a intenção de ludibriar o coitado. De fato, estava ansioso para depená-lo; e foi o que acabou fazendo. Oh, como me entristece falar a seu respeito! Bem que eu gostaria de vingar-me de sua falsidade, se soubesse como. O diabo, porém, é que ele ora está aqui, ora ali, sempre a se esquivar. Não tem parada.

Mas atenção, senhores, por Deus! Continuando, ele pegou o carvão de que falei e o segurou bem escondido na mão. A certa altura, interrompeu o padre, que, como já contei, estava todo entretido com os carvões, e disse: "Amigo, isso aí está errado. O senhor não fez a arrumação como devia; deixe-me ajudá-lo. Vou me intrometer no seu trabalho só por um instante, pois, por Santo Egídio, estou com pena do senhor. Além disso, deve estar sofrendo muito com esse calorão; vejo que está todo suado. Tome este pano e enxugue o rosto". E, enquanto o padre assim fazia, o desgraçado do cônego aproveitou a oportunidade para pôr o carvão, que trouxera escondido, bem em cima do cadinho, soprando em seguida as chamas até que todos os carvões se inflamassem.

Então disse o cônego: "Agora vamos beber alguma coisa, que eu lhe garanto que logo tudo estará bem. Vamos nos sentar e espairecer um pouco". E quando o carvão de faia do cônego se queimou, toda a limalha que estava no orifício escorreu para o cadinho, como logicamente tinha que ser, visto que o carvão fora colocado bem em cima dele. O padre, contudo, não se dava conta de nada, supondo — ai! — que todos os carvões eram iguais, pois não podia imaginar semelhante embuste. Quando o alquimista pressentiu que chegara o momento azado, disse ao outro: "Levante-se, senhor padre, e agora não saia de perto de mim. Como sei que o senhor não tem aqui um molde para metais fundidos, arranje-me uma pedra de greda, que talvez eu possa fazer com ela uma

saugh his tyme,/ 'Rys up,' quod he, 'sir preest, and stondeth by me;/ And for I woot wel ingot have ye noon,/ Goth, walketh forth, and bring us a chalk-stoon;/ For I wol make oon of the same shap/ That is an ingot, if I may han hap./ And bringeth eek with yow a bolle or a panne,/ Ful of water, and ye shul see wel thanne/ How that our bisinesse shal thryve and preve./ And yet, for ye shul han no misbileve/ Ne wrong conceit of me in your absence,/ I ne wol nat been out of your presence,/ But go with yow, and come with yow ageyn.'/ The chambre-dore, shortly for to seyn,/ They opened and shette, and wente hir weye./ And forth with hem they carieden the keye,/ And come agayn with-outen any delay./ What sholde I tarien al the longe day?/ He took the chalk, and shoop it in the wyse/ Of an ingot, as I shal yow devyse./

I seye, he took out of his owene sleve,/ A teyne of silver (yvele mote he cheve!)/ Which that ne was nat but an ounce of weighte;/ And taketh heed now of his cursed sleighte!/ He shoop his ingot, in lengthe and eek in brede,/ Of this teyne, with-outen any drede,/ So slyly, that the preest it nat espyde;/ And in his sleve agayn he gan it hyde;/ And fro the fyr he took up his matere,/ And in thingot putte it with mery chere,/ And in the water-vessel he it caste/ Whan that him luste, and bad the preest as faste,/ 'Look what ther is, put in thyn hand and grope,/ Thow finde shalt ther silver, as I hope;/ What, devel of helle! sholde it elles be?/ Shaving of silver silver is, pardee!'/ He putte his hond in, and took up a teyne/ Of silver fyn, and glad in every veyne/ Was this preest, whan he saugh that it was so./ 'Goddes blessing, and his modres also,/ And alle halwes have ye, sir chanoun,'/ Seyde this preest, 'and I hir malisoun,/ But, and ye vouche-sauf to techen me/ This noble craft and this subtilitee,/ I wol be youre, in al that ever I may!'/

Quod the chanoun, 'yet wol I make assay/ The second tyme, that ye may taken hede/ And been expert of this, and in your nede/ Another day assaye in myn absence/ This disciplyne and this crafty science./ Lat take another ounce,' quod he tho,/ 'Of quik-silver, with-outen wordes mo,/ And do ther-with as ye han doon er this/ With that other, which that now silver is.'/

This preest him bisieth in al that he can/ To doon as this chanoun, this cursed man,/ Comanded him, and faste he blew the fyr,/ For to come to theffect of his desyr./ And this chanoun, right

fôrma de lingotes. Traga também uma jarra, ou uma panela, cheia de água, e então há de ver o belo resultado de nosso trabalho. Entretanto, como não quero que o senhor duvide ou desconfie de mim na sua ausência, não vou deixá-lo um só instante: vou acompanhá-lo na ida e na volta". A seguir, para encurtar o caso, os dois abriram a porta do quarto, fecharam-na bem atrás de si, e lá se foram, levando consigo a chave. Num piscar de olhos já estavam de volta. Mas por que tenho que ficar o dia inteiro contando essa história que não acaba mais? Basta dizer que o cônego tomou logo da greda e cavou nela uma fôrma para lingotes. Do jeito como vou descrever.

Primeiro — maldito seja! — tirou da manga uma barra de prata que pesava exatamente uma onça (vejam só que tapeação miserável!). Depois, com muita firmeza, fez na greda um molde do mesmo comprimento e da mesma largura que a tal barra, trabalhando com tamanha rapidez que o padre não percebeu coisa alguma. Aí, tendo outra vez escondido na manga a barra de prata, retirou o material do fogo, deitou-o todo satisfeito no molde que acabara de preparar, e o lançou dentro da jarra com água. Passado algum tempo, ordenou ao padre: "Veja o que temos aí; pode enfiar a mão e procurar. O senhor vai achar prata, espero". E lá consigo pensava: "Ora, diabos, o que mais poderia ser? Por Deus, limalha de prata também é prata, não é mesmo?". O outro, depois de tatear uns instantes, retirou da água um lingote da mais fina prata. Ao vê-lo, não cabia em si de contentamento: "Senhor cônego, peço para o senhor as bênçãos de Deus, de sua santa mãe e de todos os santos do Céu! E que eu, pelo contrário, seja amaldiçoado por todos, se depois que o senhor me ensinar esta nobre arte e esta ciência profunda, eu não me tornar o seu humilde servo em tudo o que puder!".

"Muito bem", respondeu o cônego, "mas agora eu gostaria de fazer outra experiência, para que o senhor possa observar melhor e tomar prática. Assim, se precisar, outro dia, quando eu estiver ausente, poderá exercitar sozinho esta sutil ciência e disciplina. Sem mais palavras", continuou, "tome mais uma onça de mercúrio, e faça com ela o mesmo que fez antes com aquela outra que agora virou prata."

Novamente o padre se desdobrou a fim de atender a todas as ordens do cônego, aquele maldito, soprando o fogo sem parar para atingir o ponto desejado. Enquanto isso, o alquimista, que já estava pronto para enganá-lo outra vez, segurava numa das mãos — novo truque (atenção e muito cuidado!) — uma vareta oca, onde colocara, tal como antes no

O Conto do Criado do Cônego

in the mene whyle,/ Al redy was, the preest eft to bigyle,/ And, for a countenance, in his hande he bar/ An holwe stikke (tak keep and be war!)/ In the ende of which an ounce, and na-more,/ Of silver lymail put was, as before/ Was in his cole, and stopped with wex weel/ For to kepe in his lymail every deel./ And whyl this preest was in his bisinesse,/ This chanoun with his stikke gan him dresse/ To him anon, and his pouder caste in/ As he did er; (the devel out of his skin/ Him torne, I pray to god, for his falshede;/ For he was ever fals in thoght and dede);/ And with this stikke, above the croslet,/ That was ordeyned with that false get,/ He stired the coles, til relente gan/ The wex agayn the fyr, as every man,/ But it a fool be, woot wel it mot nede,/ And al that in the stikke was out yede,/ And in the croslet hastily it fel./ Now gode sirs, what wol ye bet than wel?/ Whan that this preest thus was bigyled ageyn,/ Supposing noght but trouthe, soth to seyn,/ He was so glad, that I can nat expresse/ In no manere his mirthe and his gladnesse;/ And to the chanoun he profred eftsone/ Body and good; 'ye,' quod the chanoun sone,/ 'Though povre I be, crafty thou shalt me finde;/ I warne thee, yet is ther more bihinde./ Is ther any coper her-inne?' seyde he./ 'Ye,' quod the preest, 'sir, I trowe wel ther be.'/ 'Elles go by us som, and that as swythe,/ Now, gode sir, go forth thy wey and hy the.'/

He wente his wey, and with the coper cam,/ And this chanoun it in his handes nam,/ And of that coper weyed out but an ounce./

Al to simple is my tonge to pronounce,/ As ministre of my wit, the doublenesse/ Of this chanoun, rote of al cursednesse./ He semed freendly to hem that knewe him noght,/ But he was feendly bothe in herte and thoght./ It werieth me to telle of his falsnesse,/ And nathelees yet wol I it expresse,/ To thentente that men may be war therby,/ And for noon other cause, trewely./

He putte his ounce of coper in the croslet,/ And on the fyr as swythe he hath it set,/ And caste in poudre, and made the preest to blowe,/ And in his werking for to stoupe lowe,/ As he dide er, and al nas but a Iape;/ Right as him liste, the preest he made his ape;/ And afterward in the ingot he it caste,/ And in the panne putte it at the laste/ Of water, and in he putte his owene hond./ And in his sleve (as ye biforn-hond/ Herde me telle) he hadde a silver teyne./ He slyly took it out, this cursed heyne —/ Unwiting this preest of his false craft —/ And in the pannes botme he hath it laft;/ And

pedaço de carvão, exatamente uma onça de limalha de prata, vedando muito bem a extremidade com cera. Estando o padre ocupado em sua tarefa, o cônego, sem jamais largar a vareta, pôs-se a ajudá-lo, e, como fizera anteriormente, jogou sobre o mercúrio o seu pozinho (rogo a Deus que o demônio lhe esfole a pele para tirar sua falsidade, pois falso ele sempre foi, nos pensamentos e nas ações!); depois, com a tal vareta sempre em cima do crisol, ficou a arrumar e a atiçar os carvões, até que o calor derreteu a cera — como tinha fatalmente que acontecer (só não sabe disso quem é bobo) — e todo o seu conteúdo escorreu para o fundo do cadinho. Agora, minha boa gente, o que pode ser melhor que o ótimo? Ao ser novamente ludibriado, sem na verdade desconfiar de nada, o padre ficou tão contente que nem sei como expressar sua alegria e felicidade; chegou mesmo a pôr à disposição do cônego todos os seus bens e sua própria pessoa. "Sim", comentou o cônego, "eu posso ser pobre, mas tenho talento. Asseguro-lhe: o senhor ainda não viu nada. A propósito, não teria por aí um pouco de cobre?" "Sim, senhor", respondeu o outro, "quero crer que sim." "Se não tiver", prosseguiu o alquimista, "trate de comprar logo um pouco para nós. Depressa, meu bom senhor; a caminho, não perca tempo."

O outro saiu todo afobado e logo retornou com o cobre; e o cônego, ao recebê-lo, separou uma onça bem pesada.

Não é difícil para a língua, a intérprete de minha consciência, denunciar a duplicidade daquele homem, fonte de perversidade! Aos que não o conheciam mostrava-se sempre muito amigo; mas era um verdadeiro diabo, por dentro e por fora. Ah, como estou cansado de relatar sua falsidade! Mas não posso deixar de fazê-lo, pois preciso advertir as pessoas enquanto há tempo. Aliás, esse é meu único propósito.

Pois bem. Ele colocou então aquela onça de cobre no crisol, levou este ao fogo o mais rápido possível, jogou lá dentro o seu pozinho, e fez o padre se abaixar para soprar as chamas, tal como anteriormente... E tudo não passava de uma farsa! Fez o padre de bobo como bem entendeu! Em seguida, derramou o cobre fundido no molde, lançou-o na vasilha com água e, finalmente, pôs-se a procurá-lo com a mão. Aí, sem que o padre suspeitasse do engodo, o maldito miserável tirou sorrateiramente o lingote de prata que trazia oculto na manga (como eu já disse antes), e o deixou cair no fundo da vasilha. Depois, agitando a água com a mão, apanhou com surpreendente agilidade o lingote de cobre, e o escondeu. Para concluir seu jogo, puxou pelo peito o padre, que nada percebera, e

in the water rombled to and fro,/ And wonder prively took up also/ The coper teyne, noght knowing this preest,/ And hidde it, and him hente by the breest,/ And to him spak, and thus seyde in his game,/ 'Stoupeth adoun, by god, ye be to blame,/ Helpeth me now, as I dide yow whyl-er,/ Putte in your hand, and loketh what is ther.'/

This preest took up this silver teyne anon,/ And thanne seyde the chanoun, 'lat us gon/ With thise three teynes, which that we han wroght,/ To som goldsmith, and wite if they been oght./ For, by my feith, I nolde, for myn hood,/ But-if that they were silver, fyn and good,/ And that as swythe preved shal it be.'/

Un-to the goldsmith with thise teynes three/ They wente, and putte thise teynes in assay/ To fyr and hamer; mighte no man sey nay,/ But that they weren as hem oghte be./

This sotted preest, who was gladder than he?/ Was never brid gladder agayn the day,/ Ne nightingale, in the sesoun of May,/ Nas never noon that luste bet to singe;/ Ne lady lustier in carolinge/ Or for to speke of love and wommanhede,/ Ne knight in armes to doon an hardy dede/ To stonde in grace of his lady dere,/ Than had this preest this sory craft to lere;/ And to the chanoun thus he spak and seyde,/ 'For love of god, that for us alle deyde,/ And as I may deserve it un-to yow,/ What shal this receit coste? telleth now!'/

'By our lady,' quod this chanoun, 'it is dere,/ I warne yow wel; for, save I and a frere,/ In Engelond ther can no man it make.'/

'No fors,' quod he, 'now, sir, for goddes sake,/ What shal I paye? telleth me, I preye.'/

'Y-wis,' quod he, 'it is ful dere, I seye;/ Sir, at o word, if that thee list it have,/ Ye shul paye fourty pound, so god me save!/ And, nere the freendship that ye dide er this/ To me, ye sholde paye more, y-wis.'/

This preest the somme of fourty pound anon/ Of nobles fette, and took hem everichon/ To this chanoun, for this ilke receit;/ Al his werking nas but fraude and deceit./ 'Sir preest,' he seyde, 'I kepe han no loos/ Of my craft, for I wolde it kept were cloos;/ And as ye love me, kepeth it secree;/ For, and men knewe al my subtilitee,/ By god, they wolden han so greet envye/ To me, by-cause of my philosophye,/ I sholde be deed, ther were non other weye.'/

assim falou e disse: "Abaixe-se aqui, por Deus; o senhor merece uma reprimenda! Por que não me ajuda agora, como antes lhe ajudei? Vamos, enfie a mão na água e veja o que está no fundo". O padre, naturalmente, tirou o lingote de prata.

Foi então que o cônego sugeriu: "Vamos levar os três lingotes de prata, que fizemos, a um ourives, para vermos se têm algum valor. Por minha fé e minha vida, eu ficaria muito aborrecido se não fossem prata da melhor. E isso pode ser verificado facilmente".

Foram então com os três lingotes à cata de um ourives, que os testou com fogo e com martelo. O resultado não podia ser outro: eram mesmo o que deviam ser.

Aquele padre imbecil, havia alguém mais feliz do que ele? Nenhum pássaro poderia estar mais alegre com a chegada da aurora, nenhum rouxinol com mais vontade de cantar no mês de maio, nenhuma donzela mais excitada no baile ou nos mexericos sobre o amor e a mulher, nenhum cavaleiro armado mais ditoso na esperança de granjear com um ato de bravura a graça de sua amada, do que estava aquele padre ao aprender esta ciência malfadada! E assim falou e disse ao cônego: "Pelo amor de Cristo, que morreu por todos nós, se o senhor tem algum apreço por mim, diga-me: quanto custa a receita desse pó?".

"Por Nossa Senhora", respondeu o cônego, "é muito cara, pode crer, pois, com exceção de mim e de um frade, ninguém na Inglaterra é capaz de prepará-la."

"Não faz mal", insistiu o outro. "Pelo amor de Deus, nobre senhor, quanto terei que pagar? Diga-me, por favor."

"Bem", tornou o espertalhão, "como eu lhe disse, é muito cara mesmo. Mas, afinal, se o senhor faz tanta questão de possuir essa receita, não poderá tê-la por menos de quarenta libras, juro por Deus! E garanto-lhe que, se não fosse por nossa amizade, o preço seria outro, bem mais alto."

O padre foi correndo buscar as quarenta libras em "nobres" cintilantes, e entregou toda a quantia, moeda por moeda, ao cônego, em troca da tal receita. Este, que só vivia de fraudes e de enganos, recomendou-lhe então: "Senhor padre, não procuro a fama com estes conhecimentos; pelo contrário, quero permanecer na obscuridade. Por isso, se o senhor me estima, mantenha-os sempre em segredo. Caso os outros viessem a saber de minha habilidade na alquimia, por Deus, pode estar certo de que acabariam comigo, só de inveja. Isso é fatal!".

O Conto do Criado do Cônego

'God it forbede!' quod the preest, 'what sey ye?'/ Yet hadde I lever spenden al the good/ Which that I have (and elles wexe I wood!)/ Than that ye sholden falle in swich mescheef.'/

'For your good wil, sir, have ye right good preef,'/ Quod the chanoun, 'and far-wel, grant mercy!'/

He wente his wey and never the preest him sy/ After that day; and whan that this preest sholde/ Maken assay, at swich tyme as he wolde,/ Of this receit, far-wel! it wolde nat be!/ Lo, thus byiaped and bigyled was he!/ Thus maketh he his introduccioun/ To bringe folk to hir destruccioun. —/

Considereth, sirs, how that, in ech estaat,/ Bitwixe men and gold ther is debaat/ So ferforth, that unnethes is ther noon./ This multiplying blent so many oon,/ That in good feith I trowe that it be/ The cause grettest of swich scarsetee./ Philosophres speken so mistily/ In this craft, that men can nat come therby,/ For any wit that men han now a-dayes./ They mowe wel chiteren, as doon thise Iayes,/ And in her termes sette hir lust and peyne,/ But to hir purpos shul they never atteyne./ A man may lightly lerne, if he have aught,/ To multiplye, and bringe his good to naught!/

Lo! swich a lucre is in this lusty game,/ A mannes mirthe it wol torne un-to grame,/ And empten also grete and hevy purses,/ And maken folk for to purchasen curses/ Of hem, that han hir good therto y-lent./ O! fy! for shame! they that han been brent,/ Allas! can they nat flee the fyres hete?/ Ye that it use, I rede ye it lete,/ Lest ye lese al; for bet than never is late./ Never to thryve were to long a date./ Though ye prolle ay, ye shul it never finde;/ Ye been as bolde as is Bayard the blinde,/ That blundreth forth, and peril casteth noon;/ He is as bold to renne agayn a stoon/ As for to goon besydes in the weye./ So faren ye that multiplye, I seye./ If that your yën can nat seen aright,/ Loke that your minde lakke nought his sight./ For, though ye loke never so brode, and stare,/ Ye shul nat winne a myte on that chaffare,/ But wasten al that ye may rape and renne./ Withdrawe the fyr, lest it to faste brenne;/ Medleth na-more with that art, I mene,/ For, if ye doon, your thrift is goon ful clene./ And

"Deus me livre", exclamou o padre. "O que está me dizendo?! Que a luz da razão me abandone se não for verdade que prefiro mil vezes perder tudo o que tenho a vê-lo cair em tal desgraça!"

"O senhor já provou que merece a minha confiança", retorquiu o cônego. "Portanto, adeus. E muitíssimo obrigado!" E se afastou.

Desde esse dia, o padre nunca mais o viu. E toda vez que tentava experimentar a sua fórmula, não tinha jeito... A coisa não dava certo. Aí está: fora mesmo tapeado e roubado! Era assim que aquele tal se insinuava entre as pessoas, levando-as à ruína.

Reflitam bem, senhores, como sempre há conflito entre os homens e o ouro, não importa a condição social. É um conflito tão violento que dificilmente pode ser evitado. Essa mania de "multiplicar" cegou a tantos que, sinceramente, eu acho que acabou se tornando a principal causa da miséria que existe por aí. E o pior é que os alquimistas falam dessa arte numa linguagem tão enrolada que ninguém consegue compreendê-los — pelo menos com o tipo de inteligência disponível hoje em dia. As pessoas tagarelam no tal jargão como papagaios, encontram nele a sua volúpia e o seu tormento, mas não chegam jamais à meta que ambicionam. Todo aquele que possui algum dinheiro pode aprender transmutação rapidamente... e reduzir seus bens a nada!

Sim, o grande lucro que promete esse jogo de cupidez é transformar em amargura toda a alegria do homem, é esvaziar bolsas mesmo grandes e pesadas, é fazer que seus praticantes colecionem maldições de todos aqueles de quem tomaram dinheiro emprestado. Oh, mas que vergonha! Será que nem os que já se queimaram não aprenderam ainda — ai! que devem fugir do fogo? Por isso é que vivo aconselhando aos que praticam a alquimia: deixem-na agora mesmo, senão perderão tudo. Antes tarde do que nunca. E nunca é um prazo muito longo para quem quer ficar rico. Por mais que vocês labutem, nunca chegarão lá. Vocês são afoitos como Bayard, o célebre cavalo cego, que ia aos trancos pelo caminho sem pressentir os perigos: às vezes galopava de encontro a uma pedra, às vezes por acaso acompanhava a estrada. Eu lhes garanto, é assim que vocês são. Oh alquimistas, se já não podem enxergar a luz do dia, conservem pelo menos a luz da razão, pois, por mais que arregalem os olhos e fiquem atentos, tudo o que vão alcançar nesse negócio é a perda do que colheram e amealharam em suas vidas. Afastem-se do fogo que queima vorazmente; não se envolvam com tal arte, repito, ou lá se vão todas as

O Conto do Criado do Cônego

right as swythe I wol yow tellen here,/ What philosophres seyn in this matere./

Lo, thus seith Arnold of the Newe Toun,/ As his *Rosarie* maketh mencioun;/ He seith right thus, with-outen any lye,/ 'Ther may no man Mercurie mortifye,/ But it be with his brother knowleching./ How that he, which that first seyde this thing,/ Of philosophres fader was, Hermes;/ He seith, how that the dragoun, doutelees,/ Ne deyeth nat, but-if that he be slayn/ With his brother; and that is for to sayn,/ By the dragoun, Mercurie and noon other/ He understood; and brimstoon by his brother,/ That out of *sol* and *luna* were y-drawe./ And therfor,' seyde he, 'tak heed to my sawe,/ Let no man bisy him this art for to seche,/ But-if that he thentencioun and speche/ Of philosophres understonde can;/ And if he do, he is a lewed man./ For this science and this conning,' quod he,/ 'Is of the secree of secrees, parde.'/

Also ther was a disciple of Plato,/ That on a tyme seyde his maister to,/ As his book *Senior* wol bere witnesse,/ And this was his demande in soothfastnesse:/ 'Tel me the name of the privy stoon?'/ And Plato answerde unto him anoon,/ 'Tak the stoon that Titanos men name.'/ 'Which is that?' quod he. 'Magnesia is the same,'/ Seyde Plato. 'Ye, sir, and is it thus?/ This is *ignotum per ignotius*./ What is Magnesia, good sir, I yow preye?'/ 'It is a water that is maad, I seye,/ Of elementes foure,' quod Plato./ 'Tel me the rote, good sir,' quod he tho,/ 'Of that water, if that it be your wille?'/ 'Nay, nay,' quod Plato, 'certein,/ that I nille./ The philosophres sworn were everichoon,/ That they sholden discovere it un-to noon,/ Ne in no book it wryte in no manere;/ For un-to Crist it is so leef and dere/ That he wol nat that it discovered be,/ But wher it lyketh to his deitee/ Man for

suas economias. Para confirmar essa opinião, vou lembrar-lhes o que os próprios filósofos alquimistas afirmam a tal respeito.

Eis o que diz Arnaldo de Villanova,[199] conforme o atesta seu *Rosarium Philosophorum* (diz isto mesmo, sem mentira alguma): "Ninguém pode mortificar o mercúrio sem o conhecimento de seu irmão". Na verdade, quem disse essa coisa pela primeira vez foi o próprio pai dos alquimistas, Hermes Trismegistus...[200] Declara ele, com toda certeza, que o dragão não morre, a não ser que seja morto juntamente com o irmão. Naturalmente, o dragão representa o mercúrio (foi isso mesmo que ele quis dizer), enquanto seu irmão é o enxofre, dado que ambos provêm de *Sol* e *Luna*. "Portanto", continua ele (prestem bem atenção a esta sentença), "não procure desvendar esta ciência quem não puder compreender o pensamento e a linguagem dos filósofos; e, por Deus, quem julga compreendê-los não passa de um ignorante, pois esta ciência constitui o segredo dos segredos."

Houve também um discípulo de Platão[201] — como se pode ler no *Senioris Zadith Tabula Chimica* — que uma vez fez ao mestre esta pergunta, textualmente: "Qual o nome da pedra filosofal?". Respondeu-lhe Platão: "Procure a pedra a que chamam de titano". "E qual é ela?", insistiu o discípulo. "É a mesma coisa que a magnésia", explicou o filósofo. "E isso é tudo, senhor? Então isso é o mesmo que tentar chegar ao desconhecido pelo mais desconhecido, *ignotum per ignotius*! O que, afinal, vem a ser a magnésia, bom mestre, por favor?" "É um líquido formado pelos quatro elementos", prosseguiu Platão. "Ora, a natureza toda é formada pelos quatro elementos!", retrucou o outro. "Diga-me pelo menos, caso não se oponha, qual o princípio básico desse líquido." "Mas eu me oponho", finalizou o mestre. "Todos os filósofos juraram que jamais revelariam isso a quem quer que fosse, nem o registrariam em livro de maneira alguma. É um princípio tão caro e tão precioso para Jesus Cristo que ele não deseja a sua divulgação, a menos que sua divindade a

---

[199] Nasceu por volta de 1238, em Villanueva de Jiloca, em Aragão, e morreu em Gênova em 1313. Escreveu o tratado de alquimia mencionado no texto. (N. do T.)

[200] Suposto autor de obras sobre magia e alquimia, Hermes Trismegistus era o nome que os gregos davam ao deus egípcio Thoth, cuja sabedoria foi preservada em vários livros "herméticos" dos séculos II, III e IV de nossa era. (N. do T.)

[201] Esta história, que Chaucer relaciona com Platão, na citada *Tabula Chimica* é contada a respeito de Salomão. (N. do T.)

tenspyre, and eek for to defende/ Whom that him lyketh; lo, this is the ende.'/

Thanne conclude I thus; sith god of hevene/ Ne wol nat that the philosophres nevene/ How that a man shal come un-to this stoon,/ I rede, as for the beste, lete it goon./ For who-so maketh god his adversarie,/ As for to werken any thing in contrarie/ Of his wil, certes, never shal he thryve,/ Thogh that he multiplye terme of his lyve./ And ther a poynt; for ended is my tale;/ God sende every trewe man bote of his bale! — Amen./

Here is ended the Chanouns Yemannes Tale.

autorize a fim de inspirar os homens ou proteger os que o amam. Isso é tudo, e basta!"

Essa é também a minha conclusão: se o próprio Deus do Céu proíbe que os filósofos revelem como se chega àquela pedra, acho melhor esquecer o assunto e pronto. Mesmo porque quem faz do Senhor seu inimigo, trabalhando com algo contrário à sua vontade, não vai de forma alguma prosperar, ainda que faça "transmutações" a vida inteira. Esse é o ponto; e, assim sendo, minha história chega ao fim. Deus remedeie os males de todo aquele que é honesto! — Amém.

Aqui termina o Conto do Criado do Cônego.

The Maunciples Tale

Here folweth the Prologe of the Maunciples Tale.

Wite ye nat wher ther stant a litel toun,/ Which that y-cleped is Bob-up-and-doun,/ Under the Blee, in Caunterbury weye?/ Ther gan our hoste for to Iape and pleye,/ And seyde, 'sirs, what! Dun is in the myre!/ Is ther no man, for preyere ne for hyre,/ That wol awake our felawe heer bihinde?/ A theef mighte him ful lightly robbe and binde./ See how he nappeth! see, for cokkes bones,/ As he wol falle from his hors at ones./ Is that a cook of Londoun, with meschaunce?/ Do him come forth, he knoweth his penaunce,/ For he shal telle a tale, by my fey!/ Al-though it be nat worth a botel hey./ Awake, thou cook,' quod he, 'god yeve thee sorwe,/ What eyleth thee to slepe by the morwe?/ Hastow had fleen al night, or artow dronke,/ Or

O Conto do Provedor

Segue-se aqui o Prólogo do Conto do Provedor.

Sabem vocês onde fica a cidadezinha de Bob-Up-And-Down, junto à floresta de Blean, na estrada de Canterbury? Pois foi lá que o nosso Albergueiro deu de rir e brincar, dizendo: "Olhem senhores! O Baio foi para o brejo![202] Não há ninguém aqui que, de graça ou por dinheiro, seja capaz de acordar aquele nosso amigo lá atrás? Qualquer ladrão poderia roubá-lo e amarrá-lo sem problemas. Vejam como cochila! Pelos ossos do galo, aposto como ele ainda vai cair da sela! Que leve a breca! Não é ele o tal cozinheiro de Londres? Façam-no adiantar-se; ele sabe qual é a penalidade: por minha fé, terá que contar uma história agora mesmo, nem que não valha um punhado de feno. Acorde, cozinheiro", gritou ele. "Maldição! Que tem você para estar com tanto sono em plena manhã? Foram as pulgas que não o deixaram dormir? Foi a bebida? Ou será que

---

[202] No folclore inglês de então havia uma brincadeira que consistia em colocar-se uma tora pesada no meio da sala, representando um cavalo atolado na lama. Ao grito de "o Baio foi para o brejo!" dois homens tentavam removê-la. Se não conseguissem, eram ajudados por outros (provavelmente do mesmo grupo competidor), aumentando-se assim, um a um, o número de participantes. (N. do T.)

hastow with som quene al night y-swonke,/ So that thou mayst nat holden up thyn heed?'/

This cook, that was ful pale and no-thing reed,/ Seyde to our host, 'so god my soule blesse,/ As ther is falle on me swich hevinesse,/ Noot I nat why, that me were lever slepe/ Than the beste galoun wyn in Chepe.'/

'Wel,' quod the maunciple, 'if it may doon ese/ To thee, sir cook, and to no wight displese/ Which that heer rydeth in this companye,/ And that our host wol, of his curteisye,/ I wol as now excuse thee of thy tale;/ For, in good feith, thy visage is ful pale,/ Thyn yën daswen eek, as that me thinketh,/ And wel I woot, thy breeth ful soure stinketh,/ That sheweth wel thou art not wel disposed;/ Of me, certein, thou shalt nat been y-glosed./ Se how he ganeth, lo, this dronken wight,/ As though he wolde us swolwe anon-right./ Hold cloos thy mouth, man, by thy fader kin!/ The devel of helle sette his foot ther-in!/ Thy cursed breeth infecte wol us alle;/ Fy, stinking swyn, fy! foule moot thee falle!/ A! taketh heed, sirs, of this lusty man./ Now, swete sir, wol ye Iusten atte fan?/ Ther-to me thinketh ye been wel y-shape!/ I trowe that ye dronken han wyn ape,/ And that is whan men pleyen with a straw.'/

And with this speche the cook wex wrooth and wraw,/ And on the maunciple he gan nodde faste/ For lakke of speche, and doun the hors him caste,/ Wher as he lay, til that men up him took;/ This was a fayr chivachee of a cook!/ Allas! he nadde holde him by his ladel!/ And, er that he agayn were in his sadel,/ Ther was greet showving bothe to and fro,/ To lifte him up, and muchel care and wo,/ So unweldy was this sory palled gost./

você passou a noite se divertindo com alguma putinha, e agora não consegue manter a cabeça em pé?"

O Cozinheiro, que estava muito pálido, sem cor alguma no rosto, respondeu ao Albergueiro: "Que Deus me ajude! Não sei por que, mas estou sentindo um peso tão grande na cabeça que prefiro dormir a beber o melhor galão de vinho de Cheapside".

"Bem", interveio o Provedor, "sendo assim, senhor cozinheiro, se o desejar, se nenhum companheiro se opuser, e se o nosso bom albergueiro o permitir, posso liberá-lo da obrigação de contar uma história. Palavra, sua cara está tão pálida, sua vista tão atrapalhada, e seu hálito tão fedido, que logo se percebe que você não está lá muito disposto. Não, não é mentira; quero ser franco com você. Olhem como ele boceja, esse bêbado! Até parece que vai nos engolir. Feche a boca, homem, pela alma de seu pai, senão o diabo do inferno vai acabar entrando por aí adentro. Esse bafo ainda vai nos empestear a todos. Fora, porco fedorento! Fora — e que se dane! Epa, cuidado aí, senhores, com este nosso animado companheiro! Que tal, meu querido? Não gostaria de participar agora da justa da quintana?[203] Penso que está em plena forma para essa prova de destreza! Mas, pensando melhor, acho que não, pois você bebeu tanto vinho que já chegou ao estágio do macaco,[204] aquele em que os ébrios gostam de brincar com palhas."

Essa conversa realmente enfureceu o Cozinheiro, que, tendo perdido a fala de tanta raiva, avançou para o Provedor com um cabeceio. A violência do gesto, contudo, o derrubou do cavalo, e lá ficou ele estirado no chão até que o levantassem. Que belo feito de armas para um cozinheiro! Ora, por que teve de largar a sua concha?! Antes que ele se visse de novo na sela, houve um tremendo empurra-empurra para reerguê-lo, com muito trabalho e muita luta, pois não era nada fácil lidar com aquela pobre alma largada.

---

[203] Nesta justa, ou competição, prendia-se no alto de um poste, ou estaca, uma trave giratória; de uma de suas extremidades pendia um alvo qualquer, da outra uma clava. Cada cavaleiro, em sua investida, devia atingir o alvo com a lança, fazendo girar a trave, e, ao mesmo tempo, evitar com muita agilidade o violento golpe de clava que vinha em seguida. Essa justa ainda hoje é muito popular na Itália, na cidade de Foligno (Úmbria). (N. do T.)

[204] Naquele tempo a embriaguez costumava ser dividida em vários estágios, cada um deles relacionado com um animal. (N. do T.)

And to the maunciple thanne spak our host,/ 'By-cause drink hath dominacioun/ Upon this man, by my savacioun/ I trowe he lewedly wolde telle his tale./ For, were it wyn, or old or moysty ale,/ That he hath dronke, he speketh in his nose,/ And fneseth faste, and eek he hath the pose./ He hath also to do more than y-nough/ To kepe him and his capel out of slough;/ And, if he falle from his capel eft-sone,/ Than shul we alle have y-nough to done,/ In lifting up his hevy dronken cors./ Telle on thy tale, of him make I no fors./

But yet, maunciple, in feith thou art to nyce,/ Thus openly repreve him of his vyce./ Another day he wol, peraventure,/ Reclayme thee, and bringe thee to lure;/ I mene, he speke wol of smale thinges,/ As for to pinchen at thy rekeninges,/ That wer not honeste, if it cam to preef.'/

'No,' quod the maunciple, 'that were a greet mescheef!/ So mighte he lightly bringe me in the snare./ Yet hadde I lever payen for the mare/ Which he rit on, than he sholde with me stryve;/ I wol nat wratthe him, al-so mote I thryve!/ That that I spak, I seyde it in my bourde;/ And wite ye what? I have heer, in a gourde,/ A draught of wyn, ye, of a rype grape,/ And right anon ye shul seen a good Iape./ This cook shal drinke ther-of, if I may;/ Up peyne of deeth, he wol nat seye me nay!'/

And certeinly, to tellen as it was,/ Of this vessel the cook drank faste, allas!/ What neded him? he drank y-nough biforn./ And whan he hadde pouped in this horn,/ To the maunciple he took the gourde agayn;/ And of that drinke the cook was wonder fayn,/ And thanked him in swich wyse as he coude./

Than gan our host to laughen wonder loude,/ And seyde, 'I see wel, it is necessarie,/ Wher that we goon, good drink we

Voltando-se para o Provedor, disse então o Albergueiro: "Por minha salvação, dominado como está pelo signo da bebida, acho que esse homem só poderia mesmo contar uma história bem ruinzinha. Não sei se ele se embebedou com vinho ou com cerveja nova ou vencida, mas o fato é que está falando pelo nariz e não para de fungar. Até parece resfriado. Ele já tem muito com que se ocupar só em tentar manter a si mesmo e o seu rocim fora das valas; se ele cair de novo, todos nós vamos ter que dar duro outra vez para levantar seu corpo bêbado, com todo aquele peso. Conte o senhor uma história, e vamos deixá-lo de lado.[205]

"Antes, porém, Provedor, só mais uma coisa: parece-me que o senhor não foi muito prudente ao criticar o vício dele com tanta franqueza. Um dia desses ele pode muito bem pegá-lo, atraindo-o para si como o falcoeiro chama de volta o falcão. Por exemplo, ele pode espalhar certas coisas; pode fuçar em sua contabilidade, e descobrir falcatruas que serão comprovadas."

"É", concordou o Provedor, "isso seria muito desagradável! Ele pode facilmente preparar-me uma armadilha. Logo a mim, que seria capaz de comprar-lhe a égua que está montando, só para não criar caso com ele. Não quero deixá-lo com raiva, Deus me livre! Tudo o que falei foi por brincadeira. Mas sabe de uma coisa? Tenho aqui comigo uma cabaça com um vinho muito bom, de uva madura... Vocês hão de ver uma coisa engraçada. Vou oferecê-la agora mesmo ao cozinheiro, e aposto meu pescoço como ele não irá recusá-la."

E, dito e feito, o Cozinheiro, ai! — sem mentira alguma — esvaziou seu conteúdo num piscar de olhos. Precisava fazer isso? Já não havia bebido o bastante? Depois de tocar sua corneta, devolveu a cabaça ao Provedor, garantindo-lhe que apreciara muito a bebida e expressando-lhe a sua gratidão da melhor forma que podia.

Nosso Albergueiro soltou então uma sonora gargalhada: "Por aí se vê como a gente sempre tem que levar consigo uma boa bebida para

---

[205] Há muita controvérsia sobre esta segunda aparição do Cozinheiro: por que teria ele direito a dois contos? Seria porque os peregrinos já estavam voltando? Seria porque ele iria narrar agora a história inacabada do início? A meu ver, Chaucer, depois de suprimir aquele primeiro fragmento, ia simplesmente deixá-lo sem história alguma. Afinal, como demonstrou "O Conto do Criado do Cônego", o plano da obra não era rígido. (N. do T.)

O Conto do Provedor

with us carie;/ For that wol turne rancour and disese/ Tacord and love, and many a wrong apese./ O thou Bachus, y-blessed be thy name,/ That so canst turnen ernest in-to game!/ Worship and thank be to thy deitee!/ Of that matere ye gete na-more of me./ Tel on thy tale, maunciple, I thee preye.'/

'Wel, sir,' quod he, 'now herkneth what I seye.'/

Thus endeth the Prologe of the Manciple.

Here biginneth the Maunciples Tale of the Crowe.

Whan Phebus dwelled here in this erthe adoun,/ As olde bokes maken mencioun,/ He was the moste lusty bachiler/ In al this world, and eek the beste archer;/ He slow Phitoun, the serpent, as he lay/ Slepinge agayn the sonne upon a day;/ And many another noble worthy dede/ He with his bowe wroghte, as men may rede./

Pleyen he coude on every minstralcye,/ And singen, that it was a melodye,/ To heren of his clere vois the soun./ Certes the king of Thebes, Amphioun,/ That with his singing walled that citee,/ Coude never singen half so wel as he./ Therto he was the semelieste man/ That is or was, sith that the world bigan./ What nedeth it his fetures to discryve?/ For in this world was noon so fair on lyve./ He was ther-with fulfild of gentillesse,/ Of honour, and of parfit worthinesse./

This Phebus, that was flour of bachelrye,/ As wel in fredom as in chivalrye,/ For his desport, in signe eek of victorie/ Of Phitoun, so as telleth us the storie,/ Was wont to beren in his hand a bowe./

Now had this Phebus in his hous a crowe,/ Which in a cage he fostred many a day,/ And taughte it speken, as men teche a Iay./ Whyt was this crowe, as is a snow-whyt swan,/ And countrefete the speche of every man/ He coude, whan he sholde telle a tale./ Ther-with in al this world no nightingale/ Ne coude, by an hondred thousand deel,/ Singen so wonder merily and weel./

Now had this Phebus in his hous a wyf,/ Which that he lovede more than his lyf,/ And night and day dide ever his diligence/ Hir for to plese, and doon hir reverence,/ Save only, if the sothe that I shal sayn,/ Ialous he was, and wolde have hept hir fayn;/ For him

onde quer que vá. Ela transforma a dissensão e o rancor em amor e concórdia, apagando as ofensas. Oh, bendito seja o nome de Baco, que faz das coisas sérias uma brincadeira! Devemos adorar e agradecer à sua divindade! Mas agora vamos mudar de assunto. Peço-lhe, senhor Provedor, que nos conte a sua história".

"Bem, Senhor", disse ele, "então preste atenção ao que vou narrar."

Aqui termina o Prólogo do Provedor.

Aqui tem início o Conto do Provedor sobre o Corvo.

Quando Febo vivia aqui embaixo na terra, ele era, segundo relatam livros muito antigos, o mais alegre jovem do mundo, e também o melhor arqueiro. Foi ele quem matou Píton, a serpente, surpreendendo-a um dia enquanto dormia ao sol. E muitos outros nobres feitos realizou com o seu arco, conforme se pode ler.

Febo não só tocava todos os instrumentos, mas também sabia cantar com uma voz tão maviosa que dava gosto ouvir. Anfião, aquele célebre rei de Tebas, que ergueu com o seu canto as muralhas da cidade, não cantava por certo sequer a metade do que ele era capaz. Além disso, era o homem mais bonito que existia, ou que existiu, desde que o mundo é mundo. Será preciso descrever-lhe os traços? Mas eu já disse que ninguém foi mais formoso que ele! E, para completar, era todo nobreza e honra e dignidade.

Esse Febo, essa flor da juventude por sua generosidade e sua bravura, segundo a história, gostava de ser representado com um arco na mão, para recordar sua vitória sobre Píton.

Febo tinha em casa um corvo, que criara numa gaiola desde pequenino, e a quem ensinara a falar como se ensina a um papagaio. Era um corvo branquinho como o níveo cisne; e sabia contar histórias e imitar a voz de qualquer um. Não havia no mundo rouxinol que, nem pela centésima milésima parte, soubesse cantar com a mesma graça e beleza.

Febo também tinha em casa uma esposa, a quem amava mais que a própria vida; fazia de tudo, dia e noite, para agradá-la e mostrar-lhe sua consideração. Só que, para falar a verdade, ele era muito ciumento, e queria mantê-la sempre trancada, pois, como todos os homens nessa situação, morria de medo de ser enganado. Se bem que essa seja uma inú-

O Conto do Provedor

were looth by-iaped for to be./ And so is every wight in swich degree;/ But al in ydel, for it availleth noght./ A good wyf, that is clene of werk and thoght,/ Sholde nat been kept in noon await, certayn;/ And trewely, the labour is in vayn/ To kepe a shrewe, for it wol nat be./ This holde I for a verray nycetee,/ To spille labour, for to kepe wyves;/ Thus writen olde clerkes in hir lyves./

But now to purpos, as I first bigan:/ This worthy Phebus dooth all that he can/ To plesen hir, weninge by swich plesaunce,/ And for his manhede and his governaunce,/ That no man sholde han put him from hir grace./ But god it woot, ther may no man embrace/ As to destreyne a thing, which that nature/ Hath naturelly set in a creature./

Tak any brid, and put it in a cage,/ And do al thyn entente and thy corage/ To fostre it tendrely with mete and drinke,/ Of alle deyntees that thou canst bithinke,/ And keep it al-so clenly as thou may;/ Al-though his cage of gold be never so gay,/ Yet hath this brid, by twenty thousand fold,/ Lever in a forest, that is rude and cold,/ Gon ete wormes and swich wrecchednesse./ For ever this brid wol doon his bisinesse/ To escape out of his cage, if he may;/ His libertee this brid desireth ay./

Lat take a cat, and fostre him wel with milk,/ And tendre flesh, and make his couche of silk,/ And lat him seen a mous go by the wal;/ Anon he weyveth milk, and flesh, and al,/ And every deyntee that is in that hous,/ Swich appetyt hath he to ete a mous./ Lo, here hath lust his dominacioun,/ And appetyt flemeth discrecioun./

A she-wolf hath also a vileins kinde;/ The lewedeste wolf that she may finde,/ Or leest of reputacion wol she take,/ In tyme whan hir lust to han a make./

Alle thise ensamples speke I by thise men/ That been untrewe, and no-thing by wommen./ For men han ever a likerous appetyt/ On lower thing to parfourne hir delyt/ Than on hir wyves, be they never so faire,/ Ne never so trewe, ne so debonaire./ Flesh is so newefangel, with meschaunce,/ That we ne conne in no-thing han plesaunce/ That souneth in-to vertu any whyle./

This Phebus, which that thoghte upon no gyle,/ Deceyved was, for al his Iolitee;/ For under him another hadde she,/ A man of litel reputacioun,/ Noght worth to Phebus in comparisoun./ The

til cautela, que não resolve nada. Quando a mulher é boa, limpa no pensamento e nas ações, sem dúvida o marido não tem necessidade alguma de vigiá-la; e quando ela não presta, a vigilância é na verdade pura perda de tempo, porque de nada adianta. Nesse ponto, concordo com o que os antigos sábios escreveram em suas biografias, pois também considero uma verdadeira tolice essa preocupação com a guarda das esposas.

Mas vamos ao ponto. Como eu dizia, Febo fazia de tudo para satisfazê-la, pensando que, com seus agrados, sua virilidade e sua conduta, nenhum outro a roubaria dele. Sabe Deus, entretanto, que não há abraço que consiga segurar uma inclinação que a natureza colocou naturalmente numa criatura!

Tome, por exemplo, uma ave qualquer, ponha-a numa gaiola, e depois trate dela com todo zelo e dedicação, dando-lhe de comer e de beber as mais refinadas delícias que puder imaginar, e conservando-a na maior limpeza possível. Por mais que seja agradável a sua gaiola de ouro, assim mesmo essa ave irá preferir vinte mil vezes viver numa floresta fria e agreste, comendo vermes e outras porcarias. Por isso, ela há de estar constantemente à espera de uma oportunidade para fugir. Tudo o que deseja é a liberdade.

Ou tome um gato, alimente-o com leite e carne tenra, e ponha-o a dormir numa almofada de seda. Assim que avistar um rato a correr junto à parede, ele há de largar o leite, a carne e tudo, esquecendo-se dos luxos que há na casa, para sucumbir à vontade natural de devorar o tal rato. Aí está como o instinto acaba por se impor, e como o desejo foge ao controle.

Também a loba tem essa natureza malvada, e, quando chega o cio, muitas vezes escolhe como companheiro o lobo mais vagabundo que encontra, e de pior reputação.

Evidentemente, todos esses exemplos que estou dando se aplicam aos homens que são infiéis, não às mulheres. Isso porque os homens, em geral, sentem prazer maior em satisfazer sua luxúria pervertida com companhias inferiores do que com as próprias esposas, por mais que estas sejam bonitas, fiéis e afáveis. Nossa carne — maldita seja! — está sempre pedindo novidade, de modo que não achamos graça nas coisas que, de alguma forma, condizem com a virtude.

E foi assim que Febo, que não tinha qualquer malícia, foi enganado, não obstante todas as suas boas qualidades; sua mulher o tapeou com um parceiro muito inferior, um homem de pouca reputação, que,

more harm is; it happeth ofte so,/ Of which ther cometh muchel harm and wo./

And so bifel, whan Phebus was absent,/ His wyf anon hath for hir lemman sent,/ Hir lemman? certes, this is a knavish speche!/ Foryeveth it me, and that I yow biseche./ The wyse Plato seith, as ye may rede,/ The word mot nede accorde with the dede./ If men shal telle proprely a thing,/ The word mot cosin be to the werking./ I am a boistous man, right thus seye I,/ Ther nis no difference, trewely,/ Bitwixe a wyf that is of heigh degree,/ If of hir body dishonest she be,/ And a povre wenche, other than this —/ If it so be, they werke bothe amis —/ But that the gentile, in estaat above,/ She shal be cleped his lady, as in love;/ And for that other is a povre womman,/ She shal be cleped his wenche, or his lemman./ And, god it wool, myn owene dere brother,/ Men leyn that oon as lowe as lyth that other./

Right so, bitwixe a titlelees tiraunt/ And an outlawe, or a theef erraunt,/ The same I seye, ther is no difference./ To Alisaundre told was this sentence;/ That, for the tyrant is of gretter might,/ By force of meynee for to sleen doun-right,/ And brennen hous and hoom, and make al plain,/ Lo! therfor is he cleped a capitain;/ And, for the outlawe hath but smal meynee,/ And may nat doon so greet an harm as he,/ Ne bringe a contree to so greet mescheef,/ Men clepen him an outlawe or a theef./

But, for I am a man noght textuel,/ I wol noght telle of textes never a del;/ I wol go to my tale, as I bigan./

Whan Phebus wyf had sent for hir lemman,/ Anon they wroghten al hir lust volage./ The whyte crowe, that heng ay in the cage,/ Biheld hir werk, and seyde never a word./ And whan that hoom was come Phebus, the lord,/ This crowe sang 'cokkow! cokkow! cokkow!'/

'What, brid?' quod Phebus, 'what song singestow?/ Ne were thow wont so merily to singe/ That to myn herte it was a reioisinge/ To here thy vois? allas! what song is this?'/

'By god,' quod he, 'I singe nat amis;/ Phebus,' quod he, 'for al thy worthinesse,/ For al thy beautee and thy gentilesse,/ For al thy song and al thy minstralcye,/ For al thy waiting, blered is thyn yë/ With oon of litel reputacioun,/ Noght worth to thee, as in comparisoun,/ The mountance of a gnat; so mote I thryve!/ For on thy bed thy wyf I saugh him swyve.'/

em comparação com ele, não valia nada. Isso, como eu disse, é uma coisa que acontece com frequência, sendo motivo de muita desgraça e muito sofrimento.

O que se deu foi que, estando Febo fora de casa, sua mulher mandou chamar o amante. O amante? Oh, que termo chulo! Queiram perdoar-me, por favor. Dizia o sábio Platão, conforme se pode ler, que os termos precisam se adequar aos objetos; quando se quer falar com propriedade, as palavras devem ser gêmeas do ato. Sendo um homem sem cultura, é desse jeito que eu sempre me expresso. Mesmo porque, para mim, não há nenhuma distinção entre a mulher de alta classe, que se comporta de forma imoral, e a mocinha pobre que se entrega com facilidade, porque ambas agem mal; a única diferença é que a nobre, em seu alto estado, é chamada de "dama do coração", enquanto a outra, que vive na miséria, não passa de uma "concubina" ou de uma "vaca". Ah, meus caros irmãos, Deus sabe, porém, que uma se rebaixa tanto quanto a outra.

A mesma coisa acontece quando se compara um tirano usurpador com um bandido ou salteador de estradas; não há qualquer diferença entre eles. Segundo um texto antigo, disseram certa vez a Alexandre Magno que, como o tirano, devido ao número de seus seguidores, tem mais amplo poder para trucidar as pessoas, queimar as casas e os lares, e arrasar todas as coisas, ele é, por isso, chamado de "capitão"; já o salteador, que tem um bando pequeno, e não pode fazer tanto mal nem destruir um país, é chamado de "bandido" ou de "ladrão".

Mas, não sendo eu um homem estudado, não quero continuar aqui citando textos. Deixem-me voltar ao conto que iniciara.

Depois que a mulher de Febo mandou chamar o amante, os dois logo trataram de satisfazer sua volúvel luxúria. Enquanto trabalhavam, o corvo branco, lá do alto, ficou a observar tudo de sua gaiola, sem dizer uma palavra. Quando, porém, Febo, o seu dono, voltou para casa, e o chamou cantarolando: "Corvo! Corvo! Corvo!". O corvo, como um eco, respondeu: "Corno! Corno! Corno!".

"O que é isso, ave?!", exclamou Febo. "Que música é essa? Antes você sempre cantava coisas agradáveis, alegrando com sua voz meu coração! Ai, que música é essa?"

"Por Deus!", disse-lhe o corvo. "A música está certa! Saiba, Febo, que, malgrado o seu valor, malgrado os seus encantos e nobreza, malgrado a sua voz e sua arte nos instrumentos, e malgrado os seus cuidados,

What wol ye more? the crowe anon him tolde,/ By sadde tokenes and by wordes bolde,/ How that his wyf had doon hir lecherye,/ Him to gret shame and to gret vileinye;/ And tolde him ofte, he saugh it with his yën./

This Phebus gan aweyward for to wryen,/ Him thoughte his sorweful herte brast a-two;/ His bowe he bente, and sette therinne a flo,/ And in his ire his wyf thanne hath he slayn./ This is theffect, ther is na-more to sayn;/ For sorwe of which he brak his minstralcye,/ Bothe harpe, and lute, and giterne, and sautrye;/ And eek he brak his arwes and his bowe./ And after that, thus spak he to the crowe:/

'Traitour,' quod he, 'with tonge of scorpioun,/ Thou hast me broght to my confusioun!/ Allas! that I was wroght! why nere I deed?/ O dere wyf, o gemme of lustiheed,/ That were to me so sad and eek so trewe,/ Now lystow deed, with face pale of hewe,/ Ful giltelees, that dorste I swere, y-wis!/ O rakel hand, to doon so foule amis!/ O trouble wit, o ire recchelees,/ That unavysed smytest giltelees!/ O wantrust, ful of fals suspecioun,/ Where was thy wit and thy discrecioun?/ O every man, be-war of rakelnesse,/ Ne trowe no-thing with-outen strong witnesse;/ Smyt nat to sone, er that ye witen why,/ And beeth avysed wel and sobrely/ Er ye doon any execucioun,/ Up-on your ire, for suspecioun./ Allas! a thousand folk hath rakel ire/ Fully fordoon, and broght hem in the mire./ Allas! for sorwe I wol my-selven slee!'/ And to the crowe, 'o false theef!' seyde he,/ 'I wol thee quyte anon thy false tale!/ Thou songe whylom lyk a nightingale;/ Now shaltow, false theef, thy song forgon,/ And eek thy whyte fetheres everichon,/ Ne never in al thy lyf ne shaltou speke./ Thus shal men on a traitour been awreke;/ Thou and thyn of-spring ever shul be blake,/ Ne never swete noise shul ye make,/ But ever crye agayn tempest and rayn,/ In tokeninge that thurgh thee my wyf is slayn.'/

And to the crowe he stirte, and that anon,/ And pulled his whyte fetheres everichon,/ And made him blak, and refte him al his song,/ And eek his speche, and out at dore him slong/ Un-to the devel, which I him bitake;/ And for this caas ben alle crowes blake. —/

Lordings, by this ensample I yow preye,/ Beth war, and taketh kepe what I seye:/ Ne telleth never no man in your lyf/ How that

sua mulher o enganou, com um indivíduo de pobre reputação. Por minha alma, comparado a você, ele vale menos que um mosquito. E eu o vi trepando nela em sua cama!"

Que mais querem? O corvo contou-lhe tudo direitinho, descrevendo, com indícios seguros e sem meias palavras, como a esposa satisfizera a sua lascívia e lhe trouxera a vergonha e o dissabor. E a todo instante o lembrava de que vira tudo com os próprios olhos.

Febo, com o coração a ponto de estourar no peito, virou-lhe as costas, tomou de uma flecha, retesou o seu arco e, presa da cólera, matou a mulher. Foi o que fez, e basta! Depois, no desespero, arrebentou todos os seus instrumentos — a harpa, o alaúde, a guitarra, o saltério; em seguida, espedaçou também seu arco e as flechas. Finalmente, aproximando-se outra vez do corvo, falou:

"Traidor, foi você, com sua língua de escorpião, quem arruinou a minha vida! Ah, o que é que eu fiz?! Por que não estou morto também? Oh, minha esposa adorada! Gema valiosa da alegria! Você, que era tão boa e tão fiel a mim, agora está morta, com o rosto coberto de palor! E tenho certeza, oh sim, de que morreu na inocência... Oh mão impetuosa, cometer um crime destes! Oh mente perturbada, oh ira incontida, ferindo imprudentemente a quem não teve culpa! Oh desconfiança, cheia de falsas suspeitas! Onde estavam a sua perspicácia e o seu bom-senso? Ah, acautelem-se todos contra a precipitação! Ninguém creia em nada sem provas convincentes; ninguém agrida sem saber por quê; ninguém mate ninguém cegado pela suspeita, pois que toda ação requer ponderação e cuidado. Ai, o estouvamento já aniquilou milhares, que se atolaram em seu lamaçal. Ai, acho que vou matar-me, tão grande é minha dor!" E então, fixando bem os olhos no corvo, gritou: "E você?! Oh ladrão mentiroso, vai me pagar por sua mentira! Agora, ave falsa, você vai ficar sem seu canto, que era igual ao do rouxinol; também vai perder suas penas brancas, e nunca mais irá dizer palavra alguma. É essa a vingança que um traidor merece! A partir de agora, você e seus descendentes serão negros, e, sem a voz maviosa, irão apenas dar gritos que prenunciam chuva e tempestade, lembrando, dessa forma, que foi por sua causa que morreu minha mulher".

E aí, agarrando o corvo, ele o privou de toda a plumagem branca, e deu-lhe em troca penas negras; depois, tirou dele o canto e a fala; depois, atirou-o porta afora, conclamando o diabo a que o levasse. E, por isso, desde então, todos os corvos são pretos.

another man hath dight his wyf;/ He wol yow haten mortally, certeyn./ Daun Salomon, as wyse clerkes seyn,/ Techeth a man to kepe his tonge wel;/ But as I seyde, I am noght textuel./ But nathelees, thus taughte me my dame:/

'My sone, thenk on the crowe, a goddes name;/ My sone, keep wel thy tonge and keep thy freend./ A wikked tonge is worse than a feend./ My sone, from a feend men may hem blesse;/ My sone, god of his endelees goodnesse/ Walled a tonge with teeth and lippes eke,/ For man sholde him avyse what he speke./ My sone, ful ofte, for to muche speche,/ Hath many a man ben spilt, as clerkes teche;/ But for a litel speche avysely/ Is no men shent, to speke generally./ My sone, thy tonge sholdestow restreyne/ At alle tyme, but whan thou doost thy peyne/ To speke of god, in honour and preyere./ The firste vertu, sone, if thou wolt lere,/ Is to restreyne and kepe wel thy tonge. —/ Thus lerne children whan that they ben yonge. —/ My sone, of muchel speking yvel-avysed,/ Ther lasse speking hadde y-nough suffysed,/ Comth muchel harm, thus was me told and taught./ In muchel speche sinne wanteth naught./ Wostow wher-of a rakel tonge serveth?/ Right as a swerd forcutteth and forkerveth/ An arm a-two, my dere sone, right so/ A tonge cutteth frendship al a-two./ A Iangler is to god abhominable;/ Reed Salomon, so wys and honurable;/ Reed David in his psalmes, reed Senekke./ My sone, spek nat, but with thyn heed thou bekke./ Dissimule as thou were deef, if that thou here/ A Iangler speke of perilous matere./ The Fleming seith, and lerne it, if thee leste,/ That litel Iangling causeth muchel reste./ My sone, if thou no wikked word hast seyd,/ Thee thar nat drede for to be biwreyd;/ But he that hath misseyd, I dar wel sayn,/ He may by no wey clepe his word agayn./ Thing that is seyd, is seyd; and forth it gooth,/ Though him repente, or be him leef or looth./ He is his thral to whom that he hath sayd/ A tale, of which he is now yvel apayd./ My sone, be war, and be non auctour newe/ Of tydinges, whether they ben false or trewe./ Wher-so thou come, amonges hye or lowe,/ Kepe wel thy tonge, and thenk up-on the crowe.'/

Here is ended the Maunciples Tale of the Crowe.

Senhores — peço-lhes — não se esqueçam dessa história, e cuidado com o que falam. Nunca contem a alguém que outro homem dormiu com sua mulher, pois ele os odiará por toda a vida. Não é à toa que Dom Salomão, segundo os sábios, nos aconselha a dominar a nossa língua. Mas, como eu disse, não entendo de leituras. Só vou repetir aqui o que minha velha mãe dizia.

"Meu filho", dizia ela, "lembre-se do corvo, pelo nome do Senhor! Quem conserva a língua muda, conserva as amizades. Uma língua ferina, meu filho, é pior do que um demônio; e contra ela também devemos persignar-nos. Meu filho, o Criador, na sua infinita bondade, cercou a língua com dentes e com lábios, para que o homem pudesse controlar melhor a emissão de suas palavras. Dizem os sábios, meu filho, que muitas vezes o homem se perde por falar demais; mas nunca alguém se danou por falar com sensatez. Meu filho, reprima sempre sua língua, exceto quando se dispuser a falar de Deus, no louvor ou na oração. Se quer saber, filho meu, digo-lhe que a maior virtude consiste em guardar e dominar a língua; e é isso o que as crianças todas devem aprender, desde a mais tenra infância. Ensinaram-me, meu filho, que muitas desgraças provêm do excesso de palavras, quando poucas bastariam. Não falta pecado na tagarelice. Sabe para que serve a língua solta? Assim como a espada corta e divide um braço em dois, assim também a língua solta divide uma amizade. Deus abomina o tagarela. Leia o sábio e venerável Salomão; leia os salmos de Davi; leia Sêneca. Meu filho, não fale quando basta um aceno da cabeça. Finja-se de mudo quando o mexeriqueiro toca em temas perigosos. Convém recordar-se do que dizem os flamengos: pouca conversa, muito sossego! Meu filho, quem não diz malevolências, não teme trair-se; mas — posso assegurar-lhe — quem diz o que não deve, não tem como chamar de volta o que falou. O que está dito está dito, e ninguém segura mais; não adianta arrepender-se ou ficar triste. Quem não gosta do que disse, torna-se escravo de suas próprias palavras. Meu filho, evite espalhar mexericos, sejam eles boatos ou verdades. E, esteja onde estiver, com grandes ou humildes, cuidado com a língua... e lembre-se do corvo!"

Aqui termina o Conto do Provedor sobre o Corvo.

The Persones Tale
[Excerpts]

Here folweth the Prologe of the Persones Tale.

By that the maunciple hadde his tale al ended,/ The sonne fro the south lyne was descended/ So lowe, that he nas nat, to my sighte,/ Degreës nyne and twenty as in highte./ Foure of the clokke it was tho, as I gesse;/ For eleven foot, or litel more or lesse,/ My shadwe was at thilke tyme, as there,/ Of swich feet as my lengthe parted were/ In six feet equal of proporcioun./ Ther-with the mones exaltacioun,/ I mene Libra, alwey gan ascende,/ As we were entringe at a thropes ende;/ For which our host, as he was wont to gye,/ As in this caas, our Ioly companye,/ Seyde in this wyse, 'lordings everichoon,/ Now

O Conto do Pároco
[Excertos]

Segue-se aqui o Prólogo do Conto do Pároco.

Nesse ponto, o Provedor terminara a sua história, e o sol se achava tão abaixo da linha meridional que, a meu ver, sua altitude devia ser de vinte e nove graus. Calculo que seriam quatro horas da tarde,[206] pois minha sombra se estendia então por onze pés, pouco mais ou menos, o que daria, em relação à minha altura, a proporção correspondente a seis pés. E quando o signo de exaltação da lua — ou seja, Libra[207] — começou sua ascensão, alcançamos a entrada de uma aldeia. Em vista disso, o Albergueiro, com aquele seu jeito próprio de conduzir a nossa alegre comitiva, assim falou: "Atenção, senhores! Agora só falta um conto para ser narrado. Minha intenção e meu decreto foram seguidos à risca, pois,

---

[206] Como o comprimento da sombra de Chaucer era quase o dobro de sua altura, o sol, sendo o dia 20 de abril (perto do equinócio), devia estar a 29 graus de altitude (ou seja, a dois terços do caminho entre os 90 graus do meio-dia — sol a pino — e o zero grau das 6 da tarde), o que significava que eram 4 horas da tarde. (N. do T.)

[207] Houve algum engano, pois o signo de exaltação da Lua é Touro. (N. do T.)

lakketh us no tales mo than oon./ Fulfild is my sentence and my decree;/ I trowe that we han herd of ech degree./ Almost fulfild is al myn ordinaunce;/ I prey to god, so yeve him right good chaunce,/ That telleth this tale to us lustily./ Sir preest,' quod he, 'artow a vicary?/ Or art a person? sey sooth, by thy fey!/ Be what thou be, ne breke thou nat our pley;/ For every man, save thou, hath told his tale,/ Unbokel, and shewe us what is in thy male;/ For trewely, me thinketh, by thy chere,/ Thou sholdest knitte up wel a greet matere./ Tel us a tale anon, for cokkes bones!'/

This Persone him answerde, al at ones,/ 'Thou getest fable noon y-told for me;/ For Paul, that wryteth unto Timothee,/ Repreveth hem that weyven soothfastnesse,/ And tellen fables and swich wrecchednesse./ Why sholde I sowen draf out of my fest,/ Whan I may sowen whete, if that me lest?/ For which I seye, if that yow list to here/ Moralitee and vertuous matere,/ And thanne that ye wol yeve me audience,/ I wol ful fayn, at Cristes reverence,/ Do yow plesaunce leeful, as I can./ But trusteth wel, I am a Southren man,/ I can nat geste — *rum, ram, ruf* — by lettre,/ Ne, god wot, rym holde I but litel bettre;/ And therfor, if yow list, I wol nat glose./ I wol yow telle a mery tale in prose/ To knitte up al this feeste, and make an ende./ And Iesu, for his grace, wit me sende/ To shewe yow the wey, in this viage,/ Of thilke parfit glorious pilgrimage/ That highte Ierusalem celestial./ And, if ye vouche-sauf, anon I shal/ Biginne upon my tale, for whiche I preye/ Telle your avys, I can no bettre seye./ But nathelees, this meditacioun/ I putte it ay under correccioun/ Of clerkes, for I am nat textual;/ I take but the sentens, trusteth wel./ Therfor I make protestacioun/ That I wol stonde to correccioun.'/

Up-on this word we han assented sone,/ For, as us semed, it was for to done,/ To enden in som vertuous sentence,/ And for to yeve him space and audience;/ And bede our host he sholde to him seye,/ That alle we to telle his tale him preye./

Our host hadde the wordes for us alle: —/ 'Sir preest,' quod he, 'now fayre yow bifalle!/ Sey what yow list, and we wol gladly here' —/ And with that word he seyde in this manere —/ 'Telleth,' quod he, 'your meditacioun./ But hasteth yow, the sonne wol

se não me engano, já ouvimos pessoas de todas as categorias, de modo que o que determinei está praticamente cumprido. Que Deus abençoe ao que souber contar com graça a nossa última história. Senhor Padre", chamou ele, "o senhor é Vigário ou Pároco? Vamos, diga a verdade! Mas, seja lá o que for, não vá estragar a nossa brincadeira, porque até agora ninguém se recusou a apresentar o seu relato. Abra a fivela, e mostre o que tem na mala! O senhor tem cara de quem sabe entretecer histórias muito interessantes. Pelos ossos do galo, brinde-nos logo com um belo conto!".

O Pároco imediatamente retrucou: "De mim é que não terão conto algum, pois São Paulo, na Epístola a Timóteo, condena quem se afasta da verdade, contando fábulas ou outras bobagens sem sentido. Por que iria eu semear o joio com meu punho, se posso semear o trigo que me agrada? Eis por que, caso ainda me queiram ouvir, pretendo tratar da virtude e da moral, oferecendo-lhes prazerosamente, com a sua anuência e com espírito reverente a Cristo, um tipo de distração que a lei de Deus sanciona. Mas, vejam bem, sou um inglês do sul: não saberia, como os do norte, aliterar meus versos com aquele *rum-ram-ruf*; por outro lado — e Deus é testemunha disso — também não sou muito bom nas rimas. Por isso, se estiverem de acordo, não procurarei agradar aos sentidos com a música da poesia, preferindo oferecer-lhes um alegre relato em prosa, para desfecho e conclusão deste nosso entretenimento. E que Jesus, com sua graça, me dê inspiração para mostrar-lhes, nesta romaria, o caminho daquela outra peregrinação, perfeita e gloriosa, para a Jerusalém celestial. Com sua licença, darei início agora mesmo à minha fala, tão logo saiba o que pensam. Nada mais poderia dizer. De qualquer modo, esclareço que submeto à correção dos estudiosos a meditação que ora desejo apresentar, visto que não sigo os textos literalmente, contentando-me com o sentido geral. Esse o motivo porque me declaro aberto a correções".

Diante disso, todos nós prontamente consentimos que falasse, porque assim não apenas lhe concedíamos o tempo e a atenção que esperava, mas também, pelo que tudo sugeria, concluiríamos a nossa diversão com algumas considerações morais. Rogamos, pois, ao nosso Albergueiro que lhe dissesse que era desejo de todos ouvi-lo.

O Albergueiro foi o nosso intermediário: "Senhor Padre", disse ele, "boa sorte! Apresente-nos a sua meditação; mas apresse-se, pois o sol está se pondo. Seja fecundo, mas sucinto. E que Deus o ilumine com sua

O Conto do Pároco

adoun;/ Beth fructuous, and that in litel space,/ And to do wel god sende yow his grace!'/

Explicit prohemium.

Here biginneth the Persones Tale.

Ier. 6°, '*State super vias et videte et interrogate de viis antiquis, que sit via bona; et ambulate in ea, et inuenietis refrigerium animabus vestris,*' &c.

§ 1. Our swete lord god of hevene, that no man wole perisse, but wole that we comen alle to the knoweleche of him, and to the blisful lyf that is perdurable,/ amonesteth us by the prophete Ieremie, that seith in this wyse:/ 'stondeth upon the weyes, and seeth and axeth of olde pathes (that is to seyn, of olde sentences) which is the goode wey;/ and walketh in that wey, and ye shul finde refresshinge for your soules,' &c./ Manye been the weyes espirituels that leden folk to oure Lord Iesu Crist, and to the regne of glorie./ Of whiche weyes, ther is a ful noble wey and a ful covenable, which may nat faile to man ne to womman, that thurgh sinne hath misgoon fro the righte wey of Ierusalem celestial;/ and this wey is cleped Penitence, of which man sholde gladly herknen and enquere with al his herte;/ to witen what is Penitence, and whennes it is cleped Penitence, and in how manye maneres been the accions or werkinges of Penitence,/ and how manye spyces ther been of Penitence, and whiche thinges apertenen and bihoven to Penitence, and whiche thinges destourben Penitence./

§ 2. Seint Ambrose seith, that 'Penitence is the pleyninge of man for the gilt that he hath doon, and na-more to do any thing for which him oghte to pleyne.'/ And som doctour seith: 'Penitence is the waymentinge of man, that sorweth for his sinne and pyneth him-self for he hath misdoon.'/ Penitence, with certeyne circumstances, is verray

graça. Pode dizer o que quiser, que ouviremos com prazer". Depois dessas palavras, disse ele o seguinte:

Explicit prohemium.

Aqui começa o Conto do Pároco.

Jer. 6º, *"State super vias et videte et interrogate de viis antiquis, quae sit via bona; et ambulate in ea, et invenietis refrigerium animabus vestris"* etc.[208]

§ 1. Nosso bondoso Deus do Céu, que não deseja que nenhum homem pereça, mas quer que todos nós possamos conhecê-lo e alcançar a vida bem-aventurada, que é eterna, admoesta-nos, através de Jeremias, com as seguintes palavras: "Ponde-vos à margem dos caminhos e vede e interrogai pelas antigas veredas (isto é, pelas antigas doutrinas) qual é o bom caminho; e andai por esse caminho, e encontrareis o refrigério para vossas almas" etc. Muitos são os caminhos espirituais que levam as almas a Nosso Senhor Jesus Cristo e ao reino da glória. Desses caminhos há um caminho mui nobre e recomendável, que não falha nunca ao homem ou à mulher que se extraviou do caminho certo para a Jerusalém celestial; e esse caminho se chama Penitência, a cujo respeito o homem deve alegremente ouvir e indagar de todo o seu coração, a fim de saber o que é a Penitência, e os modos das ações e dos trabalhos da Penitência, e quantas espécies há de Penitência, e o que convém ou toca à Penitência, e o que prejudica a Penitência.

§ 2. Santo Ambrósio diz que a Penitência é o pesar do homem pelo erro que cometeu, e a promessa de não mais praticar nada que deva deplorar. E um Doutor da Igreja diz: "A Penitência é o lamento do homem que sofre por seu pecado e se tortura pelo que fez de mal". A Penitência, em certas circunstâncias, é o verdadeiro arrependimento daquele que impõe a si mesmo a tristeza e outras penas por causa de suas culpas. E,

---

[208] "Parem no caminho e vejam, informem-se quanto às estradas do passado: qual era o caminho da felicidade? Andem por ele, e vocês encontrarão descanso" (Jeremias, 6, 16). (N. da E.)

repentance of a man that halt him-self in sorwe and other peyne for hise giltes./ And for he shal be verray penitent, he shal first biwailen the sinnes that he hath doon, and stidefastly purposen in his herte to have shrift of mouthe, and to doon satisfaccioun,/ and never to doon thing for which him oghte more to biwayle or to compleyne, and to continue in goode werkes: or elles his repentance may nat availle./ For as seith seint Isidre: 'he is a Iaper and a gabber, and no verray repentant, that eftsoone dooth thing, for which him oghte repente.'/ Wepinge, and nat for to stinte to doon sinne, may nat avaylle./ But nathelees, men shal hope that every tyme that man falleth, be it never so ofte, that he may arise thurgh Penitence, if he have grace: but certeinly it is greet doute./ For as seith Seint Gregorie: 'unnethe aryseth he out of sinne, that is charged with the charge of yvel usage.'/ And therfore repentant folk, that stinte for to sinne, and forlete sinne er that sinne forlete hem, holy chirche holdeth hem siker of hir savacioun./ And he that sinneth, and verraily repenteth him in his laste ende, holy chirche yet hopeth his savacioun, by the grete mercy of oure lord Iesu Crist, for his repentaunce; but tak the siker wey./ [...]

para que seja um verdadeiro penitente, ele primeiro lamenta os pecados que cometeu, e depois firmemente se decide em seu coração a confessar-se pela própria boca, e a oferecer reparo, e a nunca mais fazer algo que possa lamentar ou deplorar, e a prosseguir nas boas obras, caso contrário de nada serve o seu arrependimento. Pois, como diz Santo Isidoro, "é um galhofeiro e um mentiroso, e não um verdadeiro penitente, quem logo em seguida faz algo de que deve arrepender-se". De nada serve chorar, se não se abandona o pecado. Todavia, muitos acreditam que sempre que o homem cai, não importa quantas vezes, pode ele erguer-se através da Penitência, se obtiver graça; mas isso certamente é muito duvidoso. Pois, como diz São Gregório, "dificilmente se ergue de seu pecado quem é culpado da culpa do mau hábito". A Santa Igreja, portanto, considera mais segura a salvação do arrependido que renuncia ao pecado, abandonando o pecado antes que o pecado o abandone. Contudo, a Santa Igreja tem esperança também na salvação do que peca continuadamente e no fim se arrepende com sinceridade, graças à grande mercê de Nosso Senhor Jesus Cristo, que é capaz de dar o arrependimento. Escolhei, porém, o caminho seguro. [...][209]

---

[209] E, nesse estilo, prossegue o Pároco por quase uma centena de páginas, falando da Penitência e dos Sete Pecados mortais. Como se vê, esqueceu-se por completo da recomendação do Albergueiro para que fosse "fecundo, mas sucinto". Por isso, tentaremos nós abreviá-lo, seguindo o excelente resumo que Nevill Coghill fez de seu misto de sermão e tratado moral.

Uma vez definida a Penitência, afirma o pregador que a raiz da árvore da Penitência é a *contrição*, os galhos e as folhas são a *confissão*, o fruto a *satisfação*, a semente a *graça*, e o calor vital dentro da semente o *Amor de Deus*.

A contrição é a tristeza do coração pelo pecado. O pecado pode ser venial ou mortal. O pecado venial consiste em amar a Cristo menos do que se deve; o pecado mortal consiste em amar a criatura mais que o Criador. O pecado venial pode levar ao pecado mortal. Há sete pecados mortais, ou capitais, o primeiro dos quais é o Orgulho.

O Orgulho se manifesta de várias formas: arrogância, impudência, hipocrisia jactanciosa, alegria pelo mal que se fez etc. Pode ser interior e exterior. O orgulho exterior é como o anúncio à porta da taverna, que mostra que há vinho na adega. Revela-se através da riqueza ou da pobreza dos trajes, ou pela própria postura do corpo — por exemplo, quando "as nádegas se sobressaem como as partes traseiras de uma macaca ao luar". Podemos mostrar o orgulho pecaminoso no séquito que escolhemos para nós, na hospitalidade ostensiva, na nossa força física, na própria cortesia. O remédio contra o Orgulho é a Humildade, ou o verdadeiro autoconhecimento.

A Inveja é a tristeza pela prosperidade dos outros e a alegria pela sua desgraça. É o pior dos pecados, pois se coloca contra todas as outras virtudes e todo bem, opondo-se

Sequitur de Gula.

§ 70. After Avarice comth Glotonye, which is expres eek agayn the comandement of god. Glotonye is unmesurable appetyt to ete or to drinke, or elles to doon y-nogh to the unmesurable appetyt and desordeynce coveityse to eten or to drinke./ This sinne corrumped al this world, as is wel shewed in the sinne of Adam and of Eve. Loke eek, what seith seint Paul of Glotonye./ 'Manye,' seith seint Paul, 'goon, of whiche I have ofte seyd to yow, and now I seye it wepinge, that they been the enemys of the croys of Crist; of whiche the ende is deeth, and of whiche hir wombe is hir god, and hir glorie in confusioun of hem that so saveren erthely thinges.'/ He that is usaunt to this sinne of Glotonye, he ne may no sinne withstonde. He moot been in servage of alle vyces, for it is the develes hord ther he hydeth him and resteth./

Sequitur de Gula.

§ 70. Depois da Avareza vem a Gula, que também contraria o mandamento de Deus. A Gula é o desejo desmedido de comer e de beber, ou o ato de satisfazer o apetite desmedido e a desordenada vontade de comer e de beber. Esse pecado foi a ruína do mundo, como bem o demonstra o pecado de Adão e Eva. Também prestai atenção ao que diz São Paulo sobre a Gula: "Muitos", diz São Paulo, "andam entre vós, dos quais eu repetidas vezes vos dizia e agora vos digo até chorando, que são inimigos da cruz de Cristo; o destino deles é a perdição, o deus deles é o ventre, e a glória deles está na sua infâmia, visto que só se preocupam com as coisas terrenas". O viciado no pecado da Gula não resiste a nenhum pecado; escraviza-se a todos os vícios, pois se abriga e repousa na despensa do diabo. Há muitas espécies desse pecado. A primeira é a embria-

frontalmente ao Espírito Santo, a fonte da Bondade. Os mexericos e os resmungos constituem o Padre-Nosso do Diabo. O remédio contra a Inveja é amar a Deus, o próximo e os inimigos.

A Ira é o desejo perverso de vingança. A ira contra o mal, entretanto, não é pecado, pois é cólera sem amargura. A ira perversa pode ser repentina ou premeditada; a pior é a última. A maldade estudada expulsa o Espírito Santo de nossa alma. É a fornalha do Demônio e, como tal, aquece o ódio, o homicídio, a traição, a mentira, a bajulação, o desprezo, a discórdia, as ameaças e as maldições. O remédio contra a Ira é a Paciência.

A Acídia trabalha de má vontade, apaticamente e sem alegria, sentindo-se sobrecarregada quando tem que fazer o bem. Afasta-nos da oração. É o pecado apodrecido da Preguiça, que nos leva ao desespero. O remédio é a Persistência.

A Avareza é o traiçoeiro desejo pelas coisas materiais, uma espécie de idolatria. Cada moeda no cofre é uma divindade, um ídolo. Estimula a extorsão da plebe por parte dos senhores, a fraude, a simonia, o jogo, o roubo, o falso testemunho, o sacrilégio. O remédio é a Misericórdia, a "piedade no mais lato sentido".

Seguem-se, finalmente, a Gula e a Luxúria, pela ordem. A Luxúria é um parente próximo da Gula. Apresenta muitas formas, e é o maior roubo que se pode praticar, visto que rouba o corpo e a alma. Os remédios são a Castidade e a Continência, além da moderação no comer e no beber. Quando o caldeirão ferve demais a melhor solução é tirá-lo do fogo.

Quanto à Gula, vejamos em seguida, na íntegra, o que diz o Pároco a seu respeito, já que se trata de um pecado que dele recebe um tratamento excepcionalmente breve. (N. do T.)

This sinne hath manye speces. The firste is dronkenesse, that is the horrible sepulture of mannes resoun; and therfore, whan a man is dronken, he hath lost his resoun; and this is deedly sinne./ But soothly, whan that a man is nat wont to strong drinke, and peraventure ne knoweth nat the strengthe of the drinke, or hath feblesse in his heed, or hath travailed, thurgh which he drinketh the more, al be he sodeynly caught with drinke, it is no deedly sinne, but venial./ The seconde spece of Glotonye is, that the spirit of a man wexeth al trouble; for dronkenesse bireveth him the discrecioun of his wit./ The thridde spece of Glotonye is, whan a man devoureth his mete, and hath no rightful manere of etinge./ The fourthe is whan, thurgh the grete habundaunce of his mete, the humours in his body been destempred./ The fifthe is, foryetelnesse by to muchel drinkinge; for which somtyme a man foryeteth er the morwe what he dide at even or on the night biforn./

§ 71. In other manere been distinct the speces of Glotonye, after seint Gregorie. The firste is, for to ete biforn tyme to ete. The seconde is, whan a man get him to delicat mete or drinke./ The thridde is, whan men taken to muche over mesure. The fourthe is curiositee, with greet entente to maken and apparaillen his mete. The fifthe is, for to eten to gredily./ Thise been the fyve fingres of the develes hand, by whiche he draweth folk to sinne./

Remedium contra peccatum Gule.

§ 72. Agayns Glotonye is the remedie Abstinence, as seith Galien; but that holde I nat meritorie, if he do it only for the hele of his body. Seint Augustin wole, that Abstinence be doon for vertu and with pacience./ Abstinence, he seith, is litel worth, but if a man have good wil ther-to, and but it be enforced by pacience and by charitee, and that men doon it for godes sake, and in hope to have the blisse of hevene./

§ 73. The felawes of Abstinence been Attemperaunce, that holdeth the mene in alle thinges: eek Shame, that eschueth alle deshonestee: Suffisance, that seketh no riche metes ne drinkes, ne dooth no fors of to outrageous apparailinge of mete./ Mesure also, that restreyneth by resoun the deslavee appetyt of etinge: Sobrenesse also, that restreyneth the outrage of drinke:/ Sparinge also, that restreyneth the delicat ese

guez, que é a horrível sepultura da razão humana; portanto, quando um homem fica bêbado, perde a razão, e isso é pecado mortal. Na verdade, porém, quando se trata de um homem não viciado na bebida, ainda que de repente venha a ser surpreendido embriagado, seja porque desconhece a força da bebida, seja porque tem a cabeça fraca, seja porque bebeu um pouco mais por estar muito cansado do trabalho, não comete ele pecado mortal, mas venial. A segunda espécie de Gula é quando a mente do homem fica perturbada pela embriaguez, que o priva da lucidez da inteligência. A terceira espécie de Gula é quando o homem devora o seu alimento, e não sabe comer de maneira correta. A quarta é quando, devido ao excesso de alimento, destemperam-se os humores do corpo. A quinta é o estupor provocado pela bebida, que leva o homem a esquecer, antes da manhã, o que fez na tarde ou na noite anterior.

§ 71. As espécies de Gula podem ser classificadas de outro modo, segundo São Gregório. A primeira é comer antes da hora de comer. A segunda é procurar comidas ou bebidas requintadas. A terceira é não respeitar a moderação. A quarta é o refinamento, com excessivos cuidados na feitura e no preparo dos alimentos. A quinta é comer com avidez. São esses os cinco dedos da mão do Demônio, com a qual arrasta os homens para o pecado.

Remedium contra peccatum Gulae.

§ 72. O remédio contra a Gula é a Abstinência, como diz Galeno. Mas isso não tem mérito algum quando o que se visa é apenas à saúde do corpo. Santo Agostinho quer que a abstinência seja praticada com paciência e com vistas à virtude. "A abstinência", diz ele, "pouco vale se não for praticada com boa vontade, e não for comandada pela paciência e pela caridade, e não for inspirada pelo amor de Deus e pela esperança de se alcançar a bem-aventurança do Céu."

§ 73. Os companheiros da Abstinência são a Temperança, que assegura o equilíbrio de todas as coisas; a Vergonha, que evita a desonestidade; o Contentamento, que não procura alimentos ricos e bebidas, nem se preocupa com o esmero excessivo na preparação da comida; o Comedimento, que refreia pelo uso da razão o apetite deslavado; a Sobriedade, que refreia os exageros no beber; e a Frugalidade, que refreia o ócio requintado dos que ficam longo tempo à mesa, sentados no macio, enquan-

to sitte longe at his mete and softely; wherfore som folk stonden of hir owene wil, to eten at the lasse leyser./ [...]

§ 103. Thanne shal men understonde what is the fruit of penaunce; and, after the word of Iesu Crist, it is the endelees blisse of hevene,/ ther Ioye hath no contrarioustee of wo ne grevaunce, ther alle harmes been passed of this present lyf; ther-as is the sikernesse fro the peyne of helle; ther-as is the blisful companye that reioysen hem everemo, everich of otheres Ioye;/ ther-as the body of man, that whylom was foul and derk, is more cleer than the sonne; ther-as the body, that whylom was syk, freele, and feble, and mortal, is inmortal, and so strong and so hool that ther may no-thing apeyren it;/ ther-as ne is neither hunger, thurst, ne cold, but every soule replenissed with the sighte of the parfit knowinge of god./ This blisful regne may men purchace by poverte espirituel, and the glorie by lowenesse; the plentee of Ioye by hunger and thurst, and the reste by travaille; and the lyf by deeth and mortificacion of sinne./

to estimula alguns a voluntariamente tomarem suas refeições de pé e com menor conforto. [...][210]

§ 103. Então os homens compreenderão qual é o fruto da penitência; e saberão, de acordo com a promessa de Jesus Cristo, que é a eterna felicidade no Céu, onde a alegria jamais é empanada pela dor e pelo sofrimento; onde se acabam todos os males desta vida terrena; onde se fica ao abrigo dos castigos do Inferno; onde está a ditosa companhia dos que se regozijam para sempre com as alegrias uns dos outros; onde o corpo do homem, que antes era imperfeito e escuro, se torna mais claro que o sol; onde o corpo, que antes era enfermiço, débil e fraco e mortal, se torna imortal, e tão forte e tão sadio que nada mais pode feri-lo; onde não há nem fome, nem sede, nem frio, mas onde todas as almas resplendem à luz do perfeito conhecimento de Deus. Os homens podem comprar esse reino bem-aventurado com a pobreza espiritual, e a glória com a humildade, e a plenitude do júbilo com a fome e a sede, e o descanso com o trabalho, e a vida com a morte e a mortificação dos pecados.

---

[210] Terminada a apresentação dos Sete Pecados Capitais, o Pároco fala ainda da Confissão e da Satisfação.

A *Confissão* deve ser feita livremente e na mais sincera fé. A pessoa deve confessar os seus próprios pecados, dizendo sempre a verdade, com a própria boca, sem disfarçá-la com palavras ambíguas. Não deve ser um ato apressado nem frequente, mas conscientemente meditado.

A *Satisfação*, de modo geral, provém da caridade, da penitência, do jejum e dos sofrimentos corporais. Seu fruto é a eterna ventura no Céu.

E é com alusões à bem-aventurança, como veremos, que se encerra o sermão, ao qual se segue imediatamente a "Retratação de Chaucer". (N. do T.)

Chaucer's Retraction

Here taketh the makere of this book his leve.

    Now preye I to hem alle that herkne this litel tretis or rede, that if ther be any thing in it that lyketh hem, that ther-of they thanken oure lord Iesu Crist, of whom procedeth al wit and al goodnesse./ And if ther be any thing that displese hem, I preye hem also that they arrette it to the defaute of myn unconninge, and nat to my wil, that wolde ful fayn have seyd bettre if I hadde had conninge./ For oure boke seith, 'al that is writen is writen for oure doctrine'; and that is myn entente./ Wherfore I biseke yow mekely for the mercy of god, that ye preye for me, that Crist have mercy on me and foryeve me my giltes:/ — and namely, of my translacions and endytinges of worldly vanitees, the whiche I revoke in my retracciouns:/ as is the book of *Troilus*; The book also of *Fame*; The book of the *Nynetene Ladies*; *The Book of the Duchesse*; The book of *Seint Valentynes Day of the*

Retratação de Chaucer

Aqui o autor deste livro apresenta as suas despedidas.

Agora peço a todos que ouvirem ou lerem este pequeno tratado que, se alguma coisa de seu agrado houver aqui, agradeçam por isso a Nosso Senhor Jesus Cristo, do qual procede todo talento e toda virtude. E, por outro lado, se houver algo que os desagrade, peço que o debitem às limitações de minha competência, e não à minha vontade, pois eu certamente teria me expressado melhor se tivesse sabido como fazê-lo. Pois diz o nosso Livro: "Tudo o que está escrito está escrito para a nossa edificação"; e foi isso o que pretendi. Solicito-vos, portanto, humildemente, pela graça de Deus, que oreis por mim, para que Cristo tenha piedade de mim e perdoe os meus erros — e, de modo especial, as minhas traduções e composições referentes às vaidades do mundo, que ora rejeito em minha retratação, como o livro de *Troilo*,[211] o livro da *Fama*, o livro das *Dezenove Damas*, o *Livro da Duquesa*, o livro do *Dia de São Valentim do*

---

[211] Trata-se do poema *Troilo e Criseida*. Da mesma forma abreviada, a "Retratação de Chaucer" menciona o livro da *Fama* (*A Casa da Fama*) e o livro das *Dezenove Damas* (*A Legenda das Mulheres Exemplares*). Já o *Livro do Leão*, arrolado em seguida, é uma obra que se perdeu. (N. do T.)

Parlement of Briddes; The Tales of Caunterbury, thilke that sounen in-to sinne;/ *The Book of the Leoun*; and many another book, if they were in my remembrance; and many a song and many a lecherous lay; that Crist for his grete mercy foryeve me the sinne./ But of the translacion of Boece *De Consolacione*, and othere bokes of Legendes of seintes, and omelies, and moralitee, and devocioun,/ that thanke I oure lord Iesu Crist and his blisful moder, and alle the seintes of hevene;/ bisekinge hem that they from hennes-forth, un-to my lyves ende, sende me grace to biwayle my giltes, and to studie to the salvacioun of my soule: — and graunte me grace of verray penitence, confessioun and satisfaccioun to doon in this present lyf;/ thurgh the benigne grace of him that is king of kinges and preest over alle preestes, that boghte us with the precious blood of his herte;/ so that I may been oon of hem at the day of dome that shulle be saved: *Qui cum Patre*, &c./

Here is ended the book of the Tales of Caunterbury, compiled by Geffrey Chaucer, of whos soule Iesu Crist have mercy. — Amen.

Parlamento das Aves, *Os Contos de Canterbury*, nas partes que soam pecaminosas, o *Livro do Leão* e muitas outras obras, que nem me vêm à lembrança, além de muitas canções e poemas sensuais. Que Cristo, em sua infinita mercê, me perdoe esses pecados. Mas pela tradução do *De Consolatione* de Boécio e por outros livros sobre as vidas dos santos, e homilias, e trabalhos de moral e devoção, agradeço a Nosso Senhor Jesus Cristo e à sua Mãe bendita e a todos os santos do Céu, rogando-lhes que de agora em diante, até o fim de minha vida, me enviem a graça de arrepender-me de minhas culpas e de preparar a salvação de minha alma, assegurando-me a dádiva da verdadeira Penitência, da Confissão e da Satisfação, para que eu viva neste mundo — pela bondade generosa daquele que é rei dos reis e sacerdote sobre todos os sacerdotes, e que nos redimiu com o precioso sangue de seu coração — de modo a poder figurar entre aqueles que, no dia do Juízo, deverão salvar-se. *Qui cum Patre et Spiritu Sancto vivit et regnat Deus per omnia saecula.* — Amen.

Aqui termina o livro dos Contos de Canterbury, compilado por Geoffrey Chaucer, de cuja alma tenha piedade Jesus Cristo. — Amém.

Livres da tirania do tempo:
Os Contos de Canterbury, Geoffrey Chaucer e Paulo Vizioli

José Roberto O'Shea

Escritos a partir de 1386, *Os Contos de Canterbury* configuram para Geoffrey Chaucer, contando então cerca de 46 anos, uma experiência literária bastante diversa das anteriores, visto que até então ele havia escrito predominantemente elegias. Temos aqui uma coletânea de histórias que variam em termos de extensão, temática, filiação genérica, forma poética e atmosfera. Além disso, os *Contos*, em relação aos temas previamente tratados pelo poeta, agregam novos sentidos, em decorrência da estrutura narrativa criada por Chaucer: a peregrinação à cidade de Canterbury, no Condado de Kent, no sudeste da Inglaterra.

Por que ler Geoffrey Chaucer

No livro *Gênio* (2002), ao reunir e organizar, segundo a estrutura da Cabala judaica, a centena de autores mais criativos da história da literatura, Harold Bloom inclui Chaucer logo no segundo Lustro da primeira Sefirot[1] — *Keter* (coroa); trata-se do "grupo da influência", ao lado de Lucrécio, Virgílio, Santo Agostinho e Dante. Na opinião do polêmico e erudito autor de *O cânone ocidental* (1995), Chaucer é o escritor mais marcante da língua inglesa, o "poeta supremo do país, antes do advento de Shakespeare" (*Gênio*, p. 135).

De fato, *Os Contos de Canterbury* constituem uma espécie de monumento literário, sem dúvida, um dos grandes clássicos da Literatura

---

[1] Segundo a Cabala, as sefirot são "canais" através dos quais a Energia Divina flui, permeia e se torna parte de cada coisa que existe, criando assim uma "corrente espiritual" que liga e vivifica todas as coisas, impregnando-as da Essência Divina.

Ocidental, e o vigor da linguagem, dos retratos esboçados no "Prólogo" e nas histórias em si é imbatível, seja no caso do Monge comilão, do Frei mulherengo ou dos grandes pilantras — o Moleiro, o Provedor, o Magistrado, o Beleguim e o Vendedor de Indulgências —, sem falar da impagável e invencível Mulher de Bath.

Parte do fascínio dos *Contos* advém das chamadas "marcas de oralidade". Apesar de logo após a morte de Chaucer, em 1400, os *Contos* terem começado a circular, em manuscrito, na forma de coletânea, a obra originalmente teria constituído não mais que uma série de fragmentos,[2] decerto, sendo conhecida pelos contemporâneos como de histórias separadas, circuladas entre amigos ou lidas em voz alta, enquanto entretenimento da corte. Com efeito, assim como no caso do restante de sua obra, embora contasse com a possibilidade de ser lido por terceiros, Chaucer escreveu com o objetivo de ler os seus próprios *Contos*, em voz alta, diante da corte ou em residências de nobres, prática cultural antiga e corrente na Inglaterra medieval. Essas indicações de oralidade tornam a narrativa, a "contação da história", muitas vezes, coloquial, flexível, impulsiva, hesitante, expletiva, tal e qual o registro do discurso de um falante.

Chaucer e seus sucessores

Sancionando o paralelo encontrado num depoimento colhido na Inglaterra, em 1635, entre "um livro de Chaucer" e a Bíblia, Jill Mann, responsável por uma edição de *The Canterbury Tales* (Penguin, 2005), considera razoável a suposição de que o livro não identificado no referido depoimento fosse *The Canterbury Tales*, devido à abrangência e à variedade das experiências ali registradas. Segundo Mann, assim como a Bíblia, os *Contos* apresentam ao leitor um "universo narrativo autônomo, rico e diversamente povoado, no qual a verdade é inseparável da experiência histórica em que essa mesma verdade aparece inserida". Mann argumenta que tal paralelo testemunha o afeto e o respeito inspirados

---

[2] Cerca de 82 manuscritos de *Canterbury Tales* sobreviveram, na íntegra ou em fragmentos, mas nenhum registrado pelo punho do próprio Chaucer. O poeta faleceu antes da conclusão da obra, e o texto do qual hoje dispomos, mesmo em suas "edições" mais antigas, é fixado por escribas (cf. Kolve e Olson, p. xi).

por Chaucer nos leitores, ao longo dos séculos, bem como a centralidade de seus escritos no imaginário inglês. O paralelo entre os escritos de Chaucer e a Bíblia o aproxima de Shakespeare. Afinal, a obra do dramaturgo elisabetano também já foi definida como "sagrada", como "escritura secular" (Bloom, 1995, 2000), e não resta dúvida que ambos estão no centro do cânone literário inglês.

Demonstrando, com o passar do tempo, que o vernáculo tinha condições de expressar conteúdos eloquentes e, portanto, elevando a condição estética da poesia inglesa, Chaucer serviu de inspiração e modelo para subsequentes gerações de escritores e possibilitou a própria ideia de uma tradição literária inglesa, sendo considerado o "pai da literatura inglesa". Já no século XV, os chamados poetas "chaucerianos" (John Lydgate, Gawin Douglas e John Skelton) conclamavam Chaucer, quer para legitimar esforços por eles mesmos envidados no próprio "inglês médio", quer para manter a poesia na esfera pública. Edmund Spenser a ele se refere como "fonte pura de Poesia" (Ross, p. 198). Em 1592, Robert Greene, que se intitula rival de Shakespeare, compõe o panfleto *Visão*, uma retratação *à la* Chaucer, que, aliás, ao lado de Gower, figura na "visão" de Greene (Ross, p. 103). Ben Jonson, num anacronismo extravagante, "ressuscita" Chaucer (ao lado de Gower, Lydgate e Spenser) na mascarada *The Golden Age Restor'd* (1616) [A Era de Ouro Restaurada], levando os quatro velhos poetas à presença de Astreia, a personificação da Justiça Divina, para testemunhar o encômio que a nova era lhes reserva (Ross, p. 111).

No final do século XVII, John Dryden afirma que Chaucer é "fonte perpétua de bom-senso", elogia a "humanidade heterogênea" do poeta (Ross, pp. 159, 169) e "a Natureza maravilhosa e abrangente" que caracteriza *Os Contos de Canterbury*. No século XVIII, Alexander Pope o identifica como "o primeiro contador de histórias dotado de uma veia de fato vivaz e natural", propõe uma histórica "classificação de poetas", dispondo os poetas ingleses em "escolas" identificadas por um poeta modelar e seus seguidores (e.g., Chaucer, Spenser, Milton e Dryden), e institui a "Escola de Chaucer" (Ross, p. 261). Dryden e Pope chegaram a ensaiar novas versões dos *Contos*. Dryden reescreveu os contos do Cavaleiro, da Mulher de Bath e do Padre da Freira, enquanto Pope se apropriou do prólogo do "Conto da Mulher de Bath" e do "Conto do Mercador" (além de outra obra de Chaucer, *A Casa da Fama*). No século XIX, para William Wordsworth, que traduziu para o inglês moder-

no "O Conto da Prioresa", Chaucer é o "grande Precursor, verdadeira Estrela matinal", e William Blake, referindo-se a uma de suas próprias gravuras, que retrata os peregrinos dos *Contos*, define Chaucer como "o grande observador poético dos homens, aquele observador que, em cada era, nasce para registrar e eternizar os atos da própria era" (citado por Brewer, *Critical Heritage*, I, pp. 116, 166, 173, 248 e 252).

Geoffrey Chaucer e William Shakespeare

Conforme apontado anteriormente, os escritos de Chaucer, a exemplo dos de Shakespeare, apesar de seculares, já foram comparados à Bíblia, devido ao seu elevado grau de "canonização literária". Quanto a rebatimentos de Chaucer em Shakespeare (vale lembrar, Chaucer integra o "grupo da influência", segundo a taxonomia proposta por Bloom), os estudiosos sugerem que Shakespeare seria leitor de Chaucer e detectam ecos chaucerianos em quatro obras shakespearianas, sendo três dramáticas e uma poética. As peças seriam *Troilo e Créssida*, exibindo paralelos com o poema *Troilo e Criseida*; *Sonho de uma Noite de Verão* e *Os Dois Primos Nobres*, ambas apresentando relações com o "Conto do Cavaleiro" (e poderia se incluir ainda *A Megera Domada*, para a qual já foram aventadas similaridades, *sotto voce*, inconvincentes, entre Kate e a Mulher de Bath). E o poema narrativo seria "O estupro de Lucrécia", arrolado pela renomada edição Riverside Shakespeare como tendo sua "fonte provável" em *A Legenda das Mulheres Exemplares*.

Talvez as características de Chaucer mais visíveis no poeta e dramaturgo elisabetano sejam a abrangente visão de mundo e a maestria na caracterização de personagens. Chaucer é um grande poeta secular, portanto, autêntico antecessor de Shakespeare, que, malgrado sua (inescrutável) fé interior, escreve uma poesia secular, por vezes pagã, conforme já apontava G. K. Chesterton (Bloom, *Gênio*, p. 131). E os paralelos entre os dois poetas são deveras importantes. Não temos, por exemplo, conhecimento da atitude de Chaucer em relação ao Vendedor de Indulgências, à Mulher de Bath ou ao Cavaleiro, assim como não logramos perceber a atitude de Shakespeare diante de Falstaff, Cleópatra ou Iago. É extraordinário que nenhum dos dois ofereça julgamento de valor, ou, sobretudo, conclusões acerca dos seus personagens. Eis a genial *"negative capability"* de que fala John Keats (1795-1821) — a desconfiança em rela-

ção a absolutos, a capacidade de perceber que nem tudo pode ser resolvido —, qualidade de todo grande poeta, "capaz de perseverar em meio às incertezas, aos mistérios, às dúvidas, sem buscar, irritantemente, o fato e a razão" (p. 277).

Chaucer através do tempo e do espaço: a tradução de Paulo Vizioli e a presente edição

A vasta obra de Geoffrey Chaucer tem percorrido o tempo e o espaço. Em língua portuguesa, destacam-se duas traduções. O trabalho de Olívio Caeiro, publicado em Lisboa, em 1980, que contém apenas o "Prólogo" e dois contos, e a versão assinada por Paulo Vizioli,[3] na variante brasileira, publicada em São Paulo pela primeira vez em 1988 — a primeira tradução completa para o português, que valeu ao tradutor o Prêmio Nacional de Tradução do Instituto Nacional do Livro —, agora disponibilizada nesta nova edição. O trabalho de Vizioli excede, seja por suas opções editoriais, seja por suas opções tradutórias.

Quanto às primeiras, por exemplo, de início cumpre destacar a escolha criteriosa e acertada dos textos-bases para a tradução e a anotação, a saber, as sólidas e memoráveis edições preparadas por W. W. Skeat (1950 [1894]) e F. N. Robinson (1957 [1933]). Além disso, cabe salientar a inteligente opção por excertos (em lugar da mera supressão) do "Conto de Chaucer sobre Melibeu" e do "Conto do Pároco", mais conhecidos como "tratados morais". Originalmente escritos em prosa, os referidos "tratados" ocupam dezenas de páginas, sendo desproporcionalmente extensos em relação aos contos. Especificamente no caso do "Conto do Pároco", a estratégia de traduzir "apenas" o "Prólogo", o início do conto, o *sequitur* e o *remedium* da Gula (estes, com efeito, entre os melhores trechos da história), bem como a célebre "Retratação de Chaucer", me parece sensata. E a sinopse e a paráfrase dos trechos omitidos se mostram impecáveis.

Quanto às opções tradutórias, cumpre discorrer sobre a decisão de Vizioli em favor da prosa ritmada, em lugar do verso metrificado, eviden-

---

[3] Em 2013 foi lançada no Brasil uma nova tradução, de autoria de José Francisco Botelho, em versos, a partir da versão em inglês moderno de Nevill Coghill (*Contos da Cantuária*, São Paulo, Penguin/Companhia das Letras). (N. da E.)

temente, na tradução dos contos originalmente compostos em verso. Conforme nos lembra o próprio Vizioli, mesmo as partes do livro escritas em verso registram relatos, *narrativas* metrificadas. E a opção original pelo verso, sabidamente elemento mnemônico, talvez decorresse naturalmente da já aludida oralidade que predominava na divulgação desses escritos. Vizioli argumenta que, se escrevesse hoje em dia, Chaucer teria preferido a fluência da prosa, "que já aprendemos a associar com o gênero do conto". E, creio eu, ciente de que, se existe alguma antinomia, esta será entre prosa e verso, jamais entre prosa e poesia, Vizioli, ao empregar a primeira, não se descuida da segunda. É certo que o tradutor se esmera em "preservar a natureza e a qualidade das imagens do autor, as nuanças das diferentes atmosferas, a sutileza e a variedade dos tons, e, inclusive, a musicalidade das palavras".

Apesar da opção pela prosa, diversos trechos da presente tradução dos *Contos de Canterbury* aparecem em verso metrificado, amiúde rimado, a saber: o prólogo do "Conto do Magistrado" e o prólogo do "Conto da Prioresa" (em decassílabos heroicos); o "Conto de Chaucer sobre Sir Topázio" (em hexassílabos rimados — *aabaab* —, mesma forma que o original); o "*Envoi* de Chaucer", no final do "Conto do Estudante de Oxford", e a comovente *Invocacio ad Mariam* (Invocação a Maria), no "Conto da Outra Freira".

Fala-se muito de "perdas" no processo tradutório. Mas, nem só de perdas vive a tradução. A título de ilustração, eu gostaria de ressaltar um momento notável da excelente tradução de Vizioli, um momento que, a meu ver, configura sonoro "ganho". No "Conto do Provedor", depois que a mulher de Febo, na ausência deste, manda chamar o amante, os dois logo tratam de satisfazer a sua volúpia. Enquanto "trabalham", um corvo branco, do alto de sua gaiola, observa a cena, sem dizer uma só palavra. Quando volta para casa, Febo, que é dono do corvo, na versão de Vizioli, chama o pássaro, cantarolando — "Corvo! Corvo! Corvo!". A interpolação reforça, sonoramente, o duplo sentido da palavra no contexto e cria um hilariante trocadilho em português. Esse corvo de Vizioli, então, responde, como um eco: "Corno! Corno! Corno!".

Coube a mim a honrosa tarefa de reler a apresentação, a tradução e as notas acerca de *The Canterbury Tales*, realizadas por Paulo Vizioli, o que fiz com respeito, empatia e, por que não dizer?, um toque de reverência. A apresentação, conforme acontece com as outras obras que ele traduziu e publicou, equivale a uma conferência primorosa, redigida em

linguagem atraente e acessível não só para o especialista. Sobre a tradução em si, e suas qualidades, já falei. Quanto às notas, sendo Vizioli apaixonado pela história e pela história da literatura, constituem ricos apontamentos que elucidam e motivam o leitor. Em várias ocasiões, tive a satisfação de ouvir o professor, escritor e tradutor Paulo Vizioli apresentar trabalhos em importantes eventos acadêmicos realizados no país. Assim como tenho o prazer de ler a sua crítica (sobre Williams, Donne, Wordsworth, Joyce, Pope, Coleridge etc.) e suas traduções de Wilde e Blake, tendo esta lhe valido o Prêmio Jabuti na categoria Tradução Literária, em 1994.

Mas por que ler Chaucer *hoje*?

Já na segunda linha do prefácio de *Como e por que ler* (2001), Harold Bloom nos lembra que "nos dias de hoje, a informação é facilmente encontrada", e pergunta: "mas onde está a sabedoria?". Hoje em dia, vale a pena ler Chaucer não apenas em escolas e universidades, pelo estudo, mas também fora da academia, pelo prazer da leitura. E, novamente segundo Bloom, se, de um lado, ler "é um dos grandes prazeres da solidão", de outro, ler também "nos conduz à alteridade, seja à nossa própria ou à de nossos amigos, presentes e futuros" — eu acrescentaria também: e passados. Bloom propõe que o porquê da leitura seja a satisfação de interesses pessoais, e que uma das funções da leitura é "nos preparar para uma transformação".

E os escritos de Chaucer, especificamente *Os Contos de Canterbury*, ensejam campo fértil para a aplicação do que Bloom define como "fórmula de leitura": "encontrar algo que nos diga respeito, que possa ser utilizado como base para avaliar, refletir, que pareça ser fruto de uma natureza semelhante à nossa, e que seja livre da tirania do tempo" (p. 18). E em sua diversidade, em sua atualidade, os *Contos de Canterbury* sempre nos dizem respeito, servem de base para reflexão, parecem ter sido escritos por uma natureza similar à nossa e, decerto, sobrevivendo há mais de seiscentos anos, estão livres da tirania do tempo.

A obra desse sagaz observador social suscita não somente o comentário erudito e a crítica acadêmica especializada, mas também o interesse do público em geral, a quem tais escritos parecem falar diretamente, com suas cativantes marcas de oralidade, seu imenso escopo de visão, sua

agudeza de observação, um *báthos* e um *páthos* sempre impactantes. Lemos *Os Contos de Canterbury* porque eles nos enriquecem a vida. Não é para menos que tem havido diversas adaptações dos *Contos* — para o teatro (e.g., Royal Shakespeare Company, 2005), a televisão (e.g., BBC, 2003) e o cinema (e.g., Pier Paolo Pasolini, 1971). Afinal, é certo que a leitura de *Os Contos de Canterbury* suscita deleite e edificação. Poucos leitores gostariam de se ver na companhia dos personagens dantescos, não apenas no *Inferno*, obviamente, tampouco no *Purgatório*, ou mesmo no *Paraíso*. No entanto, quem não gostaria de estar ao lado de Chaucer, do Peregrino, do Albergueiro, da Mulher de Bath e dos demais viajantes nessa divertida romaria ao santuário de Tomás Beckett?

REFERÊNCIAS BIBLIOGRÁFICAS

BLOOM, Harold. *O cânone ocidental*. Tradução de Marcos Santarrita. Rio de Janeiro: Objetiva, 1995.
_____. *Como e por que ler*. Tradução de José Roberto O'Shea. Rio de Janeiro: Objetiva, 2001.
_____. *Gênio*. Tradução de José Roberto O'Shea. Rio de Janeiro: Objetiva, 2002.
_____. *A invenção do humano*. Tradução de José Roberto O'Shea. Rio de Janeiro: Objetiva, 2000.
BOURDIEU, Pierre; PASSERON, Jean-Claude. *Reproduction in Education, Society and Culture*. Tradução de Richard Nice. Londres: Sage Publications, 1977.
BREWER, Derek (org.). *Chaucer: The Critical Heritage*, vol. 1, 1385-1837; vol. 2, 1837-1933. Londres/Nova York: Routledge and Kegan Paul, 1978.
CHAUCER, Geoffrey. *The Canterbury Tales: Fifteen Tales and the General Prologue*. Organização de V. A. Kolve e Glending Olson. A Norton Critical Edition. 2ª ed. Nova York: Norton, 2005.
GUILLROY, John. *Cultural Capital: The Problem of Literary Canon Formation*. Chicago: University of Chicago Press, 1993.
KEATS, John. *The Complete Poetical Works and Letters — Cambridge Edition*. Organização de Horace Elisha Scudder. Boston/Nova York: Houghton Mifflin Company/The Riverside Press, 1899.

MANN, Jill. "Introduction", em CHAUCER, Geoffrey, *The Canterbury Tales*. Organização, introdução e notas de Jill Mann. Londres: Penguin Classics, 2005, pp. xvii-xlix.

ROSS, Trevor. *The Making of the English Literary Canon*. Montreal: McGill-Queen's University Press, 1998.

SHAKESPEARE, William. *The Riverside Shakespeare*. Organização de G. Blakemore Evans, com a colaboração de J. J. M. Tobin; edição de Herschel Baker, Anne Barton, Frank Kermode, Harry Levin, Hallett Smith e Marie Edel. 2ª ed. Boston/Nova York: Houghton Mifflin Company, 1997.

THOMPSON, Ann. *Shakespeare's Chaucer: A Study in Literary Origins*. Liverpool: Liverpool University Press, 1978.

Sobre Paulo Vizioli

Paulo Vizioli nasceu em 19 de julho de 1934 em Piracicaba, SP. Foi professor da Universidade de São Paulo, além de crítico literário e experiente tradutor de poesia inglesa e norte-americana.

Graduou-se em 1958, completando o Curso de Letras Anglo-Germânicas na Faculdade de Filosofia, Ciências e Letras da USP. Em 1959, na mesma universidade, fez o curso de especialização em inglês e alemão. Uma vez formado, lecionou latim, português e inglês em ginásios e colégios oficiais da capital e do interior, atividade que interrompeu para, como bolsista Fulbright, realizar pesquisas e cursos de pós-graduação na Universidade de Yale, nos Estados Unidos (1959-60). De volta ao Brasil, tornou-se membro do corpo docente do Curso de Língua Inglesa e Literaturas Inglesa e Norte-Americana da Universidade de São Paulo, instituição em que cumpriu todas as etapas da carreira acadêmica, tornando-se em 1976 professor titular. De 1964 até sua aposentadoria em 1987, foi responsável geral pelos cursos de inglês da USP, tanto os de graduação quanto os de pós-graduação.

Entre suas obras de crítica literária publicadas estão: *"Paterson" e o problema do poema épico americano moderno*, sobre William Carlos Williams (1965); e *James Joyce e sua obra literária* (1991). Como tradutor, publicou: *Poetas de Inglaterra*, em colaboração com Péricles Eugênio da Silva Ramos (1970); *Poetas norte-americanos* (1976); *Poesia e prosa selecionadas*, de William Blake (1984), Prêmio Jabuti de tradução em 1994; *O poeta do amor e da morte*, de John Donne (1985); *Poesia selecionada*, de William Wordsworth (1988); *Os Contos de Cantuária*, de Geoffrey Chaucer (1988), Prêmio Nacional de Tradução do INL; *Poemas*, de W. B. Yeats (1992); a coletânea *A literatura inglesa medieval* (1992); *Omeros*, de Derek Walcott (1994); *Poemas*, de Alexander Pope (1994); *Poemas e excertos da "Biografia literária"*, de S. T. Coleridge (1995); e *A balada do cárcere de Reading*, de Oscar Wilde (1999).

Durante uma viagem à Itália, faleceu no vilarejo de Borgo San Lorenzo, na Toscana, em 10 de outubro de 1999.

Sobre as ilustrações

As xilogravuras reproduzidas neste volume foram extraídas da segunda edição de *Os Contos de Canterbury*, de Geoffrey Chaucer, impressa por William Caxton em Londres em 1483. Não se conhece a identidade do gravador escolhido por Caxton para ilustrar sua edição.

William Caxton, o primeiro impressor inglês, nasceu em Kent, no início dos anos 1420. Foi aprendiz de um influente comerciante londrino e durante parte significativa de sua vida esteve em Bruges, principal cidade de Flandres (atual Bélgica) e próspero centro comercial da época. No começo dos anos 1470, Caxton visitou Colônia, onde pela primeira vez entrou em contato com o processo de impressão de livros, inventado por Gutenberg cerca de vinte anos antes.

Por volta de 1473, retornando a Bruges, Caxton foi responsável pela edição do primeiro livro impresso em língua inglesa: *Recuyell of the Historyes of Troye*, tradução de Caxton para o texto de Raoul Lefèvre. Em 1475 voltou para a Inglaterra e se fixou em Westminster, nos arredores de Londres, onde montou a primeira imprensa inglesa, sendo a edição inaugural de *Os Contos de Canterbury* provavelmente o primeiro livro impresso na Inglaterra, em 1476-77.

Durante sua longa carreira, William Caxton publicou cerca de cem livros, incluindo trabalhos religiosos, escolares, de direito e principalmente de literatura. Foi responsável pela tradução de diversos textos, muitos deles originais em latim, sendo a maior parte de suas publicações feitas em inglês. Caxton se especializou no comércio local, pelo fato da língua inglesa ser pouco conhecida no mercado europeu da época. Além das duas edições de *Os Contos de Canterbury*, foi o responsável pela publicação de suas próprias traduções da *Legenda Aurea*, de Jacopo de Varazze (1483), das *Fábulas de Esopo* (1484) e de *Le Morte d'Arthur*, de Thomas Malory (1485). Caxton produziu livros para o mercado inglês até a sua morte, em 1492.

Este livro foi composto em Sabon pela Bracher & Malta, com CTP e impressão da Edições Loyola em papel Pólen Soft 70 g/m² da Cia. Suzano de Papel e Celulose para a Editora 34, em julho de 2020.